Das Buch

Das Leben in dem kleinen Dorf Emondsfelde in der Nähe der Verschleierten Berge verläuft friedlich und ereignislos. Abgeschieden von der Welt, glauben die meisten Bewohner nicht mehr an die Existenz von Wesen wie Trollocs oder die mächtigen Aes Sedai, die das Rad der Zeit drehen. Nur Rand al'Thor, ein junger Bauernsohn mit einer geheimnisvollen Vergangenheit und magischen Kräften, ist fasziniert von den alten Geschichten über Kriege und Magie, Abenteuer und Liebe. »Eines Tages«, so sagt er, »eines Tages werde ich König sein.« Niemand ahnt, wie wahr diese Worte sind. Doch als Trollocs, blutrünstige Häscher des Dunklen Königs, das Dorf überfallen, entrinnt Rand al'Thor nur knapp dem Tod. Zusammen mit Moiraine, einer magiebegabten Kämpferin des Lichts, macht sich Rand auf den Weg in das Land der Zwei Ströme – und läuft seinem Schicksal geradewegs in die Arme ...

Der Autor

Robert Jordan wurde 1948 in Charleston, im US-Bundesstaat South Carolina, geboren. Bereits in jungen Jahren weckten die Geschichten von Jules Verne und H. G. Wells seine Begeisterung für die phantastische Literatur. Zu Beginn der 90er Jahre startete Jordan sein episches Werk *Das Rad der Zeit*, das sofort zu einem Bestseller wurde und Millionen von Fans in der ganzen Welt fand.

ROBERT JORDAN

DAS RAD DER ZEIT 1
DAS ORIGINAL

Die Suche nach dem Auge der Welt

ROMAN

Überarbeitete Neuausgabe

WILHELM HEYNE VERLAG
MÜNCHEN

HEYNE SCIENCE FICTION & FANTASY
Band 06/9350

Titel der amerikanischen Originalausgabe
THE EYE OF THE WORLD
Deutsche Übersetzung von Uwe Luserke
Das Buch erschien im Wilhelm Heyne Verlag
erstmals 1993 in zwei Bänden:
Drohende Schatten / Das Auge der Welt
Die Vorgeschichte zum Rad der Zeit erschien unter dem Titel
RAVENS in dem Band
FROM THE TWO RIVERS
Deutsche Übersetzung der Vorgeschichte von Andreas Decker
Das Umschlagbild malte Darrell K. Sweet
Die Karte zeichnete Ellisa Mitchell

Umwelthinweis:
Dieses Buch wurde auf chlor- und
säurefreiem Papier gedruckt.

Überarbeitete Neuausgabe 4/2003
Redaktion: Ralf Oliver Dürr
Copyright © 1990 by Robert Jordan
Copyright © der Vorgeschichte zum Rad der Zeit 2002
by The Bandersnatch Group
Copyright © 2003 der deutschsprachigen Ausgabe
by Ullstein Heyne List Heyne GmbH & Co. KG, München
Der Wilhelm Heyne Verlag ist ein Verlag der
Ullstein Heyne List GmbH & Co. KG
www.heyne.de
Printed in Germany 2003
Umschlaggestaltung: Nele Schütz Design, München
Technische Betreuung: M. Spinola
Satz: Schaber Satz- und Datentechnik, Wels
Druck und Bindung: Bercker Kevelaer

ISBN 3-453-86370-4

INHALT

Raben

Ein gutes Stück von Emondsfelde entfernt, auf halbem Weg zum Wasserwald, lag das von Bäumen gesäumte Ufer der Weinquelle. Es waren hauptsächlich Weiden, deren dicht mit Blättern bewachsene Äste in Ufernähe Schatten spendeten. Der Sommer war nicht mehr fern, die Sonne stieg dem Zenit entgegen, doch hier in den Schatten kühlte eine leichte Brise den Schweiß auf Egwenes Haut. Sie verknotete den braunen Wollrock oberhalb der Knie und watete ein Stück in den Fluss hinein, um ihren Holzeimer zu füllen. Die Jungen gingen einfach so ins Wasser, ihnen war egal, ob ihre eng sitzenden Hosen nass wurden. Einige der Mädchen und Jungen, die Eimer füllten, lachten und spritzten einander mit den Schöpfkellen voll, aber Egwene hatte beschlossen, das Gefühl der Strömung an ihren nackten Beinen zu genießen, und ihre Zehen gruben sich in den sandigen Grund, als sie wieder herausstieg. Sie war nicht zum Spielen hier. Mit neun Jahren trug sie das erste Mal Wasser, aber sie würde die beste Wasserträgerin aller Zeiten sein.

Sie blieb am Ufer stehen und stellte den Eimer ab, um den Rock zu lösen und bis zu den Knöcheln fallen zu lassen. Und um das dunkelgrüne Halstuch neu zu binden, das ihr Haar im Nacken zusammenhielt. Sie wünschte sich, sie hätte es an den Schultern abschneiden dürfen, oder sogar noch kürzer, so wie die Jungen. Schließlich würde sie noch viele Jahre kein langes Haar brauchen. Warum nur musste man etwas tun, nur weil es immer schon so gemacht wurde? Aber sie kannte ihre Mutter, und sie wusste, dass ihr Haar lang bleiben würde.

Etwa hundert Schritte flussabwärts standen Männer knietief im Wasser und wuschen die schwarzgesichtigen Schafe, die man später scheren würde. Sie gaben sich große Mühe, die blökenden Tiere sicher in den Fluss und auch wieder hinaus zu bekommen. Das Wasser der Weinquelle floss hier nicht so schnell wie in Emondsfelde, aber es war auch nicht gerade langsam. Ein Schaf, das den Halt verlor, konnte unter Umständen ertrinken, bevor es sich am Ufer in Sicherheit bringen konnte.

Ein großer Rabe flog über den Fluss und ließ sich nahe der Stelle, an der die Männer die Schafe wuschen, hoch oben im Geäst einer Pappel nieder. Schon im nächsten Augenblick schoss ein Rotbauch auf den Raben herab, ein blutroter Blitz, der laut schnatterte. Der Rotbauch musste in der Nähe ein Nest haben. Der Rabe flog jedoch nicht davon und griff den kleineren Vogel auch nicht an; er schob sich auf dem Ast nach vorn zu einer Stelle, an der ihm ein paar kleinere Äste ein wenig Schutz boten. Er schaute auf die arbeitenden Männer herunter.

Raben schreckten die Schafe manchmal auf, aber es war mehr als ungewöhnlich, dass er die Versuche des Rotbauchs, ihn zu verjagen, einfach ignorierte. Darüber hinaus hatte Egwene das seltsame Gefühl, dass der schwarze Vogel die Männer beobachtete und nicht die Schafe. Was natürlich albern war, es sei denn ... Manche Leute behaupteten, Raben und Krähen seien die Augen des Dunklen Königs. Dieser Gedanke verursachte ihr auf den Armen und sogar auf dem Rücken eine Gänsehaut. Es *war* eine alberne Idee. Was sollte es für den Dunklen König bei den Zwei Flüssen schon Interessantes zu sehen geben? Bei den Zwei Flüssen geschah nie etwas.

»Was ist los, Egwene?«, wollte Kenley Ahan wissen und blieb neben ihr stehen. »Du kannst heute nicht mit den Kindern spielen.« Er war zwei Jahre älter als sie und hielt sich sehr aufrecht, um größer zu erscheinen, als er tatsächlich war. Für ihn war es das letzte Jahr, in dem er bei der Schafschur Wasser tragen musste, und er benahm sich, als würde ihm das irgendeine Art von Autorität verleihen.

Sie warf ihm einen energischen Blick zu, aber er hatte nicht die erhoffte Wirkung.

Er runzelte die Stirn. »Wenn dir schlecht wird, geh zur Seherin. Wenn nicht ... nun, dann kümmere dich um deine Arbeit.« Als hätte er ein Problem gelöst, eilte er nach einem schnellen Nicken los und gab sich große Mühe, dass auch alle sehen konnten, wie er den Eimer mit einer Hand ein Stück weit von seinem Körper hielt. *Das wird er nicht lange durchhalten, wenn er erst einmal außerhalb meiner Sicht ist,* dachte Egwene mürrisch. Was diesen Blick betraf, da würde sie noch dran arbeiten müssen. Sie hatte gesehen, wie er bei älteren Mädchen funktionierte.

Der Schöpflöffel verrutschte auf dem Eimerrand, als sie ihn mit beiden Händen anhob. Der Eimer war schwer, und sie war nicht besonders groß für ihr Alter, aber sie folgte Kenley so schnell, wie sie konnte. Nicht wegen seinen Worten, das bestimmt nicht. Sie hatte ihre Arbeit zu erledigen, und sie *würde* die beste Wasserträgerin aller Zeiten sein. Auf ihrer Miene zeigte sich Entschlossenheit. Die vermoderten Reste der Blätter des Vorjahres raschelten unter ihren Füßen, als sie durch den Schatten der Uferbäume hinaus ins Sonnenlicht trat. Die Hitze war nicht besonders schlimm, aber ein paar kleine weiße Wolken hoch am Himmel schienen die Helle des Morgens zu unterstreichen.

Witwe Aynals Wiese – sie hieß seit Menschengedenken so, obwohl niemand zu sagen vermochte, nach welcher Witwe der Aynals sie benannt worden war –, eine von Bäumen umringte Wiese, war den größten Teil des Jahres ein beschauliches Plätzchen, aber jetzt drängten sich hier Menschen und Schafe, und zwar viel mehr Schafe als Menschen. An einigen Stellen ragten große Steine aus dem Boden, ein paar erreichten fast Mannshöhe, aber sie behinderten die Aktivitäten auf der Wiese keineswegs. Bauern aus der ganzen Umgebung von Emondsfelde kamen aus diesem Anlass zusammen, und Leute aus dem Dorf waren da, um ihren Verwandten zu helfen. Im Dorf hatte jeder Verwandte auf den Bauernhöfen. Überall bei den Zwei Flüssen würde jetzt die Schafschur stattfinden, von Devenritt bis hinauf nach Wachhügel. Nicht in Taren-Fähre, da natürlich nicht. Viele der Frauen trugen lose über die Arme drapierte Schultertücher und Blumen im Haar; einige der älteren Mädchen folgten ihrem Beispiel, auch wenn sie das Haar im Gegensatz zu den Frauen nicht zu einem langen Zopf geflochten trugen. Ein paar von ihnen trugen sogar Kleider mit Stickereien am Hals, als würde es sich tatsächlich um einen Festtag handeln. Die meisten Männer und Jungen hingegen gingen ohne Mantel, einige trugen die Hemden sogar unverschnürt. Egwene konnte nicht verstehen, warum man ihnen das erlaubte. Die Arbeit der Frauen war keinesfalls weniger schweißtreibend als die der Männer.

Die geschorenen Schafe waren in großen Holzpferchen am anderen Ende der Wiese untergebracht, in anderen warteten jene, die noch gewaschen werden mussten. Sie wurden von Jungen bewacht, die zwölf Jahre und älter waren. Die Schafhunde, die um die Pferche herum am Boden lagen, waren für diese Arbeit nicht zu gebrauchen. Die älteren Jungen trieben die Schafe mit Holzstäben zum Fluss, danach hielten sie die Tiere davon ab, sich auf den Boden zu legen und wieder schmutzig zu machen, bis sie trocken genug waren, zu den

Männern an diesem Ende der Wiese gebracht zu werden, die das Scheren besorgten. Danach trieben die Jungen die Schafe zurück zu den Pferchen, während die Männer das Vlies zu den langen Tischen trugen, an denen die Frauen die Wolle sortierten und zu Ballen zusammenpackten. Sie führten Buch und mussten sorgfältig darauf achten, die Wolle verschiedener Besitzer nicht durcheinander zu bringen. Vor den Bäumen zu Egwenes Linken bereiteten andere Frauen auf langen aufgebockten Tischplatten das Mittagessen vor. Wenn sie beim Wasserreichen gut genug war, würden sie ihr vielleicht schon im nächsten Jahr erlauben, beim Essen oder bei der Wolle zu helfen, statt erst in zwei Jahren. Wenn sie die beste Leistung erbrachte, würde sie niemand je wieder als Kind bezeichnen.

Sie suchte sich einen Weg durch die Menge, trug den Eimer manchmal mit beiden Händen, wechselte ihn auch von der einen in die andere und blieb stehen, wenn jemand nach einer Kelle Wasser verlangte. Bald fing sie wieder an zu schwitzen, und dunkle Flecken zeichneten sich auf ihrem Wollkleid ab. Vielleicht waren die Jungen mit ihren offenen Hemden doch nicht so dumm. Sie ignorierte die kleineren Kinder, die umherliefen und Reifen drehten oder Bälle warfen oder Fangen spielten.

Jedes Jahr gab es nur fünf Anlässe, an denen so viele zusammenkamen: zu Bel Tine, das bereits hinter ihnen lag; zur Schafschur; wenn die Kaufleute kamen, um Wolle einzukaufen, was erst in einem Monat bevorstand; nach dem Sonnentag, wenn die Kaufleute für den getrockneten Tabak kamen; und im Herbst beim Narrenfest. Natürlich gab es noch andere Festtage, aber keinen, an denen *alle* zusammenkamen. Ihre Blicke schweiften umher und musterten die Menge. Bei all diesen Menschen war es schnell passiert, dass sie einer ihrer vier Schwestern über den Weg lief. Nach Möglichkeit ging sie ihnen aus dem Weg. Berowyn, die Älteste, war die Schlimmste. Knochenbruchfieber hatte sie vergangenen Herbst zur Witwe gemacht und im Frühling nach Hause zurückkehren lassen. Es fiel schwer, für Berowyn kein Mitleid zu empfinden, aber sie machte um alles so viel Aufhebens und wollte Egwene anziehen und ihr das Haar kämen. Manchmal weinte sie und erklärte ihr, wie froh sie doch war, dass das Fieber nicht auch ihre kleine Schwester dahingerafft hatte. Es wäre Egwene viel leichter gefallen, Verständnis für Berowyn aufzubringen, hätte sie den Gedanken verdrängen können, dass ihre Schwester sie manchmal als das Baby betrachtete, das sie zusammen mit ihrem Mann verloren hatte. Vielleicht sogar immer.

Und so hielt sie Ausschau nach Berowyn. Oder einer der anderen drei. Das war alles.

In der Nähe der Schafpferche blieb sie stehen, um sich den Schweiß von der Stirn zu wischen. Der Eimer war jetzt leichter, und es bereitete keine Mühe mehr, ihn mit einer Hand zu halten. Verstohlen betrachtete sie einen Hund, der auf sie zutrottete, ein großes Tier mit kurzhaarigem, lockigem, grauem Fell und intelligenten Augen, die zu wissen schienen, dass sie keine Bedrohung für die Schafe darstellte. Aber er war sehr groß und reichte einem erwachsenen Mann fast bis zur Hüfte. In der Hauptsache halfen die Hunde, die weidenden Herden zu bewachen; sie beschützten sie vor Wölfen und Bären und den großen Bergkatzen. Egwene wich langsam vor dem Hund zurück. Drei Jungen gingen an ihr vorbei und trieben ein paar Dutzend Schafe dem Fluss entgegen. Sie waren alle fünf oder sechs Jahre älter und hatten kaum einen Blick für sie übrig; ihre Aufmerksamkeit war ganz auf die Schafe gerichtet. Das Treiben war nicht schwer – das hätte sie auch gekonnt, davon war sie überzeugt –, aber sie mussten darauf achten, dass keines der Schafe Gelegenheit zum Grasen erhielt. Ein Schaf, das vor dem Scheren fraß, konnte Luftnot bekommen und sterben. Ein schneller Blick in die Runde verriet ihr, dass sie mit keinem der Jungen in der Nähe sprechen wollte. Nicht, dass sie nach einem bestimmten Jungen Ausschau gehalten hätte. Sie sah sich lediglich um. Davon abgesehen würde sie den Eimer bald wieder auffüllen müssen. Es war Zeit, den Rückweg zur Weinquelle anzutreten.

Diesmal entschied sie sich, an den aufgebockten Tischen vorbeizugehen. Die Gerüche waren verführerisch, so gut wie an jedem Feiertag, von gebratener Gans bis zu Honigkuchen war alles vorhanden. Das würzige Aroma der Honigkuchen stieg ihr noch verlockender in die Nase als alles andere. Jede Frau, die gekocht hatte, würde ihr Bestes für die Schafschur gegeben haben. Während Egwene an den Tischen vorbeiging, bot sie jeder der Frauen, die das Essen vorbereiteten, Wasser an, aber die lächelten sie nur an und schüttelten den Kopf. Sie machte jedoch weiter, und das nicht nur wegen der Gerüche. Zwar brodelte hinter den Tischen Teewasser über Kochfeuern, trotzdem hatten einige der Frauen ja vielleicht Lust auf einen Schluck kühles Flusswasser. Nun ja, mittlerweile war es vielleicht nicht mehr ganz so kühl, aber ...

Ein Stück voraus schlich Kenley an den Tischen vorbei und versuchte dabei nicht länger, sich größer zu machen, als er war. Er schien sich höchstens noch kleiner zu machen. Er trug den Eimer noch immer mit einer Hand, aber der Art und Weise nach zu urteilen, wie er herumbaumelte, musste er leer sein, also konnte Kenley unmöglich noch Trinkwasser anbieten. Egwene runzelte die Stirn. Es gab nur ein Wort, das auf ihn passte: Verstohlen. Was hatte er bloß ...? Plötzlich schoss seine Hand vor und schnappte sich vom Tisch einen Honigkuchen. Egwene blieb der Mund offen stehen. Und er hatte den Nerv, sie als Kind zu bezeichnen? Er war genauso schlimm wie Ewin Finngar!

Bevor Kenley einen Schritt machen konnte, war Frau Ayellin über ihm wie ein zuschlagender Jagdfalke; mit der einen Hand ergriff sie sein Ohr und mit der anderen den Honigkuchen. Es waren ihre Honigkuchen. Corin Ayellin, eine schlanke Frau mit einem dicken grauen Zopf, buk die besten Kuchen von ganz Emondsfelde. *Mit Ausnahme von Mutter,* fügte Egwene in Gedanken hinzu. Aber sogar ihre Mutter behauptete, dass Frau Ayellin besser war. Jedenfalls, was Kuchen anging. Frau Ayellin verteilte knusprige Plätzchen und Kuchenstücke mit freigebiger Hand, vorausgesetzt, es war nicht gleich Essenszeit oder eine Mutter hatte sie gebeten, es nicht zu tun, aber sie konnte fuchsteufelswild werden, wenn Jungen versuchten, hinter ihrem Rücken etwas zu stibitzen. Sie nannte es Stehlen, und Stehlen konnte Frau Ayellin nicht ertragen. Sie hielt Kenley noch immer am Ohr gepackt, fuchtelte mit dem Finger vor seiner Nase herum und sprach leise und eindringlich auf ihn ein. Kenleys Gesicht war ganz verzerrt, so als würde er gleich losheulen, und er schrumpfte in sich zusammen, bis er noch kleiner als Egwene erschien. Sie nickte zufrieden. Sie konnte sich nicht vorstellen, dass er so bald wieder versuchen würde, jemandem Befehle erteilen zu wollen.

Sie rückte ein Stück von den Tischen ab, während sie an Frau Ayellin und Kenley vorbeiging, damit niemand auf die Idee kam, *sie* würde versuchen, Kuchen zu stehlen. Der Gedanke war ihr nie gekommen. Jedenfalls nicht so richtig, also zählte das nicht.

Plötzlich beugte sie sich vor und blickte an den Leuten vorbei, die sie passierten. Ja. Da war Perrin Aybara, ein stämmiger Junge, der für sein Alter sehr groß war. Und er war ein Freund von Rand. Sie schoss durch die Menge, ohne darauf zu achten, ob jemand Wasser haben wollte oder nicht, und blieb nicht eher stehen, bis sie ein paar Schritte von Perrin entfernt war.

Er stand bei seinen Eltern, und seine Mutter hielt Paetram auf dem Arm, das Baby, und die kleine Deselle klammerte sich mit einer

Hand an ihren Rockschößen fest. Allerdings schaute sich Perrins kleine Schwester dabei interessiert die vielen Leute und sogar die Schafe an. Adora, seine andere Schwester, stand mit über der Brust verschränkten Armen und einem mürrischen Gesichtsausdruck da, den sie allerdings vor ihrer Mutter zu verbergen versuchte. Adora würde erst nächstes Jahr Wasser tragen müssen, und vermutlich hatte sie es eilig, mit ihren Freundinnen zu spielen. Die letzte Person in der Gruppe war Meister Luhhan. Als der größte Mann von Emondsfelde hatte er Arme wie Baumstämme und eine Brust, die das weiße Hemd spannte, und er ließ Meister Aybara hager statt nur schlank aussehen. Er unterhielt sich mit Meister Aybara und seiner Frau. Das überraschte Egwene. Meister Luhhan war der Schmied von Emondsfelde, aber weder Meister Aybara noch seine Frau würden die ganze Familie mitbringen, um sich nach einer Schmiedearbeit zu erkundigen. Er war auch Mitglied des Dorfrats, aber da galt das Gleiche. Davon abgesehen würde Frau Aybara genauso wenig etwas zu Dorfratsangelegenheiten sagen wie Meister Aybara zu Dingen des Frauenkreises. Egwene mochte erst neun Jahre alt sein, aber so viel wusste sie schon. Worüber auch immer sie sprachen, sie waren damit fast fertig, und das war gut. Es interessierte Egwene nicht, worüber sie sich unterhalten hatten.

»Er ist ein guter Junge, Joslyn«, sagte Meister Luhhan. »Ein guter Junge, Con. Er wird das gut machen.«

Frau Aybara lächelte zufrieden. Joslyn Aybara war eine hübsche Frau, und wenn sie lächelte, wollte man glauben, die Sonne würde besiegt den Kopf hängen lassen. Perrins Vater lachte leise und strich ihm über die lockigen Haare. Perrins Wangen färbten sich blutrot, und er sagte nichts. Aber er war auch schüchtern und sagte sowieso nur selten etwas.

»Lass mich fliegen, Perrin«, sagte Deselle und streckte ihm die Arme entgegen. »Lass mich fliegen.«

Perrin brachte so gerade eben eine höfliche Verbeugung für die Erwachsenen zustande, bevor er die Hände seiner Schwester ergriff. Sie gingen ein paar Schritte von den anderen fort, und Perrin fing an sich zu drehen, und zwar immer schneller, bis Deselles Füße sich schließlich vom Boden hoben. Er wirbelte sie im Kreis umher, immer höher, während sie vor Freude kreischte.

Nach ein paar Minuten sagte Frau Aybara: »Das reicht, Perrin. Lass sie runter, bevor ihr schlecht wird.« Aber sie sagte es auf eine nette Weise und mit einem Lächeln.

Sobald Deselles Füße wieder auf festem Boden standen, klammerte sie sich mit beiden Händen an Perrins Hand fest und schwankte etwas, vielleicht war ihr tatsächlich schon etwas übel. Aber sie lachte noch immer und verlangte von ihm, sie noch länger fliegen zu lassen. Er schüttelte den Kopf und ging in die Hocke, um mit ihr zu sprechen. Er war immer so ernst. Er lachte nicht oft.

Plötzlich wurde sich Egwene bewusst, dass da noch jemand war, der Perrin beobachtete. Cilia Cole, ein Mädchen mit rosigen Wangen, das ein paar Jahre älter als sie war. Sie stand mit einem dämlichen Grinsen im Gesicht nur ein paar Schritte weit entfernt und himmelte ihn an. Und er musste bloß den Kopf wenden, um *sie* zu sehen! Egwene verzog angeekelt das Gesicht. Sie würde niemals so dumm sein und wie ein Wollkopf mit großen Augen einen Jungen anstarren. Davon abgesehen war Perrin nicht mal ein Jahr älter als Cilia. Drei oder vier Jahre älter, das war am besten. Egwenes Schwestern mochten keine Zeit haben, sich mit ihr zu unterhalten, aber sie hörte anderen Mädchen zu, die alt genug waren, um Bescheid zu wissen. Perrin warf Egwene und Cilia einen Blick zu und fuhr dann fort, leise mit Deselle zu sprechen. Egwene schüttelte den Kopf. Cilia mochte vielleicht blöd sein, aber sie hätte er zumindest zur Kenntnis nehmen können.

Eine Bewegung auf den Ästen der großen Wassereiche hinter Cilia erregte ihre Aufmerksamkeit, und sie zuckte zusammen. Dort oben saß der Rabe, und er schien noch immer alles zu beobachten. Und auf der hohen Kiefer saß noch ein Rabe, und auf dem Nebenbaum auch, und auf dem Walnussbaum und ... Sie konnte neun oder zehn Raben sehen, und sie alle schienen etwas zu beobachten. Aber das konnte nur ihre Einbildung sein. Nur ihre ...

»Warum starrst du ihn an?«

Erschrocken zuckte Egwene zusammen und drehte sich so schnell um, dass sie sich den Eimer gegen das Knie schlug. Gut, dass er fast leer war, sonst hätte sie sich eine Beule geholt. Sie suchte sich einen festen Stand und wünschte, sie hätte sich das Knie reiben können. Adora stand vor ihr und schaute mit verblüffter Miene zu ihr hoch, aber sie konnte unmöglich überraschter sein als Egwene.

»Wen meinst du, Adora?«

»Perrin, natürlich. Warum hast du ihn angestarrt? Alle sagen, dass du Rand al'Thor heiraten wirst. Wenn du älter bist, meine ich, und dein Haar als Zopf trägst.«

»Was soll das heißen, *alle* sagen das?« Egwene bemühte sich um einen drohenden Tonfall, aber Adora kicherte bloß. Es war zum Verzweifeln. Heute klappte nichts, wie es sollte.

»Perrin sieht natürlich gut aus. Das sagen viele Mädchen, das habe ich gehört. Und viele Mädchen sehen ihn an, so wie du und Cilia gerade.«

Egwene blinzelte und schaffte es, die letzten Worte in Gedanken von sich zu weisen. Sie hatte ihn *nicht* so wie Celia angesehen! Aber Perrin, ein gut aussehender Junge? Perrin? Sie blickte über die Schulter, um zu sehen, ob sie an ihm etwas Gutaussehendes entdecken konnte. Er war weg! Sein Vater stand noch da, seine Mutter und Paetram und Deselle auch, aber Perrin war nirgendwo in Sicht. Verflixt! Sie hatte ihm folgen wollen.

»Fühlst du dich ohne deine Puppen nicht einsam, Adora?«, sagte sie zuckersüß. »Ich glaube nicht, dass du das Haus jemals ohne mindestens zwei Stück im Arm verlässt.«

Adoras wütender Blick war ziemlich befriedigend.

»Entschuldigung«, sagte Egwene und schob sich an ihr vorbei. »Einige von uns sind alt genug, um Pflichten zu haben.« Sie schaffte es, auf dem Weg zum Fluss nicht zu humpeln.

Diesmal blieb sie nicht stehen, um den Männern bei der Schafwäsche zuzusehen, und sie bemühte sich, nicht nach einem Raben Ausschau zu halten. Sie untersuchte ihr Knie, aber es war nicht mal ein blauer Fleck da. Als sie den gefüllten Eimer zurück zur Wiese schleppte, weigerte sie sich zu humpeln. Es war nur ein kleiner Zusammenstoß gewesen.

Sie hielt vorsichtshalber nach ihren Schwestern Ausschau und blieb nur dann mit ihrem Eimer stehen, wenn jemand eine Kelle voll trinken wollte. Und sie sah sich nach Perrin um. Mat wäre genauso gut wie Perrin gewesen, aber ihn konnte sie ebenfalls nicht entdecken. Verflixte Adora! Sie hatte kein Recht, solche Dinge zu behaupten!

Als Egwene zwischen den Tischen vorbeiging, auf denen die Frauen die Wolle sortierten, blieb sie wie angewurzelt stehen. Da war ihre jüngste Schwester. Sie hoffte, dass Loise in die andere Richtung sah, nur einen Augenblick lang. Das hatte sie nun davon, dass sie außer nach ihren Schwestern auch nach Perrin und Mat Ausschau hielt. Loise war erst fünfzehn, aber sie hatte die Hände in die Hüften gestemmt und trug eine wütende Miene zur Schau, während sie sich mit Dag Koplin stritt. Egwene konnte sich nie dazu überwinden, ihn auch im Geiste Meister Coplin zu nennen; das tat sie nur, wenn sie ihn erwähnte, um höflich zu sein; ihre Mutter hatte gesagt, dass man selbst zu jemandem wie Dag Koplin höflich sein musste.

Dag war ein faltiger alter Mann mit grauem Haar, das er nicht oft wusch. Vielleicht auch gar nicht. Der Anhänger, der an einem Faden vom Tisch hing, trug ein Zeichen, das mit den Ohrmarkierungen seiner Schafe übereinstimmte. »Das ist gute Wolle, die du da zur Seite legst«, knurrte er Loise an. »Ich lasse mich nicht betrügen, Mädchen. Tritt zur Seite, und ich zeige dir, was wohin gehört.«

Loise rührte sich keinen Fingerbreit. »Wolle vom Bauch, den Hinterbeinen und den Schwänzen muss noch einmal gewaschen werden, Meister Coplin.« Sie betonte das ›Meister‹. Sie war in schnippischer Stimmung. »Ihr wisst so gut wie ich, sollten die Händler zweimal gewaschene Wolle in einem Ballen finden, jeder weniger für seine Schur bekommt. Vielleicht kann Euch das mein Vater ja besser erklären, als ich es kann.«

Dag zog das Kinn ein und murmelte etwas Unhörbares. Er wusste es besser, als es bei Egwenes Vater versuchen zu wollen.

»Ich bin sicher, meine Mutter könnte es so erklären, dass Ihr es versteht«, fuhr Loise gnadenlos fort.

Dags Wangen zuckten, und er setzte ein kriecherisches Grinsen auf. Er murmelte etwas in der Art, dass er Loise vertraute, wich zurück und eilte dann los, fing beinahe schon an zu laufen. Er war nicht so dumm, die Aufmerksamkeit des Frauenkreises zu erregen, wenn er es vermeiden konnte. Loise sah ihm mit einem zufriedenen Blick hinterher.

Egwene nutzte die Gelegenheit, um zu verschwinden, und atmete erleichtert auf, als Loise nicht hinter ihr herrief. Loise sortierte lieber Wolle, statt beim Kochen zu helfen, aber viel lieber wäre sie auf Bäume geklettert oder im Wasserwald geschwommen, und es war ihr egal, dass die meisten Mädchen ihres Alters derartige Aktivitäten bereits aufgegeben hatten. Und sie hätte ihre Arbeit an Egwene abgewälzt, falls sich dazu eine Gelegenheit geboten hätte. Egwene wäre gern mit ihr schwimmen gegangen, aber Loise betrachtete ihre Gesellschaft als Ärgernis, und sie war zu stolz zum Betteln. Sie runzelte die Stirn. Alle ihre Schwestern behandelten sie wie ein kleines Kind. Selbst Alene, wenn sie sie überhaupt zur Kenntnis nahm. Alene hatte die meiste Zeit ihre Nase in einem Buch stecken und las sich durch die Bibliothek ihres Vaters, um dann wieder von vorn anzufangen. Er besaß fast *vierzig* Bücher! Egwenes Lieblingsbuch war *Die Reisen von Jain Weitläufer*. Sie träumte davon, all die seltsamen

Länder zu sehen, von denen er geschrieben hatte. Aber wenn sie ein Buch las und Alene es haben wollte, behauptete sie immer, es sei zu ›kompliziert‹ für Egwene, und nahm es ihr einfach weg! Alle *vier* waren einfach furchtbar!

Einige der Wasserträger machten Pause im Schatten oder erzählten sich Witze, aber sie ging weiter, obwohl ihre Arme schmerzten. Egwene al'Vere würde nicht schlapp machen. Und sie hielt weiterhin Ausschau nach ihren Schwestern. Und nach Perrin. Und Mat. Verflixte Adora! Ach was, sie alle waren furchtbar!

Sie ging langsamer, als sie sich der Seherin näherte. Doral Barran war die älteste Frau von Emondsfelde, vielleicht sogar von den Zwei Flüssen, mit weißem Haar und gebrechlich, aber ihr Blick war noch immer scharf, und sie ging kein bisschen gebückt. Die Schülerin der Seherin, Nynaeve, kehrte Egwene auf den Knien den Rücken zu und kümmerte sich um Bili Cingar; sie legte an seinem Bein einen Verband an. Seine Hosenbeine waren abgeschnitten. Bili, der auf einem Baumstumpf saß, war noch ein Erwachsener, bei dem es Egwene schwer fiel, ihm den nötigen Respekt zu erweisen. Er tat ständig dumme Sachen und verletzte sich dabei. Er war im gleichen Alter wie Meister Luhhan, sah aber mindestens zehn Jahre älter aus; seine Wangen waren eingefallen, die Augen lagen tief in ihren Höhlen.

»Ihr habt in der Vergangenheit oft genug den Narren gespielt, Bili Congar«, sagte Frau Barran streng, »aber bei der Arbeit mit einer Wollschere zu trinken ist schlimmer, als den Narren zu spielen.« Merkwürdigerweise blickte sie nicht auf ihn herunter, sondern auf Nynaeve.

»Ich hatte doch bloß einen Schluck Ale, Seherin«, winselte er. »Wegen der Hitze. Nur einen Schluck.«

Die Seherin schnaubte ungläubig, schaute Nynaeve aber weiterhin wie ein Falke zu. Das war überraschend. Frau Barran lobte Nynaeve oft öffentlich dafür, dass sie so gelehrig war. Sie hatte Nynaeve drei Jahre zuvor in die Lehre genommen, nachdem ihre damalige Schülerin an einer Krankheit gestorben war, die nicht einmal sie hatte heilen können. Nynaeve war kurz zuvor zur Waise geworden, und viele Leute waren der Meinung, die Seherin hätte sie nach dem Tod ihrer Mutter zu ihren Verwandten im Landesinneren schicken und eine Ältere zur Schülerin machen sollen. Egwenes Mutter sagte das nicht, aber Egwene wusste, dass sie genauso dachte.

Als Nynaeve mit dem Verband fertig war, richtete sich auf und nickte zufrieden. Und zu Egwenes Überraschung kniete Frau Barran nieder und wickelte ihn wieder ab, hob sogar den Brotumschlag, um sich den Riss in Bilis Oberschenkel anzusehen, bevor sie den Lappen erneut um sein Bein band. Sie sah tatsächlich ... enttäuscht aus. Aber warum? Nynaeve fing an, mit ihrem Zopf herumzuspielen, an ihm zu ziehen, wie sie es immer tat, wenn sie nervös war oder Aufmerksamkeit auf die Tatsache lenken wollte, dass sie jetzt eine erwachsene Frau war.

Wann wird sie damit wohl endlich aufhören?, dachte Egwene. Der Frauenkreis hatte Nynaeve vor fast einem Jahr erlaubt, ihr Haar zu flechten.

Eine flatternde Bewegung in der Luft erregte Egwenes Aufmerksamkeit, und sie starrte hin. In den Bäumen um die Wiese hockten jetzt noch mehr Raben. Dutzende von ihnen, und sie alle beobachteten. Sie wusste, dass sie das taten. Nicht einer von ihnen unternahm den Versuch, etwas von den Tischen mit den Speisen zu stehlen. Das war einfach unnatürlich. Wenn man es genau betrachtete, würdigten die Vögel die Tische mit keinem Blick. Auch nicht die Tische, an denen die Frauen mit der Wolle arbeiteten. Sie beobachteten die Jungen, die die Schafe trieben. Und die Männer, die die Schafe schoren und die Wolle wegbrachten. Und auch die Jungen, die Wasser trugen. Keines der Mädchen und auch keine der Frauen, nur die Männer und Jungen. Darauf wäre Egwene jede Wette eingegangen, auch wenn ihre Mutter sagte, dass sie nicht wetten sollte. Sie öffnete den Mund, um die Seherin zu fragen, was das zu bedeuten hatte.

»Hast du nichts zu tun, Egwene?«, sagte Nynaeve, ohne sich umzudrehen.

Ohne es zu wollen, zuckte Egwene zusammen. Das tat Nynaeve schon seit dem vergangenen Herbst; sie wusste, dass Egwene da war, ohne hinsehen zu müssen. Egwene wünschte, sie würde damit aufhören.

Nynaeve wandte jetzt den Kopf und warf ihr einen Blick über die Schulter zu. Es war ein energischer Blick von der Art, die Egwene bei Kenley ausprobiert hatte. Sie musste für Nynaeve nicht springen, nicht, wie sie es für die Seherin getan hätte. Nynaeve wollte sich bloß dafür schadlos halten, dass Frau Barran ihre Arbeit angezweifelt hatte. Egwene zog kurz in Erwägung, ihr zu sagen, dass Frau Ayellin sie wegen eines Kuchens sprechen wollte. Aber ein Blick in Nynaeves Gesicht ließ sie zu dem Schluss kommen, dass das vermutlich keine gute Idee war. Davon abgesehen hatte sie sowieso genau das getan, was sie unbedingt hatte vermeiden wollen, sie hatte faul herumgestanden und Nynaeve und der Seherin zugesehen. Sie machte einen Knicks, so gut das mit dem Eimer in der Hand ging – in die Richtung der Seherin, nicht Nynaeves – und wandte sich ab. Dabei humpelte sie nicht, und das nicht, weil Nynaeve sie ansah. Mit Sicherheit nicht. Und sie beeilte sich auch nicht. Sie ging bloß wieder an die Arbeit.

Aber sie ging immerhin so schnell, dass sie, bevor es ihr bewusst wurde, wieder zu den Tischen kam, an denen die Frauen die Wolle bearbeiteten. Und zwar Angesicht zu Angesicht mit ihrer Schwester Elisa. Sie faltete das Vlies für die Ballen zusammen, und sie machte es schlecht. Elisa schien abgelenkt, nahm ihre Schwester nicht mal richtig wahr, und Egwene kannte den Grund dafür. Elisa war achtzehn, aber ihr taillenlanges Haar war noch immer mit einem blauen Tuch zusammengebunden. Nicht, dass sie ans Heiraten gedacht hätte – die meisten Mädchen warteten mindestens ein paar Jahre –, aber sie war ein Jahr älter als Nynaeve. Elisa sorgte sich oft laut, warum der Frauenkreis sie noch immer für zu jung hielt. Es fiel schwer, kein Mitleid für sie zu haben. Vor allem, weil Egwene jetzt schon seit Wochen über Elisas schwierige Situation nachdachte. Nun, nicht genau über ihr Problem, aber die Sache hatte sie nachdenklich gemacht.

Neben der Tischreihe unterhielt sich Calle Coplin mit ein paar jungen Männern von den Bauernhöfen, kicherte und fummelte an ihren Röcken herum. Sie war immer damit beschäftigt, mit irgendeinem Mann zu sprechen, dabei *sollte* sie eigentlich Vlies falten. Aber das war nicht der Grund, weswegen sie Egwenes Aufmerksamkeit erregte.

»Elisa, du solltest dir nicht so viele Sorgen machen«, sagte sie leise. »Gut, dann haben Berowyn und Alene eben mit sechzehn den Zopf geflochten bekommen ...« *So wie die meisten Mädchen,* fügte sie in Gedanken hinzu. Sie verspürte nicht nur Mitgefühl. Elisa hatte die Angewohnheit, mit Sprichwörtern um sich zu werfen. »Eine verschwendete Stunde kommt nicht wieder« oder »Ein Lächeln macht die Arbeit leichter«. Und zwar so lange, bis einem die Zähne schmerzten. Egwene wusste genau, dass ein Lächeln ihren Eimer nicht mal eine Schöpfkelle leichter machen würde. »... aber Calle ist zwanzig, und ihr Namenstag ist in wenigen Monaten. Ihre Haare sind nicht geflochten, und sieht sie etwa mürrisch aus?«

Elisa arbeitete noch immer an dem Vlies, das auf dem Tisch vor ihr lag. Aus irgendeinem Grund hielten sich die anderen Frauen die Hände vor den Mund und versuchten, ihre Heiterkeit zu verbergen.

Und aus irgendeinem Grund verfärbte sich Elisas Gesicht rot. Sogar puterrot.

»Kinder sollten nicht ...«, stotterte sie. Ihr Gesicht glühte vielleicht wie die Sonne, aber trotz des Stotterns war ihre Stimme so kalt wie Winterschnee. »Ein Kind, das spricht, wenn ... Kinder, die ...« Jillie Lewin, die ein Jahr jünger als Elisa war und deren schwarzes Haar in einem dicken Zopf bis unterhalb der Taille hing, sank auf die Knie, weil sie so angestrengt in ihre Hand prustete. »Verschwinde, Kind!«, fauchte Elisa. »Die Erwachsenen wollen hier arbeiten!«

Egwene wandte sich mit indigniertem Blick ab und ging von den Ballentischen fort, und der Eimer schlug bei jedem Schritt gegen ihr Bein. Da versuchte man, jemandem zu helfen, ihm Mut zu machen, und was war der Dank? *Ich hätte ihr sagen sollen, dass sie keine Erwachsene ist,* dachte sie wütend. *Nicht, bis der Frauenkreis ihr erlaubt, sich das Haar zu flechten. Das hätte ich erwidern sollen.*

Der Zorn blieb ihr erhalten, bis der Eimer wieder leer war, und als sie ihn erneut füllte, nahm sie entschlossen die Schultern zurück. Wenn man etwas tun wollte, dann musste man es eben einfach auch *tun.* So schnell sie konnte, ging sie direkt zu den Schafpferchen und ignorierte jeden, der einen Schluck Wasser haben wollte. Das war kein Müßiggang. Die Jungen würden auch Wasser brauchen.

Die etwa ein Dutzend Jungen, die an den Pferchen darauf warteten, die Schafe zu treiben, schenkten ihr überraschte Blicke, als sie die Kelle anbot, und einige meinten, sie könnten doch etwas trinken, wenn sie am Fluss waren, aber sie machte weiter. Und sie stellte immer dieselbe Frage. »Habt ihr Perrin gesehen? Oder Mat? Wo kann ich sie finden?«

Ein paar erzählten ihr, Perrin und Mat würden Schafe zum Fluss bringen, andere wiederum hatten sie gesehen, wie sie bereits geschorene Schafe hüteten, aber sie hatte nicht vor loszustürmen, nur um sie dann doch nicht mehr anzutreffen. Schließlich musterte ein Junge mit großen Augen namens Wil al'Sleen von einem der Höfe südlich von Emondsfelde sie misstrauisch und sagte: »Was willst du von ihnen?« Manche Mädchen waren der Meinung, dass Wil gut aussah, aber Egwene fand, das seine Ohren komisch aussahen.

Sie wollte ihm einen energischen Blick zuwerfen, überlegte es sich dann aber anders. »Ich ... ich muss sie etwas fragen«, sagte sie. Es war nur eine kleine Lüge. Sie hoffte wirklich, dass einer von ihnen ihr half, die richtigen Antworten auf ein paar Fragen zu finden. Er schwieg lange Zeit und musterte sie, und sie wartete. *Geduld zahlt sich immer aus,* pflegte Elisa oft zu sagen. Zu oft. Sie wünschte sich, Elisas Sprichwörter vergessen zu können. Sie versuchte, es zu vergessen. Aber Wil vor das Schienbein zu treten würde ihr nicht weiterhelfen. Selbst wenn er es verdiente.

»Sie sind hinter dem Pferch«, sagte er schließlich und deutete ruckartig mit dem Kopf auf die Ostseite der Wiese. »Der mit den Schafen, die Paet al'Caars Ohrenzeichen tragen.« Die Jungen, die die Schafe trieben, mussten so reden, selbst wenn es sich nicht gehörte, auf die richtige Anrede zu verzichten, aber sonst würde keiner wissen, ob sie Paet al'Caars oder Jac al'Caars oder die Schafe von dem Dutzend anderer al'Caars meinten. »Sie machen gerade Pause. Bring sie nicht in Schwierigkeiten, indem du jemand etwas anderes sagst.«

»Danke, Wil«, sagte sie, nur um zeigen, dass sie selbst zu einem Wollkopf höflich sein konnte. Als würde sie rumgehen und klatschen! Er sah verblüfft aus, und sie überlegte, ihn trotzdem vors Schienbein zu treten.

Der große Pferch mit Paet al'Caars geschorenen Schafen befand sich fast an den Bäumen der Wasserwald-Seite der Wiese. Meister al'Caars große schwarze Schafhündin, die vor dem Pferch lag, hob den Kopf, als Egwene herankam, und beobachtete sie einen Moment lang, bevor sie ihn wieder hinlegte. Egwene warf der Hündin einen argwöhnischen Blick zu. Sie hatte nicht viel für Hunde übrig, was aber wohl auf Gegenseitigkeit beruhte. Aber sobald sie nahe genug heran war, um alles sehen zu können, dachte sie nicht länger an die Hündin. Die Balken des Pferchs boten wenig Schutz, und sie konnte dahinter eine Gruppe von Jungen sehen. Aber sie konnte nicht genau erkennen, wer es war.

Sie setzte den Eimer vorsichtig ab und ging an dem Schafpferch vorbei. Sie schlich sich nicht an. Sie wollte nur nicht so viel Lärm machen, für den Fall, dass ... dass ihre Schritte die Schafe aufschreckten; das war es. Sie blieb am Ende stehen und spähte um den Eckpfosten herum.

Perrin war da, und Mat Cauthon, genau wie Wil gesagt hatte, und noch ein paar andere Jungen im gleichen Alter, alle mit offenem Hemd und verschwitzt. Da waren Dav Ayellin und Lem Thane, Ban Crawe und Elam Dowtry. Und Rand, ein dürrer Junge, fast so groß wie Perrin, mit Händen und Füßen, die zu groß für seine Statur waren. Er war immer bei Mat oder Perrin zu finden, es war nur eine Frage der Zeit. Rand, von dem jeder behauptete, sie würde ihn eines

Tages heiraten. Sie unterhielten sich und lachten und boxten einander gegen die Schultern. Warum taten Jungen das bloß? Mit finsterem Blick wich sie von dem Eckpfosten zurück und lehnte sich gegen die Latten. Eines der Schafe im Pferch schnüffelte an ihrem Rücken, aber sie ignorierte es. Sie hatte Frauen über sie und Rand reden gehört, aber sie hatte nicht gewusst, dass *alle* das sagten. *Verflixte* Elisa! Hätte Elisa nicht angefangen, wegen ihrem Haar zu jammern und zu stöhnen, hätte Egwene niemals angefangen, über Ehemänner nachzudenken. Sie würde sicher eines Tages heiraten – das taten die meisten Frauen von den Zwei Flüssen –, aber sie war nicht wie diese albernen Gänse, die nur darüber redeten, dass sie es kaum erwarten konnten. Die meisten Frauen warteten wenigstens ein paar Jahre, nachdem ihr Haar zu einem Zopf geflochten war, und sie ... sie wollte die Länder sehen, von denen Jain Weitläufer geschrieben hatte. Was würde ein Ehemann wohl davon halten, dass seine Frau in fremde Länder aufbrechen wollte? Soweit sie wusste, verließ niemand jemals die Zwei Flüsse.

Ich werde gehen, schwor sie sich stumm.

Selbst wenn sie heiratete, würde Rand einen guten Ehemann abgeben? Sie war sich nicht sicher, was einen guten Ehemann ausmachte. Jemand wie ihr Vater, der mutig und freundlich und klug war. Sie hielt Rand für freundlich. Er hatte ihr eine Flöte geschnitzt und ein Pferdchen, und er hatte ihr eine Adlerfeder mit schwarzer Spitze geschenkt, als sie gesagt hatte, dass sie sie hübsch fand, obwohl sie noch immer glaubte, dass er sie lieber behalten hätte. Und er bewachte die Schafe seines Vaters auf der Weide, also musste er mutig sein. Der Schafhund würde helfen, falls Wölfe kamen oder ein Bär, aber der Junge, der sie bewachte, musste mit seiner Schleuder oder, falls er alt genug war, mit seinem Bogen bereit sein. Bloß ... Sie sah ihn jedes Mal, wenn er und sein Vater von ihrem Hof kamen, aber eigentlich kannte sie ihn nicht näher. Sie wusste kaum etwas über ihn. Der jetzige Zeitpunkt war genauso gut wie jeder andere, um damit anzufangen, mehr über ihn in Erfahrung zu bringen. Sie schob sich zu dem Pfosten und spähte wieder um die Ecke.

»Ich wäre gern ein König«, sagte Rand. »Das wäre ich gern.« Er schwenkte den Arm und brachte eine unbeholfene Verbeugung zustande, dabei lachte er, um zu zeigen, dass er scherzte. Was auch gut so war. Egwene verzog das Gesicht. Ein König! Sie studierte seine Züge. Nein, er sah nicht gut aus. Nun, vielleicht doch. Vielleicht spielte das gar keine Rolle. Aber möglicherweise wäre es nett gewesen, einen Ehemann zu haben, den sie gern ansah. Seine Augen waren blau. Nein, grau. Sie schienen sich zu verändern, wenn man genau hinsah. Niemand von den Zwei Flüssen hatte blaue Augen. Manchmal zeigten seine Augen einen traurigen Ausdruck. Seine Mutter war gestorben, als er noch klein war, und Egwene glaubte, dass er Jungen mit Müttern beneidete. Sie konnte sich nicht vorstellen, ihre Mutter zu verlieren. Sie wollte es nicht mal versuchen.

»Ein König der Schafe!«, prustete Mat. Er war kleiner als die anderen und balancierte stets auf den Zehen. Ein Blick in sein Gesicht, und man wusste, dass er es nicht abwarten konnte, jemandem einen Streich zu spielen. Er war *immer* auf Unsinn aus – für gewöhnlich mit Erfolg. »Rand al'Thor, König der Schafe.« Lem kicherte gehässig. Ban boxte ihn gegen die Schulter, Lem schlug zurück, dann kicherten beide. Egwene schüttelte den Kopf.

»Es ist besser, als fortlaufen zu wollen und niemals arbeiten zu müssen«, sagte Rand sanft. Er schien nie wütend zu werden. Jedenfalls hatte sie das noch nie beobachtet. »Wie willst du ohne zu arbeiten leben, Mat?«

»Schafe sind gar nicht so übel«, sagte Elam und rieb sich die lange Nase. Sein Haar war kurz geschnitten, aber an seinem Hinterkopf sträubten sich ein paar in die Höhe. Er hatte eine gewisse Ähnlichkeit mit einem Schaf.

»Ich werde eine Aes Sedai retten, und sie wird mich belohnen«, gab Mat zurück. »Ich suche jedenfalls keine Arbeit, wenn es mehr als genug Arbeit gibt, ohne danach suchen zu müssen.« Er grinste und bohrte den Finger in Perrins Schulter.

Perrin rieb sich verlegen die Nase. »Manchmal muss man vernünftig sein, Mat«, sagte er langsam. »Manchmal muss man vorausdenken.« Perrin sprach immer langsam, wenn er überhaupt sprach. Und er bewegte sich bedächtig, als hätte er Angst, er könnte etwas zerbrechen. Rand sprach manchmal, bevor er nachdachte, und er sah immer aus, als wäre er bereit, loszustürmen und nicht stehen zu bleiben, bis er den Horizont erreicht hatte.

»Vernünftig« bedeutet, dass ich in der Mühle meines Vaters arbeite.« Lem seufzte. »Und sie vermutlich eines Tages erbe. Ich hoffe, nicht zu bald. Ich würde gern vorher ein Abenteuer erleben, du nicht auch, Rand?«

»Natürlich.« Rand lachte. »Aber wo finde ich bei den Zwei Flüssen ein Abenteuer?«

»Da muss es doch eine Möglichkeit geben«, murmelte Ban. »Vielleicht gibt es ja oben in den Bergen Gold. Oder Trollocs?« Er klang plötzlich, als wäre er sich nicht mehr so sicher, in die Berge steigen zu wollen. Glaubte er wirklich, dass es *Trollocs* gab?

»Ich will mehr Schafe besitzen als jeder andere von den Zwei Flüssen«, sagte Elam entschieden. Mat rollte verzweifelt mit den Augen. Dav hatte auf den Fersen gehockt und zugehört, und jetzt schüttelte er den Kopf. »Du *siehst* wie ein Schaf aus, Elam«, murmelte er. Immerhin hatte sie das *nicht* laut gesagt, dachte Egwene. Dav war größer als Mat und stämmiger, aber in seinen Augen leuchtete das gleiche Funkeln. Seine Kleider waren grundsätzlich von etwas in Unordnung gebracht, das er nicht hätte tun dürfen. »Hört zu, ich habe eine tolle Idee.«

»Ich habe aber eine bessere«, unterbrach Mat ihn schnell. »Kommt. Ich zeige es euch.« Er und Dav starrten einander an.

Elam, Ban und Lem sahen bereit aus, einem von ihnen oder auch beiden zu folgen, falls sie gewusst hätten, wie sie das hätten anstellen sollen. Aber Rand legte Mat die Hand auf die Schulter. »Warte. Lasst erst mal diese tollen Ideen hören.« Perrin nickte nachdenklich.

Egwene seufzte. Dav und Mat schienen miteinander wetteifern zu wollen, wer sich mehr Ärger einhandeln konnte. Und Rand klang vielleicht vernünftig, aber wenn er im Dorf war, gelang es den anderen oft, ihn mit hineinzuziehen. Und Perrin auch. Die anderen drei würden bei allem mitmachen, was Mat oder Dav vorschlugen.

Besser, wenn sie jetzt verschwand. Sie würde ihnen nicht folgen und sehen können, was sie vorhatten, jedenfalls nicht, ohne gesehen zu werden. Und sie würde eher sterben, als Rand auf die Idee zu bringen, dass sie ihn wie eine dumme Gans beobachtet hatte. *Und ich habe nicht mal was erfahren.*

Als sie an dem Schafpferch vorbei zu der Stelle zurückging, an der sie ihren Eimer stehen gelassen hatte, ging Dannil Lewin an ihr vorbei. Mit dreizehn war er noch dürrer als Rand und hatte eine große Nase. Sie zögerte über den Eimer gebeugt und lauschte. Zuerst hörte sie nur Gemurmel, aber dann ...

»Der Bürgermeister will mich sehen?«, rief Mat aus. »Das kann nicht sein! Ich habe nichts getan!«

»Er will euch alle sehen, und zwar schnell«, sagte Dannil. »Ich an eurer Stelle würde mich beeilen.«

Egwene ergriff schnell den Eimer, entfernte sich mit langsamen Schritten und hielt auf den Fluss zu. Rand und die anderen kamen kurz darauf an ihr vorbei, da sie in dieselbe Richtung gingen. Egwene lächelte, es war ein schmales Lächeln. Wenn ihr Vater nach jemandem schickte, dann kam derjenige auch. Selbst der Frauenkreis wusste, dass Brandelwyn al'Vere kein Mann war, mit dem man sich anlegen wollte. Egwene hätte das eigentlich nicht wissen dürfen, aber sie hatte Frau Luhhan und Frau Ayellin und ein paar der anderen bei einem Gespräch mit ihrer Mutter belauscht. Sie hatten behauptet, ihr Vater sei stur und dass ihre Mutter dagegen etwas unternehmen müsse. Egwene ließ die Jungen ein Stück vorausgehen – nur ein kleines Stück – und beschleunigte dann ihre Schritte, um mitzuhalten.

»Ich verstehe das nicht«, knurrte Mat, als sie sich der Reihe der scherenden Männer näherten. »Manchmal weiß der Bürgermeister schon in dem Augenblick, in dem ich etwas mache, dass ich es mache. Genau wie meine Mutter. Aber wieso?«

»Vermutlich berichtet es der Frauenkreis deiner Mutter«, murmelte Dav. »Die sehen alles. Und der Bürgermeister ist der Bürgermeister.« Die anderen nickten düster.

Ein Stück voraus sah Egwene ihren Vater, einen korpulenten Mann mit dünner werdendem, grauem Haar, die Ärmel bis über die Ellbogen aufgerollt, eine Pfeife zwischen den Zähnen stecken, eine Schere in der Hand. Und zehn Schritte von den Schafscherern entfernt stand Frau Cauthon, Mats Mutter, flankiert von ihren beiden Töchtern, und sah den Jungen entgegen. Natti Cauthon war eine ruhige, beherrschte Frau, was sie bei einem Sohn wie Mat auch sein musste, und im Augenblick zeigte sie ein zufriedenes Lächeln. Bodewhin und Eldrin zeigten ein beinahe identisches Lächeln, und sie betrachteten Mat doppelt so streng wie ihre Mutter. Bode war noch nicht alt genug, um auch schon Wasser tragen zu dürfen, und es würde noch zwei Jahre dauern, bis Eldrin so weit war. *Rand und die anderen müssen blind sein!*, dachte Egwene. Jeder, der über Augen verfügte, konnte sehen, wieso Frau Cauthon immer alles wusste.

Frau Cauthon und ihre Töchter reihten sich in die Menge ein, als die Jungen sich Egwenes Vater näherten. Keiner der Burschen schien Egwene zu bemerken. Sie hatten alle nur Augen für ihren Vater und machten einen verlegenen Eindruck. Bis auf Mat; er zeigte ein breites Grinsen, das ihn schuldig aussehen ließ. Rands Vater schaute von dem Schaf auf, über das er gebeugt stand, und schenkte ihm ein Lächeln, nach dem er weniger wie ein zur Flucht bereiter Reiher aussah.

Egwene fing an, den Scherern in der Nähe ihres Vaters Wasser anzubieten; es waren alles Mitglieder des Dorfrats. Nun, Meister Cole lag mit dem Rücken an einen hüfthohen Stein gelehnt, der aus dem Boden ragte, und schien ein Schläfchen zu machen. Er war so alt wie die Seherin, vielleicht sogar noch älter, obwohl er noch über alle Haare verfügte, auch wenn es weiß war. Aber die anderen schoren, und das Vlies fiel in dicken weißen Bündeln von den Schafen. Meister Buie, der Dachdecker, ein knorriger, aber munterer Mann, murmelte bei der Arbeit unhörbar vor sich hin; die anderen schafften zwei Schafe, während er mit dem ersten gerade fertig war, aber jeder schien in die Arbeit vertieft. Wenn ein Mann so weit war, entließ er das Schaf in die Obhut der wartenden Jungen, die es dann forttrieben, während man ihm das nächste brachte. Egwene ließ sich Zeit, um einen Vorwand zum bleiben zu haben. Sie trödelte nicht herum, jedenfalls nicht richtig; sie wollte einfach nur wissen, was los war.

Ihr Vater musterte die Jungen einen Augenblick lang, schürzte die Lippen und sagte dann: »Nun, Jungs, ich hoffe, ihr habt hart gearbeitet.« Mat warf Rand einen überraschten Blick zu, und Perrin zuckte unbehaglich mit den Schultern. Rand nickte bloß, wenn auch unsicher. »Denn ich dachte, es wäre jetzt Zeit für die Geschichte, die ich euch versprochen habe«, fuhr ihr Vater fort. Egwene grinste. Ihr Vater erzählte die *besten* Geschichten.

Mat hob den Kopf. »Ich will etwas über Abenteuer hören.« Der Blick, den er Rand diesmal zuwarf, war trotzig.

»Ich über Aes Sedai und Behüter«, stieß Dav eilig hervor.

»Und ich über Trollocs«, fügte Mat hinzu, »und ... und ... und einen falschen Drachen!«

Dav öffnete den Mund und schloss ihn wieder, ohne etwas zu sagen. Allerdings schaute er Mat böse an. Es war ihm unmöglich, den falschen Drachen zu übertreffen, und das wusste er auch.

Egwenes Vater schmunzelte. »Ich bin kein Gaukler, Jungs. Solche Geschichten kenne ich nicht. Tam? Willst du es nicht versuchen?«

Egwene blinzelte. Woher sollte Rands Vater solche Geschichten kennen, wenn sie ihrem Vater unbekannt waren? Meister al'Thor war vom Dorfrat auserwählt worden, für die Bauern rings um Emondsfelde zu sprechen, aber so weit sie wusste, hatte er wie alle anderen auch bloß Schafe gezüchtet und Tabak gepflanzt.

Meister al'Thor sah unangenehm berührt aus, und Egwene hoffte, dass er keine solchen Geschichten kannte. Sie wollte nicht, dass jemand ihren Vater übertraf. Natürlich mochte sie Rands Vater, also wollte sie auch nicht, dass er sich zum Gespött machte. Er war ein stämmiger Mann mit grauen Strähnen im Haar, ein stiller Mann, und jedermann mochte ihn gut leiden.

Meister al'Thor schor sein Schaf zu Ende, und als man ihm das nächste brachte, tauschte er mit Rand ein Lächeln aus. »Zufällig kenne ich eine ähnliche Geschichte«, sagte er. »Ich erzähle euch vom echten Drachen, nicht von einem falschen.«

Meister Buie richtete sich so schnell von seinem zur Hälfte geschorenen Schaf auf, dass das Tier ihm um ein Haar entkommen wäre. Er kniff die Augen zusammen, obwohl sie immer ziemlich schmal waren. »Davon wollen wir nichts hören, Tam al'Thor«, knurrte er mit seiner kratzigen Stimme. »Das ist nichts für anständige Ohren.«

»Immer mit der Ruhe, Cenn«, sagte Egwenes Vater beschwichtigend. »Es ist bloß eine Geschichte.« Aber er sah Rands Vater dabei an, und offensichtlich war er sich nicht so sicher, wie er vorgab.

»Manche Geschichten sollten nicht erzählt werden«, beharrte Meister Buie auf seinem Standpunkt. »Manche Geschichten sollten nicht bekannt werden! Das ist nicht richtig, sage ich! Es gefällt mir nicht. Wenn sie etwas über Kriege hören müssen, erzählt ihnen etwas über den Hundertjährigen Krieg oder die Trolloc-Kriege. Da haben sie ihre Aes Sedai und Trollocs, wenn man schon über solche Dinge sprechen muss. Oder den Aiel-Krieg.« Einen Augenblick lang hatte Egwene den Eindruck, dass sich Meister al'Thors Gesicht veränderte. Einen Augenblick lang erschien er härter. Hart genug, um die Wächter der Kaufleute wie Schwächlinge erscheinen zu lassen. Sie bildete sich heute viele Dinge ein. Für gewöhnlich erlaubte sie ihrer Vorstellungskraft nicht, mit ihr auf diese Weise durchzugehen.

Meister Cole schlug die Augen auf. »Er will bloß eine *Geschichte* erzählen, Cenn. Eine Geschichte, Mann.« Er schloss die Augen wieder. Man wusste nie genau, wann Meister Cole wirklich schlief.

»Du hast noch nie etwas gehört, gerochen oder gesehen, das dir gefiel, Cenn«, sagte Meister al'Dai. Er war Bilis Großvater, ein schlanker Mann mit dürrem weißem Haar und genauso alt wie Meister Cole, wenn nicht sogar noch älter. Die meiste Zeit musste er beim Gehen einen Stock benutzen, aber seine Augen blickten klar und scharf, und für seinen Verstand galt das Gleiche. Er war mit der Schafschere fast so schnell wie Meister al'Thor. »Ich rate dir, Cenn, kau stumm auf deiner Leber herum und lass Tam erzählen.«

Meister Buie gab mürrisch klein bei und brummte vor sich hin. Er warf Rands Vater einen finsteren Blick zu und beugte sich wieder über sein Schaf. Egwene schüttelte überrascht den Kopf. Sie hatte oft gehört, wie Meister Buie anderen Leuten erzählte, wie wichtig er im Dorfrat war und dass die anderen Männer immer auf ihn hörten.

Die Jungen traten näher an Meister al'Thor heran und hockten sich in einem Halbkreis auf die Fersen. Jede Geschichte, die im Dorfrat für eine Auseinandersetzung sorgte, war bestimmt interessant. Meister al'Thor fuhr mit dem Scheren fort, aber in einem langsameren Rhythmus. Er wollte nicht riskieren, das Schaf zu schneiden, da er seine Aufmerksamkeit teilen musste.

»Das ist nur eine Geschichte«, sagte er und ignorierte Meister Buies Stirnrunzeln, »weil niemand alles weiß, was geschehen ist. Aber es ist tatsächlich passiert. Ihr habt vom Zeitalter der Legenden gehört?«

Ein paar der Jungen nickten zögernd. Auch Egwene nickte unwillkürlich. Sie hatte die Erwachsenen sagen hören »vielleicht im Zeitalter der Legenden«, wenn sie etwas nicht glaubten, das tatsächlich geschehen war, oder anzweifelten, dass etwas möglich war. Es war nur ein anderer Ausdruck für »Wenn Schweine Flügel hätten«. Zumindest glaubte sie das.

»Es war vor dreitausend und noch mehr Jahren«, fuhr Rands Vater fort. »Es gab große Städte voller Gebäude höher als die Weiße Burg, und das ist so hoch, dass danach nur noch die Berge kommen. Von der Einen Macht angetriebene Maschinen beförderten Menschen schneller als jedes Pferd über den Boden, und manche behaupten, dass Maschinen sogar Menschen durch die Luft trugen. Es gab keine Krankheiten. Keinen Hunger. Keinen Krieg. Und dann berührte der Dunkle König die Welt.«

Die Jungen zuckten zusammen, Elam kippte sogar um. Er rappelte sich mit rotem Gesicht wieder auf und versuchte so zu tun, als wäre er gar nicht gefallen. Egwene hielt die Luft an. Der Dunkle König. Vielleicht lag es daran, dass sie zuvor an ihn gedacht hatte, aber in diesem Augenblick erschien er besonders beängstigend. Sie hoffte, dass Meister al'Thor ihn nicht beim Namen nannte. *Er würde den Dunklen König* nie *beim Namen nennen,* dachte sie, aber das hielt sie nicht von der Befürchtung ab, dass er es möglicherweise doch tat.

Meister al'Thor lächelte die Jungen an, um seine Worte abzuschwächen, fuhr aber fort. »Im Zeitalter der Legenden, heißt es, konnte man sich nicht mal an den Krieg erinnern, aber sobald der Dunkle König die Welt berührte, lernten sie es sehr schnell. Das war kein Krieg wie die, von denen ihr hört, wenn die Kaufleute die Wolle und den Tabak abholen, die zwischen zwei Nationen. Dieser Krieg überzog die ganze Welt. Später nannte man ihn den Krieg der Schatten. Jene, die für das Licht eintraten, standen genauso vielen gegenüber, die auf der Seite des Schattens kämpften, und außer unzählbaren Schattenfreunden gab es Heere von Myrddraal und Trollocs, die größer waren als alles, was die Große Fäule während der Trolloc-Kriege ausspie. Auch Aes Sedai liefen zum Schatten über. Man nannte sie die Verlorenen.«

Egwene fröstelte und war froh zu sehen, dass einige der Jungen sich mit den Armen hielten. Mütter erschreckten ihre Kinder mit den Verlorenen, wenn sie unartig waren. Wenn du weiter lügst, kommt Semirhage und holt dich. Lanfear wartet auf Kinder, die stehlen. Egwene war froh, dass ihre Mutter so etwas nicht tat. Aber Moment mal. Die Verlorenen waren Aes Sedai gewesen? Sie hoffte, dass Meister al'Thor das nicht so laut sagte, oder der Frauenkreis würde sich auf ihn stürzen. Außerdem waren einige der Verlorenen Männer, also musste er sich irren.

»Ihr erwartet von mir, dass ich euch vom Glanz der Schlachten erzähle, aber das werde ich nicht tun.« Einen Augenblick lang klang er grimmig, aber nur einen Augenblick lang. »Niemand weiß etwas über diese Schlachten, nur dass sie gewaltig waren. Vielleicht haben die Aes Sedai darüber Aufzeichnungen, aber wenn das der Fall ist, bekommt sie niemand außer anderen Aes Sedai zu Gesicht. Ihr habt von den großen Schlachten während Artur Falkenflügels Aufstieg und des Hundertjährigen Krieges gehört? Hunderttausend Mann auf jeder Seite?« Er bekam eifriges Nicken zu sehen. Auch von Egwene, obwohl sie nicht so eifrig nickte. All die Männer, die sich gegenseitig umbringen wollten ... Sie fand das nicht so aufregend wie die Jungen. »Nun«, fuhr Meister al'Thor fort, »im Krieg der Schatten hätte man diese Schlachten als klein bezeichnet. Ganze Städte wurden bis auf die Grundmauern zerstört. Dem Land außerhalb der Städte erging es genauso schlimm. Wo auch immer eine Schlacht geschlagen wurde, hinterließ sie nur Zerstörung. Der Krieg zog sich über Jahre hin, auf der ganzen Welt. Und langsam fing der Schatten an zu gewinnen. Das Licht wurde immer wieder zurückgedrängt, bis es den Anschein hatte, als würde der Schatten alles erobern. Hoffnung schmolz wie Nebel in der Sonne. Aber das Licht hatte einen Anführer, der niemals aufgab, einen Mann namens Lews Therin Telamon. Der Drache.«

Einer der Jungen keuchte überrascht auf. Egwene war zu sehr damit beschäftigt, die Augen weit aufzureißen, um zu bemerken, wer es war. Sie vergaß sogar vorzutäuschen, dass sie noch immer Wasser anbot. Der Drache war der Mann, der alles zerstört hatte! Sie wusste nicht viel über die Zerstörung der Welt – nun, in Wahrheit eigentlich so gut wie nichts –, aber so viel wusste doch jeder. Bestimmt hatte er für den Schatten gekämpft!

»Lews Therin sammelte Männer um sich herum, die Hundert Gefährten, und ein kleines Heer. Klein in dem Sinne, wie man damals solche Dinge zählte. Zehntausend Mann. Heute ist das kein kleines Heer, oder was meint ihr?« Die Worte schienen eine Einladung zum Lachen zu sein, aber in Meister al'Thors ruhiger Stimme lag keine Belustigung. Er hörte sich beinahe so an, als wäre er dabei gewesen. Egwene jedenfalls lachte mit Sicherheit nicht, und von den Jungen tat es auch keiner. Sie hörte weiter zu und versuchte dabei nicht zu vergessen, wie man atmete. »Mit verzweifelter Hoffnung griff Lews Therin das Tal von Thakan'dar an, das Herz des Schattens selbst. Hunderttausende Trollocs warfen sich ihnen entgegen, Trollocs und Myrddraal. Trollocs leben nur, um zu töten. Ein Trolloc kann einen Mann mit bloßen Händen in Stücke reißen. Myrddraal *sind* der Tod. Aes Sedai, die für den Schatten kämpften, ließen Feuer und Blitz auf Lews Therin und seine Männer herabregnen. Die Männer, die dem Drachen folgten, starben nicht einer nach dem anderen, sondern zu zehnt, zu zwanzig oder zu fünfzig. Sie kämpften unter einem dunklen Himmel an einem Ort, an dem nichts wuchs und auch niemals je wieder wachsen würde. Aber sie zogen sich weder zurück noch gaben sie auf. Sie kämpften sich bis zum Shayol Ghul vor, und wenn Thakan'dar das Herz des Schattens ist, dann ist Shayol Ghul das Herz des Herzens. Jeder Mann dieses Heeres starb und die meisten der Hundert Gefährten auch, aber im Shayol Ghul sperrten sie den Dunklen König wieder in das Gefängnis ein, das der Schöpfer für ihn gemacht hatte, und die Verlorenen mit ihm. Und die Welt war vor dem Dunklen König gerettet.«

Stille kehrte ein. Die Jungen starrten Meister al'Thor mit großen Augen an. Mit leuchtenden Augen, so als könnten sie alles sehen, die Trollocs und die Myrddraal und Shayol Ghul. Egwene überkam erneut ein Frösteln. *Der Dunkle König und alle die Verlorenen sind in Shayol Ghul gebunden, abseits von der Welt der Menschen,* zitierte sie in Gedanken. Der Rest fiel ihr nicht mehr ein, aber es half. Aber wenn der Drache die Welt gerettet hatte, wie hatte er sie dann zerstört?

Cenn Buie spuckte aus. Er spuckte aus! Wie der stinkende Leibwächter eines Kaufmanns! Sie konnte sich nicht vorstellen, nach dem heutigen Tag ihn selbst in Gedanken noch als Meister Buie bezeichnen zu können.

Das riss die Jungen natürlich aus ihrem Bann. Sie versuchten überall hinzusehen, nur nicht in Richtung des knorrigen Mannes. Perrin kratzte sich am Kopf. »Meister al'Thor«, sagte er langsam, »was bedeutet ›der Drache‹ eigentlich? Wenn jemand der Löwe genannt wird, dann heißt das doch, dass er wie ein Löwe ist. Aber was ist ein Drache?«

Egwene starrte ihn an. Darüber hatte sie noch nie nachgedacht. Vielleicht war Perrin doch nicht ein so schwerfälliger Denker, wie es den Anschein hatte.

»Das weiß ich nicht«, erwiderte Rands Vater ruhig. »Ich glaube nicht, dass es überhaupt jemand weiß. Vielleicht nicht mal die Aes Sedai.« Er ließ das Schaf los, das er geschoren hatte, und gab ein Zeichen, das nächste zu bringen. Egwene wurde klar, dass er schon eine ganze Zeit damit fertig gewesen war. Er hatte wohl seine Geschichte nicht unterbrechen wollen.

Meister Cole öffnete die Augen und grinste. »Der Drache. Das klingt wild, nicht wahr?«, sagte er, bevor er die Augen wieder schloss.

»Ich schätze schon«, sagte Egwenes Vater. »Aber das alles ist vor so langer Zeit und so weit weg passiert, und es hat nichts mit uns zu tun. Nun, ihr hattet eure Pause und eure Geschichte. Zurück an die Arbeit mit euch.« Als die Jungen zögernd aufstanden, fügte er hinzu: »Es gibt hier eine Menge Jungs von den Höfen, die vermutlich noch keiner von euch kennt. Es ist immer gut, seine Nachbarn zu kennen, also solltet ihr euch mit ihnen bekannt machen. Ich will nicht, dass einer von euch heute zusammenarbeitet; ihr kennt euch bereits. Und jetzt los.«

Die Jungen tauschten überraschte Blicke aus. Hatten sie wirklich geglaubt, er würde sie zu dem Unsinn zurückgehen lassen, den sie ausgeheckt hatten? Mat und Dav sahen besonders niedergeschlagen aus, als sie losgingen und dabei Blicke austauschten. Egwene erwog, ihnen zu folgen, aber sie teilten sich bereits auf, und sie hätte Rand nachgehen müssen, um etwas zu erfahren. Sie verzog das Gesicht. Wenn es ihm auffiel, würde er sie für genauso albern wie Cilia Cole halten. Davon abgesehen, waren da diese fernen Länder. Sie hatte vor, sie zu sehen.

Abrupt wurde sie sich der Raben bewusst; es waren viel mehr als zuvor; sie flatterten aus den Bäumen und flogen nach Westen, auf die Verschleierten Berge zu. Sie bewegte die Schultern. Sie hatte das Gefühl, von hinten beobachtet zu werden. Von jemandem oder …

Sie wollte sich nicht umdrehen, aber sie tat es dennoch, hob den Blick zu den Bäumen hinter den die Schafe scherenden Männern. Auf halber Höhe einer hohen Kiefer hockte ein einzelner Rabe auf einem Ast, und starrte sie direkt an! In ihrem Inneren breitete sich sofort Kälte aus. Sie wollte nur eines: weglaufen. Stattdessen zwang sie sich dazu zurückzustarren, versuchte, Nynaeves energischen Blick zu imitieren. Nach einem Augenblick stieß der Rabe ein raues Krächzen aus und warf sich von dem Ast, die schwarzen Schwingen trugen ihn nach Westen, den anderen hinterher.

Vielleicht kriege ich diesen Blick ja endlich richtig hin, dachte sie und kam sich sofort albern vor. Sie hatte zugelassen, dass ihre Vorstellungskraft mit ihr durchging. Es war bloß ein Vogel. Und sie hatte wichtige Dinge zu tun, sie wollte die beste Wasserträgerin aller Zeiten sein. Die beste Wasserträgerin aller Zeiten würde sich nicht vor Vögeln fürchten und auch vor nichts anderem. Sie nahm die Schultern zurück und tauchte in die Menge ein, wobei sie nach Berowyn Ausschau hielt. Aber diesmal ging es darum, Berowyn die Schöpfkelle anzubieten. Wenn sie einem Raben standhalten konnte, dann konnte sie auch ihrer Schwester standhalten. Hoffte sie.

Im nächsten Jahr musste Egwene erneut Wasser tragen, was eine große Enttäuschung für sie darstellte, aber sie versuchte wieder die Beste zu sein. Wenn man schon etwas tun musste, dann konnte man auch genauso gut das Beste geben, zu dem man fähig war. Es musste funktioniert haben, denn im darauf folgenden Jahr erlaubte man ihr, beim Essen zu helfen, ein Jahr früher als gewöhnlich! Da setzte sie sich ein neues Ziel: die Erlaubnis zu bekommen, sich das Haar in jüngeren Jahren zu einem Zopf flechten zu dürfen, als es jemals jemandem zuvor gelungen war. Zwar glaubte sie nicht, dass der Frauenkreis es erlauben würde, aber ein Ziel, das leicht war, war kein richtiges Ziel.

Sie hörte auf, von den Erwachsenen Geschichten hören zu wollen, obwohl sie gelegentlich gern einem Gaukler gelauscht hätte, aber es machte ihr noch immer Spaß, von fernen Ländern mit seltsamen Sitten zu lesen, und sie träumte davon, sie zu sehen. Auch die Jungen hörten auf, nach Geschichten zu verlangen. Egwene konnte sich nicht vorstellen, dass sie sehr viel lasen. Sie alle wurden älter, glaubten, dass sich ihre Welt niemals verändern würde, und viele dieser Geschichten verblichen zu geliebten Erinnerungen, während andere in Vergessenheit gerieten. Und wenn sie erfuhren, dass einige dieser Geschichten tatsächlich mehr als nur Geschichten gewesen waren, nun ja ... Der Krieg der Schatten? Die Zerstörung der Welt? Lews Therin Telamon? Wie konnte das heute noch von Bedeutung sein? Und was war damals eigentlich *wirklich* geschehen?

Der Drachenberg

Der Palast bebte immer noch von Zeit zu Zeit, wenn die Erde grollte, wenn sie aufstöhnte, als wolle sie leugnen, was doch geschehen war. Streifen von Sonnenlicht fielen durch Risse in den Wänden. Staubteilchen, die immer noch in der Luft hingen, glitzerten darin. Brandflecken verunstalteten Wände, Decken und Böden. Breite schwarze Schmierspuren zogen sich über blasenschlagende Farbe und die Blattgoldauflage einst strahlend schöner Wandgemälde. Ruß bedeckte den zerbröckelnden Fries mit den Darstellungen von Menschen und Tieren. Es schien fast, als hätten diese fortzulaufen versucht, bevor der Wahnsinn sich wieder beruhigte. Überall lagen die Toten, Männer, Frauen und Kinder, auf der Flucht von Blitzen erschlagen, die jeden Korridor durchzuckten, oder von lauernden Flammen ergriffen, oder in die Steine eingesunken, die Steine des Palasts, die sich, beinahe lebendig, bewegt hatten, gesucht hatten, bis die Stille wiederkehrte. In fremdartig anmutendem Gegensatz dazu standen die farbigen Wandbehänge und Gemälde – alles Meisterwerke –, die völlig unbeschädigt dahingen, außer an Stellen, wo die sich einwölbenden Mauern sie beiseite geschoben hatten. Kunstvoll geschnitzte Möbel, mit Gold und Elfenbein eingelegt, standen unberührt, und nur wenige waren umgestürzt, als die Böden sich aufgebäumt hatten. Der Wahnsinn hatte auf das Herz gezielt und Unwichtiges übersehen.

Lews Therin Telamon schritt durch den Palast, und wenn sich die Erde aufbäumte, hielt er doch das Gleichgewicht.»Ilyena! Meine Liebste, wo bist du?«Der Saum seines blassgrauen Umhangs schleifte durch Blut, als er über die Leiche einer Frau sprang, deren goldblonde Schönheit vom Schrecken der letzten Momente ihres Lebens zerstört worden war. Ihre aufgerissenen Augen waren in ungläubigem Staunen erstarrt.»Wo bist du, geliebte Frau? Wo verbergt Ihr euch alle?«

Sein Blick erspähte das eigene Abbild in einem Spiegel, der schief an einer aufgeworfenen Marmorwand baumelte. Seine kostbare Kleidung, grau und golden und purpurfarben, aus fein gewebten Tuchen, die Händler von jenseits des Weltmeeres mitgebracht hatten, war nun zerrissen und schmutzig und genau wie sein Haar und seine Haut von einer dicken Staubschicht bedeckt. Einen Augenblick lang fuhren seine Finger das Symbol auf dem Umhang nach, einen Kreis mit einer weißen und einer schwarzen Hälfte, die durch eine fließende Linie voneinander getrennt waren. Dieses Symbol hatte irgendeine Bedeutung. Rasch jedoch schweifte seine Aufmerksamkeit von dem gestickten Kreis ab. Staunend betrachtete er wieder sein Spiegelbild. Ein hoch gewachsener Mann, der gerade in die mittleren Jahre gekommen war, einst gut aussehend, doch nun war sein Haar schon eher weiß als braun zu nennen, und das Gesicht war von Überanstrengung und Sorgen zerfurcht. Die dunklen Augen hatten schon viel zu viel gesehen. Lews Therin begann leise zu lachen, dann warf er den Kopf zurück, und sein lautes Gelächter kehrte als Echo aus den unbelebten Hallen zurück.

»Ilyena, meine Liebste! Komm zu mir, mein Weib. Das musst du sehen!«

Hinter ihm schimmerte die Luft, floss in Wellen ineinander und gebar aus diesem Wirbel einen Mann, der sich umsah und dabei kurz den Mund vor Ekel verzog. Er war nicht so groß wie Lews Therin und ganz in Schwarz gekleidet. Nur der schneeweiße Spitzenkragen um den Hals und der silberne Zierrat an den oben umgeschlagenen hüfthohen Stiefeln stachen aus dem Schwarz hervor. Er schritt vorsichtig durch den Saal und hob sorgfältig den Umhang, damit er die Leichen nicht streifte. Der Boden erzitterte in Nachbeben, aber seine Aufmerksamkeit galt dem Mann, der in den Spiegel starrte und lachte. »Herr des Morgens«, sagte er, »ich bin gekommen, um Euch zu holen.«

Das Lachen brach ab, als sei es nie gewesen, und Lews Therin drehte sich – anscheinend keineswegs überrascht – zu ihm um. »Ach, ein Gast. Habt Ihr eine gute Stimme, Fremder? Es wird bald Zeit, das Singen zu beginnen, und hier sind alle willkommen, die daran teilnehmen möchten. Ilyena, meine Liebste, wir haben einen Gast. Ilyena, wo bist du?«

Die Augen des schwarz gekleideten Mannes weiteten sich, sein Blick huschte hinüber zum Körper der goldblonden Frau und dann zu Lews Therin zurück. »Shai'tan soll Euch holen! Hat Euch der Wahn schon so stark ergriffen?«

»Dieser Name. Shai ...« Lews Therin erschauderte und hob abwehrend eine Hand. »Ihr dürft diesen Namen nicht erwähnen. Das ist gefährlich.«

»Also erinnert Ihr Euch wenigstens daran. Gefährlich für Euch, nicht für mich! Woran erinnert Ihr Euch noch? Erinnert Euch, Ihr verblendeter Narr! Ich werde dies alles nicht beenden, wenn Ihr von Ahnungslosigkeit strotzt! Erinnert Euch!«

Lews Therin betrachtete seine erhobene Hand, fasziniert von den Mustern im Schmutz. Dann wischte er die Hand an dem noch schmutzigeren Umhang ab und wandte seine Aufmerksamkeit wieder dem anderen Mann zu. »Wer seid Ihr? Was wollt Ihr?«

Der schwarz gekleidete Mann richtete sich arrogant auf. »Einst nannte man mich Elan Morin Tedronai, doch jetzt ...«

»Verräter aller Hoffnung!« Es war nur ein Flüstern. Erinnerungen regten sich, aber Lews Therin wandte den Kopf und scheute ihre Berührung.

»Also erinnert Ihr Euch an einiges. Ja, Verräter aller Hoffnung. So bin ich von Menschen genannt worden, so wie sie Euch Drache nannten, aber im Gegensatz zu Euch gefällt mir dieser Name. Sie gaben ihn mir, um mich damit zu beschimpfen, doch ich werde sie dazu bringen, niederzuknien und ihn anzubeten. Was werdet Ihr mit Eurem Namen anfangen? Nach dem heutigen Tag werden die Menschen Euch Brudermörder nennen. Wie findet Ihr das?«

Lews Therin ließ den sorgenvollen Blick durch den zerstörten Saal schweifen. »Ilyena sollte hier sein, um einen Gast willkommen zu heißen«, murmelte er abwesend, und dann erhob er die Stimme. »Ilyena, wo bist du?« Der Boden bebte, der Körper der goldblonden Frau veränderte die Lage, als antworte er auf den Ruf. Seine Augen sahen sie nicht.

Elan Morin verzog das Gesicht. »Schaut Euch nur an«, sagte er verächtlich. »Einst wart Ihr der erste aller Diener. Einst habt Ihr den Ring von Tamyrlin getragen und auf dem Thron gesessen. Einst habt Ihr die Neun Geißeln der Herrschaft beschworen. Und jetzt? Ein erbärmliches, zerbrochenes Wrack. Aber das ist nicht genug. Ihr habt mich in der Halle der Diener gedemütigt. Ihr habt mich vor den Toren von Paaran Disen besiegt. Aber jetzt bin ich der Überlegene. Ich werde Euch nicht sterben lassen, ohne Euch das bewusst zu machen. Wenn Ihr sterbt, werden Eure letzten Gedanken das gesamte Wissen um Eure Niederlage erfassen. Ihr werdet begreifen, wie vollständig und endgültig sie ist. Falls ich Euch überhaupt sterben lasse.«

»Ich kann mir nicht vorstellen, was Ilyena so lange aufhält. Sie wird böse auf mich sein, falls sie glaubt, ich habe einen Gast vor ihr verborgen. Ich hoffe, Ihr unterhaltet Euch gern, denn das liebt sie. Seid gewarnt. Ilyena wird Euch so viel fragen, dass Ihr am Ende alles erzählt, was Ihr wisst.«

Elan Morins Hände verkrampften sich. Mit einer schnellen Bewegung warf er den Mantel zurück. »Wie schade für Euch«, grübelte er laut, »dass keine Eurer Schwestern hier ist. Ich war nie sehr geschickt im Heilen, und nun folge ich einer anderen Macht. Doch selbst eine von ihnen könnte Euch nur ein paar klare Minuten bescheren, falls Ihr sie nicht schon vorher zerstört. Was ich tun kann, wird seinen Zweck auch erfüllen – jedenfalls meinen Zweck.« Sein plötzliches Lächeln hatte einen grausamen Zug. »Ich fürchte nur, die Heilung durch Shai'tan unterscheidet sich von der, die Ihr kennt. Heile, Lews Therin!« Er streckte die Hände aus, und das Licht verdunkelte sich, als läge ein Schatten auf der Sonne.

Schmerz flammte in Lews Therin auf, und er schrie. Der Schrei kam aus den Tiefen seiner Seele, und er konnte ihn nicht aufhalten. Feuer versengte sein Mark, Säure floss durch seine Adern. Er fiel nach rückwärts, stürzte auf den Marmorboden; sein Kopf schlug auf dem Stein auf und prallte zurück. Sein Herz hämmerte, wollte aus der Brust herausspringen, und mit jedem Pulsschlag durchzuckten ihn neue Flammen. Hilflos verkrampfte er sich, schlug um sich, sein Schädel eine Kugel reinster Todesqual und am Zerbersten. Seine heiseren Schreie hallten durch den Palast.

Langsam, unendlich langsam ließ der Schmerz nach. Das Nachlassen schien tausend Jahre zu dauern, und schließlich zuckte er noch schwach und saugte gierig die Luft durch den wunden Hals. Weitere tausend Jahre schienen zu vergehen, bis er in der Lage war, sich mithilfe nachgiebiger Muskeln herumzuwälzen und dann zitternd auf Händen und Knien zu ruhen. Er erblickte die goldhaarige Frau, und der Schrei, den er bei diesem Anblick ausstieß, stellte alles in den Schatten, was er vorher von sich gegeben hatte. Er torkelte, dem Fallen nahe, und kroch schließlich gebrochen über den Boden hin zu ihr. Er benötigte jedes bisschen Kraft, um sie in die Arme zu nehmen. Seine Hände zitterten, als er ihr das Haar aus dem erstarrten Gesicht strich.

»Ilyena! Um des Lichts willen, Ilyena!« Sein Körper krümmte sich schützend um den ihren. Sein Weinen endete in den gequälten Schreien eines Mannes, der nichts mehr besaß, wofür es sich zu leben lohnte. »Ilyena, nein! *Nein*!«

»Ihr könnt sie zurückhaben, Brudermörder. Der Große Herr der Dunkelheit kann sie wieder zum Leben erwecken, wenn Ihr ihm dafür dient. Wenn Ihr mir dient.« Lews Therin hob den Kopf, und der schwarz gekleidete Mann trat vor seinem Blick unwillkürlich einen Schritt zurück. »Zehn Jahre, Verräter«, sagte Lews Therin leise. Es klang so sanft wie das Ziehen einer Stahlklinge. »Zehn Jahre lang hat Euer verderbter Herr die Welt gepeinigt. Und nun das. Ich werde ...«

»Zehn Jahre! Ihr seid ein bemitleidenswerter Narr! Dieser Krieg hat keine zehn Jahre gedauert, sondern währt von Beginn der Zeit. Wir beide haben tausend Schlachten geschlagen, so lange sich das Rad dreht, und wir werden weiterkämpfen, bis selbst die Zeit stirbt und der Schatten triumphiert!« Er endete schreiend und mit erhobener Faust, und diesmal war es an Lews Therin, zurückzutreten und angesichts der glühenden Augen des Verräters tief durchzuatmen.

Vorsichtig legte er Ilyena nieder. Seine Finger strichen ihr sanft über das Haar. Tränen ließen seine Sicht verschwimmen, als er so dastand, aber seine Stimme klang wie gefrorenes Eisen. »Für das, was Ihr sonst noch getan habt, Verräter, kann es keine Vergebung geben, doch für Ilyenas Tod werde ich Euch zerstören, sodass selbst Euer Herr Euch nicht mehr zum Leben erwecken kann. Bereitet Euch vor ...«

»Erinnert Euch, Ihr Narr! Denkt an Euren aussichtslosen Angriff auf den Großen Herrn der Dunkelheit! Denkt an seinen Gegenschlag! Erinnert Euch! Selbst jetzt noch zerreißen die Hundert Gefährten die Welt, und jeden Tag schließen sich ihnen hundert weitere Männer an. Wessen Hand tötete Ilyena Sonnenhaar, Brudermörder? Nicht meine. Wessen Hand streckte jeden nieder, der auch nur einen Tropfen Eures Blutes in sich trug, jeden, der Euch liebte, jeden, den Ihr liebtet? Nicht meine Hand, Brudermörder. Erinnert Euch und erkennt den Preis, den Ihr zahlt, weil Ihr Euch gegen Shai'tan stelltet!«

Ein plötzlicher Schweißausbruch hinterließ Furchen auf Lews Therins staubigem Gesicht. Er erinnerte sich, eine verschleierte Erinnerung, als träume er von einem Traum, doch er wusste, es war die Wahrheit.

Sein Aufheulen prallte gegen die Wände, das Aufheulen eines Mannes, der entdeckt hatte, dass seine Seele durch ihn selbst der Verdammnis anheimgestellt wurde, und er zerkratzte sich das Gesicht, als wolle er den Anblick dessen herausreißen, was er getan hatte. Wohin er auch blickte, seine Augen sahen die Toten. Zerfetzt waren sie oder zerbrochen oder verbrannt oder halb von Stein verschlungen. Überall leblose Gesichter, die er kannte, die er liebte. Alte Diener und Freunde aus seiner Kinderzeit, treue Gefährten in den langen Jahren des Kampfes. Und seine Kinder. Seine eigenen Söhne und Töchter; wie zerbrochene Puppen lagen sie verdreht da, ihr Spiel war für immer beendet. Alle von seiner Hand getötet. Die Gesichter seiner Kinder klagten ihn an. Die leeren Augen fragten: Warum? Und seine Tränen waren keine Antwort darauf. Das Lachen des Verräters geißelte ihn, erstickte sein Aufheulen. Er konnte die Gesichter nicht ertragen, nicht den Schmerz. Er konnte nicht länger bleiben. Verzweifelt griff sein Geist nach der Wahren Quelle, nach dem vom Bösen gezeichneten *Saidin*, und er begab sich fort.

Das Land um ihn herum war flach und leer. In der Nähe rauschte träge ein Fluss, breit und gerade, aber er fühlte, dass es im Umkreis Hunderter von Meilen keine Menschen gab. Er war allein, so allein ein Mann nur sein konnte, während er noch lebte, doch den Erinnerungen vermochte er nicht zu entkommen. Die Augen verfolgten ihn durch die endlosen Höhlen seines Geistes. Er konnte sich nicht vor ihnen verstecken. Die Augen seiner Kinder. Ilyenas Augen. Tränen glitzerten auf seinen Wangen, als er das Gesicht dem Himmel zuwandte.

»Licht, vergib mir!« Er glaubte nicht, dass ihm Vergebung zuteil wurde. Nicht für das, was er getan hatte. Doch er schrie es trotzdem in den Himmel hinein, bettelte um etwas, an dessen Gewährung er nicht glaubte. »Licht, vergib mir!«

Er stand immer noch mit *Saidin* in Verbindung, der männlichen Hälfte der Macht, die das Universum antrieb, die das Rad der Zeit drehte, und er fühlte den öligen Schmutz, der ihre Oberfläche befleckte, die Verderbnis, die der Gegenschlag des Schattens darüber gebracht hatte, die Verderbnis, die die Welt zum Untergang verurteilte. Seinetwegen. Weil er in seiner Verblendung geglaubt hatte, Menschen könnten es dem Schöpfer gleichtun, könnten zusammenfügen, was der Schöpfer erschaffen und was sie zerbrochen hatten. Das hatte er in seinem Stolz geglaubt.

Tief zog er Kraft aus der Wahren Quelle und dann noch einmal, wie ein Verdurstender. Schnell hatte er mehr von der Einen Macht in sich aufgesogen, als er ohne Hilfe handhaben konnte; seine Haut schien zu brennen. Er nahm alle Kraft zusammen und versuchte, noch mehr aufzunehmen, versuchte, alles aufzunehmen.

»Licht, vergib mir! Ilyena!«

Die Luft verwandelte sich in Feuer, das Feuer in verflüssigtes Licht. Der Blitz, der vom Himmel herabzuckte, hätte jedes Auge geblendet, das ihn auch nur einen Moment lang erblickte. Er fuhr aus dem Himmel hernieder, flammte durch Lews Therin Telamon hindurch und bohrte sich in die Eingeweide der Erde. Seine Berührung verwandelte Stein in Dampf. Die Erde zuckte und erzitterte wie ein lebendes Wesen im Todeskampf. Der Blitz existierte nur einen Herzschlag lang, verband Erde und Himmel, doch auch nachdem er verschwunden war, wölbte sich die Erde auf wie ein Meer im Sturm. Geschmolzener Fels wurde hundert Spannen hoch in die Luft geschleudert, und der stöhnende Boden erhob sich und schob den brennenden Springbrunnen weiter hoch, immer höher. Aus dem Norden und Süden, aus dem Osten und Westen heulte der Wind heran, brach Bäume wie kleine Äste entzwei, kreischte und pfiff, als wolle er den wachsenden Berg himmelwärts drücken.

Schließlich erstarb der Wind, die Erde beruhigte sich und murmelte nur noch zitternd vor sich hin. Von Lews Therin Telamon war nichts geblieben. Wo er gestanden hatte, ragte nun ein gewaltiger Berg in den Himmel. Aus dem zerfetzten Gipfel quoll immer noch dünnflüssige Lava. Der Fluss war in einer Kurve vom Berg weggeschoben worden und teilte sich unweit davon. In der Mitte war eine lange Insel entstanden. Der Schatten des Bergs erreichte beinahe die Insel; er lag dunkel wie die drohende Hand der Prophezeiung über dem Land. Eine Zeit lang war nur das dumpfe Grollen der Erde zu hören.

Auf der Insel schimmerte die Luft und zog sich zu einem Wirbel zusammen. Der schwarz gekleidete Mann stand da und betrachtete den feurigen Berg, der sich aus der Ebene erhob. Sein Gesicht verzog sich vor Wut und Verachtung. »Du kannst nicht so leicht entkommen, Drache. Wir sind noch nicht fertig miteinander. Es ist erst zu Ende, wenn alle Zeiten enden.«

Dann war er weg, und Berg und Insel ruhten einsam. Warteten.

Und der Schatten fiel über das Land,
und die Welt wurde Stein um Stein zerrissen.
Die Meere flohen, und die Berge wurden verschluckt,
und die Staaten wurden in die acht Ecken
der Welt verstreut. Der Mond war wie Blut, und die
Sonne war wie Asche. Die Meere kochten,

und die Lebenden beneideten die Toten. Alles war
zerschlagen und bis auf die Erinnerung verloren,
und eine Erinnerung stand über allem: an ihn, der den
Schatten gebracht und die Zerstörung der Welt verursacht hatte. Und ihn nannten sie Drache.

Aus: *Aleth nin Taerin alta Camora,*
der Zerstörung der Welt
(unbekannter Autor, Viertes Zeitalter)

Und es geschah in jenen Tagen, wie es zuvor
geschehen war und wieder geschehen würde, dass die
Dunkelheit schwer auf dem Land lag und die
Herzen der Menschen beschwerte und
alles Grün verblich und die Hoffnung starb.
Und die Menschen riefen ihren Schöpfer und flehten:
O Licht des Himmels, Licht der Welt, lasst den
Berg den Verheißenen gebären, wie es die
Prophezeiung sagte, so wie er in vergangenen
Zeitaltern geboren wurde und in späteren geboren
werden wird. Lasst den Prinz des Morgens
zum Land singen, sodass die Felder gedeihen und
die Täler Lämmer hervorbringen. Lasst den Arm
des Herrn der Dämmerung uns Schutz vor dem
Dunkel gewähren und das große Schwert der
Gerechtigkeit uns verteidigen. Lasst den Drachen
wieder auf den Winden der Zeit fliegen.

Aus: *Charal Drianaan te Calamon,*
dem Zyklus des Drachen
(unbekannter Autor, Viertes Zeitalter)

KAPITEL 1

Eine einsame Straße

Das Rad der Zeit dreht sich, Zeitalter kommen und gehen und hinterlassen Erinnerungen, die zu Legenden werden. Legenden verblassen zu Mythen, und selbst die sind längst vergessen, wenn das Zeitalter wiederkehrt, das an ihrem Ursprung stand. In einem dieser Zeitalter, manche nennen es das Dritte Zeitalter, das einst kommen wird, das schon lange vergangen ist, erhob sich ein Wind in den Verschleierten Bergen. Der Wind stand nicht am Beginn. Es gibt keinen Beginn und kein Ende, wenn sich das Rad der Zeit dreht. Doch zumindest setzte der Wind etwas in Bewegung.

Unter den ewigen Wolkendecken der Gipfel, die dem Gebirge den Namen gaben, wurde er geboren, und von dort aus wehte der Wind nach Osten über die Sandhügel hinaus, die einst am Ufer eines großen Meeres gelegen hatten, damals, vor der Zerstörung der Welt. Dann stürzte er sich hinunter ins Land der Zwei Flüsse, in den dichten Forst, den man Westwald nannte, und beutelte zwei Männer, die neben ihrem Pferdekarren eine steinige Straße hinunterschritten. Haldenstraße nannte man sie. Obwohl der Frühling schon seit mehr als einem Monat überfällig war, trug der Wind eine eisige Kälte mit sich, die eher auf Schnee schließen ließ.

Windstöße klebten Rand al'Thor den klatschnassen Umhang an den Rücken, peitschten ihm den erdbraunen Wollstoff gegen die Beine und ließen ihn hinter ihm herflattern. Er wünschte sich einen schwereren Mantel. Oder hätte er wenigstens noch ein Hemd übergezogen! Jedes zweite Mal, wenn er den Umhang wieder um sich zog, blieb er an dem Köcher hängen, der ihm an der Hüfte hing. Zu versuchen, den Umhang mit einer Hand festzuhalten, brachte auch nicht viel; in der anderen hielt er seinen Bogen, auf dem schussbereit ein Pfeil lag.

Als eine besonders starke Bö ihm den Saum des Umhangs aus der Hand riss, blickte er über den Rücken der zerzausten braunen Stute zu seinem Vater hinüber. Er kam sich wohl selbst ein wenig kindisch vor, dass er sich vergewissern wollte, ob Tam noch da war, aber an einem solchen Tag war ihm eben danach. Der Wind heulte bei jeder Bö, aber davon abgesehen lag eine schwere Stille über dem Land. Im Vergleich dazu klang das sanfte Quietschen der Achse geradezu laut. Kein Vogel sang im Wald, und auf den Zweigen keckerte kein einziges Eichhörnchen. Bei dieser Art von Frühling konnte er das allerdings auch nicht erwarten.

Nur solche Bäume, die auch im Winter ihre Nadeln oder Blätter nicht verloren, zeigten jetzt etwas Grün. Triebe der Brombeeren vom letzten Jahr zogen sich netzartig über die Felsausläufer unter den Bäumen. Unter den wenigen Kräutern herrschten die Brennesseln vor; der Rest gehörte meist zu den Sorten mit scharfen Stacheln oder spitzen Dornen, oder es war Stinkkraut, das auf den unachtsamen Stiefeln, die es zertraten, einen fauligen Gestank hinterließ. Dort, wo dichte Baumgruppen tiefe Schatten warfen, lagen verstreut noch einzelne Schneereste. Wo der Sonnenschein durchbrach, hatte er weder Kraft noch Wärme. Die blasse Sonne hing über den Bäumen im Osten, doch ihr Licht war von Dunkel durchsetzt, als habe es sich mit den Schatten vermischt. Es war ein unangenehmer Morgen, gut geeignet für trübe Gedanken.

Unwillkürlich berührte er die Kerbe des Pfeils; er war bereit, ihn in einer fließenden Bewegung an seine Wange zu ziehen, so wie Tam es ihn gelehrt hatte. Der Winter hatte die Bauernhöfe schwer genug getroffen, schlimmer, als selbst die ältesten ihrer Bewohner es früher schon einmal erlebt hatten, doch in den Bergen musste er noch härter zugeschlagen haben, wenn man die Anzahl der Wölfe in Betracht zog, die es hinunter ins Gebiet der Zwei Flüsse getrieben hatte. Die Wölfe raubten Schafe von den Koppeln und wühlten sich ihren Weg in Scheunen und Ställe, um an das Vieh und die Pferde heranzukommen. Auch Bären waren hinter den Schafen her, in dieser Gegend, wo man jahrelang keine Bären mehr gesichtet hatte. Man war nach Einbruch der Dunkelheit draußen nicht mehr sicher. Menschen waren genauso häufig die Beute wie Schafe, und oft war die Sonne noch nicht einmal untergegangen.

Tam schritt gleichmäßig auf der anderen Seite Belas dahin, benutzte seinen Speer als Wanderstock und achtete nicht auf den Wind, obwohl sein brauner Umhang hinter ihm herflatterte. Von Zeit zu Zeit berührte er ganz leicht die Flanke der Stute, um sie zum Weitergehen aufzufordern. Mit seinem kräftigen Oberkörper und dem breiten Gesicht wirkte er an diesem Morgen wie ein Stützpfeiler der Wirklichkeit, wie ein Stein inmitten eines fließenden Traums. Es hatten sich zwar Falten in die sonnenverbrannten Wangen eingegraben, und in seinem Haar war nur noch strähnenweise Schwarz unter dem Grau zu erkennen, doch er wirkte so kraftvoll, als könne eine Flutwelle über ihn hinwegrauschen, ohne ihm die Füße wegzureißen. Teilnahmslos stapfte er die Straße entlang. Sein Ausdruck machte klar: Wölfe und Bären hin oder her, ein Schäfer musste natürlich aufpassen, aber es war gesünder für sie, wenn sie nicht versuchten, Tam al'Thor auf seinem Weg nach Emondsfelde aufzuhalten.

Ein wenig schuldbewusst angesichts seiner Unaufmerksamkeit wandte sich Rand wieder der Straßenseite zu, die er im Blick behalten musste. Tams Wachsamkeit hatte ihn daran erinnert. Er war einen Kopf größer als sein Vater, größer auch als jeder andere in der Gegend, und wenig an ihm erinnerte an Tam – höchstens vielleicht die breiten Schultern. Graue Augen und ein rötlicher Farbton im Haar stammten von der Mutter, das behauptete jedenfalls Tam. Sie war Ausländerin gewesen, und Rand konnte sich nur noch schwach an sie erinnern, abgesehen von ihrem lächelnden Gesicht. Er legte jedes Jahr Blumen auf ihr Grab: an Bel Tine im Frühling und am Sonnentag im Sommer.

Zwei kleine Fässer von Tams Apfelschnaps lagen im dahinholpernden Karren, dazu acht größere Fässer mit Apfelmost, gerade einen Winter alt. Tam lieferte die Fässer jedes Jahr an die Weinquellen-Schenke, um sie zu Bel Tine auszuschenken, und er hatte erklärt, es brauche schon mehr als nur Wölfe oder kalten Wind, um ihn in diesem Frühjahr davon abzuhalten. Sie waren schon seit Wochen nicht mehr im Dorf gewesen. Selbst Tam zog in diesen Zeiten nicht mehr viel durch die Gegend. Aber er hatte dem Wirt sein Wort gegeben, und das hielt er, selbst wenn er erst am allerletzten Tag vor dem Fest eintreffen sollte. Es war wichtig für Tam, sein Wort zu halten. Rand war froh, dass er auf diese Art vom Hof wegkam, und noch mehr freute er sich auf Bel Tine.

Als Rand seine Straßenseite musterte, wuchs in ihm das Gefühl, beobachtet zu werden. Für eine Weile bemühte er sich, das Gefühl beiseite zu schieben. Zwischen den Bäumen bewegte sich nichts, und kein Laut war zu hören, außer dem Aufheulen des Windes. Aber das Gefühl blieb nicht nur, es verstärkte sich. Die Haare auf seinen Armen stellten sich auf, und seine Haut prickelte.

Verwirrt nahm er den Bogen in die andere Hand, rieb sich die

Arme und sagte sich, er müsse aufhören, sich Dinge einzubilden. Gar nichts befand sich im Wald auf dieser Straßenseite, und gäbe es auf der anderen Seite etwas, dann hätte Tam ihm das gesagt. Er blickte über die Schulter zurück – und zwinkerte. Nicht weiter als zwanzig Spannen entfernt die Straße hinunter folgte ihnen eine verhüllte Figur auf einem Pferd. Pferd und Reiter wirkten gleich: schwarz, matt, unauffällig.

Mehr oder weniger aus Gewohnheit ging er neben dem Karren rückwärts weiter, während er die Gestalt betrachtete. Der Mantel bedeckte den Reiter bis hinunter zu den Stiefelschäften, und die Kapuze war über das Gesicht gezogen, sodass kein Teil seines Körpers sichtbar war. Ganz nebenher fiel Rand auf, dass mit diesem Reiter etwas nicht stimmte, doch es war vor allem die dunkle Öffnung der Kapuze, die ihn fesselte. Er konnte nur vage Umrisse eines Gesichts erkennen, aber er fühlte, dass er dem Reiter geradewegs in die Augen sah. Und er konnte den Blick nicht abwenden. Übelkeit stieg in ihm auf. Er sah nur den Schatten in der Kapuze, doch er fühlte den Hass genauso beißend, als ob er in ein verzerrtes Gesicht blickte, Hass auf alles, was lebte. Und ihm vor allem galt dieser Hass, ihm mehr als allem anderen auf der Welt.

Plötzlich blieb er mit der Ferse an einem Stein hängen und stolperte, sodass er den dunklen Reiter aus dem Blickfeld verlor. Sein Bogen fiel auf die Straße, und nur eine schnell ausgestreckte Hand, die Belas Geschirr packte, bewahrte ihn davor, auf den Rücken zu fallen. Mit überraschtem Schnauben blieb die Stute stehen und drehte den Kopf. Tam zog die Augenbrauen hoch und sah über Belas Rücken zu ihm herüber. »Bist du in Ordnung, Junge?«

»Ein Reiter«, sagte Rand atemlos, während er sich aufrichtete. »Ein Fremder folgt uns.«

»Wo?« Der ältere Mann hob seinen Speer mit der breiten Blattspitze und spähte aufmerksam zurück. »Dort, die Straße hin ...« Rands Worte verloren sich, als er sich umdrehte, um auf den Verfolger zu deuten. Die Straße hinter ihnen war verlassen. Ungläubig schweifte sein Blick über den Wald zu beiden Seiten der Straße. Die Bäume mit ihren kahlen Ästen boten kein Versteck, und doch konnte er keine Spur von Pferd oder Reiter erkennen. Er bemerkte den fragenden Blick seines Vaters. »Er war dort. Ein Mann mit einem schwarzen Mantel auf einem schwarzen Pferd.«

»Ich zweifle nicht an deinen Worten, Junge, aber wo ist er jetzt?«

»Ich weiß nicht. Aber er war da.« Er hob rasch Bogen und Pfeil auf und überprüfte hastig die Bespannung, bevor er den Pfeil wieder einlegte und den Bogen zur Probe halb spannte. Dann ließ er die Sehne zurückschnellen. Es gab kein Ziel, worauf er hätte anlegen können. »Wirklich.«

Tam schüttelte den ergrauten Kopf. »Wenn du es sagst, Junge ... Dann komm mit. Ein Pferd hinterlässt sogar auf diesem Boden Hufspuren.« Er bewegte sich auf das hintere Ende des Karrens zu. Sein Umhang flatterte im Wind. »Wenn wir Hufspuren finden, dann wissen wir genau, dass er hier war. Wenn nicht ... Na ja, es gibt Tage, an denen ein Mann seine Einbildungen hat.«

Plötzlich fiel Rand ein, was an dem Reiter nicht gestimmt hatte, abgesehen von der Tatsache, dass er sich überhaupt hier befunden hatte. Der Wind, der Tam und ihn beutelte, hatte nicht einmal eine Falte des schwarzen Mantels bewegt. Rands Mund war plötzlich wie ausgetrocknet. Er musste sich das eingebildet haben. Sein Vater hatte Recht; dieser Morgen war dazu angetan, die Phantasie eines Mannes zu kitzeln. Und dennoch glaubte er das nicht. Nur, wie sollte er seinem Vater beibringen, dass der Mann, der sich offensichtlich in Luft aufgelöst hatte, einen Mantel trug, den der Wind nicht berührte?

Mit sorgenvoller Miene spähte er in den Wald, der sie umgab. Er erschien ihm anders als je zuvor. Seit er laufen konnte, hatte er im Wald gespielt. Da waren die Teiche im Flusswald, jenseits der letzten Bauernhöfe von Emondsfelde, in denen er schwimmen gelernt hatte. Er hatte die Sandhügel erforscht – manche im Gebiet der Zwei Flüsse meinten, das bringe nur Unglück –, und einmal war er sogar bis zum Fuß der Verschleierten Berge marschiert, zusammen mit seinen besten Freunden, Mat Cauthon und Perrin Aybara. Das war viel weiter, als die meisten Leute aus Emondsfelde jemals kamen. Für sie war eine Reise ins nächste Dorf, nach Wachhügel hinauf oder hinunter nach Devenritt, schon ein großes Ereignis. Nirgendwo war er auf einen Ort gestoßen, der ihm Angst einjagte. Heute jedoch war der Westwald nicht der gleiche Ort wie jener, an den er sich erinnerte. Ein Mann, der so plötzlich verschwinden konnte, mochte ebenso plötzlich wieder auftauchen, vielleicht sogar direkt neben ihm.

»Nein, Vater, es ist nicht nötig.« Als Tam überrascht stehen blieb, verbarg Rand sein Erröten, indem er sich die Kapuze tiefer ins Gesicht zog. »Du hast wahrscheinlich Recht. Es hat keinen Zweck, nach etwas zu suchen, das gar nicht da ist, erst recht nicht, wenn wir bald ins Dorf gelangen wollen.«

»Ich würde schon gern eine Pfeife rauchen«, sagte Tam langsam, »und irgendwo, wo es warm ist, einen Krug Bier leeren.« Übergangslos grinste er breit. »Und ich schätze, du willst Egwene wiedersehen.«

Rand brachte nur ein schwaches Lächeln zustande. Im Augenblick stand die Tochter des Bürgermeisters so ziemlich am Ende seiner Dringlichkeitsliste. Er konnte nicht noch mehr Verwirrung gebrauchen. Das letzte Jahr über hatte sie ihn in steigendem Maße nervös gemacht, immer wenn sie zusammen waren. Was noch schlimmer war: Sie schien es nicht einmal zu bemerken. Nein, er wollte ganz bestimmt nicht auch noch an Egwene denken müssen.

Er hoffte, sein Vater hätte nicht bemerkt, dass er Angst hatte, als Tam sagte: »Denk an die Flamme, Junge, und an das Nichts.«

Es war eine eigenartige Übung, die Tam ihn gelehrt hatte. Konzentriere dich auf eine einzelne Flamme und leere all deine Leidenschaften dort hinein – Angst, Hass, Wut –, bis dein Verstand leer ist. Werde eins mit dem Nichts, riet Tam, und du kannst alles erreichen. Niemand sonst in Emondsfelde sagte so etwas. Aber Tam gewann jedes Jahr den Bogenschützenwettbewerb zum Bel Tine mit seiner Flamme und seinem Nichts. Rand glaubte, dieses Jahr habe auch er Aussicht auf eine gute Platzierung, wenn er es fertig brachte, sich auf das Nichts zu konzentrieren. Dass Tam das Gespräch ausgerechnet jetzt darauf brachte, bedeutete, dass er es bemerkt *hatte*, doch er sagte nicht mehr dazu.

Tam schnalzte Bela zu, und sie setzten ihre Reise wieder fort; der ältere Mann schritt einher, als sei nichts Ungewöhnliches geschehen und als drohe ihnen nichts Schlimmes. Rand hätte es ihm gern gleichgetan. Er bemühte sich, seinen Verstand zu leeren, aber das Nichts entschlüpfte ihm immer wieder, und stattdessen erschien ihm das Bild des schwarz gekleideten Reiters.

Er wollte so gern glauben, Tam habe Recht, er habe sich den Reiter nur eingebildet, doch er erinnerte sich gerade an das Gefühl des Hasses besonders klar. Da war jemand gewesen. Und dieser Jemand war ihm übel gesinnt. Er blieb nicht stehen, um sich umzusehen, bis die strohgedeckten Häuser von Emondsfelde mit ihren spitzen Giebeln sie umgaben.

Das Dorf lag nahe am Westwald. Der Wald wurde immer lichter, und die letzten Bäume standen bereits zwischen den soliden Holzhäusern. Der Boden fiel sanft nach Osten ab. Auch dort gab es kleine Wälder. Bauernhöfe, von Hecken umsäumte Felder und Weideflächen bedeckten das Land jenseits des Dorfes bis hin zum Wasserwald und seinem Gewirr von Bächen und Teichen. Nach Westen zu war das Land genauso fruchtbar, und in den meisten Jahren waren die Weiden üppig. Doch im Westwald fand man nur eine Hand voll Bauernhöfe, und auch diese verschwanden schließlich bereits Meilen vor den Sandhügeln und noch weiter vor den Verschleierten Bergen, die sich über den Baumwipfeln des Westwalds erhoben, fern, doch von Emondsfelde aus deutlich sichtbar. Manche sagten, das Land sei zu steinig – als ob es nicht überall in den Zwei Flüssen Steine gegeben hätte –, und andere behaupteten, das Land bringe Unglück. Ein paar murmelten, es habe keinen Sinn, näher als nötig zu den Bergen hin zu ziehen. Aus welchen Gründen auch immer – jedenfalls unterhielten nur die abgehärtetsten Männer im Westwald Bauernhöfe.

Kleine Kinder und Hunde hüpften in jubelnden Horden um den Karren herum, sobald er die erste Häuserzeile hinter sich gebracht hatte. Bela trottete geduldig weiter und achtete nicht auf die schreienden Kinder, die vor ihrer Nase herumtollten, Fangen spielten und Reifen vor sich her trieben. In den letzten Monaten hatten die Kinder wenig gespielt oder gelacht. Selbst als das Wetter milder geworden war und die Kinder draußen spielen konnten, hatte die Angst vor Wölfen sie im Haus festgehalten. Es schien, mit dem Näherkommen von Bel Tine hatten sie auch wieder das Spielen gelernt.

Das Fest ließ auch die Erwachsenen nicht unberührt. Die breiten Fensterläden waren geöffnet, und in fast jedem Haus stand die Hausfrau an einem Fenster, die Schürze umgebunden und die zu langen Zöpfen geflochtenen Haare hochgesteckt und in ein Tuch eingebunden, schüttelte Bettlaken aus oder hängte Federbetten über die Fenstersimse. Ob nun junges Grün auf den Bäumen spross oder nicht, keine Frau würde Bel Tine erleben, ohne vorher ihren Frühjahrsputz erledigt zu haben. In jedem Hof hingen Läufer an gespannten Leinen, und Kinder, die nicht schnell genug gewesen und zum Spielen auf die Straße gerannt waren, ließen ihren Verdruss mit Korbklopfern an den Teppichen aus. Auf den Dächern kletterten die Hausherren herum, überprüften die Strohbündel auf Winterschäden und überlegten, ob sie den alten Cenn Buie, den Dachdecker, rufen mussten.

Mehrmals blieb Tam stehen, um sich mit dem einen oder anderen Mann kurz zu unterhalten. Da er und Rand den Hof wochenlang nicht mehr verlassen hatten, wollte jeder von ihnen wissen, wie die

Lage da draußen sei. Nur wenige Männer aus dem Westwald waren ins Dorf gekommen. Tam erzählte von den Schäden, welche die Winterstürme angerichtet hatten, nach jedem Sturm schlimmer, und von tot geborenen Lämmern, von braunen Feldern, wo die Saat aufgehen oder das Weidegras sprießen sollte, von Rabenschwärmen, wo in früheren Jahren Singvögel genistet hatten. Bittere Themen, wenn außenherum die Vorbereitungen für Bel Tine getroffen wurden, und viele Köpfe wurden geschüttelt. Es war überall das Gleiche. Die meisten Männer zuckten die Achseln und sagten:»Tja, wir werden's überleben, so das Licht will.« Einige grinsten und fügten hinzu:»Und wenn das Licht nicht will, werden wir trotzdem überleben.«

Das war die Art der meisten Leute von den Zwei Flüssen. Menschen, die zusehen mussten, wie der Hagel ihre Ernte vernichtete oder Wölfe ihre Lämmer rissen, und die von vorn anfangen mussten, gaben nicht so leicht auf, so oft das Schicksal auch zuschlagen mochte. Die meisten derjenigen, die aufgegeben hatten, waren schon lange weg.

Tam hätte wegen Wit Congar nicht angehalten, wenn der Mann nicht auf die Straße getreten wäre, sodass sie halten mussten, sonst hätte Bela ihn überfahren. Die Congars und die Coplins (die beiden Familien hatten so oft untereinander geheiratet, dass niemand mehr wusste, wo die eine Familie endete und die andere begann) waren von Wachhügel bis Devenritt und vielleicht sogar bis hin zur Taren-Fähre als Nörgler und Unruhestifter bekannt.

»Ich muss das zu Bran al'Vere bringen, Wit«, sagte Tam und deutete mit einem Kopfnicken auf die Fässer im Karren, doch der hagere Mann blieb mit grimmigem Gesichtsausdruck mitten im Weg stehen. Er hatte auf den Stufen seiner Vordertreppe gesessen, nicht oben auf dem Dach, obwohl die Strohbedeckung aussah, als habe sie einen Besuch von Meister Buie dringend nötig. Er schien nie darauf vorbereitet zu sein, etwas zu beginnen oder etwas zu beenden, was er vorher in Angriff genommen hatte. Die meisten Coplins oder Congars waren so, jedenfalls diejenigen, die nicht noch schlimmer waren.

»Was machen wir mit Nynaeve, al'Thor?«, wollte Congar wissen. »Wir können so eine Seherin in Emondsfelde nicht dulden.«

Tam seufzte tief.»Das ist nicht unsere Sache, Wit. Über die Seherin müssen die Frauen entscheiden.«

»Wir sollten besser etwas unternehmen, al'Thor. Sie sagte, wir bekämen einen milden Winter und eine gute Ernte. Und wenn man sie jetzt fragt, was ihr der Wind erzählt, dann schneidet sie nur eine Grimasse und rennt weg.«

»Wenn du sie so angesprochen hast, wie du das gewöhnlich tust, Wit«, sagte Tam geduldig, »dann hattest du Glück, dass sie dir nicht ihren Stock über den Schädel gezogen hat. So, und wenn du jetzt erlaubst, dieser Schnaps ...«

»Nynaeve al'Meara ist zu jung für eine Seherin, al'Thor. Wenn der Frauenkreis nichts unternimmt, muss es der Dorfrat tun.«

»Was kümmert dich die Seherin, Wit Congar?«, brüllte eine Frauenstimme. Wit zuckte zusammen, als seine Frau aus dem Haus marschierte. Daise Congar war doppelt so breit wie Wit; eine Frau mit hartem Gesicht, an deren Körper keine Unze Fett zu finden war. Sie starrte ihn böse an, die Hände in die Hüften gestützt. »Wenn du versuchst, dich in die Angelegenheiten des Frauenkreises einzumischen, dann kannst du sehen, ob es dir gefällt, dir das Essen selbst zu kochen. Aber nicht in meiner Küche. Und dir selbst die Kleider zu waschen und das Bett zu machen. Und das nicht unter meinem Dach!«

»Aber Daise«, winselte Wit, »ich habe gerade ...«

»Entschuldige mich bitte, Daise«, sagte Tam. »Wit. Möge das Licht Euch beiden leuchten.« Er setzte Bela wieder in Bewegung und führte sie um den hageren Burschen herum. Daise konzentrierte sich im Moment auf ihren Mann, aber jede Minute konnte sie bemerken, mit wem Wit gesprochen hatte.

Deshalb hatten sie keine der Einladungen zum Essen oder auf ein heißes Getränk angenommen. Wenn sie Tam sahen, benahmen sich die Hausfrauen aus Emondsfelde wie ein Hund auf der frischen Fährte eines Kaninchens. Es gab keine Einzige unter ihnen, die nicht die ideale Frau für einen Witwer mit einem schönen Hof gewusst hätte, auch wenn der Hof im Westwald lag.

Rand ging fast genauso schnell wie Tam, vielleicht sogar noch schneller. Wenn Tam nicht dabei war, wurde er manches Mal in die Enge getrieben, und es gab keinen Ausweg, außer grob zu werden. Er wurde auf einen Stuhl am Küchenherd getrieben, ihm wurden Plätzchen oder Honigkuchen oder Fleischpasteten aufgenötigt. Und immer maßen ihn die Augen der Hausfrau mindestens ebenso genau wie die Waagen eines Händlers, während sie ihm erzählte, das, was er da esse, sei nicht halb so gut wie die Speisen ihrer verwitweten Schwester oder ihrer zweitältesten Kusine. Tam wurde schließlich auch nicht jünger, sagte sie dann. Es war gut, dass er seine Frau so geliebt hatte – das versprach viel für die nächste Frau in seinem Leben –, aber er hatte lange genug getrauert. Tam brauchte eine gute Frau. Es sei unbestreitbar, sagte sie dann gewöhnlich, dass ein Mann einfach nicht ohne eine Frau auskam, die für ihn sorgte und ihn behütete. Die schlimmsten von allen legten dann eine Pause ein und fragten anschließend mit vorgeblicher Gleichgültigkeit, wie alt er jetzt eigentlich sei.

Wie die meisten Leute von den Zwei Flüssen hatte Rand eine ausgesprochen sture Ader. Außenseiter behaupteten manchmal, das sei überhaupt das hervorstechendste Merkmal der Leute aus dem Gebiet der Zwei Flüsse, und sie könnten selbst einem Esel noch Lektionen erteilen und einen Stein belehren. Die Hausfrauen waren zumeist freundliche und fleißige Frauen, aber er hasste es, in irgendetwas hineingezogen zu werden, und sie lösten in ihm das Gefühl aus, er werde mit Stöcken traktiert. Also ging er schnell und wünschte sich, Tam möge Bela etwas mehr antreiben.

Bald weitete sich die Straße zum Grün hin, einer breiten Fläche in der Mitte des Dorfes. Normalerweise war sie mit dichtem Gras überzogen, doch diesen Frühling zeigten sich nur wenige junge Büschel zwischen dem Gelbbraun des abgestorbenen Grases und dem Schwarz der blanken Erde. Zwei Hand voll Gänse watschelten umher. Sie beäugten mit starrem Blick den Boden, fanden aber nichts, das des Aufpickens wert gewesen wäre. Irgendjemand hatte eine Milchkuh angebunden, damit sie den spärlichen Bewuchs fressen konnte.

Nahe beim westlichen Rand des Grüns sprudelte die Weinquelle aus einem niedrigen Felsausläufer hervor. Der Quell versiegte nie; die Strömung war stark genug, um einen Mann zu Fall zu bringen, und das Wasser schmeckte süß genug, um den Namen zu rechtfertigen. Von der Quelle aus floss der sich schnell erweiternde Weinquellenbach flink nach Osten. Weiden wuchsen verstreut an den Ufern bis zu Meister Thanes Mühle und noch weiter, und dann teilte er sich in den sumpfigen Tiefen des Wasserwalds in Dutzende von kleinen Bächen. Zwei niedrige Fußgängerstege mit Geländer überquerten den klaren Bach noch auf dem Grün, und daneben gab es noch eine breitere Brücke, die massiv genug gebaut war, um Fuhrwerke zu tragen. Die Wagenbrücke bezeichnete auch die Stelle, an der aus der Nordstraße, die von Taren-Fähre und Wachhügel her kam, die Alte Straße nach Devenritt wurde. Fremde fanden es manchmal kurios, dass die gleiche Straße einen anderen Namen für den nach Norden führenden Teil hatte als für den südwärts gerichteten; aber so war es immer schon gewesen, so weit die Leute von Emondsfelde sich zurückerinnerten, und so blieb es dann auch. Und dieser Grund reichte den Leuten von den Zwei Flüssen vollkommen aus.

Auf der anderen Seite der Brücken wurden bereits Holzstöße für die Bel-Tine-Feuer errichtet – drei sorgfältig aufgeschichtete Stöße von Stämmen, beinahe so groß wie Häuser, natürlich auf blankem Erdboden und nicht auf dem Grün, auch wenn der Bewuchs so spärlich war. Der Teil des Festes, der sich nicht um die Feuer herum abspielte, fand auf dem Grün statt.

In der Nähe der Weinquelle sang ein Dutzend älterer Frauen leise Lieder, während sie den Frühlingsbaum aufrichteten. Man hatte den geraden schlanken Stamm einer Tanne von den Ästen befreit, und selbst aus dem Loch, das sie dafür gegraben hatten, ragte er noch fast zwei Spannen hoch heraus. Einige Mädchen, die zu jung waren, um ihr Haar wie die erwachsenen Frauen in Zöpfen um den Kopf zu tragen, saßen mit übergeschlagenen Beinen daneben und sahen neidvoll zu. Gelegentlich sangen sie Teile eines Liedes mit, das die Frauen anstimmten.

Tam schnalzte Bela mit der Zunge zu, als wolle er, dass sie schneller gehe, doch sie überhörte es einfach. Rand hielt krampfhaft den Blick von den Frauen abgewandt, denn am Morgen mussten die Männer ganz überrascht tun, wenn sie den Baum vorfanden, und um die Mittagszeit tanzten die unverheirateten Frauen dann um den Baum und umwickelten ihn mit langen farbigen Bändern, während die ledigen Männer sangen. Keiner wusste, seit wann und warum man diese Tradition pflegte – so waren eben die Bräuche seit alters –, aber sie lieferte einen guten Vorwand, um zu singen und zu tanzen, und dazu brauchte man niemanden von den Zwei Flüssen noch deutlicher aufzufordern.

Den ganzen Tag des Bel Tine über würde man singen und tanzen und feiern, und immer wieder rannte man um die Wette und genoss Wettbewerbe aller Art. Nicht nur die Bogenschützen konnten Preise erringen, sondern auch die Besten mit der Schleuder und dem Bauernspieß – dem Schlagstock. Es würde Wettbewerbe im Rätselraten geben und im Tauziehen, im Gewichtheben und Steinstoßen, Preise für die besten Sänger, die besten Tänzer und den besten Fiedler, für den Schnellsten im Schafscheren und sogar im Kegeln und Pfeilwerfen.

Normalerweise feierte man Bel Tine, wenn der Frühling voll und ganz im Gang war, wenn die ersten Lämmer geboren wurden und die Saat aufging. Aber selbst bei dieser andauernden Kälte war es niemandem in den Sinn gekommen, das Fest zu verschieben. Ein wenig Gesang und Tanz würde allen gut tun. Und zur Krönung des Ganzen, falls man den Gerüchten trauen konnte, war auf dem Grün ein großes Feuerwerk geplant – falls der erste Händler des Jahres rechtzeitig eintraf, versteht sich. Das war zum heißesten Thema geworden; das letzte Feuerwerk hatte vor zehn Jahren stattgefunden, und man erzählte sich immer noch davon.

Die Weinquellen-Schenke stand am östlichen Rand des Grüns gleich neben der Wagenbrücke. Das Erdgeschoss der Schenke war aus Flussfels gebaut. Allerdings bestanden die Grundmauern aus älterem Gestein, von dem einige behaupteten, es käme aus den Bergen. Der weiß getünchte erste Stock, in dem Brandelwyn al'Vere, der Gastwirt und Bürgermeister der vergangenen zwanzig Jahre, mit Frau und Töchtern wohnte, ragte rundherum ein Stück über das Erdgeschoss hinaus. Rote Dachziegel – es war das einzige Ziegeldach im ganzen Ort – glänzten im blassen Sonnenschein, und Rauch quoll aus drei der zwölf hohen Schornsteine der Schenke.

Am Südende der Schenke, auf der dem Bach abgewandten Seite, erstreckten sich die Reste viel größerer Grundmauern, die einst ein Teil der Schenke gewesen waren; zumindest behauptete man das. In deren Mitte wuchs nun eine riesige Eiche. Ihr Stamm hatte einen Umfang von fast dreißig Schritten, und die ausladenden Äste waren so dick wie der Körper eines ausgewachsenen Mannes. Im Sommer stellte Bran al'Vere Tische und Bänke unter diese Äste, deren Blätter dann Schatten spendeten und wo die Leute ein Glas trinken und den kühlenden Wind genießen konnten, während sie sich unterhielten oder sich die Zeit mit einem Brettspiel vertrieben.

»So, da wären wir, mein Junge.« Tam wollte nach Belas Geschirr fassen, doch sie blieb vor der Schenke stehen, bevor er das Leder auch nur berührt hatte. »Kennt den Weg besser als ich«, schmunzelte er.

Als der letzte Quietschton der Achse verflog, erschien Bran al'Vere in der Tür der Schenke. Wie immer erschien sein Schritt zu leicht für einen Mann seiner Statur. Er war immerhin etwa doppelt so stark wie jeder andere Mann im Dorf. Ein Lächeln überzog sein rundes Gesicht unter dem spärlichen grauen Haarkranz. Trotz der Kühle war der Wirt in Hemdsärmeln und hatte eine fleckenlos weiße

Schürze umgebunden. Auf der Brust hing ihm ein silbernes Medaillon in Form einer Balkenwaage.

Dieses Medaillon, zusammen mit der Waage, mit der die Münzen der Kaufleute gewogen wurden, die aus Baerlon kamen, um Wolle oder Tabak einzukaufen, war das Abzeichen der Bürgermeisterwürde. Bran trug es nur bei Verhandlungen mit den Kaufleuten und zu Festtagen, Hochzeiten und anderen Feierlichkeiten. Er trug es einen Tag zu früh, aber heute war Winternacht, die Nacht vor Bel Tine, wo jeder fast die ganze Nacht lang Besuche machte, kleine Geschenke tauschte und in jedem Haus eine Kleinigkeit aß und trank. *Nach diesem Winter,* dachte Rand, *benutzt er die Winternacht als Ausrede, um nicht auf morgen warten zu müssen.*

»Tam!«, rief der Bürgermeister, als er zu ihnen eilte. »Dem Licht sei gedankt; es ist gut, dich endlich zu sehen! Und dich, Rand. Wie geht es dir, mein Junge?«

»Gut, Meister al'Vere«, sagte Rand. »Und Euch?« Aber Brans Aufmerksamkeit galt schon wieder Tam. »Ich hatte fast schon befürchtet, du brächtest dieses Jahr keinen Schnaps. Du warst noch nie so spät dran.«

»Ich möchte den Hof heutzutage lieber nicht verlassen, Bran«, antwortete Tam. »Nicht, wenn sich die Wölfe so verhalten wie jetzt. Und dann das Wetter.«

Bran räusperte sich. »Ich wünschte, jemand würde sich mal über etwas anderes auslassen als das Wetter. Alle beklagen sich darüber, und Leute, die es besser wissen sollten, erwarten, dass ich alles in Ordnung bringe. Ich habe gerade eine Viertelstunde lang versucht, Frau al'Donel zu erklären, dass ich nichts machen kann, wenn die Störche ausbleiben. Was sie wohl von mir erwartete ...?« Er schüttelte den Kopf.

»Ein schlimmes Vorzeichen«, verkündete eine krächzende Stimme, »wenn zur Bel Tine keine Störche auf den Dächern nisten.« Cenn Buie, so knorrig und dunkel wie eine alte Wurzel, kam zu Tam und Bran herüber. Er stützte sich auf seinen Stock, der beinahe so groß war wie er und genauso knorrig. Er versuchte, beide Männer gleichzeitig zu beäugen. »Es wird noch schlimmer kommen, verlasst euch drauf!«

»Bist du jetzt unter die Wahrsager gegangen und erklärst uns die Vorzeichen?«, fragte Tam trocken. »Oder lauschst du dem Wind wie eine Seherin? Davon gibt es sicher genug. Ein bisschen Wind wird wohl auch hier in unserer Umgebung gemacht.«

»Macht euch nur über mich lustig«, murmelte Cenn, »aber wenn es nicht bald wärmer wird, dass die Saat aufgeht, dann wird mancher Bierkeller leer sein, bevor es wieder eine Ernte gibt. Bis zum nächsten Winter leben bei den Zwei Flüssen vielleicht nur noch Wölfe und Raben. Wenn es überhaupt einen nächsten Winter gibt. Vielleicht bleibt es auch einfach bei diesem Winter.«

»Was soll das nun wieder heißen?«, sagte Bran mit scharfer Stimme.

Cenn musterte sie mit verkniffenem Blick. »Ich kann nicht viel Gutes über Nynaeve al'Meara sagen, das weißt du. Zum einen ist sie zu jung, um ... Was soll's. Der Frauenkreis scheint etwas dagegen zu haben, dass der Dorfrat auch nur über ihre Angelegenheiten spricht, aber sie mischen sich in unsere ein, wann immer sie wollen, also ständig, jedenfalls scheint es so ...«

»Cenn«, unterbrach Tam ihn, »willst du auf etwas Bestimmtes hinaus?«

»Ich will darauf hinaus, al'Thor, dass die Seherin immer wegläuft, wenn man sie fragt, wann der Winter zu Ende sein wird. Vielleicht will sie uns nicht sagen, was der Wind ihr erzählt. Vielleicht hört sie, dass der Winter nicht mehr enden wird. Vielleicht wird es einfach Winter bleiben, bis das Rad sich dreht und das Zeitalter vorbei ist. Darauf will ich hinaus.«

»Und vielleicht fliegen dann auch die Schafe«, schoss Tam zurück, und Bran hob die Hände ergeben gen Himmel.

»Das Licht bewahre mich vor Narren. Du sitzt im Dorfrat, Cenn, und nun verbreitest du dieses Coplin-Geschwätz. Hör mir mal gut zu. Wir haben schon genug Sorgen, ohne ...«

Ein schnelles Zupfen an Rands Ärmel und eine Stimme fast im Flüsterton, nur für Rands Ohren bestimmt, lenkten ihn von dem Gespräch der älteren Männer ab. »Komm schon, Rand, während sie sich streiten! Bevor sie dich arbeiten lassen.«

Rand sah hinunter und musste grinsen. Mat Cauthon kauerte neben dem Karren, sodass Tam, Bran und Cenn ihn nicht sehen konnten. Sein drahtiger Körper war so verdreht wie ein Storch, der versucht, den Hals um sich herumzuwinden.

Mats braune Augen funkelten schelmisch wie immer. »Dav und ich haben einen großen alten Dachs gefangen. Der war ganz mürrisch, als wir ihn aus seiner Höhle herauszogen. Wir lassen ihn auf dem Grün laufen, und du sollst mal sehen, wie die Mädchen rennen!«

Rands Lächeln wurde breiter. Was Mat wollte, erschien ihm heute nicht mehr so witzig wie noch vor einem oder zwei Jahren, aber Mat schien eben nie erwachsen zu werden. Er sah schnell zu seinem Vater hinüber – die Männer steckten immer noch die Köpfe zusammen und redeten alle gleichzeitig – und sagte dann mit gedämpfter Stimme:»Ich habe versprochen, den Most abzuladen. Ich kann dich aber später treffen.«

Mat verdrehte die Augen.»Fässer schleppen! O du mein Licht! Da spiele ich lieber mit meiner kleinen Schwester. Aber ich weiß auch noch Besseres als einen Dachs. Es sind Fremde in der Gegend der Zwei Flüsse. Gestern Abend ...«

Für einen Augenblick stockte Rand der Atem.»Ein Mann auf einem Pferd?«, fragte er eindringlich.»Ein Mann mit schwarzem Mantel auf einem schwarzen Pferd? Und sein Mantel weht nicht im Wind?«

Mat vergaß sein Grinsen, und seine Stimme fiel zu einem heiseren Flüstern ab.»Du hast ihn auch gesehen? Ich dachte, ich sei der Einzige gewesen. Lach nicht, Rand, aber ich habe Angst vor ihm bekommen.«

»Ich werde mich hüten zu lachen. Ich habe auch Angst bekommen. Ich könnte schwören, dass er mich hasst und mich töten wollte.« Rand überlief es kalt. Bis zu diesem Tag war ihm nie in den Sinn gekommen, dass jemand ihn töten wollte. So etwas passierte einfach nicht bei den Zwei Flüssen. Eine Prügelei vielleicht oder ein Ringkampf, aber kein Mord.

»Ich habe nichts von Hass bemerkt, Rand, aber er war schon zum Fürchten. Er saß nur auf seinem Pferd und sah mich an, gerade außerhalb des Dorfs, aber ich hatte noch nie in meinem Leben solche Angst. Na ja, ich habe für einen Augenblick weggesehen – das war nicht leicht, weißt du –, und als ich wieder hinsah, war er verschwunden. Blut und Asche! Vor drei Tagen war das, und ich muss unentwegt daran denken. Ich sehe mich ständig um!« Mat bemühte sich zu lachen, aber es wurde nur ein Krächzen daraus.»Schon merkwürdig, wie einen die Angst packen kann. Man kommt auf die seltsamsten Sachen. Ich habe wirklich gedacht – nur einen Moment lang, verstehst du –, es könnte der Dunkle König sein.« Er versuchte wieder zu lachen, aber diesmal drang aus seinem Mund kein einziger Laut.

Rand atmete tief ein. Dann zitierte er, auch um sich darauf zu besinnen:»Der Dunkle König und alle die Verlorenen sind in Shayol

Ghul gebunden, jenseits der Großen Fäule, vom Schöpfer im Augenblick der Schöpfung gebunden bis ans Ende der Zeit. Die Hand des Schöpfers behütet die Welt, und das Licht scheint uns allen.« Er holte wieder Luft und fuhr fort:»Außerdem, wenn er frei wäre, wieso würde dann der Schäfer der Nacht bei den Zwei Flüssen Bauernjungen beobachten?«

»Ich weiß nicht. Aber ich weiß, dass dieser Reiter böse war. Lach nicht! Ich könnte es beschwören. Vielleicht war es der Drache.«

»Du hörst dich noch schlimmer als Cenn an«, murmelte Rand.

»Meine Mutter hat mir immer gesagt, die Verlorenen würden mich holen, wenn ich mich nicht ändere. Wenn ich jemals einen gesehen habe, der wie Ishamael oder Aginor aussah, dann ihn.«

»Jede Mutter jagt einem mit den Verlorenen Angst ein«, bemerkte Rand trocken,»aber die meisten sind irgendwann zu alt dafür. Wie wär's denn mit dem Schwarzen Mann, wenn du schon dabei bist?«

Mat funkelte ihn an.»Ich habe nicht mehr solche Angst gehabt, seit ... Nein, ich habe noch nie solche Angst gehabt, und es macht mir nichts aus, das zuzugeben.«

»Mir auch nicht. Mein Vater glaubt, ich hätte unter den Bäumen Geister gesehen.«

Mat nickte bedrückt und lehnte sich an das Wagenrad.»Das denkt mein Vater auch. Ich habe es Dav erzählt und Elam Dowtry. Sie haben seither wie die Habichte Ausschau gehalten, aber nichts gesehen. Jetzt denkt Elam, ich wollte ihn an der Nase herumführen. Dav glaubt, es sei einer von der Taren-Fähre, irgendein Hühnerdieb!« Er verfiel in beleidigtes Schweigen.

»Vielleicht ist es wirklich nur Einbildung«, sagte Rand schließlich.

»Er könnte durchaus ein Hühnerdieb sein.« Er versuchte, sich das vorzustellen, aber das war, als stelle man sich einen Wolf vor, der vor einem Mauseloch Platz nimmt.

»Also, mir hat die Art nicht gefallen, wie er mich angesehen hat. Und dir wohl auch nicht, denn du bist vorhin ganz schön zusammengefahren, und das lässt tief blicken. Wir sollten mit jemand darüber sprechen.«

»Das haben wir, Mat, wir beide, und keiner hat uns geglaubt. Kannst du dir vorstellen, wie wir Meister al'Vere überzeugen sollen, ohne dass er diesen Burschen sieht? Er würde uns zu Nynaeve schicken, als ob wir krank seien.«

»Wir sind jetzt immerhin zu zweit. Keiner kann doch glauben, dass wir uns beide den Reiter eingebildet haben.«

Rand rieb sich energisch das Kinn und fragte sich, was er sagen solle. Mat hatte einen üblen Ruf im Dorf. Nur wenige Leute waren bisher seinen Streichen entkommen. Jetzt wurde sein Name schon zitiert, wenn nur eine Wäscheleine ihre Ladung in den Schmutz gleiten ließ oder wenn ein loser Sattelgurt einen Bauern unsanft auf die Straße beförderte. Mat musste nicht einmal in der Nähe gewesen sein. Seine Unterstützung könnte sich als Pferdefuß herausstellen.

Nach einem Augenblick sagte Rand:»Dein Vater würde glauben, du hättest das mit mir abgesprochen, und meiner ...« Er blickte über den Karren hinweg zu Tam, Bran und Cenn und sah seinem Vater genau in die Augen. Der Bürgermeister hielt Cenn immer noch einen Vortrag, und der nahm es in mürrischem Schweigen hin.

»Guten Morgen, Matrim«, sagte Tam strahlend. Dabei stellte er eines der Schnapsfässer auf den Rand des Karrens.»Wie ich sehe, bist du gekommen, um Rand zu helfen, den Most abzuladen. Guter Junge.«

Mat sprang beim ersten Wort auf die Füße und bewegte sich rückwärts.»Auch Ihnen einen guten Morgen, Meister al'Thor. Und Ihnen, Meister al'Vere. Meister Buie. Möge das Licht auf Euch scheinen. Mein Vater schickte mich, um ...«

»Das hat er ohne Zweifel getan«, sagte Tam.»Und zweifellos – denn du bist ja ein junger Mann, der seine Aufgaben sofort erledigt – hast du das Notwendige schon getan. Tja, je schneller ihr Burschen den Most in Meister al'Veres Keller befördert, desto eher könnt ihr den Gaukler sehen.«

»Gaukler!«, rief Mat, wobei er jählings stehen blieb, und im gleichen Moment fragte Rand:»Wann kommt er hierher?«

Rand konnte sich in seinem Leben nur an zwei Gaukler erinnern, die zu den Zwei Flüssen gekommen waren, und bei dem Auftritt des einen war er noch jung genug gewesen, um von Tams Schultern aus zuzusehen. Einen hier vorzufinden und auch noch zum Bel Tine, mit seiner Harfe und seiner Flöte und seinen Geschichten und ... Emondsfelde würde noch in zehn Jahren über dieses Fest reden, sogar ohne ein Feuerwerk.

»Narren«, grollte Cenn, aber nach einem strengen Blick Brans hielt er den Mund.

Tam lehnte sich an die Seitenwand des Karrens und stützte den Arm auf ein Schnapsfass.»Ja, ein Gaukler, und er ist schon hier. Nach dem, was Meister al'Vere sagt, befindet er sich im Augenblick in einem Zimmer der Schenke.«

»Mitten in der Nacht ist er angekommen.« Der Wirt schüttelte missbilligend den Kopf. »Klopfte an die Eingangstür, bis er die ganze Familie aufgeweckt hat. Wenn es nicht des Festes wegen gewesen wäre, hätte ich ihm gesagt, er solle sein Pferd selbst in den Stall bringen und daneben schlafen, Gaukler oder nicht. Stellt Euch vor, so einfach in der Dunkelheit anzukommen.«

Rand blickte nachdenklich ins Leere. Niemand zog nachts außerhalb des Dorfes durch die Gegend, nicht in diesen Zeiten und ganz sicher nicht allein. Der Dachdecker grollte wieder etwas in seinen Bart hinein. Diesmal war es allerdings zu leise, als dass Rand mehr als zwei Worte hätte verstehen können: ›Verrückter‹ und ›unnatürlich‹.

»Er trägt nicht zufällig einen schwarzen Mantel, oder?«, fragte Mat plötzlich.

Brans Bauch hüpfte bei seinem Lachen. »Schwarz! Sein Mantel sieht aus wie der eines jeden Gauklers, den ich jemals gesehen habe. Mehr Flicken als Mantel und mehr Farben, als du dir vorstellen kannst.«

Rand überraschte sich selbst, indem er laut auflachte, ein Lachen purer Erleichterung. Der unheimliche schwarz gekleidete Reiter als Gaukler, das war ein lächerlicher Einfall, aber ... Er hielt sich die Hand verlegen vor den Mund.

»Siehst du, Tam«, sagte Bran, »es ist seit Einbruch des Winters in diesem Dorf nicht gerade oft gelacht worden. Jetzt bringt sogar der Mantel eines Gauklers einen Lacherfolg. Das ist schon allein die Spesen wert, die seine Reise von Baerlon kostet.«

»Sagt, was Ihr wollt«, warf Cenn ein, »ich behaupte immer noch, es ist eine dumme Geldverschwendung. Und dieses Feuerwerk, das ihr unbedingt haben wolltet ...«

»Also gibt es ein Feuerwerk«, sagte Mat, aber Cenn sprach weiter. »Das hätte vor einem Monat schon eintreffen sollen mit dem ersten Händler des Jahres, aber es ist kein Händler gekommen, oder? Wenn er bis morgen nicht kommt, was machen wir dann damit? Noch ein Fest veranstalten, damit wir es abbrennen können? Und das natürlich auch nur, wenn er es überhaupt mitbringt.«

»Cenn«, seufzte Tam, »du hast genauso viel Vertrauen wie ein Mann aus Taren-Fähre.«

»Wo bleibt er dann? Sag es mir, al'Thor!«

»Warum habt Ihr uns nichts erzählt?«, wollte Mat wissen. »Das Warten hätte dem ganzen Dorf genauso viel Spaß gemacht wie mit dem Gaukler. Oder jedenfalls beinahe so viel. Ihr seht doch, was schon das Gerücht über ein Feuerwerk ausmacht.«

»Das kann ich sehen«, konterte Bran mit einem Seitenblick auf den Dachdecker. »Und wenn ich genau wüsste, wie das Gerücht entstanden ist, obwohl das Ganze doch geheim bleiben sollte ...«

Cenn räusperte sich. »Meine Knochen sind zu alt für diesen Wind. Falls Ihr nichts dagegen habt, werde ich einen Glühwein trinken, um mich etwas aufzuwärmen. Bürgermeister. Al'Thor.« Noch bevor er ausgeredet hatte, war er schon auf dem Weg in die Schenke, und als die Tür sich hinter ihm schloss, seufzte Bran.

»Manchmal glaube ich, Nynaeve hat Recht mit ... Ach, das ist jetzt nicht wichtig. Ihr jungen Leute seid ganz aufgeregt wegen des Feuerwerks, obwohl es nur ein Gerücht ist. Überlegt euch, wie das wäre, wenn der Händler nicht rechtzeitig eintrifft, und das nach der ganzen Vorfreude. Und bei dem Wetter, das wir jetzt haben – wer weiß, wann er kommen wird? Auf einen Gaukler hättet Ihr euch noch mehr gefreut.«

»Und wären noch mehr enttäuscht gewesen, wenn er nicht gekommen wäre«, sagte Rand langsam. »Selbst Bel Tine hätte die Stimmung kaum bessern können.«

»Du hast ja einen Kopf auf den Schultern, den du zu benutzen weißt«, sagte Bran. »Eines Tages folgt er dir in den Dorfrat, Tam. Denk an meine Worte.«

»Nichts von alldem hilft mir, den Wagen zu entladen«, sagte Tam und lud dem Bürgermeister das erste Schnapsfässchen auf die Arme. »Ich brauche ein warmes Feuer, meine Pfeife und einen Krug von deinem guten Bier.« Er stemmte das zweite Schnapsfässchen auf die Schulter. »Ich bin sicher, Rand wird dir für deine Hilfe dankbar sein, Matrim. Denkt daran, je schneller der Most im Keller ist ...«

Als Tam und Bran in der Schenke verschwanden, sah Rand seinen Freund an. »Du musst mir nicht helfen. Dav kann den Dachs nicht so lange halten.«

»Oh, und warum nicht?«, fragte Mat seufzend. »Wie dein Vater schon sagte, je eher er im Keller ist ...« Er nahm eines der Mostfässer in beide Arme und eilte mit schnellem Schritt zur Schenke. »Vielleicht ist Egwene da. Dir zuzusehen, wie du ihr Kuhaugen machst, ist genauso gut wie das mit dem Dachs.«

Rand, der gerade Bogen und Köcher in den Karren legen wollte, hielt kurz inne. Er hatte es tatsächlich fertig gebracht, Egwene für eine Weile zu vergessen. Das war schon ungewöhnlich. Aber sie würde sich wahrscheinlich in der Schenke aufhalten. Er hatte kaum eine Möglichkeit, ihr aus dem Weg zu gehen. Natürlich war es Wochen her, seit er sie zum letzten Mal gesehen hatte.

»Was ist?«, rief Mat ihm vom Eingang der Schenke her zu. »Ich habe nicht gesagt, dass ich alles allein mache. Du bist noch nicht im Dorfrat.«

Rand ergriff ein Fass und folgte Mat. Vielleicht wäre sie doch nicht zu Hause? Seltsamerweise fühlte er sich bei diesem Gedanken auch nicht besser.

KAPITEL 2

Fremde

Als Rand und Mat die ersten Fässer durch den Schankraum trugen, war Meister al'Vere bereits dabei, ein paar Krüge mit seinem besten Bier zu füllen. Tam stand vor dem großen offenen Kamin und stopfte Tabak aus einem glänzenden Metallbehälter, der immer auf dem steinernen Kaminsims stand, in eine langstielige Pfeife. Der Kamin erstreckte sich durch die Hälfte des großen viereckigen Raums, und die Oberkante befand sich in Schulterhöhe eines ausgewachsenen Mannes. Die knackende Glut vertrieb die Kälte, die von draußen eindrang.

Zu dieser Zeit, am arbeitsreichen Vortag des Festes, erwartete Rand einen bis auf Bran, seinen Vater und die Katze leeren Schankraum, aber vier weitere Mitglieder des Dorfrats, Cenn eingeschlossen, saßen auf den Stühlen mit den hohen Lehnen vor dem Feuer, Krüge in der Hand, und um ihre Köpfe kräuselte sich blaugrauer Pfeifenrauch. Ausnahmsweise wurde einmal kein einziges Spielbrett benützt, und Brans Bücher standen vollständig und in Reih und Glied auf dem Regal gegenüber dem Kamin. Die Männer sprachen kaum miteinander, starrten nur still in ihr Bier oder kauten ungeduldig auf ihren Pfeifenstielen herum. Alle warteten auf Tam und Bran.

Sorgen waren für den Dorfrat nichts Ungewöhnliches heutzutage, weder in Emondsfelde noch in Wachhügel oder Devenritt. Vielleicht noch nicht einmal in Taren-Fähre, obwohl man nie wissen konnte, was die Leute von Taren-Fähre von irgendetwas hielten.

Nur zwei der Männer am Feuer, Haral Luhhan, der Hufschmied, und Jon Thane, der Müller, sahen auf, als die Jungen eintraten. Meister Luhhan allerdings sah nicht bloß auf. Die Arme des Schmieds waren dicker als die Beine der meisten Männer, mit schweren Muskeln bepackt, und er trug immer noch seinen langen Lederschurz, als sei er geradewegs aus der Schmiede zu diesem Treffen geeilt. Mit finsterem Blick musterte er die beiden jungen Männer, dann drehte er sich auf seinem Stuhl um und konzentrierte sich darauf, die Pfeife mit dem dicken Daumen zu stopfen.

Neugierig verlangsamte Rand seinen Schritt – und konnte gerade noch einen Schmerzensschrei unterdrücken, als Mat ihm gegen den Knöchel trat. Sein Freund nickte eindringlich in Richtung auf die Hintertür des Schankraums und eilte dorthin, ohne auf ihn zu warten. Leicht humpelnd folgte ihm Rand.

»Was sollte denn das heißen?«, forderte Rand Aufklärung, sobald sie sich im Flur zur Küche befanden. »Du hast mir beinahe meinen Knöchel ...«

»Es ist wegen des alten Luhhans«, sagte Mat und spähte dabei über Rands Schulter hinweg zum Schankraum hinüber. »Ich glaube, er hat mich im Verdacht ...« Er sprach nicht weiter, da Frau al'Vere aus der Küche hastete. Der Duft nach frisch gebackenem Brot wehte vor ihr her.

Auf dem Tablett in ihren Händen lagen mehrere Laibe Krustenbrot, für das sie in ganz Emondsfelde bekannt war, und dazu Teller mit Gurken und Käsescheiben. Das Essen erinnerte Rand plötzlich daran, dass er heute nur einen Kanten Brot gegessen hatte, bevor er am Morgen den Hof verließ. Sein Magen machte sich mit peinlichem Knurren bemerkbar.

Frau al'Vere, eine schlanke Frau, die ihren dicken Haarzopf über eine Schulter nach hinten gezogen hatte, lächelte sie so mütterlich an, dass es beiden das Herz erwärmte. »Es gibt mehr davon in der Küche, falls ihr Hunger habt, und ich habe noch keinen Jungen in eurem Alter gekannt, der nicht ständig Hunger hatte. Na ja, genau wie alle anderen. Wenn ihr die lieber mögt – ich backe heute auch Honigkuchen.«

Sie war eine der wenigen verheirateten Frauen in der Gegend, die nie versuchte, Tam mit irgendjemandem zu verkuppeln. Ihre Mütterlichkeit Rand gegenüber stellte sie mit ihrem herzlichen Lächeln und einem schnellen Imbiss unter Beweis, so oft er in die Schenke kam. Allerdings war sie zu den anderen jungen Männern der Gegend genauso freundlich. Wenn sie ihn gelegentlich ansah, als wolle sie doch mehr für ihn tun, dann blieb es eben nur bei einem Blick, und dafür war er äußerst dankbar.

Ohne auf eine Antwort zu warten, fegte sie in den Schankraum. Sofort hörte man Stuhlbeine über den Boden scharren, als die Männer aufstanden, und Lobrufe auf den Duft des Brotes. Sie war mit Längen die beste Köchin in Emondsfelde, und es gab wohl keinen

Mann weit und breit, der die Gelegenheit ungenutzt ließ, seine Füße unter ihren Tisch zu strecken.

»Honigkuchen«, sagte Mat und leckte sich die Lippen. »Hinterher«, erklärte ihm Rand mit fester Stimme, »oder wir werden nie fertig.«

Über der Kellertreppe hing eine Lampe, gleich neben der Küchentür, und eine weitere warf einen weiten Lichtkreis in den Raum unter der Schenke und verbannte bis auf einen kleinen düsteren Rest alle Dunkelheit in die entferntesten Winkel der massiven Steinwände. Holzgestelle enthielten kleine Fässer mit Schnaps und Most und größere mit Bier und Wein. In einigen davon steckten Zapfhähne. Viele der Weinfässer trugen Kreidevermerke in Bran al'Veres Handschrift. Da stand, in welchem Jahr der Wein gekauft worden war und von welchem Händler und in welchem Ort er gekeltert worden war. Doch das gesamte Bier und der Schnaps stammten von den Bauern der Zwei Flüsse oder von Bran selbst. Händler und Kaufleute brachten manchmal Schnaps oder Bier von anderswo mit, aber die Qualität war schlecht, und das Zeug kostete Unsummen. Außerdem wollte niemand solches Gebräu mehr als einmal trinken.

»Also«, sagte Rand, als sie ihre Fässer in die Gestelle legten, »was hast du Meister Luhhan angetan?«

Mat zuckte die Achseln. »Eigentlich nichts. Ich habe Adan al'Caar und seinen hochnäsigen Freunden Ewin Finngar und Dag Coplin erzählt, dass ein paar Bauern Geisterhunde gesehen haben, die Feuer spuckend durch den Wald rannten. Sie haben's geschluckt wie süße Sahne.«

»Und deshalb ist Meister Luhhan böse auf dich?«, fragte Rand zweifelnd.

»Nicht unbedingt.« Mat legte eine Pause ein und schüttelte den Kopf. »Siehst du, ich habe zweien seiner Hunde Mehl aufs Fell gestreut, bis sie ganz weiß waren. Dann habe ich sie in der Nähe von Dags Haus laufen lassen. Wie konnte ich ahnen, dass sie geradewegs nach Hause rannten? Das ist wirklich nicht meine Schuld. Wenn Frau Luhhan nicht die Tür offen gelassen hätte, dann wären sie gar nicht reingekommen. Ich habe schließlich nicht gewollt, dass das ganze Haus voller Mehl war.« Er lachte kurz auf. »Sie hat den alten Luhhan mitsamt der Hunde mit einem Besen aus dem Haus gescheucht.«

Rand zuckte zusammen, lachte aber gleichzeitig. »Wenn ich an deiner Stelle wäre, würde ich mir mehr Gedanken über Alsbet Luhhan machen als über den Schmied. Sie ist fast genauso stark und kann noch wütender werden. Aber was soll's? Wenn du schnell läufst, bemerkt er dich vielleicht nicht.« Mats Gesichtsausdruck zeigte, dass er Rands Bemerkung keineswegs lustig fand.

Als sie durch den Schankraum zurückgingen, musste Mat sich allerdings nicht beeilen. Die sechs Männer hatten ihre Stühle vor dem Kamin eng zusammengeschoben. Mit dem Rücken zum Feuer sprach Tam leise, und die anderen beugten sich vor, um ihn besser zu verstehen. Sie lauschten seinen Worten so aufmerksam, dass sie vermutlich nicht einmal bemerkt hätten, wenn eine Herde Schafe durch den Raum getrieben worden wäre. Rand wollte gern näher treten, um zu hören, worüber sie sprachen, doch Mat zupfte ihn am Ärmel und warf ihm einen kummervollen Blick zu. Mit einem Seufzer folgte er Mat hinaus zum Karren.

Bei ihrer Rückkehr fanden sie oben auf der Kellertreppe ein Tablett vor, und der Duft von heißen Honigkuchen erfüllte den Flur. Auch zwei Krüge standen dabei und eine Kanne mit heißem gewürztem Süßmost. Trotz seiner eigenen Ermahnung, bis später zu warten, legte Rand den Weg zwischen Karren und Keller mit einem Fässchen unter einem Arm und einem Stück Honigkuchen in der Hand zurück.

Er legte das letzte Fässchen in das Gestell, wischte sich die Krümel vom Mund, während Mat ablud, und sagte dann:»Und was nun den Gaukler ...«

Füße trampelten die Treppe herunter, und Ewin Finngar stürzte in seiner Erregung beinahe auf den Kellerboden. Sein feistes Gesicht strahlte vor Eifer. Er musste seine Neuigkeiten loswerden.»Es sind Fremde im Dorf!« Er kam zu Atem und sah Mat schief an.»Geisterhunde habe ich keine gesehen, aber ich hörte, jemand habe Meister Luhhans Hunde mit Mehl gepudert. Ich habe auch gehört, dass Frau Luhhan weiß, wer dahinter steckt.«

Die Jahre, die Mat und Rand von Ewin trennten, der erst vierzehn war, sorgten normalerweise dafür, dass sie alles, was er sagte, ziemlich schnell abtaten. Diesmal jedoch blickten sie sich überrascht an und sprachen beide gleichzeitig.

»Im Dorf?«, fragte Rand.»Nicht im Wald?«

Und Mat fügte im gleichen Moment hinzu:»Hatte er einen schwarzen Mantel an? Hast du sein Gesicht sehen können?«

Ewin schaute unsicher von einem zum anderen und sagte dann rasch, als Mat drohend auf ihn zu trat:»Natürlich habe ich sein Gesicht gesehen. Und sein Mantel ist grün. Oder vielleicht grau. Er wechselt die Farbe. Er scheint sich immer dem Hintergrund anzupassen. Manchmal kann man ihn gar nicht sehen, auch wenn man ihn geradewegs anblickt. Nicht, bis er sich bewegt. Und ihrer ist blau wie der Himmel und zehnmal schöner als alle Festkleider, die ich je gesehen habe. Sie ist auch zehnmal hübscher als alle, die ich je gesehen habe. Sie ist eine hochgestellte Dame wie in den Geschichten. Sie muss eine sein.«

»Sie?«, fragte Rand. »Von wem redest du?« Er sah Mat an, der beide Hände auf den Kopf gelegt und die Augen geschlossen hatte.

»Von denen wollte ich dir erzählen«, sagte Mat schließlich, »bevor du mich als Helfer ...« Er brach ab und öffnete die Augen, um Ewin scharf anzusehen. »Sie sind gestern Abend angekommen«, fuhr er nach einem Augenblick fort, »und haben sich Zimmer in der Schenke genommen. Ich sah, wie sie heranritten. Ihre Pferde, Rand! Ich habe noch nie so große und schlanke Pferde gesehen. Sie sehen aus, als könnten sie immer und ewig weitergaloppieren. Ich glaube, er arbeitet für sie.«

»Er steht in ihren Diensten«, unterbrach ihn Ewin. »Das nennt man so in den Geschichten, die ich gehört habe.«

Mat fuhr fort, als habe Ewin gar nicht gesprochen. »Jedenfalls hört er auf sie und tut, was sie sagt. Aber er benimmt sich nicht wie ein Knecht. Vielleicht ist er ein Soldat. Er trägt sein Schwert, als sei es ein Teil von ihm. Neben ihm wirken die Söldner der Kaufleute wie Köter. Und sie, Rand! Ich habe mir niemals eine solche Frau auch nur vorgestellt. Es ist, als stamme sie aus den Geschichten eines Märchenerzählers. Sie ist, wie ... Wie ...« Er unterbrach seinen Redefluss und sah Ewin gekränkt an. »... wie eine hochgestellte Dame«, endete er mit einem Seufzer.

»Aber wer sind sie?«, fragte Rand. Von den Kaufleuten abgesehen, die einmal im Jahr Tabak und Wolle aufkauften, und den fahrenden Händlern, kamen niemals Fremde zu den Zwei Flüssen, jedenfalls so gut wie nie. Vielleicht kamen sie bis zu Taren-Fähre, aber nicht weiter nach Süden. Die meisten Kaufleute und Händler kamen auch schon seit Jahren und galten nicht als Fremde. Vielleicht konnte man sie als Außenstehende bezeichnen. Es war gute fünf Jahre her, dass zuletzt ein echter ›Fremder‹ in Emondsfelde aufgetaucht war, und er hatte versucht, sich hier zu verstecken. Er hatte oben in Baerlon irgendwelche Schwierigkeiten gehabt, die keiner im Dorf verstand. Er war nicht lange geblieben. »Was wollen sie?«

»Was sie wollen?«, rief Mat. »Es ist mir gleich, was sie wollen. Fremde, Rand, und Fremde, wie du sie dir nicht erträumt hast. Denk mal!«

Rand öffnete den Mund und schloss ihn wortlos wieder. Der schwarz gekleidete Reiter hatte ihn so nervös gemacht wie eine Katze ein Rudel Hunde. Es schien ein mehr als seltsamer Zufall zu sein, dass sich drei Fremde auf einmal hier in der Gegend aufhielten. Drei – falls der seine Farben ändernde Mantel dieses Burschen niemals schwarz wurde.

»Sie heißt Moiraine«, sagte Ewin in das kurze Schweigen hinein. »Ich hörte, wie er sie so anredete. Moiraine nannte er sie. Die Lady Moiraine. Er heißt Lan. Die Seherin kann sie vielleicht nicht leiden, aber mir gefällt sie.«

»Wie kommst du darauf, dass Nynaeve sie nicht leiden kann?«, fragte Rand.

»Sie hat heute früh die Seherin nach dem Weg gefragt«, sagte Ewin, »und sie mit ›Kind‹ angesprochen.« Rand und Mat pfiffen leise durch die Zähne, und Ewin überschlug sich fast vor Eifer. Er erklärte: »Lady Moiraine wusste nicht, dass sie die Seherin ist. Als sie es erfuhr, hat sie sich entschuldigt. Tatsächlich! Und sie stellte ihr dann Fragen über Kräuter und über die Leute in Emondsfelde mit dem gleichen Respekt wie jede Frau hier im Dorf, oder vielleicht noch mehr. Sie fragt immerzu, wie alt die Leute sind und wie lange sie schon hier wohnen und ... Ach, ich weiß nicht, was alles. Jedenfalls antwortete Nynaeve, als habe sie in einen sauren Apfel gebissen. Und dann, als Lady Moiraine wegging, hat ihr Nynaeve nachgeschaut, wie ... Also freundlich war der Blick nicht, kann ich euch sagen.«

»Ist das alles?«, fragte Rand. »Du kennst Nynaeves Launen. Als Cenn Buie sie letztes Jahr ›Kind‹ nannte, schlug sie ihm ihren Stock über den Schädel, und dabei ist er im Dorfrat und alt genug, um ihr Großvater zu sein. Sie geht bei jeder Gelegenheit hoch, und kaum hat sie sich umgedreht, ist der Ärger auch schon verflogen.«

»Für mich ist das schon zu lang«, murmelte Ewin.

»Mir ist es ganz gleich, wem Nynaeve den Stock über den Schädel schlägt, solange ich's nicht bin«, gluckste Mat vergnügt. »Das wird das beste Bel Tine, das es jemals gab. Ein Gaukler, eine Lady – wer kann mehr verlangen? Wer braucht schon ein Feuerwerk?«

»Ein Gaukler?«, fragte Ewin mit sich überschlagender Stimme.

»Komm schon, Rand«, fuhr Mat fort, wobei er den Jüngeren überging. »Wir sind doch hier fertig. Du musst den Burschen sehen!«

Er sprang die Treppen hoch. Ewin kam hinterher und rief: »Ist wirklich ein Gaukler da, Mat? Das ist keine Schwindelei wie die Geisterhunde, nicht wahr? Oder wie die Frösche?«

Rand stellte die Lampe auf ganz kleine Flamme und dann eilte dann hinterher.

Im Schankraum hatten sich Rowan Hurn und Samel Crawe zu den anderen vor dem Feuer gesellt, sodass nun der gesamte Dorfrat versammelt war. Jetzt sprach Bran al'Vere. Seine normalerweise laute Stimme war so gedämpft, dass jenseits der zusammengerückten Stühle nur ein dumpfes Murmeln zu hören war. Der Bürgermeister betonte seine Worte, indem er mit dem Zeigefinger in die Fläche der anderen Hand klopfte und einen Mann nach dem anderen anblickte. Alle nickten ihm ihr Einverständnis zu, was er auch sagen mochte, nur bei Cenn sah das etwas zurückhaltender aus.

Die Art, wie sie alle eng zusammengerückt saßen, verriet deutlich, dass ihr Gespräch nur den Dorfrat etwas anging. Sie hätten sicher etwas dagegen gehabt, dass Rand lauschte. Zögernd riss er sich los. Es gab ja auch noch den Gaukler. Und diese Fremden.

Draußen waren Bela und der Karren verschwunden. Hu oder Tad, die Stallburschen der Schenke, hatten sie weggebracht. Mat und Ewin standen ein paar Schritte vom Eingang der Schenke entfernt. Ihre Mäntel flatterten im Wind. Sie blickten sich wütend an.

»Zum letzten Mal«, fauchte Mat, »ich spiele dir *keinen* Streich! Es ist *wirklich* ein Gaukler da. Jetzt hau ab! Rand, sag diesem Wollkopf, dass ich die Wahrheit sage, damit er mich in Ruhe lässt.«

Rand zog seinen Umhang enger und tat einen Schritt vorwärts, um Mat zu unterstützen. Doch die Worte erstarben ihm auf den Lippen, als sich ihm die Nackenhaare sträubten. Er wurde wieder beobachtet. Es war keineswegs das Gefühl, das er bei dem verhüllten Reiter empfunden hatte, aber es war auch nicht angenehm, besonders so kurze Zeit nach dem Zusammentreffen im Wald.

Ein kurzer Rundblick über das Grün zeigte ihm nur, was er auch zuvor dort erblickt hatte: spielende Kinder, Menschen, die das Fest vorbereiteten, und kaum ein Blick in seine Richtung. Der Frühlingsbaum stand nun allein da und wartete. Geschäftigkeit und kindliche Rufe erfüllten die Gassen. Alles war so, wie es sein sollte. Außer, dass er beobachtet wurde.

Dann brachte ihn etwas dazu, sich umzudrehen und aufzuschauen. Am Rand des Ziegeldachs der Schenke saß ein großer Rabe und schwankte ein wenig im böigen Wind. Er hielt den Kopf schräg und äugte mit einem schwarzen Knopfauge – nach ihm, dachte er. Er schluckte, und plötzlich stieg unbändiger Zorn in ihm auf.

»Dreckiger Aasfresser«, murmelte er.

»Ich hab's satt, angestarrt zu werden«, grollte Mat, und Rand bemerkte, dass sein Freund neben ihn getreten war und den Raben ebenfalls finster anblickte.

Sie tauschten einen Blick, und dann suchten ihre Hände gleichzeitig nach Steinen.

Die beiden Steine flogen genau auf ihr Ziel zu, doch der Rabe hüpfte zur Seite, und die Steine pfiffen über das Dach. Er schlug einmal mit den Flügeln, legte den Kopf wieder schräg, fixierte sie mit einem toten schwarzen Auge, ohne jede Angst, ohne ein Anzeichen, dass irgendetwas geschehen war.

Rand sah den Vogel verwirrt an. »Hast du jemals einen Raben gesehen, der sich so verhielt?«, fragte er ruhig.

Mat schüttelte den Kopf, ohne den Raben aus den Augen zu verlieren. »Nie. Und auch noch keinen anderen Vogel.«

»Ein übler Vogel«, sagte eine Frauenstimme hinter ihnen. Trotz des darin mitschwingenden Abscheus klang die Stimme melodiös. »Selbst in guten Zeiten sollte man ihm misstrauen.«

Mit einem schrillen Schrei warf sich der Rabe so kraftvoll in die Luft, dass zwei schwarze Federn vom Rand des Daches herunterschwebten.

Überrascht drehten sich Rand und Mat herum und verfolgten den schnellen Flug des Vogels über das Grün hinweg in Richtung auf die wolkenverhangenen Verschleierten Berge zu, die hinter dem Westwald hoch aufragten, bis er zu einem verschwindend kleinen Punkt am Westhimmel wurde und dann ganz außer Sicht war.

Rands Blick fiel auf die Frau, die sie angesprochen hatte. Auch sie hatte den Flug des Raben verfolgt und wandte sich nun ihnen zu. Ihr Blick traf den seinen. Er konnte sie nur stumm anstarren. Dies musste Lady Moiraine sein, und sie war alles wert, was Mat und Ewin über sie gesagt hatten, alles und noch mehr.

Als er gehört hatte, dass sie Nynaeve als Kind bezeichnet hatte, stellte er sie sich als alte Dame vor, doch das war sie nicht. Zumindest war er nicht in der Lage, ihr Alter auch nur zu schätzen. Zuerst dachte er, sie sei genauso jung wie Nynaeve, aber je länger er sie ansah, desto mehr war er überzeugt, dass sie doch älter war. Um ihre großen dunklen Augen herum lag eine Reife, ein Hauch von Lebenserfahrung, die kein junger Mensch besitzen konnte. Einen Moment lang glaubte er, diese Augen seien tiefe Seen, die ihn gleich verschlingen würden. Es war klar, warum Mat und Ewin sie als eine Lady aus den Märchen bezeichnet hatten. Sie besaß eine Anmut, dass er sich unbeholfen und plump vorkam. Sie reichte ihm zwar kaum bis zur Brust, aber ihre Ausstrahlung ließ ihre Größe genau richtig erscheinen, und er kam sich selbst linkisch vor.

Wenn er es recht bedachte, glich sie niemandem, den er je zuvor gesehen hatte. Die weite Kapuze des Mantels umrahmte ihr Gesicht und das dunkle lockige Haar. Er hatte noch nie eine erwachsene Frau gesehen, deren Haar nicht zu Zöpfen geflochten war; jedes Mädchen der Zwei Flüsse wartete ungeduldig darauf, dass der Frauenkreis ihres Dorfes feststellte, sie sei alt genug, um einen Zopf zu tragen. Ihre Kleidung wirkte ebenso fremdartig. Ihr Umhang war aus himmelblauem Samt mit viel silbernem Zierrat, Blättern und Ranken und Blumen am ganzen Saum entlang. Ihr Kleid schimmerte leicht, wenn sie sich bewegte. Es war von einem dunkleren Blau als der Mantel und wies einen elfenbeinfarbenen Schrägstreifen auf. Um den Hals trug sie ein Band aus schweren Goldringen, während ihr von einer feineren Goldkette im Haar ein kleiner, blau funkelnder Edelstein in die Mitte der Stirn herunterhing.

Um die Taille lag ein breiter Gürtel aus gewobenen Goldfäden, und am Ringfinger der linken Hand steckte ein Goldring in Form einer Schlange, die sich in den Schwanz biss. Er hatte noch nie einen solchen Ring gesehen, aber er erkannte die Große Schlange, ein noch älteres Symbol für die Ewigkeit als das Rad der Zeit.

Schöner als alle Festkleider hatte Ewin gesagt, und er hatte Recht gehabt. Niemand bei den Zwei Flüssen kleidete sich so. Niemals.

»Guten Morgen, Frau ... äh ... Lady Moiraine«, sagte Rand. Sein Gesicht wurde ganz heiß, als er sich so versprach.

»Guten Morgen, Lady Moiraine«, kam das etwas geschliffenere Echo von Mat, doch ein wenig unsicher klangen auch seine Worte.

Sie lächelte, und Rand fragte sich, ob er irgendetwas für sie tun könnte, damit er eine Entschuldigung dafür hatte, in ihrer Nähe zu verweilen. Er wusste, dass sie alle anlächelte, doch es schien ihm, als lächle sie nur für ihn allein. Es war wirklich so, als sei eine Märchengestalt zum Leben erwacht. Mats Gesicht zeigte ein albernes Grinsen.

»Ihr kennt meinen Namen«, sagte sie, und es klang erfreut. Als ob ihre Gegenwart, und wenn sie von noch so kurzer Dauer war, nicht das wichtigste Gesprächsthema im Dorf für das nächste Jahr wäre!

»Aber ihr müsst mich Moiraine nennen, nicht Lady. Und wie heißt ihr?«

Ewin sprang in die Bresche, noch bevor einer der beiden den Mund aufbrachte. »Mein Name ist Ewin Finngar, Lady. Ich habe denen Euren Namen gesagt, deswegen kannten sie ihn. Ich hörte, wie Lan ihn erwähnte, aber gelauscht habe ich nicht. Niemand wie Ihr ist jemals zuvor nach Emondsfelde gekommen. Es ist auch ein Gaukler hier im Dorf zum Bel Tine. Und heute ist Winternacht! Kommt Ihr in mein Haus? Meine Mutter hat Apfelkuchen gebacken.«

»Wir werden sehen«, antwortete sie und legte die Hand auf Ewins Schulter. Ihre Augen glitzerten amüsiert, doch ansonsten blieb sie ernst. »Ich weiß nicht, ob ich mit einem Gaukler konkurrieren kann, Ewin. Aber ihr alle müsst mich Moiraine nennen.« Sie schaute Rand und Mat erwartungsvoll an.

»Ich bin Matrim Cauthon, La... äh ... Moiraine«, sagte Mat. Er verbeugte sich steif und ruckartig, und beim Aufrichten lief er rot an.

Rand hatte sich gefragt, ob er auch so etwas tun sollte, aber nachdem er Mats Beispiel gesehen hatte, nannte er nur seinen Namen. Zumindest versprach er sich diesmal nicht.

Moiraine sah erst ihn, dann Mat und dann wieder ihn an. Rand dachte bei sich, ihr Lächeln, das kaum die Mundwinkel berührte, wirke wie das Egwenes, wenn sie ein Geheimnis hatte. »Es kann sein, dass ich während meines Aufenthalts in Emondsfelde von Zeit zu Zeit ein paar kleine Aufträge habe«, sagte sie. »Vielleicht wärt ihr gewillt, mir zu helfen?« Sie lachte, als sie sich mit ihrer Zustimmung beinahe überschlugen. »Hier«, sagte sie, und Rand war überrascht, als sie ihm eine Münze in die Hand drückte und ihm die Hand mit ihren beiden Händen darum schloss.

»Es ist nicht nötig«, begann er, aber sie wischte seinen Protest mit einer Handbewegung beiseite und gab Ewin auch eine Münze; schließlich drückte sie auch Mats Hand um eine Münze, wie sie es bei Rand getan hatte.

»Natürlich ist es nötig«, sagte sie. »Man kann doch von euch nicht erwarten, dass ihr umsonst arbeitet. Betrachtet die Münzen als Andenken und behaltet sie, damit ihr euch daran erinnert, dass ihr zu mir kommen sollt, wenn ich es verlange. Die Münzen verbinden uns jetzt miteinander.«

»Ich werde das nie vergessen«, posaunte Ewin heraus.

»Wir werden uns später unterhalten«, sagte sie, »und ihr müsst mir alles über euch erzählen.«

»Lady ... Moiraine?«, fragte Rand zögernd, als sie sich abwandte. Sie blieb stehen und blickte über die Schulter zurück. Er schluckte, bevor er fortfuhr: »Warum seid Ihr nach Emondsfelde gekommen?« Ihr Gesichtsausdruck änderte sich nicht, und doch wünschte er plötzlich, er hätte die Frage nicht gestellt. Er konnte nicht einmal sagen, warum. Rasch stellte er klar, warum er gefragt hatte. »Ich wollte nicht unhöflich sein. Es ist nur so, dass niemand außer den Kaufleuten und Händlern zu den Zwei Flüssen kommt, wenn der Schnee nicht allzu hoch liegt, sodass sie aus Baerlon herunterkommen können. Fast niemand. Bestimmt niemand wie Ihr. Die Leibwächter der Kaufleute sagen manchmal, dies sei der hintere Winkel der Ewigkeit, und ich schätze, von draußen gesehen mag es so scheinen. Ich wundere mich nur.«

Ihr Lächeln verschwand nun ganz langsam von ihrem Gesicht, als habe sie sich an etwas erinnert. Einen Augenblick lang sah sie ihn einfach nur an. »Ich studiere die Geschichte«, sagte sie schließlich, »und sammle alte Erzählungen. Diese Gegend, die ihr heute Zwei Flüsse nennt, hat mich schon immer angezogen. Manchmal beschäftige ich mich mit Ereignissen, die vor langer Zeit geschehen sind, hier und anderswo.«

»Ereignisse?«, fragte Rand. »Was kann hier denn je geschehen sein, dass es jemanden wie Euch interessiert – ich meine, was könnte hier schon passiert sein?«

»Und wie sonst als Zwei Flüsse wollt Ihr dieses Land nennen?«, fügte Mat hinzu. »So hieß es schon immer.«

»Während sich das Rad der Zeit dreht«, sagte Moiraine mit abwesendem Blick, »führen Orte viele verschiedene Namen. Auch die Menschen tragen viele Namen und Gesichter. Unterschiedliche Gesichter, doch immer der gleiche Mensch. Doch niemand kennt das Große Muster, das vom Rad gewebt wird; wir kennen nicht einmal das Muster eines Zeitalters. Wir können nur beobachten und studieren und hoffen.«

Rand starrte sie an, unfähig, auch nur ein Wort herauszubringen oder zu fragen, was sie damit meinte. Er war sich nicht sicher, ob ihre Worte auch für sie bestimmt gewesen waren. Die anderen beiden schwiegen genau wie er. Ewin stand der Mund offen.

Moiraines Blick kehrte zu ihnen zurück, und alle drei schüttelten sich ein wenig, als erwachten sie. »Wir werden uns später darüber unterhalten«, sagte sie. Keiner von ihnen sagte ein Wort. Sie ging in Richtung Wagenbrücke. Es sah mehr wie ein Gleiten aus als ein Gehen. Ihr Umhang breitete sich nach beiden Seiten aus wie Flügel.

Als sie ging, verließ ein hoch gewachsener Mann, den Rand vorher nicht bemerkt hatte, den Schatten der Schenke und folgte ihr, die eine Hand am langen Knauf seines Schwertes. Seine Kleidung war von einer dunklen graugrünen Farbe, die vor Blättern oder im Schatten fast verschwand, und sein Umhang wirbelte durch Schattierungen von Grau und Grün und Braun, als er im Wind flatterte. Er trug das Haar lang. An den Schläfen zeigte sich Grau. Das Haar wurde von einem schmalen Lederband zurückgehalten. Das Gesicht schien aus kantigem Fels gehauen, wettergegerbt, doch faltenlos und nicht vom Alter gezeichnet, bis auf das Grau in den Haaren. Seine Bewegungen erinnerten Rand an einen Wolf.

Als er an ihnen vorbeiging, streifte sein Blick die drei jungen Männer. Seine Augen waren so kalt und blau wie der Mittwinterhimmel. Es schien, als wöge er sie in seinem Geist ab, doch es gab kein Anzeichen dafür, was ihm die Waage angezeigt hatte. Er beschleunigte seine Schritte, bis er Moiraine eingeholt hatte. Dann ging er langsam an ihrer Seite weiter und beugte sich nieder, um mit ihr zu sprechen. Rand stieß die Luft aus und merkte erst jetzt, dass er sie angehalten hatte.

»Das war Lan«, sagte Ewin mit kehliger Stimme, als habe auch er die Luft angehalten. Das war aber auch ein Blick gewesen, bei dem einem der Atem stocken konnte. »Ich wette, er ist ein Behüter.«

»Sei kein Narr!« Mat lachte, doch das Lachen klang zittrig. »Behüter gibt es nur in Geschichten. Und sie haben Schwerter und goldene Rüstungen mit Edelsteinen dran, und sie bleiben immer oben im Norden, in der Großen Fäule, und kämpfen gegen das Böse und gegen Trollocs.«

»Er *könnte* ein Behüter sein.« Ewin bestand darauf.

»Hast du bei ihm irgendwo Gold und Edelsteine gesehen?«, schalt Mat. »Haben wir hier bei den Zwei Flüssen etwa Trollocs? Wir haben Schafe. Ich frage mich wirklich, was hier jemals geschehen sein kann, dass jemand wie sie sich dafür interessiert.«

»Es könnte schon sein«, antwortete Rand langsam. »Man sagt, die Schenke stehe hier schon seit tausend Jahren.«

»Tausend Schafsjahre vielleicht«, meinte Mat.

»Ein silberner Pfennig!«, platzte Ewin heraus. »Sie hat mir einen ganzen Silberpfennig gegeben! Stellt euch vor, was ich dafür kaufen kann, wenn der Händler kommt.«

Rand öffnete die Faust, um die Münze anzusehen, die sie ihm gegeben hatte, und beinahe hätte er sie vor Überraschung fallen gelassen. Zwar war ihm die dicke Silbermünze mit dem aufgeprägten Bild einer Frau, die in der erhobenen Hand eine Flamme hielt, nicht geläufig, aber er hatte Bran öfter beobachtet, wenn er die Münzen der Kaufleute aus einem Dutzend verschiedener Länder abgewogen hatte, und er kannte ihren ungefähren Wert. So viel Silber reichte, um überall im Gebiet der Zwei Flüsse ein gutes Pferd zu erwerben, und es bliebe sicher noch etwas übrig.

Er sah Mat an und erkannte auf seinem Gesicht den gleichen verblüfften Ausdruck, den auch seine Miene zeigen musste. Er hielt die Hand schräg, sodass Mat die Münze sehen konnte, Ewin aber nicht, und zog fragend die Augenbrauen hoch. Mat nickte, und beide blickten sich staunend an.

»Welche Art von Diensten wird sie uns wohl auftragen?«, fragte Rand schließlich.

»Ich weiß nicht«, sagte Mat mit fester Stimme, »aber ich werde die Münze nicht ausgeben. Auch dann nicht, wenn der Händler kommt.« Damit steckte er das Geldstück in die Manteltasche.

Rand nickte und tat es ihm mit langsamen Bewegungen gleich. Er war sich nicht über den Grund im Klaren, aber was Mat gesagt hatte, schien richtig. Die Münze sollte nicht ausgegeben werden. Nicht, wenn sie von ihr stammte. Er konnte sich nicht denken, wofür Silber sonst noch gut sein sollte, doch ...

»Denkt ihr, dass ich meine auch aufheben sollte?«, fragte Ewin zögerlich.

»Nicht, wenn du nicht willst«, sagte Mat.

»Ich glaube, sie gab sie dir zum Ausgeben«, sagte Rand.

Ewin blickte seine Münze an, schüttelte den Kopf und stopfte den Silberpfennig in die Tasche. »Ich behalte sie«, sagte er bedauernd.

»Es gibt ja noch den Gaukler«, sagte Rand, und die Miene des Jungen hellte sich auf.

»Wenn er jemals aufsteht«, fügte Mat hinzu.

»Rand«, fragte Ewin, »ist *wirklich* ein Gaukler da?«

»Du wirst schon sehen«, antwortete Rand lachend. Ewin würde ihm erst glauben, wenn er den Gaukler mit eigenen Augen sah. »Früher oder später muss er ja runterkommen.«

Rufe waren von jenseits der Wagenbrücke zu hören. Als Rand sah, was los war, lachte er vor Freude. Eine wogende Menge von Dorfbewohnern, vom grauhaarigen Großvater bis zu watschelnden Kleinkindern, begleitete einen hohen Planwagen zur Brücke, der von acht Pferden gezogen wurde. Außen an der halb rund übergezogenen Plane hingen Bündel von Waren wie Trauben an einem Strunk. Der Händler war endlich da. Fremde und ein Gaukler, Feuerwerk und ein fahrender Händler. Es würde das beste Bel Tine aller Zeiten werden.

KAPITEL 3

Der fahrende Händler

Aufgehängte Töpfe klapperten, als der Wagen des fahrenden Händlers über die schweren Balken der Wagenbrücke rumpelte. Er wurde immer noch von einer großen Schar Dorfbewohner und Bauern umgeben, die zum Fest gekommen waren. Der Händler brachte seine Pferde vor der Schenke zum Stehen. Aus jeder Richtung strömte weiteres Volk herbei und vergrößerte die Zahl derer, die den Wagen umstanden. Dessen Räder waren höher als die Menschen, die den Händler auf dem Bock des Wagens über ihnen nicht aus den Augen ließen.

Der Mann auf dem Wagen war Padan Fain, ein blasser dünner Bursche mit langen dünnen Armen und einer mächtigen Adlernase. Fain, der immer lächelte oder lachte, als wisse er einen Witz, den keiner sonst kannte, war mit seinem Wagen jeden Frühling in Emondsfelde eingezogen, solange sich Rand zurückerinnern konnte. Gerade als das Gespann mit rasselndem Geschirr zum Stehen kam, flog die Tür der Schenke auf, und der Dorfrat erschien, von Meister al'Vere und Tam angeführt. Sie alle marschierten zielbewusst heraus, selbst Cenn Buie. Um sie herum riefen die anderen aufgeregt nach Nadeln und Spitzen und Büchern und tausend anderen Dingen, die sie brauchten oder zu brauchen glaubten. Zögernd machte die Menge Platz für den Dorfrat. Als er vorn angelangt war, schlossen sich die Reihen wieder dicht, und das Geschrei nach den Diensten des Händlers schwoll an.

In den Augen der Dorfbewohner machten Nähzeug und Tee und dergleichen nicht mehr als die Hälfte dessen aus, was der Händler in seinem Wagen mitführte. Genauso wichtig waren die Neuigkeiten von draußen, Neuigkeiten aus der Welt jenseits der Zwei Flüsse. Einige Händler erzählten einfach, was sie wussten, warfen es den Dorfbewohnern hin wie einen Haufen Abfall, von dem sie nicht belästigt werden wollten. Anderen musste man jedes Wort aus der Nase ziehen. Sie redeten widerwillig und ungeschickt. Fain dagegen sprach unbefangen, wenn er die Dorfbewohner auch öfter neckte, und dehnte das Ganze aus, machte es zu einer Vorstellung wie einen Gauklerauftritt. Er genoss es, im Mittelpunkt zu stehen, herumzustolzieren wie ein zu klein geratener Hahn, wenn alle Augen auf ihm ruhten. Rand fragte sich, wie es Fain aufnehmen mochte, dass er nun einen Gaukler in Emondsfelde vorfand.

Der Händler schenkte dem Dorfrat und den Dorfbewohnern genau die gleiche Beachtung, während er umständlich die Zügel zusammenband – nämlich gar keine. Er nickte so nebenher, aber das galt niemand Bestimmtem. Er lächelte stumm und winkte abwesend einigen Leuten zu, mit denen er befreundet war, obwohl er trotz aller Freundschaft immer einen gewissen Abstand hielt. Man klopfte sich gegenseitig auf die Schulter, ohne sich dabei näher zu kommen. Die Aufforderungen, endlich zu erzählen, wurden lauter, doch Fain beschäftigte sich mit irgendwelchen Kleinigkeiten oben auf dem Bock, damit die Menschenmenge und die Erwartungen so groß wurden, wie er es wollte. Nur der Dorfrat blieb stumm. Die Herren zeigten jene Würde, die man von ihrer Stellung erwartete, aber den anschwellenden Wolken von Pfeifenrauch über ihren Köpfen war anzumerken, wie schwer es ihnen fiel.

Rand und Mat schoben sich in die Menge, um dem Wagen so nahe wie möglich zu kommen. Rand hätte auf halbem Weg Halt gemacht, doch Mat wand sich durch das Gedränge und zog Rand hinter sich her, bis sie genau hinter dem Dorfrat standen. »Ich hatte schon geglaubt, du wolltest das Fest auf dem Hof verbringen!«, rief Perrin Aybara Rand über den Lärm hinweg zu. Er war einen halben Kopf kleiner als Rand, aber der lockenköpfige Schmiedlehrling war so stämmig, dass er wie eineinhalb Männer wirkte. Seine Arme und Schultern waren so stark, dass sie schon denen von Meister Luhhan selbst gleichkamen. Er hätte sich mit Leichtigkeit durch die Menge drängen können, aber das war nicht seine Art. Er schob sich rücksichtsvoll hindurch und entschuldigte sich bei Leuten, die gebannt den Händler anstarrten und ihn kaum bemerkten. Trotzdem entschuldigte er sich und bemühte sich, niemanden anzustoßen, als er sich auf Rand und Mat zubewegte. »Stellt euch vor«, sagte er, als er sie schließlich erreicht hatte, »Bel Tine und ein Händler, beides gleichzeitig. Ich wette, es gibt wirklich ein Feuerwerk.«

»Das ist bei weitem noch nicht alles.« Mat lachte.

Perrin beäugte ihn misstrauisch und blickte Rand fragend an.

»Es stimmt!«, rief Rand. Dann zeigte er auf die weiter anwachsende Menschenmenge, die durcheinander schrie.»Ich erkläre es dir später!«

In diesem Augenblick stellte sich Padan Fain auf den Fahrersitz, und die Menge verstummte. Rands letzte Worte platzten förmlich in die plötzliche Stille hinein. Der Händler hatte gerade mit einer dramatischen Geste den Arm erhoben und den Mund geöffnet. Alles drehte sich um und starrte Rand an. Der kleine knochige Mann auf dem Wagen, der erwartet hatte, dass jeder gespannt seinen ersten Worten lauschen werde, sah Rand durchdringend an. Rand errötete und wünschte sich, er wäre so klein wie Ewin. Auch seine Freunde traten unbehaglich von einem Fuß auf den anderen. Es war erst im letzten Jahr geschehen, dass Fain endlich von ihnen Notiz genommen und sie als Männer anerkannt hatte. Fain hatte normalerweise nicht viel Zeit für junge Leute, die kaum Waren aus seinem Wagen kaufen konnten. Rand hoffte, dass er in den Augen des Händlers nicht wieder als Kind eingestuft wurde.

Mit einem lauten Räuspern zupfte Fain an seinem schweren Mantel.»Nein, nicht *später*«, deklamierte er und warf eine Hand in grandioser Geste nach oben.»Ich werde euch *jetzt* berichten.« Beim Sprechen gestikulierte er breit, und seine Stimme hallte über die Menge hinweg.»Ihr glaubt, ihr habt Schwierigkeiten gehabt hier im Gebiet der Zwei Flüsse, nicht wahr? Nun, die ganze Welt hat Sorgen, von der Großen Fäule nach Süden bis zum Meer der Stürme, vom Aryth-Meer im Westen bis zur Aiel-Wüste im Osten. Und sogar darüber hinaus. Der Winter war härter, als man ihn je erlebt hat, kalt genug, um euch das Blut gefrieren zu lassen und euch die Knochen zu brechen? Ahhh! Der Winter war überall hart und kalt. In den Grenzlanden würden sie euren Winter einen Frühling nennen. Doch der Frühling kommt nicht, sagt ihr? Wölfe haben eure Schafe gerissen? Vielleicht haben die Wölfe auch Menschen angegriffen? Ist es so? Tja, nun, der Frühling ist überall zu spät dran. Überall gibt es Wölfe, die nach jedem Stück Fleisch gieren, in das sie ihre Zähne schlagen können, seien es Schafe oder Kühe oder Menschen. Aber es gibt Schlimmeres als Wölfe oder den Winter. Es gibt Leute, die wären froh, wenn sie nur eure kleinen Sorgen hätten.« Er unterbrach seinen Redeschwall erwartungsvoll.

»Was könnte schlimmer sein als Wölfe, die Schafe und Menschen töten?«, wollte Cenn Buie wissen. Andere murmelten beifällig.

»Menschen, die Menschen töten.« Die Antwort des Händlers, in bedeutungsvollem Tonfall gesprochen, wurde von der Menge mit erschrockenem Gemurmel bedacht, das noch zunahm, als er weitersprach. »Ich meine damit Krieg. In Ghealdan herrscht Krieg und Wahnsinn. Der Schnee im Wald von Dhallin ist rot vom Blut getöteter Männer. Die Luft ist erfüllt von Raben und ihrem Geschrei. Heere marschieren nach Ghealdan. Völker, mächtige Königshäuser und große Männer schicken ihre Soldaten in den Kampf.«

»Krieg?« Meister al'Veres Mund formte das ungewohnte Wort nur ungeschickt. Niemand im Gebiet der Zwei Flüsse hatte je mit einem Krieg zu tun gehabt. »Warum herrscht dort Krieg?«

Fain grinste, und Rand hatte das Gefühl, dass er sich über die Abgeschiedenheit der Dorfbewohner und ihre Unwissenheit lustig machte. Der Händler beugte sich vor, als teile er dem Bürgermeister ein Geheimnis mit, doch sein Flüstern war weithin hörbar. »Die Flagge des Drachen wurde gehisst, und Männer strömen herbei, um sie zu bekämpfen. Und zu unterstützen.«

Alle schnappten gleichzeitig entsetzt nach Luft, und Rand erschauerte gegen seinen Willen.

»Der Drache!«, stöhnte jemand. »Der Dunkle König ist in Ghealdan!«

»Nicht der Dunkle König«, grollte Haral Luhhan. »Der Drache ist nicht der Dunkle König. Und es ist außerdem ein falscher Drache.«

»Lass uns anhören, was Meister Fain zu berichten hat«, sagte der Bürgermeister, aber niemand ließ sich so einfach beruhigen. Von allen Seiten riefen die Leute. Männer und Frauen überschrien sich gegenseitig.

»Genauso schlimm wie der Dunkle König!«

»Der Drache hat die Welt zerstört, oder nicht?«

»Er hat damit angefangen! Er hat die Zeit des Wahns verursacht!«

»Ihr kennt die Prophezeiung! Wenn der Drache wiedergeboren wird, werden euch eure schlimmsten Albträume wie die schönsten Träume vorkommen!«

»Er ist bloß ein falscher Drache. Das kann nicht anders sein!«

»Was macht das schon für einen Unterschied? Erinnert euch an den letzten falschen Drachen. Auch er begann einen Krieg. Tausende starben damals, oder nicht, Fain? Er belagerte Illian.«

»Das sind böse Zeiten! Zwanzig Jahre lang hat niemand behauptet, der Wiedergeborene Drache zu sein, und nun gleich drei innerhalb der letzten fünf Jahre. Böse Zeiten! Denkt nur an das Wetter!«

Rand tauschte Blicke mit Mat und Perrin. Mats Augen glänzten vor Erregung, doch Perrin machte eine sorgenvolle Miene. Rand konnte sich an jede der Geschichten von den Männern erinnern, die sich selbst als den Wiedergeborenen Drachen bezeichneten. Auch wenn sie sich alle als falsche Drachen erwiesen hatten, indem sie starben, ohne eine der Prophezeiungen zu erfüllen, so hatten sie doch genug Unheil gestiftet. Ganze Nationen wurden vom Krieg zerrissen, Städte und Dörfer niedergebrannt. Flüchtlinge verstopften die Straßen wie Schafe in einem Pferch. So hatten es die fahrenden Händler erzählt, und die Kaufleute und niemand von den Zwei Flüssen, der seine fünf Sinne beisammen hatte, zweifelte daran. Die Welt werde untergehen, sagten einige, wenn der wirkliche Drache wiedergeboren würde.

»Schluss damit!«, schrie der Bürgermeister. »Seid ruhig! Lasst Euch nicht von eurer eigenen Einbildung übermannen! Lasst Meister Fain von diesem falschen Drachen erzählen!« Die Leute begannen sich zu beruhigen, doch Cenn Buie weigerte sich zu schweigen.

»Ist es wirklich ein falscher Drache?«, fragte der Dachdecker mürrisch.

Meister al'Vere blinzelte überrascht und fauchte ihn an: »Sei kein alter Narr, Cenn!« Aber Cenn hatte die Menge wieder angeheizt.

»Er kann nicht der Wiedergeborene Drache sein! Das Licht helfe uns – er kann es nicht sein!«

»Du alter Narr, Buie! Du *willst* das Pech herausfordern, nicht wahr?«

»Nächstens nennt er noch den Dunklen König beim Namen! Du bist vom Drachen besessen, Cenn Buie! Du stürzt uns alle ins Unglück!«

Cenn sah sich trotzig um, versuchte, die Ankläger mit einem Blick zum Schweigen zu bringen, und erhob die Stimme. »Ich habe nicht gehört, wie Fain sagte, dies sei ein falscher Drache. Habt ihr das gesagt? Gebraucht eure Augen! Wo ist die Saat, die jetzt kniehoch sein sollte? Warum ist es immer noch Winter, wenn der Frühling schon vor einem Monat eingekehrt sein sollte?« Es gab böse Zurufe, Cenn solle den Mund halten. »Ich werde nicht schweigen! Mir gefällt es auch nicht, so zu reden, aber ich stecke meinen Kopf nicht unter einen Korb, bis ein Mann aus Taren-Fähre kommt und mir den Hals abschneidet. Und ich lasse mich nicht von Fain an der Nase herumführen. Sagt es uns jetzt, Händler. Was habt Ihr gehört? Eh? Ist dieser Mann ein falscher Drache?«

Falls Fain durch den Aufruhr, den er verursacht hatte, beunruhigt war, zeigte er es jedenfalls nicht. Er zuckte nur die Achseln und legte einen knochigen Finger an die Nase. »Was das betrifft – wer weiß schon, wann es zu Ende ist?« Er schwieg und zeigte sein geheimnisvolles Lächeln, während er den Blick über die Menge schweifen ließ. »Ich weiß«, sagte er betont lässig, »dass er die Eine Macht anwenden kann. Die anderen konnten das nicht. Doch er kann sie lenken. Der Boden öffnet sich unter den Füßen seiner Feinde, und dicke Mauern zerbrechen bei seinem Schrei. Der Blitz kommt, wenn er ihn ruft, und schlägt dort ein, wo er hinzeigt. Das habe ich gehört, und zwar von Männern, denen ich glaube.«

Gelähmtes Schweigen breitete sich aus. Rand sah seine Freunde an. Perrin schien Dinge zu sehen, die ihm nicht gefielen, aber Mat war immer noch aufgeregt.

Tam zog den Bürgermeister zu sich heran, aber bevor er sprechen konnte, platzte Ewin Finngar heraus.

»Er wird wahnsinnig werden und sterben! In den Geschichten werden die Männer, die die Eine Macht lenken, immer wahnsinnig, und dann siechen sie dahin und sterben. Nur Frauen können sie benutzen. Weiß er das nicht?« Er duckte sich, um einer Kopfnuss von Meister Buie zu entgehen.

»Wir haben genug von dir gehört, Junge.« Cenn schüttelte eine knorrige Faust vor Ewins Gesicht. »Zeig den nötigen Respekt und überlass das den Älteren. Hau ab!«

»Beherrsch dich, Cenn!«, grollte Tam. »Der Junge ist bloß neugierig. Es ist nicht nötig, dass du dich wie ein Narr benimmst.«

»Benimm dich deinem Alter entsprechend«, fügte Bran hinzu. »Und denk wenigstens einmal daran, dass du ein Mitglied des Dorfrats bist.«

Cenns runzliges Gesicht färbte sich bei jedem Wort dunkler, bis es beinahe lila aussah. »Ihr wisst, von welcher Art Frauen er spricht. Schau mich nicht so böse an, Luhhan, und auch du, Crawe. Dies ist ein anständiges Dorf mit rechtschaffenen Leuten, und es ist schon schlimm genug, wenn Fain von falschen Drachen erzählt, die die Eine Macht benutzen, ohne dass solch ein närrischer Junge auch noch die Aes Sedai ins Spiel bringt. Es gibt Dinge, über die man nicht reden sollte, und mir ist es gleich, ob ihr diesen dummen Händler alles erzählen lasst, was er will. Es ist einfach nicht richtig.«

»Ich habe niemals etwas gesehen oder gehört oder gerochen, über das man nicht auch sprechen konnte«, sagte Tam, aber Fain gab keine Ruhe.

»Die Aes Sedai stecken schon in der Sache drin«, sagte der Händler. »Eine Gruppe von ihnen ist von Tar Valon aus nach Süden geritten. Da er die Macht anwenden kann, können nur die Aes Sedai ihn besiegen, auch wenn die anderen noch so viele Schlachten gegen ihn schlagen oder ihn gefangen halten, wenn er besiegt ist. Falls er besiegt wird.«

Irgendjemand in der Menge stöhnte laut auf, und sogar Tam und Bran tauschten unsichere Blicke. Die Dorfbewohner standen in Gruppen beieinander, und mancher zog den Umhang enger um sich, obwohl der Wind etwas nachgelassen hatte.

»Natürlich wird er besiegt!«, rief jemand.

»Die falschen Drachen werden immer geschlagen.«

»Er muss einfach besiegt werden, nicht wahr?«

»Und wenn es nicht gelingt?«

Tam hatte es endlich fertig gebracht, dem Bürgermeister etwas ins Ohr zu flüstern, und Bran, der von Zeit zu Zeit nickte und das Gemurmel um ihn herum nicht beachtete, erhob schließlich die Stimme.

»Hört mal alle zu! Seid still und hört zu!« Das Geschrei wurde wieder zu einem Gemurmel. »Das sind nicht irgendwelche Neuigkeiten von draußen. Der Dorfrat muss darüber sprechen. Meister Fain, leistet uns in der Schenke Gesellschaft! Wir wollen Euch einiges fragen.«

»Ich hätte nichts gegen einen ordentlichen Krug Glühwein einzuwenden«, antwortete der Händler schmunzelnd. Er sprang vom Wagen, wischte sich die Hände am Mantel ab und rückte fröhlich seinen Umhang zurecht. »Kümmert sich jemand um meine Pferde?«

»Ich will hören, was er zu sagen hat!« Mehr als eine Stimme erhob sich protestierend.

»Ihr könnt ihn nicht einfach mitnehmen! Meine Frau hat mich geschickt, damit ich Stecknadeln kaufe!« Das war Wit Congar. Er zog die Schultern hoch, als wolle er die Blicke einiger anderer abwehren, hielt aber seine Stellung.

»Wir haben auch ein Recht, Fragen zu stellen!«, schrie jemand weit hinten aus der Menge. »Ich ...«

»Ruhe!«, brüllte der Bürgermeister und rief damit ein überraschtes Schweigen hervor. »Wenn der Dorfrat seine Fragen gestellt hat, wird Meister Fain zurückkommen und Euch alle Neuigkeiten mitteilen. Und seine Töpfe und Stecknadeln verkaufen. Hu! Tad! Versorgt Meister Fains Pferde!«

Tam und Bran traten an die Seite des Händlers, der Rest des Dorfrats schloss sich an, und die ganze Gruppe eilte in die Weinquellen-

Schenke. Sie knallten die Tür vor den Nasen derjenigen zu, die sich hinter ihnen hineindrängen wollten. Als sie an die Tür pochten, schrie lediglich der Bürgermeister:»Geht heim!«

Viele Leute drückten sich noch vor der Schenke herum, sprachen leise über das, was der Händler berichtet hatte und welche Fragen der Dorfrat wohl stellte, und warum man ihnen gestatten sollte, daran teilzunehmen und zuzuhören und eigene Fragen zu stellen. Einige schauten durch die Vorderfenster der Schenke, und ein paar fragten sogar Hu und Tad aus, obwohl es ziemlich unklar blieb, was die beiden wohl wissen sollten. Die kräftigen Stallburschen gaben nur ein Grunzen zur Antwort und nahmen den Pferden das Geschirr ab. Eins nach dem anderen führten sie Fains Pferde weg, und als das letzte fort war, kehrten auch sie nicht wieder.

Rand beachtete die Menge nicht. Er setzte sich auf die Steine der alten Grundmauern, zog den Umhang enger zusammen und starrte die Tür der Schenke an. Ghealdan. Tar Valon. Die Namen allein klangen fremdartig und erregend. Das waren Orte, die er nur aus den Berichten der Kaufleute und Söldner kannte. Aes Sedai und Kriege und falsche Drachen: Das klang nach den Geschichten, die man sich spät in der Nacht vor dem Kamin erzählte, wenn die Kerze eigenartige Schatten an die Wand warf und der Wind vor den Fensterläden heulte. Schneestürme und Wölfe wären ihm lieber gewesen. Und doch musste es dort draußen ganz anders sein, jenseits der Zwei Flüsse, als lebe man mitten in der Erzählung eines Gauklers. Ein Abenteuer. Ein langes Abenteuer. Ein ganzes Leben lang.

Langsam zerstreuten sich die Dorfbewohner, immer noch murrend und kopfschüttelnd. Wit Congar blieb stehen und blickte in den nun verlassenen Wagen, als könne er darin einen weiteren versteckten Händler finden. Schließlich waren nur noch ein paar der jüngeren Leute da. Mat und Perrin schlenderten zu Rand herüber.

»Ich weiß nicht, wie der Gaukler das noch überbieten will«, sagte Mat aufgeregt.»Ich frage mich, ob wir wohl diesen falschen Drachen zu Gesicht bekommen.«

Perrin schüttelte den zerzausten Kopf.»Ich will ihn nicht sehen. Vielleicht irgendwo anders, aber nicht bei den Zwei Flüssen. Nicht, wenn das gleichzeitig Krieg bedeutet.«

»Und auch nicht, wenn Aes Sedai hierher kommen«, fügte Rand hinzu.»Oder habt ihr vergessen, wer die Zerstörung der Welt verursacht hat? Der Drache hat damit vielleicht angefangen, aber die Aes Sedai haben die Welt zerstört.«

»Ich habe die Geschichte einmal gehört«, sagte Mat langsam, »und zwar vom Leibwächter eines Wollaufkäufers. Er sagte, der Drache werde in der Stunde der größten Not für die Menschheit wiedergeboren und uns alle retten.«

»Dann war er ein Narr, falls er das glaubte«, sagte Perrin bestimmt. »Und du warst ein Narr, auf ihn zu hören.« Er klang nicht verärgert – es dauerte lange, ihn wütend zu machen. Aber manchmal hatte er die Nase voll von Mats blühender Phantasie, und das klang jetzt ein wenig in seiner Stimme mit. »Wahrscheinlich hat er auch behauptet, anschließend würden wir in einem neuen Zeitalter der Legenden leben.«

»Ich habe nicht gesagt, dass ich es glaube«, protestierte Mat. »Ich habe es nur gehört. Nynaeve auch, und ich dachte, sie würde mir und dem Söldner die Haut bei lebendigem Leib abziehen. Er sagte, dass viele Leute daran glauben, nur fürchten sie sich, es auszusprechen. Sie haben Angst vor den Aes Sedai oder den Kindern des Lichts. Nachdem Nynaeve so dazwischenfuhr, sagte er nichts mehr. Sie hat es dem Kaufmann erzählt, und der meinte, der Wächter habe ihn das letzte Mal auf einer Reise begleitet.«

»Das war auch gut so«, sagte Perrin. »Der Drache soll uns retten? Hört sich wie Coplin-Geschwätz an.«

»Wie groß müsste unsere Not wohl sein, dass wir den Drachen um Hilfe riefen?«, überlegte Rand. »Da können wir genauso gut den Dunklen König um Unterstützung bitten.«

»Er hat es nicht gesagt«, erwiderte Mat unsicher. »Und er hat auch nichts von einem neuen Zeitalter der Legenden erwähnt. Er sagte, die Welt werde durch die Ankunft des Drachen zerrissen.«

»Das würde uns retten«, sagte Perrin trocken. »Eine neue Zerstörung der Welt.«

»Gib nicht mir die Schuld«, grollte Mat. »Ich habe nur wiedergegeben, was der Söldner sagte.«

Perrin schüttelte den Kopf. »Ich hoffe nur, die Aes Sedai und dieser Drache, ob falsch oder nicht, bleiben, wo sie sind. Vielleicht werden dann die Zwei Flüsse verschont bleiben.«

»Glaubst du, sie sind in Wirklichkeit Schattenfreunde?« Mat runzelte gedankenverloren die Stirn.

»Wer?«, fragte Rand.

»Die Aes Sedai.«

Rand sah Perrin an, der mit den Achseln zuckte. »Die Geschichten ...«, begann er bedächtig, doch Mat schnitt ihm das Wort ab.

»Nicht alle Geschichten behaupten, dass sie dem Dunklen König dienen, Rand.«

»Beim Licht, Mat«, sagte Rand. »Sie verursachten die Zerstörung der Welt. Was brauchst du denn noch?«

»Vielleicht.« Mat seufzte, grinste aber im nächsten Augenblick schon wieder. »Der alte Bili Congar sagt, es gäbe sie gar nicht. Aes Sedai. Schattenfreunde ... Er sagt, das seien nur Geschichten. Er sagt, dass er auch nicht an den Dunklen König glaubt.«

Perrin schnaubte. »Coplin-Geschwätz von einem Congar! Was kannst du sonst erwarten?«

»Der alte Bili hat den Dunklen König genannt. Ich wette, das hast du nicht gewusst.«

»Licht!«, seufzte Rand.

Mats Grinsen wurde breiter. »Das war letztes Frühjahr, bevor seine Felder vom Schnittwurm befallen wurden, die der anderen aber nicht. Gerade bevor alle in seinem Haus Gelbaugenfieber bekamen. Ich habe gehört, wie er es gesagt hat. Er sagt immer noch, er glaube nicht dran, aber immer wenn ich ihm sage, er solle doch den Dunklen König beim Namen nennen, wirft er irgendwas nach mir.«

»Und du bist dumm genug, um so was zu sagen, wie, Matrim Cauthon?« Nynaeve al'Meara trat in ihre Mitte, den dunklen Zopf über der Schulter und vor Wut kochend. Rand rappelte sich auf. Sie war schlank und reichte Mat kaum bis zur Schulter, doch in diesem Moment erschien ihnen die Seherin größer als sie alle, und es spielte keine Rolle, dass sie jung und hübsch war. »Ich habe Bili Congar gleich so eingeschätzt, aber ich dachte, du hättest mehr Verstand und würdest nicht noch versuchen, ihn aufzustacheln. Du bist vielleicht alt genug, um zu heiraten, Matrim Cauthon, aber in Wirklichkeit solltest du noch an Mutters Schürzenzipfel hängen! Als Nächstes wirst du auch noch den Dunklen König nennen.«

»Nein, Seherin«, protestierte Mat. Er sah aus, als wünsche er sich, irgendwo weit weg zu sein. »Es war doch der alte Bi... Ich meine, Meister Congar und nicht ich! Blut und Asche, ich ...«

»Hüte deine Zunge, Matrim!«

Rand versteifte sich unwillkürlich, obwohl ihr zorniger Blick gar nicht ihm galt. Perrin sah genauso zerknirscht aus. Später würde sich der eine oder andere von ihnen darüber beklagen, dass sie von einer Frau heruntergeputzt worden waren, die nicht viel älter als sie selbst war – das geschah jedes Mal, wenn Nynaeve geschimpft hatte, allerdings außerhalb ihrer Hörweite –, doch von Angesicht zu Angesicht schien der Altersunterschied plötzlich groß genug. Besonders, wenn sie richtig wütend war. Der Stock in ihrer Hand hatte ein dickes Ende, und man musste damit rechnen, dass sie jedem eins überzog, der sich in ihren Augen wie ein Narr benahm – auf den Kopf oder die Hände oder Beine – gleich, wie alt er war und welche Stellung er im Dorf innehatte.

Rand hatte seine Aufmerksamkeit auf die Seherin konzentriert, und so war es ihm entgangen, dass sie nicht allein war. Als er seinen Fehler bemerkte, wollte er fortrennen, gleichgültig, was Nynaeve später sagen würde.

Egwene stand ein paar Schritte hinter der Seherin und beobachtete alles aufmerksam. Sie war genauso groß wie Nynaeve und hatte denselben dunklen Teint. In diesem Augenblick schien sie Nynaeves Stimmung widerzuspiegeln, die Arme unter den Brüsten verschränkt, den Mund missbilligend verzogen. Die Kapuze ihres weichen grauen Umhangs warf einen Schatten über ihr Gesicht, und in ihren großen braunen Augen fand sich keine Spur von Heiterkeit.

Es wäre nur angemessen, dachte er, dass die zwei Jahre, die er älter war als sie, ihm einen Vorteil verschafften, aber das war nicht der Fall. Er war nie sehr wortgewandt, wenn er sich mit einem Mädchen aus dem Dorf unterhielt, aber wenn ihn Egwene eindringlich ansah, die Augen so groß, als richte sie jeden Funken Aufmerksamkeit auf ihn, dann stolperte er über jedes Wort. Vielleicht konnte er sich verdrücken, wenn Nynaeve ausgeredet hatte. Und doch wusste er, dass er nicht gehen würde; er verstand nur nicht, warum.

»Wenn du damit fertig bist, mich wie ein Mondkalb anzustarren, Rand al'Thor«, sagte Nynaeve, »kannst du mir vielleicht erklären, warum ihr über etwas gesprochen habt, wovon ihr drei Jungstiere die Finger lassen solltet. Das hätte euch euer Verstand sagen müssen.«

Rand schrak zusammen und riss den Blick von Egwene los, deren Gesicht ein beunruhigendes Lächeln zeigte, seit die Seherin zu sprechen begonnen hatte. Nynaeves Stimme klang beißend, aber auch auf ihrem Gesicht zeigte sich ein wissendes Lächeln – bis Mat laut loslachte. Da verschwand das Lächeln der Seherin, und ihr Blick verwandelte Mats Lachen in ein Krächzen.

»Also, Rand?«, beharrte Nynaeve.

Aus den Augenwinkeln beobachtete er, dass Egwene immer noch lächelte. *Was findet sie denn so lustig?* »Es war ganz natürlich, dass wir darauf kommen mussten, Seherin«, sagte er hastig. »Der Händler – Padan Fain ... äh ... Meister Fain – erzählte uns von einem falschen Drachen in Ghealdan und einem Krieg und den Aes Sedai. Der Dorfrat hielt es für wichtig genug, um mit ihm zu sprechen. Worüber hätten wir sonst reden sollen?« Nynaeve schüttelte den Kopf. »Also deshalb steht der Wagen des Händlers verlassen herum. Ich hörte, wie die Leute zu ihm eilten, aber ich konnte Frau Ayellin nicht verlassen, bevor ihr Fieber sank. Der Dorfrat befragt den Händler über die Ereignisse in Ghealdan, nicht wahr? Wie ich ihn kenne, stellt er alle möglichen falschen Fragen und keine richtigen. Da ist schon der Frauenkreis nötig, um etwas Nützliches herauszubringen.« Sie zog den Umhang fest um die Schultern und verschwand in der Schenke.

Als sich die Tür zur Schenke hinter Nynaeve schloss, kam Egwene auf Rand zu und stellte sich vor ihn hin. Die Falten waren von ihrer Stirn verschwunden, doch ihr unverwandter Blick machte Rand nervös. Er sah sich nach seinen Freunden um, aber die gingen und grinsten breit, während sie ihn so im Stich ließen.

»Du solltest dich nicht in Mats Dummheiten hineinziehen lassen, Rand«, sagte Egwene genauso ernst wie die Seherin zuvor, und plötzlich kicherte sie. »Du hast nicht mehr so verdattert dreingeblickt, seit Cenn Buie dich und Mat in seinen Apfelbäumen entdeckt hat, als ihr zehn wart.«

Er trat von einem Fuß auf den anderen und schaute sich nach seinen Freunden um. Sie standen nicht weit entfernt. Mat gestikulierte aufgeregt beim Sprechen.

»Tanzt du morgen mit mir?« Das hatte er eigentlich nicht sagen wollen. Er wollte wohl mit ihr tanzen, aber gleichzeitig wollte er auch wieder nicht, weil er sich so unsicher fühlen würde wie immer, wenn er mit ihr zusammen war. So, wie er sich im Moment auch fühlte.

Ihre Mundwinkel verzogen sich zu einem Lächeln. »Am Nachmittag«, sagte sie. »Am Vormittag bin ich beschäftigt.«

Von den anderen hörte er Perrins Ausruf: »Ein Gaukler!«

Egwene wandte sich ihnen zu, doch Rand legte eine Hand auf ihren Arm. »Beschäftigt? Womit denn?«

Trotz der Kälte schob sie die Kapuze zurück und zog das Haar mit beiläufiger Geste über die Schulter nach vorn. Als er sie das letzte Mal gesehen hatte, waren ihr dunkle Haarwogen bis auf die Schultern gefallen, von einem roten Stirnband gehalten; doch nun war das Haar zu einem langen Zopf geflochten.

Er sah ihren Zopf an, als sei er eine Viper, und warf einen kurzen Blick hinüber zum Frühlingsbaum, der nun verlassen auf dem Grün stand, fertig geschmückt für den nächsten Tag. Am Morgen würden unverheiratete Frauen im heiratsfähigen Alter um den Baum tanzen. Er schluckte schwer. Irgendwie war ihm nie klar gewesen, dass sie das heiratsfähige Alter zur gleichen Zeit wie er erreichte.

»Nur weil jemand alt genug zum Heiraten ist«, murmelte er, »heißt das noch nicht, dass man's auch tun sollte. Jedenfalls nicht gleich.«

»Natürlich nicht. Oder überhaupt, was das betrifft.«

Rand blinzelte überrascht. »Überhaupt?«

»Eine Seherin heiratet fast nie. Nynaeve bildet mich aus, weißt du. Sie sagt, ich habe das Talent dazu und könne lernen, dem Wind zu lauschen. Nynaeve sagt, nicht alle Seherinnen können das, auch wenn sie es behaupten.«

»Seherin!«, rief er spöttisch. Er bemerkte das gefährliche Glitzern in ihren Augen nicht. »Nynaeve wird noch mindestens fünfzig Jahre lang hier die Seherin sein, vielleicht auch länger. Willst du den Rest deines Lebens als ihr Lehrmädchen verbringen?«

»Es gibt auch andere Dörfer«, antwortete sie hitzig. »Nynaeve sagt, die Dörfer im Norden des Taren wählen grundsätzlich eine Seherin von auswärts. Sie glauben, eine Fremde werde niemanden aus dem Dorf bevorzugen.«

Sein Spott verflog so schnell, wie er gekommen war. »Außerhalb der Zwei Flüsse? Ich würde dich niemals wiedersehen!«

»Und das würde dir nicht gefallen? In letzter Zeit hast du mir kaum gezeigt, dass dir etwas an mir liegt.«

»Niemand verlässt die Zwei Flüsse«, fuhr er fort. »Vielleicht jemand aus Taren-Fähre, aber die sind sowieso anders als wir.«

Egwene stieß einen hoffnungslosen Seufzer aus. »Na ja, vielleicht will ich einige der Orte sehen, von denen ich in den Geschichten gehört habe. Hast du jemals daran gedacht?«

»Natürlich habe ich daran gedacht. Ich träume auch manchmal mit offenen Augen, aber ich kenne den Unterschied zwischen Traum und Wirklichkeit.«

»Und ich nicht?«, fragte sie wütend und wandte ihm prompt den Rücken zu.

»Das habe ich nicht so gemeint. Ich habe von mir gesprochen. Egwene.«

Sie zog schnell ihren Mantel eng um sich und ging ein paar Schritte weg. Enttäuscht rieb er sich die Stirn. Wie sollte er das erklären? Es war nicht das erste Mal, dass sie seinen Worten eine ganz andere Bedeutung gab als die beabsichtigte. Bei ihrer augenblicklichen Laune würde ein Fehltritt die Sache nur noch schlimmer machen, und er war sich ziemlich sicher, dass beinahe alles, was er sagte, einen Fehltritt darstellen würde.

Mat und Perrin kamen zurück. Egwene beachtete sie nicht. Sie sahen sie vorsichtig an und stellten sich dann dicht neben Rand. »Moiraine gab Perrin auch eine Münze«, sagte Mat. »So eine wie uns.« Er legte eine Pause ein, bevor er hinzufügte: »Und er hat den Reiter gesehen.«

»Wo?«, wollte Rand wissen. »Wann? Hat ihn sonst noch jemand gesehen? Hast du es jemandem erzählt?«

Perrin hob beide Hände, um ihn zu unterbrechen. »Eine Frage nach der anderen! Ich habe ihn am Dorfrand gesehen, als er gestern in der Dämmerung die Schmiede beobachtete. Das hat mir einen Schauer über den Rücken gejagt. Ich habe es Meister Luhhan erzählt, doch da war niemand, als er hinsah. Er sagte, ich sähe Gespenster. Aber er trug seinen größten Hammer mit herum, als wir das Feuer mit Asche belegten und die Werkzeuge aufräumten. Das hat er noch nie zuvor getan.«

»Also hat er dir geglaubt«, sagte Rand, doch Perrin zuckte die Achseln.

»Ich weiß nicht. Ich fragte ihn, warum er den Hammer trage, wenn ich doch nur Gespenster gesehen hätte, und er sagte etwas über die Wölfe und dass sie frech genug seien, um bis ins Dorf hinein zu kommen. Vielleicht glaubte er, ich hätte einen Wolf gesehen, aber er sollte wissen, dass ich den Unterschied zwischen einem Wolf und einem Reiter sogar in der Abenddämmerung kenne. Ich weiß, was ich gesehen habe, und keiner wird mich von etwas anderem überzeugen.«

»Ich glaube dir«, sagte Rand. »Vergiss nicht, dass ich ihn auch gesehen habe.« Perrin gab ein befriedigtes Grunzen von sich, als sei er sich nicht sicher gewesen.

»Worüber sprecht ihr eigentlich?«, wollte Egwene wissen.

Rand wünschte sich, er hätte leiser gesprochen. Das hätte er auch getan, doch er hatte nicht gemerkt, dass sie lauschte. Mat und Perrin grinsten wie die Narren und überschlugen sich beinahe, um ihr von dem schwarz gekleideten Reiter zu erzählen. Nur Rand schwieg. Er wusste, was sie sagen würde, wenn sie fertig waren.

»Nynaeve hatte Recht«, verkündete Egwene mit zum Himmel gerichtetem Blick, als die beiden jungen Männer endlich schwiegen. »Keiner von euch sollte von Mutters Schürzenzipfel weglassen werden. Es gibt Leute, die auf Pferden reiten, wisst ihr? Deshalb sind sie noch lange keine Ungeheuer.« Rand nickte vor sich hin; sie redete genauso, wie er es erwartet hatte. Dann bekam er sein Fett weg. »Und du hast diese Märchen verbreitet. Manchmal scheinst du einfach keinen gesunden Menschenverstand zu haben, Rand al'Thor. Der Winter war schon furchtbar genug, ohne dass du herumläufst und Kinder erschreckst.«

Rand schnitt eine Grimasse. »Ich habe gar nichts verbreitet, Egwene. Aber ich habe gesehen, was ich gesehen habe, und das war kein Bauer, der nach einer streunenden Kuh suchte.«

Egwene holte tief Luft und öffnete den Mund, aber was sie auch immer sagen wollte, sie sagte es nicht, denn in diesem Moment öffnete sich die Tür der Schenke, und ein Mann mit struppigem weißem Haar hetzte heraus, als sei jemand hinter ihm her.

KAPITEL 4

Der Gaukler

Die Tür der Schenke schlug hinter dem weißhaarigen Mann zu, und er fuhr herum und funkelte sie an. Er war mager, und man hätte ihn hoch gewachsen nennen können, wäre da nicht die leicht bucklige Haltung gewesen. Trotzdem – er bewegte sich so geschwind, dass man ihm das Alter nicht anmerkte. Sein Umhang schien aus einer Unzahl von Flicken zu bestehen, in den eigenartigsten Formen und Größen, die in jedem Lufthauch flatterten, Flicken in hundert verschiedenen Farben. Der Umhang war in Wirklichkeit recht dick, bemerkte Rand, obwohl Meister al'Vere anderes behauptet hatte, und die Flicken waren lediglich als Dekoration aufgenäht.

»Der Gaukler!«, flüsterte Egwene aufgeregt.

Der weißhaarige Mann wirbelte herum, und der Umhang leuchtete auf.

Sein langer Mantel hatte seltsam aufgebauschte Ärmel und große Taschen. Ein kräftiger Schnurrbart, genauso weiß wie das Haar auf dem Haupt, zitterte über dem Mund, und das Gesicht war knorrig wie ein Baum, der schwere Zeiten hinter sich hatte. Mit einer langstieligen, mit Schnitzwerk verzierten Pfeife zeigte er gebieterisch auf Rand und die anderen. Ein dünner Rauchfaden erhob sich daraus. Blaue Augen spähten unter buschigen weißen Augenbrauen hervor und durchbohrten alles, worauf er blickte.

Rand betrachtete die Augen des Mannes genauso intensiv wie die ganze Gestalt. Jedermann von den Zwei Flüssen hatte dunkle Augen, und bei den meisten Kaufleuten und ihren Söldnern und jedem sonst, den er bisher gesehen hatte, war das auch der Fall. Die Congars und die Coplins hatten sich über seine grauen Augen lustig gemacht, jedenfalls bis zu dem Tag, da er endlich Ewal Coplin eins auf die Nase gegeben hatte. Die Seherin hatte ihn deshalb heftig getadelt. Er fragte sich, ob es einen Ort gab, an dem niemand dunkle Augen hatte. *Vielleicht kommt auch Lan von dort.*

»Wo bin ich hier eigentlich?«, fragte der Gaukler mit tiefer Stimme, die irgendwie gewaltiger klang als die eines gewöhnlichen Mannes. Selbst im Freien schien sie widerzuhallen. »Die Bauerntrampel in diesem Dorf auf dem Hügel erzählen mir, ich könne noch vor Einbruch der Dunkelheit hier ankommen, vergessen aber, mir zu sagen, dass ich dazu am Vormittag aufbrechen muss. Als ich endlich ankomme, bis auf die Knochen durchgefroren und reif für ein warmes Bett, meckert euer Wirt, es sei schon sehr spät, als sei ich ein wandernder Schweinehirt und als hätte mich nicht euer Dorfrat gebeten, bei eurem Fest meine Kunst zu zeigen. Und er sagte mir noch nicht einmal, dass er der Bürgermeister ist!« Er holte erst einmal Luft, betrachtete alle finster und legte einen Moment später schon wieder los. »Als ich runterging, um meine Pfeife vor dem Kamin zu rauchen und einen Krug Bier zu trinken, sieht mich jedermann im Schankraum an, als sei ich sein verhasster Schwager und versuche, mir von ihm Geld zu leihen. Irgendein Tattergreis fängt an, mir Vorträge zu halten, welche Art von Geschichten ich erzählen soll und welche nicht, und dann schreit mich so ein kindisches kleines Mädchen an, ich solle abhauen, und bedroht mich mit einem Knüppel, als ich nicht schnell genug springe. Wo hat man denn so was schon gehört, dass man einen Gaukler derart behandelt?«

Es lohnte sich, Egwenes Gesicht zu studieren. Sie war hin- und hergerissen. Einerseits bestaunte sie den Gaukler mit großen Augen, andererseits sah man, dass sie Nynaeve verteidigen wollte.

»Entschuldigt, Meister Gaukler«, sagte Rand und grinste dabei idiotisch. »Das war unsere Seherin ...«

»Dieses hübsche kleine Ding von einem Mädchen?«, rief der Gaukler. »Eine Dorfseherin? Na, in ihrem Alter sollte sie lieber mit jungen Männern flirten, als das Wetter vorherzusagen und Kranke zu heilen.«

Rand fühlte sich nicht gerade wohl in seiner Haut. Hoffentlich hörte Nynaeve nicht, was der Mann von ihr hielt. Zumindest nicht, bevor er seine Vorstellung beendet hatte. Perrin fuhr bei den Worten des Gauklers zusammen, und Mat pfiff tonlos durch die Zähne, als gingen den beiden Freunden dieselben Gedanken durch den Kopf wie ihm.

»Die Männer sind Mitglieder des Dorfrats«, fuhr Rand fort. »Ich bin sicher, sie wollten nicht unhöflich sein. Seht Ihr, wir haben gerade erfahren, dass in Ghealdan Krieg ausgebrochen ist und jemand behauptet, der Wiedergeborene Drache zu sein. Ein falscher Drache.

Aes Sedai reiten aus Tar Valon dorthin. Der Dorfrat versucht zu entscheiden, ob wir hier in Gefahr sind.«

»Das hat ja alles schon einen Bart, sogar in Baerlon«, mäkelte der Gaukler, »und das ist wirklich der letzte Ort auf der Welt, an dem man etwas Neues erfahren kann.« Er hielt inne, betrachtete die umliegenden Häuser und fügte trocken hinzu: »Vielleicht der vorletzte Ort.« Dann fiel sein Blick auf den Wagen vor der Schenke, der nun verlassen dastand, die Deichsel am Boden. »So. Ich dachte, ich hätte Padan Fain dort drinnen erkannt.« Seine Stimme klang immer noch tief, aber der Widerhall war nicht mehr zu hören und wurde durch Verachtung ersetzt. »Fain hat immer schon schlechte Nachrichten schnell überbracht – je schlechter, desto schneller. Es hat mehr von einem Raben als von einem Mann.«

»Meister Fain ist schon oft nach Emondsfelde gekommen, Meister Gaukler«, sagte Egwene mit einem Hauch von Missbilligung in der Stimme. »Er steckt immer voll von Humor und bringt viel mehr gute Nachrichten als schlechte.«

Der Gaukler betrachtete sie einen Augenblick lang und lächelte dann breit. »Also, du bist ja ein süßes Mädel. Du solltest Rosenknospen im Haar tragen. Unglücklicherweise kann ich keine Rosen aus der Luft zaubern, nicht dieses Jahr, aber würde es dir Spaß machen, mir morgen bei der Vorstellung zu assistieren? Du könntest mir eine Flöte reichen, wenn ich sie brauche, und bestimmte weitere Geräte. Ich wähle immer das hübscheste Mädchen aus, das ich finden kann.«

Perrin kicherte, und Mat, der vorher schon gegrinst hatte, lachte schallend los. Rand machte große Augen vor Überraschung; Egwene sah ihn böse an, und dabei hatte er noch nicht einmal gelächelt. Sie richtete sich auf und sagte mit etwas zu beherrschter Stimme: »Danke schön, Meister Gaukler. Ich werde mich glücklich schätzen, Euch zu assistieren.«

»Thom Merrilin«, sagte der Gaukler. Sie sahen ihn verständnislos an. »Ich heiße Thom Merrilin, nicht Meister Gaukler.« Er zog den bunten Umhang höher, und plötzlich schien seine Stimme in einem großen Saal zu hallen. »Einst Barde am Hof, habe ich mich nun hochgearbeitet und den enormen Rang eines Meistergauklers erreicht, doch mein Name lautet einfach nur Thom Merrilin, und Gaukler ist der Titel, mit dem ich mich schmücke.« Und er verbeugte sich mit einem derart eleganten Schwung seines Umhangs, dass Mat klatschte und Egwene beifällig murmelte.

»Meister ... äh ... Meister Merrilin«, sagte Mat, der sich nicht sicher war, wie er ihn nun anreden sollte, »was geschieht denn *wirklich* in Ghealdan? Wisst Ihr irgendetwas über diesen falschen Drachen? Oder die Aes Sedai?«

»Sehe ich wie ein fahrender Händler aus, Junge?«, brummte der Gaukler, während er seine Pfeife auf dem Handrücken ausklopfte. Er ließ die Pfeife irgendwo in seinem Umhang verschwinden; Rand war sich nicht sicher, wie sie dahin gekommen war. »Ich bin Gaukler und kein Dorfbüttel. Und ich bemühe mich, niemals etwas über die Aes Sedai zu wissen. Das ist viel sicherer.«

»Aber der Krieg ...«, begann Mat eifrig, doch Meister Merrilin schnitt ihm das Wort ab.

»Im Krieg, Junge, töten Narren andere Narren aus närrischen Gründen. Es genügt, wenn man so viel weiß. Ich bin meiner Künste wegen hier.« Plötzlich deutete sein Zeigefinger auf Rand. »Du, Bursche. Du bist ziemlich groß. Noch nicht voll ausgewachsen, aber ich glaube kaum, dass es hier in der Gegend noch einen Mann deiner Größe gibt. Ich schätze auch, dass es im Dorf nicht viele Leute mit deiner Augenfarbe gibt. Auf jeden Fall hast du breite Schultern und bist so groß wie ein Aielmann. Wie heißt du, Bursche?«

Rand sagte zögernd seinen Namen. Er war sich nicht sicher, ob der Mann sich über ihn lustig machte, aber der Gaukler widmete seine Aufmerksamkeit bereits Perrin. »Und du hast schon beinahe die Maße eines Ogiers. Wie wirst du genannt?«

»Nur wenn ich mich auf die eigenen Schultern stelle«, lachte Perrin. »Ich fürchte, Rand und ich sind nur ganz gewöhnliche Menschen, Meister Merrilin, und keine erfundenen Wesen aus Euren Geschichten. Ich bin Perrin Aybara.«

Thom Merrilin zupfte an einem Ende seines Schnurrbarts. »Na ja. Erfundene Wesen aus meinen Geschichten. Sind sie das? Es scheint, ihr jungen Burschen seid schon weit in der Welt herumgekommen.«

Rand hielt den Mund, denn er war nun sicher, dass sie Ziel eines Scherzes waren, aber Perrin sagte etwas dazu.

»Wir waren alle schon bis Wachhügel und Devenritt. Nur wenige Leute aus dieser Gegend sind schon so weit weg gewesen.« Er gab nicht an; das tat Perrin selten. Er sagte einfach die Wahrheit.

»Wir haben auch alle den Schlammpfuhl gesehen«, fügte Mat hinzu, und bei ihm klang es nach Angabe. »Das ist der Sumpf am Ende des Wasserwalds. Dort geht sonst überhaupt niemand hin außer uns – da findet man Treibsand und Moorlöcher. Und genauso wenig geht jemand bis zu den Verschleierten Bergen, aber wir waren schon einmal dort. Jedenfalls bis zu ihrem Fuß.«

»Tatsächlich so weit?«, murmelte der Gaukler, der sich nun dauernd über den Schnurrbart strich. Rand glaubte, er verberge ein Lächeln, und beobachtete, wie Perrin die Stirn runzelte.

»Es bringt Pech, wenn man sich in die Berge hineinwagt«, sagte Mat, als müsse er sich verteidigen, weil er nicht weiter gegangen war. »Das weiß doch jeder.«

»Das ist doch närrisch, Matrim Cauthon«, mischte sich Egwene ärgerlich ein. »Nynaeve sagt ...« Sie sprach nicht weiter. Ihre Wangen färbten sich rot, und der Blick, mit dem sie Thom Merrilin musterte, war nicht so freundlich wie zuvor. »Es ist nicht anständig ... Es ist nicht ...« Ihr Gesicht wurde noch roter, und sie schwieg. Mat zwinkerte, als komme ihm jetzt der Verdacht, dass etwas nicht stimme.

»Du hast Recht, Kind«, sagte der Gaukler reumütig. »Ich entschuldige mich demütigst. Ich bin hier, um Menschen zu unterhalten. Äh, meine Zunge hat mich schon oft in Schwierigkeiten gebracht.«

»Vielleicht sind wir nicht so weit herumgekommen wie Ihr«, sagte Perrin tonlos, »aber was hat Rands Größe mit all dem zu tun?«

»Nun, mein Junge, ihr sollt später versuchen, mich hochzuheben, aber ihr werdet nicht in der Lage sein, meine Füße auch nur vom Boden wegzubringen. Ihr nicht und euer großer Freund nicht – Rand, nicht wahr? – und auch niemand anders. Was haltet ihr davon?«

Perrin schnaubte und lachte gleichzeitig. »Ich schätze, ich kann Euch jetzt gleich hochheben.« Aber als er vortrat, winkte ihn Thom Merrilin zurück. »Später, Bursche, später! Wenn mehr Zuschauer da sind. Ein Künstler braucht sein Publikum.«

Ein paar Leute hatten sich auf dem Grün versammelt, seit der Gaukler aus der Schenke gekommen war; von jungen Männern und Frauen bis zu Kindern, die schweigend und mit großen Augen hinter den älteren Zuschauern hervorlugten, als erwarteten sie wahre Wunder von dem Gaukler. Der weißhaarige Mann betrachtete sie, schüttelte leicht den Kopf und seufzte.

»Ich muss wohl ein kleines Beispiel meiner Künste zum Besten geben, damit ihr heimlaufen und es den anderen erzählen könnt. Eh? Nur ein Vorgeschmack dessen, was ihr morgen bei eurem Fest sehen werdet.«

Er trat einen Schritt zurück und sprang plötzlich hoch in die Luft, drehte sich in einem Schraubensalto und landete mit dem Gesicht ihnen zugewandt auf der alten Mauer. Und noch mehr: Drei Bälle –

rot, weiß und schwarz – begannen zwischen seinen Händen zu tanzen, und zwar bereits in dem Moment, als er auf der Mauer landete. Ein leises Stöhnen war von den Zuschauern zu hören; halb Erstaunen, halb Genugtuung. Sogar Rand vergaß seine Nervosität. Er grinste Egwene zu und erntete ein vergnügtes Lächeln, und dann wandten sich beide wieder dem Gaukler zu.

»Ihr möchtet Geschichten hören?«, rief Thom Merrilin. »Ich habe Geschichten, und ich werde sie euch erzählen. Ich werde sie vor euren Augen zum Leben erwecken.« Ein blauer Ball von irgendwoher gesellte sich zu den anderen, dann ein grüner und ein gelber. »Geschichten über große Kriege und große Helden für die Männer und Jungen. Für die Frauen und Mädchen den ganzen *Aptarigine-Zyklus*. Geschichten von Artur Falkenflügel, Artur, dem großen König, der einst alle Länder von der Aiel-Wüste bis zum Aryth-Meer und noch weiter regierte. Erstaunliche Geschichten über fremde Völker und ferne Länder, über den Grünen Mann, über Behüter und Trollocs, Ogier und Aiel. ›*Die tausend Erzählungen Anlas, der weisen Ratgeberin*‹, ›*Jaem, der Riesentöter*‹, ›*Wie Susa Jain Fernstreicher zähmte*‹, ›*Mara und die drei törichten Könige*‹.«

»Erzählt uns von Lenn!«, rief Egwene. »Wie er im Bauch eines Adlers aus Feuer auf den Mond flog. Erzählt uns von seiner Tochter Salya, die zwischen den Sternen wandelt.«

Rand betrachtete sie aus den Augenwinkeln, doch sie schien sich nur auf den Gaukler zu konzentrieren. Sie hatte Geschichten über Abenteuer und lange Reisen noch nie gemocht. Ihre Lieblingsgeschichten waren immer die lustigen oder solche über Frauen gewesen, die schlauer waren als angeblich besonders kluge Leute. Rand war sicher, dass sie nach den Geschichten von Lenn und Salya verlangte, um ihm eins auszuwischen. Sicher war auch ihr klar, dass die Welt dort draußen für die Leute von den Zwei Flüssen nebensächlich war. Sich Abenteuergeschichten anzuhören und vielleicht davon zu träumen, war eine Sache; aber mittendrin zu stehen und sie selbst zu erleben, war eine ganz andere. »Das sind alte Geschichten«, sagte Thom Merrilin, und plötzlich jonglierte er mit jeder Hand drei farbige Bälle. »Manche behaupten, das seien Geschichten aus dem Zeitalter vor dem Zeitalter der Legenden. Oder vielleicht noch älter. Aber seht ihr, ich kenne *alle* Geschichten von Zeitaltern, die vergingen und von solchen, die kommen werden. Zeitalter, in denen die Menschen Himmel und Sterne beherrschten, und Zeitalter, da die Menschen wie Tiere umherzogen. Zeitalter zum Staunen und

Zeitalter zum Fürchten. Zeitalter, die damit endeten, dass Feuer vom Himmel fiel, und andere, deren Ende in Eis und Schnee begraben wurde. Ich kenne alle Geschichten, und ich werde alle Geschichten erzählen. Geschichten von Mosk, dem Riesen, mit seiner Feuerlanze, die er um die ganze Welt werfen konnte, und von seinen Kriegen mit Alsbet, der All-Königin. Geschichten von Materese, der Heilerin und Mutter des Erstaunlichen Ind.«

Die Bälle tanzten nun in zwei sich überschneidenden Ringen zwischen Thoms Händen. Seine Stimme klang beinahe, als singe er, und während er sprach, drehte er sich langsam, als wolle er seine Wirkung auf die Zuschauer beobachten. »Ich werde euch vom Ende des Zeitalters der Legenden berichten, vom Drachen und seinem Versuch, den Dunklen König zu befreien und in die Welt der Menschen zu lassen. Ich werde von der Zeit des Wahns erzählen, als Aes Sedai die Welt zerbrachen; von den Trolloc-Kriegen, als Menschen gegen Trollocs um die Herrschaft der Welt kämpften; vom Hundertjährigen Krieg, als Menschen gegen Menschen kämpften und die heutigen Reiche gegründet wurden. Ich werde von den Abenteuern von Männern und Frauen erzählen, Armen und Reichen, Großen und Kleinen, Stolzen und Demütigen. ›*Die Belagerung der Säulen des Himmels*‹, ›*Wie Frau Karil ihren Mann vom Schnarchen befreite*‹, ›*König Darith und der Fall des Hauses der ...*‹«

Mit einem Schlag endeten der Wortschwall und auch das Jonglieren. Thom schnappte sich lediglich die Bälle aus der Luft und hörte mit Sprechen auf. Von Rand unbemerkt, hatte sich Moiraine zu den Zuschauern gesellt. Lan stand an ihrer Seite. Er musste allerdings zweimal hinsehen, um den Mann zu erkennen. Einen Augenblick lang sah der Gaukler Moiraine von der Seite an. Sein Körper bewegte sich nicht, und doch ließ er die Bälle in den weiten Manteltaschen verschwinden. Dann verbeugte er sich vor ihr, wobei er den Umhang weit ausbreitete. »Entschuldigt, aber Ihr kommt sicher nicht aus dieser Gegend.«

»Lady!«, zischte Ewin aufgebracht. »Lady Moiraine.«

Thom blinzelte und verbeugte sich abermals, diesmal tiefer. »Entschuldigt noch einmal ... äh, Lady. Ich wollte nicht unhöflich sein.«

Moiraine tat es mit einer leichten Handbewegung ab. »Es wurde auch nicht so aufgefasst, Meister Barde. Und mein Name lautet einfach Moiraine. Ich bin in der Tat fremd hier, eine Reisende wie Ihr selbst, fern der Heimat und allein. Die Welt kann ein gefährlicher Ort sein, wenn man in der Fremde weilt.«

»Lady Moiraine sammelt Geschichten«, warf Ewin ein. »Geschichten über Dinge, die sich bei den Zwei Flüssen abspielten. Obwohl ich nicht weiß, was hier Großes geschehen sein kann, dass man Geschichten darüber erzählt.«

»Ich hoffe, meine Geschichten werden Euch genauso gut gefallen ... Moiraine.« Thom betrachtete sie mit offensichtlichem Argwohn. Er sah nicht so aus, als gefalle ihm ihre Anwesenheit. Plötzlich fragte Rand sich, welche Art von Unterhaltung einer Dame wie ihr in einer Stadt wie Baerlon oder Caemlyn wohl geboten wurde. Es konnte doch kaum Besseres sein, als ein Gaukler zu bieten hatte.

»Das ist Geschmackssache, Meister Barde«, antwortete Moiraine. »Einige Geschichten gefallen mir, andere nicht.«

Thoms Verbeugung war seine bisher tiefste. »Ich versichere Euch, dass Euch keine meiner Geschichten missfallen wird. Alle werden gefallen und unterhalten. Und Ihr lasst mir zu viel Ehre zuteil werden. Ich bin ein einfacher Gaukler – sonst nichts.«

Moiraine beantwortete seine Verbeugung mit einem dankbaren Nicken. In diesem Augenblick erschien sie noch mehr als die Lady, wie sie von Ewin bezeichnet worden war, die ein Geschenk eines Untertanen annahm. Dann ging sie, und Lan folgte ihr – ein Wolf auf den Spuren eines dahingleitenden Schwans. Thom sah ihnen nach. Er zupfte sich an den wild wuchernden Augenbrauen und strich sich mit den Knöcheln über den langen Schnurrbart. *Es gefällt ihm überhaupt nicht,* dachte Rand.

»Jongliert Ihr noch ein wenig?«, wollte Ewin wissen.

»Schluckt Feuer!«, rief Mat. »Ich will Euch Feuer schlucken sehen!«

»Die Harfe!«, rief eine Stimme aus der Menge. »Spielt Harfe!« Jemand anders wollte, dass er Flöte spielte.

In diesem Moment öffnete sich die Tür der Schenke, und der Dorfrat schob sich heraus, Nynaeve in der Mitte. Padan Fain befand sich nicht bei ihnen. Offensichtlich hatte es der Händler vorgezogen, mit seinem Glühwein in der warmen Schankstube zu bleiben.

Etwas von einem ›starken Schnaps‹ vor sich hinmurmelnd, sprang Thom Merrilin von der alten Grundmauer. Er überhörte die Rufe seiner Zuschauer und drückte sich an den Dorfräten vorbei, bevor sie noch aus der Tür waren.

»Ist er eigentlich Gaukler oder König?«, fragte Cenn Buie in ärgerlichem Tonfall. »Reine Geldverschwendung, wenn Ihr mich fragt.«

Bran al'Vere drehte sich halb nach dem Gaukler um, schüttelte dann aber den Kopf. »Dieser Mann macht uns vielleicht mehr Schwierigkeiten, als er wert ist.«

Nynaeve, die alle Hände voll zu tun hatte, ihren flatternden Umhang festzuhalten, schnaubte vernehmlich. »Zerbrecht Euch ruhig den Kopf wegen des Gauklers, Brandelwyn al'Vere. Zumindest ist er hier in Emondsfelde, was man von dem falschen Drachen nicht behaupten kann. Aber wenn Ihr Euch schon Sorgen machen wollt: Es gibt *andere* hier, deren Anwesenheit Euch mehr Ärger bereiten wird.«

»Seherin«, sagte Bran steif, »überlasst es freundlicherweise mir, über wen ich mir den Kopf zerbreche. Frau Moiraine und Meister Lan sind Gäste meiner Herberge und, so möchte ich behaupten, anständige und ehrenwerte Leute. Sie haben mich nicht vor dem versammelten Dorfrat als Narren bezeichnet. Sie haben den Dorfräten nicht vorgeworfen, dass keiner seine fünf Sinne beisammen habe.«

»Es scheint, als habe ich noch untertrieben«, schoss Nynaeve zurück. Sie schritt ohne einen Blick zurück davon. Brans Kinn bewegte sich, als formuliere er eine passende Antwort.

Egwene sah Rand an, als wolle sie etwas sagen, aber stattdessen eilte sie der Seherin hinterher. Rand war sich klar darüber, dass er sie davon abhalten musste, die Zwei Flüsse zu verlassen, doch der einzige Weg, der ihm gerade einfiel, war keiner, den er bereits gehen konnte, selbst wenn sie zustimmte. Und sie hatte ja mehr oder weniger angedeutet, dass sie nicht wollte. Das machte alles noch schlimmer.

»Diese junge Frau braucht einen Mann«, grollte Cenn Buie, der auf Zehenspitzen umherhüpfte. Sein Gesicht hatte sich puterrot gefärbt und wurde noch dunkler. »Ihr fehlt der Respekt. Wie sind der Dorfrat und keine kleinen Jungen, die ihr den Hof machen ...«

Der Bürgermeister atmete schwer und fuhr dann plötzlich den alten Dachdecker an: »Sei ruhig, Cenn! Hör auf, dich wie ein Aiel mit schwarzem Schleier aufzuführen!« Der knochige Mann erstarrte vor Überraschung. Der Bürgermeister verlor sonst nie die Beherrschung. Bran funkelte ihn an. »Versengen soll mich das Licht, aber wir haben wirklich Besseres zu tun, als uns wie Narren zu benehmen. Oder willst du beweisen, dass Nynaeve Recht hat?« Damit stampfte er zurück in die Schenke und knallte die Tür hinter sich zu.

Die anderen Mitglieder des Dorfrats sahen Cenn an und gingen dann jeder in seine Richtung nach Hause. Alle außer Haral Luhhan, der den Dachdecker begleitete und leise auf ihn einredete. Cenn

Buies Gesicht war wie versteinert. Der Schmied aber war der Einzige, der Cenn jemals wieder zur Vernunft bringen konnte.

Rand ging zu seinem Vater hinüber, und seine Freunde kamen hinterher. »Ich habe Meister al'Vere noch nie so wütend gesehen«, bemerkte Rand. Das brachte ihm einen angewiderten Blick Mats ein.

»Der Bürgermeister und die Seherin sind sich selten einig«, sagte Tam, »und heute noch weniger als sonst. Das ist alles. Das ist in jedem Dorf dasselbe.«

»Was ist mit dem falschen Drachen?«, fragte Mat, und Perrin murmelte eifrig: »Was ist mit den Aes Sedai?«

Tam schüttelte langsam den Kopf. »Meister Fain wusste nicht viel mehr, als er bereits sagte. Jedenfalls nicht viel, was für uns wichtig ist. Gewonnene oder verlorene Schlachten. Eroberte und zurückeroberte Städte. Dank dem Licht spielt sich das alles in Ghealdan ab. Es hat sich nicht weiter ausgebreitet, jedenfalls nicht, soweit uns Meister Fain berichten konnte.«

»Schlachten interessieren mich«, sagte Mat, und Perrin fügte hinzu: »Was hat er davon erzählt?«

»Mich interessieren Schlachten nicht, Matrim«, sagte Tam. »Doch ich bin sicher, er wird sich glücklich schätzen, dir später alles darüber zu erzählen. Der Dorfrat ist der Ansicht, dass die Aes Sedai keinen Grund haben, auf ihrem Weg nach Süden hier durchzukommen. Und was die Rückreise betrifft, werden sie wohl kaum den Wald der Schatten durchqueren und den Weißen Fluss durchschwimmen.«

Rand und die anderen schmunzelten bei dem Gedanken. Es gab drei Gründe, warum niemand ins Gebiet der Zwei Flüsse kam, außer eben vom Norden her, von Taren-Fähre. Da waren zum einen die Verschleierten Berge, und genauso erfolgreich blockierte der Schlammpfuhl die Wege aus dem Osten. Im Süden lag der Weiße Fluss, der seinen Namen der vielen Steine und Felsen wegen erhalten hatte, die seinen schnellen Strom aufschäumen ließen. Und jenseits des Weißen Flusses lag der Wald der Schatten. Wenige Leute der Zwei Flüsse hatten jemals den Weißen überquert, und noch weniger kehrten von dorther zurück. Man war sich jedoch allgemein darin einig, dass sich der Wald der Schatten etwa hundert Meilen oder weiter nach Süden erstreckte. Es gab dort keine Straße und kein Dorf, wohl aber Wölfe und Bären.

»Also, das wär's dann wohl«, sagte Mat. Es hörte sich ein wenig enttäuscht an.

»Nicht ganz«, sagte Tam. »Übermorgen werden wir Männer nach Devenritt und Wachhügel schicken und auch nach Taren-Fähre, um gemeinsam Wachtposten aufzustellen. Berittene Posten am Weißen Fluss und am Taren und dazwischen Patrouillen. Es sollte eigentlich noch heute geschehen, aber nur der Bürgermeister hat mir zugestimmt. Der Rest war der Meinung, man könne nicht verlangen, dass jemand am Bel Tine zwischen den beiden Flüssen herumreitet.«

»Aber Ihr habt doch gesagt, wir müssten uns keine Sorgen machen«, murrte Perrin, und Tam schüttelte den Kopf.

»Ich sagte, wir sollten uns nicht sorgen, Junge, doch das heißt nicht, dass wir die Augen verschließen. Ich habe Männer sterben sehen, weil sie sicher waren, dass nichts geschehen werde, was nicht geschehen durfte. Außerdem werden die Kämpfe alle möglichen Leute aufscheuchen. Die meisten werden sich nur ein sicheres Fleckchen suchen, aber andere werden sich bemühen, aus der Verwirrung Profit zu schlagen. Den Ersteren werden wir unsere Hilfe anbieten, aber wir müssen darauf vorbereitet sein, die anderen wieder zu verjagen.«

»Können wir daran teilnehmen?«, fragte Mat. »Ich möchte schon! Ihr wisst, dass ich genauso gut reiten kann wie die anderen Männer des Dorfs.«

»Du möchtest ein paar Wochen Kälte, Langeweile und Schlafen im Freien genießen?«, schmunzelte Tam. »Darauf wird es wahrscheinlich hinauslaufen. Ich hoffe es jedenfalls. Wir sind weit ab vom Schuss, sogar was Flüchtlinge betrifft. Aber wenn du dich entschlossen hast, kannst du mit Meister al'Vere sprechen. Rand, es ist Zeit für uns, zum Hof zurückzukehren.«

Rand riss überrascht die Augen auf. »Ich dachte, wir bleiben noch zur Winternacht!«

»Es gibt Dinge, die auf dem Hof getan werden müssen, und ich brauche dich dazu.«

»Trotzdem haben wir noch Stunden Zeit. Und ich möchte mich auch für die Patrouillen melden.«

»Wir gehen jetzt«, antwortete der Vater in einem Ton, der keinen Widerspruch zuließ. Mit sanfterer Stimme fügte er hinzu: »Wir kommen morgen zeitig genug zurück, damit du mit dem Bürgermeister sprechen kannst, und früh genug für das Fest. Wir treffen uns im Stall.«

»Wirst du dich ebenfalls für die Wache melden?«, fragte Mat Perrin, als Tam ging. »Ich wette, so was hat es bei den Zwei Flüssen noch nie gegeben. Stellt euch vor, wenn wir zum Taren kommen, sehen wir vielleicht sogar Soldaten oder wer weiß wen! Sogar Kesselflicker!«

»Ja, ich denke schon«, sagte Perrin langsam. »Das heißt, falls Meister Luhhan mich nicht braucht.«

»In Ghealdan ist Krieg, nicht hier!«, brauste Rand auf. Mit Mühe senkte er die Stimme. »Der Krieg ist in Ghealdan, und die Aes Sedai sind das Licht wer weiß wo, aber nicht hier. Dafür ist hier der Mann mit dem schwarzen Mantel, oder habt ihr ihn schon vergessen?« Die anderen tauschten verlegene Blicke.

»Entschuldige, Rand«, stotterte Mat. »Aber es gibt nicht oft eine Gelegenheit, etwas anderes zu tun, als die Kühe des Vaters zu melken.« Unter ihren erstaunten Blicken richtete er sich auf. »Na ja, ich melke sie eben, und das jeden Tag.«

»Der schwarze Reiter«, erinnerte sie Rand. »Was, wenn er jemanden verletzt?«

»Vielleicht ist er ein Kriegsflüchtling«, meinte Perrin zögernd.

»Wer er auch ist«, sagte Mat, »die Wachen werden ihn finden.«

»Vielleicht«, sagte Rand, »aber er scheint zu verschwinden, wann immer er will. Es wäre besser, wenn die Patrouillen nach ihm suchen.«

»Wir erzählen es Meister al'Vere, wenn wir uns melden«, sagte Mat, »er wird es den Dorfräten sagen und die wieder der Wache.«

»Der Dorfrat!«, rief Perrin zweifelnd. »Wir haben Glück, wenn uns der Bürgermeister nicht auslacht! Meister Luhhan und Rands Vater glauben jetzt schon, dass wir uns vor Geistern fürchten.«

Rand seufzte. »Wenn wir es erzählen wollen, dann können wir es genauso gut jetzt tun. Er wird heute nicht lauter lachen als morgen.«

»Vielleicht«, meinte Perrin mit einem Seitenblick auf Mat, »sollten wir andere fragen, ob sie ihn auch gesehen haben. Heute Abend treffen wir fast jeden aus dem Dorf.« Mats Miene verfinsterte sich noch mehr, aber immer noch hielt er den Mund. Sie alle wussten, dass Perrin der Meinung war, man solle zuverlässigere Zeugen als Mat finden. »Er wird morgen auch nicht lauter lachen«, fügte Perrin hinzu, als Rand zögerte. »Und mir wäre es lieber, wir hätten noch jemanden bei uns, wenn wir zu ihm gehen. Das halbe Dorf wäre mir am liebsten.«

Rand nickte bedächtig. Er konnte schon Meister al'Veres Lachen hören. Weitere Zeugen wären sicherlich nicht ungünstig. Und wenn sie den Burschen gesehen hatten, dann vielleicht auch andere. »Also dann morgen. Ihr zwei treibt weitere Zeugen auf, und morgen gehen wir zum Bürgermeister. Danach ...« Sie sahen ihn schweigend an. Keiner fragte, was wäre, wenn sie niemanden fänden, der den schwarz gekleideten Mann gesehen hatte. Er seufzte tief auf. »Ich muss jetzt gehen. Mein Vater glaubt sonst, ich sei in ein Loch gefallen.«

Von ihren Abschiedsgrüßen gefolgt, schlenderte er hinüber zum Stallhof, wo der Karren mit den hohen Rädern stand.

Der Stall war ein langer schmaler Bau mit einem spitzgiebligen Dach. Boxen mit strohbedecktem Boden waren an beiden Seiten des dämmrigen Innenraums untergebracht, der nur von den geöffneten Doppeltüren an beiden Seiten des Gebäudes Licht erhielt. Die Pferde des Händlers kauten in acht Boxen Hafer, und Meister al'Veres kräftige Dhurraner, ein Gespann, das er vermietete, wenn Bauern mehr zu ziehen hatten, als ihre eigenen Pferde schafften, füllten sechs weitere Boxen. Von den übrigen Boxen waren nur drei besetzt. Rand fand, dass die Besitzer der Pferde leicht zu bestimmen waren. Der hohe, kräftige schwarze Hengst, der den Kopf so wild hochwarf, musste Lan gehören. Die schlanke weiße Stute mit dem edel gekrümmten Hals, deren schnelle Schritte so graziös wirkten wie die eines tanzenden Mädchens, konnte nur Moiraine gehören. Und das dritte unbekannte Pferd, ein dürrer Wallach mit schmutzigen Flanken, passte perfekt zu Thom Merrilin.

Tam stand ganz hinten im Stall, hielt Bela an einem Führseil und sprach ruhig mit Hu und Tad. Bevor Rand noch zwei Schritte in den Stall hinein tun konnte, nickte sein Vater schon den Stallburschen zu und führte Bela hinaus. Wortlos winkte er Rand mitzukommen.

Schweigend spannten sie die struppige Stute an. Tam schien so tief in Gedanken versunken, dass Rand den Mund hielt. Er freute sich nicht gerade darauf, seinem Vater von dem schwarz gekleideten Reiter berichten zu müssen, und dann auch noch dem Bürgermeister! Morgen war es früh genug dafür, wenn Mat und Perrin weitere Zeugen fänden, die den Mann gesehen hatten. Falls sie sie fanden ...

Als der Karren sich ruckartig in Bewegung setzte, hatte Rand Bogen und Köcher von der Ladefläche geholt. Ungeschickt hängte er den Köcher an den Gürtel, während er nebenher trabte. Als sie die letzte Häuserreihe des Dorfs erreichten, legte er einen Pfeil ein und trug den Bogen halb erhoben, die Sehne leicht gespannt. Außer kahlen Bäumen gab es nichts zu sehen, doch seine Schultern spannten sich. Der schwarze Reiter konnte sie erreichen, bevor sie es überhaupt merkten. Vielleicht bliebe dann keine Zeit mehr, den Bogen zu spannen; also tat er es lieber jetzt schon.

Er wusste, dass er die Sehne nicht lange gespannt halten durfte. Er hatte den Bogen selbst gemacht, und Tam war außer ihm einer der wenigen in der Gegend, die ihn überhaupt bis zur Wange spannen konnten. Er sah sich um, denn er wollte nicht die ganze Zeit über an den dunklen Reiter denken. Das war allerdings nicht einfach, so vom Wald umgeben und mit im Wind flatternden Umhängen. »Vater«, sagte er schließlich, »ich verstehe nicht, wieso der Dorfrat Padan Fain befragen musste.« Mit Mühe riss er den Blick vom Wald los und sah Tam über Bela hinweg an. »Mir scheint, euer Entschluss hätte auch gleich an Ort und Stelle fallen können. Der Bürgermeister hat allen eine Riesenangst eingejagt, als er über Aes Sedai und den falschen Drachen sprach.«

»Die Menschen sind merkwürdig, Rand, sogar die Besten. Nimm Haral Luhhan. Meister Luhhan ist ein starker Mann, und ein tapferer noch dazu, aber er kann nicht beim Schlachten zusehen. Er wird dabei weiß wie ein Laken.«

»Was hat das damit zu tun? Jeder weiß, dass Meister Luhhan kein Blut sehen kann, und keiner außer den Coplins und den Congars denkt sich etwas dabei.«

»Nur so viel, mein Junge: Die Leute verhalten sich nicht immer so, wie du glaubst. Lass den Hagel ihre Ernte vernichten, lass den Wind jedes Dach in der Gegend wegpusten und die Wölfe die Hälfte ihres Viehs reißen, und sie krempeln ihre Ärmel hoch und fangen von vorn an. Sie maulen vielleicht, lassen sich aber nicht aufhalten. Aber sobald sie nur an die Aes Sedai und einen falschen Drachen in Ghealdan denken, dann kommen sie bald darauf, dass Ghealdan nicht so weit vom Rand des Walds der Schatten entfernt ist und dass eine gerade Linie von Tar Valon nach Ghealdan gar nicht so weit östlich von uns verlaufen würde. Als ob die Aes Sedai nicht die Straße über Caemlyn und Lugard nähmen, anstatt querfeldein zu reiten! Bis morgen früh wäre das halbe Dorf überzeugt gewesen, dass der Krieg vor unserer Tür steht. Es hätte Wochen gedauert, das wieder gut zu machen. Das hätte ein schönes Bel Tine gegeben! Also sagte Bran es ihnen, bevor sie selbst darauf kamen. Sie haben gesehen, dass sich der Dorfrat mit der Angelegenheit befasst, und mittlerweile werden sie wissen, wie wir uns entschieden haben. Sie haben uns gewählt, weil sie darauf vertrauen, dass wir uns zum Besten für alle beraten. Sie vertrauen unseren Ansichten. Sogar der Ansicht von Cenn, was nicht viel über uns andere aussagt, schätze ich. Jedenfalls werden sie hören, dass wir uns keine Sorgen machen müssen, und das werden sie glauben. Nicht, dass sie nicht auch von allein darauf kommen würden, aber auf diese Weise ruinieren wir das Fest nicht, und keiner muss sich wochenlang über etwas Gedanken machen, was wahrscheinlich sowieso nicht geschieht. Wenn es aber, entgegen aller Wahrscheinlichkeit, doch geschieht ... Nun, dann werden uns die Patrouillen früh genug warnen, damit wir Gegenmaßnahmen ergreifen können. Ich glaube aber wirklich nicht, dass es dazu kommen wird.«

Rand blies die Wangen auf. Offensichtlich war es komplizierter, als er gedacht hatte, Mitglied im Dorfrat zu sein. Der Karren rumpelte weiter die Haldenstraße entlang.

»Hat noch irgendjemand außer Perrin diesen seltsamen Reiter gesehen?«, fragte Tam.

»Ja, Mat, aber ...« Rand blinzelte und blickte über Belas Rücken hinweg seinen Vater an. »Du glaubst mir? Ich muss zurückkehren und es ihnen erzählen.« Tams Ruf hielt ihn auf, bevor er zum Dorf zurückrennen konnte.

»Halt, Junge, halt! Hast du gedacht, dass ich ohne Grund so lange warte, um mit dir darüber zu sprechen?«

Zögernd ging Rand weiter neben dem quietschenden Wagen her. »Warum hast du deine Meinung geändert? Warum soll ich es den anderen nicht erzählen?«

»Sie werden es früh genug erfahren. Perrin zumindest. Bei Mat bin ich mir nicht so sicher. Man muss die Bauern auf ihren Höfen warnen, so gut es geht, aber ansonsten wird es in einer Stunde in Emondsfelde niemanden geben, der nicht weiß, dass sich ein Fremder hier herumtreibt, und zwar ein Kerl von der Sorte, die man nicht zum Fest einlädt. Der Winter war ohnehin schon schlimm genug. Man sollte die Kinder nicht auch noch ängstigen.«

»Fest?«, sagte Rand. »Wenn du ihn gesehen hättest, würdest du ihn dir mehr als zehn Meilen wegwünschen. Vielleicht sogar hundert.«

»Ja, vielleicht«, sagte Tam gelassen. »Er kann durchaus vor den Unruhen in Ghealdan geflohen sein, oder er ist ein Dieb, der denkt, er könne hier leichter als in Baerlon oder Taren-Fähre Beute machen. Aber niemand besitzt hier etwas, das er sich so ohne weiteres stehlen lässt. Falls der Mann versucht, vor dem Krieg davonzulaufen ... Na ja, das ist keine Entschuldigung dafür, Leuten Angst einzujagen.

Wenn die Wache einmal steht, wird sie ihn entweder finden oder gleich verjagen.«

»Ich hoffe, man verjagt ihn. Aber weshalb glaubst du mir jetzt, während du mir heute früh nicht geglaubt hast?«

»Zu der Zeit war ich auf meine eigenen Augen angewiesen, Junge, und ich sah nichts.« Tam schüttelte den ergrauten Kopf. »Es scheint, nur junge Männer sehen diesen Burschen. Als aber Haral Luhhan erwähnte, dass Perrin Geister sehe, kam alles heraus. Jon Thanes ältester Sohn sah ihn auch, genau wie Samel Crawes Junge Bandry. Also, wenn vier von euch behaupten, sie hätten etwas gesehen, dann glauben wir allmählich, dass jemand da ist, ob wir ihn nun sehen können oder nicht. Alle außer Cenn natürlich. Jedenfalls ist das der Grund, weshalb wir nach Hause zurückkehren. Wenn wir beide fort sind, könnte der Fremde dort alles Mögliche anstellen. Wenn es nicht des Festes wegen wäre, käme ich morgen auch nicht ins Dorf zurück. Aber wir können uns nicht in unserem Haus einsperren, nur weil dieser Bursche hier herumlungert.«

»Ich habe das mit Ban und Lem nicht gewusst«, sagte Rand. »Wir wollten morgen zum Bürgermeister gehen, aber wir fürchteten, er werde uns nicht glauben.«

»Graue Haare bedeuten nicht, dass unser Hirn geschrumpft ist«, meinte Tam trocken. »Also halte gut Ausschau. Vielleicht bekomme ich ihn auch zu Gesicht, falls er wieder auftaucht.«

Rand beschloss, sich daran zu halten. Zu seiner Überraschung merkte er, wie sein Schritt leichter wurde. Er fürchtete sich immer noch, aber es war nicht so schlimm wie vorher. Tam und er befanden sich genauso allein und verlassen auf der Haldenstraße wie am Morgen, aber irgendwie fühlte er sich, als sei das ganze Dorf bei ihnen. Der Unterschied lag darin, dass nun andere Bescheid wussten und ihm glaubten. Was immer der schwarze Reiter anstellen mochte, die Leute von Emondsfelde würden gemeinsam mit ihm fertig werden.

KAPITEL 5

Winternacht

Als der Karren den Bauernhof erreichte, hatte die Sonne bereits auf halbem Weg die Mittagshöhe überschritten. Es war kein großes Gebäude, bei weitem nicht so groß wie einige der ausgedehnten Anwesen im Osten, die über die Jahre hinweg gewachsen waren und in denen große Familien wohnten. In der Gegend der Zwei Flüsse lebten oftmals drei oder vier Generationen unter einem Dach, und das schloss Tanten, Onkel, Vettern und Neffen mit ein. Tam und Rand galten als außergewöhnlich in zweierlei Hinsicht: Die beiden Männer lebten allein, und ihr Hof lag im Westwald.

Hier befanden sich die meisten Räume auf ebener Erde. Das Haus bildete ein sauberes Rechteck ohne Seitenflügel oder Anbauten. Zwei Schlafzimmer und ein Speicher befanden sich oben unter dem steilen Strohdach. Obwohl die weiße Tünche nach den Winterstürmen fast ganz von den massiven Holzwänden verschwunden war, befand sich das Haus immer noch in ordentlichem Zustand. Das Strohdach war wieder dicht, Türen und Fensterläden waren gut befestigt und passten genau.

Haus, Scheune und der von einer Steinmauer eingefasste Schafpferch bildeten ein Dreieck um den Hof. Dort hatten sich ein paar Hühner hinausgewagt und scharrten im kalten Erdreich herum. Gleich neben dem Schafpferch standen ein offener Schuppen zum Scheren der Schafe und ein steinerner Brunnentrog. Am Rand der Felder zwischen dem Hof und den Bäumen ragte der hohe Kegel eines Trockenraums auf. Nur wenige Bauern der Zwei Flüsse kamen ohne den Tabakanbau aus, der es ihnen ermöglichte, den Kaufleuten, wenn sie endlich kamen, neben der Wolle auch Tabak zu verkaufen.

Als Rand in den Steinpferch schaute, blickte der Leithammel zu ihm auf, die meisten Schafe der schwarzgesichtigen Herde blieben aber friedlich dort, wo sie standen, die Köpfe im Futtertrog. Ihre Wolle war dicht und lockig, aber es war noch zu kalt zum Scheren.

107

»Ich glaube nicht, dass der schwarze Reiter hierher gekommen ist!«, rief Rand seinem Vater zu, der langsam um das Haus herumging, einen Speer kampfbereit in der Hand, und den Boden genau betrachtete. »Die Schafe wären nicht so ruhig, wenn er da gewesen wäre.«

Tam nickte, blieb aber nicht stehen. Als er seine Runde um das Haus beendet hatte, ging er anschließend genauso aufmerksam um die Scheune und den Pferch herum, wobei er immer noch den Boden nach Spuren untersuchte. Er überprüfte sogar die Räucherkammer und den Trockenraum. Er zog einen Eimer Wasser aus dem Brunnen, schöpfte eine Hand voll, roch daran und berührte das Wasser vorsichtig mit der Zungenspitze. Dann lachte er plötzlich laut auf und trank es mit einem schnellen Schluck.

»Ich glaube auch, er war nicht da«, sagte er zu Rand und wischte sich die Hand am Mantel ab. »Das ganze Gerede über Männer und Pferde, die ich nicht sehen oder hören kann, macht mich so nervös, dass ich schon alles schief anschaue.« Er goss das Brunnenwasser in einen anderen Eimer und ging auf das Haus zu, in der einen Hand den Eimer, in der anderen den Speer. »Ich werde einen Eintopf aufsetzen, damit wir etwas zum Essen bekommen. Und wenn wir sowieso schon hier sind, können wir auch mit der Arbeit anfangen.«

Rand schnitt eine Grimasse. Er bedauerte, die Winternacht nicht in Emondsfelde verbringen zu können. Aber Tam hatte Recht. Auf einem Bauernhof hörte die Arbeit niemals auf; kaum hatte man eine Sache erledigt, tauchten schon zwei andere auf, um die man sich kümmern musste. Er zögerte, behielt aber dann Bogen und Köcher doch bei sich. Falls der dunkle Reiter erschien, wollte er ihm nicht nur mit einer Hacke begegnen.

Zuerst musste Bela in den Stall gebracht und versorgt werden. Sobald er sie ausgespannt und in einer Box in der Scheune gleich neben der Kuh untergebracht hatte, zog er den Umhang aus und rieb die Stute mit trockenem Stroh ab. Anschließend striegelte er sie mit zwei Bürsten. Er kletterte die schmale Leiter zum Heuboden hinauf und warf Heu für Bela hinunter. Er nahm auch einen Scheffel Hafer mit, obwohl nicht mehr viel da war und sie möglicherweise längere Zeit keinen Hafer mehr bekommen würden – es sei denn, es würde endlich warm. Die Kuh hatten sie schon im ersten Morgenlicht gemolken, sie hatte nur ein Viertel ihrer normalen Menge gegeben.

Sie hatten den Schafen Futter für zwei Tage dagelassen – sie hätten eigentlich längst auf der Weide stehen sollen, doch es gab kaum

Gras für sie –, aber er füllte ihren Wassertrog wieder auf. Auch die mittlerweile gelegten Eier mussten eingesammelt werden. Es waren nur drei. Die Hühner wurden anscheinend immer schlauer und versteckten sie gut.

Er ging gerade mit einer Hacke auf der Schulter zum Gemüsegarten hinter dem Haus, als Tam herauskam und sich auf eine Bank vor der Scheune setzte, um Belas Geschirr zu flicken. Der Speer lehnte an seiner Seite. Rand empfand seinen griffbereiten Bogen und den Köcher nicht mehr als lächerlich. Beides lag auf seinem Umhang, einen Schritt von seinem Arbeitsplatz entfernt.

In den Beeten spross nur wenig Unkraut, aber immer noch mehr Unkraut als alles andere. Die Kohlköpfe waren bloße Stümpfe, es war kaum ein Bohnen- oder Erbsenschössling zu sehen und keine einzige Rübe. Sie hatten natürlich nicht alles gepflanzt – nur einen Teil, in der Hoffnung, die kalte Jahreszeit werde rechtzeitig enden, sodass sie etwas ernten konnten, bevor der Keller ganz leer war. Er brauchte nicht lange mit seiner Hacke. In früheren Jahren wäre er darüber froh gewesen, aber jetzt fragte er sich, was zu tun sei, wenn dieses Jahr nichts wuchs. Kein angenehmer Gedanke. Und er musste immer noch Brennholz spalten.

Es schien Rand schon Jahre zurückzuliegen, dass er einmal kein Brennholz spalten musste. Aber Jammern würde das Haus nicht wärmen, also holte er die Axt, stellte Bogen und Köcher neben den Hackklotz und machte sich an die Arbeit. Kiefer ergab eine flinke, heiße Flamme, Eiche hingegen brannte länger. Er fühlte sich bald so warm, dass er den Mantel auszog. Als der Haufen Holzscheite groß genug war, stapelte er ihn an der Seitenwand des Hauses neben den anderen Stapeln auf. Die meisten reichten hinauf bis zur Traufe. Normalerweise waren zu dieser Jahreszeit die Brennholzstapel klein, und man sah nur wenige; anders in diesem Jahr. *Hack und staple, hack und staple,* so verlor er sich im Rhythmus der Axthiebe und der Bewegungen beim Aufeinanderlegen der Scheite. Tams Hand auf der Schulter rief ihn in die Wirklichkeit zurück, und einen Augenblick lang blinzelte er überrascht.

Graues Zwielicht hatte sich während seiner Arbeit ausgebreitet, das der Nacht entgegendämmerte. Der Vollmond stand bereits hoch über den Baumwipfeln und schimmerte blass und aufgedunsen. Ohne dass er es bemerkt hatte, war der Wind kälter geworden, und Wolkenfetzen trieben über den dunklen Himmel.

»Machen wir den Abwasch, Junge, und dann essen wir zu Abend.

Ich habe auch schon Badewasser aufgestellt. Dann können wir vor dem Schlafen noch ein heißes Bad nehmen.«

»Das hört sich wunderbar an«, sagte Rand. Er hob seinen Umhang auf und warf ihn sich über die Schultern. Sein Hemd war schweißgetränkt, und der Wind, den er in der Hitze des Axtschwingens vergessen hatte, schien sich zu bemühen, das Hemd jetzt, da er mit Arbeiten aufgehört hatte, zu einem steifen Brett zu gefrieren. Er unterdrückte ein Gähnen und las unter Kälteschauern seine übrigen Sachen auf. »Schlaf wäre auch eine feine Sache. Ich könnte das ganze Fest über schlafen.«

»Würdest du darauf wetten?« Tam lächelte, und Rand musste unwillkürlich grinsen. Er würde Bel Tine nicht versäumen, und wenn er eine ganze Woche lang nicht mehr geschlafen hätte. Das würde allen so gehen.

Tam hatte besonders viele Kerzen aufgestellt, und in dem großen Kamin prasselte ein Feuer, sodass die Wohnstube Wärme und Behaglichkeit ausstrahlte. Der breite Eichenholztisch war lang genug für ein Dutzend Leute oder mehr, obwohl kaum jemals so viele dort gesessen hatten, nachdem Rands Mutter gestorben war. An den Wänden standen ein paar Kommoden und Truhen, die von Tam kunstvoll angefertigt worden waren. Um den Tisch standen Stühle mit hohen Lehnen. Der Polsterstuhl, den Tam seinen ›Lesestuhl‹ nannte, stand seitlich versetzt vor dem Kamin. Rand zog es vor, ausgestreckt auf dem Läufer vor dem Feuer liegend zu lesen. Das Bücherregal neben der Tür war bei weitem nicht so lang wie das in der Weinquellen-Schenke, aber Bücher waren schwer zu bekommen. Wenige Händler führten mehr als eine Hand voll mit sich, und die mussten für alle reichen, denen es nach Lektüre verlangte.

Wenn der Raum auch nicht ganz so frisch gescheuert aussah, wie es bei den meisten Bauersfrauen üblich war (Tams Pfeifenständer und *Die Reisen von Jain Fernstreicher* lagen auf dem Tisch, ein weiteres in Holz gebundenes Buch lag auf dem Polster des Lesestuhls und ein Stück reparaturbedürftiges Pferdegeschirr auf der Bank beim Kamin, und ein paar Hemden, die gestopft werden mussten, häuften sich auf einem Stuhl), wenn der Raum also nicht ganz so fleckenlos rein war, wirkte er doch sehr sauber und ordentlich und so wohnlich, dass es jedem Besucher das Herz wärmte. Hier war es möglich, die beißende Kälte jenseits der Wände zu vergessen. Hier gab es keinen falschen Drachen, keinen Krieg und keine Aes Sedai. Auch keine Männer in schwarzen Mänteln. Der Duft des Eintopfs über dem Feuer erfüllte den Raum, und Rand bekam plötzlich schrecklichen Hunger.

Sein Vater rührte mit einem langen hölzernen Kochlöffel im Kessel und probierte ein wenig. »Noch ein bisschen.« Rand wusch sich schnell Gesicht und Hände. In der Nähe der Tür standen auf einem Waschgestell ein Krug und eine Schüssel. Was er brauchte, war ein heißes Bad, um den Schweiß abzuwaschen und die Kälte zu vertreiben, aber das musste warten, bis sie Zeit hatten, den großen Kessel im Hinterzimmer zu erhitzen.

Tam kramte in einer Kommode herum und fand schließlich einen Schlüssel, der so lang war wie seine Hand. Er drehte ihn in dem großen Eisenschloss an der Tür um. Als Rand ihn fragend anblickte, sagte er: »Besser ist besser. Vielleicht bin ich ein wenig überspannt, oder das Wetter drückt meine Stimmung, aber ...« Er seufzte und warf den Schlüssel mit der flachen Hand ein Stückchen hoch. »Ich sehe mal nach der Hintertür«, sagte er und verschwand im rückwärtigen Teil des Hauses.

Rand konnte sich nicht daran erinnern, dass eine der beiden Türen jemals abgeschlossen worden war. Keiner im Gebiet der Zwei Flüsse verschloss die Türen. Es war niemals nötig gewesen. Zumindest bisher.

Von oben aus Tams Schlafzimmer erklang ein schleifendes Geräusch, als werde etwas am Boden entlanggezerrt. Rand zog die Augenbrauen hoch. Falls sich Tam nicht soeben entschlossen hatte, die Möbel umzustellen, konnte er nur die alte Truhe hervorgezogen haben, die er unter dem Bett aufbewahrte. Wieder etwas, das noch nie geschehen war, solange sich Rand erinnern konnte.

Er füllte einen kleinen Kessel mit Teewasser, hängte ihn an einen Haken über dem Feuer und deckte den Tisch. Er hatte Teller und Löffel selbst geschnitzt. Die vorderen Fensterläden waren noch nicht geschlossen, und von Zeit zu Zeit spähte er hinaus. Doch die Nacht war gekommen, und alles, was er sehen konnte, waren Mondschatten. Der dunkle Reiter konnte sehr wohl dort draußen sein, aber Rand versuchte, nicht daran zu denken.

Als Tam zurückkam, machte Rand vor Überraschung große Augen. Ein breiter Gürtel war um Tams Hüften geschlungen, und am Gürtel hing ein Schwert. Ein bronzener Reiher war auf der schwarzen Scheide zu sehen und ein weiterer auf dem langen Knauf. Die einzigen Männer, die Rand jemals ein Schwert hatte tragen sehen, waren die Leibwächter der Kaufleute. Und natürlich Lan. Er wäre nie darauf gekommen, dass sein Vater überhaupt eines besaß. Abgesehen von den Reihern sah es Lans Schwert ziemlich ähnlich. »Woher hast du das?«, fragte er. »Hast du es von einem Händler gekauft? Was hat es gekostet?«

Langsam zog Tam die Waffe; der Feuerschein spiegelte sich auf der schimmernden Schneide. Das war ganz anders als bei den einfachen rohen Klingen, die Rand in den Händen der Söldner gesehen hatte. Es war nicht mit Gold oder Edelsteinen verziert, und doch schien es Rand irgendwie bedeutend. Die leicht gekrümmte und nur auf einer Seite geschliffene Schneide trug ebenfalls den Reiher in den Stahl eingeätzt. Die kurzen Querstreben am Knauf waren wie Zöpfe gearbeitet. Verglichen mit den Schwertern der Leibwächter, schien es fast zerbrechlich. Die meisten dieser plumpen Schwerter waren auf beiden Seiten geschärft und dick genug, um einen Baum zu fällen.

»Ich habe es vor langer Zeit erworben«, sagte Tam, »sehr weit entfernt von hier. Und ich habe viel zu viel dafür bezahlt; zwei Kupferpfennige sind zu viel für eine Waffe wie diese. Deine Mutter wollte es nicht, aber sie war immer schon klüger als ich. Ich war damals noch jung, und es schien den Preis wert zu sein. Sie wollte es nicht im Haus haben, und mehr als einmal kam mir der Gedanke, dass sie Recht hatte und ich es einfach weggeben sollte.«

Der Feuerschein ließ die Klinge aufflammen. Rand erschrak. Er hatte oft davon geträumt, ein Schwert zu besitzen. »Es weggeben? Wie könntest du ein Schwert wie dieses weggeben?«

Tam schnaubte. »Man kann es wohl kaum zum Schafehüten verwenden, oder? Ich kann auch kein Feld damit umpflügen oder Getreide mähen.« Lange starrte er das Schwert an, als überlege er, was er mit solch einem Ding anfangen könne. Schließlich stieß er einen schweren Seufzer aus. »Aber falls uns das Glück verlässt, kann es sein, dass ich in den nächsten Tagen noch froh sein werde, es in diese alte Truhe gelegt zu haben.« Er ließ das Schwert sanft in die Scheide zurückgleiten und wischte sich die Hand am Hemd ab. »Der Eintopf dürfte fertig sein. Ich fülle die Schüssel, und du machst derweil den Tee.«

Rand nickte und nahm die Teebüchse, aber er wollte schon alles genau wissen. Warum hatte Tam wohl ein Schwert gekauft? Er konnte es sich nicht vorstellen. Und wo hatte es Tam aufgetrieben? Wie weit entfernt? Keiner verließ je die Zwei Flüsse, oder höchstens ganz wenige. Er hatte schon immer vage Vermutungen darüber angestellt, dass sein Vater draußen gewesen sein musste – seine Mutter war Ausländerin gewesen –, aber ein Schwert ...? Er wollte seinen Vater vieles fragen, sobald sie am Tisch saßen.

Das Teewasser kochte, und er wickelte ein Tuch um den Kesselgriff, um ihn vom Haken zu nehmen. Die Hitze drang sofort durch. Als er sich vom Feuer aufrichtete, ließ ein heftiger Schlag gegen die Tür das Schloss erzittern. Alle Gedanken an das Schwert oder den heißen Kessel in seiner Hand verflogen.

»Einer der Nachbarn«, sagte er unsicher. »Vielleicht will Meister Dautry etwas borgen ...« Aber der Hof der Dautrys, ihrer nächsten Nachbarn, war auch bei Tageslicht eine Wegstunde entfernt, und auch wenn Oren Dautry ständig schamlos Sachen auslieh, war es wenig wahrscheinlich, dass er seinen Hof nach Einbruch der Dunkelheit verließ.

Tam stellte leise die mit Eintopf gefüllten Teller auf den Tisch. Langsam bewegte er sich vom Tisch weg. Beide Hände ruhten auf dem Griff seines Schwerts. »Ich glaube nicht ...«, begann er, und dann barst die Tür entzwei. Bruchstücke des eisernen Schlosses schlitterten über den Boden.

Eine Gestalt füllte den Türrahmen, größer als jeder Mann, den Rand je gesehen hatte, eine Gestalt in schwarzem Kettenpanzer, der ihr bis zu den Knien reichte, mit Dornen an Handgelenken, Ellbogen und Schultern. Eine Hand hielt ein schweres sichelähnliches Schwert, die andere wurde vor die Augen gehalten, als solle sie sie vor dem Licht schützen.

Rand fühlte sich auf seltsame Art erleichtert. Wer das auch war, es war nicht der schwarz gekleidete Reiter. Dann bemerkte er die gekrümmten Widderhörner an dem Kopf, der den Türrahmen streifte, und wo sich Mund und Nase befinden sollten, sah er eine behaarte Schnauze. Er nahm das alles innerhalb eines einzigen tiefen Atemzugs wahr und stieß einen entsetzten Schrei aus. Gleichzeitig warf er den heißen Kessel nach dem halb menschlichen Kopf.

Die Kreatur brüllte auf. Zum Teil klang es nach einem Schmerzensschrei, zum Teil nach dem Knurren eines Tieres. Kochendes Wasser lief über das Gesicht. In dem Moment, als der Kessel traf, blitzte Tams Schwert auf. Aus dem Brüllen wurde ein Gurgeln, und die riesige Gestalt stürzte rückwärts. Bevor sie noch gefallen war, versuchte eine Zweite, sich an der Ersten vorbeizuschieben. Rand erspähte einen mit dornenähnlichen Hörnern bewehrten verformten Kopf, bevor Tam erneut zuschlug. Dann blockierten zwei riesige erschlaffte Körper den Eingang. Rand merkte, dass sein Vater ihm etwas zurief.

»Renn weg, Junge! Versteck dich im Wald!« Die Leichen im Eingang zuckten, als andere von draußen versuchten, sie wegzuziehen. Tam bückte sich und hob mit der Schulter unter Stöhnen den schweren Tisch, um ihn vor die Tür zu schieben. »Es sind zu viele! Das hält nicht! Renn hinten raus! Los! Schnell! Ich komme nach!«

Noch während Rand sich zur Flucht wandte, schämte er sich, dass er so schnell gehorchte. Er wollte bleiben und seinem Vater helfen, obwohl er sich nicht vorstellen konnte, wie, aber die Angst hatte ihn im Genick gepackt, und die Beine bewegten sich ohne sein Zutun. Er rannte hinaus in den rückwärtigen Teil des Hauses. So schnell war er noch nie gelaufen. Lautes Krachen und Schreie aus der Wohnstube verfolgten ihn.

Er hatte die Hände schon auf dem Querbalken, der die Hintertür versperrte, als sein Blick auf das Eisenschloss fiel, das nie verschlossen wurde. Allerdings hatte Tam genau das heute Nacht getan. Er ließ den Balken, wo er war, und rannte zu einem Seitenfenster. Er schob das Fenster hoch und öffnete die Läden. Die Nacht hatte die Dämmerung abgelöst. Der Vollmond und die über den Himmel treibenden Wolken erzeugten gefleckte Schatten, und diese jagten sich gegenseitig quer über den Hof.

Schatten, sagte er sich. Nur Schatten. Die Hintertür knarrte, als jemand – oder etwas – versuchte, sie aufzudrücken. Der Mund wurde Rand trocken. Ein Krachen erschütterte die Tür in ihrem Rahmen und machte ihm Beine. Er schlüpfte durch das Fenster und kauerte sich wie ein Hase an die Seitenwand. Im Haus zersplitterte Holz mit donnerndem Getöse.

Er zwang sich hoch und spähte geduckt durch das Fenster, nur mit einem Auge, nur an einer Fensterecke. Im Dunkeln konnte er nicht viel ausmachen, aber immer noch mehr, als ihm lieb war. Die Reste der Tür hingen schief in den Angeln, und schattenhafte Gestalten bewegten sich vorsichtig im Raum. Sie sprachen mit leisen kehligen Stimmen. Rand verstand die Worte nicht, die gesagt wurden. Die Sprache klang hart und für menschliche Zungen ungeeignet. Äxte und Speere reflektierten matt die wenigen Strahlen Mondlicht, die sich dort hinein verirrten. Stiefel scharrten über den Fußboden, und er hörte auch ein rhythmisches Klappern wie von Hufen.

Er versuchte, seine Lippen zu befeuchten. Dann zog er tief, wenn auch zitternd Luft ein und schrie so laut er konnte: »Sie kommen von hinten!« Die Worte kamen mehr als Krächzen heraus, aber wenigstens waren sie gut hörbar. Er war sich da nicht sicher gewesen. »Ich bin draußen! Lauf, Vater!« Mit dem letzten Wort rannte er los, weg vom Haus.

Heisere Schreie in der seltsamen Sprache erklangen aus dem Hinterzimmer. Glas splitterte laut klirrend, und irgendetwas prallte schwer hinter ihm auf dem Boden auf. Einer von ihnen hatte wahrscheinlich den Weg durch das Fenster vorgezogen, aber er sah nicht nach hinten, um sich zu vergewissern, ob er Recht hatte. Wie ein Fuchs vor der Meute huschte er von einem Mondschatten in den anderen, als halte er auf den Wald zu, doch dann ließ er sich auf den Bauch fallen und kroch zurück zur Scheune und ihrem größeren, tieferen Schatten. Etwas fiel quer über seine Schultern. Er schlug um sich, nicht sicher, ob er kämpfen oder entkommen sollte, bis er merkte, dass er den Stiel der neuen Hacke gepackt hielt, den Tam bearbeitet hatte.

Idiot! Einen Augenblick lang lag er da und bemühte sich, seinen Atem zu beruhigen. *Coplin-Narr!* Schließlich kroch er an der Rückseite der Scheune entlang und schleifte den Hackenstiel mit. Es war nicht viel, aber besser als nichts. Vorsichtig lugte er um die Ecke über den Hof zum Haus.

Er sah kein Anzeichen der Kreatur, die ihm nachgesprungen war. Sie konnte überall sein. Sicher jagte sie ihn. Vielleicht schlich sie sich in diesem Moment gerade an.

Verängstigtes Blöken kam aus dem Schafpferch zu seiner Linken; die Herde drängte sich zusammen, als suche sie nach einem Fluchtweg. Schattenhafte Gestalten huschten an den beleuchteten Fenstern im vorderen Teil des Hauses vorbei, und das Klirren von Stahl auf Stahl klang durch die Dunkelheit. Plötzlich wölbte sich eines der Fenster nach außen, und in einem Regen von Scherben und Holz sprang Tam hindurch, das Schwert immer noch in der Hand. Er landete auf den Füßen, aber statt vom Haus wegzurennen, eilte er zum hinteren Teil und achtete nicht auf die monströsen Kreaturen, die aus dem geborstenen Fenster und der Tür drangen. Rand starrte ungläubig hinüber. Warum versuchte er nicht zu entkommen? Dann verstand er. Tam hatte seine Stimme zuletzt vom hinteren Teil des Hauses her vernommen. »Vater!«, schrie er. »Ich bin hier drüben!«

Tam wirbelte herum, rannte aber nicht auf Rand zu, sondern in einem Winkel von ihm weg. »Renn, Junge!«, schrie er und deutete mit dem Schwert auf etwas vor ihm. »Versteck dich!« Ein Dutzend riesiger Gestalten hetzte ihm nach. Grelle Schreie und schrilles Heulen brachten die Luft zum Erzittern.

Rand zog sich in den Schatten hinter der Scheune zurück. Er konnte vom Haus aus nicht gesehen werden, falls noch weitere der Kreaturen sich dort aufhielten. Zumindest im Moment war er sicher. Aber Tam, der sich bemühte, diese Monster von ihm abzulenken, war es nicht. Seine Hände verkrampften sich um den Stiel der Hacke, und er musste die Zähne zusammenbeißen, um ein Auflachen zu verhindern. Ein Hackenstiel. Wenn er einer dieser Kreaturen mit dem Stiel einer Hacke gegenüberstand, ähnelte das nicht mehr seinen Stabkämpfen mit Perrin. Aber er konnte Tam nicht mit seinen Verfolgern allein lassen.

»Wenn ich mich so vorsichtig bewege, als schliche ich mich an ein Kaninchen an«, flüsterte er in sich hinein, »werden sie mich nicht bemerken.« Die unheimlichen Schreie hallten in der Dunkelheit wider, und er versuchte zu schlucken. »Klingt eher nach einem Rudel verhungernder Wölfe.« Lautlos glitt er aus dem Schatten der Scheune auf den Wald zu. Sein Griff um den Stiel war so verkrampft, dass die Hände schmerzten. Zuerst fühlte er sich wohler, als die Bäume ihn umgaben. Sie halfen ihm, sich vor den Kreaturen zu verstecken. Als er aber weiter durch den Wald schlich, zerflossen und bewegten sich die Schatten, die der Mond warf, und mit ihnen schien sich die Dunkelheit des Waldes zu verändern und ebenfalls zu bewegen. Bäume ragten finster über ihm auf; Äste schienen nach ihm zu greifen. Aber waren das nur Bäume und Äste? Er konnte beinahe das knurrende, glucksende Lachen hören, das sie unterdrückten, während sie auf ihn warteten. Das Heulen von Tams Verfolgern war nicht mehr zu hören, doch in der darauffolgenden Stille schrak er jedes Mal zusammen, wenn der Wind einen Zweig gegen den anderen schlug. Tiefer und tiefer duckte er sich und schlich immer langsamer. Er traute sich kaum zu atmen aus Angst, dass man ihn hören könne.

Plötzlich legte sich eine Hand von hinten über seinen Mund, und ein eiserner Griff umspannte sein Handgelenk. Verzweifelt griff er mit der freien Hand über die Schulter, um den Angreifer irgendwie zu packen.

»Brich mir nicht den Hals, Junge!«, kam Tams heiseres Flüstern.

Erleichterung durchflutete ihn und verwandelte seine Muskeln in Pudding. Als sein Vater ihn losließ, fiel er auf Hände und Knie und keuchte, als sei er meilenweit gerannt. Tam legte sich neben ihn, auf einen Ellenbogen gestützt.

»Ich hatte ganz vergessen, wie sehr du in den letzten Jahren gewachsen bist«, sagte Tam leise. Seine Augen bewegten sich beim Sprechen ständig. Er spähte angestrengt in die Dunkelheit hinaus. »Aber ich musste sichergehen, dass du nicht laut sprichst. Trollocs haben ein fast ebenso gutes Gehör wie Hunde. Vielleicht sogar ein besseres.«

»Aber Trollocs sind nur ...« Rand beendete den Satz nicht. Keine Gutenachtgeschichte, seit heute nicht mehr. Die Monster konnten Trollocs sein oder auch der Dunkle König selbst. Er hatte keine Ahnung. »Bist du sicher?«, flüsterte er. »Ich meine – Trollocs?«

»Ich bin sicher. Was sie allerdings zu den Zwei Flüssen geführt hat ... Vor dem heutigen Abend habe ich noch nie einen gesehen, aber ich habe mit Männern gesprochen, die sich mit ihnen auskannten, also weiß ich einiges über sie. Vielleicht genug, um unser Leben zu retten. Hör genau zu! Ein Trolloc kann im Dunkeln besser sehen als ein Mensch, aber helles Licht blendet ihn, jedenfalls für eine Weile. Das war wohl der einzige Grund, warum wir so vielen von ihnen entkommen konnten. Sie können Spuren durch Geruch oder Geräusche verfolgen, aber man sagt, sie seien faul. Wenn wir ihnen lange genug davonlaufen, geben sie wahrscheinlich auf.«

Rand fühlte sich nach diesen Erklärungen kaum besser. »Den Geschichten nach hassen sie Menschen und dienen dem Dunklen König.«

»Wenn irgendetwas zur Herde des Schäfers der Nacht gehört, Junge, dann sind es Trollocs. Man hat mir erzählt, dass sie aus Lust am Töten morden. Aber sonst weiß ich nichts mehr, außer dass man ihnen nicht trauen kann. Nur wenn sie Angst vor dir haben, kannst du ihnen ein bisschen trauen.«

Rand erschauerte. Er wollte nicht unbedingt jemandem begegnen, vor dem selbst Trollocs Angst hatten. »Glaubst du, sie suchen immer noch nach uns?«

»Vielleicht, vielleicht auch nicht. Sie kommen mir nicht gerade schlau vor. Sobald ich den Wald erreichte, lockte ich meine Verfolger in Richtung Gebirge. Es war nicht sehr schwer.« Tam fasste sich an die rechte Seite und hielt die Hand nahe vor das Gesicht. »Verhalte dich aber am besten so, als seien sie klug genug.«

»Du bist verletzt.«

»Sprich nicht so laut. Es ist nur ein Kratzer, und im Moment kann ich sowieso nichts tun. Wenigstens scheint das Wetter wärmer zu werden.« Er ließ sich mit einem schweren Seufzer zurückfallen. »Vielleicht wird die Nacht im Freien doch nicht so schlimm.«

Rand hatte sich gerade wohlig seinen Mantel und den Umhang vorgestellt. Die Bäume hielten den Wind zum Teil ab, aber was durchkam, fuhr ihm eisig durch die Glieder. Zögernd berührte er Tams Gesicht und fuhr zusammen. »Du glühst ja. Ich muss dich zu Nynaeve bringen.«

»Immer mit der Ruhe, Junge.«

»Wir dürfen keine Zeit verschwenden. Es ist ein langer Weg in dieser Dunkelheit.« Er kam auf die Füße und versuchte den Vater hochzuziehen. Er ließ ihn jedoch schnell zurückgleiten, als Tam ein kaum unterdrücktes Stöhnen ausstieß.

»Lass mich eine Weile ausruhen, Junge. Ich bin müde.«

Rand schlug sich mit der Faust auf die Hüfte. Hätten sie sich in der Sicherheit des Hauses befunden, mit einem Feuer im Kamin, Decken, genug Wasser und Weidenrinde, dann wäre er vielleicht gewillt gewesen, bis zum Tagesanbruch zu warten und dann Bela anzuschirren und Tam ins Dorf zu bringen. Hier gab es kein Feuer, keine Decken, keinen Karren und auch keine Bela. Wenn er Tam nicht ins Haus tragen konnte, so konnte er doch zumindest einiges für Tam herausholen. Falls die Trollocs weg waren. Früher oder später mussten sie doch abziehen.

Er sah den Hackenstiel an und ließ ihn fallen. Stattdessen zog er Tams Schwert. Die Schneide schimmerte matt im blassen Mondlicht. Der lange Griff fühlte sich in seiner Hand eigenartig an; Gewicht und Balance waren ungewohnt. Er hieb einige Male in die Luft, bevor er mit einem Seufzer aufhörte. Es war leicht, das Schwert durch die Luft sausen zu lassen. Wenn er jedoch einen Trolloc vor sich hatte, war die Wahrscheinlichkeit groß, dass er wegrannte oder vor Schreck erstarrte, sodass er sich überhaupt nicht bewegen konnte, bis der Trolloc mit einem dieser rostigen Schwerter ausholte und ... *Hör auf! Wem hilft das schon!*

Als er sich erhob, packte Tam ihn am Arm. »Wo willst du hin?«

»Wir brauchen den Karren«, sagte er sanft. »Und Decken.« Er erschrak, als er merkte, wie leicht es war, die Hand seines Vaters vom Ärmel wegzuziehen. »Ruh dich aus, bis ich zurückkomme.«

»Vorsichtig«, hauchte Tam.

Er konnte Tams Gesicht im Mondlicht nicht erkennen, aber er fühlte seinen Blick auf sich ruhen. »Bin ich.« *So vorsichtig wie eine Maus, die das Nest eines Falken inspiziert,* dachte er.

Lautlos wie ein Schatten glitt er in die Dunkelheit. Er dachte daran, wie oft er in seiner Kindheit mit seinen Freunden im Wald Verstecken gespielt hatte. Sie hatten sich gegenseitig aufgelauert, sich lautlos angeschlichen, bis sie dem anderen die Hand auf die Schulter legen konnten, um ihn abzuklatschen. Irgendwie brachte er es nicht fertig, die jetzige Situation mit denselben Augen zu sehen.

Während er von Baum zu Baum schlich, versuchte er, sich einen Plan zurechtzulegen, doch als er den Waldrand erreichte, hatte er schon zehn Pläne geschmiedet und wieder verworfen. Alles hing davon ab, ob die Trollocs noch da waren. Waren sie fort, dann konnte er einfach zum Haus gehen und holen, was er brauchte. Wenn sie immer noch da waren, blieb ihm nichts anderes übrig, als zu Tam zurückzukehren. Es gefiel ihm nicht, aber er würde Tam keinen Gefallen tun, wenn er sich umbringen ließe.

Er spähte hinüber zu den Gebäuden des Bauernhofs. Scheune und Schafpferch waren nur dunkle Umrisse im Mondlicht. Aus den vorderen Fenstern des Wohnhauses und der Tür drang Licht. *Nur die Kerzen, die Vater angezündet hat, oder warten dort Trollocs?*

Er zuckte zusammen, als er den schrillen Schrei eines Nachtfalken vernahm, und sackte dann zitternd gegen einen Baumstamm. Das brachte ihn nicht weiter. Er kroch auf dem Bauch vorwärts und hielt dabei ungeschickt das Schwert zum Schutz vor sich. Er behielt das Kinn im Schmutz, bis er den Schafpferch erreicht hatte.

Eng an die Mauer gedrückt lauschte er. Kein Laut durchbrach die nächtliche Stille. Vorsichtig richtete er sich auf, bis er über die Mauer blicken konnte. Im Hof bewegte sich nichts. In den erhellten Fenstern zeigte sich kein huschender Schatten, ebenso wenig im hellen Rechteck der Tür. *Zuerst Bela und den Karren – oder die Decken und was sonst noch wichtig ist?* Das Licht erleichterte ihm den Entschluss. In der Scheune war es dunkel. Alles mochte dort drinnen auf ihn lauern, und er hätte keine Ahnung, bis es zu spät wäre. Im Haus konnte er zumindest sehen, was ihn erwartete.

Als er wieder zu Boden gehen wollte, hielt er plötzlich inne. Er konnte *keinen* Laut hören. Die meisten Schafe mochten sich wieder beruhigt haben und schlafen, obwohl es unwahrscheinlich war, aber ein paar waren zu jeder Zeit wach, auch mitten in der Nacht, bewegten sich leise und blökten von Zeit zu Zeit. Er konnte die dunklen Umrisse der Schafe am Boden kaum ausmachen. Eines lag beinahe direkt unter ihm.

Er bemühte sich, keinen Laut zu machen, und zog sich auf die

Mauer hoch, bis er eine Hand nach dem Körper ausstrecken konnte. Seine Finger berührten krause Wolle und dann etwas Nasses. Das Schaf bewegte sich nicht. Er atmete stoßartig aus, als er sich zurückfallen ließ. Beinahe hätte er das Schwert fallen gelassen. *Sie töten aus Lust am Töten.* Bebend wischte er die Nässe an der Hand am Boden ab.

Unablässig trichterte er sich ein, dass sich nichts geändert hatte. Die Trollocs hatten ihre Schlächterei beendet und waren fort. Das wiederholte er im Geist, als er quer über den Hof kroch. Er hielt sich so dicht am Boden wie möglich, versuchte aber auch, sich ständig nach allen Richtungen umzusehen. Er hätte nie gedacht, dass er eines Tages einen Regenwurm beneiden würde.

Schließlich lag er eng an die Vorderwand des Hauses gepresst, direkt unter dem geborstenen Fenster, und lauschte. Das lauteste Geräusch war das dumpfe Pochen seines Blutes in den Ohren. Langsam richtete er sich auf und sah hinein.

Der Kochkessel lag umgekippt in der Asche der Feuerstelle. Überall lagen Bruchstücke von gesplittertem Holz. Kein einziges Möbelstück war heil geblieben. Sogar der Tisch stand schief; zwei seiner Beine waren zu bloßen Stümpfen abgehackt. Jedes Schubfach war herausgezogen und zerschlagen worden, jeder Schrank und jede Kommode standen offen, viele Türen hingen gerade noch an einer Angel. Der Inhalt war über die Trümmer hinweg verstreut worden, und über allem lag eine weiße Staubschicht. Nach den aufgeschlitzten Säcken zu urteilen, die am Kamin lagen, bestand die Schicht aus Mehl und Salz. Zwischen den zertrümmerten Möbeln lag ein Gewirr von vier verdrehten Körpern. Trollocs.

Rand erkannte einen davon an den Widderhörnern. Die anderen sahen ziemlich ähnlich aus, trotz der Unterschiede: eine abstoßende Mischung menschlicher Gesichter, die durch Schnauzen, Hörner, Federn und Fell entstellt waren. Dass ihre Hände beinahe menschlich aussahen, machte alles nur noch schlimmer. Zwei trugen Stiefel, die anderen hatten Hufe. Er beobachtete alles, ohne die Lider zu bewegen, bis ihm die Augen brannten. Keiner der Trollocs bewegte sich. Sie mussten tot sein. Und Tam wartete.

Er rannte durch die Vordertür hinein, blieb stehen und würgte. Dieser Gestank! Das Einzige, womit er den Gestank vergleichen konnte, war ein Stall, den man monatelang nicht ausgemistet hatte. Mehr fiel ihm nicht ein. Hässliche Schmierstreifen zogen sich über die Wände. Er atmete nur durch den Mund und durchsuchte das

Durcheinander am Boden. In einem der Schränke hatte sich ein Wassersack befunden.

Ein schabendes Geräusch hinter ihm ließ ihm das Blut in den Adern gefrieren, und er fuhr herum, wobei er beinahe über die Reste des Tisches fiel. Er fing sich und stöhnte mit schmerzhaft zusammengebissenen Zähnen – sonst hätten die Zähne geklappert. Einer der Trollocs taumelte hoch. Die Schnauze eines Wolfs ragte unter eingesunkenen Augen hervor. Flache gefühllose Augen, und nur zu menschlich im Aussehen. Spitze haarige Ohren zuckten unaufhörlich. Auf spitzen Ziegenhufen stieg er über einen seiner toten Begleiter. Der gleiche schwarze Kettenpanzer wie bei den anderen schabte an Lederhosen entlang, und an der Seite hing ein riesiges sichelförmiges Schwert.

Er murmelte etwas in seiner kehligen Stimme, und dann sagte er: »Andere gehen weg. Narg bleiben. Narg schlau.« Die Worte klangen verzerrt und waren schwer zu verstehen. Sie kamen aus einer Kehle, die nicht für die menschliche Sprache geschaffen war. Der Tonfall soll beruhigend klingen, dachte Rand, aber er konnte den Blick nicht von den fleckigen, langen und scharfen Zähnen wenden, die jedes Mal aufblitzten, wenn die Kreatur sprach. »Narg wissen, manche kommen zurück manchmal. Narg warten. Du nicht brauchen Schwert. Legen Schwert hin.«

Bis der Trolloc das gesagt hatte, war Rand überhaupt nicht bewusst gewesen, dass er Tams Schwert schwankend in den Händen hielt, die Spitze auf das Riesenwesen gerichtet. Es überragte Rand um ein Vielfaches. Brustkorb und Arme hätten Meister Luhhan vergleichsweise zu einem Zwerg gemacht. »Narg nicht verletzen.« Er kam gestikulierend einen Schritt näher. »Du legen Schwert hin.« Das dunkle Haar auf den Handrücken war so dicht wie Fell.

»Bleib mir vom Leib«, sagte Rand. Er wünschte, seine Stimme klänge fester. »Warum habt ihr das getan? Warum?«

»*Vlja daeg roghda!*« Aus dem Knurren wurde schnell ein vielzahniges Lächeln. »Leg Schwert hin. Narg nicht wehtun. Myrddraal wollen sprechen dich.« Kurz blitzte etwas wie ein Gefühl auf der verzerrten Fratze auf. Angst. »Andere kommen zurück, du sprechen Myrddraal.« Er tat wieder einen Schritt vorwärts. Eine große Hand legte sich um den Schwertgriff. »Du legen Schwert hin.«

Rand befeuchtete sich die Lippen. Myrddraal! Heute Nacht erwachten die schlimmsten Legenden zum Leben. Im Vergleich zu den Blassen waren die Trollocs harmlos. Er musste entkommen. Aber zog der Trolloc erst einmal diese massive Klinge, dann hatte er keine Chance mehr. Er zwang sich zu einem unsicheren Lächeln. »In Ordnung.« Der Griff um den Schwertknauf festigte sich. Er ließ die Hände sinken. »Ich werde reden.«

Aus dem Wolfslächeln wurde ein Knurren, und der Trolloc stürzte sich auf ihn. Rand hatte nicht geglaubt, dass etwas so Großes sich so schnell bewegen konnte. Verzweifelt riss er das Schwert hoch. Der monströse Körper prallte auf seinen und schleuderte ihn gegen die Wand. Schlagartig blieb Rand die Luft weg. Er schnappte nach Luft, als sie beide zu Boden fielen, der Trolloc obenauf. Er versuchte sich verzweifelt von der erdrückenden Last zu befreien. Er musste dem Griff der kräftigen Hände und dem zuschnappenden Gebiss ausweichen.

Plötzlich verkrampfte sich der Trolloc, und dann lag er bewegungslos da. Rand, zerschlagen, zerschürft und halb unter der Last erstickt, die auf ihm ruhte, lag für einen Moment einfach ungläubig da. Dann kam er schnell wieder zu Sinnen und wand sich schließlich unter der Leiche hervor. Es war tatsächlich eine Leiche. Die blutverschmierte Klinge von Tams Schwert ragte aus dem Trollocrücken. Er hatte es rechtzeitig hochbekommen. Auch Rands Hände waren blutverschmiert, und das Blut hatte einen schwärzlichen Fleck auf seinem Hemd hinterlassen. Der Magen drehte sich ihm um, und er schluckte ein paarmal heftig, um sich nicht übergeben zu müssen. Er zitterte so sehr wie zuvor aus Angst, aber diesmal vor Erleichterung, dass er noch am Leben war.

Andere kommen zurück, hatte der Trolloc gesagt. Die anderen Trollocs würden zum Hof zurückkehren. Und ein Myrddraal dazu, ein Blasser. Den Geschichten nach waren die Blassen zwanzig Fuß groß, hatten feurige Augen und ritten auf Schatten wie auf Pferden. Wenn ein Blasser sich zur Seite drehte, dann verschwand er. Wände konnten ihn nicht aufhalten. Er musste tun, wozu er gekommen war, und schnell verschwinden.

Er stöhnte vor Anstrengung, als er den Körper des Trollocs herumwuchtete, um das Schwert herausziehen zu können. Beinahe wäre er weggerannt, als geöffnete Augen ihn anstarrten. Er brauchte eine Weile, bis ihm klar wurde, dass die Augen glasig und tot waren. Er wischte sich die Hände an einem zerrissenen Lumpen ab – am Morgen war er noch eins von Tams Hemden gewesen – und zog die Klinge heraus. Er reinigte das Schwert und ließ den Lumpen zögernd fallen. Er hatte keine Zeit, Ordnung zu halten, dachte er und musste un-willkürlich lachen. Schnell biss er die Zähne zusammen. *Kein Laut!* Er hatte keine Ahnung, wie sie das Haus jemals wieder so sauber be-kommen sollten, dass sie darin wohnen konnten. Der schreckliche Gestank hatte sich vielleicht schon in den Balken festgesetzt. *Keine Zeit für Sauberkeit. Vielleicht auch keine Zeit mehr für irgendetwas ...* Er war sicher, dass er vieles vergessen würde, was sie brauchten, aber Tam wartete, und die Trollocs kamen sicherlich zurück. Er rannte herum und suchte schnell zusammen, was ihm gerade ein-fiel. Decken aus dem Schlafzimmer und saubere Tücher, um Tams Wunde zu verbinden. Umhänge und Mäntel. Einen Wassersack, den er immer mitnahm, wenn er die Schafe auf die Weide trieb. Ein sau-beres Hemd. Er wusste nicht, wann er die Zeit finden würde, sich umzuziehen, aber er wollte bei der ersten Gelegenheit das blutver-schmierte Hemd ausziehen. Die kleinen Beutel mit Weidenrinde und die anderen Medikamente waren Teil eines dunklen schlamm-verschmierten Bündels, das er kaum zu berühren wagte.

Ein Eimer Wasser, den Tam hereingebracht hatte, stand immer noch am Kamin, wie durch ein Wunder unversehrt und voll. Daraus füllte er den Wassersack, und im Rest wusch er sich hastig die Hän-de. Noch einmal lief er durchs Haus, um mitzunehmen, was er über-sehen hatte. In den Trümmern fand er seinen Bogen. Er war am stärksten Punkt sauber auseinander gebrochen worden. Er schau-derte, als er die Bruchstücke fallen ließ. Was er jetzt hatte, musste ausreichen. Schnell legte er alles vor der Tür auf einen Stapel.

Bevor er das Haus verließ, zog er aus dem Durcheinander auf dem Boden eine Sturmlaterne heraus. Sie enthielt immer noch Öl. Er zündete sie mit einer der Kerzen an und eilte, die Laterne in einer Hand und das Schwert in der anderen, nach draußen. Er wusste nicht, was er in der Scheune vorfinden würde. Der Schafpferch ließ nichts Gutes erwarten. Aber er brauchte den Karren, um Tam nach Emondsfelde zu bringen, und für den Karren brauchte er Bela. Die Notwendigkeit erweckte ein wenig Hoffnung in ihm.

Das Scheunentor stand offen. Ein Flügel knarrte in den Angeln, als der Wind ihn bewegte. Innen sah alles zunächst aus wie immer. Dann fiel sein Blick auf leere Boxen. Die Türen waren aus den An-geln gerissen. Bela und die Kuh waren fort. Schnell lief er in den hin-teren Teil der Scheune. Der Karren lag auf der Seite. Die Hälfte der Speichen waren aus den Rädern gebrochen. Eine Achse war nur noch ein Stumpf von einem Fuß Länge.

Die Verzweiflung, die er bis jetzt zurückgehalten hatte, packte ihn nun mit Gewalt. Er glaubte nicht, dass er Tam bis zum Dorf tragen konnte, wenn Tam dies überhaupt aushalten würde. Der Schmerz brachte ihn vielleicht noch schneller um als das Fieber. Aber es war die einzig verbleibende Möglichkeit. Hier hatte er alles getan, was er tun konnte. Als er sich zum Gehen wandte, fiel sein Blick auf den abgehackten Teil der Achse, der auf dem Stroh lag. Plötzlich lächelte er. Hastig stellte er die Laterne auf den strohbedeckten Boden und legte das Schwert daneben. Im nächsten Moment plagte er sich mit dem Karren ab, kippte ihn nach hinten, damit er aufrecht stand, wenn auch weitere Speichen brachen, und stemmte sich dann mit der Schulter dagegen, um ihn in die richtige Lage zu bringen. Die unbeschädigte Achse ragte gerade heraus. Er schnappte sich das Schwert und hackte auf das gut abgelagerte Eschenholz ein. Zu seiner Überraschung flogen dicke Späne unter den Hieben davon, und er konnte es genauso schnell wie mit einer Axt spalten. Als die Achse befreit war, blickte er die Klinge bewundernd an. Selbst die schärfste Axt wäre stumpf geworden, hätte man mit ihr dieses harte alte Holz bearbeitet, aber das Schwert wirkte genauso strahlend scharf wie vorher. Er berührte die Schneide mit dem Daumen und steckte ihn dann ganz schnell in den Mund. Die Klinge war tatsächlich immer noch so scharf wie ein Rasiermesser.

Aber er hatte keine Zeit zum Staunen. Er blies die Laterne aus – es war nicht notwendig, dass auch noch die Scheune abbrannte –, nahm die beiden Achsen und rannte zum Haus, um die anderen Sachen zu holen.

Alles zusammen war eine unhandliche Last. Nicht sonderlich schwer, aber schwer zu halten und zu tragen. Die Achsen des Karrens schwankten und drehten sich in seinen Armen, als er über das gepflügte Feld stolperte. Im Wald wurde es noch schlimmer. Sie verfingen sich in Zweigen und brachten ihn beinahe zu Fall. Er hätte sie leichter hinterherschleifen können, aber dann hätte er eine deutliche Spur hinterlassen. Er hatte vor, damit so lange wie nur möglich zu warten.

Tam war noch dort, wo er ihn verlassen hatte. Er schien zu schlafen. Rand hoffte es jedenfalls. In plötzlicher Angst ließ er seine Last fallen und legte eine Hand auf die Stirn seines Vaters. Tam atmete noch, doch das Fieber war schlimmer geworden.

Die Berührung weckte Tam auf, aber er war nicht klar. »Bist du es, Junge?«, hauchte er. »Mache mir Sorgen um dich. Träume von vergangenen Tagen. Albträume.« Er murmelte undeutlich und schlief wieder ein.

»Mach dir keine Sorgen«, murmelte Rand. Er legte Tam Mantel und Umhang über, um den Wind abzuhalten. »Ich bringe dich so schnell wie möglich zu Nynaeve.« Während er weiterredete, ebenso zur eigenen Beruhigung, wie um Tam zu helfen, schälte er sich aus dem blutbefleckten Hemd. In seiner Hast, es loszuwerden, bemerkte er die Kälte kaum. Eilig zog er das saubere Hemd an. Sein altes Hemd wegzuwerfen war ein Gefühl, als habe er gerade ein Bad genommen. »Wir werden im Nu wohlbehalten im Dorf sein, und die Seherin bringt alles in Ordnung. Du wirst schon sehen. Alles wird wieder gut.«

Der Gedanke wirkte wie ein Leuchtfeuer, als er seinen Mantel anzog und sich bückte, um Tams Wunde zu versorgen. Wenn sie einmal das Dorf erreichten, wären sie sicher, und Nynaeve würde Tam heilen. Er musste ihn nur hinbringen.

KAPITEL 6

Der Westwald

Im Mondlicht konnte Rand nicht genau sehen, was er tat, aber Tams Wunde schien nur ein oberflächlicher Schnitt am Brustkorb zu sein, nicht länger als seine Handfläche. Er schüttelte ungläubig den Kopf. Er hatte erlebt, wie sein Vater schlimmere Verletzungen als diese abbekam und nicht einmal mit der Arbeit aufhörte, nachdem er sie ausgewaschen hatte. Hastig suchte er Tams Körper nach einer weiteren Wunde ab, die das Fieber hervorgerufen haben konnte, aber außer dem einen Schnitt fand er nichts.

So klein er war, war diese Verletzung doch ernst zu nehmen; das Fleisch um die Wunde herum schien zu glühen, als er es berührte. Es war noch heißer als der übrige Körper Tams, und der war heiß genug, dass Rand die Zähne zusammenbiss. Wundfieber dieser Art konnte tödlich sein oder einen Mann zum Krüppel machen. Er ließ Wasser aus dem Sack auf ein Tuch laufen und legte es auf Tams Stirn.

Er bemühte sich, den Schnitt über den Rippen seines Vaters so sanft wie möglich auszuwaschen und zu bandagieren, aber trotzdem unterbrach leises Stöhnen das fieberhafte Gemurmel Tams. Kahle Äste ragten über sie hinweg und schwankten im Wind. Sicher würden die Trollocs weiterziehen, wenn sie zum Bauernhaus zurückkehrten und es immer noch verlassen vorfanden. Er versuchte, daran zu glauben, aber die willkürliche Zerstörungswut der Trollocs, ließen wenig Spielraum für Hoffnung. Die Annahme, sie würden aufgeben, bevor sie jeden getötet und alles zerstört hatten, was sie finden konnten, war gefährlich. Er konnte sich solchen Leichtsinn nicht leisten.

Trollocs. Licht über uns, Trollocs! Kreaturen aus den Geschichten eines fahrenden Sängers, die aus der Nacht hervorbrachen und die Tür einschlugen. Und ein Blasser. Das Licht erleuchte mich – ein Blasser!
Plötzlich merkte er, dass er die losen Enden der Binde in den be-

wegungslosen Händen hielt. *Erstarrt wie ein Kaninchen, das den Schatten des Falken gesehen hat,* dachte er verächtlich. Mit ärgerlichem Kopfschütteln beendete er das Bandagieren von Tams Brustwunde.

Auch wenn er wusste, was zu tun war, so bewahrte ihn das doch nicht davor, Angst zu haben. Wenn die Trollocs wiederkamen, würden sie den Wald nach Spuren der entkommenen Menschen durchsuchen. Die Leiche des Gefährten, den er getötet hatte, würde ihnen zeigen, dass Menschen nicht weit sein konnten. Und wer wusste schon, wozu ein Blasser imstande war? Er erinnerte sich daran, was sein Vater über das Gehör der Trollocs gesagt hatte. Er musste den Impuls unterdrücken, eine Hand auf Tams Mund zu legen, um sein Stöhnen zu beenden. *Einige können Spuren mit der Nase aufspüren. Was kann ich dagegen tun? Nichts.* Er durfte seine Zeit nicht damit verschwenden, über Probleme nachzudenken, die er sowieso nicht lösen konnte.

»Du musst leise sein«, flüsterte er seinem Vater ins Ohr. »Die Trollocs werden zurückkommen.«

Tam flüsterte heiser. »Du bist immer noch schön, Kari. Genauso schön wie als Mädchen.«

Rand zog eine Grimasse. Seine Mutter war schon seit fünfzehn Jahren tot. Wenn Tam wähnte, sie sei noch am Leben, dann war das Fieber schlimmer, als Rand gedacht hatte. Wie konnte er ihn vom Sprechen abhalten, jetzt, da es lebensnotwendig war, leise zu sein? »Mutter möchte, dass du leise bist«, flüsterte Rand. Er hielt inne und räusperte sich. Seine Kehle schien wie zugeschnürt. Sie hatte sanfte Hände gehabt, daran erinnerte er sich noch. »Kari möchte, dass du ruhig bist. Hier, trink.«

Tam schluckte gierig aus dem Wassersack, aber schnell drehte er den Kopf wieder zur Seite und murmelte leise vor sich hin, zu leise, als dass Rand es verstehen konnte. Er hoffte, dass jagende Trollocs es ebenfalls nicht hören konnten.

Schnell fuhr er fort, alles Notwendige zu tun. Er wickelte drei der mitgenommenen Decken so um die vom Karren abgetrennten Achsen, dass er eine provisorische Bahre erhielt. Er würde sie nur an einem Ende tragen können – das andere musste am Boden schleifen –, aber es war nicht anders zu bewerkstelligen. Aus der letzten Decke schnitt er mit dem Messer einen langen Streifen heraus. Den band er auf beiden Seiten an den Achsen fest.

So sanft wie möglich hob er Tam auf die Bahre. Als sein Vater aufstöhnte, brach es ihm das Herz. Er hatte immer so unverwüstlich gewirkt. Nichts konnte ihn erschüttern; nichts konnte ihn aufhalten oder hemmen. Dass er sich jetzt in einem solchen Zustand befand, raubte Rand beinahe allen Mut, den er vorher noch aufgebracht hatte. Aber er musste weitermachen. Nur das bewegte ihn noch.

Als Tam endlich auf der Bahre lag, zögerte Rand, doch dann nahm er Tam den Schwertgürtel ab. Als er ihn anlegte, fühlte sich das eigenartig an. Er fühlte sich so seltsam. Gürtel und Scheide und Schwert zusammen wogen nur ein paar Pfund, aber als er die Klinge in die Scheide steckte, schien ihn eine schwere Last hinunterzuziehen.

Er ärgerte sich über sich selbst. Dies war weder der richtige Ort noch die richtige Zeit für blödsinnige Einbildungen. Es war nur ein großes Messer. Wie oft hatte er davon geträumt, ein Schwert zu tragen und Abenteuer zu erleben! Wenn er einen Trolloc damit getötet hatte, konnte er sich auch gegen andere zur Wehr setzen. Allerdings wusste er nur zu gut, dass er beim Kampf im Haus reines Glück gehabt hatte. Und in seinen erträumten Abenteuern hatten ihm nie die Zähne geklappert; er war auch nie durch die Nacht um sein Leben gerannt, und sein Vater war in den Träumen nie dem Tod nahe gewesen.

Hastig wickelte er die letzte Decke um Tam und legte den Wassersack und die Tücher neben seinen Vater auf die Bahre. Er holte tief Luft, kniete zwischen den Enden der Achsen nieder und zog sich den Deckenstreifen über den Kopf. Er wickelte ihn sich über die Schultern und unter die Arme. Als er die Stangen ergriff und sich aufrichtete, ruhte der größte Teil der Last auf seinen Schultern. Es schien nicht besonders schlimm. Er versuchte, gleichmäßig auszuschreiten, und so machte er sich auf nach Emondsfelde. Die Bahre schlitterte hinter ihm her.

Er hatte sich bereits entschlossen, zur Haldenstraße zu gehen und dieser nach Emondsfelde zu folgen. Die Gefahr wäre wahrscheinlich an der Straße noch größer, aber wenn er sich in der Dunkelheit im Wald verlief, würde Tam erst recht keine Hilfe erhalten.

Bevor er es merkte, war er schon fast auf der Haldenstraße angelangt. Als er erkannte, wo er sich befand, schnürte es ihm die Kehle zu. In hektischer Eile drehte er die Bahre um und schleppte sie ein Stück zurück in den Schutz der Bäume. Dort blieb er stehen, um nach Luft zu schnappen und zu warten, dass sich das Klopfen seines Herzens beruhigte. Immer noch schwer atmend wandte er sich nach Osten, auf Emondsfelde zu.

Sich zwischen den Bäumen hindurchzuwinden war schwieriger, als Tam die Straße hinunterzuschleifen, und die Dunkelheit der Nacht half ihm auch nicht gerade, aber die Straße selbst zu benutzen wäre heller Wahnsinn gewesen. Sie wollten ja das Dorf erreichen, *ohne* Trollocs zu treffen, möglichst auch ohne welche zu sehen, falls ihm dieser Wunsch erfüllt wurde. Er musste davon ausgehen, dass die Trollocs immer noch nach ihnen suchten, und früher oder später würde ihnen der Gedanke kommen, sie seien zum Dorf gelaufen. Das war der offensichtliche Weg, und die Haldenstraße bot sich dazu an. Er befand sich selbst hier zwischen den Bäumen der Straße noch näher, als ihm lieb war. Die Nacht und die Schatten unter den Bäumen schienen nur eine dürftige Deckung zu gewähren, die sie vor den Blicken jener schützte, die sich auf der Straße befanden.

Das zwischen kahlen Ästen hindurchdringende Mondlicht war nur eine spärliche Beleuchtung, die seinen Augen vorgaukelte, er könne erkennen, wie der Boden vor ihm beschaffen war. Auf Schritt und Tritt stolperte er über Wurzeln, Dornenranken verfingen sich an seinen Beinen, und kaum sichtbare Mulden oder Bodenerhebungen brachten ihn fast zu Fall, wenn der Fuß auf Luft traf, wo er festen Boden erwartete, oder wenn die Zehen gegen ein unerwartetes Hindernis stießen. Tams Gemurmel wurde zu lautem Aufstöhnen, wenn seine Bahre über eine Wurzel oder einen Stein holperte.

Aus Unsicherheit starrte er so angestrengt in die Dunkelheit, dass ihm die Augen brannten, und er lauschte, wie er noch nie gelauscht hatte. Jedes Schaben eines Zweiges gegen einen anderen, jedes Rascheln ließen ihn innehalten. Die Ohren schmerzten ihm beinahe vor Anstrengung, und er traute sich kaum zu atmen, aus Angst, einen warnenden Laut zu überhören – und aus Angst, einen solchen zu hören. Erst wenn er sicher war, dass es nur der Wind war, ging er weiter.

Langsam kroch ihm die Erschöpfung durch Arme und Beine, und der Nachtwind drang ihm durch Umhang und Mantel, als sei kaum ein Schutz vorhanden. Das Gewicht der Bahre, das am Anfang so gering schien, drohte ihn jetzt zu Boden zu ziehen. Er stolperte nun nicht nur des unebenen Bodens wegen. Der ständige Kampf gegen das Fallen erforderte genauso viel Energie wie das Ziehen der Bahre. Er war vor dem Morgengrauen aufgestanden, um die notwendigen Arbeiten auf dem Hof zu erledigen, und zusammen mit der Fahrt nach Emondsfelde ergab das nun beinahe einen vollen Tag mit Arbeit rund um die Uhr. An einem normalen Abend säße er jetzt vor dem Kamin, um ein Buch aus Tams kleiner Sammlung zu lesen, bevor er ins Bett ging. Die beißende Kälte drang ihm bis auf die Knochen, und der Magen erinnerte ihn daran, dass er seit den Honigkuchen von Frau al'Vere nichts mehr gegessen hatte.

Er fluchte ärgerlich in sich hinein. Warum hatte er vom Hof keine Wegzehrung mitgenommen? Ein paar Minuten mehr hätten auch nichts ausgemacht. Die Trollocs wären doch wohl nicht innerhalb einer solch kurzen Zeitspanne zurückgekommen! Wenigstens das Brot! Natürlich würde Frau al'Vere darauf bestehen, ihm ein heißes Abendessen vorzusetzen, wenn sie die Schenke erreichten. Vielleicht eine dampfende Platte mit dicken Lammkoteletts. Und etwas von dem Brot, das sie gebacken hatte. Und eine Menge heißen Tee.

»Sie kamen wie eine Flutwelle über den Drachenwall«, sagte Tam plötzlich mit kräftiger, wütender Stimme, »und haben das Land mit Blut überschwemmt. Wie viele mussten sterben für Lamans Sünde?«

Rand stürzte beinahe, so überrascht war er. Müde setzte er die Bahre ab und befreite sich von dem Deckenstreifen. Er hatte bereits einen brennenden Striemen quer über die Schultern hinterlassen. Er rollte die Schultern ein wenig, um die verknoteten Muskeln zu entspannen. Dann kniete er neben Tam nieder. Er griff nach dem Wassersack und spähte dabei zwischen den Bäumen hindurch. Vergebens bemühte er sich, die Straße hinauf und hinunter klar auszumachen. Das Mondlicht war zu trüb, auch wenn die Straße nur etwa zwanzig Schritt entfernt war. Nichts außer den Schatten bewegte sich dort.

»Es gibt keine Flut von Trollocs, Vater. Jedenfalls heute nicht. Wir sind bald in Emondsfelde und in Sicherheit. Trink einen Schluck Wasser!«

Tam schob den Wassersack mit einem Arm zur Seite, der anscheinend seine ganze Kraft zurückgewonnen hatte. Er packte Rand beim Kragen und zog ihn so nahe zu sich heran, dass dieser die Hitze des Fiebers auf seiner Wange spürte. »Sie haben sie als Wilde bezeichnet«, sagte Tam eindringlich. »Die Narren sagten, man könne sie wie Unrat aus dem Weg räumen. Wie viele Schlachten mussten verloren gehen, wie viele Städte brennen, bis sie endlich der Wahrheit ins Auge sahen? Bis die Nationen endlich gemeinsam gegen sie kämpften?« Er lockerte den Griff an Rands Kragen, und Trauer klang in seiner Stimme. »Das Feld von Marath war mit einem Teppich von Leichen bedeckt, und kein Laut außer dem Krächzen der Raben und dem Summen der Fliegen war zu hören. Die abgedeckten Türme von Cairhien brannten wie Fackeln in der Nacht. Den ganzen Weg bis zu den Leuchtenden Wällen brannten und mordeten sie, bevor sie zurückgeschlagen wurden. Den ganzen Weg nach ...«

Rand legte die Hand auf den Mund seines Vaters. Ein Laut wiederholte sich, ein rhythmisches Trampeln, dessen Richtung er zwischen den Bäumen nicht bestimmen konnte, erst leiser und dann, als der Wind sich drehte, wieder lauter. Er runzelte die Stirn und drehte den Kopf langsam hin und her, um festzustellen, woher der Laut kam. Aus dem Augenwinkel nahm er eine leichte Bewegung wahr, und einen Moment später beugte er sich tief über Tam. Er war überrascht, den Griff des Schwertes fest in seiner Hand zu fühlen, aber der größere Teil seines Verstands konzentrierte sich auf die Haldenstraße, als sei die Straße der einzig wirkliche Teil in dieser Welt.

Schwankende Schatten im Osten formten sich langsam zur Gestalt eines Reiters, gefolgt von großen massigen Figuren, die rennen mussten, um mit dem Pferd mitzuhalten. Das blasse Mondlicht spiegelte sich in Speerspitzen und Axtschneiden. Rand glaubte keine Sekunde daran, es könnten Dorfbewohner sein, die ihnen zu Hilfe kamen. Er wusste, wer sie waren. Dann enthüllte ihm das Mondlicht den Kapuzenmantel des Reiters, einen Mantel, der vom Wind unberührt herunterhing. Alle Gestalten erschienen in dieser Nacht schwarz, und die Hufe des Pferdes verursachten die gleichen Geräusche wie die jedes anderen Pferdes, doch Rand erkannte dieses Pferd ganz eindeutig.

Hinter dem dunklen Reiter kamen Albtraumgestalten mit Hörnern und Schnauzen und Schnäbeln, eine Doppelreihe von Trollocs, alle im Gleichschritt. Die Stiefel und Hufe schlugen im gleichen Moment auf dem Boden auf, als würden sie von einem einzigen Verstand gesteuert. Rand zählte zwanzig, die an ihnen vorbeieilten. Er fragte sich, welcher Mensch es wagte, so vielen Trollocs den Rücken zuzuwenden. Oder überhaupt einem Trolloc.

Die rennende Truppe verschwand in westlicher Richtung. Das Stampfen der Füße und Hufe verklang in der Dunkelheit, aber Rand blieb, wo er war, und bewegte keinen Muskel. Etwas in ihm sagte ihm, er müsse erst absolut sicher sein, dass sie fort waren, bevor er sich wieder in Bewegung setzen durfte. Nach einer ganzen Weile atmete er tief ein und wollte sich gerade aufrichten.

Diesmal gab das Pferd überhaupt keinen Laut von sich. In unheimlicher Stille kehrte der Reiter zurück. Sein schattenhaftes Reittier blieb alle paar Schritte in seinem langsamen Schreiten die Straße hinunter stehen. Windböen erhoben sich und heulten durch den Wald. Der Mantel des Reiters hing unbewegt wie der Tod herunter. Wo immer das Pferd stehen blieb, bewegte sich der kapuzenbedeckte Kopf hin und her, als der Reiter den Wald absuchte. Genau gegenüber von Rand blieb das Pferd abermals stehen. Die düstere Öffnung der Kapuze zeigte in die Richtung, wo Rand über seinem Vater kauerte. Rands Hand verkrampfte sich um den Schwertgriff. Er fühlte den Blick genau wie am Morgen und erzitterte wieder vor dem Hass, obwohl er ihn nicht sehen konnte. Dieser verhüllte Mann hasste jeden und alles, was lebte. Trotz des kalten Windes rann Schweiß über Rands Gesicht. Dann bewegte sich das Pferd weiter, ein paar lautlose Schritte, und blieb erneut stehen. Schließlich konnte Rand nur noch einen kaum wahrnehmbaren Schatten in der Nacht erkennen, weit entfernt die Straße hinunter. Er hatte ihn keinen Augenblick aus den Augen verloren. Wenn er ihn aus dem Blickfeld verlor, würde er ihn das nächste Mal vielleicht erst sehen, wenn dieses lautlose Pferd ihn schon erreicht hatte.

Mit einem Mal huschte der Schatten zurück und flog in unhörbarem Galopp vorbei. Der Reiter blickte vorwärts, als er in westlicher Richtung durch die Nacht raste, in Richtung Verschleierte Berge, auf den Bauernhof zu.

Rand sackte in sich zusammen, rang nach Luft und wischte sich den kalten Schweiß mit einem Ärmel von der Stirn. Es kümmerte ihn nicht mehr, warum die Trollocs gekommen waren. Falls er das niemals herausfand, war es auch recht, wenn es nur zu Ende war.

Mit einem kurzen Schütteln riss er sich wieder zusammen und sah erst einmal nach seinem Vater. Tam murmelte immer noch vor sich hin, aber so leise, dass Rand die Worte nicht verstand. Er versuchte, ihm etwas Wasser einzuflößen, aber es floss über das Kinn des Vaters. Tam hustete und erstickte fast an dem Rinnsal, das tatsächlich den Weg in seine Kehle fand, und dann schwatzte er leise weiter, als hätte es gar keine Unterbrechung gegeben.

Rand befeuchtete das Tuch auf Tams Stirn, legte den Wassersack zurück auf die Bahre und begab sich wieder zwischen die beiden Stangen.

Er ging los, als habe er die ganze Nacht geschlafen, aber die neue Kraft hielt nicht lange vor. Die Angst vertrieb zunächst die Erschöpfung, doch obwohl die Angst blieb, kehrte die Erschöpfung schnell zurück. Bald stolperte er mühsam vorwärts und versuchte, Hunger und schmerzende Muskeln zu vergessen. Er konzentrierte sich darauf, einen Fuß vor den anderen zu setzen, ohne zu Fall zu kommen. Dabei stellte er sich Emondsfelde vor, die Fensterläden geöffnet und die Häuser hell zur Winternacht beleuchtet, Menschen, die sich lautstark begrüßten, wenn sie einander besuchten, Fiedeln, die die Straßen mit Melodien wie *Jaems Torheit* und *Der Reiherflug* erfüllten. Haral Luhhan würde einen Schnaps zu viel trinken und mit der Stimme eines Ochsenfroschs das Lied *Der Wind in der Gerste* singen – das tat er immer –, bis seine Frau es fertig brachte, ihn zum Schweigen zu bringen, und Cenn Buie würde sich entschließen, den anderen zu beweisen, dass er immer noch ebenso gut tanzen konnte wie früher, und Mat würde einen Streich spielen, der ein wenig danebenging, und jeder würde wissen, dass er dafür verantwortlich war, auch wenn es keiner beweisen konnte. Er konnte beinahe schon wieder lächeln, als er daran dachte, wie es wohl sein würde.

Nach einer Weile sprach Tam wieder.

»*Avendesora*. Man sagt, er erzeuge keinen Samen, aber sie brachten einen jungen Zweig nach Cairhien, einen Schössling. Ein königliches Geschenk, um den König zu erstaunen.« Obgleich er sich zornig anhörte, sprach er sehr leise. Rand hatte Mühe, ihn zu verstehen. Jeder, der ihn hören könnte, würde auch das Schleifen der Bahre über den Boden wahrnehmen. Rand schlurfte weiter und hörte nur halb hin. »Sie schließen niemals Frieden. Niemals. Aber sie brachten einen Schössling als Zeichen des Friedens. Hundert Jahre lang wuchs er. Hundert Jahre Friede mit denjenigen, die nie mit Fremden Frieden schließen. Warum hat er ihn gefällt? Warum? Blut war der Preis für *Avendoraldera*. Blut der Preis für Lamans Stolz.« Er verfiel wieder in leises Murmeln.

Müde fragte sich Rand, welchen Fiebertraum Tam wohl jetzt träumte. *Avendesora*. Der Baum des Lebens sollte alle möglichen wundersamen Eigenschaften besitzen, aber keine der Geschichten erwähnte irgendeinen Schössling oder irgendwelche Leute. Es gab nur einen Baum, und der gehörte dem Grünen Mann.

Heute Morgen noch wäre er sich lächerlich vorgekommen, wenn er ernsthaft über den Grünen Mann und den Baum des Lebens nachgedacht hätte. Das waren nur Geschichten. *Wirklich? Heute Morgen waren auch Trollocs nur eine Geschichte.* Vielleicht waren alle Geschichten genauso wirklich wie die Nachrichten, die Händler und Kaufleute brachten – alle Erzählungen der fahrenden Sänger und alle Sagen, abends am Kamin erzählt. Vielleicht traf er demnächst tatsächlich den Grünen Mann oder einen Ogier-Riesen oder einen wilden Aielmann mit schwarzem Schleier.

Er merkte, dass Tam jetzt deutlicher sprach, jedenfalls immer wieder einmal. Von Zeit zu Zeit hielt er inne, um Luft zu holen, und dann fuhr er fort, als glaubte er, die ganze Zeit gesprochen zu haben. »... Schlachten sind immer heiß, sogar im Schnee. Schweißhitze. Bluthitze. Nur der Tod ist kühl. Bergabhang ... einzige Ort, der nicht nach Tod stank. Musste dem Gestank entfliehen ... dem Bild ... hörte ein Kind weinen. Ihre Frauen kämpfen manchmal an der Seite der Männer, aber warum sie sie mitnahmen, weiß ich nicht ... Hat dort das Kind allein zur Welt gebracht, bevor sie an ihren Verletzungen starb ... das Kind mit ihrem Umhang bedeckt, doch der Wind ... blies den Umhang fort ... das Kind, blau vor Kälte. Hätte auch tot sein sollen ... weinte dort. Weinte im Schnee. Ich konnte ein Kind nicht liegen lassen ... keine eigenen Kinder ... immer gewusst, dass du Kinder wolltest. Ich wusste, du würdest es als dein eigenes annehmen, Kari. Ja, Mädchen. Rand ist ein guter Name. Ein guter Name.«

Plötzlich verloren Rands Beine das letzte bisschen Kraft. Er stolperte und fiel auf die Knie. Tam stöhnte bei dem plötzlichen Ruck auf, und der Deckenstreifen schnitt Rand in die Schultern. Doch beides war ihm nicht bewusst. Wenn in diesem Moment ein Trolloc vor ihm aufgesprungen wäre – er hätte ihn nur verständnislos angestarrt. Er blickte über die Schulter zurück auf Tam, der wortlos die Lippen bewegte. *Fieberträume*, dachte er dumpf. Durch Fieber bekam man immer schlimme Träume, und dies war eine Zeit für Albträume, selbst wenn man kein Fieber hatte. »Du bist mein Vater«, sagte er laut und streckte die Hand aus, um Tam zu berühren, »und ich bin ...« Das Fieber war schlimmer geworden. Viel schlimmer.

Grimmig entschlossen, wenn auch mühsam stand er auf. Tam murmelte wieder etwas, aber Rand weigerte sich, zuzuhören. Er stemmte sich mit dem ganzen Gewicht gegen das improvisierte Geschirr. Er versuchte, sich auf einen bleiernen Schritt nach dem anderen zu konzentrieren und darauf, die Mauern von Emondsfelde zu erreichen. Doch er konnte das Echo nicht aus dem Hinterkopf vertreiben. *Er ist mein Vater. Es war nur ein Fiebertraum. Er ist mein Vater. Es war nur ein Fiebertraum. Licht, wer bin ich?*

KAPITEL 7

Aus dem Wald hinaus

Rand stolperte immer noch durch den Wald, als sich der Himmel zur ersten Morgendämmerung färbte. Zuerst bemerkte er es gar nicht. Schließlich blickte er voller Erstaunen zum heller werdenden Himmel auf. Gleichgültig, was seine Augen ihm nun zeigten – er konnte kaum glauben, dass er die ganze Nacht damit verbracht hatte, den Weg vom Hof nach Emondsfelde zurückzulegen. Natürlich konnte man die Haldenstraße bei Tag, trotz Steinen und Schlaglöchern, nicht mit dem Wald bei Nacht vergleichen. Andererseits schien es Tage her zu sein, seit er den schwarz gekleideten Reiter auf der Straße gesehen hatte, und Wochen, seit Tam und er sich zum Abendessen hinsetzen wollten. Er fühlte den Deckenstreifen nicht mehr, der ihm in die Schultern schnitt, aber er fühlte ja überhaupt nichts mehr außer einer Taubheit, die bis zu den Füßen vorgedrungen war. Allerdings betraf das nicht die Körpermitte. Er atmete schwer und stoßartig, Hals und Lunge brannten, und ihm war schlecht vor Hunger.

Tam war schon vor einer Weile verstummt. Rand war sich nicht sicher, wie lange es her war, dass Tams Fiebergemurmel aufgehört hatte, aber er wagte nicht, stehen zu bleiben und nach Tam zu sehen. Wenn er jetzt innehielt, wäre er nicht mehr in der Lage, erneut aufzubrechen. Außerdem konnte er für Tam im Moment nichts weiter tun, gleichgültig, in welchem Zustand er sich befand. Die einzige Hoffnung lag vor ihnen: das Dorf. Er bemühte sich unter Qualen, schneller zu gehen, doch die Beine staksten hölzern weiter wie bisher. Den Wind und die Kälte bemerkte er kaum noch.

Der schwache Geruch eines Holzfeuers drang ihm in die Nase. Also war er fast da, wenn er den Rauch aus den Schornsteinen des Dorfs riechen konnte. Ein müdes Lächeln wollte sich gerade auf seinem Gesicht abzeichnen, als ihm ein Gedanke kam und er die Stirn runzelte. Der Rauch ballte sich dicht zusammen. Bei diesem kalten Wetter konnte es schon sein, dass jeder Schornstein im Dorf gleichzeitig rauchte, aber sogar dafür war die Rauchdecke zu dicht. Das Bild der Trollocs auf der Straße kam ihm ins Gedächtnis. Trollocs, die von Osten her kamen, aus der Richtung von Emondsfelde. Er blickte angestrengt nach vorn und versuchte, die ersten Häuser auszumachen. Er war bereit, um Hilfe zu rufen, sobald er nur irgendjemanden sah, selbst wenn es Cenn Buie war oder einer der Coplins. Eine leise Stimme in seinem Innern sagte ihm, er solle froh sein, wenn dort noch jemand imstande sei, ihm zu helfen. Plötzlich sah er durch die letzten kahlen Bäume hindurch ein Haus. Das brachte seine Beine dazu, sich weiterzubewegen. Doch die Hoffnung wandelte sich zu tiefer Verzweiflung, als er ins Dorf taumelte.

Die Hälfte der Häuser von Emondsfelde bestanden nur noch aus verkohlten Trümmerhaufen. Rußgeschwärzte gemauerte Kamine ragten wie schmutzige Finger aus verkohlten Balken hervor. Dünne Rauchfäden kräuselten sich aus den Ruinen. Dorfbewohner mit schmutzverkrusteten Gesichtern, viele noch in Nachtgewändern, suchten in der Asche herum, bargen hier einen Kochtopf oder stocherten einsam mit einem Stock in den Trümmern herum. Die wenigen aus den Flammen geretteten Besitztümer säumten die Straßen: Hohe Spiegel und lackierte Kommoden und Schränkchen standen da im Staub zwischen Stühlen und Tischen, waren unter Bettwäsche und Kochgeschirr und dürftigen Kleidungshaufen und persönlicher Habe begraben.

Der Pfad der Zerstörung zog sich planlos durch das Dorf. Fünf Häuser hintereinander waren unversehrt geblieben, während anderswo nur ein einziges inmitten der Ruinen stand.

Jenseits des Weinquellenbachs schlugen die Flammen der drei riesigen Bel-Tine-Freudenfeuer hoch, von einigen Männern überwacht. Dicke schwarze Rauchsäulen beugten sich im Wind nach Norden, mit Funkenschauern durchsetzt. Einer der Dhurranhengste von Meister al'Vere schleifte etwas, das Rand nicht erkennen konnte, über den Boden auf die Wagenbrücke und die Flammen zu. Bevor er noch die Deckung der Bäume verlassen hatte, eilte Haral Luhhan mit rußigem Gesicht auf ihn zu, eine Holzfälleraxt in der kräftigen Faust. Das ascheverkrustete Nachthemd des bulligen Schmieds hing bis auf seine Stiefel hinunter, und durch einen Riss erkannte Rand die bösartig rote Schwellung einer Brandwunde auf seiner Brust. Er kniete neben der Bahre nieder. Tams Augen waren geschlossen, sein Atem ging flach und röchelnd.

»Trollocs, Junge?«, fragte Meister Luhhan mit heiserer Stimme.

»Hier auch. Na ja, vielleicht hatten wir noch mehr Glück als Verstand. Jedenfalls muss Tam zur Seherin. Wo bei allem Licht steckt sie nur? Egwene!«

Egwene, die gerade mit einer Ladung zu Binden zerrissener Betttücher vorbeikam, sah sich nach ihnen um, ohne ihren Schritt zu verlangsamen. Ihre Augen blickten in eine unbestimmte Ferne; dunkle Ringe ließen sie noch größer erscheinen, als sie sowieso schon waren. Dann sah sie Rand und blieb stehen. Sie atmete zittrig ein.

»O nein, Rand! Dein Vater? Ist er ...? Komm, ich bringe dich zu Nynaeve.«

Rand war zu müde, um auch nur ein Wort herauszubringen. Die ganze Nacht über war Emondsfelde für ihn ein Zufluchtsort gewesen, wo Tam und er in Sicherheit sein würden. Und nun brachte er es lediglich fertig, auf ihr vom Rauch fleckiges Kleid zu starren. Er bemerkte einige Kleinigkeiten, die ihm im Moment sehr wichtig erschienen. Die Knöpfe am Rücken ihres Kleids waren schief zugeknöpft. Und ihre Hände waren sauber. Er fragte sich, wieso ihre Hände sauber waren, obwohl ihre Wangen von Ruß verschmiert waren.

Meister Luhhan schien zu verstehen, was ihn bewegte. Er legte seine Axt auf die Bahre, hob ihr hinteres Ende hoch und ruckte einmal kurz damit, um ihn aufzufordern, Egwene zu folgen. Rand stolperte wie ein Schlafwandler hinter ihr her. Kurz tauchte in ihm die Frage auf, ob Meister Luhhan wusste, dass die Kreaturen Trollocs waren, doch der Impuls verflog sofort wieder. Wenn Tam sie erkannte, gab es keinen Grund, warum Haral Luhhan das nicht auch tat.

»All die Geschichten sind wahr«, murmelte er.

»Es scheint so, Junge«, sagte der Schmied.

Rand hörte nur halb hin. Er konzentrierte sich darauf, Egwenes schlanker Gestalt zu folgen. Er hatte sich so weit gefangen, dass er wünschte, sie würde sich etwas beeilen, obwohl sie nur langsam ging, damit ihr die beiden Männer mit ihrer Last folgen konnten. Sie führte sie über das Grün bis zum Haus der Calders. Die Kanten des Strohdachs waren verkohlt und die weiß getünchten Wände rußverschmiert. Von den Häusern zu beiden Seiten waren nur die Grundmauern und zwei Haufen mit Asche und verkohlten Balken übrig geblieben. Eines davon hatte Berin Thane gehört, einem der Brüder des Müllers. Das andere gehörte Abell Cauthon, Mats Vater. Sogar die Schornsteine waren umgestürzt.

»Wartet hier!«, bat Egwene, und sie sah sie an, als erwarte sie eine

Antwort. Als sie einfach nur stehen blieben, murmelte sie etwas in sich hinein und eilte ins Haus.

»Mat«, sagte Rand, »ist er ...?«

»Er lebt«, sagte der Schmied. Er setzte sein Ende der Bahre ab und richtete sich langsam auf. »Ich habe ihn vor kurzem gesehen. Es ist erstaunlich, dass überhaupt noch welche von uns am Leben sind. So, wie sie mein Haus und die Schmiede angriffen, hätte man denken können, ich hätte dort Gold und Edelsteine versteckt. Alsbet hat einem mit der Bratpfanne den Schädel eingeschlagen. Heute Morgen hat sie einen Blick auf die Asche unseres Hauses getan, sich dann den größten Hammer aus den Überresten der Schmiede geschnappt und ist auf die Jagd gegangen, für den Fall, dass sich einer versteckt hat und nicht mit den anderen fortgerannt ist. Ich habe fast Mitleid mit so einem Wesen, falls sie eines findet.« Er nickte in Richtung auf das Haus der Calders. »Frau Calder und ein paar andere haben einige der Verletzten aufgenommen, deren Häuser zerstört wurden. Wenn die Seherin sich um Tam gekümmert hat, werden wir ihm ein Bett suchen. Vielleicht in der Schenke. Der Bürgermeister hat das angeboten, aber Nynaeve meint, die Verwundeten würden schneller gesund, wenn nicht so viele zusammen lägen.«

Rand sank auf die Knie und schüttelte die Deckengurte ab. Tam bewegte sich nicht und gab auch keinen Laut von sich, selbst dann, als Rands Hände ihn zur Seite schoben. Aber wenigstens atmete er noch. *Mein Vater. Das andere war nur Fiebergeschwätz.* »Was wird, wenn sie zurückkommen?«, fragte er schwerfällig.

»Das Rad webt, wie das Rad es wünscht«, sagte Meister Luhhan unsicher. »Falls sie zurückkommen ... Jetzt sind sie erst mal weg. Also sammeln wir auf, was übrig geblieben ist, und bauen wieder neu, was sie niedergerissen haben.« Er seufzte. Sein Gesicht erschlaffte, als er sich den Nacken rieb. Jetzt erst erkannte Rand, dass der Schmied genauso erschöpft war wie er, vielleicht sogar noch mehr. Er sah sich um und schüttelte den Kopf. »Ich glaube nicht, dass das heute noch ein tolles Bel-Tine-Fest wird. Aber wir werden durchkommen. Wir haben's immer geschafft.« Plötzlich hob er seine Axt wieder auf und machte ein entschlossenes Gesicht. »Auf mich wartet Arbeit. Mach dir keine Sorgen, Junge. Die Seherin wird sich um ihn kümmern, und das Licht hilft uns allen. Und wenn das Licht nicht hilft, dann helfen wir uns eben selbst. Denk daran, wir sind die Menschen der Zwei Flüsse!«

Immer noch auf Knien sah Rand das Dorf an, während der

Schmied wegging. Er sah es eigentlich zum ersten Mal richtig an. Meister Luhhan hatte Recht, dachte er und war überrascht, dass er von diesem Anblick nicht überrascht war. Die Menschen wühlten immer noch in den Ruinen ihrer Häuser herum, aber es war unverkennbar, dass sich viele von ihnen nun zielbewusst bewegten. Er fühlte förmlich ihre wachsende Entschlossenheit. Aber er fragte sich eines: Sie hatten Trollocs gesehen, hatten sie aber auch den schwarz gekleideten Reiter sehen können? Hatten sie seinen Hass gefühlt?

Nynaeve und Egwene traten aus dem Calder-Haus, und er sprang auf die Füße. Oder vielmehr: Er versuchte aufzustehen, aber es glich mehr einem Vorwärtsfallen, und er landete beinahe mit dem Gesicht im Staub.

Die Seherin kniete sich sofort neben die Bahre, ohne ihn eines Blickes zu würdigen. Ihr Gesicht und Kleid waren noch schmutziger als bei Egwene, und um ihre Augen lagen die gleichen schwarzen Ringe. Doch auch ihre Hände waren sauber. Sie legte die Hände auf Tams Gesicht und zog mit den Daumen seine Augenlider hoch. Mit einem Stirnrunzeln entfernte sie die Decken und schob den Verband zur Seite, um die Wunde zu untersuchen. Bevor Rand erkennen konnte, wie die Verletzung aussah, hatte sie das zusammengefaltete Tuch wieder darübergelegt. Seufzend zog sie Decke und Umhang bis zu Tams Kinn hoch und strich sie glatt. Sie war dabei so sanft, als brächte sie ein Kind zu Bett.

»Ich kann nichts tun.« Sie musste die Hände auf die Knie stützen, um sich aufzurichten. »Es tut mir Leid, Rand.«

Einen Moment lang stand er verständnislos da, als sie sich wieder dem Haus zuwandte, dann jedoch rannte er ihr nach und riss sie herum, damit sie ihn ansah.

»Er stirbt!«, schrie er.

»Ich weiß«, sagte sie schlicht, und die Selbstverständlichkeit in ihrem Tonfall warf ihn um.

»Du musst etwas tun! Du musst! Du bist die Seherin!«

Schmerz verzerrte ihr Gesicht, aber nur einen Moment lang. Dann strahlte sie hohlwangige Entschlossenheit aus, und ihre Stimme klang fest und gefühllos. »Ja, das bin ich. Ich weiß, was ich mit meiner Arznei anfangen kann, und ich weiß, wann es zu spät ist. Glaubst du, ich täte nichts, wenn es noch eine Möglichkeit gäbe? Aber ich kann nicht. Ich kann nicht, Rand. Und es gibt noch andere, die mich brauchen. Menschen, denen ich helfen kann.«

»Ich habe ihn so schnell wie möglich zu dir gebracht«, murmelte er. Obwohl das Dorf in Ruinen lag, hatte er immer noch auf die Seherin gehofft. Diese Hoffnung war nun gestorben, und er fühlte sich ausgebrannt.

»Ich weiß«, sagte sie sanft und berührte seine Wange. »Du bist nicht schuld daran. Mehr als du konnte niemand tun. Es tut mir Leid, Rand, aber ich muss mich um andere kümmern. Unsere Schwierigkeiten beginnen gerade erst, fürchte ich.«

Blicklos starrte er ihr nach, bis sich die Haustür hinter ihr geschlossen hatte. Er konnte keinen anderen Gedanken fassen als den, dass sie nicht half.

Er taumelte einen Schritt zurück, als sich Egwene ihm an die Brust warf und ihn umarmte. Sonst war ihre Umarmung schon fest genug, um ihm ein gelegentliches Ächzen zu entlocken, diesmal jedoch blickte er nur still zur Tür hinüber, hinter der seine Hoffnungen verschwunden waren.

»Es tut mir so Leid, Rand«, sagte sie an seiner Brust. »Licht, ich wollte, ich könnte irgendetwas tun!«

Betäubt schlang er die Arme um sie. »Ich weiß. Ich ... ich muss etwas tun, Egwene. Ich weiß nicht, was, aber ich kann ihn nicht so ...« Seine Stimme brach, und sie umarmte ihn noch fester.

»Egwene!« Bei Nynaeves Ruf fuhr Egwene zusammen. »Egwene, ich brauche dich! Und wasch dir vorher die Hände!«

Sie befreite sich aus Rands Umarmung. »Sie braucht meine Hilfe, Rand.«

»Egwene!«

Er glaubte, ein Schluchzen zu hören, als sie wegrannte. Dann war sie fort, und er stand allein neben der Bahre. Er blickte hinunter auf Tam und fühlte nichts als Hilflosigkeit. Plötzlich wurde sein Gesicht hart. »Der Bürgermeister wird wissen, was zu tun ist«, sagte er und hob die Bahre erneut an. »Der Bürgermeister weiß es.« Bran al'Vere wusste immer einen Rat. Müde und erschöpft machte er sich auf zur Weinquellen-Schenke.

Ein Dhurran-Hengst trabte an ihm vorbei. Die Enden der Zugriemen seines Geschirrs waren an den Knöcheln einer großen Gestalt festgemacht, die in eine schmutzige Decke gehüllt war. Mit steifen Haaren bedeckte Arme wurden hinter der Decke hergeschleift, und an einer Ecke der Decke lugte ein Ziegenhorn hervor. Die Zwei Flüsse waren kein Ort, wo Legenden zu schrecklicher Wirklichkeit würden. Wenn Trollocs irgendwohin passten, dann in die Welt dort draußen, an Orte, wo es Aes Sedai gab und falsche Drachen, und das

Licht allein wusste, was noch aus den Erzählungen der Gaukler zum Leben erwachte. Nicht die Zwei Flüsse. Nicht Emondsfelde.

Als er über das Grün ging, sprachen ihn Leute an, einige aus den Ruinen ihrer Häuser heraus, und fragten ihn, ob sie helfen könnten. Er hörte sie nur als Hintergrundgeräusche, selbst wenn sie ein Stück neben ihm hergingen, als sie ihn ansprachen. Ohne zu denken, brachte er Worte hervor, die ihnen mitteilten, er benötige keine Hilfe, und für alles werde schon gesorgt. Als sie ihn mit sorgenvollen Blicken verließen und einige noch versicherten, sie würden Nynaeve Bescheid geben, bemerkte er auch das kaum. Er gestattete sich nur einen bewussten Gedanken. Bran al'Vere konnte etwas tun, um Tam zu helfen. Er bemühte sich, nicht daran zu denken, was das sein mochte, aber der Bürgermeister würde sich gewiss etwas einfallen lassen.

Die Schenke war von der Zerstörung des Dorfes nahezu unberührt geblieben. An den Wänden konnte man ein paar Brandspuren erkennen, aber die roten Dachziegel schimmerten im Sonnenschein so hell wie immer. Alles, was vom Wagen des Händlers übrig geblieben war, waren die rußigen eisernen Reifen um die Räder, die gegen den verkohlten, am Boden liegenden Kasten gelehnt waren. Die großen Halbringe, welche die Plane getragen hatten, ragten schief, jeder in einem anderen Winkel, daraus hervor.

Thom Merrilin saß mit übergeschlagenen Beinen auf den Steinen der alten Grundmauer und schnitt sorgfältig mit einer kleinen Schere angesengte Enden von den Flicken auf seinem Umhang. Als Rand in seine Nähe kam, legte er Umhang und Schere beiseite. Ohne zu fragen, ob Rand Hilfe brauche, hüpfte er herunter und nahm das hintere Ende der Bahre auf.

»Rein? Natürlich, natürlich. Mach dir keine Sorgen, Junge. Eure Seherin wird sich seiner schon annehmen. Ich habe sie bei der Arbeit beobachtet, und sie packt das richtig an. Es könnte wirklich viel schlimmer sein. Letzte Nacht sind einige ums Leben gekommen. Vielleicht nicht viele, aber jeder ist für mich einer zu viel. Der alte Fain ist einfach verschwunden, und das ist für mich am schlimmsten. Die Trollocs essen alles. Du solltest dem Licht danken, dass dein Vater noch hier ist und lebt und die Seherin ihn heilen kann.«

Rand blockte die Stimme ab – *Er ist mein Vater* –, sodass die Worte zu bedeutungslosen Lauten wurden, die er genauso wenig beachtete wie das Summen einer Fliege. Er konnte keine weiteren Versuche ertragen, seine Stimmung zu heben. Nicht jetzt. Nicht, bis Bran al'Vere ihm gesagt hatte, wie man Tam helfen konnte.

Plötzlich stand er vor der Tür der Schenke, und da war etwas mit einem angekohlten Stock draufgekritzelt: eine schwarze Träne, die auf ihrer Spitze stand. So viel war geschehen, dass es ihn kaum überraschte, die Tür der Weinquellen-Schenke mit dem Drachenzahn markiert zu finden. Warum jemand den Wirt oder seine Familie des Bösen beschuldigte oder dass sie Unglück brächten, verstand er nicht, doch die Nacht hatte ihn von einem überzeugt: Alles war möglich. Wirklich alles.

Als der Gaukler ihn mit der Bahre anstieß, hob er den Türriegel und trat ein.

Der Schankraum war leer und kalt, denn niemand hatte Zeit gefunden, Feuer zu machen. Der Bürgermeister saß an einem der Tische und stippte seine Schreibfeder mit konzentrierter Miene in ein Tintenfass. Sein grau meliertes Haupt war über eine Schriftrolle gebeugt. Sein Nachthemd hatte er nachlässig in die Hose gesteckt – es beulte sich um die breiten Hüften kräftig aus –, und er kratzte unbewusst einen nackten Fuß mit den Zehen des anderen. Seine Füße waren schmutzig, als sei er mehr als einmal draußen gewesen, ohne sich die Mühe zu machen, Stiefel anzuziehen, und das trotz des kalten Wetters. »Was habt Ihr auf dem Herzen?«, wollte er wissen, ohne aufzublicken. »Macht schnell! Ich muss zwei Dutzend Dinge auf einmal erledigen und noch mehr, was schon vor einer Stunde hätte erledigt werden sollen. Also habe ich wenig Zeit und Geduld. Also? Raus damit!«

»Meister al'Vere?«, sagte Rand. »Es ist mein Vater.«

Der Kopf des Bürgermeisters fuhr hoch. »Rand? Tam?« Er warf die Feder auf den Tisch und sprang so schnell auf, dass er den Stuhl umstieß. »Vielleicht hat uns das Licht doch nicht ganz verlassen. Ich fürchtete, ihr wäret beide tot. Bela galoppierte eine Stunde nach dem Abzug der Trollocs ins Dorf, schaumbedeckt und schnaufend, als sei sie den ganzen Weg vom Hof hierher galoppiert, und ich dachte ... Keine Zeit jetzt. Wir bringen ihn hinauf.« Er packte das Ende der Bahre und schob den Gaukler mit der Schulter zur Seite. »Ihr holt die Seherin, Meister Merrilin. Und sagt ihr, ich habe Euch aufgetragen, sie ganz schnell zu holen! Sei beruhigt, Rand. Du kommst bald in ein gutes, weiches Bett. Geht, Gaukler, geht schon!«

Thom Merrilin verschwand durch die Tür, bevor Rand etwas sagen konnte. »Nynaeve hat nichts getan. Sie sagt, sie könne ihm nicht helfen ... Ich hoffte, Ihr hättet eine Idee.«

Meister al'Vere sah Rand scharf an und schüttelte dann den Kopf.

»Wir werden sehen, Junge. Wir werden sehen.« Aber er hörte sich nicht mehr so zuversichtlich an. »Bringen wir ihn zu Bett. Zumindest kann er dort angenehmer liegen.«

Rand ließ sich auf die Treppe am Ende des Schankraums zuschieben. Er bemühte sich sehr, die Hoffnung zu bewahren, dass Tam wieder gesund würde, aber er hatte sich damit stets auf dünnem Eis bewegt, wie er jetzt erkannte, und die plötzlichen Zweifel in der Stimme des Bürgermeisters erschütterten ihn vollends.

Im zweiten Stock der Schenke befand sich ein halbes Dutzend sauberer, gut eingerichteter Zimmer mit Blick auf das Grün. Hier logierten meist Händler oder Leute aus Wachhügel oder Devenritt, und die Kaufleute, die jedes Jahr kamen, waren oft überrascht, hier solch gemütliche Zimmer vorzufinden. Drei davon waren belegt, und der Bürgermeister drängte Rand zu einem der leer stehenden Räume.

Schnell wurden der Bettüberwurf und die Decke auf dem breiten Bett zurückgezogen, und Tam wurde auf die dicke Federmatratze gelegt. Ein Gänsedaunenkissen kam unter seinen Kopf. Er gab keinen Laut von sich, als er umgebettet wurde, außer seinem heiseren Atmen – nicht einmal ein Stöhnen –, aber der Bürgermeister tat Rands Ängste mit einer Handbewegung ab und trug ihm auf, Feuer zu machen, um die Kälte aus dem Raum zu vertreiben. Während Rand Holz und Zunder aus der Kiste neben dem Kamin nahm, zog Bran die Vorhänge zurück und ließ das Morgenlicht herein. Dann wusch er sanft Tams Gesicht. Als der Gaukler zurückkehrte, erwärmte das lodernde Feuer im Kamin bereits den Raum.

»Sie kommt nicht«, verkündete Thom Merrilin, als er in das Zimmer stolzierte. Er sah Rand böse an. Seine buschigen weißen Brauen zogen sich zusammen. »Du hast mir nicht gesagt, dass sie ihn schon gesehen hat. Sie hat mir fast den Kopf abgerissen.«

»Ich dachte, vielleicht könnte der Bürgermeister etwas ausrichten ...« Die Hände zu zitternden Fäusten geballt, wandte sich Rand vom Kamin ab und Bran zu. »Meister al'Vere, was kann ich tun?« Der füllige Mann schüttelte hilflos den Kopf. Er legte ein frisch befeuchtetes Tuch auf Tams Stirn und vermied es, Rand in die Augen zu sehen. »Ich kann nicht einfach zuschauen, wie er stirbt, Meister al'Vere! Ich muss etwas tun.« Der Gaukler machte eine Bewegung, als wolle er etwas sagen. Rand ging eifrig darauf ein. »Habt Ihr eine Idee? Ich versuche alles!«

»Ich habe mich nur gefragt«, sagte Thom und stopfte die langstielige Pfeife mit seinem Daumen, »ob der Bürgermeister weiß, wer den Drachenzahn an seine Tür gekritzelt hat.« Er starrte in den Pfeifenkopf, sah dann Tam an und steckte die Pfeife zwischen die Zähne, ohne sie anzuzünden. Er seufzte. »Jemand scheint ihn nicht leiden zu können. Oder vielleicht kann dieser Jemand seine Gäste nicht leiden.«

Rand sah ihn enttäuscht an und wandte sich ab, um ins Feuer zu starren. Seine Gedanken tanzten wie die Flammen, und wie die Flammen drehten sie sich immer nur um eines. Er würde nicht aufgeben. Er konnte nicht hilflos herumstehen und zuschauen, wie Tam starb. *Mein Vater,* dachte er grimmig. *Mein Vater.* Wenn das Fieber einmal unterdrückt war, konnte man das auch noch aufklären. Aber zuerst das Fieber. Nur – wie?

Bran al'Veres Mund verzog sich, als er auf Rands Rücken starrte, und der Blick, den er dem Gaukler zuwarf, hätte gereicht, um einen Bären zurückschrecken zu lassen. Aber Thom sah ihn nur erwartungsvoll an, als habe er nichts bemerkt.

»Vielleicht hat das einer der Congars getan oder ein Coplin«, sagte der Bürgermeister schließlich, »nur das Licht allein weiß, wer. Das ist eine große Brut, und wenn sie jemandem etwas Übles nachsagen können, dann tun sie es. Im Gegensatz zu denen redet Cenn Buie, als hätte er Honig auf der Zunge.«

»Die Wagenkolonne, die kurz vor Sonnenaufgang ankam«, meinte der Gaukler. »Die Leute hatten noch nicht einmal einen Trolloc aus der Ferne gerochen und wollten nur wissen, wann das Fest anfange. Als ob die nicht sehen konnten, dass das halbe Dorf niedergebrannt war.«

Meister al'Vere nickte erbittert. »Ein Zweig der Familie. Aber der Rest ist auch nicht viel besser. Dieser Narr Darl Coplin verbrachte die halbe Nacht damit, von mir zu verlangen, ich solle Moiraine und Meister Lan aus dem Dorf weisen, als ob ohne sie überhaupt noch ein Dorf hier stünde.«

Rand war der Unterhaltung ohne besondere Aufmerksamkeit gefolgt, aber die letzte Bemerkung reizte ihn zu einer Frage. »Was haben sie getan?«

»Aus klarem Himmel hat sie einen Kugelblitz herabgerufen«, erwiderte Meister al'Vere, »und ihn direkt in die Trollocs hineinzischen lassen. Der kann Bäume zerschmettern. Den Trollocs ging es nicht anders.«

»Moiraine?«, fragte Rand ungläubig, und der Bürgermeister nickte.

»Frau Moiraine. Und Meister Lan gebrauchte sein Schwert wie einen Wirbelwind. Sein Schwert? Der ganze Mann ist eine Waffe und schien sich an zehn Orten gleichzeitig aufzuhalten. Versengen soll mich das Licht, aber ich würde es immer noch nicht glauben, wenn ich nicht rausgegangen wäre und gesehen hätte ...« Er rieb sich mit der Hand über den kahlen Schädel. »Die Winternachtbesuche fangen gerade an, wir haben die Hände voll von Geschenken und Honigkuchen und die Köpfe voll Wein, und dann knurren die Hunde, und plötzlich rasen die beiden aus der Schenke, rennen durch das Dorf und schreien etwas von Trollocs. Ich dachte, sie hätten zu viel getrunken. Schließlich – Trollocs? Und dann, bevor irgendjemand wusste, was eigentlich geschah, waren diese Bestien plötzlich neben uns auf den Straßen, hieben mit ihren Schwertern nach Menschen, warfen Fackeln in Häuser und heulten, dass einem das Blut gefror.« Er stieß einen verächtlichen Laut aus. »Wir rannten herum wie Hühner, wenn der Fuchs auf dem Hühnerhof ist, bis Meister Lan uns dazu brachte, uns zu wehren.«

»Kein Grund, so hart mit Euch ins Gericht zu gehen«, sagte Thom. »Ihr habt Euch wacker geschlagen. Nicht jeder Trolloc, der jetzt dort draußen liegt, ist von den Händen der beiden gefallen.«

»Mag sein.« Meister al'Vere nahm sich sichtlich zusammen. »Ich kann es trotzdem kaum glauben. Eine Aes Sedai in Emondsfelde. Und Meister Lan ist ein Behüter.«

»Eine Aes Sedai?«, flüsterte Rand. »Das kann nicht sein. Ich habe mit ihr gesprochen. Sie ist keine ...«

»Glaubst du, sie tragen Abzeichen?«, fragte der Bürgermeister sarkastisch. »Aes Sedai vielleicht, und zwar quer über den Rücken gemalt? Und vielleicht noch ›Gefahr. Wegbleiben!‹« Plötzlich klatschte er sich gegen die Stirn. »Aes Sedai. Ich bin ein alter Narr und gebrauche meinen Verstand nicht mehr. Es gibt eine Möglichkeit, Rand, falls du sie wahrnehmen willst. Ich kann es dir nicht befehlen, und wenn es um mich ginge, weiß ich nicht, ob ich mich trauen würde.«

»Eine Möglichkeit?«, fragte Rand. »Ich werde jede Chance nutzen, wenn es hilft.«

»Aes Sedai können heilen, Rand. Versengen soll mich das Licht, Junge, aber du hast doch die Geschichten gehört. Sie können heilen, wo Medikamente versagen. Gaukler, Ihr hättet Euch noch eher daran erinnern sollen als ich. Warum habt Ihr nichts gesagt und mich stattdessen herumrätseln lassen?«

»Ich bin hier fremd«, sagte Thom, wobei er seine unangezündete

Pfeife sehnsuchtsvoll ansah, »und Herr Coplin ist nicht der Einzige, der mit Aes Sedai nichts zu tun haben will. Ich habe nichts dagegen, dass der Vorschlag von Euch kommt.«

»Eine Aes Sedai«, murmelte Rand und versuchte, sich die Frau, die ihn angelächelt hatte, als Gestalt in einer der Geschichten vorzustellen. Hilfe von einer Aes Sedai sei manchmal schlimmer als überhaupt keine Hilfe, erzählten die Geschichten, wie Gift in einer Pastete, und wie die Köder beim Angeln, so hatten ihre Geschenke immer einen Haken. Plötzlich erschien ihm die Münze in seiner Tasche, die ihm Moiraine gegeben hatte, so heiß wie brennende Kohle. Er konnte sich gerade noch beherrschen, sie nicht aus seinem Mantel zu reißen und aus dem Fenster zu werfen.

»Niemand will etwas mit Aes Sedai zu tun haben, Junge«, sagte der Bürgermeister langsam. »Es ist die einzige Möglichkeit, die ich sehe, und die Entscheidung ist nicht leicht. Ich kann sie dir nicht abnehmen, aber ich habe von Frau Moiraine – ich sollte sie wohl besser Moiraine Sedai nennen, denke ich – bisher nur Gutes erlebt. Manchmal« – er sah Tam bedeutungsvoll an – »muss man ein Risiko eingehen, auch wenn es nur eine kleine Hoffnung bedeutet.«

»Einige Geschichten sind auf ihre Art ziemlich übertrieben«, fügte Thom hinzu, als reiße man die Worte aus ihm heraus. »Jedenfalls manche. Und schließlich, Junge, hast du gar keine andere Wahl.«

»Ja«, seufzte Rand. Tam hatte immer noch keinen Muskel bewegt; seine Augen waren eingesunken, als läge er bereits die ganze Woche über krank danieder. »Ich gehe und suche sie.«

»Sie ist auf der anderen Seite der Brücke«, sagte der Gaukler, »wo sie die toten Trollocs beseitigen. Aber sei vorsichtig, Junge! Aes Sedai haben ihre eigenen Gründe, etwas zu tun, und das sind manchmal ganz andere, als wir glauben.«

Letzteres rief er Rand durch die geöffnete Tür nach. Der musste den Schwertgriff festhalten, damit ihm die Scheide nicht zwischen die Beine geriet und ihn beim Rennen zu Fall brachte, doch er nahm sich nicht die Zeit, es abzuschnallen. Er polterte die Treppe hinunter und stürzte aus der Schenke. Seine Erschöpfung war in diesem Augenblick vergessen. Eine Chance für Tam, wie klein sie auch sein mochte, war genug, um dafür die Folgen einer schlaflosen Nacht zu überwinden, wenigstens für eine Weile. Er wollte nicht daran denken, dass eine Aes Sedai ihm diese Chance bot und was wohl der Preis dafür sein würde ... Er atmete tief ein und rannte noch schneller.

Die Bel-Tine-Feuer befanden sich ein gutes Stück jenseits der letzten Häuser im Norden des Dorfes an der Westwaldseite der Straße nach Wachhügel. Der Wind trieb die ölig-schwarzen Qualmsäulen immer noch vom Dorf weg, aber trotzdem lag ein ekelhaft süßer Gestank in der Luft, als habe man einen Braten um Stunden zu lange am Spieß geröstet. Rand würgte und schluckte dann schwer, als er die Quelle des Gestanks erkannte. Ein schöne Bescherung, so etwas mit Bel-Tine-Feuern anzustellen! Die Männer, die sich um die Feuer kümmerten, hatten sich Tücher über Nase und Mund gebunden, aber ihren Grimassen konnte man ansehen, dass der Essig, in den sie die Tücher getaucht hatten, nicht ausreichte. Und wenn er auch den Gestank besiegte, so wussten sie doch, was sie taten.

Zwei Männer schnallten die Beine eines Trollocs von den Zugleinen eines großen Dhurrans ab. Lan, der neben der Leiche kauerte, hatte die Decke weit genug zurückgezogen, um die Schultern und den ziegenbockähnlichen Kopf des Trollocs freizulegen. Als Rand sich näherte, löste der Behüter gerade ein Metallabzeichen – einen blutrot emaillierten Dreizack – von einer dornenversehenen Schulter der schwarzen Trolloc-Rüstung.

»Ko'bal«, verkündete er, warf das Abzeichen in die Luft und fing es mit einem Knurren wieder auf. »Damit sind es jetzt schon sieben Horden.«

Moiraine, die mit übereinander geschlagenen Beinen am Boden saß, schüttelte müde den Kopf. Quer über den Knien lag ihr Wanderstock, der mit geschnitzten Ranken und Blumen bedeckt war, und ihr Kleid sah so zerknittert aus, als habe sie es zu lange getragen. »Sieben Horden. Sieben! So viele haben sich seit den Trolloc-Kriegen nicht mehr zusammengetan. Eine schlechte Nachricht nach der anderen. Ich habe Angst, Lan. Ich dachte, wir hätten einen Tagesmarsch aufgeholt, aber vielleicht sind wir noch weiter zurückgefallen als vorher.«

Rand sah sie an und war nicht in der Lage, ein Wort herauszubringen. Eine Aes Sedai. Er hatte versucht, sich selbst zu überzeugen, dass sie nun, da er wusste, was sie war, auch nicht anders als zuvor aussah, und zu seiner Überraschung war es auch so. Sie wirkte nicht mehr so frisch – das Haar war wirr, und über die Nase zog sich ein dünner Rußstreifen –, aber auch nicht allzu sehr verändert. Sicher musste es irgendein Anzeichen geben, das sie als Aes Sedai kennzeichnete. Andererseits – wenn das äußere Erscheinungsbild das innere widerspiegelte und die Geschichten zutrafen, dann sollte sie eher wie ein Trolloc aussehen als wie eine schöne Frau, die nichts von ihrer Würde verlor, während sie im Schmutz saß. Und sie konnte Tam helfen. Was es auch immer kosten sollte, das war wichtiger als alles andere.

Er holte tief Luft. »Frau Moiraine ... Ich meine, Moiraine Sedai.« Beide drehten sich um und sahen ihn an. Er erstarrte unter ihren Blicken. Das war nicht der ruhige, lächelnde Blick, an den er sich vom Grün her erinnerte. Ihr Gesicht war müde, doch ihre dunklen Augen gehörten einem Falken. Aes Sedai. Zerstörer der Welt. Marionettenspieler, die an Fäden zogen und Throne und Völker tanzen ließen – nach welcher Melodie, das wussten nur die Frauen von Tar Valon.

»Ein wenig Licht in der Dunkelheit«, murmelte die Aes Sedai. Sie erhob die Stimme. »Wie steht es mit deinen Träumen, Rand al'Thor?«

Er starrte sie verständnislos an. »Meine Träume?«

»Eine Nacht wie diese kann einem Mann Albträume bescheren, Rand. Wenn du Albträume hast, musst du mir davon erzählen. Manchmal habe ich ein Mittel gegen schlimme Träume.«

»Es geht um meinen Vater. Er ist verletzt. Es ist nicht viel mehr als ein Kratzer, aber das Fieber verzehrt ihn. Die Seherin sagt, sie kann nicht helfen. Aber die Geschichten ...« Sie zog eine Augenbraue hoch, und er hielt inne und schluckte. *Licht, gibt es eigentlich eine Geschichte über eine Aes Sedai, in der sie nicht der Schurke ist?* Er sah den Behüter an, aber Lan schien sich mehr für den toten Trolloc zu interessieren als für Rands Worte. Er stammelte unter ihrem Blick weiter: »Ich ... äh ... man sagt, Aes Sedai könnten heilen. Wenn Ihr ihm helfen könnt ... Was Ihr auch für ihn tun könnt ... Was es auch kostet ... Ich meine ...« Er atmete tief ein und rasselte den Rest herunter. »Ich bezahle jeden Preis, der in meiner Macht steht, wenn Ihr ihm helft. Alles.«

»Jeden Preis«, überlegte Moiraine laut und mehr zu sich selbst. »Über den Preis sprechen wir später, Rand, wenn überhaupt. Ich kann dir nichts versprechen. Eure Seherin weiß schon, was sie tut. Ich werde mein Möglichstes tun, aber meine Macht reicht nicht aus, um das Rad am Drehen zu hindern.«

»Früher oder später holt der Tod jeden von uns«, sagte der Behüter ernst, »außer, sie dienen dem Dunklen König, und nur Narren sind bereit, diesen Preis zu bezahlen.«

Moiraine gab ein Glucksen von sich. »Verbreite keine solche Weltuntergangsstimmung, Lan! Wir haben Grund zum Feiern. Einen kleinen nur, aber immerhin.« Sie nahm den Stock, um auf die Beine zu kommen. »Bring mich zu deinem Vater, Rand! Ich werde ihm helfen, so gut ich es vermag. Zu viele hier haben meine Hilfe von vornherein abgelehnt. Auch sie haben die Geschichten gehört«, fügte sie trocken hinzu.

»Er ist in der Schenke«, sagte Rand. »Hier entlang. Und ich danke Euch. Danke!«

Sein schneller Schritt holte rasch einen Vorsprung heraus. Ungeduldig verhielt er, damit sie aufholen konnten, und lief dann wieder voraus, sodass er erneut warten musste.

»Bitte beeilt Euch!«, spornte er sie an. Er war so davon besessen, Tam endlich Hilfe zu bringen, dass er die eigene Tollkühnheit nicht bemerkte: zu versuchen, eine Aes Sedai anzutreiben. »Das Fieber verzehrt ihn.«

Lan sah ihn zornig an. »Kannst du nicht sehen, wie müde sie ist? Selbst mit einem *Angreal* glich das, was sie letzte Nacht tat, dem Umherlaufen mit einem Sack voller Steine auf dem Rücken. Ich weiß nicht, ob du das wert bist, Schäfer, gleichgültig, was sie sagt.«

Rand schluckte und hielt den Mund.

»Nur ruhig, mein Freund«, sagte Moiraine. Ohne ihren Schritt zu verlangsamen, hob sie den Arm und klopfte dem Behüter auf die Schulter. Seine Gestalt ragte schützend über ihr auf, als könne er ihr allein durch seine Nähe Kraft verleihen. »Du denkst immer nur an mein Wohl. Warum sollte er nicht genauso für seinen Vater empfinden?« Lan blickte finster drein, schwieg aber. »Ich komme, so schnell ich kann, Rand, das verspreche ich dir.«

Angesichts der Härte ihrer Augen und der Sanftheit ihrer Stimme wusste Rand nicht, was er ihr glauben konnte. Vielleicht passte beides zusammen. Aes Sedai. Jetzt hatte er den Kopf in der Schlinge. Er bemühte sich, nicht darüber nachzudenken, über welchen Preis sie später verhandeln würden.

KAPITEL 8

Eine sichere Zuflucht

Noch während er durch die Tür trat, suchte Rands Blick seinen Vater – seinen Vater, ganz gleich, was *irgendjemand* behauptete. Tam hatte sich nicht bewegt. Seine Augen waren immer noch geschlossen, und sein Atem ging unregelmäßig, stoßweise und röchelnd. Der weißhaarige Gaukler brach seine Unterhaltung mit dem Bürgermeister ab, der sich gerade über das Bett beugte und nach Tam sah, und schaute Moiraine unsicher an. Die Aes Sedai achtete nicht auf ihn. Sie musterte Tam mit gerunzelter Stirn. Thom steckte sich die kalte Pfeife zwischen die Zähne, zog sie aber schnell wieder heraus.»Der Mensch kann nicht einmal in Frieden rauchen«, murmelte er.»Ich werde mich mal vergewissern, ob nicht irgendein Bauer meinen Umhang stiehlt, um seine Kuh zu wärmen. Dort draußen kann ich wenigstens meine Pfeife rauchen.« Damit eilte er aus dem Zimmer.

Lan sah ihm nach, das kantige Gesicht vollkommen ausdruckslos. »Ich mag diesen Mann nicht. Er hat etwas an sich, das mich misstrauisch macht. Letzte Nacht habe ich ihn nirgends gesehen.«

»Er war da«, sagte Bran unsicher.»Er muss hier gewesen sein. Sein Umhang wurde nicht vom Kaminfeuer versengt.«

Rand war es gleich, wenn der Gaukler sich die Nacht über im Stall versteckt hatte.»Wie geht es meinem Vater?«, wandte er sich an Moiraine.

Bran öffnete den Mund, doch bevor er sprechen konnte, sagte Moiraine:»Lasst mich mit ihm allein, Meister al'Vere! Ihr könnt hier nichts tun, außer mir im Weg zu stehen.«

Bran zögerte ein Weilchen. Er war hin- und hergerissen zwischen dem Protest, sich in der eigenen Schenke herumkommandieren zu lassen, und der Angst, einer Aes Sedai den Gehorsam zu verweigern. Schließlich richtete er sich auf und schlug Rand auf die Schulter. »Komm mit, Junge! Du kannst mir unten behilflich sein. Bevor du dich versiehst, ruft Tam nach seiner Pfeife und einem Krug Bier.«

»Kann ich bleiben?«, fragte Rand, obwohl Moiraine nur Tam zu bemerken schien. Brans Hände verkrampften sich, doch Rand gab nicht auf. »Bitte! Ich werde Euch nicht im Weg stehen. Ihr werdet nicht einmal merken, dass ich da bin. Er ist mein Vater«, fügte er so flehentlich hinzu, dass es ihn selbst überraschte und sich die Augen des Bürgermeisters erstaunt weiteten.

»Ja, ja«, sagte Moiraine ungeduldig. Sie hatte Umhang und Stock nachlässig auf den einzigen Stuhl im Zimmer geworfen und krempelte gerade die Ärmel ihres Kleids bis zu den Ellbogen hoch. Auch während sie mit anderen sprach, galt ihre ganze Aufmerksamkeit Tam. »Setz dich dort drüben hin. Du auch, Lan.« Sie zeigte fahrig in Richtung einer langen Bank, die an einer Wand stand. Sie musterte Tam langsam von Kopf bis Fuß, aber Rand hatte das eigenartige Gefühl, dass sie auf irgendeine Art *durch* ihn hindurchblickte. »Ihr könnt miteinander sprechen, wenn ihr wollt«, fuhr sie abwesend fort, »aber bitte leise. Jetzt geht bitte, Meister al'Vere. Dies ist ein Krankenzimmer und kein Versammlungsraum. Sorgt dafür, dass ich nicht gestört werde.«

Der Bürgermeister brummte ein wenig, allerdings nicht sonderlich laut, drückte nochmals Rands Schulter und schloss dann folgsam, wenn auch zögernd die Tür hinter sich. Die Aes Sedai murmelte leise vor sich hin, kniete sich vor das Bett und legte die Hände leicht auf Tams Brust. Sie schloss die Augen und gab keinen Laut von sich. In den Geschichten wurden die Taten der Aes Sedai immer von Blitzen und Donnerhall begleitet oder von anderen Anzeichen großer Tatkraft und Macht. Der Macht. Der Einen Macht aus der Wahren Quelle, die das Rad der Zeit antrieb. Das war kein Thema, über das Rand gern nachdachte – Tam im Einfluss der Einen Macht und er im gleichen Raum, wo sie angewandt wurde. Es war schon schlimm genug, sich im gleichen Dorf zu befinden. Soweit er es allerdings beurteilen konnte, konnte Moiraine durchaus eingeschlafen sein. Und doch glaubte er, dass Tams Atmung leichter klang. Sie musste irgendetwas getan haben. Schweigend schaute er zu. Als Lan ihn leise ansprach, fuhr er zusammen. »Das ist eine schöne Waffe, die du da trägst. Könnte es sein, dass auf der Klinge ein Reiher zu sehen ist?«

Einen Augenblick lang starrte er den Behüter an und begriff nicht, wovon er sprach. Er hatte Tams Schwert in der Aufregung ganz vergessen. Es schien auch nicht mehr so schwer zu sein. »Ja, stimmt. Was tut sie?«

»Ich hätte nicht geglaubt, an einem Ort wie diesem ein Schwert mit dem Reiher vorzufinden«, sagte Lan.

»Es gehört meinem Vater.« Er sah Lans Schwert an. Der Griff war gerade noch unter dem Umhang sichtbar. Die beiden Schwerter sahen sich recht ähnlich, auch wenn auf dem Schwert des Behüters kein Reiher sichtbar war. Er blickte wieder zum Bett hinüber. Tam atmete leichter, und das Röcheln war nicht mehr zu hören. Da war er ganz sicher. »Er hat es vor langer Zeit gekauft.«

»Seltsam, dass ein Schäfer ein solches Schwert kauft.«

Rand erlaubte sich einen Seitenblick auf Lan. Wenn ein Fremder an einem Schwert solches Interesse zeigte, war das für ihn Schnüffelei. Wenn es aber ein Behüter war ... Trotzdem meinte er sich rechtfertigen zu müssen. »So viel ich weiß, hat er es niemals benutzt. Er sagte, es sei nutzlos. Jedenfalls bis letzte Nacht. Ich wusste bis dahin nicht einmal, dass er es besaß.«

»So, er nannte es also nutzlos. Er scheint nicht immer dieser Meinung gewesen zu sein.« Lan berührte die Scheide an Rands Seite kurz mit einem Finger. »Es gibt Orte, wo der Reiher als Kennzeichen des herausragenden Schwertkämpfers gilt. Diese Klinge muss seltsame Wege gegangen sein, bis sie bei einem Schäfer von den Zwei Flüssen landete.«

Rand überhörte die unausgesprochene Frage. Moiraine hatte sich immer noch nicht bewegt. Tat die Aes Sedai wirklich etwas? Er schauderte und rieb sich die Arme, unschlüssig, ob er überhaupt wissen wollte, was sie tat.

Eine Frage kam ihm in den Sinn, die er eigentlich nicht stellen wollte, doch eine Antwort wollte er schon haben. »Der Bürgermeister ...« Er räusperte sich und atmete tief ein. »Der Bürgermeister sagte, wir hätten es allein Euch zu verdanken, dass vom Dorf noch etwas übrig geblieben ist.« Er schaffte es, den Behüter anzusehen. »Wenn man Euch etwas über einen Mann im Wald gesagt hätte ... einen Mann, der den Leuten Angst einjagt, wenn er sie nur ansieht ... hätte Euch das gewarnt? Ein Mann, dessen Pferd lautlos einhergeht? Und der Wind berührt seinen Mantel nicht? Hättet Ihr dann gewusst, was geschehen würde? Hättet Ihr und Moiraine Sedai das Unglück verhindern können?«

»Nicht ohne ein halbes Dutzend meiner Schwestern«, sagte Moiraine, und Rand fuhr hoch. Sie kniete immer noch am Bett, aber sie hatte die Hände von Tam genommen und sich halb umgedreht, um die beiden auf der Bank anzusehen. Ihre Stimme blieb leise, doch ihre Augen nagelten Rand an die Wand. »Wenn ich bei der Abreise von Tar Valon gewusst hätte, dass ich hier Trollocs und einen Myrddraal finden würde, hätte ich ein halbes Dutzend von ihnen mitgebracht – oder auch ein Dutzend, und wenn ich sie an den Haaren hätte herschleifen müssen. Was mich betrifft, hätte auch eine Warnung einen Monat vorher keinen Unterschied gemacht. Vielleicht. Ein einzelner Mensch kann eben nur so viel tun, selbst wenn man die Eine Macht zur Verfügung hat, und letzte Nacht haben sich in diesem Gebiet mehr als hundert Trollocs herumgetrieben. Eine ganze Faust.«

»Es wäre trotzdem gut gewesen, es im Voraus zu wissen.« Die Schärfe in Lans Stimme galt Rand. »Wo genau hast du ihn gesehen und wann?«

»Das spielt jetzt keine Rolle«, sagte Moiraine. »Ich möchte nicht, dass der Junge glaubt, er sei an etwas schuld, wenn das nicht der Fall ist. Es ist genauso gut meine Schuld. Dieser verfluchte Rabe hätte mich warnen sollen. Das gilt auch für dich, mein alter Freund.« Sie schnalzte ärgerlich mit der Zunge. »Ich war überheblich bis zum Hochmut und sicher, dass der Einfluss des Dunklen Königs nicht so weit reichen könne.«

Rand zwinkerte. »Der Rabe? Ich verstehe nicht.«

»Aasfresser.« Lan verzog angeekelt den Mund. »Die Lakaien des Dunklen Königs finden oft Spione unter den Kreaturen, die sich vom Tod ernähren. Raben und Krähen zumeist. In den Städten sind es manchmal Ratten.«

Ein Schauer lief Rand den Rücken hinunter. Raben und Krähen als Spione des Dunklen Königs? Überall sah man zurzeit Raben und Krähen. Der Einfluss des Dunklen Königs, hatte Moiraine gesagt. Der Dunkle König war immer da – das wusste er –, doch wenn man im Licht ging, sich bemühte, ein gutes Leben zu führen und ihn nicht beim Namen nannte, dann konnte er einem nichts tun. Das glaubten jedenfalls alle; jeder sog diese Lehre schon mit der Muttermilch ein. Aber Moiraine schien sagen zu wollen ...

Sein Blick fiel auf Tam, und alle anderen Gedanken verschwanden aus seinem Kopf. Das Gesicht seines Vaters war viel weniger stark gerötet als zuvor, und die Atmung hörte sich beinahe normal an. Rand wäre aufgesprungen, hätte ihn Lan nicht am Arm festgehalten. »Ihr habt es geschafft!«

Moiraine schüttelte den Kopf und seufzte. »Noch nicht. Die Waffen der Trollocs werden in einem Tal namens Thakan'dar geschmiedet, am Hang des Shayol Ghul. Einige Waffen werden vom Bösen dieses Orts erfasst. Diese vergifteten Klingen schlagen Wunden, die ohne Hilfe nicht heilen, oder sie verursachen ein tödliches Fieber, fremdartige Krankheiten, die unsere Medizin nicht heilen kann. Ich habe die Schmerzen deines Vaters gestillt, aber das Gift des Bösen steckt immer noch in ihm. Wenn man sich nicht um ihn kümmert, wird es schwellen und ihn verzehren.«

»Aber Ihr verlasst ihn nicht!« Rands Worte waren halb Bitte und halb Befehl. Er war erschrocken, als er erkannte, dass er so zu einer Aes Sedai gesprochen hatte, doch sie schien seinen Tonfall nicht zu bemerken.

»Nein, das tue ich nicht«, stimmte sie zu. »Ich bin sehr müde, Rand, und ich hatte seit letzter Nacht keine Möglichkeit, mich auszuruhen. Normalerweise würde das keine Rolle spielen, doch bei einer solchen Verletzung ... Dies hier«– sie nahm ein kleines, in weiße Seide gehülltes Bündel aus ihrer Tasche –»ist ein *Angreal*.« Sie sah seinen Gesichtsausdruck.»Du hast schon vom *Angreal* gehört. Gut.«

Rand lehnte sich zurück, weiter weg von ihr und dem Gegenstand, den sie in der Hand hielt. In einigen Geschichten kam ein *Angreal* vor, ein Überbleibsel aus dem Zeitalter der Legenden, das von den Aes Sedai benutzt wurde, um ihre größten Taten zu vollbringen. Er war überrascht, als sie eine glatte Elfenbeinfigur auspackte, vom Alter dunkel verfärbt. Sie war nicht länger als ihre Hand und stellte eine Frau in wehenden Gewändern dar, der langes Haar über die Schultern fiel.

»Wir haben vergessen, wie man sie herstellt«, sagte sie.»So viel ist verloren gegangen und wird vielleicht nie wiedergefunden. Es gibt nur noch so wenige. Beinahe hätte der Amyrlin-Sitz mir nicht gestattet, dieses Stück mitzunehmen. Es war gut für Emondsfelde und für deinen Vater, dass man mir die Erlaubnis gab. Aber du darfst dich nicht von deiner Hoffnung beherrschen lassen. Heute kann ich damit nicht viel mehr erreichen, als ich gestern noch ohne *Angreal* erreicht hätte. Der Einfluss des Dunklen ist stark. Er hat Zeit gehabt, sich zu festigen.«

»Ihr könnt ihm helfen«, sagte Rand leidenschaftlich.»Ich weiß, dass Ihr es könnt.«

Moiraine lächelte. Nur ihre Lippen verzogen sich dabei ein wenig. »Wir werden sehen.« Dann wandte sie sich wieder Tam zu. Sie legte eine Hand auf seine Stirn, und in der anderen hielt sie die Elfenbeinfigur. Ihre Augen schlossen sich, und sie schien kaum zu atmen.

»Der Reiter, der dir Angst eingejagt hat«, sagte Lan leise, »das war sicher ein Myrddraal.«

»Ein Myrddraal!«, rief Rand. »Aber die Blassen sind zwanzig Fuß groß und ...« Die Worte erstarben unter dem erbarmungslosen Grinsen des Behüters.

»Manchmal, Schäfer, übertreiben die Geschichten. Glaub mir, die Wahrheit über die Halbmenschen ist schrecklich genug. Halbmensch, Lurk, Blasser, Schattenmann – der Name hängt davon ab, in welchem Land man sich befindet, aber alle bedeuten Myrddraal. Die Blassen sind Abkömmlinge von Trollocs, die fast wie die ursprünglichen Menschen wirken, die von den Schattenlords benützt wurden, um Trollocs zu züchten. Beinahe. Aber wenn auch die menschlichen Merkmale in ihnen stärker ausgeprägt sind, so ist es doch der Einfluss des Bösen, der die Trollocs zu Zerrbildern macht. Halbmenschen haben gewisse Kräfte, und zwar von der Art, wie sie vom Dunklen König ausgeht. Nur die schwächsten Aes Sedai unterlägen einem Blassen im Einzelkampf; doch mancher gute und treue Mann ist ihnen zum Opfer gefallen. Seit den Kriegen, die das Zeitalter der Legenden beendeten, seit die Verlorenen gebunden wurden, sind die Halbmenschen das Gehirn, das einer Trolloc-Faust sagt, wo sie zuschlagen soll. In den Tagen der Trolloc-Kriege haben Halbmenschen die Trollocs in die Schlacht geführt, unter dem Kommando der Schattenlords.«

»Er hat mir Angst eingejagt«, sagte Rand sehr leise. »Er hat mich nur angesehen und ...« Ihn schauderte.

»Du musst dich deshalb nicht schämen, Schäfer. Mir jagen sie auch Angst ein. Ich habe Männer gesehen, die ihr ganzes Leben lang als Soldaten kämpften, und wenn sie einem Halbmenschen gegenüberstanden, dann erstarrten sie wie ein Kaninchen vor der Schlange. Im Norden, im Grenzgebiet der Großen Fäule, gibt es ein Sprichwort: ›Der Blick der Augenlosen bedeutet Angst.‹«

»Die Augenlosen?«, fragte Rand, und Lan nickte.

»Myrddraal sehen wie Adler, im Dunklen so gut wie am Tag, aber sie haben keine Augen. Ich kann mir kaum etwas vorstellen, was noch gefährlicher wäre, als einem Myrddraal gegenüberzustehen. Moiraine Sedai und ich versuchten, den Myrddraal, der gestern Abend hier war, zu töten, und wir versagten jedes Mal. Halbmenschen haben das Glück, das vom Dunklen König ausgeht.«

Rand schluckte. »Ein Trolloc sagte, der Myrddraal wolle mit mir sprechen. Ich wusste nicht, was das bedeutete.«

Lans Kopf fuhr hoch; seine Augen wirkten wie blaue Edelsteine. »Du hast mit einem Trolloc *gesprochen*?«

»Nicht direkt«, stammelte Rand. Der Blick des Behüters hielt ihn unbarmherzig fest. »Er hat zu mir gesprochen. Er hat gesagt, er würde mir nicht wehtun, und der Myrddraal wolle mit mir reden. Dann hat er versucht, mich zu töten.« Er leckte sich die Lippen und rieb die Hände am genoppten Leder des Schwertgriffs. In kurzen abgehackten Sätzen beschrieb er seine Rückkehr zum Haus. »Stattdessen habe ich ihn getötet«, endete er. »Mehr durch Zufall. Er ist auf mich losgesprungen, und ich hatte das Schwert in der Hand.«

Lans Gesichtsausdruck wurde etwas weicher. »Trotzdem ist das bemerkenswert, Schäfer. Bis letzte Nacht gab es wenige Männer südlich der Grenzgebiete, die von sich behaupten konnten, sie hätten einen Trolloc gesehen, geschweige denn getötet.«

»Und noch weniger, die einen Trolloc im Zweikampf getötet haben«, sagte Moiraine müde. »Es ist vollbracht, Rand. Lan, hilf mir auf!«

Der Behüter sprang zu ihr hin, aber er war langsamer als Rand, der zum Bett eilte. Tams Haut fühlte sich kühl an, obwohl sein Gesicht noch einen fahlen, erschöpften Eindruck machte, als habe er schon lange keine Sonne mehr gesehen. Seine Augen waren noch geschlossen, aber er atmete tief und normal im Schlaf.

»Wird er wieder gesund?«, fragte Rand besorgt.

»Wenn er viel ruht, dann ja«, sagte Moiraine. »Ein paar Wochen im Bett, und er ist wieder so gesund wie vorher.« Sie ging unsicher, obwohl sie sich bei Lan eingehakt hatte. Er warf ihren Umhang und Stock mit einer Handbewegung vom Stuhl, sodass sie sich auf das Kissen setzen konnte. Mit einem Seufzer ließ sie sich nieder. Dann umwickelte sie vorsichtig das *Angreal* und steckte es wieder in ihre Tasche.

Rand zitterte; er biss sich auf die Unterlippe, damit er nicht laut loslachte. Gleichzeitig wischte er sich mit einer Hand Tränen aus den Augen. »Ich danke Euch.«

»Im Zeitalter der Legenden«, fuhr Moiraine fort, »konnten einige Aes Sedai ein Leben wiederherstellen, wenn nur der kleinste Funke davon übrig war. Aber diese Tage sind lang vorbei – vielleicht für immer. So viel ist verloren gegangen; nicht nur das Geheimnis, wie man ein *Angreal* anfertigt. So vieles könnte vollbracht werden, doch wir wagen es nicht einmal, davon zu träumen, falls wir uns überhaupt daran erinnern. Heute gibt es viel weniger von uns. Einige Talente sind fast verschwunden und viele von denen, die es immer noch gibt, scheinen schwächer ausgeprägt zu sein. Wir benötigen heutzutage sowohl den Willen als auch die Kraft, von denen der Körper zehren kann, sonst können auch die Stärksten von uns keine Heilung mehr vollbringen. Zum Glück ist dein Vater ein starker Mann, körperlich wie geistig. So verbrauchte er wohl viel Kraft in seinem Kampf ums Überleben, aber alles, was noch übrig ist, kann er nun zu seiner Erholung gebrauchen. Das wird einige Zeit dauern, doch der Einfluss des Bösen ist verschwunden.«

»Ich kann das niemals wiedergutmachen«, sagte er, ohne die Augen von Tam zu nehmen, »aber ich werde alles für Euch tun, was in meiner Macht steht!« Als er so neben Tam kniete, meinte er es mit seinem Versprechen sogar noch ernster als zuvor, doch es fiel ihm immer noch nicht leicht, sie anzusehen. »Alles. Solang es dem Dorf und meinen Freunden nicht schadet.«

Moiraine tat die Worte mit einer Handbewegung ab. »Wenn du es für nötig hältst. Ich möchte sowieso mit dir sprechen. Du wirst zweifellos zur gleichen Zeit wie wir das Dorf verlassen, und dann können wir uns ausführlich unterhalten.«

»Verlassen!«, rief er und stand schnell auf. »Ist es wirklich so schlimm? Der Wiederaufbau ist bereits in vollem Gange. Wir sind ziemlich bodenständige Leute hier bei den Zwei Flüssen. Keiner verlässt jemals das Dorf.«

»Rand ...«

»Und wo sollten wir auch hin? Padan Fain sagte, das Wetter sei anderswo genauso schlecht. Er ist ... Er war ... der fahrende Händler. Die Trollocs ...« Rand schluckte und wünschte sich, Thom Merrilin hätte ihm nicht erzählt, was Trollocs aßen. »Ich halte es für das Beste, dass wir hier bleiben, wo wir hingehören, zwischen den Zwei Flüssen, und bauen alles wieder auf. Die Saat ist im Boden, und bald ist es warm genug für die Schafschur. Ich weiß nicht, wer vorgeschlagen hat, das Dorf zu verlassen – ich wette, einer der Coplins –, aber wer es auch war ...«

»Schäfer«, unterbrach ihn Lan, »du redest, während du zuhören solltest.«

Er sah beide groß an. Er hatte ziemlich dummes Zeug geredet, das wurde ihm jetzt klar, und einfach weitergesprochen, als sie versuchte, ihm etwas zu erklären. Er fragte sich, wie er sich entschuldigen konnte, aber Moiraine lächelte in seine Gedanken hinein.

»Ich verstehe dich, Rand«, sagte sie, und er hatte das unangenehme Gefühl, dass sie das wirklich tat. »Denk dir nichts dabei.« Ihr Mund spannte sich, und sie schüttelte den Kopf. »Ich habe das, wie ich sehe, schlecht angepackt. Wahrscheinlich hätte ich mich zuerst ausruhen sollen. Du bist es, der das Dorf verlassen wird, Rand. Du musst gehen, um deines Dorfes willen.«

»Ich?« Er räusperte sich und versuchte es nochmals. »Ich?« Diesmal klang es ein wenig besser. »Warum muss ich gehen? Ich verstehe das alles nicht. Ich will gar nicht weg.«

Moiraine blickte Lan an, und der Behüter löste die verschränkten Arme. Er sah Rand unter seinem ledernen Stirnband hervor an, und Rand fühlte sich, als werde er auf einer unsichtbaren Waage gewogen. »Hast du gewusst«, fragte Lan plötzlich, »dass einige Häuser nicht angegriffen wurden?«

»Das halbe Dorf liegt in Schutt und Asche«, protestierte er, aber der Behüter wischte den Einwand mit einer Handbewegung beiseite.

»Einige Häuser wurden nur angezündet, um Verwirrung zu stiften. Die Trollocs achteten nicht auf Leute, die daraus flohen, sofern sie nicht dem eigentlichen Angriff im Weg standen. Die meisten Leute, die von den entfernteren Höfen hereinkamen, sahen nicht einmal ein Trolloc-Haar und wenn, dann auch nur aus einiger Entfernung. Die meisten wussten nicht einmal, dass etwas los war, bis sie das Zerstörungswerk sahen.«

»Ich habe etwas über Darl Coplin gehört«, sagte Rand langsam. »Ich schätze, er hat es einfach nicht begriffen.«

»Zwei Bauernhöfe wurden angegriffen«, fuhr Lan fort. »Eurer und noch einer. Wegen Bel Tine waren alle, die auf dem anderen Hof wohnen, schon im Dorf. Viele Menschen wurden gerettet, weil der Myrddraal die Bräuche im Gebiet der Zwei Flüsse nicht kannte. Das Fest und die Winternacht machten es ihm fast unmöglich, seine Aufgabe zu erfüllen, aber das wusste er nicht.«

Rand sah Moiraine an, doch sie schwieg und hatte einen Finger an die Lippen gelegt. »Unser Hof und wessen Hof noch?«, fragte er schließlich.

»Der Aybara-Hof«, antwortete Lan. »In Emondsfelde griffen sie zuerst die Schmiede an, dann das Haus des Schmieds und Meister Cauthons Haus.«

Rands Mund war plötzlich wie ausgetrocknet. »Das ist doch verrückt«, brachte er gerade noch heraus. Dann fuhr er zusammen, als Moiraine sich aufrichtete. »Nicht verrückt, Rand«, sagte sie. »Die Trollocs kamen nicht zufällig nach Emondsfelde, und was sie taten, das taten sie nicht aus Mordlust und Freude am Niederbrennen, auch wenn sie ihren Spaß daran hatten. Sie wussten, was – oder besser, *wen* – sie suchten. Die Trollocs kamen, um junge Männer eines bestimmten Alters zu fangen oder zu töten, die in der Nähe von Emondsfelde wohnen.«

»Mein Alter?« Rands Stimme zitterte, und es kümmerte ihn nicht einmal. »Licht! Mat. Was ist mit Perrin?«

»Sie sind wohlauf«, versicherte ihm Moiraine, »wenn auch ein bisschen schmutziger.«

»Ban Crawe und Lem Thane?«

»Waren niemals in Gefahr«, sagte Lan. »Zumindest nicht mehr als alle anderen.«

»Aber sie haben den Reiter auch gesehen, und sie sind im gleichen Alter wie ich.«

»Meister Crawes Haus wurde nicht einmal beschädigt«, sagte Moiraine, »und der Müller mit seiner Familie verschlief den Angriff, bis sie von dem Lärm geweckt wurden. Ban ist zehn Monate älter als du und Lem acht Monate jünger.« Sie lächelte trocken angesichts seiner Überraschung. »Ich habe dir gesagt, dass ich Fragen stelle. Und ich habe auch gesagt, junge Männer eines *bestimmten* Alters. Du und deine beiden Freunde, ihr seid nur ein paar Wochen auseinander. Euch drei suchte der Myrddraal und niemanden sonst!«

Rand trat nervös von einem Fuß auf den anderen. Es war ihm höchst unangenehm, dass sie ihn so ansahen, als könnten sie in seinem Verstand lesen und alles wahrnehmen, was darin verborgen lag. »Was können sie von uns wollen? Wir sind nur Bauern, Schäfer.«

»Diese Frage kann in der Gegend der Zwei Flüsse nicht beantwortet werden«, sagte Moiraine ruhig, »doch die Antwort ist wichtig. Das zeigt uns das Auftauchen von Trollocs, wo sie zweitausend Jahre lang nicht mehr gesehen worden waren.«

»Es gibt eine Menge Berichte über Trolloc-Überfälle«, sagte Rand stur. »Wir hatten eben noch keinen. Behüter kämpfen ständig gegen Trollocs.«

Lan schnaubte. »Junge, ich rechne damit, am Rand der Großen Fäule auf Trollocs zu treffen, aber nicht hier, fast sechshundert Tagesmärsche weiter südlich. Das war ein Überfall letzte Nacht, wie ich ihn in Shienar erwarte oder in einem der Grenzlande.«

»In einem von euch«, erklärte Moiraine, »oder in allen dreien sieht der Dunkle König eine Gefahr.«

»Das ... Das ist unmöglich.« Rand stolperte zum Fenster und blickte hinaus auf das Dorf und die Menschen, die inmitten der Ruinen arbeiteten. »Es ist mir gleich, was geschehen ist, aber das ist unmöglich.« Etwas auf dem Grün zog seinen Blick an. Er sah genauer hin und erkannte dann, dass es der angekohlte Stumpf des Frühlingsbaums war. Ein schönes Bel Tine mit einem Krämer, einem Gaukler und Fremden. Er fror bei dem Gedanken und schüttelte energisch den Kopf. »Nein. Nein, ich bin Schäfer. Der Dunkle König kann mich nicht meinen.«

»Es machte große Mühe«, sagte Lan ernst, »so viele Trollocs so weit entfernt einzusetzen, ohne von den Grenzlanden bis Caemlyn und noch weiter Aufsehen zu erregen. Ich wüsste gern, wie sie das fertig gebracht haben. Glaubst du wirklich, sie haben das alles angestellt, nur um ein paar Häuser niederzubrennen?«

»Sie kommen zurück«, fügte Moiraine hinzu.

Rand hatte schon den Mund geöffnet, um Lan zu widersprechen, aber diese Bemerkung erstickte seine Worte im Ansatz. Er fuhr zu ihr herum. »Zurück? Könnt Ihr sie nicht aufhalten? Ihr habt es letzte Nacht auch geschafft, und dabei wurdet Ihr überrascht. Jetzt wisst Ihr, dass sie da sind.«

»Vielleicht«, antwortete Moiraine. »Ich könnte Tar Valon benachrichtigen, um einige meiner Schwestern anzufordern. Sie könnten möglicherweise rechtzeitig hier ankommen. Auch der Myrddraal weiß, dass *ich* hier bin, und wird deshalb nicht angreifen, solange er keine Verstärkung bekommt. Genügend Aes Sedai und Behüter könnten die Trollocs zurückschlagen, obwohl ich nicht sagen kann, wie viele Schlachten wir dazu benötigen würden.«

Eine Vision tanzte ihm durch den Kopf: Emondsfelde völlig niedergebrannt. Alle Bauernhöfe in Schutt und Asche. Und Wachhügel und Devenritt und Taren-Fähre dazu. Nur Asche und Blut. »Nein«, sagte er, und er fühlte, wie etwas in seinem Innern zerbrach, wie etwas seinem Zugriff entglitt. »Deshalb muss ich fort, nicht wahr? Die Trollocs kommen nicht zurück, wenn ich nicht mehr hier bin.« Eine letzte Spur von Sturheit ließ ihn hinzufügen: »Wenn sie wirklich hinter mir her sind.«

Moiraines Augenbrauen hoben sich, als sei sie überrascht, dass er immer noch nicht überzeugt war, aber Lan sagte: »Möchtest du die Existenz deines Dorfes dafür riskieren, Schäfer? Der ganzen Zwei Flüsse?«

Rands Sturheit verflog. »Nein«, sagte er wieder und fühlte diese Leere in seinem Innern erneut. »Perrin und Mat müssen auch fort, ja?« Die Zwei Flüsse verlassen. Sein Heim und seinen Vater verlassen. Wenigstens würde es Tam besser gehen. Wenigstens könnte er sich von ihm bestätigen lassen, dass alles, was er auf der Haldenstraße gesagt hatte, Unsinn war. »Wir könnten nach Baerlon gehen, denke ich, oder vielleicht sogar nach Caemlyn. Ich habe gehört, dass in Caemlyn mehr Menschen wohnen als im ganzen Gebiet der Zwei Flüsse. Dort wären wir sicher.« Er versuchte zu lachen, doch es klang hohl. »Ich habe früher davon geträumt, Caemlyn zu sehen. Ich hätte nie geglaubt, dass mein Wunsch auf diese Weise erfüllt würde.«

Nach langem Schweigen sagte Lan schließlich: »Ich würde nicht damit rechnen, in Caemlyn in Sicherheit zu sein. Wenn die Myrddraal dich unbedingt fangen wollen, werden sie auch dort eine Möglichkeit finden. Mauern können einen Halbmenschen nicht lange aufhalten. Und du wärst ein Narr, wenn du nicht endlich begreifst, dass sie deiner habhaft werden wollen.«

Rand hatte geglaubt, die tiefsten Tiefen der Niedergeschlagenheit bereits erreicht zu haben, doch nun wurde es noch schlimmer.

»Es gibt einen sicheren Ort«, sagte Moiraine sanft, und Rand spitzte die Ohren. »In Tar Valon wärst du bei den Aes Sedai und den Behütern geborgen. Selbst während der Trolloc-Kriege wagten die Mächte des Dunklen Königs nicht, die Leuchtenden Mauern anzugreifen. Und als sie es dennoch taten, führte dieser eine Versuch zu ihrer größten Niederlage überhaupt. In Tar Valon ist alles Wissen zusammengetragen, das wir Aes Sedai seit der Zeit des Wahns erwarben. Einige Fragmente gehen sogar auf das Zeitalter der Legenden zurück. Wenn überhaupt, dann wirst du in Tar Valon erfahren, warum die Myrddraal nach dir suchen. Warum der Vater der Lügen nach dir verlangt. Das kann ich dir versprechen.«

Eine Reise bis zum fernen Tar Valon war unvorstellbar. Eine Reise an einen Ort, an dem er von Aes Sedai umgeben wäre. Natürlich hatte Moiraine Tam geheilt – oder es sah wenigstens so aus –, aber es gab ja noch all diese Geschichten ... Es war schon unangenehm genug, sich im gleichen Raum mit einer Aes Sedai zu befinden, aber in einer Stadt voll von ihnen? Und immer noch hatte sie ihren Preis nicht genannt. Man musste immer bezahlen, hieß es in den Geschichten.

»Wie lange wird mein Vater schlafen?«, fragte er schließlich. »Ich muss es ihm sagen. Er soll nicht aufwachen und erfahren, dass ich fort bin.« Er glaubte, von Lan einen Seufzer der Erleichterung zu hören. Er sah den Behüter neugierig an, doch Lans Gesicht war so ausdruckslos wie immer.

»Es ist unwahrscheinlich, dass er aufwacht, bevor wir abreisen«, sagte Moiraine. »Ich will bald nach Einbruch der Dunkelheit aufbrechen. Selbst ein einziger Tag Aufenthalt könnte sich als tödlich erweisen. Du kannst ihm eine Botschaft hinterlassen.«

»In der Nacht?«, meinte Rand zweifelnd, und Lan nickte.

»Der Halbmensch wird früh genug herausfinden, dass wir weg sind. Wir sollten ihm seine Aufgabe nicht erleichtern.«

Rand machte sich an den Decken seines Vaters zu schaffen. Der Weg nach Tar Valon war sehr weit. »In diesem Fall ... werde ich jetzt besser gehen und Mat und Perrin suchen.«

»Darum kümmere ich mich.« Moiraine stand energisch auf und legte sich schwungvoll den Umhang um. Sie legte ihm eine Hand auf die Schulter, und er bemühte sich sehr, nicht zusammenzuzucken. Sie drückte nicht fest zu, doch es war ein eiserner Griff, der ihn so sicher hielt wie der gegabelte Stock die Schlange. »Es ist am besten, wenn wir all das für uns behalten. Verstehst du? Die gleichen Leute, die den Drachenzahn auf die Tür der Schenke kritzelten, könnten uns Schwierigkeiten bereiten, wenn sie Bescheid wüssten.«

»Ich verstehe.« Er atmete erleichtert auf, als sie ihre Hand wegnahm. »Ich lasse dir von Frau al'Vere etwas zu essen bringen«, fuhr sie fort, als habe sie seine Reaktion gar nicht bemerkt. »Dann solltest du schlafen. Es wird eine anstrengende Reise heute Nacht, selbst wenn du ausgeruht bist.«

Die Tür schloss sich hinter ihnen, und Rand stand da und blickte auf seinen Vater hinunter. Er sah ihn an und sah doch nichts. Bis zu diesem Moment war ihm nie bewusst gewesen, dass Emondsfelde ebenso ein Teil von ihm war wie er ein Teil von Emondsfelde. Jetzt wurde es ihm klar, weil er spürte, dass es dieses Gefühl gewesen war, das gerade in ihm zerbrochen war. Nun war er irgendwie vom Dorf getrennt. Der Schäfer der Nacht suchte ihn. Es war unmöglich – er war nur ein Bauer –, aber die Trollocs waren gekommen, und Lan hatte in einer Hinsicht Recht: Er durfte nicht die Existenz des Dorfes gefährden, nur aus dem Gefühl heraus, Moiraine könne sich irren. Er konnte es nicht einmal jemandem erzählen; die Coplins würden einen ganz schönen Wirbel veranstalten. Er musste einer Aes Sedai vertrauen.

»Weck ihn jetzt nicht auf!«, sagte Frau al'Vere, als der Bürgermeister die Tür hinter sich und seiner Frau schloss. Unter dem Tuch, das über dem Tablett in ihren Händen lag, duftete es köstlich und warm. Sie stellte es auf der Truhe an der Wand ab und schob Rand vom Bett weg.

»Frau Moiraine hat mir gesagt, was er braucht«, sagte sie sanft, »und dazu gehört nicht, dass du ihm vor Erschöpfung auf den Kopf fällst. Ich habe dir etwas zu essen mitgebracht. Lass es nicht kalt werden.«

»Ich möchte nicht, dass Ihr sie so nennt«, sagte Bran verdrießlich. »Moiraine Sedai ist die richtige Anrede. Sie könnte böse werden.«

Frau al'Vere tätschelte ihm die Wange. »Überlass das getrost mir. Wir beide haben uns lange unterhalten. Und sprich leise. Wenn du Tam aufweckst, werde ich genauso wild wie Moiraine Sedai.« Sie legte die Betonung auf Moiraines Titel und zog Brans Beharrlichkeit auf diese Art ins Lächerliche. »Ihr beiden steht mir bitte nicht im Weg herum.« Mit einem liebevollen Lächeln in Richtung ihres Mannes wandte sie sich dem Bett und Tam zu.

Meister al'Vere sah Rand verdrossen an. »Sie ist eine Aes Sedai. Die Hälfte der Frauen im Dorf benimmt sich, als hätte sie einen Sitz im Frauenkreis, und die andere Hälfte, als wäre sie ein Trolloc. Keine von ihnen scheint zu merken, dass man bei einer Aes Sedai vorsichtig sein muss. Die Männer schauen sie von der Seite her an, aber wenigstens tun sie nichts, um sie herauszufordern.«

Vorsicht!, dachte Rand. Es war nicht zu spät dafür, vorsichtig zu werden. »Meister al'Vere«, sagte er langsam, »wisst Ihr, wie viele Bauernhöfe angegriffen wurden?«

»Ich habe nur von zweien gehört, darunter Eurer.« Der Bürgermeister hielt inne, zog die Stirn kraus und zuckte schließlich mit den Achseln. »Wenn man betrachtet, was hier geschehen ist, dann sind das nicht viele. Es sollte mich ja froh stimmen, aber ... Na ja, vielleicht hören wir bald von weiteren.«

Rand seufzte. Nicht nötig, danach zu fragen, welcher andere Hof es war. »Konnte man erkennen, was sie im Dorf eigentlich wollten?«

»Wollten, Junge? Ich weiß nicht, ob sie irgendwas Bestimmtes wollten, es sei denn, uns alle zu töten. Es war so, wie ich schon sagte. Die Hunde bellten, und Moiraine Sedai und Lan rannten auf die Straße, und dann schrie jemand, Meister Luhhans Haus und die Schmiede stünden in Flammen. Abell Cauthons Haus loderte auf – eigentlich seltsam, es steht ja in der Dorfmitte. Jedenfalls waren die Trollocs überall. Nein, ich glaube nicht, dass sie etwas Bestimmtes wollten.« Er lachte kurz und hart, hörte aber nach einem wachsamen Blick auf seine Frau damit auf. Sie drehte sich nicht um. »Um die Wahrheit zu sagen«, fuhr er leiser fort, »schienen sie fast genauso verwirrt wie wir. Ich bezweifle, dass sie erwartet hatten, eine Aes Sedai oder einen Behüter vorzufinden.«

»Das nehme ich auch an«, sagte Rand mit einer Grimasse. Wenn Moiraine in dieser Hinsicht die Wahrheit gesagt hatte, dann stimmte wohl auch der Rest. Einen Augenblick lang überlegte er, ob er den Bürgermeister um Rat bitten solle, aber offensichtlich wusste Meister al'Vere nicht mehr über die Aes Sedai als jeder andere im Dorf. Außerdem traute er sich nicht einmal, dem Bürgermeister zu erzählen, was sich Moiraine zufolge wirklich abspielte. Er wusste nicht, wovor er sich mehr fürchtete: ausgelacht zu werden oder dass ihm geglaubt wurde. Er rieb seinen Daumen am Griff von Tams Schwert. Sein Vater war draußen in der Welt gewesen; er wusste sicherlich mehr über die Aes Sedai als der Bürgermeister. Aber wenn Tam tatsächlich außerhalb der Zwei Flüsse gewesen war, konnte dann nicht auch das, was er im Westwald gesagt hatte ... Er strich sich mit beiden Händen durchs Haar und ließ den Gedankengang unvollendet.

»Du brauchst Schlaf, Junge«, sagte der Bürgermeister.

»Das stimmt«, fügte Frau al'Vere hinzu. »Du kannst dich ja kaum noch auf den Füßen halten.«

Rand blinzelte sie erstaunt an. Er hatte nicht einmal bemerkt, dass sie sich von seinem Vater abgewandt hatte. Er brauchte wirklich Schlaf; schon der bloße Gedanke ließ ihn gähnen.

»Du kannst das Bett im Nebenzimmer haben«, sagte der Bürgermeister. »Das Feuer ist angezündet.«

Rand sah seinen Vater an. Tam schlief fest. Er musste daraufhin wieder gähnen. »Ich bleibe lieber hier drinnen, wenn es Euch nichts ausmacht, für den Fall, dass er aufwacht.«

Was Krankenzimmer betraf, hatte Frau al'Vere das Sagen, und der Bürgermeister überließ ihr die Entscheidung. Sie zögerte nur einen Moment, bevor sie nickte. »Aber weck ihn nicht auf. Wenn du ihn im Schlaf störst ...« Er wollte ihr sagen, er werde ihn nicht stören, aber die Worte wurden von einem erneuten Gähnen erstickt. Sie schüttelte lächelnd den Kopf. »Du wirst selbst im Nu einschlafen. Wenn du schon hier bleiben willst, dann leg dich dort ans Feuer. Und trink ein wenig von der Rindfleischbrühe, bevor du die Augen schließt.«

»Werde ich«, sagte Rand. Er hätte alles getan, um in diesem Zimmer zu bleiben. »Und ich werde ihn nicht wecken.«

»Das will ich hoffen«, sagte Frau al'Vere fest, aber nicht unfreundlich. »Ich bringe dir ein Kopfkissen und ein paar Decken.«

Als sich die Tür endlich hinter ihnen schloss, zog Rand den Stuhl ans Bett und setzte sich so hin, dass er Tam beobachten konnte. Es war ja schön und gut, wenn Frau al'Vere von Schlafen sprach – sein Kiefer knackte, als er ein weiteres Gähnen unterdrückte –, aber jetzt konnte er noch nicht einschlafen. Tam wachte vielleicht jeden Moment auf und würde möglicherweise nur kurz wach bleiben. Wenn das geschah, musste Rand für ihn da sein.

Er verzog das Gesicht und drehte sich auf dem Stuhl ein wenig herum. Er drückte den Schwertgriff von den Rippen weg. Er hatte ein schlechtes Gewissen, unbedingt jemandem erzählen zu wollen, was Moiraine ihm eröffnet hatte, aber dies war schließlich Tam. Dies war ... Ohne es zu bemerken, schob sich sein Kinn entschlossen vor. *Mein Vater. Ich kann meinem Vater erzählen, was ich will.*

Er legte den Kopf zurück auf die Lehne. Tam war sein Vater, und niemand konnte ihm vorschreiben, was er seinem Vater zu erzählen hatte. Er musste nur wach bleiben, bis Tam erwachte. Er musste nur ...

KAPITEL 9

Was das Rad sagt ...

Rands Herz raste, weil er so schnell rannte. Voller Grauen starrte er auf die kahlen Hügel, die ihn umgaben. Dies war kein Ort, an dem der Frühling nur sehr spät einzog; hier hatte es nie einen Frühling gegeben, und es würde nie Frühling werden. Nichts wuchs in der kalten Krume, die unter seinen Stiefeln knirschte; nicht einmal kleine Flechten zeigten sich. Er stolperte vorbei an Felsbrocken, die zweimal so hoch waren wie er. Die Steine waren mit Staub überzogen, als hätte sie noch nie ein Regentropfen berührt. Die Sonne war ein aufgedunsener blutroter Feuerball, feuriger noch als am heißesten Sommertag, und hell genug, um ihm die Augen zu versengen, und sie hob sich grell vom bleiernen Kessel des Himmels ab. Trotz der vielen wirbelnden Wolken war kein Hauch einer Brise über dem Land zu spüren, und trotz der bösartigen Sonne brannte die Luft vor Kälte wie im tiefsten Winter.

Rand blickte beim Rennen oft über die Schulter, doch er konnte seine Verfolger nicht sehen. Nur öde Hügel und zerklüftete schwarze Berge. Aus vielen dieser Erhebungen stiegen hohe schwarze Rauchsäulen, die sich mit den wogenden Wolken vereinten. Zwar konnte er seine Jäger nicht sehen, doch er hörte sie, wie sie hinter ihm herheulten. Kehlige Stimmen schrien ihre Jagdlust heraus, heulten in Vorfreude auf das Blut, das bald fließen würde. Trollocs. Sie kamen näher, und seine Kraft war beinahe am Ende.

In verzweifelter Hast kletterte er zur Spitze eines scharfkantigen Grats hinauf und sank dort mit einem Ächzen auf die Knie. Unter ihm befand sich eine steile Felswand, eine tausend Fuß hohe Klippe, die in eine riesige Schlucht abfiel. Dicke Nebelschwaden bedeckten den Boden der Schlucht. Die dichte graue Masse rollte in zornigen Wellen, schlug gegen die Klippe unter ihm und brach sich daran, doch viel langsamer, als sich je eine Welle im Ozean bewegt hatte. Nebelfetzen glühten für einen Augenblick rot auf, als flammten unter ihnen große Feuer, und dann erstarb die Glut wieder. Donner grollte in den Tiefen der Schlucht, und Blitze zuckten durch das Grau. Manchmal zuckten die Blitze gen Himmel. Es war nicht die Schlucht selbst, die ihm die Kraft aussaugte und die verbleibende Leere mit Hilflosigkeit füllte. Aus dem Mittelpunkt des zornigen Wolkengewühls erhob sich ein Berg, höher als alle, die er je in den Verschleierten Bergen gesehen hatte, ein Berg, so schwarz wie der Verlust aller Hoffnung. Diese düstere Steinspitze, ein Dolch, der den Himmel erstach, war der Ursprung seines Verderbens. Er hatte ihn nie zuvor gesehen, aber er wusste es. Die Erinnerung daran entschlüpfte ihm wie Quecksilber, als er sie zu fassen suchte, aber sie war vorhanden. Er wusste, sie war da.

Unsichtbare Finger berührten ihn, zupften an seinen Armen und Beinen, wollten ihn zu dem Berg hinziehen. Sein Körper zuckte, bereit, zu gehorchen. Arme und Beine versteiften sich, als könne er seine Finger und Zehen in den Stein eingraben. Geisterfäden wickelten sich um sein Herz, zogen ihn, riefen ihn hin zu dem aufragenden Berg. Tränen rannen ihm übers Gesicht, und er sackte zu Boden. Er fühlte, wie sein Wille zerrann wie Wasser aus einem löchrigen Eimer. Nur ein wenig länger, und er würde gehen, wohin er gerufen wurde. Er würde gehorchen und tun, was man ihm befahl. Plötzlich entdeckte er ein weiteres Gefühl: Zorn. Schieb ihn, zieh ihn – er war doch kein Schaf, das man zum Pferch trieb. Der Zorn verdichtete sich in ihm, und er klammerte sich daran, wie er sich in der Flut an ein Floß geklammert hätte.

Diene mir, flüsterte eine Stimme in seinen gelähmten Verstand hinein. Eine wohlbekannte Stimme. Wenn er genau hinhörte, da war er sicher, würde er sie erkennen. *Diene mir.* Er schüttelte den Kopf in dem Versuch, die Stimme loszuwerden. *Diene mir!* Er schwang die Faust in Richtung auf den schwarzen Berg zu. »Das Licht verschlinge dich, Shai'tan!«

Plötzlich lag der Geruch des Todes in der Luft. Eine Gestalt ragte über ihm auf mit einem Mantel von der Farbe getrockneten Bluts, eine Gestalt mit einem Gesicht ... Er wollte das Gesicht nicht sehen, das auf ihn herunterblickte. Er wollte nicht an dieses Gesicht denken. Es tat weh, daran zu denken, verbrannte seinen Verstand zu Asche. Eine Hand streckte sich nach ihm aus. Es war ihm gleich, ob er über die Kante des Abgrunds fiel. Er warf sich aus dem Weg dieser Hand. Er musste weg. Weit weg. Er fiel, schlug in der Luft um sich, wollte schreien und hatte den Atem dazu nicht. Er bekam keine Luft mehr.

Mit einem Mal war er nicht mehr in dem unfruchtbaren Land und fiel auch nicht mehr. Seine Stiefel trampelten über winterbraunes Gras, das wie ein Blumenteppich anmutete. Er lachte beinahe vor Glück, als er vereinzelte Bäume und Büsche sah, obwohl sie kahl waren; Punkte auf einer welligen Ebene, die ihn nun umgab. In einiger Entfernung ragte ein einzelner Berg auf, der Gipfel zerbrochen und gespalten, doch dieser Berg strahlte weder Angst noch Verzweiflung aus. Es war einfach ein Berg, wenn er auch ziemlich fehl am Platz wirkte, da kein weiterer Berg sichtbar war.

Ein breiter Strom floss vor dem Berg vorbei, und auf einer Insel in der Mitte dieses Stroms stand eine Stadt wie aus dem Märchen, eingeschlossen von hohen Mauern, die unter der warmen Sonne weiß und silbern glänzten. Erleichterung und Freude erfassten ihn, als er sich den Mauern näherte. Dahinter würde er Ruhe und Geborgenheit finden. Beim Näherkommen entdeckte er himmelsstürmende Türme, viele von ihnen durch erstaunliche Stege miteinander verbunden. Hohe Brücken schwangen sich von beiden Flussufern zu der Inselstadt. Sogar aus dieser Entfernung erkannte er das kunstvoll durchbrochene Gemäuer der Pfeiler. Es schien zu zerbrechlich, um der starken Strömung zu widerstehen, die unter ihnen hinweg rauschte. Jenseits dieser Brücken lag die Sicherheit. Zuflucht.

Plötzlich rann ihm ein Schauer durch die Gebeine, seine Haut wurde eisig klamm und die ihn umgebende Luft modrig und feucht. Ohne zurückzublicken, rannte er los, rannte weg vor dem Verfolger, dessen eisige Finger seinen Rücken streiften und an seinem Umhang zupften, rannte weg vor der lichtfressenden Gestalt mit dem Gesicht, das ... Er konnte sich an das Gesicht nicht erinnern, sah es nur als eine Maske des Schreckens. Er wollte sich nicht an das Gesicht erinnern. Er rannte, und der Boden glitt unter seinen Füßen davon, wellige Hügel und flache Ebene ... Und er wollte heulen wie ein übergeschnappter Hund. Die Stadt entfernte sich von ihm. Je schneller er rannte, desto weiter weg trieben die leuchtenden weißen Mauern und die Sicherheit. Sie wurde kleiner und kleiner, bis nur ein blasser Fleck am Horizont übrig war. Die kalte Hand seines Verfolgers griff nach seinem Kragen. Wenn ihn diese Finger berührten, dann würde er dem Wahn verfallen. Oder noch schlimmer. Viel schlimmer. Und in dem Moment, als ihn dieses Bewusstsein überfiel, stolperte und stürzte er ...

»Neeeiiin!«, schrie er ...

... und keuchte, als er auf die Pflastersteine aufschlug, dass ihm die Luft wegblieb. Erstaunt stand er auf. Er stand in der Auffahrt zu einer jener wundervollen Brücken, die er gesehen hatte, wie sie den Strom überspannten. Lächelnde Menschen gingen auf beiden Seiten an ihm vorbei, Menschen, die in so viele verschiedene Farben gekleidet waren, dass er an ein Feld wild wachsender Blumen erinnert wurde. Einige von ihnen sprachen ihn an, doch er verstand sie nicht, obwohl die Worte klangen, als sollte er sie verstehen. Aber die Gesichter waren freundlich, und die Menschen winkten ihm zu, er solle weitergehen – über die Brücke mit den kunstvoll verzierten Steingeländern und weiter zu den leuchtenden, mit Silber durchsetzten Mauern und den Türmen dahinter. In die Sicherheit, die auf ihn wartete.

Er schloss sich der Menge an, die über die Brücke und durch breite Tore in wuchtigen hohen Mauern in die Stadt strömte. Drinnen fand er ein Wunderland, wo das unscheinbarste Gebäude noch wie ein Palast aussah. Es war, als habe man den Erbauern aufgetragen, Stein und Ziegel und Platten zu ergreifen und damit Schönheit zu erschaffen, die sterblichen Menschen den Atem raubte. Kein Gebäude, kein Denkmal, das er nicht mit großen Augen anstarrte. Musik erfüllte die Straßen, hundert verschiedene Lieder, und alle vereinten sich mit dem Lärm der Menge in einer großartigen, freudigen Harmonie. Die Düfte süßer Parfüme und aromatischer Gewürze, wundervoller Speisen und Myriaden von Blumen trieben durch die Luft, als habe sich jeder Wohlgeruch der Welt hier versammelt.

Die mit glatten grauen Steinen gepflasterte Straße erstreckte sich kerzengerade vor ihm bis ins Zentrum der Stadt. An ihrem Ende ragte ein Turm auf, der breiter und höher war als alle anderen in der Stadt. Er war so weiß wie frisch gefallener Schnee. In diesem Turm lagen seine Sicherheit und das Wissen, das er suchte. Aber diese Stadt war so grandios, wie er es sich nie erträumt hatte. Bestimmt machte es nichts, wenn er den Gang zum Turm ein wenig hinauszögerte. Er bog in eine engere Straße ein, wo Jongleure zwischen Ständen mit fremdartigem Obst ihre Kunst zeigten.

Vor ihm am Ende dieser Straße lag ein schneeweißer Turm. Derselbe Turm. Ein Weilchen noch, dachte er und umrundete eine weitere Ecke. Auch am entfernten Ende dieser Straße lag der weiße Turm. Stur bog er erneut ab und dann wieder, und jedes Mal fiel sein Blick auf den Alabasterturm. Er drehte sich um, wollte wegrennen – und hielt inne. Vor ihm – der weiße Turm. Er fürchtete sich davor zurückzublicken, weil er Angst hatte, der Turm werde sich auch dort zeigen. Die Gesichter um ihn herum waren immer noch freundlich, doch nun erfüllt von zerschmetterter Hoffnung, Hoffnung, die er enttäuscht hatte. Immer noch bedeuteten ihm die Leute weiterzugehen, gestikulierten bittend. Zum Turm hin. In ihren Augen stand verzweifelte Not, und nur er konnte sie lindern, nur er konnte sie retten. Also gut, dachte er. Schließlich wollte er sowieso zu diesem Turm gehen. Gleich nachdem er den ersten Schritt vorwärts getan hatte, verschwand die Enttäuschung von den Gesichtern der Umstehenden und wandelte sich zu einem Lächeln. Sie gingen mit ihm mit, und kleine Kinder streuten Blütenblätter vor ihm aus. Er blickte sich verwirrt um, da er sich fragte, für wen wohl die Blumen bestimmt seien, doch hinter ihm befanden sich nur weitere lächelnde Menschen, die ihm bedeuteten weiterzugehen. *Sie müssen für mich sein,* dachte er und staunte darüber, dass ihm das plötzlich gar nicht mehr eigenartig vorkam. Das Staunen hielt sich einen Moment und verflog dann; alles war so, wie es sein sollte.

Zuerst begann einer dieser Menschen zu singen, dann ein anderer, und schließlich vereinigten sich alle Stimmen zu einer wunderbaren Hymne. Er konnte die Worte immer noch nicht verstehen, aber mindestens ein Dutzend ineinander verwobener Melodien sang von Freude und Rettung. Musikanten tollten durch die sich vorwärts schiebende Menge und begleiteten die Hymne mit Flöten-, Harfen- und Trommelklängen. Alle die Lieder, die er vorher gehört hatte, gingen in diese neue Harmonie über. Mädchen tanzten um ihn herum, legten ihm Girlanden aus duftenden Blumen über und wanden sie um seinen Hals. Sie lächelten ihn an. Ihre Freude schwoll mit jedem Schritt, den er tat. Er konnte nicht anders als zurückzulächeln. Seine Füße wollten sich ihrem Tanz anschließen, und kaum hatte er daran gedacht, da tanzte er auch schon, und er setzte seine Schritte so sicher, als kenne er sie bereits seit seiner Geburt. Er warf den Kopf in den Nacken und lachte; seine Schritte waren beschwingter als je zuvor, wenn er mit ... Er konnte sich an den Namen nicht erinnern, aber es erschien ihm auch nicht wichtig.

Es ist dein Schicksal, flüsterte eine Stimme in seinem Kopf, und das Flüstern war wie ein Teil des gesamten Lobgesangs um ihn herum.

Wie ein Zweig, der vom Schaumkamm einer Woge getragen wird, schwemmte ihn die Menge auf einen riesigen Platz im Stadtzentrum, und zum ersten Mal sah er, dass sich der weiße Turm aus einem hellen Marmorpalast erhob, der weniger gebaut als vielmehr von einem Bildhauer geformt erschien, mit elegant geschwungenen Wänden, schwellenden Kuppeln und graziösen Türmchen, die nach dem Himmel griffen. Vor Ehrfurcht stockte ihm der Atem. Breite Treppen aus kantig geformtem Stein führten vom Platz aus hinauf, und die Menschen blieben am Fuß dieser Treppen stehen, doch ihr Lied schwoll immer stärker an. Die andächtigen Stimmen trugen seine Füße empor. *Dein Schicksal,* flüsterte die Stimme eindringlich. Er tanzte nicht mehr, blieb aber keineswegs stehen. Ohne Zögern schritt er die Treppen hinauf. Er gehörte hierher.

Die massiven Türflügel am oberen Ende der Treppe waren mit Runen bedeckt, dermaßen verflochtenen und feinen Gravierungen, dass er sich keine Klinge vorstellen konnte, die fein genug wäre, um das zu vollbringen. Das Tor öffnete sich, und er schritt hinein. Die Türflügel schlossen sich mit einem Donnerhall hinter ihm. »Wir haben auf dich gewartet«, zischte der Myrddraal.

Rand schnellte hoch, schnappte nach Luft und zitterte, die Augen weit aufgerissen. Tam schlief noch in seinem Bett. Langsam beruhigte sich Rands Atem. Halb verglühte Holzscheite loderten im Kamin. Um sie herum war ein Ring aus Kohle aufgehäuft; jemand musste das getan haben, während er schlief. Zu seinen Füßen lag eine Decke, die ihm beim Hochschnellen heruntergefallen war. Auch die provisorische Bahre war verschwunden, und die Umhänge hingen ordentlich an der Tür. Mit einer immer noch zitternden Hand wischte er sich kalten Schweiß von der Stirn. Er fragte sich, ob es den Dunklen König auch auf ihn aufmerksam machen könne, wenn er ihn im Schlaf nannte.

Draußen dämmerte es, der volle Mond stand hoch am Himmel, und über den Verschleierten Bergen funkelten die Abendsterne. Er hatte den Tag verschlafen. Er rieb sich über einen schmerzenden Fleck an der Seite. Offensichtlich war er eingeschlafen, obwohl ihn der Schwertgriff in die Rippen drückte. Das und ein leerer Magen und die ereignisreiche Nacht zuvor: kein Wunder, wenn er Albträume hatte.

Sein Magen knurrte, und so stand er steif auf und trat zum Tisch, auf dem Frau al'Vere das Tablett abgestellt hatte. Er zog das weiße Tuch beiseite. Obwohl er einige Zeit geschlafen hatte, war die Rindfleischbrühe noch warm, genau wie das Brot mit seiner knusprigen Rinde. Es wurde ihm schnell klar, was Frau al'Vere getan hatte: Das Tablett war ausgetauscht worden. Wenn sie einmal beschlossen hatte, dass jemand eine warme Mahlzeit brauchte, dann gab sie nicht auf, bis man sie gegessen hatte.

Er trank ein wenig Brühe, legte rasch Fleisch und Käse zwischen zwei Scheiben Brot und stopfte sich alles in den Mund. Zwischen den ersten Bissen ging er zum Bett zurück. Frau al'Vere hatte sich offensichtlich auch um Tam gekümmert. Seine Kleider lagen sauber und zusammengelegt auf dem Nachttisch, und eine Decke war ihm bis unter das Kinn hochgezogen worden. Als Rand die Stirn seines Vaters berührte, öffnete Tam die Augen. »Da bist du ja, Junge. Marin hat mir gesagt, dass du hier bist, aber ich war noch nicht einmal in der Lage, mich aufzusetzen, um nach dir zu sehen. Sie sagte, du seist zu müde, und sie könne dich nicht wecken, nur damit ich dich sehe. Selbst Bran kann da nichts ausrichten, wenn sie sich etwas in den Kopf gesetzt hat.«

Tams Stimme klang schwach, doch sein Blick war klar und ruhig. *Die Aes Sedai hatte Recht,* dachte Rand. Wenn er sich eine Weile ausruht, wird er auch wieder ganz gesund. »Kann ich dir etwas zu essen holen? Frau al'Vere hat ein Tablett dagelassen.«

»Sie hat mich bereits gefüttert ... Falls man das so nennen kann. Sie gab mir nur ein wenig Brühe. Wie kann ein Mann Albträume meiden, wenn er nichts als Brühe im ...« Tam befreite eine Hand aus der Decke und berührte das Schwert an Rands Hüfte. »Dann war es kein Traum. Als Marin mir sagte, ich sei krank, dachte ich, ich sei ... Aber du bist in Ordnung. Das ist die Hauptsache. Was ist mit dem Hof?«

Rand holte tief Luft. »Die Trollocs haben die Schafe getötet. Ich glaube, auch die Kuh, na ja, und das Haus muss gesäubert werden.« Er brachte ein schwaches Lächeln zustande. »Wir hatten mehr Glück als andere. Sie haben das halbe Dorf niedergebrannt.«

Er erzählte Tam alles, was geschehen war – oder zumindest das meiste. Tam hörte genau zu und stellte manche Frage. So musste er ihm wohl oder übel erzählen, dass er aus dem Wald nochmals zum Haus zurückgekehrt war, und das brachte ihr Gespräch auf den Trolloc, den er getötet hatte. Er musste ihm erzählen, dass Nynaeve behauptet hatte, er werde sterben, um zu erklären, warum die Aes Sedai ihn behandelt hatte statt der Seherin. Tam machte große Augen, als er das hörte: eine Aes Sedai in Emondsfelde. Aber Rand fand es nicht notwendig, jeden Schritt ihrer Flucht vom Hof zu erklären, seine Ängste zu schildern oder den Myrddraal auf der Straße zu erwähnen. Und ganz bestimmt nicht seine Albträume, als er neben dem

Bett schlief. Er sah insbesondere auch keinen Grund, Tams Fiebergestammel zu wiederholen. Noch nicht. Aber Moiraines Geschichte zu erzählen ließ sich natürlich nicht vermeiden.

»Das ist nun eine Geschichte, auf die selbst ein Gaukler stolz sein könnte«, murmelte Tam, als Rand fertig war. »Was wollen die Trollocs mit euch Jungen anfangen? Oder – das Licht helfe uns – der Dunkle König?«

»Glaubst du, sie lügt? Meister al'Vere bestätigte mir, dass nur zwei Bauernhöfe überfallen wurden. Und was sie über Meister Luhhans und Meister Cauthons Haus sagte.«

Einen Augenblick lang lag Tam schweigend da, bevor er bat: »Erzähl mir genau, was sie gesagt hat. Ihre eigenen Worte, bitte, so wie sie es ausgedrückt hat!«

Rand rang nach Worten. Wer erinnert sich schon jemals an die *genauen* Worte, die er gehört hatte? Er kaute auf der Lippe herum, kratzte sich am Kopf und brachte es schließlich Stückchen für Stückchen heraus, so gut er sich eben erinnern konnte. »An mehr kann ich mich nicht erinnern«, schloss er. »Bei einigem bin ich nicht ganz sicher, ob sie es wirklich genau so ausgedrückt hat, aber zumindest entspricht es ihren Worten.«

»Ist schon in Ordnung. Siehst du, Junge, die Aes Sedai haben viele Tricks auf Lager. Sie lügen nicht, jedenfalls nicht direkt, aber was dir eine Aes Sedai als Wahrheit erzählt, ist nicht immer das, was du glaubst. Du musst vorsichtig sein.«

»Ich habe die Geschichten auch gehört«, gab Rand zurück. »Ich bin doch kein Kind.«

»Nein, bist du nicht.« Tam seufzte tief und zuckte dann die Achseln. »Trotzdem sollte ich mitkommen. Die Welt jenseits der Zwei Flüsse ist ganz anders als Emondsfelde.«

Das war nun eine Gelegenheit, Tam zu fragen, ob er wirklich schon draußen gewesen sei und was Rand sonst noch auf der Seele brannte, doch er nahm sie nicht wahr. Stattdessen brachte er den Mund vor Staunen nicht zu. »Einfach so? Ich dachte, du würdest versuchen, mir das auszureden und mir hundert Gründe nennen, warum ich nicht gehen soll.« Ihm wurde klar, dass er gehofft hatte, Tam werde hundert gute Gründe dafür nennen.

»Vielleicht keine hundert«, sagte Tam schnaubend, »aber ein paar sind mir schon eingefallen. Nur spielen die keine große Rolle. Wenn Trollocs hinter dir her sind, bist du in Tar Valon sicherer, als du es hier je sein könntest. Denk nur daran, auf der Hut zu bleiben. Aes

Sedai tun manches aus Gründen, die nicht immer dasselbe bedeuten, was du glaubst.«

»Das hat der Gaukler auch gesagt«, entgegnete Rand langsam.

»Dann weiß er, wovon er spricht. Du hörst genau zu, denkst gut nach und hältst deine Zunge im Zaum. Das ist ein guter Rat in Bezug auf alles, was du außerhalb der Zwei Flüsse antriffst und insbesondere, was die Aes Sedai angeht. Und die Behüter. Erzähl Lan etwas, und du hast es auch Moiraine erzählt. Wenn er ein Behüter ist, dann ist er ihr so sicher zugeschworen, wie die Sonne heute Morgen aufging, und er wird nicht viel, wenn überhaupt etwas vor ihr geheim halten.«

Rand wusste wenig über das Zuschwören eines Behüters mit einer Aes Sedai, obwohl es eine wichtige Rolle in jeder Geschichte über die Behüter spielte. Es hatte etwas mit der Macht zu tun, so etwas wie ein Geschenk an den Behüter oder vielleicht auch irgendein Austausch. Den Geschichten nach hatten die Behüter zahlreiche Vorteile davon. Ihre Wunden heilten schneller als bei anderen Menschen, und sie konnten länger ohne Essen oder Wasser oder Schlaf auskommen. Man nahm auch an, sie könnten Trollocs spüren, wenn sie nahe genug waren, oder auch andere Kreaturen des Dunklen Königs, und das erklärte auch, warum Lan und Moiraine versucht hatten, das Dorf vor dem Angriff zu warnen. Was die Aes Sedai davon hatten, darüber schwiegen die Geschichten, aber er konnte nicht glauben, dass sie keinen Vorteil aus dieser Verbindung zogen.

»Ich werde aufpassen«, sagte Rand. »Doch wüsste ich gern, warum. Es ergibt alles keinen Sinn. Warum ich? Warum wir?«

»Ich möchte es auch gern wissen, Junge. Blut und Asche, ich möchte es wirklich wissen!« Tam seufzte tief. »Na ja, man kann ein ausgeschlagenes Ei nicht wieder in die Schale zurückstecken. Wann brecht ihr auf? Ich bin in ein oder zwei Tagen wieder auf den Beinen ...«

»Moiraine ... Die Aes Sedai sagt, dass du im Bett bleiben musst. Wochenlang, meinte sie.« Tam öffnete den Mund, doch Rand fuhr fort. »Und sie hat mit Frau al'Vere darüber gesprochen.«

»Oh? Na ja, vielleicht kann ich Marin doch kleinkriegen.« Allerdings klang Tams Stimme nicht sehr hoffnungsvoll. Er sah Rand scharf an. »Die Art, wie du eine klare Antwort vermieden hast, bedeutet wahrscheinlich, dass du bald weg musst. Morgen? Oder heute Nacht?«

»Heute Nacht«, sagte Rand leise, und Tam nickte traurig.

»Wenn es schon sein muss, dann darfst du dich nicht aufhalten.

Aber was die ›Wochen‹ betrifft, ist das letzte Wort noch nicht gesprochen.« Er zupfte eher ratlos als kraftvoll an seiner Decke herum. »Vielleicht komme ich sowieso in ein paar Tagen nach, und hole dich unterwegs ein. Wir werden ja sehen, ob mich Marin im Bett festhalten kann, wenn ich aufstehen will.«

Jemand klopfte an die Tür, und Lan steckte den Kopf herein. »Sag schnell auf Wiedersehen, Schäfer, und komm! Es könnte Schwierigkeiten geben.«

»Schwierigkeiten?«, fragte Rand, und der Behüter knurrte ihn ungeduldig an. »Mach schnell!«

Hastig schnappte Rand sich seinen Umhang. Er wollte das Schwert abschnallen, doch Tam erhob Einspruch.

»Behalt es! Du wirst es nötiger brauchen als ich, obwohl, so das Licht es will, vielleicht keiner von uns so etwas braucht. Pass auf dich auf, Junge! Verstanden?«

Rand überhörte Lans fortgesetztes Knurren und beugte sich über Tam. Sie nahmen sich in die Arme. »Ich komme zurück. Das verspreche ich dir.«

»Natürlich kommst du wieder.« Tam lachte. Er erwiderte die Umarmung schwach und klopfte Rand schließlich auf den Rücken. »Das weiß ich. Und wenn du zurückkehrst, werde ich doppelt so viele Schafe haben, die du dann hüten musst. Jetzt geh aber, bevor dieser Bursche durchdreht.«

Rand suchte nach Worten, um die Frage zu formulieren, die er eigentlich nicht hatte stellen wollen, aber Lan kam ins Zimmer, packte ihn am Arm und zog ihn hinaus in den Flur. Der Behüter hatte sich ein mit Metallschuppen bedecktes graugrünes Wams übergezogen. Seine Stimme klang rau vor Ärger.

»Wir müssen uns beeilen! Verstehst du das Wort *Schwierigkeiten* nicht?«

Draußen wartete Mat. Er hatte Mantel und Umhang an und trug seinen Bogen. An seiner Hüfte hing ein Köcher. Er ging ängstlich hin und her und sah immer wieder zur Treppe hinüber. Sein Blick schien eine Mischung aus Ungeduld und Angst auszudrücken. »Das ist nicht ganz so wie in den Geschichten, Rand, oder?«, fragte er heiser.

»Welche Schwierigkeiten denn?«, wollte Rand wissen, aber statt zu antworten, rannte der Behüter voraus und nahm immer zwei Stufen auf einmal. Mat hetzte ihm hinterher, nachdem er Rand mit einem Wink bedeutet hatte, ihnen zu folgen.

Er rannte los, wobei er sich auch noch den Umhang über den Kopf zog. Unten holte er sie ein. Der Schankraum war nur schwach beleuchtet; die Hälfte der Kerzen war niedergebrannt, und die andere Hälfte flackerte nur noch. Der Raum war leer. Mat stand neben einem Fenster und spähte hinaus, als wolle er von draußen nicht gesehen werden. Lan öffnete die Tür einen Spalt und blickte in den Hof hinaus.

Er fragte sich, wonach sie Ausschau hielten, und gesellte sich zu ihnen. Der Behüter raunte ihm zu, er solle vorsichtig sein, aber er öffnete die Tür ein wenig weiter, damit Rand auch hinaussehen konnte.

Zuerst war er sich nicht sicher, was da draußen wirklich geschah. Männer aus dem Dorf, drei Dutzend etwa, hatten sich neben dem ausgebrannten Gestell des Krämerwagens versammelt. Die Fackeln, die sie trugen, verdrängten die Nacht. Moiraine stand ihnen gegenüber, der Schenke den Rücken zugekehrt, und stützte sich scheinbar unbeteiligt auf ihren Wanderstock. Hari Coplin stand mit seinem Bruder Darl und Bili Congar etwas abseits von den anderen. Auch Cenn Buie war da. Er blickte ziemlich unglücklich drein. Rand war überrascht, als er sah, wie Hari Moiraine mit der Faust bedrohte.

»Verlasst Emondsfelde!«, rief der Bauer mit dem mürrischen Gesicht. Ein paar Stimmen aus der Menge unterstützten ihn, aber nur zögernd, und niemand drängte sich vor. Sie hatten den Mut, sich im Schutz einer Menschenmenge einer Aes Sedai zu stellen, aber keiner wollte ihr allein gegenüberstehen. Keiner Aes Sedai, die auch noch Grund hatte, sich angegriffen zu fühlen.

»Ihr habt diese Ungeheuer hergebracht!«, brüllte Darl. Er schwenkte eine Fackel über dem Kopf, und man hörte Rufe wie:»Ihr habt sie hergebracht!« und»Es ist Eure Schuld!« Der lauteste Schreier war sein Vetter Bili.

Hari stieß Cenn Buie mit dem Ellbogen, und der alte Dachdecker spitzte die Lippen, wobei er ihn von der Seite her böse ansah.»Diese Trollocs sind erst aufgetaucht, nachdem Ihr hierher kamt«, murmelte Cenn gerade laut genug, um noch hörbar zu sein. Er drehte den Kopf mürrisch von Seite zu Seite, als wünsche er sich irgendwo anders hin und suche nach einem Weg, dorthin zu gelangen.»Ihr seid eine Aes Sedai. Wir wollen keine von Euch bei den Zwei Flüssen. Aes Sedai bringen Unglück mit sich. Wenn Ihr bleibt, wird es nur noch schlimmer.«

Seine Rede verhallte in den Reihen der versammelten Dorfbewohner, und so blickte Hari enttäuscht und grimmig drein. Plötzlich riss er Darl die Fackel aus der Hand und schwenkte sie in ihre Richtung. »Geht fort!«, schrie er. »Oder wir brennen Euch hinaus!« Eisiges Schweigen folgte. Nur das Schlurfen von Füßen war hörbar, als sich die Männer zurückzogen. Die Leute von den Zwei Flüssen konnten sich zur Wehr setzen, wenn man sie angriff, aber Gewaltanwendung war nicht üblich, und es lag ihnen fern, Menschen zu bedrohen. Höchstens dass einer mal die Faust schwenkte. Cenn Buie, Bili Congar und die Coplins standen ganz allein vor den anderen. Bili machte den Eindruck, als wollte er sich auch am liebsten zurückziehen.

Hari schreckte zusammen, als er merkte, wie wenig Unterstützung er bekam, aber er erholte sich schnell. »Geht fort!«, schrie er wieder. Darl tat es ihm nach und schließlich, etwas leiser, auch Bili. Hari sah die anderen finster an. Die meisten in der Menge mieden seinen Blick.

Plötzlich traten Bran al'Vere und Haral Luhhan aus dem Schatten und blieben stehen, ein paar Schritte von der Menge, aber auch von der Aes Sedai entfernt. In einer Hand trug der Bürgermeister wie zufällig den großen Holzhammer, den er benutzte, um Zapfhähne in die Fässer zu treiben. »Hat jemand vorgeschlagen, meine Schenke anzuzünden?«, fragte er sanft.

Die beiden Coplins traten einen Schritt zurück, und Cenn Buie setzte sich von ihnen ab. Bili Congar verschwand in der Menge. »Das nicht«, sagte Darl schnell. »Das haben wir nie gesagt, Bran ... äh, Bürgermeister.«

Bran nickte. »Dann habe ich vielleicht gehört, wie ihr Gäste meiner Schenke bedroht habt?«

»Sie ist eine Aes Sedai«, begann Hari wütend, aber er verstummte, als Haral Luhhan sich bewegte.

Der Schmied streckte sich einfach nur, hob die dicken Arme über den Kopf, ballte die kräftigen Fäuste, bis die Gelenke knackten, doch Hari sah den bulligen Mann an, als hätte er ihm diese Fäuste unter die Nase gehalten. Haral verschränkte die Arme wieder vor der Brust. »Verzeihung, Hari. Ich wollte dich nicht unterbrechen. Was hattest du gesagt?«

Aber Hari zog die Schultern ein, als wolle er in sich selbst hineinkriechen und verschwinden, und schien nichts mehr zu sagen zu haben.

»Ich bin von euch überrascht, Leute«, grollte Bran. »Paet al'Caar, deinem Jungen wurde letzte Nacht das Bein gebrochen, aber ich habe ihn heute wieder herumlaufen sehen – und das hat er *ihr* zu verdanken. Eward Candwin, du hast auf dem Bauch gelegen – mit einem Schnitt im Rücken wie ein Fisch, den man ausnehmen will, bis sie die Hände auf dich gelegt hat. Jetzt sieht es aus, als sei es vor einem Monat passiert, und wenn ich mich nicht irre, wird kaum eine Narbe bleiben. Und du, Cenn ...« Der Dachdecker schob sich ein Stück rückwärts auf die Menge zu, blieb aber dann stehen, von Brans Blick festgehalten.»Ich wäre schon bestürzt genug, hier einen Mann aus dem Dorfrat anzutreffen, aber am meisten, wenn es ausgerechnet du bist, Cenn. Wenn sie nicht gewesen wäre, hinge dein Arm immer noch schlaff an deiner Seite herab, mit unzähligen Verbrennungen und Abschürfungen. Wenn du schon keine Dankbarkeit kennst, schämst du dich dann nicht wenigstens?«

Cenn hob die rechte Hand ein Stück, blickte dann aber ärgerlich zur Seite.»Ich leugne nicht, was sie getan hat«, murmelte er, und es hörte sich tatsächlich an, als schäme er sich.»Sie hat mir und anderen geholfen«, fuhr er in einem beinahe bittenden Tonfall fort,»aber sie ist eine Aes Sedai, Bran. Wenn diese Trollocs nicht ihretwegen gekommen sind, warum dann? Wir wollen keine Aes Sedai bei den Zwei Flüssen. Sie sollen ihre Zwistigkeiten von uns fern halten!«

Ein paar Männer, sicher in der Menge verborgen, riefen nun:»Wir wollen keinen Ärger mit den Aes Sedai!« –»Schickt sie weg!« – »Treibt sie davon!« –»Warum sind sie gekommen, wenn nicht ihretwegen?«

Brans Gesicht verfinsterte sich zusehends, aber bevor er etwas sagen konnte, wirbelte Moiraine ihren mit Ranken beschnitzten Stock hoch über dem Kopf durch die Luft. Sie drehte ihn mit beiden Händen. Rand schnappte wie alle Dorfbewohner nach Luft, denn aus jedem Ende des Stocks fuhr zischend eine weiße Flamme. Trotz der wirbelnden Bewegung stachen die Flammen gleichmäßig wie Speerspitzen heraus. Sogar Bran und Haral zogen sich zurück. Moiraine ließ die Arme fallen und hielt sie gerade ausgestreckt, den Stock parallel zum Boden. Aber das blasse Feuer zischte immer noch daraus hervor, heller als die Fackeln. Die Männer scheuten zurück und hielten die Hände vors Gesicht, um die Augen vor dem Schmerz zu bewahren, den das Strahlen verursachte.

»Ist Aemons Blut in Euch so dünn geworden?« Die Stimme der Aes Sedai war nicht laut, doch sie übertönte jedes andere Geräusch. »Kleine Leute, die sich um das Recht zanken, sich wie die Kaninchen zu verstecken? Ihr habt vergessen, wer und was ihr wart, aber ich hatte gehofft, es sei noch ein wenig davon übrig geblieben, ein schwacher Abklatsch in eurem Blut und euren Knochen. Irgendein Überbleibsel, um euch auf die lange Nacht vorzubereiten, die gerade anbricht.«

Keiner sagte ein Wort. Die beiden Coplins sahen aus, als wollten sie nie wieder den Mund öffnen.

»Vergessen, wer wir waren?«, ereiferte sich Bran. »Wir sind, wer wir immer waren. Ehrliche Bauern und Schäfer und Handwerker. Die Leute der Zwei Flüsse.«

»Im Süden«, fuhr Moiraine fort, »liegt der Fluss, den ihr den Weißen Fluss nennt, doch weit weg im Osten nennen ihn die Menschen immer noch bei seinem rechtmäßigen Namen: *Manetherendrelle*. In der Alten Sprache: Die Wasser der Bergheimat. Schimmernde Wasser, die einst durch ein Land der Schönheit und Tapferkeit flossen. Vor zweitausend Jahren floss die Manetherendrelle an den Mauern einer Bergstadt vorbei, die so herrlich anzusehen war, dass sogar Steinwerker der Ogier kamen, um sie staunend zu betrachten. Ackerland und Dörfer bedeckten diese Gegend und das Gebiet, das ihr den Wald der Schatten nennt, und noch mehr. Aber diese Menschen betrachteten sich als die Leute der Bergheimat, die Einwohner von Manetheren.

Ihr König war Aemon al Caar al Thorin, Aemon, der Sohn des Caar, Sohn des Thorin, und Eldrene ay Carlan war seine Königin. Aemon war ein so furchtloser Mann, dass das größte Kompliment, das man jemandem für seinen Mut machen konnte, sogar unter seinen Feinden damals hieß: Der Mann hat Aemons Herz. Eldrene war so schön, dass man sich erzählte, die Blumen blühten nur, um sie zum Lächeln zu bringen. Mut und Schönheit und Weisheit und eine Liebe, die auch der Tod nicht zerbrechen konnte. Weint, wenn ihr noch ein Herz im Leib habt, weil sie verloren sind, weil sogar die Erinnerung an sie verloren ging. Weint, denn auch ihr Blut scheint verloren.«

Sie schwieg, und niemand sprach. Rand war wie die anderen in ihrem Bann gefangen. Als sie wieder begann, lauschte er begierig ihren Worten, genau wie die anderen.

»Beinahe zwei Jahrhunderte lang hatten die Trolloc-Kriege die Welt der Länge und der Breite nach verwüstet, und wo immer Schlachten tobten, da war das Banner von Manetheren mit seinem Roten Adler in der vordersten Linie zu finden. Die Männer von Manetheren waren ein Dorn im Fuß des Dunklen Königs und ein Stachel in seiner Hand. Singt von Manetheren, das nie sein Knie dem Schatten beugte. Singt von Manetheren, dem Schwert, das nicht zerbrochen werden konnte.

Sie waren weit weg, die Männer von Manetheren, auf dem Feld von Bekkar, das man auch das Feld des Blutes nennt, als sich die Nachricht verbreitete, dass eine Trolloc-Armee gegen ihre Heimat marschierte. Zu weit entfernt, um etwas anderes zu tun, als darauf zu warten, vom Tod ihres Landes zu hören, denn der Dunkle König wollte ihnen ein Ende bereiten. Töte die mächtige Eiche, indem du ihre Wurzeln abhackst. Zu weit weg, um etwas anderes zu tun, als zu trauern. Aber sie waren die Männer der Bergheimat.

Ohne zu zögern, ohne an die Entfernung zu denken, die sie zurücklegen mussten, marschierten sie vom ruhmreichen Schlachtfeld los, immer noch mit Staub und Blut und Schweiß bedeckt. Tag und Nacht marschierten sie, denn sie hatten die Schrecken erlebt, die eine Armee von Trollocs hinterlässt, und keiner von ihnen konnte ruhig schlafen, während eine solche Gefahr Manetheren bedrohte. Sie marschierten, als hätten sie Schwingen an den Füßen, weiter und schneller, als ihre Freunde hofften und ihre Feinde fürchteten. Zu jeder anderen Zeit hätte allein dieser Marsch Dichter und Sänger beflügelt. Als die Armeen des Dunklen Königs über die Ländereien von Manetheren herfallen wollten, standen die Mannen der Bergheimat bereits vor ihnen mit dem Rücken zum Tarendrelle.«

Irgendein Dorfbewohner brachte seinen Beifall zum Ausdruck, doch Moiraine fuhr fort, als habe sie es nicht gehört.»Die Heerschar, der sich die Mannen von Manetheren gegenübersahen, war gewaltig genug, um auch das tapferste Herz zum Zittern zu bringen. Raben verdunkelten den Himmel, Trollocs verfinsterten das Land. Trollocs und ihre menschlichen Verbündeten. Zehntausende und Aberzehntausende von Trollocs und Schattenfreunden, von Schattenlords geführt. In der Nacht sah man mehr Lagerfeuer als Sterne am Himmel, und in der Morgendämmerung sah man das Banner von Ba'alzamon an ihrer Spitze. Ba'alzamon, das Herz der Dunkelheit. Ein uralter Name für den Vater der Lügen. Der Dunkle König konnte noch nicht aus seinem Gefängnis am Shayol Ghul befreit sein, denn wäre das der Fall gewesen, hätte keine menschliche Macht ausgereicht, um ihm zu widerstehen, und doch war eine gewaltige Macht hier versammelt. Schattenlords und so viel Böses, dass das Licht zerstörende Banner durchaus angebracht schien und die Seelen der Männer, die ihm gegenüberstanden, erzittern ließ.

Und doch wussten sie, was sie zu tun hatten. Ihre Heimat lag gleich jenseits des Flusses. Sie mussten diese Heerschar und die sie begleitenden Mächte von der Bergheimat fern halten. Aemon hatte Boten ausgesandt. Hilfe wurde ihnen versprochen, wenn sie sich nur drei Tage lang am Tarendrelle halten konnten, drei Tage lang aushielten gegen eine Übermacht, die sie schon während der ersten Stunde überwältigen würde. Und doch ertrugen sie den blutigen Angriff in verzweifelter Gegenwehr, hielten eine Stunde lang stand, eine zweite Stunde und eine dritte. Drei Tage lang kämpften sie, und obwohl das Land einem Schlachthof glich, gestatteten sie dem Feind keinen Übergang über den Tarendrelle. Als die dritte Nacht sich neigte, war immer noch keine Hilfe gekommen und auch kein Kurier. Sie kämpften allein weiter. Sechs Tage lang. Neun Tage. Und am zehnten Tag schmeckte Aemon den bitteren Geschmack des Verrats. Es kam keine Hilfe, und sie konnten die Flussübergänge nicht länger halten.«

»Was machten sie dann?«, wollte Hari wissen. Fackeln loderten im kalten Nachtwind, aber niemand bewegte sich, um einen Umhang enger um sich zu wickeln.

»Aemon überquerte den Tarendrelle«, sagte ihnen Moiraine, »und zerstörte die Brücken hinter ihnen. Und er sandte Boten durch das Land, um den Menschen zu sagen, sie sollten fliehen, denn es war ihm klar, dass die Mächte, die das Trolloc-Heer begleiteten, einen Weg finden würden, es über den Fluss zu schaffen. Und noch während die Boten forteilten, begannen die Trollocs, den Fluss zu überqueren, und die Soldaten von Manetheren stellten sich ihnen erneut entgegen, um ihren Landsleuten Zeit zur Flucht zu erkaufen. Von der Stadt Manetheren aus führte Eldrene die Flüchtlinge in die tiefsten Wälder und in die Schlupfwinkel der Berge.

Doch manche flohen auch nicht. Zuerst nur wenige, dann immer mehr, und schließlich strömten Männer nicht in Sicherheit, sondern zu der Armee, die für ihr Land kämpfte. Schäfer mit dem Bogen und Bauern mit der Mistgabel und Waldarbeiter mit der Axt. Auch Frauen kamen mit, schulterten an Waffen, was sie finden konnten, und marschierten an der Seite ihrer Männer in den Kampf. Keiner, der nicht wusste, dass er nie mehr zurückkehren würde. Aber es war ihr Land. Es war das Land ihrer Väter gewesen, und es würde ihren Kindern gehören, und sie waren bereit, den Preis dafür zu bezahlen. Kein Fußbreit Boden wurde preisgegeben, bevor er nicht mit Blut getränkt war, doch am Ende wurde die Armee von Manetheren zurückgedrängt, hierher, an diesen Ort, den ihr nun Emondsfelde nennt. Und hier wurden sie von den Trolloc-Horden eingeschlossen.«

In ihrer Stimme schwangen kalte Tränen mit.»Tote Trollocs und die Leichen von Abtrünnigen lagen zu Hügeln aufgetürmt, doch immer mehr krochen über die Gebeinhaufen in endlosen Wellen des Todes. Es konnte nur einen Ausgang geben. Kein Mann und keine Frau, die zu Beginn dieses Tages unter dem Banner des Roten Adlers gestanden hatten, erlebte noch den Anbruch der Nacht. Das Schwert, das nicht zerbrochen werden konnte, zersplitterte.

In den Verschleierten Bergen, allein in der leeren Stadt Manetheren, fühlte Eldrene, wie Aemon starb, und ihr Herz starb mit ihm. Und wo ihr Herz gewesen war, da blieb nur noch ein Wunsch nach Rache übrig, Rache für ihre Liebe, Rache für ihre Untertanen und für ihr Land. Von Schmerz getrieben, verband sie sich mit der Wahren Quelle und lenkte die Eine Macht auf die Trolloc-Armee. Und die Schattenlords starben, wo sie gerade standen, gleichgültig, ob in einer geheimen Beratung oder bei der Musterung ihrer Soldaten. Innerhalb eines Atemzugs brachen die Schattenlords und die Generale des Dunklen Königs in Flammen aus. Feuer verschlang ihre Körper, und Angst überwältigte ihre soeben noch siegreiche Armee.

Jetzt rannten sie wie die Tiere, die vor einem Waldbrand flüchteten, und dachten an nichts anderes als an Flucht. Nach Norden und Süden flohen sie. Tausende ertranken, als sie versuchten, ohne die Hilfe der Schattenlords den Tarendrelle zu überqueren, und am Manetherendrelle rissen sie die Brücken ein aus Angst vor den Verfolgern. Wo immer sie auf Menschen stießen, da mordeten und verbrannten sie, aber sie wurden von dem Gedanken an Flucht beherrscht, bis schließlich keiner mehr im Lande Manetheren zurückblieb. Sie wurden verstreut wie Staub von einem Wirbelwind. Die endgültige Rache erfolgte langsamer, aber sie holte sie ein, als sie nämlich von anderen Völkern gejagt wurden, von den Heeren anderer Länder. Keiner von denen, die am Aemonsfeld gemordet hatten, blieb am Leben. Aber Manetheren zahlte einen hohen Preis. Eldrene hatte mehr Macht in sich vereint, als ein Mensch je beherrschen kann. Als die Generale des Feindes starben, starb auch sie, und das Feuer, das sie verschlang, verschlang auch die leere Stadt Manetheren, selbst die Steine bis hinunter auf den Grundfels des Gebirges. Und doch waren die Menschen gerettet.

Von ihren Bauernhöfen, ihren Dörfern oder ihrer großartigen

Stadt war nichts übrig geblieben. Einige meinten, es sei überhaupt nichts mehr übrig für sie, und sie müssten in andere Länder fliehen, um dort neu zu beginnen. Sie sagten es aber nicht. Sie hatten einen solch hohen Preis an Blut und Hoffnung für ihr Land bezahlt, wie es noch nie zuvor geschehen war, und nun waren sie durch Bande stärker als Stahl an diese Erde gebunden. Sie wurden in späteren Jahren mit anderen Kriegen überzogen, bis schließlich ihre Ecke der Welt vergessen wurde und bis sie die Kriege und ihre Folgen vergessen hatten. Manetheren erhob sich niemals mehr. Ihre schwebenden Türme und plätschernden Brunnen wurden Teil eines Traums, der langsam in der Erinnerung der Menschen verblasste. Doch sie und ihre Kinder und Kindeskinder hielten dieses Land, das ihnen gehörte. Sie hielten es, auch wenn die langen Jahrhunderte das Warum aus ihrem Gedächtnis wuschen. Sie hielten es bis heute, bis zu Euch. Weint um Manetheren. Weint um das, was für immer verloren ist.«

Die Flammen aus Moiraines Stock erloschen, und sie senkte ihn, als wöge er hundert Pfund. Lange Augenblicke war das Heulen des Windes der einzige Laut. Dann schob sich Paet al'Caar vor die Coplins.

»Ich weiß nichts von Eurer Geschichte«, sagte der Bauer mit dem langen Kinn. »Ich bin kein Dorn im Fuß des Dunklen Königs und werde es wahrscheinlich auch nie sein. Aber mein Wil kann dank Eurer Hilfe wieder laufen, und deshalb schäme ich mich, hier zu sein. Ich weiß nicht, ob Ihr mir vergeben könnt, aber ob Ihr könnt oder nicht, ich gehe jetzt. Und was mich betrifft, könnt Ihr so lange in Emondsfelde bleiben, wie es Euch beliebt.«

Mit einem raschen Kopfnicken, beinahe schon einer Verbeugung schob er sich in die Menge zurück. Nun murmelten auch andere, taten verschämt Buße, bevor sie ebenfalls davonschlichen. Die Coplins, mit finsterer Miene und heruntergezogenen Mundwinkeln, sahen die Gesichter der Menschen und verschwanden ohne ein Wort in der Nacht. Bili Congar hatte sich noch vor seinen Vettern verdrückt.

Lan zog Rand zurück und schloss die Tür. »Gehen wir, Junge!« Der Behüter trat in den hinteren Teil der Schenke. »Kommt mit, ihr beiden! Schnell!«

Rand zögerte und tauschte einen fragenden Blick mit Mat. Während Moiraine die Geschichte erzählte, hätten ihn selbst Meister al'Veres Dhurran-Hengste nicht fortschleifen können, doch nun hemmte etwas anderes seine Schritte. Dies war der endgültige Moment, die Schenke zu verlassen und dem Behüter in die Nacht zu folgen ... Er schüttelte sich und bemühte sich um Entschlossenheit. Er hatte keine andere Wahl, aber er würde nach Emondsfelde zurückkehren, wie weit ihn seine Reise auch führen mochte. »Worauf wartet ihr?«, fragte Lan an der Tür. Mat zuckte zusammen und eilte zu ihm.

Rand versuchte, sich selbst zu überzeugen, dass er am Beginn eines großen Abenteuers stand, und folgte ihnen durch die dunkle Küche in den Stallhof.

KAPITEL 10

Abschied

Eine einzelne Laterne, die Klappen halb geschlossen, hing an einem Nagel von einem Stallpfosten und warf ein trübes Licht auf die Szenerie. Die meisten Boxen lagen in tiefen Schatten. Als Rand hinter Mat und dem Behüter durch das Tor eintrat, sprang Perrin unter Strohrascheln von seinem Platz auf. Er hatte mit dem Rücken an eine Boxentür gelehnt dagesessen. Ein schwerer Umhang hüllte ihn ein.

Lan blieb kurz stehen und wollte wissen: »Hast du so genau nachgesehen, wie ich es dir gesagt habe, Schmied?«

»Habe ich«, antwortete Perrin. »Hier ist niemand außer uns. Warum sollte sich auch jemand verstecken ...«

»Vorsicht und ein langes Leben sind gute Partner, Schmied.« Der Behüter sah sich hastig in dem düsteren Stall um, warf einen Blick hinauf in den noch dunkleren Heuboden und schüttelte den Kopf. »Keine Zeit«, murmelte er in sich hinein. »Beeil dich, hat sie gesagt.«

Schnell schritt er hinüber, wo die fünf Pferde aufgezäumt und gesattelt im dämmrigen Lichtkreis standen. Zwei davon waren der schwarze Hengst und die weiße Stute, die Rand schon zuvor gesehen hatte. Die anderen waren wohl nicht so groß und geschmeidig, schienen aber zum Besten zu gehören, was die Zwei Flüsse aufbieten konnten. Lan überprüfte die Sattelgurte und die Lederriemen, die ihre Satteltaschen, Wasserschläuche und Deckenrollen hinter den Sätteln festhielten.

Rand und seine Freunde lächelten sich unsicher an, und er bemühte sich sehr, den Eindruck zu erwecken, als könne er den Aufbruch gar nicht erwarten.

Zum ersten Mal bemerkte Mat das Schwert an Rands Seite, und er zeigte darauf. »Wirst du jetzt auch ein Behüter?« Er lachte, hielt aber gleich mit einem schnellen Seitenblick auf Lan inne. Der Behüter hatte offensichtlich nichts bemerkt. »Oder zumindest Leibwächter eines Kaufmanns?«, fuhr Mat mit einem Grinsen fort, das ein wenig gezwungen wirkte. Er hob seinen Bogen. »Die Waffe eines ehrlichen Mannes ist nicht gut genug für ihn.«

Rand überlegte, ob er sein Schwert schwenken sollte, aber Lans Anwesenheit hielt ihn davon ab. Der Behüter blickte nicht einmal in ihre Richtung, aber er war sicher, dass er alles aufnahm, was um ihn herum geschah. Also sagte er beiläufig: »Es könnte nützlich sein«, als sei das Tragen eines Schwerts nichts Besonderes.

Perrin versuchte, etwas unter seinem Umhang zu verbergen. Rand erhaschte einen Blick auf einen breiten Ledergürtel um die Taille des Schmiedlehrlings. Der Stiel einer Axt steckte in einer Gürtelschlaufe.

»Was hast du denn da?«, fragte er.

»Noch ein Leibwächter«, johlte Mat.

Der junge Mann mit dem struppigen Haar sah Mat mit einem Stirnrunzeln an, das darauf hindeutete, dass er schon mehr als einmal Ziel von Mats Spott gewesen war. Dann seufzte er tief und öffnete den Umhang weit genug, um seine Axt zu enthüllen. Es war keine gewöhnliche Holzfälleraxt. Mit einer breiten halbmondförmigen Schneide auf einer Seite und einem gekrümmten Haken auf der anderen wirkte sie genauso fremdartig wie Rands Schwert. Doch Perrins Hand ruhte mit einer gewissen Vertrautheit auf dem Stiel.

»Meister Luhhan hat sie vor etwa zwei Jahren für den Leibwächter eines Wollaufkäufers gemacht. Aber als sie fertig war, wollte der Bursche den vereinbarten Preis nicht zahlen, und Meister Luhhan gab sie nicht für weniger her. Er hat sie mir gegeben, als ...« Er räusperte sich und sah Rand genauso warnend an wie vorher Mat. »... als er sah, wie ich damit übte. Er sagte, ich könne sie haben, weil er sowieso nichts damit anfangen könne.«

»Üben«, spöttelte Mat, bewegte aber die Hände in einer beruhigenden Geste, als Perrin den Kopf hob. »Wie du sagst. Es ist gut, wenn einer von uns mit einer richtigen Waffe umgehen kann.«

»Dieser Bogen ist eine richtige Waffe«, sagte Lan unvermittelt. Er stützte einen Arm auf den Sattel seines großen Rappen und betrachtete sie ernst. »Auch die Steinschleudern, mit denen ich die Dorfjungen gesehen habe. Es macht keinen Unterschied, dass ihr bisher nur Kaninchen gejagt oder Wölfe vertrieben habt. Alles kann zu einer Waffe werden, wenn man den Willen und die Kraft dazu hat. Von den Trollocs einmal abgesehen, solltet ihr euch daran erinnern, bevor wir die Zwei Flüsse verlassen, wenn ihr Tar Valon lebendig erreichen wollt.«

Perrin verzog das Gesicht und verbarg die Axt unter seinem Umhang. Mat blickte auf seine Füße hinunter und schob mit den Zehen Strohhalme beiseite. Der Behüter brummte und wandte sich wieder seiner Überprüfung zu. Das Schweigen zog sich in die Länge.

»Es ist nicht gerade so wie in den Geschichten«, sagte Mat schließlich.

»Ich weiß nicht«, meinte Perrin mürrisch. »Trollocs, ein Behüter, eine Aes Sedai. Was wollt ihr denn noch?«

»Aes Sedai«, flüsterte Mat, der sich anhörte, als fröre er.

»Glaubst du ihr, Rand?«, fragte Perrin. »Ich meine, was können die Trollocs von uns wollen?«

Gleichzeitig sahen sie alle den Behüter an. Lan schien sich auf den Sattelgurt der weißen Stute zu konzentrieren. Die drei zogen sich ein Stück von ihm zurück. An der Stalltür steckten sie die Köpfe zusammen und sprachen leise miteinander.

Rand schüttelte den Kopf. »Ich weiß nicht, aber sie hatte Recht damit, dass nur unsere beiden Höfe angegriffen wurden. Und sie griffen Meister Luhhans Haus und die Schmiede zuerst an, als sie hier im Dorf waren. Ich habe den Bürgermeister gefragt. Es ist genauso leicht möglich, dass sie hinter uns her sind wie hinter irgendjemand anderem.« Plötzlich bemerkte er, dass beide ihn groß ansahen.

»Du hast den Bürgermeister gefragt?«, entgegnete Mat ungläubig. »Sie sagte doch, dass wir es niemandem erzählen dürften.«

»Ich habe ihm nicht erzählt, warum ich es wissen will«, protestierte Rand. »Wollt ihr mir weismachen, ihr habt mit niemandem darüber gesprochen, dass ihr das Dorf verlasst?«

Perrin zuckte schuldbewusst die Achseln. »Moiraine sagte ›niemandem‹.«

»Wir haben Zettel geschrieben«, sagte Mat. »Für unsere Familien. Sie werden sie morgen früh finden. Rand, meine Mutter glaubt, Tar Valon käme noch vor Shayol Ghul.« Er lachte ein wenig, um zu zeigen, dass er ihre Anschauung nicht teilte. Es klang nicht sehr überzeugend. »Sie würde mich im Keller einsperren, wenn sie wüsste, dass ich auch nur mit dem Gedanken spiele dorthinzugehen.«

»Meister Luhhan ist so stur wie ein Felsblock«, fügte Perrin hinzu, »und Frau Luhhan ist noch schlimmer. Wenn ihr gesehen hättet, wie sie in den Trümmern des Hauses herumgrub und sagte, sie hoffe, die Trollocs kämen wieder, damit sie sie in die Finger bekäme ...«

»Versengen soll mich das Licht, Rand«, sagte Mat. »Ich weiß, sie ist eine Aes Sedai, aber die Trollocs waren wirklich hier. Sie sagte, wir sollten es niemandem erzählen. Wenn schon eine Aes Sedai nicht weiß, was man dagegen tun kann – wer dann?«

»Keine Ahnung.« Rand rieb sich die Stirn. Sein Kopf schmerzte, und er konnte diesen Traum nicht loswerden. »Mein Vater glaubt ihr. Zumindest stimmte er zu, dass wir gehen müssten.«

Plötzlich stand Moiraine in der Tür. »Du hast mit deinem Vater über diese Reise gesprochen?« Sie war von Kopf bis Fuß in dunkles Grau gekleidet, mit einem Hosenrock zum Reiten, und nun war der Schlangenring der einzige Gegenstand aus Gold, den sie noch trug.

Rand beäugte ihren Wanderstock. Trotz der Flammen, die er gesehen hatte, sah er keine verkohlten Stellen und nicht einmal Ruß. »Ich konnte nicht aufbrechen, ohne es ihm zu erzählen.«

Sie betrachtete ihn einen Moment lang mit gespitzten Lippen, bevor sie sich an die anderen wandte. »Und habt ihr auch beschlossen, dass ein Zettel nicht genügt?« Mat und Perrin redeten durcheinander und versicherten ihr, sie hätten lediglich Zettel hinterlassen, so wie sie gesagt hatte. Sie nickte, brachte sie mit einer Handbewegung zum Schweigen und blickte Rand scharf an. »Was geschehen ist, wurde bereits in das Muster eingewebt. Lan?«

»Die Pferde stehen bereit«, sagte der Behüter, »und wir haben genügend Proviant dabei, um Baerlon zu erreichen, und noch etwas als Reserve. Wir können jederzeit aufbrechen. Ich schlage vor: gleich jetzt.«

»Nicht ohne mich.« Egwene schlüpfte in den Stall, im Arm ein in einen Schal gewickeltes Bündel. Rand stolperte beinahe über die eigenen Füße.

Lans Schwert war schon halb aus der Scheide gezogen, doch als er sie erkannte, schob er die Klinge zurück, und seine Augen wurden ausdruckslos. Perrin und Mat beteuerten, dass sie Egwene nichts von ihrer Abreise gesagt hätten. Die Aes Sedai beachtete sie nicht; sie blickte Egwene an und tippte sich gedankenversunken mit einem Finger auf die Lippen.

Die Kapuze von Egwenes dunkelbraunem Umhang war hochgezogen, doch nicht genug, um den trotzigen Gesichtsausdruck zu verbergen, mit dem sie Moiraine in die Augen sah. »Ich habe hier alles, was ich brauche, einschließlich Verpflegung. Und ich werde nicht hier bleiben. Ich habe vielleicht nie wieder eine Möglichkeit, die Welt jenseits der Zwei Flüsse kennen zu lernen.«

»Das wird kein Picknickausflug zum Wasserwald, Egwene«, grollte Mat. Er trat einen Schritt zurück, als sie ihn mit zusammengezogenen Augenbrauen anblickte.

»Danke, Mat. Ohne dich hätte ich das gar nicht bemerkt. Glaubt ihr, ihr drei wärt die Einzigen, die wissen wollen, wie es draußen aussieht? Ich habe davon genauso lange geträumt wie ihr, und ich habe nicht vor, diese Gelegenheit zu versäumen.«

»Wie hast du herausgefunden, dass wir abreisen?«, wollte Rand wissen. »Und außerdem kannst du nicht mitkommen. Wir gehen ja nicht aus purem Vergnügen fort. Die Trollocs sind hinter uns her.«

Sie warf ihm einen mitleidigen Blick zu. Er lief rot an und stand ganz steif vor Entrüstung da.

»Zuerst«, erklärte sie ihm geduldig, »sah ich Mat herumschleichen. Dann sah ich, wie Perrin diese lächerliche Riesenaxt unter seinem Umhang verbarg. Ich wusste, dass Lan ein Pferd gekauft hatte, und plötzlich fragte ich mich, wozu er ein weiteres Pferd brauchte. Und wenn er eines kaufte, konnte er auch noch mehr kaufen. Und da Mat und Perrin herumschlichen wie Kälber, die vorgeben, Füchse zu sein ... Na ja, es gab nur eine Antwort. Ich bin mir nicht klar darüber, ob ich überrascht bin oder nicht, dich auch hier zu finden, Rand, nachdem du so oft über deine Tagträume gesprochen hast. Aber wenn Mat und Perrin in der Sache drinstecken, sollte ich eigentlich wissen, dass du auch mit von der Partie bist.«

»Ich muss gehen, Egwene«, sagte Rand. »Wir alle müssen gehen oder die Trollocs kommen zurück.«

»Die Trollocs!« Egwene lachte ungläubig. »Rand, wenn du dich entschlossen hast, etwas von der Welt sehen zu wollen, schön und gut, aber tisch mir nicht so ein Märchen auf!«

»Es ist wahr«, sagte Perrin gerade, als Mat begann: »Die Trollocs ...«

»Genug«, sagte Moiraine ruhig, doch das Gespräch war wie mit einem Messer abgeschnitten. »Hat noch jemand etwas bemerkt?« Ihre Stimme klang sanft, aber Egwene schluckte und richtete sich auf, bevor sie antwortete.

»Nach der letzten Nacht denken sie nur noch an den Wiederaufbau und daran, was zu tun ist, wenn es wieder geschieht. Sie sehen nichts anderes, es sei denn, man hält es ihnen direkt unter die Nase. Und ich habe niemandem von meinem Verdacht erzählt. Niemandem!«

»Sehr gut«, sagte Moiraine nach einer Pause. »Du kannst mit uns kommen.«

Lans Gesicht zeigte einen Augenblick lang Überraschung. Dann war sie wieder verflogen, und er blieb äußerlich ruhig, doch zornig brach es aus ihm heraus:»Nein, Moiraine!«

»Es ist jetzt ein Teil des Großen Musters, Lan.«

»Das ist lächerlich!«, gab er zurück. »Es gibt keinen Grund, warum sie mitkommen sollte, und alle Gründe sprechen sogar dagegen.«

»Es gibt einen Grund dafür«, sagte Moiraine gelassen. »Ein Teil des Musters, Lan.« Das steinerne Gesicht des Behüters zeigte keine Regung, doch er nickte langsam.

»Aber Egwene«, sagte Rand, »die Trollocs werden uns jagen. Wir werden nicht in Sicherheit sein, bevor wir Tar Valon erreichen.«

»Versuch nicht, mir Angst einzujagen«, bat sie. »Ich komme mit.«

Rand kannte diesen Tonfall. Er hatte ihn nicht mehr vernommen, seit sie zu der Ansicht gekommen war, nur Kinder kletterten auf die höchsten Bäume, aber er erinnerte sich gut daran. »Wenn du glaubst, es macht Spaß, von Trollocs gejagt zu werden ...«, begann er, aber Moiraine unterbrach ihn.

»Wir haben keine Zeit mehr für solche Debatten. Wenn wir sie zurücklassen, Rand, könnte sie das ganze Dorf in Aufruhr bringen, bevor wir noch eine Meile weg sind, und das würde ganz sicher den Myrddraal warnen.«

»Das würde ich nicht tun!«, protestierte Egwene.

»Sie kann auf dem Pferd des Gauklers reiten«, sagte der Behüter. »Ich werde ihm genug Geld dalassen, damit er ein anderes Pferd kaufen kann.«

»Das ist kaum möglich«, hallte Thom Merrilins Stimme vom Heuboden wider. Diesmal fuhr Lans Schwert aus der Scheide, und er steckte es nicht zurück, als er nach dem Gaukler Ausschau hielt.

Thom warf eine Deckenrolle hinunter, zog sich dann die Riemen des Flötenkastens und der Harfe über den Rücken und schulterte pralle Satteltaschen. »Dieses Dorf braucht mich nicht, und andererseits habe ich meine Künste noch nie in Tar Valon gezeigt. Obwohl ich für gewöhnlich allein reise, habe ich nach der letzten Nacht nichts mehr gegen das Reisen in Gesellschaft.«

Der Behüter sah Perrin scharf an, und dieser trat verlegen von einem Fuß auf den anderen. »Ich habe nicht daran gedacht, auf dem Heuboden nachzusehen«, murmelte er.

Als der staksige Gaukler die Leiter vom Heuboden herunterkletterte, sagte Lan verdrießlich:»Ist das auch ein Teil des Großen Musters, Moiraine Sedai?«

»Alles ist ein Teil des Musters, mein alter Freund«, antwortete Moiraine sanft. »Wir können uns das nicht aussuchen. Aber wir werden ja sehen.«

Thom setzte die Füße auf den Boden des Stalles, drehte sich von der Leiter weg und wischte sich die Strohhalme von dem Flickenumhang. »Tatsächlich«, sagte er ungezwungen, »könnte man sagen, dass ich auf Gesellschaft bestehe. Ich habe viele Stunden gebraucht und viele Krüge Bier geleert, um darüber nachzudenken, wie ich dereinst meine Tage beschließen werde. Der Kochtopf eines Trollocs tauchte allerdings dabei nicht auf.« Er sah misstrauisch das Schwert des Behüters an. »Das da ist nicht nötig. Ich bin kein Käse, den man aufschneidet.«

»Meister Merrilin«, sagte Moiraine, »wir müssen schnell aufbrechen und befinden uns höchstwahrscheinlich in großer Gefahr. Die Trollocs sind immer noch da draußen, und wir reiten bei Nacht. Seid Ihr sicher, dass Ihr mit uns reisen möchtet?«

Thom betrachtete sie alle mit einem rätselhaften Lächeln. »Wenn es nicht zu gefährlich für das Mädchen ist, dann kann es das auch für mich nicht sein. Außerdem, welcher Gaukler nähme nicht gern ein wenig Gefahr in Kauf, wenn er dafür seine Kunst in Tar Valon zeigen kann?«

Moiraine nickte, und Lan schob sein Schwert in die Scheide zurück. Rand fragte sich plötzlich, was wohl geschehen wäre, hätte Thom seine Meinung geändert oder Moiraine nicht genickt. Der Gaukler sattelte sein Pferd, als wären ihm solche Gedanken nie gekommen, aber Rand bemerkte, dass er Lans Schwert mehr als einmal ansah.

»Nun denn«, sagte Moiraine, »welches Pferd soll Egwene benutzen?«

»Die Pferde des Händlers sind genauso schlecht wie die Dhurran-Hengste«, antwortete der Behüter mürrisch. »Kräftig, aber sie kommen nur langsam voran.«

»Bela«, sagte Rand. Lans Blick traf ihn, und er wünschte, er hätte seinen Mund gehalten. Aber Egwene war nicht davon abzubringen, also blieb ihm nichts anderes übrig, als zu helfen. »Bela ist vielleicht nicht so schnell wie die anderen, aber sie ist kräftig. Ich reite sie manchmal. Sie kann mithalten.«

Lan schaute in Belas Box, wobei er leise vor sich hin fluchte. »Sie ist vielleicht ein wenig besser als die anderen«, sagte er schließlich. »Ich glaube nicht, dass wir eine Wahl haben.«

»Dann muss es sein«, sagte Moiraine. »Rand, such bitte einen Sattel für Bela. Schnell jetzt! Wir haben uns schon zu lange aufgehalten.«

Rand suchte rasch einen Sattel und eine Decke im Sattelraum und holte Bela dann aus ihrer Box. Die Stute drehte den Kopf und sah ihn in schlaftrunkener Überraschung an, als er ihr den Sattel auf den Rücken legte. Wenn er sie einmal ritt, dann gewöhnlich ohne Sattel; sie war nicht daran gewöhnt. Er sprach beruhigend auf sie ein, während er den Sattelgurt befestigte, und sie nahm es mit einem Schütteln der Mähne hin.

Er nahm Egwene ihr Bündel ab und schnallte es hinter den Sattel. Derweil stieg sie auf und ordnete ihren Rock. Der war nicht als Hosenrock geteilt, also konnte man ihre Wollstrümpfe bis zum Knie sehen. Sie trug die gleichen Schuhe aus weichem Leder wie die anderen Mädchen aus dem Dorf. Sie waren keineswegs geeignet für eine Reise nach Wachhügel, geschweige denn nach Tar Valon.

»Ich bin immer noch der Meinung, dass du nicht mitkommen solltest«, sagte Rand. »Ich habe das mit den Trollocs nicht erfunden. Aber ich verspreche dir, dass ich auf dich aufpassen werde.«

»Vielleicht muss ich auf dich aufpassen«, antwortete sie leichthin. Als er sie verzweifelt ansah, lächelte sie und strich ihm übers Haar. »Ich weiß, dass du auf mich aufpassen wirst, Rand. Wir werden beide aufeinander aufpassen. Aber jetzt sieh zu, dass du auf dein Pferd kommst.«

Er merkte, dass alle anderen bereits aufgesessen waren und auf ihn warteten. Das einzige Pferd, das noch ohne Reiter war, war Wolke, ein großer Grauer mit schwarzer Mähne, der Jon Thane gehört hatte. Rand kletterte in den Sattel, allerdings nicht ohne Schwierigkeiten, denn der Graue warf den Kopf hoch und tänzelte seitwärts, als er den Fuß in den Steigbügel stellte. Die Scheide verfing sich in seinen langen Beinen. Es war kein Zufall, dass die Freunde Wolke verschmäht hatten. Meister Thane hatte mit dem lebhaften Grauen den Pferden der Kaufleute häufig Rennen geliefert, und Thane hatte noch keine Niederlage erlebt, aber Wolke hatte es seinem Reiter noch nie leicht gemacht. Lan musste einen hohen Preis bezahlt haben, damit der Müller das Pferd verkaufte. Als Rand sich im Sattel niederließ, wurde Wolkes Tänzeln noch heftiger, als freue sich der Graue darauf, losgaloppieren zu können. Rand umklammerte die Zügel und versuchte sich einzureden, dass es keine Schwierigkeiten geben werde. Wenn er sich selbst überzeugen konnte, dann vielleicht auch das Pferd.

Eine Eule schrie durch die Nacht, und alle außer Moiraine und Lan fuhren zusammen, bevor sie erkannten, dass es nur ein Vogel war. Dann lachten sie nervös und sahen sich verschämt an.

»Als Nächstes werden wir noch vor einer Feldmaus auf die Bäume klettern«, sagte Egwene mit einem unsicheren Auflachen. Lan schüttelte den Kopf. »Es wäre besser, wenn es Wölfe gewesen wären.«

»Wölfe!«, rief Perrin, und der Behüter bedachte ihn mit einem teilnahmslosen Blick.

»Wölfe können Trollocs nicht leiden, Schmied, und Trollocs mögen keine Wölfe oder Hunde. Wenn ich Wölfe hören würde, könnte ich sicher sein, dass da draußen keine Trollocs auf uns warten.« Er schritt mit seinem hoch gewachsenen Schwarzen langsam hinaus in die mondhelle Nacht.

Moiraine ritt ihm ohne einen Moment des Zögerns nach, und Egwene hielt sich an der Seite der Aes Sedai. Rand und der Gaukler kamen zum Schluss, nach Mat und Perrin.

Die Rückseite der Schenke war finster und still, und der Mond warf Schatten in den Stallhof. Das sanfte Klappern der Hufe verflog schnell und wurde von der Nacht verschluckt. In der Dunkelheit machte der Umhang den Behüter gleichermaßen zum Schatten. Nur die Notwendigkeit, sich von ihm führen zu lassen, hielt die anderen davon ab, sich ängstlich um ihn zu scharen. Aus dem Dorf herauszukommen, ohne gesehen zu werden, war keine leichte Aufgabe. Das wurde Rand klar, als sie sich dem Tor näherten. Zumindest sollten sie von den Dorfbewohnern nicht gesehen werden. Hinter vielen Fenstern im Dorf glimmten blasse gelbe Lichter, und obwohl diese Lichter in der Nacht winzig wirkten, sah man häufig Schatten von Dorfbewohnern, die hinausblickten, um zu sehen, was diese Nacht mit sich brachte. Keiner wollte nochmals überrascht werden.

Im tiefsten Schatten neben der Schenke, gerade als sie den Stallhof verlassen wollten, hielt Lan plötzlich an und forderte sie mit einer scharfen Geste zum Schweigen auf.

Stiefel polterten über die Wagenbrücke, und hier und da blinzelte Metall im Mondlicht auf. Die Stiefel verließen die Brücke – Kies knirschte unter ihren Sohlen – und kamen auf die Schenke zu. Kein Laut war von den im Schatten Wartenden zu hören. Rand hatte den Verdacht, dass zumindest seine Freunde viel zu viel Angst hatten, um irgendein Geräusch zu machen. Genau wie er.

Die Schritte verstummten vor der Schenke im Dämmerlicht jenseits der trübe beleuchteten Fenster des Schankraums. Erst als Jon

Thane vortrat, einen Speer über die kräftige Schulter gelegt, ein altes Lederwams mit aufgenähten Stahlscheiben um den Oberkörper geschnallt, erkannte Rand, wer es war: ein Dutzend Männer aus dem Dorf oder den umliegenden Bauernhöfen, einige mit Helmen oder Teilen von Rüstungen bewehrt, die generationenlang auf den Speichern Staub gesammelt hatten, alle mit einem Speer, einer Holzfälleraxt oder einer verrosteten Pike bewaffnet.

Der Müller spähte durch eines der Fenster in den Schankraum und wandte sich dann mit einem zufriedenem Nicken wieder ab. Die anderen formierten sich in zwei unregelmäßigen Reihen hinter ihm, und die Patrouille marschierte in die Nacht hinaus, als gehorche sie drei verschiedenen Trommelwirbeln gleichzeitig.

»Zwei Dha'vol Trollocs würden genügen, um sie alle zum Frühstück zu verspeisen«, murmelte Lan, als das Geräusch der Stiefel verklungen war, »aber sie haben Augen und Ohren.« Er drehte seinen Hengst herum. »Kommt!«

Langsam und leise führte der Behüter sie zurück durch den Stallhof, die Uferböschung hinunter, an den Weiden vorbei und in den Weinquellenbach. Trotz der Nähe zur Weinquelle war das kalte, schnell fließende Wasser, das um die Beine der Pferde spülte und im Mondschein schimmerte, tief genug, um gegen die Sohlen der Reitstiefel zu plätschern.

Am gegenüberliegenden Ufer suchten die Pferde sich ihren Weg unter der sicheren Anleitung des Behüters, wobei sie sich von allen Häusern des Dorfes fern hielten. Von Zeit zu Zeit hielt Lan an und bedeutete allen, sich ruhig zu verhalten, obwohl sonst niemand etwas sah oder hörte. Jedes Mal allerdings kam kurz darauf eine weitere Patrouille von Dorfbewohnern und Bauern vorbei. Langsam kamen sie dem Nordende des Dorfes näher.

Rand sah die Häuser mit ihren hohen Giebeln im Dunkeln so genau wie möglich an und versuchte, sie sich einzuprägen. *Ich bin ein toller Abenteurer*, dachte er. Er hatte noch nicht einmal das Dorf verlassen und hatte schon Heimweh. Aber er betrachtete die Häuser weiterhin.

Sie passierten die letzten Bauernhäuser in den Außenbezirken des Dorfs und erreichten das unbewohnte Land. Sie hielten sich parallel zur Nordstraße, die nach Taren-Fähre führte. Rand fand, dass es sicherlich nirgendwo anders einen so schönen Nachthimmel gab wie über den Zwei Flüssen. Das klare Schwarz schien in die Ewigkeit zu greifen, und Myriaden von Sternen funkelten wie Lichtpunkte in einem Kristall. Der Mond, nur eine dünne Sichelbreite schmaler als im vollen Zustand, schien greifbar nahe. Wenn er sich streckte und ...

Eine schwarze Gestalt flog langsam über den silbernen Mondball. Rands unwillkürlicher Ruck an den Zügeln brachte den Grauen zum Stehen. Eine Fledermaus, dachte er mit weichen Knien, doch er wusste, dass es keine gewesen war. Fledermäuse waren ein häufiger Anblick an den Abenden, wenn sie im Zwielicht hinter Fliegen und Faltern herjagten. Die Flügel des unbekannten Wesens mochten wohl die gleiche Form haben, aber sie bewegten sich mit den langsamen, kraftvollen Schlägen eines Raubvogels. Und es jagte. Die Art, wie es seine Kreise zog, ließ darüber keinen Zweifel aufkommen. Am schlimmsten aber war seine Größe. Wenn eine Fledermaus sich so groß vom Mondball abhob, dann musste sie schon die Reichweite von menschlichen Armen haben. Er versuchte, ungefähr zu berechnen, wie weit entfernt und wie groß dieses Wesen war. Der Körper hatte gewiss Menschengröße und die Flügel ... Wieder durchflog es die Mondsilhouette und kreiste dann plötzlich nach unten, um von der Nacht verhüllt zu werden.

Er hatte nicht bemerkt, dass Lan zu ihm zurückgeritten war, bis ihn der Behüter am Arm packte. »Was sitzt du hier und starrst in die Luft, Junge? Wir müssen weiter.« Die anderen warteten hinter Lan.

Er rechnete fast damit, dass man ihm sagen würde, er hätte aus Angst vor den Trollocs die Nerven verloren. Trotzdem berichtete Rand, was er gesehen hatte. Er hoffte, Lan werde es als Fledermaus oder als Trugbild abtun.

Lan grollte ein Wort, das klang, als hinterließe es einen schlechten Geschmack im Mund: »Draghkar.« Egwene und die anderen von den Zwei Flüssen suchten nervös den Himmel in allen Richtungen ab, aber der Gaukler stöhnte leise auf.

»Ja«, sagte Moiraine, »es wäre vermessen, auf etwas anderes zu hoffen. Und wenn der Myrddraal einen Draghkar bei seinen Truppen hat, dann wird er bald wissen, wo wir sind, wenn er es nicht bereits weiß. Wir müssen noch schneller querfeldein reiten. Vielleicht erreichen wir Taren-Fähre noch vor dem Myrddraal, und die Trollocs und er werden den Fluss nicht so leicht überqueren wie wir.«

»Ein Draghkar?«, fragte Egwene. »Was ist das?«

Es war Thom Merrilin, der ihr heiser antwortete. »In dem Krieg, der das Zeitalter der Legenden beendete, wurden noch schlimmere Wesen als Trollocs und Halbmenschen erschaffen.«

Moiraines Kopf schnellte zu ihm herum, als er das sagte. Nicht einmal die Dunkelheit konnte die Schärfe in ihrem Blick verbergen. Bevor jemand den Gaukler bitten konnte, mehr zu erzählen, begann Lan, Befehle zu erteilen. »Wir nehmen jetzt die Nordstraße. Um euer Leben willen – folgt meiner Führung und bleibt dicht zusammen.«

Er riss sein Pferd herum, und die anderen galoppierten wortlos hinterher.

KAPITEL 11

Die Straße nach Taren-Fähre

Auf der ausgetretenen Lehmdecke der Nordstraße gaben sie den Pferden die Zügel frei. Mähnen und Schweife flatterten im Mondlicht, als sie nach Norden galoppierten. Lan führte sie an. Der Rappe mit dem in Schatten gehüllten Reiter war in der kalten Nacht fast nicht zu sehen. Moiraines weiße Stute hielt mit. Wie ein blasser Pfeil huschte sie durch die Dunkelheit. Die anderen folgten in einer Linie, als hätte man sie alle an einem Seil befestigt, dessen Ende in den Händen des Behüters lag. Rand ritt als Letzter in dieser Reihe. Thom Merrilin war vor ihm, und die Gefährten davor konnte er schon nicht mehr deutlich erkennen. Der Gaukler drehte sich nicht um. Er sah nur nach vorn in die Richtung, in die sie flohen, und nicht nach hinten, um zu sehen, wovor sie flohen. Falls hinter ihnen Trollocs, der Blasse auf seinem lautlosen Pferd oder dieses fliegende Geschöpf, der Draghkar, auftauchten, wäre es Rands Aufgabe, die anderen zu alarmieren.

Alle paar Minuten verdrehte er den Hals, um über die Schulter zu spähen, während er sich an den Zügeln und Wolkes Mähne festhielt. Der Draghkar ... Schlimmer als Trollocs und Blasse, hatte Thom gesagt. Aber der Himmel blieb leer, und der Boden lag in Dunkelheit und Schatten. Schatten, in denen sich eine ganze Armee verbergen konnte.

Jetzt, da der Graue endlich rennen durfte, huschte er wie ein Geist durch die Nacht und hielt leicht mit Lans Hengst mit. Und Wolke wollte noch schneller galoppieren. Er wollte den Schwarzen erreichen und strengte sich mächtig an. Rand musste die Zügel straff halten, um ihn zu bremsen. Wolke stemmte sich gegen seine Hand, als hielte er dies für ein Rennen. Mit jedem Schritt kämpfte er gegen ihn an. Rand klammerte sich mit verkrampften Muskeln an Sattel und Zügel. Er hoffte inständig, dass sein Reittier nicht merkte, wie unsicher er da oben saß. Falls Wolke das erkannte, hatte Rand jeden Einfluss verloren, und sei er noch so gering.

Er beugte sich tief über Wolkes Hals und warf immer wieder ein wachsames Auge auf Bela und ihre Reiterin. Als er behauptet hatte, die zottige Stute könne mit den anderen mithalten, hatte er nicht vom vollen Galopp gesprochen. Sie hielt sich im Augenblick noch in der Gruppe, weil sie schneller galoppierte, als er gedacht hatte. Lan hatte nicht gewollt, dass Egwene mitkam. Würde er das Tempo drosseln, wenn Bela zurückblieb? Oder würde er versuchen, sie auf diese Art zurückzulassen? Die Aes Sedai und der Behüter hielten Rand und seine Freunde irgendwie für wichtig, doch trotz Moiraines Erwähnung des Großen Musters glaubte er nicht, dass dies auch Egwene betraf.

Wenn Bela zurückblieb, würde er auch zurückbleiben, gleichgültig, was Moiraine und Lan dazu sagten. Zurück dorthin, wo der Blasse und die Trollocs waren. Zurück zu dem Draghkar. Voller Verzweiflung im Herzen rief er lautlos Bela zu, sie solle rennen wie der Wind. Ohne Worte versuchte er, Kraft auf sie zu übertragen. *Renn!* Seine Haut prickelte, und seine Knochen schienen zu Eis zu erstarren und beinahe zu zersplittern. *Licht, hilf! Renn!* Und Bela rannte.

Weiter und weiter stürmten sie nach Norden in die Nacht hinein. Von Zeit zu Zeit kamen die Lichter von Bauernhäusern in Sicht, und dann verschwanden sie wieder im Nu. Das scharfe Bellen von Wachhunden verklang rasch hinter ihnen oder brach mit einem Schlag ab, wenn die Hunde zu dem Schluss kamen, dass man sie in die Flucht geschlagen hatte. Sie flogen durch eine Dunkelheit, die nur vom wässrig-blassen Mondlicht erhellt wurde, eine Dunkelheit, in der Bäume plötzlich am Straßenrand aufragten und schon wieder unsichtbar zurückblieben. Ansonsten war alles düster in ihrer Umgebung, und nur der Schrei eines Nachtvogels, einsam und traurig, mischte sich in das stetige Trommeln der Hufe.

Plötzlich wurde Lan langsamer und ließ die Pferde anhalten. Rand war sich nicht sicher, wie lange sie geritten waren, aber seine Beine schmerzten bereits, weil er sich so krampfhaft festgehalten hatte. Vor ihnen flimmerten Lichter in der Nacht, als hätte sich ein großer Schwarm Glühwürmchen zwischen den Bäumen niedergelassen. Rand betrachtete verblüfft die Lichter und keuchte vor Überraschung. Die Glühwürmchen waren Fenster von Häusern, die an den Hängen und der Höhe eines Hügels standen. Das war Wachhügel. Er konnte kaum glauben, dass sie bereits so weit gekommen waren. Sie hatten die Entfernung vielleicht schneller zurückgelegt als jemals ein Reiter zuvor. Lans Beispiel folgend, stiegen Rand und Thom Merrilin ab. Wolke stand mit gesenktem Kopf und bebenden Flanken da. Schaum, der sich kaum von dem nebelgrauen Körper des Pferds abhob, lag auf Hals und Schultern des Grauen. Rand dachte, Wolke werde diese Nacht wohl kaum noch einen Reiter weitertragen können. »So gern ich diese Dörfer hinter mich brächte«, kündigte Thom an, »wären ein paar Stunden Schlaf nicht übel. Sicher haben wir genügend Vorsprung, um uns das leisten zu können.«

Rand streckte sich und rieb sich den Nacken. »Wenn wir den Rest der Nacht hier Rast machen, können wir genauso gut hinaufreiten.«

Ein einzelner Windstoß trug Bruchstücke von Gesang aus dem Dorf und den Geruch von Essen herüber. Das Wasser lief ihm im Mund zusammen. In Wachhügel feierten sie immer noch. Ihr Bel Tine war nicht von Trollocs gestört worden. Er sah sich nach Egwene um. Sie lehnte sich erschöpft gegen Bela. Die anderen stiegen ebenfalls ab. Mancher Seufzer wurde hörbar, und man streckte die schmerzenden Glieder. Nur der Behüter und die Aes Sedai zeigten kein Anzeichen von Erschöpfung.

»Mir stünde auch der Sinn nach Singen«, warf Mat müde ein. »Und vielleicht ein heißes Hammelragout im *Weißen Keiler*.« Er holte Luft und fügte hinzu: »Ich bin niemals über Wachhügel hinausgekommen. Der *Weiße Keiler* ist nicht annähernd so gut wie die Weinquellen-Schenke.«

»Der *Weiße Keiler* ist nicht so schlecht«, sagte Perrin. »Für mich bitte auch ein Hammelragout. Und viel heißen Tee, um die Kälte aus den Knochen zu vertreiben.«

»Wir können nicht rasten, bevor wir über den Taren sind«, fuhr Lan in scharfem Ton dazwischen. »Nicht mehr als ein paar Minuten.«

»Aber die Pferde!«, protestierte Rand. »Wir schinden sie zu Tode, wenn wir versuchen, heute Nacht noch weiterzureiten. Moiraine Sedai, Ihr ...«

Er hatte bemerkt, dass sie zwischen den Pferden umherging, hatte aber nicht weiter darauf geachtet, was sie tat. Jetzt streifte sie an ihm vorbei und legte die Hände auf Wolkes Hals. Rand schwieg. Plötzlich warf das Pferd den Kopf mit leisem Wiehern hoch und zog Rand beinahe die Zügel aus der Hand. Der Graue tänzelte einen Schritt zur Seite und schien so ausgeruht, als habe er eine Woche im Stall verbracht. Wortlos ging Moiraine weiter zu Bela.

»Ich wusste nicht, dass sie das kann«, sagte Rand leise zu Lan. Rands Wangen waren gerötet.

»Von allen Leuten solltest gerade du das eigentlich geahnt haben«, antwortete der Behüter. »Du hast beobachtet, was sie mit deinem Vater getan hat. Sie befreit sie von ihrer Müdigkeit. Zuerst sind die Pferde dran und dann ihr alle.«

»Nur wir? Ihr nicht?«

»Ich nicht, Schäfer. Ich brauche das nicht, noch nicht jedenfalls. Und sie auch nicht. Was sie für andere tun kann, kann sie für sich nicht selbst tun. Sie allein muss müde weiterreiten. Hoffentlich ist sie nicht zu erschöpft, bis wir Tar Valon erreichen.«

»Zu erschöpft – wofür?«, fragte Rand den Behüter.

»Du hattest Recht mit Bela, Rand«, sagte Moiraine, die neben der Stute stand. »Sie hat ein gutes Herz und genauso viel Sturheit und Durchhaltevermögen wie ihr Leute von den Zwei Flüssen. So seltsam es klingen mag, aber sie ist von allen am wenigsten erschöpft.«

Ein Schrei zerriss die Dunkelheit. Es klang, als würde ein Mensch mit scharfen Messern zerschnitten. Schwingen fegten in niedriger Höhe über die Gruppe hinweg. Der über sie hinweggleitende Schatten machte die Nacht noch dunkler. Unter angsterfülltem Schreien bäumten sich die Pferde wild auf.

Der Luftzug von den Schwingen des Draghkars traf Rand und löste in ihm das Gefühl aus, mit Schleim beschmiert zu werden. Er bewegte sich durch die feuchte Düsternis eines Albtraums, hatte aber keine Zeit, Angst zu spüren, denn Wolke schrie laut auf und wand sich verzweifelt, als versuche er, etwas abzuschütteln, was an ihm festhing. Rand, der die Zügel nicht losließ, wurde von den Füßen gerissen und über den Boden geschleift. Wolke schrie, als hätten sich große graue Wölfe in seine Fesseln verbissen.

Irgendwie behielt Rand die Zügel in der Hand. Er benutzte die freie Hand zusammen mit den Beinen, um wieder auf die Füße zu kommen. Seine taumelnden Schritte wurden zu kurzen Sprüngen, damit er nicht wieder zu Boden gerissen wurde. Er atmete stoßartig und voller Verzweiflung. Er konnte Wolke nicht fortrennen lassen. Mit seiner freien Hand griff er zitternd zu und erwischte gerade noch den Zügel. Wolke bäumte sich auf und hob ihn mit sich hoch. Rand klammerte sich hilflos fest. Er hoffte gegen besseres Wissen, dass sich das Pferd beruhigen werde.

Rand schlug mit einem solchen Ruck auf dem Boden auf, dass es ihn bis zu den Zähnen durchschüttelte; doch plötzlich stand der Graue still, mit geblähten Nüstern und rollenden Augen, steifbeinig und zitternd. Rand zitterte auch und hing beinahe nur noch an dem

Zügel. *Der Ruck muss das närrische Tier auch erschüttert haben,* dachte er. Er atmete ein paarmal unregelmäßig aus und ein. Dann war er in der Lage, sich nach den anderen umzusehen.

In der Gruppe war das blanke Chaos ausgebrochen. Sie klammerten sich an die Zügel, die von ruckartigen Bewegungen der Pferdeköpfe hin und her gerissen wurden, und versuchten mit wenig Erfolg, die sich aufbäumenden Pferde zu beruhigen, von denen sie in diesem Durcheinander herumgezerrt wurden. Nur zwei von ihnen hatten offensichtlich keine Schwierigkeiten mit ihren Reittieren. Moiraine saß aufgerichtet im Sattel. Die weiße Stute trat einen Schritt zurück, um dem Durcheinander zu entgehen, als sei nichts Außergewöhnliches geschehen. Lan stand am Boden und beobachtete den Himmel. In der einen Hand hielt er sein Schwert, in der anderen die Zügel. Der schlanke schwarze Hengst stand ruhig neben ihm.

Aus Wachhügel hörte man keinen Laut mehr. Die Dorfbewohner mussten den Schrei auch gehört haben. Sie würden eine Weile lauschen und vielleicht Ausschau halten, was ihn verursacht hatte, sich dann aber wieder ihrer Feier zuwenden. Bald würden sie den Vorfall vergessen. Die Erinnerung würde in Liedern, Essen, Tanz und Unterhaltung untergehen. Vielleicht würden sich einige wieder daran erinnern, wenn sie davon hörten, was in Emondsfelde geschehen war. Eine Fiedel erklang, und einen Augenblick später fiel eine Flöte mit ein. Das Dorf setzte die Feier fort.

»Sitzt auf!«, kommandierte Lan knapp. Er schob sein Schwert in die Scheide und sprang mit einem Satz auf den Hengst. »Der Draghkar hätte sich nicht gezeigt, wenn er nicht zuvor dem Myrddraal berichtet hätte, wo wir uns befinden.« Ein weiterer schriller Schrei drang zu ihnen herab, schwächer, doch genauso beängstigend. Die Musik in Wachhügel verstummte mit einem Misston. »Er folgt uns nun in der Luft und zeigt dem Halbmenschen, wo wir sind. Er wird nicht weit weg sein.«

Die Pferde, die nun ausgeruht, aber verängstigt waren, tänzelten und scheuten vor den Reitern, die sie zu besteigen versuchten. Der fluchende Thom Merrilin war zuerst im Sattel, aber dann saßen auch die anderen bald auf. Alle bis auf einen.

»Mach schnell, Rand!«, rief Egwene. Der Draghkar schrie erneut schrill auf, und Bela wollte weggaloppieren, bevor sie sie mit straffem Zügel unter Kontrolle bekam. »Beeil dich!«

Aufgeschreckt merkte Rand, dass er, anstatt auf Wolke aufzusitzen, die ganze Zeit dagestanden und in den Himmel gestarrt hatte in einem vergeblichen Versuch, die Quelle dieser bösartigen Schreie auszumachen. Und noch mehr: Unbewusst hatte er Tams Schwert gezogen, als wolle er mit der fliegenden Kreatur kämpfen. Sein Gesicht rötete sich. Er war froh, dass die Nacht es verbarg. Ungeschickt – eine Hand war ja mit dem Zügel beschäftigt – steckte er die Klinge in die Scheide zurück, während er sich hastig nach den anderen umsah. Moiraine, Lan und Egwene sahen ihn an, aber er war nicht sicher, was sie im Mondlicht erkennen konnten. Die anderen schienen zu sehr damit beschäftigt, ihre Pferde unter Kontrolle zu halten, um auf ihn zu achten. Er fasste das Sattelhorn mit einer Hand und sprang mit einem Satz in den Sattel, als habe er sein ganzes Leben lang nichts anderes getan. Falls einer seiner Freunde etwas bemerkt hatte, würde er sicherlich noch etwas zu hören bekommen. Zeit genug, um sich dann Gedanken darüber zu machen.

Sobald er im Sattel saß, ging es im Galopp weiter die Straße hinauf und an dem kuppelförmigen Hügel vorbei. Hunde bellten im Dorf – ihr Vorbeireiten war nicht ganz unbemerkt geblieben. *Vielleicht haben die Hunde auch Trollocs gerochen,* dachte Rand. Sowohl das Bellen als auch die Lichter des Dorfes verschwanden schnell hinter ihnen.

Sie ritten in einer losen Gruppe. Die Pferde berührten sich beinahe. Lan befahl ihnen zwar, wieder in einer Reihe zu reiten, doch keiner wollte in der Nacht allein sein. Von hoch droben ertönte ein Schrei. Der Behüter gab auf und ließ sie nebeneinander weiterreiten.

Rand ritt dicht hinter Moiraine und Lan. Der Graue strengte sich an, sich zwischen den Schwarzen Lans und die schlanke Stute der Aes Sedai zu drängen. Egwene und der Gaukler galoppierten jeder an einer Seite Rands, während seine Freunde von hinten nachdrängten. Wolke wurde von den Schreien des Draghkars zu schnellerem Lauf angespornt, sodass Rand nicht in der Lage war, ihn zurückzuhalten, selbst wenn er gewollt hätte. Und doch konnte der Graue keinen einzigen Schritt den beiden anderen Pferden gegenüber aufholen.

Der Schrei des Draghkars hallte durch die Nacht.

Die kräftige Bela rannte mit gestrecktem Hals. Schweif und Mähne flatterten im Wind. So hielt sie sich Schritt für Schritt neben den größeren Pferden. *Die Aes Sedai muss mehr getan haben, als sie nur von ihrer Müdigkeit zu befreien.*

Egwenes Gesicht zeigte im Mondlicht eine glücklich erregte Miene. Ihr Zopf flog hinter ihr her wie die Mähne der Pferde, und das

Glitzern in ihren Augen rührte nicht nur vom Mond her, da war sich Rand sicher. Sein Mund stand vor Überraschung offen, bis ein verschlucktes Insekt einen Hustenanfall auslöste.

Lan musste etwas gefragt haben, denn Moiraine überschrie plötzlich den Wind und das Donnern der Hufe: »Ich kann nicht! Vor allem nicht vom Rücken eines galoppierenden Pferdes aus. Man kann sie nicht so leicht töten, selbst wenn man sie sieht. Wir müssen fliehen und hoffen!«

Sie stürmten durch eine Nebelschwade. Sie war dünn und reichte den Pferden nur bis an die Knie. Wolke war in zwei Sätzen hindurch, und Rand blinzelte überrascht. Hatte er sich den Nebel nur eingebildet? Sicher war diese Nacht viel zu kalt für Nebel. Ein weiterer Nebelfetzen flog an seiner Seite vorbei, größer als der Erste. Er war gewachsen, als quölle der Nebel aus dem Boden. Über ihnen schrie der Draghkar wütend auf. Nebel hüllte die Reiter für einen kurzen Moment ein und war verschwunden, kam wieder und verschwand hinter ihnen. Der eiskalte Dunst hinterließ kalte Feuchtigkeit auf Rands Gesicht und Händen. Dann ragte eine Wand aus blassem Grau vor ihnen auf, und plötzlich waren sie ganz von Nebel umgeben. Er war so dicht, dass der Hufschlag der Pferde gedämpft wurde, und die Schreie von oben schienen durch eine Wand zu dringen. Rand erkannte gerade noch die Umrisse von Egwene und Thom Merrilin an seiner Seite.

Lan ließ sie nicht langsamer reiten. »Es gibt nach wie vor nur eine Richtung, in die wir reiten können!«, rief er. Seine Stimme klang hohl, und es war kaum festzustellen, aus welcher Richtung sie kam. »Der Myrddraal ist schlau«, antwortete Moiraine. »Ich werde seine eigene Schläue gegen ihn wenden.« Sie galoppierten schweigend weiter. Schiefergrauer Nebel verbarg Himmel und Erde, sodass die Reiter, die selbst nur noch wie Schatten wirkten, durch Nachtwolken zu treiben schienen. Sogar die Beine der Pferde schienen verschwunden zu sein.

Rand rutschte im Sattel hin und her. Er schreckte vor dem eisigen Nebel zurück. Zu wissen, dass Moiraine so manches vollbringen konnte, und sie dabei zu beobachten, war eine Sache. Als Folge eine nasse Haut davonzutragen, war eine ganz andere. Ihm wurde bewusst, dass er die Luft anhielt, und er kam sich wie ein Narr vor. Er konnte nicht den ganzen Weg bis nach Taren-Fähre reiten, ohne zu atmen. Sie hatte die Eine Macht bei Tam angewandt, und er schien ganz in Ordnung zu sein. Dennoch musste er sich zwingen, auszuatmen und wieder Luft zu holen. Die Luft war schwer, unterschied sich jedoch nicht von der jeder anderen nebligen Nacht. Das sagte er sich jedenfalls, aber er war nicht so sicher, dass er auch daran glaubte. Lan ermahnte sie jetzt dazu, nahe beieinander zu bleiben. Nur der Behüter verhielt seinen Hengst kein bisschen. Seite an Seite leiteten Lan und Moiraine die Gruppe durch den Nebel, als könnten sie klar sehen, was vor ihnen lag. Die anderen konnten ihnen nur vertrauen und folgen. Und hoffen.

Die schrillen Schreie, die sie verfolgt hatten, verklangen und waren schließlich verschwunden, doch das beruhigte sie nicht sonderlich. Wald und Bauernhäuser, Mond und Straße waren verschleiert und verborgen. Immer noch bellten Hunde, hohl und fern in dem grauen Dunst, wenn sie an Bauernhöfen vorbeikamen, aber sonst war außer dem Dröhnen der Pferdehufe kein Laut zu hören. Nichts veränderte sich in diesem formlosen, aschfahlen Nebel. Nichts wies darauf hin, dass Zeit vergangen war – höchstens die wachsenden Schmerzen in der Hüfte und im Rücken.

Rand war sicher, dass Stunden vergangen waren. Seine Hände hielten die Zügel umkrampft, bis er sie kaum noch lösen konnte, und er fragte sich, ob er je wieder normal würde laufen können. Er sah sich nur einmal um. Im Nebel hinter ihm bewegten sich Schatten, aber er konnte sie nicht einmal mehr zählen. Oder sicher sein, dass es wirklich seine Freunde waren. Kälte und Feuchtigkeit drangen durch Umhang, Mantel und Hemd und schienen sogar in die Knochen zu sickern. Nur die Zugluft im Gesicht und die Bewegung des Pferdekörpers unter ihm zeigten ihm, dass er sich überhaupt vorwärts bewegte. Es mussten Stunden vergangen sein.

»Langsam!«, rief Lan plötzlich. »Haltet an!«

Rand war so überrascht, dass Wolke sich zwischen Lan und Moiraine drängte und ihnen im Nu ein halbes Dutzend Schritte voraus war, bevor er den großen Grauen zügeln und sich umsehen konnte.

Von allen Seiten ragten Häuser im Nebel auf, die Rand seltsam hoch vorkamen. Er hatte diesen Ort noch nie zuvor gesehen, aber er hatte öfter Beschreibungen darüber gehört. Die Höhe rührte von den hohen Sandsteinfundamenten her, die notwendig waren, wenn der Taren während der Frühlingsschmelze in den Verschleierten Bergen Hochwasser führte. Sie hatten Taren-Fähre erreicht.

Lan ließ das große Kampfross an ihm vorbeischreiten. »Sei nicht übereifrig, Schäfer!«

Verlegen ließ sich Rand zurückfallen, ohne den Grund zu erklären, als die Gruppe weiter ins Dorf hineinritt. Sein Gesicht fühlte sich heiß an, und in diesem Augenblick war ihm der Nebel willkommen. Ein einsamer Hund, den sie im kalten Nebel nicht sehen konnten, bellte sie wütend an und rannte weg. Hier und dort erschien Licht in einem Fenster, wenn sich ein Frühaufsteher regte. Abgesehen von dem Hund und dem gedämpften Klappern der Hufe störte kein Laut die Ruhe in dieser letzten Nachtstunde.

Rand hatte noch nicht viele Leute aus Taren-Fähre kennen gelernt. Er versuchte, sich daran zu erinnern, was er von ihnen wusste. Sie kamen selten hinunter in die – wie sie sagten – ›unteren Dörfer‹, und wenn, dann trugen sie die Nasen hoch, als röchen sie etwas Schlechtes. Die wenigen, die er bisher getroffen hatte, trugen eigenartige Namen wie Hügelspitze und Steinboot. Die Bewohner von Taren-Fähre standen in dem Ruf, schlau und hinterhältig zu sein. Wenn man einem Mann aus Taren-Fähre die Hand gab, so sagte man, solle man hinterher die Finger zählen. Lan und Moiraine hielten vor einem großen dunklen Haus an. Nebel wirbelte wie Rauch um den Behüter auf, als er aus dem Sattel sprang und die Treppen zur Vordertür hinaufging. Sie lag in Kopfhöhe über ihnen. Oben angelangt, hämmerte Lan mit der Faust gegen die Tür.

»Ich dachte, wir sollten leise sein«, murmelte Mat.

Lan hielt mit dem Klopfen inne. Ein Licht erschien im Fenster des Nachbarhauses, und jemand schrie ärgerlich, aber der Behüter fuhr mit seiner Trommelei fort.

Plötzlich wurde die Tür von einem Mann im Nachthemd aufgerissen, das ihm um die nackten Beine flatterte. Eine Öllampe in einer Hand erhellte ein schmales Gesicht mit markanten Zügen. Der Mann öffnete zornig den Mund und erstarrte, als er den Nebel bemerkte. Seine Augen weiteten sich. »Was ist los?«, fragte er. »Was soll das?« Kalte graue Nebelfühler glitten durch die geöffnete Tür, und er trat hastig einen Schritt zurück.

»Meister Hochturm«, sagte Lan. »Genau der Mann, den ich brauche. Wir wollen auf Eurer Fähre übersetzen.«

Der Mann mit den scharfen Gesichtszügen hob die Lampe höher und blickte misstrauisch auf die Fremden herab.

Nach kurzem Zögern sagte Meister Hochturm schließlich mürrisch: »Die Fähre setzt nur im Tageslicht über. Nicht in der Nacht. Niemals. Und auch nicht bei diesem Nebel. Kommt zurück, wenn die Sonne aufgegangen und der Nebel verschwunden ist.«

Er wollte sich schon abwenden, da packte Lan ihn am Handgelenk. Der Fährmann öffnete wütend den Mund. Gold glitzerte im Schein der Lampe, als der Behüter ihm einige Münzen in die Hand legte. Hochturm leckte sich die Lippen, als die Münzen klimperten, und sein Kopf bewegte sich auf die Hand zu, als könne er nicht glauben, was er da sah.

»Und noch einmal so viel«, sagte Lan, »wenn wir sicher am anderen Ufer sind. Aber wir brechen sofort auf.«

»Jetzt gleich?« Der Fährmann nagte an der Unterlippe, trat von einem Fuß auf den anderen und spähte in die nebelerfüllte Nacht hinaus. Dann nickte er. »Also dann! Aber lasst mein Handgelenk los! Ich muss meine Helfer aufwecken. Oder glaubt Ihr, ich ziehe die Fähre selbst hinüber?«

»Ich werde an der Fähre warten«, sagte Lan ohne jede Gefühlsregung. »Aber nicht lange.« Er gab den Arm des Fährmanns frei.

Meister Hochturm drückte eine Hand voll Münzen an seine Brust und schob eilig mit der Hüfte die Tür zu, nachdem er bestätigend genickt hatte.

KAPITEL 12

Über den Taren

Lan kam die Treppe herunter und befahl den Gefährten, sie sollten absteigen und die Pferde hinter ihm durch den Nebel führen. Wieder mussten sie darauf vertrauen, dass der Behüter wusste, wo er hintrat. Der Nebel wirbelte ihm um die Knie und verbarg seine Füße und alles, was sich mehr als einen Schritt entfernt befand. Der Nebel war hier nicht so dicht wie außerhalb des Ortes, aber trotzdem konnte Rand seine Gefährten kaum erkennen.

Immer noch rührte sich kein Mensch außer ihnen in dieser Nacht. Es zeigten sich Lichter in ein paar Häusern, aber der Nebel machte sie zu verschwommenen Lichtflecken. Andere Häuser schienen auf einem Wolkenmeer zu schwimmen oder ragten unvermittelt aus dem Nebel heraus, als stünden sie ganz allein in weiter Flur.

Rand war steif vor Schmerzen von diesem langen Ritt und fragte sich, ob er nicht den Rest des Weges nach Tar Valon zu Fuß zurücklegen sollte. Laufen war zwar nicht besser als reiten, aber seine Füße waren so ziemlich der einzige Körperteil, der nicht schmerzte. Und er war das Laufen schließlich gewöhnt.

Nur einmal sagte jemand etwas so laut, dass Rand es klar hören konnte. »Du musst dich darum kümmern«, sagte Moiraine, als antworte sie auf etwas, das Lan – für Rand unhörbar – gesagt hatte. »Er wird sich sowieso an viel zu viel erinnern, ohne dass wir es ändern können. Wenn er sich besonders deutlich an mich erinnert ...«

Rand bewegte die Schultern unter dem mittlerweile durchnässten Umhang, aber es half nichts. Er hielt sich nahe bei den anderen. Mat und Perrin murrten vor sich hin, murmelten Flüche und verbissen sich manchen Aufschrei, wenn sie mit den Zehen an ein Hindernis stießen. Auch Thom Merrilin brummelte vor sich hin. Wortfetzen wie ›heiße Mahlzeit‹ und ›Feuer‹ und ›Glühwein‹ drangen an Rands Ohren, aber weder der Behüter noch die Aes Sedai achteten darauf. Egwene marschierte wortlos mit, den Rücken gerade aufgerichtet und den Kopf hoch erhoben. Ihr Schritt wirkte allerdings steifbeinig, denn sie war genauso wenig an das Reiten gewöhnt wie die anderen.

Sie bekommt ihr Abenteuer, dachte er grimmig, aber so wie es schien, bemerkte sie Kleinigkeiten wie Nebel, Feuchtigkeit und Kälte überhaupt nicht. Es musste da einen Unterschied in der Sichtweise geben, der davon abhing, ob man das Abenteuer suchte oder ob es einem aufgezwungen wurde. In den Geschichten wirkte es zweifellos spannend, wenn einer durch kalten Nebel ritt, einen Draghkar oder Schlimmeres auf den Fersen. Egwene empfand vielleicht einen Nervenkitzel dabei; er dagegen spürte nur Kälte und Feuchtigkeit und war froh, sich wieder in einem Dorf zu befinden, selbst wenn es nur Taren-Fähre war.

Plötzlich prallte er in der Dunkelheit gegen etwas Großes und Warmes: Lans Hengst. Der Behüter und Moiraine waren stehen geblieben, und der Rest der Gruppe tat es ihnen nach. Sie tätschelten ihre Reittiere, um sich ebenso zu beruhigen wie die Tiere. Hier war der Nebel ein wenig dünner.

Vorsichtig führte Rand sein Pferd ein Stückchen vorwärts und war überrascht, als er hörte, dass seine Stiefel über Holzplanken scharrten. Der Landesteg der Fähre! Er bewegte sich behutsam rückwärts und zog den Grauen mit sich. Er hatte gehört, wie der Landesteg der Taren-Fähre aussah: eine Brücke ins Nichts, an deren Ende nur die Fähre lag. Der Taren war angeblich breit und tief und hatte eine trügerische Strömung, die auch den stärksten Schwimmer unter Wasser ziehen konnte. Viel breiter als der Weinquellenbach, dachte er bei sich. Dazu noch der Nebel ... Er war erleichtert, als er wieder Erdboden unter den Füßen fühlte.

Ein zorniges ›Hsst!‹ von Lan, beißend wie der Nebel. Der Behüter gestikulierte und eilte an Perrins Seite. Er zog den Umhang des kräftigen Burschen weg, bis die große Axt zu sehen war. Gehorsam, auch wenn er nicht verstand, warum, warf Rand seinen Umhang über die Schulter zurück, um sein Schwert zu zeigen. Als Lan schnell zu seinem Pferd zurücklief, erschienen im Nebel schwankende Lichter, und gedämpfte Schritte näherten sich.

Sechs Männer in grober Kleidung folgten Meister Hochturm mit unbewegten Gesichtern. Die Fackeln, die sie trugen, vertrieben den Nebel in einem engen Umkreis. Als sie stehen blieben, konnten sie die ganze Gesellschaft aus Emondsfelde deutlich erkennen. Sie waren von einer grauen Mauer umgeben, die durch den reflektierten Fackelschein noch undurchdringlicher wirkte. Der Fährmann betrachtete sie. Den schmalen Kopf hielt er schief, und seine Nase zuckte wie bei einem Wiesel, das die Luft prüft, ob eine Falle droht. Lan lehnte sich scheinbar unbeteiligt an seinen Sattel, doch eine Hand ruhte drohend auf dem langen Knauf seines Schwertes. Rand ahmte rasch die Haltung des Behüters nach, indem er eine Hand auf sein Schwert legte. Doch er glaubte nicht, dass er diesen bedrohlichen Eindruck erwecken konnte. *Vielleicht lachen sie, wenn ich es versuche.* Perrin lockerte seine Axt in der Lederschlaufe und stellte sich absichtlich breitbeinig hin. Mat legte eine Hand auf den Köcher. Rand fragte sich, in welchem Zustand sich Mats Bogensehne befand, nachdem sie dieser Feuchtigkeit ausgesetzt gewesen war. Thom Merrilin trat großspurig vor und hielt eine leere Hand hoch, die er langsam drehte. Plötzlich machte er eine schwungvolle Bewegung, und ein Dolch wirbelte zwischen seinen Fingern hindurch. Der Griff landete in seiner Handfläche, und er reinigte sich lässig die Fingernägel damit. Ein leises Lachen trieb von Moiraine herüber. Egwene klatschte, als beobachte sie eine Vorführung beim Fest, hielt dann inne und blickte beschämt drein. Ihr Mund zuckte trotzdem im Anflug eines Lächelns.

Hochturm wirkte überhaupt nicht erheitert. Er starrte Thom an und räusperte sich laut.»Es war von mehr Gold für die Überfahrt die Rede.« Er sah wieder mit einem mürrischen und gleichzeitig verschlagenen Blick einen nach dem anderen an.»Was Ihr mir zuvor gegeben habt, ist jetzt an einem sicheren Ort verwahrt, klar? Da kommt Ihr nicht mehr dran.«

»Der Rest des Goldes«, sagte Lan zu ihm,»ist in Eurer Hand, wenn wir am anderen Ufer sind.« Der Lederbeutel an seinem Gürtel klimperte, als er ihn ein wenig schüttelte.

Einen Augenblick lang huschte der Blick des Fährmanns zu dem Beutel hinüber, doch schließlich nickte er.»Fangen wir also an«, murmelte er und schritt hinaus auf den Steg, von seinen sechs Helfern gefolgt. Der Nebel wich vor den Fackeln zurück. Hinter ihnen schlossen sich graue Fühler und füllten den Raum, in dem sie sich befunden hatten. Rand eilte hinterher.

Die Fähre war eine breite Holzbarke mit hochgezogenen Seiten. Man erreichte sie über eine Rampe, die hochgezogen werden konnte und so das eine Ende abschloss. Auf beiden Seiten verliefen Seile, stark wie das Handgelenk eines Mannes. Die Seile waren an massiven Pfosten am Ende des Stegs befestigt und verschwanden auf der

anderen Seite in der Nacht über dem Fluss. Die Helfer des Fährmanns steckten ihre Fackeln in Eisenklammern an den Bordwän-
den der Fähre, warteten, bis alle ihre Pferde an Bord geführt hatten,
und zogen dann die Rampe hoch. Das Deck knarrte unter Hufen
und scharrenden Füßen, und die Fähre schwankte unter ihrem Gewicht.

Hochturm fluchte vor sich hin und knurrte sie an, sie sollten ihre
Pferde festhalten und in der Mitte bleiben, damit sie den Helfern
nicht im Weg standen. Er schrie seine Helfer an und hetzte sie herum, als sie die Fähre auf die Überquerung vorbereiteten, aber was
er auch sagte, die Männer bewegten sich mit den gleichen zögernden Bewegungen. Auch er war nicht mit ganzem Herzen dabei,
brach oft mitten im Schreien ab, hielt seine Fackel hoch und spähte
in den Nebel hinaus. Schließlich ging er schweigend zum Bug, wo er
in den Nebel starrte, der den Fluss bedeckte. Er bewegte sich nicht,
bis einer der Helfer ihn am Arm berührte; dann fuhr er zusammen
und sah ihn böse an.

»Was? Oh. Du? Fertig? Wurde auch Zeit. Also, Mann, worauf wartest du?« Er wedelte mit den Armen. »Legt ab! Mach Platz! Beweg
dich!« Der Mann schlurfte gehorsam weg, und Hochturm spähte
wieder in den Nebel hinaus.

Die Fähre schwankte stark, als die Taue gelöst wurden und die
heftige Strömung sie erfasste, und dann gab es nochmals einen
Ruck, als sie von den Führseilen abgefangen wurde. Die Helfer, auf
jeder Seite drei, packten die Seile am vorderen Ende der Fähre und
schritten mühsam damit nach hinten. Sie unterhielten sich leise,
und die Fähre glitt auf den grau verhangenen Fluss hinaus.

Der Landesteg verschwand. Nebel hüllte sie ein. Zarte Nebelfinger
griffen zwischen den flackernden Fackeln hindurch über die Fähre
hinweg. Die Barke schaukelte langsam in der Strömung. Nirgends
zeigte sich eine Bewegung bis auf den gleichmäßig schweren Schritt
der Helfer, wenn sie vorwärts gingen, um die Seile zu packen und sie
dann nach hinten zu ziehen. Rands Gruppe hielt sich möglichst
dicht beieinander in der Mitte der Fähre. Rand hatte gehört, dass der
Taren viel breiter war als die Flüsse, die er kannte; der Nebel machte
ihn nun noch unendlich viel breiter.

Nach einer Weile bewegte sich Rand näher zu Lan hin. Flüsse, die
ein Mann nicht durchwaten oder durchschwimmen konnte, ja, deren anderes Ufer er noch nicht einmal sah, machten ihn recht unruhig. »Hätten sie wirklich versucht, uns auszurauben?«, fragte er

leise.»Er hat sich eher so benommen, als habe er Angst, *wir* würden *ihn* ausrauben.«

Der Behüter betrachtete den Fährmann und seine Helfer – keiner schien zu lauschen –, bevor er ebenso leise antwortete:»Wenn verborgen bleibt, was sie tun, handeln Menschen manchmal anders, als es der Fall wäre, wenn man sie beobachten kann. Und diejenigen, die am schnellsten bereit sind, einem Fremden etwas anzutun, glauben auch am ehesten, ein Fremder wolle ihnen Schaden zufügen. Dieser Bursche ... Ich denke, er würde seine Mutter als Festtagsbraten an die Trollocs verkaufen, wenn der Preis stimmt. Ich bin überrascht, dass du fragst. Ich hörte, wie die Leute in Emondsfelde über die Einwohner von Taren-Fähre reden.«

»Ja, aber ... Ich habe nicht geglaubt, dass sie wirklich ...« Rand entschloss sich, den Glauben daran aufzugeben, er wisse irgendetwas über die Menschen außerhalb seines Dorfes.»Er erzählt vielleicht dem Blassen, dass wir auf der Fähre übergesetzt haben«, sagte er schließlich.»Vielleicht bringt er die Trollocs anschließend auch hinüber.«

Lan lachte trocken.»Einen Fremden ausrauben ist eine Sache, mit einem Halbmenschen zu tun haben, eine andere. Kannst du dir wirklich vorstellen, dass er Trollocs übersetzt, besonders in diesem Nebel, ganz gleich, wie viel Gold man ihm bietet? Oder dass er auch nur mit einem Myrddraal spricht, wenn er es vermeiden kann? Allein der Gedanke daran brächte ihn dazu wegzurennen, so weit er nur könnte. Ich glaube nicht, dass wir uns über Schattenfreunde in Taren-Fähre viele Gedanken machen müssen. Nicht hier. Wir sind sicher .... Wenigstens für eine Weile. Vor diesen Burschen jedenfalls. Pass auf!«

Hochturm hatte sich umgedreht. Das spitze Gesicht vorgestreckt und die Fackel erhoben, betrachtete er Lan und Rand, als sehe er sie nun zum ersten Mal klar und deutlich. Planken knarrten unter dem Schritt der Helfer, und gelegentlich hörte man das Stampfen eines Pferdehufs. Plötzlich zuckte der Fährmann zusammen, denn er bemerkte, dass sie ihn beim Beobachten selbst beobachteten. Rasch wandte er sich um und spähte nach dem anderen Ufer oder was er sonst im Nebel suchen mochte.

»Sag nichts mehr«, sagte Lan so leise, dass Rand ihn kaum verstehen konnte.»Dies sind schlechte Tage, um von Trollocs oder Schattenfreunden oder dem Vater der Lügen zu sprechen. Fremde Ohren lauschen. Solche Gespräche können sich noch mehr rächen als ein Drachenzahn an deiner Tür.«

Rands Neugier verflog. Mehr als zuvor packte ihn eine Weltuntergangsstimmung. Schattenfreunde! Als ob Blasse und Trollocs und ein Draghkar nicht schon genug waren. Wenigstens konnte man einen Trolloc erkennen, wenn man ihn sah.

Plötzlich ragten schattenhafte Pfähle aus dem Nebel auf. Die Fähre prallte sanft gegen den Steg am anderen Ufer. Die Helfer machten die Fähre fest und ließen die Rampe am vorderen Ende mit einem dumpfen Schlag herunter, während Mat und Perrin großspurig erklärten, der Taren sei nicht halb so breit, wie sie erwartet hatten. Lan führte seinen Hengst die Rampe hinunter, von Moiraine und den anderen gefolgt. Als Rand, der Letzte in der Reihe, Wolke hinter Bela auf den Steg führte, rief ihnen Meister Hochturm zornig zu: »Was ist jetzt? He! Wo ist mein Gold?«

»Es wird bezahlt werden.« Moiraines Stimme kam von irgendwoher im Nebel. Rands Stiefel polterten über die Planken des Landestegs. »Und eine Silbermark für jeden Eurer Männer«, fügte die Aes Sedai hinzu, »als Dank für die schnelle Überfahrt.«

Der Fährmann zögerte, das Gesicht vorgeschoben, als wittere er Gefahr, aber als sie das Silber erwähnte, erhoben sich die Helfer. Ein paar holten erst eine Fackel, doch alle polterten die Rampe hinunter, bevor Hochturm den Mund öffnen konnte. Mit mürrisch verzogenem Gesicht folgte der Fährmann seiner Besatzung.

Wolkes Hufschläge klangen hohl durch den Nebel, als Rand vorsichtig den Steg entlangging. Der graue Nebel war hier so dicht wie über dem Fluss. Am Fuß des Stegs teilte der Behüter Münzen aus. Er war umgeben von den Fackeln Hochturms und seiner Leute. Alle außer Moiraine warteten ein wenig weiter entfernt. Sie standen ängstlich eng beieinander. Die Aes Sedai stand allein da und blickte auf den Fluss hinaus. Rand verstand nicht, was sie da wohl sehen mochte. Schaudernd zog er den Umhang enger um die Schultern, obwohl er ganz durchnässt war. Jetzt befand er sich wirklich außerhalb der Zwei Flüsse, und seine Heimat schien ihm viel ferner als nur eine Flussbreite.

»Hier«, sagte Lan, der Hochturm eine letzte Münze in die Hand drückte. »Wie abgemacht.« Er steckte seine Börse noch nicht weg, und der Mann mit dem Frettchengesicht betrachtete sie gierig.

Unter lautem Quietschen erzitterte der Landesteg. Hochturm fuhr hoch. Sein Kopf wandte sich der von Nebel eingehüllten Fähre zu. Die an Bord zurückgebliebenen Fackeln waren ein paar verschwommene Lichtflecken. Der Steg ächzte, und mit dem donnernden Krachen von zerberstendem Holz schwankten die beiden Lichter und entfernten sich. Egwene stieß einen wortlosen Schrei aus, und Thom fluchte.

»Sie treibt weg!«, schrie Hochturm. Er packte seine Helfer und schob sie auf das Ende des Stegs zu. »Die Fähre hat sich losgerissen, ihr Dummköpfe! Packt zu! Holt sie zurück!«

Die Helfer stolperten unter seinen Stößen ein paar Schritte vorwärts, blieben dann aber stehen. Die trüben Lichter an Bord der Fähre drehten sich plötzlich immer schneller. Der Nebel darüber drehte sich ebenfalls und wurde zu einer Spirale. Der Landesteg bebte. Das Krachen und Splittern von Holz erfüllte die Luft, als die Fähre zerbrach.

»Ein Strudel«, murmelte einer der Helfer mit ehrfurchtsvoller Stimme.

»Es gibt keine Strudel im Taren.« Hochturm hörte sich irgendwie leer an. »Da war noch nie ein Strudel ...«

»Ein unglückliches Vorkommnis.« Moiraines Stimme klang hohl durch den Nebel, der aus ihr einen Schatten machte, der sich vom Fluss abwandte.

»Unglücklich«, stimmte Lan mit gepresster Stimme zu. »Es scheint, dass Ihr für eine Weile niemanden mehr über den Fluss bringen werdet. Eine unangenehme Sache, Eure Fähre in unseren Diensten zu verlieren.« Er griff erneut in den Beutel, der sich noch in seiner Hand befand. »Dies sollte Euch entschädigen.«

Für einen Augenblick starrte Hochturm auf das Gold, das in Lans Hand schimmerte, dann zog er die Schultern ein, und sein Blick wanderte zu den anderen hinüber, die er über den Fluss gebracht hatte. Die Leute aus Emondsfelde standen schweigend im Nebel. Mit einem verängstigten Aufschrei schnappte sich der Fährmann die Münzen aus Lans Hand, drehte sich um und rannte in den Nebel hinein. Seine Helfer waren nur einen halben Schritt hinter ihm. Der Schein ihrer Fackeln verschwand schnell flussaufwärts.

»Es gibt hier nichts mehr, das uns halten könnte«, sagte die Aes Sedai, als sei nichts Ungewöhnliches geschehen. Sie führte ihre weiße Stute weg vom Landesteg und die Uferböschung hinauf.

Rand stand da und starrte auf den verborgenen Fluss. *Es könnte ein Zufall gewesen sein. Er sagte wohl: Keine Strudel ... Aber es ...* Plötzlich wurde ihm klar, dass alle anderen weg waren. Hastig stieg auch er die sanft ansteigende Böschung hinauf.

Drei Schritte später verflog der dichte Nebel, und nichts blieb davon übrig. Er blickte zurück. Entlang der Uferlinie hing auf einer Seite dichtes Grau, während sich auf der anderen ein klarer Nachthimmel zeigte, obwohl die scharfen Umrisse des Mondes darauf hinwiesen, dass die Dämmerung nicht mehr fern war.

Der Behüter und die Aes Sedai standen neben ihren Pferden und berieten. Die anderen drückten sich ein Stück entfernt aneinander; sogar im Mondlicht war ihr Unbehagen greifbar zu spüren. Alle sahen Lan und Moiraine an, und alle außer Egwene hatten sich zurückgelehnt, innerlich unentschlossen, denn sie wollten das Paar nicht aus den Augen verlieren und ihm andererseits nicht zu nahe kommen. Rand lief an Egwenes Seite, Wolke im Schlepptau, und sie lächelte ihn an. Er glaubte nicht, dass das Leuchten in ihren Augen nur vom Mondschein herrührte.

»Er verläuft so gerade am Flussufer entlang, als sei er mit der Feder gezogen«, sagte Moiraine befriedigt. »Es gibt keine zehn Frauen in Tar Valon, die das ohne Hilfe fertig gebracht hätten. Ganz zu schweigen davon, dass es vom Rücken eines galoppierenden Pferdes aus geschah.«

»Ich will mich ja nicht beklagen, Moiraine Sedai«, sagte Thom mit ungewohnter Schüchternheit, »aber wäre es nicht besser gewesen, uns weiterhin Deckung zu gewähren? Vielleicht bis Baerlon? Wenn der Draghkar auf diese Seite des Flusses schaut, dann verlieren wir alles, was wir gewonnen haben.«

»Die Draghkar sind nicht besonders schlau, Meister Merrilin«, sagte die Aes Sedai trocken. »Furcht erregend und von tödlicher Gefahr und mit guten Augen ausgestattet, doch mit wenig Intelligenz. Er wird dem Myrddraal berichten, dass es auf dieser Seite des Flusses klar sei, doch der Fluss selbst sei meilenweit in beiden Richtungen in Nebel gehüllt. Der Myrddraal wird wissen, welche Anstrengung das für mich bedeutete. Er wird in Betracht ziehen, dass wir vielleicht den Fluss hinunter zu entkommen versuchen, und das wird ihn aufhalten. Er muss seine Bemühungen verdoppeln. Der Nebel sollte sich lange genug halten, damit er nie sicher ist, ob wir nicht doch zumindest ein Stück mit einem Boot gefahren sind. Ich hätte den Nebel stattdessen auch mehr in Richtung Baerlon ausdehnen können, doch dann könnte der Draghkar den Fluss innerhalb weniger Stunden absuchen, und der Myrddraal wüsste genau, in welche Richtung wir reisen.«

Thom nickte bedächtig. »Ich entschuldige mich, Aes Sedai. Ich hoffe, Ihr seid mir nicht böse.«

»Ah, Moi ... ach ja, Aes Sedai.« Mat stockte und schluckte hörbar. »Die Fähre ... äh ... habt Ihr ... ich meine ... ich verstehe nicht, wieso ...« Er verstummte schüchtern, und die nachfolgende Stille war so tief, dass Rand nur den eigenen Atem vernahm. Schließlich sprach Moiraine, und ihre Stimme erfüllte die leere Stille mit Schärfe. »Ihr sucht alle nach Erklärungen, aber wenn ich jede meiner Handlungen erst erklären wollte, dann hätte ich keine Zeit mehr für anderes.« Im Mondlicht erschien ihnen die Aes Sedai größer, sie ragte beinahe über ihnen auf. »Ich beabsichtige, euch sicher nach Tar Valon zu bringen. Das ist das Einzige, was ihr wissen müsst.«

»Wenn wir weiter hier herumstehen«, warf Lan ein, »muss der Draghkar den Fluss nicht erst absuchen. Falls mich mein Gedächtnis nicht täuscht ...« Er führte sein Pferd weiter die Böschung hoch.

Als habe die Bewegung des Behüters etwas in seiner Brust befreit, holte Rand tief Luft. Er hörte die anderen dasselbe tun, sogar Thom, und erinnerte sich an eine alte Redensart: Besser dem Wolf auf die Nase spucken als eine Aes Sedai erzürnen. Aber die Anspannung war gewichen. Moiraine ragte über niemanden auf; sie reichte ihm kaum bis zur Brust.

»Können wir uns wenigstens ein bisschen ausruhen?«, fragte Perrin hoffnungsvoll und gähnte. Egwene, die sich träge an Bela lehnte, seufzte erschöpft.

Das war der erste verzagte Laut, den Rand von ihr vernahm. *Vielleicht merkt sie endlich, dass dies kein grandioses Abenteuer ist.* Dann erinnerte er sich schuldbewusst daran, dass sie nicht wie er den halben Tag verschlafen hatte. »Wir brauchen ein wenig Ruhe, Moiraine Sedai«, sagte er. »Schließlich sind wir die ganze Nacht hindurch geritten.«

»Dann schlage ich vor, wir sehen nach, was Lan mit uns im Sinn hat«, sagte Moiraine. »Kommt!«

Sie führte sie die Böschung vollends hinauf und in den Wald hinein. Kahle Äste verstärkten die Schatten, und sie erreichten eine dunkle Erhebung neben einer Lichtung. Hier hatte vor langer Zeit eine Überschwemmung einen ganzen Hain von Lederblattbäumen unterspült und umgestürzt. Die Bäume waren zu einem großen Gewirr aus Stämmen und Ästen und Wurzeln zusammengesackt. Moiraine blieb stehen, und plötzlich erschien in Bodennähe ein Licht. Der Schein drang aus dem Gestrüpp hervor, und Lan kroch dort unten heraus. Er schob vorsichtig den Stummel einer Fackel vor sich her. »Keine ungebetenen Besucher«, sagte er zu Moiraine. »Und das

Holz, das ich gesammelt hatte, ist immer noch trocken. Ich habe ein kleines Feuer gemacht. Wir können uns in der Wärme ausruhen.«
»Hattet Ihr damit gerechnet, dass wir hier eine Rast einlegen?«, fragte Egwene überrascht.
»Das schien ein geeigneter Ort«, antwortete Lan. »Ich bin immer gern auf alles vorbereitet. Man kann ja nie wissen.«
Moiraine nahm ihm die Fackel ab. »Kümmerst du dich um die Pferde? Wenn du fertig bist, werde ich mein Möglichstes tun, um allen die Müdigkeit zu vertreiben. Jetzt möchte ich mich mit Egwene unterhalten. Egwene?«
Rand beobachtete, wie sich die beiden Frauen bückten und unter dem Gewirr aus Baumstämmen verschwanden. Es gab eine niedrige Öffnung, kaum groß genug, um hineinzukriechen. Der Schein der Fackel verschwand.
Lan hatte bei den Reisevorbereitungen auch an Futtersäcke und einen kleinen Hafervorrat gedacht, doch die Pferde sollten die Sättel nicht ablegen. Stattdessen holte er die ebenfalls mitgebrachten Fußfesseln heraus. »Sie könnten sich ohne Sättel natürlich besser ausruhen, aber falls wir schnell weitermüssen, haben wir vielleicht keine Zeit mehr, sie wieder zu satteln.«
»Für mich sehen sie nicht so aus, als müssten sie sich ausruhen«, sagte Perrin beim Versuch, einen Futtersack über den Kopf seines Reittieres zu hängen. Das Pferd warf den Kopf hoch, bevor es ihm gestattete, die Riemen anzubringen. Rand hatte auch seine Schwierigkeiten mit Wolke. Er benötigte drei Versuche, bis er den Segeltuchbeutel über die Nase des Grauen gezogen hatte.
»Sie brauchen Ruhe«, sagte Lan. Er richtete sich auf, nachdem er seinen Hengst festgemacht hatte. »Sie können zuvor immer noch rennen, aber wenn wir nicht aufpassen, dann rennen sie, bis sie vor Erschöpfung tot umfallen. Mir wäre es lieber gewesen, Moiraine Sedai hätte das nicht tun müssen, aber es war nicht anders möglich.«
Er tätschelte den Hals des Hengstes, und das Pferd hob und senkte den Kopf, als genieße es die Berührung des Behüters. »Wir müssen in den nächsten Tagen langsamer reiten, damit sie sich erholen. Langsamer, als mir lieb ist. Aber mit etwas Glück wird es reichen.«
»Ist das ...?« Mat schluckte hörbar. »Meinte sie das? Mit unserer Erschöpfung?«
Rand klatschte mit der Hand auf Wolkes Hals und starrte ins Leere. Obwohl sie seinem Vater so wirkungsvoll geholfen hatte, hatte er nicht das Bedürfnis, die Macht der Aes Sedai auch an sich selbst er-

proben zu lassen. *Licht, sie hat ja so gut wie zugegeben, dass sie die Fähre versenkte.*

»Ja, so ungefähr.« Lan lachte sarkastisch. »Aber ihr braucht euch keine Gedanken zu machen, dass ihr euch zu Tode rennen werdet – solange die Lage nicht sehr viel schlimmer wird als jetzt. Nehmt es einfach als eine zusätzliche Nacht zum Schlafen.«

Von weit droben über dem nebelbedeckten Fluss ertönte plötzlich der Schrei des Draghkars. Sogar die Pferde erstarrten. Wieder erklang er, diesmal näher, und noch einmal. Wie Nadeln drang es in Rands Schädel. Dann wurden die Schreie schwächer, bis sie in der Ferne verklangen. »Glück«, hauchte Lan. »Es sucht den Fluss nach uns ab.« Er zuckte kurz mit den Achseln und klang plötzlich wieder ganz selbstsicher. »Gehen wir hinein. Ich könnte heißen Tee trinken und mir den Magen füllen.«

Rand war der Erste, der auf Händen und Knien durch die Öffnung im Gestrüpp und einen kurzen Tunnel hinunterkroch. Am Ende hielt er an, immer noch auf Knien. Vor ihm lag ein unregelmäßig geformter Raum, eine Waldhöhle, die groß genug für alle war. Die Decke aus Baumstämmen und Ästen war allerdings so niedrig, dass nur die Frauen aufrecht stehen konnten. Rauch stieg von einem kleinen Feuer auf einem Fundament aus Flusssteinen auf und trieb davon. Der Luftzug reichte aus, um den Raum vom Rauch zu befreien, und das verwobene Gestrüpp war so dicht, dass kein Feuerschein nach außen drang. Moiraine und Egwene hatten ihre Umhänge zur Seite gelegt und saßen sich im Schneidersitz am Feuer gegenüber. »Die Eine Macht«, sagte Moiraine gerade, »kommt aus der Wahren Quelle, der treibenden Kraft der Schöpfung, der Kraft, die der Schöpfer erschuf, um das Rad der Zeit zu drehen.« Sie presste die Handflächen gegeneinander. »*Saidin*, die männliche Hälfte der Wahren Quelle, und *Saidar*, die weibliche Hälfte, arbeiten gleichzeitig gegeneinander und miteinander, um die Macht zu erzeugen. *Saidin*« – sie erhob eine Hand und ließ sie wieder fallen – »wurde durch die Berührung des Dunklen Königs verdorben, wie Wasser, auf dessen Oberfläche ein dünner Film ranzigen Öls schwimmt. Das Wasser ist immer noch rein, doch man kann es nicht berühren, ohne gleichzeitig die Verunreinigung zu berühren. Nur *Saidar* kann noch gefahrlos benutzt werden.« Egwene wandte Rand den Rücken zu. Er konnte ihr Gesicht nicht sehen, doch sie beugte sich begierig lauschend vor.

Mat stieß Rand von hinten an und murmelte etwas, und so kroch Rand nach vorn in die Baumhöhle hinein. Moiraine und Egwene nahmen sein Eintreten nicht wahr. Die anderen drängten sich hinter ihm hinein, warfen die klammen Umhänge zur Seite, setzten sich ans Feuer und hielten die Hände darüber, um sie zu wärmen. Lan, der zuletzt eintrat, zog Wasserbeutel und Ledersäcke aus einer Nische in der Baumwand, holte einen Kessel hervor und bereitete Tee zu. Er achtete nicht darauf, was die Frauen sagten, aber Rands Freunde hörten auf, sich die Hände zu wärmen, und lauschten unverhohlen. Thom gab vor, seine Aufmerksamkeit dem Stopfen seiner wunderschön geschnitzten Pfeife zu widmen, aber die Art, wie er sich zu den Frauen hinüberbeugte, verriet ihn. Moiraine und Egwene benahmen sich, als seien sie allein.

»Nein«, antwortete Moiraine auf eine Frage, die Rand nicht gehört hatte, »die Wahre Quelle kann nicht aufgebraucht werden, genauso wenig wie ein Fluss durch das Mühlrad aufgebraucht wird. Die Quelle ist der Fluss, die Aes Sedai sind das Mühlrad.«

»Und Ihr glaubt wirklich, dass ich das lernen kann?«, fragte Egwene. Ihr Gesicht glühte vor Eifer. Rand hatte sie noch nie so schön gesehen und gleichzeitig so weit von ihm entfernt. »Ich kann eine Aes Sedai werden?«

Rand sprang auf und stieß mit dem Kopf gegen einen Baumstamm an der niedrigen Decke. Thom Merrilin packte ihn am Arm und zog ihn hinunter.

»Sei kein Narr!«, zischte der Gaukler. Er betrachtete die Frauen – keine schien etwas bemerkt zu haben – und blickte Rand voller Mitgefühl an. »Darauf hast du keinen Einfluss mehr, Junge.«

»Kind«, sagte Moiraine sanft, »nur wenige lernen, die Wahre Quelle zu berühren und die Eine Macht anzuwenden. Einige von denen lernen es besser, andere schlechter. Du gehörst zu der Hand voll Menschen, die es nicht erst lernen müssen. Zumindest wirst du von selbst wissen, wie man die Wahre Quelle berührt, ob du es willst oder nicht. Ohne das Wissen, das du in Tar Valon erwerben kannst, wirst du allerdings nie lernen, die Macht ganz zu beherrschen, und es könnte sein, dass du nicht überlebst. Männer, denen die Fähigkeit angeboren ist, *Saidin* zu berühren, sterben natürlich, falls die Roten Ajah sie nicht finden und dämpfen ...«

Thom grollte tief in seiner Kehle, und Rand rutschte nervös hin und her. Männer wie jene, von denen die Aes Sedai sprach, waren selten – er hatte in seinem ganzen Leben nur von dreien gehört, und die lebten, dem Licht sei Dank, nicht bei den Zwei Flüssen –, aber der Schaden, den sie anrichteten, bevor sie von den Aes Sedai gefunden wurden, war immer schlimm genug, um Gesprächsstoff zu liefern, genauso wie die Kriege oder Erdbeben, die ganze Städte zerstörten. Er hatte niemals richtig verstanden, was die Ajah taten. Den Geschichten nach bildeten sie Gesellschaften innerhalb der Aes Sedai, die mehr als alles andere untereinander stritten und intrigierten, doch in einem Punkt waren sich die Geschichten einig. Die Roten Ajah hatten es sich zur obersten Pflicht gemacht, die Welt vor einer neuen Zerstörung zu bewahren, und diese Aufgabe erfüllten sie, indem sie jeden Mann jagten, der davon träumte, die Eine Macht anzuwenden. Mat und Perrin sahen aus, als wünschten sie sich plötzlich, zu Hause in ihren Betten zu liegen.

»... aber auch einige der Frauen sterben. Es ist schwer, das Lenken der Macht ohne Führung zu erlernen. Die Frauen, die wir nicht finden und die überleben, werden oft zu ... Nun ja, in diesem Teil der Welt werden sie vielleicht Seherinnen in ihren Dörfern.« Die Aes Sedai schwieg nachdenklich. »Das alte Blut ist stark in Emondsfelde, und dieses alte Blut singt. Ich wusste, wer du warst, vom ersten Augenblick an, als ich dich sah. Jede Aes Sedai, die sich in Gegenwart einer Frau befindet, die die Eine Macht lenken kann oder deren Erwachen bevorsteht, fühlt dies.« Sie kramte in einem Beutel an ihrem Gürtel und holte einen kleinen blauen Edelstein an einer Goldkette hervor, den sie vorher im Haar getragen hatte. »Du bist deinem Erwachen sehr nahe, deiner ersten Berührung der Wahren Quelle. Es ist besser, wenn ich dich durch diese Zeit geleite. Dann kannst du die unangenehmen Auswirkungen vermeiden, die denen bevorstehen, die den Weg selbst finden müssen.«

Egwenes Augen wurden groß, als sie den Stein betrachtete, und sie leckte sich die Lippen zum wiederholten Mal. »Ist ... Hat er die Macht?«

»Natürlich nicht!«, fuhr Moiraine sie an. »*Dinge* haben keine Macht, Kind. Selbst ein *Angreal* ist nur ein Werkzeug. Das hier ist nur ein hübscher blauer Stein. Aber er kann Licht erzeugen. Sieh her!«

Egwenes Hände zitterten, als Moiraine den Stein auf ihre Fingerspitzen legte. Sie wollte die Hände zurückziehen, aber die Aes Sedai nahm ihre beiden Hände in eine der ihren, und mit der anderen berührte sie Egwenes Schläfe. »Schau den Stein an«, sagte die Aes Sedai leise. »Es ist besser so, als allein herumzutasten. Befreie deinen Geist von allem bis auf den Stein. Befreie deinen Geist und lass dich treiben. Es gibt nur noch den Stein und die Leere. Ich werde beginnen. Treibe und lass mich dich führen. Keine Gedanken. Treibe.«

Rands Finger bohrten sich in seine Schenkel; die Kinnbacken verkrampften sich, bis sie schmerzten. *Sie muss versagen. Sie muss.* Licht erblühte im Stein, ein einziges blaues Aufblitzen, dann war es verschwunden; nicht heller als ein Glühwürmchen, doch er zuckte zusammen, als habe es ihn geblendet. Egwene und Moiraine starrten mit ausdruckslosen Gesichtern in den Stein hinein. Ein weiteres Aufblitzen, dann noch einmal, bis das azurblaue Licht wie in einem Herzschlag pulsierte. *Es ist die Aes Sedai,* dachte er verzweifelt. *Moiraine tut das. Nicht Egwene.* Ein letztes schwaches Aufflackern, und dann war der Stein erneut nichts als ein Anhänger. Rand hielt die Luft an.

Für einen Moment starrte Egwene noch weiter in den Stein hinein, doch dann blickte sie zu Moiraine auf. »Ich ... ich dachte, ich fühle ... etwas, aber ... Vielleicht habt Ihr doch nicht Recht, was mich betrifft. Es tut mir Leid, dass Ihr Eure Zeit verschwendet habt.«

»Ich habe nichts verschwendet, Kind.« Um Moiraines Lippen spielte ein schwaches, zufriedenes Lächeln. »Das letzte Licht war allein deines.«

»Tatsächlich?«, rief Egwene und verfiel sofort in Trübsinn. »Aber es war ja kaum vorhanden.«

»Jetzt benimmst du dich wie ein närrisches Dorfmädchen. Die meisten, die nach Tar Valon kommen, müssen monatelang üben, um das fertig zu bringen, was du gerade geschafft hast. Du könntest es weit bringen. Vielleicht sogar eines Tages bis zum Amyrlin-Sitz, wenn du fleißig lernst und arbeitest.«

»Ihr meint ...?« Mit einem Freudenschrei umarmte Egwene die Aes Sedai. »O danke! Rand, hast du gehört? Ich werde eine Aes Sedai!«

KAPITEL 13

Entscheidungen

Bevor sie einschliefen, kniete Moiraine neben jedem von ihnen nieder und legte ihnen die Hände auf den Kopf. Lan schimpfte, er brauche das nicht, und sie solle ihre Kraft nicht verschwenden, doch er versuchte nicht ernsthaft, sie daran zu hindern. Egwene drängte sich beinahe nach dieser Erfahrung, während Mat und Perrin eindeutig Angst hatten, sich aber auch davor fürchteten, nein zu sagen. Thom zuckte unter den Händen der Aes Sedai zusammen, aber sie ergriff energisch seinen grauen Kopf, mit einem Blick, der keinen Widerspruch erlaubte. Der Gaukler machte die ganze Prozedur hindurch ein verdrießliches Gesicht. Sie lächelte spöttisch, als sie die Hände wieder wegnahm. Seine Miene verfinsterte sich noch mehr, aber er sah erfrischt aus. Sie alle wirkten erholt.

Rand hatte sich in eine Nische zurückgezogen und hoffte, übersehen zu werden. Seine Augen schlossen sich beinahe von selbst, als er sich gegen das Gewirr von Stämmen und Gestrüpp lehnte, doch er zwang sich zum Zuschauen. Er hielt die Hand vor den Mund und versuchte, ein Gähnen zu unterdrücken. Ein wenig Schlaf, ein oder zwei Stunden, und er würde sich wieder wohler fühlen. Aber Moiraine übersah ihn nicht.

Er zuckte ebenfalls ein wenig zusammen, als er ihre kühlen Finger auf seinem Gesicht spürte, und sagte:»Ich glaube nicht ...« Seine Augen weiteten sich erstaunt. Die Müdigkeit rann aus ihm heraus wie Wasser den Berg hinunter; Schmerzen und Muskelkater wurden zu schwachen Erinnerungen und verschwanden ganz. Er sah sie mit offenem Mund an. Sie lächelte nur und zog die Hände zurück.

»Es ist vollbracht«, sagte sie und stand mit einem müden Seufzer auf, der ihn daran erinnerte, dass sie für sich selbst nichts tun konnte. Sie trank nur ein wenig Tee und lehnte Brot und Käse ab, die Lan ihr aufzudrängen versuchte, bevor sie sich am Feuer niederließ. Sie schien im gleichen Moment einzuschlafen, nachdem sie ihren Umhang um sich gewickelt hatte.

Die anderen, alle außer Lan jedenfalls, schliefen ein, wo immer sie ein Plätzchen zum Ausstrecken fanden, obwohl sich Rand nicht vorstellen konnte, warum. Er fühlte sich, als habe er bereits eine ganze Nacht in einem guten Bett hinter sich. Doch kaum hatte er sich bequem gegen die grüne Wand gelehnt, da schlief er auch schon ein. Als Lan ihn eine Stunde später wachrüttelte, fühlte er sich, als habe er drei Tage lang geruht.

Der Behüter weckte alle bis auf Moiraine und ermahnte sie, leise zu sein, um ihren Schlaf nicht zu stören. Trotzdem gestattete er ihnen nur einen kurzen Aufenthalt in der gemütlichen Baumhöhle.

Kaum hatte die Sonne sich über dem Horizont erhoben, waren alle Spuren verwischt, und sie saßen auf ihren Pferden und waren unterwegs nach Norden in Richtung Baerlon. Sie ritten langsam, um die Pferde zu schonen. Unter den Augen der Aes Sedai lagen tiefe Schatten, aber sie saß aufrecht und ruhig im Sattel.

Über dem Fluss lag immer noch dichter Nebel, der den kraftlosen Sonnenstrahlen erfolgreich widerstand. Die Zwei Flüsse lagen verborgen dahinter. Rand schaute öfter über die Schulter zurück und hoffte auf einen letzten Blick, wenigstens auf Taren-Fähre, bis schließlich die Nebelbank dem Blick entschwand.

»Ich hätte nie geglaubt, dass ich mich einmal so weit weg von zu Hause befände«, sagte er, als die Bäume schließlich den Nebel wie auch den Fluss verbargen. »Erinnert ihr euch noch daran, als Wachhügel so weit weg schien?« *Das war vor zwei Tagen. Es erscheint mir wie eine Ewigkeit.*

»In spätestens zwei Monaten sind wir zurück«, sagte Perrin in angespanntem Tonfall. »Denkt mal, was wir dann alles zu erzählen haben!«

»Selbst die Trollocs können uns nicht ewig jagen«, meinte Mat. »Versengen soll mich das Licht, aber das können sie nicht.« Er richtete sich mit einem tiefen Seufzer im Sattel auf und sackte wieder zusammen, als glaube er kein Wort von dem Gesagten.

»Männer!«, schnaubte Egwene. »Da bekommt ihr endlich die Abenteuer, die ihr immer ersehnt habt, und schon redet ihr wieder über zu Hause.« Sie hielt den Kopf hoch erhoben, und doch bemerkte Rand ein leises Zittern in ihrer Stimme, jetzt, da man nichts mehr von den Zwei Flüssen sah.

Weder Moiraine noch Lan unternahmen einen Versuch, sie zu beruhigen. Kein Wort, um ihnen zu sagen, dass sie zurückkehren würden. Er versuchte, nicht daran zu denken, was das bedeuten mochte.

Sogar in ausgeruhtem Zustand wurde er von Zweifeln geplagt, sodass er nicht noch mehr davon gebrauchen konnte. Im Sattel zusammengesunken, flüchtete er sich in einen Tagtraum. Er hütete neben Tam Schafe auf einer Weide mit dichtem üppigem Gras. Die Lerchen sangen von einem Frühlingsmorgen. Er träumte von einer Fahrt nach Emondsfelde zum Bel Tine, so wie es gewesen war. Er tanzte auf dem Grün, und seine einzige Sorge war, nicht beim nächsten Tanzschritt zu stolpern. Er brachte es fertig, sich lange Zeit in diesen Traum zu versenken.

Der Ritt nach Baerlon dauerte fast eine Woche. Lan beschwerte sich zwar über ihre Bummelei, aber er war es, der die Geschwindigkeit bestimmte und die anderen zwang, sie einzuhalten. Mit sich und seinem Hengst Mandarb – er sagte, das heiße ›Klinge‹ in der Alten Sprache – ging er nicht so rücksichtsvoll um. Der Behüter legte die doppelte Strecke der anderen zurück. Er galoppierte mit im Wind flatterndem Umhang voraus, um zu sehen, was vor ihnen lag, oder er ließ sich zurückfallen und suchte den Weg hinter ihnen nach Verfolgern ab. Jeder andere jedoch, der sich schneller als im Schritttempo zu bewegen versuchte, wurde ausgescholten, weil er keine Rücksicht auf die Tiere nahm, und musste sich ein paar beißende Bemerkungen anhören, was er wohl zu Fuß unternehmen würde, wenn die Trollocs erst erschienen. Nicht einmal Moiraine war vor seiner scharfen Zunge sicher, wenn sie ihre weiße Stute in Trab setzte. Aldieb war der Name der Stute; in der Alten Sprache hieß das ›Westwind‹ – der Wind, der den Frühlingsregen brachte.

Der Behüter entdeckte keinerlei Anzeichen von Verfolgern oder einem Hinterhalt. Er erzählte nur Moiraine, was er sah, und das so leise, dass niemand sonst es verstehen konnte, und dann berichtete die Aes Sedai den anderen, was sie für berichtenswert hielt. Anfangs blickte Rand genauso oft nach hinten wie nach vorn. Er war nicht der Einzige. Perrin griff oft nach seiner Axt, und Mat ritt mit einem Pfeil auf der Sehne, jedenfalls anfangs. Aber weit und breit waren weder Trollocs noch Gestalten in schwarzen Mänteln zu sehen, und am Himmel zeigte sich kein Draghkar. Allmählich glaubte Rand daran, dass sie wirklich und wahrhaftig entkommen waren.

Selbst die dichtesten Stellen des Waldes boten keine ausreichende Deckung. Der Winter hielt sich nördlich des Taren genauso zäh wie bei den Zwei Flüssen. Gruppen von Kiefern, Tannen oder Lederblattbäumen und hier und da ein paar Gewürzsträucher oder Lorbeerbäumchen hoben sich von den kahlen grauen Bäumen ab. Nicht einmal beim Holunder zeigten sich Blätter. Nur vereinzelt lugten grüne Spitzen von neuem Gras aus den braunen, vom Schnee niedergedrückten Wiesen hervor. Auch hier wuchsen vor allem Brennnesseln, Disteln und Stinkkraut. Auf dem nackten Waldboden hielten sich letzte Schneereste an schattigen Stellen oder in kleinen Mulden unter den niedrigen Ästen der Tannen. Die Gefährten zogen die Umhänge fester um die Schultern, denn das blasse Sonnenlicht verströmte keine Wärme, und die nächtliche Kälte war beißend. Genauso wie bei den Zwei Flüssen flogen auch hier keine Vögel, nicht einmal Raben umher.

Wenn sie sich auch langsam vorwärts bewegten, so konnten sie sich doch keineswegs entspannen. Die Nordstraße – Rand nannte sie immer noch so, obwohl er vermutete, dass sie nördlich des Taren einen anderen Namen hatte – verlief noch immer geradewegs Richtung Norden, aber Lan bestand darauf, dass ihr Weg so oft wie möglich in dieser oder jener Richtung abwich und durch den Wald führte, fast genauso oft, wie sie der festen Lehmspur der Straße folgten. Ein Dorf, ein Bauernhof oder irgendein Anzeichen von Menschen oder von menschlicher Besiedelung veranlasste sie zu meilenweiten Umwegen. Sie begegneten aber nicht vielen solcher Spuren. Den ganzen ersten Tag über sah Rand jenseits der Straße überhaupt kein Anzeichen dafür, dass sich Menschen je in diesem Wald aufgehalten hatten. Ein Gedanke kam ihm, dass er selbst zu jener Zeit, als er zum Fuß der Verschleierten Berge gewandert war, menschlichen Siedlungen näher gewesen war als heute.

Der erste Bauernhof, den er sah – ein großes Holzhaus mit einer hohen Scheune, spitzen strohgedeckten Giebeldächern und einem gemauerten Schornstein, aus dem eine Rauchwolke drang –, erschreckte ihn deshalb einigermaßen.

»Es ist nicht anders als zu Hause«, sagte Perrin, der finster zu den fernen Gebäuden hinüberblickte. Menschen bewegten sich im Hof. Sie hatten die Reisenden noch nicht entdeckt.

»Natürlich ist es anders«, sagte Mat. »Wir sind einfach noch nicht nahe genug.«

»Ich sage euch, es ist nicht anders«, beharrte Perrin.

»Doch! Wir sind schließlich nördlich des Taren.«

»Ruhig, ihr beiden!«, grollte Lan. »Wir wollen nicht gesehen werden, ja? Hier entlang!« Er wandte sich Richtung Westen, um den Hof durch den Wald zu umgehen.

Beim Zurückschauen musste Rand Perrin Recht geben. Der Hof

sah aus wie alle in der Gegend um Emondsfelde. Da war ein kleiner Junge, der Wasser aus dem Brunnen schöpfte, und ältere Jungen hüteten Schafe hinter einem Lattenzaun. Es gab sogar einen Trockenschuppen für Tabak. Aber Mat hatte auch Recht. *Wir befinden uns nördlich des Taren. Es muss einfach anders sein.*

Sie machten jedes Mal Rast, wenn es noch hell war, um einen Platz auszusuchen, der einen leichten Abhang aufwies und sie vor dem Wind schützte, der sich nur selten ganz legte. Meist änderte er lediglich die Richtung. Ihr Lagerfeuer war immer klein und so geschickt versteckt, dass man es auf wenige Schritte Entfernung nicht mehr sehen konnte. Sobald der Tee gekocht war, wurden die Flammen gelöscht und die Kohlen vergraben.

Beim ersten Halt, bevor die Sonne sank, begann Lan damit, die Jungen im Umgang mit ihren Waffen zu unterweisen. Er nahm zuerst den Bogen. Nachdem er beobachtet hatte, wie Mat drei Pfeile in dem als Ziel markierten Stumpf eines toten Lederblattbaums landete – auf hundert Schritt Entfernung –, nahm er die anderen an die Reihe. Perrin wiederholte Mats Leistung, und Rand, der die Flamme und das Nichts in sich beschwor und damit die leere Ruhe, die den Bogen zu einem Teil seiner selbst werden ließ, brachte seine drei Pfeile so eng nebeneinander ins Ziel, dass sich die Spitzen beinahe berührten. Mat schlug ihm anerkennend auf die Schulter.

»Wenn ihr jetzt alle einen Bogen hättet«, sagte der Behüter trocken, als er ihr Grinsen sah, »und wenn die Trollocs so nett wären, euch so weit vom Leib zu bleiben, dass ihr den Pfeil abschießen könntet ...« Das Grinsen verging den Freunden sogleich. »Wir werden sehen, was ich euch beibringen kann, falls sie einmal zu nahe kommen.«

Er zeigte Perrin den Gebrauch einer Streitaxt mit großer Schneide; wenn man eine Axt gegen einen bewaffneten Gegner erhob, war das nicht mit Holzhacken oder einem probeweisen Axtschwingen zu vergleichen. Er ließ den großen Schmiedlehrling eine Reihe von Übungen durchführen – blockieren, parieren und zuschlagen –, und dann wiederholte er diese Prozedur mit Rand und seinem Schwert. Nicht das wilde Herumspringen und Zuschlagen, das Rand im Sinn hatte, wenn er über den Gebrauch der Waffe nachdachte, sondern flüssige Bewegung, bei der eine in die andere überging wie bei einem Tanz.

»Es genügt nicht, die Klinge zu bewegen«, erklärte Lan, »auch wenn einige das glauben. Der Verstand ist ein wesentlicher Teil des

Ganzen. Leere deinen Verstand, Schafhirte, leere ihn von Hass oder Angst, von allem. Brenne alles weg. Ihr anderen, hört mir auch zu. Ihr könnt das genauso mit der Axt oder dem Bogen, mit einem Speer oder Stock oder sogar mit euren bloßen Händen anwenden.«

Rand starrte ihn an. »Die Flamme und das Nichts«, sagte er erstaunt. »Das meint Ihr doch, nicht wahr? Mein Vater hat mich das gelehrt.«

Der Behüter blickte ihn ausdruckslos an. »Halte das Schwert, wie ich es dir gezeigt habe, Schafhirte. Ich kann in einer Stunde aus einem plattfüßigen Dorfbewohner keinen Schwertmeister machen, aber vielleicht kann ich dich davor bewahren, dir den eigenen Fuß abzuschneiden.«

Rand seufzte und hielt das Schwert aufrecht mit beiden Händen vor sich. Moiraine beobachtete sie ohne äußere Gefühlsregung, aber am nächsten Abend bat sie Lan, er solle den Unterricht fortsetzen.

Zum Abendbrot gab es stets das Gleiche wie am Mittag oder zum Frühstück: Fladenbrot, Käse und Trockenfleisch, nur dass sie am Abend heißen Tee statt Wasser tranken, um das Essen hinunterzuspülen. Am Abend unterhielt Thom die Gesellschaft. Lan untersagte dem Gaukler zwar, Harfe oder Flöte zu spielen – nicht nötig, das ganze Land aufzuwecken, meinte er –, aber Thom jonglierte und erzählte Geschichten. ›Mara und die drei närrischen Könige‹ oder eine der vielen hundert Erzählungen über Anla, die weise Ratgeberin, oder Geschichten von Ruhm und Abenteuern wie ›Die Wilde Jagd nach dem Horn‹, doch immer mit einem glücklichen Ausgang und einer freudigen Heimkehr.

Wenn das Land um sie herum auch friedlich war, keine Trollocs zwischen den Bäumen erschienen, kein Draghkar unter den Wolken, so brachten sie es doch fertig, ihre Angst immer dann erneut zu schüren, wenn sie gerade am Erlöschen war.

Da war beispielsweise jener Morgen, an dem Egwene aufwachte und anfing, ihren Zopf zu lösen. Rand beobachtete sie aus den Augenwinkeln, während er seine Decken einrollte. Jeden Abend, wenn das Feuer gelöscht wurde, zogen sich alle in ihre Decken zurück, bis auf Egwene und die Aes Sedai. Immer setzten sich die beiden Frauen abseits von den anderen hin und unterhielten sich ein oder zwei Stunden lang. Sie legten sich hin, wenn die anderen längst schliefen. Egwene kämmte ihr Haar aus – hundertmal zog sie den Kamm durch, zählte Rand –, während er Wolke sattelte und seine Satteltaschen und Decken hinter dem Sattel festschnallte. Dann steckte sie den Kamm weg, schob ihr loses Haar über die Schulter und zog die Kapuze des Umhangs darüber.

Überrascht fragte er:»Was tust du da?« Sie blickte ihn von der Seite an, ohne zu antworten. Ihm wurde klar, dass er sie zum ersten Mal seit zwei Tagen angesprochen hatte, seit dem Abend in der Baumhöhle am Ufer des Taren, aber er ließ sich davon nicht aufhalten.»Dein ganzes Leben lang hast du darauf gewartet, dein Haar endlich als Zopf tragen zu dürfen, und jetzt gibst du ihn auf? Warum? Weil sie auch keinen Zopf trägt?«

»Aes Sedai tragen ihr Haar nicht als Zopf«, sagte sie einfach.»Jedenfalls nicht, solange sie das nicht wollen.«

»Du bist keine Aes Sedai. Du bist Egwene al'Vere aus Emondsfelde, und die Frauen dort wären empört, wenn sie dich so sähen.«

»Der Frauenkreis geht dich nichts an, Rand al'Thor. Und ich *werde* eine Aes Sedai, sobald wir Tar Valon erreichen.«

Er schnaubte.»Sobald wir Tar Valon erreichen. Warum? Licht, sag mir, warum! Du bist doch keine Schattenfreundin.«

»Denkst du, Moiraine gehört zu den Schattenfreunden? Glaubst du das wirklich?« Sie drehte sich mit geballten Fäusten zu ihm um, und es sah so aus, als wolle sie ihn schlagen.»Nachdem sie das Dorf gerettet hat? Nachdem sie deinen Vater gerettet hat?«

»Ich weiß nichts über sie, aber wie auch immer – das sagt nichts über die anderen Aes Sedai aus. Die Geschichten ...«

»Werde erwachsen, Rand! Vergiss die Geschichten, und gebrauch deine Augen!«

»Mit meinen Augen habe ich gesehen, wie sie die Fähre versenkte. Oder willst du das leugnen? Wenn du erst mal Flausen im Kopf hast, gibst du nicht mehr nach, selbst wenn dir jemand beweist, dass du auf dem Wasser zu gehen versuchst. Wenn du keine so vom Licht geblendete Närrin wärst, würdest du bemerken ...!«

»Versucht ihr zwei, alle Leute innerhalb von zehn Meilen aufzuwecken?«, fragte der Behüter.

Rand stand mit offenem Mund da und wollte noch etwas hinzufügen, da fiel ihm auf, dass er geschrien hatte. Sie hatten beide geschrien.

Egwenes Gesicht lief scharlachrot an. Sie drehte sich mit einem halblauten»Männer!« ab, das sowohl dem Behüter wie auch ihm zu gelten schien. Beklommen sah sich Rand im Lager um. Alle sahen ihn an, nicht nur der Behüter. Mat und Perrin waren ganz blass. Thom wirkte so angespannt, als wolle er gleich wegrennen oder kämpfen. Moiraines Gesicht war ausdruckslos, doch ihr Blick schien sich in seinen Kopf zu bohren. Verzweifelt versuchte er, sich daran zu erinnern, was er über Aes Sedai und Schattenfreunde gesagt hatte.

»Es ist Zeit zum Aufbruch«, sagte Moiraine. Sie wandte sich Aldieb zu, und Rand schauderte erleichtert, als sei er einer Falle entkommen. Er fragte sich, ob er wirklich entkommen war.

Zwei Nächte später, als das Feuer schon niedergebrannt war, leckte sich Mat die letzten Krümel Käse von den Fingern und sagte: »Wisst ihr, ich glaube, wir haben sie endgültig abgeschüttelt.« Lan war in die Nacht hinausgegangen, um sich ein letztes Mal umzusehen. Moiraine und Egwene hatten sich zu einem Zwiegespräch zurückgezogen. Thom döste mit der Pfeife im Mund vor sich hin, und die jungen Männer hatten das Feuer ganz für sich allein.

Perrin stocherte gelangweilt mit einem Stock in der Glut herum und antwortete: »Wenn wir sie los sind, warum sucht Lan dann immer noch die Gegend ab?« Rand fielen schon fast die Augen zu. Er lag am Boden und drehte sich um, den Rücken dem Feuer zugewandt. »Wir haben sie an der Taren-Fähre abgehängt.« Mat legte sich zurück, verschränkte die Finger hinter dem Kopf und blickte zum monderhellten Himmel auf. »Falls sie wirklich *uns* gesucht haben.«

»Glaubst du, der Draghkar hat uns nur zum Spaß gejagt?«, fragte Perrin.

»Wenn ihr mich fragt, hört auf, euch über Trollocs und ähnliches Gelichter Gedanken zu machen«, fuhr Mat fort, als habe Perrin nichts gesagt, »und fangt an, euch darauf zu freuen, die Welt sehen zu können. Wir sind jetzt dort draußen, wo die Geschichten herkommen. Was glaubt ihr – wie sieht eine richtige Stadt aus?«

»Wir reiten nach Baerlon«, sagte Rand schläfrig, aber Mat schnaubte nur.

»Baerlon ist schön und gut, aber ich habe die alte Karte von Meister al'Vere gesehen. Wenn wir Caemlyn erreichen und uns dann nach Süden wenden, führt uns die Straße nach Illian und noch weiter.«

»Was ist so besonders an Illian?«, fragte Perrin gähnend.

»Zum einen«, antwortete Mat, »ist Illian nicht voll von Aes ...«

Er schwieg, und Rand war plötzlich hellwach. Moiraine war zu früh zurückgekehrt. Egwene war bei ihr, aber alle Aufmerksamkeit galt der Aes Sedai, die am Rande des Feuerscheins zu sehen war. Mat lag auf dem Rücken, den Mund noch geöffnet, und glotzte sie an. Moiraines Augen spiegelten das Licht wie zwei dunkle glatt polierte Steine wider. Plötzlich fragte sich Rand, wie lange sie wohl schon dagestanden hatte.

»Die Jungen haben gerade ...«, begann Thom, doch Moiraine fiel ihm ins Wort.

»Ein paar Tage Pause, und ihr seid bereit aufzugeben.« Ihre ruhige, gleichmäßige Stimme stand im scharfen Widerspruch zu ihren Augen. »Ein, zwei Tage Ruhe, und schon habt ihr die Winternacht vergessen.«

»Wir haben sie nicht vergessen«, entgegnete Perrin. »Es ist nur ...« Sie erhob die Stimme immer noch nicht, verfuhr mit ihm aber wie mit dem Gaukler.

»Seid ihr alle dieser Meinung? Ihr wollt alle am liebsten nach Illian rennen und die Trollocs, Halbmenschen und Draghkar vergessen?« Sie musterte sie – dieser Steinglanz ihrer Augen und dazu der gleichmütige Tonfall ihrer Stimme machten Rand nervös –, aber sie gab niemandem eine Gelegenheit, sich zu äußern. »Der Dunkle König ist hinter euch dreien her, hinter einem oder allen, und wenn ich euch wegrennen lasse, wie ihr wollt, dann bekommt er euch. Was auch immer der Dunkle König will, dem leiste ich Widerstand. Also hört mich an, und erkennt die Wahrheit. Bevor ich euch dem Dunklen König überlasse, töte ich euch lieber.«

Es war ihre so beiläufig klingende Stimme, die Rand überzeugte. Die Aes Sedai würde genau das tun, was sie sagte, falls es sich als notwendig erwiese. Diese Nacht hatte er Schwierigkeiten, überhaupt zu schlafen, und er war nicht der Einzige. Selbst der Gaukler begann erst zu schnarchen, als die letzten Scheite schon lange verglüht waren. Ausnahmsweise bot ihnen Moiraine keine Hilfe an.

Egwenes abendliche Gespräche mit der Aes Sedai waren Rand ein Dorn im Auge. Immer wenn sie in der Dunkelheit verschwanden, sich von den anderen entfernten, um Ruhe vor ihnen zu haben, fragte er sich, worüber sie wohl sprachen und was sie taten. Was tat die Aes Sedai Egwene an?

Eines Nachts wartete er, bis sich die anderen alle zur Ruhe begeben hatten. Thom schnarchte, als wolle er eine Eiche fällen. Dann schlüpfte Rand davon, die Decke um sich gewickelt. Er wandte alle seine Erfahrungen im Auflauern von Kaninchen an. Er bewegte sich mit den Mondschatten, bis er am Fuß eines großen Lederblattbaums kauerte, der viele zähe, breite Blätter aufwies. Er war nahe genug, um Moiraine und Egwene zu verstehen, die mit einer kleinen Laterne auf einem umgestürzten Baumstamm saßen.

»Frag«, sagte Moiraine gerade, »und wenn ich dir darauf antworten kann, werde ich es tun. Begreif aber, dass vieles für dich noch zu früh kommt, Dinge, die du nicht lernen kannst, bevor du nicht andere Dinge gelernt hast, die wiederum weitere Vorkenntnisse erfordern. Aber frag, was du willst.«

»Die Fünf Mächte«, sagte Egwene langsam, »Erde, Wind, Feuer, Wasser und Geist. Es scheint mir nicht gerecht, dass Männer Erde und Feuer am besten beherrschten. Warum sollten gerade sie die stärksten der Mächte für sich haben?«

Moiraine lachte. »Glaubst du das, Kind? Gibt es einen Felsen, der so hart ist, dass Wind und Wasser ihn nicht abtragen können, ein so starkes Feuer, dass es nicht mit Wasser gelöscht oder vom Wind ausgeblasen werden kann?«

Egwene schwieg eine Weile und runzelte die Stirn. »Sie ... sie waren diejenigen, welche versuchten, den Dunklen König und die Verlorenen zu befreien, nicht wahr? Die männlichen Aes Sedai?« Sie holte tief Luft und sprach schneller. »Die Frauen hatten nichts damit zu tun. Die Männer wurden wahnsinnig und zerstörten die Welt.«

»Du hast Angst«, sagte Moiraine ernst. »Wenn du in Emondsfelde geblieben wärst, dann wärst du nach einer Weile Seherin geworden. Das war Nynaeves Plan, nicht wahr? Oder du hättest im Frauenkreis gesessen und die Geschicke von Emondsfelde gelenkt, während der Dorfrat dächte, er leite das Ganze. Und doch hast du das Unglaubliche getan. Du hast Emondsfelde und die Zwei Flüsse auf der Suche nach Abenteuern verlassen. Du wolltest es, und gleichzeitig hast du Angst davor. Und du weigerst dich ganz entschieden, deiner Angst nachzugeben. Sonst hättest du mich nicht gefragt, wie eine Frau eine Aes Sedai werden kann. Du hättest eure Sitten und Gebräuche sonst nicht aufgegeben.«

»Nein«, protestierte Egwene, »ich habe keine Angst. Ich will eine Aes Sedai werden.«

»Besser für dich, wenn du Angst hättest, aber ich hoffe, du bleibst bei deiner Überzeugung. Nur wenige Frauen haben heutzutage die Fähigkeiten, Geweihte zu werden, und noch viel weniger wollen es.« Moiraines Stimme klang, als führe sie ein gedankenverlorenes Selbstgespräch. »Sicher waren es noch nie zuvor gleich zwei in einem Dorf. Das alte Blut fließt tatsächlich noch sehr stark im Land der Zwei Flüsse.«

Rand verlagerte sein Gewicht im Schatten, wo er kauerte. Ein Ästchen zerbrach unter seinem Fuß. Er erstarrte und hielt die Luft an. Er schwitzte, doch keine der beiden Frauen sah sich um.

»Zwei?«, rief Egwene. »Wer denn noch? Ist es Kari? Kari Thane? Lara Ayellan?«

Moiraine schnalzte verärgert mit der Zunge und sagte dann ernst: »Du musst vergessen, dass ich das gesagt habe. Ich fürchte, ihre Straße verläuft in einer anderen Richtung. Besinne dich auf deine eigenen Angelegenheiten. Es ist kein leichter Weg, den du erwählt hast.«

»Ich werde nicht umkehren«, sagte Egwene.

»Wie du meinst. Aber du suchst immer noch Rückendeckung, und die kann ich dir nicht geben, jedenfalls nicht so, wie du es willst.«

»Das verstehe ich nicht.«

»Du willst darin bestärkt werden, dass die Aes Sedai gut und rein sind und dass es diese gemeinen Männer aus den Legenden waren, die die Zerstörung der Welt verursachten, und nicht die Frauen. Nun, es waren zwar die Männer, doch sie waren keineswegs schlimmer als alle anderen Männer. Sie waren wahnsinnig, nicht böse. Die Aes Sedai, die du in Tar Valon antreffen wirst, sind menschlich und unterscheiden sich nicht von anderen Frauen, außer eben durch die Fähigkeiten, die uns von ihnen trennen. Sie sind tapfer und feige, stark und schwach, freundlich und grausam, warmherzig und kalt. Wenn du eine Aes Sedai wirst, dann bleibst du trotzdem diejenige, die du immer warst.«

Egwene atmete schwer. »Ich glaube, gerade davor hatte ich Angst: dass die Macht mich verändern würde. Und die Trollocs und der Blasse ... Moiraine Sedai, im Namen des Lichts: Warum kamen die Trollocs nach Emondsfelde?«

Der Kopf der Aes Sedai drehte sich, und sie blickte in die Richtung von Rands Versteck. Die Luft blieb ihm weg. Ihre Augen waren genauso hart wie zu der Zeit, als sie sie bedroht hatte, und er hatte das Gefühl, ihr Blick könne die starken Äste des Lederblatts durchdringen. *Licht, was wird sie tun, wenn sie mich hier als Lauscher findet?*

Er bemühte sich, mit den tieferen Schatten hinter sich zu verschmelzen. Seine Augen waren auf die Frauen gerichtet, und so blieb er mit dem Fuß an einer Wurzel hängen. Er fing sich gerade noch, sonst wäre er in totes Unterholz getaumelt, und das hätte ihn mit einem Feuerwerk zerbrechender Zweige sofort verraten. Nach Luft schnappend, kroch er auf allen vieren davon. Wie immer war es vor allem Glück, das es ihm ermöglichte, sich lautlos zu bewegen.

Sein Herz schlug so stark, dass er fürchtete, es könne ihn verraten. *Narr! Eine Aes Sedai belauschen!* Als er wieder bei seinen Gefährten war, schlich er leise an seinen Platz zurück. Lan bewegte sich, als er sich auf den Boden legte. Der Behüter riss die Decke hoch, ließ sich dann aber mit einem Seufzer wieder zurückfallen. Er hatte sich im Schlaf nur umgedreht. Rand stieß einen Stoßseufzer aus.

Einen Augenblick später tauchte Moiraine aus der Nacht auf. Sie blieb stehen, als sie die schlummernden Gestalten sah. Das Mondlicht webte einen Strahlenkranz um sie. Rand schloss die Augen und atmete ganz gleichmäßig, während er angestrengt lauschte, ob sich Schritte näherten. Er hörte nichts. Als er die Augen wieder öffnete, war sie weg.

Als der Schlaf endlich kam, schwitzte er und hatte Träume, in denen alle Männer von Emondsfelde behaupteten, sie seien der Wiedergeborene Drache, und alle Frauen trugen blaue Edelsteine im Haar, die so aussahen wie der von Moiraine. Er versuchte danach nie mehr, Moiraine und Egwene zu belauschen.

Der sechste Tag ihrer quälend langsamen Reise brach an. Die blasse, kalte Sonne glitt auf die Baumwipfel zu, während eine Hand voll dünner Wolken hoch droben in Richtung Norden trieb. Der Wind erhob sich zu einer Bö, und Rand zog den Umhang wieder einmal leise schimpfend über die Schultern. Er fragte sich, ob sie wohl jemals Baerlon erreichen würden. Die Entfernung, die sie seit ihrer Flussüberquerung zurückgelegt hatten, war größer als von Taren-Fähre bis zum Weißen Fluss, doch Lan behauptete stets, es sei eine kurze Reise, kaum wert, eine solche genannt zu werden. Rand fühlte sich verloren.

Lan erschien im Wald vor ihnen. Er kehrte von einem Erkundungsritt zurück. Er straffte die Zügel und ließ sein Pferd langsam neben Moiraines Pferd herschreiten, während er den Kopf zu Moiraine hinüberneigte.

Rand schnitt eine Grimasse, aber er stellte keine Frage. Lan weigerte sich gewöhnlich, Fragen zu beantworten.

Von den anderen schien nur Egwene Lans Rückkehr bemerkt zu haben, und sie hielt sich mit Fragen ebenfalls zurück. Die Aes Sedai verhielt sich Egwene gegenüber vielleicht so, als sei das Mädchen für die Emondsfelder verantwortlich, doch wenn der Behüter Bericht erstattete, hatte Egwene nichts zu sagen. Perrin trug Mats Bogen. Auch ihn umgab dieses nachdenkliche Schweigen, das sie alle mehr und mehr packte, je weiter sie sich von den Zwei Flüssen entfernten. Die langsame Gangart der Pferde gestattete es Mat, vor den kritischen Augen Thom Merrilins mit drei kleinen Steinen zu jonglieren. Denn der Gaukler hatte sie jeden Abend unterrichtet, genau wie Lan.

Lan beendete seinen Bericht, und Moiraine drehte sich im Sattel um und sah die hinter ihr Reitenden an. Rand bemühte sich, sich nicht zu verkrampfen, als ihr Blick über ihn glitt. Sah sie ihn einen Moment länger an als die anderen? Er wurde das unangenehme Gefühl nicht los, dass sie wusste, wer sie in der Dunkelheit jener Nacht belauscht hatte.

»He, Rand!«, rief Mat. »Ich kann mit vieren jonglieren!« Rand winkte ihm zur Antwort zu, ohne sich umzudrehen. »Ich habe dir gesagt, dass ich noch vor dir vier schaffe. Ich – schau!«

Sie hatten die Kuppe eines niedrigen Hügels erreicht, und unter ihnen, kaum eine Meile weit entfernt, hinter kahlen Bäumen und länger werdenden Schatten, lag Baerlon. Rand schnappte nach Luft, als er versuchte, zur gleichen Zeit zu lächeln und mit offenem Mund zu starren.

Eine Palisadenwand, beinahe drei Spannen hoch, umgab die Stadt. Hölzerne Wachtürme waren entlang der Palisade verteilt. Drinnen schimmerten mit Ziegeln und Platten gedeckte Dächer im Licht der sinkenden Sonne, und aus den Schornsteinen trieben federleichte Rauchwölkchen empor. Es waren Hunderte von Schornsteinen. Kein strohgedecktes Dach war zu sehen. Eine breite Straße führte nach Osten aus der Stadt hinaus und eine zweite nach Westen. Auf jeder waren zumindest ein Dutzend Wagen und doppelt so viele Ochsenkarren zu sehen, die auf die Palisade zu rollten. Um die Stadt herum verstreut lagen Bauernhöfe; die meisten im Norden, während nur wenige im Süden den Wald unterbrachen. Es ist größer als Emondsfelde und Wachhügel und Devenritt zusammen! Und vielleicht auch noch Taren-Fähre dazu.

»Das ist also eine Stadt«, hauchte Mat und beugte sich über den Hals seines Pferdes nach vorn, um genauer hinsehen zu können.

Perrin konnte nur den Kopf schütteln. »Wie können so viele Leute in einem Ort wohnen?«

Egwene blickte stumm hinüber. Thom Merrilin sah Mat an, rollte mit den Augen und pustete seine Schnurrbartenden hoch. »Stadt!«, schnaubte er.

»Und du, Rand?«, fragte Moiraine. »Was hältst du von Baerlon?«

»Ich glaube, es ist ziemlich weit von zu Hause entfernt«, sagte er langsam, was ihm ein hartes Lachen von Mat einbrachte.

»Ihr müsst noch viel weiter gehen«, sagte Moiraine. »Aber ihr habt keine andere Wahl, außer ihr wollt wegrennen und euch verstecken und wieder wegrennen, und das für den Rest eures Lebens. Und es würde ein kurzes Leben sein. Daran müsst ihr euch erinnern, wenn die Reise beschwerlich wird. Ihr habt keine andere Wahl.«

Rand, Mat und Perrin sahen sich an. Den Gesichtern der anderen nach zu schließen, dachten sie dasselbe wie Rand. Wie konnte sie so tun, als hätten sie je eine Wahl gehabt, nach allem, was sie vorher schon gesagt hatte? Die Aes Sedai hatte für sie entschieden.

Moiraine fuhr fort, als sei ihr nicht klar, was sie dachten. »Die Gefahr beginnt hier erneut. Seid vorsichtig, was ihr innerhalb dieser Mauern sagt. Und was am wichtigsten ist: Erwähnt keine Trollocs oder Halbmenschen und Ähnliches. Ihr dürft nicht einmal an den Dunklen König denken. Einige Leute in Baerlon mögen die Aes Sedai noch weniger als die Emondsfelder, und es könnte dort sogar Schattenfreunde geben.« Egwene schnappte nach Luft, und Perrin fluchte vor sich hin. Mat wurde blass, doch Moiraine fuhr ganz ruhig fort. »Wir dürfen so wenig Aufmerksamkeit wie möglich erregen.« Lan tauschte seinen zwischen Grau und Grüntönen wechselnden Umhang gegen einen normalen braunen aus, der allerdings ebenfalls sehr fein geschnitten und gewebt war. »Hier verwenden wir andere Namen«, eröffnete ihnen Moiraine. »Man kennt mich hier als Alys, und Lan ist Andra. Merkt euch das. Gut. Wir sollten uns noch vor Anbruch der Nacht in diesen Mauern befinden. Die Tore von Baerlon werden von Sonnenuntergang bis Sonnenaufgang geschlossen.«

Lan führte sie den Hügel hinunter und durch den Wald auf die Palisaden zu. Die Straße führte an einem halben Dutzend Bauernhöfen vorbei – keiner sehr nahe, und die Menschen, die dort ihre letzten Arbeiten verrichteten, schienen die Reisenden nicht zu bemerken – und endete an einem schweren Holztor, das mit breiten schwarzen Eisenriegeln verschlossen war, obwohl die Sonne noch nicht untergegangen war.

Lan ritt nahe an die Palisade heran und zog an dem ausgefransten Seil, das neben dem Tor herunterhing. Auf der anderen Seite erklang eine Glocke. Unmittelbar darauf blickte ein verschrumpeltes Gesicht unter einer zerknautschten Stoffmütze misstrauisch auf sie herab. Es befand sich zwischen den abgesägten Enden zweier Pfähle, gute drei Spannen über ihren Köpfen.

»Was soll das heißen, eh? Es ist zu spät am Tag, um dieses Tor zu öffnen. Zu spät, sage ich. Reitet zum Weißbrückentor, wenn ihr ...« Moiraines Stute schritt ein Stück vor, sodass der Mann auf der Mauer sie sehen konnte. Plötzlich verzogen sich seine Runzeln zu einem zahnlosen Lächeln, und er schien zwischen seiner Pflicht und dem, was er sagen wollte, zu schwanken. »Ich wusste nicht, dass Ihr es seid, Herrin. Wartet. Ich komme sofort hinunter. Ich komme, ich komme!«

Der Kopf verschwand, und Rand hörte gedämpfte Rufe, sie sollten bleiben, wo sie seien, er käme ja schon. Mit schrillem Quietschen, der vom geringen Gebrauch zeugte, schwang der rechte Torflügel langsam auf. Er verhielt in seiner Lage, als die Lücke gerade groß genug war, um ein Pferd durchzulassen, und dann steckte der Torwächter seinen Kopf hindurch, lächelte sie wieder zahnlos an und sprang flink aus dem Weg. Moiraine folgte Lan durch das Tor. Egwene kam gleich dahinter.

Rand ließ Wolke hinter Bela hertraben und fand sich in einer engen Straße wieder, die von hohen Holzzäunen und großen fensterlosen Lagerhäusern eingerahmt wurde, deren breite Türen schon zur Nacht geschlossen waren. Moiraine und Lan standen bereits bei dem Torwächter mit dem runzligen Gesicht und unterhielten sich mit ihm. Rand stieg ebenfalls ab.

Der kleine Mann, der einen oftmals geflickten Umhang und Mantel trug, hielt seine Stoffmütze zerknüllt in einer Hand und verbeugte sich jedes Mal, wenn er sprach. Er betrachtete die anderen, die hinter Moiraine und Lan von den Pferden stiegen, und schüttelte den Kopf.

»Landpomeranzen.« Er grinste. »Frau Alys, sammelt Ihr jetzt Landpomeranzen mit Heu im Haar?« Dann bemerkte er Thom Merrilin. »Ihr seid kein Schafzüchter. Ich erinnere mich, dass ich Euch vor ein paar Tagen durchgelassen habe, tatsächlich. Haben denen da unten Eure Kunststückchen nicht gefallen, Gaukler?«

»Ich hoffe, Ihr erinnert Euch daran, dass Ihr vergessen sollt, uns jemals durchgelassen zu haben, Meister Avin«, sagte Lan und drückte dem Mann eine Münze in die freie Hand. »Und auch dass Ihr uns wieder hereingelassen habt.«

»Das ist nicht nötig, Meister Andra. Nicht nötig. Ihr habt mir genug gegeben, als Ihr weggeritten seid. Genug.« Trotzdem ließ Avin die Münze so schnell verschwinden, als sei er auch ein Gaukler. »Ich hab niemanden nix erzählt und werd's auch nicht tun. Ganz besonders nicht den Weißmänteln«, endete er mit finsterem Blick. Er spitzte die Lippen, um auszuspucken, doch nach einem Blick auf Moiraine schluckte er stattdessen.

Rand riss die Augen auf, behielt aber den Mund geschlossen. Die anderen brachten das auch fertig, obwohl es Mat sehr schwer zu fallen schien. *Kinder des Lichts,* dachte Rand staunend. Die Geschichten, die Händler und Kaufleute und ihre Leibwächter über die Kinder erzählten, wechselten im Ausdruck von Bewunderung bis zum Hass, aber alle waren sich einig, dass die Kinder die Aes Sedai genauso hassten wie Schattenfreunde. Er fragte sich, ob dies weitere Schwierigkeiten bedeutete.

»Die Kinder sind in Baerlon?«, wollte Lan wissen.

»Aber sicher.« Der Torwächter nickte. »Kamen am gleichen Tag, als Ihr weggeritten seid, wenn ich mich richtig erinnere. Ist keiner hier, der sie leiden kann. Die meisten zeigen's natürlich nicht.«

»Haben sie gesagt, warum sie hier sind?«, fragte Moiraine eindringlich.

»Warum sie hier sind?« Avin war so verblüfft, dass er seine Verbeugung diesmal vergaß. »Klar haben sie gesagt, warum ... Oh, ich hab's vergessen. Ihr wart ja auf dem Land. Habt wahrscheinlich nur Schafgeblöke gehört. Sie sagen, sie sind wegen der Ereignisse in Ghealdan hier. Der Drache, wisst Ihr ... Also, der halt, der sich Drache nennt. Sie sagen, der Bursche löst eine Menge Böses aus – schätze, das stimmt auch –, und sie sind hier, um das Feuer auszutreten, bloß dass er ja in Ghealdan ist und nicht hier. Bloß 'ne Ausrede, um sich in anderer Leute Sachen einzumischen, denke ich. Man hat schon den Drachenzahn auf ein paar Türen gesehen.« Diesmal spuckte er aus.

»Haben sie Euch viele Schwierigkeiten bereitet?«, fragte Lan, doch Avin schüttelte lebhaft den Kopf.

»Nicht, dass sie's nicht wollen, schätze ich, aber der Statthalter traut denen genauso wenig wie ich. Er lässt nicht mehr als zehn gleichzeitig in die Stadt, und sie sind mächtig sauer deswegen. Die Übrigen haben ein Lager ein Stück nördlich, hab ich gehört. Wette, dass sich die Bauern dort umgucken müssen. Die paar, die reinkommen, stolzieren nur in diesen weißen Mänteln rum und gucken auf die ehrlichen Leute runter. Geh im Licht, sagen sie, und das ist ein Befehl. Hätte fast schon Schlägereien gegeben mit den Wagenfahrern und den Bergleuten und den Schmelzern, ja, und sogar mit der Wache, aber der Statthalter will Frieden, und deshalb ist nix passiert. Wenn sie das Böse jagen, meine ich, warum sind sie dann nicht oben in Saldaea? Ich hab gehört, dass dort oben was los ist. Oder unten in Ghealdan? Es hat drunten eine große Schlacht gegeben, sagt man. Eine richtig große.«

Moiraine atmete leise und betont ein. »Ich hatte gehört, dass Aes Sedai nach Ghealdan gingen.«

»Ja, sind sie.« Avin nickte heftig. »Sie sind wirklich nach Ghealdan gegangen, und das hat die Schlacht ausgelöst, hab ich gehört. Man sagt, einige der Aes Sedai seien tot. Vielleicht auch alle. Manche Leute mögen die Aes Sedai nicht, aber ich frag Euch, wer sonst soll 'nen falschen Drachen aufhalten, eh? Und die verdammten Narren, die glauben, sie wären männliche Aes Sedai, was ist mit denen? Klar sagen ein paar – aber nicht die Weißmäntel und ich auch nicht, aber eben manche Leute –, dass dieser Bursche wirklich der Wiedergeborene Drache ist. Ich hab gehört, dass er die Eine Macht benutzen kann. Tausende folgen ihm schon.«

»Sei kein Narr!«, fauchte Lan, und Avins Gesicht nahm einen verletzten Ausdruck an.

»Ich sag nur, was ich gehört hab, oder? Nur was ich gehört hab, Meister Andra. Sie sagen – ein paar halt –, dass er mit seiner Armee nach Osten und Süden marschiert, auf Tear zu.« Seine Stimme klang bedeutungsschwanger. »Man sagt, er nennt sie das Drachenvolk.«

»Namen bedeuten wenig«, sagte Moiraine ruhig. Falls sie das Gehörte beunruhigte, ließ sie es sich nicht anmerken. »Du könntest deinen Maulesel Drachenvolk nennen, wenn es dir Spaß macht.«

»Unwahrscheinlich, Herrin.« Avin schmunzelte. »Nicht, wenn die Weißmäntel in der Gegend sind. Ich glaube auch nicht, dass irgendjemand sonst den Namen gern hören würde. Ich weiß schon, was Ihr meint, aber ... O nein, Herrin, nicht *meinen* Maulesel!«

»Zweifellos eine weise Entscheidung«, kommentierte Moiraine. »Jetzt müssen wir weiter.«

»Und macht Euch keine Sorgen, Herrin«, sagte Avin mit einer tiefen Verbeugung. »Ich hab niemanden gesehn.« Er lief zum Tor und schloss es mit ruckartigen Bewegungen. »Hab niemanden und nichts gesehn.« Das Tor schlug zu, und mit einem Seil zog er den Riegel herunter. »In Wirklichkeit, Herrin, ist dieses Tor schon tagelang nicht mehr geöffnet worden.«

»Das Licht leuchte dir, Avin«, sagte Moiraine.

Als sie weitergingen, sah Rand sich noch einmal um, und da stand Avin immer noch vor dem Torflügel. Er schien mit einem Zipfel seines Umhangs eine Münze zu polieren und dabei vor sich hin zu lachen.

Der Weg führte sie durch ungepflasterte Straßen, die kaum zwei Wagen breit waren, gesäumt von Lagerhäusern und hohen Holzzäunen. Rand ging eine Weile neben dem Gaukler her. »Thom, was bedeutet das ganze Gerede über Tear und das Drachenvolk? Tear ist doch eine Stadt ganz unten am Meer der Stürme, nicht wahr?«

»Der Karaethon-Zyklus«, erwiderte Thom kurz angebunden.

Rands Augen weiteten sich. Die Prophezeiungen des Drachen. »Keiner erzählt solche Geschichten im Gebiet der Zwei Flüsse. Jedenfalls nicht in Emondsfelde. Die Seherin zöge ihnen die Haut bei lebendigem Leib ab, wenn sie es täten.«

»Ja, ich glaube, das täte sie«, sagte Thom trocken. »Tear ist der größte Hafen am Meer der Stürme, und der Stein von Tear ist die Festung, die ihn bewacht. Man sagt, der Stein sei die erste Festung, die nach der Zerstörung der Welt erbaut wurde, und in dieser langen Zeit ist sie niemals gefallen, obwohl mehr als eine Armee sie angegriffen hat. Eine der Prophezeiungen besagt, der Stein von Tear werde niemals fallen, bis das Drachenvolk kommt. In einer anderen Weissagung wird behauptet, der Stein werde nicht fallen, bis der Drache das Schwert, das nicht berührt werden kann, in seiner Hand führt.« Thom verzog das Gesicht. »Der Fall des Steins wird einer der wichtigsten Beweise dafür sein, dass der Drache wiedergeboren wurde. Möge der Stein stehen, bis ich zu Staub geworden bin.«

»Das Schwert, das nicht berührt werden kann?«

»So heißt es. Ich weiß nicht, ob es wirklich ein Schwert ist. Was auch immer: Es liegt im Herzen des Steins, der inneren Zitadelle dieser Festung. Keiner außer den Großherren von Tear kann diesen Teil betreten, und sie verraten nicht, was dort drinnen liegt. Zumindest verraten sie es den Gauklern nicht.«

Rand runzelte die Stirn. »Der Stein kann nicht fallen, bis der Drache das Schwert führt, aber wie kann er das, ohne dass die Festung bereits gefallen ist? Erwartet man, dass der Drache ein Großherr von Tear ist?«

»Das ist kaum zu erwarten«, sagte der Gaukler trocken. »In Tear hasst man alles, was mit der Macht zu tun hat, sogar noch mehr als in Amador, und Amador ist die Hochburg der Kinder des Lichts.«

»Wie kann dann die Prophezeiung erfüllt werden?«, fragte Rand.

»Mir wäre es auch recht, wenn der Drache niemals wiedergeboren würde, aber eine Prophezeiung, die nicht erfüllt werden kann, ergibt nicht viel Sinn. Es klingt nach einer Geschichte, die man den Leuten erzählt, damit sie glauben, dass der Drache niemals wiedergeboren wird. Stimmt das?«

»Junge, du stellst eine Unmenge von Fragen«, sagte Thom. »Eine Prophezeiung, die ganz leicht erfüllt werden kann, wäre doch nicht viel wert, oder?« Plötzlich wurde seine Stimme fröhlicher. »Wir sind da.«

Lan war an einem hohen Holzzaun stehen geblieben. Er steckte die Klinge seines Dolchs zwischen zwei der Bretter. Plötzlich brummte er zufrieden, und eine Tür im Zaun schwang wie ein Tor auf. Es war tatsächlich ein Tor, das so gebaut war, dass man es eigentlich nur von der anderen Seite öffnen konnte. Moiraine trat sogleich ein und zog Aldieb hinter sich her. Lan bedeutete den anderen, dass sie folgen sollten, und machte dann den Abschluss, wobei er das Tor hinter sich schloss.

Auf der anderen Seite des Zauns fand sich Rand im Stallhof einer Schenke wieder. Aus der Küche erklang lautes Treiben und Klappern. Was ihn verblüffte, war die Größe der Schenke: Sie bedeckte eine Fläche mehr als doppelt so groß wie die Weinquellen-Schenke, und war vier Stockwerke hoch. Weit mehr als die Hälfte der Fenster war in der zunehmenden Dämmerung bereits erleuchtet. Er staunte über diese Stadt und dass sie so viele Fremde beherbergte.

Kaum befanden sie sich mitten in dem Stallhof, da erschienen auch schon drei Männer mit schmutzigen Segeltuchschürzen unter dem breiten Torbogen des riesigen Stalls. Ein drahtiger Bursche, der eine Mistgabel bei sich hatte, kam mit fuchtelnden Armen auf sie zu.

»Ihr könnt nicht von dort hereinkommen! Ihr müsst nach vorn gehen!«

Lans Hand bewegte sich wieder auf seinen Geldbeutel zu, aber in diesem Augenblick kam ein weiterer Mann, genauso dick wie Meister al'Vere, aus der Schenke geeilt. Haarbüschel standen hinter seinen Ohren hervor, und seine blendend weiße Schürze wies ihn als Wirt dieser Schenke aus. »Ist schon gut, Mutch«, sagte der Neuankömmling. »Diese Leute sind Gäste, die ich erwartet habe. Kümmere dich um ihre Pferde.«

Mutch fuhr sich mürrisch über die Stirn und bedeutete seinen beiden Begleitern, ihm zu helfen. Rand und die anderen holten hastig ihre Satteltaschen und Decken herunter, während sich der Wirt Moiraine zuwandte. Er verbeugte sich tief vor ihr und sprach mit ehrlich erfreutem Lächeln: »Willkommen, Frau Alys, willkommen! Es ist gut, Euch und Meister Andra wiederzusehen. Sehr gut sogar. Ich habe die feinen Gespräche mit Euch vermisst. Ja, wirklich. Ich muss sagen, ich habe mir Sorgen gemacht, weil Ihr dort draußen auf dem Lande wart. Ich meine, in einer solchen Zeit, da das Wetter verrückt spielt und die Wölfe in der Nacht schon vor der Mauer heulen.« Plötzlich klatschte er sich mit beiden Händen auf den Bauch und schüttelte den Kopf. »Hier stehe ich und rede, statt Euch hineinzubringen. Kommt! Kommt! Eine heiße Mahlzeit und ein warmes Bett, das braucht Ihr jetzt. Und Ihr findet in Baerlon nichts Besseres!«

»Und auch ein heißes Bad, darf ich hoffen, Meister Fitch?«, fragte Moiraine.

»Aber natürlich – nur das Beste und heißeste in ganz Baerlon!«, sagte der Wirt. »Kommt. Willkommen im *Hirsch und Löwen*. Willkommen in Baerlon!«

KAPITEL 14

Zum *Hirsch und Löwen*

Die Schenke war mindestens so belebt, wie es die Geräusche von draußen schon angedeutet hatten. Die Gesellschaft aus Emondsfelde folgte Meister Fitch durch den Hintereingang und musste sich bald zwischen einem Strom von Männern und Frauen in langen Schürzen hindurchwinden, die ihre Tabletts mit Speisen und Getränken hoch über die Köpfe hielten. Die Träger murmelten hastige Entschuldigungen, wenn sie jemandem im Weg waren, aber sie mäßigten ihre Schritte keineswegs. Einer der Männer erhielt eilige Anweisungen von Meister Fitch und verschwand im Trab.

»Ich fürchte, die Schenke ist beinahe voll«, sagte der Wirt zu Moiraine. »Fast bis zum Dach. Jede Schenke in der Stadt ist überfüllt. Bei dem Winter, den wir hinter uns haben ... Na ja, sobald das Wetter milder wurde, dass man aus den Bergen herunterkommen konnte, wurden wir regelrecht überschwemmt – ja, das ist das richtige Wort –, überschwemmt von Bergleuten und Schmelzern, die alle die schlimmsten Geschichten erzählten. Wölfe und noch Schlimmeres. Eben die Sachen, die Männer erzählen, wenn sie den ganzen Winter über miteinander eingesperrt waren. Ich kann nicht glauben, dass dort oben noch irgendjemand lebt, so viele haben wir hier. Aber keine Angst. Es mag ein wenig eng zugehen, aber ich werde mein Bestes für Euch und Meister Andra tun. Und natürlich auch für Eure Freunde.« Er sah Rand und die anderen neugierig an; außer in Thoms Fall wies die Kleidung sie als Landvolk aus, und Thoms Gauklerumhang machte ihn für ›Frau Alys‹ und ›Meister Andra‹ zu einem höchst eigenartigen Reisebegleiter. »Ich werde mein Bestes tun, da könnt Ihr sicher sein.«

Rand beobachtete das Treiben rundum und bemühte sich zu vermeiden, dass jemand ihn über den Haufen rannte, obwohl die Helfer eigentlich nicht den Eindruck machten. Er musste daran denken, wie Meister al'Vere und seine Frau die Weinquellen-Schenke lediglich mit gelegentlicher Hilfe ihrer Töchter geführt hatten.

Mat und Perrin verdrehten die Hälse in Richtung Schankraum, aus dem jedes Mal eine Welle von Gelächter, Gesang und freundschaftlichem Geschrei erklang, wenn die breite Tür am Ende des Flurs sich öffnete. Nachdem er etwas wie ›Neuigkeiten erfahren‹ gemurmelt hatte, verschwand der Behüter mit ernster Miene durch die Schwingtür und wurde von einer Welle der Fröhlichkeit verschluckt. Rand wäre ihm gern gefolgt, doch noch mehr sehnte er sich nach einem heißen Bad. Leute und Gelächter wären ihm wohl gerade recht gewesen, doch die Gäste im Schankraum würden seine Gegenwart in sauberem Zustand noch mehr begrüßen. Mat und Perrin wurden offensichtlich von denselben Gedanken bewegt; Mat kratzte sich verstohlen.

»Meister Fitch«, sagte Moiraine, »ich habe gehört, dass sich Kinder des Lichts in Baerlon aufhalten. Könnte es Schwierigkeiten geben?«

»Oh, kein Grund zur Sorge, Frau Alys. Sie machen wie üblich viel Aufhebens. Behaupten, eine Aes Sedai sei in der Stadt.« Moiraine hob eine Augenbraue, und der Wirt breitete die fetten Hände aus. »Sorgt Euch nicht. Sie haben das auch früher schon behauptet. Es gibt keine Aes Sedai in Baerlon, und der Statthalter weiß das. Die Weißmäntel glauben, wenn sie eine Aes Sedai vorweisen oder eine Frau, von der sie das behaupten, dann wird man sie in unsere Mauern hereinlassen. Na ja, ich schätze, einige täten das gern. Aber die meisten Leute wissen, was die Weißmäntel vorhaben, und sie unterstützen den Statthalter. Keiner will, dass irgendeine harmlose alte Frau verletzt wird, damit die Kinder eine Ausrede dafür haben, die Leute aufzuhetzen.«

»Das freut mich zu hören«, sagte Moiraine trocken. Sie legte eine Hand auf den Arm des Wirts. »Ist Min noch da? Wenn ja, möchte ich gern mit ihr sprechen.«

Rand konnte Meister Fitchs Antwort nicht verstehen, da in diesem Moment Bedienstete ankamen, die sie ins Bad führen sollten. Moiraine und Egwene verschwanden im Schlepptau einer molligen Frau mit offenem Lächeln und einer Ladung Handtücher auf dem Arm. Der Gaukler, Rand und seine Freunde wurden von einem schlanken dunkelhaarigen Burschen namens Ara geleitet. Rand versuchte, Ara über Baerlon auszufragen, doch der Mann war ziemlich einsilbig. Er erwähnte nur, dass Rand einen eigenartigen Akzent habe, und dann vertrieb der erste Anblick des Baderaums alle Gedanken an ein Gespräch aus Rands Kopf. Ein Dutzend hoher Kupferbadewannen stand im Kreis auf dem gefliesten Fußboden, der sich leicht zu einem Abfluss in der Mitte des großen Raums mit hohen Steinwänden neigte. Auf einem Hocker hinter jeder Wanne lagen ein dickes Handtuch und ein großes Stück gelber Seife, und an einer Wand standen große schwarze Eisenkessel voll Wasser auf geöffneten Herdplatten. An der Wand gegenüber flammten Holzscheite in einem tiefen offenen Kamin, der noch zu der Wärme im Raum beitrug.

»Fast so gut wie die Weinquellen-Schenke zu Hause«, sagte Perrin gönnerhaft, wenn auch nicht gerade besonders wahrheitsgemäß. Thom lachte schallend, und Mat spöttelte: »Es klingt, als hätten wir einen Coplin mitgebracht, ohne es zu merken.«

Rand legte seinen Umhang ab und zog sich aus, während Ara vier der Kupferbadewannen füllte. Auch die anderen zögerten nicht und taten es Rand nach, der als Erster seine Wanne auswählte. Sobald die Kleider auf den Hockern aufgestapelt lagen, brachte Ara jedem einen großen Eimer heißen Wassers und eine Schöpfkelle. Danach setzte er sich auf einen Hocker neben der Tür, lehnte sich mit verschränkten Armen an die Wand und blieb in Gedanken versunken sitzen.

Während sie den Schmutz einer Woche wegschrubbten und mit Kellen voll heißen Wassers wegspülten, kam kaum ein Gespräch auf. Dann setzten sie sich in die Wannen, um sich darin lange Zeit zu aalen. Ara hatte das Wasser so erhitzt, dass es unter Seufzern des Wohlbehagens eine Weile dauerte, bis sie endlich drin lagen. Die ohnehin schon warme Luft im Raum wurde langsam feucht und heiß. Lange Zeit hörte man überhaupt nichts, bis auf ein gelegentliches langes Ausatmen, wenn sich verspannte Muskeln lösten und das Frösteln, das sie schon für gegeben erachtet hatten, aus ihren Knochen verschwand.

»Braucht ihr noch was?«, fragte Ara unvermittelt. Er hatte keine Veranlassung, sich über die Akzente anderer auszulassen, denn er und Meister Fitch klangen, als hätten sie den Mund voll Brei. »Mehr Handtücher? Noch heißes Wasser?«

»Nichts«, sagte Thom in seiner volltönenden Stimme. Die Augen geschlossen, wedelte er großzügig mit der Hand. »Geht und genießt den Abend. Später werde ich dafür sorgen, dass Ihr für Eure Dienste großzügig entlohnt werdet.« Er rutschte tiefer in die Wanne hinein, bis er bis auf Nasenhöhe von Wasser bedeckt war.

Ara betrachtete die Hocker hinter den Wannen, auf denen Kleider und sonstige Besitztümer aufgestapelt lagen. Er sah den Bogen an, doch am längsten verweilte sein Blick auf Rands Schwert und Perrins Axt. »Gibt es da unten, wo ihr herkommt, auch Unruhen?«, fragte er plötzlich. »In den Flüssen oder wie ihr es nennt?«

»Die Zwei Flüsse«, sagte Mat, wobei er jedes Wort betonte. »Es heißt: die Zwei Flüsse. Was Unruhen betrifft, warum ...«

»Was meinst du mit ›auch‹?«, fragte Rand. »Gibt es hier irgendwelche Unruhen?«

Perrin, der das Bad sichtlich genoss, murmelte: »Gut! Gut!« Thom richtete sich ein wenig auf und öffnete die Augen.

»Hier?«, schnaubte Ara. »Unruhen? Bergleute, die sich in der Morgendämmerung auf der Straße prügeln, bedeuten noch keine Unruhen ...« Er schwieg und blickte sie einen Moment lang an. »Ich meinte die Art von Unruhen wie in Ghealdan«, erklärte er schließlich. »Nein, bei euch wahrscheinlich nicht. Nichts als Schafe da unten, wie? Nicht böse gemeint ... Ich meinte einfach, dass es bei euch wahrscheinlich ruhig ist. Aber es war schon ein eigenartiger Winter. Seltsame Geschichten in den Bergen. Neulich hörte ich, dass oben in Saldaea Trollocs aufgetaucht sind. Aber das ist natürlich eines der Grenzlande, nicht wahr?« Er redete nicht weiter, ließ den Mund zunächst offen und klappte ihn dann zu, als sei er selbst überrascht, so viel geredet zu haben.

Rand hatte sich bei der Erwähnung von Trollocs verkrampft, aber er bemühte sich, es zu verbergen, indem er seinen Waschlappen über dem Kopf auswand. Als der Bursche weitersprach, entspannte er sich wieder. Aber nicht alle hielten den Mund.

»Trollocs?«, gluckste Mat. Rand spritzte mit Wasser nach ihm, doch Mat wischte es sich nur grinsend aus dem Gesicht. »Lass mich von Trollocs erzählen!«

Zum ersten Mal, seit er in die Wanne geklettert war, sprach Thom. »Warum kannst du das nicht lassen? Ich bin es allmählich leid, meine eigenen Geschichten von dir wieder zu hören.«

»Er ist ein Gaukler«, sagte Perrin, worauf Ara ihm einen verächtlichen Blick zuwarf.

»Ich habe den Mantel gesehen. Werdet Ihr Eure Kunst hier zeigen?«

»Augenblick mal!«, protestierte Mat. »Was soll das heißen, dass ich Thoms Geschichten erzähle? Seid ihr alle ...«

»Du erzählst sie eben nicht so gut wie Thom«, schnitt ihm Rand hastig das Wort ab, und Perrin hieb in dieselbe Kerbe. »Du fügst immer Sachen hinzu, um die Geschichten zu verbessern, aber das schaffst du nicht.«

»Und dann bringst du auch noch alles durcheinander«, fügte Rand hinzu. »Überlass das am besten Thom.«

Sie sprachen alle so schnell, dass Ara sie mit offenem Mund anstarrte. Mat blickte ganz verwirrt drein, als seien alle anderen plötzlich verrückt geworden. Rand fragte sich, wie man ihn wohl zum Schweigen bringen könne, ohne sich mit ihm zu streiten.

Die Tür flog auf, und Lan trat ein, den braunen Mantel über die Schulter geworfen. Mit ihm kam ein Schwall kühler Luft, der für einen Augenblick den Dampf im Raum etwas lichtete. »Also«, sagte der Behüter und rieb sich die Hände, »genau darauf habe ich gewartet.« Ara ergriff einen Eimer, doch Lan winkte ab. »Nein, ich werde mich selbst darum kümmern.« Er ließ seinen Umhang auf einen der Hocker fallen, beförderte den Bediensteten trotz seines Protests aus dem Raum und schloss die Tür fest hinter ihm zu. Er wartete ein paar Augenblicke an der Tür, den Kopf zum Lauschen geneigt, und als er sich dann wieder den anderen zuwandte, war seine Stimme kalt, und seine Augen funkelten Mat an. »Es ist gut, dass ich gerade in diesem Augenblick zurückgekommen bin, Bauernjunge. Hörst du nie auf das, was man dir sagt?«

»Ich habe doch nichts getan«, protestierte Mat. »Ich wollte ihm bloß gerade von den Trollocs erzählen und nicht von ...« Er hielt inne und lehnte sich unter dem Blick des Behüters gegen die Rückseite der Wanne.

»Sag nichts über Trollocs!«, befahl Lan ernst. »Denk nicht einmal an Trollocs.« Mit ärgerlichem Schnauben begann er, eine Wanne für sich zu füllen. »Blut und Asche, ihr solltet euch besser daran erinnern, dass der Dunkle König Augen und Ohren hat, wo man sie am wenigsten erwartet. Und wenn die Kinder des Lichts hören, dass Trollocs hinter dir her sind, dann brennen sie darauf, dich in die Finger zu bekommen. Für sie würde es im Grunde dasselbe bedeuten, als würde man dich Schattenfreund nennen. Auch wenn es euch schwer fällt – bis wir unser Ziel erreicht haben, traut niemandem, außer Frau Alys oder ich sagen euch etwas anderes.« Mat zuckte zusammen, als er den Namen betonte, den Moiraine hier benutzte.

»Das war etwas, das uns dieser Bursche nicht sagen wollte«, erklärte Rand. »Etwas, das er als Unruhen bezeichnete, aber er wollte nicht sagen, was es war.«

»Vielleicht die Kinder«, erwiderte Lan und goss heißes Wasser in die Wanne. »Die meisten Leute betrachten sie als Unruhestifter. Ein paar allerdings nicht, und er kannte euch nicht lange genug, um etwas zu riskieren. Was wusste er schon? Ihr hättet ja gleich zu den Weißmänteln rennen können.«

Rand schüttelte den Kopf. Dieser Ort schien bereits jetzt schlimmer zu sein, als Taren-Fähre jemals werden konnte. »Er sagte, es seien Trollocs in ... Saldaea, nicht wahr?«, sagte Perrin. Lan warf den leeren Eimer zu Boden, dass es krachte. »Ihr müsst wohl einfach darüber reden, was? In den Grenzlanden gibt es immer Trollocs, Schmied. Und jetzt begreift endlich, dass wir nicht mehr Aufmerksamkeit erregen wollen als eine Maus auf dem Acker. Vergesst das nicht. Moiraine will euch alle lebend nach Tar Valon bringen und ich natürlich auch, wenn irgend möglich, aber falls ihr Moiraine Schwierigkeiten macht ...«

Der Rest ihres Badevergnügens spielte sich schweigend ab, genau wie nachher das Anziehen.

Als sie den Baderaum verließen, stand Moiraine mit einem schlanken Mädchen, kaum größer als sie selbst, am Ende des Flurs. Zumindest hielt Rand sie für ein Mädchen, obwohl das schwarze Haar kurz geschnitten war und sie ein Männerhemd und Männerhosen trug. Moiraine sagte etwas, das Mädchen betrachtete die Männer einen Moment lang genau, nickte Moiraine zu und eilte davon.

»Na also«, sagte Moiraine, als sie näher kamen, »ich bin sicher, das Bad hat euch allen Appetit gemacht. Meister Fitch hat ein Esszimmer für uns vorbereitet.« Sie unterhielt sich weiter über belanglose Dinge mit ihnen, während sie ihnen den Weg zeigte: über ihre Zimmer und die vielen Leute im Ort und dass der Wirt hoffe, Thom werde im Schankraum musizieren und ein, zwei Geschichten zum Besten geben. Sie erwähnte das Mädchen nicht, falls es überhaupt ein Mädchen gewesen war. Der private Speisesaal wies einen großen glänzenden Eichentisch auf, um den ein Dutzend Stühle stand. Auf dem Boden lag ein dicker Teppich. Als sie eintraten, drehte sich eine frisch gewaschene Egwene mit glänzendem, feuchtem, glatt ausgekämmtem Haar nach ihnen um. Sie hatte sich die Hände an dem im Herd prasselnden Feuer gewärmt. Rand hatte während der langen Stille im Baderaum viel Zeit zum Nachdenken gehabt.

Lans ständige Mahnungen, niemandem zu trauen, und besonders die Tatsache, dass Ara davor zurückscheute, ihnen zu vertrauen, hatten ihm klar gemacht, wie einsam sie nun waren. Es schien, als könnten sie niemandem außer sich selbst trauen, und er war sich immer noch nicht sicher, inwieweit sie Moiraine oder Lan vertrauen konnten. Sie waren auf sich allein gestellt. Und Egwene? Moiraine behauptete, es sei so oder so geschehen, dass sie die Wahre Quelle berühren würde. Sie konnte das nicht bestimmen, und das hieß: Es war nicht ihre Schuld. Sie war immer noch dieselbe Egwene wie vorher.

Er öffnete den Mund, um sich zu entschuldigen, doch Egwene versteifte sich und wandte ihm den Rücken zu, bevor er ein Wort herausbringen konnte. Er blickte mürrisch ihren Rücken an und schluckte hinunter, was er hatte sagen wollen. *Auch gut. Wenn sie es so will, dann kann ich nichts daran ändern.*

Meister Fitch schlüpfte herein. Vier Frauen in weißen Schürzen folgten ihm. Sie trugen ein Tablett mit Brathähnchen, Silberbestecken, verdeckten Schüsseln und Steinguttellern. Die Frauen begannen sofort mit dem Tischdecken. Derweil verbeugte sich der Wirt vor Moiraine.

»Entschuldigt vielmals, Frau Alys, dass ich Euch warten ließ, aber bei so vielen Gästen in meiner Schenke wundere ich mich manchmal, dass überhaupt jemand bedient wird. Ich fürchte, das Essen ist auch nicht das, was Euch gebührt. Nur das Geflügel, ein paar Rüben und Erbsen und hinterher ein wenig Käse. Nein, es ist wirklich nicht das, was es sein sollte. Ich möchte mich ehrlich entschuldigen.«

»Ein Festessen.« Moiraine lächelte. »In diesen schweren Zeiten ist das wirklich ein Festessen, Meister Fitch.«

Der Wirt verbeugte sich abermals. Sein büscheliges Haar, das nach allen Seiten abstand, als fahre er ständig mit den Händen hindurch, machte die Verbeugung eher komisch, doch sein Grinsen war so sympathisch, dass jeder, der lachte, mit ihm und nicht über ihn lachte. »Vielen Dank, Frau Alys, vielen Dank!« Als er sich aufrichtete, runzelte er die Stirn und wischte mit einem Schürzenzipfel ein eingebildetes Staubkorn vom Tisch. »Natürlich ist es nicht das, was ich Euch noch vor einem Jahr auf den Tisch gestellt hätte. Nicht annähernd. Der Winter. Ja, der Winter. Meine Keller sind fast leer, und auf dem Markt gibt es kaum etwas zu kaufen. Aber wer kann es den Bauern übel nehmen? Wer? Niemand kann vorhersagen, wann sie wieder eine Ernte einfahren können. Niemand weiß es. Und die Wölfe bekommen das Hammelfleisch oder Rindfleisch, das eigentlich auf den Tischen der Menschen landen sollte ...«

Plötzlich schien ihm bewusst zu werden, dass dies wohl kaum das richtige Thema war, um seine Gäste zu einem angenehmen Mahl zu laden. »Ich lasse mich wieder einmal hinreißen. Ein alter Windbeutel bin ich. Mari, Cinda, lasst diese guten Leute in Ruhe speisen.«

Gestenreich scheuchte er die Frauen aus dem Raum, und als sie hinauseilten, wandte er sich erneut Moiraine zu und verbeugte sich. »Ich hoffe, Ihr genießt das Mahl, Frau Alys. Falls Ihr irgendetwas braucht, dann sagt es nur, und ich werde es besorgen. Sagt nur, was Ihr braucht. Es ist ein Vergnügen, Euch und Meister Andra zu bedienen. Ein Vergnügen.« Er verbeugte sich noch einmal tief und war weg. Sanft schloss sich die Tür hinter ihm.

Lan hatte sich währenddessen an die Wand gelehnt, als schliefe er schon beinahe. Nun sprang er auf und war mit zwei langen Schritten an der Tür. Er drückte ein Ohr dagegen und lauschte angespannt, bis er langsam auf dreißig gezählt hatte; dann riss er die Tür auf und steckte den Kopf in den Flur. »Sie sind weg«, sagte er schließlich und schloss die Tür wieder. »Wir können frei sprechen.«

»Ich weiß, dass wir keinem trauen können«, sagte Egwene, »aber wenn Ihr dem Wirt misstraut, warum bleiben wir dann hier?«

»Ich misstraue ihm nicht mehr als jedem anderen«, erwiderte Lan. »Aber wie auch immer, bis wir Tar Valon erreichen, muss ich eben jedem misstrauen. Dort dann nur noch jedem zweiten.«

Rand lächelte, da er glaubte, der Behüter mache einen Scherz. Dann erkannte er, dass Lans Gesicht keine Spur von Humor zeigte. Er würde wohl tatsächlich selbst Menschen in Tar Valon misstrauen. Gab es überhaupt einen sicheren Ort?

»Er übertreibt«, beschwichtigte Moiraine. »Meister Fitch ist ein guter Mann, ehrlich und vertrauenswürdig. Aber er redet gern, und auch bei den besten Absichten kann es geschehen, dass ihm etwas entschlüpft und in falsche Ohren gerät. Und ich habe mich noch nie in einer Schenke aufgehalten, in der nicht die Hälfte aller Stubenmädchen an den Türen lauschten und mehr Zeit damit verbrachten, miteinander zu klatschen, als Betten zu machen. Kommt, setzen wir uns, bevor das Essen kalt wird.«

Sie nahmen am Tisch Platz. Moiraine saß an einem Ende, Lan am anderen. Zunächst war jeder zu sehr damit beschäftigt, seinen Teller zu füllen, als dass eine Unterhaltung aufkam. Es war vielleicht kein wirkliches Festessen, aber nach fast einer Woche Fladenbrot und Trockenfleisch schmeckte alles köstlich.

Nach einer Weile fragte Moiraine: »Was hast du im Schankraum erfahren?« Messer und Gabeln verhielten mitten in der Bewegung, und alle Augen wandten sich dem Behüter zu.

»Wenig Gutes«, antwortete Lan. »Es gab eine Schlacht in Ghealdan, und Logain war der Sieger. Es sind ein Dutzend verschiedener

Geschichten darüber im Umlauf, aber in diesem Punkt waren sich alle einig.«

Logain? Das musste der falsche Drache sein. Es war das erste Mal, dass Rand seinen Namen hörte. Es klang bei Lan beinahe so, als kenne er den Mann persönlich. »Die Aes Sedai?«, fragte Moiraine leise, und Lan schüttelte den Kopf.

»Ich weiß nichts. Einige behaupten, sie seien alle getötet worden, andere sagen, keine Einzige sei umgekommen.« Er schnaubte. »Manche behaupten sogar, sie seien zu Logain übergelaufen. Es gibt keine zuverlässigen Informationen, und ich wollte auch nicht zu viel Interesse zeigen.«

»Ja«, sagte Moiraine, »wenig Gutes also.« Sie atmete tief ein und war wieder hellwach. »Hast du etwas erfahren, das uns selbst betrifft?«

»Da habe ich bessere Neuigkeiten. Keine unerklärlichen Vorkommnisse, keine Fremden in der Gegend, die vielleicht Myrddraal sein könnten, und ganz gewiss keine Trollocs. Und die Weißmäntel sind damit beschäftigt, dem Statthalter Adan Schwierigkeiten zu bereiten, weil er nicht mit ihnen zusammenarbeiten will. Sie werden uns nicht bemerken, wenn wir sie nicht selbst auf uns aufmerksam machen.«

»Gut«, sagte Moiraine. »Das stimmt mit dem überein, was das Bademädchen erzählt hat. Klatsch hat auch seine Vorzüge. Nun«, sprach sie die gesamte Gesellschaft an, »wir haben immer noch eine lange Reise vor uns, aber die letzte Woche war wirklich nicht einfach. Ich schlage vor, wir bleiben heute und morgen hier und reiten früh am folgenden Morgen wieder los.« Die jüngeren unter ihnen grinsten erfreut – zum ersten Mal in einer Stadt! Moiraine lächelte. Trotzdem fragte sie: »Was hält Meister Andra davon?«

Lan sah die grinsenden Gesichter nüchtern an. »Einverstanden, falls sie sich ausnahmsweise einmal daran erinnern, was ich ihnen gesagt habe.«

Thom schnaubte durch seinen Schnurrbart. »Diese Landpomeranzen in eine ... Stadt loslassen.« Er schnaubte nochmals und schüttelte den Kopf.

Da die Schenke so überfüllt war, standen für sie nur drei Zimmer zur Verfügung, eines für Moiraine und Egwene und zwei für die Männer. Rand teilte sich das Zimmer mit Lan und Thom. Es war hinten im vierten Stock, direkt unter dem vorkragenden Dach, und aus dem kleinen Fenster blickte man auf den Stallhof hinab. Die Nacht hatte sich nun über die Stadt gesenkt, und das Licht aus der Schenke beleuchtete einen Teil des Hofs. Es war sowieso schon ein kleines Zimmer, und das Zusatzbett für Thom, das man hineingestellt hatte, schränkte den Raum noch mehr ein, auch wenn die Betten alle schmal und hart waren. Das fand Rand heraus, als er sich darauf warf. Ganz bestimmt nicht das beste Zimmer.

Thom blieb nur so lange, wie er brauchte, um Flöte und Harfe auszupacken, dann ging er, wobei er bereits einige grandiose Gesten ausprobierte. Lan begleitete ihn.

Seltsam, dachte Rand als er sich auf dem unbequemen Bett herumwälzte. Noch vor einer Woche wäre er wie der Blitz unten gewesen, um sich die Gelegenheit nicht entgehen zu lassen, einem Gaukler bei der Arbeit zuzusehen. Aber nachdem er Thoms Geschichten eine Woche lang gelauscht hatte, waren sie einfach nicht mehr so interessant. Thom würde außerdem auch morgen da sein und am nächsten Abend. Das heiße Bad hatte seine Muskeln entspannt, und die erste warme Mahlzeit seit einer Woche machte ihn auch nicht gerade munterer. Schläfrig fragte er sich, ob Lan den falschen Drachen wirklich kannte. Von unten hörte er einen gedämpften Aufschrei. Der Schankraum begrüßte Thoms Ankunft, doch Rand war bereits eingeschlafen.

Der Flur zwischen den Steinwänden war düster und von Schatten erfüllt. Rand konnte nicht sagen, woher das Licht kam, das bisschen Helligkeit, das ihn überhaupt sehen ließ; an den grauen Wänden befanden sich keine Kerzen oder Lampen, nichts, das den schwachen Lichtschimmer verursachte, der einfach da war. Die Luft roch abgestanden und modrig, und irgendwo in einiger Entfernung tropfte Wasser auf den Boden. Wo auch immer er sich befand, es war nicht in der Schenke. Er runzelte die Stirn und rieb sich mit der Hand darüber. Schenke? Sein Kopf schmerzte, und es fiel ihm schwer, die Gedanken festzuhalten. Da war etwas mit einer ... Schenke gewesen! Der Gedanke war weg, wie fortgeblasen.

Er leckte sich die Lippen und wünschte sich etwas zum Trinken herbei. Er war schrecklich durstig, richtig ausgetrocknet. Das ständige Tropfen machte ihm die Entscheidung leicht. Da er keinen anderen Impuls hatte als seinen Durst, hielt er auf das Geräusch zu. Der Flur zog sich hin, ohne von einem anderen Korridor unterbrochen zu werden. Die einzigen Merkmale waren die groben Türen, die paarweise in regelmäßigen Abständen auftauchten, auf jeder Seite eine, das Holz aufgesplittert und trotz der feuchten Luft ganz trocken. Die Schatten zogen sich vor ihm zurück, blieben immer gleich, und das Tropfen wollte nicht näher kommen. Nach langer Zeit entschloss er sich, eine der Türen zu öffnen. Sie ging ganz leicht auf, und er betrat ein düsteres Zimmer mit rohen Steinwänden.

Eine Wand öffnete sich in einer Reihe von Bögen zu einem grauen Steinbalkon, und dahinter erkannte er einen Himmel, wie er ihn noch nie gesehen hatte. Zu Streifen zerfetzte Wolken in Schwarz- und Grautönen, in Rot und Orange, strömten vorbei wie vom Sturmwind getrieben. Sie trennten sich, verbanden sich wieder miteinander und lösten sich erneut. Niemand konnte jemals einen solchen Himmel gesehen haben, weil er nicht existierte.

Er riss seinen Blick von dem Balkon los, aber der Rest des Zimmers war auch nicht besser. Eigenartige Krümmungen und seltsame Winkel, als habe man das Zimmer beinahe planlos aus dem Fels herausgeschmolzen, und dazu Säulen, die aus dem grauen Fußboden herauszuwachsen schienen. Im Kamin prasselten Flammen wie das Feuer in einer Schmiede, wenn der Blasebalg mit voller Kraft bedient wurde, aber sie gaben keine Wärme ab. Dieser Kamin war aus seltsamen ovalen Steinen gemauert. Wenn er sie von vorn ansah, wirkten sie wie Steine, feucht und schlüpfrig trotz des Feuers, doch aus den Augenwinkeln betrachtet schienen sie Gesichter zu bilden, Gesichter von Männern und Frauen, die sich vor Schmerz wanden und lautlos schrien. Die hochlehnigen Stühle und der matt glänzende Tisch in der Mitte des Raums waren ganz gewöhnlich, aber gerade das verstärkte die Fremdartigkeit der Umgebung. An der Wand hing ein einzelner Spiegel, und der war nun überhaupt nicht gewöhnlich. Als er hineinblickte, sah er nur einen verschwommenen Schimmer, wo eigentlich sein Spiegelbild sein sollte. Alles andere im Raum wurde scharf umrissen reflektiert, doch er nicht.

Ein Mann stand vor dem Kamin. Als er hereinkam, hatte er den Mann nicht bemerkt. Wenn er nicht genau gewusst hätte, dass das unmöglich war, hätte er behauptet, es sei niemand dagewesen, bis er ihn direkt ansah. Er war dunkel angezogen – die Kleidung von hoher Qualität – und schien sich im besten Mannesalter zu befinden. Rand stellte sich vor, dass Frauen den Mann bestimmt als gut aussehend betrachtet hätten. »Wieder einmal stehen wir uns von Angesicht zu Angesicht gegenüber«, sagte der Mann, und einen Augenblick lang wurden seine Augen und sein Mund zu Toren in endlose Flammenhöhlen. Mit einem Schrei warf sich Rand rückwärts aus dem Zimmer, so heftig, dass er über den Flur taumelte, gegen die Tür auf der anderen Seite prallte und diese aufstieß. Er drehte sich um und griff nach der Klinke, um sich vor einem Sturz zu bewahren – und starrte mit weit aufgerissenen Augen in einen Raum mit Steinwänden, Torbögen, die auf einen Balkon führten, einen unmöglichen Himmel dahinter und einen Kamin ...

»So leicht kannst du mir nicht entkommen«, sagte der Mann.

Rand drehte sich um, taumelte aus dem Zimmer und versuchte sich auf den Beinen zu halten, ohne langsamer zu werden. Diesmal erreichte er keinen Korridor. Er erstarrte verkrümmt unweit des glänzend polierten Tisches und sah den Mann am Kamin an. Das war besser, als die Steine des Kamins anzusehen oder diesen Himmel.

»Das ist ein Traum«, sagte er beim Aufrichten. Hinter sich hörte er das Klicken der sich schließenden Tür. »Es ist ein Albtraum.« Er schloss die Augen und dachte angespannt an das Erwachen. Als er noch ein Kind gewesen war, hatte ihm die Seherin gesagt, wenn ihm das in einem Albtraum gelinge, werde der Traum verschwinden. *Die ... Seherin? Was?* Wenn ihm nur die Gedanken nicht so schnell entglitten wären! Wenn nur sein Kopf aufgehört hätte zu schmerzen, dann könnte er klar denken.

Wieder öffnete er die Augen. Der Raum war derselbe wie vorher mit dem Balkon und dem Himmel und dem Mann am Kamin. »Ist es ein Traum?«, fragte der Mann. »Spielt es eine Rolle?« Wieder wurden seine Augen und sein Mund einen Augenblick lang zu Gucklöchern in einem Brennofen, der sich in die Ewigkeit erstreckte. Seine Stimme änderte sich nicht; er schien es gar nicht zu bemerken.

Rand fuhr ein wenig zusammen, aber er beherrschte sich rechtzeitig, um nicht aufzuschreien. *Das ist ein Traum. Es muss so sein.* Trotzdem ging er ein paar Schritte rückwärts zur Tür, ohne den Blick von dem Mann am Feuer abzuwenden, dann drückte er die Klinke hinunter. Die Tür bewegte sich nicht; sie war verschlossen.

»Du scheinst Durst zu haben«, sagte der Mann am Kamin. »Trink!«

Auf dem Tisch stand ein Pokal aus glänzendem Gold, mit Rubinen und Amethysten verziert. Er hatte sich schon vorher dort befunden. Wenn er nur nicht jedes Mal so zusammengefahren wäre! Es war doch nur ein Traum. In seinem Mund schien sich nur Staub zu befinden.

»Ich bin tatsächlich ein wenig durstig«, sagte er und nahm den Pokal. Der Mann beugte sich gespannt vor, eine Hand auf der Lehne eines Stuhls, und beobachtete ihn. Der Geruch nach Glühwein machte Rand erst richtig bewusst, wie durstig er war, als hätte er seit Tagen nichts mehr zu trinken bekommen. *Stimmt das?*

Der Pokal befand sich schon auf halbem Weg zu seinem Mund, als er innehielt. Kleine Rauchwölkchen erhoben sich von der Stuhllehne, wo die Finger des Mannes lagen. Und diese Augen beobachteten ihn eindringlich und wechselten schnell zwischen richtigen Augen und Flammen. Rand leckte sich die Lippen und stellte den Kelch zurück auf den Tisch. »Ich habe nicht so viel Durst, wie ich glaubte.« Der Mann richtete sich brüsk auf. Sein Gesicht zeigte keine Regung. Seine Enttäuschung hätte nicht deutlicher sein können, wenn er geflucht hätte. Rand fragte sich, was der Wein wohl enthielt. Aber das war natürlich eine dumme Frage. Dies war ja alles ein Traum. *Warum endet er dann nicht?* »Was willst du?«, fragte er scharf. »Wer bist du?«

Flammen erhoben sich aus Augen und Mund des Mannes. Rand glaubte sie prasseln zu hören. »Einige nennen mich Ba'alzamon.«

Rand stand an der Tür und rüttelte verzweifelt an der Klinke. Alle Gedanken an Träume waren verschwunden. Der Dunkle König. Die Klinke gab nicht nach, aber er hörte nicht auf mit dem Rütteln. »Bist du der, den ich erwarte?«, fragte Ba'alzamon unvermittelt. »Du kannst es nicht vor mir verbergen. Du kannst dich nicht vor mir verstecken, nicht auf dem höchsten Berg oder in der tiefsten Höhle. Ich kenne dich bis zum kleinsten Haar.«

Rand drehte sich um und sah dem Mann in die Augen. Er schluckte schwer. Ein Albtraum. Er griff hinter sich, um noch einmal die Klinke zu drücken, dann richtete er sich gerade auf.

»Erwartest du Ruhm?«, fragte Ba'alzamon. »Macht? Haben sie dir gesagt, das Auge der Welt werde dir dienen? Welchen Ruhm oder welche Macht hat denn eine Marionette? Die Fäden, an denen du hängst, sind über Jahrhunderte hinweg gewebt worden. Dein Vater wurde in der Weißen Burg auserwählt wie ein Hengst, den man einfängt und seiner Pflicht zuführt. Deine Mutter war nicht mehr als eine Zuchtstute zur Verwirklichung ihrer Pläne. Und diese Pläne führen zu deinem Tod.«

Rands Hände ballten sich zu Fäusten. »Mein Vater ist ein guter Mann, und meine Mutter war eine gute Frau. Sprich nicht so über sie.«

Die Flammen lachten. »Also steckt doch noch Widerstandsgeist in dir. Vielleicht bist du *wirklich* derjenige. Es wird dir nicht viel helfen.

Der Amyrlin-Sitz wird dich benutzen, bis du verbraucht bist, so wie Davian und Yurian Steinbogen und Guaire Amalasan und Raolin Dunkelbann benutzt wurden. So wie sie Logain benutzen. Du wirst benutzt, bis nichts mehr von dir übrig ist.«

»Ich weiß nicht ...« Rand drehte den Kopf hin und her. Dieser eine Moment klaren Denkens, aus dem Zorn geboren, war verflogen. Als er ihn wiederzuerlangen suchte, wusste er nicht mehr, wie er dazu gekommen war. Seine Gedanken drehten sich im Kreis. Er ergriff einen davon wie ein Floß in einem Mahlstrom. Er zwang Worte aus sich heraus. Seine Stimme wurde kräftiger, je mehr er sprach. »Du ... bist gebunden ... in Shayol Ghul. Du und mit dir alle Verlorenen ... gebunden durch den Schöpfer bis ans Ende der Zeit.«

»Das Ende der Zeit?«, spöttelte Ba'alzamon. »Du lebst wie ein Käfer unter einem Felsbrocken und glaubst, dein Schleim sei das Universum. Der Tod der Zeit wird mir solche Macht verleihen, wie du sie dir nicht einmal erträumen kannst, Wurm.«

»Du bist gebunden ...«

»Narr, ich bin niemals gebunden worden!« Die Flammen loderten so heiß, dass Rand zurücktrat und das Gesicht mit vorgehaltenen Händen schützte. Der Schweiß der Handflächen trocknete in der Hitze. »Ich stand an Lews Therin Brudermörders Schulter, als er tat, was ihm seinen Namen einbrachte. Ich war es, der ihm sagte, er solle seine Frau, seine Kinder und alle von seinem Blut und jeden Menschen töten, der ihn liebte oder den er liebte. Ich war es, der ihm einen Moment der Klarheit verschaffte, sodass er erkannte, was er getan hatte.

Hast du jemals einen Mann seine Seele ausschreien hören, Wurm? Er hätte mich in dem Augenblick schlagen können. Er hätte nicht gewonnen, doch er hätte es versuchen können. Stattdessen rief er seine geliebte Eine Macht auf sich selbst herab, und dies so heftig, dass die Erde sich auftat und den Drachenberg ausspie, um sein Grabstein zu werden.

Tausend Jahre später sandte ich die Trollocs nach Süden, und drei Jahrhunderte lang brandschatzten sie die Welt. Diese blinden Narren in Tar Valon behaupteten, ich sei am Ende geschlagen worden, aber der Zweite Pakt, der Pakt der Zehn Nationen, war unwiderruflich zerschlagen, und wer war dann noch übrig, mir zu widerstehen? Ich flüsterte in Artur Falkenflügels Ohr, und landauf, landab starben die Aes Sedai. Ich flüsterte wieder, und der Hochkönig sandte seine Armeen über das Aryth-Meer, über das Weltmeer, und besiegelte zwei Schicksale damit. Sein Traum von einem Land und einem Volk starb mit ihm, und dann noch ein zukünftiger Traum. Ich stand an seinem Totenbett, als seine Berater ihm sagten, nur eine Aes Sedai könne sein Leben retten. Ich sprach, und er befahl, seine Berater hinzurichten. Ich sprach, und die letzten Worte, die der Hochkönig ausrief, waren der Befehl, Tar Valon zu zerstören.

Wenn schon Männer wie diese mir nicht widerstehen konnten, was willst du dann ausrichten – eine Kröte, die in einer Pfütze im Wald kauert? Du wirst mir dienen, oder du wirst nach der Pfeife der Aes Sedai tanzen, bis du stirbst. Und dann wirst du mir gehören. Die Toten gehören mir!«

»Nein«, murmelte Rand, »das ist ein Traum.«

»Glaubst du, in deinen Träumen seist du sicher vor mir? Schau!« Ba'alzamon streckte gebieterisch die Hand aus, und Rands Kopf drehte sich in die angewiesene Richtung, obwohl er ihn nicht bewegen wollte; er wollte sich nicht umdrehen.

Der Pokal war vom Tisch verschwunden. Wo er sich befunden hatte, duckte sich nun eine große Ratte, zwinkerte in das grelle Licht und prüfte vorsichtig die Luft. Ba'alzamon machte den Finger krumm, und mit einem Quietschen krümmte die Ratte den Rücken, hob die Vorderpfoten in die Luft und stand unsicher auf den Hinterbeinen. Der Finger krümmte sich noch mehr, und die Ratte fiel um, strampelte verzweifelt, krallte sich ins Nichts, quietschte schrill, während sich ihr Rücken immer mehr durchbog. Mit einem scharfen Knacken wie beim Zerbrechen eines Zweigs zitterte die Ratte noch einmal heftig und lag völlig verkrümmt still.

Rand schluckte. »In einem Traum kann alles geschehen«, murmelte er. Ohne sich umzusehen, schwang er erneut die Faust und traf das Tor. Seine Hand schmerzte, doch er wachte immer noch nicht auf.

»Dann geh doch zu den Aes Sedai. Geh zur Weißen Burg und erzähl ihnen alles. Erzähl dem Amyrlin-Sitz von diesem ... Traum.« Der Mann lachte, und Rand fühlte die Hitze der Flammen im Gesicht. »Das ist eine Möglichkeit, um ihnen zu entkommen. Sie werden dich dann nicht benutzen wollen. Nein, nicht, wenn sie wissen, dass ich alles weiß. Aber werden sie dich am Leben lassen, um zu berichten, was sie tun? Bist du ein solcher Narr, dass du glaubst, sie würden dich am Leben lassen? Die Asche von vielen anderen, die so waren wie du, liegt überall verstreut auf den Hängen des Drachenbergs.«

»Das ist ein Traum«, keuchte Rand. »Es ist ein Traum, und ich werde erwachen.«

»Tatsächlich?« Aus dem Augenwinkel sah er, wie sich der Finger des Mannes bewegte und auf ihn deutete. »Wirst du tatsächlich erwachen?« Der Finger krümmte sich, und Rand schrie auf, als sein Körper sich rückwärts bog. Jeder Muskel zwang ihn weiter nach hinten. »Wirst du jemals wieder erwachen?«

Verkrampft zuckte Rand in der Dunkelheit hoch. Seine Hände krallten sich in Stoff. Eine Decke. Bleiches Mondlicht schien durch das einzige Fenster. Die schattenhaften Umrisse auf den anderen beiden Betten. Von einem ertönte ein Schnarchen, als würde ein Segeltuch zerrissen: Thom Merrilin. Ein paar Kohlen glimmten in der Asche im Kamin. Es war also ein Traum gewesen, wie der Albtraum in der Weinquellen-Schenke an Bel Tine – alles, was er gehört oder getan hatte, vermischt mit alten Geschichten und blankem Unsinn. Er zog sich die Decke über die Schultern, aber die Kälte war es nicht, die ihn zittern ließ. Auch sein Kopf schmerzte. Vielleicht konnte Moiraine etwas gegen diese Träume tun. *Sie sagte, sie könne gegen Albträume etwas ausrichten.*

Mit einem Schnauben legte er sich wieder hin. Waren die Träume wirklich so schlimm, dass er eine Aes Sedai um Hilfe bitten musste? Andererseits, konnte ihn irgendetwas, was er jetzt tat, noch tiefer in die Sache verwickeln? Er hatte die Zwei Flüsse verlassen und war mit einer Aes Sedai hierher gekommen. Aber er hatte keine andere Wahl gehabt. Hatte er nun eine andere Wahl, als ihr zu vertrauen? Einer Aes Sedai? Darüber nachzusinnen war genauso schlecht wie die Träume. Er kuschelte sich unter seine Decke und versuchte im Nichts Ruhe zu finden, so wie Tam es ihn gelehrt hatte. Doch es dauerte lange, bis er wieder einschlief.

KAPITEL 15

Fremde und Freunde

Sonnenschein auf seinem schmalen Bett weckte Rand schließlich aus tiefem, aber unruhigem Schlaf. Er zog sich ein Kissen über den Kopf, doch es konnte das Licht nicht abhalten, und er wollte eigentlich auch nicht mehr einschlafen. Nach dem ersten Traum waren noch mehr Träume gekommen. Er konnte sich nur noch an den Ersten erinnern, aber er hatte kein Bedürfnis, noch weitere zu erleben. Mit einem Seufzer warf er das Kissen weg und setzte sich auf. Beim Strecken verzog er schmerzgeplagt das Gesicht. Alle Schmerzen, die er vermeintlich in der Badewanne losgeworden war, meldeten sich wieder. Und auch sein Kopf tat immer noch weh. Es überraschte ihn nicht. Ein Traum wie in der vergangenen Nacht war dazu angetan, jedem Kopfschmerzen zu bereiten. Die anderen Träume waren schon verflogen, doch jener eine nicht.

Die anderen Betten waren leer. Der Sonnenschein fiel bereits in einem steilen Winkel durch das Fenster. Zu Hause auf dem Hof hätte er zu dieser Zeit bereits ein Frühstück bereitet und mit seinen täglichen Arbeiten begonnen. Er stieg aus dem Bett, wobei er ärgerlich vor sich hin brummte. Eine Stadt, die man sich ansehen sollte, und sie hatten ihn nicht einmal geweckt. Zumindest aber hatte jemand dafür gesorgt, dass in der Kanne Wasser war.

Er wusch sich rasch und zog sich hastig an. Bei Tams Schwert zögerte er einen Augenblick. Lan und Thom hatten ihre Satteltaschen und Deckenrollen hinten im Zimmer abgestellt, aber das Schwert des Behüters war nirgends zu finden. Lan hatte sein Schwert auch in Emondsfelde getragen, lange bevor es irgendein Anzeichen für Schwierigkeiten gab. Er wollte dem Vorbild des älteren Mannes folgen und redete sich ein, es habe nichts damit zu tun, dass er sich oft vorgestellt hatte, mit einem Schwert an der Hüfte durch die Straßen einer richtigen Stadt zu spazieren. So schnallte er es sich um und warf seinen Umhang wie einen Sack über die Schulter.

Er nahm zwei Treppenstufen mit einem Schritt und eilte hinunter zur Küche. Das war sicher der Ort, an dem er am schnellsten etwas zu essen bekam, und an seinem einzigen Tag in Baerlon wollte er nicht noch mehr Zeit verschwenden, als sowieso schon vertan war. *Blut und Asche, sie hätten mich wirklich wecken können.*

Meister Fitch stand in der Küche und schimpfte mit einer molligen Frau, deren Arme bis zu den Ellbogen mit Mehl bedeckt waren – offensichtlich der Köchin. Doch nein, sie schimpfte mit ihm und hielt ihm den Finger drohend unter die Nase. Kellnerinnen und Küchenjungen, Schankkellner und Spüler arbeiteten um sie herum und kümmerten sich nicht darum, was da vor ihnen geschah. »... mein Cirri ist ein guter Kater«, sagte sie gerade in scharfem Ton zu Meister Fitch, »und ich will keine Widerrede hören, verstanden? Ihr beklagt Euch darüber, dass er seine Aufgaben zu gut erfüllt, jawohl, wenn Ihr mich fragt!«

»Es hat Klagen gegeben«, warf Meister Fitch mit Mühe ein. »Beschwerden, meine Liebe. Die Hälfte der Gäste ...«

»Ich will nichts davon hören. Ich will einfach nichts davon hören! Wenn sie sich über meine Katze beschweren wollen, dann sollen sie doch kochen! Meine arme alte Katze, die nur ihre Aufgaben erfüllt, und ich, wir werden woandershin gehen, wo man uns mehr schätzt, passt nur auf!« Sie band ihre Schürze los und wollte sie über den Kopf streifen.

»Nein!«, jammerte Meister Fitch und sprang vor, um sie aufzuhalten. Sie tanzten im Kreis herum. Die Köchin versuchte, die Schürze auszuziehen, und der Wirt versuchte, sie ihr wieder anzuziehen. »Nein, Sara!«, schnaufte er. »Das ist nicht nötig. Nicht nötig, sage ich! Was fange ich ohne dich an? Cirri ist eine gute Katze. Eine ausgezeichnete Katze. Die beste Katze in Baerlon. Wenn sich noch mal jemand beschwert, werde ich ihm sagen, er soll dankbar sein, dass die Katze ihre Aufgaben erfüllt. Ja, dankbar! Du darfst nicht gehen! Sara? Sara!«

Die Köchin blieb stehen und brachte es fertig, ihm ihre Schürze zu entreißen. »In Ordnung. Ist schon gut.« Sie hielt ihre Schürze in beiden Händen, band sie sich aber immer noch nicht um. »Aber wenn Ihr wollt, dass bis zum Mittag das Essen fertig ist, dann verschwindet jetzt aus der Küche und lasst mich arbeiten. Es ist vielleicht Eure Schenke, aber dies ist meine Küche. Es sei denn, Ihr wollt selbst kochen ...« Sie tat so, als wolle sie ihm die Schürze reichen.

Meister Fitch trat mit weit gespreizten Armen zurück. Er öffnete den Mund, hielt inne und sah sich zum ersten Mal um. Die Küchenhilfen übersahen noch immer geflissentlich Köchin und Wirt, während Rand in seinen Manteltaschen zu suchen begann, obwohl außer Moiraines Münze nichts darin war als ein paar Kupferstücke und eine Hand voll Krimskrams.

»Ich bin sicher, Sara«, sagte Meister Fitch vorsichtig, »dass alles so vorzüglich wie immer schmecken wird.« Damit blickte er zum letzten Mal die Küchenhilfen misstrauisch an und verließ den Raum mit aller Würde, die er aufbringen konnte.

Sara wartete, bis er draußen war, und band sich entschlossen die Schürze um, bevor sie Rand anblickte. »Ich schätze, du möchtest etwas zum Essen haben, wie? Also dann komm rein.« Sie lächelte ihn verschmitzt an. »Ich beiße nicht, wirklich nicht, gleichgültig, was du vielleicht gesehen haben magst, auch wenn es nicht für deine Augen bestimmt war. Ciel, hol Brot, Käse und Milch für den Jungen! Das ist alles, was im Augenblick da ist. Setz dich, Junge. Deine Freunde sind alle ausgegangen, außer einem, der sich nicht wohl fühlte, wie man mir sagte, und ich denke, du wirst auch in die Stadt wollen.«

Eine der Kellnerinnen brachte ein Tablett, während sich Rand auf einen Hocker am Tisch setzte. Er aß, und die Köchin knetete weiter ihren Brotteig. Ihr Wortschwall war aber keineswegs beendet.

»Du musst das nicht so ernst nehmen, was du gesehen hast. Meister Fitch ist durchaus ein guter Mann. Die Beschwerden der Gäste machen ihn nervös, und worüber beschweren sie sich? Möchten sie lieber lebendige Ratten finden als tote? Auch wenn es nicht zu Cirri passt, seine Beute einfach zurückzulassen. Und mehr als ein Dutzend? Cirri würde niemals so viele in die Schenke hereinlassen, er nicht! Dies ist ein sauberes Haus und wird von Ratten nicht heimgesucht. Und alle mit gebrochenem Rückgrat.« Sie schüttelte den Kopf über so viele Ungereimtheiten.

Brot und Käse verwandelten sich in Rands Mund zu Asche. »Ihr Rückgrat war gebrochen?«

Die Köchin wedelte mit mehliger Hand. »Denk einfach an schönere Dinge, das ist meine Meinung. Es ist ein Gaukler da, weißt du. Im Augenblick ist er im Schankraum. Aber ach, du bist ja mit ihm zusammen gekommen, nicht wahr? Du bist einer von denen, die gestern Abend mit Frau Alys angekommen sind, ja? Das habe ich mir gedacht. Ich werde nicht viel Gelegenheit haben, dem Gaukler zuzusehen, fürchte ich, nicht bei einer so überfüllten Schenke, und noch dazu dieses Pack aus den Bergwerken.« Sie klatschte besonders heftig auf einen Klumpen Teig. »Nicht die Sorte, die wir sonst gern hereinlassen, nur dass der ganze Ort voll von ihnen ist. Aber ich denke, so schlimm sind sie auch wieder nicht. Sag mal, ich habe tatsächlich seit letztem Herbst keinen Gaukler mehr gesehen, und ...«

Rand aß mechanisch. Er schmeckte nichts und hörte der Köchin nicht zu. Tote Ratten mit gebrochenem Rückgrat. Er beendete hastig sein Frühstück, stammelte einen Dank und eilte hinaus. Er musste mit jemandem sprechen.

Der Schankraum im *Hirsch und Löwen* hatte wenig mit der Weinquellen-Schenke gemein. Er war zweimal so breit und dreimal so lang, und die Wände zierten farbenfrohe Fresken von geschmückten Gebäuden mit Gärten voller hoher Bäume und leuchtender Blumen. Statt eines großen Kamins gab es hier an jeder Wand einen, und Dutzende von Tischen füllten den Raum. Fast jeder Stuhl, jeder Hocker und jede Bank waren besetzt.

Die Pfeife im Mund und den Krug in der Faust, beugten sich die Gäste vor und richteten die Aufmerksamkeit auf dieselbe Gestalt. Thom stand auf einem Tisch in der Mitte des Raums. Den bunten Umhang hatte er über einen Stuhl geworfen. Selbst Meister Fitch hielt einen silbernen Krug und ein Poliertuch in erstarrten Händen.

»... tänzelnd, silberne Hufe und stolz gekrümmte Hälse«, deklamierte Thom und schien dabei irgendwie nicht nur auf einem Pferd zu reiten, sondern sich auch noch in einer langen Prozession von Reitern zu befinden. »Seidenfeine Mähnen flattern, wenn die Köpfe hochgeworfen werden. Tausend flatternde Banner weben Regenbogen in den endlosen Himmel. Hundert messingtönende Trompeten lassen die Luft erzittern, und Trommeln rasseln wie Donner. Hurrarufe erheben sich Welle um Welle von Tausenden von Zuschauern, ergießen sich über die Dächer und Türme von Illian, brechen und prallen ungehört auf die tausend Ohren von Reitern, deren Augen und Herzen von ihrer heiligen Aufgabe beseelt glänzen. Die Wilde Jagd nach dem Horn reitet hinaus, reitet, um das Horn von Valere zu suchen, das die Helden vergangener Zeitalter aus den Gräbern zurückholt, um für das Licht zu kämpfen ...«

Es war die Darbietung, die der Gaukler das Einfache Lied genannt hatte, als er ihnen in den Nächten am Lagerfeuer von seiner Arbeit erzählt hatte. Geschichten, hatte er gesagt, wurden in drei Formen erzählt: das Hohe Lied, das Einfache Lied und das Volkslied, das einfach so erzählt wurde, als berichte man einem Nachbarn über die Ernte. Thom erzählte manchmal Geschichten in der Volksliedform, und es kümmerte ihn nicht, dass in seiner Stimme Verachtung mitschwang.

Rand schloss die Tür, ohne einzutreten, und ließ sich gegen die Wand sacken. Von Thom konnte er keinen Rat erwarten. Moiraine – was *würde* sie tun, wenn sie es wüsste?

Er bemerkte, dass ihn die Leute im Vorübergehen anstarrten und dass er Selbstgespräche führte. Er strich seinen Mantel glatt und richtete sich auf. Er musste mit jemandem sprechen. Die Köchin hatte gesagt, einer der anderen sei nicht ausgegangen. Es kostete ihn Mühe, nicht zu rennen.

Als er an die Tür des Zimmers klopfte, in dem die anderen Jungen geschlafen hatten, und schließlich den Kopf hineinsteckte, war nur Perrin da, der noch im Bett lag. Er verdrehte den Kopf auf dem Kissen, um Rand anzusehen, und schloss die Augen wieder. Mats Bogen und Köcher standen in einer Ecke.

»Ich hörte, dass du dich nicht wohl fühlst«, sagte Rand. Er trat ein und setzte sich auf das danebenstehende Bett. »Ich wollte nur reden ...« Er wusste nicht, wie er anfangen sollte. »Wenn dir schlecht ist«, sagte er halb im Aufstehen, »solltest du vielleicht besser schlafen. Ich kann ja gehen.«

»Ich weiß nicht, ob ich jemals wieder schlafen werde«, seufzte Perrin. »Ich hatte einen schlimmen Traum, wenn du es schon wissen willst, und ich konnte danach nicht mehr einschlafen. Mat wird es dir bestimmt auch erzählen. Er lachte heute Morgen, als ich den anderen erzählte, warum ich zu müde war, um mit ihnen auszugehen, aber er hat auch geträumt. Ich habe ihm in der Nacht zugehört, denn er wälzte sich im Bett hin und her und sprach im Schlaf, und keiner kann mir weismachen, dass er gut geschlafen hat.« Er hielt sich einen starken Arm vor die Augen. »Licht, bin ich vielleicht müde! Wenn ich ein oder zwei Stunden hier bleibe, fühle ich mich vielleicht wohler und kann aufstehen. Mat wird es mir nie verzeihen, wenn ich Baerlon wegen eines Traums nicht anschaue.«

Rand leckte sich die Lippen und fragte: »Hat er eine Ratte getötet?«

Perrin senkte den Arm und blickte ihn an. »Du auch?«, fragte er schließlich. Als Rand nickte, fügte er hinzu: »Ich wünschte, ich wäre wieder zu Hause. Was sollen wir tun? Hast du es schon Moiraine erzählt?«

»Nein, noch nicht. Vielleicht lasse ich es auch bleiben. Wie steht's mit dir?«

»Er sagte ... Blut und Asche, Rand, ich weiß es nicht.« Perrin stützte sich auf den Ellbogen. »Glaubst du, dass Mat den gleichen Traum hatte? Er lachte, aber es klang gezwungen, und er schaute mich so komisch an, als ich erzählte, ich hätte wegen eines Traums nicht mehr geschlafen.«

»Vielleicht träumte er das Gleiche«, sagte Rand. Er hatte ein schlechtes Gewissen, dass er sich so erleichtert fühlte, nicht der Einzige mit Albträumen zu sein. »Ich wollte Thom um Rat fragen. Er hat viel von der Welt gesehen. Du ... du denkst wohl auch, wir sollten es Moiraine nicht erzählen, oder?«

Perrin ließ sich in die Kissen zurückfallen. »Du hast gehört, was man sich über die Aes Sedai erzählt. Glaubst du, wir können Thom vertrauen? Wenn wir überhaupt jemandem vertrauen können. Rand, wenn wir lebend aus dieser Sache herauskommen, wenn wir jemals heimkommen und du hörst mich sagen, ich wolle Emondsfelde wieder verlassen – auch wenn es nur für eine Reise nach Wachhügel ist –, dann gib mir einen Tritt. Klar?«

»So solltest du nicht sprechen«, sagte Rand. Er verzog das Gesicht zu einem Lächeln, so gut gelaunt, wie er es gerade fertig brachte. »Natürlich kehren wir wieder heim. Komm, steh auf! Wir sind in einer Stadt und haben einen ganzen Tag Zeit, sie anzusehen. Wo sind deine Kleider?«

»Geh du nur. Ich will noch eine Weile liegen bleiben.« Perrin legte den Arm wieder über die Augen. »Geh du nur vor. Ich komme in ein oder zwei Stunden nach.«

»Du wirst es bereuen«, sagte Rand beim Aufstehen. »Denk mal daran, was du alles versäumst.« Er blieb an der Tür noch einmal stehen. »Baerlon. Wie oft haben wir darüber gesprochen, dass wir eines Tages Baerlon sehen wollten!« Perrin lag mit bedeckten Augen da und sagte kein Wort. Kurz darauf verließ Rand das Zimmer und schloss die Tür hinter sich.

Im Flur lehnte er sich an die Wand. Sein Lächeln verflog. Sein Kopf schmerzte schlimmer als zuvor. Er konnte nicht mehr viel Begeisterung für Baerlon empfinden. Er konnte überhaupt keine Begeisterung für irgendetwas aufbringen.

Ein Zimmermädchen kam mit einem Arm voller Bettlaken an ihm vorbei und sah ihn besorgt an. Bevor sie etwas sagen konnte, eilte er den Flur entlang und schlüpfte in seinen Umhang. Thom würde noch stundenlang im Schankraum beschäftigt sein. Er konnte sich also genauso gut die Stadt anschauen. Vielleicht würde er Mat aufspüren und herausfinden, ob Ba'alzamon auch durch seine Träume gegeistert war. Er ging diesmal langsamer die Treppe hinunter und rieb sich die Schläfen.

Die Treppe führte zur Küche, und so wählte er diesen Weg nach draußen. Er nickte Sara zu, doch dann beeilte er sich, als sie ihre Unterhaltung wieder aufnehmen wollte. Der Stallhof war fast leer. Nur Mutch, der an der Stalltür stand, und einer der Stallknechte, der einen geschulterten Sack in die Ställe trug, befanden sich dort. Rand nickte Mutch zu, aber der Pferdepfleger warf ihm einen gehässigen Blick zu und ging hinein. Er hoffte, die übrigen Städter würden eher Sara ähneln als Mutch. Er war neugierig, diese Stadt kennen zu lernen, und beschleunigte seine Schritte.

Am offenen Tor des Stallhofes blieb er stehen und sah sich um. Die Straßen waren von Menschen gefüllt wie ein Pferch mit Schafen. Die Menschen waren bis zu den Augen in Umhänge und Mäntel gehüllt, hatten die Hüte zum Schutz gegen die Kälte tief heruntergezogen und gingen schnellen Schrittes ihres Weges, als bliese der über die Dächer pfeifende Wind sie immer weiter. Achtlos schoben sie sich aneinander vorbei, grußlos und ohne die anderen anzuschauen. *Alles Fremde,* dachte er. *Keiner von ihnen kennt den anderen.*

Auch die Gerüche waren fremdartig, scharf und sauer und süß, alles zu einem Durcheinander vermischt, das ihn in der Nase juckte. Noch nicht einmal auf dem Höhepunkt eines Festes hatte er bisher erlebt, dass sich so viele Menschen zusammendrängten. Nicht einmal halb so viele. Und dies war nur eine einzige Straße. Die ganze Stadt ... War es überall so? Er trat langsam vom Tor zurück, weg von dieser mit Menschen gefüllten Straße. Es war nicht richtig, wegzugehen und Perrin krank im Bett zurückzulassen. Und wenn Thom seinen Vortrag beendete, während er noch draußen in der Stadt war? Der Gaukler würde dann vielleicht selbst ausgehen, und Rand musste mit jemandem sprechen. Er beschloss, ein wenig zu warten. Er atmete erleichtert auf, als er der überfüllten Straße den Rücken kehrte.

Bei seinem Kopfweh hatte er aber auch keine Lust, in die Schenke zurückzukehren. Er setzte sich auf ein Fass, das umgedreht an der Rückwand der Schenke stand, und hoffte, die kalte Luft möge seinem Kopf gut tun. Von Zeit zu Zeit kam Mutch an die Stalltür und starrte ihn an. Sogar auf die Entfernung konnte Rand die böse Miene des Burschen deutlich erkennen. Mochte der Mann keine Leute vom Land? Oder hatte ihn Meister Fitch so in Verlegenheit gebracht, nachdem Mutch versucht hatte, sie zu verscheuchen, als sie von der Rückseite hereingekommen waren? *Vielleicht ist er ein Schatten-*

freund, dachte er. Eigentlich hätte er von sich erwartet, bei diesem Gedanken zu schmunzeln, aber nun war es alles andere als lustig. Er strich mit der Hand über den Knauf von Tams Schwert. Es gab überhaupt kaum noch etwas Lustiges.

»Ein Schafhirte mit einem Schwert, das ein Reiherzeichen trägt«, sagte eine leise Frauenstimme. »Da kann man ja gleich alles glauben. In welchen Schwierigkeiten steckst du denn, Junge vom Land?«

Überrascht sprang Rand auf. Es war die junge Frau mit dem kurz geschnittenen Haar, die bei Moiraine gestanden hatte, als er aus dem Bad kam. Sie trug immer noch Hosen und Mantel eines Jungen. Sie war ein wenig älter als er, wie er glaubte, und hatte dunkle Augen, noch größer als Egwenes Augen und seltsam intensiv im Blick. »Du heißt Rand, nicht wahr?«, fuhr sie fort. »Ich heiße Min.«

»Ich bin nicht in Schwierigkeiten«, erwiderte er. Er hatte keine Ahnung, was Moiraine ihr alles erzählt hatte, aber er erinnerte sich an Lans Weisung, keine Aufmerksamkeit zu erregen. »Wieso glaubst du, ich sei in Schwierigkeiten? Die Zwei Flüsse sind ein ruhiges Gebiet, und wir sind alle ruhige Leute. Kein Ort für Schwierigkeiten, es sei denn, sie hängen mit der Ernte oder den Schafen zusammen.«

»Ruhig?«, fragte Min schelmisch. »Ich habe die Witze gehört, die man über holzköpfige Schäfer gerissen hat, aber es gibt auch Männer, die wirklich dort unten gewesen sind.«

»Holzköpfe?«, fragte Rand mit finsterer Miene. »Was für Witze?«

»Diejenigen, die euch kennen«, fuhr sie fort, als habe er nichts gesagt, »berichten, dass ihr immer lächelnd und höflich herumlauft, so sanft und butterweich im Verhalten. Jedenfalls an der Oberfläche. Darunter, sagen sie, seid ihr so zäh wie alte Eichenwurzeln. Wenn du sie zu hart anpackst, behaupten sie, beißt du auf Granit. Aber in dir und deinen Freunden liegt der Granit ziemlich an der Oberfläche. Es ist, als hätte ein Sturm die Erde weggeblasen, die ihn bedeckte. Moiraine hat mir nicht alles erzählt, aber ich habe Augen im Kopf.«

Alte Eichenwurzeln? Granit? Das klang kaum nach den Geschichten der Händler und anderer Leute. Der letzte Satz allerdings ließ ihn zusammenfahren.

Er sah sich schnell um. Der Stallhof war leer und die nächsten Fenster geschlossen. »Ich kenne niemanden namens – wie war der Name doch gleich wieder?«

»Also dann eben Frau Alys, wenn dir das lieber ist«, sagte Min mit belustigtem Blick, der Rand die Röte in die Wangen trieb. »Es ist niemand in der Nähe, der uns belauschen könnte.«

»Wieso glaubst du, dass Frau Alys noch einen anderen Namen hat?«

»Weil sie es mir erzählt hat«, sagte Min so geduldig, dass er schon wieder errötete. »Allerdings hatte sie keine andere Wahl, denke ich. Ich erkannte, dass sie ... anders war ... gleich vom ersten Augenblick an ... als sie auf dem Weg zu euch hier vorbeikam. Sie erkannte mich ebenfalls. Ich habe früher schon mit ... anderen von ihrer Art gesprochen.«

»Du erkanntest – sie?«, fragte Rand.

»Na ja, ich glaube nicht, dass du gleich zu den Kindern des Lichts rennen wirst. Vor allem, wenn man bedenkt, wer deine Reisegenossen sind. Den Weißmänteln würde das, was ich tue, genauso wenig gefallen wie das, was sie tut.«

»Ich verstehe nicht.«

»Sie sagt, dass ich Teile des Musters sehen kann.« Min lachte kurz und schüttelte den Kopf. »Hört sich großartig an – zu großartig, was mich betrifft. Ich sehe einfach nur Dinge, wenn ich die Leute anblicke, und manchmal weiß ich, was sie wirklich wollen. Ich sehe einen Mann und eine Frau an, die noch nie miteinander gesprochen haben, und weiß, dass sie heiraten werden. Und das tun sie dann auch. Das sind die Dinge, die ich sehe. Sie wollte, dass ich dich kennen lerne. Euch alle zusammen.«

Rand schauderte. »Und was hast du gesehen?«

»Wenn ihr alle zusammen seid? Funken schwirren um euch herum, Tausende, und ein großer Schatten, dunkler als Mitternacht. Diese Erscheinung ist so stark, dass ich mich schon fast frage, warum es nicht jeder sieht. Die Funken versuchen, den Schatten zu füllen, und der Schatten versucht, die Funken zu verschlingen.« Sie zuckte die Achseln. »Ihr seid alle in etwas Gefährliches verstrickt, und ich kann einfach nicht mehr darüber herausfinden.«

»Wir alle?«, murmelte Rand. »Auch Egwene? Aber sie waren nicht hinter ... Ich meine ...«

Min schien seinen Versprecher nicht zu bemerken. »Das Mädchen? Sie gehört auch dazu. Und der Gaukler. Ihr alle. Und du bist in sie verliebt.« Er sah sie entgeistert an. »Das kann ich sagen, ohne mein inneres Auge zu bemühen. Sie liebt dich auch, aber sie ist nicht für dich bestimmt und du nicht für sie. Jedenfalls nicht in der Art, die ihr euch beide wünscht.«

»Was soll das heißen?«

»Wenn ich sie ansehe, erblicke ich das Gleiche wie bei ... Frau Alys. Auch andere Dinge, die ich nicht verstehe, doch zumindest weiß ich, was *das* bedeutet. Sie wird es nicht verweigern.«

»Das ist doch alles Unsinn«, sagte Rand unsicher. Sein Kopfweh verflog langsam; der Kopf war wie taub, als ob man ihn voll Wolle gepackt hätte. Er wollte weg von diesem Mädchen und den Dingen, die sie sah. Und doch ...»Was siehst du, wenn du den Rest von uns anblickst?«

»Alles Mögliche«, sagte Min mit einem Lächeln, als wisse sie, was er wirklich fragen wollte. »Der Krieg ... äh ... Meister Andra hat sieben zerstörte Festungen um den Kopf und ein Kind in der Wiege um sich, das ein Schwert hält und ...« Sie schüttelte den Kopf. »Männer wie er – verstehst du? – haben so viele Bilder um sich herum, dass ein Bild das andere verdrängt. Die stärksten Eindrücke, die den Gaukler umgeben: ein Mann – nicht er selbst –, der Feuer schluckt, und die Weiße Burg. Bei einem Mann ergibt das überhaupt keinen Sinn. Die stärksten Eindrücke bei dem großen krausköpfigen Burschen sind ein Wolf, eine zerbrochene Krone und Bäume, die um ihn herum blühen. Und bei dem anderen – ein roter Adler, ein Auge auf einer Waagschale, ein Dolch mit einem Rubin, ein Horn und ein lachendes Gesicht. Da gibt es noch mehr, aber ich denke, du siehst, was ich meine. Diesmal kann ich einfach nichts Rechtes damit anfangen.« Dann wartete sie, immer noch lächelnd, bis er sich schließlich räusperte und fragte: »Wie steht's bei mir?«

Ihr Lächeln wurde zu einem offenen Lachen. »Dieselben Dinge wie bei den anderen. Ein Schwert, das kein Schwert ist, eine goldene Krone in Form von Lorbeerblättern, ein Bettelstab, du, wie du Wasser auf Sand schüttest, eine blutende Hand und ein weiß glühendes Eisen, drei Frauen, die bei einer Beerdigung an der Bahre stehen, auf der du liegst, schwarzer Fels, nass von Blut ...«

»Ist schon gut«, unterbrach er sie verlegen. »Du musst nicht alles aufzählen.«

»Vor allem sehe ich Blitze um dich herum. Manche zucken auf dich zu, manche kommen aus dir heraus. Ich weiß nicht, was das alles bedeutet, außer bei einer Sache. Du und ich, wir werden uns wiedersehen.« Sie sah ihn fragend an, als verstehe sie auch das nicht.

»Warum auch nicht?«, fragte er. »Ich werde auf dem Heimweg wieder hier durchkommen.«

»Ich denke schon.« Plötzlich war ihr Lächeln wieder da, versonnen und geheimnisvoll, und sie tätschelte ihm die Wange. »Aber wenn ich dir alles erzähle, was ich sah, dann wäre dein Haar genauso kraus wie bei deinem Freund mit den breiten Schultern.«

Er zuckte vor ihrer Hand zurück, als sei sie glühend heiß. »Was meinst du damit? Siehst du irgendetwas über Ratten? Oder Träume?«

»Ratten! Nein, keine Ratten. Und was die Träume betrifft, vielleicht träumst du so was gern, aber ich habe sonst nie davon geträumt.«

Er fragte sich, ob sie übergeschnappt sei, so lächelte sie ihn an. »Ich muss gehen«, sagte er und schob sich an ihr vorbei. »Ich ... ich muss meine Freunde treffen.«

»Also geh. Aber du wirst nicht entkommen.«

Er rannte nicht gerade weg, wurde aber doch mit jedem Schritt etwas schneller. »Renn, wenn du willst!«, rief sie ihm nach. »Du kannst mir nicht entkommen.«

Ihr Lachen verfolgte ihn über den Hof und hinaus auf die Straße in das Menschengewühl hinein. Ihre letzten Worte glichen zu sehr denen Ba'alzamons. Er rempelte Leute an, als er sich durch die Menge schob, was ihm finstere Blicke und böse Worte einbrachte, aber er verlangsamte seine Schritte nicht, bis er einige Straßen von der Schenke entfernt war.

Nach einer Weile begann er, wieder auf seine Umgebung zu achten. Sein Kopf fühlte sich an wie ein Ballon, aber er sah sich trotzdem um und genoss den Anblick. Baerlon war eine faszinierende Stadt, wenn auch nicht auf dieselbe Art wie die Städte in Thoms Geschichten. Er wanderte durch breite Straßen, meist mit großen Platten gepflastert, und durch kleine gewundene Gassen, wohin auch immer der Zufall und die Menschenmenge ihn trieben. Es hatte in der Nacht geregnet, und die ungepflasterten Straßen waren matschig. Doch schlammige Straßen waren für ihn nichts Neues. Keine der Straßen in Emondsfelde war gepflastert.

Es gab nun bestimmt auch keine Paläste, und nur wenige Häuser waren sehr viel größer als die zu Hause, aber jedes Haus hatte ein Ziegel- oder Schieferdach, das genauso schön war wie das der Weinquellen-Schenke. Er schätzte, dass es in Caemlyn vielleicht ein oder zwei Paläste gab. Was Schenken betraf, so zählte er neun, und keine davon war kleiner als die Weinquelle. Die meisten waren genauso groß wie der *Hirsch und Löwe*, und es gab ja noch eine Menge Straßen, die er nicht gesehen hatte.

An jeder Straße gab es Läden mit Markisen, die mit Waren über-häufte Tische schützten. Man bekam alles – vom Stoff, über Bücher bis zu Töpfen und Stiefeln. Es war, als hätten hundert Händlerwagen ihren Inhalt verstreut. Er sah sich alles so auffällig an, dass er mehr als einmal unter den misstrauischen Blicken eines Ladeninhabers flüchten musste. Beim ersten Ladeninhaber hatte er noch nicht ver-standen, warum er ihn so ansah. Als er endlich kapierte, wurde er zuerst wütend, bis er sich daran erinnerte, dass er hier der Fremde war. Er hätte sowieso nicht viel kaufen können. Er schnappte nach Luft, als er sah, wie viele Kupfermünzen man für ein Dutzend ver-färbte Äpfel oder eine Hand voll verschrumpelter Rüben hinlegen musste – die man bei den Zwei Flüssen an die Pferde verfüttert hät-te –, aber die Leute zahlten eifrig.

Es gab hier für seinen Geschmack wirklich mehr als genug Leute. Für eine Weile überwältigte ihn der Anblick der Massen beinahe. Einige trugen feinere Kleider, als irgendjemand in den Zwei Flüssen besaß – beinahe die Qualität von Moiraines Kleidung –, und viele waren in pelzbesetzte Mäntel gehüllt, die bis zu den Knöcheln reich-ten. Die Bergarbeiter, von denen man in der Schenke so viel geredet hatte, gingen gebeugt einher wie alle Männer, die unter der Erde gruben. Doch die meisten Menschen sahen auch nicht anders aus als jene, mit denen er aufgewachsen war, weder was die Gesichter noch was die Kleidung betraf. Er hatte irgendwie mehr Unterschiede erwartet. Und nun erinnerten ihn manche Gesichter so sehr an die Zwei Flüsse, dass er sich vorstellen konnte, sie gehörten der einen oder anderen Familie an, die er aus der Gegend von Emondsfelde kannte. Ein zahnloser grauhaariger Bursche mit Ohren wie die Hen-kel an einem Bierkrug, der auf einer Bank vor einer Schenke saß und trauernd in den leeren Humpen blickte, hätte sehr wohl ein Vetter Bili Congars sein können. Der Schneider mit dem kantigen Kinn, der vor seinem Laden nähte, mochte Jon Thanes Bruder sein – bis hin zu dem kahlen Fleck auf dem Hinterkopf. Ein Bursche, der Samel Crawe täuschend ähnlich sah, drängte sich an Rand vorbei, als er um eine Ecke kam und ...

Ungläubig starrte er den kleinen hageren Mann mit langen Armen und großer Nase an, der sich hastig durch die Menge schob. Seine Kleider wirkten wie ein Bündel Lumpen. Die Augen waren von dunklen Ringen umgeben, und das Gesicht wirkte eingefallen, als hätte er tagelang nicht geschlafen und nichts gegessen, aber Rand hätte schwören können ... Der zerlumpte Mann sah ihn und erstarrte mitten im Schritt. Er achtete nicht auf die Menschen, die ihn aus Versehen anrempelten. Rands letzter Zweifel verschwand.

»Meister Fain!«, rief er. »Wir dachten alle, Ihr wärt ...« Schnell wie der Blitz eilte der Händler davon, aber Rand lief ihm hinterher. Er rief den Leuten, die er anrempelte, über die Schulter Entschuldigungen zu. Durch die Menge hindurch erhaschte er einen Blick auf Fain, als dieser gerade in eine Gasse rannte. Rand bog hinter ihm in die Gasse ein. Der Händler war nach ein paar Schritten stehen geblieben. Ein hoher Zaun machte die Gasse zu einer Sackgasse. Als Rand abrupt stehen blieb, tat Fain so, als wolle er gleich über ihn herfallen. Er duckte sich, zog sich dann aber zurück. Mit schmutzigen Händen bedeutete er Rand, nicht näher zu kommen. In seinem Mantel war mehr als ein Riss zu erkennen, und der Umhang war abgetragen und zerfetzt. »Meister Fain«, fragte Rand zögernd, »was ist los? Ich bin es, Rand al'Thor aus Emondsfelde. Wir dachten alle, die Trollocs hätten Euch gefangen genommen.«

Fain gestikulierte mit abgehackten Bewegungen und rannte gebückt ein paar Schritte in Richtung auf das offene Ende der Gasse zu. Er versuchte aber nicht, an Rand vorbeizukommen oder sich ihm auch nur zu nähern. »Nicht!«, krächzte er. Sein Kopf war ständig in Bewegung, da er sich bemühte, die Straße jenseits von Rand immer im Auge zu behalten. »Erwähne nicht ...« Seine Stimme wurde zu einem heiseren Flüstern. Er drehte den Kopf weg und beobachtete Rand von der Seite her. »Erwähne *sie* nicht! Es sind Weißmäntel in der Stadt.«

»Sie haben keinen Grund, uns zu belästigen«, sagte Rand. »Kommt mit zum *Hirsch und Löwen*! Ich bin dort mit meinen Freunden. Ihr kennt die meisten von ihnen. Sie werden sich freuen, Euch zu sehen. Wir dachten alle, Ihr wärt tot.«

»Tot?«, fauchte der Händler beleidigt. »Nicht Padan Fain. Padan Fain weiß, wie man wieder auf den Füßen landet.« Er richtete seine Lumpenkleider, als seien sie ein Festtagsgewand. »Das habe ich immer geschafft, und das werde ich auch immer schaffen. Ich werde länger leben als ...« Plötzlich straffte sich sein Gesicht, und die Hände verkrampften sich in seinem Mantel. »Sie haben meinen Wagen und alle Waren verbrannt. Hatten keinen Grund, das zu tun, nicht wahr? Ich konnte meine Pferde nicht holen. *Meine* Pferde, aber dieser fette alte Wirt ließ sie in seinen Stall sperren. Ich musste schnell entkommen, um meinen Hals zu retten, und was habe ich davon? Alles, was mir bleibt, sind die Sachen, die ich anhabe. Ist das etwa anständig?«

»Eure Pferde sind in Meister al'Veres Stall gut aufgehoben. Ihr könnt sie jederzeit abholen. Wenn Ihr mit mir zur Schenke kommt, sorgt Moiraine sicher dafür, dass Ihr zu den Zwei Flüssen zurückkommt.«

»Aaaah! Sie ist ... sie ist die Aes Sedai, ja?« Fains Gesicht nahm einen lauernden Ausdruck an. »Vielleicht aber auch ...« Er schwieg und leckte sich nervös über die Lippen. »Wie lange bleibt Ihr in dieser ... Wie heißt das? Wie hast du die Schenke genannt? *Hirsch und Löwe*?«

»Wir reisen morgen ab«, sagte Rand. »Aber was hat das mit ...«

»Du kannst das einfach nicht nachfühlen«, winselte Fain, »wie du da mit vollem Bauch und nach einer Nacht in einem weichen Bett dastehst. Ich habe seit jener Nacht kaum ein Auge zugetan. Meine Stiefel sind fast durchgelaufen, und was ich essen musste ...« Sein Gesicht verzog sich. »Ich will mich lieber meilenweit entfernt von einer Aes Sedai aufhalten« – bei diesem Namen spuckte er beinahe aus –, »meilenweit, aber vielleicht muss ich doch ... Ich habe keine Wahl, nicht wahr? Der Gedanke, dass sie mich ansieht, dass sie überhaupt weiß, wo ich mich aufhalte ...« Er streckte die Hände nach Rand aus, als wolle er ihn am Mantel packen, doch hielt er kurz davor zitternd inne und trat stattdessen einen Schritt zurück. »Versprich mir, dass du ihr nichts erzählst. Ich habe Angst vor ihr. Es ist nicht notwendig, ihr von mir zu erzählen. Eine Aes Sedai braucht nicht zu wissen, dass ich noch lebe. Du musst es mir versprechen. Du musst!«

»Ich verspreche es«, sagte Rand in beruhigendem Ton. »Aber Ihr habt keinen Grund, Euch vor ihr zu fürchten. Kommt mit! Zumindest bekommt Ihr dann eine heiße Mahlzeit.«

»Vielleicht. Vielleicht.« Fain rieb sich nachdenklich das Kinn. »Morgen, sagst du? Während dieser Zeit ... Du wirst dein Versprechen doch nicht vergessen? Du erzählst ihr bestimmt nicht ...?«

»Ich werde dafür sorgen, dass sie Euch nichts tut«, versprach Rand und fragte sich insgeheim, wie er wohl eine Aes Sedai aufhalten sollte, was auch immer sie vorhatte.

»Sie wird mir nichts tun«, sagte Fain. »Nein, das wird sie nicht. Ich lasse es nicht zu.« Wie der Blitz schnellte er an Rand vorbei und verschwand in der Menge.

»Meister Fain!«, rief Rand. »Wartet!«

Er rannte gerade rechtzeitig aus der Sackgasse heraus, um einen zerschlissenen Mantel um die nächste Ecke herum verschwinden zu sehen. Er rief nochmals nach Fain und rannte hinterher. Als er um die Ecke flitzte, konnte er gerade noch den Rücken eines Mannes sehen, bevor er auch schon mit ihm zusammenstieß. Sie beide landeten aufeinander im Matsch.

»Kannst du nicht aufpassen, wohin du rennst?«, kam eine Stimme unter ihm hervor, und Rand rappelte sich überrascht hoch.

»Mat?«

Mat setzte sich mit vorwurfsvollem Blick auf und streifte mit den Händen den Matsch von seinem Umhang. »Du scheinst dich wirklich in einen Stadtmenschen zu verwandeln. Den ganzen Morgen schlafen und dann Leute über den Haufen rennen.« Er stand auf, betrachtete seine verschmierten Hände, fluchte leise und wischte sie sich am Umhang ab. »Pass mal auf! Du wirst nie erraten, wen ich gerade eben sah.«

»Padan Fain«, sagte Rand.

»Padan Fa... Woher weißt du das?«

»Ich habe mit ihm gesprochen, aber er rannte weg.«

»Also haben die Tro...« Mat hielt inne und sah sich misstrauisch um, doch die Leute marschierten vorbei, ohne ihnen die geringste Aufmerksamkeit zu schenken. Rand war froh, dass Mat ein wenig vorsichtiger geworden war. »Also haben sie ihn nicht erwischt. Ich frage mich, warum er Emondsfelde so heimlich verlassen hat. Möglich, dass er weglief und nicht mehr innehielt, bis er hier ankam. Aber warum ist er jetzt wieder weggelaufen?«

Rand schüttelte den Kopf und verwünschte die Bewegung gleich wieder. Es war ein Gefühl, als werde ihm der Kopf gleich abfallen. »Ich weiß auch nicht ... außer er hat Angst vor ... Frau Alys.« Es war nicht leicht, die Zunge immer im Zaum zu halten. »Sie soll nicht erfahren, dass er hier ist. Ich musste ihm versprechen, dass ich es ihr nicht erzähle.«

»Also, dieses Geheimnis werde ich auch wahren«, sagte Mat. »Ich wünschte, sie wüsste auch nicht, wo ich bin.«

»Mat?« Die Leute strömten immer noch vorbei, ohne sie zu beachten, aber Rand senkte trotzdem die Stimme und beugte sich näher zu Mat hinüber. »Mat, hattest du letzte Nacht einen Albtraum? Von einem Mann, der eine Ratte tötete?«

Mat sah ihn mit großen Augen an. »Du auch?«, fragte er schließlich. »Und Perrin auch, schätze ich. Ich hätte ihn heute Morgen beinahe gefragt, aber ... Er muss es auch geträumt haben. Blut und Asche! Jetzt bringt uns jemand dazu, scheußliche Dinge zu träumen. Rand, ich wünschte, *niemand* wüsste, wo ich bin.«

»Heute Morgen lagen überall in der Schenke tote Ratten herum. Ihr Rückgrat war gebrochen.« Die eigene Stimme hallte ihm in den Ohren wider. Falls er krank wurde, musste er zu Moiraine gehen. Er war überrascht, dass ihn der Gedanke, die Eine Macht werde bei ihm angewandt, nicht weiter störte.

Mat holte tief Luft und blickte sich um, als überlege er, wohin er gehen könne. »Was geschieht mit uns, Rand?«

»Ich weiß es nicht. Ich werde Thom um Rat fragen. Ob ich ... jemandem davon erzählen soll?«

»Nein! Nicht ihr. Vielleicht ihm, aber ihr nicht.«

Mats Weigerung überraschte Rand. »Dann hast du ihm geglaubt?« Er musste gar nicht erklären, wen er mit ›ihm‹ meinte; die Grimasse auf Mats Gesicht verriet ihm, dass er verstand.

»Nein«, sagte Mat langsam. »Es sind alles Möglichkeiten ... Wenn wir es ihr sagen und er hat gelogen, dann geschieht vielleicht gar nichts. Aber vielleicht ist die Tatsache, dass er in unseren Träumen war, genug, um ... Ich weiß nicht.« Er schwieg und schluckte. »Wenn wir ihr nichts erzählen, haben wir vielleicht weitere Träume. Ratten oder nicht, Träume sind besser als ... Erinnerst du dich an die Fähre? Ich sage, wir halten den Mund.«

»Abgemacht.« Rand erinnerte sich an die Fähre und auch an Moiraines Drohung, aber alles schien bereits so weit zurückzuliegen.

»Perrin wird nichts verraten, oder?«, fuhr Mat fort. Er stellte sich auf die Zehenspitzen. »Wir müssen zu ihm zurück. Wenn er es ihr erzählt, dann kommt es heraus, dass wir alle diese Träume hatten. Du kannst darauf wetten. Komm!« Er marschierte strammen Schrittes durch die Menge. Rand stand da und blickte ihm nach, bis Mat zurückkam und ihn packte. Bei der Berührung zwinkerte er und folgte dann dem Freund.

»Was ist mit dir los?«, fragte Mat. »Schläfst du schon wieder ein?«

»Ich denke, ich bin erkältet«, sagte Rand. Sein Kopf war so angespannt wie ein Trommelfell und fast so leer wie eine Trommel.

»Du kannst etwas Hühnersuppe essen, wenn wir wieder in der Schenke sind«, sagte Mat. Er schwatzte andauernd weiter, während sie sich durch die vollen Straßen drängten. Rand *strengte* sich an, ihm zuzuhören und sogar von Zeit zu Zeit etwas einzuwerfen, aber es strengte ihn an. Er war nicht müde; er wollte nicht schlafen. Er fühlte sich nur so, als ob er dahintriebe. Nach einer Weile bemerkte er, dass er Mat von Min erzählte. »Ein Dolch mit einem Rubin?«, fragte Mat. »Das gefällt mir. Aber ich weiß nichts von dem Auge. Bist du sicher, dass sie es nicht erfunden hat? Mir scheint, wenn sie wirklich eine Wahrsagerin ist, müsste sie eigentlich wissen, was das alles bedeuten soll.«

»Sie sagte nicht, dass sie Wahrsagerin sei«, entgegnete Rand. »Ich glaube, sie sieht nur Dinge. Denk daran, Moiraine sprach mit ihr, als wir badeten. Und sie weiß, wer Moiraine ist.«

Mat sah ihn vorwurfsvoll an. »Ich dachte, wir sollten diesen Namen nicht aussprechen.«

»Nein«, murmelte Rand. Er rieb sich mit beiden Händen den Kopf. Es war so schwer, sich auf irgendetwas zu konzentrieren.

»Ich glaube, du bist wirklich krank«, sagte Mat mit hochgezogenen Augenbrauen. Plötzlich hielt er Rand am Ärmel fest. »Schau mal die an!«

Drei Männer mit Brustpanzern und konisch zulaufenden Stahlkappen, die so poliert waren, dass sie wie Silber glänzten, gingen die Straße hinunter auf Rand und Mat zu. Sogar die Kettenringe an ihren Armen glänzten. Ihre langen Umhänge, jungfräulich weiß und mit einem aufgestickten goldenen Sonnenaufgang auf der linken Brust, endeten gerade eben über dem Matsch und den Pfützen der Straße. Ihre Hände ruhten auf den Griffen ihrer Schwerter, und sie blickten drein, als sähen sie nur Dinge, die unter einem fauligen Baumstamm hervorkrochen. Niemand sah sie an. Niemand schien sie auch nur zu bemerken. Trotzdem mussten sich die drei ihren Weg durch die Menge nicht bahnen; sie teilte sich wie zufällig, wich auf beiden Seiten aus und ließ sie so in einem leeren Raum einherschreiten, der sich mit ihnen weiterbewegte. »Glaubst du, sie gehören zu den Kindern des Lichts?«, fragte Mat mit lauter Stimme. Ein Passant sah Mat böse an und beschleunigte seine Schritte.

Rand nickte. Kinder des Lichts. Weißmäntel. Männer, die Aes Sedai hassten. Männer, die anderen Leuten vorschrieben, wie sie zu leben hatten, und all jenen Schwierigkeiten bereiteten, die sich zu gehorchen weigerten. Falls man niedergebrannte Bauernhöfe und noch Schlimmeres unter ›Schwierigkeiten‹ einordnen wollte. *Ich sollte Angst haben,* dachte er. *Oder neugierig sein.* Jedenfalls irgendeine Reaktion zeigen. Stattdessen starrte er sie nur schweigend an.

»Für mich sehen sie nicht so toll aus«, meinte Mat. »Ziemlich von sich eingenommen, nicht wahr?«

»Sie spielen keine Rolle«, sagte Rand. »Wir müssen mit Perrin sprechen.«

»Wie Eward Congar. Der hat auch immer seine Nase in der Luft.«

Plötzlich grinste Mat mit glitzernden Augen. »Erinnerst du dich daran, wie er von der Wagenbrücke fiel und klitschnass nach Hause laufen musste? Das hat ihn für einen Monat vom hohen Ross geholt.«

»Was hat das mit Perrin zu tun?«

»Siehst du das?« Mat deutete auf einen Karren, der in einer Einfahrt ein Stück von den Kindern entfernt stand. Eine einzige Strebe hielt ein Dutzend gestapelter Fässer auf der Ladefläche des Karrens. »Pass auf!« Lachend verschwand er im Laden eines Messerschmieds zu ihrer Linken.

Rand sah ihm nach und wusste, dass Mat etwas anstellen würde. Dieser Blick in seinen Augen verhieß immer wieder einen seiner Streiche. Aber seltsamerweise freute er sich darauf, was Mat wieder anstellen würde. Irgendetwas sagte ihm, dass dieses Gefühl falsch war, ja sogar gefährlich, aber trotzdem lächelte er erwartungsvoll. Nach einer Minute erschien Mat über ihm. Er beugte sich aus einem Giebelfenster im Ziegeldach des Ladens. In den Händen hielt er seine Schleuder. Sie begann sich bereits zu drehen. Rands Augen wanderten zu dem Karren zurück. Beinahe im gleichen Moment hörte er einen scharfen Knall, und die Strebe, die die Fässer hielt, zerbrach just in dem Moment, als die Weißmäntel sich daneben befanden. Menschen sprangen aus dem Weg, als die Fässer mit hohlem Poltern herunterrollten und auf der Straße aufprallten. Matsch und schmutziges Wasser spritzten nach allen Seiten. Die drei Männer sprangen nicht weniger schnell als die anderen. Die Überlegenheit in ihrem Blick verwandelte sich in Bestürzung. Ein paar Passanten fielen hin. Es platschte wieder. Doch die drei bewegten sich geschickt und wichen mühelos den Fässern aus. Allerdings konnten sie dem herumfliegenden Schmutz nicht ausweichen, und so wurden ihre weißen Umhänge bespritzt.

Ein bärtiger Mann in einer langen Schürze eilte aus der Einfahrt, schwenkte die Arme und schrie zornig, doch ein Blick auf die drei, die vergebens versuchten, den Schmutz von ihren Umhängen abzustreifen, und er verschwand schneller wieder in seiner Einfahrt, als er herausgekommen war. Rand sah zu dem Dach des Ladens hinauf; Mat war weg. Es war ein leichter Schuss für einen Jungen der Zwei Flüsse gewesen, aber die Wirkung übertraf fast noch die Absicht. Er konnte nicht anders – er musste lachen. Der Humor schien in Wolle gehüllt, aber die Szene wirkte trotzdem noch lustig. Als er sich wieder der Straße zuwandte, sahen ihn die drei Weißmäntel an. »Du findest irgendetwas lustig, wie?« Der Sprecher stand ein wenig vor den anderen. Er wirkte hochmütig, und in seinen Augen stand geschrieben, dass er etwas sehr Wichtiges wusste, er allein und niemand anders. Rands Lachen erstarb. Er und die Weißmäntel standen allein zwischen Matsch und Fässern. Die Menge, die sich vorher noch um sie gedrängt hatte, hatte offenbar die Straße hinauf oder hinunter Wichtiges zu tun.

»Schweigt deine Zunge aus Angst vor dem Licht?« Der Zorn machte das schmale Gesicht des Weißmantels noch schmaler und härter, als es ohnehin war. Er blickte verächtlich auf den Schwertknauf, der unter Rands Umhang sichtbar war. »Vielleicht bist du dafür verantwortlich, wie?« Im Unterschied zu den anderen trug er unter dem Sonnenzeichen noch einen goldenen Knoten.

Rand wollte sein Schwert bedecken, aber stattdessen schob er seinen Umhang zurück. Im Hinterkopf fragte er sich verzweifelt, was er da tat, aber es war nur ein entfernter Gedanke. »Unfälle geschehen nun mal«, sagte er. »Auch bei den Kindern des Lichts.«

Der Mann mit dem schmalen Gesicht hob eine Augenbraue. »Bist du so gefährlich, Jüngling?« Er war nicht viel älter als Rand.

»Das Reiherzeichen, Lord Bornhald«, sagte einer der anderen warnend.

Der schmalgesichtige Mann sah noch einmal Rands Schwertknauf an – der bronzene Reiher war deutlich zu sehen –, und seine Augen weiteten sich für einen Moment. Dann erhob er den Blick zu Rands Gesicht und schniefte voller Verachtung. »Er ist zu jung. Du bist nicht von hier, wie?«, fragte er Rand kalt. »Woher kommst du?«

»Ich bin gerade in Baerlon angekommen.« Ein Schauer rann über Rands Arme und Beine. Er fühlte sich erhitzt, beinahe sommerlich warm. »Ihr kennt wohl keine gute Schenke hier, oder?«

»Du weichst meinen Fragen aus«, fauchte Bornhald. »Was hast du Böses in dir, dass du mir nicht antwortest?« Seine Begleiter traten an seine Seite, die Gesichter hart und ausdruckslos. Trotz der Schmutzflecken auf ihren Umhängen war nichts Lustiges an ihnen.

Ein Kribbeln erfüllte Rand; die Hitze war zu einem Fieber geworden. Er wollte lachen; das war so ein schönes Gefühl. Eine dünne Stimme in seinem Hinterkopf rief ihm zu, dass etwas nicht stimme, aber er konnte nur daran denken, wie erfüllt er sich fühlte. Er platzte beinahe vor Energie. Lächelnd verlagerte er sein Gewicht auf die Fersen und wartete darauf, was wohl geschehen werde. Ganz undeutlich und entfernt fragte er sich, was es wohl sein werde.

Das Gesicht des Anführers verfinsterte sich. Einer der anderen zog sein Schwert ein Stück aus der Scheide und sagte mit zornbebender Stimme:»Wenn die Kinder des Lichts dich etwas fragen, du grauäugiger Bauerntölpel, dann erwarten sie Antworten, oder ...« Er hielt inne, als der schmalgesichtige Mann ihm einen Arm über die Brust legte. Bornhald bedeutete ihm mit einer Kopfbewegung, er solle die Straße hinaufblicken.

Die Stadtwache war eingetroffen, ein Dutzend Männer mit runden Stahlkappen und metallbeschlagenen Lederwämsern. Sie trugen ihre Schlagstöcke, als wüssten sie damit umzugehen. Sie standen da und beobachteten schweigend die Szene aus etwa zehn Schritten Entfernung.»Diese Stadt hat das Licht vergessen«, grollte der Mann mit dem halb gezogenen Schwert. Er erhob die Stimme und rief der Wache zu:»Baerlon steht im Schatten des Dunklen Königs!« Auf eine Geste Bornhalds hin rammte er sein Schwert wieder in die Scheide.

Bornhald wandte seine Aufmerksamkeit wieder Rand zu. Das Licht der Erkenntnis brannte in seinen Augen.»Schattenfreunde entkommen uns nicht, Jüngling, nicht einmal in einer Stadt, die im Schatten steht. Wir treffen uns wieder. Da kannst du sicher sein!«

Er drehte sich auf der Stelle um und schritt weiter, seine beiden Begleiter dicht hinter ihm, als hätte Rand zu existieren aufgehört. Zumindest für diesen Augenblick. Als sie den dicht bevölkerten Teil der Straße erreichten, teilte sich scheinbar zufällig die Menge, um sie durchzulassen. Die Wachen zögerten und sahen Rand an. Dann schulterten sie ihre Schlagstöcke und folgten den drei Weißgekleideten. Sie mussten sich durch die Menge schieben und riefen deshalb:»Platz für die Wache!« Nur wenige machten ihnen murrend Platz.

Rand balancierte immer noch auf den Fersen und wartete. Das Prickeln war so stark, dass er beinahe zitterte; er fühlte sich so, als verbrenne er innerlich.

Mat trat aus dem Laden und starrte ihn an.»Du bist nicht krank«, sagte er schließlich.»Du bist verrückt!«

Rand atmete tief ein, und mit einem Schlag war alles vorbei wie eine geplatzte Seifenblase. Er taumelte, als ihm bewusst wurde, was er getan hatte. Er leckte sich die Lippen und bemühte sich, Mats Blick standzuhalten.»Ich denke, wir kehren besser zur Schenke zurück«, sagte er unsicher.

»Ja«, sagte Mat.»Ja, ich glaube auch, das ist das Beste.«

Die Straße hatte sich langsam wieder gefüllt, und mehr als ein Passant sah die beiden Jungen an und murmelte einem Begleiter etwas

zu. Rand war sicher, dass sich die Geschichte wie ein Lauffeuer aus-
breiten würde. Ein Verrückter hatte versucht, sich mit drei Kindern
des Lichts anzulegen. Das war ein guter Gesprächsstoff. *Vielleicht
treiben die Träume mich zum Wahnsinn.*

Die beiden verliefen sich mehrmals im Straßengewirr, doch nach
einer Weile schlossen sie sich Thom Merrilin an, der erhobenen
Hauptes durch die Menge stolzierte. Der Gaukler sagte, er sei hier,
um sich etwas die Beine zu vertreten und frische Luft zu schnappen,
aber immer wenn jemand seinen vielfarbigen Umhang näher betrachtete, verkündete er mit hallender Stimme: »Ich werde nur heute
Abend im *Hirsch und Löwen* auftreten.«

Es war Mat, der ziemlich verworren von dem Traum zu erzählen
begann und ob sie Moiraine davon etwas sagen sollten oder nicht,
aber Rand griff dann und wann ein, denn es gab Unterschiede in
ihren Erinnerungen. *Vielleicht war ja auch jeder Traum ein bisschen
anders,* dachte er.

Sie waren mit dem Erzählen noch nicht weit gekommen, als
Thom ihnen endlich die volle Aufmerksamkeit widmete. Als Rand
Ba'alzamon erwähnte, packte der Gaukler beide Jungen an den
Schultern und befahl ihnen, den Mund zu halten, erhob sich auf Zehenspitzen, um über die Köpfe der Menge zu blicken, und führte sie
dann aus dem Gewühl in eine Sackgasse, die bis auf ein paar Kisten
und einen abgemagerten hellbraunen Hund, der in einer Ecke vor
der Kälte Schutz suchte, verlassen war.

Thom blickte in die Menge hinaus und suchte nach Leuten, die
möglicherweise stehen blieben, um sie zu belauschen, bevor er sich
wieder Rand und Mat zuwandte. Der Blick aus seinen blauen Augen
bohrte sich in ihren Blick, zwischendurch aber wanderte er in Richtung Straßeneinmündung. »Sagt niemals mehr diesen Namen, wenn
Fremde zuhören können.« Seine Stimme war leise, aber eindringlich. »Nicht einmal dort, wo ein Fremder *vielleicht* zuhören könnte.
Es ist ein sehr gefährlicher Name, sogar dann, wenn sich keine Kinder des Lichts auf den Straßen befinden.«

Mat schnaubte. »Ich könnte dir etwas über die Kinder des Lichts
erzählen«, sagte er mit einem höhnischen Seitenblick auf Rand.
Thom überhörte die Bemerkung. »Wenn nur einer von euch diesen
Traum gehabt hätte ...« Er zupfte zornig an seinem Schnurrbart.
»Sagt mir alles, woran ihr euch erinnern könnt. Jede Einzelheit.«
Während er zuhörte, blieb er stets wachsam und beobachtete die
Straße. »... er nannte die Namen von Männern, die angeblich be-

nutzt wurden«, sagte Rand schließlich. Er war sicher, alles andere berichtet zu haben. »Guaire Amalasan. Raolin Dunkelbann.«

»Davian«, fügte Mat hinzu, bevor Rand weitersprechen konnte.

»Und Yurian Steinbogen.«

»Und Logain«, beendete Rand die Aufzählung.

»Gefährliche Namen«, sagte Thom leise. Seine Augen schienen sie noch eindringlicher als zuvor zu durchbohren. »Fast genauso gefährlich wie jener andere, so oder so. Alle sind tot bis auf Logain. Einige davon schon lange. Raolin Dunkelbann seit beinahe zweitausend Jahren. Aber er ist immer noch gefährlich. Am besten sprecht ihr die Namen nicht laut aus, selbst wenn ihr allein seid. Die meisten Leute können nichts damit anfangen, aber wenn der Falsche zuhört ...«

»Aber wer waren sie?«, fragte Rand.

»Männer«, murmelte Thom, »die an den Säulen des Himmels rüttelten und die Grundmauern der Welt erschütterten.« Er schüttelte den Kopf. »Es spielt keine Rolle. Vergesst sie. Sie sind zu Staub geworden.«

»Wurden sie benutzt, wie er behauptete?«, fragte Mat. »Und getötet?«

»Man könnte sagen, dass die Weiße Burg sie getötet hat. Man könnte das durchaus sagen.« Thoms Mund verzog sich einen Augenblick lang, und dann schüttelte er nochmals den Kopf. »Aber benutzt ...? Nein, das kann man nicht behaupten. Das Licht weiß, wie viele Intrigen der Amyrlin-Sitz wieder schmiedet, aber diese Sache gehörte nicht dazu, soweit ich das sagen kann.«

Mat lief ein Schauer den Rücken hinunter. »Er hat so viel behauptet. Verrückte Sachen. All das von Lews Therin Brudermörder und Artur Falkenflügel. Und vom Auge der Welt. Was, beim Licht, soll das denn sein?«

»Eine Legende«, sagte der Gaukler langsam. »Vielleicht. Als Legende genauso berühmt wie die vom Horn von Valere, zumindest in den Grenzlanden. Dort droben gehen junge Männer auf die Suche nach dem Auge der Welt, so wie in Illian die jungen Männer das Horn suchen. Vielleicht ist es eine Legende.«

»Was sollen wir tun, Thom?«, fragte Rand. »Es ihr erzählen? Ich möchte keine weiteren Träume dieser Art erleben. Vielleicht könnte sie etwas tun?«

»Vielleicht würde uns nicht gefallen, was sie tut«, grollte Mat.

Thom betrachtete sie nachdenklich und strich sich mit einem Finger über den Schnurrbart. »Ich sage, haltet Frieden«, sagte er schließlich. »Erzählt niemandem davon, jedenfalls vorerst nicht. Ihr könnt es euch immer noch anders überlegen, wenn es nötig ist, aber wenn ihr es einmal erzählt habt, dann ist es draußen, und ihr seid mehr als zuvor an sie ... gebunden.« Plötzlich richtete er sich auf. Seine gebückte Haltung verschwand fast vollständig. »Der andere Junge! Ihr sagt, er hatte den gleichen Traum? Ist er vernünftig genug, den Mund zu halten?«

»Ich denke schon«, sagte Rand zur gleichen Zeit, als Mat heraussprudelte: »Wir wollten zur Schenke zurückgehen und ihn warnen.«

»Ich hoffe beim Licht, dass es nicht zu spät ist!« Mit wehendem Umhang schritt Thom aus der Gasse. Ohne sich aufzuhalten, blickte er über die Schulter auf sie zurück. »Also, was ist? Sind eure Füße am Boden festgefroren?«

Rand und Mat eilten ihm hinterher, aber er wartete nicht darauf, dass sie ihn einholten. Diesmal blieb er nicht stehen, wenn Leute seinen Umhang anschauten oder ihn als Gaukler ansprachen. Er bahnte sich einen Weg durch die überfüllten Straßen, als seien sie leer. Rand und Mat mussten beinahe rennen, um ihm folgen zu können. In viel kürzerer Zeit, als Rand erwartet hatte, erreichten sie den *Hirsch und Löwen*.

Als sie gerade hineingehen wollten, kam Perrin herausgerannt und versuchte beim Rennen seinen Umhang überzuziehen. Er wäre beinahe gestürzt, so musste er sich bremsen, um nicht in sie hineinzurennen. »Ich wollte nach euch suchen«, brachte er schnaufend heraus, nachdem er sein Gleichgewicht wiedergefunden hatte.

Rand ergriff seinen Arm. »Hast du irgendjemandem von dem Traum erzählt?«

»Sag bitte, dass du es nicht getan hast!«, verlangte Mat.

»Es ist sehr wichtig«, sagte Thom.

Perrin sah sie verwirrt an. »Nein, habe ich nicht. Ich bin bis vor einer Stunde nicht mal aus dem Bett gekommen.« Seine Schultern sackten nach unten. »Ich habe schon Kopfschmerzen von der Anstrengung bekommen, nicht daran zu denken, geschweige denn darüber zu reden. Warum habt ihr es ihm erzählt?« Er nickte in Thoms Richtung.

»Wir mussten einfach mit jemand darüber sprechen, sonst hätten wir durchgedreht«, sagte Rand.

»Ich erkläre es euch später«, fügte Thom mit einem bedeutungsvollen Blick auf die Leute hinzu, die in den *Hirsch und Löwen* hineingingen oder herauskamen.

»In Ordnung«, antwortete Perrin langsam. Er wirkte immer noch verwirrt. Plötzlich schlug er sich vor die Stirn. »Jetzt hätte ich beinahe vergessen, weswegen ich euch suchte. Ich vergäße es ja gern, aber ... Nynaeve ist drinnen.«

»Blut und Asche!«, jaulte Mat auf. »Wie ist sie hierher gekommen? Moiraine ... Die Fähre ...«

Perrin schnaubte. »Glaubst du, eine Kleinigkeit wie eine gesunkene Fähre könnte sie aufhalten? Sie hat Hochturm aus dem Bett geworfen – ich weiß nicht, wie er über den Fluss zurückgekommen ist, aber sie sagte, er habe sich in seinem Schlafzimmer versteckt und wollte nicht einmal mehr in die Nähe des Flusses gehen – jedenfalls hat sie ihn so eingeschüchtert, dass er ein Boot für sie und ihr Pferd auftrieb und sie hinüberruderte. Sie hat ihm nur so viel Zeit gelassen, dass er einen seiner Helfer holen konnte, um ein zweites Paar Ruder zu bedienen.«

»Licht!«, hauchte Mat.

»Was tut sie da drinnen?«, wollte Rand wissen. Mat und Perrin warfen ihm einmütig einen spöttischen Blick zu. »Sie ist uns gefolgt«, sagte Perrin. »Sie ist jetzt bei ... Frau Alys, und da drinnen ist es so kalt, als hätte es geschneit.«

»Könnten wir nicht eine Weile woandershin gehen?«, fragte Mat. »Mein Vater sagt immer, nur ein Narr steckt seine Hand in ein Hornissennest, wenn er es nicht unbedingt muss.«

»Sie kann uns nicht zwingen zurückzukehren«, warf Rand ein. »Die Winternacht sollte ihr zu dieser Einsicht verholfen haben. Wenn nicht, müssen wir es ihr beibringen.«

Mats Augenbrauen hoben sich bei jedem seiner Worte, und als Rand fertig war, stieß er einen leisen Pfiff aus. »Hast du jemals versucht, Nynaeve etwas beizubringen, was sie nicht lernen wollte? Ich hab's probiert. Ich meine, wir sollten bis zum Abend wegbleiben und uns dann hineinschleichen.«

»Nach allem, was ich an dieser jungen Frau beobachtet habe«, sagte Thom, »glaube ich nicht, dass sie aufhören wird, bevor sie nicht alles gesagt hat. Wenn ihr nicht gestattet wird, schnell alles loszuwerden, dann macht sie vielleicht so lange weiter, bis sie eine Aufmerksamkeit erregt, an der keinem von uns gelegen sein kann.«

Bei der Vorstellung fuhren alle zusammen. Sie sahen sich an, atmeten tief durch und marschierten hinein, als erwarteten sie, Trollocs zu sehen.

KAPITEL 16

Die Seherin

Perrin führte sie in die Schenke hinein. Rand konzentrierte sich so sehr darauf, was er Nynaeve sagen wollte, dass er Min nicht sah, bis sie ihn am Arm packte und zur Seite zog. Die anderen gingen noch ein paar Schritte weiter den Flur entlang, bevor sie bemerkten, dass er stehen geblieben war. Dann blieben auch sie zögernd stehen.

»Dafür haben wir keine Zeit, Junge«, sagte Thom barsch. Min sah den weißhaarigen Gaukler scharf an. »Geh und vollführe irgendwelche Kunststückchen«, fuhr sie ihn an und zog Rand noch weiter von den anderen weg.

»Ich habe wirklich keine Zeit«, sagte Rand zu ihr. »Und ganz bestimmt nicht für närrisches Geschwätz über Entkommen und dergleichen.« Er versuchte, seinen Arm loszureißen, aber jedes Mal, wenn er ihn befreit hatte, packte sie ihn erneut.

»Und ich habe auch keine Zeit für irgendwelchen Blödsinn. Halte also bitte den Mund!«

Sie betrachtete kurz die anderen, dann näherte sie sich ihm und sagte mit gedämpfter Stimme: »Vor kurzem ist eine Frau angekommen – kleiner als ich, jung, mit dunklen Augen. Sie trägt das dunkle Haar in einem Zopf, der ihr bis an die Taille reicht. Sie ist ein Teil des Ganzen, genauso wie der Rest von euch.«

Rand starrte sie eine Minute lang an. *Nynaeve? Was hatte sie damit zu tun? Licht, wieso bin ich eigentlich darin verwickelt?* »Das ist ... unmöglich.«

»Du kennst sie?«, flüsterte Min.

»Ja, und sie kann nicht in ... was auch immer verwickelt sein.«

»Die Funken, Rand. Sie hat Frau Alys getroffen, als sie hereinkam, und es gab Funken, obwohl nur sie beide zusammenstanden. Gestern konnte ich keine Funken wahrnehmen, wenn nicht wenigstens drei oder vier von euch zusammenkamen, aber heute ist alles klarer und heftiger.« Sie sah Rands Freunde an, die ungeduldig warteten, und sie schauderte, bevor sie sich wieder zu ihm umdrehte. »Es ist beinahe ein Wunder, dass die Schenke nicht Feuer fängt. Ihr seid alle in größerer Gefahr als gestern. Seit sie ankam.«

Rand blickte zu seinen Freunden hinüber. Thom beugte sich vor, um darauf zu drängen, dass Rand ihnen folgen sollte. »Sie wird nichts unternehmen, was uns verletzen könnte«, sagte er zu Min. »Ich muss jetzt gehen.« Diesmal gelang es ihm, seinen Arm zu befreien.

Er missachtete ihr empörtes Schnauben und begab sich zu den anderen. Sie gingen weiter den Korridor hinunter. Rand sah einmal zurück. Min schüttelte die Faust in seine Richtung und stampfte mit dem Fuß auf.

»Was hat sie gesagt?«, fragte Mat.

»Nynaeve ist ein Teil davon«, erwiderte Rand ohne nachzudenken. Dann sah er Mat scharf an. Die Erleuchtung breitete sich langsam auf seinem Gesicht aus. »Teil wovon?«, flüsterte Thom. »Weiß dieses Mädchen etwas?«

Während Rand noch überlegte, was er sagen sollte, sprach Mat bereits: »Natürlich gehört sie dazu«, sagte er ärgerlich. »Sie ist ein Teil des Pechs, das wir seit der Winternacht hatten. Vielleicht ist es für euch keine große Sache, die Seherin hier vorzufinden, aber ich sähe beinahe noch lieber die Weißmäntel hier als sie.«

»Sie sah, wie Nynaeve ankam«, sagte Rand. »Sie sah auch, dass sie sich mit Frau Alys unterhielt, und dachte, sie könne etwas mit uns zu tun haben.« Thom sah ihn von der Seite her an, und sein Schnauben brachte seine Schnurrbarthaare durcheinander, aber die anderen schienen Rands Erklärung zu akzeptieren. Er hatte nicht gern Geheimnisse vor seinen Freunden, aber Mins Geheimnis konnte für sie selbst genauso gefährlich werden wie für ihre ganze Gruppe.

Perrin blieb plötzlich vor einer Tür stehen, und trotz seiner Größe schien er ängstlich zu zögern. Er atmete tief ein, sah seine Begleiter an, atmete noch einmal durch, öffnete dann langsam die Tür und ging hinein. Einer nach dem anderen folgte ihm. Rand betrat als Letzter den Raum und schloss die Tür mit äußerstem Widerstreben hinter sich.

Es war der Raum, in dem sie am Abend zuvor gegessen hatten. Im Kamin prasselte ein Feuer. Auf dem Tisch stand ein glänzendes Silbertablett mit einer Kanne und Bechern. Moiraine und Nynaeve saßen an den gegenüberliegenden Tischenden. Keine wandte den Blick von der anderen. Moiraines Hände ruhten auf dem Tisch, genauso bewegungslos wie ihr Gesicht. Nynaeves Zopf war über ihre Schulter nach vorn geschlungen, und das Ende lag in ihrer Faust verborgen. Sie zupfte immer wieder ein wenig daran, so wie sie es zu tun pflegte, wenn sie dem Dorfrat noch sturer als üblicherweise gegenüberstand. *Perrin hatte Recht.* Trotz des Feuers war die Atmosphäre eisig kalt, und die Kälte ging von den beiden Frauen am Tisch aus.

Lan lehnte am Kaminsims, starrte in die Flammen und rieb seine Hände, um sie zu wärmen. Egwene lehnte mit dem Rücken an der Wand. Sie hatte ihren Umhang um und die Kapuze über den Kopf gezogen. Thom, Mat und Perrin blieben unsicher an der Tür stehen.

Rand fühlte sich alles andere als wohl in seiner Haut. Doch er zuckte die Achseln und ging zum Tisch. *Manchmal muss man den Wolf bei den Ohren packen,* machte er sich selbst Mut. Allerdings erinnerte er sich auch an ein anderes Sprichwort: *Wenn du einen Wolf an den Ohren hältst, ist es genauso schwer, loszulassen, wie sich festzuhalten.* Er fühlte Moiraines Blick und den von Nynaeve, und sein Gesicht begann zu brennen, aber er nahm trotzdem zwischen den beiden Platz.

Nach kurzem Zögern traten Egwene und Perrin und schließlich auch Mat vor, gingen zum Tisch und setzten sich neben Rand in die Mitte. Egwene zog ihre Kapuze noch weiter vor, und sie alle vermieden es, irgendjemanden anzusehen.

»Also«, schnaubte Thom, der neben der Tür stand, »so viel wäre nun geschafft.«

Lan verließ den Kamin und füllte einen der silbernen Becher mit Wein. »Da nun alle hier sind, werdet Ihr dies vielleicht endlich von mir annehmen.« Er bot Nynaeve den Becher an. Sie betrachtete ihn misstrauisch. »Keine Angst«, sagte er geduldig. »Ihr habt gesehen, wie der Wirt den Wein brachte, und keiner von uns hatte Gelegenheit, etwas hineinzutun.«

Der Mund der Seherin verzog sich bei dem Wort *Angst* zornig, doch sie nahm den Becher und murmelte: »Danke.«

»Ich möchte gern wissen«, sagte er, »wie Ihr uns gefunden habt.«

»Ich auch.« Moiraine beugte sich gespannt vor. »Vielleicht seid Ihr jetzt gewillt zu sprechen, nachdem Egwene und die Jungen zu Euch gebracht wurden.«

Nynaeve nippte an dem Wein, bevor sie der Aes Sedai antwortete. »Ihr konntet nirgendwo anders als nach Baerlon hingehen. Um sicher zu gehen, folgte ich eurer Spur. Ihr seid ja ganz schön im Zickzack geritten. Aber ich schätze, ihr hattet kein Interesse daran, anständigen Leuten über den Weg zu laufen.«

»Ihr ... seid unserer Spur gefolgt?«, wollte Lan wissen, der zum ersten Mal, seit Rand ihn kannte, wirklich überrascht wirkte. »Ich muss wohl leichtsinnig geworden sein.«

»Ihr habt nicht viele Spuren hinterlassen, aber ich kann mindestens ebenso gut Spuren lesen wie jeder Mann in den Zwei Flüssen, vielleicht mit Ausnahme von Tam al'Thor.« Sie zögerte und fügte dann hinzu:»Bevor mein Vater starb, nahm er mich immer mit auf die Jagd und lehrte mich, was er sonst den Söhnen beigebracht hätte, die er nie hatte.« Sie sah Lan herausfordernd an, aber er nickte nur beifällig.

»Wenn Ihr einer Spur folgen könnt, die ich zu verbergen suchte, dann hat er Euch gut unterrichtet. Nur wenige schaffen das, selbst in den Grenzlanden.«

Plötzlich verbarg Nynaeve das Gesicht in ihrem Becher. Rands Augen weiteten sich. Sie errötete. Nynaeve zeigte sich niemals auch nur im Geringsten verwirrt. Zornig, ja, oftmals auch wütend, aber niemals aus der Fassung gebracht. Doch nun waren ihre Wangen deutlich gerötet, und sie bemühte sich, das durch den Becher zu verdecken.

»Vielleicht«, sagte Moiraine ruhig,»werdet Ihr nun einige meiner Fragen beantworten. Ich habe Eure ehrlich genug beantwortet.«

»Mit einem Haufen Gaukler-Märchen«, schoss Nynaeve zurück. »Die einzige *Tatsache*, die ich feststellen kann, ist, dass vier junge Leute aus einem unerfindlichen Grund von einer Aes Sedai entführt wurden.«

»Man hat Euch gesagt, dass das hier niemand weiß«, sagte Lan scharf.»Ihr müsst lernen, Eure Zunge zu hüten.«

»Warum sollte ich?«, wollte Nynaeve wissen. »Warum sollte ich Euch helfen, Eure Absichten zu verbergen? Ich bin gekommen, um Egwene und die Jungen nach Emondsfelde zurückzubringen, und nicht, um Euch zu helfen, sie wegzulocken.«

Thom mischte sich mit Verachtung in der Stimme ein:»Wenn Ihr wollt, dass sie ihr Dorf wiedersehen – und Ihr selbst auch –, dann solltet Ihr vorsichtiger sein. Es gibt in Baerlon solche, die sie« – er machte eine schnelle Kopfbewegung auf Moiraine zu – »töten würden für das, was sie darstellt. Ihn auch!« Er zeigte auf Lan, und dann trat er vor und stemmte die Fäuste auf den Tisch. Er ragte über Nynaeve auf, und sein langer Schnurrbart und die dichten Augenbrauen wirkten mit einem Mal bedrohlich.

Ihre Augen weiteten sich, und sie wollte sich schon von ihm wegdrehen, doch dann versteifte sie trotzig den Rücken. Thom schien es gar nicht zu bemerken; er fuhr mit trügerisch sanfter Stimme fort: »Nur ein Gerücht, ein Flüstern in ein falsches Ohr, würde genügen, und sie würden diese Schenke wie ein Schwarm vor Kriegerameisen überschwemmen. Ihr Hass ist so stark, ihr Wunsch, jeden von der Sorte dieser beiden gefangen zu nehmen oder zu töten. Und das Mädchen? Die Jungen? Ihr? Ihr hängt alle mit ihnen zusammen. Jedenfalls wäre es genug für die Weißmäntel. Es würde Euch nicht gefallen, wie sie ihre Fragen stellen, besonders wenn es irgendwie um die Weiße Burg geht. Die Folterknechte der Weißmäntel nehmen von vornherein an, dass Ihr schuldig seid, und für diese Art von Schuld gibt es nur ein Urteil. Sie haben kein Interesse daran, die Wahrheit herauszufinden; sie glauben, diese ohnehin bereits zu kennen. Alles, was sie mit ihren Brandeisen und Zangen erreichen wollen, ist ein Geständnis. Also erinnert Euch besser daran, dass manche Geheimnisse zu gefährlich sind, sie laut auszusprechen, selbst wenn Ihr zu wissen glaubt, wer zuhört.« Er richtete sich auf und murmelte noch: »Wie es scheint, muss ich das in letzter Zeit viel zu oft sagen.«

»Das war gut gesprochen, Gaukler«, sagte Lan. »Ich bin überrascht, dass Ihr so besorgt seid.«

Thom zuckte die Achseln. »Es ist auch bekannt, dass ich mit Euch gekommen bin. Ich lege keinen Wert darauf, dass mir ein Folterknecht mit einem Brandeisen sagt, ich solle meine Sünden bereuen und im Licht wandeln.«

»Das«, warf Nynaeve mit beißender Stimme ein, »ist noch ein Grund mehr, warum sie morgen mit mir heimkehren sollten. Oder schon heute Nachmittag. Je eher wir nach Emondsfelde zurückkehren, desto besser.«

»Das können wir nicht«, sagte Rand und war froh, dass seine Freunde alle zugleich protestierten. Nynaeves böser Blick musste nun wenigstens allen gleichermaßen gelten, und sie bekamen ihn auch prompt zu spüren. Doch da er zuerst gesprochen hatte, schwiegen alle anderen und sahen ihn an. Selbst Moiraine lehnte sich auf ihrem Stuhl zurück und sah ihn über die verschränkten Finger hinweg an. Es kostete ihn einige Mühe, der Seherin ins Auge zu blicken. »Wenn wir nach Emondsfelde zurückgehen, dann kommen auch die Trollocs zurück. Sie ... sie jagen uns. Ich weiß nicht, warum, aber es stimmt. Vielleicht werden wir in Tar Valon herausfinden, warum.

Vielleicht finden wir auch heraus, wie wir das beenden können. Es ist der einzige Weg.«

Nynaeve hob verzweifelt die Hände. »Du hörst dich genau wie Tam an. Er ließ sich in die Dorfversammlung tragen und versuchte, alle zu überzeugen. Zuvor hatte er das schon beim Dorfrat probiert. Das Licht weiß, wie eure ... Frau Alys« – sie sprach den Namen verächtlich aus – »es geschafft hat, ihn zu überzeugen. Normalerweise verfügt er über gesunden Menschenverstand, mehr als die meisten anderen Männer. Jedenfalls besteht der Dorfrat auch sonst aus einem Haufen alter Narren. Aber dafür waren selbst sie nicht närrisch genug, und die anderen auch nicht. Sie stimmten zu, dass man euch suchen müsse. Dann wollte Tam derjenige sein, der euch folgt, dabei konnte er sich noch nicht einmal auf den Beinen halten. Eure Familie muss aus lauter Narren bestehen.«

Mat räusperte sich und nuschelte dann: »Wie steht's mit meinem Vater? Was hat er gesagt?«

»Er hat Angst, dass du deine Streiche an Ausländern versuchst und dafür eins auf den Kopf kriegst. Er schien davor mehr Angst zu haben, als vor ... Frau Alys hier. Aber er war noch nie viel schlauer als du.«

Mat schien sich nicht sicher zu sein, wie er das verstehen sollte oder was er antworten sollte oder ob überhaupt eine Antwort fällig war.

»Ich erwarte«, begann Perrin zögernd, »ich meine, Meister Luhhan war auch nicht gerade glücklich über meine Abreise.«

»Hast du erwartet, dass er sich freut?« Nynaeve schüttelte angewidert den Kopf und sah Egwene an. »Ich sollte mich eigentlich bei diesen dreien nicht über solche idiotischen Einfälle wundern, aber ich dachte, andere hätten etwas mehr Urteilsvermögen.«

Egwene lehnte sich zurück, damit sie von Perrin verdeckt wurde. »Ich habe eine Nachricht hinterlassen«, sagte sie schwach. Sie zupfte an ihrer Kapuze herum, als habe sie Angst, ihr loses Haar könne sich zeigen. »Ich habe alles erklärt.« Nynaeves Gesicht lief dunkel an.

Rand seufzte. Die Seherin war drauf und dran, einen ihrer berüchtigten Wutanfälle zu bekommen. Wenn sie sich in ihrem Zorn auf etwas versteifte – wenn sie zum Beispiel sagte, sie werde sie nach Emondsfelde zurückschicken, ganz gleich, was irgendjemand behauptete –, dann wäre es fast unmöglich, sich dem zu widersetzen. Er öffnete den Mund.

»Eine Nachricht!«, begann Nynaeve, gerade als Moiraine sagte: »Wir müssen uns immer noch unterhalten, Seherin.«

Hätte Rand sich selbst noch am Sprechen hindern können, dann wäre es in diesem Augenblick angebracht gewesen, doch seine Worte strömten heraus, als habe er statt seines Mundes ein Wehr geöffnet. »Alles schön und gut, aber es ändert nichts an der Lage. Wir können nicht zurück. Wir müssen weiter.« Das Letztere sagte er etwas langsamer, und seine Stimme sank zu einem Flüstern ab. Die Seherin und die Aes Sedai sahen ihn an. Es war die Art von Blick, wie er ihn kannte, wenn er auf Frauen traf, die über Angelegenheiten des Frauenkreises sprachen – die Art, die ihm sagte, er solle seine Nase nicht in die Angelegenheiten anderer stecken. Er lehnte sich zurück und wünschte sich, er sei irgendwo anders.

»Seherin«, sagte Moiraine, »Ihr müsst mir glauben, dass sie bei mir sicherer sind als in den Zwei Flüssen.«

»Sicherer!« Nynaeve schüttelte missbilligend den Kopf. »Ihr seid diejenige, die sie hierher gebracht hat, wo sich die Weißmäntel aufhalten. Dieselben Weißmäntel, wenn der Gaukler die Wahrheit gesagt hat, die ihnen *Euretwegen* etwas antun könnten. Sagt mir, wieso sie hier sicherer sind, Aes Sedai!«

»Es gibt viele Gefahren, vor denen ich sie nicht beschützen kann«, stimmte Moiraine zu, »genauso wie Ihr sie nicht vor dem Blitz beschützen könnt, wenn Ihr mit ihnen zurückkehrt. Aber es ist nicht der Blitz, vor dem sie sich fürchten müssen, und es sind auch nicht die Weißmäntel. Es sind der Dunkle König und seine Abgesandten. Und vor denen *kann* ich sie beschützen. Ich kann die Wahre Quelle berühren, kann *Saidar* benützen, und das gibt mir so wie jeder Aes Sedai die Macht, die zu ihrem Schutz notwendig ist.« Nynaeves Mund verzog sich zweifelnd. Auch Moiraines Lippen verzogen sich, aber vor Ärger, und doch fuhr sie fort, wenn auch ihre Stimme klang, als sei sie mit ihrer Geduld am Ende. »Selbst jene armen Männer, die für kurze Zeit über die Macht verfügen, genießen diesen Schutz. Obwohl *Saidin* nicht nur beschützt, denn gelegentlich werden sie durch das Verderben, das daran klebt, erst verwundbar. Aber ich kann, wie jede andere Aes Sedai, meinen Schutz auf jene ausdehnen, die sich in meiner Nähe befinden. Kein Blasser kann ihnen etwas antun, solange sie sich in meiner Nähe aufhalten. Kein Trolloc kann sich auf mehr als eine Viertelmeile anschleichen, ohne dass Lan es merkt, denn er fühlt das Böse an ihnen. Könnt Ihr ihnen halb so viel bieten, wenn sie mit Euch nach Emondsfelde zurückkehren?«

»Ihr traut Euch reichlich viel zu«, sagte Nynaeve. »Wir haben ein Sprichwort in den Zwei Flüssen, das heißt: ›Es ist gleich, wer gewinnt, der Wolf oder der Bär – das Kaninchen ist immer der Verlierer.‹ Tragt Euren Streit irgendwo anders aus, und lasst die Leute aus Emondsfelde in Frieden.«

»Egwene«, sagte Moiraine nach einem Moment des Schweigens, »geh mit den anderen weg, und lass die Seherin eine Weile mit mir allein.« Ihre Miene war ausdruckslos; Nynaeve schien bereit, einen Ringkampf zu beginnen.

Egwene sprang auf die Beine. Mit einem Blick versammelte sie die anderen um sich. Mat und Perrin schoben ihre Stühle hastig nach hinten, murmelten irgendwelche Höflichkeitsfloskeln und bemühten sich, nicht gleich hinauszurennen. Selbst Lan ging auf ein Zeichen Moiraines zur Tür und zog Thom mit sich.

Rand folgte, und der Behüter schloss die Tür hinter ihnen. Dann stand er auf der anderen Seite des Flurs Wache. Unter Lans argwöhnischen Blicken gingen die anderen ein Stück weiter den Korridor hinunter. Es durfte auch nicht die geringste Gelegenheit für jemanden geben, sie zu belauschen. Als sie gerade weit genug entfernt waren, dass es ihm passte, lehnte sich der Behüter entspannt gegen die Wand. Auch ohne seinen farbverändernden Umhang wirkte er so bewegungslos, dass er nur schwer zu bemerken war, außer man stand direkt vor ihm.

Der Gaukler äußerte, dass er Besseres zu tun habe, und verließ sie mit einem ernsten: »Erinnert Euch daran, was ich gesagt habe!«, über seine Schulter hinweg. Kein anderer schien das Bedürfnis zu haben, sich wegzustehlen.

»Was hat er gemeint?«, fragte Egwene abwesend. Ihre Augen waren auf die Tür gerichtet, hinter der Moiraine und Nynaeve miteinander sprachen. Sie spielte an ihren Haaren herum, als sei sie innerlich gespalten: Sollte sie weiterhin die Tatsache verbergen, dass sie die Haare offen trug, oder die Kapuze einfach zurückschlagen?

»Er hat uns einige Ratschläge erteilt«, sagte Mat.

Perrin sah ihn warnend an. »Er sagte, wir sollten den Mund nicht aufmachen, bevor wir sicher seien, was wir eigentlich sagen wollten.«

»Das klingt nach einem guten Ratschlag«, bemerkte Egwene, doch sie wirkte dabei eindeutig desinteressiert. Rand stand in Gedanken versunken da. Wie konnte denn Nynaeve Teil dieses Ganzen sein? Wie konnte irgendeiner von ihnen überhaupt mit Trollocs und Blassen und einem in den Träumen erscheinenden Ba'alzamon zu tun haben? Es war verrückt. Er fragte sich, ob Min Moiraine von Nynaeve berichtet hatte. *Was bereden sie dort drinnen?*

Er hatte keine Ahnung, wie lange er dort gestanden hatte, als sich die Tür endlich öffnete. Nynaeve trat heraus und erschrak, als sie Lan bemerkte. Der Behüter sagte ihr leise etwas, was sie ihren Kopf ärgerlich in den Nacken werfen ließ, und dann schlüpfte er an ihr vorbei durch die Tür.

Sie wandte sich Rand zu, und erst jetzt wurde ihm bewusst, dass die anderen alle heimlich verschwunden waren. Er wollte der Seherin nicht allein gegenüberstehen, doch jetzt, da sie ihn erblickt hatte, gab es kein Entrinnen mehr. *Ein forschender Blick,* dachte er erstaunt. *Was haben sie nur gesprochen?* Er richtete sich auf, als sie sich ihm näherte.

Sie zeigte auf Tams Schwert. »Das scheint heutzutage zu dir zu passen, obwohl es mir lieber wäre, das wäre nicht der Fall. Du bist gewachsen, Rand.«

»In einer Woche?« Er lachte, doch es klang gezwungen, und sie schüttelte den Kopf, als verstehe sie nicht. »Hat sie dich überzeugt?«, fragte er. »Es ist wirklich die einzige Möglichkeit.« Er zögerte und dachte an Mins Funken. »Kommst du mit uns?«

Nynaeve machte große Augen. »Mit euch kommen? Warum sollte ich? Mavra Mallen ist von Devenritt herübergekommen, um mich zu vertreten, aber sie wird bald zurückkehren wollen. Ich hoffe immer noch, dass ich euch zum Einlenken bringe und ihr mit mir heimkommt.«

»Das können wir nicht.« Er glaubte, an der immer noch geöffneten Tür eine Bewegung zu sehen, aber sie waren allein im Flur.

»Das hast du mir schon einmal gesagt, und sie auch.« Nynaeve zog die Stirn in Falten. »Wenn sie nicht darin verwickelt wäre ... Aes Sedai kann man nicht trauen, Rand.«

»Du hörst dich an, als ob du uns in Wirklichkeit glaubst«, sagte er bedächtig. »Was ist bei der Dorfversammlung geschehen?«

Nynaeve blickte zur Tür zurück, bevor sie antwortete. »Es ging drunter und drüber, aber sie muss nicht unbedingt wissen, dass wir unsere eigenen Angelegenheiten nicht besser regeln können. Und ich glaube nur eine Sache: Ihr seid alle in Gefahr, solange ihr euch bei ihr befindet.«

»Es ist etwas geschehen«, beharrte er. »Warum willst du, dass wir zurückkommen, wenn du glaubst, es bestünde eine Möglichkeit, dass wir doch Recht haben? Und warum überhaupt du? Man könnte genauso gut den Bürgermeister schicken.«

»Du *bist* gewachsen.« Sie lächelte, und das ließ ihn einen Augenblick lang unruhig von einem Fuß auf den anderen treten. »Ich kann mich an eine Zeit erinnern, da hättest du nicht infrage gestellt, wohin ich zu gehen beschließe oder was ich tun will, ganz gleich, worum es ging. Das ist gerade eine Woche her.«

Er räusperte sich und fragte stur weiter. »Es ergibt sonst keinen Sinn. Warum bist du wirklich hier?«

Sie sah zu der leeren Türöffnung hinüber und nahm dann seinen Arm. »Laufen wir ein Stück weiter, während wir sprechen.« Er ließ sich von ihr wegführen, und als sie sich weit genug von der Tür entfernt hatten, um nicht belauscht zu werden, begann sie wieder. »Wie ich schon sagte: Die Versammlung war ein einziges Durcheinander. Alle waren sich einig, dass euch jemand nachgeschickt werden musste, aber das Dorf war in zwei Gruppen gespalten. Die einen wollten, dass ihr gerettet werdet, obwohl es heftigen Streit darüber gab, wie das bewerkstelligt werden könne, wenn man bedenkt, dass ihr bei einer ... bei einer von *diesen* seid.«

Er war froh, dass sie bei der Wahl ihrer Worte sehr vorsichtig war. »Die anderen glaubten Tam?«, fragte er.

»Nicht unbedingt, aber sie dachten, ihr solltet euch nicht bei Fremden aufhalten, besonders nicht bei einer wie *ihr*. Was auch immer – beinahe jeder Mann wollte bei der Suche dabei sein. Tam und Bran al'Vere mit den Waagschalen seines Amtes um den Hals, und Haral Luhhan, bis Alsbet es fertig brachte, dass er sich wieder hinsetzte. Sogar Cenn Buie! Das Licht bewahre mich vor Männern, die mit dem Haar auf ihrer Brust zu denken versuchen! Obwohl ich nicht weiß, ob es überhaupt andere gibt.« Sie schniefte kräftig und blickte anklagend zu ihm auf. »Jedenfalls wurde mir klar, dass es noch einen geschlagenen Tag dauern würde, bis sie zu einer Entscheidung kämen, und irgendwie ... war ich sicher, dass wir nicht so lange warten durften. Also berief ich den Frauenkreis ein und sagte ihnen, was geschehen müsse. Ich kann nicht behaupten, dass es ihnen gefiel, aber sie sahen ein, dass ich Recht hatte. Und deshalb bin ich hier. Die Männer aus Emondsfelde sind sture Wollköpfe. Sie streiten sich vermutlich immer noch darüber, wen sie schicken sollen, obwohl ich ihnen ausrichten ließ, dass ich mich darum kümmern werde.«

Nynaeves Geschichte erklärte ihre Anwesenheit, aber sie konnte ihn nicht beruhigen. Sie war immer noch entschlossen, mit ihnen zusammen nach Hause zu gehen.

»Was hat sie dir da drinnen gesagt?«, fragte er. Moiraine hatte sicherlich jedes Argument benützt, aber sollte sie etwas vergessen haben, dann konnte er das ja nachholen.

»Im Grunde das Gleiche«, erwiderte Nynaeve. »Und sie wollte mehr über euch Jungen wissen, um herauszufinden, warum ihr ... diese Art von Aufmerksamkeit erregt habt ... *sagte* sie jedenfalls.« Sie legte eine Pause ein und beobachtete ihn aus den Augenwinkeln. »Sie versuchte, es zu verschleiern, aber vor allem wollte sie herausfinden, ob einer von euch außerhalb der Zwei Flüsse geboren wurde.«

Seine Gesichtshaut spannte sich plötzlich wie ein Trommelfell. Er brachte es fertig, heiser zu lachen. »Sie hat eigenartige Ideen. Ich hoffe, du hast ihr versichert, dass wir alle in Emondsfelde geboren wurden.«

»Natürlich«, antwortete sie. Sie hatte nur einen Herzschlag lang gezögert, bevor sie sprach, so kurz, dass er es gar nicht bemerkt hätte, wenn er nicht darauf gewartet hätte.

Er versuchte krampfhaft, sich etwas einfallen zu lassen, was er sagen konnte, aber seine Zunge fühlte sich an wie ein Stück Leder. *Sie weiß es.* Sie war schließlich die Seherin, und von einer Seherin nahm man an, dass sie alles über jeden wusste. *Wenn sie davon weiß, dann war es kein Fiebertraum. O Licht, hilf mir, Vater!*

»Ist alles in Ordnung?«, fragte Nynaeve.

»Er sagte, dass ich ... nicht sein Sohn sei. Als er im Delirium war ... wegen des Fiebers. Er sagte, er habe mich gefunden. Ich dachte, es sei nur ...« Seine Kehle begann zu brennen, und er musste aufhören zu sprechen.

»O Rand!« Sie hielt inne und nahm sein Gesicht in beide Hände. Sie musste ihre Hände dazu nach oben strecken. »Die Menschen sagen im Fieber die seltsamsten Sachen. Sachen, die nicht wahr sind. Hör auf mich! Tam al'Thor ist weggelaufen, um Abenteuer zu suchen, als er ein Junge war und nicht älter als du. Ich kann mich gerade noch daran erinnern, wie er zurück nach Emondsfelde kam; ein erwachsener Mann mit einer rothaarigen ausländischen Frau und einem Baby in Windeln. Ich erinnere mich daran, dass Kari al'Thor dieses Kind mit so viel Liebe und Freude in den Armen hielt, wie ich es nur jemals bei einer Mutter erlebt habe. Ihr Kind, Rand. Dich. Nun reiß dich zusammen, und höre auf mit solchen Verrücktheiten.«

»Natürlich«, sagte er. *Ich wurde außerhalb der Zwei Flüsse geboren.* Vielleicht hatte Tam einen Fiebertraum gehabt, und vielleicht hatte er nach einer Schlacht ein Baby gefunden. »Warum hast du es ihr nicht gesagt?«

»Das geht keinen Fremden etwas an.«

»Sind auch noch andere außerhalb geboren?« Sobald er die Frage gestellt hatte, schüttelte er auch schon den Kopf. »Nein, antworte nicht. Es geht mich auch nichts an.« Aber es wäre gut, zu wissen, ob Moiraine an ihm ein besonderes Interesse hatte. *Wäre das wirklich gut?*

»Nein, es geht dich nichts an«, stimmte Nynaeve zu. »Es braucht auch nichts zu bedeuten. Es kann sein, dass sie einfach blind nach irgendeinem Grund sucht, warum diese Wesen hinter dir her sind. Hinter euch *allen.*«

Rand brachte ein schwaches Grinsen fertig. »Dann glaubst du also, dass sie uns jagen.«

Nynaeve schüttelte ungerührt den Kopf. »Du hast ziemlich gut gelernt, einem das Wort im Mund zu verdrehen, seit du sie kennen gelernt hast.«

»Was wirst du tun?«, fragte er.

Sie betrachtete ihn. Er sah ihr standhaft in die Augen. »Heute werde ich ein Bad nehmen. Was das andere angeht, werden wir sehen.«

KAPITEL 17

Beobachter und Jäger

Nachdem die Seherin gegangen war, machte sich Rand auf den Weg in den Schankraum. Er brauchte den Klang von Lachen in den Ohren, um zu vergessen, was Nynaeve gesagt hatte und welche Schwierigkeiten sie ihnen damit bereiten konnte. Der Raum war tatsächlich voll, aber niemand lachte, obwohl jeder Stuhl und jede Bank besetzt war und einige Gäste sogar an den Wänden standen. Thom trat gerade auf. Er stand auf einem Tisch an der gegenüberliegenden Wand. Seine Gesten waren umfassend genug, um den ganzen Raum zu füllen. Es war wieder einmal *Die Wilde Jagd nach dem Horn*, aber natürlich beklagte sich niemand darüber. Es gab so viel über jeden der Jäger zu erzählen und so viele Jäger waren auf der Suche nach dem Horn, dass die Geschichte jedes Mal anders klang. Es hätte sowieso eine Woche oder mehr gedauert, die ganze Geschichte auf einmal zu erzählen. Der einzige Laut, der neben der Stimme und Harfe des Gauklers zu hören war, war das Prasseln der Feuer in den Kaminen.

»... Zu den acht Ecken der Welt reiten die Jäger, zu den acht Säulen des Himmels, wo der Wind der Zeit weht und das Schicksal die Kleinen wie die Großen bei der Stirn packt. Nun ist Rogosch von Talmour, Rogosch Adlerauge, berühmt am Hof des Hochkönigs, gefürchtet an den Hängen des Shayol Ghul, der größte aller Jäger ...« Die Jäger waren immer gefürchtete Helden – allesamt.

Rand machte seine beiden Freunde aus und zwängte sich neben Perrin an das Ende einer Sitzbank. Küchengerüche, die durch den Raum zogen, erinnerten ihn an seinen Hunger, doch sogar die Leute, die ihr Essen vor sich stehen hatten, beachteten es kaum. Die Kellnerinnen, die eigentlich hätten bedienen sollen, standen verzaubert da, die Hände in die Schürzen verkrampft, und sahen den Gaukler an. Niemand schien etwas dagegen zu haben. Zuhören war besser als essen, ganz gleich, wie gut das Essen auch sein mochte.

»... seit dem Tag ihrer Geburt hat der Dunkle König Blaes als sein Eigen betrachtet, aber nie wird er ihre Zustimmung gewinnen. Blaes von Matuchin ist keine Schattenfreundin! Stark wie eine Esche steht sie da, biegsam wie der Zweig einer Weide, schön wie eine Rose. Goldhaarige Blaes. Bereit, zu sterben, um nicht nachgeben zu müssen. Doch lauscht! Von den Türmen der Stadt klingt das Schmettern von Trompeten, ehern und kühn. Ihre Herolde verkünden die Ankunft eines Helden an ihrem Hof. Trommelklang rollt, und Beckenschläge erklingen! Rogosch Adlerauge kommt, um ihr zu huldigen ...«

›Rogosch Adlerauges Handel‹ neigte sich dem Ende zu, aber Thom unterbrach die Erzählung nur, um seine Kehle aus einem Bierkrug zu befeuchten, und dann erklang ›Lians Wehr‹. Dem folgte dann ›Der Fall von Aleth-Loriel‹ und ›Gaidal Cains Schwert‹ und ›Der letzte Ritt von Buad von Albhain‹. Als sich der Abend hinzog, wurden die Pausen länger, und als Thom schließlich die Harfe weglegte und zur Flöte griff, wusste jeder, dass die Erzählung für diesen Abend beendet war. Zwei Männer begleiteten Thom auf einer Trommel und einem Hackbrett, aber sie saßen neben dem Tisch, während er noch immer auf ihm stand.

Die drei jungen Männer aus Emondsfelde begannen bei den ersten Tönen von ›Der Wind, der die Weide beugt‹ mitzuklatschen, und sie waren nicht die Einzigen. Es war ein besonders beliebtes Lied, sowohl in den Zwei Flüssen wie auch in Baerlon, schien es. Hier und da fielen Stimmen ein, und sie klangen nicht so falsch, dass man sie hätte zum Schweigen bringen müssen.

»*Meine Liebe ist fort, weggeweht,*
vom Wind, der die Weide beugt,
und alles Land wird niedergedrückt
vom Wind, der die Weide beugt.
Doch will ich sie halten, fest und treu,
  in meiner Erinnerung,
ihre Kraft macht meine Seele stark,
  ihre Liebe wärmt mein Herz.
So steh ich, wo wir einst uns liebten,
trotz des Winds, der die Weide beugt.«

Das zweite Lied war nicht so traurig. ›Nur einen Eimer Wasser‹ schien im Gegensatz dazu sogar noch fröhlicher als sonst üblich, und das hatte der Gaukler vielleicht auch bezweckt. Die Leute beeilten sich, Tische wegzuschieben und eine Tanzfläche freizumachen. Bald warfen sie die Beine im Takt, bis die Wände wackelten von all dem Stampfen und Wirbeln. Der erste Tanz endete. Lachende Tänzer verließen die Tanzfläche und hielten sich die Seiten. Neue Tänzer nahmen ihre Plätze ein.

Thom spielte die ersten Takte von ›Der Flug der Wildgänse‹ und wartete dann, bis die Leute ihre Plätze in den Reihen eingenommen hatten.

»Ich glaube, ich probier's auch mal«, sagte Rand und stand auf. Perrin schoss sofort auch hoch. Mat bewegte sich als Letzter, und so musste er zurückbleiben und auf die Umhänge, Rands Schwert und Perrins Axt aufpassen.

»Denkt daran, dass ich auch mal tanzen will!«, rief Mat ihnen nach.

Die Tänzer stellten sich in zwei langen Reihen gegenüber auf, die Frauen auf der einen und die Männer auf der anderen Seite. Zuerst gab die Trommel den Rhythmus an, dann fiel das Hackbrett ein, und alle Tänzer begannen, im gleichen Takt die Knie zu beugen. Das Mädchen gegenüber Rand – sie trug die dunklen Haare in Zöpfen und erinnerte ihn an die Heimat – lächelte ihn erst schüchtern an und dann zwinkerte sie ihm gar nicht mehr schüchtern zu. Thoms Flöte schwang sich in die Melodie hinein, und Rand ging vorwärts auf das dunkelhaarige Mädchen zu. Sie warf den Kopf in den Nacken und lachte, als er sie herumwirbelte und an den nächsten Mann in der Reihe weiterreichte.

Jeder im Saal lachte, zumindest bildete er sich das ein, während er um seine nächste Partnerin herumtanzte, eine der Kellnerinnen, deren Schürze wild flatterte. Das einzige ernste Gesicht, das er sah, gehörte einem Mann, der an einem der Kamine kauerte, und dieser Bursche hatte eine Narbe quer übers ganze Gesicht, von einer Schläfe bis an die Kante seines Unterkiefers. Sie ließ seine Nase schräg erscheinen und zog einen Mundwinkel herunter. Der Mann sah ihm in die Augen und verzog das Gesicht. Rand schaute verlegen zur Seite. Vielleicht konnte der Bursche mit einer solchen Narbe nicht mehr lächeln.

Er fing seine nächste Partnerin im Drehen auf und wirbelte sie im Kreis herum, bevor er sie weiterreichte. Drei weitere Frauen tanzten mit ihm, während die Musik immer schneller wurde, und dann hatte er wieder das erste dunkelhaarige Mädchen am Arm, als sie in einer kurzen Promenade die Reihen komplett tauschten. Sie lachte immer noch und zwinkerte ihm zu.

Der narbengesichtige Mann sah ihn finster an. Sein Schritt wurde unsicher, und seine Wangen erhitzten sich. Er hatte den Burschen nicht beschämen wollen; er glaubte wirklich nicht, ihn auffällig angestarrt zu haben. Er drehte sich nach seiner nächsten Partnerin um und vergaß den Mann. Die nächste Frau, die in seine Arme tanzte, war Nynaeve.

Er stolperte in die nächsten Tanzschritte hinein und fiel fast über die eigenen Füße. Beinahe wäre er ihr noch auf die Füße getreten. Sie tanzte leichtfüßig genug, um seine Unbeholfenheit auszugleichen, und lächelte auch noch dabei. »Ich dachte, du seist ein besserer Tänzer«, lachte sie beim Partnerwechsel.

Ihm blieb nur ein Augenblick, sich wieder zusammenzureißen, dann wechselten sie erneut, und er tanzte auf einmal mit Moiraine. Wenn er sich schon bei der Seherin unbeholfen angestellt hatte, dann war das nichts gegen sein Gefühl beim Tanz mit der Aes Sedai. Sie glitt elegant über den Tanzboden. Ihr langes Kleid schwang um ihre Beine. Er fiel dagegen zweimal beinahe hin. Sie lächelte ihn mitleidsvoll an, doch das half nicht – im Gegenteil. Es war eine Erleichterung, die nächste Partnerin weitergereicht zu bekommen, selbst wenn es sich um Egwene handelte.

Er gewann wieder etwas an Haltung. Schließlich hatte er jahrelang mit ihr getanzt. Ihr Haar hing immer noch offen herab, doch sie hatte es hinten mit einem roten Band zusammengebunden. *Konnte sich wohl nicht entscheiden, ob sie es Moiraine oder Nynaeve recht machen sollte,* dachte er mürrisch. Ihre Lippen waren geöffnet, und sie schien etwas sagen zu wollen, aber sie sprach nicht, und er wollte nicht zuerst sprechen. Nicht, nachdem sie seinen früheren Versuch im Speisesaal so schroff abgewürgt hatte. Sie sahen einander ernüchtert an und bewegten sich wortlos wieder voneinander weg.

Er war froh, als der Tanz zu Ende war und er auf die Bank zurückkehren konnte. Die Musik zum nächsten Tanz, einer Gigue, begann, als er sich gerade setzte. Mat eilte auf die Tanzfläche, und Perrin setzte sich auf die frei gewordene Bank. »Hast du sie gesehen?«, begann Perrin, der noch nicht einmal richtig saß. »Hast du?«

»Welche?«, fragte Rand. »Die Seherin oder Frau Alys? Ich habe mit beiden getanzt.«

»Mit der ... mit Frau Alys auch?«, rief Perrin. »Ich habe mit Nynaeve getanzt. Ich wusste nicht einmal, dass sie tanzt. Zu Hause tut sie das nie.«

»Ich frage mich«, sagte Rand nachdenklich, »was der Frauenkreis wohl davon hielte, wenn die Seherin tanzt? Vielleicht tut sie's deswegen nicht.«

Dann waren Musik und Klatschen und Singen zu laut, um sich weiter zu unterhalten. Rand und Perrin klatschten mit, als die Tänzer um den Tanzboden kreisten. Mehrmals wurde ihm bewusst, dass der Mann mit der Narbe ihn anstarrte. Der Mann hatte ein Recht darauf, wegen der Narbe empfindlich zu sein, aber Rand fiel nun nichts ein, was er hätte tun können, ohne alles noch schlimmer zu machen. Er konzentrierte sich ganz auf die Musik und vermied es, den Burschen anzusehen.

Tanz und Gesang gingen bis tief in die Nacht hinein. Die Kellnerinnen erinnerten sich schließlich ihrer Pflichten; Rand war froh, ein wenig heißen Eintopf und Brot herunterschlingen zu können. Jeder aß, wo er gerade saß oder stand. Rand tanzte noch dreimal, und er beherrschte sich besser, wenn er dabei auf Nynaeve und Moiraine traf. Diesmal lobten beide seine Fähigkeiten als Tänzer, und er stammelte verwirrt seinen Dank. Er tanzte auch wieder mit Egwene. Sie sah ihn mit ihren dunklen Augen an und schien immer etwas auf der Zunge zu haben, doch sie sagte kein Wort. Er war genauso still wie sie, aber er war sich sicher, dass er sie nicht böse angesehen hatte, auch wenn Mat das behauptete, als er zur Bank zurückkehrte.

Gegen Mitternacht ging Moiraine. Egwene bemerkte den resignierenden Blick, den Moiraine in Nynaeves Richtung schickte, und eilte ihr nach. Die Seherin beobachtete beide mit ausdruckslosem Gesicht und tanzte dann mit voller Absicht noch einmal, bevor auch sie den Saal verließ. Sie wirkte, als habe sie einen Sieg über die Aes Sedai errungen.

Bald legte Thom seine Flöte in den Kasten und debattierte freundlich mit denen, die noch weitermachen wollten. Lan kam und holte Rand und die anderen ab.

»Wir müssen früh aufbrechen«, sagte der Behüter, der sich wegen des Lärms ganz nah zu ihnen hinbeugen musste, »und wir sollten uns so gut wie möglich ausruhen.«

»Ein Kerl hat mich angestarrt«, sagte Mat. »Ein Mann mit einer Narbe im Gesicht. Glaubt Ihr, er könnte einer der ... *Freunde* sein, vor denen Ihr uns gewarnt habt?«

»So eine Narbe?«, wollte Rand wissen und fuhr sich mit dem Finger über die Nase bis zum Mundwinkel. »Er hat mich auch angestarrt.« Er blickte sich im Saal um. Die Leute gingen langsam hinaus, und die meisten, die noch blieben, hatten sich um Thom versammelt. »Er ist jetzt nicht mehr da.«

»Ich habe den Mann gesehen«, sagte Lan. »Laut Meister Fitch ist er ein Spion der Weißmäntel. Der sollte uns kein Kopfzerbrechen bereiten.« Vielleicht nicht, aber Rand bemerkte, dass irgendetwas den Behüter störte.

Rand sah Mat an, der wieder diese unbewegliche Miene aufgesetzt hatte, die immer bedeutete, dass er etwas verbarg. *Ein Spion der Weißmäntel. Konnte es sein, dass Bornhald sich an ihnen rächen wollte?* »Wir brechen früh auf?«, sagte er. »Wirklich früh?«

Vielleicht waren sie schon weg, bevor die Weißmäntel etwas unternahmen?

»Beim ersten Tageslicht«, antwortete der Behüter.

Als sie den Schankraum verließen, sang Mat leise Bruchstücke von Liedern, und Perrin blieb manchmal stehen, um einen neuen Tanzschritt auszuprobieren, den er gelernt hatte. Thom gesellte sich in bester Laune zu ihnen. Lans Gesicht zeigte keinen Ausdruck, als sie zur Treppe gingen.

»Wo schläft Nynaeve?«, fragte Mat. »Meister Fitch sagte, er habe uns die letzten Zimmer gegeben.«

»Sie hat ein Bett«, sagte Thom trocken, »bei Frau Alys und dem Mädchen.«

Perrin pfiff durch die Zähne, und Mat knurrte: »Blut und Asche! Ich möchte nicht in Egwenes Haut stecken, selbst wenn sie mir alles Gold in Caemlyn böten!«

Nicht zum ersten Mal wünschte sich Rand, Mat könnte einmal ernsthaft mehr als zwei Minuten lang über dieselbe Sache nachdenken. Sie fühlten sich im Moment nicht gerade wohl in ihrer Haut. »Ich gehe und hole Milch«, sagte er. Vielleicht würde ihm das beim Einschlafen helfen. *Vielleicht werde ich heute Nacht nicht träumen.*

Lan sah ihn scharf an. »Irgendetwas stimmt heute Abend nicht. Geh nicht weit weg. Und denk daran: Wir reiten frühzeitig los, selbst wenn wir dich festbinden müssen.«

Der Behüter ging die Treppe hinauf, und die anderen folgten ihm mit unterdrückter Fröhlichkeit. Rand stand allein im Flur. Nachdem die ganze Zeit so viele Menschen um ihn herum gewesen waren, fühlte er sich nun wirklich einsam.

Er eilte in die Küche, wo eines der Küchenmädchen immer noch bei der Arbeit war. Sie goss ihm einen Krug Milch aus einer irdenen Kanne ein. Als er trinkend aus der Küche kam, bewegte sich eine Gestalt in stumpfem Schwarz durch den Flur auf ihn zu. Sie erhob blasse Hände und warf die dunkle Kapuze zurück, die das Gesicht verborgen hatte. Der Umhang hing regungslos herunter, während sich die Gestalt bewegte, und das Gesicht … war das Gesicht eines Mannes, doch totenbleich wie eine Larve unter einem Felsblock. Es hatte keine Augen. Vom fettig schwarzen Haar bis zu den runden Wangen war es glatt wie eine Eierschale. Rand verschluckte sich und verschüttete Milch.

Rand ließ den Krug fallen und trat vorsichtig zurück. Er wollte rennen, aber alles, was er fertig brachte, war, seine Füße zu einem zögernden Schritt nach dem anderen zu bewegen. Er konnte sich nicht von diesem augenlosen Gesicht befreien; sein Blick wurde davon angezogen, und sein Magen drehte sich um. Er versuchte, um Hilfe zu rufen, zu schreien, doch seine Kehle war wie zugeschnürt. Jeder raue Atemzug schmerzte.

Der Blasse glitt ohne Eile näher. Seine Schritte zeigten eine sinnlich tödliche Eleganz, wie bei einer Schlange, wobei die Ähnlichkeit noch durch die überlappenden Schuppen des Brustpanzers betont wurde. Dünne, blutleere Lippen verzogen sich in einem grausamen Lächeln. »Wo sind die anderen? Ich weiß, dass sie hier sind. Rede, Junge, und ich werde dich am Leben lassen.« Gegen diese Stimme wirkte Bornhalds Stimme warm und sanft.

Rands Rücken berührte Holz, eine Wand oder eine Tür; er konnte sich nicht dazu bringen, sich danach umzusehen. Nun, da seine Füße einmal stehen geblieben waren, konnte er sie nicht wieder zum Gehen bringen. Er schauderte und beobachtete, wie der Myrddraal näher glitt. Bei jedem langsamen Schritt wurde sein Zittern stärker.

»Sprich, sage ich, oder …«

Von oben kam das schnelle Trampeln von Stiefeln, von der Treppe weiter hinten im Flur her, und der Myrddraal verstummte und wirbelte herum. Der Umhang hing bewegungslos herunter. Einen Augenblick lang beugte der Blasse den Kopf zur Seite, als könne dieser augenlose Blick die Holzwand durchbohren. Ein Schwert erschien in der totenblassen Hand. Die Schneide war genauso schwarz wie der Umhang. Das Licht im Flur trübte sich in der Gegenwart dieser Klinge. Das Stiefelgetrampel wurde lauter, und der Blasse fuhr mit einer knochenlos weichen Bewegung wieder zu Rand herum. Die schwarze Klinge hob sich; dünne Lippen zogen sich in einem tierischen Knurren hoch. Zitternd wurde Rand klar, dass er sterben musste. Mitternachtsstahl zuckte auf seinen Kopf zu ... und verhielt.

»Du gehörst dem Großen Herrn der Dunkelheit an.« Das von rauem Atmen durchsetzte Krächzen dieser Stimme klang, als kratzten Fingernägel über eine Schieferplatte. »Du gehörst ihm.« Der Blasse wirbelte verschwommen schwarz herum und eilte den Flur hinunter – weg von Rand. Die Schatten am Ende des Flurs streckten Arme aus und zogen ihn an sich, und dann war er verschwunden.

Lan sprang die letzten Stufen herunter und landete mit einem Krachen, das Schwert in der Hand.

Rand rang um Worte. »Ein Blasser«, keuchte er. »Er war ...«

Plötzlich erinnerte er sich an sein Schwert. Solange der Myrddraal ihm gegenübergestanden hatte, war ihm dieser Gedanke überhaupt nicht gekommen. Nun zog er unbeholfen die Klinge mit dem Reiherzeichen heraus, und es war ihm gleich, ob es nun zu spät war. »Er ist dort hinunter gerannt!«

Lan nickte abwesend; er schien nach etwas anderem zu lauschen. »Ja. Es verschwindet langsam. Keine Zeit zur Verfolgung. Wir reisen ab, Schafhirte.«

Weitere Stiefel polterten die Treppe herunter: Mat und Perrin und Thom mit Decken und Satteltaschen beladen. Mat hatte den Bogen quer unter den Arm geklemmt.

»Abreisen?«, fragte Rand. Er steckte das Schwert wieder in die Scheide und nahm Thom seine Sachen ab. »Jetzt? In der Nacht?«

»Willst du warten, bis der Halbmensch zurückkommt, Schafhirte?«, erwiderte der Behüter ungeduldig. »Auf ein halbes Dutzend von ihnen? Es weiß jetzt, wo wir sind.«

»Ich werde wieder mit Euch reiten«, sagte Thom zu dem Behüter, »falls Ihr nichts dagegen habt. Zu viele Leute erinnern sich daran, dass ich mit Euch gekommen bin. Ich fürchte, noch vor Anbruch des Tages wird es sich als schlecht erweisen, als Euer Freund zu gelten.«

»Ihr könnt mit uns oder auch zum Shayol Ghul reiten, Gaukler.« Lans Scheide dröhnte, so heftig rammte er sein Schwert hinein.

Ein Stallbursche rannte von der Hintertür her an ihnen vorbei, und dann erschien Moiraine mit Meister Fitch und dahinter Egwene mit ihrem zusammengerollten Schal auf den Armen. Und Nynaeve. Egwene schien den Tränen nahe, doch das Gesicht der Seherin war eine Maske aus beherrschtem Zorn.

»Ihr müsst das ernst nehmen«, sagte Moiraine zu dem Wirt. »Es wird hier spätestens gegen Morgen Ärger geben. Vielleicht Schattenfreunde, vielleicht auch noch Schlimmeres. Wenn es beginnt, dann macht ihnen ganz schnell klar, dass wir fort sind. Leistet keinen Widerstand. Lasst sie nur wissen, dass wir in der Nacht abgereist sind, dann wird man Euch nicht weiter belästigen. Sie sind hinter uns her.«

»Macht Euch keine Sorgen«, antwortete Meister Fitch jovial. »Wenn jemand in meine Schenke kommt und meinen Gästen ans Leder will, dann machen meine Burschen und ich kurzen Prozess mit ihnen. Kurzen Prozess. Und wir werden ihnen kein Wort darüber sagen, wohin Ihr geritten oder wann Ihr aufgebrochen seid und noch nicht einmal, dass Ihr überhaupt hier wart. Ich kann so was nicht ausstehen. Hier wird keiner ein Wort über Euch verlieren. Kein Wort!«

»Aber ...«

»Frau Alys, ich muss mich jetzt um Eure Pferde kümmern, wenn Ihr schnell abreisen wollt.« Er entzog seinen Ärmel ihrem Griff und trabte in Richtung Stall.

Moiraine seufzte bedrückt. »Ein schrecklich sturer Mann. Er hört einfach nicht auf mich.«

»Glaubt Ihr, dass hier Trollocs nach uns suchen werden?«, fragte Mat.

»Trollocs!«, fuhr Moiraine ihn an. »Natürlich nicht! Es gibt andere Dinge, vor denen wir uns fürchten müssen! Nicht zuletzt, weil man uns hier aufgespürt hat.« Sie missachtete Mats Verärgerung und fuhr gleich fort: »Der Blasse wird nicht glauben, dass wir hier bleiben, nachdem wir nun wissen, dass er uns gefunden hat. Aber Meister Fitch nimmt die Schattenfreunde nicht ernst genug. Er hält sie für erbärmliche Kriecher, die sich in den Schatten verstecken, aber Schattenfreunde findet man in den Läden und in den Straßen einer jeden Stadt und manchmal auch in den höchsten Ratsversammlungen. Der Myrddraal schickt sie vielleicht aus, um herauszufinden, was wir vorhaben.« Sie drehte sich auf der Stelle um und ging, dicht gefolgt von Lan.

Als sie zu den Ställen gingen, lief Rand neben Nynaeve her. Auch sie trug ihre Satteltaschen und Decken. »Also kommst du nun doch mit«, sagte er. *Min hatte Recht.*

»War da *wirklich* etwas hier unten?«, fragte sie ruhig. »Sie behauptete, es sei ...« Sie schwieg plötzlich und sah ihn an.

»Ein Blasser«, antwortete er. Es überraschte ihn selbst, dass er so ruhig darüber sprechen konnte. »Er war im Flur bei mir, und dann kam Lan.«

Nynaeve zog ihren Umhang zurecht, um sich vor dem Wind zu schützen, als sie die Schenke verließen. »Vielleicht ist etwas hinter euch her. Aber ich bin gekommen, um euch wohlbehalten nach Emondsfelde zurückzubringen, euch alle, und ich werde nicht gehen, bevor ich das erreicht habe. Ich lasse euch nicht mit einer von *ihrer* Art allein.« In den Ställen bewegten sich Laternen, wo die Stallburschen ihre Pferde sattelten.

»Mutch!«, rief der Wirt von der Stalltür her, wo er mit Moiraine stand. »Beweg deine Knochen!« Er wandte sich wieder ihr zu. Dabei schien er sie beruhigen zu wollen, anstatt ihr richtig zuzuhören, auch wenn er es auf sehr ehrerbietige Art tat. Zwischen den Befehlen an die Stallknechte verbeugte er sich immer wieder.

Die Pferde wurden herausgeführt. Die Stallknechte beschwerten sich leise über die Eile und die späte Abreise. Rand hielt Egwenes Bündel und reichte es ihr hinauf, als sie auf Belas Rücken Platz genommen hatte. Sie sah ihn mit großen, angsterfüllten Augen an. *Wenigstens glaubt sie jetzt nicht mehr, es sei bloß ein Abenteuer.*

Er schämte sich, kaum dass ihm dieser Gedanke gekommen war. Sie befand sich seinetwegen in Gefahr. Selbst allein nach Emondsfelde heimzureiten wäre sicherer, als mit ihnen weiterzuziehen. »Egwene, ich ...«

Die Worte erstarben ihm im Mund. Sie war zu halsstarrig, um jetzt zurückzukehren, nicht, nachdem sie gesagt hatte, sie werde bis Tar Valon dabei sein. *Wie ist es mit dem, was Min gesehen hat? Sie ist ein Teil des Ganzen. Licht, wovon eigentlich?*

»Egwene«, sagte er, »es tut mir Leid. Ich kann einfach nicht mehr klar denken.«

Sie beugte sich herunter und drückte ihm fest die Hand. Im Licht der Stalllaternen konnte er ihr Gesicht deutlich sehen. Sie sah nicht mehr so verängstigt aus wie vorher.

Als sie alle aufgesessen waren, bestand Meister Fitch darauf, sie selbst zum Tor zu führen, während die Stallburschen den Weg mit ihren Laternen beleuchteten. Der rundliche Wirt verabschiedete sich unter Verbeugungen und versicherte ihnen, er werde ihr Geheimnis wahren, und lud sie ein wiederzukommen. Mutch verfolgte ihren Abschied genauso mürrisch, wie er ihre Ankunft beobachtet hatte.

Das war einer, dachte Rand, der keineswegs kurzen Prozess mit jemandem machen oder überhaupt jemanden abweisen würde. Mutch würde dem Ersten, der ihn fragte, erzählen, wann sie losgeritten waren und alles andere außerdem, was sie betraf. Ein kleines Stück die Straße hinunter blickte er zurück. Eine Gestalt stand noch da, die Laterne hoch erhoben, und sah ihnen nach. Er musste das Gesicht nicht sehen, um zu wissen, dass es sich um Mutch handelte. Zu dieser Nachtstunde lagen die Straßen Baerlons verlassen da. Durch geschlossene Fensterläden drangen nur hier und da schwache Lichtstrahlen, und der Mondschein veränderte seine Helligkeit ständig durch die vom Wind getriebenen Wolkenfetzen. Gelegentlich bellte ein Hund, wenn sie an einer Einfahrt vorbeikamen, aber ansonsten störte kein anderer Laut die Nachtruhe, bis auf das Hufegeklapper ihrer Pferde und den Wind, der über die Dächer pfiff. Die Reiter schwiegen. Jeder war in seinen Umhang gehüllt und hing seinen eigenen Gedanken nach.

Wie gewöhnlich führte der Behüter sie an, und Moiraine und Egwene ritten dicht hinter ihm. Nynaeve hielt sich nahe bei dem Mädchen, während die anderen eng zusammengedrängt den Schluss bildeten. Lan ließ die Pferde eine schnelle Gangart anschlagen.

Rand beobachtete die umliegenden Straßen argwöhnisch, und er bemerkte, dass seine Freunde es ihm gleichtaten. Die sich verschiebenden Schatten, die der Mond warf, erinnerten ihn an die Schatten am Ende des Flurs und wie sie scheinbar nach dem Blassen gegriffen hatten. Bei jedem gelegentlichen Geräusch in der Ferne fuhren alle Köpfe ruckartig herum. Langsam und beinahe unmerklich rückten sie bei ihrem Weg durch die Stadt immer näher an Lans schwarzen Hengst und Moiraines weiße Stute heran.

Am Caemlyn-Tor stieg Lan ab und hämmerte mit der Faust an die Tür eines kleinen, viereckigen Steingebäudes, das an die Stadtmauer angebaut war. Ein müder Wächter erschien. Er rieb sich schläfrig die Augen. Als Lan sprach, verschwand seine Schlaftrunkenheit, und er sah an dem Behüter vorbei und betrachtete die anderen. »Ihr wollt die Stadt verlassen?«, rief er. »Jetzt? Mitten in der Nacht? Ihr müsst verrückt geworden sein!«

»Wenn es keinen Befehl des Statthalters gibt, der unsere Abreise verbietet ...?«, sagte Moiraine. Sie war ebenfalls abgestiegen, aber sie blieb von der Tür weg und mied das aus ihr auf die dunkle Straße fallende Licht. »Nicht direkt, Herrin.« Der Wächter sah angestrengt nach ihr und verzog das Gesicht bei dem Versuch, ihres zu erkennen. »Aber die Tore sind zwischen Sonnenuntergang und Sonnenaufgang geschlossen. Man kann nur bei Tageslicht hereinkommen. So lautet der Befehl. Außerdem gibt es dort draußen Wölfe. Letzte Woche haben sie ein Dutzend Kühe gerissen. Sie könnten auch einen Menschen töten.«

»Keiner darf hereinkommen, aber der Befehl sagt nichts vom Verlassen der Stadt«, stellte Moiraine fest, als sei damit das letzte Wort gesprochen. »Seht Ihr? Wir verlangen nicht, dass Ihr dem Befehl des Statthalters zuwiderhandelt.«

Lan drückte dem Wächter etwas in die Hand. »Für Eure Mühe«, murmelte er.

Der Wächter nickte bedächtig. Er sah auf seine Hand hinunter; Gold glänzte darin, und er stopfte die Münze hastig in seine Tasche. »Ich schätze, der Befehl sagt nichts über das Verlassen der Stadt aus. Einen Moment, bitte.« Er steckte den Kopf durch die Tür. »Arin! Dar! Kommt heraus und helft mir, das Tor zu öffnen. Da sind Leute, die hinauswollen. Widersprecht nicht! Tut's einfach!«

Zwei weitere Wächter kamen aus dem Haus, blieben stehen und betrachteten in schläfriger Überraschung die Reisegesellschaft von acht Leuten, die darauf wartete, hinausgelassen zu werden. Unter den Anweisungen des ersten Wächters schlurften sie hinüber und drehten das große Rad, mit dem der dicke Riegel heruntergelassen wurde. Dann machten sie sich daran, das Tor aufzuschieben. Das Sperrrad klickte schnell beim Mitdrehen, aber die gut geölten Torflügel schwangen ansonsten lautlos auf. Bevor sie allerdings auch nur ein Viertel geöffnet waren, sprach eine kalte Stimme aus der Dunkelheit: »Was soll das bedeuten? Muss dieses Tor nicht bis Sonnenaufgang geschlossen bleiben?«

Fünf in weiße Mäntel gehüllte Gestalten traten in den Lichtschein aus der Tür des Wachhauses. Ihre Schals waren hochgezogen und verbargen die Gesichter, aber jeder der Männer hatte eine Hand auf den Griff seines Schwerts gelegt, und die goldenen Sonnen auf ihrer linken Brustseite zeigten deutlich, wer sie waren. Mat fluchte leise vor sich hin. Die Wächter hörten auf zu drehen und sahen sich unentschlossen an.

»Das geht Euch nichts an«, sagte der erste Wächter grob. Fünf weiße Kapuzen drehten sich zu ihm hin, und er endete mit kläglicher Stimme: »Die Kinder haben hier nichts zu sagen. Der Statthalter ...«

»Die Kinder des Lichts«, sagte der Mann im weißen Mantel, der zuerst gesprochen hatte, sanft, »haben etwas zu sagen, wo auch immer Menschen im Licht wandeln. Nur dort, wo der Schatten des

Dunklen Königs regiert, lehnt man die Kinder ab. Ja?« Er drehte sich vom Wächter weg Lan zu und sah den Behüter genauer an.

Der Behüter hatte sich nicht bewegt; im Gegenteil, er wirkte völlig entspannt. Doch nicht viele Menschen waren in der Lage, die Kinder so unbeachtet zu lassen. Lans steinernes Gesicht hätte genauso gut einen Schuhputzer anblicken können. Als der Weißmantel weitersprach, klang es misstrauisch.

»Welche Menschen wollen die Mauern einer Stadt zu dieser Nachtzeit und in solchen Zeiten verlassen? Wenn Wölfe in der Dunkelheit lauern und das Geschöpf des Dunklen Königs über die Stadt fliegt?« Er betrachtete das geflochtene Lederband um Lans Stirn, das seine langen Haare zurückhielt. »Einer aus dem Norden, ja?«

Rand machte sich im Sattel kleiner. Ein Draghkar. Es musste einer sein, außer der Mann hätte irgendetwas, das er nicht verstand, einfach als ein Geschöpf des Dunklen Königs bezeichnet. Wenn schon ein Blasser im *Hirsch und Löwen* war, dann sollte man auch einen Draghkar erwarten, doch im Moment wollte er darüber nicht nachdenken. Er glaubte, die Stimme des Weißmantels zu erkennen.

»Reisende«, erwiderte Lan ruhig. »Unwichtig, was Euch und die Euren betrifft.«

»Für die Kinder des Lichts ist niemand unwichtig.«

Lan schüttelte bedächtig den Kopf. »Wollt Ihr wirklich noch mehr Schwierigkeiten mit dem Statthalter bekommen? Er hat Eure Anzahl in der Stadt beschränkt, auch wenn Ihr seinen Befehlen hier gehorcht. Was wird er tun, wenn er erfährt, dass Ihr ehrliche Bürger an seinen Toren belästigt?« Er wandte sich dem Wächter zu. »Warum habt Ihr aufgehört?« Sie zögerten, legten die Hände auf die Winde und zögerten doch wieder, als der Weißmantel sprach.

»Der Statthalter weiß nicht, was unter seiner eigenen Nase geschieht. Es gibt Böses, das er nicht sieht. Aber die Kinder des Lichts sehen es.« Die Wächter sahen sich an; ihre Hände öffneten und schlossen sich, als bedauerten sie, ihre Speere im Wachhaus gelassen zu haben. »Die Kinder des Lichts riechen das Böse.« Die Augen des Weißmantels kehrten zu den Berittenen zurück. »Wir riechen es und jäten es, wo immer wir das Böse finden.«

Rand versuchte, sich noch kleiner zu machen, aber die Bewegung erregte die Aufmerksamkeit des Mannes. »Was haben wir denn hier? Jemand, der nicht gesehen werden möchte? Was wollt Ihr ...? Ah!« Der Mann streifte die Kapuze seines weißen Mantels zurück, und Rand blickte in das bekannte Gesicht. Bornhald nickte in offensichtlicher Befriedigung.»Ganz eindeutig, Wächter, habe ich Euch vor einer großen Katastrophe bewahrt. Dies sind Schattenfreunde, denen Ihr beinahe geholfen hättet, vor dem Licht zu entfliehen. Ihr solltet dem Statthalter zur Bestrafung gemeldet werden, oder vielleicht sollte man Euch den Folterknechten zur Befragung überstellen, um herauszufinden, was Ihr heute Nacht wirklich geplant hattet.« Er hielt inne und sah den Wächter scharf an. Seine Worte schienen jedoch keine Wirkung gehabt zu haben.»Das wollt Ihr doch nicht, oder? Stattdessen werde ich diese Schurken in unser Lager bringen, damit man sie im Licht befragen kann – statt Eurer, ja?«

»Ihr wollt mich in Euer Lager bringen, Weißmantel?« Moiraines Stimme kam plötzlich aus allen Richtungen gleichzeitig. Beim Näherkommen der Kinder hatte sie sich in die Nacht zurückgezogen, und sie war von dichten Schatten eingehüllt.»Ihr wollt mich verhören?« Die Dunkelheit verzerrte ihre Gestalt, als sie einen Schritt vorwärts tat; sie ließ sie größer erscheinen.»Ihr wollt meinen Weg versperren?«

Ein weiterer Schritt, und Rand schnappte nach Luft. Sie *war* größer. Ihr Kopf befand sich auf einer Höhe mit seinem, obwohl er auf dem Rücken des Grauen saß. Schatten hingen wie Gewitterwolken um ihr Gesicht.

»Aes Sedai!«, rief Bornhald, und fünf Schwerter fuhren aus ihren Scheiden.»Stirb!« Die anderen vier zögerten, doch er hieb in Fortführung der Bewegung, mit der er sein Schwert gezogen hatte, bereits nach ihr. Rand schrie auf, als Moiraines Stab sich hob, um die Klinge abzufangen. Dieser fein geschnitzte Holzstab konnte wohl kaum den mit voller Kraft geschwungenen Stahl aufhalten. Schwert und Stab prallten aufeinander, und eine Funkenfontäne sprühte auf. Ein Zischen und Dröhnen, und Bornhald wurde auf seine weiß gekleideten Begleiter geschleudert. Alle fünf fielen übereinander. Aus Bornhalds Schwert stiegen Rauchfäden auf. Das Schwert lag neben ihm am Boden. Die Klinge war im rechten Winkel verbogen und beinahe in zwei Teile geschmolzen.»Ihr wagt es, mich anzugreifen?« Moiraines Stimme rollte wie Donner. Schatten wand sich um sie und verhüllte sie wie ein Kapuzenmantel. Sie ragte so hoch auf wie die Stadtmauer. Ihre Augen glühten auf sie herab: ein Riese, der Insekten anblickte.

»Weg!«, schrie Lan. In einer blitzschnellen Bewegung riss er die Zügel von Moiraines Stute an sich und sprang in seinen eigenen Sattel.»Jetzt!«, kommandierte er. Seine Schultern streiften die Torflügel, als sein Hengst durch die enge Öffnung sauste. Einen Moment lang saß Rand wie angewurzelt da und stierte Moiraine an. Ihr Kopf und ihre Schultern ragten nun über die Mauer hinaus. Wächter genauso wie Kinder duckten sich und kauerten mit dem Rücken zur Wand an der Vorderseite des Wachhauses. Das Gesicht der Aes Sedai verlor sich in der Nacht, doch ihre Augen, so groß wie Vollmonde, zeigten Ungeduld und Ärger, als ihr Blick auf ihn fiel. Er schluckte schwer, rammte Wolke die Fersen in die Flanken und galoppierte hinter den anderen her.

Fünfzig Schritte von der Mauer entfernt ließ Lan sie noch einmal anhalten, und Rand blickte zurück. Moiraines schattenhafte Gestalt ragte hoch über der Palisadenwand auf. Kopf und Schultern bildeten ein Stück noch tieferer Dunkelheit vor dem Nachthimmel und waren vom Schein des dahinter verborgenen Mondes wie von einer silbernen Aura umrahmt. Als er mit offenem Mund auf die Gestalt starrte, schritt die Aes Sedai über die Mauer hinweg. Die Torflügel schlossen sich hastig. Sobald ihre Füße den Boden außerhalb der Stadt berührten, hatte sie plötzlich wieder ihre normale Größe.

»Haltet ein!«, rief eine unsichere Stimme hinter der Mauer. Rand glaubte, es sei Bornhald. »Wir müssen sie verfolgen und gefangen nehmen!« Aber die Wächter verlangsamten ihr Arbeitstempo keineswegs. Die Torflügel schlugen zu, und Augenblicke später krachte der Riegel herunter und verschloss das Tor. *Vielleicht haben einige der anderen Weißmäntel ein geringeres Bedürfnis, sich einer Aes Sedai zum Kampf zu stellen, als Bornhald.*

Moiraine eilte zu Aldieb und tätschelte der Stute die Nase, bevor sie ihren Stab hinter den Sattelgurt schob. Diesmal musste Rand gar nicht erst hinsehen, um zu wissen, dass der Stab noch nicht einmal eine Kerbe aufwies.

»Ihr wart größer als ein Riese«, sagte Egwene atemlos und rutschte auf Belas Sattel hin und her. Keiner der anderen sagte etwas, obwohl Mat und Perrin ihre Pferde ein wenig von der Aes Sedai wegtänzeln ließen. »Tatsächlich?«, sagte Moiraine abwesend, als sie sich in ihren Sattel schwang.

»Ich habe Euch gesehen«, beharrte Egwene.

»Der Verstand spielt einem in der Nacht manchen Streich; das Auge sieht etwas, das nicht da ist.«

»Das ist nicht die richtige Zeit für Spiele«, begann Nynaeve wütend, aber Moiraine unterbrach sie sofort.

»Wirklich nicht der richtige Zeitpunkt für Spiele. Der Vorsprung, den wir im *Hirsch und Löwen* gewonnen haben, ist nun vielleicht wieder verloren.« Sie sah zum Tor zurück und schüttelte den Kopf. »Wenn ich nur glauben könnte, dass sich der Draghkar im Moment auf dem Boden befindet.« Mit einem Schnüffeln, das nach Selbstmitleid klang, fügte sie hinzu: »Wenn nur der Myrddraal wirklich blind wäre. Wenn ich mir schon etwas wünsche, kann es doch auch gleich das Unmögliche sein. Ach, es spielt keine Rolle. Sie wissen, welchen Weg wir nehmen müssen, aber mit etwas Glück können wir ihnen immer einen Schritt voraus sein. Lan!«

Der Behüter ritt los – die Straße nach Caemlyn in östlicher Richtung hinunter. Die anderen folgten dicht hinter ihm. Die Hufe trommelten in gleichmäßigem Rhythmus auf die festgetrampelte Erde.

Sie behielten ein gleichmäßiges Tempo bei, einen schnellen Trab, den die Pferde stundenlang auch ohne die Hilfe einer Aes Sedai durchhalten konnten. Bevor sie jedoch nur eine Stunde unterwegs waren, stieß Mat einen Schrei aus und zeigte nach hinten. »Seht dort!«

Sie ließen die Pferde anhalten und blickten zurück. Flammen erhellten die Nacht über Baerlon, als habe jemand ein riesiges Freudenfeuer angezündet. Die Wolkendecke war rot gefärbt, Funkenschauer wirbelten durch die Luft.

»Ich habe ihn gewarnt«, sagte Moiraine, »aber er wollte mir nicht glauben.« Aldieb tänzelte zur Seite. Die Bewegung spiegelte die Enttäuschung der Aes Sedai wider.

»Die Schenke?«, fragte Perrin. »Das ist der *Hirsch und Löwe*? Wie könnt Ihr so sicher sein?«

»Wie lange wirst du noch an Zufälle glauben?«, fragte Thom. »Es könnte auch das Haus des Statthalters sein, aber das ist es nicht und auch nicht der Heustadel deiner Großmutter.«

»Vielleicht leuchtet uns das Licht ein wenig heute Nacht«, sagte Lan, und Egwene fuhr ihn zornig an: »Wie könnt Ihr so etwas sagen? Die Schenke des armen Meister Fitch steht in Flammen!«

»Wenn sie die Schenke angegriffen haben«, sagte Moiraine, »dann blieb möglicherweise unser Ritt aus der Stadt und mein ... Kunststück unbemerkt.«

»Oder das ist genau das, was uns der Myrddraal glauben machen will«, fügte Lan hinzu.

Moiraine nickte in der Dunkelheit. »Vielleicht. Auf jeden Fall müssen wir schnell weiter. Diese Nacht wird sich keiner von uns ausruhen können.«

»Ihr sagt das so leichthin, Moiraine«, rief Nynaeve. »Was ist mit den Menschen in der Schenke? Mit all Eurem Geschwätz darüber, im Licht zu wandeln, wollt Ihr bereitwillig weiterreiten, ohne an Meister Fitch zu denken. Er hat Euretwegen nun Schwierigkeiten!« »Wegen diesen drei Burschen«, sagte Lan zornig. »Das Feuer, die Verwundeten, alles geschieht wegen ihnen. Dass ein solcher Preis bezahlt werden muss, zeigt, dass er es wert ist. Der Dunkle König will diese Jungen haben, und alles, wonach er so angestrengt sucht, muss von ihm fern gehalten werden. Oder überlasst Ihr sie nun dem Blassen?«

»Beruhige dich, Lan«, sagte Moiraine. »Entspanne dich. Seherin. Glaubt Ihr, ich könne Meister Fitch und den Leuten in der Schenke helfen? Na ja, Ihr habt Recht.« Nynaeve wollte etwas sagen, aber Moiraine wischte es mit einer Handbewegung zur Seite und fuhr fort: »Ich kann allein zurückgehen und helfen. Nicht zu viel, natürlich. Das würde die Aufmerksamkeit auf jene lenken, denen ich helfe, und dafür würden sie mir nicht danken, besonders weil die Kinder des Lichts in der Stadt sind. Dann wäre allerdings nur Lan übrig, euch zu beschützen. Er ist sehr fähig, aber es wird doch mehr nötig sein, falls ihr von einem Myrddraal und einer Faust Trollocs aufgespürt werdet. Natürlich könnten wir auch alle zurückkehren, obwohl ich bezweifle, dass ich euch unbemerkt wieder nach Baerlon hineinbringen könnte. Welche Möglichkeit würdet Ihr wählen, Seherin, wenn Ihr an meiner Stelle wärt?«

»Ich würde etwas unternehmen«, murmelte Nynaeve undeutlich.

»Und höchstwahrscheinlich dem Dunklen König seinen Sieg schenken«, antwortete Moiraine. »Denkt daran, was er haben will. Wir befinden uns in einem Krieg, genauso wie die Leute in Ghealdan, obwohl dort Tausende kämpfen und hier nur acht von uns. Ich werde Meister Fitch Gold schicken, genug, um den *Hirsch und Löwen* wieder aufbauen zu lassen, Gold, dessen Weg man nicht nach Tar Valon zurückverfolgen kann. Und natürlich auch Hilfe für alle, die verletzt wurden. Alles Weitere würde sie aber nur gefährden. Es ist keineswegs einfach, wie Ihr seht. Lan.« Der Behüter ließ sein Pferd wenden und ritt los.

Von Zeit zu Zeit blickte Rand zurück. Schließlich war alles, was er noch sehen konnte, das Glühen unter den Wolken, und dann verlor sich auch das in der Dunkelheit. Er hoffte, dass Min nichts geschehen war.

Die Nacht war immer noch pechschwarz, als Lan sie endlich von der festgetrampelten Straße wegführte und abstieg. Rand schätzte, dass es nur noch wenige Stunden bis zum Morgen waren. Sie legten den Pferden Fußfesseln an, ließen sie aber voll gesattelt stehen und bereiteten sich ein kaltes Lager.»Eine Stunde«, ermahnte Lan sie, als sich jeder außer ihm in eine Decke wickelte. Er würde Wache stehen, während sie schliefen.»Eine Stunde, dann müssen wir uns wieder auf den Weg machen.« Stille senkte sich über sie.

Nach ein paar Minuten flüsterte Mat Rand etwas so leise zu, dass er es kaum hören konnte:»Ich frage mich, was Dav mit dem Dachs angefangen hat.« Rand schüttelte schweigend den Kopf, und Mat zögerte. Schließlich sagte er:»Ich dachte, wir seien sicher, weißt du, Rand? Kein Anzeichen einer Verfolgung, seit wir den Taren überquerten, und dann waren wir auch noch in einer befestigten Stadt. Ich dachte, wir seien außer Gefahr. Und dann dieser Traum. Und ein Blasser. Werden wir jemals wieder in Sicherheit sein?«

»Nicht, bevor wir Tar Valon erreichen«, sagte Rand.»Das hat sie uns gesagt.«

»Werden wir uns dann in Sicherheit befinden?«, fragte Perrin leise, und alle drei schauten hinüber zu der schattenhaften Erhebung am Boden, die von der Aes Sedai zu sehen war. Lan war mit der Dunkelheit verschmolzen; er konnte überall sein.

Rand gähnte anhaltend. Die anderen zuckten bei dem Geräusch nervös zusammen.»Ich glaube, wir sollten ein wenig schlafen«, sagte er.»Wach zu bleiben hilft uns auch nicht, Antworten auf unsere Fragen zu finden.«

Perrin sagte ruhig:»Sie hätte etwas tun sollen.«

Keiner antwortete.

Rand drehte sich auf die Seite, um eine Wurzel zu meiden, legte sich auf den Rücken, rollte sich von einem Stein weg auf den Bauch und lag schon wieder auf einer Wurzel. Sie hatten nicht gerade an einem guten Lagerplatz Halt gemacht, keinem wie jene, die der Behüter auf seinem Weg vom Taren nach Norden ausgewählt hatte. Er schlief mit dem Gedanken ein, ob ihn die in seine Rippen gebohrten Wurzeln wohl zum Träumen bringen würden, und erwachte, als Lan seine Schulter berührte. Seine Rippen schmerzten, und er war dankbar dafür, dass er sich nicht an irgendwelche Träume erinnern konnte, falls er überhaupt welche gehabt hatte. Es war kurz vor Anbruch der Dämmerung, und als die Decken eingerollt und hinter die Sättel geschnallt waren, ließ Lan sie weiter nach Osten reiten. Bei Sonnenaufgang bereiteten sie sich mit rotgeränderten Augen ein

Frühstück mit Brot und Käse und Wasser und aßen im Reiten. Ihre Umhänge hatten sie zum Schutz gegen den Wind eng um sich geschlungen. Alle außer Lan natürlich. Er aß, und seine Augen wiesen keine roten Ränder auf, und er duckte sich nicht in den Sattel. Er hatte wieder seinen farbverändernden Umhang angelegt, und der flatterte um seine Gestalt, wechselte von Grau zu Grün, doch er achtete nur darauf, dass er seinen Schwertarm frei hielt. Sein Gesicht blieb ausdruckslos, aber seine Augen suchten fortwährend, als erwarte er ständig einen Überfall.

KAPITEL 18

Die Straße nach Caemlyn

Die Straße nach Caemlyn unterschied sich nicht wesentlich von der Nordstraße durch das Gebiet der Zwei Flüsse. Sie war natürlich um einiges breiter und zeigte deutlich mehr Merkmale von Beanspruchung, aber sie bestand aus festgetrampeltem Lehm und wurde auf beiden Seiten von Bäumen gesäumt, die man auch in den Zwei Flüssen hätte finden können, besonders jetzt, da nur die Nadelbäume Grün zeigten.

Das umliegende Land sah allerdings anders aus, denn gegen Mittag erreichten sie ein Gebiet niedriger Hügel. Zwei Tage lang führte die Straße durch diese Hügel. Als sich der Einfallswinkel des Sonnenlichts jeden Tag ein wenig veränderte, wurde ihnen klar, dass sich die so gerade erscheinende Straße auf ihrem Weg nach Osten in Richtung Süden krümmte. Rand hatte sich, wie viele Jungen in Emondsfelde, im Geist immer wieder mit Meister al'Veres alter Landkarte beschäftigt, und er erinnerte sich nun daran, dass sie die ›Hügel von Abscher‹ umrundete und dann nach Weißbrücke führte.

Von Zeit zu Zeit ließ Lan sie auf der Spitze eines Hügels absteigen, von wo aus er die Straße voraus und hinter ihnen und das Land um sie herum gut überblicken konnte. Der Behüter sah sich dann alles sehr genau an, während die anderen sich die Beine vertraten oder sich unter einen Baum setzten und etwas aßen.

»Ich mochte Käse früher einmal«, sagte Egwene am Mittag des dritten Tages, nachdem sie Baerlon verlassen hatten: Sie hatte sich mit dem Rücken an einen Baumstamm gelehnt und verzog das Gesicht bei diesem Mahl. Es war das gleiche wie beim Frühstück, und das Abendessen würde auch nicht anders aussehen. »Keine Gelegenheit, wenigstens Tee zu trinken. Schönen heißen Tee.« Sie zog den Umhang enger zusammen und veränderte ihre Stellung hinter dem Baum in einem vergeblichen Versuch, dem fauchenden Wind zu entgehen.

»Flachwurz-Tee und Andilei-Wurzeln sind die besten Mittel gegen

Erschöpfung«, sagte Nynaeve zu Moiraine. »Sie machen den Kopf wieder frei und dämpfen das Brennen der erschöpften Muskeln.«

»Da bin ich ganz Eurer Meinung«, murmelte die Aes Sedai und sah Nynaeve von der Seite her an.

Nynaeves Unterkiefer verkrampfte sich, doch sie fuhr im gleichen Tonfall fort. »Wenn man längere Zeit ohne Schlaf auskommen muss ...«

»Kein Tee!«, sagte Lan in scharfem Ton zu Egwene. »Kein Feuer! Wir können sie noch nicht sehen, aber sie sind irgendwo dort hinten, ein oder zwei Blasse und ihre Trollocs, und sie wissen, dass wir uns auf dieser Straße befinden. Wir müssen ihnen nicht auch noch genau zeigen, wo wir sind.«

»Ich habe keinen Tee verlangt«, murmelte Egwene in ihren Umhang hinein. »Ich habe es nur bedauert.«

»Wenn sie wissen, dass wir auf der Straße sind«, fragte Perrin, »warum kürzen wir dann nicht ab und reiten über Land nach Weißbrücke?«

»Selbst Lan kann querfeldein nicht so schnell vorwärtskommen wie über die Straße«, sagte Moiraine, »und vor allem nicht durch die Hügel von Abscher.« Die Seherin seufzte ergeben. Rand fragte sich, was sie wohl plante. Nachdem sie am ersten Tag die Aes Sedai vollständig ignoriert hatte, hatte sie anschließend versucht, ständig mit ihr über Kräuter zu sprechen. Moiraine entfernte sich von der Seherin, als sie fortfuhr: »Warum glaubt Ihr, dass die Straße einen Bogen um sie macht? Und wir müssten schließlich doch wieder auf diese Straße zurückkommen. Es könnte sein, dass sie sich dann vor uns befänden und nicht hinter uns.«

Rand sah zweifelnd drein, und Mat äußerte etwas von einem »langen Umweg«.

»Habt Ihr heute Morgen einen Bauernhof gesehen?«, fragte Lan. »Oder wenigstens Rauch aus einem Schornstein? Nein, denn zwischen Baerlon und Weißbrücke liegt nur Wildnis, und in Weißbrücke müssen wir den Arinelle überqueren. Dort ist die einzige Brücke über den Fluss südlich von Maradon in Saldaea.«

Thom schnaubte und pustete die Enden seines Schnurrbarts hoch. »Was kann sie daran hindern, jemanden bereits jetzt nach Weißbrücke zu schicken?«

Aus westlicher Richtung kam das durchdringende Wehklagen eines Horns. Lans Kopf fuhr herum, und er musterte die Straße hinter ihnen. Rand lief es kalt den Rücken herunter. Ein Teil seines Verstands jedoch blieb ganz ruhig und schätzte die Entfernung auf höchstens zehn Meilen ein.

»Nichts kann sie daran hindern, Gaukler«, sagte der Behüter. »Wir vertrauen dem Licht und unserem Glück. Aber nun wissen wir sicher, dass Trollocs hinter uns her sind.«

Moiraine wischte sich die Hände ab. »Es wird Zeit für uns, weiterzureiten.« Die Aes Sedai bestieg ihre weiße Stute.

Das löste einen Ansturm auf die Pferde aus, der noch beschleunigt wurde, als das Horn ein zweites Mal erklang. Diesmal antworteten andere. Die dünnen Töne trieben vom Westen her wie ein Klagelied durch die Lüfte. Rand bereitete sich darauf vor, Wolke gleich in vollem Galopp laufen zu lassen, und die anderen rissen mit der gleichen verzweifelten Mühe an ihren Zügeln. Alle außer Lan und Moiraine. Der Behüter und die Aes Sedai sahen sich lange an.

»Lasst sie weiterreiten, Moiraine Sedai«, sagte Lan schließlich. »Ich werde zurückkehren, sobald ich nur kann. Falls ich versage, werdet Ihr es wissen.« Er legte eine Hand auf Mandarbs Sattel, sprang mit einem Satz auf den Rücken des schwarzen Hengstes und galoppierte den Hügel hinunter. Er ritt gen Westen. Die Hörner erklangen wieder.

»Das Licht sei mit Euch, letzter Lord der Sieben Türme«, sagte Moiraine so leise, dass Rand es kaum hören konnte. Sie holte tief Luft und wandte Aldieb in Richtung Osten. »Wir müssen weiter«, sagte sie und ritt in langsamem, gleichmäßigem Tempo los. Die anderen folgten ihr in einer Linie.

Rand drehte sich einmal im Sattel um und wollte nach Lan sehen, aber der Behüter war bereits zwischen den niedrigen Hügeln und kahlen Bäumen außer Sicht geraten. Letzter Lord der Sieben Türme hatte sie ihn genannt. Er fragte sich, was das heißen mochte. Er hatte nicht geglaubt, dass noch jemand außer ihm die Worte verstanden haben konnte, doch Thom kaute an den Enden seines Schnurrbarts, und sein Gesicht zeigte einen nachdenklichen Ausdruck ... Der Gaukler schien eine Menge zu wissen.

Die Hörner riefen und antworteten noch einmal hinter ihnen. Rand rutschte im Sattel hin und her. Diesmal waren sie näher, da war er sich ganz sicher. Acht Meilen. Vielleicht sieben. Mat und Egwene blickten sich um, und Perrin duckte sich, als erwarte er, dass ihn etwas im Rücken treffen werde. Nynaeve ritt schneller, um mit Moiraine zu sprechen.

»Können wir nicht schneller reiten?«, fragte sie. »Diese Hörner kommen näher.«

Die Aes Sedai schüttelte den Kopf. »Und warum lassen sie uns wissen, dass sie da sind? Vielleicht gerade, damit wir uns beeilen und nicht darüber nachdenken, was uns da vorn erwarten mag.«

Sie behielten ihr Tempo bei. Von Zeit zu Zeit schrien die Hörner hinter ihnen auf, und jedes Mal klangen sie näher. Rand bemühte sich, nicht nachzurechnen, wie nahe sie sein könnten, aber bei jedem blechernen Wehklagen rechnete sein Verstand ungebeten mit. Fünf Meilen, dachte er gerade voller Grauen, da kam Lan in vollem Galopp hinter ihnen den Hügel hoch.

Auf Moiraines Höhe hielt er den Hengst an. »Mindestens drei Fäuste Trollocs, und jede von einem Halbmenschen angeführt. Vielleicht sind es auch fünf.«

»Wenn Ihr ihnen nahe genug wart, um sie sehen zu können«, sagte Egwene besorgt, »dann könnten sie Euch auch gesehen haben. Sie sind Euch vielleicht auf den Fersen.«

»Sie sahen ihn nicht.« Nynaeve richtete sich im Sattel auf, als alle sie anblickten. »Erinnert Ihr euch? Ich bin seiner Spur gefolgt.«

»Ruhe!«, befahl Moiraine. »Lan will uns sagen, dass uns vielleicht an die fünfhundert Trollocs folgen.« Erschüttertes Schweigen, und dann sagte Lan: »Und sie holen auf. In einer Stunde oder noch weniger haben sie uns erreicht.«

Die Aes Sedai meinte, mehr zu sich selbst als zu den anderen gewandt: »Wenn sie so viele zur Verfügung haben, warum wurden sie nicht schon in Emondsfelde eingesetzt? Und wenn nicht, wie haben sie die alle so schnell hierher bekommen?«

»Sie rücken auf breiter Front an, um uns vor sich herzutreiben«, sagte Lan. »Außerdem haben sie auch Kundschafter vorgeschickt.«

»Wohin wollen sie uns treiben?«, überlegte Moiraine. Wie zur Antwort erklang im Westen in einiger Entfernung ein Horn wie ein lang gezogener Klagelaut, der diesmal von anderen *vor* ihnen beantwortet wurde. Moiraine hielt Aldieb an. Die anderen folgten ihrem Beispiel. Thom und die Emondsfelder blickten sich ängstlich um. Hörnerklang vor ihnen und hinter ihnen. Rand glaubte, aus den Tönen einen gewissen Triumph herauszuhören.

»Was machen wir jetzt?«, fragte Nynaeve zornig. »Wohin sollen wir uns wenden?«

»Alles, was noch übrig bleibt, sind der Norden und der Westen«, sagte Moiraine. Es war mehr ein lautes Denken als eine Antwort auf die Frage der Seherin.»Im Süden liegen die Hügel von Abscher, kahl und tot, und der Taren. Aber es gibt hier keinen Übergang und kein Boot. Im Norden könnten wir den Arinelle vor Einbruch der Dunkelheit erreichen, und dort ist es auch möglich, das Boot eines Händlers zu finden. Wenn das Eis bei Maradon mittlerweile gebrochen ist.«

»Es gibt einen Ort, an den die Trollocs nicht gehen werden«, sagte Lan, aber Moiraines Kopf fuhr sofort zu ihm herum.

»Nein!« Sie winkte den Behüter heran, und sie steckten die Köpfe zusammen, um nicht gehört zu werden.

Die Hörner erklangen, und Rands Pferd tänzelte nervös.

»Sie wollen uns Angst einjagen«, murrte Thom, der sich bemühte, sein Pferd zu beruhigen. Er klang halb wütend und halb, als hätten die Trollocs damit Erfolg gehabt.»Sie wollen uns Angst einjagen, damit wir in Panik davonlaufen. Dann erwischen sie uns gewiss.«

Egwenes Kopf drehte sich bei jedem Hornstoß. Zuerst sah sie nach vorn, dann nach hinten, als halte sie nach den ersten Trollocs Ausschau. Rand wollte es ihr eigentlich gleichtun, doch er bemühte sich, den Drang zu unterdrücken. Er trieb Wolke näher zu ihr hin.

»Wir reiten nach Norden«, verkündete Moiraine.

Die Hörner tönten schrill, als sie die Straße verließen und in die nahen Hügel ritten.

Die Hügel waren wohl niedrig, aber es war ein ständiges Auf und Ab; niemals ein ebenes Stück Wegs dazwischen, die Strecke führte unter Bäumen mit kahlen Ästen hinweg und durch totes Unterholz. Die Pferde erkletterten mühsam einen Hang und galoppierten den nächsten wieder hinunter. Lan gab ein strammes Tempo vor; viel schneller als vorher auf der Straße.

Zweige peitschten Rand ins Gesicht. Alte Schlingpflanzen wickelten sich um seine Arme und zogen sogar manchmal seinen Fuß aus dem Steigbügel. Die durchdringenden Hornsignale kamen immer näher und erklangen immer häufiger.

So sehr sich Lan auch bemühte, sie kamen einfach nicht schnell vorwärts. Für jeden Schritt nach vorn mussten sie zwei nach oben und wieder einen nach unten tun, und jeder Schritt bedeutete ein mühsames Vorwärtsschieben. Und die Hörner kamen näher. *Zwei Meilen,* dachte er. *Vielleicht noch weniger.*

Nach einer Weile blickte Lan unruhig erst in die eine Richtung, dann in die andere. Sein Gesicht zeigte beinahe schon etwas wie Sorge. Einmal stand er aufgerichtet in den Steigbügeln und starrte nach hinten, woher sie gekommen waren. Alles, was Rand sehen konnte, waren Bäume. Lan setzte sich wieder in den Sattel und schob mit einer unbewussten Geste seinen Umhang zurück, um das Schwert griffbereit zu haben, während er mit Blicken den Wald absuchte.

Rand suchte fragend Mats Blick, aber Mat schnitt nur eine Grimasse in Richtung auf den Rücken des Behüters und zuckte hilflos die Achseln.

Dann sagte Lan über seine Schulter hinweg: »Trollocs sind nah.« Sie erreichten die Spitze eines Hügels und begannen den Abstieg. »Vermutlich einige Kundschafter, die vor den anderen herlaufen. Wenn wir auf sie treffen, dann bleibt unter allen Umständen in meiner Nähe und macht dasselbe wie ich. Wir müssen auf dem einmal eingeschlagenen Weg verbleiben.«

»Blut und Asche!«, murrte Thom. Nynaeve gab Egwene ein Zeichen, dicht bei ihr zu bleiben.

Verstreute Nadelgehölze boten die einzige wirkliche Deckung für sie. Rand versuchte, in alle Richtungen gleichzeitig zu blicken. Seine Phantasie ließ graue Baumstümpfe, die er aus den Augenwinkeln erblickte, zu Trollocs werden. Auch die Hörner waren wieder ein Stück näher. Und direkt hinter ihnen. Da war er sicher. Hinter ihnen, und sie holten weiter auf.

Wieder erreichten sie einen Hügelkamm. Unter ihnen begannen gerade Trollocs mit langen Stangen, an deren Enden sich Seilschlingen oder große Haken befanden, den Hügel hochzumarschieren. Die Linie erstreckte sich weit nach beiden Seiten. Ein Ende war nicht in Sicht, doch in der Mitte, geradewegs vor Lan, ritt ein Blasser.

Der Myrddraal schien zu zögern, als auf dem Hügel oben die Menschen erschienen, aber im nächsten Augenblick schwang er ein Schwert mit der schwarzen Klinge, an die sich Rand so ungern erinnerte, über seinem Kopf. Die Trolloc-Kette rannte los.

Noch bevor sich der Myrddraal bewegte, hatte auch Lan sein Schwert in der Hand. »Bleibt bei mir!«, schrie er, und dann stürzte sich Mandarb hügelabwärts auf die Trollocs. »Für die Sieben Türme!«, rief Lan.

Rand schluckte und rammte dem Grauen die Fersen in die Flanken. Die ganze Gruppe galoppierte dem Behüter hinterher. Er war überrascht, Tams Schwert plötzlich in seiner Faust zu finden. Von Lans Schlachtruf mitgerissen, fand er einen eigenen: »Manetheren! Manetheren!«

Perrin fiel mit ein. »Manetheren! Manetheren!«

Aber Mat rief: »*Carai an Caldazar! Carai an Ellisande! Al Elli-sande!*«

Der Kopf des Blassen wandte sich von den Trollocs den Reitern zu, die ihn angriffen. Das schwarze Schwert erstarrte über seinem Kopf, und die Öffnung seiner Kapuze drehte sich hin und her und suchte die auf ihn zugaloppierenden Reiter ab. Dann hatte Lan den Myrddraal erreicht, und gleichzeitig griffen die Menschen die Reihe der Trollocs an. Die Klinge des Behüters traf auf den schwarzen Stahl aus den Schmieden von Thakan'dar. Es gab ein Klingen wie von einer großen Glocke. Der Schlag wurde von den Hügeln als Echo zurückgeworfen, und ein blauer Blitz erfüllte die Luft wie Wetterleuchten. Trollocs mit Tierschnauzen drängten sich um jeden der Menschen herum. Fangseile und Haken wurden wild umhergeschwenkt. Sie mieden nur Lan und den Myrddraal. Diese beiden fochten in einem frei gebliebenen Kreis. Die Rappen passten ihre Schritte jeweils dem anderen an, und die Schwerter parierten einander Schlag für Schlag. In der Luft blitzte und läutete es.

Wolke rollte mit den Augen und wieherte laut. Er bäumte sich und schlug mit den Hufen nach den knurrenden Gesichtern mit ihren scharfen Reißzähnen, die ihn umgaben. Schwere Körper umringten ihn, Schulter an Schulter. Rand ließ den Grauen die Fersen spüren und trieb ihn rücksichtslos vorwärts. Sein Schwert schwang er – verglichen mit Lan – ungeschickt; er hackte drauflos, als müsse er Holz spalten. *Egwene!* Verzweifelt suchte er nach ihr, als er den Grauen weitertrieb. Er hackte sich einen Weg durch die haarigen Körper wie durch dichtes Unterholz.

Moiraines weiße Stute galoppierte und schlug bei der leisesten Bewegung der Aes Sedai an ihren Zügeln aus. Das Gesicht der Aes Sedai war genauso hart wie Lans, wenn sie ihren Stab auf die Gegner richtete. Trollocs wurden von Flammen eingehüllt, die dann mit einem Aufbrüllen explodierten, das nur noch gekrümmte Gestalten bewegungslos am Boden zurückließ. Nynaeve und Egwene ritten in verzweifelter Eile dicht neben ihr. Sie bleckten die Zähne beinahe genauso wild wie die Trollocs und hatten Dolche in den Händen. Diese kurzen Klingen würden ihnen überhaupt nichts nützen, wenn ein Trolloc ganz nahe kam. Rand versuchte, Wolke in ihre Richtung zu lenken, aber der Graue ging durch. Wiehernd und ausschlagend kämpfte er sich weiter vorwärts, gleich, wie stark Rand an den Zügeln zerrte.

Um die drei Frauen lichteten sich die Reihen der Angreifer, als

Trollocs vor Moiraines Stab flüchteten, doch wie sie auch versuchten, ihr zu entgehen, so folgte sie ihnen. Feuer prasselte, und die Trollocs heulten vor Wut und Kampfeslust. Über dem Prasseln und Heulen donnerte der Glockenschlag der Schwerter des Behüters und des Myrddraals; die Luft um sie herum leuchtete blau auf, dann wieder und immer wieder.

Eine Schlinge am Ende einer Stange fuhr auf Rands Kopf zu. Mit einem ungeschickten Schlag spaltete er die Stange in zwei Teile und hackte dann auf den ziegenbockartigen Trolloc los, der sie hielt. Ein Haken erwischte seine Schulter, verfing sich in seinem Umhang und zog ihn mit einem Ruck nach hinten. Verzweifelt packte er das Sattelhorn, um nicht zu stürzen, wobei er beinahe noch sein Schwert verloren hätte. Wolke wand sich und wieherte schrill. Rand klammerte sich voller Angst an Sattel und Zügel. Er fühlte, wie er Handbreit um Handbreit abrutschte, von dem Haken gezogen. Wolke drehte sich herum. Einen Augenblick lang sah Rand Perrin, halb aus dem Sattel hängend, der mit drei Trollocs um seine Axt kämpfte. Sie hielten ihn an einem Arm und beiden Beinen fest. Wolke warf sich nach vorn, und Rands Blickfeld war nur noch von Trollocs erfüllt.

Ein Trolloc stürmte auf ihn zu und packte sein Bein. Er zerrte Rands Fuß aus dem Steigbügel. Schwer atmend ließ er den Sattel fahren, um den Trolloc zu erstechen. Sofort zog ihn der Haken aus dem Sattel auf Wolkes Hinterhand. Nur sein verkrampfter Haltegriff am Zügel hielt ihn noch oben. Wolke bäumte sich auf und wieherte. Und im gleichen Moment hörte das Zerren auf.

Der Trolloc an seinem Bein riss die Hände hoch und schrie. Alle Trollocs schrien – ein Heulen, als seien alle Hunde der Welt auf einmal verrückt geworden.

Um die Menschen herum fielen die Trollocs sich windend zu Boden, rissen an ihrem Haar und zerkratzten sich die Gesichter. Alle Trollocs. Sie bissen in den Boden, schnappten nach der leeren Luft und heulten, heulten, heulten.

Dann sah Rand den Myrddraal. Er saß noch aufrecht im Sattel seines wie wahnsinnig tänzelnden Pferdes, das schwarze Schwert schwang noch herum, doch er hatte keinen Kopf mehr.

»Er wird noch bis zum Anbruch der Nacht leben!« Der schwer atmende Thom musste laut rufen, um über die nicht nachlassenden Schreie hinweg hörbar zu sein. »Er wird noch nicht vollständig sterben. Das habe ich jedenfalls gehört.«

»Reitet!«, rief Lan ärgerlich. Der Behüter hatte bereits Moiraine und die anderen beiden Frauen bei sich, und sie befanden sich schon halb auf dem nächsten Hügel. »Das hier sind nicht alle!« Tatsächlich erklangen nun auch die Hörner wieder, trotz der Schreie der sich am Boden windenden Trollocs, und zwar aus Osten und Westen und Süden.

Erstaunlicherweise war Mat der Einzige, der nicht mehr auf seinem Pferd saß. Rand trabte zu ihm hinüber, doch Mat warf schaudernd eine Schlinge weg, hob seinen Bogen auf und kletterte ohne Hilfe in seinen Sattel, wobei er sich allerdings die Kehle rieb. Die Hörner jaulten wie Hunde auf der Spur eines Hirsches. Jagdhunde, die sich ihrer Beute näherten. Wenn Lan schon vorher ein hohes Tempo gehalten hatte, dann verdoppelte er es jetzt, bis die Pferde schneller die Hügel hinaufgaloppierten, als sie es zuvor bergab geschafft hatten. Dann warfen sie sich schon fast auf die andere Seite. Und doch näherten sich die Hörner weiterhin, bis sie die rauen Schreie der Verfolger hören konnten, wenn die Hörner eine Pause einlegten. Schließlich erreichten die Menschen die Spitze eines Hügels in dem Moment, in dem auf dem nächsten Hügel hinter ihnen Trollocs erschienen. Die Hügelspitze war im Nu schwarz von Trollocs mit ihren Tierschnauzen, die mit verzerrten Fratzen heulten, und über allen thronten drei Myrddraal. Nur hundert Spannen trennten die beiden Gruppen.

Rand stockte das Herz vor Schreck. *Drei!*

Die schwarzen Schwerter der Myrddraal hoben sich gleichzeitig. Trollocs wogten den Hang hinunter. Triumphierende Schreie erklangen, und schlingenbewehrte Stangen hüpften über ihren Köpfen beim Rennen auf und ab.

Moiraine kletterte von Aldiebs Rücken. Ruhig zog sie etwas aus ihrem Brustbeutel und packte es aus. Rand sah dunkles Elfenbein schimmern. Das *Angreal*. Mit dem *Angreal* in der einen Hand und dem Stab in der anderen stellte sich die Aes Sedai entschlossen hin, sah den heranrennenden Trollocs und den schwertschwingenden Blassen kühl entgegen, hob ihren Stab in die Luft und rammte ihn in die Erde.

Der Boden erzitterte und klang wie ein Eisenkessel, der von einem Holzhammer getroffen wird. Das hohle Klingen wurde schwächer und verschwand. Einen Augenblick lang war alles still. Alles schwieg. Der Wind erstarb. Die Schreie der Trollocs verstummten; sogar ihre Attacke verlangsamte sich und kam zum Stehen. Einen Herzschlag lang wartete alles. Langsam kehrte das stumpfe Klingen wieder, änderte sich zu einem leisen Rumpeln und wuchs an, bis die Erde aufstöhnte.

Der Boden erzitterte unter Wolkes Hufen. Das war das Werk einer Aes Sedai, wie es im Buche stand. Rand wünschte sich hundert Meilen weit fort. Das Zittern wurde zu einem Beben, das die Bäume um sie herum wanken ließ. Der Graue stolperte und stürzte beinahe. Sogar Mandarb und die reiterlose Aldieb torkelten wie betrunken, und diejenigen, die auf ihren Pferden saßen, mussten sich an Zügeln und Mähnen festklammern, um nicht aus dem Sattel zu fallen.

Die Aes Sedai stand immer noch wie zu Anfang, hielt das *Angreal* und den aufrecht in der Hügelspitze steckenden Stab, und weder sie noch der Stab bewegten sich auch nur eine Handbreit von ihrem Platz, obwohl der Boden wankte und um sie herum erzitterte. Nun wölbte sich der Boden von ihrem Stab weg; wie auf einem Teich rollten Wellen auf die Trollocs zu, Wellen, die schnell wuchsen, alte Büsche wegschwemmten, abgestorbene Blätter hochwirbelten, weiterwuchsen und als Erdwogen auf die Trollocs zuschwemmten. Die Bäume im Talkessel knickten wie Streichhölzer. Auf dem Abhang stürzten ganze Scharen von Trollocs zu Boden und überschlugen sich im Wüten der Erde.

Doch als erhöbe sich der Boden überhaupt nicht, so bewegten sich die Myrddraal nebeneinander vorwärts. Ihre nachtschwarzen Pferde verloren ihren Rhythmus nicht; sie hoben jeden Huf im Gleichschritt. Trollocs rollten um die schwarzen Reittiere auf dem Boden herum, heulten und griffen nach der kahlen Erde, die sich unter ihnen aufbäumte, doch die Myrddraal ritten langsam weiter.

Moiraine hob ihren Stab, und die Erde beruhigte sich, doch sie war nicht fertig. Sie zeigte auf den Einschnitt zwischen den Hügeln, und Flammen schossen aus dem Boden – eine zwanzig Fuß hohe Flammenfontäne. Sie breitete die Arme aus, und das Feuer breitete sich ebenfalls nach rechts und links aus, so weit das Auge blicken konnte. Es wurde zu einer Wand, die Menschen und Trollocs voneinander trennte. Die Hitze war so stark, dass Rand selbst oben auf dem Hügelkamm die Hände vors Gesicht schlug. Die schwarzen Reittiere der Myrddraal, welche seltsamen Kräfte sie auch immer besitzen mochten, wieherten wild, bäumten sich auf und kämpften gegen ihre Reiter an, obwohl die Myrddraal auf sie einschlugen und versuchten, sie durch die Flammenwand hindurchzuzwingen. »Blut und Asche«, sagte Mat mit ersterbender Stimme. Rand nickte betäubt.

Plötzlich wankte Moiraine und wäre gefallen, wäre nicht Lan von seinem Pferd gesprungen und hätte sie aufgefangen. »Reitet weiter«, sagte er zu den anderen. Die Härte seiner Stimme stand in merkwürdigem Gegensatz zu der Sanftheit, mit der er die Aes Sedai in ihren Sattel hob. »Das Feuer wird nicht ewig brennen! Beeilt euch! Jede Minute zählt!«

Die Flammenwand tobte, als wolle sie die Ewigkeit überdauern, aber Rand widersprach nicht. Sie galoppierten nach Norden, so schnell ihre Pferde nur konnten. Die Hörner schrillten in einiger Entfernung ihre Enttäuschung in den Himmel, als wüssten sie bereits, was geschehen war, und dann schwiegen sie.

Lan und Moiraine holten die anderen schnell ein, auch wenn Lan Aldieb am Zügel führte, während die Aes Sedai schwankte und sich mit beiden Händen an das Sattelhorn klammerte. »Seid unbesorgt«, sagte sie auf ihre fragenden Blicke hin. Sie klang müde, aber selbstbewusst, und ihr Blick war so unwiderstehlich wie immer. »Ich bin nicht so stark, wenn ich mit Erde und Feuer arbeiten muss. Eine Kleinigkeit.«

Die beiden begaben sich in schnellem Schritt an die Spitze. Rand glaubte nicht, dass Moiraine bei noch höherem Tempo im Sattel hätte bleiben können. Nynaeve ritt nach vorn neben die Aes Sedai und hielt sie mit einer Hand aufrecht. Eine Weile lang, während sie über weitere Hügel ritten, flüsterten die beiden Frauen miteinander, dann suchte die Seherin in den Taschen ihres Umhangs und gab Moiraine ein kleines Päckchen. Moiraine entfaltete es und schluckte den Inhalt. Nynaeve sagte noch etwas zu ihr und ließ sich dann zu den anderen zurückfallen, ohne auf ihre neugierigen Blicke zu achten. Rand glaubte, bei ihr einen leichten Ausdruck von Befriedigung zu entdecken.

Es war ihm eigentlich gleichgültig, was die Seherin machte. Er rieb ständig über den Griff seines Schwerts, und wenn es ihm bewusst wurde, dann blickte er staunend darauf hinunter. *So also ist eine Schlacht.* Er konnte sich kaum an etwas erinnern, jedenfalls nicht an irgendeine bestimmte Einzelheit. Alles floss in seinem Kopf zu einem Brei zusammen, einer geschmolzenen Masse von haarigen Gesichtern und Angst und Hitze. Während des Kampfes war es ihm so heiß vorgekommen wie an einem Mittsommermittag. Er konnte das nicht verstehen.

Er sah seine beiden Freunde an. Mat wischte sich mit einem Zipfel seines Umhangs Schweiß von der Stirn. Perrin, der in die Ferne blickte und offensichtlich den Anblick nicht gerade schön fand, war sich wohl nicht bewusst, dass auch auf seiner Stirn Schweißperlen glitzerten.

Die Hügel wurden flacher, und das Land wandelte sich langsam zu einer Ebene, doch anstatt flott weiterzureiten, hielt Lan an. Nynaeve wollte wieder an Moiraines Seite reiten, doch der Blick des Behüters hielt sie davon ab. Er und die Aes Sedai ritten ein wenig voraus und steckten die Köpfe zusammen. Aus Moiraines Gesten wurde ersichtlich, dass sie sich stritten. Nynaeve und Thom beobachteten sie. Die Seherin zog die Stirn in Falten. Der Gaukler führte Selbstgespräche und blickte immer wieder zurück. Die anderen vermieden es, Lan und Moiraine anzusehen. Wer wusste schon, was aus einem Streit zwischen einer Aes Sedai und einem Behüter entstehen konnte?

Nach ein paar Minuten sprach Egwene Rand leise an, wobei sie einen unangenehm berührten Blick auf das sich immer noch streitende Paar warf. »Diese Kriegsrufe, die ihr den Trollocs entgegengeschrien habt ...« Sie hielt inne, als sei sie nicht sicher, wie sie fortfahren solle.

»Was ist damit?«, fragte Rand. Er fühlte sich schon ein wenig eigenartig dabei – Kriegsgeschrei mochte für die Behüter selbstverständlich sein, aber Leute von den Zwei Flüssen taten so etwas nicht, was auch immer Moiraine sagte – doch wenn sie sich deswegen über ihn lustig machte ... »Mat muss diese Geschichte doch schon zehnmal wiederholt haben.«

»Und zwar schlecht«, warf Thom ein. Mat brummte protestierend.

»Wie er sie auch erzählt haben mag«, sagte Rand, »wir haben sie jedenfalls alle oft genug gehört. Außerdem mussten wir einfach irgendetwas rufen. Ich meine, das tut man eben in dem Fall. Du hast ja Lan gehört.«

»Und wir haben ein Anrecht darauf«, fügte Perrin gedankenverloren hinzu. »Moiraine sagt, dass wir alle Nachkommen dieser Leute von Manetheren sind. Sie haben gegen den Dunklen König gekämpft, und wir kämpfen gegen den Dunklen König. Das gibt uns doch ein Recht darauf!«

Egwene schnaubte verächtlich, als wolle sie zeigen, was sie davon hielt. »Davon habe ich doch gar nicht gesprochen. Was ... was hast du denn eigentlich gerufen, Mat?«

Mat zuckte unsicher die Achseln. »Ich kann mich nicht erinnern.« Er sah sie trotzig an. »Na ja, es geht eben nicht. Alles ist verschwommen. Ich weiß nicht, was es war oder woher es kam oder was es bedeutet.« Er lachte über sich selbst. »Ich schätze, es hat nichts zu bedeuten.«

»Doch ... ich glaube, es bedeutet etwas«, sagte Egwene langsam. »Als ihr geschrien habt, dachte ich einen Augenblick lang – ich verstünde euch. Aber nun ist alles wie weggeblasen.« Sie seufzte und schüttelte den Kopf. »Vielleicht hast du Recht. Seltsam, was man sich alles einbilden kann, nicht wahr?«

»*Carai an Caldazar*«, sagte Moiraine. Alle drehten die Köpfe zu ihr und sahen sie an. »*Carai an Ellisande. Al Ellisande.* Zur Ehre des Roten Adlers. Zur Ehre der Rose der Sonne. Die Rose der Sonne. Der uralte Schlachtruf von Manetheren und der Schlachtruf seines letzten Königs. Eldrene nannte man die Rose der Sonne.« Moiraines Lächeln galt Mat und Egwene, obwohl ihr Blick vielleicht etwas länger auf ihm ruhte. »Das Blut von Arads Familie rinnt immer noch in den Adern der Menschen der Zwei Flüsse. Das alte Blut singt immer noch.«

Mat und Egwene sahen einander an, und alle anderen sie beide. Egwene machte große Augen, und ihr Mund verzog sich immer wieder zum Anflug eines Lächelns. Sie verbiss es sich immer wieder, als sei sie nicht sicher, wie sie diesen Hinweis auf das alte Blut verstehen solle. Mat dagegen war sich sicher, wie man an seiner finsteren Miene ablesen konnte.

Rand glaubte zu wissen, woran Mat dachte. Er dachte das Gleiche. Wenn Mat ein Nachkomme der alten Könige von Manetheren war, dann waren die Trollocs vielleicht hinter ihm her und nicht hinter allen dreien. Er schämte sich bei diesem Gedanken. Seine Wangen röteten sich, und als er sah, wie schuldbewusst Perrin das Gesicht verzog, da wusste er, dass Perrin derselbe Gedanke gekommen war.

»Ich kann nicht behaupten, dass ich je davon gehört habe«, sagte Thom nach einer Weile. Er schüttelte sich, und sein Tonfall wurde wieder nüchtern. »Zu einer anderen Zeit würde ich möglicherweise eine Geschichte daraus machen, aber jetzt ... Wollt Ihr den Rest des Tages hier verbringen, Aes Sedai?«

»Nein«, antwortete Moiraine und ergriff ihre Zügel.

Als wolle es ihre Worte unterstreichen, ertönte von Süden her ein Trolloc-Horn. Weitere Hörner antworteten aus Osten und Westen. Die Pferde wieherten leise und tänzelten nervös.

»Sie haben das Feuer überwunden«, sagte Lan ruhig. Er wandte sich Moiraine zu: »Ihr seid nicht stark genug für das, was Ihr vorhabt, jedenfalls noch nicht. Nicht ohne Euch ausgeruht zu haben. Und weder Myrddraal noch Trolloc wird diesen Ort betreten.« Moiraine hob eine Hand, als wolle sie ihn unterbrechen, seufzte dann aber und ließ sie wieder fallen. »Also gut«, sagte sie gereizt. »Ich schätze, du hast Recht, aber mir wäre es lieber, wenn wir eine andere Wahl hätten.« Sie zog ihren Stab aus der Gurtschlinge ihres Sattels. »Kommt alle her zu mir. So nahe ihr könnt! Noch näher!« Rand trieb Wolke näher an die Stute der Aes Sedai heran. Moiraine bestand darauf, dass sie sich in einem engen Kreis um sie herum versammelten, sodass der Kopf jedes Pferdes über Kruppe oder Widerrist eines anderen hinwegragte. Erst dann war die Aes Sedai zufrieden. Dann stellte sie sich in ihre Steigbügel und schwang wortlos den Stab über ihre Köpfe. Sie streckte sich, damit auch jeder vollkommen einbezogen wurde.

Rand zuckte jedes Mal zusammen, wenn der Stab über ihn hinwegging. Bei jedem Kreis durchrann ihn ein Prickeln. Er hätte der Bewegung des Stabs folgen können, ohne ihn zu sehen, nur durch das fortlaufende Zittern der Menschen unter ihm. Es überraschte ihn nicht, dass lediglich Lan der Stab nicht beeinflusste.

Plötzlich streckte Moiraine den Stab nach Westen aus. Abgestorbene Blätter wirbelten durch die Luft, und Äste peitschten sie, als folge ein Luftwirbel der Richtung ihres Stabs. Als der unsichtbare Wirbelwind in der Ferne verschwand, setzte sie sich mit einem Seufzer wieder im Sattel zurecht. »Den Trollocs«, sagte sie, »wird es erscheinen, als folgten unsere Spuren und Gerüche diesem Wind. Der Myrddraal wird es nach einer Weile durchschauen, aber bis dahin ...«

»Bis dahin«, sagte Lan, »haben sie uns längst verloren.«

»Euer Stab ist sehr mächtig«, sagte Egwene, was ihr ein Schnauben Nynaeves einbrachte.

Moiraine schnalzte mit der Zunge. »Ich habe dir gesagt, Kind, dass Dinge keine Macht haben. Die Eine Macht kommt aus der Wahren Quelle, und nur ein lebendiger Verstand kann sie anwenden. Das hier ist nicht einmal ein *Angreal*, sondern lediglich eine Konzentrationshilfe.« Müde steckte sie den Stab wieder in die Gurtschlaufe. »Lan?«

»Folgt mir«, sagte der Behüter, »und verhaltet euch still. Wenn die Trollocs uns hören, verdirbt es alles.«

Er führte sie nach Norden, nicht in dem ermüdenden Tempo von zuvor, sondern eher in dem schnellen Schritt wie auf der Straße nach Caemlyn. Das Land wurde immer flacher; nur der Wald blieb genauso dicht.

Lan wählte eine Route, die sich in Schlangenlinien über festen Boden und Felsausläufer wand. Er ließ sie auch nicht mehr durch das Unterholz reiten und nahm sich stattdessen die Zeit, es zu umgehen. Hin und wieder ließ er sich an das Ende ihrer Reihe zurückfallen und betrachtete eingehend ihre Spuren. Wenn jemand auch nur hustete, brachte ihm das ein hartes Räuspern Lans ein.

Nynaeve ritt neben der Aes Sedai und machte ein Gesicht, als könne sie sich nicht zwischen Abneigung und Fürsorge entscheiden.

Und da war noch eine Andeutung von etwas anderem, dachte Rand, so, als sei für die Seherin irgendein Ziel in Sicht. Moiraines Schultern hingen nach unten, und sie hielt sich mit beiden Händen an Zügel und Sattel fest. Trotzdem schwankte sie bei jedem Schritt Aldiebs. Es war klar, dass sie die falsche Spur, die sie gelegt hatte, obwohl es neben dem Erdbeben und der Feuerwand nur eine kleine Sache gewesen war, viel Kraft gekostet hatte.

Rand wünschte sich schon beinahe den Klang der Hörner herbei. Zumindest konnte man daran ablesen, wie weit die Trollocs entfernt waren. Und die Blassen.

Er sah immer wieder zurück, und so war er nicht der Erste, der das erblickte, was vor ihnen lag. Als er es dann sah, war er verblüfft. Eine große, unregelmäßig geformte Masse erstreckte sich nach beiden Seiten, so weit das Auge blickte. An den meisten Stellen war sie ebenso hoch wie die Bäume, die gleich davor wuchsen, und hier und da ragten noch höhere Spitzen daraus hervor. Kahle Schlingpflanzen und Ranken bedeckten die Masse. Eine Klippe? *Die Ranken werden uns das Klettern erleichtern, aber die Pferde bekommen wir niemals hinauf.*

Als sie näher kamen, bemerkte er einen Turm. Es war ganz klar ein Turm und keine natürliche Felsformation. Auf der Spitze befand sich eine eigenartige, spitz zulaufende Kuppel. »Eine Stadt!«, sagte er. Und eine Stadtmauer, und die Spitzen waren Wachtürme auf dieser Mauer. Sein Unterkiefer klappte herunter. Sie musste zehnmal so groß sein wie Baerlon. Fünfzigmal so groß.

Mat nickte. »Eine Stadt«, stimmte er zu. »Aber was macht eine Stadt mitten in einem solchen Wald?«

»Und ohne Einwohner«, sagte Perrin. Als sie ihn ansahen, deutete er auf die Mauer. »Würden Einwohner Schlingpflanzen über alles hinwegwachsen lassen? Ihr wisst, wie diese Ranken das Mauerwerk zerstören. Seht mal, wie die Mauern eingefallen sind.«

Was Rand sah, ergab nun langsam ein richtiges Bild in seinem Kopf. Es war, wie Perrin gesagt hatte. Unter beinahe jedem niedrigeren Teil der Mauer befand sich ein von Unterholz überwachsener Hügel: Reste der zusammengebrochenen Mauer. Keine zwei Wachtürme hatten noch die gleiche Höhe. »Ich möchte wissen, was für eine Stadt das war«, überlegte Egwene. »Ich frage mich, was damit geschehen ist. Ich kann mich nicht erinnern, sie auf Vaters Landkarte gesehen zu haben.«

»Sie wurde Aridhol genannt«, sagte Moiraine. »In den Tagen der Trolloc-Kriege war sie ein Verbündeter von Manetheren.« Sie betrachtete die massive Mauer so eindringlich, dass sie sich der anderen kaum bewusst schien, nicht einmal Nynaeves, die sie mit einem Arm im Sattel stützte. »Später starb Aridhol, und dieser Ort erhielt einen anderen Namen.«

»Welchen Namen?«, fragte Mat.

»Hier«, sagte Lan. Er hielt Mandarb vor der Ruine eines Tors an, das früher wohl so breit gewesen war, dass fünfzig Männer nebeneinander hindurchmarschieren konnten. Nur die zerfallenen, von Schlingpflanzen überwucherten Wachtürme waren geblieben; es war kein Überrest der Torflügel zu sehen. »Hier reiten wir hinein.« In einiger Entfernung schrillten Trolloc-Hörner auf. Lan spähte in die Richtung, aus der die Hörnerklänge kamen, und sah dann zur Sonne hoch, die sich bereits auf halbem Weg abwärts zu den Baumwipfeln im Westen befand. »Sie haben herausgefunden, dass es eine falsche Spur war. Kommt, wir müssen vor der Dunkelheit noch einen Unterschlupf finden.«

»Welchen Namen?«, fragte Mat noch einmal.

Moiraine antwortete, während sie in die Stadt hineinritten. »Shadar Logoth«, sagte sie. »Sie wird Shadar Logoth genannt.«

KAPITEL 19

Drohende Schatten

Auseinander gebrochene Pflastersteine knirschten unter den Hufen der Pferde, als Lan sie in die Stadt führte. Die gesamte Stadt lag in Ruinen, jedenfalls so weit Rand blicken konnte, und war so verlassen, wie Perrin es gleich behauptet hatte. Nicht einmal eine Taube flog auf, und in den Rissen der Mauern und Straßen wucherte Unkraut, das nach diesem Winter braun und abgestorben war. Bei mehr als der Hälfte aller Gebäude war das Dach eingefallen. Aus zusammengebrochenen Mauern waren Ziegel und Bausteine in die Straßen gestürzt. Türme ragten mit zerfransten Spitzen wie abgebrochene Zahnstummel in den Himmel. Unregelmäßig geformte Schutthaufen, an deren Hängen ein paar verkrüppelte Bäume wuchsen, mochten wohl die Überreste von Palästen darstellen.

Doch das, was noch stand, genügte, um Rand den Atem zu rauben. Auch das größte Gebäude Baerlons würde im Schatten beinahe jeden Gebäudes hier verschwinden. Blasse Marmorpaläste mit riesigen Kuppeln waren überall zu sehen. Jedes Gebäude schien zumindest eine Kuppel zu haben; manche hatten vier oder fünf, und jede hatte eine andere Form. Lange Säulengänge zogen sich Hunderte von Schritten bis zu Türmen hin, die in den Himmel zu greifen schienen. An jeder Kreuzung stand ein Bronzebrunnen oder die Alabastersäule eines Denkmals oder eine Statue auf einem Sockel. Obwohl die Brunnen ausgetrocknet, die meisten Denkmäler umgestürzt und viele der Statuen verwittert waren, waren die Überreste noch immer so großartig, dass Rand nur staunen konnte.

Und ich habe Baerlon für eine Stadt gehalten! Versengen soll mich das Licht, aber Thom muss sich ganz schön über uns amüsiert haben. Moiraine und Lan natürlich auch.

Er war so in seine Betrachtungen versunken, dass es ihn überraschte, als Lan plötzlich vor einem weißen Steingebäude anhielt, das einst doppelt so groß wie der *Hirsch und Löwe* gewesen war. Man konnte nicht mehr sagen, was es einst dargestellt hatte, als die

Stadt bewohnt gewesen war – vielleicht sogar eine Schenke. Von den oberen Stockwerken existierte nur noch ein hohles Gerüst. Durch die leeren Fensterlöcher – Holz und Glas waren lange schon verschwunden – konnte man den Nachmittagshimmel sehen, doch das Erdgeschoss schien unversehrt. *Wie alt mag das alles sein?*, dachte Rand.

Moiraine, die ihre Hände immer noch auf dem Sattelhorn liegen hatte, betrachtete das Gebäude eingehend, bevor sie nickte. »Das wird gehen.«

Lan sprang aus dem Sattel und hob die Aes Sedai von ihrem Pferd herunter. »Bringt die Pferde hinein«, kommandierte er. »Sucht euch einen Raum weiter hinten als Stall heraus. Los, Bauernjungen. Das ist nicht der Dorfplatz zu Hause!« Er verschwand mit der Aes Sedai auf den Armen nach drinnen. Nynaeve kletterte herunter und lief ihm nach. Sie hielt ihren Beutel mit Kräutern und Salben fest in der Hand. Egwene kam ihr sogleich nach. Sie ließen ihre Reittiere einfach stehen.

»Bringt die Pferde hinein«, äffte Thom spöttisch nach und pustete die Enden seines Schnurrbarts von seinen Lippen. Er kletterte steif herab, rieb sich den Rücken und seufzte lang. Dann nahm er Aldiebs Zügel. »Na?«, sagte er und zog eine Augenbraue hoch, wobei er Rand und seine Freunde auffordernd anblickte.

Sie beeilten sich beim Absteigen und trieben die restlichen Pferde zusammen. Der Torbogen, an dem kein Rest einer früheren Tür mehr hing, war mehr als groß genug, um zwei Tiere nebeneinander hindurchzuführen.

Drinnen fanden sie einen riesigen Saal, so breit wie das ganze Gebäude, mit einem schmutzigen, geplätteten Fußboden und ein paar zerfetzten Wandbehängen, zu einem stumpfen, gleichmäßigen Braun verblasst, die aussahen, als würden sie bei der geringsten Berührung zerfallen. Lan hatte in einer Ecke für sich und Moiraine einen Lagerplatz mit ihren Umhängen als Unterlagen gerichtet. Nynaeve schimpfte über den Staub, kniete neben der Aes Sedai nieder und kramte in ihrem Beutel herum, den ihr Egwene aufhielt.

»Ich kann sie vielleicht nicht leiden, das mag schon stimmen«, sagte Nynaeve zu dem Behüter, als Rand, der Bela und Wolke führte, hinter Thom eintrat, »aber ich helfe jedem, der meine Hilfe braucht, ob ich ihn mag oder nicht.«

»Ich habe mich nicht beklagt, Seherin. Ich habe nur gesagt, Ihr sollt mit Euren Kräutern vorsichtig umgehen.«

Sie sah ihn aus den Augenwinkeln an. »Es ist nun mal so, dass sie meine Kräuter braucht, und Ihr ebenfalls.« Zu Beginn klang ihre Stimme bitter, doch dann nahm sie einen eher beißenden Tonfall an. »Sie kann nur so viel und nicht mehr tun, selbst mit ihrer Einen Macht, und sie hat schon so viel getan, wie sie nur konnte, ohne zusammenzubrechen. Es ist nun mal so, Herr der Sieben Türme, dass Euer Schwert ihr jetzt nicht helfen kann, wohl aber meine Kräuter.« Moiraine legte eine Hand auf Lans Arm. »Entspanne dich, Lan. Sie meint es nicht böse. Sie weiß es einfach nicht besser.« Der Behüter schnaubte verächtlich. Nynaeve hörte mit dem Herumkramen in ihrem Beutel auf und sah ihn mit hochgezogenen Augenbrauen an, dann aber sprach sie Moiraine an. »Es gibt viele Dinge, die ich nicht weiß. Worum geht es hier?«

»Zum einen«, antwortete Moiraine, »brauche ich nur etwas Ruhe. Zum anderen stimme ich Euch zu. Eure Fähigkeiten und Euer Wissen werden uns mehr nützen, als ich dachte. Wenn Ihr etwas habt, das mich eine Stunde lang schlafen lässt, ohne dass ich einen schweren Kopf bekomme ...?«

»Ein schwacher Tee aus Fuchsschwanzgras, Marisin und ...«

Rand versäumte den Rest, als er Thom in einen angrenzenden Raum folgte, der genauso groß und noch leerer war als der erste. Hier gab es nur Staub, dicht und unberührt, bis sie kamen. Nicht einmal die Spuren von Vögeln oder Mäusen waren auf dem Fußboden zu sehen.

Rand nahm Bela und Wolke die Sättel ab, Thom sattelte Aldieb und seinen Wallach ab und Perrin sein Pferd und Mandarb. Mat ließ seine Zügel mitten im Raum einfach fallen. Es gab außer der Tür, durch die sie eingetreten waren, noch zwei Ausgänge. »Eine Straße«, verkündete Mat, nachdem er den Kopf zum Ersten hinausgestreckt hatte. Das konnten sie alle von ihren Standpunkten aus sehen. Die zweite Tür war nur ein schwarzes Rechteck in der hinteren Wand. Mat ging langsam hindurch und kam viel schneller wieder zurück, wobei er sich lebhaft Spinnweben vom Haar streifte. »Da ist nichts drin«, sagte er und beäugte wieder die Gasse.

»Willst du dich nicht um dein Pferd kümmern?«, fragte Perrin. Er war bereits mit seinem fertig und hob gerade Mandarbs Sattel ab. Es war seltsam, aber der Hengst mit den wilden Augen machte bei ihm überhaupt keine Schwierigkeiten, obwohl er Perrin genau beobachtete. »Keiner wird das für dich erledigen.«

Mat blickte noch einmal zu der Gasse hinüber und wandte sich dann seufzend seinem Pferd zu. Als Rand Belas Sattel auf den Boden legte, bemerkte er, dass Mat trübsinnig in die Luft stierte. Seine Augen schienen tausend Meilen weit weg, und er bewegte sich nur ganz mechanisch.

»Bist du in Ordnung, Mat?«, erkundigte sich Rand. Mat hob den Sattel von seinem Pferd und stand gedankenverloren da. »Mat? Mat!« Mat erschrak und ließ beinahe den Sattel fallen. »Was? Oh! Ich ... Ich habe nur nachgedacht.«

»Nachgedacht?«, höhnte Perrin, der gerade Mandarbs Geschirr abschnallte. »Du hast geschlafen!«

Mat machte ein finsteres Gesicht. »Ich habe darüber nachgedacht, was ... geschehen ist. Über diese Worte, die ich ...« Alle wandten sich ihm zu, nicht nur Rand, und er trat unsicher von einem Fuß auf den anderen. »Also, ihr habt ja gehört, was Moiraine sagte. Es ist, als habe irgendein toter Mann mit meiner Zunge gesprochen. Es gefällt mir nicht.« Seine Miene verfinsterte sich noch mehr, als Perrin lachte.

»Aemons Schlachtruf, sagte sie – richtig? Vielleicht ist in dir Aemon wiedergeboren. So wie du immer über Emondsfelde herziehst, wie langweilig es dort ist, denke ich, das würde dir gefallen – ein König und wiedergeborener Held zu sein.«

»Sagt so etwas nicht!« Thom holte tief Luft. Jetzt sah jeder ihn an. »Das ist dummes Gerede! Die Toten können wiedergeboren werden oder einen lebenden Körper übernehmen, und das ist nichts, worüber man leichthin sprechen darf.« Er holte noch mal tief Luft, um sich zu beruhigen, bevor er fortfuhr: »Das alte Blut, hat sie gesagt. Das Blut und kein toter Mann. Ich habe gehört, dass so was manchmal geschehen kann. Gehört, wie gesagt, aber ich dachte niemals im Ernst daran ... Es waren deine Wurzeln, Junge. Das geht zurück über deinen Vater zu deinem Großvater und geradewegs zu Manetheren und vielleicht noch weiter. Na ja, jetzt weißt du, dass deine Familie sehr alt ist. Damit solltest du es bewenden lassen und einfach froh sein. Die meisten Leute wissen nicht viel mehr, als dass sie einen Vater hatten.«

Manche von uns können nicht einmal da sicher sein, dachte Rand bitter. *Vielleicht hatte die Seherin Recht. Licht, ich hoffe, sie hatte Recht.*

Mat nickte zu den Worten des Gauklers. »Ja, das denke ich auch. Nur ... glaubt Ihr, dass es etwas mit dem zu tun hat, was mit den Trollocs zu tun hat? Ich meine ... ach, ich weiß gar nicht, was ich meine.«

»Du solltest es vergessen und dich darauf konzentrieren, heil aus allem rauszukommen.« Thom zog seine langstielige Pfeife aus einer Innentasche seines Umhangs. Er winkte mit der Pfeife in ihre Richtung und verschwand im vorderen Saal.

»Wir stecken alle gemeinsam in dieser Sache«, sagte Rand zu Mat. Mat schüttelte sich und lachte kurz auf. »Richtig. Also, wenn wir schon von gemeinsamen Dingen reden: Jetzt sind wir ja mit den Pferden fertig, warum sollten wir uns dann nicht die Stadt ansehen? Eine richtige Stadt und keine Menschenmengen, wo man ständig angerempelt und getreten wird. Keiner, der uns von oben herab anschaut. Das Tageslicht wird sich noch eine, vielleicht auch zwei Stunden lang halten.«

»Vergisst du nicht die Trollocs?«, fragte Perrin.

Mat schüttelte verächtlich den Kopf. »Lan sagte, sie kämen nicht hierher; erinnerst du dich nicht mehr? Du musst auf das hören, was die Leute sagen.«

»Ich erinnere mich«, sagte Perrin. »Und ich pflege zuzuhören. Diese Stadt – Aridhol? – war ein Verbündeter von Manetheren. Siehst du? Ich höre zu.«

»Aridhol muss wohl während der Trolloc-Kriege die größte Stadt gewesen sein«, sagte Rand, »wenn die Trollocs sie immer noch fürchten. Sie hatten keine Angst, die Zwei Flüsse zu betreten, und Moiraine sagte, dass Manetheren – wie hat sie das ausgedrückt? – ein Dorn im Fuß des Dunklen Königs war.«

Perrin hob die Hände. »Erwähne bitte den Schäfer der Nacht nicht. Bitte!«

»Was meint ihr?«, lachte Mat. »Gehen wir!«

»Wir sollten Moiraine erst fragen«, sagte Perrin, und Mat hob nun die Hände in einem Anfall von Verzweiflung. »Moiraine fragen? Denkst du, sie wird uns aus ihrer Sichtweite lassen? Und wie steht's mit Nynaeve? Blut und Asche, Perrin, warum willst du nicht auch noch Frau Luhhan fragen, wenn du schon dabei bist?«

Perrin nickte zögernd, und Mat wandte sich grinsend an Rand. »Wie steht's mit dir? Eine richtige Stadt? Mit Palästen!« Er lachte hinterhältig. »Und keine Weißmäntel, die uns anstarren.«

Rand warf ihm einen spöttischen Blick zu, zögerte aber nur kurz. Diese Paläste hätten aus einer Gauklergeschichte stammen können. »Ich bin dabei!«

Sie bewegten sich ganz leise, damit man sie in dem vorderen Saal nicht hören konnte, und verließen das Gebäude über die Gasse. Sie folgten ihr von der Vorderfront des Gebäudes bis zu einer Straße. Sie gingen schnell, und als sie sich einen Häuserblock weit von dem weißen Steingebäude entfernt hatten, begann Mat plötzlich zu hüpfen und zu tanzen.

»Frei.« Er lachte. »Frei!« Er ging langsamer, bis er schließlich einen Kreis beschrieb und dabei alles um sich herum betrachtete und immer weiter lachte. Die Nachmittagsschatten erstreckten sich lang und gezackt, und die sinkende Sonne färbte die in Ruinen liegende Stadt golden. »Habt ihr euch je einen solchen Ort erträumt? Habt ihr das?«

Perrin lachte auch, aber Rand zuckte nur die Achseln. Das glich in nichts der Stadt aus seinem ersten Traum, aber dennoch ...»Wenn wir noch etwas sehen wollen«, sagte er, »dann sollten wir losmarschieren. Es wird nicht mehr lange hell sein.«

Mat wollte einfach alles sehen, so schien es jedenfalls, und er riss mit seiner Begeisterung die anderen mit. Sie kletterten über verstaubte Brunnen, deren Wasserbecken groß genug waren, um alle Emondsfelder auf einmal unterzubringen, und liefen in die größten Gebäude hinein und wieder heraus, die sie finden konnten. Einiges verstanden sie, anderes nicht. Ein Palast war immer noch ein Palast, aber was konnte man mit einem Gebäude anfangen, das nur aus einer runden, weißen Kuppel bestand, außen so groß wie ein ganzer Hügel und mit einem riesenhaften Saal im Inneren? Und was sollte dieser von Mauern begrenzte Platz ohne Dach, mit Reihe auf Reihe auf Reihe von Steinbänken außenherum?

Mat wurde ungeduldig, als sie nichts außer Staub, Schutt und verblassten Wandbehängen fanden, die bei der leisesten Berührung zerfielen. Einmal waren Holzstühle an einer Mauer aufgestapelt, doch als Perrin versuchte, einen davon aufzuheben, zerfielen sie alle.

Die Paläste mit ihren riesigen leeren Sälen ließen Rand oft an die Menschen denken, die sie einst bewohnt hatten. Er glaubte, dass alle Einwohner der Zwei Flüsse unter dieser runden Kuppel Platz gefunden hätten, und was den Ort mit den Steinbänken betraf ... Er konnte sich beinahe vorstellen, die Menschen in den Schatten zu erkennen, wie sie missbilligend den drei Eindringlingen zusahen, die ihre Ruhe störten.

Schließlich wurde selbst Mat müde, auch wenn die Gebäude noch so beeindruckend waren, und er erinnerte sich daran, dass er in der Nacht zuvor nur eine Stunde lang geschlafen hatte. Alle begannen, sich daran zu erinnern. Gähnend saßen sie auf den Stufen vor einem hohen Gebäude, an dessen Vorderseite viele Reihen hoher Steinsäulen standen, und stritten sich darüber, was sie als Nächstes machen sollten.

»Zurückgehen«, sagte Rand, »und etwas schlafen.« Er hielt sich den Handrücken vor den Mund. Als er wieder zu sprechen in der Lage war, sagte er: »Schlafen. Das ist alles, was ich will.«

»Du kannst doch immer schlafen«, sagte Mat verächtlich. »Schau mal, wo wir uns hier befinden. Eine Ruinenstadt. Schätze.«

»Schätze?« Perrins Kiefer knackten. »Hier gibt es keinen Schatz. Es gibt nichts als Staub.«

Rand hob die Hand an die Stirn, damit er nicht von der Sonne geblendet wurde, die wie ein roter Ball über den Dächern hing. »Es wird spät, Mat. Bald ist es dunkel.«

»Es könnte Schätze geben«, beharrte Mat. »Auf jeden Fall möchte ich auf einen der Türme steigen. Schaut mal den dort drüben an. Er ist unversehrt geblieben. Ich wette, von dort droben kann man meilenweit sehen. Was meint ihr?«

»Die Türme sind nicht sicher«, sagte eine Männerstimme hinter ihnen.

Rand sprang auf die Füße und wirbelte herum, wobei er sein Schwert am Griff packte. Die anderen waren genauso schnell. Ein Mann stand im Schatten unter den Säulen oben an der Treppe. Er trat einen halben Schritt vor, hob die Hand, um seine Augen zu schützen, und trat wieder zurück. »Vergebt mir«, sagte er weich. »Ich bin eine ganze Zeit drinnen im Dunkeln gewesen. Meine Augen sind noch nicht an das Licht gewöhnt.«

»Wer seid Ihr?« Rand hielt den Akzent des Mannes für eigenartig, sogar nach dem, was sie in Baerlon gehört hatten; er betonte einige Worte so seltsam, dass Rand sie kaum verstehen konnte. »Was macht Ihr hier? Wir dachten, die Stadt sei verlassen.«

»Ich heiße Mordeth.« Er legte eine Pause ein, als erwarte er, dass sie den Namen erkannten. Als sie ihn fragend ansahen, murmelte er etwas vor sich hin und fuhr fort: »Ich könnte euch dasselbe fragen. Es ist schon lange niemand mehr in Aridhol gewesen. Lange, lange Zeit. Ich hätte nicht gedacht, dass ich auf der Straße drei jungen Männern begegne.«

»Wir sind auf dem Weg nach Caemlyn«, sagte Rand. »Wir sind hier geblieben, um uns ein Nachtquartier zu suchen.«

»Caemlyn«, sagte Mordeth langsam und rollte den Namen um

seine Zunge herum. Dann schüttelte er den Kopf. »Ein Nachtquartier, sagt Ihr? Vielleicht schließt Ihr Euch mir an?«

»Ihr habt noch immer nicht gesagt, was Ihr hier macht«, sagte Perrin.

»Ich bin natürlich Schatzsucher.«

»Habt Ihr einen gefunden?«, wollte Mat aufgeregt wissen.

Rand glaubte, Mordeth lächeln zu sehen, aber er konnte im Schatten nicht sicher sein. »Habe ich«, sagte der Mann. »Mehr, als ich erwartete. Viel mehr. Mehr als ich wegtragen kann. Ich habe nicht damit gerechnet, drei kräftige junge Männer zu finden. Wenn ihr mir helft, einen Teil des Schatzes zu meinen Pferden zu schleppen, bekommt jeder von euch so viel, wie er tragen kann. Was ich zurücklasse, wird schnell weg sein, von einem anderen Schatzsucher weggeschleppt, bevor ich zurückkommen und es holen kann.«

»Ich habe euch gesagt, dass es an einem solchen Ort Schätze geben muss«, rief Mat. Er schoss die Treppe hoch. »Wir werden Euch helfen, ihn zu tragen. Bringt uns nur dorthin.« Er und Mordeth gingen tiefer in die Schatten unter den Säulen hinein. Rand sah Perrin an. »Wir können ihn nicht allein lassen.« Perrin sah hinüber zu der sinkenden Sonne und nickte.

Sie gingen misstrauisch die Treppe hoch. Perrin lockerte die Axt in seiner Gürtelschlaufe. Rand spannte die Hand um den Griff seines Schwerts. Mat und Mordeth warteten zwischen den Säulen. Mordeth hatte die Arme vor der Brust verschränkt, während Mat ungeduldig nach innen spähte.

»Kommt«, sagte Mordeth. »Ich zeige euch den Schatz.« Er schlüpfte hinein, und Mat folgte ihm. Den anderen blieb nichts anderes übrig, als ebenfalls nachzukommen.

Im Saal herrschte Düsternis, aber Mordeth wandte sich sofort zur Seite und betrat eine enge Treppe, die sich in vielen Windungen durch immer tiefere Dunkelheit nach unten zog. Schließlich ertasteten sie sich den Weg durch pechschwarze Nacht. Rand tastete mit einer Hand an der Wand entlang und war sich nie sicher, ob eine weitere Stufe kommen würde, bis sein Fuß sie schließlich fand. Selbst Mat fühlte sich nicht mehr wohl in seiner Haut. Man hörte es seiner Stimme an, als er sagte: »Es ist schrecklich dunkel hier unten.«

»Ja, ja«, antwortete Mordeth. Dem Mann schien die Dunkelheit überhaupt nichts auszumachen. »Unten gibt es Lichter. Kommt.«

Tatsächlich mündete die Wendeltreppe in einen Korridor, der durch verstreute, qualmende Fackeln in Eisenhaltern an den Wänden trübe beleuchtet wurde. Im Licht der flackernden Fackeln hatte Rand erstmals Gelegenheit, Mordeth, der ohne Unterbrechung weiterhastete, genauer zu betrachten. Er winkte ihnen zu, ihm zu folgen.

Er hatte etwas Eigenartiges an sich, dachte Rand, aber er konnte nicht genau sagen, was es war. Mordeth war ein gepflegter, etwas fülliger Mann. Seine Augenlider waren halb geschlossen, und so schien es, als verstecke er sich hinter irgendetwas und blicke dahinter hervor. Er war klein und hatte eine Glatze, doch er ging einher, als sei er größer als sie alle. Seine Kleidung sah anders aus als jede, die Rand zuvor gesehen hatte. Enge schwarze Kniebundhosen und weiche rote Stiefel, deren Stulpen an den Knöcheln umgeschlagen waren. Eine lange, rote, mit Gold bestickte Weste und ein schneeweißes Hemd mit weiten Ärmeln. Die Enden seiner Manschetten hingen beinahe in Kniehöhe. Ganz bestimmt keine Kleidung, in der man eine Ruinenstadt nach Schätzen durchsucht. Aber das war es noch nicht einmal, was ihn so fremdartig wirken ließ. Dann mündete der Korridor in einen gekachelten Raum, und er vergaß alles Eigenartige, was er an Mordeth entdeckt hatte. Sein Keuchen glich dem seiner Freunde. Auch hier stammte das Licht von einigen Fackeln, die die Decke des Zimmers mit Ruß schwärzten und von jedem mehr als einen Schatten erzeugten, aber dieses Licht wurde tausendmal reflektiert von den Edelsteinen und dem Gold, die am Boden aufgehäuft lagen: Hügel von Münzen und Juwelen, Pokale und Teller und Platten, vergoldete, mit Edelsteinen verzierte Schwerter und Dolche, alles achtlos hüfthoch aufgehäuft. Mit einem Aufschrei rannte Mat vor und fiel vor einem der Stapel auf die Knie nieder. »Säcke«, sagte er atemlos und steckte die Hände in all das Gold. »Wir werden Säcke brauchen, um all das zu tragen.«

»Wir können nicht alles tragen«, sagte Rand. Er blickte sich hilflos um; alle Schmuckhändler, die während eines Jahres nach Emondsfelde kamen, hätten nicht ein Tausendstel auch nur eines dieser Stapel zusammenbringen können. »Nicht jetzt. Es ist fast dunkel.«

Perrin zog eine Axt heraus und warf die Goldketten zurück, die sich darum verwickelt hatten. Juwelen glitzerten an ihrem glänzend schwarzen Griff, und die Doppelschneide war mit feinen Goldgravuren verziert. »Also morgen«, sagte er und schwang grinsend die Axt. »Moiraine und Lan werden uns verstehen, wenn wir ihnen das zeigen.«

»Ihr seid nicht allein?«, fragte Mordeth. Er hatte sie an sich vorbeigelassen, als sie in die Schatzkammer stürzten, doch nun folgte er ihnen.»Wer ist noch bei euch?«

Mat, dessen Arme tief in den Reichtümern vor ihm steckten, antwortete abwesend:»Moiraine und Lan. Und dann noch Nynaeve und Egwene und Thom. Er ist Gaukler. Wir reiten nach Tar Valon.« Rand hielt die Luft an. Mordeth schwieg, Wut und Angst verzerrten sein Gesicht. Seine Lippen öffneten sich und gaben die Zähne frei.»Tar Valon!« Er schüttelte geballte Fäuste nach ihnen.»Tar Valon! Ihr habt gesagt, ihr wolltet nach diesem ... diesem ... Caemlyn reiten! Ihr habt mich angelogen!«

»Wenn Ihr immer noch wollt«, sagte Perrin zu Mordeth,»dann kommen wir morgen zurück und helfen Euch.« Vorsichtig legte er die Axt auf den Stapel juwelengeschmückter Schalen und Ringe und Ketten zurück.»Wenn Ihr wollt.«

»Nein. Das heißt ...« Schwer atmend schüttelte Mordeth den Kopf, als könne er sich nicht entscheiden.»Nehmt, was ihr wollt. Außer ... außer ...«

Plötzlich war Rand klar, was ihn die ganze Zeit an dem Mann gestört hatte. Die verstreuten Fackeln in dem Korridor hatten jedem von ihnen einen Ring von Schatten verliehen, genau wie die Fackeln in der Schatzkammer. Nur ... Er war so entsetzt, dass er es laut aussprach:»Ihr habt keinen Schatten!«

Ein Pokal fiel mit lautem Krachen aus Mats Hand.

Mordeth nickte, und zum ersten Mal öffneten sich seine fleischigen Augenlider ganz. Sein schmales Gesicht erschien auf einmal eingefallen und hungrig.»Nun denn.« Er richtete sich auf. Er schien nun größer als zuvor.»Die Entscheidung ist gefallen.« Plötzlich war aller Schein verschwunden. Mordeth schwoll wie ein Ballon an, verzerrte sich, der Kopf stieß an die Decke, die Schultern wurden von den Wänden aufgehalten, und so füllte er das eine Ende des Raums und schnitt ihnen den Fluchtweg ab. Mit eingefallenen Wangen und gebleckten Zähnen streckte er Hände nach ihnen aus, die groß genug waren, um den Kopf eines Mannes in ihnen zu halten.

Mit einem Schrei sprang Rand zurück. Seine Füße verfingen sich in einer Goldkette, und er stürzte zu Boden. Die Luft blieb ihm weg. Er versuchte, wieder zu Atem zu kommen, und gleichzeitig griff er nach seinem Schwert, wobei er seinen Umhang wegreißen musste, der sich um die Scheide gewickelt hatte. Die Schreie seiner Freunde erfüllten den Raum, und dazu ertönte das Klappern von Goldtellern und Pokalen, die über den Fußboden rollten. Plötzlich gellte ein Schmerzensschrei in Rands Ohren.

Fast schon schluchzend brachte er es endlich fertig, tief Luft zu holen, gerade in dem Augenblick, als er auch das Schwert aus der Scheide gezogen hatte. Vorsichtig stand er auf und fragte sich, welcher seiner Freunde aufgeschrien hatte. Perrin sah ihn mit weit aufgerissenen Augen von der anderen Seite des Raums her an, wo er mit der Axt in seiner Hand kauerte, als wolle er einen Baum fällen. Mat blickte hinter der Seite eines Schatzhaufens hervor, und seine Hand umklammerte einen Dolch, den er aus dem Schatz herausgezogen hatte.

Etwas bewegte sich dort, wo der Schatten, den die Fackeln übrig gelassen hatten, am tiefsten war. Sie fuhren alle herum. Es war Mordeth, der seine Knie an die Brust gezogen hatte und sich so weit wie möglich in die entfernteste Ecke zwängte.

»Er hat uns betrogen«, keuchte Mat. »Es war eine Falle.«

Mordeth warf den Kopf zurück und schrie jammernd auf. Die Wände zitterten, und Staub rieselte herunter. »Ihr seid alle tot!«, rief er. »Alle tot!« Und er sprang auf und hechtete durch den Raum.

Rands Unterkiefer klappte herab, und beinahe hätte er das Schwert fallen lassen. Als Mordeth durch die Luft schoss, streckte sich sein Körper wie eine Rauchfahne. So dünn wie ein Finger traf er auf einen Spalt zwischen den Kacheln an der Wand und verschwand darin. Ein letzter Schrei wehte noch durch den Raum und wurde langsam immer leiser, nachdem er weg war.

»Ihr seid alle tot!«

»Wir müssen hier raus«, sagte Perrin schwach. Er festigte seinen Griff um den Axtstiel und bemühte sich, gleichzeitig in alle Richtungen zu sehen. Goldzierrat und Edelsteine knirschten unbeachtet unter seinen Füßen.

»Aber der Schatz«, protestierte Mat. »Wir können ihn nicht einfach zurücklassen.«

»Ich will nichts davon«, sagte Perrin, der sich immer noch von einer Seite zur anderen drehte. Er erhob die Stimme und schrie die Wände an:

»Es ist Euer Schatz, hört Ihr mich? Wir nehmen nichts davon mit!«

Rand sah Mat zornig an. »Willst du, dass er uns nachkommt? Oder willst du hier warten und dir die Taschen vollstopfen, bis er mit zehn anderen von seiner Sorte zurückkommt?«

Mat deutete auf all das Gold und die Edelsteine. Bevor er jedoch etwas sagen konnte, packte Rand einen seiner Arme und Perrin den anderen. Sie zerrten ihn aus dem Raum. Mat wehrte sich und stammelte von dem Schatz.

Bevor sie auch nur zehn Schritte den Gang hinunter getan hatten, erlosch das trübe Licht hinter ihnen allmählich. Die Fackeln in der Schatzkammer gingen aus. Mat verstummte. Sie beschleunigten ihre Schritte. Die erste Fackel außerhalb der Schatzkammer ging aus, dann die nächste. Als sie die Wendeltreppe erreicht hatten, mussten sie Mat nicht mehr zerren. Sie rannten alle, und hinter ihnen schloss sich die Dunkelheit. Sogar die pechschwarze Dunkelheit an der Treppe ließ sie keinen Moment zögern. Dann rannten sie hoch und schrien mit aller Kraft. Sie schrien, um alles wegzuscheuchen, was dort auf sie warten mochte, und um sich selbst daran zu erinnern, dass sie noch immer lebten.

Sie rannten in den Saal oben, rutschten und stürzten auf dem staubigen Marmorboden, krabbelten zwischen den Säulen hindurch nach draußen und stolperten auf die Straße. Rand hob Tams Schwert vom Pflaster auf, wobei er sich argwöhnisch umblickte. Weniger als die halbe Sonnenscheibe zeigte sich noch über den Dächern. Schatten griffen wie dunkle Hände nach ihnen, erschienen im spärlichen Licht noch dunkler. Sie füllten die Straße. Ein Schauer lief ihm über den Rücken. Die Schatten sahen wie Mordeth aus, als griffe er nach ihnen. »Wenigstens sind wir draußen.« Mat klopfte sich zittrig den Staub aus der Kleidung. »Und zumindest ich ...«

»Tatsächlich?«, fragte Perrin.

Rand wusste, dass es diesmal nicht seine Einbildung war. Sein Nacken prickelte. Irgendetwas beobachtete sie aus dem Schatten der Säulen heraus. Er fuhr herum und betrachtete die Gebäude auf der anderen Straßenseite. Auch von dort her fühlte er Blicke auf sich ruhen. Sein Griff um den Schwertknauf festigte sich, obwohl er sich fragte, was das wohl bringen würde. Von überall her schienen sie beobachtet zu werden. Die anderen sahen sich misstrauisch um; er wusste, dass sie dasselbe fühlten.

»Wir bleiben in der Straßenmitte«, sagte er heiser. Sie suchten seinen Blick und sahen dabei genauso verängstigt aus, wie er sich fühlte. Er schluckte schwer. »Wir bleiben in der Straßenmitte, halten uns so weit wie möglich von den Schatten fern und gehen schnell.«

»Gehen sehr schnell«, stimmte ihm Mat leidenschaftlich zu.

Die Beobachter folgten ihnen. Oder aber es gab sehr viele Beobachter, denn aus beinahe jedem Gebäude wurden sie angestarrt.

Rand konnte beim besten Willen keine Bewegung entdecken, aber er fühlte die Augen, gierige, hungrige Augen. Er wusste nicht, was schlimmer war: Tausende von Augen oder nur wenige, die ihnen folgten.

An offenen Stellen, wo der Sonnenschein sie noch erreichte, gingen sie etwas langsamer und blinzelten nervös in die Dunkelheit, die fortwährend vor ihnen lag. Keiner von ihnen hatte es eilig, in die Schatten zu treten; keiner war sich ganz sicher, ob nicht doch etwas dort auf sie lauerte. Wann immer Schatten die ganze Straße bedeckten und ihren Weg versperrten, war die Vorfreude der Beobachter beinahe greifbar zu spüren. Sie rannten schreiend über diese dunklen Stellen. Rand bildete sich ein, trockenes, raschelndes Lachen zu hören.

Als die Dämmerung sich schon ihrem Ende zuneigte, kam das weiße Steingebäude in Sicht, das sie scheinbar vor Tagen verlassen hatten. Plötzlich waren die Augen der Beobachter weg. Von einem Schritt auf den anderen verschwanden sie in einem Wimpernschlag.

Wortlos begann Rand zu laufen, von seinen Freunden gefolgt, und dann rannten sie aus Leibeskräften, bis sie durch die Tür hetzten und schnaufend zusammensanken.

Mitten auf dem geplättelten Fußboden brannte ein kleines Feuer. Der Rauch verschwand durch ein Loch in der Decke, und zwar auf solche Weise, dass es Rand unangenehm an Mordeth erinnerte. Alle außer Lan waren da und um das Feuer herum versammelt. Egwene, die sich die Hände am Feuer wärmte, erschrak, als die drei in den Raum platzten. Sie umklammerte ihren Hals, aber als sie sah, wer es war, verdarb ein Seufzer der Erleichterung ihren Versuch eines vernichtenden Blickes. Thom murmelte nur etwas mit der Pfeife im Mund, doch Rand konnte das Wort ›Narren‹ heraushören, bevor der Gaukler wieder dazu zurückkehrte, mit einem Stock in den Flammen herumzustochern.

»Ihr wollköpfigen Nichtsnutze!«, schimpfte die Seherin. Sie schien von Kopf bis Fuß Funken zu sprühen, ihre Augen glitzerten, und auf ihren Wangen glühten rote Flecken. »Warum, zum Licht noch mal, seid ihr davongerannt? Habt ihr überhaupt kein Hirn mehr? Lan sucht nach euch, und ihr habt mehr Glück, als ihr verdient, wenn er euch bei seiner Rückkehr nicht die Vernunft in eure dicken Schädel prügelt!«

Das Gesicht der Aes Sedai verriet überhaupt keine Erregung, aber bei ihrem Anblick hatten sich die in ihr Kleid verkrampften Hände gelöst. Was Nynaeve ihr auch gegeben haben mochte, hatte geholfen, denn sie war wieder auf den Beinen. »Das hättet ihr nicht tun sollen«, sagte sie mit einer Stimme, die so klar und ruhig klang wie die Oberfläche eines Sees im Wasserwald. »Wir werden später darüber sprechen. Dort draußen muss etwas geschehen sein, denn sonst würdet ihr nicht so über die eigenen Füße stolpern. Was war los?«

»Ihr habt gesagt, wir seien in Sicherheit«, beklagte sich Mat, wobei er sich wieder hochrappelte. »Ihr sagtet, Aridhol war ein Verbündeter von Manetheren, und die Trollocs würden nicht in die Stadt kommen ...«

Moiraine trat so unvermittelt einen Schritt vor, dass Mat augenblicklich verstummte und Rand und Perrin mitten in der Bewegung des Aufstehens innehielten, der eine noch gebückt und der andere auf den Knien. »Trollocs? Habt ihr Trollocs innerhalb der Mauern gesehen?«

Rand schluckte. »Keine Trollocs«, sagte er, und dann begannen alle drei auf einmal, aufgeregt durcheinander zu sprechen.

Jeder begann an einem anderen Punkt. Mat erzählte davon, wie sie den Schatz gefunden hatten, und es klang fast so, als sei es allein sein Verdienst gewesen. Perrin erklärte zuerst, warum sie sich anfangs davongestohlen hatten, ohne jemandem Bescheid zu sagen. Rand kam gleich zu dem Punkt, der ihm wichtig erschien. Er berichtete von ihrem Treffen mit dem Fremden unter den Säulen. Aber sie waren alle derart erregt, dass keiner die richtige Reihenfolge einhielt. Wann immer einem von ihnen etwas einfiel, sprudelte er es heraus, ohne darauf zu achten, was davor oder danach kam oder wer was sagte. Die Beobachter. Sie stammelten alle etwas von Beobachtern.

Die ganze Erzählung wirkte ziemlich zusammenhanglos, aber ihre Furcht wurde trotzdem deutlich. Egwene blickte unsicher zu den leeren Fenstern an der Straßenseite hinüber. Dort draußen verblassten die letzten Reste der Dämmerung; das Feuer erschien ihnen nun sehr klein und düster. Thom nahm die Pfeife aus dem Mund und lauschte mit düsterer Miene und geneigtem Kopf. Moiraine sah besorgt drein, aber nicht zu sehr.

Plötzlich zischte die Aes Sedai und packte Rands Ellenbogen ganz fest. »Mordeth! Bist du sicher, dass er so hieß? Ihr müsst euch alle ganz sicher sein. Mordeth?«

Sie murmelten im Chor ihr ›Ja‹, durch die Erregung der Aes Sedai erschreckt.

»Hat er euch berührt?«, fragte sie. »Hat er euch irgendetwas gegeben, oder habt ihr etwas für ihn getan? Ich muss das wissen!«

»Nein«, sagte Rand. »Niemand. Nichts von alledem.«

Perrin nickte zustimmend und fügte hinzu: »Er wollte uns lediglich umbringen. Ist das nicht genug? Er schwoll an, bis er den halben Raum ausfüllte, schrie, wir seien alle tot, und verschwand dann.« Er zeigte es mit einer Handbewegung an. »Wie Rauch.« Egwene kreischte auf. Mat drehte sich gereizt ab. »Sicher, habt Ihr gesagt! All das Gerede, die Trollocs kämen nicht hierher. Was sollten wir denn sonst denken?«

»Offensichtlich habt ihr überhaupt nicht gedacht«, sagte sie wieder ganz kühl und beherrscht. »Jeder mit ein bisschen Verstand würde sich an einem Ort vorsehen, den selbst Trollocs nicht zu betreten wagen.«

»Mats Verdienst«, sagte Nynaeve verdrießlich. »Er überredet sie immer zu irgendwelchem Blödsinn, und die anderen vergessen jede Vorsicht, wenn sie bei ihm sind.«

Moiraine nickte kurz, doch ihre Augen ruhten weiter auf Rand und seinen beiden Freunden. »Gegen Ende der Trolloc-Kriege lagerte eine Armee in diesen Ruinen – Trollocs, Schattenfreunde, Myrddraal, Schattenlords, viele Tausende. Als sie nicht mehr herauskamen, schickte man Kundschafter hinter die Mauern. Die Kundschafter fanden Waffen, Teile von Rüstungen und überall Blutspritzer. Und Botschaften in der Trolloc-Sprache, die in die Wände gekratzt waren, Gebete an den Dunklen König, er möge ihnen in ihrer letzten Stunde helfen. Männer, die später dorthin kamen, fanden keine Spur mehr von Blut oder von den Botschaften. Alles war entfernt worden. Halbmenschen und Trollocs denken noch immer daran. Das hält sie von diesem Ort fern.«

»Und den habt Ihr erwählt, um uns zu verstecken?«, fragte Rand ungläubig. »Wir wären sicherer dort draußen bei dem Versuch, ihnen davonzulaufen.«

»Wenn ihr nicht davongerannt wärt«, sagte Moiraine geduldig, »hättet ihr erfahren, dass ich um dieses Gebäude herum Amulette platziert habe. Ein Myrddraal würde noch nicht einmal wissen, dass sich diese Amulette hier befinden, denn sie sollen eine andere Form des Bösen aufhalten, aber was sich hier in Shadar Logoth befindet, wird sie nicht überschreiten oder ihnen auch nur nahe kommen. Am Morgen wird es sicher genug sein, dass wir gehen können – diese Dinge können das Sonnenlicht nicht ertragen. Sie werden sich tief in der Erde verstecken.«

»Shadar Logoth?«, sagte Egwene unsicher. »Ich glaubte, Ihr hättet gesagt, diese Stadt hieße Aridhol.«

»Einst wurde sie Aridhol genannt«, antwortete Moiraine, »und war eine der Zehn Nationen, der Länder des Zweiten Pakts, der Länder, die sich von den ersten Tagen nach der Zerstörung der Welt an gegen den Dunklen König stellten. In den Tagen, da Thorin al Toren al Ban König von Manetheren war, war Balwen Mayel, Balwen Eisenhand, König von Aridhol. Im Aufdämmern der Verzweiflung während der Trolloc-Kriege schien es, dass der Vater der Lügen gewinnen würde, und in jener Zeit kam ein Mann namens Mordeth an Balwens Hof.«

»Derselbe Mann?«, rief Rand, und Mat sagte: »Das kann nicht sein!« Ein Blick Moiraines brachte sie zum Schweigen. Stille erfüllte den Raum, und die Stimme der Aes Sedai erklang wieder. »Mordeth war noch nicht lange in der Stadt, da lieh ihm der König sein Ohr, und bald war er der zweite Mann im Staat nach Balwen. Mordeths Stimme war wie Gift für Balwen, und Aridhol veränderte sich allmählich. Aridhol zog sich in sich selbst zurück und verhärtete. Man sagte, viele sähen noch lieber Trollocs kommen als die Männer aus Aridhol. Der Sieg des Lichts ist alles, was zählt. Das war der Schlachtruf, den Mordeth ihnen mitgab, und die Männer von Aridhol schrien ihn hinaus, während ihre Taten dem Licht Hohn sprachen.

Die Geschichte ist zu lang, um sie ganz zu erzählen, und auch zu grausig. Nur Bruchstücke sind bekannt, sogar in Tar Valon. Wie Thorins Sohn Caar kam, um Aridhol wieder für den Zweiten Pakt zurückzugewinnen, und wie Balwen auf seinem Thron saß und das Licht des Wahnsinns aus seinen Augen leuchtete, wie er lachte und Mordeth an seiner Seite lächelte und den Tod Caars und der Abgesandten als Freunde der Dunkelheit befahl. Wie Prinz Caar den Namen Caar Einhand erhielt. Wie er aus den Verließen von Aridhol entkam und allein in die Grenzlande flüchtete mit Mordeths unnatürlichen Mördern auf den Fersen. Wie er dort Rhea traf, die nicht wusste, wer er war, und sie heiratete und damit den Faden in das Muster verwebte, der zu seinem Tod durch ihre Hand und zu ihrem eigenen durch ihre Tat vor seiner Gruft führte, und zum Fall von Alethloriel. Wie die Armee von Manetheren anrückte, um Caar zu rächen, und die Tore von Aridhol niedergerissen fand, kein Leben mehr in seinen Mauern, aber dafür etwas, das schlimmer war als der Tod. Kein Feind war nach Aridhol gekommen, Aridhol hatte sich selbst zerstört. Aus Misstrauen und Hass war etwas geboren worden, das die verzehrte, die es erschaffen hatten, und das im Muttergestein unter der Stadt lebte. Mashadar wartet immer noch dort und ist hungrig. Die Menschen sprachen nicht mehr von Aridhol. Sie nannten es Shadar Logoth, ›den Ort, wo der Schatten wartet‹, oder einfacher: Wartende Schatten.

Nur Mordeth wurde nicht von Mashadar verzehrt, doch er wurde von ihm in die Falle gelockt, und so hat auch er in diesen Mauern jahrhundertelang gewartet. Andere haben ihn gesehen. Einige hat er durch Geschenke beeinflusst, die den Verstand verdrehen und den Geist verderben. Diese Verderbnis nimmt zu und scheint wieder zu verschwinden, wieder und wieder, bis sie herrscht ... oder tötet. Wenn er jemanden dazu bringt, ihn zu den Mauern zu begleiten, zur Grenze von Mashadars Machtbereich, ist er in der Lage, seine Seele zu verzehren. Mordeth kann dann die Stadt im Körper dessen verlassen, den er nicht nur einfach getötet hat, um wieder Unheil in der Welt anzurichten.«

»Der Schatz«, stammelte Perrin, als sie schwieg. »Er wollte, dass wir ihm helfen, den Schatz zu seinen Pferden zu tragen.« Sein Gesicht trug einen gequälten Ausdruck. »Ich wette, sie sollten angeblich irgendwo außerhalb der Stadt auf ihn warten.« Rand lief es kalt den Rücken hinunter. »Aber jetzt sind wir sicher, nicht wahr?«, fragte Mat. »Er hat uns nichts gegeben und uns auch nicht berührt. Wir sind durch Eure Amulette in Sicherheit, ja?«

»Wir sind sicher«, stimmte Moiraine zu. »Er kann die Abwehrlinie nicht überschreiten, genau wie die anderen Bewohner dieses Orts. Und sie müssen sich vor dem Sonnenlicht hüten, sodass wir aufbrechen können, sobald es Tag ist. Versucht jetzt zu schlafen. Die Amulette werden uns beschützen, bis Lan zurückkehrt.«

»Er ist aber schon lange weg.« Nynaeve blickte besorgt in die Nacht hinaus. Es war jetzt vollkommen dunkel.

»Lan geht es gut«, sagte Moiraine beruhigend und breitete ihre Decken neben dem Feuer aus. »Für ihn wurde ein Gelübde abgelegt, dass er gegen den Dunklen König kämpfen müsse, noch bevor er die Wiege verließ. Ein Schwert wurde in seine Kinderhände gelegt. Außerdem wüsste ich es im selben Augenblick, wenn er stirbt, und auch, *wie* er ums Leben kommt. Genauso wüsste er es von mir. Ruhe dich jetzt aus, Nynaeve. Alles wird gut.« Doch als sie sich in die Decken rollte, hielt sie einen Moment lang inne und blickte auf die Straße hinaus, als hätte auch sie gern gewusst, was den Behüter so lange aufhielt.

Rands Glieder waren bleischwer, und seine Augen wollten sich immer wieder von allein schließen, und doch dauerte es eine Weile, bis er einschlief, und als es so weit war, träumte er, redete im Schlaf und strampelte seine Decken weg. Er erwachte dann ganz unvermittelt und sah sich einen Augenblick lang um, bevor er sich daran erinnerte, wo er sich befand. Der Mond stand am Himmel. Es war die letzte dünne Sichel vor dem Neumond. Die Nacht besiegte seinen schwachen Schein. Alle anderen schliefen noch, wenn auch manche recht unruhig. Egwene und seine beiden Freunde wälzten sich herum und murmelten kaum hörbar im Schlaf. Thoms Schnarchen, ausnahmsweise einmal leise, wurde von Zeit zu Zeit durch halb geformte Worte unterbrochen. Es war immer noch keine Spur von Lan zu sehen.

Plötzlich hatte er ein Gefühl, als seien die Amulette überhaupt kein Schutz. *Alles* konnte sich dort draußen in der Dunkelheit herumtreiben. Er sagte sich, das sei närrisch, und legte frisches Holz auf die letzte Glut des Feuers. Es war zu klein, um viel Wärme abzugeben, aber es erzeugte mehr Licht.

Er hatte keine Ahnung, was ihn aus seinem unangenehmen Traum gerissen hatte. Er war wieder ein kleiner Junge gewesen, der Tams Schwert trug und dem man eine Wiege auf den Rücken geschnallt hatte, und er rannte durch leere Straßen, von Mordeth verfolgt, und der schrie, er wolle nur seine Hand. Und dann war da noch ein alter Mann gewesen, der hatte sie beobachtet und die ganze Zeit wie ein Verrückter gelacht.

Er zog seine Decken zurecht, legte sich wieder hin und blickte die Wände an. Er hätte so gerne geschlafen, selbst auf die Gefahr hin, noch mehr solche Träume zu erleben, doch er konnte einfach die Augen nicht schließen.

Plötzlich trat der Behüter leise aus der Dunkelheit in den Saal. Moiraine erwachte und setzte sich auf, als habe er eine Glocke geläutet. Lan öffnete die Hand; drei kleine Gegenstände fielen vor ihr auf den Fußboden. Das Klicken ihres Aufpralls hörte sich nach Eisen an. Es waren drei blutrote Abzeichen in Form gehörnter Schädel.

»Es sind Trollocs innerhalb der Stadtmauern«, sagte Lan. »Sie werden in wenig mehr als einer Stunde hier sein. Und die Dha'vol sind die schlimmsten unter ihnen.« Er weckte die anderen auf.

Moiraine fing ungerührt an, ihre Decken zusammenzufalten. »Wie viele? Wissen sie, dass wir hier sind?« Sie klang, als habe sie es gar nicht eilig.

»Ich glaube nicht«, antwortete Lan. »Es sind gut hundert, und sie haben solche Angst, dass sie alles töten würden, was sich bewegt, einschließlich anderer Trollocs. Die Halbmenschen müssen sie mühsam vorwärts treiben – vier, um nur eine Hand voll zu befehligen –, und selbst die Myrddraal scheinen sich nichts sehnlicher zu wünschen, als die Stadt so schnell wie möglich zu durchqueren und dann wieder zu verlassen. Sie weichen nicht von ihrem eingeschlagenen Weg ab, um nach uns zu suchen, und sie sind so nachlässig! Wenn sie nicht geradewegs auf uns zu marschierten, würde ich sagen, wir müssten uns keinerlei Sorgen machen.« Er zögerte.

»Gibt es noch etwas?«

»Nur so viel«, sagte Lan bedächtig. »Die Myrddraal zwangen die Trollocs in die Stadt hinein. Was hat die Myrddraal gezwungen?«

Alle hatten schweigend gelauscht. Jetzt fluchte Thom leise vor sich hin, und Egwene hauchte eine Frage: »Der Dunkle König?«

»Sei kein Narr, Mädchen«, zischte Nynaeve. »Der Dunkle König liegt in Shayol Ghul in Ketten, wo ihn der Schöpfer gefangen nahm.«

»Im Augenblick jedenfalls«, stimmte Moiraine zu. »Nein, der Vater der Lügen ist nicht dort draußen, aber wir müssen in jedem Fall fort.«

Nynaeve blickte sie scharf an. »Den Schutz der Amulette verlassen und Shadar Logoth bei Nacht durchqueren.«

»Oder hier bleiben und uns den Trollocs stellen«, sagte Moiraine. »Wir könnten sie nur mithilfe der Einen Macht fern halten. Das würde die Amulette zerstören und genau das anlocken, wogegen sie uns schützen sollen. Außerdem könnten wir dann gleich auf einem der Türme ein Leuchtfeuer entzünden, das jeder Halbmensch auf zwanzig Meilen Umkreis sieht. Ich renne nicht gern weg, doch wir sind die Hasen, und die Hunde bestimmen die Jagd.«

»Was ist, wenn außerhalb der Mauern noch mehr warten?«, fragte Mat. »Was machen wir dann?«

»Wir werden uns an meinen ursprünglichen Plan halten«, sagte Moiraine. Lan sah sie an. Sie hob eine Hand und fügte hinzu: »Ich war nur zu müde, um mich vorher schon daran zu halten. Aber nun bin ich dank der Seherin ausgeruht. Wir machen uns auf den Weg zum Fluss. Dort wird uns das Wasser den Rücken decken, und ich kann ein Amulett anfertigen, das die Trollocs und Halbmenschen abhält, bis wir Flöße gebaut und den Fluss überquert haben. Oder was noch besser wäre: Vielleicht können wir auf einem Händlerboot, das von Saldaea herunterkommt, mitfahren.«

Die Gesichter der Emondsfelder drückten Unverständnis aus. Lan bemerkte das.

»Trollocs und Myrddraal verabscheuen tiefes Wasser. Trollocs haben schreckliche Angst davor. Keiner von ihnen allen kann schwimmen. Ein Halbmensch watet höchstens durch hüfthohes Wasser, vor allem, falls eine Strömung herrscht. Trollocs machen noch nicht einmal das, wenn sie es vermeiden können.«

»Also sind wir in Sicherheit, sobald wir über den Fluss kommen«, sagte Rand, und der Behüter nickte.

»Die Myrddraal werden beinahe genauso große Schwierigkeiten damit haben, die Trollocs Flöße bauen zu lassen, wie damit, sie nach Shadar Logoth hineinzubringen, und wenn sie trotzdem versuchen, sie auf diesem Weg über den Arinelle zu bringen, dann läuft ihnen die Hälfte weg, und der Rest wird vermutlich ertrinken.«

»Auf die Pferde«, sagte Moiraine. »Wir sind noch nicht über den Fluss.«

KAPITEL 20

Wie Staub im Wind

Als sie das weiße Steingebäude auf ihren nervös tänzelnden Pferden verließen, kam der eisige Wind in Böen, seufzte über die Dächer, peitschte Umhänge wie Flaggen und trieb dünne Wolkenfetzen über die feine Sichel des Mondes. Nach einem leisen Befehl, nahe beieinander zu bleiben, führte Lan sie die Straße hinunter an. Die Pferde zerrten unruhig an ihren Zügeln. Sie wollten schnell weg von diesem Ort.

Rand lugte misstrauisch hinauf zu den Gebäuden, an denen sie vorbeikamen. Sie ragten hoch in die Nacht hinein, und ihre leeren Fenster wirkten wie die Augenhöhlen eines Schädels. Schatten schienen sich zu bewegen. Gelegentlich hörte man etwas klappern – Schutt, den der Wind zum Abrutschen gebracht hatte. *Wenigstens sind die Augen weg.* Es war nur eine kurze Erleichterung, die er da spürte. *Warum sind sie weg?*

Thom und die Emondsfelder hielten sich dicht beieinander. Sie waren sich so nahe, dass sie sich fast berühren konnten. Egwenes Schultern waren eingezogen, als bemühe sie sich, Belas Hufschlag auf dem Pflaster noch leichter zu machen. Rand hätte am liebsten gar nicht geatmet. Geräusche könnten die Aufmerksamkeit auf sie lenken. Plötzlich wurde ihm bewusst, dass sich vor ihnen eine Lücke aufgetan hatte, die sie von dem Behüter und der Aes Sedai trennte. Die beiden waren nur als undeutliche Gestalten gute dreißig Schritte vor ihnen zu erkennen.

»Wir bleiben zurück«, murmelte er und klatschte mit den Stiefeln auf Wolkes Flanken, um diesen zu einer schnelleren Gangart anzutreiben. Ein dünner, silbergrauer Nebelfaden trieb in geringer Höhe über die Straße vor ihm. »Halt!« Das kam als ein unterdrückter Schrei von Moiraine, scharf und dringlich, aber so gehalten, dass er nicht weit hörbar war.

Unsicher hielt er Wolke an. Der Nebelsplitter lag nun quer über der Straße und wurde langsam dicker, als quölle immer mehr davon aus den Gebäuden zu beiden Seiten der Straße. Jetzt war er so dick wie der Arm eines ausgewachsenen Mannes. Wolke wieherte leise und versuchte, nach hinten auszuweichen, während Egwene und Thom und die anderen sie einholten. Auch ihre Pferde warfen die Köpfe hoch und wehrten sich dagegen, dem Nebel zu nahe zu kommen.

Lan und Moiraine ritten langsam auf den Nebel zu und hielten dann auf der gegenüberliegenden Seite in einigem Abstand an. Die Aes Sedai betrachtete eingehend den Nebelarm, der sie trennte. Rand zuckte nervös, als sich zwischen seinen Schulterblättern ein Juckreiz, wohl aus Angst, bemerkbar machte. Der Nebel wurde von einem schwachen Leuchten umgeben, dessen Helligkeit zunahm, als der neblige Tentakel fetter wurde. Aber das Leuchten war trotzdem nicht viel stärker als der Mondschein. Die Pferde waren unruhig; sogar Aldieb und Mandarb.

»Was ist das?«, fragte Nynaeve.

»Das Böse an Shadar Logoth«, antwortete Moiraine. »Mashadar. Es sieht nichts, denkt nicht und bewegt sich genauso ziellos durch die Stadt, wie ein Wurm sich durch den Boden bohrt. Wenn es dich berührt, musst du sterben.« Rand und die anderen ließen schnell ihre Pferde ein paar Schritte rückwärts tänzeln, aber nicht zu weit. So sehr sich Rand auch wünschte, die Aes Sedai los zu sein: Verglichen mit dem, was da vor ihnen lag, wirkte sie wie ein Hort der Sicherheit.

»Wie sollen wir zu Euch hinüberkommen?«, fragte Egwene. »Könnt Ihr es töten ... den Weg freimachen?«

Moiraines Lachen klang bitter. »Mashadar ist riesengroß, Mädchen, so groß wie Shadar Logoth selbst. Die ganze Weiße Burg könnte es nicht töten. Wenn ich es in dem Maße verletze, wie es nötig ist, um euch herüberkommen zu lassen, dann würde die verbrauchte Menge der Einen Macht wie ein Signalfeuer die Halbmenschen anlocken. Und Mashadar würde herbeistürzen, um den Schaden, den ich angerichtet hätte, zu heilen und uns in seinem Netz zu fangen.«

Rand tauschte einen Blick mit Egwene und stellte dann ihre Frage nochmals. Moiraine seufzte, bevor sie antwortete.

»Es gefällt mir nicht, aber was sein muss, muss sein. Dieses Ding wird sich nicht überall aufhalten. Andere Straßen sollten frei sein. Seht ihr diesen Stern?« Sie drehte sich im Sattel herum und deutete auf einen roten Stern, der sich in niedriger Höhe am Osthimmel zeigte. »Haltet auf diesen Stern zu, und er wird euch zum Fluss führen. Was auch geschieht, ihr müsst versuchen, den Fluss zu erreichen. Reitet so schnell ihr könnt, doch macht vor allem keinen Lärm. Die Trollocs sind auch noch da, denkt daran. Und vier Halbmenschen.«

»Aber wie finden wir Euch wieder?«, wandte Egwene ein.

»Ich werde euch finden«, sagte Moiraine. »Jetzt reitet los. Dieses Ding hat wohl überhaupt keinen Verstand, aber es kann die Anwesenheit von Futter fühlen.« Tatsächlich hatten sich silbergraue Fäden aus dem größeren Nebelkörper gelöst. Sie trieben, die Richtung ständig wechselnd, durch die Luft wie die Tentakel eines Hundertarms am Grund eines Wasserwald-Teichs.

Als Rand von dem dicken Strang durchscheinenden Nebels aufblickte, waren der Behüter und die Aes Sedai fort. Er leckte sich die Lippen und sah seinen Gefährten in die Augen. Sie waren genauso nervös wie er. Und noch schlimmer: Sie schienen darauf zu warten, dass einer von ihnen die Führung übernahm. Nacht und Ruinen umgaben sie. Irgendwo dort draußen waren die Blassen und die Trollocs; vielleicht schon hinter der nächsten Ecke. Die Nebeltentakel trieben heran, waren schon auf halbem Weg zu ihnen und suchten nicht länger. Sie hatten ihre Beute ausgemacht. Plötzlich vermisste er Moiraine sehr.

Alle saßen immer noch auf den Pferden und fragten sich, welchen Weg sie wählen sollten. Er drehte Wolke um, und der Graue verfiel in einen leichten Trab. Er wehrte sich gegen die Zügel und wollte schneller rennen. Als habe ihn die Tatsache, dass er die Initiative ergriffen hatte, zu ihrem Anführer gemacht, folgten ihm alle.

Da Moiraine nicht dabei war, hatten sie niemanden, der sie beschützen konnte, sollte Mordeth abermals auftauchen. Und die Trollocs und ... Rand zwang sich dazu, nicht mehr nachzugrübeln. Er würde dem roten Stern folgen. An den Gedanken konnte er sich klammern.

Dreimal mussten sie umkehren und sich einen neuen Weg suchen. Jedes Mal war eine Straße durch Schutthügel und lose Steine blockiert. Die Pferde konnten diese Hindernisse nicht überwinden. Rand hörte das Atmen der anderen; kurz und abgehackt, der Panik nahe. Er biss die Zähne zusammen, damit man sein Schnaufen nicht hörte. *Du musst sie wenigstens glauben machen, dass du keine Angst hast. Du leistest gute Arbeit, Wollkopf. Du wirst alle sicher hinausbringen.*

Sie bogen um die nächste Ecke. Eine Nebelwand übergoss das zerborstene Pflaster mit einem Leuchten, das so hell war wie das des Vollmonds. Nebelfinger, so stark wie der Leib ihrer Pferde, lösten sich und trieben auf sie zu. Niemand wartete. Sie wirbelten herum und galoppierten in einer engen Traube los, ohne auf das Klappern der Hufe zu achten.

Zwei Trollocs traten vor ihnen auf die Straße, keine zehn Schritte entfernt.

Einen Augenblick lang starrten sich Menschen und Trollocs nur gegenseitig entgeistert an. Einer war überraschter als der andere. Ein weiteres Paar Trollocs erschien und noch eines und noch eines. Die hinteren rempelten ihre Kameraden an und blieben ebenfalls abrupt stehen, als sie die Menschen erblickten. Allerdings erstarrten sie eben nur diesen Augenblick lang. Kehliges Heulen hallte von den Gebäuden wider, und die Trollocs stürmten vorwärts. Die Menschen stoben auseinander wie aufgescheuchte Hühner. Rands Grauer brauchte nur drei Schritte, um in vollem Galopp loszujagen. »Hier entlang!«, schrie er, doch er hörte den gleichen Ruf aus fünf weiteren Kehlen. Ein hastiger Blick über die Schulter zeigte ihm, dass seine Begleiter jeder in eine andere Richtung verschwanden. Trollocs verfolgten alle.

Drei Trollocs blieben ihm auf den Fersen. Ihre schlingenbewehrten Stangen wedelten durch die Luft. Ihm sträubten sich die Haare, als er erkannte, dass sie Schritt für Schritt mit Wolke mithalten konnten. Er beugte sich tief über Wolkes Hals und trieb den Grauen voran, von kehligen Schreien gejagt.

Voraus verengte sich die Straße. Gebäude mit eingestürzten Dächern neigten sich gefährlich zur Straße hin. Langsam füllten sich die leeren Fenster mit silbrigem Leuchten. Ein dichter Dunst schob sich aus ihnen hervor. Mashadar.

Rand riskierte einen weiteren Blick zurück. Die Trollocs rannten ihm immer noch in etwa fünfzig Schritten Abstand hinterher; das Leuchten des Nebels reichte aus, um sie deutlich zu sehen. Hinter ihnen ritt nun ein Blasser, und sie schienen im gleichen Maße vor dem Halbmenschen zu fliehen, wie sie Rand verfolgten. Ein Stück vor Rand schob sich ein halbes Dutzend grauer Fühler schwankend aus den Fenstern, dann ein Dutzend. Sie prüften die Luft. Wolke warf den Kopf hoch und wieherte, doch Rand hieb ihm die Fersen in die Flanken, und das Pferd stürmte vorwärts.

Die Fühler versteiften sich, als Rand zwischen ihnen hindurchgaloppierte, aber er beugte sich tief über Wolkes Hals und weigerte sich, sie anzusehen. Der Weg dahinter war frei. *Wenn einer davon mich berührt ... Licht!* Er ließ Wolke noch härter die Stiefel fühlen, und das Pferd sprang vorwärts in die willkommenen Schatten hinein. In vollem Galopp blickte Rand zurück, sobald das Leuchten Mashadars nachließ.

Die schwankenden grauen Fühler versperrten die halbe Straße, und die Trollocs wichen zurück, doch der Blasse riss eine Peitsche von seinem Sattelhorn und ließ sie wie einen Blitz über den Köpfen der Trollocs knallen. Funken stoben durch die Luft. Die Trollocs krümmten sich zusammen und stürmten hinter Rand her. Der Halbmensch zögerte. Die schwarze Kapuze betrachtete Mashadars ausgestreckte Arme, bevor auch er seinem Pferd die Sporen gab.

Die Nebeltentakel schwangen einen Augenblick lang unsicher hin und her, und dann schlugen sie wie Vipern zu. Mindestens zwei saugten sich an jedem der Trollocs fest und übergossen sie mit grauem Leuchten; schnauzenbewehrte Köpfe legten sich in die Nacken, um zu heulen, doch der Nebel wallte in die geöffneten Mäuler und verschlang das Heulen. Vier beinstarke Tentakel wickelten sich um den Blassen, und der Halbmensch und sein Pferd wanden sich wie im Tanz, bis die Kapuze zurückfiel und das augenlose Gesicht enthüllte. Der Blasse kreischte.

Das Kreischen war völlig lautlos, genau wie bei den Trollocs, aber etwas kam doch durch: ein durchdringendes Schrillen gerade jenseits des Hörbereichs, wie das Surren aller Hornissen der Welt zusammengenommen, das in Rands Ohren drang und in ihm ein Höchstmaß an Angst erzeugte. Wolke krümmte sich, als habe auch er den Laut gehört, und er galoppierte noch schneller als zuvor. Rand hielt sich ächzend fest. Seine Kehle war völlig ausgetrocknet.

Nach einer Weile wurde ihm klar, dass er den lautlosen Todesschrei des Blassen nicht mehr hören konnte, und plötzlich kam ihm das Hufegeklapper so laut vor, als ob er schrie. Er riss an den Zügeln, und Wolke blieb an einer zerbröckelnden Mauer stehen, genau an einer Straßenkreuzung. Ein namenloses Standbild erhob sich vor ihm in der Dunkelheit. Im Sattel zusammengesunken, lauschte er, aber es gab nichts zu hören als das Blut, das in seinen Schläfen pochte. Kalter Schweiß lief ihm über die Stirn, und er zitterte vor Kälte, als der Wind seinen Umhang flattern ließ.

Schließlich richtete er sich wieder auf. Sterne glitzerten am Himmel, wo sie nicht von den Wolken verdeckt wurden, und der rote

Stern, der niedrig im Osten stand, war leicht auszumachen. *Lebt sonst noch irgendjemand, der ihn sehen kann?* Waren sie frei oder den Trollocs in die Hände gefallen? *Egwene, Licht blende mich, warum bist du mir nicht gefolgt?* Wenn sie am Leben und frei waren, würden sie diesem Stern folgen. Wenn nicht ... In den ausgedehnten Ruinenfeldern könnte er tagelang suchen, ohne jemanden zu finden, falls er sich von den Trollocs fern halten konnte. Und von den Blassen und Mordeth und Mashadar. Zögernd entschloss er sich, zum Fluss zu reiten.

Er ergriff die Zügel. Auf der Querstraße fiel ein Stein mit einem scharfen Klicken auf einen anderen. Er erstarrte; atmete nicht einmal. Er war im Schatten verborgen, nur einen Schritt von der Ecke entfernt. Verzweifelt überlegte er, ob er umkehren sollte. Aber was befand sich hinter ihm? Was konnte vielleicht ein Geräusch verursachen und ihn damit verraten? Er konnte sich an nichts erinnern und fürchtete sich davor, den Blick von der Ecke des Gebäudes zu wenden.

Die Dunkelheit an der Ecke dehnte sich aus, und die längere Dunkelheit einer Stange stach daraus hervor. Eine Schlaufenstange! Im selben Moment, als dieser Gedanke durch Rands Kopf fuhr, hieb er auch schon Wolke die Fersen in die Flanken, und das Schwert flog aus seiner Scheide. Sein Angriff wurde von einem wortlosen Schrei begleitet, und er schwang das Schwert mit aller Kraft. Nur mit einer verzweifelten Anstrengung hielt er das Schwert zurück, bevor es auftraf. Mit einem Aufschrei taumelte Mat rückwärts, fiel beinahe vom Pferd und verlor fast seinen Bogen.

Rand atmete tief durch und senkte das Schwert. Sein Arm zitterte. »Hast du sonst noch jemanden gesehen?«, brachte er heraus.

Mat schluckte schwer, bevor er sich unbeholfen in den Sattel zog. »Ich ... ich ... Nur Trollocs.« Er legte eine Hand an seine Kehle und leckte sich die Lippen. »Nur Trollocs. Und du?«

Rand schüttelte den Kopf. »Sie werden versuchen, den Fluss zu erreichen. Wir sollten das auch tun.« Mat nickte stumm, wobei er immer noch über seine Kehle strich, und sie starrten den roten Stern an. Bevor sie auch nur hundert Schritte weit gekommen waren, hörten sie den schrillen Ruf eines Trolloc-Horns hinter ihnen in den Tiefen der Stadt. Ein anderes antwortete von außerhalb der Stadtmauer.

Rand zitterte, doch er behielt die langsame Gangart bei und beobachtete die dunkleren Stellen, um sie nach Möglichkeit zu umgehen. Nach einem Ruck an seinen Zügeln, so, als ob er weggaloppieren wolle, tat Mat es ihm nach.

Keines der Hörner erklang nochmals, und so kamen sie in völliger Stille an eine Öffnung in der von Ranken überwachsenen Mauer, wo sich einst ein Tor befunden hatte. Nur die Türmchen ragten mit abgebrochenen Spitzen in den schwarzen Himmel.

Mat zögerte an diesem Tor, doch Rand sagte leise:»Ist es hier drinnen sicherer als dort draußen?« Er ließ den Grauen weiterschreiten, und nach einem Augenblick folgte Mat ihm aus Shadar Logoth hinaus. Er versuchte, nach allen Richtungen gleichzeitig zu schauen. Rand stieß die Luft langsam aus; sein Mund war trocken. *Wir werden es schaffen. Licht, wir schaffen es!*

Die Mauern verschwanden hinter ihnen, wurden von der Nacht und dem Wald verschluckt. Rand lauschte auf das kleinste Geräusch und behielt immer den roten Stern vor sich. Plötzlich galoppierte Thom an ihnen vorbei. Er verlangsamte sein Tempo nur lange genug, um zu rufen:»Reitet, ihr Narren!« Einen Augenblick später verrieten Jagdrufe und Krachen im Unterholz die Anwesenheit von Trollocs, die ihn verfolgten.

Rand gab Wolke die Fersen, und das Pferd galoppierte hinter dem Wallach des Gauklers her. *Was geschieht, wenn wir ohne Moiraine den Fluss erreichen? Licht, Egwene!*

Perrin saß im Schatten auf seinem Pferd, beobachtete den nahen Torbogen und fuhr abwesend mit dem Daumen an der Schneide seiner Axt entlang. Er schien einen ungehinderten Weg aus der Ruinenstadt zu bieten, doch nun saß er schon fünf Minuten lang hier und hielt Ausschau. Der Wind spielte mit seinen verfilzten Locken und zerrte an seinem Umhang, aber er zog ihn wieder fester zusammen, ohne eigentlich zu bemerken, was er tat.

Er wusste, dass Mat und die meisten anderen Leute in Emondsfelde ihn für ziemlich langsam im Denken hielten. Zum Teil kam das daher, weil er so groß war und sich bedächtig bewegte – er fürchtete immer, aus Versehen etwas zu zerbrechen oder jemanden zu verletzen, da er um so vieles größer war als die Jungen, mit denen er aufwuchs –, aber er zog es vor, die Dinge folgerichtig zu durchdenken, wenn er die Zeit hatte. Vorschnelle Entschlüsse hatten Mat ein ums andere Mal in Schwierigkeiten gebracht, und Mats Unbedachtheit hatte seine Freunde oft mit in den Schlamassel hineingezogen. Sein Hals zog sich zusammen. *Licht, jetzt bloß nicht so viel nachdenken!* Er versuchte, sich wieder zu beruhigen. Er musste sorgfältig überlegen. Vor dem Tor hatte sich einst ein großer Platz befunden, in dessen Mitte ein riesiger Brunnen stand. Ein Teil des Brunnens war noch vorhanden; Fragmente einer Statuengruppe standen in einem großen, runden Becken. Auch die Einfassung außenherum war rund. Um das Tor zu erreichen, musste er fast einhundert Schritte weit reiten, nur durch die Nacht vor den Augen von Beobachtern geschützt. Auch das war kein angenehmer Gedanke. Er erinnerte sich noch zu gut an die unsichtbaren Beobachter.

Er dachte an die Hörner, die er kurze Zeit zuvor in der Stadt gehört hatte. Beinahe wäre er zurückgeritten bei dem Gedanken daran, dass vielleicht einige der anderen gefangen genommen worden waren, doch dann wurde ihm klar: In diesem Fall konnte er allein nichts ausrichten. *Nicht gegen – was sagte Lan? – hundert Trollocs und vier Blasse. Moiraine Sedai sagte, wir sollten zum Fluss kommen.*

Er wandte sich wieder dem Torbogen zu. Sorgfältiges Nachdenken hatte ihn nicht weitergebracht, doch sein Entschluss stand nun fest. Er ritt aus dem tieferen Schatten in die etwas lichtere Dunkelheit. In dem Moment erschien auf der gegenüberliegenden Seite des Platzes ein anderes Pferd und verharrte. Er blieb ebenfalls stehen und fühlte nach seiner Axt; ein besonderes Gefühl der Sicherheit verlieh sie ihm allerdings nicht. Falls diese dunkle Gestalt ein Blasser war ...

»Rand?«, erklang ein leiser, zögernder Ruf.

Er atmete erleichtert aus. »Hier ist Perrin, Egwene«, rief er genauso leise zurück. In der Dunkelheit klang es immer noch zu laut. In der Nähe des Brunnens trafen sich die Pferde. »Hast du noch jemand anderen gesehen?«, fragten sie beide gleichzeitig, und beide antworteten mit einem Kopfschütteln.

»Es wird ihnen schon gut gehen«, meinte Egwene und tätschelte Belas Hals. »Oder?«

»Moiraine Sedai und Lan werden sich um sie kümmern«, erwiderte Perrin. »Sie werden sich um uns alle kümmern, sobald wir den Fluss erreichen.« Er hoffte es zumindest.

Er fühlte sich erleichtert, als sie sich auf der anderen Seite des Torbogens befanden, selbst wenn sich wirklich Trollocs im Wald aufhielten. Oder Blasse. Er unterbrach diesen Gedankengang. Die kahlen Äste konnten nicht verhindern, dass er auf den roten Stern zuhielt, und letzten Endes befanden sie sich nun außerhalb der Reichweite von Mordeth. Der hatte ihm mehr Angst eingejagt als alle Trollocs zuvor.

Bald würden sie den Fluss erreichen und Moiraine treffen, und sie würde sie auch aus der Reichweite der Trollocs hinausbringen. Daran glaubte er, weil er diesen Glauben einfach brauchte. Der Wind ließ die Blätter rascheln, und der einsame Ruf eines Nachtfalken schallte durch die Dunkelheit. Egwene und er brachten ihre Pferde näher aneinander, als suchten sie Wärme. Sie waren sehr allein.

Ein Trolloc-Horn erklang irgendwo hinter ihnen – schnelle, klagende Töne – und forderte die Jäger zur Eile auf. Dann ertönte kehliges, halb menschliches Heulen auf ihrer Spur, vom Horn angetrieben. Das Heulen wurde schärfer im Tonfall, als ihre Verfolger den Geruch von Menschen wahrnahmen. Perrin und Egwene gaben ihren Pferden die Fersen, ohne auf das Geräusch der Hufe oder die Äste zu achten, die ihnen ins Gesicht klatschten.

Als sie zwischen den Bäumen hindurchgaloppierten, gleichermaßen von ihrem Instinkt wie von dem düsteren Mondlicht geleitet, fiel Bela zurück. Perrin blickte zurück. Egwene trat die Stute und ließ die Zügel auf den Hals des Tiers klatschen, aber es half nicht viel. Den Geräuschen nach zu urteilen, kamen die Trollocs näher. Er ließ sein Pferd langsamer galoppieren. »Beeil dich!«, schrie er. Er konnte die Trollocs nun erkennen, riesige, dunkle Gestalten, die zwischen den Bäumen rannten und bellten und fauchten, dass einem das Blut gefrieren konnte. Er packte den Griff seiner Axt, die am Gürtel hing, so fest, dass seine Knöchel schmerzten. »Schnell, Egwene! Schnell!«

Plötzlich wieherte sein Pferd, und er taumelte aus dem Sattel, als das Pferd unter ihm wegsackte. Er breitete die Arme aus, um sich abzufangen, und klatschte mit dem Kopf voraus in eiskaltes Wasser. Er war geradewegs über die Kante einer steilen Klippe in den Arinelle geritten.

Das eisige Wasser ließ ihn keuchen, und er schluckte eine ganze Menge, bevor er es schaffte, sich wieder an die Oberfläche zu kämpfen. Das andere Klatschen fühlte er mehr, als dass er es hörte. Er glaubte, Egwene müsse gleich nach ihm in den Fluss gestürzt sein. Schnaufend und prustend trat er Wasser. Es war nicht leicht, an der Oberfläche zu bleiben; Mantel und Umhang waren bereits durchnässt, und seine Stiefel hatten sich mit Wasser gefüllt. Er sah sich nach Egwene um, doch er konnte nur das Glitzern des Mondscheins auf dem vom Wind gerippten schwarzen Wasser erkennen.

»Egwene? Egwene!«

Ein Speer huschte gerade vor seinen Augen vorbei und spritzte ihm Wasser ins Gesicht. Weitere klatschten um ihn herum ins Wasser. Kehlige Stimmen stritten sich am Ufer, und es kamen keine Trolloc-Speere mehr geflogen, aber er gab es vorerst auf, nach Egwene zu rufen.

Die Strömung trieb ihn flussabwärts, aber die gurgelnden Rufe und das Fauchen folgten ihm am Ufer, hielten Schritt mit ihm. Er löste seinen Umhang und überließ ihn dem Fluss – ein bisschen weniger Gewicht, das ihn hinunterziehen konnte. Verbissen begann er, auf das entfernte Ufer zuzuschwimmen. Dort waren keine Trollocs – hoffte er.

Er schwamm so, wie sie es zu Hause in den Seen des Wasserwalds taten, zog beide Arme durchs Wasser und schlug kräftig mit beiden Beinen aus, wobei der Kopf aus dem Wasser schaute. Zumindest versuchte er, den Kopf über Wasser zu halten; es war nicht leicht. Auch ohne seinen Umhang schienen Mantel und Stiefel genauso viel zu wiegen wie er selbst. Und die Axt zerrte an seiner Hüfte. Sie drohte ihn herumzudrehen oder gar hinunterzuziehen. Er spielte mit dem Gedanken, sie ebenfalls dem Fluss zu opfern; mehrmals ging ihm das durch den Kopf. Es wäre viel leichter, als sich beispielsweise die Stiefel abzustreifen. Aber jedes Mal, wenn ihm dieser Gedanke kam, stellte er sich vor, wie er auf das andere Ufer kroch und lauernden Trollocs in die Hände fiel. Die Axt könnte ihm im Kampf gegen ein halbes Dutzend Trollocs kaum viel helfen – vielleicht noch nicht einmal gegen einen –, aber es war immer noch besser, als mit bloßen Händen zu kämpfen.

Nach einer Weile war er sich nicht mehr sicher, ob er die Axt überhaupt noch schwingen konnte, falls dort Trollocs wären. Seine Arme und Beine wurden bleischwer; es kostete Mühe, sie zu bewegen, und sein Gesicht hob sich nicht mehr bei jedem Armzug aus dem Wasser. Er hustete, als ihm Wasser in die Nase kam. *Kein Vergleich mit einem Tag in der Schmiede,* dachte er erschöpft, und in diesem Augenblick traf sein Fuß auf irgendetwas Festes. Erst beim nächsten Schwimmzug erkannte er, was es gewesen war: der Grund. Er war in seichtem Wasser. Er war am anderen Ufer angelangt.

Er holte durch den Mund Luft und versuchte zu stehen. Als seine Beine fast versagten, musste er um sich schlagen. Er fuchtelte herum, bis er die Axt aus ihrer Schlaufe hatte, und stieg aus dem Fluss. Er zitterte im Wind. Trollocs sah er nicht. Er sah auch Egwene nicht. Nur ein paar vereinzelte Bäume am Ufer und einen Streifen Mondlicht auf dem Wasser.

Als er wieder zu Atem gekommen war, rief er wieder und wieder die Namen seiner Freunde. Schwach hörbare Rufe von der anderen

Seite her antworteten ihm; sogar auf diese Entfernung konnte er die harten Stimmen von Trollocs erkennen. Seine Freunde antworteten nicht.

Der Wind frischte auf. Sein Heulen übertönte die Trollocs, und er zitterte. Es war nicht kalt genug, um seine durchnässte Kleidung gefrieren zu lassen, aber er fühlte sich trotzdem so; der eisige Wind fuhr ihm in die Knochen. Die Arme fest um den Oberkörper zu schlingen war nur eine Geste, die das Zittern nicht verhindern konnte. Einsam und müde erkletterte er die Uferböschung, um Schutz vor dem Wind zu suchen.

Rand tätschelte Wolkes Hals und flüsterte beruhigend auf ihn ein. Das Pferd warf den Kopf hoch und tänzelte leichtfüßig. Die Trollocs hatten sie hinter sich gelassen – so schien es jedenfalls –, aber Wolke spürte ihren Geruch noch in seinen Nüstern. Mat ritt mit einem Pfeil auf der Sehne und hielt Ausschau, um nicht in der Dunkelheit überrascht zu werden, während Rand und Thom durch die Zweige spähten und nach dem roten Stern suchten, der ihnen die Richtung wies. Ihn im Auge zu behalten war trotz der dichten Zweige über ihren Köpfen ein Leichtes gewesen, jedenfalls solange sie geradewegs auf ihn zu ritten. Aber dann waren weitere Trollocs vor ihnen aufgetaucht, und so galoppierten sie zur Seite weg, gefolgt von zwei heulenden Horden. Die Trollocs konnten mit einem Pferd Schritt halten, aber nur etwa hundert Schritte, und so ließen sie schließlich die Verfolger und das Heulen hinter sich. Doch bei all dem Zickzackreiten hatten sie ihren Leitstern aus den Augen verloren.

»Ich behaupte immer noch, er ist dort drüben«, sagte Mat und zeigte nach rechts. »Wir sind zuletzt nach Norden geritten, und das bedeutet, wir müssen uns jetzt in östliche Richtung halten.«

»Da ist er«, sagte Thom unvermittelt. Er deutete zwischen den dichten Zweigen zu ihrer Linken hindurch genau auf den roten Stern. Mat fluchte unterdrückt.

Aus dem Augenwinkel bemerkte Rand die Bewegung, als ein Trolloc lautlos hinter einem Baum hervorsprang und seine Schlaufenstange schwang. Rand gab seinem Pferd die Fersen, und der Graue sprang vorwärts, gerade als zwei weitere aus dem Schatten hinter dem Ersten herausstürmten. Eine Schlinge strich über Rands Nacken und jagte ihm einen Schauder über den Rücken.

Eine der Tierfratzen hatte plötzlich einen Pfeil im Auge, und dann war Mat an seiner Seite, als die Pferde durch den Wald galoppierten. Sie ritten auf den Fluss zu, aber er war sich nicht sicher, ob ihnen das helfen würde. Die Trollocs hetzten hinter ihnen her. Sie waren fast schon nahe genug, um nach den flatternden Pferdeschwänzen zu greifen. Wenn sie noch einen halben Schritt aufholten, dann konnten sie sie beide mit ihren Fangstangen aus den Sätteln werfen.

Er beugte sich tief über den Hals des Grauen, um den Schlingen auszuweichen. Mats Gesicht war beinahe in der Mähne seines Pferds vergraben. Aber Rand fragte sich, wo Thom abgeblieben war. Hatte sich der Gaukler überlegt, dass er allein auf sich gestellt besser dran war, da alle drei Trollocs hinter den Jungen her waren?

Plötzlich tauchte Thoms Wallach direkt hinter den Trollocs auf. Sie hatten gerade noch Zeit, sich überrascht umzusehen, doch dann hoben sich die Arme des Gauklers und fuhren in blitzschneller Bewegung wieder nach unten. Mondschein schimmerte auf blankem Stahl. Ein Trolloc taumelte vorwärts und überschlug sich mehrmals, bevor er leblos liegen blieb, während ein Zweiter mit einem Schrei auf die Knie fiel und sich mit beiden Händen auf den Rücken griff. Der Dritte knurrte und zeigte eine Schnauze voll scharfer Zähne, doch als seine Begleiter fielen, rannte er fort, in die Dunkelheit hinein. Thoms Hand wiederholte die peitschende Bewegung, und der Trolloc schrie, doch die Schreie verklangen schließlich in der Ferne.

Rand und Mat verhielten ihre Pferde und sahen den Gaukler an.

»Meine besten Messer«, brummte Thom, aber er machte sich nicht die Mühe, abzusteigen und sie wieder zu holen. »Der wird die anderen hierher führen. Ich hoffe, es ist nicht mehr weit bis zum Fluss. Ich hoffe ...« Statt zu sagen, was er noch hoffte, schüttelte er den Kopf und ritt in schnellem Trab los. Rand und Mat schlossen sich ihm an.

Bald erreichten sie eine niedrige Böschung, wo Bäume bis ans Ufer des nachtschwarzen Wassers wuchsen, dessen vom Mondschein übergossene Oberfläche im Wind kleine Wellen schlug. Rand konnte das entfernte Ufer nicht erkennen. Ihm gefiel es nicht, in der Dunkelheit auf einem Floß den Fluss zu überqueren, aber auf dieser Seite zu bleiben gefiel ihm noch weniger. *Wenn ich muss, werde ich eben schwimmen.*

Irgendwo, ein Stück vom Fluss entfernt, erklang ein Trolloc-Horn, scharf, schnell und drängend durch die Dunkelheit. Es war der erste Hörnerklang, seit sie die Ruinen verlassen hatten. Rand fragte sich, ob das bedeutete, dass einige der anderen gefangen worden waren. »Es hat keinen Zweck, die ganze Nacht hier zu bleiben«, sagte Thom. »Wählt eine Richtung. Flussaufwärts oder flussabwärts?« »Moiraine und die anderen könnten überall sein«, protestierte Mat. »Jeder Weg, den wir wählen, führt uns vielleicht weiter von ihnen weg.«

»Das stimmt.« Thom schnalzte mit der Zunge und lenkte seinen Wallach flussabwärts am Ufer entlang. Rand sah Mat an. Der zuckte die Achseln, und so ritten sie ihm nach.

Die Uferböschung war an einigen Stellen höher, an anderen niedriger, die Bäume wuchsen dichter oder lichteten sich, aber die Nacht und der Fluss blieben gleich: kalt und schwarz. Trollocs ließen sich nicht blicken. Das war eine Abwechslung, über die Rand froh war.

Dann sah er einen einzelnen Lichtpunkt voraus. Als sie näher kamen, konnten sie erkennen, dass sich das Licht in einiger Höhe über dem Fluss befand, als sei es in einem Baum. Thom beschleunigte den Trab und summte leise vor sich hin.

Schließlich konnten sie die Lichtquelle ausmachen: eine Laterne, die hoch am Mast eines Frachtkahns hing, der für die Nacht neben einer kleinen Lichtung am Ufer festgemacht hatte. Der Kahn, gut achtzig Fuß lang, schwankte leicht in der Strömung und zerrte an den an Bäumen befestigten Haltetauen. Die Takelage knarrte im Wind. Die Laterne verdoppelte die Helligkeit des Mondes auf dem Deck, aber es war niemand in Sicht.

»Also«, sagte Thom beim Absteigen, »das ist wohl besser als das Floß einer Aes Sedai, oder?« Er stand da, die Hände in die Hüften gestemmt, und sogar in der Dunkelheit konnte man seine Selbstgefälligkeit erkennen. »Es macht nicht den Eindruck, als sei dieses Schiff für Pferde geeignet, aber wenn man bedenkt, in welcher Gefahr er sich befindet, vor der wir ihn natürlich warnen werden, sollte der Kapitän vernünftig sein. Lasst mich mit ihm reden. Und bringt eure Decken und Satteltaschen mit.«

Rand stieg ab und begann, die Sachen hinter seinem Sattel abzuschnallen. »Du denkst doch nicht daran, ohne die anderen abzufahren?«

Thom hatte keine Gelegenheit, zu sagen, was er vorhatte. Zwei Trollocs brachen aus dem Unterholz heraus auf die Lichtung, heulten und schwenkten ihre Fangstangen, und hinter ihnen kamen nochmals vier. Die Pferde bäumten sich auf und wieherten. Rufe in der Ferne zeigten ihnen, dass noch mehr Trollocs im Anmarsch waren.

»Auf das Schiff!«, schrie Thom. »Schnell! Lasst alles zurück! Rennt!« Er rannte zu dem Kahn, wobei sein Flickenumhang flatterte und die Instrumentenkästen auf seinem Rücken hüpften. »Ihr da auf dem Schiff!«, schrie er. »Aufwachen, ihr Narren! Trollocs!«

Rand riss seine Deckenrolle und die Satteltasche von dem letzten Riemen los und war dem Gaukler im Nu auf den Fersen. Er warf sein Gepäck über die Reling und sprang mit einem Satz hinterher. Er hatte gerade noch Zeit, einen Mann zu bemerken, der zusammengerollt an Deck lag und sich aufzurichten begann, als sei er erst in diesem Moment erwacht, und dann trat er auch schon mit beiden Füßen auf den Burschen. Der Mann grunzte laut, Rand stolperte, und eine hakenbewehrte Fangstange krachte gerade dort auf die Reling, wo er darübergesprungen war. Auf dem ganzen Kahn wurden Rufe laut, und Füße trampelten über das Deck.

Haarige Hände erfassten die Reling gleich neben der Fangstange, und ein Kopf mit Ziegenhörnern tauchte dazwischen auf. Taumelnd zog Rand sein Schwert und schlug zu. Mit einem Schrei fiel der Trolloc ins Wasser.

Männer rannten überall auf dem Kahn herum, schrien und hackten mit Äxten auf die Haltetaue. Der Kahn schwankte und schwang herum, als sei er froh, hier wegzukommen. Oben am Bug kämpften drei Männer mit einem Trolloc. Jemand stach mit einem Speer über die Bordwand, aber Rand konnte nicht erkennen, worauf er zielte. Eine Bogensehne sang und sang nochmals. Der Mann, auf den Rand getreten war, kroch auf Händen und Knien von ihm weg und hob dann die Hände, als er sah, dass Rand ihn anblickte.

»Verschone mich!«, rief er. »Nimm alles, was du willst, nimm das Schiff, nimm alles, aber verschone mich!«

Plötzlich schlug etwas auf Rands Rücken und schmetterte ihn auf das Deck. Das Schwert rutschte ihm aus der ausgestreckten Hand. Sein Mund war offen; er rang vergebens nach Luft und versuchte, das Schwert zu erreichen. Seine Muskeln reagierten mit schmerzerfüllter Langsamkeit; er wand sich wie eine Schnecke. Der Bursche, der verschont werden wollte, sah das Schwert ängstlich und gleichzeitig gierig an und verschwand dann im Schatten.

Unter Schmerzen brachte Rand es fertig, über seine Schulter nach oben zu blicken, und da wusste er, dass sein Glück ihn verlassen hatte. Ein Trolloc mit Wolfsschnauze stand auf der Reling, blickte auf ihn herab und hielt das abgebrochene Ende der Fangstange in der Hand, mit der er Rand zu Boden geschlagen hatte. Rand bemühte sich verzweifelt, das Schwert zu erreichen, doch seine Arme und Beine bewegten sich nur zuckend und nicht so, wie er wollte. Sie gaben nach und standen in unmöglichen Richtungen ab. Seine Brust schien zwischen Eisenreifen eingespannt zu sein, und vor seinen Augen schwammen silberne Flecken. Er suchte voller Verzweiflung nach einer Möglichkeit, zu entkommen. Die Zeit schien sich zu verlangsamen, als der Trolloc die zersplitterte Stange hob, um ihn damit aufzuspießen. Rand schien es, als bewege sich die Kreatur wie in einem Traum. Er beobachtete, wie der kräftige Arm ausholte. Er konnte bereits den abgebrochenen Schaft durch sein Rückgrat stechen fühlen und den Schmerz, wenn er seinen Körper aufriss. Er glaubte, seine Lunge müsse bersten. *Ich werde sterben! Licht, hilf mir, ich werde ...!* Der Arm des Trollocs mit dem gesplitterten Schaft fuhr nach vorn, und Rand hatte genug Luft geholt, um zu schreien: »Nein!«

Plötzlich schwankte das Schiff stark, und aus dem Schatten sauste eine Segelstange heran und traf den Trolloc auf die Brust. Knochen barsten knackend, und er wurde über die Reling gefegt.

Einen Augenblick lang lag Rand keuchend da und betrachtete die Segelstange, die über ihm vor und zurück schwang. *Jetzt habe ich all mein Glück verbraucht,* dachte er. *Danach kann ich nicht noch mehr haben.* Zitternd stand er auf und hob sein Schwert auf. Diesmal hielt er es in beiden Händen, wie Lan es ihm beigebracht hatte, aber es war nichts mehr da, wogegen er hätte kämpfen können. Der Kahn entfernte sich rasch vom Ufer, und die Rufe der Trollocs verklangen in der Nacht.

Als er sein Schwert in die Scheide steckte und sich an die Reling lehnte, schritt ein breitschultriger Mann in einem Mantel, der ihm bis an die Knie reichte, über das Deck auf ihn zu und sah ihn zornig an. Langes Haar, das ihm auf die breiten Schultern fiel, und ein Bart, der die Oberlippe frei ließ, umrahmten ein rundes Gesicht. Rund, aber nicht weich. Die Segelstange schwenkte wieder heran, und der Bärtige lenkte einen Teil seines Zornes darauf, als er sie abfing; sie klatschte in seine breite Handfläche.

»Gelb!«, brüllte er. »Glück! Wo du sein, Gelb?« Er sprach so schnell und die Worte flossen alle ineinander, dass ihn Rand kaum verstehen konnte. »Du kann nicht verstecken vor mir auf eigenem Schiff! Bringt Floran Gelb her!«

Ein Besatzungsmitglied erschien mit einer runden Laterne, und zwei weitere schoben einen schmalgesichtigen Mann in deren Lichtkreis. Rand erkannte den Burschen, der ihm das Schiff angeboten hatte. Die Augen des Mannes blickten unruhig drein; er wechselte ständig die Blickrichtung und sah dem kräftigen Mann nicht in die Augen. Der Kapitän, dachte Rand. Auf Gelbs Stirn wuchs eine Beule, wo ihn einer von Rands Stiefeln erwischt hatte. »Sollen du nicht diese Rahe befestigen, Gelb?«, fragte der Kapitän überraschend ruhig, wenn auch genauso schnell wie vorher.

Gelb blickte ehrlich überrascht drein. »Aber das habe ich getan. Hab sie richtig festgebunden. Ich geb zu, Kapitän Domon, hier und da bin ich ein bisschen langsam, aber ich tue, was man mir aufgetragen hat.«

»Also sein du langsam, ja? Nicht so langsam im Schlafen. Schlafen, wenn du Wache solltest halten. Bei deiner Wachsamkeit könnten wir alle tot sein.«

»Nein, Kapitän, nein! Das war er.« Gelb deutete geradewegs auf Rand. »Ich war auf Wache, wie man es von mir erwartete, und dann schlich er sich an und schlug mich mit einem Knüppel nieder.« Er berührte die Beule an seinem Kopf, zuckte zusammen und sah Rand böse an. »Ich habe gegen ihn gekämpft, aber dann kamen die Trollocs. Er arbeitet mit ihnen zusammen, Kapitän. Ein Schattenfreund. Mit den Trollocs im Bund.«

»Mit meiner Großmutter im Bund!«, brüllte Kapitän Domon. »Nicht ich warnen dich letztes Mal, Gelb! In Weißbrücke verschwinden du! Aus meinen Augen jetzt, sonst ich dich gleich rausschmeißen!« Gelb eilte aus dem Lichtkreis der Laterne, während Domon noch dastand und die Hände öffnete und schloss, den Blick ins Leere gerichtet. »Diese Trollocs mir folgen. Warum sie mich nicht in Ruhe lassen können? Warum?«

Rand blickte über die Reling und bemerkte überrascht, dass das Ufer bereits außer Sicht war. Zwei Männer standen an dem langen Steuerruder am Heck, und an der einen Seite ruderten sechs Besatzungsmitglieder, um das Schiff wie einen Wasserfloh weiter auf den Fluss hinauszudrehen.

»Kapitän«, sagte Rand, »wir haben dort draußen noch Freunde. Wenn Ihr zurückkehrt und sie aufnehmt, bin ich sicher, sie werden Euch reich belohnen.«

Das runde Gesicht des Kapitäns wandte sich Rand zu, und als Thom und Mat erschienen, schloss er sie in seinen ausdruckslosen Blick mit ein.

»Kapitän«, begann Thom nach einer Verbeugung, »erlaubt mir ...«

»Ihr kommen runter«, sagte Kapitän Domon, »wo ich sehen, was auf mein Deck gefallen sein. Kommt. Glück verlass mich, jemand sichern diese hornverfluchte Rahe!« Als Besatzungsmitglieder herbeieilten, um die Rahe festzuzurren, stampfte er in Richtung Heck los. Rand und seine beiden Begleiter folgten.

Kapitän Domon hatte eine saubere und gut aufgeräumte Kabine, die sie über eine kurze Leiter erreichten, wo alles an seinem Platz war, bis hin zu den Mänteln und Umhängen, die an der Tür an Haken aufgehängt waren. Die Kabine erstreckte sich über die ganze Breite des Kahns. An einer Seite war ein breites Bett eingebaut und an der anderen ein massiver Tisch. Es gab nur einen Stuhl mit hoher Lehne und dicken Armstützen, und den beanspruchte der Kapitän für sich. Er bedeutete den anderen, sich selbst Plätze auf verschiedenen Truhen und Bänken zu suchen, die das einzige Mobiliar darstellten. Ein lautes Räuspern hielt Mat davon ab, sich auf das Bett zu setzen.

»Also«, sagte der Kapitän, als sie sich alle gesetzt hatten, »mein Name sein Bayle Domon, Kapitän und Besitzer der *Gischt*. Nun, wer sein Ihr und was Ihr wollen hier in der Mitte von Nirgendwo, und warum ich nicht sollen Euch werfen über Bord für Schwierigkeiten Ihr mir bringen?«

Rand hatte immer noch genauso große Schwierigkeiten, Domon zu verstehen, wie zuvor. Er sprach dazu noch sehr schnell. Als ihm klar wurde, was der Kapitän zuletzt gesagt hatte, riss er überrascht die Augen auf. *Uns über Bord werfen?*

Mat sagte schnell: »Wir wollten Euch keine Ungelegenheiten bereiten. Wir sind auf dem Weg nach Caemlyn und dann nach ...«

»Und dann, wohin uns der Wind immer treibt«, unterbrach ihn Thom gewandt. »So reisen wir Gaukler, wie Staub im Wind. Damit wisst Ihr, dass ich ein Gaukler bin. Mein Name ist Thom Merrilin.« Er zupfte an seinem Umhang, sodass sich die bunten Flicken bewegten, als könnte der Kapitän sie vorher übersehen haben. »Diese beiden Burschen vom Land wollen meine Lehrlinge werden, auch wenn ich da noch nicht sicher bin, ob ich sie überhaupt will.« Rand sah Mat an, und der grinste.

»Das sein alles gut und schön, Mann«, sagte Kapitän Domon gelassen, »aber es mir sagen nichts. Glück piekse mich, dieser Ort sein an keiner Straße nach Caemlyn von irgendwoher, von der ich jemals hören.«

»Also, das ist eine Geschichte für sich«, sagte Thom, und dann begann er sie auch schon lang und breit zu erzählen.

Thom erzählte, dass er vom Schneefall dieses Winters in einer kleinen Bergwerksstadt in den Verschleierten Bergen hinter Baerlon überrascht worden war. Dort hörte er Legenden über einen Schatz aus der Zeit der Trolloc-Kriege in den verschollenen Ruinen einer Stadt namens Aridhol. Nun ergab es sich, dass er die Lage Aridhols von einer Landkarte her kannte, die ihm viele Jahre zuvor von einem sterbenden Freund aus Illian anvertraut worden war, dessen Leben er einst gerettet hatte, ein Mann, der starb, nachdem er gerade noch hauchen konnte, die Karte werde Thom reich machen. Thom hatte das nicht geglaubt, bis er nun von der Legende hörte. Als genug Schnee geschmolzen war, habe er sich mit einigen Begleitern auf den Weg gemacht, darunter auch seinen beiden angehenden Lehrlingen, und nach vielen Strapazen schließlich die Ruinenstadt gefunden. Aber es stellte sich heraus, dass der Schatz einem Schattenlord gehört hatte und Trollocs ausgeschickt worden waren, um ihn nach Shayol Ghul zurückzuholen. Beinahe jede der Gefahren, denen sie ausgesetzt gewesen waren, tauchte in Thoms Geschichte an der einen oder anderen Stelle auf – Trollocs, Myrddraal, Draghkar, Mordeth, Mashadar –, aber so, wie Thom es erzählte, war alles gegen ihn persönlich gerichtet und von ihm mit großem Geschick bewältigt worden. Mit großer Kühnheit – vor allem Thoms – waren sie entkommen, von Trollocs verfolgt, und waren in der Nacht voneinander getrennt worden. Schließlich suchten Thom und seine beiden verbliebenen Begleiter Zuflucht am letzten Ort, der ihnen noch geblieben war: auf Kapitän Domons von Herzen willkommenem Schiff.

Als der Gaukler fertig war, kam es Rand zu Bewusstsein, dass er eine ganze Weile mit offenem Mund dagesessen hatte. Er schloss ihn mit hörbarem Knacken. Ein Blick auf Mat zeigte ihm, dass sein Freund den Gaukler mit großen Augen anstarrte.

Kapitän Domon trommelte mit den Fingern auf die Armstütze seines Stuhls. »Das sein eine Geschichte, die nicht glauben viele Leute. Natürlich ich habe die Trollocs gesehen.«

»Jedes Wort daran ist wahr«, sagte Thom verbindlich, »und stammt von jemandem, der das selbst erlebt hat.«

»Kann sein, Ihr habt etwas von Schatz bei Euch?«

Thom spreizte bedauernd die Hände. »Leider war das Wenige, das wir mitnehmen konnten, bei unseren Pferden, und die rannten weg, als die letzten Trollocs erschienen. Alles, was ich noch habe, sind meine Flöte und meine Harfe, ein paar Kupfermünzen und die Kleider, die ich trage. Aber glaubt mir, dieser Schatz wäre nichts für Euch. Er ist vom Dunklen König verflucht. Am besten ist es, ihn den Ruinen und den Trollocs zu überlassen.«

»Also Ihr kein Geld haben, um die Reise zu bezahlen. Ich nicht mal eigenen Bruder mitfahren lassen, wenn nicht bezahlen für Passage, besonders, wenn er bringen Trollocs her, die Reling zerhacken und Takelage kappen. Warum ich nicht sollen Euch lassen zurückschwimmen, wo Ihr kommen her, um Euch loszuwerden?«

»Ihr würdet uns doch nicht am Ufer absetzen?«, sagte Mat. »Nicht, wenn dort Trollocs warten!«

»Wer sagen etwas von Ufer?«, antwortete Domon trocken. Er betrachtete sie einen Moment lang und legte dann die Hände mit den Handflächen nach unten auf den Tisch. »Bayle Domon sein ein vernünftiger Mann. Ich Euch nicht über Bord werfen, wenn anderer Weg möglich. Nun, ich sehen, einer von Euren Lehrlingen haben Schwert. Ich brauchen gutes Schwert, und ich sein gutherziger Mann. Ihr können Passage nach Weißbrücke dafür haben.«

Thom öffnete den Mund, doch Rand kam ihm zuvor. »Nein!« Tam hatte es ihm nicht gegeben, damit er es weiterverhökerte. Er fuhr mit der Hand über den Griff und fühlte nach dem Bronzereiher. Solange er es hatte, war es, als sei Tam bei ihm.

Domon schüttelte den Kopf. »Na ja, dann eben nicht. Aber Bayle Domon nicht geben freie Passage, nicht mal eigener Mutter.«

Zögernd leerte Rand seine Taschen. Es war nicht viel, was zum Vorschein kam: ein paar Kupfermünzen und die Silbermünze, die Moiraine ihm gegeben hatte. Er hielt sie dem Kapitän hin. Einen Moment später tat Mat es ihm nach. Thom blickte böse drein, lächelte dann aber schnell wieder, sodass Rand sich nicht sicher war, ob er sich den wütenden Blick nur eingebildet hatte. Kapitän Domon nahm den Jungen flink die beiden dicken Silbermünzen aus den Händen und holte eine kleine Waage hervor und einen klimpernden Beutel, den er in einer messingbeschlagenen Truhe hinter seinem Stuhl verstaut gehabt hatte. Er wog die Münzen sorgfältig ab, ließ sie in den Beutel fallen und gab jedem einige Kupfermünzen heraus. »Bis Weißbrücke«, sagte er und trug alles säuberlich in eine ledergebundene Kladde ein.

»Das ist aber eine teure Fahrt nach Weißbrücke«, murrte Thom.

»Aufpreis für beschädigtes Schiff«, antwortete der Kapitän gelassen. Er legte Waage und Beutel in die Truhe zurück und schloss sie befriedigt. »Und dafür, dass Ihr bringen Trollocs zu mir, dass ich nachts flussabwärts muss flüchten, obwohl da sein genug Untiefen, wo ich kann auflaufen.«

»Wie steht es mit den anderen?«, fragte Rand. »Werdet Ihr sie auch mitnehmen? Sie sollten mittlerweile den Fluss ebenfalls erreicht haben, oder sie werden ihn bald erreichen, und dann werden sie die Laterne an Eurem Mast entdecken.«

Kapitän Domons Augenbrauen hoben sich überrascht. »Ihr etwa glauben, wir stehen still, Mann? Glück stech mich, aber wir sein drei, vier Meilen flussabwärts. Trollocs haben meine Burschen gemacht rudern sehr stark – sie Trollocs besser kennen als mögen – und Strömung auch helfen. Aber das nichts machen. Ich nicht wieder an Ufer, selbst wenn alte Großmutter sein dort. Ich vielleicht nicht mehr an Ufer, bis wir in Weißbrücke. Ich genug haben von Trollocs auf meinen Fersen schon vor heute Nacht, und ich werde vermeiden, wenn ich kann.«

Thom beugte sich interessiert vor. »Ihr habt schon zuvor Zusammenstöße mit Trollocs gehabt? In letzter Zeit?«

Domon zögerte und musterte Thom genau, doch als er dann antwortete, klang es lediglich etwas verärgert. »Ich überwintern in Saldaea, Mann. Ich nicht wollen, aber Fluss früh gefroren und Eis brechen auf sehr spät. Leute sagen, du kannst sehen Große Fäule von höchsten Türmen in Maradon, aber ich kein Interesse daran. Ich schon vorher mal dort sein und sie immer erzählen, dass Trollocs einen Bauernhof haben überfallen. Aber diesen Winter jede Nacht Bauernhöfe brennen. Ja, und ganze Dörfer manchmal auch. Sie sogar kommen bis an Stadtmauer. Und nicht schlimm genug, Leute alle sagen, Dunkler König kommt, dass Letzte Tage angebrochen.« Er schüttelte sich und kratzte sich am Kopf, als habe der bloße Gedanke seine Kopfhaut zum Jucken gebracht. »Ich nicht kann warten, um kommen zurück, wo Leute glauben, Trollocs sein nur Märchen. Sie glauben, Geschichte ich ihnen erzählen sein nur Schiffergarn.«

Rand hörte nicht mehr weiter zu. Er starrte die Wand gegenüber an und dachte an Egwene und die anderen. Es schien ihm ungerecht, dass er sich in Sicherheit an Bord der *Gischt* befinden sollte, während sie noch immer irgendwo da draußen in der Nacht waren. Die Kabine des Kapitäns erschien ihm nun nicht mehr so gemütlich.

Er war überrascht, als Thom ihn auf die Füße zog. Der Gaukler schob Mat und ihn in Richtung Leiter und entschuldigte sich bei Kapitän Domon für die Landpomeranzen. Rand kletterte wortlos hinauf.

Gleich als sie an Deck waren, sah sich Thom schnell um, ob ihn jemand belauschen konnte, und schimpfte dann:»Ich hätte uns die Passage mit ein paar Liedern und Geschichten erkaufen können, wenn ihr beide es nicht so eilig gehabt hättet, Silber vorzuzeigen.«

»Da bin ich nicht so sicher«, sagte Mat.»Für mich hat er sich ernsthaft angehört, als er etwas von ›in den Fluss werfen‹ sagte.«

Rand ging langsam hinüber zur Reling und lehnte sich dagegen. Er blickte hinauf in den nachtdunklen Himmel. Er konnte nur Schwarz erkennen – nicht einmal ein Ufer. Kurz darauf legte Thom ihm eine Hand auf die Schulter, doch Rand rührte sich nicht.

»Es gibt nichts, was du tun könntest, Junge. Außerdem sind sie wahrscheinlich mittlerweile in Sicherheit bei ... Moiraine und Lan. Kannst du dir jemand Besseren vorstellen, um sie zu beschützen?«

»Ich habe versucht, sie zu überreden, nicht mitzukommen«, sagte Rand.

»Du hast dein Bestes gegeben, Junge. Keiner kann mehr von dir verlangen.«

»Ich sagte, ich würde auf sie aufpassen. Ich hätte mich mehr anstrengen sollen.« Das Knarren der Ruder und das Summen der Takelage im Wind fügte sich zu einer traurigen Melodie.»Ich hätte mich mehr anstrengen sollen«, flüsterte er.

KAPITEL 21

Lausche dem Wind

Sonnenschein, der sich über den Arinelle schob, fand den Weg in die Senke nicht weit von der Uferböschung, wo Nynaeve mit dem Rücken an den Stamm einer jungen Eiche gelehnt saß und ruhig atmend schlief. Auch ihr Pferd schlief, den Kopf gesenkt und die Beine leicht gespreizt. Die Zügel hatte sie um ihr Handgelenk gewickelt. Als der Sonnenschein auf die Augenlider des Pferds fiel, öffnete das Tier die Augen und hob den Kopf, wobei es einen heftigen Ruck am Zügel gab. Nynaeve erwachte schlagartig.

Einen Augenblick lang blickte sie verwirrt um sich und fragte sich, wo sie sei, und als die Erinnerung zurückkehrte, sah sie sich noch erschrockener um. Aber sie erblickte nur die Bäume und ihr Pferd und einen Teppich alter, trockener Blätter am Boden der Senke. Wo der Schatten am tiefsten war, wuchsen einige Schattenhand-Pilze in Ringen auf einem umgestürzten Stamm.

»Das Licht erhalte dich, Frau«, murmelte sie und ließ sich zurücksacken, »wenn du nicht einmal eine Nacht wach bleiben kannst.« Sie band die Zügel los und massierte beim Aufstehen ihr Handgelenk. »Du hättest auch im Kochtopf eines Trollocs erwachen können.«

Die welken Blätter raschelten, als sie den sanften Abhang der Senke hinaufkletterte und über den Rand spähte. Nur eine Hand voll Eschen standen am Ufer. Mit ihrer rissigen Rinde und den kahlen Ästen wirkten sie wie tot. Dahinter floß der breite Strom mit seinem blaugrünen Wasser. Leer. Nichts zu sehen. Vereinzelte Gruppen von Nadelbäumen und auch ein paar Weiden boten dem Auge auf der anderen Seite des Flusses etwas Abwechslung. Falls Moiraine oder irgendeiner der Jungen dort drüben war, hatten sie sich gut versteckt. Natürlich gab es keinen Grund, warum sie den Fluss ausgerechnet in ihrer Sichtweite hätten überqueren müssen oder es auch nur versuchen sollten. Sie konnten sich überall befinden, zehn Meilen flussaufwärts oder flussabwärts ... *Wenn sie überhaupt noch am Leben sind nach dieser letzten Nacht.*

Sie ärgerte sich über sich selbst, dass sie überhaupt an eine solche Möglichkeit dachte. Nicht einmal die Winternacht oder die Schlacht vor dem Erreichen von Shadar Logoth hatte sie auf die vergangene Nacht und auf dieses Ding – Mashadar – vorbereitet. Diese verzweifelte Flucht, die ständige Frage, ob noch jemand von den anderen am Leben sei; das Warten darauf, dass sie plötzlich einem Blassen oder den Trollocs von Angesicht zu Angesicht gegenüberstünde ... Sie hatte die Trollocs in einiger Entfernung knurren und schreien gehört, und das zitternde Schrillen der Trolloc-Hörner war ihr eisiger den Rücken hinuntergelaufen, als es der Wind je fertig bringen würde, aber von jenem ersten Zusammentreffen mit den Trollocs in den Ruinen abgesehen, sah sie nur einmal noch welche, und das außerhalb der Stadt. Zehn oder mehr schienen plötzlich – keine dreißig Schritte weit vor ihr – aus dem Boden aufzutauchen. Sie sprangen in der gleichen Sekunde auf sie zu, heulten und schrien und schwenkten hakenbewehrte Fangstangen. Doch als sie ihr Pferd herumriss, schwiegen sie unvermittelt und hoben die Schnauzen, um die Luft zu prüfen. Sie war zu verblüfft, um schnell wegzureiten. Stattdessen beobachtete sie, wie die Trollocs ihr den Rücken kehrten und in der Nacht verschwanden. Und das hatte sie von allem am meisten geängstigt.

»Sie kennen den Geruch von denen, die sie verfolgen«, sagte sie zu dem Pferd, als sie wieder in der Senke stand, »und ich gehöre nicht dazu. Die Aes Sedai hatte Recht, wie es scheint, der Schäfer der Nacht verschlinge sie!«

Sie entschloss sich, flussabwärts zu gehen und ihr Pferd hinter sich herzuführen. Sie bewegte sich langsam und beobachtete aufmerksam den sie umgebenden Wald. Nur weil die Trollocs sie letzte Nacht hatten laufen lassen, musste das nicht bedeuten, dass sie sie auch bei einem erneuten Zusammentreffen wieder ungeschoren lassen würden. So viel Aufmerksamkeit sie auch dem Wald schenkte – noch mehr widmete sie dem Boden vor ihr. Falls ihre Gefährten im Laufe der Nacht hier durchgekommen waren, sollte sie einige Anzeichen dafür entdecken können, die sie vom Rücken des Pferdes aus nicht sehen konnte. Vielleicht traf sie ja auch auf dieser Seite des Flusses die ganze Gruppe. Wenn sie aber niemanden fand, dann würde der Fluss sie irgendwann nach Weißbrücke führen, und von da gab es eine Straße nach Caemlyn und auch bis Tar Valon, falls es sein musste.

Die Aussichten waren ziemlich niederschmetternd. Früher war sie noch nie weiter von Emondsfelde weggewesen als die Jungen. Taren-Fähre war ihr fremd vorgekommen; in Baerlon hätte sie sich nur staunend umgesehen, wäre sie nicht darauf bedacht gewesen, Egwene und die anderen zu finden. Aber sie ließ nicht zu, dass irgendetwas ihren Entschluss ins Wanken brachte. Früher oder später würde sie Egwene und die Jungen finden, oder einen Weg, die Aes Sedai für alles zur Rechenschaft zu ziehen, was ihnen zustieß. Entweder das eine oder das andere, schwor sie sich.

In Abständen fand sie Spuren, eine ganze Menge sogar. Doch für gewöhnlich konnte sie beim besten Willen nicht sagen, ob diejenigen, die sie'hinterlassen hatten, etwas gejagt hatten oder vielleicht selbst verfolgt wurden. Einige stammten von Stiefeln, wie sie sowohl von Menschen als auch von Trollocs getragen wurden. Andere waren Hufspuren wie von Ziegen oder Rindern; das waren natürlich Trollocs gewesen. Aber es gab nie ein klares Anzeichen für die Anwesenheit ihrer Gefährten. Sie hatte vielleicht vier Meilen zurückgelegt, als der Wind ihr den Geruch eines Holzfeuers zuwehte. Er kam von weiter drunten am Fluss, und das Feuer konnte nicht weit entfernt sein. Sie zögerte nur einen Moment lang, dann band sie das Pferd an eine Tanne, ein ganzes Stück vom Fluss entfernt in einem kleinen, dichten Nadelgehölz, in dem das Tier gut verborgen war. Der Rauch konnte Trollocs bedeuten, aber der einzige Weg, das herauszufinden, war, nachzusehen. Sie bemühte sich, nicht darüber nachzudenken, wozu Trollocs möglicherweise ein Feuer benützten.

Gebückt schlich sie sich von einem Baum zum anderen und verfluchte im Geist den Rock, den sie hochheben musste, um nicht hängen zu bleiben. Kleider waren nicht fürs Anschleichen geeignet. Ein Geräusch von einem Pferd ließ sie ihr Tempo verlangsamen, und als sie schließlich vorsichtig hinter dem Stamm einer Esche hervorspähte, stieg gerade der Behüter in einer kleinen Lichtung nahe dem Ufer von seinem schwarzen Streitross. Die Aes Sedai saß auf einem umgestürzten Baumstamm neben einem kleinen Feuer. Das Wasser in einem Kessel begann zu kochen. Ihre weiße Stute fraß hinter ihr das dürftige Unkraut ab. Nynaeve blieb, wo sie war.

»Sie sind alle weg«, verkündete Lan ernst. »Vier Halbmenschen sind etwa zwei Stunden vor Tagesanbruch nach Süden aufgebrochen, jedenfalls soweit ich das beurteilen kann – sie hinterlassen nicht viele Spuren –, aber die Trollocs sind verschwunden. Sogar die Leichen, und die Trollocs sind nicht gerade bekannt dafür, dass sie ihre Toten mitnehmen. Es sei denn, sie haben Hunger.«

Moiraine warf eine Hand voll von irgendetwas in das kochende Wasser und zog den Kessel vom Feuer. »Man kann noch immer darauf hoffen, dass sie nach Shadar Logoth zurückgekehrt sind und davon verschlungen wurden, aber wahrscheinlich wäre das zu viel verlangt von unserem Glück.«

Der köstliche Duft von Tee trieb zu Nynaeve herüber. *Licht, hoffentlich knurrt mein Magen nicht zu laut!*

»Es gab keine klare Spur der Jungen oder der anderen. Die Spuren sind einfach zu verwischt, um Genaueres zu sagen.« In ihrem Versteck lächelte Nynaeve; wenn der Behüter nichts herausgefunden hatte, war das Labsal auf ihre Wunden. »Aber etwas anderes ist wichtig, Moiraine«, fuhr Lan mit ernster Miene fort. Er lehnte das Angebot einer Tasse Tee von der Aes Sedai mit einer Handbewegung ab und begann, vor dem Feuer auf und ab zu laufen, eine Hand auf seinem Schwertknauf und mit einem bei jeder Drehung die Farbe ändernden Umhang. »Ich kann ja noch Trollocs im Gebiet der Zwei Flüsse akzeptieren, sogar hundert davon. Aber dies hier? Gestern müssen beinahe tausend auf uns Jagd gemacht haben!«

»Wir hatten Glück, dass nicht alle dablieben und in Shadar Logoth nach uns suchten. Die Myrddraal müssen Zweifel gehabt haben, dass wir uns gerade dort verbergen würden, aber sie hatten sicher auch Angst davor, nach Shayol Ghul zurückzukehren, ohne zuvor jede noch so kleine Möglichkeit untersucht zu haben. Der Dunkle König war noch nie für seine Nachsicht bekannt.«

»Versuche nicht, auszuweichen. Du weißt, was ich sagen will. Wenn diese tausend Trollocs hier waren, hätte er sie auch zu den Zwei Flüssen schicken können. Warum tat er das nicht? Es gibt nur eine mögliche Antwort. Sie wurden erst ausgesandt, als wir den Taren überquert hatten und er wusste, dass ein Myrddraal und hundert Trollocs nicht ausreichten. Wie wurden sie hierher gesandt? Wenn tausend Trollocs von der Großen Fäule aus so schnell und ungesehen so weit nach Süden gebracht werden können – ganz zu schweigen davon, dass sie genauso schnell wieder weggeholt werden können –, kann er dann nicht auch zehntausend ins Herz von Saldaea oder Arafel oder Schienar schicken? Die Grenzlande wären innerhalb eines Jahres überrannt.«

»Die ganze Welt wird in fünf Jahren überrannt, wenn wir diese Jungen nicht finden«, sagte Moiraine schlicht. »Mir bereitet diese Frage auch Kopfzerbrechen, aber ich kenne die Antwort nicht. Die Wege des Geistes sind geschlossen, und seit der Zeit des Wahns hat es keine Aes Sedai mehr gegeben, die stark genug war, um auf diesem Weg zu reisen. Falls nicht eine der Verlorenen im Spiel ist – was das Licht verhüten möge, jetzt und für immer –, gibt es immer noch niemanden, der das kann. Und außerdem glaube ich nicht, dass selbst alle Verlorenen zusammen tausend Trollocs auf einmal befördern könnten. Lass uns versuchen, die Probleme zu lösen, denen wir uns hier und jetzt gegenübersehen; alles andere muss warten.«

»Die Jungen.« Es war nicht als Frage gemeint.

»Ich war nicht untätig, während du weg warst. Einer ist auf der anderen Seite des Flusses und lebt. Was die anderen betrifft, so gab es flussabwärts eine schwache Spur, aber die verflog, als ich sie fand. Die Verbindung war schon Stunden vor Beginn meiner Suche abgebrochen.«

Hinter ihrem Baum zusammengekauert, zog Nynaeve verwirrt die Stirn in Falten. Lan hörte mit dem Herumlaufen auf. »Glaubst du, dass die Halbmenschen, die nach Süden zogen, sie gefangen haben?«

»Vielleicht.« Moiraine goss sich eine Tasse Tee ein, bevor sie weitersprach. »Aber ich wehre mich gegen die Möglichkeit, dass sie tot sein könnten. Ich kann das nicht glauben. Ich wage es nicht. Du weißt, wie viel auf dem Spiel steht. Ich muss diese jungen Männer haben. Natürlich erwarte ich, dass Shayol Ghul sie jagt. Ich erwarte auch Widerstand innerhalb der Weißen Burg, genauso wie vom Amyrlin-Sitz selbst. Es wird immer Aes Sedai geben, die nur eine Lösung akzeptieren. Aber ...« Plötzlich stellte sie ihre Tasse weg und richtete sich mit einer Grimasse auf. »Wenn du den Wolf zu scharf beobachtest«, stellte sie fest, »dann beißt dich eine Maus in den Fuß.« Und damit sah sie genau den Baum an, hinter dem sich Nynaeve versteckte. »Frau al'Meara, Ihr könnt nun herauskommen, wenn Ihr wünscht.«

Nynaeve stand auf und klopfte sich hastig abgestorbene Blätter vom Kleid. Lan war herumgewirbelt und hatte den Baum angesehen, sobald Moiraines Blick herübergewandert war. Er hatte sein Schwert in der Hand, bevor sie Nynaeves Namen ausgesprochen hatte. Nun steckte er es etwas unbeherrschter als notwendig in die Scheide zurück. Sein Gesicht war beinahe so ausdruckslos wie immer, doch Nynaeve glaubte, im Ausdruck seines Mundes einen Hauch von Ärger erkennen zu können. Sie fühlte ein wenig Befriedigung; zumindest hatte der Behüter nicht gemerkt, dass sie da gewesen war.

Die Befriedigung hielt sich allerdings nur einen Moment lang. Sie wandte ihren Blick Moiraine zu und ging zu ihr hin. Sie wollte kühl und beherrscht bleiben, doch ihre Stimme zitterte vor Zorn. »In was habt Ihr Egwene und die Jungen da hineingezogen? Für welche schmutzige Intrige wollt Ihr sie benützen?«

Die Aes Sedai nahm ihre Tasse und schlürfte gelassen ihren Tee. Als Nynaeve ihr allerdings zu nahe kam, streckte Lan einen Arm aus und hinderte sie am Weitergehen. Sie versuchte, das Hindernis beiseite zu schieben, und war überrascht, als sich der Arm des Behüters nicht mehr bewegte, als es der Ast einer Eiche getan hätte. Sie war nicht schwach, doch seine Muskeln schienen wie aus Eisen.

»Tee?«, bot ihr Moiraine an.

»Nein, ich will keinen Tee. Ich würde Euren Tee nicht trinken, und wenn ich vor Durst stürbe. Ihr werdet keine Leute aus Emondsfelde für Eure schmutzigen Aes Sedai-Pläne missbrauchen!«

»Ihr solltet lieber nicht so viel reden, Seherin.« Moiraine zeigte mehr Interesse an ihrem heißen Tee als an dem, was sie sagte. »Ihr könnt schließlich selbst die Eine Macht auf gewisse Weise anwenden.«

Nynaeve drückte wieder gegen Lans Arm. Der rührte sich noch immer nicht, und so entschloss sie sich, ihn zu ignorieren. »Warum behauptet Ihr nicht gleich, ich sei ein Trolloc?«

Moiraines Lächeln war so überlegen, dass Nynaeve sie am liebsten geschlagen hätte. »Glaubt Ihr, ich kann mich Auge in Auge einer Frau gegenübersehen, die die Wahre Quelle berühren und die Eine Macht lenken kann – wenn auch nur manchmal –, ohne zu merken, was sie ist? Genau wie Ihr Egwenes Fähigkeiten fühlen konntet. Wieso, glaubt Ihr, habe ich gewusst, dass Ihr hinter jenem Baum standet? Wenn ich nicht abgelenkt gewesen wäre, hätte ich es schon in dem Moment gefühlt, als Ihr näher kamt. Ihr seid ganz sicher kein Trolloc, denn ich fühle das Böse des Dunklen Königs, wenn es nahe ist. Also, was kann ich sonst gefühlt haben, Nynaeve al'Meara, Seherin von Emondsfelde und unbewusste Lenkerin der Einen Macht?«

Lan sah mit einem Ausdruck auf Nynaeve herunter, der ihr nicht gefiel; überrascht und abschätzend, so schien es ihr, obwohl sich an seiner Miene nichts verändert hatte als der Ausdruck seiner Augen. Egwene war etwas Besonderes, das hatte sie immer schon gewusst. Egwene würde eine feine Seherin abgeben. *Sie arbeiten zusammen,* dachte sie, *um mich aus dem Gleichgewicht zu bringen.* »Ich werde mir das nicht länger anhören ...«

»Ihr müsst zuhören«, sagte Moiraine nachdrücklich. »Ich vermutete das schon in Emondsfelde, bevor ich Euch traf. Die Leute erzählten mir, wie verstört ihre Seherin sei, dass sie den harten Winter und den späten Frühling nicht vorhergesehen hatte. Sie sagten mir, wie gut sie üblicherweise das Wetter und die Ernte vorhersagen könne. Sie berichteten mir, wie wunderbar ihre Heilmittel seien, wie sie manchmal Verletzungen heilte, die sonst einen Krüppel aus dem Betroffenen machen würden; dank ihrer Hilfe sehe man kaum eine Narbe, kein Hinken oder Zucken. Die einzigen Vorbehalte, die ich über Euch hörte, kamen von einigen, die Euch für zu jung für diese Verantwortung hielten, und das bestärkte nur meinen Verdacht. So jung und schon solche Fähigkeiten!«

»Frau Barran hat mich gut unterrichtet.« Sie versuchte, Lan anzusehen, doch dessen Blick machte sie immer noch unsicher. Also schaute sie über den Kopf der Aes Sedai hinweg zum Fluss hinüber. *Wie können die im Dorf es wagen, vor einer Fremden solchen Klatsch auszubreiten!* »Wer behauptete, ich sei zu jung?«, wollte sie wissen.

Moiraine lächelte, ließ sich aber nicht ablenken. »Im Gegensatz zu den meisten Frauen, die behaupten, sie könnten aus dem Wind lesen, könnt Ihr das manchmal wirklich. Oh, natürlich hat das nichts mit dem Wind zu tun. Ihr fühlt die Kräfte von Luft und Wasser. Ihr brauchtet darin nicht unterrichtet zu werden; es ist Euch angeboren, genau wie bei Egwene. Doch Ihr habt gelernt, damit umzugehen, und das steht ihr noch bevor. Zwei Minuten nachdem ich Euch erstmals gegenüberstand, wusste ich Bescheid. Erinnert Ihr Euch daran, wie ich Euch plötzlich fragte, ob Ihr die Seherin seid? Warum habe ich das wohl getan? Es gab nichts, woran man Euch von jeder anderen hübschen jungen Frau hätte unterscheiden können, die sich für das Fest zurechtmachte. Obwohl ich eine junge Seherin erwartet hatte, dachte ich doch, sie sei wenigstens um die Hälfte älter als Ihr.«

Nynaeve erinnerte sich nur zu gut an dieses Zusammentreffen: diese Frau, selbstbewusster im Auftreten als jedes Mitglied des Frauenkreises, in einem schöneren Kleid, als sie jemals eines gesehen hatte, und dann sprach sie sie als ›Kind‹ an. Und dann hatte Moiraine plötzlich ganz überrascht dreingeschaut und aus dem Blauen heraus die Frage gestellt ...

Sie fuhr sich mit der Zunge über die trockenen Lippen. Beide sahen sie an. Das Gesicht des Behüters war undurchschaubar, während die Miene der Aes Sedai bei aller Eindringlichkeit Sympathie verriet. Nynaeve schüttelte den Kopf. »Nein! Nein, das ist unmöglich. Ich würde es wissen. Ihr versucht nur, mich hereinzulegen, und damit habt Ihr bei mir sicher keinen Erfolg.«

»Natürlich wisst Ihr nichts davon«, sagte Moiraine beruhigend. »Wie solltet Ihr das auch nur vermuten? Euer ganzes Leben lang habt Ihr nur davon gehört, dem Wind zu lauschen. Ihr würdet Euch niemals eingestehen – und wenn es auch nur im letzten Hinterstübchen Eures Verstands wäre –, dass Ihr etwas mit der Einen Macht oder den gefürchteten Aes Sedai zu tun habt.« Etwas wie Belustigung huschte über Moiraines Gesicht. »Aber ich kann Euch sagen, wie alles begann.«

»Ich will Eure Lügen nicht mehr hören«, sagte sie, aber die Aes Sedai fuhr einfach fort.

»Vielleicht war es vor acht oder zehn Jahren – das Alter ist unterschiedlich, doch es kommt immer in der Jugend –, da gab es etwas, das Ihr unbedingt wolltet, mehr als alles in der Welt, etwas, das Ihr brauchtet. Und Ihr habt es bekommen. Ein Ast, der plötzlich herunterfiel, sodass Ihr Euch daran aus einem See ziehen konntet, anstatt zu ertrinken. Ein Freund oder ein Haustier, das wieder gesund wurde, obwohl jeder geglaubt hatte, es werde sterben …

Zu der Zeit habt Ihr nichts weiter gefühlt, doch eine Woche oder zehn Tage später kam die Reaktion auf Eure erste Berührung mit der Wahren Quelle. Vielleicht war es Fieber oder Schüttelfrost, was Euch plötzlich ans Bett fesselte und dann, nach nur ein paar Stunden, wieder verschwand. Keine der Reaktionen, und da gibt es eine ganze Reihe von Möglichkeiten, dauert länger als ein paar Stunden. Kopfschmerzen und ein taubes Gefühl im Kopf und freudige Erregung, alles durcheinander, und Ihr riskiert irgendetwas ganz Dummes oder bewegt Euch taumelnd. Überhaupt dieses Schwindelgefühl: Ihr seid bei jeder Bewegung herumgestolpert und habt keinen vollständigen Satz herausgebracht, sondern nur gelallt. Es gibt noch mehr Anzeichen. Erinnert Ihr Euch?«

Nynaeve sackte zu Boden. Ihre Beine trugen sie nicht mehr. Sie erinnerte sich an alles, und trotzdem schüttelte sie den Kopf. Es musste Zufall sein. Oder hatte Moiraine in Emondsfelde noch mehr herumgefragt, als sie dachte? Die Aes Sedai hatte eine Menge Fragen gestellt. Das musste es sein. Lan bot ihr seine Hand, doch sie bemerkte es noch nicht einmal.

»Das ist noch nicht alles«, sagte Moiraine, als Nynaeve schwieg. »Ihr habt die Macht einmal benützt, um entweder Perrin oder Egwene zu heilen. Eine Verbindung ist entstanden. Ihr könnt die Gegenwart eines Menschen fühlen, den Ihr geheilt habt. In Baerlon seid Ihr geradewegs zum *Hirsch und Löwen* gekommen, obwohl es keineswegs die nächste Schenke an einem der Tore war, durch das Ihr die Stadt betreten konntet. Von den Emondsfeldern waren nur Perrin und Egwene bei Eurer Ankunft in der Schenke. War es Perrin oder Egwene? Oder beide?«

»Egwene«, murmelte Nynaeve. Sie hatte es immer für gegeben erachtet, dass sie manchmal wusste, wer sich ihr näherte, auch wenn sie die Person noch nicht sehen konnte. Bis jetzt war es ihr nie in den Sinn gekommen, dass es immer jemand war, den sie auf wunderbare Weise geheilt hatte. Und sie hatte auch immer gewusst, wenn eine Arznei über alle Erwartungen gut anschlagen würde, war sich immer sicher gewesen, wenn sie behauptete, eine Ernte werde besonders gut ausfallen oder der Regen werde diesmal früher oder später eintreffen. So musste es doch sein, dachte sie. Nicht alle Seherinnen konnten dem Wind lauschen, aber die Besten schon. Das hatte Frau Barran immer gesagt, und sie hatte hinzugefügt, Nynaeve werde zu den Besten gehören.

»Sie hatte Wundfieber.« Sie sprach mit gesenktem Kopf. »Ich war immer noch Frau Barrans Lehrling, und sie ließ mich über Egwene wachen. Ich war jung und wusste nicht, dass die Seherin alles gut im Griff hatte. Es ist furchtbar, jemanden mit Wundfieber zu beobachten. Das Kind war schweißgebadet, stöhnte und wand sich, bis ich kaum noch verstand, warum ich ihre Knochen nicht brechen hören konnte. Frau Barran hatte mir gesagt, das Fieber werde in ein, zwei Tagen nachlassen, doch ich glaubte, sie habe mich nur trösten wollen. Ich glaubte, Egwene läge im Sterben. Ich hatte sie manchmal beaufsichtigt, als sie noch ein kleines Kind war, und so begann ich zu weinen, weil ich sie nicht sterben sehen wollte. Als Frau Barran eine Stunde später wiederkam, war das Fieber weg. Sie war überrascht und kümmerte sich mehr um mich als um Egwene. Ich dachte immer, sie glaubte, ich habe dem Kind etwas gegeben und traute mich nicht, es zuzugeben. Ich dachte immer, sie wolle mich beruhigen und mir klar machen, dass ich Egwene nicht geschadet hatte. Eine Woche später kippte ich in ihrem Wohnzimmer um, zitterte und glühte abwechselnd. Sie brachte mich ins Bett, doch beim Abendessen war alles wieder in Ordnung.«

Sie ließ den Kopf in die Hände sinken, als sie fertig war. *Die Aes Sedai hat ein gutes Beispiel gewählt*, dachte sie. *Das Licht verbrenne sie! Die Macht wie eine Aes Sedai benützen! Eine schmutzige, Schattenfreund-Aes Sedai!*

»Ihr habt Glück gehabt«, sagte Moiraine, und Nynaeve setzte sich mit einem Ruck auf. Lan drehte sich weg, als ginge ihn das, worüber sie sprachen, nichts an, und machte sich an Mandarbs Sattel zu schaffen. Er sah nicht einmal zu ihnen herüber.

»Glück!«

»Ihr habt eine grobe Kontrolle über Eure Kräfte erlangt, auch wenn die Berührung der Wahren Quelle noch immer in unregelmäßigen Abständen erfolgt. Wenn Ihr das nicht geschafft hättet, wärt Ihr irgendwann daran gestorben. So, wie es Egwene umbringen wird, wenn es Euch gelingt, sie davon abzuhalten, dass sie Tar Valon erreicht.«

»Wenn ich lernte, die Gabe zu kontrollieren ...« Nynaeve schluckte schwer. Das war, als gäbe sie erneut zu, alles das tun zu können, was die Aes Sedai behauptete. »Wenn ich lernte, es zu kontrollieren, dann kann sie das auch. Sie muss deswegen nicht nach Tar Valon gehen und sich in Eure Intrigen verwickeln lassen.«

Moiraine schüttelte bedächtig den Kopf. »Die Aes Sedai suchen genauso dringend nach Mädchen, welche die Wahre Quelle ohne Hilfe berühren können, wie auch nach Männern mit der gleichen Fähigkeit. Es ist nicht der Wunsch, unsere Anzahl zu vergrößern – oder zumindest nicht nur das – und auch nicht die Angst, dass diese Frauen die Macht missbrauchen werden. Die geringe Kontrolle über die Macht, die sie erlangen können, wenn das Licht auf sie scheint, reicht kaum aus, um viel Schaden anzurichten, besonders weil die wirkliche Berührung der Quelle von ihnen ohne Lehrer nicht bewusst gemeistert werden kann und nur wahllos erfolgt. Und natürlich leiden sie nicht an dem Wahn, der die Männer zu bösen oder verrückten Taten treibt. Wir wollen ihre Leben retten. Die Leben jener, die niemals eine wirksame Kontrolle erlangen.«

»Das Fieber und der Schüttelfrost könnten niemanden töten«, beharrte Nynaeve. »Nicht in drei oder vier Stunden. Ich habe auch die anderen Wirkungen erlebt, und auch sie würden niemanden umbringen. Und nach ein paar Monaten hörte alles auf. Was hat es damit auf sich?«

»Das waren nur Reaktionen«, sagte Moiraine geduldig. »Jedes Mal kommt die Reaktion schneller nach der Berührung der Quelle, bis beides fast gleichzeitig geschieht. Danach gibt es keine weiteren sichtbaren Reaktionen, aber es ist, als habe eine Uhr zu ticken angefangen. Ein Jahr. Zwei Jahre. Ich kenne eine Frau, bei der es fünf Jahre dauerte. Von vieren, die diese angeborene Fähigkeit haben wie Ihr und Egwene, sterben drei, falls wir sie nicht finden und ausbilden. Ihr Tod ist nicht so fürchterlich wie bei den Männern, aber schön ist er nicht, falls man überhaupt einen Tod schön nennen kann. Krämpfe. Schreien. Es dauert Tage, und wenn es einmal begonnen hat, kann man nichts mehr dagegen tun, nicht einmal alle Aes Sedai in Tar Valon gemeinsam.«

»Ihr lügt! Alle diese Fragen in Emondsfelde. Ihr habt von Egwenes Heilung und meinem Fieber und Schüttelfrost gehört! Ihr habt alles erfunden!«

»Ihr wisst genau, dass das nicht stimmt«, sagte Moiraine sanft.

Nynaeve nickte zögernd. Es war ein letzter starrköpfiger Versuch gewesen, zu leugnen, was eigentlich offensichtlich war. Frau Barrans erstes Lehrmädchen war so gestorben, wie die Aes Sedai es beschrieben hatte, als Nynaeve noch mit Puppen spielte, und in Devenritt war es vor nur wenigen Jahren einer jungen Frau ebenso ergangen. Auch sie war Lehrmädchen bei einer Seherin gewesen, eine, die dem Wind lauschen konnte.

»Ich glaube, Ihr habt große Fähigkeiten«, fuhr Moiraine fort. »Richtig geführt, könntet Ihr möglicherweise noch mächtiger werden als Egwene, und ich denke, aus Ihr kann eine der mächtigsten Aes Sedai werden, die es in den letzten Jahrhunderten gegeben hat.«

Nynaeve zuckte vor der Aes Sedai zurück wie vor einer Giftschlange. »Nein! Ich will nichts zu tun haben mit ...« *Womit? Mir selbst?* Sie sank zurück, und ihre Stimme wurde unsicher. »Ich möchte Euch bitten, niemandem davon zu erzählen. Bitte!« Das Wort blieb ihr beinahe im Hals stecken. Ihr wäre es lieber gewesen, Trollocs wären gekommen, als dass sie zu dieser Frau ›bitte‹ sagen musste. Aber Moiraine nickte nur zustimmend, und etwas von ihrem Kampfgeist kehrte wieder. »Nichts von dem allen erklärt, was Ihr mit Rand, Mat und Perrin vorhabt.«

»Der Dunkle König will sie haben«, antwortete Moiraine. »Wenn der Dunkle König etwas haben will, stelle ich mich dagegen. Kann es einen besseren Grund geben?« Sie trank den Rest Tee aus und blickte Nynaeve über den Rand ihrer Tasse hinweg an. »Lan, wir müssen aufbrechen. Nach Süden, denke ich. Ich fürchte, die Seherin wird uns nicht begleiten.«

Nynaeves Mund zog sich zu einer schmalen Linie zusammen, als sie hörte, wie die Aes Sedai das Wort ›Seherin‹ betonte, so, als ob sie den großen Dingen den Rücken kehrte und etwas Unbedeutendes vorzog. *Sie will mich nicht dabeihaben. Sie versucht mich abzuschrecken, sodass ich heimgehe und sie ihr überlasse.* »O ja, ich gehe mit Euch. Ihr könnt mich nicht davon abhalten.«

»Niemand wird Euch davon abhalten«, sagte Lan, als er wieder zu ihnen stieß. Er leerte den Teekessel über dem Feuer aus und stocherte mit einem Stock in der Asche herum. »Ein Teil des Musters?«, fragte er Moiraine.

»Vielleicht«, sagte sie gedankenverloren. »Ich hätte noch mal mit Min sprechen sollen.«

»Ihr seht ... Nynaeve, Ihr seid uns willkommen.« Lan zögerte kurz, als er ihren Namen sagte – da war eine Andeutung eines unausgesprochenen ›Sedai‹ zu bemerken.

Nynaeve, die es als Spott auffasste, schnaubte vor Wut, auch weil sie so vor ihr über Dinge sprachen, von denen sie nichts wusste, ohne ihr die Höflichkeit einer Erklärung angedeihen zu lassen, doch sie wollte ihnen nicht den Gefallen tun, danach zu fragen. Der Behüter fuhr mit den Vorbereitungen für den Aufbruch fort. Seine Bewegungen waren sparsam, doch sicher und schnell, sodass er bald fertig war. Satteltaschen und Decken waren hinter den Sätteln von Mandarb und Aldieb festgeschnallt.

»Ich werde Euer Pferd holen«, sagte er zu Nynaeve, als er den letzten Gurt angezogen hatte.

Er ging die Böschung hinauf, und sie erlaubte sich ein kleines Lächeln. Nachdem sie ihn unentdeckt beobachtet hatte, versuchte er nun, ohne Hilfe ihr Pferd zu finden. Er würde merken, dass sie wenig Spuren hinterließ, wenn sie jemanden belauerte. Es wäre ein Vergnügen, ihn mit leeren Händen zurückkommen zu sehen.

»Warum nach Süden?«, fragte sie Moiraine. »Ich hörte Euch sagen, einer der Jungen sei auf der anderen Seite des Flusses. Woher wisst Ihr das?«

»Ich gab jedem der Jungen eine Münze. Das schuf eine Art von Verbindung zwischen ihnen und mir. Solange sie am Leben sind und diese Münze bei sich tragen, werde ich in der Lage sein, sie zu finden.« Nynaeves Blick wanderte in die Richtung, in die der Behüter gegangen war, und Moiraine schüttelte den Kopf. »Nicht so. Es erlaubt mir nur herauszufinden, ob sie noch am Leben sind, und sie zu finden, falls wir getrennt werden. Eine wichtige Vorsichtsmaßnahme unter den gegebenen Umständen, findet Ihr nicht auch?«

»Mir gefällt nichts, was Euch mit jemandem aus Emondsfelde

verbindet«, sagte Nynaeve stur. »Aber wenn es uns hilft, sie zu finden ...«

»Es wird. Wenn ich könnte, würde ich zuerst den jungen Mann von der anderen Seite des Flusses aufgabeln.« Eine Spur von Enttäuschung lag in der Stimme der Aes Sedai. »Er befindet sich nur ein paar Meilen von uns entfernt. Aber ich kann mir den Zeitaufwand einfach nicht leisten. Er sollte den Weg nach Weißbrücke jetzt, da die Trollocs fort sind, unbeschadet zurücklegen können. Die beiden, die sich flussabwärts bewegen, brauchen meine Hilfe vielleicht nötiger. Sie haben ihre Münzen verloren, und Myrddraal verfolgen sie entweder oder versuchen, uns in Weißbrücke abzufangen.« Sie seufzte. »Ich muss das Nötigste zuerst erledigen.«

»Die Myrddraal könnten ... sie getötet haben«, sagte Nynaeve. Moiraine schüttelte leicht den Kopf und verwarf den Gedanken, als sei er zu unbedeutend, um ihm Beachtung zu schenken. Nynaeves Mund verzog sich. »Und wo ist Egwene? Ihr habt sie nicht einmal erwähnt.«

»Ich weiß es nicht«, gab Moiraine zu, »aber ich hoffe, sie ist in Sicherheit.«

»Ihr wisst es nicht? Ihr hofft? All das Gerede darüber, ihr Leben zu retten, indem Ihr sie nach Tar Valon bringt, und nun könnte sie genauso gut auch schon tot sein!«

»Ich könnte nach ihr suchen und damit den Myrddraal mehr Zeit geben, bevor ich den beiden jungen Männern helfe, die nach Süden unterwegs sind. Der Dunkle König sucht nach ihnen, nicht nach ihr. Sie würden sich nicht um Egwene kümmern, solange ihre wirkliche Beute ungefangen bleibt.«

Nynaeve erinnerte sich an ihr eigenes Zusammentreffen, doch sie weigerte sich, den Sinn von Moiraines Worten anzuerkennen. »Also ist das Beste, was Ihr mir bieten könnt, dass sie vielleicht noch am Leben ist, wenn sie Glück hatte. Lebendig, vielleicht allein, verängstigt, sogar verletzt, Tage vom nächsten Dorf oder von Hilfe entfernt, außer eben von uns. Und Ihr wollt sie im Stich lassen.«

»Genauso gut könnte sie sich auch in Sicherheit bei dem Jungen auf der anderen Seite befinden. Oder auf dem Weg nach Weißbrücke mit den beiden anderen. In jedem Fall befinden sich keine Trollocs mehr hier, die sie bedrohen, und sie ist stark und klug und durchaus in der Lage, allein nach Weißbrücke zu gelangen. Wollt Ihr lieber hier bleiben, weil sie möglicherweise Hilfe braucht, oder versuchen, denen zu helfen, von denen wir wissen, dass sie in Not sind? Wollt

Ihr, dass ich sie suche, anstatt mich um die Jungen zu kümmern? So sehr ich auch hoffe, Nynaeve, dass Egwene in Sicherheit ist, so gilt mein Kampf doch dem Dunklen König, und das bestimmt jetzt meinen Weg.«

Moiraine verlor nie die Ruhe, während sie die schrecklichen Alternativen schilderte. Nynaeve hätte sie anschreien können. Sie unterdrückte ihre Tränen und drehte das Gesicht weg, sodass die Aes Sedai es nicht sehen konnte. *Licht, man erwartet von einer Seherin, dass sie sich um all die ihr anvertrauten Menschen kümmert. Warum stehe ich vor einer solchen Wahl?*

»Lan ist wieder da«, sagte Moiraine, erhob sich und zog sich den Umhang über.

Es war nur ein kleiner Schlag für Nynaeve, als der Behüter ihr Pferd aus dem Wäldchen führte. Trotzdem hatte sie ganz schmale Lippen, als er ihr die Zügel reichte. Es hätte ihre Laune wenigstens ein kleines bisschen verbessert, wenn auf seinem Gesicht nur eine Spur von Ärger bemerkbar gewesen wäre, anstatt dieser unerträglichen, steinernen Ruhe. Seine Augen weiteten sich, als er ihr Gesicht sah, und sie wandte ihm den Rücken zu, um sich die Tränen von den Wangen zu wischen. *Wie kann er sich über meinen Kummer lustig machen!*

»Kommt Ihr jetzt, Seherin?«, fragte Moiraine kühl.

Sie warf einen letzten Blick auf den Wald und fragte sich, ob Egwene dort draußen war, bevor sie traurig auf ihr Pferd stieg. Lan und Moiraine waren bereits aufgesessen und richteten ihre Pferde nach Süden aus. Sie folgte mit steifem Rücken und weigerte sich, noch einmal zurückzusehen. Stattdessen behielt sie Moiraine im Auge. Die Aes Sedai hatte so viel Vertrauen in ihre Kräfte und ihre Pläne, dachte sie, aber wenn sie Egwene und die Jungen nicht fänden, lebendig und unversehrt, dann würde all ihre Kraft nicht reichen, um sie zu beschützen. Nicht einmal ihre Macht. Ich kann sie auch benützen, Frau! Das habt Ihr mir selbst gesagt. Ich kann sie gegen Euch benützen!

KAPITEL 22

Der eingeschlagene Weg

In einem kleinen Hain, bedeckt von in der Dunkelheit grob zurechtgeschnittenen Zedernzweigen, schlief Perrin bis lange nach Sonnenaufgang. Es waren die Zedernnadeln, die durch seine immer noch feuchte Kleidung hindurchpieksten, die schließlich auch seine Erschöpfung durchdrangen und ihn weckten. Direkt aus einem Traum von Emondsfelde gerissen – er hatte in Meister Luhhans Schmiede gearbeitet –, öffnete er die Augen und blickte verständnislos auf die süß duftenden Zweige, die über seinem Gesicht lagen und durch die nun Sonnenschein hereinblinzelte.

Die meisten Zweige fielen herunter, als er sich überrascht aufsetzte, aber ein paar blieben auch an seinen Schultern und an seinem Haar hängen, was ihn selbst wie ein Baum aussehen ließ. Emondsfelde verblasste mit der Rückkehr der Erinnerung, die ihn mit solcher Lebhaftigkeit überfiel, dass die vergangene Nacht einen Moment lang realer wirkte als seine jetzige Umgebung.

Keuchend und verwirrt kramte er in dem Haufen Zweige nach seiner Axt. Er packte sie mit beiden Händen und sah sich vorsichtig um, wobei er sogar den Atem anhielt. Nichts bewegte sich. Der Morgen war kalt und ruhig. Falls sich auf der Ostseite des Arinelle Trollocs befanden, dann waren sie nicht unterwegs, zumindest nicht in seiner Nähe. Er holte tief Luft, um sich zu beruhigen, senkte die Axt auf Kniehöhe und wartete einen Moment, bis sein Herz nicht mehr so hämmerte.

Der kleine Zedernhain, der ihn umgab, hatte ihm vergangene Nacht das erste Obdach geboten, das er finden konnte. Es war so dürftig, dass es kaum Schutz vor Beobachtern bot, wenn er aufstand. Er pflückte sich die Zweige von Haupt und Schultern, schob den Rest seines stachligen Lagers zur Seite und krabbelte auf allen vieren zum Rand des Hains. Dort lag er, beobachtete das Ufer und kratzte sich, wo ihn die Nadeln gepiekst hatten.

Der schneidende Nachtwind hatte sich so weit gelegt, dass nur noch eine leichte Brise wehte, die kaum die Wasseroberfläche bewegte. Der Fluss strömte ruhig und glatt vorbei. Sicherlich war er zu breit und tief für die Blassen, sodass sie ihn nicht überqueren konnten. Das gegenüberliegende Ufer wirkte wie eine solide Wand aus Bäumen, so weit er sehen konnte. Innerhalb seiner Sichtweite bewegte sich dort absolut nichts.

Er war sich nicht sicher, was er davon halten sollte. Er konnte ganz gut ohne die Gesellschaft von Trollocs und Blassen auskommen, selbst auf dem anderen Ufer, aber seine Sorgen würden sich im Nu verflüchtigen, wenn die Aes Sedai oder der Behüter oder noch besser einer seiner Freunde dort auftauchten. *Wenn Wünschen Flügel wüchsen, würden Schafe fliegen.* Das hatte Frau Luhhan immer gesagt.

Er hatte kein Lebenszeichen seines Pferdes entdeckt, seit er über die Klippe geritten war – er hoffte, dass es die Fluten sicher durchschwommen hatte –, aber er war sowieso mehr ans Laufen gewöhnt als ans Reiten, und seine Stiefel waren solide und hatten gute Sohlen. Er hatte nichts zu essen, trug jedoch seine Schleuder an der Hüfte und außerdem die Fangschlinge in der Tasche. Da war bald ein Kaninchen fällig. Alles, womit er ein Feuer hätte entzünden können, war mit seinen Satteltaschen verschwunden, doch aus den Zedern würde sich mit ein bisschen Mühe Zunder und ein Feuerbogen herstellen lassen.

Er zitterte, als der Wind in sein Versteck blies. Sein Umhang befand sich irgendwo im Fluss, und sein Mantel, wie auch alles andere, was er am Leib trug, war immer noch klamm und feucht von dem unfreiwilligen Bad. Letzte Nacht war er zu müde gewesen, als dass ihn Kälte und Feuchtigkeit gestört hätten, aber jetzt fror er erbärmlich. Trotzdem entschied er sich dagegen, seine Kleider zum Trocknen über die Äste zu hängen. Der Tag war nicht unbedingt kalt; allerdings konnte man ihn auch nicht gerade warm nennen.

Es war eben eine Frage der Zeit, dachte er seufzend. Trockene Kleidung, ein wenig Ruhe, ein Kaninchen und ein Feuer, um es daran zu rösten, und noch mal ein bisschen Ruhe. Sein Magen grollte, und er bemühte sich, jeden Gedanken an Essen zu verdrängen. Er hatte Wichtigeres zu tun. Alles zu seiner Zeit, und das Wichtigste hatte Vorrang. Das war typisch für ihn.

Sein Blick folgte der starken Strömung des Arinelle flussabwärts. Er war ein besserer Schwimmer als Egwene. Falls sie es hier herüber geschafft hatte ... Nein, nicht *falls.* Der Ort, an dem sie angekommen sein *musste*, dürfte sich weiter flussabwärts befinden. Er trommelte mit den Fingern auf den Boden, überlegte, wog ab.

Als er seine Entscheidung getroffen hatte, verlor er keine Zeit mehr, sondern hob seine Axt auf und setzte sich in Marsch. Auf dieser Seite des Arinelle gab es keinen dichten Wald wie auf der anderen. Vereinzelte Gruppen von Nadelbäumen standen neben kahlen Eschen, Erlen und Süßholzsträuchern. Weiter unten am Fluss waren die Haine kleiner und noch nicht einmal so dicht wie diese hier. Er huschte gebückt von einem Wäldchen zum anderen. Wenn er sich zwischen Bäumen befand, warf er sich zu Boden, um die Ufer zu beobachten. Der Behüter hatte behauptet, der Fluss werde für die Trollocs und Blassen ein unüberwindliches Hindernis darstellen – aber stimmte das wirklich? Wenn sie ihn sähen, würde das vielleicht ausreichen, um ihre Hemmungen, tiefes Wasser zu überqueren, zu überwinden. Also beobachtete er ganz genau und rannte von einem Versteck zum nächsten.

Auf diese Weise legte er mehrere Meilen zurück, bis er auf halbem Weg zu einer Gruppe von Weiden stehen blieb und zu Boden starrte. Flecken nackter Erde durchsetzten das fahle Braun des letztjährigen Grases, und in der Mitte eines solchen Flecks, direkt vor seiner Nase, befand sich ein deutlich sichtbarer Hufabdruck. Langsam breitete sich ein Lächeln über sein Gesicht aus. Einige Trollocs hatten Hufe, doch er bezweifelte, dass sie beschlagen waren, und sie würden wohl kaum Hufeisen mit den doppelten Kreuzstreben tragen, die Meister Luhhan zur Verstärkung daran anbrachte. Er vergaß die möglichen Beobachter auf der anderen Seite und suchte nach weiteren Spuren. Auf der dünnen Matte abgestorbenen Grases hielten sich Spuren nicht sehr gut, doch seine scharfen Augen spürten sie trotzdem auf. Der dürftige Pfad führte ihn geradewegs vom Fluss weg zu einem dichten Gehölz. Lederblattbäume und Zedern bildeten eine Mauer gegen den Wind oder gegen neugierige Blicke. In der Mitte thronte mit ausgebreiteten Ästen eine Schierlingstanne. Er grinste noch immer, als er sich seinen Weg durch die Äste bahnte, gleich, wie viel Lärm er auch machte. Plötzlich trat er in eine kleine Lichtung unter der Schierlingstanne und blieb stehen. Hinter einem kleinen Feuer kauerte Egwene mit grimmig entschlossenem Gesicht, einen dicken Ast wie einen Knüppel in den Händen und den Rücken an Belas Flanke gelehnt.

»Ich schätze, ich hätte doch rufen sollen«, meinte er mit verlegenem Achselzucken.

Sie warf ihren Knüppel weg, rannte auf ihn zu und umarmte ihn. »Ich dachte, du wärst ertrunken. Du bist ja immer noch nass. Hier, setz dich ans Feuer, und wärme dich auf. Du hast dein Pferd verloren, nicht wahr?«

Er ließ sich von ihr ans Feuer schieben und rieb sich die Hände über den Flammen, dankbar für die Wärme. Sie holte ein in Ölpapier gewickeltes Päckchen aus ihrer Satteltasche und gab ihm etwas Brot und Käse. Das Päckchen war so gut eingewickelt gewesen, dass das Essen sogar nach dem Tauchbad noch trocken war. *Und du hast dir ihretwegen Sorgen gemacht! Sie ist besser davongekommen als du.*

»Bela hat mich herübergebracht«, sagte Egwene und tätschelte die struppige Stute. »Sie ist vor den Trollocs davongerannt und hat mich mitgerissen.« Sie schwieg einen Moment lang. »Ich habe keinen von den anderen gesehen, Perrin.«

Er hörte die unausgesprochene Frage. Er beäugte bedauernd das Päckchen, das sie nun wieder einwickelte, und leckte sich die letzten Krümel von den Fingern, bevor er sagte: »Ich habe seit gestern niemanden außer dir gesehen. Immerhin auch keine Blassen und Trollocs.«

»Rand geht es bestimmt gut«, sagte Egwene und fügte dann schnell hinzu: »Den anderen auch. Ganz bestimmt. Vielleicht suchen sie jetzt nach uns. Sie könnten uns jeden Moment finden. Schließlich ist Moiraine eine Aes Sedai.«

»Ich werde ständig daran erinnert«, sagte er. »Versengen soll mich das Licht, ich wünschte, ich könnte es vergessen!«

»Ich habe nicht gehört, dass du dich beklagt hast, als sie die Trollocs davon abhielt, uns zu fangen«, sagte Egwene schnippisch.

»Ich wünsche mir nur, wir könnten ohne sie auskommen.« Er zuckte die Achseln, von ihrem stetigen Blick unangenehm berührt. »Aber das können wir wohl nicht. Ich habe nachgedacht.« Ihre Augenbrauen hoben sich, doch er war an die Überraschung gewöhnt, die andere zeigten, wenn er behauptete, eine Idee zu haben. Selbst wenn seine Ideen genauso gut waren wie die ihren, dachten sie immer daran, wie lange es dauerte, bis sie ihm eingefallen waren. »Wir können darauf warten, dass Lan und Moiraine uns finden.«

»Natürlich«, unterbrach sie ihn. »Moiraine Sedai sagte, sie werde uns finden, falls wir getrennt würden.«

Er ließ sie ausreden und fuhr dann fort: »Oder die Trollocs könnten uns zuerst finden. Moiraine könnte auch tot sein. Das gilt für alle. Nein, Egwene. Es tut mir Leid, aber das ist durchaus möglich.

Ich hoffe sie sind alle in Sicherheit und kommen alle in ein paar Minuten hierher ans Feuer. Aber die Hoffnung ist wie ein dünner Faden, wenn du ertrinkst; er reicht nicht aus, um sich daran herauszuziehen.«

Egwene schloss den Mund und blickte ihn mit vorgeschobenem Kinn an. Schließlich sagte sie: »Du willst flussabwärts nach Weißbrücke gehen? Wenn uns Moiraine Sedai hier nicht findet, wird das der nächste Ort sein, an dem sie uns sucht.«

»Wir *sollten* nach Weißbrücke gehen«, sagte er bedächtig. »Aber das wissen wohl auch die Blassen. Sie werden gerade dort suchen, und diesmal hätten wir keine Aes Sedai und keinen Behüter dabei, die uns beschützen.«

»Dann schlägst du also vor, dass wir irgendwohin ins Blaue davonrennen, wie Mat es wollte? Uns irgendwo verstecken, wo Blasse und Trollocs uns nicht finden? Und auch Moiraine Sedai nicht, ja?«

»Natürlich habe ich daran gedacht«, sagte er ruhig. »Aber jedes Mal, wenn wir glauben, wir wären sie los, finden uns die Blassen und die Trollocs wieder. Ich weiß nicht, ob es *irgendeinen* Ort gibt, an dem wir uns vor ihnen verstecken könnten. Es gefällt mir wohl nicht sehr, aber wir brauchen Moiraine.«

»Dann verstehe ich nichts mehr. Wohin sollen wir gehen?«

Er blinzelte überrascht. Sie wartete auf seine Antwort. Wartete darauf, dass *er* ihr sagte, was sie tun sollten. Der Gedanke war ihm völlig neu, dass sie ihm die Führung überlassen wollte. Egwene hatte es noch nie gepasst, tun zu müssen, was jemand anderes geplant hatte, und sie ließ sich nie von anderen vorschreiben, was sie zu tun habe. Eine Ausnahme machte sie vielleicht nur bei der Seherin, und er glaubte, dass sie sich manchmal auch dagegen sträubte. Er strich die Erde vor ihnen mit der Hand glatt und räusperte sich verlegen.

»Das ist der Ort, an dem wir uns jetzt befinden, und hier ist Weißbrücke.« Er drückte mit dem Finger zwei Zeichen in den Boden. »Dann müsste Caemlyn irgendwo in dieser Gegend sein.« Er machte ein drittes Zeichen, diesmal ein Stück entfernt von den anderen. Er hielt inne und sah die drei Abdrücke in der Erde an. Sein gesamter Plan hing davon ab, wie gut er sich an die alte Landkarte ihres Vaters erinnern konnte. Meister al'Vere hatte gemeint, sie sei nicht genau, und außerdem hatte er nie so viel darüber gehockt und geträumt wie Rand und Mat. Doch Egwene schwieg. Als er aufblickte, beobachtete sie ihn immer noch und hatte die Hände in den Schoß gelegt. »Caemlyn?« Ihre Stimme klang verblüfft.

»Caemlyn.« Er verband zwei der Abdrücke auf dem Boden durch eine Linie. »Weg vom Fluss und quer rüber. Keiner würde das erwarten. Wir warten in Caemlyn auf sie.« Er klopfte sich den Schmutz von den Händen und wartete. Er glaubte, es sei ein guter Plan, aber sicher hatte sie Einwände. Er erwartete, dass sie jetzt die Führung übernahm – sie trieb ihn immer zu irgendetwas an –, und es war ihm recht.

Zu seiner Überraschung nickte sie. »Wenn wir an Bauernhöfen vorbeikommen, können wir uns nach dem Weg erkundigen.«

»Eines bereitet mir Kopfzerbrechen«, sagte Perrin. »Was wollen wir tun, wenn uns die Aes Sedai dort nicht findet? Licht, wer hätte je geglaubt, dass ich mir mal den Kopf über so was zerbrechen würde? Was geschieht, wenn sie nicht nach Caemlyn kommt? Vielleicht hält sie uns für tot? Vielleicht bringt sie Rand und Mat geradewegs nach Tar Valon?«

»Moiraine Sedai sagte, sie könne uns finden«, sagte Egwene mit Nachdruck. »Wenn sie uns hier finden kann, kann sie es auch in Caemlyn, und das wird sie.«

Perrin nickte langsam. »Meinst du? Aber wenn sie nach ein paar Tagen in Caemlyn nicht auftaucht, dann gehen wir weiter nach Tar Valon und bringen unseren Fall vor den Amyrlin-Sitz.« Er atmete tief durch. *Vor zwei Wochen hast du noch nicht einmal eine Aes Sedai gesehen, und nun sprichst du über den Amyrlin-Sitz! Licht!* »Lans Worten zufolge gibt es eine gute Straße von Caemlyn aus.« Er sah das Ölpapierpäckchen neben Egwene an und räusperte sich. »Wie steht es mit noch ein wenig Brot und Käse?«

»Das muss vielleicht ziemlich lange reichen«, sagte sie, »es sei denn, du hast mehr Glück im Fallenstellen als ich vergangene Nacht. Na, wenigstens war es leicht, Feuer zu machen.« Sie lachte vergnügt, als habe sie einen Scherz gemacht, und steckte das Päckchen zurück in die Satteltasche.

Offensichtlich gab es eine Grenze, was ihre Bereitschaft betraf, einen anderen die Führung übernehmen zu lassen. Sein Magen grollte wieder. »In diesem Fall«, sagte er und stand auf, »können wir genauso gut jetzt gleich aufbrechen.«

»Aber du bist noch nass!«, wandte sie ein.

»Meine Kleider werden beim Laufen trocknen«, sagte er entschlossen und schob mit den Füßen Erde auf das Feuer. Wenn er der Anführer war, dann wurde es Zeit, das unter Beweis zu stellen. Der Wind vom Fluss her frischte auf.

KAPITEL 23

Wolfsbruder

Gleich von Beginn an war Perrin klar, dass die Reise nach Caemlyn alles andere als bequem werden würde. Das begann schon damit, dass Egwene darauf bestand, sich mit ihm beim Reiten auf Bela abzuwechseln.

Sie wussten nicht, wie weit es war, sagte sie, aber es war auf jeden Fall zu weit, um sie allein reiten zu lassen. Das Kinn vorgestreckt, sah sie ihn an, ohne mit der Wimper zu zucken.

»Ich bin zu groß, um auf Bela zu reiten«, sagte er. »Ich bin ans Laufen gewöhnt, und deshalb werde ich lieber zu Fuß gehen.«

»Bin ich vielleicht nicht ans Laufen gewöhnt?«, fragte Egwene in scharfem Ton.

»Das habe ich nicht ...«

»Ich bin diejenige, die einen wunden Hintern abbekommen soll, wie? Und wenn du so lange läufst, bis deine Füße wund sind, dann soll ich dich wohl pflegen.«

»Ach, hör auf!«, meinte er seufzend, als er den Eindruck hatte, sie wolle so weitermachen. »Jedenfalls bist du zuerst dran.« Ihr Gesicht wirkte noch sturer, doch er ließ sie nicht mehr zu Wort kommen. »Falls du nicht von allein aufsteigst, hebe ich dich hinauf.«

Sie warf ihm einen überraschten Blick zu, und ein leichtes Lächeln umspielte ihre Lippen. »Wenn das so ist ...« Sie hörte sich an, als wolle sie lachen, aber sie kletterte hinauf.

Er wandte dem Fluss den Rücken zu und brummelte vor sich hin. Die Anführer in den Abenteuergeschichten hatten sich nie mit solchen Widrigkeiten herumzuschlagen.

Egwene bestand darauf, dass er immer wieder dran kam, und wenn er versuchte, es zu vermeiden, dann schimpfte sie. Als Schmied hatte man nicht unbedingt einen zarten Körperbau, und Bela war auch nicht gerade ein großes Pferd. Jedes Mal, wenn er seinen Fuß in den Steigbügel steckte, hätte er schwören können, dass ihn die zottige Stute vorwurfsvoll anblickte. Eine Kleinigkeit vielleicht, aber es ärgerte ihn. Bald zuckte er jedes Mal zusammen, wenn Egwene ankündigte: »Du bist dran, Perrin.«

In den Abenteuergeschichten zuckten die Anführer selten zusammen, und sie ließen sich nicht herumschubsen. Allerdings, überlegte er sich, hatten sie es auch nicht mit Egwene zu tun.

Sie hatten nur kleine Rationen von Brot und Käse zur Verfügung, und das Wenige war am Ende des ersten Tages aufgebraucht. Perrin stellte Fallen entlang einiger Kaninchenspuren auf – sie sahen alt aus, aber es war immerhin eine Möglichkeit –, während Egwene Feuer machte. Als er fertig war, entschloss er sich, es mit der Schleuder zu versuchen, bevor das letzte Tageslicht verschwunden war. Sie hatten bisher noch kein Wild gesehen, aber ... Zu seiner Überraschung scheuchte er im Nu ein mageres Kaninchen auf. Er war so verblüfft, als es aus einem Busch direkt vor seinen Füßen heraushoppelte, dass er es beinahe entkommen ließ, doch dann traf er es auf etwa vierzig Fuß Entfernung, gerade als es hinter einem Baum verschwinden wollte.

Als er mit dem Kaninchen zum Lager zurückkehrte, hatte Egwene abgebrochene Zweige für das Feuer zurechtgelegt und kniete mit geschlossenen Augen neben dem Stapel. »Was tust du da? Du kannst ein Feuer nicht herbeiwünschen.«

Egwene erschrak, als er sie ansprach, drehte sich um und blickte ihn an, die Hand an der Kehle. »Du ... du hast mich erschreckt.«

»Ich hatte Glück«, sagte er und hielt das Kaninchen hoch. »Hol deinen Feuerstein und den Zunder. Heute Abend können wir wenigstens mal gut essen.«

»Ich habe keinen Feuerstein«, sagte sie zögernd. »Er war in meiner Tasche, und ich habe ihn im Fluss verloren.«

»Aber wie hast du dann ...?«

»Es war so leicht dort hinten am Ufer, Perrin. Genau so, wie es mir Moiraine Sedai gezeigt hat. Ich habe das Holz nur im Geist berührt, und ...« Sie gestikulierte, als greife sie nach etwas, ließ dann aber seufzend die Hand fallen. »Jetzt kann ich es nicht mehr.«

Perrin leckte sich unsicher die Lippen. »Die ... die Macht?« Sie nickte, und er starrte sie entgeistert an. »Bist du verrückt? Ich meine ... Die Eine Macht? Du kannst doch mit so was nicht einfach herumspielen!«

»Es war so leicht, Perrin. Ich kann das. Ich kann die Macht lenken.«

Er atmete tief durch. »Ich werde einen Feuerbogen machen, Egwene. Versprich mir, dass du dieses ... dieses *Ding* nicht wieder ausprobierst.«

»Das werde ich nicht tun.« Ihr Kinn stand wieder auf eine gewisse Art vor, die Perrin aufseufzen ließ. »Würdest du deine Axt wegwerfen, Perrin Aybara? Würdest *du* mit einer hinter dem Rücken festgebundenen Hand herumlaufen? Ich jedenfalls nicht!«

»Ich werde den Feuerbogen machen«, sagte er müde. »Versuch es wenigstens heute Abend nicht mehr. Bitte!«

Sie stimmte ihm unwillig zu, und sogar als das Kaninchen an einem Spieß über dem Feuer brutzelte, hatte er das Gefühl, sie glaube es besser machen zu können. Sie gab es nicht auf und versuchte es jeden Abend aufs Neue, doch sie erreichte nur einen dünnen Rauchfaden, der sofort wieder verschwand. Ihre Augen rieten ihm, er solle es ja nicht wagen, ein Wort zu sagen, und so hielt er in weiser Entscheidung den Mund.

Nach dieser einen Mahlzeit mussten sie sich wieder auf zähe Knollen und ein paar junge Schösslinge beschränken. Ohne ein einziges Anzeichen für den kommenden Frühling gab es selbst davon nicht viel, und diese Kost schmeckte auch nicht gerade gut. Sie beklagten sich nicht, aber es gab keine Mahlzeit, bei der nicht der eine oder andere bedauernd seufzte, und beide wussten, der andere sehnte sich genauso nach dem Geschmack von Käse und wenigstens dem Duft von Brot. Als sie eines Nachmittags im Wald eine ganze Menge Pilze fanden – Königin-Kronen, die besten von allen –, erschien ihnen das als ein großer Fund. Sie schlangen die Pilze hinunter, lachten und erzählten sich Geschichten, von zu Hause in Emondsfelde, Geschichten die so begannen: »Erinnerst du dich noch daran, als ...« Aber die Pilze wie das Lachen hielten nur kurze Zeit vor. Hunger reizt kaum zum Lachen.

Derjenige, der zu Fuß ging, trug immer eine Schleuder, bereit, auf jedes Kaninchen oder Eichhörnchen zu schießen, das in Sicht kam, und das einzige Mal, als einer von beiden schoss, geschah es aus Langeweile. Die am Abend so sorgfältig ausgelegten Fallen waren am Morgen noch immer leer, und sie wagten es nicht, einen ganzen Tag am selben Fleck zu bleiben und die Fallen draußen zu lassen. Keiner von beiden wusste, wie weit es nach Caemlyn war, und beide fühlten sich nicht sicher, solange sie nicht dort waren.

Sie kamen gut voran, soweit Perrin das beurteilen konnte, doch als sie sich weiter und weiter vom Arinelle entfernten, ohne auf ein Dorf oder wenigstens einen Bauernhof zu stoßen, wo sie nach dem

Weg hätten fragen können, wuchsen seine Zweifel an ihrem Plan. Egwene wirkte genauso zuversichtlich wie zu Beginn, aber er war sicher, früher oder später würde sie ihm vorwerfen, es wäre besser gewesen, ein Zusammentreffen mit den Trollocs zu riskieren, als den Rest ihres Lebens umherzuirren. Sie sagte es nicht, aber er erwartete es weiterhin.

Zwei Tagesmärsche vom Fluss entfernt änderte sich der Charakter der Landschaft. Sie kamen in ein dicht bewaldetes Hügelgebiet, das vom kalten Griff des Winters umklammert war. Einen Tag später wurden die Hügel niedriger, und der dichte Wald wurde durch Lichtungen unterbrochen, die manchmal eine Meile oder noch breiter waren. In verborgenen Senken lag immer noch Schnee, die Luft war morgenfrisch und der Wind immer kalt. Sie sahen nirgends eine Straße, ein gepflügtes Feld, Rauch aus einem Schornstein in der Ferne oder irgendein anderes Zeichen menschlicher Besiedlung – jedenfalls nichts, was noch bewohnt gewesen wäre.

Einmal fanden sie die Überreste mächtiger Befestigungen, die sich um die Spitze eines Hügels zogen. Innerhalb des Rings umgestürzter Steine standen Ruinen von Häusern, deren Dächer eingefallen waren. Der Wald hatte alles längst geschluckt; Bäume wuchsen überall, und spinnwebengleich bedeckten alte Ranken die großen Steinblöcke. An einem anderen Tag entdeckten sie einen steinernen Turm, braun von altem Moos und mit eingestürztem Dach, der schräg an eine riesigen Eiche gelehnt stand, deren dicke Wurzeln ihn langsam zum Kippen brachten. Aber sie fanden keinen Ort, an dem zu ihren Lebzeiten noch Menschen gehaust hatten. Erinnerungen an Shadar Logoth hielten sie von den Ruinen fern und beschleunigten ihren Schritt, bis sie sich wieder tief im Wald in Gegenden befanden, die noch nie eines Menschen Fuß betreten zu haben schienen.

Angstträume peinigten Perrin im Schlaf. Ba'alzamon war darin, jagte ihn durch Labyrinthe, verfolgte ihn, aber soweit er sich später erinnern konnte, stand er ihm nie Auge in Auge gegenüber. Egwene klagte über Albträume von Shadar Logoth, besonders in den beiden Nächten, nachdem sie die verfallene Festung und den verlassenen Turm gefunden hatten. Perrin behielt alles für sich, wenn er schwitzend und zitternd in der Dunkelheit erwachte. Sie erwartete von ihm, dass er sie sicher nach Caemlyn führte und nicht, dass er seine Sorgen mit ihr teilte.

Er ging vorn neben Bela her und fragte sich, ob sie heute Abend irgendetwas zu essen finden würden, da fiel ihm zum ersten Mal dieser Geruch auf. Die Stute blähte die Nüstern und drehte im nächsten Moment den Kopf. Er packte ihr Zaumzeug, bevor sie wiehern konnte.

»Das ist Rauch«, sagte Egwene aufgeregt. Sie beugte sich im Sattel vor und holte tief Luft. »Ein Lagerfeuer. Jemand brät gerade sein Abendessen. Kaninchen.«

»Vielleicht«, sagte Perrin vorsichtig, und ihr erfreutes Lächeln schwand. Er tauschte seine Schleuder gegen den bösartig schimmernden Halbmond der Axt aus. Seine Hände schlossen sich und lösten sich unsicher wieder von ihrem dicken Schaft. Es war eine Waffe, doch weder seine heimlichen Übungsstunden hinter der Schmiede noch der Unterricht Lans hatten ihn wirklich darauf vorbereitet, sie als solche zu benützen. Selbst der Kampf vor Shadar Logoth war in seiner Erinnerung zu verschwommen, um ihm Selbstvertrauen einzuflößen. Sonnenschein fiel schräg durch die Äste hinter ihnen, und der Wald war immer noch eine ruhige Masse fleckiger Schatten. Der schwache Geruch eines Holzfeuers umgab sie, gewürzt mit dem Aroma bratenden Fleisches. *Es könnte Kaninchen sein,* dachte er, und sein Magen knurrte. Es könnte auch etwas anderes sein, rief er sich in Erinnerung. Er sah Egwene an, und sie beobachtete ihn. Anführer zu sein bedeutete Verantwortung.

»Warte hier«, sagte er sanft. Sie zog die Stirn kraus, aber kaum hatte sie den Mund geöffnet, da schnitt er ihr das Wort ab. »Und sei leise! Wir wissen noch nicht, wer es ist.« Sie nickte – zögernd zwar, aber immerhin. Perrin fragte sich, warum das nicht auch so sein konnte, wenn er versuchte, sie dazu zu überreden, dass nur sie auf dem Pferd ritt. Er holte tief Luft und ging los, auf die Quelle des Rauchs zu.

Er hatte nicht so viel Zeit in den Wäldern um Emondsfelde verbracht wie Rand und Mat, aber er hatte durchaus auch eine Menge Kaninchen gejagt. Er schlich von Baum zu Baum, ohne auch nur ein winziges Ästchen zu zertreten. Es dauerte nicht lange, und er spähte hinter dem Stamm einer hohen Eiche mit weit ausladenden, gekrümmten Zweigen, die sich zum Boden hin senkten und dann wieder nach oben wuchsen, hervor. Dahinter befand sich ein Lagerfeuer, und ein großer, von der Sonne gebräunter Mann lehnte nicht weit von den Flammen entfernt an einem der Eichenzweige.

Wenigstens war es kein Trolloc, doch es war wohl der eigenartigste Bursche, den Perrin je gesehen hatte. Zum einen schien seine Kleidung ausnahmslos aus Tierhäuten genäht, mitsamt dem Fell darauf, selbst seine Stiefel und die seltsame runde, abgeflachte Kappe auf seinem Kopf. Sein Umhang zeigte ein verrücktes Muster aus Kaninchen- und Eichhörnchenfellen; die Hose schien er aus dem Fell langhaariger brauner und weißer Ziegen gefertigt zu haben. Sein bereits graufleckiges braunes Haar hing ihm bis auf die Hüften hinunter und war im Nacken mit einem Lederstrick zusammengebunden. Ein dichter Bart reichte bis auf die Brust herunter. An seinem Gürtel hing ein langes Messer, schon fast ein Schwert zu nennen, und Bogen und Köcher hatte er in Reichweite an einen Ast gelehnt.

Der Mann hatte sich mit geschlossenen Augen zurückgelehnt und schlief anscheinend, doch Perrin rührte sich nicht in seinem Versteck. Sechs Spieße hatte der Bursche über das Feuer gehängt, und an jedem Spieß hing ein abgehäutetes Kaninchen. Sie waren bereits braun geröstet, und manchmal tropfte Saft herunter, der in den Flammen aufzischte. Der Geruch, noch dazu aus dieser Nähe, ließ ihm das Wasser im Mund zusammenlaufen.

»Hast du dich satt gesehen?« Der Mann öffnete ein Auge und sah zu Perrins Versteck herüber. »Du und deine Freundin, ihr könnt euch genauso gut hersetzen und etwas essen. Ich habe die letzten Tage über nicht gesehen, dass ihr viel gegessen hättet.«

Perrin zögerte und stand dann langsam auf, wobei er seine Axt mit festem Griff hielt. »Habt Ihr mich etwa zwei Tage lang beobachtet?«

Der Mann lachte kehlig. »Ja, ich habe dich beobachtet. Und dieses hübsche Mädchen. Sie schubst dich herum wie einen jungen Gockel, nicht wahr? Ich habe euch vor allem gehört. Nur euer Pferd trampelt nicht so laut herum, dass man es auf fünf Meilen Entfernung noch hören kann. Willst du sie herbitten, oder möchtest du alle Kaninchen allein essen?«

Perrin war empört; er wusste, dass er keineswegs viel Lärm verursachte. Man konnte im Wasserwald nicht nahe genug an ein Kaninchen herankommen, um es mit der Schleuder zu erlegen, wenn man Lärm machte. Aber der Geruch der brutzelnden Kaninchen erinnerte ihn daran, dass Egwene auch hungrig war, ganz davon zu schweigen, dass sie darauf wartete zu erfahren, ob es denn nun ein Trolloc-Feuer sei, das sie gerochen hatten. Er steckte den Schaft seiner Axt in die Gürtelschlaufe und hob die Stimme: »Egwene! Alles klar! Es ist tatsächlich Kaninchen!« Er streckte dem Mann die Hand hin und fügte in normaler Lautstärke hinzu: »Ich heiße Perrin. Perrin Aybara.«

Der Mann blickte die Hand an, bevor er sie ungeschickt ergriff, als sei er nicht daran gewöhnt, Hände zu schütteln. »Man nennt mich Elyas«, sagte er und blickte auf. »Elyas Machera.«

Perrin schnappte nach Luft und ließ Elyas Hand beinahe los. Die Augen des Mannes waren gelb, wie hell glänzendes Gold. Irgendeine Erinnerung kitzelte Perrins Verstand ganz kurz und war dann wieder verflogen. Alles, woran er in dem Moment denken konnte, war, dass sämtliche Trolloc-Augen, die er gesehen hatte, fast schwarz gewesen waren.

Egwene erschien, vorsichtig Bela am Zügel hinter sich herziehend. Sie band die Zügel der Stute an einen der kleineren Äste der Eiche und sprach ein paar höfliche Worte, als Perrin sie vorstellte, doch ihre Augen kehrten immer wieder zu den Kaninchen zurück. Sie schien die Augen des Mannes nicht zu bemerken. Als Elyas sie zum Essen aufforderte, machte sie sich mit Eifer darüber her. Perrin zögerte noch ein wenig, doch dann folgte er ihrem Beispiel. Elyas wartete schweigend, während sie aßen. Perrin hatte solchen Hunger, dass er ganze Fleischstücke losriss, doch sie waren so heiß, dass er sie von Hand zu Hand jonglierte, bis er sie in den Mund stecken konnte. Selbst Egwene zeigte nicht ihre sonst so einwandfreien Manieren; fettiger Saft rann ihr am Kinn herunter. Der Tag neigte sich zur Dämmerung, bis ihre Gier endlich ein wenig nachließ. Eine mondlose Dunkelheit senkte sich über sie, und dann sprach Elyas.

»Was macht ihr hier draußen? Es gibt auf fünfzig Meilen in der Umgebung kein einziges Haus!«

»Wir gehen nach Caemlyn«, sagte Egwene. »Vielleicht könntet Ihr ...« Ihre Augenbrauen hoben sich kühl, als Elyas den Kopf zurückwarf und schallend lachte. Perrin starrte ihn an; mit einer Kaninchenkeule hielt er auf halbem Weg zum Mund inne.

»Caemlyn?« Elyas Atem pfiff, als er wieder zu sprechen in der Lage war. »Der Weg, den ihr eingeschlagen habt, wird euch zweihundert Meilen nördlich an Caemlyn vorbeiführen.«

»Wir wollten nach dem Weg fragen«, sagte Egwene rechtfertigend. »Aber wir haben noch keinen Bauernhof gefunden.«

»Das werdet ihr auch nicht«, sagte Elyas lachend. »Wenn ihr so weitergeht, dann könnt ihr bis zum Rückgrat der Welt laufen, ohne einen anderen Menschen zu treffen. Natürlich, falls ihr es fertig bringt, das Rückgrat zu erklimmen – an ein paar Stellen kann man das schaffen –, findet ihr in der Aiel-Wüste Menschen, aber es würde euch dort nicht gefallen. Ihr würdet bei Tag vor Hitze vergehen und bei Nacht erfrieren und zu jeder Zeit verdursten. Man muss schon ein Aielmann sein, um in der Wüste Wasser zu finden, und die mögen Fremde nicht besonders. Nein, ganz bestimmt nicht, würde ich sagen.« Er brach erneut in schallendes Lachen aus und wälzte sich dabei tatsächlich am Boden. »Bestimmt nicht sehr«, brachte er heraus.

Perrin verlagerte unsicher sein Gewicht von einem Bein auf das andere. *Essen wir hier mit einem Wahnsinnigen?*

Egwene runzelte die Stirn, aber sie wartete, bis Elyas' Lachanfall schwächer wurde, und sagte dann: »Vielleicht könnt Ihr uns den Weg zeigen? Ihr scheint Euch in der Welt sehr viel besser auszukennen als wir.«

Elyas hörte auf zu lachen. Er hob den Kopf, setzte seine runde Fellkappe wieder auf, die ihm heruntergefallen war, und sah sie finster an. »Ich mag Menschen nicht besonders«, sagte er mit tonloser Stimme. »Die Städte sind voll von Menschen. Ich nähere mich nur selten Dörfern oder auch Bauernhöfen. Dorfbewohner oder Bauern mögen meine Freunde nicht. Ich hätte auch euch nicht geholfen, wenn ihr nicht so hilflos wie neugeborene Welpen herumgestolpert wärt.«

»Aber wenigstens könnt Ihr uns sagen, in welcher Richtung wir weitergehen sollen«, beharrte sie. »Wenn Ihr uns den Weg zum nächsten Dorf zeigt, und sei es fünfzig Meilen entfernt, wird man uns dort sicher sagen, wie wir nach Caemlyn kommen.«

»Seid still!«, sagte Elyas. »Meine Freunde kommen.«

Bela wieherte plötzlich angstvoll und zerrte an ihren Zügeln. Perrin stand halb auf, als überall um sie herum im düsteren Wald dunkle Gestalten erschienen. Bela bäumte sich auf und verdrehte laut wiehernd den Kopf.

»Beruhigt die Stute«, sagte Elyas. »Sie werden ihr nichts tun. Euch auch nicht, wenn ihr ruhig seid.«

Vier Wölfe traten in den Feuerschein, zerzauste hüfthohe Gestalten mit Kiefern, die ein Männerbein brechen konnten. Als seien die Menschen nicht vorhanden, gingen sie zum Feuer und legten sich zwischen ihnen hin. In der Dunkelheit unter den Bäumen spiegelte sich der Feuerschein auf allen Seiten in den Augen weiterer Wölfe.

Gelbe Augen, dachte Perrin. Wie Elyas' Augen. Das war es, was ihm vorher nicht mehr eingefallen war. Er beobachtete die Wölfe zwischen ihnen scharf und griff nach seiner Axt.

»Das würde ich nicht tun«, sagte Elyas. »Wenn sie glauben, du wolltest ihnen etwas tun, werden sie sich nicht mehr so freundlich verhalten.«

Perrin bemerkte, dass ihn alle vier Wölfe anblickten. Er hatte sogar das Gefühl, dass ihn alle Wölfe, auch jene zwischen den Bäumen, anstarrten. Seine Haut juckte. Vorsichtig bewegte er die Hände von der Axt weg. Er bildete sich ein, dass er fühlen konnte, wie die Anspannung unter den Wölfen nachließ. Langsam setzte er sich wieder hin. Seine Hände zitterten, und er umfasste seine Knie, um das Zittern zu beenden. Egwene saß so steif da, dass auch sie vor Anspannung beinahe zu beben schien. Ein Wolf, fast schwarz mit einem helleren, grauen Fleck am Kopf, lag so nahe bei ihr, dass er sie beinahe berührte.

Bela hatte aufgehört zu wiehern und sich aufzubäumen. Stattdessen stand sie jetzt zitternd da und bemühte sich, alle Wölfe gleichzeitig im Blickfeld zu behalten. Manchmal schlug sie ein wenig aus, um den Wölfen zu beweisen, dass sie ihr Leben so teuer wie möglich verkaufen würde. Die Wölfe schienen sie und die Menschen gar nicht zu beachten. Die Zungen hingen ihnen aus den Schnauzen, und sie warteten ganz entspannt.

»Jawohl«, sagte Elyas. »So ist es besser.«

»Sind sie zahm?«, fragte Egwene hoffnungsvoll. »Sind sie so was wie ... Haustiere?«

Elyas schnaubte. »Wölfe kann man nicht zähmen, Mädchen, jedenfalls nicht so gut wie Menschen. Sie sind meine Freunde. Wir leisten uns gegenseitig Gesellschaft, jagen miteinander und unterhalten uns in gewisser Weise. Wie eben unter Freunden üblich. Stimmt's, Scheckie?« Eine Wölfin mit einem Fell, das ein Dutzend verschiedener heller und dunkler Grautöne aufwies, hob den Kopf und wandte ihn Elyas zu.

»Ihr sprecht mit ihnen?«, fragte Perrin erstaunt.

»Es ist eigentlich kein Sprechen«, erwiderte Elyas bedächtig. »Die Worte spielen keine Rolle, und sie stimmen auch nicht ganz, wenn man es genau nimmt. Sie heißt gar nicht Scheckie. In Wirklichkeit drückt ihr Name etwa aus, wie die Schatten an einem Mittwinterabend über einen Waldteich spielen, dessen Oberfläche sich im Wind kräuselt, und dazu den Geschmack von Eis, wenn das Wasser die Zunge berührt, und eine Andeutung von Schnee in der Luft, bevor die Nacht anbricht. Aber auch das drückt es nicht vollständig aus. Man kann es nicht in Worte fassen. Es ist mehr ein Gefühl. So sprechen die Wölfe. Die anderen hier sind Brand, Springer und

Wind.« Brand hatte eine alte Narbe an der Schulter, von der sein Name herrühren mochte, aber an den beiden anderen Wölfen war nichts, was auf die Herkunft ihrer Namen hätte schließen lassen. Obwohl Elyas so barsch wirkte, glaubte Perrin, er sei dennoch froh über die Gelegenheit, mit anderen Menschen zu sprechen. Er schien es auf jeden Fall zu genießen. Perrin beäugte die im Feuerschein schimmernden Wolfszähne und entschied, es sei auf jeden Fall besser, Elyas bei Laune zu halten. »Wie ... wie habt Ihr gelernt, mit den Wölfen zu sprechen, Elyas?«

»Sie haben das herausgefunden«, antwortete Elyas, »nicht ich. Jedenfalls nicht zuerst. Wie ich jetzt weiß, geht das immer so. Die Wölfe finden dich, nicht umgekehrt. Einige Leute glaubten, ich sei vom Dunklen König besessen, weil immer Wölfe dort auftauchten, wo ich mich aufhielt. Ich glaube, manchmal dachte ich das auch. Die meisten anständigen Leute mieden mich, und diejenigen, die sich mit mir abgaben, waren nicht gerade solche Leute, wie ich sie eigentlich kennen lernen wollte. Dann bemerkte ich, dass die Wölfe manchmal zu wissen schienen, was ich dachte, und auf das reagierten, was in meinem Kopf vorging. Das war der eigentliche Beginn. Sie waren neugierig auf mich. Die Wölfe fühlen normalerweise das Herannahen von Menschen, aber nicht auf diese Weise. Sie waren froh, mich gefunden zu haben. Sie sagen, es sei lange Zeit her, seit sie mit Menschen zusammen jagten. Und wenn sie von ›langer Zeit‹ reden, dann fühlt sich das an wie ein kalter Wind, der seit dem Ersten Tag her die ganze Zeit über heult.«

»Ich habe noch nie davon gehört, dass Menschen zusammen mit Wölfen jagen«, sagte Egwene. Ihre Stimme klang nicht sehr fest, aber die Tatsache, dass die Wölfe friedlich dalagen, schien ihr Mut zu verleihen.

Elyas zeigte durch nichts, dass er sie gehört hatte. »Die Wölfe erinnern sich auf andere Art als die Menschen«, sagte er. Seine fremdartigen Augen blickten in die Ferne, als treibe er selbst auf dem Strom der Erinnerungen davon. »Jeder Wolf erinnert sich an die Geschichte aller Wölfe, oder zumindest an den ungefähren Verlauf. Wie ich schon sagte: Man kann das schlecht in Worte fassen. Sie erinnern sich daran, Seite an Seite mit Menschen Beute gejagt zu haben, aber das war vor so langer Zeit, dass es eher der Schatten eines Schattens ist und keine unmittelbare Erinnerung.«

»Das ist sehr interessant«, sagte Egwene, und Elyas sah sie mit forschendem Blick an. »Wirklich, ich meine es so.« Sie befeuchtete sich die Lippen. »Könntet ... äh ... könntet Ihr uns beibringen, mit ihnen zu sprechen?«

Elyas schnaubte wieder. »Das kann man niemandem beibringen. Einige können es, andere nicht. Sie sagen, dass er es kann.« Er deutete auf Perrin.

Perrin blickte auf Elyas' Finger, als sei es ein Messer. *Er ist tatsächlich verrückt.* Die Wölfe starrten ihn an. Er rutschte unruhig hin und her.

»Ihr sagt, ihr geht nach Caemlyn«, fuhr Elyas fort, »aber das erklärt noch nicht, was ihr hier draußen treibt, Tage entfernt von irgendwo.« Er warf seinen aus Fellen genähten Umhang von den Schultern und legte sich hin. Er lag auf der Seite, hatte sich mit einem Ellbogen aufgestützt und wartete gespannt.

Perrin sah hinüber zu Egwene. Zuvor hatten sie sich eine Geschichte ausgedacht, die sie Leuten erzählen wollten, wenn sie welche fanden, um zu erklären, was sie hier machten, ohne sich damit in Schwierigkeiten zu bringen. Ohne irgendjemanden wissen zu lassen, woher sie wirklich kamen oder wohin sie tatsächlich wollten. Wer konnte wissen, welches leichtfertig ausgesprochene Wort das Ohr eines Blassen erreichte? Sie hatten jeden Tag daran gearbeitet, die Einzelheiten zusammengetragen und Fehlerquellen beseitigt. Und sie hatten beschlossen, dass Egwene erzählen sollte. Sie konnte besser mit Worten umgehen als er, und sie behauptete, sie könne ihm immer am Gesicht ablesen, wann er log.

Egwene begann sofort, flüssig zu erzählen. Sie kamen aus dem Norden, aus Saldaea, von Bauernhöfen in der Nähe eines winzigen Dorfes. Keiner von ihnen war zuvor mehr als zwanzig Meilen weit von zu Hause weg gewesen. Aber sie hatten den Geschichten der Gaukler und der Kauffahrer gelauscht, und sie wollten etwas von der Welt sehen. Caemlyn und Illian. Das Meer der Stürme und vielleicht sogar die sagenhaften Inseln des Meervolks.

Perrin hörte zufrieden zu. Nicht einmal Thom Merrilin hätte aus dem Wenigen, was sie über die Welt außerhalb der Zwei Flüsse wussten, eine bessere Geschichte machen können, oder eine, die diesem Zweck besser entsprochen hätte.

»Aus Saldaea, eh?«, sagte Elyas, als sie fertig war.

Perrin nickte. »So ist es. Wir dachten daran, zuerst Maradon zu besuchen. Ich würde gern den König sehen. Aber die Hauptstadt ist natürlich der erste Ort, an dem unsere Väter suchen würden.«

Das war sein Beitrag, um klarzustellen, dass sie nie in Maradon gewesen waren. Dann konnte nämlich niemand von ihnen erwarten, dass sie etwas über diese Stadt wussten, falls sie jemandem begegneten, der schon dort gewesen war. Das war alles weit weg von Emondsfelde und den Ereignissen der Winternacht. Niemand, der diese Geschichte hörte, würde dabei an Tar Valon oder die Aes Sedai denken.

»Eine ganz nette Geschichte.« Elyas nickte. »Ja, wirklich eine feine Geschichte. Ein paar Sachen daran stimmen nicht, aber die Hauptsache ist natürlich, dass Scheckie sagt, es sei alles ein Haufen Lügen. Jedes Wort gelogen.«

»Lügen!«, rief Egwene. »Warum sollten wir wohl lügen?«

Die vier Wölfe hatten sich nicht bewegt, doch nun schienen sie nicht mehr friedlich am Feuer zu liegen. Stattdessen kauerten sie dort, und ihre gelben Augen starrten die Emondsfelder unverwandt an. Perrin sagte nichts, aber seine Hände verirrten sich zu der Axt an seiner Hüfte. Die vier Wölfe erhoben sich mit einer schnellen Bewegung, und seine Hände erstarrten. Sie gaben keinen Laut von sich, doch die dichten Nackenhaare sträubten sich. Einer der Wölfe unter den Bäumen schickte ein grollendes Heulen in den Nachthimmel. Andere antworteten, fünf, zehn, zwanzig, bis die Dunkelheit unter ihrem Heulen erzitterte. Dann schwiegen sie unvermittelt. Kalter Schweiß lief Perrin übers Gesicht.

»Wenn Ihr glaubt ...« Egwene unterbrach sich, um zu schlucken. Trotz der kalten Luft stand auch ihr Schweiß im Gesicht. »Wenn Ihr glaubt, dass wir lügen, dann ist es Euch wohl lieber, dass wir uns für die Nacht unser eigenes Lager bereiten, von Eurem ein Stück entfernt.«

»Das wäre mir normalerweise schon lieber, Mädchen. Aber jetzt möchte ich endlich etwas von den Trollocs und den Halbmenschen hören.« Perrin bemühte sich, das Gesicht nicht zu verziehen, und er hoffte, dass es ihm besser gelang als Egwene. Elyas fuhr im leichten Plauderton fort: »Scheckie sagt, sie habe in euren Köpfen Halbmenschen und Trollocs gewittert, als ihr diese närrische Geschichte erzählt habt. Alle haben es gespürt. Ihr seid auf irgendeine Weise mit den Trollocs und den Augenlosen verwickelt. Die Wölfe hassen Trollocs und Halbmenschen noch mehr als einen Waldbrand, mehr als alles auf der Welt, genau wie ich.

Brand möchte euch loshaben. Es waren Trollocs, die ihm diese Verwundung beibrachten, als er noch ein Jährling war. Er sagt, dass Beute im Moment rar sei, und ihr seid fetter als alle Hirsche, die er in letzter Zeit gesehen hat; er schlägt vor, wir sollten euch auffressen. Aber Brand ist immer ungeduldig. Warum erzählt ihr mir nicht die Wahrheit? Ich hoffe, ihr seid keine Schattenfreunde. Es gefällt mir nicht, Leute zu töten, die ich zuvor gefüttert habe. Denkt nur daran, dass sie wissen werden, wann ihr lügt, und sogar Scheckie ist mittlerweile fast genauso aufgebracht wie Brand.« Seine Augen, gelb wie die der Wölfe, starrten sie ohne zu blinzeln an. *Das sind die Augen eines Wolfs,* dachte Perrin.

Egwene sah ihn an. Er bemerkte, dass sie auf seine Entscheidung wartete, was zu tun sei. *Aha, plötzlich bin ich wieder der Anführer.* Sie hatten gleich zu Beginn beschlossen, dass sie es einfach nicht riskieren konnten, jemandem die wahre Geschichte zu erzählen, aber er sah keine Möglichkeit, so davonzukommen, selbst wenn er es schaffte, seine Axt zu ziehen, bevor ...

Scheckie grollte tief in der Kehle, und die anderen drei am Feuer und auch die Wölfe in der Dunkelheit schlossen sich dem Laut an. Das bedrohliche Grollen erfüllte die Nacht.

»In Ordnung«, sagte Perrin schnell. »In Ordnung!« Das Grollen brach scharf und schnell ab. Egwene entspannte die verkrampften Hände und nickte. »Es begann alles ein paar Tage vor Winternacht«, fing Perrin an, »als unser Freund Mat einen Mann mit einem schwarzen Umhang sah ...«

Elyas hörte mit unbewegtem Gesichtsausdruck zu und veränderte auch seine Lage am Boden nicht, doch da war etwas an der Neigung seines Kopfes, das ein Ohrenspitzen andeutete. Die vier Wölfe setzten sich hin, als Perrin erzählte; er hatte den Eindruck, dass auch sie lauschten. Die Geschichte war lang, und er berichtete fast alles. Allerdings behielt er den Traum, den er und die anderen in Baerlon gehabt hatten, für sich. Er wartete darauf, dass die Wölfe mit irgendeinem Anzeichen zu erkennen gaben, dass sie das Auslassen bemerkt hatten, aber sie beobachteten ihn nur. Scheckie erschien ihm freundlich, während Brand zornig war. Als er schließlich geendet hatte, war er heiser.

»... und wenn sie uns in Caemlyn nicht findet, gehen wir weiter nach Tar Valon. Wir haben keine andere Wahl, als die Hilfe der Aes Sedai in Anspruch zu nehmen.«

»Trollocs und Halbmenschen so weit im Süden«, grübelte Elyas laut. »Das ist nun etwas, worüber man sich Gedanken machen muss.« Er griff nach hinten und warf Perrin einen ledernen Wasserbeutel zu, ohne ihn dabei anzusehen. Er schien nachzudenken. Er wartete, bis Perrin getrunken hatte, und steckte den Stöpsel wieder hinein, bevor er weitersprach: »Ich halte nicht viel von den Aes Sedai. Die Roten Ajah sind diejenigen, die nach Männern suchen, die mit der Einen Macht herumspielen. Sie wollten sich einst mit mir anlegen. Ich sagte ihnen ins Gesicht, sie seien Schwarze Ajah und dienten dem Dunklen König, und das gefiel ihnen gar nicht. Sie konnten mich aber nicht fangen, als ich einmal im Wald war. Doch sie taten ihr Bestes. Allerdings, wenn ich richtig überlege, bezweifle ich, dass mich irgendwelche Aes Sedai noch freundlich behandeln würden. Die Roten Ajah haben ein paar Behüter verloren. War keine schöne Geschichte, Behüter zu töten. Ich mag das nicht.«

»Dieses Sprechen mit den Wölfen«, sagte Perrin gedrückt. »Hat ... hat das mit der Macht zu tun?«

»Natürlich nicht!«, grollte Elyas. »Sie hätten mich niemals von etwas abbringen können, aber dass sie es versuchten, hat mich wild gemacht. Das hier ist eine alte Sache, Junge. Älter als die Aes Sedai. Älter als alle, die je die Eine Macht benutzten. So alt wie die Menschheit. So alt wie die Wölfe. Auch das gefällt den Aes Sedai nicht. Dass alte Dinge wiederkehren. Ich bin nicht der Einzige. Es gibt noch andere Dinge, andere Leute. Das missfällt den Aes Sedai; sie schimpfen, dass die alten Barrieren immer schwächer werden. Alles bricht auseinander, behaupten sie. Sie haben Angst, dass der Dunkle König freikommt. So wie ein paar von denen mich ansahen, hätte man denken können, es sei alles meine Schuld. Natürlich die Roten Ajah, aber auch ein paar andere. Der Amyrlin-Sitz ... Aaaah! Ich halte mich von ihnen und den Freunden der Aes Sedai fern. Das solltet ihr auch, wenn ihr schlau seid.«

»Nichts lieber als das«, sagte Perrin.

Egwene blickte ihn durchdringend an. Er hoffte, sie werde nicht damit herausplatzen, dass sie eine Aes Sedai werden wolle. Aber sie sagte nichts, auch wenn sich ihr Mund straffte, und Perrin fuhr fort: »Wir haben keine Wahl. Trollocs haben uns gejagt, ebenso Blasse und Draghkar. Alle außer den Schattenfreunden. Wir können uns nicht verstecken, und wir können nicht allein dagegen ankämpfen. Also, wer hilft uns dann? Wer sonst wäre stark genug, außer den Aes Sedai?«

Elyas schwieg eine Weile und betrachtete die Wölfe – vor allem Scheckie und Brand. Perrin rutschte nervös hin und her und bemühte sich, nicht hinzusehen. Wenn er hinblickte, hatte er das Gefühl, er könne beinahe hören, was sich Elyas und die Wölfe zu sagen hatten.

Selbst wenn es nichts mit der Macht zu tun hatte, wollte er nichts davon wissen. *Er muss sich einen verrückten Scherz erlaubt haben. Ich kann nicht mit Wölfen sprechen.* Einer der Wölfe, Springer, glaubte er, sah ihn an und schien zu grinsen. Er fragte sich, woher er den richtigen Namen gewusst hatte. »Ihr könntet bei mir bleiben«, sagte Elyas schließlich. »Bei uns.« Egwenes Augenbrauen schossen nach oben, und Perrins Mund klappte auf. »Na ja, wo könntet ihr sicherer sein?«, sagte Elyas herausfordernd. »Die Trollocs benützen jede Gelegenheit, einen einzelnen Wolf zu töten, aber sie machen einen meilenweiten Umweg, um einem Rudel auszuweichen. Und ihr braucht euch auch keine Gedanken über die Aes Sedai zu machen. Sie kommen nicht oft in diese Wälder.«

»Ich weiß nicht.« Perrin vermied es, die Wölfe an seiner Seite anzublicken. Er konnte Scheckies Blick auf sich ruhen fühlen. »Es geht nicht nur um die Trollocs.«

Elyas lachte kalt. »Ich habe schon gesehen, wie ein Rudel sogar einen der Augenlosen zerrissen hat. Wir haben das halbe Rudel verloren, aber sie gaben nicht auf, sobald sie seine Witterung hatten. Trollocs, Myrddraal, das ist für die Wölfe alles dasselbe. Du bist es, den sie wirklich wollen, Junge. Sie haben von anderen Männern gehört, die mit den Wölfen sprechen können, aber du bist der Erste außer mir, den sie je getroffen haben. Sie werden auch deine Freundin akzeptieren, und hier seid ihr sicherer als in jeder Stadt. In den Städten gibt es Schattenfreunde.«

»Hört mal«, sagte Perrin nachdrücklich. »Ich wünschte, Ihr würdet aufhören, so was zu sagen. Ich kann nicht mit den Wölfen sprechen.«

»Wie du willst, Junge. Spiele ruhig den Esel, wenn es dir gefällt. Willst du nicht in Sicherheit sein?«

»Ich betrüge mich doch nicht selbst. Es gibt nichts, womit ich mich selbst betrügen könnte. Alles, was wir wollen ...«

»Wir gehen nach Caemlyn«, sagte Egwene mit fester Stimme. »Und dann nach Tar Valon.«

Perrin schloss den Mund, und dann sah er sie genauso ärgerlich an wie sie ihn. Er wusste, dass sie seiner Führung folgte, wenn sie wollte, und wenn sie nicht wollte, dann eben nicht, aber sie konnte ihn wenigstens für sich selbst sprechen lassen. »Ich denke, ich werde mitgehen.« Er warf ihr ein Lächeln zu. »Also, Egwene, dann sind wir schon zu zweit. Ich schätze, ich werde wohl mit dir zusammenbleiben. Gut, so was in Ruhe zu besprechen, bevor man sich entscheidet, nicht wahr?« Sie wurde rot, doch ihr Kinn blieb unverändert vorgestreckt.

Elyas brummte. »Scheckie hat gesagt, dass ihr euch so entscheiden würdet. Sie sagte, das Mädchen sei fest in der Welt der Menschen verankert, während du« – er nickte Perrin zu – »zur Hälfte zwischen den Welten stehst. Unter den gegebenen Umständen ist es wohl besser, wir gehen mit euch zusammen in den Süden. Sonst verhungert ihr vielleicht noch oder verirrt euch ...«

Plötzlich stand Brand auf, und Elyas drehte den Kopf, um den großen Wolf anzublicken. Einen Moment später stand auch Scheckie auf. Sie stellte sich dicht neben Elyas, sodass auch sie Brands Blick erwidern konnte. Brand wirbelte herum und verschwand in der Nacht. Scheckie schüttelte sich und nahm dann ihren Platz wieder ein. Sie ließ sich zu Boden fallen, als sei nichts geschehen.

Elyas sah in Perrins fragende Augen. »Scheckie ist Anführerin dieses Rudels«, erklärte er. »Ein paar von den Männchen könnten sie besiegen, wenn sie sie herausforderten, aber sie ist klüger als alle anderen, und das wissen sie. Sie hat mehr als einmal das Rudel gerettet. Aber Brand glaubt, das Rudel verschwende nur seine Zeit mit euch dreien. Alles, woran er denken kann, ist sein Hass auf die Trollocs, und wenn sich schon Trollocs so weit im Süden befinden, dann will er los und sie töten.«

»Wir verstehen das schon«, sagte Egwene erleichtert. »Wir können wirklich unseren eigenen Weg finden ... wenn Ihr uns nur die Richtung zeigt.«

Elyas wehrte mit einer Handbewegung ab. »Ich sagte, dass Scheckie dieses Rudel führt. Am Morgen breche ich mit euch in den Süden auf, und sie gehen mit.« Egwene sah aus, als sei das nicht unbedingt die beste Nachricht, die sie je erhalten hatte.

Perrin hüllte sich in Schweigen. Er konnte *fühlen*, wie Brand weglief. Und der Rüde mit der Narbe war nicht der Einzige; ein Dutzend andere, alles junge Rüden, sprang ihm nach. Er wollte gern glauben, dass er das nur Elyas' Überzeugungskraft und seiner eigenen Einbildung verdankte, doch es war umsonst. Bevor die aufbrechenden Wölfe aus seinem Geist verschwanden, fühlte er noch einen Gedanken, von dem er wusste, dass er von Brand stammte, so scharf und klar, als sei es sein eigener. Hass. Hass und den Geschmack von Blut.

KAPITEL 24

Flucht auf dem Arinelle

Wasser tropfte in einiger Entfernung, ein hohles Klatschen, das widerhallte, und auch das Echo hallte wider, und so verlor sich die Quelle des Tropfens in der Ewigkeit. Überall gab es Steinbrücken und Rampen ohne Geländer; alle begannen an breiten Steintürmen mit flachen Spitzen; alle schimmerten glatt und wiesen rote und goldene Streifen auf. Schicht um Schicht erstreckte sich dieses Labyrinth durch die Düsternis nach oben und nach unten, ohne sichtbaren Beginn oder Ende. Jede Brücke führte zu einem Turm, jede Rampe zu einem anderen Turm und zu anderen Brücken. In welche Richtung auch immer Rand blickte, so weit seine Augen in der Dämmerung sehen konnten: Es war immer dasselbe, oben genau wie unten. Das Licht war zu schwach, um alles deutlich zu sehen, und Rand war fast froh über diese Tatsache. Einige der Rampen führten zu Plattformen, die sich genau über denen darunter befinden mussten. Er konnte nirgends ein Fundament erkennen. Er wehrte sich dagegen, suchte die Freiheit; er wusste, dass es eine Illusion war. Alles war nur Illusion.

Er kannte diese Illusion; er war ihr schon zu oft gefolgt, um sie nicht zu kennen. Wie weit er auch ging, hinauf oder hinunter oder in irgendeine Richtung: Es gab immer nur den schimmernden Stein. Und doch durchdrang der faulige Geruch tiefer, frisch aufgeworfener Erde die Luft – die Ekel erregend süße Fäulnis eines Grabes, das viel zu früh geöffnet wurde. Er bemühte sich, die Luft anzuhalten, aber der Geruch füllte seine Nase. Er klebte wie Öl an seiner Haut.

Eine kaum sichtbare Bewegung erregte seine Aufmerksamkeit, und er erstarrte dort, wo er sich gerade befand, halb gebückt an das matt glänzende Geländer um eine der Turmspitzen herum gekauert. Es war kein Versteck. Von tausend Standorten aus hätte ihn ein Beobachter sehen können. Schatten erfüllte die Luft, doch tiefere Schatten, in denen er sich hätte verbergen können, gab es nicht. Das Licht entsprang keinen Lampen oder Laternen oder Fackeln; es war einfach da, als sickere es aus der Luft heraus. Stark genug, um einigermaßen sehen zu können, und stark genug, um gesehen zu werden. Nur die Stille gewährte ein wenig Schutz.

Wieder eine Bewegung, und diesmal war die Ursache klar. Ein Mann schritt eine weit entfernte Rampe hinauf. Er achtete nicht auf fehlende Geländer und den drohenden Sturz ins Nichts. Der Umhang des Mannes flatterte durch die gravitätische Eile seines Schritts, und sein Kopf wandte sich suchend in alle Richtungen. Die Entfernung war zu groß, als dass Rand in der trüben Luft mehr als die Umrisse hätte erkennen können, aber er musste gar nicht näher kommen, um zu wissen, dass der Umhang die rote Farbe frischen Blutes hatte und dass die suchenden Augen wie das Innere eines Brennofens flammten.

Er bemühte sich, das Labyrinth mit den Augen abzusuchen, um festzustellen, wie viele Übergänge Ba'alzamon noch brauchte, bevor er ihn erreichte, gab es dann aber auf. Entfernungen täuschten hier; eine andere Lektion, die er gelernt hatte. Was fern schien, konnte vielleicht erreicht werden, wenn man um die nächste Ecke kam, und was nahe lag, konnte sich außerhalb jeder Reichweite befinden. Das Einzige, was er tun konnte, war – wie schon seit Beginn –, in Bewegung zu bleiben. Sich fortbewegen, ohne zu denken. Denken war gefährlich, das wusste er.

Und doch: Als er sich von Ba'alzamons ferner Gestalt abwandte, konnte er nicht anders, als sich über Mat Gedanken zu machen. Befand sich auch Mat irgendwo in diesem Irrgarten? *Oder gibt es zwei Irrgärten und zwei Ba'alzamons?* Sein Verstand schreckte davor zurück; die Vorstellung war zu entsetzlich, um die Gedanken dort länger verweilen zu lassen. *Ist das wie in Baerlon? Warum können sie mich dann nicht finden?* Das war ein wenig besser. Eine kleine Erleichterung. *Erleichterung? Blut und Asche, wo ist die Erleichterung daran?*

Zwei- oder dreimal waren sie sich beinahe begegnet, auch wenn er sich nicht mehr genau daran erinnern konnte, aber lange, lange Zeit – wie lang? – war er davongerannt, und Ba'alzamon hatte ihn vergebens verfolgt. War das nun wieder wie in Baerlon, oder war es einfach ein Albtraum, nur ein Traum wie der anderer Menschen?

Einen Augenblick lang – gerade lange genug, um Luft zu holen – wusste er, warum es gefährlich war, zu denken und woran er nicht denken sollte. Wie schon zuvor flimmerte die Luft, wenn er sich erlaubte, sich das in den Sinn zu rufen, was ihn als Traum umhüllte.

Ein Schatten senkte sich über seine Augen. Die Luft wurde zähflüssig und hielt ihn fest. Nur einen Augenblick lang.

Die drückende Hitze ließ seine Haut prickeln, und seine Kehle war schon lange ausgetrocknet, als er durch den Irrgarten von Dornenhecken trabte. Wie lange ging das jetzt schon so? Sein Schweiß verdunstete, bevor er noch Gelegenheit hatte, in Tropfen herunterzurinnen, und seine Augen brannten. Oben – und nicht einmal sehr weit oben – kochten wilde, stählerne Wolken mit schwarzen Streifen, doch im Labyrinth rührte sich kein Lufthauch. Einen Moment lang dachte er, es sei diesmal anders gewesen, aber der Gedanke verdampfte in der Hitze. Er war schon seit langer Zeit hier. Es war gefährlich zu denken, das wusste er.

Glatte, blasse, abgerundete Steine fügten sich zu einem dürftigen Pflaster, halb begraben unter knochentrockenem Staub, der selbst beim leichtesten Schritt hochgewirbelt wurde. Er kitzelte ihn in der Nase. Beinahe wäre ihm ein verräterisches Niesen entflohen; als er jedoch versuchte, durch den Mund zu atmen, verklebte ihm der Staub die Kehle, bis er fast erstickte.

Dies war ein gefährlicher Ort; auch das war ihm klar. Vor sich konnte er drei Öffnungen im hohen Dornengestrüpp erkennen, und dann machte der Weg eine Kurve, die ihm die Sicht nahm. Ba'alzamon konnte jeden Moment aus einer dieser Ecken auftauchen. Sie waren sich schon zwei- oder dreimal fast begegnet, auch wenn er sich über diese Tatsache hinaus an kaum etwas erinnern konnte, außer dass er entkommen war ... irgendwie. Gefährlich, zu viel nachzudenken.

Unter der drückenden Hitze schwer atmend, blieb er stehen und betrachtete die Wand des Irrgartens. Es waren dicht verwobene Dornbüsche, braun und abgestorben, mit bedrohlichen schwarzen Dornen wie zentimeterlange Haken. Zu hoch, um darüber hinwegblicken zu können; zu dicht, um hindurchzusehen. Vorsichtig berührte er das Gestrüpp und keuchte überrascht. Trotz aller Vorsicht stach ihm ein Dorn in den Finger und brannte wie eine heiße Nadel. Er taumelte rückwärts. Seine Fersen blieben an den Steinen hängen. Die verletzte Hand wurde durchgeschüttelt und verspritzte dicke Blutstropfen. Das Brennen ließ allmählich nach, aber seine ganze Hand pulsierte.

Plötzlich vergaß er den Schmerz. Seine Ferse hatte einen der glatten Steine umgeworfen, ihn aus dem trockenen Boden herausgetreten. Er sah auf ihn hinab, und leere Augenhöhlen blickten ihn an.

Ein Schädel. Ein menschlicher Schädel. Er blickte den Weg entlang auf all die glatten, blassen Steine, die ziemlich gleich aussahen. Hastig trat er beiseite, doch er konnte nicht weitergehen, ohne auf sie zu treten, und er konnte nicht stehen bleiben, ohne auf ihnen zu stehen. Ein Nebengedanke formte sich undeutlich – die Dinge waren vielleicht nicht so, wie sie schienen –, doch er unterdrückte ihn rücksichtslos. Denken war hier etwas Gefährliches.

Er riss sich einigermaßen zusammen. Auf demselben Fleck zu bleiben war auch gefährlich. Das war eine der Tatsachen, an die er sich zwar nur verschwommen erinnerte, deren er sich aber sicher war. Das Blut floss nur noch in zähen Tropfen aus seinem Finger, und das Pulsieren hatte beinahe aufgehört. Er saugte an der Fingerspitze und setzte sich den Weg in der Richtung hinunter in Bewegung, in die er zufällig schaute. Hier war ein Weg so gut wie der andere.

Er erinnerte sich daran, dass er einmal gehört hatte, man könne aus einem Irrgarten entkommen, indem man immer in der gleichen Richtung abbog. Nach der ersten Öffnung im Dornengestrüpp wandte er sich nach rechts und bei der nächsten wieder. Und dann stand er Ba'alzamon gegenüber.

Überraschung breitete sich auf Ba'alzamons Gesicht aus, und sein blutroter Umhang hing still, als er abrupt stehen blieb. Flammen loderten in seinen Augen auf, doch in der Hitze des Labyrinths fühlte Rand sie kaum. »Wie lange glaubst du, mir noch ausweichen zu können, Junge? Wie lange willst du deinem Schicksal noch entrinnen? Du gehörst mir!«

Während er rückwärts stolperte, fragte sich Rand, warum er an seinem Gürtel herumfummelte, als suche er nach einem Schwert. »Licht, hilf mir«, murmelte er, »Licht, hilf mir.« Er konnte sich nicht daran erinnern, was das bedeutete.

»Das Licht wird dir nicht helfen, Junge, und das Auge der Welt wird dir nicht dienen. Du bist mein Jagdhund, und wenn du nicht auf mein Kommando springst, dann werde ich dich mit dem Kadaver der Großen Schlange erwürgen!«

Ba'alzamon streckte die Hand aus, und plötzlich fiel Rand ein Weg ein, wie er entkommen konnte – eine nebelhafte Erinnerung, die ›Gefahr‹ schrie, aber das war nichts gegen die Gefahr, vom Dunklen König berührt zu werden.

»Ein Traum!«, rief Rand. »Das ist ein Traum!«

Ba'alzamon riss die Augen auf, überrascht oder zornig oder beides, und dann flimmerte die Luft; seine Gesichtszüge verschwammen und verblassten.

Rand drehte sich auf dem Fleck herum und riss nun seinerseits die Augen auf. Er erblickte sein eigenes Abbild, das tausendfach auf ihn zurückgeworfen wurde. Zehntausendfach. Über ihm war Schwärze, und unter ihm war Schwärze, doch um ihn herum standen Spiegel, die in jedem möglichen Winkel nebeneinander standen, Spiegel, so weit er blicken konnte, und alle zeigten ihn, gebückt und in der Drehung befindlich, wie er mit ängstlich geweiteten Augen hineinblickte.

Ein roter Schleier trieb durch die Spiegel. Er wirbelte herum, versuchte, ihn zu fangen, doch in jedem Spiegel trieb er hinter sein eigenes Abbild und verschwand. Dann war er wieder da, aber nicht nur schleierhaft wie zuvor. Ba'alzamon ging durch die Spiegel hindurch – zehntausend Ba'alzamons, suchend, zwischen den Spiegeln hin und her schreitend.

Er blickte das Spiegelbild seines eigenen Gesichts an, blass und zitternd bei der beißenden Kälte. Hinter seinem wuchs Ba'alzamons Bild empor, sah ihn an, sah nichts, aber starrte noch immer. In jedem Spiegel wüteten hinter ihm die Flammen von Ba'alzamons Gesicht, umhüllten sein Bild, verschlangen es, verschmolzen damit. Er wollte schreien, doch seine Kehle war wie zugeschnürt. In den endlosen Spiegeln war nur noch ein Gesicht zu erkennen: sein eigenes Gesicht. Ba'alzamons Gesicht. Ein Gesicht.

Rand zuckte zusammen und öffnete die Augen. Dunkelheit, nur ein wenig erhellt von einem blassen Licht. Er atmete kaum und bewegte nichts außer den Augen. Eine raue Wolldecke bedeckte ihn bis zu den Schultern, und den Kopf hatte er auf die Arme gelegt. Unter den Händen konnte er glatte Holzplanken fühlen. Deckplanken. Die Takelage knarrte in der Nacht. Er atmete langsam aus. Er war auf der *Gischt*. Es war vorbei ... wenigstens für diese eine Nacht.

Ohne sich etwas dabei zu denken, steckte er den Finger in den Mund. Als er Blut schmeckte, blieb ihm die Luft weg. Langsam hob er die Hand vors Gesicht, sodass er im trüben Mondlicht sehen konnte, wie sich der Blutstropfen an der Fingerspitze bildete. Blut, wo er sich an einer Dorne gestochen hatte.

Die *Gischt* bewegte sich langsam den Arinelle hinunter. Der Wind war stark, kam aber aus Richtungen, die die Segel zur Nutzlosigkeit verdammten. Trotz Kapitän Domons Anordnungen, schneller zu fahren, kroch das Schiff nur den Fluss entlang. In der Nacht saß ein Mann mit einer Laterne am Bug und meldete dem Steuermann in singendem Ton die Tiefen, während die Strömung das Schiff gegen den Wind bei eingezogenen Rudern den Fluss hinunter trieb. Im Arinelle musste man keine Riffe befürchten, doch es gab genug Untiefen und Sandbänke, auf die ein Schiff leicht auflaufen konnte, und dort würde es dann mit dem Bug im Schlamm steckend auf Hilfe warten müssen. Falls es die erwünschte Hilfe war, die zuerst eintraf ... Tagsüber arbeiteten die Ruderer von früh bis spät, aber der Wind kämpfte gegen sie an, als wolle er den Kahn wieder flussaufwärts zurückschieben.

Sie gingen nicht an Land, weder bei Tag noch bei Nacht. Bayle Domon trieb die Besatzung pausenlos an, beklagte den Gegenwind und verfluchte das langsame Fortkommen. Er beschimpfte seine Männer als lahme Schnecken an den Riemen und zog ihnen mit Worten für jedes falsch festgezurrte Tau das Fell über die Ohren. Seine leise, harte Stimme malte ihnen zehn Fuß hohe Trollocs aus, die an Deck kamen und ihnen den Hals umdrehten. Zwei Tage lang genügte das, um jeden Mann kräftig anzutreiben. Dann verblasste die Erinnerung an den Trolloc-Überfall allmählich, und die Männer fingen an, von einer Stunde an Land zu schwärmen und darüber zu klagen, wie gefährlich es sei, nachts flussabwärts zu fahren.

Die Männer schimpften aber nur leise. Sie schauten aus den Augenwinkeln, ob Kapitän Domon nahe genug war, um sie hören zu können, und er schien tatsächlich alles zu hören, was auf seinem Kahn gesprochen wurde. Jedes Mal, wenn das Murren wieder einsetzte, holte er schweigend das lange, sichelförmige Schwert und die Axt mit dem furchtbaren Haken daran hervor, die sie nach dem Angriff an Deck gefunden hatten. Er hängte sie eine Stunde lang am Mast auf, und die Verwundeten tasteten nach ihren Bandagen, und das Gespräch verstummte – wenigstens einen Tag lang, bis es dem einen oder anderen Besatzungsmitglied einfiel, dass sie nun sicherlich die Trollocs weit hinter sich gelassen hatten. Dann begann das Ganze von Neuem.

Rand bemerkte, dass sich Thom Merrilin von der Mannschaft fern hielt, wenn die Fahrensmänner miteinander zu flüstern begannen und finstere Gesichter machten, obwohl er ihnen sonst auf die Schultern klopfte und Witze erzählte und mit ihnen herumspaßte, dass selbst der am härtesten arbeitende Mann grinsen musste.

Thom beobachtete diese geheimen Gespräche sehr aufmerksam, während er sich auf das Entzünden seiner langstieligen Pfeife oder auf das Stimmen seiner Harfe zu konzentrieren schien; nur die Besatzungsmitglieder interessierten ihn dann scheinbar überhaupt nicht. Rand verstand nicht, warum er dieses Spiel trieb. Es waren ja nicht sie drei, die von Trollocs gejagt an Bord gekommen waren und denen von der Mannschaft die Schuld daran gegeben wurde, sondern vielmehr Floran Gelb. An den ersten Tagen konnte man Gelbs drahtige Gestalt ständig dabei beobachten, wie er mit jedem Besatzungsmitglied sprach, das er zu diesem Zweck in eine Ecke drängen konnte, und jedem erzählte er seine Version der Geschichte, wie Rand und die anderen an Bord gekommen waren. Gelbs Verhalten änderte sich ständig – von Prahlerei zu Jammern und wieder zurück, und er verzog jedes Mal verächtlich den Mund, wenn er auf Thom oder Mat deutete, aber besonders bei Rand. Natürlich versuchte er, ihnen die Schuld in die Schuhe zu schieben.

»Sie sind Fremde«, klagte Gelb ruhig und dabei immer nach dem Kapitän Ausschau haltend. »Was wissen wir schon von ihnen? Die Trollocs sind mit ihnen gekommen, das ist gewiss. Sie gehören zusammen.«

»Gelb, halt mal die Luft an!«, grollte ein Mann, der sein Haar zu einem Pferdeschwanz zusammengebunden hatte und einen kleinen blauen Stern auf eine Wange tätowiert trug. Er sah Gelb nicht an, während er ein Tau auf dem Deck einrollte. Er tat das mithilfe der nackten Füße. Alle Fahrensleute liefen trotz der Kälte barfuß herum; Stiefel konnten auf einem nassen Deck leicht wegrutschen. »Wenn man dich lässt, bezeichnest du noch deine eigene Mutter als Schattenfreundin. Hau ab!« Er spuckte auf Gelbs Fuß und wandte sich wieder dem Tau zu.

Die ganze Besatzung hatte nicht vergessen, dass Gelb auf Wache geschlafen hatte, und die Erwiderung des Mannes mit dem Pferdeschwanz war noch das Höflichste, was er zu hören bekam. Niemand wollte mit ihm zusammenarbeiten. Gelb wurden Aufgaben zugewiesen, die er allein erledigen konnte, und alle waren schmutzig, wie zum Beispiel das Ausschrubben der schmierigen Töpfe in der Kombüse, oder er musste auf allen vieren in den Kielraum kriechen, um unter dem Dreck von vielen Jahren nach Lecks zu suchen. Bald gab er die Bemühungen auf, mit den anderen zu sprechen. Die Schultern abwehrend eingezogen, stand er in verletztem Schweigen herum – je mehr Menschen anwesend waren, desto anklagender seine Haltung –, aber das brachte ihm nicht mehr als ein kurzes Brummen ein. Wenn Gelbs Blick aber auf Rand oder auf Mat oder Thom fiel, dann stand ›Mord‹ auf seinem langnasigen Gesicht geschrieben. Wenn Rand Mat gegenüber äußerte, dass Gelb ihnen früher oder später Schwierigkeiten bereiten werde, dann sah sich Mat auf dem Kahn um und sagte:»Können wir einem von ihnen trauen? Überhaupt irgendeinem?« Dann ging er weg und suchte nach einem Plätzchen, um allein zu sein, so allein, wie es eben auf einem Kahn möglich war, der vom Bug bis zur Heckstange, wo das Steuerruder angebracht war, nur weniger als dreißig Schritte maß. Nach Rands Meinung hatte Mat seit der Nacht in Shadar Logoth zu viel Zeit allein verbracht.

Thom meinte:»Wenn wir in Schwierigkeiten kommen, Junge, dann nicht Gelbs wegen. Jedenfalls noch nicht. Keiner aus der Mannschaft steht hinter ihm, und er hat nicht den Mut, etwas auf eigene Faust zu unternehmen. Aber was die anderen betrifft ...? Domon scheint fast zu glauben, dass die Trollocs hinter ihm persönlich her seien, doch seine Männer meinen, die Gefahr sei vorüber. Sie könnten zu dem Entschluss kommen, dass sie die Nase voll haben. Die Stimmung ist schon kritisch genug.« Er zog sich seinen Flickenumhang über, und Rand hatte das Gefühl, er überprüfe seine versteckten Wurfmesser – seinen zweiten Satz.»Sollten sie meutern, Junge, dann lassen sie keine Passagiere zurück, die alles ausplaudern könnten. Das Gesetz der Königin mag so weit von Caemlyn entfernt nicht viel Einfluss haben, aber selbst ein Dorfbürgermeister würde in so einem Fall eingreifen.« Nach diesem Gespräch bemühte sich auch Rand, die Besatzungsmitglieder unauffällig zu beobachten.

Thom tat, was er konnte, um die Leute nicht an Meuterei denken zu lassen. Er erzählte jeden Morgen und jeden Abend Geschichten, schön ausgeschmückt, und dazwischen spielte er jedes gewünschte Lied. Um den Eindruck zu verstärken, dass Rand und Mat seine Lehrlinge waren, nahm er sich jeden Tag Zeit, sie zu unterrichten, und auch das diente der Besatzung zur Unterhaltung. Er ließ natürlich keinen von beiden an seine Harfe heran, und ihr Flötenunterricht führte zu schmerzhaftem Jaulen des Instruments, zumindest zu Beginn, und die Fahrensleute lachten und hielten sich die Ohren zu.

Er brachte den Jungen einige der leichteren Geschichten bei, dazu ein wenig einfache Akrobatik und natürlich das Jonglieren. Mat beklagte sich darüber, dass Thom zu viel von ihnen verlange, aber Thom pustete seine Schnurrbartenden weg und sah ihn zornig an. »Ich spiele nicht, wenn ich versuche, euch etwas beizubringen, Junge. Entweder ich unterrichte euch, oder ich lasse es. Also! Selbst ein Bauernjunge sollte fähig sein, einen einfachen Handstand zu machen. Hoch mit dir!«

Die Besatzungsmitglieder, die gerade nichts zu tun hatten, versammelten sich und hockten sich im Kreis um sie herum. Einige probierten die Dinge, die Thom lehrte, sogar selbst aus und lachten über die eigenen schwerfälligen Bemühungen. Gelb stand allein dahinter, beobachtete alles und hasste sie alle.

Rand verbrachte einen großen Teil des Tages damit, an der Reling zu lehnen und die Ufer zu beobachten. Es war nicht so, dass er wirklich erwartet hätte, Egwene oder einen der anderen am Ufer auftauchen zu sehen, aber der Kahn bewegte sich so langsam fort, dass er manchmal darauf hoffte. Sie könnten sie einholen, ohne zu schnell reiten zu müssen. Falls sie entkommen waren. Falls sie noch am Leben waren.

Der Fluss strömte ohne ein Anzeichen irgendwelchen Lebens dahin und weit und breit war kein anderes Schiff zu sehen. Das hieß aber nicht, dass es gar nichts zu sehen und zu bestaunen gab. Am ersten Tag floss der Arinelle zwischen steilen Klippen hindurch, die sich zu beiden Seiten eine halbe Meile weit erstreckten. Entlang dieser Strecke waren aus dem Stein Figuren gehauen, hundert Fuß hohe Männer und Frauen mit Kronen, die sie als Könige und Königinnen auswiesen. In dieser königlichen Reihe glichen sich keine zwei Figuren, und eine lange Zeitspanne trennte die ersten von den letzten. Der Wind und der Regen hatten diejenigen am Nordende glatt geschliffen und ihre Züge beinahe beseitigt; weiter nach Süden zu wurden die Gesichter und ihre Einzelheiten immer deutlicher. Der Fluss plätscherte um die Füße der Statuen herum, Füße, die bis auf glatte Stummel abgeschliffen waren, soweit der Fluss sie nicht ganz zerstört hatte. *Wie lange stehen sie schon hier?*, fragte Rand sich. *Wie lange braucht der Fluss, um so viel Stein wegzuschleifen?* Keiner der Besatzungsmitglieder blickte auch nur von der Arbeit auf, so oft hatten sie die uralten Skulpturen schon gesehen.

Ein andermal, als das östliche Ufer sich zu flachem Grasland gewandelt hatte, gelegentlich von kleinen Hainen unterbrochen, wurde die Sonne von irgendetwas in der Ferne reflektiert. »Was kann das sein?«, staunte Rand laut. »Es sieht wie Metall aus.«

Kapitän Domon kam gerade vorbei; er blieb stehen und blinzelte zu dem Gleißen hinüber. »Das sein Metall«, sagte er. Seine Sprache war noch immer radebrechend, aber Rand hatte mittlerweile gelernt, ihn zu verstehen, ohne jedes Mal rätseln zu müssen. »Ein Metallturm. Ich haben ihn nahe gesehen und so ich weiß. Flusshändler ihn benutzen als Landmarke. Wir sein zehn Tage vor Weißbrücke, wenn so weiterfahren.«

»Ein Turm aus Metall?«, erwiderte Rand, und Mat, der mit übereinander geschlagenen Beinen an ein Fass gelehnt dasaß, unterbrach sein Grübeln, um zu lauschen.

Der Kapitän nickte. »Ja. Glänzender Stahl, so es sich anfühlen und aussehen, aber keine Spur Rost daran. Er sein zweihundert Fuß hoch, so dick wie ein Haus und kein Zeichen darauf und keine Öffnung darin zu finden.«

»Ich wette, es liegt ein Schatz darin«, sagte Mat. Er stand auf und starrte hinüber zu dem fernen Turm, während die *Gischt* vom Fluss weitergetragen wurde. »So etwas muss gebaut worden sein, um etwas Wertvolles zu schützen.«

»Vielleicht, Junge«, polterte der Kapitän. »Aber es sein seltsamere Dinge auf der Welt als das. Auf Tremalking, was ist eine Insel der Meerleute, da ragen eine Steinhand fünfzig Fuß hoch aus einem Hügel und halten eine Kristallkugel, groß wie dies Schiff. Da sein Schatz unter diesem Hügel, wenn überhaupt irgendwo sein Schatz, aber die Inselleute wollen nicht graben dort, und die Meerleute nichts anderes tun wollen, als mit ihren Schiffen segeln und nach Coramoor suchen, ihrer Auserwählten.«

»Ich würde graben«, sagte Mat. »Wie weit ist es nach diesem ... Tremalking?« Eine Baumgruppe schob sich vor den glänzenden Turm, doch er blickte hinüber, als könne er ihn immer noch sehen.

Kapitän Domon schüttelte den Kopf. »Nein, Junge, Schatz nicht sein so gut wie sehen die Welt. Wenn du finden eine Hand voll Gold oder Juwelen von totem König, gut und schön, aber es sein das Fremde, das du sehen, was dich zu nächstem Horizont hinziehen. In Tanchico – das sein Hafen an Aryth-Meer – Teil von Palast des Panarch war gebaut in Zeitalter von Legenden, man sagt. Da sein eine Wand mit Fries, der zeigt Tiere, die kein lebender Mann je gesehen haben.«

»Jedes Kind kann ein Tier zeichnen, das niemand je gesehen hat«, sagte Rand, und der Kapitän schmunzelte.

»Ja, Junge, das sein so. Aber kann Kind machen die Knochen von diesem Tiere? In Tanchico sie haben Knochen und haben befestigt zusammen, so, wie Tier war. Sie stehen in Teil von Panarch-Palast, wo jeder kann hineingehen und ansehen. Die Zerstörung hinterlassen tausend Wunder, und es geben seither halbes Dutzend Weltreiche, manche beinahe so groß wie das von Artur Falkenflügel; jedes hinterlassen Dinge zu sehen und finden. Lichtstäbe und Schneidegewebe und Herzstein. Ein Kristallgitter, das ganze Insel bedecken, und es summen, wenn Mond am Himmel. Ein ausgehöhlter Berg wie Schüssel, und in Mitte ein Silberdorn, hundert Spannen hoch, und jeder, der kommt näher als eine Meile, sterben muss. Verrostete Ruinen und abgebrochene Stücke und Dinge, gefunden am Meeresgrund, Dinge, auch nicht älteste Bücher wissen, was bedeuten. Ich selbst haben gefunden einiges. Dinge du nie träumen von, an mehr Orten als du kannst sehen in zehnmal Leben. Das sein das Fremde, was dich locken immer weiter.«

»Wir haben in den Sandhügeln nach alten Knochen gegraben«, sagte Rand bedächtig. »Eigenartige Knochen. Da war einmal ein Teil eines Fischs – ich glaube, es war ein Fisch –, so groß wie dieses Schiff. Einige behaupteten, es bringe Unglück, in den Hügeln zu graben.«

Der Kapitän beäugte ihn schelmisch. »Du schon denken an zu Hause, Junge, kaum du aufgebrochen, zu sehen Welt? Die Welt wird einen Haken drücken in deinen Mund. Du werden aufbrechen und Sonnenuntergang jagen. Du schon sehen wirst ... und wenn du je kommen zurück, dein Dorf werden sein zu klein, um dich zu halten.«

»Nein!« Er fuhr innerlich zusammen. Wie lange hatte er schon nicht mehr an Emondsfelde gedacht? Und an Tam? Es musste Tage her sein. Es schien Monate her zu sein. »Ich werde eines Tages nach Hause zurückkehren, wenn ich kann. Dann werde ich Schafe züchten wie ... wie mein Vater, und wenn ich niemals mehr weggehe, ist es immer noch zu früh. Stimmt's, Mat? Sobald wir können, kehren wir zurück und vergessen, dass dies alles überhaupt existiert.«

Mit sichtbarer Mühe riss sich Mat vom Anblick des Landes flussaufwärts los, hinter dem sich der verschwundene Turm verbarg. »Was? Oh! Ja, natürlich. Wir gehen nach Hause. Klar.« Als er sich abwandte, um wegzugehen, hörte Rand ihn vor sich hin murmeln: »Ich wette, er will nicht, dass irgendjemand anders nach dem Schatz sucht.« Er schien gar nicht zu merken, dass er das laut ausgesprochen hatte.

Nach vier Tagen Fahrt den Fluss hinunter saß Rand oben auf dem stumpfen Mastende und hatte die Beine um die Querstreben geschlungen. Die *Gischt* schwankte sanft, doch fünfzig Fuß hoch über dem Wasser ließ dieses leichte Schwanken den Mast in weiten Bögen hin und her schwingen. Er warf den Kopf in den Nacken und lachte in den Wind hinein, der ihm ins Gesicht blies. Die Ruder waren draußen, und von hier oben sah das Schiff aus wie eine zwölfbeinige Spinne, die den Arinelle hinunterkrabbelte. Er war schon zuvor so hoch oben gewesen – daheim auf den Bäumen der Zwei Flüsse –, aber diesmal gab es keine Zweige, die seine Sicht behinderten. Alles an Deck, die Matrosen an den Rudern, Männer auf ihren Knien, die das Deck mit Schleifsteinen schrubbten, Männer, die an Tauen und Luken arbeiteten, sahen aus dieser Höhe und diesem Blickwinkel so eigenartig aus, alle zusammengedrückt und verkürzt, dass er eine Stunde allein damit verbracht hatte, sie zu betrachten und zu lachen.

Er musste immer noch lachen, wenn er auf sie hinunterblickte, aber nun betrachtete er die vorbeiziehenden Ufer. So schien es wenigstens, als stehe er still – außer natürlich, was dieses Schwanken von einer Seite auf die andere betraf –, und die Ufer glitten langsam vorbei; Hügel und Bäume glitten auf beiden Seiten nach hinten weg. Er saß still, und die ganze Welt bewegte sich an ihm vorbei.

In einem plötzlichen Anfall von Leichtsinn nahm er die Beine von den Querstreben und breitete Arme und Beine aus. So balancierte er das Schwanken aus. Drei vollständige Bögen bewältigte er auf diese Art, und dann war plötzlich das Gleichgewicht weg. Er schlug mit Armen und Beinen wild um sich, kippte nach vorn und bekam gerade noch die Fockstag zu fassen. Seine Beine hingen frei zu beiden Seiten des Masts. Nichts hielt ihn an seinem luftigen Platz als seine beiden Hände an der Stange, und er lachte. Er sog sich die Lunge voll mit dem frischen, kalten Wind und lachte voll übermütiger Freude.

»Junge«, erreichte ihn Thoms Stimme, »Junge, wenn du versuchst, deinen dummen Hals zu brechen, dann falle wenigstens nicht auf mich!«

Rand blickte hinunter. Thom hielt sich an den Rattenscheiben direkt unter ihm fest und sah ihn ziemlich ernst von unten her an. Wie Rand hatte auch der Gaukler seinen Umhang unten gelassen. »Thom«, sagte er entzückt. »Thom, wann seid Ihr denn hier heraufgekommen?«

»Als du nicht darauf geachtet hast, dass die Leute dir etwas zuriefen. Junge, jeder denkt, du seist verrückt geworden!«

Er sah hinunter und war überrascht, dass alle Gesichter zu ihm nach oben schauten. Nur Mat, der im Schneidersitz und den Rücken an den Mast gelehnt am Bug saß, sah ihn nicht an. Sogar die Männer an den Rudern blickten hinauf und kamen dabei aus dem Rhythmus. Und niemand schimpfte deswegen. Rand verdrehte den Kopf und blickte unter dem Arm hindurch zum Heck. Kapitän Domon stand am Steuerruder, hatte die kräftigen Fäuste in die Hüften gestützt und sah böse zu ihm hinauf. Er wandte sich wieder Thom zu und grinste. »Wollt Ihr, dass ich jetzt hinunterkomme?«

Thom nickte lebhaft. »Das würde ich sehr begrüßen.«

»In Ordnung.« Er verlagerte den Griff an der Fockstag und sprang mit einem Satz von der Mastspitze weg. Er hörte, wie sich Thom einen Fluch verbiss, als sein Fall aufgehalten wurde und er an beiden Händen von der Stange herunterhing. Der Gaukler sah ihn missbilligend an, eine Hand halb ausgestreckt, als wolle er ihn fangen. Er grinste Thom erneut zu. »Ich steige jetzt hinunter.«

Er schwang die Beine hoch, hakte sich mit einem Bein an einem dicken Tau fest, das vom Mast zum Bug herunterhing, warf einen Arm darüber, sodass er das Tau im Winkel zwischen Oberarm und Unterarm hatte, und ließ los. Langsam, dann immer schneller, glitt er hinunter. Direkt vor dem Bug ließ er sich fallen und landete geradewegs vor Mat auf dem Deck. Er machte einen weiteren Schritt, um das Gleichgewicht wieder zu erlangen, und dann drehte er sich dem übrigen Schiff mit weit ausgebreiteten Armen zu, wie es Thom nach einem akrobatischen Kunststück immer tat.

Vereinzeltes Klatschen von der Mannschaft war zu hören, aber er blickte überrascht auf Mat hinunter und darauf, was Mat in den Händen hielt, durch seinen Körper vor allen anderen verborgen: einen gekrümmten Dolch mit einer Goldscheide und fremdartigen Schriftzeichen darauf. Der Griff war mit feinem Golddraht umwickelt, und obenauf saß ein Rubin, so groß wie Rands Daumennagel, gehalten von zähnefletschenden Schlangen mit Goldschuppen. Mat fuhr noch einen Moment lang fort, den Dolch in die Scheide hineinzuschieben und wieder herauszuziehen. Er spielte immer noch damit, als er den Kopf langsam hob. Seine Augen schienen in weite Fernen zu blicken. Plötzlich jedoch richteten sie sich auf Rand, und er fuhr zusammen und steckte den Dolch rasch unter seinen Mantel. Rand hockte sich auf die Fersen und schlang die Arme um die Knie.

»Wo hast du das her?« Mat sagte nichts, sondern sah sich nur hastig um, ob irgendjemand anders in der Nähe sei. Erstaunlicherweise waren sie allein. »Du hast das doch nicht etwa aus Shadar Logoth, oder?«

Mat sah ihn an. »Es ist deine Schuld. Deine und Perrins. Ihr zwei habt mich von dem Schatz weggerissen, obwohl ich ihn bereits in der Hand hatte. Mordeth hat ihn mir nicht gegeben. Ich habe ihn genommen, also trifft Moiraines Warnung vor seinen Geschenken nicht zu. Du erzählst es doch niemandem, Rand. Sonst stehlen sie ihn mir vielleicht.«

»Ich sage es nicht weiter«, versprach Rand. »Ich halte Kapitän Domon für ehrlich, aber den anderen traue ich nicht, besonders Gelb.«

»Niemandem«, beharrte Mat. »Nicht Domon, nicht Thom, niemandem. Wir sind die Einzigen aus Emondsfelde, die noch übrig sind, Rand. Wir können es uns gar nicht leisten, irgendjemand anderem zu trauen.«

»Sie sind am Leben, Mat. Egwene und Perrin. Ich weiß, dass sie noch leben.« Mat blickte beschämt drein. »Aber ich werde dein Geheimnis bewahren. Nur unter uns beiden. Wenigstens müssen wir uns jetzt des Geldes wegen keine Gedanken machen. Wir können ihn so gut verkaufen, dass wir wie die Könige nach Tar Valon reisen können.«

»Natürlich«, sagte Mat nach einer Pause. »Wenn es sein muss. Sag nur niemandem etwas, bevor ich es dir erlaube.«

»Ich habe schon mal gesagt, ich tu das nicht. Hör mal, hast du wieder Träume gehabt, seit wir an Bord gegangen sind? Wie in Baerlon? Das ist jetzt die erste Gelegenheit, dich zu fragen, ohne dass sechs Leute zuhören.«

Mat drehte den Kopf weg und sah Rand von der Seite her an. »Vielleicht.«

»Was meinst du mit vielleicht? Entweder hast du oder nicht.«

»Ist schon gut, ja, ich hatte welche. Ich will nicht darüber sprechen. Ich will nicht mal daran denken! Es bringt nichts.«

Bevor einer von ihnen noch etwas sagen konnte, kam Thom über das Deck her, seinen Umhang über den Arm gelegt. Der Wind zerzauste sein weißes Haar, und seine langen Schnurrbartenden schienen zu beben. »Es ist mir noch einmal gelungen, den Kapitän davon zu überzeugen, dass du nicht verrückt geworden bist«, verkündete er, »sondern dass es ein Teil deiner Ausbildung war.« Er ergriff die Fockstag und rüttelte daran. »Dieser närrische Trick, am Tau herunterzurutschen, half dabei, aber du hast Glück gehabt, dass du dir nicht den Hals gebrochen hast.«

Rands Blick ging zur Fockstag und dann hinauf zur Mastspitze, und die Kinnlade fiel ihm herunter. Er war daran heruntergerutscht. Und er hatte auf dem Mast ... Plötzlich stellte er sich vor, wie er da oben mit gespreizten Armen und Beinen saß. Er setzte sich schwerfällig hin und fing sich gerade noch ab, bevor er platt auf dem Rücken lag. Thom blickte nachdenklich auf ihn herunter.

»Ich wusste gar nicht, dass du Höhen so gut verträgst, Junge. Wir können vielleicht in Illian oder Ebou Dar oder sogar in Tear damit Vorstellungen geben. Die Leute in den großen Städten im Süden sehen gern Hochseiltänzer und Schlappseilartisten.«

»Wir gehen aber nach ...« Im letzten Moment erinnerte sich Rand daran, sich erst einmal umzusehen, ob jemand nahe genug war zum Lauschen. Ein paar Besatzungsmitglieder beobachteten sie, darunter auch Gelb, der wie gewöhnlich finster dreinblickte, aber keiner konnte hören, was er sagte. »Nach Tar Valon«, vollendete er. Mat zuckte die Achseln, als sei es ihm gleich, wohin sie gingen.

»Im Augenblick sieht es so aus, Junge«, sagte Thom und setzte sich neben sie. »Aber morgen ... wer weiß? So ist das Leben eines Gauklers.« Er nahm eine Hand voll farbiger Bälle aus einem seiner weiten Ärmel. »Nachdem du jetzt nicht mehr da oben bist, können wir ja am Dreierschnitt weiterarbeiten.«

Rands Blick wanderte noch einmal zur Mastspitze, und ein kalter Schauder lief ihm den Rücken hinunter. *Was ist denn mit mir los? Licht, was geschieht mit mir?* Er musste es herausfinden. Er musste nach Tar Valon gehen, bevor er den Verstand verlor.

KAPITEL 25

Das fahrende Volk

Bela trottete gelassen unter der fahlen Sonne einher, als seien die drei Wölfe, die unweit von ihr nebenherliefen, nur Dorfhunde, doch an der Art, wie sie von Zeit zu Zeit die Augen rollte, wenn sie die Wölfe ansah, merkte man, dass sie sich ganz anders fühlte. Egwene, die auf dem Rücken der Stute saß, erging es genauso. Sie beobachtete die Wölfe ständig aus den Augenwinkeln und drehte sich manchmal im Sattel um. Perrin war sicher, sie suche nach dem Rest des Rudels, als er das aber ihr gegenüber andeutete, wies sie es ärgerlich von sich. Sie bestritt, sich vor den Wölfen zu fürchten, die mit ihnen durch den Wald liefen, sich Gedanken über den Rest des Rudels und sein weiteres Verhalten zu machen. Sie bestritt alles und sah sich weiter mit zusammengekniffenen Augen um, wobei sie sich andauernd die Lippen befeuchtete.

Der Rest des Rudels war weit entfernt; das hätte auch er ihr sagen können. *Was nützt es, selbst wenn sie mir glaubt? Oder gerade, wenn sie mir glaubt?* Er hatte keine Lust, sich ihrem Zorn auszusetzen, solange es nicht nötig war. Er wollte auch nicht darüber nachdenken, *wieso* er das wusste. Der in Felle gekleidete Mann sprang vor ihnen her. Manchmal wirkte er beinahe selbst wie ein Wolf. Er sah sich nie um, wenn Scheckie, Springer und Wind auftauchten, aber es war auch ihm bewusst.

Die Emondsfelder waren in der Morgendämmerung des ersten Tages erwacht und hatten gesehen, wie Elyas weitere Kaninchen zubereitete und sie über seinen Vollbart hinweg ausdruckslos beobachtete. Außer Scheckie, Springer und Wind waren keine Wölfe zu sehen. Im blassen Licht des frühen Tages lag unter der großen Eiche noch tiefer Schatten, und die kahlen Bäume dahinter wirkten wie Finger, die man bis auf die Knochen abgenagt hatte.

»Sie sind in der Gegend«, antwortete Elyas, als ihn Egwene fragte, wohin der Rest des Rudels verschwunden war. »Nahe genug, um zu helfen, falls es nötig ist. Weit genug entfernt, um Probleme mit

Menschen aus dem Weg zu gehen, selbst wenn wir darin verwickelt sind. Früher oder später gibt es immer Schwierigkeiten, wenn auch nur zwei Menschen zusammen sind. Wenn wir sie brauchen, sind sie da.«

Etwas kitzelte im hintersten Winkel von Perrins Verstand, als er einen Bissen gebratenes Kaninchen mit den Zähnen herausriss. Eine verschwommen wahrgenommene Richtung. *Natürlich! Dort sind ...* Der heiße Bratensaft in seinem Mund verlor plötzlich jeglichen Geschmack. Er aß ein wenig von den Knollen, die Elyas auf der Kohle geröstet hatte – sie schmeckten ein bisschen wie Rüben –, aber der Appetit war ihm vergangen. Als sie aufgebrochen waren, hatte Egwene darauf bestanden, dass sie sich alle beim Reiten abwechselten, und Perrin hatte sich nicht einmal die Mühe gemacht, ihr zu widersprechen. »Zuerst bist du dran«, sagte er zu ihr. Sie nickte. »Und dann Ihr, Elyas.«

»Meine eigenen Beine sind gut genug für mich«, sagte Elyas. Er sah Bela an, und die Stute rollte die Augen, als sei er einer der Wölfe. »Außerdem glaube ich nicht, dass sie mich auf ihr reiten lassen möchte.«

»Das ist Unsinn«, erwiderte Egwene entschlossen. »Es hat keinen Zweck, in der Hinsicht stur zu sein. Es ist nur vernünftig, wenn jeder von uns hin und wieder reitet. Euren Worten zufolge haben wir noch einen langen Weg vor uns.«

»Ich habe nein gesagt, Mädchen.«

Sie atmete tief ein, und Perrin fragte sich, ob es ihr gelingen würde, Elyas genauso wie ihn herumzukommandieren, doch dann bemerkte er, dass sie mit geöffnetem Mund dastand und kein Wort herausbrachte. Elyas sah sie an; blickte sie einfach nur mit den gelben Wolfsaugen an. Egwene trat zurück, nur weg von dem grobknochigen Mann, leckte sich die Lippen und trat nochmals einen Schritt zurück. Bevor sich Elyas abwandte, war sie rückwärts bis zu Bela gekommen und kletterte hastig auf den Rücken der Stute. Als der Mann sich abwandte, um sie weiter nach Süden zu führen, verglich Perrin dessen Grinsen ebenfalls mit dem eines Wolfs.

Drei Tage lang reisten sie so, gingen oder ritten den ganzen Tag nach Südosten und rasteten erst, wenn sich die Dämmerung senkte. Elyas schien wohl die Betriebsamkeit der Stadtmenschen zu verachten, doch er verschwendete gewiss keine Zeit, wenn er irgendein Ziel anstrebte.

Die drei Wölfe ließen sich selten sehen. Jede Nacht kamen sie für eine Weile ans Feuer, und manchmal tauchten sie auch am Tag kurz auf, wenn man sie am wenigsten erwartete, und verschwanden wieder auf die gleiche Art und Weise. Perrin wusste allerdings, dass sie dort draußen waren. Er wusste, wenn sie den Weg vor ihnen erkundeten und wenn sie ihnen den Rücken deckten. Er wusste, wenn sie das übliche Jagdrevier des Rudels verließen und wenn Scheckie das Rudel zurückschickte, um auf sie zu warten. Gelegentlich verblassten die drei übrig gebliebenen Wölfe in seinem Geist, aber nach kurzer Zeit, bevor sie wieder nahe genug waren, um sich blicken zu lassen, fühlte er sie zurückkehren. Selbst als der Baumbestand dünner wurde und sich in weit verstreute Haine auflöste, die durch weite Flächen winterwelken Grases voneinander getrennt waren, wirkten sie wie Gespenster, wenn sie nicht gesehen werden wollten. Er hätte jedoch jederzeit geradewegs auf sie deuten können. Er hatte keine Ahnung, woher diese Fähigkeit kam, und er versuchte, sich selbst davon zu überzeugen, dass ihm lediglich seine Phantasie einen Streich spielte, aber es half nichts. Genau wie Elyas wusste er immer, wo sie sich befanden.

Er bemühte sich, nicht an Wölfe zu denken, doch sie schlichen sich immer wieder in seine Gedanken. Er hatte nicht mehr von Ba'alzamon geträumt, seit er Elyas und die Wölfe kennen gelernt hatte. In seinen Träumen, soweit er sich in wachem Zustand daran erinnern konnte, ging es um alltägliche Dinge, von denen er auch zu Hause geträumt hätte ... vor Winternacht ... vor Baerlon. Gewöhnliche Träume – mit einer Ergänzung. In jedem Traum, an den er sich erinnern konnte, kam ein Punkt, wo er sich von der Arbeit an Meister Luhhans Amboss aufrichtete, um sich den Schweiß von der Stirn zu wischen, oder vom Dorfgrün ging, wo er mit den Mädchen getanzt hatte, oder seinen Kopf von einem Buch hob, das er vor dem Kamin las, und gleichgültig, ob er sich unter einem Dach oder im Freien aufhielt, es war immer ein Wolf in der Nähe. Immer drehte ihm der Wolf den Rücken zu, und er wusste auch immer, dass die gelben Augen des Wolfs danach Ausschau hielten, was kommen mochte, um ihn davor zu behüten. Nur im wachen Zustand erschienen ihm die Träume eigenartig.

Drei Tage ging es so, und Scheckie, Springer und Wind brachten ihnen Kaninchen und Eichhörnchen, und Elyas zeigte ihnen Pflanzen, von denen Perrin nur wenige erkannte, die sie gut essen konnten. Einmal brach ein Kaninchen fast unter Belas Hufen hervor. Bevor Perrin noch einen Stein in seine Schleuder legen konnte, nagelte Elyas es auf zwanzig Schritt Entfernung mit seinem langen Wurfmesser fest. Ein andermal schoss Elyas mit seinem Bogen einen fetten Fasan in der Luft. Sie aßen viel besser als zuvor allein, doch Perrin wäre auch mit den kargen Rationen zufrieden gewesen, wenn damit andere Gesellschaft verbunden gewesen wäre. Er war sich nicht sicher, wie Egwene darüber dachte, doch er wäre auch zum Hungern bereit gewesen, falls das ohne die Wölfe notwendig gewesen wäre. Bis zum Nachmittag des dritten Tages.

Ein Wald lag vor ihnen, ausgedehnter als die meisten zuvor, gute vier Meilen breit. Die Sonne stand niedrig am Westhimmel und sandte schräge Schatten nach rechts hinüber. Der Wind frischte auf. Perrin fühlte, wie die Wölfe die Nachhut aufgaben und ohne Eile nach vorne kamen. Sie hatten nichts Gefährliches gewittert und gesehen. Egwene war gerade mit dem Reiten auf Bela dran. Es war Zeit, sich nach einem Nachtlager umzusehen, und das große Waldstück kam ihnen da gerade recht.

Als sie sich den Bäumen näherten, brachen drei Mastiff-Kampfhunde aus der Deckung des Waldes hervor, breit gebaute Hunde, genauso groß wie die Wölfe und noch schwerer, die die Zähne unter grollendem Knurren fletschten. Sie blieben stehen, sobald sie sich im Freien befanden, aber kaum mehr als dreißig Fuß trennten sie von den drei Menschen, und in ihren dunklen Augen glühte die Lust zu töten.

Bela wieherte und warf Egwene beinahe ab, aber Perrin hatte im Nu seine Schleuder in der Hand und ließ sie um seinen Kopf wirbeln. Unnötig, bei Hunden eine Axt zu verwenden; ein Stein in die Rippen würde den schlimmsten Hund vertreiben.

Elyas winkte ihm zu, ohne den Blick von den steifbeinigen Hunden abzuwenden. »Pssst! Lass das jetzt!«

Perrin sah ihn erstaunt an, ließ aber die Schleuder langsamer kreisen und schließlich schlaff an seine Seite fallen. Egwene schaffte es, Bela wieder zu beruhigen; sie und die Stute beobachteten misstrauisch die Hunde.

Die Nackenhaare der Mastiffs sträubten sich, ihre Ohren waren angelegt, und ihr Knurren klang wie ein Erdbeben. Plötzlich erhob Elyas einen Finger auf Höhe seiner Schulter und pfiff lang und durchdringend. Der Pfiff wurde im Ton höher und höher und wollte nicht enden. Das Knurren brach allmählich ab. Die Hunde traten zurück, winselten und drehten die Köpfe weg, als wollten sie gehen und würden doch festgehalten. Ihr Blick war starr auf Elyas' Finger gerichtet.

Langsam senkte Elyas die Hand, und damit wurde der Ton seines Pfeifens tiefer. Die Hunde folgten dem Finger, bis sie platt auf dem Boden lagen und die Zungen aus den Schnauzen hängen ließen. Drei Schwänze wedelten.

»Siehst du«, sagte Elyas und ging zu den Hunden hinüber. »Dazu braucht man keine Waffen.« Die Mastiffs leckten seine Hände, und er streichelte ihre breiten Köpfe und kraulte sie hinter den Ohren. »Sie sehen schlimmer aus, als sie sind. Sie sollen uns abschrecken, und sie hätten uns nicht gebissen, außer wir hätten versucht, zwischen die Bäume zu gehen. Na ja, darüber brauchen wir uns jetzt keine Gedanken mehr machen. Wir können es bis zum Einbruch der Dunkelheit zum nächsten Waldstück dort drüben schaffen.«

Als Perrin Egwene ansah, bemerkte er, dass ihr Mund offen stand. Er selbst schloss den Mund mit hörbarem Zähneklicken.

Während Elyas noch die Hunde streichelte, betrachtete er das Waldstück. »Dort werden Tuatha'an sein. Das Fahrende Volk.« Sie blickten ihn verständnislos an, und er fügte hinzu: »Kesselflicker.«

»Kesselflicker?«, rief Perrin. »Ich wollte immer schon Kesselflicker sehen! Manchmal lagern sie bei Taren-Fähre auf der anderen Seite des Flusses, aber so viel ich weiß, kommen sie nie ins Gebiet der Zwei Flüsse. Ich weiß nicht, warum.«

Egwene schnaubte. »Vielleicht weil die Leute aus Taren-Fähre genauso große Diebe sind wie die Kesselflicker. Zweifellos würden sie sich gegenseitig das letzte Hemd stehlen. Meister Elyas, wenn wirklich Kesselflicker in der Nähe sind, sollten wir dann nicht weiterziehen? Wir wollen doch nicht, dass Bela gestohlen wird und ... na ja, wir haben sonst nicht viel, aber jeder weiß ja, dass die Kesselflicker alles stehlen, was nicht niet- und nagelfest ist.«

»Auch Babys?«, fragte Elyas trocken. »Entführen sie auch Kinder?« Er spuckte aus, und sie errötete. Diese Geschichten über Babys wurden gelegentlich erzählt, am häufigsten von Cenn Buie oder einem der Coplins oder Congars. Die anderen Geschichten waren allgemein bekannt. »Die Kesselflicker sind ein eigenartiges Volk, aber sie stehlen nicht mehr als andere Leute. Erheblich weniger als einige, die ich kenne.«

»Es wird bald dunkel, Elyas«, sagte Perrin. »Wir müssen irgendwo lagern. Warum nicht bei ihnen, wenn sie es uns erlauben?« Frau Luhhan besaß einen von den Kesselflickern reparierten Topf, von dem sie behauptete, er sei besser als je zuvor. Meister Luhhan war nicht sehr angetan davon, dass seine Frau die Kesselflicker lobte, aber Perrin wollte zusehen, wie sie arbeiteten. Und doch zögerte Elyas, was Perrin nicht verstand. »Gibt es einen Grund, warum wir uns von ihnen fern halten sollten?«

Elyas schüttelte den Kopf, doch das Zögern war immer noch in der Haltung seiner Schultern und der schmalen Linie seines Mundes erkennbar. »Na ja, wir können schon hin. Achtet einfach nicht auf das, was sie sagen. Eine Menge Unsinn. Meistens benimmt sich das Fahrende Volk ziemlich frei, aber manchmal legen sie auch Wert auf Formalitäten. Also macht einfach nach, was ich mache. Und behaltet eure Geheimnisse für euch. Kein Grund, alles auszuplaudern.«

Die Hunde liefen schwanzwedelnd neben ihnen her, als Elyas sie zwischen die Bäume führte. Perrin fühlte, wie die Wölfe ihren Schritt verlangsamten, und wusste, dass sie nicht mit hineinkommen würden. Sie hatten keine Angst vor den Hunden – sie verachteten die Hunde, die für einen Platz am Lagerfeuer ihre Freiheit aufgegeben hatten –, aber sie mieden Menschen.

Elyas schritt gezielt voran, als kenne er den Weg, und beinahe in der Mitte des Waldstücks tauchten denn auch die Wagen der Kesselflicker auf, zwischen den Eichen und Eschen verteilt.

Wie alle in Emondsfelde hatte Perrin eine Menge von den Kesselflickern gehört, sie aber noch nie gesehen, und ihr Lager war genau so, wie er es sich vorgestellt hatte. Ihre Wagen waren kleine Häuser auf Rädern, hohe Holzkästen, lackiert und bunt bemalt in Rot und Blau und Gelb und Grün und einigen Farbtönen, für die er keinen Namen wusste. Das Fahrende Volk ging enttäuschend alltäglichen Arbeiten nach. Sie kochten, nähten, beaufsichtigten Kinder, flickten Zaumzeug, doch ihre Kleidung war noch bunter als ihre Wagen und anscheinend völlig planlos gewählt; einige trugen Mantel und Hose oder Kleid und Schal in Farbkombinationen, die in den Augen wehtaten. Sie wirkten wie Schmetterlinge auf einer Blumenwiese.

Vier oder fünf Männer an verschiedenen Flecken des Lagers spielten Geige und Flöte, und ein paar Leute tanzten wie regenbogenfarbene Kolibris. Kinder und Hunde rannten spielend zwischen den Lagerfeuern herum. Die Hunde waren Mastiffs wie jene, welche die Reisenden empfangen hatten, aber die Kinder zogen sie an den Ohren und Schwänzen und kletterten ihnen auf den Rücken, und die kräftigen Hunde ertrugen alles gelassen. Die drei Hunde neben Elyas blickten mit heraushängenden Zungen zu dem bärtigen Mann auf, als sei er ihr bester Freund. Perrin schüttelte den Kopf. Sie waren immer noch groß genug, um die Kehle eines Mannes zu erreichen, praktisch ohne die Vorderpfoten vom Boden zu heben.

Plötzlich hörte die Musik auf, und er merkte, dass alle Kesselflicker ihn und seine Begleiter anblickten. Selbst die Kinder und die Hunde waren stehen geblieben und beobachteten sie argwöhnisch.

Einen Augenblick lang war es totenstill, und dann trat ein kleiner, drahtiger und grauhaariger Mann vor und verbeugte sich mit ernster Miene vor Elyas. Er trug einen roten Mantel mit hohem Kragen und eine ausgebeulte, hellgrüne Hose, die er in kniehohe Stiefel gesteckt hatte. »Seid willkommen an unseren Feuern. Kennt Ihr das Lied?«

Elyas verbeugte sich auf die gleiche Art, beide Hände an die Brust gedrückt. »Euer Willkommensgruß erwärmt meinen Geist, Mahdi, so wie Eure Feuer das Fleisch erwärmen, aber ich kenne das Lied nicht.«

»Dann suchen wir weiter«, intonierte der grauhaarige Mann. »Wie es war, so soll es sein, wenn wir uns nur erinnern, suchen und finden.« Er schwang einen Arm lächelnd in Richtung auf die Feuer, und seine Stimme nahm einen fröhlich leichten Tonfall an. »Das Mahl ist fast fertig. Bitte gesellt Euch zu uns.«

Als sei das ein Signal gewesen, begann die Musik aufs Neue, und die Kinder lachten wieder und rannten mit den Hunden herum. Alle im Lager kehrten zu den vorherigen Beschäftigungen zurück, als seien die Neuankömmlinge lang erwartete Freunde.

Der grauhaarige Mann zögerte allerdings und sah Elyas an. »Eure ... anderen Freunde? Sie werden draußen bleiben. Sie jagen den Hunden Angst ein.«

»Sie werden bleiben, wo sie sind, Raen.« Elyas Kopfschütteln enthielt ein wenig Verachtung. »Das solltet Ihr allmählich wissen.«

Der grauhaarige Man spreizte die Hände, als wolle er sagen, dass nichts jemals gewiss sei. Als er sich umdrehte, um sie ins Lager zu führen, stieg Egwene ab und näherte sich Elyas. »Ihr beiden seid Freunde?« Ein lächelnder Kesselflicker erschien, um Bela wegzuführen; Egwene reichte ihm widerstrebend die Zügel, nachdem Elyas trocken geschnaubt hatte. »Wir kennen uns«, antwortete der in Felle gekleidete Mann.

»Er heißt Mahdi?«, fragte Perrin.

Elyas knurrte etwas in seinen Bart hinein. »Er heißt Raen. Mahdi ist sein Titel. Sucher. Er ist der Anführer dieses Stammes. Ihr könnt ihn Sucher nennen, wenn euch das andere Wort komisch vorkommt. Er hat nichts dagegen.«

»Wie war das mit diesem Lied?«, fragte Egwene.

»Deswegen ziehen sie herum«, sagte Elyas, »oder jedenfalls behaupten sie das. Sie suchen nach einem Lied. Das ist es, wonach der Mahdi sucht. Sie behaupten, sie hätten es bei der Zerstörung der Welt verloren, und wenn sie es wiederfinden, dann wird das Paradies des Zeitalters der Legenden zurückkehren.« Er sah sich im Lager um und schnaubte wieder. »Sie wissen noch nicht einmal, um was für ein Lied es sich handelt. Sie behaupten, sie würden es erkennen, wenn sie es fänden. Sie wissen auch nicht, wie es das Paradies wiederbringen kann, und doch haben sie fast dreitausend Jahre lang danach gesucht – seit der Zerstörung. Ich schätze, sie werden weitersuchen, bis das Rad aufhört, sich zu drehen.«

Sie erreichten Raens Feuer im Zentrum des Lagers. Der Wagen des Suchers war gelb mit roten Rändern, und die Speichen der hohen, rot gestrichenen Räder waren abwechselnd gelb und rot. Eine mollige Frau, so grau wie Raen, doch ohne Falten im Gesicht, kam aus dem Wagen und blieb auf den Stufen am hinteren Ende einen Moment lang stehen, um eine Stola mit blauen Fransen auf ihren Schultern zurechtzurücken. Ihre Bluse war gelb und ihr Rock rot – leuchtende Farben. Die Kombination brachte Perrin zum Blinzeln, und Egwene gab einen Laut von sich, als erwürge man sie.

Als sie die Leute sah, die Raen folgten, kam die Frau mit einem warmen Lächeln herunter. Das war Ila, Raens Frau, einen Kopf größer als ihr Mann, und sie brachte es fertig, dass Perrin schnell die Farben ihrer Kleidung vergaß. Sie erinnerte ihn in ihrer Mütterlichkeit an Frau al'Vere, und von ihrem ersten Lächeln an fühlte er sich herzlich aufgenommen.

Ila begrüßte Elyas als alten Bekannten, doch hielt sie einen für Raen schmerzlichen Abstand. Elyas grinste sie trocken an und nickte. Perrin und Egwene stellten sich vor, und sie nahm ihre Hände in ihre beiden und zeigte dabei viel mehr Wärme als bei Elyas. Sie nahm Egwene sogar in die Arme.

»Du bist ja süß, mein Kind«, sagte sie, nahm Egwenes Kinn in die Hand und lächelte. »Und halb erfroren, denke ich. Setz dich nahe ans Feuer, Egwene. Setzt euch alle hin. Das Essen ist fast fertig.«

Baumstämme waren als Sitze um das Feuer herum gruppiert. Elyas weigerte sich, der Zivilisation auch nur so weit entgegenzukommen, und setzte sich stattdessen auf den Boden. Zwei kleine Kessel hingen an dreibeinigen Eisenhaltern über den Flammen, und neben der Feuerstelle stand ein Ofen. Ila kümmerte sich um alles.

Als Perrin und die anderen Platz nahmen, schlenderte ein schlanker junger Mann in grün gestreifter Kleidung zum Feuer herüber. Er umarmte Raen, küsste Ila und musterte Elyas und die Emondsfelder kühl. Er war ungefähr so alt wie Perrin und bewegte sich, als werde er mit dem nächsten Schritt zu tanzen beginnen.

»Na, Aram« – Ila lächelte liebevoll – »hast du dich entschlossen, zur Abwechslung einmal mit deinen alten Großeltern zu speisen?« Ihr Lächeln erfasste Egwene, als sie sich bückte, um in einem Kessel herumzurühren. »Ich frage mich, aus welchem Grund.«

Aram kauerte sich bequem, die Arme über den Knien verschränkt, gegenüber von Egwene am Feuer nieder. »Ich bin Aram«, sagte er mit leiser, selbstbewusster Stimme zu ihr. Er schien nicht mehr zu bemerken, dass außer ihr noch jemand zugegen war. »Ich habe auf die erste Rose des Frühlings gewartet, und nun finde ich sie an meines Großvaters Feuer.«

Perrin wartete darauf, Egwene kichern zu hören, sah aber dann, dass auch sie Aram ansah. Also blickte er den jungen Kesselflicker erneut an. Er musste zugeben, Aram sah mehr als nur einfach gut aus. Nach einer Minute fiel Perrin ein, an wen ihn dieser Bursche erinnerte: Wil al'Seen. Alle Mädchen sahen ihm nach und flüsterten hinter seinem Rücken, wenn er von Devenritt nach Emondsfelde kam. Wil stellte jedem Mädchen nach, das er sah, und er brachte es fertig, jedes davon zu überzeugen, dass er eben nur höflich zu den anderen sein wollte.

»Eure Hunde dort«, sagte Perrin so laut, dass Egwene zusammenfuhr, »sehen so groß wie Bären aus. Ich bin überrascht, dass ihr die Kinder mit ihnen spielen lasst.«

Arams Lächeln verschwand, aber als er Perrin ansah, tauchte es wieder auf, noch selbstbewusster als zuvor. »Sie werden euch nichts tun. Sie spielen wild, um mögliche Gefahren abzuschrecken und uns zu warnen, aber sie wurden nach dem Gesetz des Blattes dressiert.«

»Das Gesetz des Blattes?«, erwiderte Egwene. »Was ist das?«

Aram deutete auf die Bäume, sah ihr aber dabei fest in die Augen. »Das Blatt lebt die ihm zugeteilte Zeit und kämpft nicht gegen den Wind an, der es fortträgt. Das Blatt schadet niemandem, und wenn es schließlich fällt, nährt es neue Blätter. So sollte es auch bei den Menschen sein. Und besonders bei den Frauen.« Egwene begegnete seinem Blick, und eine leichte Röte stieg in ihre Wangen.

»Aber was bedeutet das?«, fragte Perrin. Aram warf ihm einen verständnislosen Blick zu, und es war Raen, der die Frage beantwortete. »Es bedeutet, dass kein Mensch einem anderen aus irgendeinem Grund Schaden zufügen sollte.« Der Blick des Suchers huschte hinüber zu Elyas. »Es gibt keine Entschuldigung für die Anwendung von Gewalt. Keine einzige. Niemals.«

»Und wenn Euch jemand angreift?«, beharrte Perrin. »Wenn euch jemand schlägt oder versucht, euch zu berauben oder zu töten?«

Raen seufzte – ein geduldiges Seufzen –, als sehe Perrin einfach nicht, was doch für ihn so offensichtlich war. »Wenn mich ein Mann schlüge, dann würde ich ihn fragen, warum er das macht. Und wenn er mich immer noch schlagen wollte, würde ich wegrennen; genauso, wenn er mich berauben oder töten wollte. Viel besser, dass ich ihn nehmen lasse, was er will, sogar mein Leben, als dass ich Gewalt anwende. Und ich würde hoffen, dass ihm nicht zu viel Leid zugefügt würde.«

»Aber Ihr habt gesagt, Ihr würdet ihn nicht verletzen«, sagte Perrin.

»Das würde ich auch nicht, aber Gewalt gefährdet denjenigen, der sie anwendet, genauso wie den, gegen den sie gerichtet ist.« Perrin blickte zweifelnd drein. »Ihr könntet mit Eurer Axt einen Baum fällen«, sagte Raen. »Die Axt tut dem Baum Gewalt an und kommt ungeschoren davon. Seht Ihr das so? Holz ist weich, verglichen mit Stahl, aber der scharfe Stahl wird stumpf, wenn er draufloshackt, und der Saft des Baums wird ihn verrosten und zerfallen lassen. Die mächtige Axt tut dem hilflosen Baum Gewalt an und wird selbst dabei zu Schaden kommen. So ist es auch bei den Menschen, auch wenn der Schaden die Seele betrifft.«

»Aber ...«

»Genug«, knurrte Elyas und schnitt Perrin das Wort ab. »Raen, es ist schon schlimm genug, dass du versuchst, Dorfjungen zu dieser Torheit zu überreden – das bringt euch überall in Schwierigkeiten, nicht wahr? –, aber die hier habe ich nicht zu euch gebracht, damit du ihnen Unsinn erzählst. Lass das.«

»Um sie dir zu überlassen?«, sagte Ila, die zwischen den Handflächen Kräuter verrieb und sie in einen der Kessel rieseln ließ. »Wirst du sie dein Gesetz lehren, zu töten oder zu sterben? Wirst du sie dem Schicksal zuführen, das du suchst, allein bis auf die Raben und deine ... Freunde zu sterben, die sich dann um deinen Körper streiten können?«

»Halte Frieden, Ila«, sagte Raen sanft, als habe er das alles und noch mehr schon hundertmal gehört.»Er wurde an unserem Feuer willkommen geheißen, Frau.«

Ila gab nach, aber Perrin bemerkte wohl, dass sie sich nicht entschuldigte. Stattdessen sah sie Elyas an und schüttelte traurig den Kopf. Dann klopfte sie sich die Kräuterreste von den Händen und nahm aus einer roten Truhe an der Seite des Wagens Löffel und Tonschüsseln heraus.

Raen wandte sich wieder Elyas zu.»Mein alter Freund, wie oft muss ich dir noch sagen, dass wir nicht versuchen, irgendjemanden zu bekehren. Wenn die Dorfleute neugierige Fragen über unsere Lebensweise stellen, beantworten wir sie. Sicher, es sind meistens die jungen Leute, die solche Fragen stellen, und manchmal geht einer mit uns, wenn wir weiterziehen, doch es ist ihre freie Entscheidung.«

»Versuch das mal einer Bauersfrau zu erklären, die gerade herausgefunden hat, dass ihr Kind mit den Kesselflickern weggelaufen ist«, sagte Elyas trocken.»Deshalb lassen euch die größeren Städte noch nicht einmal in der Nähe lagern. Die Dörfer dulden euch, weil ihr alles so gut repariert, aber in den Städten werdet ihr nicht gebraucht, und sie wollen nicht, dass ihr den jungen Leuten Flausen in den Kopf setzt.«

»Ich weiß nicht, was die Städte alles erlauben.« Raens Geduld schien unerschöpflich. Auf jeden Fall machte er nicht den Eindruck, als werde er wütend.»Es gibt immer gewalttätige Menschen in den Städten. Ich glaube außerdem auch nicht, dass wir das Lied in einer Stadt finden könnten.«

»Ich will euch nicht zu nahe treten, Sucher«, sagte Perrin bedächtig,»aber ... Na ja, ich suche nicht gerade nach Gewalt. Ich habe, glaube ich, jahrelang noch nicht einmal mit irgendjemandem gerungen, außer bei Wettbewerben an Festtagen. Doch wenn mich jemand schlägt, schlage ich zurück. Wenn nicht, würde ich ihn nur in dem Glauben ermutigen, er könne mich schlagen, wann immer er will. Einige Leute denken, sie könnten andere ausnützen, und wenn man ihnen nicht klar macht, dass das nicht geht, dann laufen sie eben herum und peinigen jeden, der schwächer ist als sie selbst.«

»Einige Leute«, sagte Aram mit einer schwerfälligen Traurigkeit in der Stimme,»können einfach ihre niedrigen Instinkte nicht überwinden.« Er sagte es mit einem Blick auf Perrin, der deutlich machte, dass er nicht von den Schlägern sprach, die Perrin meinte.

»Ich wette, du musst ganz schön oft wegrennen«, sagte Perrin, und das Gesicht des jungen Kesselflickers straffte sich auf eine Weise, die wohl kaum dem Gesetz des Blattes entsprachen.

»Ich finde es interessant«, sagte Egwene mit einem finsteren Blick in Perrins Richtung, »jemanden kennen zu lernen, der nicht der Meinung ist, jedes Problem mit den Muskeln lösen zu können.« Arams gute Laune kehrte zurück, und er stand auf und bot ihr lächelnd die Hand. »Lass mich dir unser Lager zeigen. Es wird getanzt.«

»Das würde ich auch gern.« Sie lächelte zurück.

Ila richtete sich von ihrer Tätigkeit auf, Brotlaibe aus dem kleinen eisernen Ofen zu nehmen. »Aber das Essen ist fertig, Aram.«

»Ich werde bei Mutter essen«, sagte Aram über die Schulter hinweg, als er Egwene an der Hand vom Wagen wegzog. »Wir werden beide bei Mutter essen.« Er warf Perrin ein triumphierendes Lächeln zu. Egwene lachte, als sie wegrannten.

Perrin sprang auf und hielt dann doch inne. Es war ja nicht so, dass ihr irgendetwas Schlimmes geschehen könne, nicht, wenn das Lager dem Gesetz des Blattes gehorchte, wie Raen gesagt hatte. Er sah Raen und Ila an, die beide ihrem Enkel niedergeschlagen hinterherblickten, und sagte: »Es tut mir Leid. Ich bin hier Gast und hätte nicht ...«

»Sei kein Narr«, sagte Ila beruhigend. »Es war seine Schuld, nicht deine. Setz dich und iss.«

»Aram macht uns bisweilen Kummer«, sagte Raen traurig. »Er ist ein guter Junge, aber manchmal fällt es ihm schwer, das Gesetz des Blattes einzuhalten. Ich fürchte, das geht einigen so. Bitte. Mein Feuer ist dein.«

Perrin setzte sich langsam wieder hin. Es war ihm immer noch peinlich. »Was geschieht mit jemandem, der dem Gesetz nicht folgen kann?«, fragte er. »Ich meine, wenn es sich dabei um einen Kesselflicker handelt.«

Raen und Ila tauschten einen besorgten Blick, und Raen sagte: »Sie verlassen uns. Die Verlorenen gehen in die Dörfer, um dort weiterzuleben.«

Ila blickte in die Richtung, in die ihr Enkel gegangen war. »Die Verlorenen können nicht glücklich sein.« Sie seufzte, doch ihr Gesicht erschien wieder ruhig, als sie ihnen die Schüsseln und Löffel reichte.

Perrin blickte zu Boden und wünschte, er hätte nicht gefragt. Es kam kein Gespräch mehr auf, während Ila ihre Schüsseln mit einer dicken Gemüsesuppe füllte und große Scheiben ihres knusprigen Brotes austeilte, und auch nicht beim Essen. Die Suppe schmeckte köstlich, und Perrin aß drei Schüsseln leer, bevor er aufhörte. Elyas, so stellte er grinsend fest, leerte vier davon.

Nach dem Essen stopfte Raen seine Pfeife. Elyas holte die seine hervor und stopfte sie mit Tabak aus Raens Ölzeugbeutel. Als sie mit dem Entzünden und Nachstopfen und Wiederentzünden fertig waren, lehnten sie sich schweigend zurück. Ila holte sich ein Bündel Wolle zum Stricken.

Die Sonne war nur noch ein roter Fleck über den Baumwipfeln im Westen. Das Lager hatte sich auf die Nacht vorbereitet, aber die Betriebsamkeit wurde nicht geringer; sie änderte sich nur. Die Musikanten, die bei ihrer Ankunft im Lager gespielt hatten, waren durch andere ersetzt worden, und noch mehr Menschen als zuvor tanzten im Feuerschein. Irgendwo im Lager erhob sich ein Chor männlicher Stimmen. Perrin rutschte von dem Stamm, auf dem er gesessen hatte, auf den Boden und döste bald vor sich hin.

Nach einer Weile sagte Raen: »Hast du andere Tuatha'an besucht, seit du im letzten Frühling bei uns warst, Elyas?«

Perrin öffnete die Augen und schloss sie wieder halb. »Nein«, antwortete Elyas, ohne die Pfeife aus dem Mund zu nehmen. »Ich halte mich nicht gern bei zu vielen Menschen gleichzeitig auf.«

Raen lachte leise. »Besonders, wenn es Menschen sind, deren Lebensart das Gegenteil deiner eigenen darstellt, eh? Nein, mein alter Freund, mach dir keine Gedanken. Ich habe schon vor Jahren die Hoffnung aufgegeben, du könntest eines Tages nach dem Gesetz leben. Aber seit unserem letzten Treffen habe ich eine Geschichte gehört, und falls du sie noch nicht kennst, könnte sie dich wohl interessieren. Für mich ist sie aufschlussreich, und ich habe sie immer wieder gehört, wenn wir andere Stämme des Volkes getroffen haben.«

»Ich höre.«

»Die Sache begann im Frühjahr vor zwei Jahren bei einem Stamm unseres Volkes, der die Wüste auf der Nordroute durchquerte.«

Perrin riss die Augen auf. »Die Aiel-Wüste? Sie durchquerten die Aiel-Wüste?«

»Einige Menschen können die Wüste betreten, ohne belästigt zu werden«, sagte Elyas. »Gaukler. Händler, falls sie ehrlich sind. Die Tuatha'an ziehen die ganze Zeit durch die Wüste. Vor dem Baum und dem Aiel-Krieg kamen auch Kaufleute aus Cairhien.«

Shayol Ghul

Große
Fäule

Das Verderbene
Land

Berge des Verderbens

Malkier

Tarwin Paß

Itel Wiste

Maradon

Lanzenebene

Chachin

Shol Arbela

ARAFEL

Tal Dara

Tal
Moran

Niamh
Paß

KANDOR

SHIENAR

AEA

Schwarze Hügel

Iwon

Tar Valon

Drachenberg

Gaelin

Brudermörders
Dolch

Jangai Paß

nach Rhuidean

o

Haevin

Caralain
Steppe

Cairhien

CAIRHIEN

Rückgrat der Welt

ANDOR

Braemwald

Alguenya

Weißbrücke

Vier Könige

Caemlyn

Aringill

Dreke

Manetheren

Storn

Hügel von Kintara

Erinin

Lugard

MURANDY

Caru

Tar
Madding

Haddon Mirk

Stedding
Schangtai

RA

Ebenen von
Maredo

TEAR

Tear

ILLIAN

Godan

Versunkenes
Land

Die Drachenfinger

Flüsse
Straßen
Orte +
Städte

Grenzen
Wälder
Wiesen +
Ebenen

Mayene

In der Meerleute

Meer der Stürme

Illian

Cindaking

»Die Aielmänner meiden uns«, sagte Raen traurig, »obwohl sich viele von uns bemüht haben, mit ihnen zu sprechen. Sie beobachten uns aus der Ferne, aber sie kommen uns nicht nahe, und sie lassen uns nicht nahe an sich herankommen. Manchmal grüble ich darüber nach, ob sie wohl das Lied kennen, aber das ist unwahrscheinlich. Bei den Aiel singen die Männer nicht, wusstet ihr das? Ist das nicht eigenartig? Von der Zeit an, da ein Aieljunge zum Mann wird, singt er nichts anderes mehr als Schlachtgesänge oder die Totenklage für die Gefallenen. Ich habe gehört, wie sie für ihre Toten gesungen haben und für diejenigen, die sie getötet hatten. Dieses Lied kann selbst die Steine zum Weinen bringen.« Ila nickte zustimmend über ihrem Stricken. Perrin sah die Kesselflicker in einem ganz neuen Licht. Er hatte geglaubt, sie müssten die ganze Zeit über in Angst leben, weil sie ständig vom Weglaufen sprachen, aber niemand, der Angst hatte, würde auch nur daran denken, die Aiel-Wüste zu durchqueren. Nach dem zu urteilen, was er gehört hatte, würde überhaupt niemand im Vollbesitz seiner geistigen Fähigkeiten versuchen, durch diese Wüste zu ziehen.

»Falls das eine Geschichte über ein Lied werden soll ...«, begann Elyas, aber Raen schüttelte den Kopf.

»Nein, mein alter Freund, kein Lied. Ich bin nicht sicher, worum es eigentlich geht.« Er wandte seine Aufmerksamkeit Perrin zu. »Junge Aiel wagen sich oftmals in die Fäule. Einige dieser jungen Männer gehen allein, weil sie aus irgendeinem Grund glauben, sie seien dazu berufen, den Dunklen König zu töten. Die meisten gehen in kleinen Gruppen, um Trollocs zu jagen.« Raen schüttelte traurig den Kopf, und als er fortfuhr, klang seine Stimme bedrückt. »Vor zwei Jahren fand ein Stamm unseres Volkes, der durch die Wüste zog, ungefähr hundert Meilen südlich der Fäule eine dieser Gruppen.«

»Junge Frauen«, warf Ila genauso traurig wie ihr Mann ein, »kaum dem Mädchenalter entwachsen.«

Perrin gab einen Laut der Überraschung von sich, und Elyas grinste ihn ungerührt an. »Aielmädchen müssen sich nicht um den Haushalt kümmern, wenn sie nicht wollen, Junge. Diejenigen, die stattdessen Kriegerinnen werden wollen, werden Mitglieder in einer der Kriegergemeinschaften, *Far Dareis Mai*, die Töchter des Speers, und kämpfen Seite an Seite mit den Männern.«

Perrin schüttelte den Kopf. Elyas lachte über seinen Gesichtsausdruck.

Raen fuhr mit der Geschichte fort, wobei in seiner Stimme sowohl Abscheu wie auch Unverständnis mitschwangen. »Die jungen Frauen waren alle tot bis auf eine, und sie lag im Sterben. Sie kroch zu den Wagen hin. Es war klar, dass sie sie als Tuatha'an erkannte. Ihre Abscheu war größer als ihre Schmerzen, doch sie hatte eine Botschaft, die ihr so wichtig war, dass sie unbedingt an jemanden weitergegeben werden musste, selbst an uns, bevor sie starb. Es gingen auch Männer hin zu den anderen, um zu sehen, ob man ihnen helfen konnte – sie konnten ihrer Blutspur leicht folgen –, aber sie waren alle tot, genauso wie die dreifache Anzahl von Trollocs.«

Elyas fuhr hoch, sodass ihm beinahe die Pfeife aus dem Mund gefallen wäre. »Hundert Meilen weit in der Wüste? Unmöglich! *Djevik K'Schar* wird die Wüste von den Trollocs genannt. Die Sterbestätte. Sie würden nicht einmal hundert Meilen weit in die Wüste gehen, wenn alle Myrddraal der Fäule sie dorthin trieben!«

»Ihr wisst eine Menge über Trollocs, Elyas«, sagte Perrin.

»Fahr fort mit deiner Geschichte«, forderte Elyas Raen grob auf.

»Den Trophäen nach zu schließen, die von den Aiel mitgebracht worden waren, kamen sie aus der Fäule. Die Trollocs waren ihnen gefolgt, aber den Spuren nach überlebten nur wenige und konnten zurückkehren, nachdem sie die Aiel getötet hatten. Was das Mädchen betrifft, so ließ sie sich von niemandem berühren, nicht einmal, um ihre Wunden zu versorgen. Doch sie packte den Sucher dieses Stammes am Mantel, und nun gebe ich euch wörtlich wieder, was sie sagte: ›Der Blattverderber will das Auge der Welt blenden, Verlorener. Er will die Große Schlange töten. Warne die Menschen, Verlorener. Der Sichtblender kommt. Sag ihnen, sie sollen sich bereithalten für den, der mit der Dämmerung kommt. Sag ihnen ...‹ Und dann starb sie. Blattverderber und Sichtblender«, fügte Raen für Perrin hinzu, »sind Aielnamen für den Dunklen König, aber sonst verstehe ich kein Wort. Und doch hielt sie es für wichtig genug, um sich an jene zu wenden, die sie offensichtlich verachtete, damit sie es mit ihrem letzten Atemzug weitergeben konnte. Aber für wen? Wir sind wir, das Volk, aber ich glaube kaum, dass es für uns bestimmt war. Die Aiel? Sie würden uns nicht dazu kommen lassen, es ihnen zu erzählen, auch wenn wir es versuchten.« Er seufzte schwer. »Sie nannte *uns* die Verlorenen. Ich hatte nicht gewusst, wie sehr sie uns verachten.« Ila legte ihr Strickzeug in den Schoß und berührte sanft seinen Kopf.

»Etwas, das sie in der Fäule erfahren haben«, überlegte Elyas laut.

»Aber nichts ergibt einen Sinn. Die Große Schlange töten? Die Zeit selbst ermorden? Und das Auge der Welt blenden? Da kann man genauso gut behaupten, er wolle einen Felsen aushungern. Vielleicht hat sie nur phantasiert, Raen? Verwundet, im Sterben – sie könnte im Fieberwahn gesprochen haben. Vielleicht wusste sie nicht einmal, wer diese Tuatha'an waren?«

»Sie wusste, was sie sagte und zu wem sie es sagte. Es war für sie wichtiger als ihr eigenes Leben, und wir verstehen es noch nicht einmal. Als ich dich in unser Lager kommen sah, dachte ich, wir könnten endlich die Antwort auf dieses Rätsel finden, denn du bist« – Elyas machte eine schnelle Handbewegung, und Raen sagte offensichtlich etwas anderes, als er vorgehabt hatte – »ein Freund und kennst viele seltsame Dinge.«

»Aber nichts darüber«, sagte Elyas in einem Ton, der eindeutig das Gespräch abschloss. Die Stille am Lagerfeuer wurde nur noch von Musik und Gelächter unterbrochen, die von anderen Teilen des Lagers herübertrieben.

Als er dann mit der Schulter an einen der Baumklötze am Lagerfeuer gelehnt dalag, bemühte sich Perrin, die Botschaft der Aielfrau zu enträtseln, aber sie ergab für ihn auch nicht mehr Sinn als für Raen oder Elyas. Das Auge der Welt. Das hatte er mehr als einmal in seinen Träumen gesehen, aber über diese Träume wollte er nicht nachdenken. Aber wie stand es mit Elyas? Da gab es eine Frage, auf die er gern eine Antwort gehabt hätte. Was hatte Raen über den bärtigen Mann sagen wollen, und warum hatte Elyas ihn dabei unterbrochen? Auch da hatte er kein Glück. Er versuchte sich vorzustellen, wie die Aielmädchen sein mochten – unterwegs in der Fäule, wo sich seines Wissens nur Behüter hineinwagten, um gegen Trollocs zu kämpfen –, als er hörte, dass Egwene vor sich hinsingend zurückkam.

Er rappelte sich hoch und empfing sie am Rand des Feuerscheins. Sie blieb stehen und sah ihn mit schräg geneigtem Kopf an. Im Dunklen konnte er ihren Gesichtsausdruck nicht sehen.

»Du warst lange weg«, sagte er. »Hast du dich amüsiert?«

»Wir haben bei seiner Mutter gegessen«, antwortete sie. »Und dann tanzten wir ... und lachten. Es ist eine Ewigkeit her, seit ich das letzte Mal tanzte.«

»Er erinnert mich an Wil al'Seen. Du warst immer klug genug, um dich nicht von Wil einfangen zu lassen.«

»Aram ist ein lieber Junge, und es macht Spaß, mit ihm zusammenzusein«, sagte sie mit angespannter Stimme. »Er bringt mich zum Lachen.«

Perrin seufzte. »Es tut mir Leid. Ich freue mich für dich, wenn du dich beim Tanzen amüsiert hast.«

Plötzlich lag sie in seinen Armen und weinte an seiner Brust. Ungeschickt streichelte er ihr Haar. *Rand wüsste, was man da am besten tut,* dachte er. Rand hatte es leicht bei den Mädchen. Nicht so wie er, der niemals wusste, was er machen oder sagen sollte. »Ich habe ja gesagt, es tut mir Leid, Egwene. Ich freue mich wirklich, dass du dich beim Tanzen amüsiert hast. Wirklich!«

»Sag mir, dass sie noch am Leben sind«, murmelte sie an seiner Brust.

»Was?«

Sie drückte sich auf eine Armlänge von ihm weg, die Hände auf seinen Armen, und blickte in der Dunkelheit zu ihm auf. »Rand und Mat. Die anderen. Sag mir, dass sie noch leben.«

Er atmete tief ein und sah sich unsicher um. »Sie leben«, sagte er schließlich.

»Gut.« Sie rieb sich die Tränen von den Wangen. »Das war es, was ich hören wollte. Gute Nacht, Perrin. Schlaf gut.« Sie stellte sich auf die Zehenspitzen, hauchte ihm einen Kuss auf die Wange und eilte an ihm vorbei, bevor er etwas sagen konnte. Er drehte sich um und beobachtete sie. Ila erhob sich, um sie zu empfangen, und die beiden Frauen gingen, sich leise unterhaltend, in den Wagen. *Rand würde es verstehen,* dachte er, *aber ich nicht.*

In der fernen Nacht heulten die Wölfe die erste dünne Sichel des neuen Mondes am Horizont an, und er schauderte. Morgen würde er sich wieder der Wölfe wegen Gedanken machen müssen. Er irrte sich. Sie warteten schon auf ihn und begrüßten ihn in seinen Träumen.

KAPITEL 26

Weißbrücke

Der letzte unsichere Ton dessen, was man kaum noch als ›Der Wind, der die Weide beugt‹ hatte erkennen können, verklang zur Erleichterung der Zuhörer, und Mat senkte Thoms mit Gold und Silber verzierte Flöte. Rand nahm die Hände von den Ohren. Ein Matrose, der nebenan auf dem Deck ein Seil zusammenrollte, seufzte laut vor Erleichterung. Einen Augenblick lang hörte man nur das Klatschen des Wassers an die Bordwand, das rhythmische Quietschen der Ruder und das Summen der vom Wind gezupften Takelage. Der Wind drückte schnurgerade auf den Bug der *Gischt*, und die nutzlosen Segel waren eingerollt.

»Ich denke, ich sollte dir dankbar sein«, murmelte Thom Merrilin schließlich, »dass du den Beweis geliefert hast, wie wahr das alte Sprichwort ist: Wie auch immer du es unterrichtest, ein Schwein wird niemals lernen, Flöte zu spielen.« Der Matrose lachte schallend auf, und Mat hob die Flöte, als wolle er sie nach ihm werfen. Thom riss Mat das Instrument aus der Hand und legte es in seinen festen Lederbehälter. »Ich dachte immer, ihr Schäfer verbringt die Zeit damit, der Herde auf dem Dudelsack oder der Flöte vorzuspielen. Das wird mir eine Lehre sein, nie wieder etwas zu glauben, was ich nicht mit eigenen Augen gesehen habe.«

»Rand ist der Schäfer«, grollte Mat. »Er spielt Dudelsack, nicht ich.«

»Ja, nun, er zeigt ein wenig Talent. Vielleicht sollten wir besser das Jonglieren üben, Junge. Wenigstens scheinst du dafür etwas Talent zu besitzen.«

»Thom«, sagte Rand, »ich weiß gar nicht, warum Ihr Euch immer noch so bemüht.« Er blickte zu dem Matrosen hinüber und senkte die Stimme. »Schließlich wollen wir ja nicht wirklich Gaukler werden. Das geben wir doch nur vor, bis wir Moiraine und die anderen gefunden haben.«

Thom zupfte an einem Schnurrbartende und schien das glatte,

braune Leder des Flötenkastens auf seinen Knien einer genauen Betrachtung zu unterziehen. »Was wird, wenn du sie nicht findest, Junge? Nichts deutet darauf hin, dass sie überhaupt noch am Leben sind.«

»Sie leben«, sagte Rand überzeugt. Er wandte sich, um Unterstützung heischend, an Mat, aber Mats Augenbrauen waren tief heruntergezogen, sein Mund bildete eine schmale Linie, und seine Augen waren auf das Deck gerichtet. »Jetzt sag doch was!«, forderte Rand ihn auf. »Du kannst doch nicht so wütend sein, nur weil du nicht Flöte spielen kannst. Ich kann's auch nicht sehr gut. Du hast bisher auch nie Flöte spielen wollen.«

Mat blickte mit gerunzelter Stirn auf. »Was ist, wenn sie tot sind?«, fragte er leise. »Wir müssen mit den Tatsachen leben, oder?«

In diesem Moment meldete der Mann im Ausguck: »Weißbrücke! Weißbrücke voraus!«

Eine ganze Weile lang sah Rand seinem Freund in die Augen, obwohl um sie herum die Matrosen damit beschäftigt waren, den Kahn auf das Anlegemanöver vorzubereiten. Rand konnte nicht glauben, dass Mat so etwas so beiläufig sagen konnte. Mat stierte ihn mit eingezogenem Kopf an. Es gab so vieles, was Rand in dem Moment sagen wollte, doch er brachte es nicht fertig, seine Gefühle in Worte zu fassen. Sie mussten einfach daran glauben, dass ihre Freunde noch lebten. Sie mussten. *Warum?*, bohrte eine Stimme in seinem Hinterkopf. *Damit es alles so kommt wie in einer von Thoms Geschichten? Die Helden finden den Schatz und besiegen den Bösewicht, und wenn sie nicht gestorben sind, dann leben sie noch heute? Ein paar seiner Geschichten enden nicht auf diese Weise. Manchmal sterben sogar die Helden. Bist du ein Held, Rand al'Thor? Bist du ein Held, Schafhirte?*

Plötzlich wurde Mat rot und wandte sich ab. Befreit sprang Rand auf und ging durch das geschäftige Treiben zur Reling hinüber. Mat kam ihm langsam nach und bemühte sich nicht einmal, den Matrosen auszuweichen, die ihm über den Weg liefen.

Männer hasteten auf dem Kahn herum. Ihre bloßen Füße klatschten auf dem Deck. Die einen zogen Taue ein, andere lösten oder befestigten welche. Einige schleppten große Säcke aus Ölzeug an, die bis zum Bersten mit Wolle voll gestopft waren, während andere Kabel von der Stärke von Rands Handgelenken bereithielten. Trotz aller Eile bewegten sie sich mit der Sicherheit von Männern, die dies alles schon tausendmal zuvor getan hatten. Nur Kapitän Domon stampfte auf dem Deck herum, schrie Befehle und verfluchte diejenigen, die sich seiner Meinung nach nicht schnell genug bewegten.

Rand richtete seine Aufmerksamkeit auf das, was vor ihnen lag und nun in Sicht kam, als sie eine sanfte Kurve des Arinelle durchfahren hatten. Er hatte in Liedern und Geschichten und den Erzählungen von Händlern davon gehört, doch nun konnte er die Legende in Wirklichkeit sehen.

Die Weiße Brücke schwang sich in hohem Bogen über den breiten Fluss; doppelt so hoch wie der Mast der *Gischt*, und sie glänzte von einem Ende zum anderen milchweiß im Sonnenschein, ja, sie schien das Licht in sich zu sammeln, bis sie glühte. Dünne Pfeiler aus dem gleichen Material stemmten sich der starken Strömung entgegen. Sie erschienen fast zu zerbrechlich, um das Gewicht der Brücke zu halten. Es wirkte alles wie aus einem Stück gefertigt, als sei sie von der Hand eines Riesen aus einem einzigen Stein gehauen oder geformt worden, breit und hoch, und sie überspannte den Fluss mit einer luftigen Eleganz, die beinahe ihre Größe vergessen machte. Sie überragte die Stadt, die sich am Ostufer zu ihren Füßen ausbreitete, obwohl Weißbrücke viel größer als Emondsfelde war, mit Naturstein- und Backsteinhäusern, so groß wie die in Taren-Fähre, und mit hölzernen Landestegen, die wie dünne Finger in den Fluss hinausgriffen. Der Arinelle war von kleinen Booten übersät, und Fischer holten ihre Netze ein. Und über allem ragte die Weiße Brücke auf und glänzte.

»Sie sieht aus, als sei sie aus Glas«, sagte Rand zu niemand Bestimmtem.

Kapitän Domon blieb hinter ihm stehen und hakte den Daumen in seinem Gürtel ein. »Nein, Junge. Was immer es sein, es sein nicht Glas. So stark es auch regnen, es sein nicht rutschig, und der beste Meißel und stärkste Arm nicht machen Kerbe hinein.«

»Ein Überrest aus dem Zeitalter der Legenden«, sagte Thom. »Ich habe sie jedenfalls immer schon dafür gehalten.«

Der Kapitän knurrte mürrisch: »Möglich. Aber immer noch nützlich sein. Könnte sein, jemand anders sie gebaut haben. *Muss* nicht sein Aes Sedai-Werk. Es nicht muss sein so alt wie das alles. Streng dich gefälligst an! Du sein verdammter Narr!« Er hastete das Deck hinunter.

Rand betrachtete die Brücke noch staunender als vorher. *Aus dem Zeitalter der Legenden*. Also von den Aes Sedai gebaut. Deshalb hatte Kapitän Domon so seine Bedenken, auch wenn er immer von der

Großartigkeit und dem Zauber der Welt sprach. Ein Werk der Aes Sedai. Es war eine Sache, davon zu hören, aber eine ganz andere, es tatsächlich zu sehen und zu berühren. *Das weißt du doch, nicht wahr?* Einen Augenblick lang schien es Rand, als fließe ein Schatten durch das milchweiße Bauwerk. Er wandte den Blick ab und schaute die näher kommenden Landestege an, doch aus dem Augenwinkel sah er immer noch die Brücke aufragen. »Wir haben es geschafft, Thom«, sagte er und lachte dann gezwungen. »Und das sogar ohne Meuterei.«

Der Gaukler räusperte sich nur und pustete seine Schnurrbartenden weg, aber zwei Matrosen, die in Rands Nähe ein Tau bereithielten, sahen Rand scharf an, wandten sich aber schnell wieder ihrer Arbeit zu. Er lachte nicht mehr und bemühte sich, die beiden während ihrer Ankunft in Weißbrücke nicht mehr anzusehen.

Die *Gischt* drehte elegant am ersten Landesteg bei – dicke Planken auf schweren, mit Teer bestrichenen Stützbalken – und verhielt unter einem Rückwärtsschlag der Ruder, bei dem das Wasser um die Blätter aufschäumte. Als die Ruder eingezogen wurden, warfen die Matrosen Männern auf dem Landesteg Taue zu, und die Männer befestigten sie schwungvoll, während andere Besatzungsmitglieder die mit Wolle gefüllten Säcke über die Reling warfen, damit sie den Schiffsrumpf vor Beschädigungen durch die Stützbalken des Landestegs schützten. Bevor der Kahn noch an den Landesteg herangezogen war, erschienen an dessen Ende bereits Kutschen, hoch und glänzend schwarz lackiert, und auf jede Tür war in großen goldenen oder roten Lettern ein Name aufgemalt. Die Passagiere der Kutschen eilten die Laufplanke hinauf, kaum dass sie ausgelegt war: Männer mit glatten Gesichtern in langen Samtmänteln und mit Seide verbrämten Umhängen und Stoffschuhen, jeder gefolgt von einem Diener in einfacher Kleidung, der eine mit Eisen beschlagene Geldkassette trug.

Sie gingen mit aufgesetztem Lächeln auf Kapitän Domon zu, doch ihr Lächeln verschwand, als er ihnen ins Gesicht brüllte: »Du!« Er zeigte mit einem dicken Finger an ihnen vorbei und brachte Floran Gelb am anderen Ende des Kahns damit zum Stehen. Die Beule auf Gelbs Stirn, die Rands Stiefel hinterlassen hatte, war mittlerweile verschwunden, doch er griff sich von Zeit zu Zeit an diese Stelle, wohl um sich selbst daran zu erinnern. »Du haben zum letzten Mal auf meinem Schiff auf Wache geschlafen! Oder auch auf irgendein anderes Schiff, wenn es gehen nach mir! Wähle eine Seite, den Steg oder den Fluss, aber runter von mein Schiff, *und zwar sofort!*«

Gelb zog die Schultern ein, und seine Augen versprühten Hass auf Rand und seine Freunde; vor allem Rand bekam noch einen giftigen Blick ab. Der drahtige Mann sah sich an Deck nach Unterstützung um, aber es lag wenig Hoffnung in seinem Gesichtsausdruck. Einer nach dem anderen richteten sich alle Männer von ihrer Arbeit auf und sahen ihn kalt an. Gelb sackte sichtbar zusammen, doch dann kehrte sein hasserfüllter Blick zurück – doppelt so stark wie vorher. Mit einem leisen Fluch eilte er hinunter zu den Mannschaftsquartieren. Domon schickte ihm zwei Männer nach, um sicherzugehen, dass er nichts anstellte, und wandte sich dann mit einem Knurren ab. Als sich der Kapitän ihnen wieder zuwandte, kehrte das Lächeln der Kaufleute zurück, und sie verbeugten sich, als seien sie nicht unterbrochen worden.

Auf ein Wort Thoms hin begannen Mat und Rand, ihre Sachen zusammenzusuchen. Sie alle besaßen kaum etwas außer den Kleidern, die sie am Leib trugen. Rand nannte seine Deckenrolle und die Satteltaschen sowie das Schwert seines Vaters sein Eigen. Er nahm das Schwert in die Hand, und das Heimweh überkam ihn so stark, dass seine Augen brannten. Er fragte sich, ob er Tam jemals wiedersehen würde. Oder die Heimat. *Du wirst den Rest deines Lebens mit Weglaufen verbringen, mit Weglaufen und der Angst vor deinen eigenen Träumen.* Mit einem zittrigen Seufzer schnallte er sich den Gürtel um die Taille über seinen Mantel.

Gelb kam zurück an Deck, gefolgt von seinen beiden Schatten. Er blickte geradeaus, aber Rand konnte Wellen von Hass spüren, die von ihm ausgingen. Kerzengerade aufgerichtet und mit dunkel angelaufenem Gesicht schritt Gelb steifbeinig die Laufplanke hinunter und bahnte sich grob einen Weg durch die kleine Menschenansammlung hinter dem Landesteg. Nach einer Minute war er hinter den Kutschen der Kaufleute verschwunden.

Es waren nicht viele Leute am Landesteg, und die Wartenden waren einfach gekleidete Arbeiter, Fischer, die ihre Netze flickten, und ein paar Zuschauer aus der Stadt, die gekommen waren, um das erste Schiff zu bestaunen, das dieses Frühjahr aus Saldaea herunterkam. Keines der Mädchen war Egwene, und niemand sah auch nur ein klein wenig nach Moiraine oder Lan oder sonst jemand aus, den Rand zu finden hoffte. »Vielleicht sind sie nur nicht herunter zur Anlegestelle gekommen«, sagte er.

»Vielleicht«, erwiderte Thom kurz angebunden. Er hängte sich sorgfältig die Instrumentenkästen auf den Rücken. »Ihr zwei haltet die Augen offen. Wenn dieser Gelb kann, wird er uns Schwierigkeiten bereiten. Wir wollen Weißbrücke unauffällig durchqueren, damit sich fünf Minuten nach unserer Abreise niemand mehr daran erinnert, dass wir hier waren.«

Ihre Umhänge flatterten im Wind, als sie zur Laufplanke gingen. Mat trug seinen Bogen quer vor der Brust. Selbst nach all diesen Tagen an Bord zog das noch immer die Blicke der Besatzungsmitglieder an; ihre Bogen waren im Vergleich dazu ziemlich kurz.

Kapitän Domon ließ die Kaufleute stehen und fing Thom vor der Laufplanke ab. »Ihr mich jetzt verlassen, Gaukler? Kann ich nicht überzeugen Euch zu bleiben hier? Ich gehen den ganzen Weg hinunter nach Illian, wo die Leute Gaukler sehr schätzen. Es sein kein besserer Ort auf der Welt für Eure Kunst. Ihr werden kommen zu richtiger Zeit mit mir für Fest von Sefan. Der Wettkampf, ja? Hundert Goldmark für den, der erzählt am besten *Die wilde Jagd nach dem Horn.*«

»Ein großzügiger Preis, Kapitän«, antwortete Thom mit einer schwungvollen Verbeugung und einem kurzen Schwenk seines Umhangs, sodass die Flicken ins Flattern kamen. »Und ein großartiger Wettbewerb, der zu Recht Gaukler aus der ganzen Welt anzieht. Aber«, fügte er trocken hinzu, »ich fürchte, wir könnten uns Eure Fahrpreise nicht leisten.«

»Ja, also, was das betrifft ...« Der Kapitän holte einen Lederbeutel aus seiner Manteltasche und warf ihn Thom zu. Es klimperte darin, als Thom ihn fing. »Euer Fahrgeld zurück und noch etwas mehr dazu. Der Schaden sein nicht so groß wie ich denken, und Ihr für Eure Passage gearbeitet mit Euren Geschichten und Eurer Harfe. Ich vielleicht können noch einmal so viel zahlen, wenn Ihr bleiben an Bord bis zum Meer der Stürme. Und ich Euch setzen an Land in Illian. Ein guter Gaukler kann machen sein Glück dort, sogar ohne Wettbewerb.«

Thom zögerte und wog den Beutel in seiner Hand, doch Rand entgegnete: »Wir werden hier Freunde treffen, Kapitän, und dann zusammen nach Caemlyn reisen. Wir müssen unseren Besuch in Illian auf ein andermal verschieben.«

Thoms Mund verzog sich sarkastisch, doch dann pustete er seine langen Schnurrbartenden vom Mund weg und steckte den Beutel in die Tasche. »Vielleicht, wenn die Leute, die wir treffen wollen, nicht hier sind, Kapitän.«

»Na ja«, sagte Domon säuerlich. »Ihr Euch überlegen. Ich kann nicht Gelb behalten an Bord, um Ärger der anderen an ihm auslassen, aber ich tun, was ich sagen. Ich schätze, ich müssen jetzt mehr locker lassen, selbst wenn das heißen, wir brauchen dreimal so lang wie nötig nach Illian. Na ja, vielleicht die Trollocs wirklich *waren* her hinter Euch drei.«

Rand blinzelte, hielt aber den Mund. Mat war nicht so vorsichtig. »Warum glaubt Ihr so etwas?«, wollte er wissen. »Sie suchten den gleichen Schatz wie wir!«

»Vielleicht«, knurrte der Kapitän, aber es klang nicht überzeugt. Er fuhr sich mit den dicken Fingern durch den Bart und zeigte dann auf die Tasche, in die Thom den Beutel gesteckt hatte. »Zweimal das Geld, wenn Ihr kommen zurück und lenken ab die Männer, damit nicht merken, wie hart ich sie arbeiten lassen. Überlegt es Euch. Ich segeln bei erstem Tageslicht morgen früh.« Er machte eine Kehrtwendung und ging zurück zu den Kaufleuten, die Arme weit gespreizt, während er sich dafür entschuldigte, dass er sie hatte warten lassen.

Thom zögerte noch, doch Rand schob ihn die Laufplanke hinunter, ohne ihm eine Möglichkeit zum Widerspruch zu geben, und der Gaukler ließ es sich gefallen. Ein Raunen ging durch die Menschenansammlung an der Anlegestelle, als sie den mit Flicken bedeckten Umhang Thoms bemerkten, und einige sprachen ihn an, um herauszufinden, wo er auftreten werde. *Und wir wollten unbemerkt bleiben,* dachte Rand bestürzt. Bis Sonnenuntergang würde ganz Weißbrücke wissen, dass ein Gaukler in der Stadt war. Trotzdem schob er Thom schnell weiter, und dieser – in trübes Schweigen gehüllt – versuchte nicht einmal, die Eile zu bremsen, um die Aufmerksamkeit zu genießen. Die Kutscher schauten interessiert von ihren hohen Böcken auf Thom hinunter, doch offensichtlich verbot ihnen die Würde ihrer Stellung jegliche Zurufe. Rand hatte keine Ahnung, wo er genau hingehen sollte, und so bog er in die Straße ein, die am Fluss entlang unter der Brücke hindurchführte. »Wir müssen Moiraine und die anderen finden«, sagte er. »Und das schnell. Wir hätten daran denken sollen, Thom einen anderen Umhang anziehen zu lassen.«

Thom schüttelte sich plötzlich und blieb unvermittelt stehen. »Ein Wirt dürfte in der Lage sein, uns zu sagen, ob sie hier sind oder zumindest durchgekommen sind. Der richtige Wirt. Wirte hören alle Neuigkeiten und allen Klatsch. Wenn sie nicht hier sind ...« Er blickte Rand und Mat abwechselnd an. »Wir müssen miteinander sprechen, wir drei.« Mit flatterndem Umhang ging er los, in die Stadt hinein und weg vom Fluss. Rand und Mat mussten schnell laufen, um mit ihm Schritt zu halten.

Der breite, milchweiße Bogen, der dieser Stadt ihren Namen verliehen hatte, beherrschte Weißbrücke hier aus der Nähe genauso, wie er aus der Ferne gewirkt hatte, aber nun, da Rand durch die Straßen schritt, erkannte er, dass die Stadt genauso groß wie Baerlon war, wenn auch nicht so dicht bevölkert. Ein paar Karren rumpelten durch die Straßen, von Pferden oder Ochsen oder Eseln oder Männern gezogen, aber keine Kutschen. Die gehörten höchstwahrscheinlich alle den Kaufleuten und waren jetzt drunten am Anlegeplatz.

Läden aller Art säumten die Straßen, und viele Handwerker arbeiteten vor ihren Geschäften unter den im Wind pendelnden Schildern. Sie kamen an einem Mann vorbei, der gerade Töpfe reparierte, und an einem Schneider, der für einen Kunden Stoffbahnen gegen das Licht hielt. Ein Schuster, der in seiner Tür saß, hämmerte auf einem Stiefelabsatz herum. Marktschreier priesen ihr Können im Schärfen von Messern und Scheren an oder versuchten, die Passanten für ihr spärliches Angebot an Obst und Gemüse zu interessieren, doch sie stießen nicht auf viel Gegenliebe. Lebensmittelgeschäfte zeigten genauso erbarmungswürdig wenige ausgestellte Waren, wie es Rand aus Baerlon noch im Gedächtnis hatte. Selbst die Fischhändler hatten nur kleine Häufchen kleiner Fische auf ihren Tischen, trotz der vielen Boote auf dem Fluss. Die Zeiten waren noch nicht wirklich schlecht, aber jeder konnte sehen, wie es kommen würde, sollte sich das Wetter nicht bald ändern, und die Gesichter, die keine ständigen Sorgenfalten zeigten, schienen etwas Unsichtbares anzustarren, etwas Unangenehmes.

Wo die Weiße Brücke in der Ortsmitte endete, befand sich ein großer Platz, der mit zerfurchten Steinplatten gepflastert war. Schenken umgaben den Platz sowie Läden und hohe, rote Backsteinhäuser mit Schildern, die die gleichen Namen zeigten, wie Rand sie auf den Kutschen am Anlegeplatz gesehen hatte. In den Eingang einer dieser Schenken, scheinbar willkürlich ausgewählt, drückte sich Thom. Das im Wind pendelnde Schild über der Tür zeigte auf einer Seite einen gehenden Mann mit einem Bündel auf dem Rücken und auf der anderen Seite den gleichen Mann mit dem Kopf auf einem Kissen. Das sollte ›Des Wanderers Ruheplatz‹ darstellen.

Der Schankraum war leer bis auf den beleibten Wirt, der Bier aus einem Fass zapfte, und zwei Männer in Arbeitskleidung, die an einem Tisch im Hintergrund trübsinnig in ihre Krüge starrten. Nur der Wirt blickte auf, als sie eintraten. Eine schulterhohe Trennwand teilte den Raum von vorne bis hinten. Auf beiden Seiten standen Tische und jeweils ein Kamin, in dem ein Feuer prasselte. Rand fragte sich beiläufig, ob alle Wirte fett seien und ihnen die Haare ausfielen. Thom rieb sich heftig die Hände, sprach den Wirt auf die erneute Kälte an und bestellte Glühwein. Dann fügte er leise hinzu: »Gibt es hier irgendwo einen Platz, wo meine Freunde und ich uns unterhalten können, ohne gestört zu werden?«

Der Wirt nickte in Richtung auf die Trennwand. »Die andere Seite ist das Beste, was ich Euch anbieten kann, es sei denn, Ihr wollt ein Zimmer nehmen. Das ist wegen der Matrosen, die vom Fluss heraufkommen. Es scheint, dass die Hälfte der Besatzungen etwas gegen die andere Hälfte hat. Ich will nicht, dass meine Einrichtung bei Raufereien zerstört wird, also halte ich sie fern voneinander.« Die ganze Zeit über hatte er schon Thoms Umhang beäugt, und nun neigte er den Kopf zur Seite und blickte berechnend drein. »Bleibt Ihr länger? Ich habe schon lange keinen Gaukler mehr hier gehabt. Die Leute würden gut für etwas zahlen, das sie von ihren Sorgen ablenkt. Ich wurde Euch sogar etwas vom Preis eines Zimmers und Eures Essens nachlassen.«

Unbemerkt, dachte Rand betrübt.

»Ihr seid zu großzügig«, sagte Thom mit einer eleganten Verbeugung. »Vielleicht werde ich Euer Angebot annehmen. Aber jetzt brauchen wir ein ungestörtes Plätzchen.«

»Ich bringe Euren Wein. Gutes Geld hier für einen Gaukler.«

Die Tische auf der gegenüberliegenden Seite der Trennwand waren alle leer, aber Thom wählte einen aus, der in der Mitte lag. »Damit uns niemand belauschen kann, ohne dass wir es merken«, erklärte er. »Habt ihr diesen Burschen gehört? Er lässt uns etwas vom Preis nach. Dabei verdopple ich die Zahl seiner Gäste allein schon, wenn ich nur hier sitze. Ein ehrlicher Wirt lässt einen Gaukler umsonst wohnen und essen und drückt ihm noch einiges in die Hand dazu.«

Der ungedeckte Tisch war nicht allzu sauber, und der Fußboden war wochenlang nicht mehr gefegt worden. Rand sah sich um und verzog das Gesicht. Meister al'Vere hätte seine Schenke nie so verkommen lassen, und wenn er aus dem Krankenbett hätte klettern müssen. »Wir wollen nur einiges in Erfahrung bringen, ja?«

»Warum gerade hier?«, wollte Mat wissen. »Wir sind an anderen Schenken vorbeigekommen, die sauberer aussahen.«

»Von der Brücke weg geradeaus«, sagte Thom, »befindet sich die Straße nach Caemlyn. Jeder, der Weißbrücke durchquert, kommt auch auf diesen Platz, es sei denn, er reist auf dem Fluss weiter, und wir wissen ja, dass eure Freunde das nicht machen. Wenn hier nichts über sie bekannt ist, dann nirgends. Lasst mich nur reden. Wir müssen das vorsichtig anpacken.«

In diesem Moment erschien der Wirt mit drei verbeulten Zinnkrügen, die er an den Henkeln in der Faust hielt. Der dicke Mann wedelte mit einem Handtuch kurz über den Tisch, stellte die Krüge ab und nahm Thoms Geld. »Wenn Ihr bleibt, müsst Ihr nichts für Eure Getränke bezahlen. Ich habe guten Wein.«

Thoms Lächeln huschte nur kurz um seinen Mund. »Ich werde es mir überlegen, Wirt. Was gibt es Neues hier? Wir waren ziemlich aus der Welt.«

»Große Neuigkeiten gibt es. Große Neuigkeiten.«

Der Wirt legte sich das Handtuch über die Schulter und zog einen Stuhl heran. Er verschränkte die Arme auf dem Tisch, lehnte sich mit einem langen Seufzer zurück und erklärte, wie bequem es sei, sich einmal setzen zu können. Er hieße Bartim, und dann fuhr er fort, von seinen Füßen zu erzählen, von Hühneraugen und entzündeten Ballen und wie lange er immer stehen musste und worin er sie badete, bis Thom die Neuigkeiten wieder erwähnte, und dann wechselte er übergangslos das Thema.

Die Neuigkeiten waren tatsächlich so wichtig, wie er behauptet hatte. Logain, der falsche Drache, war nach einer großen Schlacht an der Grenze nach Lugard gefangen genommen worden, während er versuchte, sein Heer von Ghealdan nach Tear zu führen. Die Prophezeiungen, ob sie verstünden? Thom nickte, und Bartim fuhr fort. Die Straßen nach Süden seien voll gestopft mit Menschen, den Glücklichen, mit allem, was sie nur auf dem Rücken schleppen konnten. Tausende flohen in alle Richtungen.

»Niemand«, Bartim lachte trocken auf, »hat natürlich Logain unterstützt. O nein, da wird man kaum jemanden finden, der das zugäbe, jedenfalls nicht jetzt. Nur Flüchtlinge, die während der Unruhen nach einem sicheren Ort suchen.«

Natürlich waren an der Ergreifung Logains Aes Sedai beteiligt gewesen. Bartim spuckte auf den Boden, als er das sagte, und noch einmal, als er erzählte, dass sie den falschen Drachen nach Norden, nach Tar Valon brächten. Bartim sei ein anständiger Mann, behauptete er wenigstens, ein angesehener Mann, und was ihn betraf, konnten die Aes Sedai alle zurück in die Fäule gehen, wo sie hergekommen waren, und auch noch Tar Valon mitnehmen. Wenn es nach ihm ginge, würde er sich nicht näher als tausend Meilen an eine Aes Sedai heranwagen. Natürlich hielten sie bei jedem Dorf und jeder Stadt auf dem Weg nach Norden an, um Logain vorzuführen, wie er gehört hatte. Um den Leuten zu zeigen, dass der falsche Drache gefangen und die Welt wieder sicher sei. Er hätte das schon gerne gesehen, selbst wenn er sich dabei den Aes Sedai nähern müsste. Er sei also halb versucht, nach Caemlyn zu gehen.

»Sie werden ihn dorthin bringen, um ihn Königin Morgase vorzuführen.« Der Wirt berührte respektvoll seine Stirn. »Ich habe die Königin noch nie gesehen. Ein Mann sollte seine eigene Königin kennen, meint Ihr nicht auch?«

Logain konnte Sachen machen, und die Art, wie Bartim die Augen verdrehte und sich mit der Zunge hastig über die Lippen fuhr, machte klar, was er meinte. Er hatte den letzten falschen Drachen vor zwei Jahren gesehen, aber das war nur so ein Bursche, der dachte, er könne sich selbst zum König machen. Damals wurden keine Aes Sedai gebraucht. Soldaten führten ihn in Ketten oben auf einem Wagen mit herum. Ein mürrisch dreinblickender Kerl, der im Inneren des Wagens stöhnte und den Kopf mit den Armen schützte, wenn die Leute Steine auf ihn warfen oder ihn mit Stöcken traktierten. Das war ziemlich oft geschehen, und die Soldaten hatten nichts unternommen, um es zu unterbinden, jedenfalls solange niemand versuchte, den Burschen umzubringen. Das Beste war, die Leute selbst sehen zu lassen, dass er letzten Endes nur ein armer Wicht war. Er konnte keine Sachen machen. Aber diesen Logain zu sehen würde sich lohnen. Etwas, wovon Bartim noch seinen Enkeln erzählen könnte. Wenn die Schenke es ihm nur erlauben würde, wegzukommen!

Rand lauschte mit einem Interesse, das er keineswegs vortäuschen musste. Als Padan Fain die Nachricht von einem falschen Drachen nach Emondsfelde gebracht hatte, von einem Mann, der tatsächlich die Macht anwenden konnte, war das die wichtigste Neuigkeit seit Jahren für die Zwei Flüsse gewesen. Was seither geschehen war, hatte das in einen hinteren Winkel seines Gehirns verdrängt, aber es war immer noch die Art von Ereignis, über das die Leute noch in Jahren sprechen und es schließlich auch noch ihren

Enkeln erzählen würden. Bartim würde seinen vielleicht berichten, er habe Logain gesehen, ob es stimmte oder nicht. Niemand würde je auf die Idee kommen, etwas, das einigen Dorfbewohnern aus den Zwei Flüssen zugestoßen war, könne auch nur der Rede wert sein, außer es waren selbst Menschen aus dieser Region. »Das«, sagte Thom, »ist etwas, woraus man eine Geschichte machen könnte, eine Geschichte, die noch in tausend Jahren erzählt wird. Ich wünschte, ich wäre dabei gewesen.« Es klang bei ihm, als sei es schlicht die Wahrheit, und Rand glaubte das auch. »Ich werde vielleicht trotzdem versuchen, ihn zu sehen. Ihr habt nicht gesagt, welchen Weg sie nehmen. Vielleicht sind noch ein paar andere Reisende in der Gegend? Sie könnten davon gehört haben und den Weg kennen.«

Bartim machte eine abwertende Geste mit einer schmuddeligen Hand. »Nach Norden, das ist alles, was man hier in der Gegend weiß. Wenn Ihr ihn sehen wollt, dann geht nach Caemlyn. Mehr weiß ich auch nicht, und wenn es irgendetwas Wissenswertes in Weißbrücke gibt, dann weiß ich es.«

»Kein Zweifel«, sagte Thom verbindlich. »Ich schätze, eine Menge Fremde auf der Durchreise bleiben hier hängen. Euer Schild erregte meine Aufmerksamkeit bereits, als ich am Fuß der Weißen Brücke stand.«

»Nicht nur vom Westen her, müsst Ihr wissen. Vor zwei Tagen war ein Bursche hier, ein Illianer mit einer mit Siegeln und Bändern versehenen Proklamation. Er hat sie gleich hier draußen auf dem Platz verlesen. Sagte, er reise damit bis hin zu den Verschleierten Bergen, vielleicht sogar zum Aryth-Meer, falls die Pässe offen sind. Sie hätten Männer in alle Länder der Welt geschickt, um sie zu verlesen.« Der Wirt schüttelte den Kopf. »Die Verschleierten Berge. Ich habe gehört, dass sie das ganze Jahr über von Nebel verhüllt sind, und es gibt in dem Nebel Dinge, die einem das Fleisch von den Knochen schälen, bevor man wegrennen kann.« Mat kicherte, was ihm einen tadelnden Blick Bartims einbrachte.

Thom beugte sich gespannt vor. »Worum ging es in dieser Proklamation?«

»Natürlich um die Jagd nach dem Horn«, rief Bartim. »Habe ich das nicht gesagt? Die Illianer rufen alle auf, die sich der Suche nach dem Horn verschwören wollen, sich in Illian zu sammeln. Könnt Ihr Euch das vorstellen? Euch mit Eurem Leben einer Legende zu verschwören? Ich schätze, sie werden einige Narren finden. Es gibt immer Narren genug. Dieser Bursche behauptete, das Ende der Welt sei nahe. Die letzte Schlacht mit dem Dunklen König.« Er lachte leise, aber es klang hohl, ein Mann, der lacht, um sich selbst davon zu überzeugen, dass eine Sache das Lachen wert sei. »Vermutlich glauben sie, sie müssten davor noch das Horn von Valere finden. Was haltet Ihr davon?« Er kaute nachdenklich an seinem Knöchel herum. »Natürlich, nach diesem Winter wüsste ich auch nicht, was ich dagegen sagen sollte. Der Winter und dieser Logain und natürlich auch die anderen beiden davor. Warum behaupteten alle diese Kerle in den letzten paar Jahren, sie seien der Drache? Und der Winter. Das muss doch irgendetwas zu bedeuten haben. Was glaubt Ihr?«

Thom schien ihn nicht zu hören. Mit sanfter Stimme begann der Gaukler mehr für sich selbst zu zitieren:

»In der letzten, einsamen Schlacht
gegen den Anbruch der langen Nacht
werden Berge sich beugen
und die Toten sind Zeugen,
und das Grab kann meinen Ruf nicht verhindern.«

»Das ist es.« Bartim grinste, als könne er bereits die Menschenmengen sehen, die ihm ihr Geld aushändigten, während sie Thom lauschten. »Das ist es. *Die Wilde Jagd nach dem Horn.* Erzähl die Geschichte, und die Zuhörer werden noch in Trauben an den Dachbalken hängen. Alle haben die Proklamation gehört.«

Thom schien sich noch immer tausend Meilen entfernt zu befinden, und so sagte Rand: »Wir suchen ein paar Freunde, die hierher kommen wollten. Aus dem Westen. Sind in den letzten ein, zwei Wochen viele Fremde hier durchgekommen?«

»Ein paar«, sagte Bartim bedächtig. »Es gibt immer welche, sowohl aus dem Westen als auch aus dem Osten.« Er sah sie argwöhnisch einen nach dem anderen an. »Wie sehen sie denn aus, Eure Freunde?«

Rand öffnete den Mund, doch unvermittelt sah ihn Thom scharf an, um ihn zum Schweigen zu bringen. Mit einem ärgerlichen Seufzer wandte sich der Gaukler an den Wirt. »Zwei Männer und drei Frauen«, sagte er zögernd. »Sie sind möglicherweise beisammen, vielleicht aber auch nicht.« Er gab kurze Beschreibungen ab, damit jeder, der sie gesehen hatte, sie auch wiedererkennen konnte, aber ohne etwas darüber zu verraten, wer sie waren.

Bartim rieb sich mit einer Hand über den Kopf, wobei er sein spärliches Haar durcheinander brachte, und stand langsam auf. »Vergesst jeden Auftritt hier, Gaukler. Ich würde es sogar begrüßen, wenn Ihr jetzt Euren Wein austrinkt und geht. Wenn Ihr klug seid, dann verlasst Ihr Weißbrücke.«

»Hat jemand anders bereits nach ihnen gefragt?« Thom nahm einen Schluck, als sei die Antwort die unwichtigste Sache auf der Welt, und hob lediglich die Augenbrauen. »Wer könnte das sein?«

Bartim fuhr sich nochmals mit der Hand durchs Haar, trat von einem Fuß auf den anderen, bereit wegzugehen, und nickte dann leicht zu sich selbst. »Soweit ich mich erinnern kann, kam vor ungefähr einer Woche ein schmierig aussehender Bursche über die Brücke. Ein Verrückter, dachte jeder. Führte immer Selbstgespräche und bewegte sich ständig, selbst noch im Stehen. Hat nach den gleichen Leuten gefragt ... nach ein paar davon jedenfalls. Er fragte, als sei es wichtig, und dann benahm er sich, als sei ihm die Antwort völlig gleichgültig. Einmal sagte er, er müsse hier auf sie warten, und dann wieder, dass er in Eile sei. Im einen Augenblick jammerte und bettelte er, und im nächsten stellte er Forderungen wie ein König. Hätte sich beinahe eine Tracht Prügel eingefangen, verrückt oder nicht. Fast hätte ihn die Wache in Gewahrsam genommen, und zwar zu seinem eigenen Schutz. Er brach am selben Tag in Richtung Caemlyn auf. Auch da redete er mit sich selbst und weinte in sich hinein. Verrückt, wie ich schon sagte.«

Rand sah Thom und Mat fragend an, und beide schüttelten den Kopf. Falls dieser schmierige Bursche nach ihnen suchte, war es niemand, den sie kannten.

»Seid Ihr sicher, dass er nach denselben Leuten suchte?«, fragte Rand.

»Ein paar davon. Der Kämpfer und die Frau in Seide. Aber die waren es nicht, die ihn so sehr interessierten. Das waren drei Jungen vom Land.« Sein Blick huschte zu Rand und Mat und so schnell wieder weg, dass Rand sich nicht sicher war, ob er den Blick wirklich gesehen oder sich nur getäuscht hatte. »Er wollte sie unbedingt finden. Ein Verrückter, wie ich schon sagte.«

Rand schauderte und fragte sich, wer dieser Verrückte sein mochte und warum er nach ihnen suchte. *Ein Schattenfreund? Würde Ba'alzamon einen Wahnsinnigen gebrauchen?*

»Er war verrückt, aber der andere ...« Bartims Blick wanderte unstet von einem zum anderen, und seine Zunge fuhr immer wieder über die Lippen, als könne er nicht genug Speichel hervorbringen, um sie feucht zu halten. »Am nächsten Tag ... am nächsten Tag kam der andere zum ersten Mal.« Er schwieg.

»Der andere?«, hakte Thom schließlich nach.

Bartim sah sich um, obwohl dieser Teil des Raums immer noch leer war. Er stellte sich sogar auf die Zehenspitzen und blickte über die niedrige Trennwand hinweg. Als er schließlich sprach, war es ein hastiges Flüstern.

»Er trägt nur Schwarz. Lässt niemals die Kapuze seines Umhangs fallen, damit man sein Gesicht nicht sehen kann, aber man kann fühlen, wie er einen anschaut. Das ist, als bekäme man einen Eiszapfen in das Rückgrat gesteckt. Er ... er hat mit mir gesprochen.« Er schauderte und kaute an seiner Lippe, bevor er fortfuhr. Es klang, als ob eine Schlange durch abgestorbene Blätter kriecht. »Hat meinen Magen fast in einen Eisklumpen verwandelt. Jedes Mal, wenn er zurückkommt, stellt er die gleichen Fragen. Dieselben Fragen, wie der Verrückte sie stellte. Keiner sieht ihn jemals kommen – er ist einfach plötzlich da, am Tag oder bei Nacht, und man erstarrt, wo immer man auch steht. Die Leute fangen schon an, ständig über die Schulter zu schauen. Das Schlimmste daran ist, dass die Torwächter behaupten, er sei niemals durch eines der Tore gekommen, weder hinein noch hinaus.«

Rand bemühte sich, ein nichtssagendes Gesicht zu machen; er presste die Kiefer zusammen, bis sein Gebiss schmerzte. Mat schaute finster drein, und Thom stierte in seinen Wein. Das Wort, das keiner von ihnen aussprechen wollte, hing zwischen ihnen in der Luft: Myrddraal.

»Ich glaube, ich würde mich daran erinnern, wenn ich schon einmal jemanden wie den getroffen hätte«, sagte Thom nach einer kurzen Pause.

Bartim nickte energisch. »Versengen soll mich das Licht, ja, das würdet Ihr. Wahrheit des Lichts, ganz gewiss würdet Ihr das. Er ... er sucht die gleichen Leute wie der Verrückte, nur sagt er, es sei auch noch ein Mädchen dabei. Und« – er blickte Thom von der Seite her an – »ein weißhaariger Gaukler.«

Thoms Augenbrauen hoben sich in einer Überraschung, von der Rand sicher war, dass sie nicht gespielt sein konnte. »Ein weißhaariger Gaukler? Na ja, ich bin wohl kaum der einzige Gaukler der Welt, der schon ein wenig Alter zeigt. Ich versichere Euch, dass ich diesen Burschen nicht kenne und er keinen Grund haben kann, nach mir zu suchen.«

»Das mag schon sein«, sagte Bartim bedrückt. »Er hat es nicht so direkt ausgedrückt, aber ich hatte den Eindruck, er sähe es als äußerst unfreundlich an, sollte jemand diesen Leuten helfen oder versuchen, sie vor ihm zu verstecken. Wie auch immer, ich sage Euch, was ich auch ihm gesagt habe. Ich habe keinen von ihnen gesehen und auch nichts über sie gehört, und das ist die Wahrheit. Keinen von ihnen«, betonte er noch einmal. Plötzlich knallte er Thoms Geld auf den Tisch. »Trinkt nur Euren Wein aus und geht. In Ordnung? Klar?« Und damit hastete er fluchtartig weg, wobei er sie über die Schulter hinweg beobachtete.

»Ein Blasser«, hauchte Mat, als der Wirt weg war. »Ich hätte wissen sollen, dass die hier nach uns suchen werden.«

»Und er wird zurückkommen«, sagte Thom, lehnte sich über den Tisch und dämpfte die Stimme. »Ich würde sagen, wir stehlen uns an Bord des Kahns zurück und nehmen Kapitän Domons Angebot an. Die Suche wird sich auf die Straße nach Caemlyn konzentrieren, während wir auf dem Weg nach Illian sind, tausend Meilen weit weg von dem Gebiet, in dem uns die Myrddraal vermuten.«

»Nein«, sagte Rand mit fester Stimme. »Entweder warten wir in Weißbrücke auf Moiraine und die anderen, oder wir gehen weiter nach Caemlyn. Entweder oder, Thom. Das hatten wir beschlossen.«

»Das ist verrückt, Junge. Die Lage hat sich geändert. Hört doch auf mich. Ganz egal, was dieser Wirt sagt, wenn ihn ein Myrddraal anschaut, wird er alles über uns ausplaudern, bis zu unseren Getränken und wie viel Staub wir auf unseren Stiefeln hatten.« Rand schauderte, als er sich an den augenlosen Blick des Blassen erinnerte. »Was Caemlyn betrifft ... Glaubt ihr, die Halbmenschen wüssten nicht, dass wir nach Tar Valon wollen? Dies ist der richtige Zeitpunkt, um sich auf einem Schiff in Richtung Süden abzusetzen.«

»Nein, Thom.« Rand zwang sich zu diesen Worten, nachdem er sich vorgestellt hatte, tausend Meilen weit weg von dem Gebiet zu sein, wo ihn die Blassen suchten, aber er holte tief Luft, und seine Stimme klang wieder entschlossen. »Nein!«

»Stell dir doch vor, Junge: Illian! Es gibt keine großartigere Stadt auf dieser Welt! Und die Wilde Jagd nach dem Horn. Es hat beinahe vierhundert Jahre lang keine Jagd nach dem Horn mehr gegeben. Ein ganz neuer Geschichtenzyklus wird darüber entstehen. Denk doch nach! Du hast dir so etwas nie erträumt. Bis die Myrddraal herausbekommen, wo du bist, wirst du alt und grau sein und die Nase so voll davon haben, auf deine Enkel aufzupassen, dass es dir gleichgültig ist, ob sie dich finden.«

Rands Gesichtsausdruck wurde unnachgiebig. »Wie oft soll ich noch nein sagen? Sie werden uns finden, wohin wir auch gehen. Dann warten eben Blasse in Illian auf uns. Und wie sollen wir den Träumen entkommen? Ich will wissen, was mit mir los ist, Thom, und warum. Ich gehe nach Tar Valon. Mit Moiraine, wenn es sich machen lässt, aber auch ohne sie, falls es sein muss. Wenn es keine andere Möglichkeit gibt, auch allein. Ich muss es wissen.«

»Aber Illian, Junge! Es gibt nur einen sicheren Weg hier hinaus – flussabwärts, während sie uns in einer ganz anderen Richtung vermuten. Blut und Asche, ein Traum kann dich nicht verletzen!«

Rand schwieg. *Ein Traum kann nicht verletzen? Können Traumdornen einen Finger zum Bluten bringen?* Er wünschte fast, er hätte Thom auch von diesem Traum erzählt. *Wagst du es, irgendjemandem davon zu erzählen? Ba'alzamon ist in deinen Träumen, aber was steht nun noch zwischen Traum und Wirklichkeit? Wem wagst du zu erzählen, dass der Dunkle König dich berührt?*

Thom schien zu verstehen. Das Gesicht des Gauklers nahm einen sanfteren Ausdruck an. »Sogar diese Träume, Junge. Es sind doch immer noch nur Träume, oder? Um des Lichts willen, Mat, sprich mit ihm. Ich weiß, dass zumindest du nicht nach Tar Valon willst.«

Mats Gesicht rötete sich, halb aus Verlegenheit, halb vor Ärger. Er vermied es, Rand anzusehen, und blickte Thom stattdessen böse an. »Warum macht Ihr bloß solches Theater? Ihr wollt zurück zum Schiff? Geht doch zum Schiff zurück! Wir passen schon auf uns auf.«

Die schmalen Schultern des Gauklers zitterten in stummem Lachen, doch seine Stimme klang angespannt wie im Zorn. »Du glaubst, du wüsstest genug über die Myrddraal, um auf eigene Faust zu entkommen, ja? Und du bist imstande, allein nach Tar Valon hineinzumarschieren und dich dem Amyrlin-Sitz zu übergeben? Kannst du wenigstens eine Ajah von der nächsten unterscheiden? Versengen soll mich das Licht, Junge, wenn du glaubst, du könntest Tar Valon überhaupt allein erreichen, dann sag mir, ich solle gehen.«

»Geht«, grollte Mat, und eine Hand glitt unter seinen Umhang. Rand erkannte erschreckt, dass er den Dolch aus Shadar Logoth in der Hand hielt und vielleicht sogar bereit war, ihn zu gebrauchen.

Heiseres Gelächter erklang von der anderen Seite der niedrigen Trennwand her, und eine Stimme sagte laut und verächtlich: »Trollocs? Zieh doch gleich den Umhang eines Gauklers an, Mann! Du bist betrunken! Trollocs! Sagen aus den Grenzlanden!«

Die Worte kühlten ihren Zorn ab wie eine kalte Dusche. Selbst Mat drehte sich mit großen Augen zu der Wand herum.

Rand stand so, dass er gerade über die Wand hinwegblicken konnte, duckte sich dann aber schnell wieder mit einem flauen Gefühl im Magen. Floran Gelb saß auf der anderen Seite der Wand am hinteren Tisch bei den beiden Männern, die schon bei ihrem Eintreten dort gesessen hatten. Sie lachten ihn aus, aber sie hörten doch zu. Bartim wischte einen Tisch ab, der das auch nötig hatte, wobei er Gelb und die beiden Männer wohl nicht ansah, aber auch er lauschte. Er wischte ständig mit seinem Handtuch über den gleichen Fleck und beugte sich zu ihnen hin, bis er beinahe vornüber zu fallen drohte.

»Gelb«, flüsterte Rand, als er sich auf seinen Stuhl zurückfallen ließ, und die anderen strafften sich. Thom unterzog schnell ihren Teil des Schankraums einer eingehenden Betrachtung.

Auf der anderen Seite der Wand fiel die Stimme des anderen Mannes ein: »Nein, nein, es hat mal Trollocs gegeben. Aber sie wurden in den Trolloc-Kriegen getötet.«

»Grenzland-Sagen!«, wiederholte der erste Mann.

»Es ist wahr, sage ich Euch«, protestierte Gelb laut. »Ich war in den Grenzlanden. Ich habe Trollocs gesehen, und das waren wirklich Trollocs, so wahr, wie ich hier sitze. Diese drei behaupteten, die Trollocs jagten sie, aber ich weiß es besser. Deswegen sind sie nicht auf der *Gischt* geblieben. Ich habe Bayle Domon schon eine Weile misstraut, aber diese drei sind ganz sicher Schattenfreunde. Ich sage Euch ...« Gelächter und raue Scherze erstickten den Rest dessen, was Gelb zu sagen hatte.

Wie lang würde es dauern, fragte sich Rand, bis der Wirt eine Beschreibung dieser drei hörte? Wenn das nicht schon der Fall gewesen war. Wenn er nicht sowieso gleich an die drei Fremden dachte, die er bereits kennen gelernt hatte. Der einzige Weg aus dem Schankraum würde sie direkt an Gelbs Tisch vorbeiführen.

»Vielleicht ist das Schiff doch keine so schlechte Idee«, murmelte Mat, aber Thom schüttelte den Kopf.

»Jetzt nicht mehr.« Der Gaukler sprach leise und schnell. Er zog den Lederbeutel heraus, den ihm Kapitän Domon gegeben hatte und teilte hastig das Geld in drei Stapel. »Diese Geschichte wird sich in einer Stunde in der ganzen Stadt verbreitet haben, gleich ob jemand sie glaubt oder nicht, und der Halbmensch kann jederzeit davon erfahren. Domon segelt nicht vor morgen früh. Im besten Fall werden ihn die Trollocs bis nach Illian verfolgen. Na ja, er erwartet das aus irgendeinem Grund ja schon beinahe, aber das nützt uns nichts. Wir haben keine andere Wahl, als wegzurennen, und das schnell.«

Mat steckte rasch die Münzen, die Thom vor ihn hingeschoben hatte, in seine Tasche. Rand nahm seinen Stapel etwas langsamer auf. Die Münze, die ihm Moiraine gegeben hatte, war nicht dabei. Domon hatte ihnen das gleiche Gewicht in Silber gegeben, aber aus irgendeinem unerfindlichen Grund wünschte sich Rand, er hätte stattdessen die Münze der Aes Sedai. Er steckte das Geld in seine Tasche und sah den Gaukler fragend an.

»Für den Fall, dass wir getrennt werden«, erklärte Thom. »Wahrscheinlich werden wir das nicht, aber falls es geschieht ... na ja, ihr beide werdet es auch allein schaffen. Ihr seid gute Jungs. Haltet euch um eures Lebens willen aber von den Aes Sedai fern.«

»Ich dachte, Ihr bleibt bei uns«, sagte Rand.

»Das werde ich, Junge. Aber sie kommen uns jetzt sehr nahe, und das Licht allein weiß, was geschieht. Na ja, es spielt keine Rolle. Wahrscheinlich wird gar nichts passieren.« Thom schwieg einen Moment und sah Mat an. »Ich hoffe, du hast nichts mehr dagegen, wenn ich bei euch bleibe«, sagte er trocken.

Mat zuckte die Achseln. Er sah sie beide an und zuckte dann abermals die Achseln. »Ich bin eben nur so nervös. Ich werde die Angst nicht los. Jedes Mal, wenn wir Rast machen und Luft holen, sind sie da und jagen uns. Ich fühle mich, als ob mir die ganze Zeit jemand auf den Hinterkopf starrt. Was sollen wir machen?«

Auf der anderen Seite der Wand erklang wieder lautes Lachen, wiederum von Gelb unterbrochen, der laut die beiden Männer zu überzeugen versuchte, dass er die Wahrheit sagte. Wie lange noch, überlegte Rand. Früher oder später musste Bartim die drei aus Gelbs Erzählung mit ihnen in Verbindung bringen. Thom schob seinen Stuhl zurück und erhob sich, blieb aber gebückt stehen. Niemand, der von der anderen Seite der Wand aus Neugier herüberblickte, konnte ihn sehen. Er bedeutete ihnen zu folgen und flüsterte: »Seid ganz still.«

Die Fenster zu beiden Seiten des Kamins gingen auf eine Gasse hinaus. Thom betrachtete eines der Fenster ganz genau, bevor er es gerade so weit aufzog, dass sie sich durchzwängen konnten. Sie machten kaum einen Laut, nichts, was man bei dem Lärm des heiteren Streits auf der anderen Seite der niedrigen Wand noch hätte hören können. Sobald er sich in der Gasse befand, wollte Mat zur Straße loslaufen, aber Thom packte ihn am Arm. »Nicht so schnell«, sagte der Gaukler zu ihm. »Wir müssen erst wissen, worauf wir uns einlassen.« Thom zog das Fenster so weit zu, wie er das von der Gasse aus konnte, und drehte sich dann um. Er betrachtete die Gasse.

Rand folgte Thoms Blick. An der Schenke und am nächsten Gebäude, einer Schneiderei, stand ein halbes Dutzend Regentonnen, doch ansonsten war die Gasse leer, der festgetretene Lehmboden trocken und staubig.

»Warum tut Ihr das?«, wollte Mat wieder wissen. »Allein wärt Ihr sicherer! Warum bleibt Ihr bei uns?«

Thom blickte ihn einen Moment lang an. »Ich hatte einen Neffen, Owyn«, sagte er müde und schälte sich aus seinem Umhang. Er wickelte ihn um seine Deckenrolle, während er sprach, und legte vorsichtig seine Instrumentenkästen obenauf. »Der einzige Sohn meines Bruders und mein einziger lebender Verwandter. Er hatte Schwierigkeiten mit den Aes Sedai, doch ich war zu sehr mit ... anderen Sachen beschäftigt. Ich weiß nicht, was ich hätte unternehmen können, aber als ich es schließlich versuchte, war es zu spät. Owyn starb ein paar Jahre später. Man könnte sagen, die Aes Sedai haben ihn getötet.« Er richtete sich auf, sah sie aber nicht an. Seine Stimme klang immer noch ruhig, aber Rand sah Tränen in seinen Augen, bevor Thom den Kopf wegdrehte. »Wenn ich euch zwei aus Tar Valon fern halten kann, dann kann ich vielleicht aufhören, an Owyn zu denken. Wartet hier.« Er mied immer noch ihren Blick, eilte zum Ausgang der Gasse, verlangsamte aber seinen Schritt, bevor er ihn erreichte. Nach einem schnellen Blick in die Runde schlenderte er gleichmütig auf die Straße hinaus und außer Sicht.

Mat erhob sich halb, um ihm zu folgen, ließ sich dann aber zurückfallen. »Die wird er nicht im Stich lassen«, sagte er und berührte die Lederbehälter der Instrumente. »Nimmst du ihm diese Geschichte ab?«

Rand hockte sich geduldig neben die Regentonnen. »Was ist los mit dir, Mat? Du bist doch sonst nicht so. Ich habe dich tagelang nicht mehr lachen gehört.«

»Ich mag es nicht, wenn man mich wie ein Kaninchen jagt«, fauchte Mat. Er seufzte und lehnte den Kopf an die Backsteinwand der Schenke. Sogar in dieser Stellung erschien er angespannt. Sein Blick huschte aufmerksam hin und her. »Tut mir Leid. Das liegt am Wegrennen und an all diesen Fremden und ... ach, an allem halt. Es macht mich nervös. Ich sehe jemanden an und kann mir nicht helfen: Ich muss mich einfach fragen, ob er den Blassen von uns berichten oder uns betrügen oder ausrauben wird ... Rand, macht dich das nicht auch nervös?«

Rand lachte, ein kurzes Bellen aus der Tiefe seiner Kehle heraus. »Ich habe zu viel Angst, um nervös zu sein.«

»Was haben die Aes Sedai seinem Neffen angetan?«

»Ich weiß es nicht«, sagte Rand unsicher. Es gab nur eine Art von Schwierigkeiten, die ein Mann mit den Aes Sedai bekommen konnte. »Mit uns ist das etwas anderes, schätze ich.«

»Stimmt. Etwas ganz anderes.«

Eine Weile lehnten sie schweigend an der Mauer. Rand war sich nicht sicher, wie lange sie warteten. Vielleicht nur ein paar Minuten, aber es erschien ihm wie eine Stunde, als sie so auf Thom warteten und darauf, dass Bartim und Gelb das Fenster öffneten und sie als Schattenfreunde denunzieren würden. Dann bog ein Mann in die Gasse ein, ein hoch gewachsener Kerl, der seine Kapuze hochgezogen hatte, um sein Gesicht zu verbergen. Sein Umhang war so schwarz wie die Nacht und stand im harten Kontrast zur sonnenbeschienenen Straße. Rand mühte sich auf die Füße, und eine Hand ergriff den Knauf von Tams Schwert so verkrampft, dass seine Knöchel schmerzten. Sein Mund war ausgetrocknet, und da half auch kein Schlucken. Mat erhob sich zu einer gebückten Haltung und hatte eine Hand unter seinem Umhang.

Der Mann kam näher, und mit jedem Schritt schnürte es Rand die Kehle noch mehr zusammen. Plötzlich blieb der Mann stehen und warf seine Kapuze zurück. Rands Knie wurden ganz weich. Es war Thom.

»Also, wenn Ihr mich schon nicht erkennt«, bemerkte der Gaukler grinsend, »dann ist die Verkleidung auch gut genug für die Torwächter.«

Thom streifte an ihnen vorbei und begann, Sachen aus seinem mit Flicken besetzten Umhang in seinen neuen zu stecken, und zwar so geschickt, dass Rand nichts davon erkennen konnte. Der neue Umhang war dunkelbraun, das konnte Rand jetzt sehen. Er atmete tief, wenn auch stockend; seine Kehle schien immer noch von einer Faust umklammert zu werden. Braun und nicht schwarz. Mat hatte immer noch die Hand unter seinem Umhang, und er starrte Thoms Rücken an, als dächte er tatsächlich daran, den verborgenen Dolch zu gebrauchen.

Thom sah zu ihnen hoch und blickte sie dann etwas schärfer an. »Das ist der falsche Zeitpunkt, um überängstlich zu werden.« Entschlossen machte er sich daran, seinen alten Umhang um die Instrumentenkästen zu wickeln, natürlich mit der Innenseite nach außen, sodass die Flicken verborgen waren. »Wir werden hier einer nach dem anderen hinausgehen, dicht genug, um uns gegenseitig im Auge zu behalten. Auf diese Art wird man uns kaum bemerken. Kannst du nicht etwas gebückter laufen?«, fügte er, an Rand gewandt, hinzu. »Deine Größe ist genauso schlimm, als trügen wir eine Flagge mit herum.« Er hievte das Bündel auf seinen Rücken und stand auf, wobei er seine Kapuze wieder hochzog. Er sah überhaupt nicht wie ein weißhaariger Gaukler aus. Er war nur irgendein Reisender von vielen, ein Mann, der zu arm war, um sich ein Pferd zu leisten, geschweige denn einen Wagen. »Gehen wir. Wir haben schon zu viel Zeit verschwendet.«

Rand stimmte leidenschaftlich zu, aber trotzdem zögerte er, bevor er aus der Gasse auf den Platz trat. Keiner der wenigen über den Platz verstreuten Menschen schenkte ihnen besondere Aufmerksamkeit. Die meisten sahen überhaupt nicht her, doch seine Schultern verkrampften sich, und er wartete auf den Schrei ›Schattenfreund‹, der gewöhnliche Menschen in einen wilden, mordlüsternen Mob verwandeln konnte. Er ließ den Blick über den Platz schweifen, über die Menschen, die ihren täglichen Geschäften nachgingen, und als er sich wieder auf ihre nächste Umgebung konzentrierte, hatte ein Myrddraal bereits den halben Platz überquert. Er hatte nicht die geringste Ahnung, wo der Blasse hergekommen war, aber er schritt tödlich langsam auf die drei zu, ein Raubtier, das die Beute im Blick hatte. Die Menschen traten vor der schwarz gekleideten Gestalt zurück und vermieden es, sie anzublicken. Der Platz leerte sich rasch, als ob die Leute zu der Auffassung kamen, dass sie anderswo benötigt wurden.

Die schwarze Kapuze ließ Rand auf dem Fleck erstarren. Er bemühte sich, das Nichts heraufzubeschwören, aber es war, als griffe er nach Rauch. Der verborgene Blick des Blassen schnitt in seine Knochen und ließ sein Mark zu Eis gefrieren.

»Sieh sein Gesicht nicht an«, zischte Thom. Seine Stimme schwankte und klang, als zwinge er die Worte aus sich heraus. »Das Licht soll dich verbrennen – sieh sein Gesicht nicht an!«

Rand riss den Blick los – er ächzte beinahe; es war ein Gefühl, als reiße er sich einen Blutegel vom Gesicht –, aber auch wenn er die Steinplatten des Platzes anstarrte, konnte er den Myrddraal kommen sehen, eine Katze, die mit Mäusen spielt, sich über ihre schwächlichen Fluchtversuche amüsiert, bis schließlich die Kiefer zuschnappten. »Sollen wir bloß hier herumstehen?«, murmelte er. »Wir müssen rennen ... entkommen.« Aber er brachte seine Füße nicht dazu, sich zu bewegen.

Mat hielt den Dolch mit dem rubinbesetzten Griff in der zitternden Hand. Seine Lippen waren hochgezogen und gaben den Blick auf seine Zähne frei – ein Fauchen und gleichzeitig Zeichen verkrampfter Angst.

»Denkst du ...« Thom unterbrach sich, schluckte und fuhr dann heiser fort: »Denkst du, dass du ihm davonrennen kannst, Junge?« Er begann, leise mit sich selbst zu sprechen. Das einzige Wort, das Rand verstehen konnte, war ›Owyn‹. Plötzlich grollte Thom: »Ich hätte mich nie mit euch Jungen einlassen sollen.« Er schüttelte das Bündel in dem Gauklerumhang von den Schultern und legte es in Rands Arme. »Pass darauf auf. Wenn ich sage, rennt, dann rennt ihr, und haltet nicht an bis Caemlyn. *Der Königin Segen.* Eine Schenke. Denkt daran, für den Fall ... Erinnert euch bloß daran.«

»Ich verstehe nicht«, sagte Rand. Der Myrddraal war jetzt keine zwanzig Schritte mehr entfernt. Seine Füße fühlten sich an wie Bleigewichte.

»Denkt einfach nur daran!«, fauchte Thom. »*Der Königin Segen.* Jetzt, RENNT!«

Er gab ihnen jeweils einen Schubs auf die Schulter, um sie zum Laufen zu bringen, und Rand stolperte torkelnd mit Mat an der Seite los. »RENNT!« Thom sprang mit einem langen, wortlosen Aufbrüllen los. Nicht hinter ihnen her, sondern auf den Myrddraal zu. Seine Hände bewegten sich flink, wie bei seinen besten Auftritten, und Dolche erschienen in ihnen. Rand blieb stehen, doch Mat zog ihn weiter.

Der Blasse war genauso überrascht. Sein Schlendern brach mitten im Schritt ab. Seine Hand fuhr hinunter zum Griff des schwarzen Schwerts, das an seiner Hüfte hing, aber die langen Beine des Gauklers legten die wenigen Schritte schnell zurück. Thom prallte auf den Myrddraal, bevor die schwarze Klinge zur Hälfte gezogen war, und zusammen stürzten sie um sich schlagend zu Boden. Die wenigen Menschen, die sich noch auf dem Platz befanden, flohen. »RENNT!« Durch die Luft über dem Platz zuckte ein sengendes Blau, und Thom schrie laut auf, aber selbst mitten im Schreien schaffte er es noch, ein Wort hervorzubringen: »RENNT!«

Rand gehorchte. Die Schreie des Gauklers verfolgten ihn. Er drückte sich Thoms Bündel an die Brust und rannte, so schnell er konnte. Panik breitete sich vom Platz durch die ganze Stadt aus, als Rand und Mat auf der Schaumkrone der Angstwoge flohen. Kaufleute ließen ihre Waren im Stich, als die Jungen vorbeikamen. Fensterläden krachten über den Auslagen in ihre Halterungen herunter, und in den Fenstern der Wohnhäuser erschienen verängstigte Gesichter und verschwanden wieder. Menschen, die zu weit entfernt gewesen waren, um etwas zu sehen, rannten verstört durch die Straßen und beachteten sie nicht. Sie rempelten einander an, und diejenigen, die umgerannt worden waren, mühten sich auf die Füße oder wurden vollends niedergetrampelt. Weißbrücke kochte wie ein Ameisenhaufen nach einem Fußtritt.

Als Mat und er auf die Stadttore zuhasteten, dachte Rand plötzlich daran, was Thom über seine Größe gesagt hatte. Ohne den Schritt zu verlangsamen, duckte er sich, so gut es ging, ohne dass es auffallen durfte. Aber das Tor selbst – aus dickem Holz, mit schwarzen Eisenscharnieren – stand offen. Die beiden Torwächter trugen Stahlkappen und Kettenpanzer über schlichten roten Mänteln mit weißen Krägen. Sie tasteten nach ihren Hellebarden und blickten unsicher in die Stadt hinein. Einer von ihnen sah Rand und Mat an, doch sie waren nicht die Einzigen, die durch das Tor hinausrannten. Ein stetiger Strom hetzte schnaufend hindurch; schwer atmende Männer klammerten sich an ihre Frauen, weinende Mütter trugen Babys und zerrten heulende Kinder hinter sich her; blasse Handwerker in ihren Arbeitsschürzen trugen, ohne es selbst zu bemerken, ihre Werkzeuge mit hinaus.

Niemand würde später sagen können, auf welchem Weg sie die Stadt verlassen hatten, dachte Rand, als er halb betäubt weiterrannte. *Thom! O Licht, rette mich, Thom!*

Mat taumelte neben ihm, fing sich wieder, und sie rannten, bis die letzten fliehenden Menschen hinter ihnen zurückgeblieben waren, rannten, bis die Stadt und die Weiße Brücke weit hinter ihnen außer Sicht waren. Schließlich fiel Rand im Staub auf die Knie. Er sog in unregelmäßigen Zügen Luft in die schmerzende Kehle. Die Straße hinter ihnen war leer, bis zu den weit entfernten kahlen Bäumen hin. Mat zupfte ihn. »Komm weiter! Komm schon!«, sagte Mat schwer atmend. Schweiß und Staub rannen über sein Gesicht, und er sah aus, als werde er gleich zusammenbrechen. »Wir müssen weiter.«

»Thom«, sagte Rand. Er festigte den Griff um das Bündel; die Instrumentenkästen waren harte Klötze darin. »Thom!«

»Er ist tot. Du hast es gesehen. Du hast es gehört. Licht, Rand, er ist tot!«

»Du glaubst, Egwene und Moiraine und die anderen sind auch tot. Wenn sie tot sind, warum jagt der Myrddraal sie dann immer noch? Kannst du mir das beantworten?«

Mat fiel im Staub neben ihm auf die Knie. »Also gut. Vielleicht leben sie noch. Aber Thom – du hast es doch gesehen! Blut und Asche, Rand, dasselbe kann auch uns passieren.«

Rand nickte bedächtig. Die Straße hinter ihnen war immer noch menschenleer. Er hatte halb erwartet – oder zumindest gehofft –, Thom auftauchen zu sehen, wie er vorwärts schritt, die langen Schnurrbartenden hochpustete und ihnen sagte, was für Schwierigkeiten sie ihm bereiteten. *Der Königin Segen* in Caemlyn. Er stand mühsam auf und warf sich Thoms Bündel neben die Deckenrolle über den Rücken. Mat blickte zu ihm auf, die Augen schmal und wachsam. »Gehen wir«, sagte Rand und setzte sich in Bewegung, die Straße hinunter in Richtung Caemlyn. Er hörte, wie Mat etwas in seinen Bart murmelte, und einen Augenblick später holte er Rand ein. Sie stapften mühsam die staubige Straße entlang, schweigend und mit gesenkten Köpfen. Der Wind brachte kleine Wirbel hervor, die über ihren Weg huschten. Manchmal blickte sich Rand um, doch die Straße hinter ihnen blieb leer.

KAPITEL 27

Zuflucht vor dem Sturm

Perrin wurde ganz unruhig in diesen Tagen, die sie bei den Tuatha'an verbrachten. Sie fuhren gemütlich nach Südosten. Das Fahrende Volk sah keinen Grund zur Eile; sie hetzten sich nie ab. Die bunten Wagen rollten keinen Morgen los, bevor nicht die Sonne ein gutes Stück über dem Horizont stand, und sie hielten oft mitten am Nachmittag bereits an, wenn sie einen günstigen Lagerplatz fanden. Die Hunde liefen gemächlich neben den Wagen einher, und manchmal schafften das sogar die Kinder. Sie hatten keine Schwierigkeiten mitzuhalten. Jede Anregung, doch etwas weiter und etwas schneller zu fahren, wurde mit Gelächter bedacht oder vielleicht einem: »Ach, möchtest du die armen Pferde so hart arbeiten lassen?«

Er war überrascht, dass Elyas seine Gefühle nicht teilte. Elyas fuhr nicht im Wagen mit – er zog es vor zu laufen, und so manches Mal schritt er an der Spitze der Wagenkolonne einher –, aber er schlug kein einziges Mal vor, dass sie die Kolonne verlassen oder ihr vorauseilen sollten.

Der bärtige Mann in seiner eigenartigen Fellkleidung unterschied sich dermaßen von den sanftmütigen Tuatha'an, dass er auffiel, wo immer zwischen den Wagen er sich befand. Selbst von der anderen Seite des Lagers aus konnte man Elyas nicht für ein Mitglied des Volkes halten, und das nicht nur seiner Kleidung wegen. Elyas bewegte sich mit der lässigen Grazie eines Wolfs, was noch verstärkt wurde durch die Lederkleidung und den Fellhut, und er strahlte Gefahr auf so natürliche Weise aus, wie das Feuer Hitze ausstrahlt. Der Kontrast zum Fahrenden Volk war auffallend. Jung wie Alt machte einen fröhlichen Eindruck. In ihrer Anmut lag keine Andeutung von Gefahr, sondern nur pure Lebensfreude. Ihre Kinder rannten aus reinem Bewegungsdrang umher, aber auch die Graubärte und Großmütter unter den Tuatha'an schritten leichtfüßig wie in einem gravitätischen Tanz einher, der trotz aller Würde nicht weniger übermütig wirkte. Alle schienen beinahe zu tanzen, selbst im Stehen, selbst während der seltenen Zeiten, wenn im Lager keine Musik zu hören war. Fiedel und Flöte, Hackbrett und Zither und Trommel spannen fast zu jeder Stunde ein Netz von Harmonie und Kontrapunkt um die Wagen, im Lager wie unterwegs. Freudige Lieder, fröhliche Lieder, lachende Lieder, traurige Lieder; wenn im Lager jemand wach war, gab es gewöhnlich auch Musik.

Freundliches Kopfnicken und Lächeln begrüßten Elyas an jedem Wagen, neben dem er stehen blieb, und an jedem Feuer, an dem er sich niederließ, wurden fröhliche Worte an ihn gerichtet. Das musste es sein, was das Volk immer Außenseitern gegenüber zeigte: offene, freundliche Gesichter. Doch Perrin hatte erfahren, dass unter der Oberfläche verborgen die Wachsamkeit eines halb gezähmten Hirsches steckte. Etwas Tiefes lag unter dem Lächeln, das den Emondsfeldern entgegenstrahlte, etwas, das in diesen Tagen nur ganz wenig abgeschwächt wurde. Bei Elyas war die Wachsamkeit stark fühlbar, als flimmere tiefe Sommerhitze in der Luft, und das wurde auch nicht schwächer. Wenn er nicht hinsah, dann blickten sie ihn offen an, als seien sie nicht sicher, was sie von ihm halten sollten. Wenn er durch das Lager schritt, schienen die zum Tanzen bereiten Füße auch zur Flucht bereit.

Elyas hatte sicherlich genauso wenig ein inneres Verhältnis zu ihrem Gesetz des Blattes wie sie zu seiner Lebensauffassung. Sein Mund war immer leicht verzogen, wenn er sich bei den Tuatha'an befand. Es war nicht herablassend oder gar verächtlich, er wirkte aber, als wäre er lieber anderswo als hier, ganz gleich wo. Aber immer wenn Perrin vorschlug wegzugehen, sprach Elyas beruhigend auf ihn ein.

»Ihr hattet schwere Tage hinter Euch, bevor Ihr mich fandet«, sagte Elyas beim vierten oder fünften Mal, »und vor Euch liegen noch schwerere, verfolgt von Trollocs und Halbmenschen und mit Aes Sedai zum Freund.« Er grinste mit vollem Mund – Ilas Auflauf aus Dörräpfeln. Perrin fand seinen gelbäugigen Blick immer noch beunruhigend, selbst wenn er lächelte. Vielleicht besonders, wenn er lächelte; das Lächeln berührte kaum jemals die Augen dieses Jägers. Elyas lag an Raens Feuer. Wie gewöhnlich weigerte er sich, auf einem der dafür herangeschleiften Holzblöcke zu sitzen. »Ihr solltet es nicht so verdammt eilig haben, Euch wieder in die Hände der Aes Sedai zu begeben.«

»Und was ist, wenn uns die Blassen finden? Was kann sie davon abhalten, wenn wir bloß hier herumsitzen und warten? Drei Wölfe können sie nicht von uns fern halten, und das Fahrende Volk ist auch keine Hilfe. Sie verteidigen sich nicht einmal selbst. Die Trollocs werden sie abschlachten, und das ist dann unsere Schuld. Wie auch immer – wir müssen sie früher oder später verlassen. Von mir aus kann es auch früher sein.«

»Irgendetwas sagt mir, wir sollten warten. Nur ein paar Tage.«

»Irgendetwas!«

»Entspanne dich, Junge! Nimm das Leben, wie es kommt. Renn weg, wenn du musst, kämpfe, wenn du musst, und ruhe dich aus, wenn du kannst.«

»Wovon sprecht Ihr ... sprichst du eigentlich – irgendetwas?«

»Nimm ein wenig von diesem Auflauf. Ila mag mich nicht, aber sie verköstigt mich wahrlich hervorragend, wenn ich zu Besuch bin. Es gibt immer gutes Essen in den Lagern des Volkes.«

»Was heißt ›irgendetwas‹?«, wollte Perrin wissen. »Wenn du etwas weißt, das du uns anderen verschweigst ...«

Elyas blickte finster auf das Stück Auflauf in seiner Hand, legte es dann nieder und klopfte sich die Hände ab. »Irgendetwas«, sagte er schließlich mit einem Achselzucken, als verstünde er es selbst nicht ganz, »irgendetwas sagt mir, dass es wichtig ist, zu warten. Noch ein paar Tage. Ich habe nicht oft eine solche Vorahnung, aber wenn, dann kann ich mich darauf verlassen. Das hat mir in der Vergangenheit mehr als einmal das Leben gerettet. Diesmal ist es irgendwie anders, aber wichtig. Das ist ganz eindeutig. Wenn du wegrennen willst, dann tu's ohne mich. Ich bleibe.«

Das war alles, was aus ihm herauszubekommen war, egal, wie oft Perrin noch fragte. Er lag herum, plauderte mit Raen, aß, schlief mit dem Hut über den Augen und weigerte sich, über eine Abreise zu sprechen. Etwas sagte ihm, er müsse warten. Etwas sagte ihm, es sei wichtig. Er würde wissen, wenn es an der Zeit war, zu gehen. Iss ein wenig Auflauf, Junge. Mach dir das Leben nicht so schwer. Versuche ein wenig von diesem Eintopf. Entspanne dich.

Perrin konnte sich nicht entspannen. Nachts lief er zwischen den regenbogenfarbenen Wagen einher und grübelte – einerseits, weil kein anderer irgendeinen Grund zur Besorgnis zu sehen schien, und andererseits, ach, überhaupt ... Die Tuatha'an sangen und tanzten, kochten und aßen an ihren Lagerfeuern – Obst und Nüsse, Beeren und Gemüse; sie aßen kein Fleisch – und gingen ihrem Tagewerk nach, als hätten sie keinerlei Sorgen. Die Kinder tollten überall herum, versteckten sich zwischen den Wagen, kletterten auf die Bäume, die das Lager umgaben, lachten und wälzten sich mit den Hunden am Boden ... Keiner schien irgendwelche Sorgen zu haben.

Wenn er ihnen zusah, dann juckte es ihn wirklich, sich fortzustehlen. *Geh, bevor wir ihnen die Jäger auf den Hals hetzen! Sie haben uns aufgenommen, und wir vergelten ihre Freundlichkeit, indem wir sie in Gefahr bringen. Zumindest haben sie einen Grund, so fröhlich zu sein: Niemand jagt sie. Aber wir anderen ...*

Es war schwer, überhaupt einmal mit Egwene zu sprechen. Entweder unterhielt sie sich mit Ila – sie steckten die Köpfe auf eine Art zusammen, die klar ausdrückte: Männer sind nicht willkommen –, oder sie tanzte mit Aram, wirbelte ein ums andere Mal herum, zum Klang der Flöten und Fiedeln und Trommeln, nach Melodien, die die Tuatha'an aus der ganzen Welt mitgebracht hatten oder nach den eindringlichen trillernden Liedern des Fahrenden Volks selbst, gleich ob sie schnell oder langsam waren. Sie kannten viele Lieder. Manche waren ihm vertraut, wenn auch häufig unter anderen Titeln als in den Zwei Flüssen. Zu ›Drei Mädchen auf der Wiese‹ sagten die Kesselflicker beispielsweise ›Hübsche Mädchen beim Tanz‹, und sie behaupteten, ›Der Wind aus dem Norden‹ hieße in einigen Ländern einfach ›Ein Regenguss‹ und in anderen ›Berins Rückzug‹. Als er sich, ohne nachzudenken, nach ›Der Kesselflicker hat meinen Topf‹ erkundigte, überschlugen sie sich fast vor Lachen. Sie kannten es, aber unter dem Titel ›Wirf die Federn‹.

Er konnte es verstehen, dass man zu den Liedern des Volkes tanzen mochte. Daheim in Emondsfelde betrachtete ihn niemand als besonders guten Tänzer, aber diese Lieder ließen seine Füße zucken, und er glaubte, noch nie in seinem Leben so lang, so kraftvoll und so gut getanzt zu haben. Er war wie in Trance; sein Herz schlug im Rhythmus der Trommeln.

Es war am zweiten Abend, als Perrin erstmals auch Frauen zu einigen der langsamen Weisen tanzen sah. Die Feuer waren fast niedergebrannt, die Nacht umfing die Wagen, und Finger klopften einen schleppenden Rhythmus auf den Trommeln. Erst eine Trommel, dann eine weitere, bis alle Trommeln im Lager den gleichen leisen, mitreißenden Rhythmus schlugen. Alles war still bis auf die Trommeln. Ein Mädchen in rotem Kleid wiegte sich in den Feuerschein hinein. Sie löste ihre Stola. Perlenschnüre hingen in ihrem Haar, und sie hatte die Schuhe abgestreift. Eine Flöte begann mit der Melodie, leise, klagende Töne, und das Mädchen tanzte. Ausgestreckte Arme breiteten die Stola hinter ihr aus; ihre Hüften schwangen, als ihre bloßen Füße sich zum Klang der Trommeln bewegten. Die dunklen Augen des Mädchens waren auf Perrin gerichtet, und ihr Lächeln war so träge wie ihr Tanz. Sie drehte sich in kleinen Kreisen und lächelte ihn über die Schulter hinweg an.

Er schluckte schwer. Die Hitze in seinem Gesicht kam nicht vom Feuer. Ein zweites Mädchen schloss sich dem ersten an. Die Fransen an ihren Stolen flogen im Rhythmus der Trommeln zum bedächtigen Kreisen ihrer Hüften. Sie lächelten ihn an, und er räusperte sich heiser. Er wagte es nicht, sich umzusehen; sein Gesicht war rot wie eine Rübe, und alle, die nicht gerade dem Tanz zusahen, lachten ihn vielleicht aus. Da war er sicher.

So unauffällig wie möglich glitt er von dem Holzblock herunter, als wolle er sich nur bequemer hinsetzen, aber er sorgte dafür, dass er schließlich vom Feuer und von den Tänzerinnen wegsah. So etwas gab es in Emondsfelde nicht. Bei einem Fest auf dem Grün mit den Mädchen tanzen, das konnte man überhaupt nicht mit diesem hier vergleichen. Ausnahmsweise einmal wünschte er sich, der Wind würde auffrischen und ihn abkühlen.

Die Mädchen tanzten wieder in sein Gesichtsfeld hinein. Doch jetzt waren es drei. Eine zwinkerte ihm herausfordernd zu. Seine Augen wichen verzweifelt aus. *Licht*, dachte er, *was mache ich jetzt? Was würde Rand tun? Der kennt sich mit Mädchen aus.*

Die tanzenden Mädchen lachten leise; Perlen klickten gegeneinander, als sie ihr langes Haar fliegen ließen, und er glaubte, sein Gesicht werde verbrennen. Dann reihte sich eine etwas ältere Frau bei den Mädchen ein, um ihnen zu zeigen, wie man richtig tanzt. Mit einem Aufstöhnen gab er auf und schloss die Augen. Selbst hinter den geschlossenen Lidern verspottete und reizte ihn ihr Lachen. Sogar hinter den geschlossenen Lidern konnte er sie immer noch sehen. Schweiß rann ihm über die Stirn, und er sehnte sich nach dem Wind.

Raen erklärte später, dass die Mädchen diesen Tanz nicht oft und die Frauen fast nie aufführten, und Elyas meinte, Perrins Erröten sei der Grund dafür gewesen, dass sie es von nun an jede Nacht taten.

»Ich muss dir danken«, sagte Elyas mit ernster Stimme zu ihm. »Bei euch jungen Burschen ist es anders, aber in meinem Alter ist mehr als ein Lagerfeuer nötig, um meine Knochen zu erwärmen.« Perrin machte ein finsteres Gesicht. Da lag etwas in Elyas' Haltung beim Weggehen, das ihm sagte: Selbst wenn er sich nichts anmerken ließ, lachte er doch innerlich.

Perrin merkte bald, dass er besser nicht den Anblick der tanzenden Frauen und Mädchen meiden sollte, obwohl ihn ihr Zwinkern und Lächeln immer noch wünschen ließ, er könne sich einfach wegdrehen. Eine allein wäre schon in Ordnung gewesen, aber fünf oder sechs, und alle schauten zu ... Er konnte ein Erröten nie vermeiden.

Dann begann Egwene, den Tanz zu lernen. Zwei der Mädchen, die am ersten Abend getanzt hatten, brachten es ihr bei. Sie klatschten den Rhythmus, während sie die schleppenden Tanzschritte wiederholte. Eine geborgte Stola flatterte hinter ihr her. Perrin wollte etwas sagen, beschloss aber, den Mund zu halten. Als die Mädchen den Hüftschwung hinzufügten, begann Egwene zu lachen, und die drei Mädchen fielen sich kichernd um den Hals. Aber Egwene machte beharrlich weiter. Ihre Augen glitzerten, und auf ihren Wangen brannten rote Flecke.

Aram sah ihrem Tanz mit heißem, hungrigem Blick zu. Der gut aussehende junge Tuatha'an hatte ihr eine blaue Perlenkette geschenkt, die sie die ganze Zeit trug. Ilas Lächeln war einem besorgten Blick gewichen, wenn sie das Interesse ihres Enkels an Egwene bemerkte. Perrin beschloss, den jungen Meister Aram gut im Auge zu behalten.

Einmal konnte er Egwene allein erwischen. Sie standen neben einem grün und gelb bemalten Wagen. »Du amüsierst dich gut, nicht wahr?«, fragte er.

»Warum auch nicht?« Sie fühlte nach den blauen Perlen an ihrem Hals und lächelte. »Wir müssen uns doch nicht alle so wie du bemühen, uns möglichst schlecht zu fühlen. Haben wir keine Gelegenheit verdient, uns mal zu amüsieren?« Aram stand nicht weit von ihnen entfernt – er war immer in Egwenes Nähe zu finden –, hatte die Arme vor der Brust verschränkt und lächelte ein wenig, teils triumphierend, teils überheblich. Perrin senkte die Stimme. »Ich dachte, du wolltest nach Tar Valon. Hier lernst du nie, wie man eine Aes Sedai wird.«

Egwene warf den Kopf in den Nacken. »Und ich dachte, du wolltest gar nicht, dass ich eine Aes Sedai werde«, sagte sie kokett lächelnd.

»Blut und Asche, glaubst du etwa, wir sind hier sicher? Wie sicher sind diese Leute, solange wir uns hier befinden? Uns kann jederzeit ein Blasser aufstöbern.«

Ihre Hand an den Perlen zitterte. Sie nahm sie herunter und atmete tief ein. »Was auch geschehen mag, es wird sowieso geschehen, ob wir heute oder nächste Woche abreisen. Das glaube ich jetzt ganz sicher. Amüsiere dich, Perrin. Es könnte unsere letzte Gelegenheit sein.«

Traurig strich sie ihm über die Wange. Dann streckte Aram eine Hand nach ihr aus, und sie eilte zu ihm und lachte bereits wieder. Als sie wegrannten, hinüber, wo die Fiedeln sangen, grinste ihn Aram über die Schulter hinweg triumphierend an, als wolle er sagen: Dir gehört sie nicht, aber sie wird mir gehören.

Sie befanden sich alle bereits zu sehr unter dem Einfluss des Volkes, dachte Perrin. *Elyas hat Recht. Sie müssen gar nicht versuchen, jemanden für ihr Gesetz des Blattes zu gewinnen. Es sickert von allein in dich ein.*

Ila hatte einmal bemerkt, wie er sich vor dem Wind zusammenkauerte, und dann brachte sie ihm einen dicken Wollumhang aus ihrem Wagen. Er war dunkelgrün, und das gefiel ihm. Er hatte sich an all den Rot- und Gelbtönen satt gesehen. Als er ihn sich um die Schultern legte, dachte er, es sei schon ein Wunder, dass der Umhang groß genug für ihn war, aber Ila sagte nur kurz:»Er könnte besser passen.« Sie blickte hinunter auf die Axt an seinem Gürtel, und als sie ihm wieder in die Augen sah, war ihr Blick trotz ihres Lächelns traurig. »Er könnte viel besser passen.«

Das war typisch für die Kesselflicker. Ihr Lächeln versagte nie, sie zögerten nie, sie zum Trinken oder Musizieren einzuladen, aber ihr Blick berührte immer die Axt, und er konnte fühlen, was sie dachten. Ein Werkzeug der Gewalt. Es gibt niemals eine Ausrede für die Anwendung von Gewalt einem anderen menschlichen Wesen gegenüber. Das Gesetz des Blattes.

Manchmal hätte er sie am liebsten angeschrien. Es gab auch Trollocs und Blasse auf der Welt. Es gab diejenigen, die jedes Blatt abhacken würden. Da draußen war der Dunkle König, und das Gesetz des Blattes würde in Ba'alzamons Augen verbrennen. Stur fuhr er fort, die Axt zu tragen. Er gewöhnte sich an, den Umhang offen hinter den Gürtel zu stecken, selbst wenn es windig war, damit die Halbmondklinge nie verborgen war. Gelegentlich betrachtete Elyas fragend die Waffe, die schwer an seiner Seite hing, und grinste ihn an. Diese gelben Augen schienen seine Gedanken zu lesen. Deshalb hätte er beinahe seine Axt wieder bedeckt. Beinahe.

Wenn ihn auch das Lagerleben der Tuatha'an ständig verwirrte, so waren doch wenigstens seine Träume unverändert. Manchmal erwachte er schwitzend aus einem Traum, in dem Trollocs und Blasse das Lager stürmten und mit geschleuderten Fackeln die regenbogenfarbenen Wagen in Flammen setzten ... Menschen stürzten in Blutlachen, Männer und Frauen und Kinder rannten weg und schrien und starben, bemühten sich aber nicht, sich gegen die Sichelschwerter zu verteidigen. Nacht für Nacht fuhr er im Dunkeln hoch, atmete schwer und griff nach seiner Axt, bevor ihm klar wurde, dass die Wagen keineswegs in Flammen standen, dass keine Gestalten mit blutigen Schnauzen zerfetzte und verdrehte Körper am Boden anknurrten. Aber das waren ganz gewöhnliche Albträume, und das beruhigte ihn auf gewisse Weise. Wenn es jemals einen würdigen Platz für den Dunklen König in seinen Träumen gegeben hatte, dann in diesen, doch er tauchte nicht auf. Kein Ba'alzamon. Nur ganz gewöhnliche Albträume.

Allerdings war er sich im wachen Zustand immer der Wölfe bewusst. Sie hielten Abstand zum Lager und zum Wagenzug, wenn er unterwegs war, aber er wusste immer, wo sie sich befanden. Er konnte ihre Verachtung für die Hunde spüren, die das Fahrende Volk schützten. Lärmende Tiere, die vergessen hatten, wofür ihre Kiefer da waren, die den Geschmack warmen Blutes nicht mehr kannten; sie jagten vielleicht Menschen Angst ein, aber sie würden auf dem Bauch wegkriechen, wenn das Rudel jemals käme. Jeden Tag wurde diese innere Verbindung intensiver.

Mit jedem Sonnenuntergang wurde Scheckie ungeduldiger. Es war nichts dagegen einzuwenden, dass Elyas die Menschen nach Süden bringen wollte, aber wenn schon, dann doch schnell. Beendet dieses langsame Vorwärtskriechen! Wölfe waren dazu bestimmt, das Land zu durchstreifen, und es gefiel ihr nicht, so lange vom Rudel weg zu sein. Auch in Wind brannte die Ungeduld. Die Jagd war hier mehr als armselig, und er hasste es, von Feldmäusen zu leben. Denen konnten die Welpen auflauern, wenn sie das Jagen lernen sollten, oder die Alten konnten sie fressen, die keinen Hirsch mehr erlegen oder keinem wilden Stier die Sehnen durchbeißen konnten. Manchmal glaubte Wind, dass Brand Recht gehabt hatte: überlasst die Sorgen der Menschen den Menschen selbst. Aber er hütete sich vor solchen Gedanken, wenn Scheckie in der Nähe war und noch mehr bei Springer, dem alten Kämpfer mit vielen Narben und ergrauter Schnauze. Die Last der Jahre ließ ihn teilnahmslos erscheinen, doch er war so schlau, dass er damit alles wettmachte, was ihm das Alter genommen haben mochte. Er kümmerte sich nicht um Menschen, aber Scheckie wollte, dass sie dies taten, und Springer würde warten, wenn sie wartete, und rennen, wenn sie rannte. Wolf oder Mensch, Stier oder Bär, jeder, der Scheckie bedrohte, würde Springers mächtige Kiefer zu spüren bekommen, um ihn in den ewigen Schlaf zu versenken. Das war Springers ganzes Leben, und das ließ Wind vorsichtig sein, und Scheckie missachtete beide.

All das war in Perrins Geist ganz deutlich zu fühlen. Sehnsuchtsvoll wünschte er sich Caemlyn und Moiraine und Tar Valon herbei. Selbst wenn er keine Antworten finden würde, so hätte doch alles dort ein Ende. Elyas blickte ihn an, und er war sicher, dass der gelbäugige Mann ihn verstand. *Bitte, lass es enden.*

Der Traum begann angenehmer als die meisten anderen in letzter Zeit. Er saß an Alsbet Luhhans Küchentisch und schärfte seine Axt mit einem Wetzstein. Frau Luhhan erlaubte ihnen nie, Schmiedearbeiten ins Haus zu bringen. Meister Luhhan musste sogar die Messer mit nach draußen nehmen, um sie zu schleifen. Aber nun kümmerte sie sich um das Essen und sagte kein Wort wegen der Axt. Sie sagte nicht einmal etwas, als ein Wolf aus dem Inneren des Hauses kam und sich zwischen Perrin und der Hoftür zusammenrollte. Perrin wetzte weiter; bald würde die Zeit kommen, sie zu benützen.

Plötzlich erhob sich der Wolf. Er grollte aus tiefster Kehle, und sein dichtes Nackenfell richtete sich auf. Ba'alzamon trat aus dem Hof in die Küche ein. Frau Luhhan kochte seelenruhig weiter.

Perrin rappelte sich hoch und erhob seine Axt, doch Ba'alzamon ignorierte die Waffe und konzentrierte sich stattdessen auf den Wolf. Flammen tanzten dort, wo seine Augen sein sollten. »Ist es das, was dich beschützen soll? Nun, ich habe dem zuvor schon gegenübergestanden. Viele Male schon.«

Er krümmte einen Finger, und der Wolf heulte auf, als Feuer aus seinen Augen und aus seinen Ohren und seiner Schnauze und seiner Haut schoss. Der Gestank brennenden Fleisches und versengter Haare erfüllte die Küche. Alsbet Luhhan hob den Deckel von einem Topf und rührte mit einem hölzernen Kochlöffel um.

Perrin ließ die Axt fallen und sprang vor, um die Flammen mit den Händen zu ersticken. Der Wolf zerfiel unter seinen Handflächen zu schwarzer Asche. Er starrte das formlose Häufchen Asche auf Frau Luhhans sauber gefegtem Fußboden an und trat zurück. Er wünschte, er könne den schmierigen Ruß von seinen Händen wischen, aber der Gedanke daran, ihn an seine Kleider zu schmieren, drehte ihm den Magen um. Er schnappte sich seine Axt und umklammerte den Schaft so kräftig, dass seine Knöchel knackten.

»Lass mich in Ruhe!«, schrie er. Frau Luhhan klopfte den Löffel am Topfrand ab und legte den Deckel wieder auf. Sie summte vor sich hin.

»Du kannst mir nicht entkommen«, sagte Ba'alzamon. »Du kannst dich nicht vor mir verstecken. Wenn du derjenige bist, dann gehörst du mir.« Die Hitze des Feuers in seinem Gesicht zwang Perrin, sich durch die ganze Küche zurückzuziehen, bis er mit dem Rücken an die Wand stieß. Frau Luhhan öffnete den Backofen, um nach ihrem Brot zu sehen. »Das Auge der Welt wird dich verschlingen«, sagte Ba'alzamon. »Ich zeichne dich als mein Eigentum!« Er warf ihm die geballte Faust entgegen, als werfe er etwas nach ihm. Als sich seine Finger öffneten, flatterte ein Rabe auf Perrins Gesicht zu.

Perrin schrie auf, als der schwarze Schnabel sein linkes Auge durchdrang ... und setzte sich auf. Er griff nach seinem Gesicht, um ihn herum die schlummernden Wagen des Fahrenden Volkes. Langsam senkte er die Hände wieder. Da war kein Schmerz, kein Blut. Aber er erinnerte sich an den schrecklich stechenden Schmerz.

Er schauderte, und dann hockte plötzlich Elyas neben ihm in der ersten Dämmerung, eine Hand nach ihm ausgestreckt, als wolle er ihn wachrütteln. Jenseits der Bäume, zwischen denen die Wagen standen, heulten die Wölfe – ein schneidender Aufschrei aus drei Kehlen. Er teilte ihre Gefühle. *Feuer. Schmerz. Feuer. Hass. Hass! Töte!*

»Ja«, sagte Elyas leise. »Es ist Zeit. Steh auf, Junge. Es ist Zeit, dass wir gehen.«

Perrin kroch unter seinen Decken hervor. Während er noch seine Deckenrolle zusammenband, kam Raen aus seinem Wagen und rieb sich den Schlaf aus den Augen. Der Sucher blickte zum Himmel auf und erstarrte auf halbem Weg die Stufen hinunter, die Hände zum Gesicht erhoben. Nur seine Augen bewegten sich, als er eingehend den Himmel studierte, doch Perrin verstand nicht, wonach er suchte. Ein paar Wolken hingen im Osten, die Unterseiten rosa von einer Sonne beleuchtet, die bald aufgehen würde, aber sonst war nichts zu sehen. Raen schien auch zu lauschen und den Geruch der Luft zu prüfen, aber es gab kein Geräusch außer dem Wind in den Bäumen und keinen Geruch außer den rauchigen Resten der Lagerfeuer vom letzten Abend.

Elyas kam mit seinen spärlichen Habseligkeiten zurück, und Raen ging die letzten Schritte hinunter. »Wir müssen die Richtung unserer Reise ändern, mein alter Freund.« Der Sucher blickte wieder unsicher zum Himmel hinauf. »Heute gehen wir anderswohin. Wirst du mit uns kommen?« Elyas schüttelte den Kopf, und Raen nickte, als habe er das die ganze Zeit schon geahnt. »Also dann, pass auf dich auf, alter Freund. Es liegt heute etwas in der Luft ...« Er wollte schon wieder nach oben blicken, senkte den Blick aber schnell, bevor er mehr als die Wagendächer betrachtet hatte. »Ich denke, die Wagen werden nach Osten fahren. Vielleicht bis zum Rückgrat der Welt. Vielleicht finden wir ein *Stedding* und bleiben eine Weile dort.«

»Das Unglück kommt nicht in ein *Stedding* hinein«, stimmte Elyas zu. »Aber die Ogier mögen Fremde nicht besonders.«

»Jeder mag das Fahrende Volk«, sagte Raen und grinste. »Außerdem haben auch die Ogier Töpfe und andere Dinge, die geflickt werden müssen. Komm, lass uns frühstücken.«

»Keine Zeit«, sagte Elyas. »Auch wir ziehen heute weiter. So bald wie möglich. Es ist der richtige Tag zum Weiterziehen, wie es scheint.«

Raen bemühte sich, ihn zu überreden, wenigstens zum Essen zu bleiben, und als Ila mit Egwene aus dem Wagen trat, tat sie das ihre dazu, doch nicht mit so viel Überzeugungskraft wie ihr Mann. Sie sagte die richtigen Worte, doch ihre Höflichkeit klang steif, und es war unverkennbar, dass sie froh sein würde, Elyas und wohl auch Egwene von hinten zu sehen.

Egwene bemerkte die bedauernden Seitenblicke Ilas in ihre Richtung nicht. Sie fragte, was los sei, und Perrin bereitete sich darauf vor, dass sie sagen würde, sie wolle bei den Tuatha'an bleiben, aber als Elyas ihr erklärte, sie würden weiterziehen, nickte sie nur gedankenschwer und eilte in den Wagen zurück, um ihre Sachen zu holen.

Schließlich hob Raen resignierend die Hände. »Also gut. Ich kann mich nicht erinnern, dass ich jemals einen Besucher dieses Lager ohne Abschiedsmahl verlassen ließ, aber ...« Unsicher hob er die Augen erneut zum Himmel. »Na ja, ich glaube, wir sollten auch früh aufbrechen. Vielleicht essen wir unterwegs. Aber sagt wenigstens allen Lebewohl.«

Elyas setzte zu einem Widerspruch an, aber Raen eilte schon von Wagen zu Wagen und hämmerte gegen die Türen, wo noch niemand wach war. Als dann ein Kesselflicker mit Bela im Schlepptau ankam, war das ganze Lager in schönster Festtagskleidung angetreten – eine Farbenpracht, gegen die Raens und Ilas rot-gelber Wagen beinahe blass erschien. Die großen Hunde liefen mit heraushängenden Zungen durch die Menge und warteten darauf, dass jemand sie an den

Ohren kraulte, während Perrin und die anderen unzählige Hände schüttelten und eine Umarmung nach der anderen über sich ergehen ließen. Die Mädchen, die jede Nacht getanzt hatten, gaben sich nicht mit Händeschütteln zufrieden, und ihre Umarmungen ließen in Perrin plötzlich den Wunsch aufkommen, überhaupt nicht mehr fortzugehen – bis ihm bewusst wurde, wie viele andere zusahen. Dann nahm sein Gesicht beinahe die Farbe des Wagens hinter ihm an.

Aram zog Egwene ein wenig zur Seite. Perrin konnte über dem Lärm all des Abschiednehmens nicht hören, was er ihr zu sagen hatte, aber sie schüttelte wiederholt den Kopf, zu Beginn halbherzig, dann aber energischer, als er sie mit bittenden Gesten bestürmte. Sein Gesichtsausdruck wechselte von bittend zu streitend, aber sie schüttelte weiterhin eisern den Kopf, bis Ila sie durch ein paar scharfe an ihren Enkel gerichtete Worte erlöste. Mit finsterer Miene schob sich Aram durch die Menge und ließ Abschied Abschied sein. Ila sah ihm nach und schien ihn beinahe zurückrufen zu wollen. *Sie ist auch erleichtert*, dachte Perrin. *Erleichtert, dass er nicht mit uns und Egwene weggehen will.*

Als er schließlich jede Hand im Lager mindestens einmal geschüttelt und jedes Mädchen mindestens zweimal umarmt hatte, trat die Menge zurück und ließ einen freien Raum um Raen und Ila und die drei Besucher herum. »Ihr kamt in Frieden«, sprach Raen würdevoll, wobei er sich formell verbeugte, die Hände auf der Brust. »Geht nun in Frieden. Immer werden unsere Feuer Euch in Frieden willkommen heißen. Das Gesetz des Blattes ist der Friede.«

»Friede sei für immer mit Euch«, erwiderte Elyas, »und mit dem ganzen Volk.« Er zögerte und fügte dann hinzu: »Ich werde das Lied finden, oder ein anderer wird das Lied finden, aber das Lied wird gesungen werden, dieses Jahr oder ein zukünftiges. Wie es einst war, so soll es wieder sein, eine Welt ohne Ende.«

Raen zwinkerte überrascht, und Ila sah entgeistert drein, aber die anderen Tuatha'an murmelten zur Antwort: »Eine Welt ohne Ende. Welt und Zeit enden nicht.« Raen und seine Familie wiederholten die Worte sehr hastig.

Dann war es wirklich Zeit zu gehen. Ein paar letzte Verabschiedungen, ein paar letzte Ratschläge, auf sich aufzupassen, ein letztes Lächeln und Winken, und sie gingen aus dem Lager. Raen begleitete sie bis zum Waldrand. An seiner Seite rannten zwei Hunde.

»Wahrlich, mein alter Freund, Ihr müsst heute sehr vorsichtig sein ... Ich fürchte, etwas Böses ist in der Welt erwacht, und was Ihr auch vortäuschen möchtet, Ihr seid nicht so böse, dass es Euch nicht verschlingen würde.«

»Friede sei mit dir«, sagte Elyas.

»Und mit dir«, entgegnete Raen traurig.

Als Raen gegangen war, sah Elyas die beiden anderen ihrer fragenden Blicke wegen grimmig an. »Natürlich glaube ich nicht an ihr närrisches Lied«, grollte er. »Aber das ist kein Grund, sie zu beschämen, indem man ihre Zeremonie durcheinander bringt, oder? Ich habe Euch gesagt, dass sie manchmal besonderen Wert auf ihre Zeremonien legen.«

»Natürlich«, sagte Egwene sanft. »Absolut kein Grund.« Elyas wandte sich ab und murmelte irgendetwas in sich hinein.

Scheckie, Wind und Springer kamen und begrüßten Elyas – nicht mit freudigem Schwanzwedeln wie die Hunde, sondern würdevoll, ein Wiedersehen unter Ebenbürtigen. Perrin spürte, was zwischen ihnen vorging. *Feueraugen. Schmerz. Herzfang. Tod. Herzfang.* Perrin wusste, was das bedeutete. *Der Dunkle König.* Sie erzählten ihm von seinem Traum. Ihrem Traum.

Er schauderte, als die Wölfe vorausliefen, um den Weg zu erkunden. Egwene war an der Reihe, auf Bela zu reiten, und er ging nebenher. Elyas führte sie wie gewöhnlich mit gleichmäßigen, ausholenden Schritten an.

Perrin wollte nicht an seinen Traum denken. Er hatte geglaubt, die Wölfe könnten ihnen Sicherheit bieten. *Nicht vollständig. Akzeptiere. Volles Herz. Ganzer Verstand. Du kämpfst noch dagegen. Nur vollständig, wenn du akzeptierst.*

Er drängte die Wölfe aus seinem Geist und zwinkerte überrascht. Er hatte nicht gewusst, dass er das konnte. Er beschloss, sie nicht wieder hineinzulassen. *Auch nicht in Träumen?* Er war nicht sicher, ob das ihr Gedanke gewesen war oder seiner.

Egwene trug immer noch die Kette blauer Perlen, die ihr Aram geschenkt hatte, und einen kleinen Zweig mit winzigen, leuchtend roten Blättern in ihrem Haar, eine andere Gabe des jungen Tuatha'an. Perrin war sicher, dass Aram versucht hatte, sie zum Bleiben zu überreden. Er war froh, dass sie nicht nachgegeben hatte, aber er wünschte, sie würde die Perlen nicht ständig so liebevoll durch die Finger ziehen. Schließlich sagte er: »Was hast du eigentlich die ganze Zeit über mit Ila besprochen? Wenn du nicht gerade mit diesem langbeinigen Kerl getanzt hast, hast du dich mit ihr unterhalten, als hättet ihr Geheimnisse miteinander.«

»Ila hat mir einiges darüber gesagt, was es heißt, eine Frau zu sein«, antwortete Egwene abwesend. Er begann zu lachen, und sie sah ihn mit einem warnenden Blick an, den er nicht bemerkte.

»Ha! Niemand sagt uns, was es heißt, Männer zu sein. Wir sind es einfach.«

»Das«, sagte Egwene, »ist vielleicht auch der Grund, warum ihr das so schlecht macht.«

Vorn lachte Elyas schallend auf.

KAPITEL 28

Fußspuren in der Luft

Nynaeve blickte staunend auf das, was flussabwärts vor ihnen lag: die Weiße Brücke, die mit milchigem Schimmern in der Sonne glänzte. Noch eine Legende, dachte sie mit einem Blick auf den Behüter und die Aes Sedai, die vor ihr herritten. Noch eine Legende, und sie scheinen es nicht einmal zu bemerken. Sie beschloss, ihr Staunen nicht zu zeigen, wenn sie hersahen. Sie werden lachen, wenn sie mich wie eine Landpomeranze gaffen sehen. Die drei ritten schweigend weiter, auf die legendäre Weiße Brücke zu.

Seit jenem Morgen nach der Flucht aus Shadar Logoth, als sie Moiraine und Lan am Ufer des Arinelle gefunden hatte, hatte sie sich kaum jemals richtig mit der Aes Sedai unterhalten. Sie hatten natürlich miteinander gesprochen, aber nichts Wesentliches, jedenfalls nach Nynaeves Meinung. Zum Beispiel Moiraines Versuche, sie zu überreden, nach Tar Valon mitzukommen. Tar Valon. Sie würde, wenn nötig, dort hingehen und sich ausbilden lassen, aber nicht aus den Gründen, an welche die Aes Sedai glaubte. Wenn Moiraine Unheil über Egwene und die Jungen gebracht hatte ...

Manchmal dachte Nynaeve unfreiwillig daran, was eine Seherin mit der Einen Macht alles anfangen konnte. Sobald sie sich jedoch bei diesem Gedanken ertappte, verglühte er in aufflammendem Zorn. Die Macht war eine schmutzige Sache. Sie wollte nichts damit zu tun haben. Nur wenn es gar nicht anders ging.

Die verfluchte Frau wollte von nichts anderem reden als davon, dass sie zur Ausbildung nach Tar Valon gebracht werden sollte.

»Wie wollt Ihr sie denn überhaupt finden?«, fiel ihr ihre Frage wieder ein. »Wie ich Euch gesagt habe«, antwortete Moiraine, ohne es für nötig zu halten, sich nach ihr umzudrehen, »werde ich spüren, wenn ich den beiden, die ihre Münzen verloren haben, nahe bin.« Es war nicht das erste Mal, dass Nynaeve diese Frage gestellt hatte, aber die Stimme der Aes Sedai klang wie ein ruhiger See, der sich weigerte, Wellen zu schlagen, so viele Steine Nynaeve auch hineinwerfen mochte; es brachte das Blut der Seherin jedes Mal zum Kochen, wenn sie diesen Tonfall hörte. Moiraine fuhr fort, als spüre sie den Blick der Seherin auf ihrem Rücken gar nicht, doch Nynaeve wusste, dass es anders war, und sie konzentrierte ihren Blick auch dementsprechend. »Je länger es dauert, desto näher muss ich kommen, aber ich werde es wissen. Und was denjenigen betrifft, der sein Zeichen noch trägt – ihm kann ich notfalls durch die halbe Welt folgen, solange er es in seinem Besitz hat.«

»Und dann? Was gedenkt Ihr zu tun, wenn Ihr sie gefunden habt, Aes Sedai?« Sie glaubte nicht eine Minute lang daran, dass die Aes Sedai sie so eifrig suchte, ohne gewisse Pläne mit ihnen zu haben.

»Tar Valon, Seherin.«

»Tar Valon. Tar Valon. Das ist alles, was ich von Euch zu hören bekomme, und ich bin langsam ...«

»Ein Teil der Ausbildung, die Euch in Tar Valon zuteil wird, Seherin, wird Euch lehren, Eure Ungeduld zu zügeln. Ihr könnt mit der Einen Macht nichts anfangen, wenn Ihr euch von Gefühlen beherrschen lasst.« Nynaeve öffnete den Mund, doch die Aes Sedai redete weiter: »Lan, ich muss dich einen Moment sprechen.«

Die beiden steckten die Köpfe zusammen, und Nynaeve wurde mit einem übellaunigen Gesichtsausdruck zurückgelassen, den sie an sich selbst hasste. Er war oft zu sehen, wenn die Aes Sedai entschlossen von ihren Fragen auf etwas anderes ablenkte, die Fallen, die Nynaeve ihr im Gespräch stellte, leicht vermied oder ihrem Toben keine Beachtung schenkte, bis sie endlich schwieg. Dieser böse Gesichtsausdruck gab ihr das Gefühl, sie sei wieder ein Mädchen, das bei irgendeiner Dummheit von jemandem aus dem Frauenkreis erwischt worden war. Nynaeve kannte dieses Gefühl an sich sonst nicht, und das ruhige Lächeln auf Moiraines Gesicht machte es nur noch schlimmer.

Wenn es nur einen Weg gäbe, diese Frau loszuwerden! Lan wäre allein auch eher zu ertragen – sie fühlte, wie sie bei dem Gedanken errötete, und nur aus diesem Grund sagte sie sich hastig, dass ein Behüter schließlich mit allen Schwierigkeiten fertig werden müsse.

Und doch machte Lan sie noch wütender als Moiraine. Sie verstand nicht, wie sie sich so leicht von ihm aus dem Gleichgewicht bringen lassen konnte. Er sagte selten etwas – manchmal kein Dutzend Worte an einem ganzen Tag –, und er mischte sich nie in die Gespräche mit Moiraine ein. Er war oft weg, erkundete das Land, aber selbst wenn er da war, hielt er sich meist ein wenig entfernt von ihnen, als beobachte er ein Duell. Nynaeve wünschte, er würde damit aufhören. Falls es ein Duell war, dann hatte sie noch keinen einzigen Treffer erzielt, und Moiraine schien noch nicht einmal zu bemerken, dass sie sich in einem Kampf befand. Nynaeve hätte sich ohne seine kühlen blauen Augen und ohne einen schweigenden Zuschauer wohler gefühlt.

So war ihre Reise zum großen Teil verlaufen. Ruhig, außer zu Zeiten, da ihr Temperament mit ihr durchging, und manchmal, wenn sie herumschrie, klang ihre Stimme in der Stille wie berstendes Glas. Das Land selbst war ruhig, als hielte die Welt den Atem an. Der Wind ächzte in den Bäumen, doch sonst war alles still. Auch der Wind schien irgendwie fern, selbst wenn er durch den Umhang auf ihrem Rücken schnitt.

Zuerst war die Stille erholsam, nach alledem, was geschehen war. Es schien, als hätte sie seit der Zeit vor der Winternacht keinen Augenblick Ruhe mehr gehabt. Am Ende ihres ersten Tages allein mit der Aes Sedai und dem Behüter blickte sie jedoch ständig über die Schulter und rutschte im Sattel umher, als fühle sie ein Jucken am Rücken und könne den Fleck nicht erreichen. Die Stille erschien ihr wie ein Kristall, der zum Zerspringen verdammt war, und auf den ersten Riss zu warten machte sie rasend.

Auch Moiraine und Lan litten darunter, selbst wenn sie sich nach außen hin so unerschütterlich gaben. Sie erkannte bald, dass die beiden sich unter der ruhigen Oberfläche von Stunde zu Stunde mehr spannten, wie die Feder einer Uhr, die bis zum Zerbrechen aufgezogen wird.

Moiraine schien nach Geräuschen zu lauschen, die gar nicht vorhanden waren, und was sie hörte, ließ Runzeln auf ihrer Stirn erscheinen. Lan beobachtete den Wald und den Fluss, als ob er aus den kahlen Bäumen und dem breiten, langsam fließenden Wasser Anzeichen für Fallen und Hinterhalte vor ihnen herauslesen könne.

Etwas in ihr war froh, dass sie nicht die Einzige war, die dieses Gefühl hatte, am Rand der Welt angekommen zu sein; wenn es auch die anderen beeinflusste, dann war es wohl Wirklichkeit, obwohl ein Teil ihres Bewusstseins nichts sehnlicher wünschte, als dass all dies ihrer Einbildung entsprungen sei. Etwas davon kitzelte sie am äußersten Rand ihres Bewusstseins, genauso, wie sie es fühlte, wenn sie dem Wind lauschte, aber mittlerweile wusste sie: Das hatte mit der Einen Macht zu tun. So brachte sie es nicht fertig, diese Wellen an der Grenze des Bewussten freudig zu begrüßen.

»Es ist nichts«, sagte Lan ruhig, als sie ihn danach fragte. Er sah sie nicht an, während er mit ihr sprach; seine Augen hörten nie auf, die Umgebung abzusuchen. Dann fügte er im Widerspruch zu dem vorher Gesagten hinzu: »Ihr solltet zu Euren Zwei Flüssen zurückkehren, wenn wir Weißbrücke und die Straße nach Caemlyn erreichen. Es ist hier zu gefährlich. Aber nichts wird Euch daran hindern, zurückzukehren.« Das war die längste Rede, die er an diesem Tag gehalten hatte.

»Sie ist ein Teil des Musters, Lan«, schalt Moiraine. Auch ihr Blick ruhte irgendwo anders. »Es ist der Dunkle König, Nynaeve. Der Sturm ist vorüber – jedenfalls für eine Weile.« Sie erhob eine Hand, als wolle sie die Luft prüfen, und dann wischte sie sie an ihrem Kleid ab, als habe sie Schmutz berührt. »Er beobachtet alles immer noch« – sie seufzte – »und sein Blick ist stärker geworden. Er ruht nicht nur auf uns, sondern auf der ganzen Welt. Wie lange wird es noch dauern, bis er stark genug ist, um ...«

Nynaeve zog die Schultern ein; plötzlich konnte sie beinahe fühlen, wie sie jemand von hinten anstarrte. Sie hätte diese Erklärung lieber nicht von der Aes Sedai gehört.

Lan erkundete ihren Weg den Fluss hinunter, doch während er zuvor bestimmt hatte, welchen Weg sie wählten, war es nun Moiraine, die sie so sicher anführte, als folge sie unsichtbaren Spuren, Fußspuren in der Luft, dem Duft der Erinnerung. Lan überprüfte lediglich den von ihr erwählten Weg, um zu sehen, ob er sicher genug sei. Nynaeve hatte das Gefühl, dass Moiraine auch dann darauf bestanden hätte, wenn er gesagt hätte, der Weg sei nicht sicher. Und er würde ihr trotz allem folgen. Geradewegs den Fluss hinunter nach ...

Nynaeve schrak auf und riss sich von ihren Gedanken los. Sie befanden sich am Fuß der Weißen Brücke. Der blasse Bogen leuchtete im Sonnenschein, ein milchiges Gespinst von Spinnweben, das sich über den Arinelle spannte, scheinbar zu zerbrechlich, um überhaupt stehen bleiben zu können. Das Gewicht eines Mannes würde sie schon einstürzen lassen, geschweige denn das eines Pferdes. Sicher musste sie jede Minute unter ihrem eigenen Gewicht zusammenbrechen.

Lan und Moiraine ritten unbeeindruckt voran, die weiß schimmernde Rampe hinauf und auf die Brücke. Die Hufschläge erklangen nicht wie Stahl auf Glas, sondern wie Stahl auf Stahl. Die Oberfläche der Brücke sah sicherlich genauso glatt aus wie Glas, bot aber den Hufen der Pferde einen festen und sicheren Halt. Nynaeve

zwang sich dazu, ihnen zu folgen, aber vom ersten Schritt an wartete sie halb darauf, dass der gesamte Bau unter ihnen zerspringen
werde. *Wenn Spitzen aus Glas gefertigt würden,* dachte sie, *würde es
wie das hier aussehen.*

Erst als sie schon beinahe den ganzen Weg über die Brücke zurückgelegt hatten, bemerkte sie den teerigen Geruch von Ruß, der
die Luft schwängerte. Einen Moment später sah sie den Grund.

Am Ende der Weißen Brücke lagen geschwärzte Balken, aus denen Rauchfäden emporstiegen, die Reste eines halben Dutzends
Häuser. Männer in schlecht sitzenden roten Uniformen und angerosteten Brustpanzern patrouillierten durch die Straßen, aber sie marschierten schnell, als hätten sie Angst davor, etwas zu finden, und
sie sahen sich ständig um. Die Stadtbewohner – es waren nicht viele
da – rannten fast, die Schultern eingezogen, als ob sie von etwas verfolgt würden.

Lan blickte noch grimmiger als sonst drein, und die Leute machten den dreien Platz; sogar die Soldaten. Der Behüter schnupperte in
die Luft und verzog das Gesicht. Er grollte leise vor sich hin. Nynaeve wunderte das nicht – bei dem starken Gestank nach Feuer.

»Das Rad webt, wie das Rad es will«, murmelte Moiraine. »Kein
Auge kann das Muster erkennen, bis es gewoben ist.«

Im nächsten Augenblick war sie von Aldieb abgesprungen und
sprach mit Stadtbewohnern. Sie stellte keine Frage, zeigte aber ihr
Mitgefühl, und zu Nynaeves Überraschung schien es echt zu sein.
Menschen, die Lan auswichen und gewillt schienen, vor jedem
Fremden davonzulaufen, blieben stehen und sprachen mit Moiraine. Offenbar waren sie von sich selbst überrascht, aber sie tauten auf
gewisse Weise unter Moiraines klarem Blick und ihrer beruhigenden
Stimme auf. Die Augen der Aes Sedai schienen den Schmerz der
Menschen zu teilen, ihre Verwirrung zu fühlen, und ihre Zungen
lösten sich.

Sie logen aber trotzdem, zumindest die meisten von ihnen. Einige
stritten ab, dass es überhaupt Unruhen gegeben hatte. Gar nichts.
Moiraine erwähnte die zerstörten Gebäude, die den Platz umgaben.
Alles war bestens, behaupteten sie beharrlich, und blickten an dem
vorbei, was sie nicht sehen wollten.

Ein fetter Bursche sprach mit einer hohlen Herzlichkeit, doch seine Wange zuckte bei jedem Geräusch hinter ihm. Mit einem Grinsen, das von Zeit zu Zeit versagte, behauptete er, eine umgestoßene
Lampe habe ein Feuer verursacht, das der Wind verbreitete, bevor

man irgendetwas dagegen hatte unternehmen können. Ein Blick genügte Nynaeve, um zu erkennen, dass kein verbranntes Gebäude direkt neben einem anderen stand.

Man hörte beinahe so viele unterschiedliche Geschichten, wie es hier Menschen gab. Mehrere Frauen senkten verschwörerisch die Stimmen. In Wirklichkeit gebe es hier im Ort einen Mann, der mit der Einen Macht experimentiere. Es sei an der Zeit, eine Aes Sedai herbeizurufen, ihrer Meinung nach sogar höchste Zeit, was die Männer auch über Tar Valon sagen mochten. Lasst die Roten Ajah die Dinge wieder in Ordnung bringen.

Ein Mann behauptete, Banditen hätten sie überfallen, und ein anderer machte Ausschreitungen von Schattenfreunden verantwortlich. »Diejenigen, wisst Ihr, die weg wollen, um den falschen Drachen zu sehen«, vertraute er ihnen mit düsterer Miene an. »Sie sind überall. Alles Schattenfreunde.«

Wieder andere erzählten, der Ärger – sie waren recht vage, was die Natur dieses Ärgers betraf – habe mit einem Schiff begonnen, das den Fluss heruntergekommen war.

»Wir haben's ihnen gezeigt«, äußerte ein Mann mit schmalem Gesicht, der sich nervös die Hände rieb. »Lasst sie solche Sachen in den Grenzlanden machen, wo sie hingehören. Wir sind hinunter zu den Anlegebrücken gegangen und ...« Er brach so unvermittelt ab, dass seine Zähne gegeneinander schlugen. Ohne ein weiteres Wort hastete er fort, wobei er sie über die Schulter hinweg anblickte, als fürchte er, sie wollten ihn verfolgen.

Das Schiff war entkommen – so viel bekamen sie schließlich von anderen heraus –, man hatte die Taue gekappt und war erst gestern im letzten Moment flussabwärts geflohen, während der Mob bereits die Landestege erreichte. Nynaeve fragte sich, ob Egwene und die Jungen an Bord gewesen waren. Eine Frau meinte, ein Gaukler habe sich an Bord befunden. Falls das Thom Merrilin gewesen war ...

Sie erzählte Moiraine von ihrer Vermutung, dass einige der Emondsfelder mit dem Schiff geflohen sein könnten. Die Aes Sedai hörte geduldig zu und nickte, bis sie ausgeredet hatte.

»Vielleicht«, sagte Moiraine dann, doch sie klang nicht überzeugt.

Am Platz stand immer noch eine Schenke, deren Schankraum durch eine schulterhohe Mauer in zwei Bereiche unterteilt war. Moiraine blieb einen Moment stehen, als sie die Schenke betrat. Sie fühlte mit der Hand nach der Luft. Sie lächelte, was immer sie auch dabei fühlen mochte, aber sie sagte ihnen nichts darüber.

Sie aßen stumm, aber nicht nur an ihrem Tisch herrschte Schweigen, sondern im gesamten Schankraum. Die Hand voll Menschen, die hier aßen, konzentrierten sich auf ihre eigenen Teller und ihre eigenen Gedanken. Der Wirt, der mit dem Schürzenzipfel Tische abwischte, führte andauernd Selbstgespräche, aber immer zu leise, als dass sie etwas davon hätten verstehen können. Nynaeve fand, es sei nicht gerade angenehm, hier übernachten zu müssen; selbst die Luft war von Angst geschwängert.

Ungefähr zu der Zeit, als sie ihre Teller wegschoben, nachdem sie sie mit den letzten Brotresten sauber gewischt hatten, erschien einer der rot uniformierten Soldaten in der Tür. Nynaeve kam er prachtvoll vor, mit seinem Pikenhelm und dem polierten Brustpanzer, bis er im Eingang verharrte, eine Hand auf dem Knauf seines Schwerts und mit strengem Blick, und sich mit einem Finger in den zu engen Kragen fuhr. Das erinnerte sie an Cenn Buie, wenn er versuchte, sich wie ein richtiger Dorfrat zu benehmen.

Lan warf einen Blick auf ihn und schnaubte: »Miliz. Unbrauchbar.«

Der Soldat ließ den Blick durch den Raum schweifen. Seine Augen ruhten schließlich auf ihnen. Er zögerte und atmete dann tief durch, bevor er herüberstampfte und hastig zu wissen verlangte, wer sie seien, was sie in Weißbrücke wollten und wie lange sie zu bleiben gedachten. »Wir reisen ab, sobald ich mein Bier ausgetrunken habe«, sagte Lan. Er nahm einen weiteren langen Schluck, bevor er zu dem Soldaten aufblickte. »Das Licht beschütze die gute Königin Morgase.«

Der rot uniformierte Mann öffnete den Mund, sah Lans Augen und trat zurück. Er fing sich sofort wieder, nach einem Blick auf Moiraine und sie. Sie glaubte einen Augenblick lang, er werde irgendetwas Närrisches tun, um nicht vor den beiden Frauen als Feigling dazustehen. Ihrer Erfahrung nach benahmen sich Männer in solchen Situationen oft wie Idioten. Aber in Weißbrücke war schon zu viel geschehen, zu viel Unsicherheit stieg aus den Tiefen des Bewusstseins dieser Männer hoch. Der Milizsoldat blickte noch einmal zu Lan zurück und überlegte. Das kantige Gesicht des Behüters war ausdruckslos, aber da waren diese kalten blauen Augen. So kalt.

Der Milizsoldat entschied sich schließlich für ein zackiges Nicken. »Seht, dass Ihr weiterkommt. Es sind heutzutage mehr Fremde hier, als für den Frieden der Königin gut ist.« Er drehte sich auf dem Absatz um und stampfte wieder hinaus, wobei er unterwegs seinen strengen Blick ausprobierte. Keiner der Gäste schien davon Notiz zu nehmen.

»Wohin gehen wir?«, wollte Nynaeve von dem Behüter wissen. Im Raum herrschte eine Atmosphäre, die sie die Stimme senken ließ, aber sie sprach trotzdem energisch genug. »Dem Schiff nach?«

Lan sah Moiraine an, die aber andeutungsweise den Kopf schüttelte, und sagte: »Zuerst muss ich den finden, den ich tatsächlich finden kann, und im Moment hält er sich irgendwo nördlich von uns auf. Ich glaube ohnehin nicht, dass die anderen beiden mit dem Schiff geflohen sind.« Ein befriedigtes Lächeln umspielte ihre Lippen. »Sie waren hier in diesem Raum, vielleicht vor einem Tag, höchstens aber vor zweien. Sie hatten Angst, aber sie entkamen lebend. Die Spur hätte sich ohne diese starken Gefühlsregungen nicht gehalten.«

»Welche beiden?« Nynaeve beugte sich gespannt über den Tisch. »Wisst Ihr das?« Die Aes Sedai schüttelte den Kopf, nur eine ganz leichte Bewegung, und Nynaeve sank zurück. »Wenn sie uns nur einen oder zwei Tage voraus sind, warum folgen wir ihnen dann nicht?«

»Ich weiß, dass sie hier waren«, sagte Moiraine in diesem unerträglich ruhigen Tonfall, »aber abgesehen davon kann ich nicht sagen, ob sie sich nach Osten oder Norden oder Süden wandten. Ich hoffe, sie sind schlau genug, in Richtung Caemlyn zu gehen, nach Osten, aber ich weiß es nicht, und da sie ihre Zeichen nicht mehr haben, werde ich es auch nicht wissen, bis ich vielleicht auf eine halbe Meile an sie herankomme. In zwei Tagen könnten sie in jeder Richtung zwanzig Meilen zurückgelegt haben oder auch vierzig, falls die Angst sie treibt, und als sie hier wegliefen, hatten sie ganz sicher Angst.«

»Aber ...«

»Seherin, wie verängstigt sie auch gewesen sein mochten, in welche Richtung sie auch rannten, sie werden sich schließlich an Caemlyn erinnern, und dort werde ich sie finden. Aber zuerst werde ich dem helfen, den ich jetzt finden kann.«

Nynaeve öffnete den Mund, aber Lan unterbrach sie mit sanfter Stimme. »Sie hatten allen Grund, sich zu fürchten.« Er blickte sich um und senkte dann die Stimme. »Es war ein Halbmensch hier.« Er verzog das Gesicht so wie draußen auf dem Platz. »Ich kann ihn immer noch überall riechen.«

Moiraine seufzte. »Ich werde weiter hoffen, bis ich sicher weiß, dass es vergebens ist. Ich weigere mich, daran zu glauben, dass der Dunkle König so leicht gewinnen kann. Ich werde alle drei lebendig und wohlbehalten finden. Ich muss daran glauben.«

»Ich will die Jungen auch finden«, sagte Nynaeve, »aber was ist mit Egwene? Ihr erwähnt sie niemals, und wenn ich frage, dann beachtet Ihr mich nicht. Ich dachte, Ihr wolltet sie« – sie blickte zu den anderen Tischen hinüber und senkte die Stimme noch mehr – »nach Tar Valon mitnehmen.«

Die Aes Sedai betrachtete einen Moment lang die Tischplatte, bevor sie Nynaeve ansah, und als sie das tat, schreckte Nynaeve vor dem zornigen Leuchten in ihren Augen zurück. Dann versteifte sich ihr Rücken, und auch in ihr wuchs der Zorn, doch bevor sie ein Wort herausbringen konnte, sagte die Aes Sedai kalt: »Ich hoffe, auch Egwene lebendig und gesund zu finden. Ich gebe nicht leicht junge Frauen auf, die solche Fähigkeiten besitzen, wenn ich sie einmal gefunden habe. Aber es wird sein, wie das Rad es webt.«

Nynaeve fühlte einen kalten Klumpen in ihrem Magen. *Bin ich eine dieser jungen Frauen, die du nicht aufgeben wirst? Das werden wir ja sehen, Aes Sedai. Das Licht verbrenne dich, aber wir werden ja sehen!*

Sie beendeten ihr Mahl schweigend, und es waren drei schweigende Menschen, die durch das Tor hinaus und die Straße nach Caemlyn hinunterritten. Moiraines Blicke suchten den Horizont im Nordosten ab. Hinter ihnen kauerte die rußgeschwärzte Stadt Weißbrücke.

KAPITEL 29

Gnadenlose Augen

Elyas ließ sie über das braune Grasland hetzen, als wolle er die Zeit wieder aufholen, die sie beim Fahrenden Volk verbracht hatten. Sein Tempo Richtung Süden war so stramm, dass selbst Bela dankbar schien, wenn sie beim Einbruch der Dämmerung anhielten. Trotz der angestrebten Eile traf er jedoch Vorsichtsmaßnahmen, die er zuvor nicht getroffen hatte. Nachts entzündeten sie nur dann ein Feuer, wenn genug trockenes Holz am Boden lag. Er ließ sie nicht einmal ein winziges Zweiglein von einem Baum abbrechen. Seine Lagerfeuer waren klein und immer in einer Kuhle verborgen, die er sorgfältig grub, nachdem er ein Stück Grasnarbe herausgeschnitten hatte. Sobald ihre Mahlzeit fertig war, vergrub er die Kohlen und schloss die Kuhle wieder mit dem Stück Grasnarbe. Bevor sie in der ersten Dämmerung aufbrachen, untersuchte er jeden Fingerbreit ihres Lagerplatzes, um sicherzugehen, dass es kein Anzeichen dafür gab, dass sich hier jemand aufgehalten hatte. Er richtete sogar umgetretene Steine wieder auf und heruntergedrückte Halme. Das erledigte er schnell – er brauchte nie mehr als ein paar Minuten –, aber sie brachen erst auf, wenn er zufrieden gestellt war.

Perrin glaubte nicht, dass diese Vorsichtsmaßnahmen gegen Träume helfen würden, aber wenn er darüber nachdachte, wogegen sie schützen sollten, dann wünschte er, sie würden nur der Träume wegen getroffen. Beim ersten Mal fragte Egwene ängstlich, ob die Trollocs zurückgekehrt seien, aber Elyas schüttelte den Kopf und trieb sie weiter voran. Perrin sagte nichts. Er wusste, dass keine Trollocs in der Nähe waren; die Wölfe witterten nur Gras und Bäume und Kleintiere. Es war nicht die Angst vor Trollocs, die Elyas so eilig vorwärts trieb, sondern dieses andere Gefühl, dessen sich sogar Elyas nicht ganz sicher war. Die Wölfe wussten nichts darüber, aber sie fühlten Elyas' drängende Vorsicht, und deshalb erkundeten sie alles so genau, als klebe ihnen die Gefahr an den Füßen oder als warte hinter dem nächsten Hügel ein Hinterhalt.

Niedrige Landwellen, nicht hoch genug, um Hügel genannt zu werden, erhoben sich vor ihnen. Darüber breitete sich ein Teppich zähen Grases aus, noch wintergelb und mit wucherndem Unkraut durchsetzt. Es wogte unter einem Wind, der hundert Meilen weit auf kein Hindernis stieß. Die Baumgruppen wurden seltener. Die Sonne ging zögernd auf und verbreitete keine Wärme.

Zwischen diesen geduckten Höhenzügen folgte Elyas den Konturen des Landes so weit wie möglich. Er vermied es nach Möglichkeit, die Erhebungen zu überschreiten. Er sprach selten, und wenn, dann ...

»Wisst ihr überhaupt, wie viel Zeit uns das kostet, jeden verdammten kleinen Hügel einzeln zu umgehen? Blut und Asche! Ich werde bis zum Sommer brauchen, bis ich euch endlich los bin. Nein, wir können nicht einfach geradeaus laufen! Wie oft muss ich euch das noch sagen? Habt ihr eine blasse Ahnung, wie sehr sich ein Mensch abhebt, wenn er in einer solchen Landschaft auf einem Hügelkamm steht? Seng mich, aber wir marschieren genauso weit seitwärts und zurück wie vorwärts! Wir kriechen wie eine Schlange! Ich könnte mich noch mit zusammengebundenen Füßen schneller bewegen. Also, was ist, wollt ihr mich angaffen oder weitergehen?«

Perrin wechselte einen schnellen Blick mit Egwene. Sie streckte die Zunge nach Elyas' Rücken aus. Keiner von beiden sagte etwas. Beim ersten Mal, als Egwene protestiert hatte, dass es ja Elyas sei, der um die Hügel herumlaufen wolle, und er sie nicht dafür verantwortlich machen solle, hatte sie eine Lektion darüber erhalten, wie weit man sie hören könne, und das in einem grollenden Ton, den man bestimmt eine Meile weit hören konnte. Er belehrte sie über die Schulter hinweg und lief nicht einmal langsamer dabei.

Ob er nun gerade redete oder schwieg, immer suchten Elyas' Augen die Umgebung ab. Manchmal blickte er so eindringlich auf etwas, als gebe es außer dem groben Gras unter ihren Füßen noch etwas zu sehen. Falls er etwas sah, konnte ihm Perrin nicht folgen, und auch die Wölfe sahen nichts. Auf Elyas' Stirn bildeten sich noch ein paar Runzeln mehr, aber er gab keine Erklärung ab, weder warum sie es so eilig hatten, noch vor wessen Verfolgung er sich so sehr fürchtete.

Manchmal erstreckte sich ein längerer Höhenzug quer über ihren Weg und verlief meilenweit nach Westen und Osten. Dann musste ihnen sogar Elyas zugestehen, dass es ein zu großer Umweg sei, ihn zu umgehen. Aber er ließ sie auch nicht einfach darübersteigen. Er verließ sie am unteren Ende des Abhangs, kroch auf dem Bauch bis zum Kamm hinauf und spähte so vorsichtig hinüber, als hätten die Wölfe nicht zehn Minuten zuvor hier alles abgesucht. Als sie unten auf der Talsohle warteten, vergingen ihnen die Minuten so zäh wie Stunden, und die Ungewissheit drückte sie nieder. Egwene kaute auf der Lippe herum und klickte ständig mit den Perlen, die ihr Aram gegeben hatte. Perrin wartete hartnäckig. Sein Magen war wie zu einem Knoten verschnürt, aber er brachte es fertig, das Gesicht nicht zu verziehen und den Aufruhr im Inneren zu verbergen.

Die Wölfe werden uns warnen, wenn eine Gefahr auftaucht. Es wäre wunderbar, wenn sie einfach wegliefen, wenn sie verschwänden, aber jetzt in diesem Augenblick ... jetzt würden sie uns warnen. Wonach sucht er bloß? Wonach?

Nach langer Suche, während der er angestrengt über den Hügelkamm spähte, bedeutete Elyas ihnen für gewöhnlich, nachzukommen. Jedes Mal war der Weg frei – bis zur nächsten Erhebung, die sie nicht umgehen konnten. Als das zum dritten Mal geschah, verkrampfte sich Perrins Magen vollkommen. Er stieß sauer auf. Wenn er auch nur fünf Minuten lang warten musste, würde er sich übergeben. »Ich ...« Er schluckte. »Ich komme auch.«

»Duck dich«, war alles, was Elyas sagte.

Während er sprach, sprang Egwene von Belas Rücken.

Der in Felle gehüllte Mann schob seinen runden Hut nach vorn und spähte unter dem Rand hervor nach ihr. »Erwartest du, dass die Stute auf dem Bauch kriechen kann?«, fragte er trocken.

Ihr Mund bewegte sich, doch sie brachte keinen Laut hervor. Schließlich zuckte sie die Achseln, und Elyas wandte sich wortlos ab und machte sich daran, den sanften Abhang zu erklimmen. Perrin eilte ihm nach.

Ein gutes Stück vor Erreichen des Hügelkammes machte Elyas eine Bewegung nach unten, und einen Augenblick später lag er schon flach am Boden und wand sich die letzten paar Schritte vorwärts. Perrin ließ sich auf den Bauch fallen.

Oben angekommen, nahm Elyas seinen Hut ab, bevor er den Kopf ganz langsam hob. Perrin lugte durch ein Dorngestrüpp hindurch, sah aber nur die gleiche wellige Ebene, wie sie hinter ihnen lag. Der Abhang auf der ihnen abgewandten Seite war kahl; nur unten an seinem Fuß stand eine kleine Baumgruppe – vielleicht hundert Schritte im Durchmesser – etwa eine halbe Meile südlich des Kamms. Die

Wölfe waren bereits hier durchgekommen und hatten keine Witterung von Trollocs oder Myrddraal aufgenommen.

Im Osten wie im Westen sah das Land gleich aus, so weit Perrin blicken konnte – welliges Grasland und hier und dort etwas Unterholz. Nichts bewegte sich. Die Wölfe befanden sich mehr als eine Meile voraus außer Sichtweite; auf diese Entfernung konnte er sie kaum fühlen. Sie hatten nichts gesehen, als sie diesen Fleck erkundeten. *Wonach sucht er? Es gibt hier nichts.*

»Wir verschwenden unsere Zeit«, sagte er und wollte sich aufrichten, da brach aus den Bäumen ein ganzer Schwarm Raben hervor, fünfzig, hundert schwarze Vögel, und kreiste zum Himmel empor. Er erstarrte zusammengekauert, als sie über die Bäume flatterten. *Die Augen des Dunklen Königs. Haben sie mich gesehen?* Schweiß lief ihm übers Gesicht.

Als ob ein einziger Gedanke gleichzeitig hundert winzige Hirne erfasst hätte, flogen alle Raben in die gleiche Richtung los: Süden. Der Schwarm verschwand hinter der nächsten Erhebung, wobei er sich bereits wieder dem Boden entgegensenkte. Im Osten spie ein anderes Dickicht weitere Raben aus. Die schwarze Masse kreiste zweimal und flog dann nach Süden weiter.

Zitternd ließ er sich am Boden nieder. Er versuchte zu sprechen, doch sein Mund war ausgetrocknet. Nach einer Minute brachte er wieder ein wenig Speichel hervor. »War es das, wovor du Angst hattest? Warum hast du nichts gesagt? Wieso haben die Wölfe sie nicht gesehen?«

»Wölfe schauen nicht oft zu den Bäumen hinauf«, grollte Elyas. »Und nein, danach habe ich nicht gesucht. Ich habe dir bereits gesagt, ich wusste nicht, was ...« Weit weg im Westen erhob sich eine schwarze Wolke über einem anderen Hain und schwang sich Richtung Süden durch die Luft. Sie waren zu weit weg, um einzelne Vögel ausmachen zu können. »Dem Licht sei Dank, dass es noch nicht so viele sind. Sie wissen nichts. Selbst nach dem ...« Er drehte sich um und blickte zurück, woher sie gekommen waren.

Perrin schluckte. Selbst nach diesem Traum, hatte Elyas sagen wollen. »Nicht viele?«, bemerkte er. »Zu Hause sehen wir so viele Raben nicht einmal in einem ganzen Jahr.«

Elyas schüttelte den Kopf. »In den Grenzlanden habe ich Schwärme gesehen, das waren bestimmt tausend Raben auf einmal. Nicht zu oft – es gibt dort Raben im Überfluss –, aber es kam vor.« Er blickte immer noch nach Norden. »Ruhig jetzt!«

Perrin fühlte es jetzt: das Bemühen, Verbindung mit den entfernten Wölfen aufzunehmen. Elyas wollte, dass Scheckie und ihre Begleiter das Land voraus nicht weiter auskundschafteten; stattdessen sollten sie zurückkommen und ihre Spur nach hinten absichern. Bei der Anstrengung wurde sein sowieso schon hageres Gesicht noch schmaler und spannte sich an. Die Wölfe waren so weit entfernt, dass Perrin sie nicht einmal fühlen konnte. *Beeilt euch. Beobachtet den Himmel. Schnell.*

Schwach empfing Perrin eine Antwort von weit weg aus dem Süden. *Wir kommen.* Ein Bild huschte durch seinen Verstand – rennende Wölfe, die Schnauze in den Wind gestreckt, als sei ein Steppenfeuer hinter ihnen her, rennen, rennen –, blitzte auf und war einen Augenblick später verschwunden.

Elyas sank in sich zusammen und atmete tief ein. Mit gerunzelter Stirn spähte er über den Hügelkamm hinweg und dann wieder nach Norden. Er murmelte etwas in seinen Bart.

»Glaubst du, dass hinter uns noch mehr Raben sind?«, fragte Perrin.

»Könnte sein«, antwortete Elyas unbestimmt. »Manchmal machen sie es so. Ich kenne einen Ort, den sollten wir bis zur Dunkelheit erreichen. Wir müssen sowieso bis tief in die Nacht weitergehen, auch wenn wir den Ort nicht erreichen, aber wir kommen nicht so schnell vorwärts, wie ich es gern hätte. Wir können es nicht riskieren, den Raben vor uns zu nahe zu kommen. Aber wenn sie auch hinter uns sind ...«

»Warum bei Nacht?«, fragte Perrin. »Was für ein Ort? Sind wir dort vor den Raben sicher?«

»In Sicherheit vor den Raben«, sagte Elyas, »aber zu viele Menschen kennen ... Die Raben lassen sich die Nacht über nieder. Wir brauchen uns keine Sorgen zu machen, dass sie uns in der Dunkelheit finden. Das Licht wolle, dass wir uns nur über Raben den Kopf zerbrechen müssen.« Nach einem weiteren Blick über den Hügelkamm erhob er sich und winkte Egwene zu, sie solle Bela hochbringen. »Aber es ist noch lange nicht dunkel. Wir müssen weiter.« Er rannte den Abhang vor ihnen mit langen Schritten hinunter. Jeder Schritt ließ ihn beinahe stürzen. »Bewegt euch, Licht noch mal!«

Perrin kam ihm, halb rennend, halb rutschend, hinterher. Egwene überquerte den Hügelkamm hinter ihnen. Sie ließ Bela die Fersen spüren, und die Stute trabte hinunter. Ein Lächeln der Erleichterung überzog ihr Gesicht, als sie sie sah. »Was ist los?«, rief sie ihnen zu, wobei sie die zerzauste Stute vorwärts trieb, um aufzuholen. »Als ihr so plötzlich verschwunden seid, dachte ich ... Was ist geschehen?« Perrin ersparte sich die Antwort, bis sie bei ihnen war. Er erzählte ihr von den Raben und Elyas' sicherem Versteck, aber es war eine unzusammenhängende Erzählung. Nach einem erstickten »Raben!«, unterbrach sie ihn ständig mit Fragen, auf die er genauso oft keine Antwort wusste. So beendete er das Gespräch nicht, bevor sie den nächsten Hügelkamm erreicht hatten.

Normalerweise – wenn auf dieser Reise irgendetwas normal genannt werden konnte – hätten sie diesen Hügel umrundet, anstatt ihn zu überqueren, aber Elyas bestand darauf, in jedem Fall zunächst das Terrain zu erkunden.

»Willst du mitten unter denen landen, Junge?«, war sein mürrischer Kommentar.

Egwene sah den Hügelkamm an und leckte sich die Lippen, als wolle sie diesmal mit Elyas gehen und gleichzeitig lieber dort bleiben, wo sie war. Elyas war der Einzige unter ihnen, der nicht zögerte.

Perrin fragte sich, ob die Raben noch einmal zurückflögen. Das wäre eine schöne Bescherung, wenn sie den Kamm zur gleichen Zeit erreichten wie ein Schwarm Raben.

Oben hob er ganz vorsichtig den Kopf, bis er gerade hinüberblicken konnte, und ein Seufzer der Erleichterung entrang sich ihm. Alles, was er sah, war eine Baumgruppe ein wenig westlich von ihnen. Es waren keine Raben zu sehen. Plötzlich brach ein Fuchs aus der Baumgruppe hervor und rannte weg, so schnell er konnte.

Raben erhoben sich von den Ästen und folgten ihm. Ihr Flügelschlagen erstickte fast das ängstliche Winseln des Fuchses. Ein schwarzer Wirbelwind tauchte ab und schwärmte um ihn herum. Der Fuchs schnappte nach ihnen, aber sie stießen zu und waren pfeilschnell wieder weg, ohne dass er sie auch nur berühren konnte. Ihre schwarzen Schnäbel glänzten feucht. Der Fuchs lief wieder auf die Baumgruppe zu und suchte nach der Sicherheit seines Baus. Er rannte nun plump und mit gesenktem Kopf, das Fell dunkel und blutig, und die Raben umschwirrten ihn in immer größerer Zahl. Die flatternde Masse verdichtete sich, bis sie den Fuchs vollkommen verbarg. So schnell, wie sie sich über ihn gesenkt hatten, erhoben sie sich nun, kreisten und verschwanden über die nächste Bodenwelle im Süden. Ein verzerrter Klumpen zerrissenen Fells war alles, was von dem Fuchs übrig geblieben war.

Perrin schluckte schwer. *Licht! Das könnten sie auch uns antun. Hundert Raben. Sie könnten ...* »Bewegt Euch!«, brummte Elyas und sprang auf. Er gab Egwene ein Zeichen und rannte auf die Bäume zu. »Macht schon, Licht noch mal!«, rief er über die Schulter zurück. »Los!«

Egwene ließ Bela über die Anhöhe galoppieren und holte sie ein, bevor sie die Talsohle erreicht hatten. Es gab keine Zeit für Erklärungen, aber sie erspähte den Fuchs sofort. Ihr Gesicht wurde weiß wie Schnee.

Elyas erreichte die Bäume und drehte sich am Rand des Wäldchens um. Er winkte ihnen lebhaft zu, sie sollten sich beeilen. Perrin versuchte schneller zu rennen und stolperte. Mit wild rudernden Armen fing er sich gerade noch, bevor er auf der Nase lag. *Blut und Asche! Ich renne doch schon, so schnell ich kann!*

Ein einzelner Rabe flog aus dem Gehölz auf. Er hielt auf sie zu, schrie und wirbelte Richtung Süden. Er wusste, dass er zu spät dran war, aber trotzdem nestelte Perrin irgendwie seine Schleuder aus ihrer Halterung an seiner Hüfte. Er bemühte sich noch, einen Stein aus seiner Tasche in die Schlinge zu legen, als der Rabe plötzlich in der Luft die Flügel anlegte und wie ein Stein zu Boden stürzte. Sein Mund klappte auf, und dann sah er die Schleuder in Egwenes Hand. Sie grinste übers ganze Gesicht.

»Steht nicht da herum und zählt eure Zehen!«, rief Elyas.

Perrin hastete unter die Bäume und sprang dann schnell aus dem Weg, um nicht von Bela niedergetrampelt zu werden.

Fern im Westen, beinahe außer Sichtweite, erhob sich etwas in die Luft, das wie ein dunkler Dunstschleier aussah. Perrin fühlte, wie die Wölfe auf dem Weg nach Norden dessen Weg kreuzten und zur Rechten und zur Linken Raben bemerkten, ihr Tempo aber nicht verringerten. Der dunkle Schleier schwirrte nach Norden, als wolle er die Wölfe verfolgen, drehte dann aber nach Süden ab.

»Glaubst du, sie haben uns gesehen?«, fragte Egwene. »Wir waren doch schon unter den Bäumen, oder? Sie konnten uns auf die Entfernung bestimmt nicht sehen. Oder doch?«

»Wir haben sie auf die Entfernung gesehen«, sagte Elyas trocken. Perrin trat unsicher von einem Fuß auf den anderen, und Egwene atmete angstvoll ein. »Wenn sie uns gesehen hätten«, grollte Elyas, »dann wären sie auf uns herabgestoßen wie auf diesen Fuchs. Ihr müsst euren Verstand gebrauchen, wenn ihr am Leben bleiben wollt. Die Angst wird euch umbringen, wenn ihr sie nicht beherrscht.« Sein durchdringender Blick traf jeden der beiden einen Moment lang. Schließlich nickte er.»Sie sind jetzt weg, und das sollten wir auch sein. Haltet die Schleudern bereit. Sie könnten wieder nützlich sein.«

Als sie aus dem Wäldchen heraustraten, ließ Elyas sie ein wenig westlich von ihrem bisherigen Kurs weitergehen. Perrin blieb beinahe die Luft weg: Es war, als jagten sie diese letzten Raben, die sie gesehen hatten. Elyas lief unermüdlich weiter, und sie konnten nichts anderes tun, als ihm zu folgen. Schließlich kannte Elyas einen sicheren Ort. Irgendwo. Sagte er.

Sie rannten zur nächsten Erhebung, warteten, bis die Raben weiterflogen, und rannten wieder, warteten und rannten. Die gleichmäßige Gangart von vorher war schon ermüdend genug gewesen, aber bei diesem unregelmäßigen Rennen erlahmten alle außer Elyas schnell. Perrins Brustkorb drohte zu zerspringen, und er sog gierig die Luft ein, als er auf einem Hügelkamm liegend ein paar Minuten Zeit hatte und Elyas die Suche überließ. Bela stand bei jedem Halt mit gesenktem Kopf und geblähten Nüstern da. Die Angst trieb sie voran, und Perrin wusste nicht, ob er sie beherrschte oder nicht. Er wünschte nur, die Wölfe würden ihnen mitteilen, was hinter ihnen her war, was es auch sein mochte.

Voraus befanden sich mehr Raben, als Perrin jemals wieder sehen wollte. Die schwarzen Vögel flogen in Wolken links und rechts und im Süden auf. Dutzend Mal erreichten sie das Versteck eines Wäldchens oder den spärlichen Schutz eines Abhangs nur Augenblicke bevor Raben über den Himmel fegten. Einmal – die Sonne sank gerade vom Zenit herab – standen sie im Freien wie zu Statuen erstarrt, während hundert gefiederte Spione des Dunklen Königs eine knappe Meile von ihnen entfernt nach Osten schossen. Trotz des Windes lief Perrin der Schweiß übers Gesicht, bis der letzte schwarze Umriss zu einem Punkt zusammengeschrumpft und verschwunden war. Er zählte die Einzelgänger nicht mehr, die sie mit ihren Schleudern erlegten.

Er sah auf dem Weg, den die Raben zurückgelegt hatten, genügend Anzeichen dafür, dass ihre Furcht gerechtfertigt war. Mit aufsteigender Übelkeit hatte er ein Kaninchen angestarrt, das zu Fetzen zerrissen worden war. Der augenlose Schädel stand aufrecht, und Läufe und Eingeweide waren in einem unregelmäßigen Kreis darum herum verstreut. Auch Vögel hatten sie zu formlosen Federklumpen zerhackt. Und noch zwei weitere Füchse.

Er erinnerte sich an etwas, das Lan gesagt hatte. Alle Kreaturen des Dunklen Königs töten aus Lust daran. Die Macht des Dunklen Königs ist der Tod. Und falls die Raben sie fanden? Gnadenlose Augen, die wie schwarze Perlen schimmerten. Hackende Schnäbel überall um sie herum. Nadelspitze Schnäbel, die sie blutig hackten. Hundert? Oder können sie noch mehr von ihrer Sorte herbeirufen? *Vielleicht alle, die an der Jagd beteiligt sind?* Ein Bild entstand in seinem Geist, das ihn krank machte: ein hügelgroßer Haufen von Raben, wie Würmer durcheinander krabbelnd, die sich um ein paar blutige Fetzen rissen.

Plötzlich wurde dieses Bild von anderen verdrängt, jedes zu Beginn einen Moment lang klar, die dann wirbelten und sich neu formten. Die Wölfe hatten im Norden Raben vorgefunden. Kreischende Vögel stießen auf sie herab, flatterten auf und stießen wieder herab. Bei jedem Angriff ließen sie blutige Spuren zurück. Knurrende Wölfe wichen aus, sprangen hoch und drehten sich in der Luft mit schnappenden Kiefern herum. Wieder und wieder spürte Perrin Federn im Mund und den fauligen Geschmack flatternder Raben, die von den kräftigen Kiefern zermalmt wurden. Er spürte den Schmerz von blutenden Rissen am ganzen Körper und wusste verzweifelt, doch nie auch nur in Gedanken aufgebend, dass all seine Mühe vergebens war. Plötzlich wirbelten die Raben davon und kreisten über den Wölfen mit einem letzten wütenden Kreischen. Wölfe starben nicht so schnell wie Füchse, und sie hatten eine Aufgabe zu erfüllen. Ein kurzes Schlagen schwarzer Flügel, und sie waren weg. Ein paar schwarze Federn trieben herunter und senkten sich auf die Kadaver. Wind leckte über ein Loch in seinem linken Vorderbein. Mit einem von Springers Beinen stimmte etwas nicht. Scheckie ignorierte ihre eigenen Verwundungen und trieb sie mit schmerzerfüllten Sätzen in die Richtung, die die Raben genommen hatten. Ihr Fell war blutverschmiert. *Wir kommen. Gefahr kommt noch vor uns.*

In taumelndem Trab begriffen, sahen Perrin und Elyas einander an. Die gelben Augen des Mannes waren ausdruckslos, doch er wusste Bescheid. Er sagte nichts, beobachtete lediglich Perrin und wartete, ohne dieses mühelos scheinende Laufen zu unterbrechen.

Er wartet auf mich. Wartet darauf, dass ich zugebe, die Wölfe fühlen zu können.

»Raben«, schnaufte Perrin zögernd. »Hinter uns.«

»Er hatte Recht«, hauchte Egwene. »Du kannst mit ihnen sprechen.«

Perrins Füße schienen schwer wie Bleigewichte, doch er bemühte sich, sie noch schneller zu bewegen. Wenn er nur schneller als diese Augen rennen könnte, schneller als die Raben, schneller als die Wölfe, aber vor allem schneller als Egwenes Blick! Nun hatte sie ihn durchschaut, sie wusste, was er war. *Was bist du denn? Gezeichnet, Licht noch mal! Verflucht!*

Seine Kehle brannte, wie sie selbst in Rauch und Hitze von Meister Luhhans Schmiede nicht gebrannt hatte. Er taumelte und hängte sich an Egwenes Steigbügel, bis sie herabkletterte und ihn trotz seiner Proteste beinahe in den Sattel hob. Allerdings dauerte es nicht lang, und sie hielt sich mit einer Hand am Steigbügel fest, während sie mit der anderen ihre Röcke hochraffte. Kurze Zeit später stieg er mit wackligen Knien ab. Er musste sie hochheben, damit sie seinen Platz übernehmen konnte, und sie war zu müde, um sich dagegen zu wehren.

Elyas dachte nicht daran, langsamer zu gehen. Er trieb sie an, schimpfte mit ihnen, und sie hielten sich so nah hinter den suchenden Raben im Süden, dass Perrin glaubte, ein Blick eines der Raben nach hinten würde genügen. »Bewegt euch gefälligst, Licht noch mal! Glaubt ihr, euch würde es besser gehen als dem Fuchs, wenn sie uns fangen? Dem sie die Eingeweide auf den Schädel geworfen haben?« Egwene wankte aus dem Sattel und übergab sich geräuschvoll. »Ich wusste doch, dass ihr euch daran erinnert. Lauft nur noch ein Stück weiter! Das ist alles. Nur ein bisschen weiter noch. Das Licht versenge euch, aber ich dachte, Bauernkinder seien ausdauernd. Den ganzen Tag arbeiten und die Nacht durchtanzen. Es sieht eher so aus, als hättet ihr den ganzen Tag und die ganze Nacht über geschlafen! Bewegt eure blutigen Füße!«

Sie marschierten hügelabwärts, sobald der letzte Rabe über dem nächsten Hügelkamm verschwunden war, und später sogar dann schon, wenn noch die letzten Nachzügler über dem Hügel flatterten. *Wenn ein Vogel zurückschaut!* Die Raben suchten im Osten und Westen, während sie über die deckungslosen Landstriche dazwischen hasteten. *Es ist nur ein einziger Vogel nötig.*

Die Raben hinter ihnen holten schnell auf. Scheckie und die anderen Wölfe umgingen sie und rannten weiter, ohne anzuhalten und ihre Wunden zu lecken, aber sie hatten ihre Lektion gelernt. *Wie nah? Wie lange noch?* Die Wölfe verstanden Zeit nicht so wie die Menschen. Sie hatten keinen Grund, den Tag in Stunden zu unterteilen. Ihnen genügten die Jahreszeiten und Helligkeit und Dunkelheit.

Mehr brauchten sie nicht. Schließlich formte Perrin ein Bild in seinem Geist, wo die Sonne am Himmel stehen würde, wenn die Raben sie von hinten erreichten. Er blickte zurück zur sinkenden Sonne und leckte sich mit trockener Zunge über die Lippen. In einer Stunde, vielleicht sogar weniger, würden die Raben sie finden. Eine Stunde, und bis zum Sonnenuntergang waren es noch gut zwei Stunden; mindestens zwei bis zur völligen Dunkelheit. *Wir werden mit dem Sonnenuntergang sterben,* dachte er. Er rannte taumelnd voran. Wie der Fuchs gemetzelt. Er fühlte nach seiner Axt und dann nach der Schleuder. Die würde nützlicher sein. Aber es reicht trotzdem nicht. Nicht gegen hundert Raben, hundert pfeilschnelle Ziele, hundert hackende Schnäbel.

»Du bist mit Reiten dran«, sagte Egwene müde.

»Warte noch ein bisschen«, schnaufte er. »Ich kann noch ein paar Meilen rennen.« Sie nickte und blieb im Sattel. *Sie ist müde. Soll ich es ihr sagen? Oder lasse ich sie im Glauben, wir hätten noch eine Chance zu entkommen? Eine Stunde Hoffnung, wenn auch verzweifelt, oder eine Stunde nur noch voller Verzweiflung?*

Elyas fixierte ihn, sagte aber nichts. Er musste es wissen, doch er sprach nicht darüber. Perrin sah Egwene an und blinzelte heiße Tränen aus den Augen. Er berührte seine Axt und fragte sich, ob er den Mut aufbringen könne. Während der letzten Minuten, wenn die Raben sich auf sie herabsenkten, wenn alle Hoffnung dahin war, würde er den Mut aufbringen, ihr das gleiche Ende zu ersparen, wie es der Fuchs erlebt hatte? *Licht, gib mir Kraft!*

Die Raben vor ihnen schienen plötzlich zu verschwinden. Perrin konnte aber immer noch die dunklen Schleierwolken weit im Osten und im Westen ausmachen, doch vor ihnen ... nichts. *Wo sind sie hin? Licht, wenn wir sie überholt haben ...*

Plötzlich überlief ihn ein Schauder, ein kaltes, sauberes Prickeln, als sei er mitten im Winter in den Weinquellenbach gesprungen. Es durchfuhr ihn und schien ihm etwas von der Erschöpfung zu nehmen, ein wenig von den Schmerzen in seinen Beinen und dem Brennen seiner Lunge. Es hinterließ ... irgendetwas. Er konnte nicht sagen, was, er fühlte sich einfach nur anders. Er blieb taumelnd stehen und blickte sich angsterfüllt um.

Elyas beobachtete sie beide mit einem gewissen Glitzern in den Augen. Er wusste, was es bedeutete, da war Perrin sicher, aber er beobachtete sie nur.

Egwene brachte Bela zum Stehen und sah sich unsicher um, halb staunend und halb ängstlich. »Es ist ... eigenartig«, flüsterte sie. »Ich fühle mich, als hätte ich etwas verloren.« Sogar die Stute hielt den Kopf erwartungsvoll erhoben. Ihre Nüstern blähten sich, als wittere sie den schwachen Geruch frisch gemähten Heus.

»Was ... was war das?«, fragte Perrin.

Elyas lachte plötzlich meckernd los. Er beugte sich mit zitternden Schultern vor und stützte die Hände auf die Knie. »Sicherheit – das war es. Wir haben es geschafft, ihr blutigen Anfänger. Kein Rabe wird diese Linie überqueren ... keiner, der die Augen des Dunklen Königs trägt! Einen Trolloc müsste man herübertreiben, und es wäre schon etwas Gewaltiges nötig, um einen Myrddraal dazu zu bringen, ihn herüberzutreiben. Auch keine Aes Sedai. Die Eine Macht wirkt hier nicht – sie können die Wahre Quelle nicht erreichen. Sie können sie nicht mal fühlen, so, als sei sie verschwunden. Das muss sie innerlich ganz schön jucken, sage ich euch, lässt sie zittern wie einen, der sieben Tage lang besoffen war. Wir sind in Sicherheit.«

Zuerst erschien Perrin das Land unverändert – die gleichen welligen Hügel und Höhenzüge, die sie den ganzen Tag lang überquert hatten. Dann bemerkte er grüne Triebe im Gras, nicht viele, aber sie schienen sich durchzusetzen, mehr als er sonst irgendwo gesehen hatte. Es war auch weniger Unkraut zwischen den Gräsern. Er konnte sich nicht vorstellen, was es war, aber ... irgendetwas war hier anders. Und etwas von dem, was Elyas gesagt hatte, nagte in seinem Gedächtnis.

»Was ist das?«, fragte Egwene. »Ich fühle ... Was ist das für ein Ort? Ich glaube nicht, dass er mir gefällt.«

»Ein *Stedding*«, grölte Elyas. »Hört ihr bei den Geschichten nie richtig zu? Aber ja, seit ungefähr dreitausend Jahren war kein Ogier mehr bei euch, seit der Zerstörung der Welt, aber das *Stedding* bringt die Ogier hervor, und nicht die Ogier das *Stedding*.«

»Nur eine Legende«, stammelte Perrin. In den Geschichten waren *Steddings* immer eine sichere Zuflucht, ein Ort, wo man sich verstecken konnte, ob es vor den Aes Sedai war oder vor den Kreaturen des Vaters der Lügen.

Elyas richtete sich auf. Wenn er auch nicht unbedingt frisch wirkte, so zeigte er auch kein Anzeichen, dass er den größten Teil des Tages über gerannt war. »Kommt schon! Wir wollten noch tiefer in diese Legende hineingehen. Die Raben können uns nicht folgen, aber so nahe am Rand können sie uns immer noch sehen, und es könnten genug vorhanden sein, um die gesamte Grenze zu überwachen. Lassen wir sie daran vorbeijagen.«

Perrin wollte am liebsten da bleiben, wo er sich befand, nachdem er nun einmal stehen geblieben war. Seine Beine zitterten und sagten ihm, er solle sich eine Woche lang hinlegen. Alle Erfrischung hatte nur kurze Zeit angehalten; Erschöpfung und Muskelkater waren zurückgekehrt. Er zwang sich zu einem Schritt, dann einem weiteren. Es wurde nicht leichter, doch er gab nicht auf. Egwene schüttelte die Zügel, um Bela wieder in Bewegung zu setzen. Elyas sprang mühelos vorwärts und ging erst langsamer, als er merkte, dass die anderen nicht mithalten konnten. Ein schnelles Gehen.

»Warum ... bleiben wir nicht hier?«, keuchte Perrin. Er atmete durch den Mund und zwang die Worte zwischen tiefen, schmerzenden Atemzügen heraus. »Wenn das wirklich ein ... *Stedding* ist. Dann sind wir doch in Sicherheit. Keine Trollocs. Keine Aes Sedai. Warum bleiben wir ... nicht hier ... bis alles vorbei ist?« *Vielleicht kommen auch die Wölfe nicht hierher?*

»Wie lange denn?« Elyas blickte sie über die Schulter hinweg mit hochgezogenen Augenbrauen an. »Was würdet ihr essen? Gras, wie die Pferde? Außerdem gibt es andere, die diesen Ort kennen, und nichts hält Menschen davon ab, ihn zu betreten, nicht einmal die schlimmsten unter ihnen. Und es gibt nur einen Ort hier, wo man immer noch Wasser finden kann.« Er zog die Stirn in Falten und drehte sich einmal um die eigene Achse, wobei er das umliegende Land betrachtete. Schließlich schüttelte er den Kopf und murmelte etwas in seinen Bart hinein. Perrin fühlte, wie er nach den Wölfen rief. *Schnell! Schnell!* »Wir müssen zwischen zwei Übeln wählen. Die Raben sind uns sicher. Kommt mit. Es ist nur noch ungefähr eine Meile, vielleicht auch zwei.«

Perrin hätte stöhnen können, sparte sich aber die Luft fürs Laufen.

Große Felsblöcke lagen hier überall auf den niedrigen Hügeln; unregelmäßige Klumpen grauen, flechtenbewachsenen Steins, zur Hälfte im Boden vergraben – manche von der Größe eines Hauses. Dornbüsche umrankten sie, und niedriges Unterholz verbarg die meisten zum Teil. Hier und da im ausgedörrten Braun von Ranken und Unterholz bewies ein einzelner grüner Schössling, dass dies ein besonderer Ort war. Was auch das Land jenseits der Grenzen dieses Gebiets verwundet hatte, das hatte auch diesen Teil verletzt, doch die Wunden waren nicht so tief. Schließlich mühten sie sich über eine weitere Anhöhe, und in der Senke am Ende des folgenden Abhangs lag ein Teich. Jeder von ihnen hätte ihn mit zwei langen Schritten durchwaten können, doch das Wasser war klar und sauber genug, um den sandigen Grund wie unter einer Glasscheibe zu zeigen. Selbst Elyas eilte erwartungsvoll den Hang hinunter.

Perrin warf sich der Länge nach zu Boden, als er den Teich erreichte, und steckte den Kopf hinein. Einen Augenblick später prustete er, denn das aus den Tiefen der Erde emporquellende Wasser war kalt. Er schüttelte den Kopf. Aus seinen langen Haaren spritzte das Wasser. Egwene grinste und spritzte ihn nass. Perrins Blick wurde wieder nüchtern. Sie zog die Stirn kraus und öffnete den Mund, doch er steckte das Gesicht wieder unter Wasser. *Keine Fragen. Nicht jetzt. Keine Erklärungen. Niemals.* Aber eine schwache Stimme ließ ihm keine Ruhe. *Aber du hättest es getan, nicht wahr?*

Schließlich rief Elyas sie von dem Teich weg. »Falls jemand essen möchte – ich brauche Hilfe.«

Egwene arbeitete fröhlich. Sie lachte und scherzte, während sie ihr spärliches Mahl bereiteten. Es war nur noch Käse und Trockenfleisch übrig; zum Jagen hatten sie keine Gelegenheit gehabt. Wenigstens war noch Tee da. Perrin half mit, schwieg aber. Er fühlte Egwenes Blick auf sich ruhen, sah die wachsende Besorgnis auf ihrem Gesicht, vermied es aber nach Möglichkeit, ihr in die Augen zu sehen. Ihr Lachen wurde schwächer, und die Scherze waren seltener und jedes Mal mehr an den Haaren herbeigezogen. Elyas sah zu und sagte nichts. Eine düstere Stimmung senkte sich über sie herab, und sie begannen, schweigend zu essen. Die Sonne im Westen färbte sich rot, und die Schatten streckten sich lang und dünn.

Keine Stunde mehr bis zur Dunkelheit. *Wenn nicht das Stedding gewesen wäre, dann wärt ihr jetzt alle tot. Hättest du sie gerettet? Hättest du sie niedergehackt wie so viele Büsche zuvor? Büsche bluten nicht, oder? Sie schreien auch nicht, sehen dir nicht in die Augen und fragen nicht, warum.*

Perrin zog sich in sich selbst zurück. Er konnte fühlen, wie ihn etwas aus den Tiefen des eigenen Verstands auslachte. Etwas Grausames. Nicht der Dunkle König. Er wünschte sich fast, es wäre nur das. Nicht der Dunkle König – er selbst war es.

Ausnahmsweise hatte Elyas seine eigene Regel hinsichtlich des Feuers übertreten. Es gab keine Bäume, aber er hatte abgestorbene Zweige aus dem Unterholz gebrochen und entzündete ein Feuer neben einem riesigen Felsklotz, der aus dem Abhang des Hügels ragte.

Die Rußschichten auf dem Stein ließen darauf schließen, dass Generationen von Reisenden diese Stelle für ihre Feuer benutzt hatten. Was von dem großen Felsen über dem Boden aufragte, war ein wenig abgerundet, und an der einen Seite brach er scharf ab. Dort bedeckte altes, braunes Moos die gezackte Oberfläche. Die vom Wetter geschaffenen Rillen und Aushöhlungen auf dem runden Teil kamen Perrin eigenartig vor, aber er war zu sehr in seiner trüben Stimmung befangen, um sich damit zu beschäftigen. Egwene aber betrachtete sie genau, während sie aß.

»Das«, stellte sie schließlich fest, »sieht wie ein Auge aus.« Perrin blinzelte; es sah *wirklich* unter all diesem Ruß wie ein Auge aus.

»Das ist es auch«, sagte Elyas. Er kehrte im Sitzen dem Feuer und dem Felsen den Rücken zu und betrachtete ihre Umgebung. Dabei kaute er auf einem Stück Trockenfleisch herum, das so zäh wie Leder war. »Das Auge von Artur Falkenflügel. Das Auge des Hochkönigs selbst. Das ist schließlich aus all der Macht und dem Ruhm geworden«, sagte er gedankenverloren. Sogar beim Kauen wirkte er abwesend; seine Aufmerksamkeit galt den Hügeln.

»Artur Falkenflügel!«, rief Egwene. »Du erlaubst dir einen Scherz mit mir. Das ist doch überhaupt kein Auge. Warum sollte jemand Artur Falkenflügels Auge hier draußen in einen Felsen hauen?«

Elyas blickte sie über die Schulter hinweg an und murmelte: »Warum bringen sie euch Dorfwelpen nichts bei?« Er schnaubte und richtete sich wieder auf, um die Umgebung zu beobachten, sprach aber weiter: »Artur Paendrag Tanreall, Artur Falkenflügel, der Hochkönig, einte alle Länder von der Großen Fäule bis zum Meer der Stürme, vom Aryth-Meer bis zur Aiel-Wüste und sogar noch ein paar jenseits der Wüste. Er sandte sogar Heere auf die andere Seite des Aryth-Meers. Die Geschichten behaupten, er herrschte über die ganze Welt, aber was er wirklich regierte, hätte auch für jeden Menschen außerhalb einer Legende gereicht. Und er brachte Frieden und Gerechtigkeit für das ganze Land.«

»Alle waren vor dem Gesetz gleich«, sagte Egwene, »und niemand erhob die Hand gegen einen anderen.«

»Also habt ihr die Geschichten wenigstens gehört.« Elyas lachte leise. »Artur Falkenflügel brachte Frieden und Gerechtigkeit, aber das tat er mit Feuer und Schwert. Ein Kind konnte ganz allein mit einem Beutel voll Gold vom Aryth-Meer zum Rückgrat der Welt reiten und musste dabei keinen Augenblick lang Angst haben, aber die Gerechtigkeit des Königs war hart wie ein Fels, sobald jemand seine

Macht infrage stellte, selbst wenn sie sich eben nur so gaben, wie sie waren, oder dachten, sie könnten ihn herausfordern. Die einfachen Menschen hatten Frieden und Gerechtigkeit und volle Bäuche, aber er belagerte Tar Valon zwanzig Jahre lang und setzte einen Preis von tausend Goldkronen auf den Kopf jeder Aes Sedai aus.«

»Ich dachte, du magst die Aes Sedai nicht«, sagte Egwene.

Elyas lächelte sie trocken an. »Es spielt keine Rolle, wen ich mag, Mädchen. Artur Falkenflügel war ein stolzer Narr. Eine Aes Sedai-Heilerin hätte ihn retten können, als er krank wurde – oder vergiftet, wie manche behaupten –, aber jede noch lebende Aes Sedai war hinter der Leuchtenden Mauer eingesperrt, und sie mussten all ihre Kräfte gebrauchen, um einem Heer zu widerstehen, dessen Lagerfeuer die Nacht zum Tage machten. Er hätte sowieso keine in seine Nähe gelassen. Er hasste die Aes Sedai genauso inbrünstig wie den Dunklen König.«

Egwenes Lippen strafften sich, doch als sie sprach, sagte sie lediglich: »Was hat das alles mit Artur Falkenflügels Auge zu tun?«

»Nur so viel, Mädchen. Nachdem Friede herrschte und ihm die Menschen überall zujubelten, wo er auch auftauchte – seht ihr, sie liebten ihn wirklich; er war ein strenger Mann, aber niemals zu den einfachen Leuten – also, in dieser Lage beschloss er, es sei an der Zeit, sich eine Hauptstadt zu erbauen. Eine neue Stadt, die im Geist der Menschen nicht mit irgendeinem alten Zweck oder einem alten Zwist oder einer Rivalität verbunden war. Er wollte sie hier erbauen, im Mittelpunkt des vom Meer und der Wüste und der Fäule begrenzten Landes. Hier, wohin keine Aes Sedai jemals freiwillig kommen oder ihre Macht benützen würde, falls sie doch kam. Eine Hauptstadt, aus der eines Tages die ganze Welt Frieden und Gerechtigkeit empfangen würde. Als sie seine Proklamation vernahmen, sammelten die einfachen Leute genug Geld, um ihm ein Denkmal zu setzen. Die meisten betrachteten ihn mit einer Ehrfurcht, als befinde er sich nur eine Stufe unterhalb des Schöpfers. Es dauerte fünf Jahre, bis sie aus Stein gehauen und vollendet war. Eine Statue Falkenflügels, hundertmal größer als der Mann selbst. Sie stellten sie genau hier auf, und die Stadt sollte darum herum entstehen.«

»Hier stand niemals eine Stadt«, spottete Egwene.

»Falls doch, wäre irgendetwas davon übrig geblieben.«

Elyas nickte, gab aber seinen Beobachtungsposten nicht auf. »Sie wurde tatsächlich nicht gebaut. Artur Falkenflügel starb an dem Tag, an dem die Statue fertig gestellt wurde, und seine Söhne und der

Rest seiner Familie stritten sich darum, wer auf Falkenflügels Thron sitzen solle. Die Statue stand verlassen inmitten dieser Hügel. Die Söhne und Neffen und Vettern starben, und die letzte Spur von Falkenflügels Blut verschwand vom Angesicht der Erde – abgesehen vielleicht von denjenigen, die über das Aryth-Meer fuhren. Es gab welche, die hätten am liebsten sogar jedes Andenken an ihn ausradiert, hätte es in ihrer Macht gestanden. Bücher wurden verbrannt, nur weil sie seinen Namen enthielten. Am Ende blieb von ihm nichts außer den Geschichten übrig, und die meisten von ihnen stimmten nicht. So ging sein Ruhm zugrunde.

Die Kämpfe hörten natürlich nicht auf, nur weil Falkenflügel und seine Angehörigen tot waren. Es galt immer noch, einen Thron zu gewinnen, und jeder Lord und jede Lady, die ein Heer aufbieten konnten, wollten ihn besteigen. Das war der Beginn des Hundertjährigen Krieges. Er dauerte in Wirklichkeit hundertdreiundzwanzig Jahre, und das meiste Wissen über diese Zeit ging mit dem Rauch brennender Städte zugrunde. Viele gewannen einen Teil des Landes, aber niemand das ganze, und irgendwann in dieser Zeit wurde die Statue niedergerissen. Vielleicht konnten sie es nicht mehr ertragen, an ihm gemessen zu werden.«

»Zuerst hast du danach geklungen, als verachtest du ihn«, sagte Egwene, »und nun klingt es so, als ob du ihn bewunderst.« Sie schüttelte den Kopf.

Elyas drehte sich um und sah sie an. Sein Blick schien nichtssagend. Er blinzelte nicht. »Nehmt euch noch mehr Tee, wenn ihr wollt. Ich möchte, dass das Feuer vor Einbruch der Dunkelheit erloschen ist.«

Perrin konnte das Auge nun deutlich erkennen, obwohl das Tageslicht schwächer wurde. Es war größer als der Kopf eines Mannes, und in den schräg fallenden Schatten erschien es ihm wie das Auge eines Raben: hart und schwarz und gnadenlos. Er wünschte, sie würden irgendwo anders schlafen.

KAPITEL 30

Kinder des Schattens

Egwene blieb am Feuer sitzen und blickte zu den Überresten der Statue auf, doch Perrin ging hinunter zum Teich, um allein zu sein. Der Tag verblasste, und im Osten erhob sich bereits der Nachtwind und kräuselte die Wasseroberfläche. Er nahm die Axt aus der Schlaufe an seinem Gürtel und drehte sie in den Händen um. Der Eschenholzschaft war so lang wie sein Arm und fühlte sich glatt und kühl an. Er hasste sie. Er schämte sich, dass er daheim in Emondsfelde so stolz auf die Axt gewesen war. Bevor er wusste, was er vielleicht einmal mit ihr anzurichten imstande war.

»Hasst du sie so sehr?«, sagte Elyas hinter ihm.

Überrascht sprang er auf und hob die Axt, bevor er sah, wer ihn angesprochen hatte. »Kannst ... du auch in meinen Gedanken lesen? Wie die Wölfe?«

Elyas hielt den Kopf schräg und betrachtete ihn abschätzend. »Deinen Gesichtsausdruck könnte auch ein Blinder deuten, Junge. Also red schon! Hasst du das Mädchen? Verachtest du sie? Das muss es sein. Du warst bereit, sie zu töten, weil du sie verachtest. Du schleifst sie immer hinterher, und sie hält dich mit ihrem weiblichen Getue auf.«

»Ich musste Egwene noch nie hinterherschleifen«, widersprach er. »Sie leistet immer ihren Anteil. Ich verachte sie nicht, ich liebe sie.« Er funkelte Elyas an. Der sollte keinesfalls lachen! »So war das nicht gemeint. Also, sie ist nicht gerade wie eine Schwester für mich, aber sie und Rand – Blut und Asche! Ich weiß nicht, was ich getan hätte, wenn uns die Raben entdeckt hätten.«

»Natürlich weißt du's. Wenn sie wählen könnte, auf welche Art sie sterben will, wie, glaubst du, würde sie sich entscheiden? Ein sauberer Schlag mit deiner Axt oder ein Tod wie bei den Tieren, die wir heute gesehen haben? Ich weiß, wie sie sich entscheiden würde.«

»Ich habe kein Recht, für sie zu entscheiden. Du sagst es ihr doch nicht, oder?« Seine Hände krampften sich um den Schaft der Axt; die

Muskeln seiner Arme waren stark für sein Alter, aufgebaut in langen Stunden, während deren er in Meister Luhhans Schmiede den Hammer geschwungen hatte. Einen Moment lang glaubte er, der dicke Holzschaft werde brechen. »Ich hasse dieses blutige Ding«, murrte er. »Ich weiß nicht, was ich überhaupt damit anfange. Ich renne damit herum wie ein alter Narr. Weißt du, ich hätte es nicht fertig gebracht ...« Er seufzte, und seine Stimme wurde schwächer. »Jetzt ist alles anders. Ich möchte sie nie mehr benutzen.«

»Du wirst sie benutzen.«

Perrin hob die Axt, um sie in den Teich zu werfen, doch Elyas hielt seinen Arm auf.

»Du wirst sie benutzen, Junge, und solange du es gegen deinen Willen tust, wirst du sie überlegter einsetzen als die meisten Männer. Warte ab! Wenn du sie nicht mehr hasst, dann ist es an der Zeit, sie so weit wie möglich wegzuwerfen und in entgegengesetzter Richtung davonzulaufen.«

Perrin wog die Axt in beiden Händen. Er war immer noch versucht, sie in den Teich zu werfen. *Leicht für ihn zu sagen, ich solle warten. Was ist, wenn ich warte und sie dann nicht mehr wegwerfen kann?*

Er öffnete den Mund, um Elyas zu fragen, brachte aber kein Wort heraus. Stattdessen empfing er eine Botschaft der Wölfe. Sie war so dringend, dass seine Augen ganz glasig wurden. In diesem Augenblick vergaß er, was er hatte sagen wollen, dass er überhaupt etwas sagen wollte, ja, er vergaß sogar, wie man spricht und atmet. Auch Elyas' Gesicht erschlaffte, und seine Augen schienen gleichzeitig nach innen hinein und in weite Ferne zu blicken. Dann war es vorüber, so schnell, wie es gekommen war. Es hatte nur einen Herzschlag lang gedauert, aber das war genug.

Perrin schüttelte sich und sog tief Luft ein. Elyas zögerte nicht; sobald sich der Schleier von seinen Augen gehoben hatte, eilte er ans Feuer. Perrin rannte schweigend hinter ihm her.

»Lösch das Feuer!«, rief Elyas heiser Egwene zu. Er gestikulierte wild und bemühte sich, flüsternd zu schreien: »Mach's aus!«

Sie erhob sich, schaute ihn unsicher an und trat dann näher ans Feuer. Sie verstand offensichtlich nicht, was vorging.

Elyas schubste sie grob zur Seite, ergriff den Teekessel und fluchte, als er sich die Finger verbrannte. Er balancierte den heißen Kessel in den Händen und leerte ihn über dem Feuer aus. Einen Schritt hinter ihm kam Perrin gerade rechtzeitig, um Erde über die zischenden

Kohlen zu treten, während noch der letzte Tee ins Feuer platschte. Es zischte, und Dampfwölkchen stiegen auf. Er hörte nicht auf, bis die letzte Glut begraben war.

Elyas warf Perrin den Kessel zu, der ihn mit einem unterdrückten Schrei fallen ließ. Perrin blies auf seine Hände und sah Elyas böse an, aber der war zu sehr damit beschäftigt, das Lager hastig zu überprüfen, um ihm Aufmerksamkeit zu schenken.

»Wir können nicht verbergen, dass sich jemand hier befunden hat«, sagte Elyas. »Wir müssen uns eben beeilen und hoffen. Vielleicht kümmern sie sich auch gar nicht darum. Blut und Asche, ich war so sicher, dass es die Raben sind.«

Hastig warf Perrin Bela den Sattel über und stützte die Axt gegen seine Hüfte, während er sich bückte, um den Gurt anzuziehen.

»Was ist los?«, fragte Egwene. Ihre Stimme zitterte. »Trollocs? Ein Blasser?«

»Geht entweder nach Osten oder Westen«, sagte Elyas zu Perrin. »Sucht euch ein Versteck; ich stoße zu euch, sobald ich kann. Wenn sie einen Wolf bemerken ...« Er hastete gebückt weg, als wolle er auf allen vieren laufen, und verschwand in den länger werdenden Schatten des Abends.

Egwene suchte schnell ihre wenigen Habseligkeiten zusammen, aber sie wollte trotzdem eine Erklärung von Perrin. Ihre Stimme klang eindringlich, und je länger er schwieg, desto ängstlicher wurde sie. Auch er hatte Angst, doch die Angst beflügelte sie. Er wartete, bis sie in Richtung der untergehenden Sonne unterwegs waren. Er lief vor Bela her und hielt die Axt in beiden Händen vor der Brust. Nun erzählte er ihr in kurzen Zügen über die Schulter hinweg alles, was er wusste, und dabei sah er sich ständig um und suchte nach einem Ort, wo sie sich niederlassen und auf Elyas warten konnten.

»Eine Menge berittener Männer reiten auf den Teich zu. Sie sind hinter den Wölfen hergekommen, haben sie aber nicht bemerkt. Vielleicht haben sie gar nichts mit uns zu tun – es ist ja meilenweit die einzige Wasserstelle. Aber Scheckie sagt ...« Er blickte sich um. Die Abendsonne warf eigenartige Schatten auf ihr Gesicht, die ihre Miene verbargen. *Was denkt sie jetzt? Sieht sie dich an, als kenne sie dich nicht mehr? Kennt sie dich überhaupt?* »Scheckie sagt, sie riechen irgendwie schlecht. So ... wie ein tollwütiger Hund.« Der Teich hinter ihnen war nicht mehr zu sehen. Er konnte immer noch Felsen in der Dämmerung erkennen – Fragmente der Statue Artur Falkenflügels –, wusste aber nicht mehr zu sagen, neben welchem Stein sich das Feuer befunden hatte. »Wir werden uns von ihnen fern halten und auf Elyas warten.«

»Warum sollten sie etwas von uns wollen?«, fragte sie. »Wir sind doch angeblich hier sicher? Licht, es muss doch wenigstens einen sicheren Ort geben!«

Perrin sah sich hektisch nach einem Versteck um. Sie konnten sich noch nicht sehr weit von dem Teich entfernt haben, aber die Dämmerung verdichtete sich. Bald würde es zu dunkel zum Weitergehen sein. Die Hügelkämme lagen noch unter erblassendem Sonnenschein. In den Niederungen konnte man kaum noch etwas erkennen. Zur Linken hob sich ein dunkler Umriss scharf vom Himmel ab, ein großer, flacher Felsblock, der aus einem Abhang herausragte und dessen unteren Teil die Dunkelheit einhüllte.

»Dorthin«, sagte er.

Er rannte auf den Hügel zu, wobei er sich ängstlich umblickte. Es war noch nichts von den Reitern zu sehen. Mehr als einmal musste er stehen bleiben und warten. Egwene saß tief über Belas Hals gekauert im Sattel, und die Stute suchte sich vorsichtig einen Weg durch das steinige Gelände. Perrin merkte, dass die beiden noch müder sein mussten, als er geglaubt hatte. *Hoffentlich ist das ein gutes Versteck. Ich glaube kaum, dass wir noch ein anderes suchen können.*

Vom Fuß des Hügels aus betrachtete er den sich vom Himmel deutlich abhebenden flachen Felsvorsprung, der knapp unter dem Kamm aus dem Abhang ragte. Es kam ihm irgendwie bekannt vor, wie der obere Teil des großen Brockens unregelmäßige Stufen zu bilden schien – drei hinauf und eine hinunter. Er kletterte hinauf und tastete sich im Gehen am Stein entlang. Trotz der jahrhundertelangen Verwitterung konnte er immer noch vier verbundene Säulen ertasten. Er blickte hinauf zu dem stufengleichen Oberteil des Steins, der wie eine riesige Lehne über seinem Kopf aufragte. *Finger. Wir schlagen unser Lager in der Hand Artur Falkenflügels auf. Vielleicht ist ein wenig von seiner Gerechtigkeit hier übrig geblieben.*

Er winkte Egwene zu, sie solle herkommen. Sie rührte sich nicht, also rutschte er den Hügel zu ihr hinunter und sagte ihr, was er herausgefunden hatte. Egwene spähte mit vorgestrecktem Kopf hügelaufwärts. »Wie kannst du denn irgendwas erkennen?«, fragte sie ihn.

Perrin öffnete den Mund und schloss ihn wieder. Er leckte sich über die Lippen, während er sich umsah. Zum ersten Mal war ihm wirklich klar, was er da sah. Die Sonne war gesunken. Sie war nun vollständig untergegangen, und der Mond wurde von Wolken verdeckt. Trotzdem erschien es ihm, als erhellten die Purpurfransen der Dämmerung die Nacht. »Ich habe den Felsen betastet«, sagte er schließlich. »Das muss es wohl sein. Sie werden uns in diesem Schatten nicht erkennen, selbst wenn sie hierher kommen.« Er nahm Bela am Zaumzeug und führte sie in den Schutz der Hand. Er fühlte Egwenes Blick im Rücken.

Als er ihr aus dem Sattel half, hörten sie Schreie vom Teich her. Sie legte eine Hand auf Perrins Arm, und er verstand ihre unausgesprochene Frage.

»Die Männer haben Wind gesehen«, sagte er zögernd. Es war schwierig, die richtige Bedeutung der Wolfsgedanken herauszulesen. Etwas über Feuer. »Sie haben Fackeln.« Er drückte sie am Fuß der Finger zu Boden und kauerte sich neben sie. »Sie teilen sich in Suchtrupps auf. Sehr viele, und die Wölfe sind alle verwundet.« Er bemühte sich, seine Stimme voller klingen zu lassen. »Aber Scheckie und die anderen sollten trotz ihrer Verwundungen in der Lage sein, ihnen zu entkommen, und mit uns rechnen sie sowieso nicht. Die Menschen sehen nicht, womit sie nicht rechnen. Sie werden bald aufgeben und ein Lager errichten.« Elyas war bei den Wölfen, und er würde sie nicht verlassen, solange sie gejagt wurden. *So viele Reiter. So hartnäckig. Warum sind sie so hartnäckig?*

Er sah, wie Egwene nickte. »Es wird schon alles gut gehen, Perrin.«

Licht, dachte er staunend, *sie versucht ja, mich zu beruhigen!*

Die Schreie hörten nicht auf. Kleine Gruppen von Fackeln bewegten sich in einiger Entfernung – flackernde Lichtpunkte in der Dunkelheit.

»Perrin«, sagte Egwene sanft. »Wirst du am Sonntag mit mir tanzen? Wenn wir bis dahin zu Hause sind?«

Seine Schultern bebten. Er machte kein Geräusch und war sich selbst nicht klar darüber, ob er lachte oder weinte. »Das werde ich – versprochen.« Gegen seinen Willen umklammerten seine Hände die Axt kräftiger, was ihn daran erinnerte, dass er sie immer noch festhielt. Seine Stimme sank zu einem Flüstern herab. »Versprochen«, wiederholte er, und er hoffte.

Gruppen von Fackelträgern ritten nun zwischen den Hügeln hindurch; immer zehn oder zwölf Mann. Perrin konnte nicht abschätzen, wie viele Gruppen es waren. Manchmal sah man drei oder vier gleichzeitig, die hin- und zurückritten. Sie verständigten sich weiterhin rufend, und gelegentlich war die Nacht von Schreien erfüllt – vom Wiehern der Pferde und von menschlichen Schreien.

Er sah alles von mehr als einem Standpunkt aus. Er kauerte mit Egwene am Abhang, beobachtete, wie die Fackeln glühwürmchengleich durch die Dunkelheit flimmerten, und in seinem Geist rannte er mit Scheckie und Wind und Springer durch die Nacht. Die Wölfe waren durch die Raben zu schwer verwundet worden, um sehr weit oder sehr schnell zu rennen, also planten sie, die Menschen aus der Dunkelheit in den Schutz ihrer Feuer zurückzutreiben. Menschen suchten schließlich immer am Feuer Zuflucht, wenn Wölfe durch die Nacht strichen. Einige der Berittenen führten Gruppen reiterloser Pferde hinter sich her. Die Pferde wieherten und bäumten sich mit weit aufgerissenen Augen auf, wenn zwischen ihnen graue Gestalten auftauchten. Sie wieherten und rissen sich von den Leitriemen los und stieben in alle Richtungen, so schnell sie galoppieren konnten. Auch die Pferde mit Reitern auf dem Rücken wieherten, wenn graue Schatten mit grauenerregenden Reißzähnen aus der Dunkelheit heranjagten, und manchmal schrien auch die Reiter, bevor ihre Kehlen von den mächtigen Gebissen zerfetzt wurden. Elyas war ebenfalls dort draußen, auch wenn er seine Anwesenheit nicht so deutlich spüren konnte, und schlich mit seinem langen Messer durch die Nacht – ein zweibeiniger Wolf mit einem scharfen Stahlzahn. Meistens wurden aus den Rufen bald Flüche, aber die Jäger gaben nicht auf.

Plötzlich wurde Perrin klar, dass die Männer mit den Fackeln einem Muster folgten. Jedes Mal, wenn einer der Suchtrupps in Sicht kam, befand sich zumindest einer von ihnen wieder etwas näher an dem Abhang, der ihn und Egwene verbarg. Elyas hatte gesagt, sie sollten sich verstecken, aber ... *Was geschieht, wenn wir weglaufen? Vielleicht können wir uns in der Dunkelheit verstecken, wenn wir ständig in Bewegung bleiben.* Vielleicht. Dazu muss es dunkel genug sein.

Er drehte sich zu Egwene um, doch in dem Moment wurde ihm die Entscheidung abgenommen. Gebündelte Fackeln, vielleicht ein Dutzend, kamen um den Fuß des Hügels herum und schwankten im Schritt der Pferde. Lanzenspitzen schimmerten im Fackelschein. Er erstarrte und hielt die Luft an. Seine Hände umklammerten den Schaft der Axt.

Die Reiter ritten am Hügel vorbei, doch einer der Männer rief etwas, und die Fackeln bewegten sich zurück. Er überlegte krampfhaft; suchte nach einem Ausweg. Aber sobald sie sich bewegten, würde man sie sehen, falls das nicht schon geschehen war. Einmal erkannt, hätten sie keine Chance. Nicht einmal die Dunkelheit könnte ihnen dann helfen.

Die Reiter versammelten sich am Fuß des Hügels. Jeder trug in einer Hand eine Fackel und in der anderen eine Lanze. Sie lenkten ihre Pferde durch Schenkeldruck. Im Fackelschein konnte Perrin die weißen Mäntel der Kinder des Lichts erkennen. Sie hielten ihre Fackeln hoch und beugten sich in den Sätteln vor, um besser in die tiefen Schatten unter Artur Falkenflügels Fingern spähen zu können.

»Dort oben ist doch irgendwas«, sagte einer von ihnen. Seine Stimme klang zu laut, als habe er Angst vor dem, was sich außerhalb des Fackelscheins befinden mochte. »Ich habe euch gesagt, dass sich dort jemand verbergen könnte. Ist das nicht ein Pferd?«

Egwene legte eine Hand auf Perrins Arm. Ihre Augen waren in der Dunkelheit weit aufgerissen. Trotz des Schattens, der ihre Gesichtszüge verbarg, war ihre stumme Frage offensichtlich. Was tun? Elyas und die Wölfe schlichen noch immer durch die Nacht. Die Pferde unter ihnen tänzelten nervös. *Wenn wir wegrennen, jagen sie uns, bis wir nicht mehr können.*

Einer der Weißmäntel ließ sein Pferd vortreten und schrie den Hügel hinauf: »Wenn ihr die menschliche Sprache verstehen könnt, dann kommt herunter und ergebt euch. Euch geschieht kein Leid, wenn ihr im Licht wandelt. Wenn ihr euch nicht ergebt, werdet ihr alle getötet. Ihr habt eine Minute!« Die Lanzen wurden gesenkt, ihre langen Stahlspitzen glänzten im Fackelschein.

»Perrin«, flüsterte Egwene. »Wir können nicht davonlaufen. Wenn wir nicht aufgeben, töten sie uns. Perrin?«

Elyas und die Wölfe waren noch frei. Ein weiterer röchelnder Aufschrei in der Ferne verriet, dass ein Weißmantel Scheckie zu nahe gekommen war. *Wenn wir wegrennen ...* Egwene blickte ihn an und wartete auf seine Entscheidung. *Wenn wir rennen ...* Er schüttelte müde den Kopf und stand auf wie in Trance. Er stolperte den Hügel hinunter auf die Kinder des Lichts zu. Er hörte, wie Egwene seufzte und ihm mit zögernden Schritten folgte. *Warum jagen die Weißmäntel die Wölfe so hartnäckig, als hassten sie sie besonders? Warum riechen sie schlecht?* Er hatte beinahe das Gefühl, er könne selbst etwas Übles riechen, wenn der Wind von den Reitern herkam. »Lass die Axt fallen!«, schnauzte ihn der Anführer an.

Perrin stolperte auf ihn zu und rümpfte die Nase, um den Geruch loszuwerden, den er sich einbildete.

»Lass sie fallen, Bauer!« Die Lanze des Anführers richtete sich auf Perrins Brustkorb.

Einen Augenblick lang starrte er die Lanzenspitze an. Plötzlich schrie er: »Nein!« Der Schrei galt nicht dem Reiter.

Aus der Nacht flog Springer heran, und Perrin war eins mit dem Wolf. Springer, der Welpe, der einst die Adler im Flug bewundert hatte und genauso über den Himmel segeln wollte wie ein Adler. Der Welpe, der gehüpft und gesprungen war, bis er höher als jeder andere Wolf springen konnte, und der niemals die Sehnsucht der eigenen Jugend vergessen hatte. Aus der Nacht heraus erschien Springer und sprang in einem hohen Bogen hoch. Den Weißmänteln blieb nur ein Moment zum Fluchen, dann schlossen sich Springers Kiefer um die Kehle des Mannes, der seine Lanze auf Perrin gerichtet hatte. Der Schwung des großen Wolfes ließ sie beide auf der anderen Seite des Pferdes herabstürzen. Perrin spürte, wie der Hals aufgerissen wurde, schmeckte das Blut.

Springer landete leicht auf den Füßen, bereits ein Stück von dem Mann entfernt, den er getötet hatte. Sein Fell war blutverkrustet – mit seinem Blut und dem anderer. Ein Riss an seinem Kopf ging durch die leere Augenhöhle, in der sich sein linkes Auge befunden hatte. Er blickte einen Moment lang Perrin mit dem verbliebenen Auge an. *Renn, Bruder!* Er wirbelte herum, um erneut ein letztes Mal zu springen, und eine Lanze nagelte ihn am Boden fest. Eine zweite Stahlspitze durchdrang seinen Brustkorb und bohrte sich unter ihm in den Boden. Seine Beine zuckten, als er nach den Lanzenschäften schnappte, die ihn am Aufstehen hinderten. *Fliegen!*

Schmerz erfüllte Perrin, und er schrie auf. Es war ein wortloser Schrei, der etwas vom Heulen eines Wolfs an sich hatte. Ohne zu denken, sprang er vor. Er schrie immer noch. Alle Überlegung war dahin. Die Reiter befanden sich zu dicht beieinander, um ihre Lanzen benützen zu können, und die Axt lag wie eine Feder in seiner Hand, der Stahlzahn eines riesigen Wolfs. Etwas krachte auf seinen Kopf herab, und im Fallen wusste er nicht, ob es Springer war oder er selbst, der in dem Moment starb.

»... fliegen wie ein Adler.« Benebelt öffnete Perrin die Augen. Sein Kopf schmerzte, und er erinnerte sich nicht, warum. Er blinzelte in das Licht und sah sich um. Egwene kniete an seiner Seite und beobachtete ihn. Sie befanden sich in einem quadratischen Zelt von etwa der Größe eines durchschnittlichen Zimmers in einem Bauernhaus. Der Boden war mit Segeltuch ausgelegt. Öllampen auf hohen Ständern in allen vier Ecken warfen helles Licht in den Raum.

»Dem Licht sei Dank, Perrin«, hauchte sie. »Ich hatte gefürchtet, sie hätten dich umgebracht.«

Statt zu antworten, sah er den grauhaarigen Mann an, der auf dem einzigen Stuhl im Zelt saß. Aus einem großväterlichen Gesicht blickten ihn dunkle Augen an. Das Gesicht passte gar nicht zu dem weißen und goldfarbenen Uniformrock, den der Mann trug, und zu dem glänzenden Brustpanzer, der über sein reinweißes Unterhemd geschnallt war. Es schien ein freundliches Gesicht zu sein, gutmütig und ehrwürdig, und etwas an ihm passte doch zu der eleganten Strenge der Einrichtungsgegenstände im Zelt: ein Tisch und ein klappbares Feldbett, ein Waschtischchen mit einer einfachen weißen Schüssel und einem Krug, eine einzige Holztruhe, die mit schlichten geometrischen Mustern verziert war. Wo immer Holz verwandt worden war, da hatte man es poliert, bis es matt schimmerte. Auch die Metallgegenstände glänzten, aber nicht zu stark. Nichts davon wirkte protzig. Alles im Zelt sah nach solider handwerklicher Arbeit aus, aber nur jemand, der wirklich erstklassige Handwerker bei der Arbeit beobachtet hatte – Leute wie Meister Luhhan oder Meister Aydaer, den Tischler – konnte das ermessen.

Mit gerunzelter Stirn stocherte der Mann mit einem Finger in zwei kleinen Stapeln von Gegenständen herum, die vor ihm auf dem Tisch lagen. Perrin erkannte in einem der beiden Häufchen den Inhalt seiner Taschen und sein Messer. Die Silbermünze, die ihm Moiraine gegeben hatte, fiel heraus, und der Mann schob sie in Gedanken zurück. Er schürzte die Lippen und wandte sich Perrins Axt zu. Er hob sie vom Tisch auf und wog sie in der Hand. Dann kehrte seine Aufmerksamkeit zu den Emondsfeldern zurück.

Perrin versuchte, sich aufzusetzen. Die Anstrengung war vergebens – seine Arme und Beine schmerzten höllisch. Nun erst wurde ihm bewusst, dass er an Händen und Füßen gefesselt war. Sein Blick wanderte zu Egwene. Sie zuckte bedauernd die Achseln und drehte sich ein wenig, sodass er ihren Rücken sehen konnte. Ein halbes Dutzend Lederschnüre fesselten ihre Handgelenke und Knöchel. Die Schnüre schnitten ihr tief ins Fleisch. Die Schnüre an Knöcheln und Handgelenken waren durch ein Seil verbunden. Es war so kurz, dass sie sich nur zu einer gebückten Haltung aufrichten konnte, falls sie auf die Beine kam. Perrin machte große Augen. Es war schon erschreckend genug, dass man sie gefesselt hatte, aber man hatte so viele Stricke benützt, dass sie auch ein Pferd gehalten hätten. *Was glauben die denn, wer wir sind?*

Der grauhaarige Mann beobachtete sie nachdenklich, so wie Meister al'Vere, wenn er nach der Lösung eines Problems suchte. Er hielt die Axt gedankenverloren in den Händen.

Der Zelteingang wurde zur Seite geschoben, und ein hoch gewachsener Mann trat ein. Sein Gesicht war schmal und hager; die Augen lagen so tief, dass sie aus Höhlen hervorzublicken schienen. Er hatte kein bisschen überflüssiges Fett am Körper. Die Haut spannte sich straff über Muskeln und Knochen.

Perrin konnte kurz in die Nacht draußen blicken, sah Lagerfeuer und zwei in weiße Mäntel gehüllte Wächter am Zelteingang, und dann war das Zelt wieder geschlossen. Sobald der Ankömmling eingetreten war, blieb er stehen, stand stocksteif da und blickte geradeaus auf die hintere Zeltwand. Sein aus Metallplatten auf einem Kettenhemd bestehender Panzer schimmerte wie Silber zwischen dem schneeweißen Mantel und dem weißen Unterhemd. »Mein Lordhauptmann.« Seine Stimme klang so steif, wie seine Haltung war, und knarrte irgendwie völlig ausdruckslos. Der grauhaarige Mann machte eine lockere Handbewegung. »Steht bequem, Kind Byar. Ihr habt unsere Verluste bei diesem ... Zusammentreffen überprüft?«

Der hoch gewachsene Mann stellte sich breitbeiniger hin, aber ansonsten sah Perrin nichts Bequemes in seiner Haltung. »Neun Männer sind tot, mein Lordhauptmann, und dreiundzwanzig verwundet, sieben davon schwer. Es können jedoch alle reiten. Dreißig Pferde mussten getötet werden. Ihre Sehnen waren durchgebissen.« Das betonte er mit seiner gefühllosen Stimme besonders, als sei das, was den Pferden geschehen war, schlimmer als tote und verwundete Menschen. »Viele der Ersatzpferde sind weggelaufen. Wir finden möglicherweise einige bei Tagesanbruch wieder, aber da Wölfe in der Nähe sind und sie ängstigen, kann es Tage dauern, sie alle einzufangen. Die Männer, die sie hätten bewachen sollen, sind bis zur Ankunft in Caemlyn zum Nachtdienst eingeteilt.«

»Wir haben nicht tagelang Zeit, Kind Byar«, sagte der grauhaarige Mann sanft. »Wir reiten bei Sonnenaufgang. Dabei bleibt es. Wir müssen rechtzeitig in Caemlyn sein?«

»Wie Ihr befehlt, mein Lordhauptmann.«

Der grauhaarige Mann blickte zu Perrin und Egwene hinüber und dann wieder weg. »Und was haben wir vorzuweisen, von diesen beiden Halbwüchsigen abgesehen?«

Byar atmete tief ein und zögerte. »Ich habe den Wolf abhäuten lassen, der sich bei ihnen befand, mein Lordhauptmann. Das Fell sollte einen schönen Bettvorleger für das Zelt meines Lordhauptmanns ergeben.«

Springer! Perrin knurrte und stemmte sich gegen seine Bande. Dabei war ihm nicht einmal bewusst, was er tat. Die Seile schnitten ihm in die Haut – seine Handgelenke waren schlüpfrig von Blut –, aber sie gaben nicht nach.

Zum ersten Mal sah Byar die Gefangenen an. Egwene schreckte vor ihm zurück. Sein Gesicht war genauso ausdruckslos wie seine Stimme, aber in den eingesunkenen Augen glimmte ein grausames Licht, ebenso eindeutig, wie in Ba'alzamons Augen Flammen loderten. Byar hasste sie, als seien sie langjährige Feinde und nicht Menschen, die er vor dem heutigen Abend noch nie gesehen hatte. Perrin blickte trotzig zurück. Sein Mund verzog sich zu einem angespannten Lächeln, als er sich ausmalte, die Zähne in die Kehle dieses Mannes zu schlagen.

Plötzlich verging ihm das Lächeln, und er schüttelte sich. *Meine Zähne? Ich bin ein Mensch und kein Wolf! Licht, dem muss ein Ende gemacht werden!* Aber er widerstand Byars hasserfülltem Blick und gab ihn in gleicher Münze zurück.

»Ich bin nicht an Bettvorlegern interessiert, Kind Byar.« Die Zurechtweisung des Lordhauptmannes war sanft, aber Byar stand wieder stramm, die Augen stur auf die rückwärtige Zeltwand gerichtet. »Ihr wart dabei zu berichten, was wir heute Nacht erreicht haben, oder? Falls wir etwas erreicht haben.«

»Ich schätze, das Rudel, das uns angriff, dürfte mindestens aus fünfzig Tieren bestanden haben, mein Lordhauptmann. Davon haben wir zumindest zwanzig, wenn nicht sogar dreißig getötet. Ich habe es nicht für wert gehalten, den Verlust weiterer Pferde zu riskieren, um die Kadaver noch heute Nacht herbeizuschleifen. Morgen früh werde ich sie einsammeln und verbrennen lassen, jedenfalls diejenigen, die nicht weggeschleppt wurden. Neben diesen beiden waren mindestens noch ein Dutzend weiterer Männer beteiligt. Ich glaube, wir haben vier oder fünf davon erledigt, aber es ist unwahrscheinlich, dass wir ihre Leichen finden. Die Schattenfreunde haben die Angewohnheit, ihre Leichen verschwinden zu lassen, um so ihre Verluste zu vertuschen. Es scheint sich um einen wohlgeplanten Überfall gehandelt zu haben, aber das lässt natürlich die Frage offen ...«

Perrins Kehle war wie zugeschnürt, als der hagere Mann fortfuhr. Elyas? Vorsichtig tastete er in Gedanken nach Elyas, nach den Wölfen ... und fand nichts. Es war, als sei er niemals in der Lage gewesen, die Gedanken und Gefühle eines Wolfs zu spüren. *Entweder sind sie tot oder sie haben dich verlassen.* Er wollte lachen – ein bitteres Lachen. Jetzt hatte er endlich, was er wollte, doch der Preis dafür war hoch.

In diesem Augenblick lachte der grauhaarige Mann. Es war ein sarkastisches Lachen, das Byar die Röte in die Wangen trieb.»Also, Kind Byar, Ihr schätzt, dass wir von mehr als fünfzig Wölfen und einem guten Dutzend Schattenfreunden überfallen wurden? Ja? Nun, wenn Ihr noch ein paar Kampfhandlungen erlebt ...«

»Aber mein Lordhauptmann Bornhald ...«

»Ich würde sagen, es waren sechs oder acht Wölfe, Kind Byar, und vielleicht überhaupt keine weiteren Menschen außer diesen beiden. Ihr legt wahren Eifer an den Tag, habt aber keine Erfahrung außerhalb der Städte. Es ist etwas anderes, das Licht zu bringen, wenn Straßen und Häuser weit weg sind. Es scheinen bei Nacht oft mehr Wölfe und auch mehr Menschen beteiligt zu sein. Höchstens sechs oder acht, glaube ich.« Byars Röte wurde langsam kräftiger.»Ich hege auch die Vermutung, dass sie aus dem gleichen Grund hier waren wie wir: wegen des einzigen gut erreichbaren Wasservorkommens im Umkreis eines Tagesmarsches. Eine viel einfachere Erklärung als Spione oder Verräter unter den Kindern, und für gewöhnlich ist die einfachste Erklärung die richtige. Mit mehr Erfahrung werdet Ihr das auch noch lernen.«

Byars Gesicht wurde totenblass, als der großväterliche Mann ausgeredet hatte, doch im Gegensatz dazu brannten die beiden Flecke auf seinen Wangen nun dunkelrot. Einen Moment lang blickte er zu den beiden Gefangenen hin.

Jetzt hasst er uns nur noch mehr, dachte Perrin, *nachdem er das gehört hat. Aber warum hat er uns eigentlich von vornherein gehasst?*

»Was haltet Ihr davon?«, sagte der Lordhauptmann und hielt Perrins Axt hoch.

Byar sah seinen Befehlshaber fragend an, und auf ein Kopfnicken hin gab er seine stramme Haltung auf und ergriff die Waffe. Er wog sie in der Hand und brummte überrascht. Dann wirbelte er sie in engem Bogen über seinem Kopf und verfehlte das Zeltdach nur knapp.

Er ging damit so gewandt um, als sei er mit einer Axt in der Hand geboren worden. Widerwillige Bewunderung zeigte sich einen Augenblick lang auf seinem Gesicht, aber als er die Axt senkte, war seine Miene wieder ausdruckslos.

»Hervorragend ausbalanciert, mein Lordhauptmann. Aus einfacher Fertigung, aber von einem sehr guten Waffenschmied, vielleicht sogar einem Meister seines Fachs.« Seine Augen funkelten die Gefangenen düster an. »Nicht die Waffe eines Dorfbewohners und schon gar nicht die eines Bauern.«

»Bestimmt nicht.« Der grauhaarige Mann wandte sich mit einem leicht tadelnden Lächeln Perrin und Egwene zu: ein freundlicher Großvater, der wusste, dass seine Enkel etwas angestellt hatten. »Ich heiße Geofram Bornhald«, sagte er zu ihnen. »Du heißt Perrin, wie ich gehört habe. Aber du, junge Frau, wie heißt du?«

Perrin funkelte ihn an, doch Egwene schüttelte den Kopf. »Sei nicht dumm, Perrin. Ich heiße Egwene.«

»Einfach Perrin und Egwene«, murmelte Bornhald. »Aber ich schätze, wenn ihr wirklich Schattenfreunde seid, dann werdet ihr nach Möglichkeit eure wahre Identität verbergen.«

Perrin erhob sich auf die Knie; höher ging es nicht, so wie er gefesselt war. »Wir sind keine Schattenfreunde«, protestierte er wütend.

Die Worte waren noch nicht ganz ausgesprochen, als Byar schon bei ihm war. Der Mann bewegte sich wie eine Schlange. Perrin sah den Schaft seiner eigenen Axt auf sich zukommen und versuchte, sich zu ducken, aber der dicke Stiel erwischte ihn über dem Ohr. Nur die Tatsache, dass er sich von dem Schlag wegbewegte, bewahrte seinen Schädel davor, gespalten zu werden. Auch so sah er erst mal Sterne. Die Luft blieb ihm weg, als er auf dem Boden aufschlug. Sein Kopf dröhnte, und Blut rann ihm über die Wange.

»Dazu habt Ihr kein Recht«, begann Egwene und schrie auf, als der Schaft der Axt auf sie zuschnellte. Sie warf sich zur Seite, und der Schlag traf ins Leere, während sie auf die Segeltuchunterlage stürzte. »Du wirst dich höflich ausdrücken«, sagte Byar, »wenn du mit einem Gesalbten des Lichts sprichst, oder du hast bald keine Zunge mehr.« Das Schlimmste daran war, dass die Stimme immer noch völlig gefühllos klang. Ihre Zungen herauszuschneiden würde ihm weder Vergnügen bereiten, noch würde er es bedauern; es war eben einfach etwas, das er tun musste.

»Lasst es gut sein, Kind Byar.« Bornhald sah die Gefangenen an.

»Ich denke, ihr wisst nicht viel über die Gesalbten oder über Lord-
hauptmänner der Kinder des Lichts, oder? Nein, das dachte ich
mir. Also, um Kind Byars willen, versucht wenigstens nicht zu streiten oder zu schreien, ja? Ich will nicht mehr, als dass ihr im Licht
wandelt, und die Beherrschung zu verlieren hilft niemandem von
uns.«

Perrin blickte zu dem Mann mit dem hageren Gesicht über ihm
auf. *Um Kind Byars willen?* Ihm wurde klar, dass der Lordhauptmann Byar nicht befohlen hatte, sie ungeschoren zu lassen. Byar erwiderte seinen Blick und lächelte. Das Lächeln berührte lediglich
seine Mundwinkel, aber die Haut seines Gesichtes spannte sich, bis
es wie ein Totenschädel wirkte. Perrin schauderte.

»Ich habe davon gehört, dass Menschen bei den Wölfen leben«,
sagte Bornhald nachdenklich, »obwohl ich es noch nicht selbst erlebt habe. Menschen, von denen man annimmt, dass sie mit Wölfen
und anderen Kreaturen des Dunklen Königs sprechen. Eine schmutzige Sache. Es lässt mich fürchten, dass bald die Letzte Schlacht bevorsteht.«

»Wölfe sind keine ...« Perrin stockte, als Byar den Fuß hob. Er atmete tief ein und fuhr dann ruhiger fort. Byar senkte den Fuß mit
enttäuschter Miene. »Wölfe sind keine Kreaturen des Dunklen Königs. Sie hassen den Dunklen König. Zumindest hassen sie Trollocs
und Blasse.« Er war überrascht, als er sah, dass der hagere Mann versonnen nickte.

Bornhald hob die Augenbrauen. »Wer hat euch das erzählt?«

»Ein Behüter«, sagte Egwene. Sie lehnte sich unter Byars glühen-
dem Blick noch weiter zurück. »Er sagte, die Wölfe hassen Trollocs,
und Trollocs haben Angst vor den Wölfen.« Perrin war froh, dass sie
Elyas nicht erwähnt hatte.

»Ein Behüter«, seufzte der grauhaarige Mann. »Eine Kreatur der
Hexen von Tar Valon. Was sonst würde euch einer von der Sorte
schon erzählen, wo er doch selbst ein Schattenfreund ist und ein
Diener von Schattenfreunden? Wisst ihr nicht, dass Trollocs die
Schnauzen und Zähne von Wölfen haben und auch einen Wolfs-
pelz?«

Perrin blinzelte und bemühte sich, wieder einen klaren Kopf zu
bekommen. Sein Hirn war immer noch eine wabbelige Masse von
Schmerzen, aber hier stimmte irgendetwas nicht. Er konnte aber
nicht klar genug denken, um darauf zu kommen.

»Nicht alle«, murmelte Egwene. Perrin sah Byar misstrauisch an, aber der hagere Mann sah nur sie an. »Einige davon haben Hörner wie Widder oder Ziegenböcke oder Falkenschnäbel oder ... alle möglichen Sachen.«

Bornhald schüttelte traurig den Kopf. »Ich gebe euch jede erdenkliche Chance, aber ihr verstrickt euch immer mehr.« Er hielt einen Finger hoch. »Ihr lebt bei Wölfen, den Kreaturen des Dunklen Königs.« Ein zweiter Finger. »Ihr gebt zu, einen Behüter zu kennen, eine weitere Kreatur des Dunklen Königs. Ich bezweifle, dass er euch all das gesagt hätte, wenn ihr nur flüchtige Bekannte gewesen wärt.« Ein dritter Finger. »Du, Junge, trägst ein Zeichen Tar Valons in der Tasche. Die meisten Menschen außerhalb Tar Valons versuchen, dergleichen so schnell wie möglich loszuwerden. Außer eben, wenn sie den Hexen von Tar Valon dienen.« Ein vierter. »Du trägst die Waffe eines Kriegers, ziehst dich aber wie ein Bauernjunge an. Eine Verkleidung also.« Der Daumen hob sich. »Du kennst Trollocs und Myrddraal. So weit im Süden glauben nur ein paar Gelehrte und Leute, die die Grenzlande bereist haben, dass das mehr sind als nur Geschichten. Bist du vielleicht in den Grenzlanden gewesen? Falls ja, dann sag mir doch wo! Ich bin ein ganzes Stück weit in den Grenzlanden herumgekommen und kenne sie gut. Du willst nicht? Auch gut.« Er blickte seine gespreizten Finger an und ließ die Hand hart auf den Tisch knallen. Der großväterliche Gesichtsausdruck zeigte deutlich, dass die Enkel etwas sehr Schlimmes angestellt hatten. »Warum erzählt ihr mir nicht die Wahrheit darüber, wieso ihr mit den Wölfen zusammen die Nacht unsicher gemacht habt?«

Egwene öffnete den Mund, aber Perrin sah bereits an der verbissenen Haltung ihres Kinns, dass sie eine der abgesprochenen Geschichten erzählen wollte. Das würde nicht ausreichen. Nicht jetzt, nicht hier. Sein Kopf schmerzte, und er wünschte, er hätte mehr Zeit, um sich das gründlich zu überlegen. Wer wusste schon, wo dieser Bornhald überall gewesen war und welche Länder und Städte er kannte? Wenn er sie bei einer Lüge ertappte, gäbe es keine Rückkehr zur Wahrheit mehr. Dann wäre Bornhald endgültig überzeugt, dass sie Schattenfreunde waren.

»Wir kommen von den Zwei Flüssen«, sagte er schnell.

Egwene starrte ihn überrascht an, fing sich dann aber wieder. Er machte mit der Wahrheit weiter – zumindest einer abgeänderten Fassung der Wahrheit. Sie beide hatten die Zwei Flüsse verlassen, um Caemlyn zu sehen. Auf dem Weg dorthin hatten sie von den

Ruinen einer großen Stadt gehört, doch als sie Shadar Logoth fanden, trafen sie auf Trollocs. Es gelang ihnen, über den Arinelle zu fliehen, von da ab hatten sie sich allerdings völlig verirrt. Sie schlossen sich einem Mann an, der ihnen angeboten hatte, sie nach Caemlyn zu führen. Er sagte, sein Name gehe sie nichts an, und er schien auch nicht gerade freundlich, aber sie brauchten eben einen Führer. Das erste Mal bekamen sie Wölfe zu sehen, nachdem die Kinder des Lichts erschienen. Sie hatten lediglich versucht, sich zu verstecken, damit sie weder von Wölfen aufgefressen noch von den Reitern getötet würden.

»... wenn wir gewusst hätten, dass Ihr Kinder des Lichts seid«, beendete er seine Erzählung, »dann hätten wir Euch um Hilfe gebeten.«

Byar schnaubte ungläubig. Das kümmerte Perrin aber kaum; falls der Lordhauptmann überzeugt werden konnte, würde Byar ihnen kein Leid zufügen. Es war klar, dass Byar zu atmen aufhören würde, sollte Lordhauptmann Bornhald es ihm befehlen.

»In dieser Geschichte kommt aber kein Behüter vor«, sagte der grauhaarige Mann einen Moment später.

Perrins Erfindergeist verließ ihn; er hätte sich zum Ausdenken mehr Zeit nehmen sollen. Egwene sprang für ihn in die Bresche. »Wir trafen ihn in Baerlon. Die Stadt war voll von Männern, die nach dem Ende des Winters aus den Bergwerksdörfern heruntergekommen waren, und wir wurden in der Schenke an den gleichen Tisch gewiesen. Wir haben uns nur während des Essens mit ihm unterhalten.«

Perrin konnte wieder frei atmen. *Danke, Egwene!*

»Gebt ihnen ihre Habseligkeiten zurück, Kind Byar. Natürlich nicht die Waffen.« Als Byar ihn überrascht anblickte, fügte Bornhald hinzu:»Oder gehört Ihr zu denen, die Unerleuchtete auszuplündern pflegen, Kind Byar? Das ist eine schlimme Sache, nicht wahr? Niemand kann ein Dieb sein und trotzdem im Licht wandeln.« Byar nahm den Hinweis ungläubig entgegen.

»Dann lasst Ihr uns gehen?« Egwene klang überrascht. Perrin hob den Kopf und sah den Lordhauptmann an.

»Natürlich nicht, Kind«, sagte Bornhald traurig. »Du sagst vielleicht die Wahrheit, dass du von den Zwei Flüssen kommst, denn du weißt gut über Baerlon und die Bergwerke Bescheid, aber Shadar Logoth ...? Das ist ein Name, den nur sehr, sehr wenige kennen, die meisten davon Schattenfreunde. Und jeder, der genug weiß, um diesen Namen zu kennen, der geht nicht dorthin. Ich schlage vor, du denkst dir auf dem Weg nach Amador eine bessere Geschichte aus. Du wirst Zeit genug haben, denn wir machen Rast in Caemlyn. Möglichst aber die Wahrheit, Kind. In der Wahrheit und dem Licht liegt auch Freiheit.«

Byar vergaß einiges von seiner Unterwürfigkeit dem grauhaarigen Mann gegenüber. Er fuhr herum, weg von den Gefangenen, und in seinen Worten schwang Empörung mit:»Das könnt Ihr nicht! Das ist nicht erlaubt!« Bornhald hob fragend eine Augenbraue, und Byar riss sich zusammen. Er schluckte.»Vergebt mir, mein Lordhauptmann. Ich habe mich vergessen, und ich erbitte untertänigst Eure Vergebung und unterwerfe mich Eurer Gerechtigkeit. Aber wie mein Lordhauptmann bereits festgestellt hat, müssen wir Caemlyn rechtzeitig erreichen, und da wir kaum noch Ersatzpferde haben, werden wir es schwer genug haben, auch ohne noch Gefangene mitzuschleppen.«

»Und was würdet Ihr vorschlagen?«, fragte Bornhald ruhig.

»Die Strafe für Schattenfreunde ist der Tod.« Durch die ausdruckslose Stimme klangen seine Worte noch erschreckender. Er hätte mit der gleichen Ruhe vorschlagen können, einen Käfer zu zertreten. »Es gibt keinen Waffenstillstand mit dem Schatten. Es gibt keine Gnade für Schattenfreunde.«

»Euer Eifer ist begrüßenswert, Kind Byar, aber wie ich auch oft meinem Sohn Dain sagen muss: Übereifer kann ein ernsthafter Fehler sein. Erinnert Euch daran, was das Dogma auch sagt: Niemand ist so verloren, dass er nicht zum Licht geführt werden könnte. Diese beiden sind jung. Sie sind noch nicht so tief im Schatten verwoben. Sie können noch zum Licht geführt werden, wenn sie nur gestatten, dass der Schatten von ihren Augen gehoben werde. Wir müssen ihnen Gelegenheit dazu geben.«

Einen Augenblick lang mochte Perrin den großväterlichen Mann, der zwischen ihnen und Byar stand, direkt gut leiden. Dann drehte Bornhald sein Großvaterlächeln Egwene zu.

»Wenn du dich weigerst, zum Licht zu kommen, bis wir Amador erreichen, bin ich gezwungen, dich den Vernehmern zu überstellen, und denen gegenüber wirkt Byars Eifer wie eine Kerze neben der Sonne.« Der Grauhaarige klang wie ein Mensch, der bedauert, was er tun muss, der aber nicht die Absicht hatte, jemals etwas anderes als seine Pflicht zu tun. »Bereue, entsage dem Dunklen König, komme zum Licht, gestehe eure Sünden, und sage alles, was du weißt, über diese schmutzige Sache mit den Wölfen, dann erspare ich dir das alles. Du wirst frei sein und im Licht wandeln.« Sein Blick kehrte zu Perrin zurück, und er seufzte traurig. Es lief Perrin eiskalt den Rücken hinunter. »Aber du, Perrin von den Zwei Flüssen. Du hast zwei der Kinder getötet.« Er berührte die immer noch in Byars Hand befindliche Axt. »Auf dich, fürchte ich, wartet in Amador der Galgen.«

KAPITEL 31

Verdiene dir dein Essen!

Rand kniff die Augen zusammen und beobachtete die Staubspur, die sich vielleicht drei oder vier Kurven voraus auf der Straße erhob. Mat war schon auf dem Weg in die neben der Straße wuchernden Hecken. Die immergrünen Blätter und dicht verwobenen Äste würden sie genauso gut verbergen wie eine Mauer, falls sie sich einen Weg hindurch zur anderen Seite bahnen konnten. Neben der gegenüberliegenden Straßenseite sah man nur spärliche braune Überreste niedriger Büsche und dahinter eine halbe Meile freies Feld bis hin zum Waldrand. Es könnte Teil eines noch nicht allzu lange aufgegebenen Ackers gewesen sein, aber dort bot sich kein schnell erreichbares Versteck. Er versuchte, die Geschwindigkeit der Staubfahne und die des Windes einzuschätzen.

Ein plötzlicher Windstoß wirbelte Straßenstaub um ihn auf und nahm ihm die Sicht. Er blinzelte und verschob den einfachen, dunklen Schal, den er um Nase und Mund gebunden hatte. Er war mittlerweile nicht mehr ganz sauber – sein Gesicht juckte –, doch er verhinderte, dass er mit jedem Atemzug Staub einatmete. Ein Bauer hatte ihm den Schal gegeben, ein Mann mit langem Gesicht und Sorgenfalten in den Wangen.

»Ich weiß nicht, wovor ihr weglauft«, hatte er mit bedenklicher Miene gesagt, »und ich will es auch nicht wissen. Versteht ihr? Meine Familie.« Plötzlich hatte der Bauer zwei lange Schals aus seiner Tasche gezogen und ihnen das wollige Bündel hingehalten. »Es ist nicht viel, aber hier habt ihr etwas. Sie gehören meinen Jungen. Sie haben noch mehr davon. Ihr kennt mich nicht, verstanden? Es sind schwere Zeiten.«

Für Rand war der Schal viel wert. Sie hatten in den Tagen seit Weißbrücke nicht viel Freundlichkeit erlebt, und er glaubte auch nicht daran, dass sie noch mehr solcher Beispiele finden würden.

Mat, dessen Gesicht bis auf die Augen vom Schal verdeckt wurde, rannte schnell an der hohen Hecke entlang und zog immer wieder an den dicht mit Blättern bewachsenen Zweigen. Rand berührte den Knauf mit dem Reiherzeichen an seinem Gürtel, ließ aber die Hand wieder sinken. Schon einmal hatten sie sich fast selbst verraten, weil sie ein Loch in eine Hecke gehauen hatten. Die Staubfahne bewegte sich auf sie zu und blieb immer dicht geschlossen. Es war nicht der Wind. Wenigstens regnete es nicht. Regen hielt den Staub am Boden. Wie stark es auch regnen mochte, die festgefahrene Straßendecke wurde niemals zu Schlamm verwandelt, aber wenn es regnete, gab es keinen Staub. Staub war das einzige Warnsignal, dass sich irgendjemand näherte. Wenn sie den Ankömmling erst einmal hören konnten, war es manchmal schon zu spät.

»Hier«, rief Mat mit gedämpfter Stimme. Er schien geradewegs durch die Hecke zu gehen.

Rand eilte zu dieser Stelle. Irgendwann einmal hatte dort jemand ein Loch hineingeschnitten. Es war teilweise zugewachsen, und bereits aus drei Fuß Entfernung wirkte die Hecke genauso dicht wie überall. Als er sich hindurchschob, hörte er das Getrappel von Pferdehufen. Es war nicht der Wind gewesen.

Er kauerte hinter der kaum bedeckten Öffnung und hielt den Knauf seines Schwerts in der Hand, als die Reiter vorbeikamen. Fünf ... sechs ... sieben Reiter. Einfach gekleidete Männer, doch an Schwertern und Speeren konnte man sehen, dass es keine Dorfbewohner waren. Ein paar trugen Lederwämse mit Metallbeschlägen, und zwei hatten runde Stahlkappen. Vielleicht Leibwächter von Kaufleuten, die sich gerade einen neuen Dienstherren suchten. Vielleicht.

Einer von ihnen sah im Vorbeireiten die Hecke ohne großes Interesse an, und Rand zog sein Schwert ein Stück aus der Scheide. Mat fauchte leise wie ein in die Enge getriebener Dachs, während er über seinen Schal hinwegschielte. Seine Hand hatte er unter dem Mantel; wenn Gefahr im Verzug war, ergriff er immer den Dolch aus Shadar Logoth. Rand war nicht sicher, ob er das tat, um sich zu schützen oder um den Dolch mit dem Rubingriff zu schützen. In letzter Zeit vergaß Mat manchmal, dass er einen Bogen besaß.

Die Reiter passierten sie in langsamem Trab, zielbewusst wohl, aber ohne große Eile. Staub trieb durch die Hecke.

Rand wartete, bis das Hufegeklapper verstummt war, bevor er den Kopf vorsichtig aus dem Loch hinaussteckte. Die Staubfahne befand sich ein gutes Stück die Straße hinunter in der Richtung, aus der sie gekommen waren. Im Osten war der Himmel klar. Er kletterte hinaus auf die Straße und beobachtete, wie sich die Staubfahne nach Westen bewegte.

»Nicht hinter uns her«, sagte er. Es war Feststellung und Frage zugleich. Mat kletterte ihm nach und sah sich misstrauisch nach allen Seiten um. »Vielleicht«, sagte er. »Vielleicht.«

Rand wusste nicht, wie er das meinte, nickte aber. Vielleicht. So hatte ihre Reise die Straße nach Caemlyn hinunter nicht angefangen.

Noch lange Zeit, nachdem sie Weißbrücke verlassen hatten, blickte Rand sich immer wieder um und beobachtete die Straße hinter ihnen. Manchmal entdeckte er jemanden, der ihm den Atem stocken ließ – einen großen, hageren Mann, der die Straße entlangeilte, oder einen schlaksigen, weißhaarigen Burschen oben auf dem Bock eines Wagens neben dem Kutscher –, aber immer war es ein Hausierer oder es waren Bauern auf dem Weg zum Markt; niemals Thom Merrilin. Als die Tage vergingen, verging auch die Hoffnung.

Auf der Straße herrschte beachtlicher Verkehr: Wagen und Karren, Reiter und Fußgänger. Sie kamen einzeln und in Gruppen, ein Wagenzug von Kaufleuten oder ein Dutzend Berittene. Sie verstopften die Straße nicht gerade, und oft sah man nichts außer kahlen Bäumen, die die festgetretene Straßendecke säumten, aber sie wurde immerhin von mehr Leuten benützt, als Rand jemals in den Zwei Flüssen gesehen hatte.

Die meisten reisten in der gleichen Richtung wie sie – nach Osten, auf Caemlyn zu. Manchmal wurden sie ein kurzes Stück auf einem Bauernwagen mitgenommen, eine Meile weit oder fünf, aber meistens liefen sie zu Fuß. Sie mieden Reiter; wenn sie in der Entfernung auch nur einen Reiter erspähten, rannten sie von der Straße weg und versteckten sich, bis er vorbei war. Keiner trug jemals einen schwarzen Umhang, und Rand glaubte auch nicht wirklich, dass ein Blasser ihnen gestattet hätte, ihn rechtzeitig auszumachen, aber sie wollten kein Risiko eingehen. Zu Anfang fürchteten sie nur die Halbmenschen.

Das erste Dorf nach Weißbrücke sah Emondsfelde so ähnlich, dass Rand kaum noch weitergehen mochte, als er es sah. Strohgedeckte Häuser mit hohen Giebeln, Hausfrauen in ihren Schürzen, die über den Zaun hinweg mit der Nachbarin klatschten, und Kinder, die auf dem Dorfgrün spielten. Das Haar der Frauen hing offen auf die Schultern herunter, und das Dorf unterschied sich auch in anderen Dingen, aber Alles in Allem war es wie zu Hause. Kühe weideten auf dem Grün, und Gänse watschelten über die Straße. Die Kinder tollten lachend im Staub umher, wo das Gras gänzlich verschwunden war.

Sie schauten sich noch nicht einmal um, wenn Rand und Mat vorbeikamen. Da lag ein weiterer Unterschied: Fremde waren hier nichts Ungewöhnliches – auch sie beide waren den Leuten keinen zweiten Blick wert. Die Dorfhunde hoben lediglich die Köpfe und nahmen ihre Witterung auf, als sie vorbeikamen, doch ansonsten rührten sie sich nicht.

Es war beinahe schon Abend, als sie durch das Dorf kamen, und ihn packte unsägliches Heimweh, wenn er so die Lichter in den Fenstern aufleuchten sah. *Gleich wie es aussieht*, flüsterte eine kleine Stimme in seinem Verstand, *es ist nicht wirklich deine Heimat. Auch wenn du in eines der Häuser gehst, wird dort kein Tam auf dich warten. Und wenn, könntest du ihm dann in die Augen sehen? Du weißt doch mittlerweile Bescheid, oder nicht? Außer über solche Kleinigkeiten, wo du herkommst und wer du eigentlich bist. Keine Fieberträume.* Er zog die Schultern vor dem spöttischen Gelächter in seinem Kopf ein. *Du kannst genauso gut hier bleiben*, höhnte die Stimme. *Ein Ort ist so gut wie jeder andere, wenn du aus dem Nirgendwo kommst und dich der Dunkle König gezeichnet hat.*

Mat zupfte ihn am Ärmel, aber er riss sich los und betrachtete die Häuser. Er wollte nicht hier bleiben, aber er wollte sie ansehen, um sich später daran erinnern zu können. *So ähnlich wie zu Hause, aber so was wirst du wohl nicht mehr zu sehen bekommen, oder?*

Mat zupfte noch mal, sein Gesicht war angespannt. »Komm weiter«, murmelte er. »Komm schon!« Er sah das Dorf an, als befürchte er, dass sich etwas darin verberge. »Komm jetzt! Wir können noch nicht ausruhen.«

Rand drehte sich um die eigene Achse, um den Anblick des Dorfes in sich aufzunehmen, und dann seufzte er. Sie waren noch nicht weit von Weißbrücke entfernt. Wenn der Myrddraal schon die Mauern von Weißbrücke passieren konnte, ohne gesehen zu werden, dann hätte er auch keinerlei Schwierigkeiten, dieses kleine Dorf zu durchsuchen. Er ließ sich ins freie Land hinauszerren, bis die strohgedeckten Häuser weit hinter ihnen lagen.

Die Nacht brach herein, und endlich fanden sie im Mondschein einen Schlafplatz unter einigen Büschen, an denen noch welke Blätter hingen. Sie tranken kaltes Wasser aus einem kleinen Rinnsal in der Nähe und rollten sich am Boden zusammen, ohne Lagerfeuer und nur in ihre Umhänge gewickelt. Ein Feuer könnte gesehen werden – besser, frierend zu schlafen.

Rand wurde von Erinnerungen geplagt und wachte öfters auf. Jedes Mal hörte er, wie Mat im Schlaf redete und sich herumwälzte. Er träumte nichts, woran er sich später erinnern konnte, aber er schlief auch nicht gerade gut. *Du wirst die Heimat nie wiedersehen.* Es war nicht die einzige Nacht, in der nur ihre Umhänge sie gegen Wind und manchmal auch durchdringenden Regen schützten. Es war nicht ihre einzige Mahlzeit, die nur aus kaltem Wasser bestand. Zusammen besaßen sie wohl genug Münzen, um damit ein paar Mahlzeiten in einer Schenke zu bezahlen, aber ein Bett für die Nacht war denn doch zu teuer. Außerhalb der Zwei Flüsse war alles teurer, und auf dieser Seite des Arinelle noch mehr als in Baerlon. Das restliche Geld mussten sie für den Notfall sparen.

Eines Nachmittags erwähnte Rand den Dolch mit dem Rubingriff, während sie hungrig und mit schweren Beinen die Straße entlangliefen. Die blasse Sonne stand tief am Himmel, und ihre einzige Aussicht auf die kommende Nacht waren weitere Büsche. Dunkle Wolken türmten sich über ihnen und versprachen nächtlichen Regen. Er hoffte auf ein wenig Glück: vielleicht nur ein eisiger Nieselregen. Er ging noch ein paar Schritte weiter, bevor ihm klar wurde, dass Mat stehen geblieben war. Also blieb er auch stehen und bewegte die Zehen in den Stiefeln. Wenigstens hatte er warme Füße. Er lockerte die Schulterriemen. Seine Deckenrolle und Thoms gebündelter Umhang waren nicht schwer, aber nach so vielen Meilen mit leerem Magen schienen auch ein paar Pfund schon wie ein schweres Gewicht. »Was ist los, Mat?«, fragte er.

»Warum bist du so erpicht darauf, ihn zu verkaufen?«, wollte Mat zornig wissen. »Ich habe ihn schließlich gefunden. Hast du je daran gedacht, dass ich ihn vielleicht behalten möchte? Jedenfalls eine Weile lang. Wenn du etwas verkaufen willst, dann verkauf doch dieses verdammte Schwert!«

Rand strich mit der Hand über den Knauf mit dem Reiherzeichen. »Mein Vater hat mir dieses Schwert gegeben. Es gehörte ihm. Ich würde dir nie vorschlagen, etwas zu verkaufen, das dir dein Vater geschenkt hat. Blut und Asche, Mat, gefällt es dir vielleicht zu hungern? Und außerdem, selbst wenn ich jemanden fände, der es kaufen würde – wie viel würde ein Schwert schon bringen? Was kann ein Bauer mit einem Schwert anfangen? Dieser Rubin würde uns genug einbringen, um mit einer Kutsche bis nach Caemlyn zu fahren!

Vielleicht sogar bis Tar Valon. Und wir würden jedes Mal in einer Schenke essen und jede Nacht in einem Bett schlafen. Aber vielleicht macht es dir auch Spaß, über die halbe Welt zu marschieren und auf der Erde zu schlafen?« Er funkelte Mat an, und sein Freund funkelte zurück.

So standen sie mitten auf der Straße, bis Mat unsicher die Achseln zuckte und zu Boden sah.»Wem könnte ich ihn schon verkaufen, Rand? Ein Bauer würde uns mit Hühnern bezahlen müssen, und damit können wir keine Kutsche kaufen. Und selbst wenn ich ihn in irgendeinem Dorf herumzeigen würde, dächte wohl jeder, wir hätten ihn gestohlen. Das Licht mag wissen, was dann geschähe.«

Nach einer Weile nickte Rand zögernd.»Du hast Recht. Entschuldige, ich wollte nicht mit dir streiten. Ich habe nun mal Hunger, und mir tun die Füße weh.«

»Meine auch.« Sie gingen wieder los, die Straße hinunter, aber noch müder als vorher. Der Wind frischte auf und blies ihnen Staub ins Gesicht.»Meine auch«, keuchte Mat.

Ein paar Mahlzeiten und einige Nächte im Warmen bekamen sie auf Bauernhöfen. Ein Heustadel war fast genauso warm wie ein Zimmer mit einem Feuer im Kamin, jedenfalls wenn man ihn mit einem Lager unter Büschen verglich, und er bot Schutz vor dem eisigen Regen. Manchmal versuchte sich Mat darin, Eier zu stehlen, und einmal unternahm er einen Versuch, eine Kuh zu melken, die herrenlos herumstand, lediglich an einer langen Leine angebunden, um auf einem Feld zu weiden. Die meisten Bauern hielten allerdings Hunde, und die Hofhunde waren wachsam. Wie Rand die Sache sah, war ein Wettlauf mit kläffenden Hunden auf den Fersen ein zu hoher Preis für zwei oder drei Eier, besonders wenn es manchmal Stunden dauerte, bis sie die Hunde wieder los waren und sie aus dem Baum herabsteigen konnten, auf dem sie Zuflucht gesucht hatten. Die vergeudeten Stunden reuten ihn.

Es gefiel ihm wohl nicht, aber Rand zog es vor, sich einem Bauernhaus offen und im hellen Tageslicht zu nähern. Gelegentlich hetzte man trotzdem die Hunde auf sie, ohne überhaupt ein Wort mit ihnen zu reden, denn die umlaufenden Gerüchte und die schlechten Zeiten machten jedermann, der in der Einöde lebte, Fremden gegenüber misstrauisch. Aber oft genügte auch eine Stunde Holzhacken oder Wasserschleppen, um ihnen eine Mahlzeit und ein Bett einzubringen, selbst wenn es nur ein Strohsack in der Scheune war. Andererseits mochte der Myrddraal in dieser Stunde weiter aufholen. Manchmal fragte er sich, wie viele Meilen in der Stunde ein Blasser zurücklegen konnte. Jede versäumte Minute reute ihn – aber zugegebenermaßen nicht so sehr, wenn er dabei die heiße Suppe einer Bauersfrau hinunterlöffeln konnte. Und wenn sie nichts zu beißen hatten, war das Wissen, dass sie sich mit jeder Minute Caemlyn ein wenig näherten, ein schwacher Trost für einen leeren Magen. Rand konnte sich nicht entscheiden, was schlimmer war: ein leerer Magen oder verlorene Zeit. Nur Mat ging noch ein Stückchen weiter, als sich nur über seinen Bauch oder die Verfolger Gedanken zu machen.

»Was wissen wir denn schon von ihnen?«, fragte Mat eines Nachmittags, als sie auf einem kleinen Hof den Stall ausmisteten.

»Licht, Mat, was wissen sie denn über uns?«, ächzte Rand. Sie arbeiteten mit nacktem Oberkörper und waren beide mit Schweiß und Stroh bedeckt. Die Luft war voll von Strohstaub. »Jedenfalls weiß ich, dass sie uns Lammbraten und ein richtiges Bett zum Schlafen geben.«

Mat stieß seine Mistgabel in den Haufen aus Stroh und Dung und sah den Bauer von der Seite her an. Der war aus dem rückwärtigen Teil des Stalls gekommen, trug einen Eimer in der einen Hand und in der anderen seinen Melkhocker. Es war ein gebeugter alter Mann mit einer Haut wie Leder und dünnem grauem Haar. Der Bauer verlangsamte seinen Schritt, als er bemerkte, dass Mat ihn ansah, blickte dann aber schnell zur Seite und eilte aus der Scheune, wobei Milch über den Eimerrand schwappte.

»Ich sage dir, er führt etwas im Schilde«, beharrte Mat. »Hast du gemerkt, dass er mir nicht in die Augen sehen konnte? Warum sind sie so freundlich zu ein paar Wanderern, die sie zuvor noch nie gesehen haben? Sag's mir!«

»Seine Frau sagt, wir erinnern sie an ihre Enkel. Hör schon auf, dir darüber Gedanken zu machen. Was uns Sorgen bereitet, kommt hinter uns nach. Das hoffe ich jedenfalls.«

»Er plant irgendwas«, murmelte Mat.

Als sie fertig waren, wuschen sie sich an dem Trog vor der Scheune. Ihre Schatten erstreckten sich lang unter der sinkenden Sonne. Rand trocknete sich mit seinem Hemd ab, während sie zum Haus gingen. Der Bauer erwartete sie an der Tür. Er lehnte sich etwas zu beiläufig auf seinen Stock. Hinter ihm verkrampfte seine Frau die Hände um den Schürzenrand und schaute ihm über die Schulter. Sie kaute unentschlossen auf der Unterlippe. Rand seufzte. Er glaubte nicht, dass Mat und er sie jetzt noch an ihre Enkel erinnerten.

»Unsere Söhne kommen heute Abend zu Besuch«, sagte der alte Mann. »Alle vier. Ich hatte es vergessen. Sie können jede Minute eintreffen. Ich fürchte, wir haben kein Bett mehr frei, auch wenn wir es euch versprochen haben.«

Seine Frau schob ein kleines, in eine Stoffserviette gehülltes Bündel an ihm vorbei. »Hier habt ihr Brot und Käse, Gurke und Lammfleisch. Genug für zwei Mahlzeiten. Hier!« Ihr runzliges Gesicht flehte sie stumm an, es doch bitte anzunehmen und zu verschwinden.

Rand nahm das Bündel. »Danke. Ich verstehe schon. Komm, Mat.«

Mat folgte ihm. Er murrte vor sich hin, während er sich das Hemd überzog. Rand hielt es für das Beste, so viele Meilen wie möglich zurückzulegen, bevor sie anhielten und aßen. Der alte Bauer hatte einen Hund.

Es hätte schlimmer kommen können, dachte er. Vor drei Tagen hatte man die Hunde auf sie gehetzt, als sie noch bei der Arbeit waren. Die Hunde und der Bauer mit seinen beiden Söhnen hatten sie knüppelschwingend auf die Straße nach Caemlyn und noch eine halbe Meile weiter gejagt, bevor sie aufgaben. Sie hatten kaum Zeit genug gehabt, ihre Habseligkeiten zusammenzuraffen und loszurennen. Der Bauer hatte einen Bogen getragen und einen Pfeil mit breiter Spitze aufgelegt gehabt.

»Kommt ja nicht zurück!«, hatte er ihnen nachgeschrien. »Ich weiß nicht, was ihr wollt, aber ich will eure Wieselaugen nicht mehr sehen!«

Mat hatte sich umdrehen wollen, fummelte bereits an seinem Köcher herum, aber Rand zog ihn weiter. »Bist du verrückt?« Mat warf ihm einen mürrischen Blick zu, aber wenigstens rannte er weiter.

Rand fragte sich manchmal, ob es sich wirklich lohnte, zu Bauernhöfen zu gehen. Je weiter sie kamen, desto misstrauischer wurde Mat Fremden gegenüber und desto weniger konnte er es verbergen. Er gab sich auch kaum Mühe dabei. Die Mahlzeiten wurden immer kleiner, und manchmal bot man ihnen noch nicht einmal die Scheune zum Schlafen an. Doch dann fiel Rand eine Lösung für all ihre Probleme ein – zumindest schien es eine zu sein –, und das geschah an Grinwells Hof.

Meister Grinwell und seine Frau hatten neun Kinder. Das älteste davon war eine Tochter, die kaum ein Jahr jünger war als Rand und Mat. Meister Grinwell war ein kräftiger Mann, und bei all den Kindern brauchte er wahrscheinlich keine weitere Hilfe, aber er musterte sie von oben bis unten, betrachtete ihre verschmutzten Kleider und staubigen Stiefel und gab zu, dass er immer noch Arbeit für weitere Hände finden könne. Frau Grinwell meinte, wenn sie an ihrem Tisch essen sollten, dann nicht in diesen schmutzigen Sachen. Sie sei gerade bei der Wäsche, und bei der Arbeit würden ihnen auch ein paar alte Sachen ihres Mannes genügen. Sie lächelte, als sie das sagte, und in dem Augenblick sah sie für Rand genauso aus wie Frau al'Vere, obwohl ihr Haar gelb war. Diese Farbe hatte er noch nie zuvor gesehen. Selbst aus Mat schien etwas von der Anspannung zu weichen, als ihr Lächeln ihn berührte. Mit der ältesten Tochter war das auch so eine Sache.

Else hatte dunkle Haare, große Augen und ein hübsches Gesicht. Wenn ihre Eltern gerade nicht hersahen, grinste sie frech herüber. Während sie arbeiteten – sie wuchteten Fässer und Getreidesäcke in der Scheune herum –, lehnte sie sich über eine niedrige Stalltür, summte vor sich hin, kaute auf dem Ende eines langen Pferdeschwanzes herum und beobachtete sie. Besonders oft sah sie Rand an. Er bemühte sich, sie nicht zu beachten, aber nach ein paar Minuten zog er sich dann doch das von Meister Grinwell ausgeliehene Hemd an. Es war zu kurz und an den Schultern zu eng, aber besser als gar nichts. Else lachte laut auf, als er es überzog. Ihm kam der Gedanke, dass es diesmal wohl nicht Mats Schuld sein würde, wenn man sie fortjagte.

Perrin wüsste, wie man das macht, dachte er. *Er würde ein paar Witze reißen, und bald würde sie sich kugeln vor Lachen, anstatt ihn anzuhimmeln, wenn ihr Vater zuschaute.* Nur fielen ihm gerade keine Witze ein. Wann immer er in ihre Richtung blickte, lächelte sie ihn auf eine Weise an, dass ihr Vater bestimmt die Hunde loslassen würde, wenn er es bemerkte. Einmal sagte sie ihm, dass ihr große Männer gefielen. Alle Burschen auf den Höfen in der Gegend seien klein. Mat grinste schelmisch. Rand wünschte, ihm fiele ein Witz ein, und er versuchte, sich ganz auf die Heugabel zu konzentrieren.

Wenigstens waren die jüngeren Kinder in Rands Augen ein Segen. Mats Argwohn ließ immer etwas nach, wenn Kinder in der Nähe waren. Nach dem Abendessen setzten sie sich alle vor den Kamin. Meister Grinwell saß auf seinem Lieblingsplatz und stopfte seine

Pfeife, und Frau Grinwell kramte in ihrem Nähkästchen und stopfte Löcher in den Hemden, die sie für ihn und Mat gewaschen hatte. Mat holte Thoms farbige Bälle hervor und begann zu jonglieren. Er tat das nur, wenn Kinder zusahen. Die Kinder lachten, als er so tat, als ließe er die Bälle fallen, um sie dann in letzter Sekunde doch aufzufangen, und sie beklatschten die Springbrunnen und Achter und einen Ring mit sechs Bällen, die er wirklich beinahe fallen ließ. Aber es machte ihnen mächtig Spaß, und auch Meister Grinwell und seine Frau klatschten so laut wie ihre Kinder. Als Mat fertig war und sich mit genauso weitschweifigen Verbeugungen wie Thom für den Beifall bedankt hatte, holte Rand Thoms Flöte aus dem Kasten. Er war nie in der Lage, das Instrument zu spielen, ohne dabei traurig zu werden. Wenn er die Gold- und Silberverzierungen berührte, war es ihm, als berühre er Thoms Andenken. Er nahm niemals die Harfe in die Hand, außer um nachzusehen, ob sie sicher und trocken aufbewahrt sei – Thom hatte immer gesagt, die Harfe sei nichts für die ungeschickten Hände eines Bauernjungen –, aber wenn ihnen ein Bauer das Übernachten gestattete, spielte er nach dem Essen ein oder zwei Lieder auf der Flöte. Das war immer eine kleine Zugabe an den Bauer und vielleicht auch ein Weg, um das Andenken an Thom aufrecht zu erhalten.

Aus der lustigen Stimmung heraus, die Mat mit seinem Jonglieren heraufbeschworen hatte, spielte er ›Drei Mädchen auf der Wiese‹. Meister Grinwell und seine Frau klatschten mit, und die kleineren Kinder tanzten durch das Zimmer. Selbst der kleinste Junge, der kaum laufen konnte, stampfte im Rhythmus mit den Füßen. Er wusste, dass er beim Bel Tine noch keinen Preis gewinnen würde, aber nach der guten Lehre bei Thom müsste er sich auch nicht schämen, an einem Wettbewerb teilzunehmen. Else saß mit übergeschlagenen Beinen vor dem Kamin, und als er nach dem letzten Ton die Flöte senkte, beugte sie sich mit einem langen Seufzer vor und lächelte ihn an. »Du spielst so schön! Ich habe noch nie etwas so Schönes gehört.«

Frau Grinwell unterbrach ihr Nähen, hob eine Augenbraue in Richtung ihrer Tochter und sah Rand lang und abschätzend an. Er hatte den Lederbehälter schon in der Hand, um die Flöte wieder einzupacken, aber bei dem Blick ließ er den Behälter fallen und beinahe auch die Flöte. Wenn sie ihn bezichtigte, ihrer Tochter schönzutun ... Verzweifelt hob er die Flöte wieder an die Lippen und spielte ein weiteres Lied, und dann noch eines und noch eines. Frau Grinwell beobachtete ihn weiterhin. Er spielte ›Der Wind, der die Weide beugt‹, ›Heimkehr vom Tarwin-Pass‹, ›Frau Aynoras Hahn‹ und ›Der alte Schwarzbär‹. Er spielte alle Lieder, die ihm einfielen, aber sie sah ihn unverwandt an. Sie sagte nichts dabei, aber sie musterte ihn und überlegte.

Es war schon spät, als Meister Grinwell schließlich aufstand. Er lachte und rieb sich die Hände. »Also, das war ein seltenes Vergnügen, aber es ist schon viel später, als wir für gewöhnlich zu Bett gehen. Ihr Wanderburschen teilt euch die Zeit anders ein, aber auf einem Bauernhof kommt der Morgen schnell. Ich sage euch, ich habe in der Schenke schon mehr Geld bezahlt und mich schlechter amüsiert als heute Abend.«

»Ich glaube, sie sollten eine Belohnung dafür bekommen, Vater«, sagte Frau Grinwell, während sie ihren Jüngsten auf die Arme nahm, der vor dem Feuer eingeschlafen war. »Die Scheune ist kein guter Schlafplatz. Sie können in Elses Zimmer schlafen, und Else schläft heute Nacht bei mir.«

Else verzog das Gesicht. Sie hütete sich aufzublicken, aber Rand bemerkte es. Er glaubte zu sehen, dass auch ihre Mutter es bemerkte.

Meister Grinwell nickte. »Ja, ja, viel besser als in der Scheune. Wenn ihr nichts dagegen habt, zu zweit in einem Bett zu schlafen.« Rand errötete; Frau Grinwell sah ihn immer noch an. »Ich wünschte, ich könnte mehr von diesem Flötenspiel hören. Und von euerem Jonglieren sehen! Wisst ihr, morgen hätte ich eine kleine Arbeit, bei der ihr mir helfen könntet ...«

»Sie werden früh aufbrechen wollen, Vater«, warf Frau Grinwell ein. »Arien ist das nächste Dorf auf ihrem Weg, und wenn sie dort ihr Glück in der Schenke versuchen wollen, müssen sie den ganzen Tag wandern, damit sie vor Einbruch der Dunkelheit dort ankommen.«

»Ja«, sagte Rand, »das müssen wir. Und ich danke euch!«

Sie lächelte ihn mit schmalen Lippen an, als wisse sie recht gut, dass sein Dankeschön mehr galt als nur dem guten Rat, dem Essen und einem warmen Bett.

Den ganzen nächsten Tag über neckte ihn Mat wegen Else, während sie die Straße entlangmarschierten. Er bemühte sich, das Thema zu wechseln, und was Grinwell über das Auftreten in Schenken gesagt hatte, lieferte ihm einen guten Vorwand. Am Morgen schmollte Else, als sie aufbrachen, und Frau Grinwell sah sie mit einem Blick an, der ihnen sagte: ›Besser so, und sie wird schnell darüber hinweg-kommen‹, und Meister Grinwells Vorschlag hielt Mat eine Weile vom Spötteln ab. Als sie schließlich das nächste Dorf erreichten, hatten sie an anderes zu denken.

Als sich die Abenddämmerung herabsenkte, betraten sie die ein-zige Schenke in Arien, und Rand sprach mit dem Wirt. Er spielte ›Fähr übern Fluss‹ – was der dicke Wirt ›Liebling Sara‹ nannte – und einen Teil von ›Die Straße nach Dun Aren‹, und Mat jonglierte ein wenig, und das Ergebnis war, dass sie diese Nacht in einem Bett schliefen und Bratkartoffeln mit Rindfleisch aßen. Sicher, es war das kleinste Zimmer der Schenke, ganz hinten unter dem Dach, und das Essen kam erst mitten am Abend nach langem Spielen und Jonglie-ren, aber es war immerhin doch ein Bett unter einem richtigen Dach. Und was daran nach Rands Ansicht noch besser war: Sie hatten je-den Moment des Tageslichts zum Vorwärtskommen ausgenützt. Und die Gäste in der Schenke schienen Mats misstrauische Blicke nicht zu stören. Einige von ihnen musterten sogar ihrerseits die an-deren misstrauisch. Argwohn Fremden gegenüber war in solchen Zeiten gang und gäbe, und in einer Schenke traf man eben immer auf Fremde.

Rand schlief besser als je zuvor, seit sie Weißbrücke verlassen hatten, obwohl er das Bett mit Mat teilen musste, der immer noch im Schlaf redete. Am Morgen versuchte der Wirt, sie zu überreden, noch ein oder zwei Tage zu bleiben, aber als sie nicht darauf ein-gingen, holte er einen Bauern mit verschlafenen Augen herbei, der am Abend zu viel getrunken hatte, um noch mit seinem Karren heimzufahren. Eine Stunde später befanden sie sich fünf Meilen weiter östlich und lagen gemütlich im Stroh auf Eazil Forneys Kar-ren. So reisten sie von nun an weiter. Mit ein wenig Glück und manchmal einer Mitfahrgelegenheit konnten sie bis Einbruch der Dunkelheit fast immer das nächste Dorf erreichen. Wenn es im Ort mehr als eine Schenke gab, dann überboten sich für gewöhnlich die Wirte gegenseitig, nachdem sie Rands Flötenspiel gehört und Mat jonglieren gesehen hatten. Auch zusammen konnten sie noch kei-nem Gaukler das Wasser reichen, aber es war immer noch mehr, als die Dorfbewohner sonst im ganzen Jahr geboten bekamen. Zwei oder drei Schenken im gleichen Ort bedeuteten ein schöneres Zim-mer mit zwei Betten und größere Portionen eines besseren Bra-tens und manchmal sogar ein paar Kupfermünzen in der Tasche, wenn sie weiterzogen. Am Morgen fanden sie fast immer jemanden, der sie mitfahren ließ, einen weiteren Bauern, der zu lange geblieben war und zu viel getrunken hatte, oder einen Händler, der ihre Art von Unterhaltung gut genug gefunden hatte, um nichts dagegen zu haben, wenn sie hinten auf einem seiner Wagen aufsprangen. Rand begann zu glauben, dass ihre Probleme ein Ende hätten, jedenfalls bis sie Caemlyn erreichten. Aber dann kamen sie nach Vier Könige.

KAPITEL 32

Vier Könige unter dem Schatten

D as Dorf war größer als die meisten anderen, aber immer noch ein viel zu schäbiges Kaff, um den Namen Vier Könige zu verdienen. Wie gewöhnlich führte die Straße nach Caemlyn mitten durch den Ortskern, aber vom Süden her mündete eine andere häufig benutzte Straße ein. Die meisten Dörfer waren vor allem Märkte und Treffpunkte für die Bauern der Gegend, aber hier waren nicht viele Bauern zu sehen. Vier Könige überlebte als Haltepunkt für die Wagenzüge der Kaufleute auf dem Weg nach Caemlyn und zu den Bergwerksorten in den Verschleierten Bergen jenseits von Baerlon und den Dörfern zwischendrin. Die Straße aus dem Süden war die Hauptschlagader des Handels von Lugard mit den Bergwerken im Westen; die Kaufleute aus Lugard, die nach Caemlyn wollten, benutzten einen kürzeren Weg. Im Umland fand man wenige Bauernhöfe, kaum genug, um sich selbst und die Stadt zu versorgen, und im Ort standen die Kaufleute und ihre Wagen im Mittelpunkt sowie die Fuhrleute und die Verladearbeiter.

Überall in Vier Könige fand man freie Plätze, auf denen der blanke Boden zu Staub zermahlen war, und dort hatte man die Wagen Rad an Rad geparkt. Sie standen verlassen da, nur von ein paar gelangweilten Wächtern behütet. Die Straßen wurden gesäumt von Stallungen und Koppeln für die Pferde. Sie waren alle breit genug für die durchfahrenden Wagen und wiesen tiefe, von vielen Wagenrädern hinterlassene Furchen auf. Es gab kein Dorfgrün, und die Kinder spielten in den Furchen. Sie mussten ständig den Wagen mit fluchenden Fuhrleuten ausweichen.

Die Dorffrauen trugen Kopftücher, hatten den Blick gesenkt und schritten schnell durch die Straßen. Manchmal wurden sie von den Fuhrleuten auf eine Art angepöbelt, dass Rand errötete; sogar Mat zuckte bei manchen dieser Äußerungen zusammen. Es waren keine Frauen zu sehen, die über den Zaun hinweg mit der Nachbarin tratschten. Verwahrloste Holzhäuser standen Seite an Seite. Zwischen ihnen befanden sich lediglich schmale Gässchen. Wo irgendjemand tatsächlich die verwitterten Bretterwände weiß getüncht hatte, verblasste die Farbe schnell und wirkte, als sei sie jahrelang nicht nachgestrichen worden. Schwere Fensterläden waren offensichtlich so lange schon nicht mehr geöffnet worden, dass ihre Scharniere festgerostet waren. Über allem hing Lärm; das Hämmern der Hufschmiede, Rufe der Fuhrleute, raues Gelächter aus den Schenken.

Rand schwang sich vom hinteren Ende eines Planwagens herunter, als sie an einer grell bemalten Schenke vorbeikamen – grün und gelb –, die schon von weitem unter all den bleifarbenen Häusern auffiel. Der Wagenzug fuhr weiter. Keiner der Fahrer schien zu bemerken, dass er und Mat weg waren. Die Abenddämmerung senkte sich über die Stadt, und sie dachten alle nur daran, die Pferde auszuspannen und in eine Schenke zu gehen. Rand stolperte in einer Furche und sprang dann flink zur Seite, um einem schwer beladenen Wagen auszuweichen, der in der Gegenrichtung heranklapperte. Der Fahrer schrie ihm einen Fluch zu, als der Wagen vorbeirollte. Eine Dorffrau wich ihm aus und eilte weiter, ohne ihn anzusehen.

»Ich bin mir bei diesem Ort nicht sicher«, sagte er. Er glaubte, durch all diesen Lärm hindurch Musik hören zu können, wusste aber nicht, woher sie kam. Vielleicht aus der Schenke, aber es war schwer einzuschätzen. »Es gefällt mir hier nicht. Vielleicht sollten wir diesmal doch weitergehen.«

Mat warf ihm einen verächtlichen Blick zu. Am Himmel türmten sich dunkle Wolken. »Und heute Nacht unter einer Hecke schlafen? Bei dem Wetter? Ich bin wieder an Betten gewöhnt.« Er hielt den Kopf schief, um zu lauschen, und brummte dann: »Vielleicht gibt es in einer dieser Schenken keine Musikanten. Außerdem könnte ich wetten, dass sie keinen Jongleur haben.« Er schob sich den Bogen über die Schulter und ging in Richtung der hellgelben Tür. Rand folgte ihm zweifelnd.

Drinnen befanden sich Musikanten. Ihre Zither- und Trommelklänge gingen fast in dem rauen Gelächter und angetrunkenen Geschrei unter. Auch in den nächsten beiden Schenken spielten Musikanten, und es erklang die gleiche betäubende Dissonanz. Männer in Arbeitskleidung saßen an den Tischen und taumelten dazwischen herum. Sie winkten mit Bierkrügen und versuchten, die Kellnerinnen zu betatschen, die ihnen mit starrem, leidgewohntem Lächeln auswichen. Die Gebäude zitterten von dem Getöse, und der Geruch war säuerlich – der Gestank alten Weins und ungewaschener Körper.

Es war nichts von Kaufleuten in Seide und Samt und Spitzen zu sehen; ihre Ohren und Nasen wurden durch die Wände privater Speisesäle im Obergeschoß geschützt. Er und Mat steckten lediglich die Köpfe kurz hinein und gingen dann wieder. Er kam allmählich zu dem Schluss, dass sie diesmal wohl keine andere Wahl hätten, als weiterzuziehen.

In der vierten Schenke, dem *Tanzenden Fahrer*, war alles ruhig.

Sie war so auffallend bemalt wie die anderen Schenken, gelb, mit leuchtendem Rot und giftigem Grün eingerahmt, aber hier hatte die Farbe bereits Sprünge und schälte sich ab. Rand und Mat traten ein.

An den Tischen im Schankraum saßen nur etwa ein halbes Dutzend Männer über ihre Weinkrüge gebeugt und in trübe Gedanken versunken. Das Geschäft ging offensichtlich schlecht, war aber offenbar einst besser gewesen. Genauso viele Kellnerinnen wie Gäste drückten sich in dem Raum herum. Es hätte genug für sie zu tun gegeben – der Fußboden war schmutzverkrustet, und in den Ecken hingen Spinnweben –, aber die meisten standen nur herum.

Ein knochiger Mann mit schulterlangem, strähnigem Haar drehte sich um und sah sie mürrisch an, als sie eintraten.

Das erste lange Donnergrollen erklang über Vier Könige. »Was wollt ihr?« Er wischte sich die Hände an einer schmierigen Schürze ab, die ihm bis auf die Knöchel herabhing. Rand fragte sich, ob er mehr Schmutz von seiner Schürze an die Hände wischte oder umgekehrt. Es war der erste magere Wirt, den Rand je gesehen hatte. »Also? Sagt, was ihr wollt, bestellt euch was zu Trinken oder haut ab! Seh ich aus wie ein Raritätenkabinett?«

Rand errötete und begann mit seiner üblichen Rede, die er nun schon oft genug in anderen Schenken erprobt hatte. »Ich spiele Flöte, und mein Freund jongliert, und Ihr werdet im nächsten Jahr niemand Besseren zu sehen bekommen. Für ein gutes Zimmer und eine warme Mahlzeit werden wir diesen Schankraum mit Gästen füllen!« Er dachte an die vollen Schankräume, die er an diesem Abend bereits gesehen hatte, besonders an den Mann in der letzten Schenke, der sich vor ihm erbrochen hatte. Er hatte schnell zur Seite springen müssen, um seine Stiefel zu retten. Er kam ins Stocken, fing sich aber wieder und fuhr fort: »Wir werden Eure Schenke mit Männern füllen, die Euch das bisschen, was wir kosten, zwanzigfach mit Essen und Trinken wieder einbringen. Warum solltet ...«

»Ich habe einen Mann, der Zither spielt«, sagte der Wirt mürrisch.

»Ihr habt einen Säufer, Saml Hake«, sagte eine der Kellnerinnen.

Sie kam gerade mit einem Tablett und zwei Krügen vorbei und blieb kurz stehen, um Rand und Mat anzulächeln. »Meistens ist er kaum noch imstande, den Schankraum zu finden«, vertraute sie ihnen vernehmlich flüsternd an. »Hab ihn schon zwei Tage lang nicht mehr gesehen.«

Ohne den Blick von Rand und Mat zu wenden, schlug ihr Hake ganz beiläufig mit dem Handrücken ins Gesicht. Sie keuchte überrascht und fiel schwerfällig auf den ungefegten Fußboden. Einer der Krüge zerbrach, und der auslaufende Wein bildete Rinnsale im Schmutz. »Den Wein und das zerbrochene Geschirr ziehe ich dir vom Lohn ab. Hol ihnen neue Getränke. Und beeil dich. Die Männer zahlen nicht fürs Warten, während du dich herumdrückst.« Seine Stimme klang genauso beiläufig, wie es der Schlag gewesen war. Keiner der Gäste blickte von seinem Wein auf, und die anderen Kellnerinnen sahen zur Seite.

Die mollige Frau rieb sich die Wange und warf Hake einen vernichtenden Blick zu, aber dann sammelte sie die Scherben und den leeren Krug auf und trug sie wortlos auf ihrem Tablett weg. Hake sog nachdenklich die Luft durch die Zähne und beäugte Rand und Mat. Sein Blick ruhte auf dem Schwert mit dem Reiherzeichen. Er riss ihn wieder los und sagte schließlich: »Ich sag euch was. Ihr könntet ein paar Strohsäcke in einem leeren Lagerraum hinten haben. Die Zimmer sind zu teuer zum Verschenken. Ihr esst, wenn alle weg sind. Es wird schon was übrig bleiben.«

Rand sehnte eine andere Schenke in Vier Könige herbei, bei der sie es noch nicht versucht hätten, aber es gab wohl keine. Seit sie Weißbrücke verlassen hatten, waren sie auf Gleichgültigkeit, Ablehnung und offene Feindseligkeit getroffen, aber nirgendwo hatte er ein solches Unbehagen empfunden wie bei diesem Mann und an diesem Ort. Er sagte sich, daran seien einfach nur der Schmutz, die Verwahrlosung und der Lärm schuld, aber sein Unbehagen wich deshalb nicht. Mat beobachtete Hake, als vermute er irgendwo eine Falle, aber er schien trotzdem den *Tanzenden Fahrer* nicht aufgeben und ein Bett unter einer Hecke vorziehen zu wollen. Donner rüttelte an den Fenstern. Rand seufzte.

»Die Strohsäcke sind schon in Ordnung, falls genug saubere Decken vorhanden sind. Aber essen werden wir zwei Stunden nach Einbruch der Dunkelheit, nicht später, und das Beste, das Ihr habt. Hier. Wir werden Euch zeigen, was wir können.« Er griff nach dem Flötenkasten, aber Hake schüttelte den Kopf.

»Nicht wichtig. Diese Bande hier kann man mit jedem Geräusch zufrieden stellen, solange es nur ein wenig nach Musik klingt.« Sein Blick berührte noch einmal Rands Schwert; sein dürftiges Lächeln umspielte nur kurz die Lippen. »Esst, wann Ihr wollt, aber wenn Ihr hier keine Menge Leute reinbringt, fliegt Ihr raus.« Er deutete mit einem Nicken nach hinten auf zwei Männer mit harten Gesichtern, die an der Wand saßen. Sie tranken nichts, und ihre Arme waren so stark, dass es auch für Beine gereicht hätte. Als Hake ihnen zunickte, sahen sie Rand und Mat ausdruckslos an.

Rand legte eine Hand auf den Knauf seines Schwerts und hoffte, dass sie das flaue Gefühl in seinem Magen nicht von seinem Gesicht ablesen konnten. »Solange wir bekommen, was wir abgemacht haben«, sagte er mit ruhiger Stimme.

Hake blinzelte und schien einen Moment lang unsicher zu werden. Doch dann nickte er. »Wie ich sagte, ganz klar. Also, dann fangt mal an. Ihr werdet niemanden hereinlocken, wenn ihr bloß herumsteht.« Er stolzierte mit finsterer Miene weg und schrie die Kellnerinnen an, als würden sie mindestens fünfzig Gäste vernachlässigen.

Am hinteren Ende des Raums, in der Nähe des rückwärtigen Ausgangs, befand sich ein kleines, leicht erhöhtes Podium. Rand schleppte eine Bank hinaus und legte seinen Umhang, die Deckenrolle und Thoms Bündel darauf und schließlich das Schwert obenauf.

Er fragte sich, ob es klug gewesen sei, das Schwert offen zu tragen. Schwerter sah man genug, doch das Reiherzeichen erregte Aufmerksamkeit und ließ Vermutungen aufkommen. Nicht jeder bemerkte es, aber jedes bisschen Aufmerksamkeit machte ihn nervös. Es könnte sein, dass er dem Myrddraal eine eindeutige Spur hinterließ – falls Blasse solche Spuren überhaupt benötigten. Andererseits zögerte er, es abzulegen. Tam hatte es ihm gegeben. Solange er das Schwert trug, bestand noch eine Verbindung zwischen Tam und ihm, die ihm das Recht gab, Tam immer noch Vater zu nennen. *Jetzt ist es zu spät,* dachte er. Er war sich nicht einmal sicher, was er damit meinte, aber es war schon wahr. *Zu spät.*

Beim ersten Ton von ›Hahn des Nordens‹ hob das halbe Dutzend Gäste im Schankraum die Köpfe und stierte nicht mehr in die Weinkrüge. Selbst die beiden Rausschmeißer richteten sich etwas auf. Sie klatschten alle Beifall, als er fertig war – selbst die beiden Schläger –, und dann ließ Mat einen Schwarm farbiger Bälle über seinen Händen tanzen. Draußen grollte der Himmel erneut. Der Regen hielt sich noch zurück, doch je länger es noch dauerte, desto härter würde der Regen herunterprasseln. Es sprach sich herum, und als es draußen dunkel war, war die Schenke voll von lachenden und sich unterhaltenden Menschen. Es war so laut, dass Rand kaum hören konnte, was er spielte. Nur der Donner übertönte den Lärm des Schankraums. In den Fenstern sah man Blitze aufzucken, und wenn es mal einen Moment still war, konnte man leise den Regen auf das Dach trommeln hören. Männer, die jetzt noch hereinkamen, hinterließen nasse Spuren auf dem Fußboden.

Wenn er eine Pause einlegte, erhoben sich Stimmen, die durch den Lärm hindurch nach bestimmten Melodien verlangten. Eine ganze Menge der Titel erkannte er nicht. Wenn er allerdings jemanden dazu brachte, einen Teil der Melodie zu summen, fand er häufig heraus, dass er das Lied unter einem anderen Titel kannte. ›Der fröhliche Jaim‹ hieß hier ›Rheas Flirt‹, und bei einem früheren Halt hatte er es als ›Die Farben der Sonne‹ kennen gelernt. Einige Titel waren gleich geblieben, andere änderten sich alle zehn Meilen. Er lernte auch neue Lieder dabei. ›Der betrunkene Händler‹ war einer davon, den man andernorts auch ›Kesselflicker in der Küche‹ nannte. ›Zwei Könige bei der Jagd‹ wurde zu ›Zwei Pferde im Galopp‹ und führte noch einige weitere Titel. Er spielte, was er kannte, und die Männer trommelten auf die Tische und verlangten nach mehr.

Andere forderten Mat immer wieder zum Jonglieren auf. Manchmal gab es kleine Raufereien zwischen Männern, die Musik hören wollten, und solchen, denen das Jonglieren besser gefiel. Einmal blitzte ein Messer auf, und eine Frau schrie. Ein Mann taumelte mit blutüberströmtem Gesicht von einem Tisch weg. Jak und Strom, die beiden Rausschmeißer, kamen schnell herüber und warfen alle Beteiligten mit Beulen am Kopf auf die Straße hinaus. So machten sie es grundsätzlich, wenn Probleme auftauchten. Unterhaltung und Gelächter gingen weiter, als sei nichts geschehen. Niemand sah sich auch nur um, außer denen, die von den Rausschmeißern auf dem Weg zur Tür angerempelt wurden.

Viele Gäste liebten es auch, die Kellnerinnen zu betatschen, wenn eine gerade nicht aufpasste. Mehr als einmal mussten Jak oder Strom einer der Frauen zur Hilfe kommen. Sie beeilten sich allerdings nicht gerade dabei. Hake schrie die Kellnerin dann auch noch an und schüttelte sie. Er gab ihnen grundsätzlich die Schuld daran, und sie fanden sich unter Tränen und gestammelten Entschuldigungen damit ab. Die Frauen sprangen schon, wenn Hake nur die Augenbrauen hochzog, selbst wenn er irgendwo anders hinblickte. Rand fragte sich, warum sie sich das gefallen ließen.

Hake lächelte, wenn er Rand und Mat ansah. Nach einer Weile wurde es Rand aber klar, dass Hake nicht sie anlächelte. Das Lächeln bezog sich auf das, was hinter ihnen auf der Bank lag: das Schwert mit dem Reiherzeichen. Einmal, als Rand die mit Gold und Silber verzierte Flöte neben seinen Hocker legte, lächelte er auch die Flöte an.

Beim nächsten Platztausch mit Mat auf dem Podium beugte er sich hinüber und sagte Mat etwas ins Ohr. Sogar auf diese geringe Entfernung hin musste er laut sprechen, doch bei dem Hintergrundlärm bezweifelte er, dass irgendjemand mithören konnte. »Hake wird versuchen, uns auszurauben.«

Mat nickte, als habe er das schon erwartet. »Wir müssen unsere Tür heute Nacht verbarrikadieren.«

»Unsere Tür verbarrikadieren? Jak und Strom könnten eine Tür mit bloßen Fäusten einschlagen. Hauen wir lieber ab!«

»Warte zumindest bis nach dem Essen. Ich habe Hunger. Hier drin können sie uns nichts tun«, fügte Mat hinzu. Der überfüllte Schankraum rief ihnen ungeduldig zu, endlich weiterzumachen. Hake sah sie böse an. »Wollt Ihr heute Nacht draußen schlafen?« Ein besonders starker Blitz ließ alles andere erblassen. Einen Augenblick lang war das Licht von draußen heller als das der Lampen.

»Ich will hier nur mit heilem Kopf herauskommen«, sagte Rand, doch Mat schlich schon wieder zu seinem Hocker zurück, um eine Pause einzulegen. Rand seufzte und begann mit ›Die Straße nach Dun Aren‹. Das schien vielen Leuten zu gefallen. Er hatte es schon viermal gespielt, und sie wollten es immer noch hören. Das Dumme war, dass Mat durchaus Recht hatte. Er hatte auch Hunger. Und er konnte sich nicht vorstellen, wie Hake ihnen Schwierigkeiten bereiten sollte, solange der Schankraum voll war, und er wurde immer noch voller. Für jeden Gast, der die Schenke verließ oder durch Jak und Strom hinausgeworfen wurde, kamen zwei von der Straße herein. Sie verlangten, dass Mat jonglierte, oder riefen nach einem bestimmten Lied, waren aber ansonsten vor allem am Trinken interessiert und daran, die Kellnerinnen zu belästigen. Ein Mann machte allerdings eine Ausnahme.

Er hob sich allenthalben von der Menge im *Tanzenden Fahrer* ab. Die Kaufleute interessierten sich offensichtlich nicht für die heruntergekommene Schenke. Soweit er das beurteilen konnte, gab es für sie nicht einmal private Speiseräume. Die Gäste trugen alle grobe Kleidung, und ihre Haut ließ darauf schließen, dass sie ständig in Sonnenschein und Wind arbeiteten. Dieser Mann wirkte wohlgenährt, seine Hände sahen weich aus, und um die Schultern trug er einen Samtmantel und darüber einen mit blauer Seide besetzten Umhang aus dunkelgrünem Samt. Alle seine Kleidungsstücke sahen maßgeschneidert aus. Seine Schuhe – keine Stiefel, sondern weiche Samthalbschuhe – waren nicht für die gefurchten Straßen von Vier Könige angefertigt oder, besser gesagt, überhaupt nicht für irgendwelche Straßen.

Er kam eine ganze Weile nach Einbruch der Dunkelheit herein und schüttelte den Regen von seinem Umhang ab, während er sich mit einem vor Abscheu verzogenen Mund umblickte. Er sah sich einmal im Raum um und wandte sich dann wieder zum Gehen, doch plötzlich fuhr er hoch – Rand konnte nicht sehen, warum – und setzte sich an einen Tisch, von dem kurz zuvor Jak und Strom aufgestanden waren. Eine Kellnerin blieb an seinem Tisch stehen und brachte ihm dann einen Krug Wein, den er aber auf die Seite schob und nicht mehr anrührte. Sie schien es sehr eilig zu haben, seinen Tisch wieder zu verlassen, obwohl er keineswegs versuchte, sie zu belästigen – er sah sie nicht einmal an. Was er auch an sich haben mochte, dass sie sich in seiner Nähe nicht wohl fühlte, das bemerkten offensichtlich auch andere, die in seine Nähe kamen. Obwohl er so sanft wirkte, genügte ein Blick, um jeden Fuhrmann mit schwieligen Händen zu vertreiben, der sich an seinen Tisch setzen wollte. Er saß da, als gebe es im ganzen Raum niemanden sonst – nur ihn, Rand und Mat. Er beobachtete sie über gefaltete Hände hinweg. An jedem Finger glitzerte ein Ring. Er beobachtete sie mit einem Lächeln, das Wiedererkennen und Selbstzufriedenheit ausdrückte.

Rand murmelte Mat etwas zu, als sie erneut die Plätze tauschten, und Mat nickte. »Ich habe ihn gesehen«, sagte er. »Wer ist das? Ich habe das Gefühl, dass ich ihn kenne.«

Das war auch Rand bereits aufgefallen. Etwas nagte in seinem Gedächtnis, aber er konnte einfach nicht herausfinden, was es war. Und doch war er sicher, dass er gerade dieses Gesicht noch nie zuvor gesehen hatte.

Als sie etwa zwei Stunden lang aufgetreten waren, steckte Rand die Flöte in ihren Behälter, und Mat und er lasen ihre Besitztümer auf. Als sie von dem niedrigen Podium heruntertraten, kam Hake mit vor Zorn verzerrtem Gesicht angewuselt. »Es wird Zeit, dass wir

essen«, kam ihm Rand zuvor, »und wir wollen nicht, dass unsere Sachen gestohlen werden. Würdet Ihr dem Koch Bescheid sagen?«
Hake zögerte. Er war noch immer wütend und bemühte sich vergebens, den Blick von dem abzuwenden, was Rand in den Armen trug. Beiläufig nahm Rand das Bündel in den einen Arm, sodass er eine Hand frei hatte, um sie auf den Griff des Schwerts zu legen. »Ihr könnt ja auch *versuchen*, uns hinauszuwerfen.« Er betonte das mit voller Absicht und fügte hinzu: »Der Abend ist noch jung, und wir können noch lange auftreten. Wir brauchen eine Stärkung, wenn wir gut genug sein wollen, um Eure Gäste dazu zu bringen, ihr Geld auszugeben. Was glaubt Ihr, wie lange dieser Raum noch voll bleiben wird, wenn wir vor Hunger umfallen?«

Hakes Blick zuckte über den Raum voller Menschen hinweg, die ihm Geld in die Taschen stopften, und dann drehte er sich um und rief durch die Hintertür: »Gebt ihnen was zu essen!« Er wandte sich wieder Rand und Mat zu und fauchte sie an: »Braucht nicht den ganzen Abend dazu. Ich erwarte von euch, dass ihr dort droben bleibt, bis der letzte Gast gegangen ist.«

Einige Gäste riefen bereits nach dem Musiker und dem Jongleur, und Hake wandte sich nun ihnen zu, um sie zu beruhigen. Der Mann im Samtumhang gehörte zu den ganz eifrigen. Rand winkte Mat zu, ihm zu folgen.

Eine massive Tür trennte die Küche vom vorderen Teil der Schenke, und nur wenn sie gerade für eine Kellnerin geöffnet wurde, war das Trommeln des Regens in der Küche lauter zu hören als das Geschrei vom Schankraum her. Es war ein großer Raum, heiß und voller Dampf von den Herden und Backöfen, mit einem riesigen Tisch, auf dem fertige Gerichte standen, die gleich serviert werden sollten. Ein paar der Kellnerinnen saßen auf einer Bank nahe dem Hinterausgang zusammen. Sie rieben sich die schmerzenden Füße und plauderten mit der fetten Köchin, die ihnen ständig ins Wort fiel und mit einem großen Kochlöffel herumfuchtelte, um ihre Meinung zu unterstreichen. Sie blickten alle auf, als Rand und Mat hereinkamen, unterbrachen aber ihre Unterhaltung keineswegs und massierten sich auch weiterhin die Füße.

»Wir sollten hier raus, solange wir noch eine Gelegenheit haben«, sagte Rand leise, aber Mat schüttelte den Kopf und sah nur auf die beiden Teller, die gerade von der Köchin mit Rindfleisch und Kartoffeln und Erbsen gefüllt wurden. Sie sah die beiden kaum an und unterhielt sich weiter mit den anderen Frauen, während sie mit den

Ellbogen Sachen beiseite schob und die beiden Teller auf den Tisch stellte. Gabeln legte sie auch daneben.

»Nach dem Essen ist noch genug Zeit.« Mat setzte sich auf eine Bank und begann damit, seine Gabel wie eine Schaufel zu benützen. Rand seufzte, tat es Mat aber schnell gleich. Seit dem vergangenen Abend hatte er nur eine Brotkruste gegessen. Sein Magen war so leer wie der Geldbeutel eines Bettlers, und der Geruch nach Essen, der sich durch die Küche zog, trug das seinige dazu bei. Er kaute hastig mit vollem Mund, aber bevor er seinen Teller zur Hälfte leer hatte, ließ Mat seinen bereits von der Köchin neu füllen.

Er wollte das Gespräch der Frauen nicht belauschen, aber einiges von dem, was sie sagten, ließ ihn dann doch die Ohren spitzen.

»Das hört sich verrückt an, finde ich.«

»Verrückt oder nicht, so hat man es mir jedenfalls erzählt. Er hat die Hälfte aller Schenken im Ort durchgemacht, bevor er hierher kam. Ist nur hereingekommen, hat sich umgeschaut und ist dann ohne ein Wort wieder hinausmarschiert, sogar aus der Königlichen Schenke. So, als ob es überhaupt nicht regnen würde.«

»Vielleicht hat er unsere für die bequemste gehalten.« Das rief einen Sturm von Gelächter hervor. »Wie ich gehört habe, ist er erst nach Anbruch der Dunkelheit in Vier Könige angekommen, und seine Pferde müssen ganz schön erschöpft gewesen sein, so hart hat er sie rangenommen.«

»Wo ist der denn hergekommen, wenn er in der Dunkelheit noch draußen war? Nur Narren oder Verrückte reisen in der Nacht.«

»Na ja, vielleicht ist er ja ein Narr, aber ein reicher! Ich habe gehört, dass er noch eine zweite Kutsche hat, für seine Diener und das Gepäck. Da ist Geld zu holen, sage ich euch. Habt ihr seinen Umhang gesehen? Ich hätte nichts dagegen, wenn der mir gehörte.«

»Für meinen Geschmack ist er ein bisschen dick. Aber ich sage immer: Ein Mann kann gar nicht zu dick sein, wenn er dafür genug Gold hat.« Sie bogen sich alle vor Kichern, und die Köchin legte den Kopf in den Nacken und lachte schallend. Rand ließ seine Gabel auf den Teller fallen. In seinem Kopf bohrte ein Gedanke, der ihm gar nicht gefiel. »Ich bin gleich wieder zurück«, sagte er. Mat nickte kaum sichtbar und stopfte sich ein Stück Kartoffel in den Mund.

Rand nahm den Gürtel mit seinem Schwert und den Umhang. Er zog sich an und ging zum Hinterausgang. Niemand beachtete ihn.

Es goss in Strömen. Er legte sich den Umhang um und zog die Kapuze über den Kopf. Mit einer Hand hielt er den Umhang zu, während er über den Stallhof lief. Ein Wasservorhang verbarg alles, außer wenn es gerade blitzte, aber er fand doch, wonach er gesucht hatte. Man hatte die Pferde in den Stall gebracht, doch die beiden schwarz lackierten Kutschen standen glänzend nass im Freien. Donner grollte, und ein Blitz zuckte über der Schenke auf. Der kurze Moment der Beleuchtung reichte ihm, um einen Namen in Goldschrift auf den Kutschentüren lesen zu können. Howal Gode.

Ohne auf den Regen zu achten, der auf ihn herunterprasselte, starrte er den Namen an, den er nicht einmal mehr sehen konnte. Er erinnerte sich daran, wo er zum letzten Mal schwarz lackierte Kutschen mit den Namen ihrer Eigentümer auf den Türen und dazu aalglatte, übergewichtige Männer in seidenbesetzten Samtumhängen und Samtschuhen gesehen hatte. Weißbrücke. Ein Kaufmann aus Weißbrücke konnte durchaus einen legitimen Grund haben, nach Caemlyn zu fahren. *Aber warum klappert er die Hälfte aller Schenken im Ort ab und kehrt dann ausgerechnet dort ein, wo du bist? Und dann starrt er dich an, als habe er gefunden, wonach er suchte?*

Rand schauderte, und er merkte, dass ihm Regenwasser den Rücken hinunterrann. Sein Umhang war wohl dicht, aber nicht für einen solch gewaltigen Regenguss geeignet. Er eilte zur Schenke zurück. Die Pfützen, durch die er platschte, wurden immer tiefer. Jak stand in der Tür, als er eintreten wollte.

»Na, na, na! Allein hier draußen im Dunklen. Die Dunkelheit ist gefährlich, Junge.«

Regennasse Haarsträhnen klebten an Rands Stirn. Bis auf sie beide war der Stallhof leer. Er fragte sich, ob Hake Schwert und Flöte unbedingt jetzt schon haben wollte und sogar riskierte, dass ihm die Menge im Schankraum weglaufen würde.

Mit einer Hand wischte er sich die Nässe von der Stirn und aus den Augen, die andere griff nach seinem Schwert. Auch nass war das Noppenleder immer noch griffig. »Meint Hake etwa, die Leute blieben alle nur wegen seines Biers und nicht, weil ihnen Unterhaltung geboten wird? Wenn das so ist, dann nehmen wir eben das Essen als Bezahlung für die geleistete Arbeit und machen uns wieder auf den Weg.«

Der grobschlächtige Mann, der im Trockenen stand, blickte in den

Regen hinaus und schnaubte: »Bei dem Wetter?« Sein Blick glitt hinab zu Rands Hand auf dem Schwertgriff. »Weißt du, ich und Strom haben gewettet. Er denkt, du hast das deiner alten Großmutter gestohlen. Ich glaube aber, deine Großmutter würde dich mit dem Besen um den Schweinestall hetzen und dann zum Trocknen aufhängen.« Er grinste. Seine Zähne standen schief und waren ganz gelb. Das Grinsen ließ ihn noch bösartiger erscheinen. »Der Abend ist noch lang, Junge.«

Rand schob sich an ihm vorbei, und Jak ließ ihn mit einem hässlichen Auflachen ziehen. Drinnen warf er seinen Umhang zur Seite und ließ sich auf die Bank am Tisch fallen, die er erst Minuten vorher verlassen hatte. Mat hatte seinen zweiten Teller geschafft und arbeitete an einem dritten. Er aß jetzt langsamer, aber sehr bewusst, als plane er, jeden Bissen zu verzehren, und wenn er auch platzte.

Jak stellte sich an die Tür zum Stallhof, lehnte sich an die Wand und beobachtete sie. Aber selbst die Köchin verspürte anscheinend kein Bedürfnis, sich mit ihm zu unterhalten.

»Er kommt aus Weißbrücke«, sagte Rand leise. Es war nicht nötig zu sagen, wen er meinte. Mats Kopf drehte sich ihm zu. Ein auf die Gabel gespießtes Stück Rindfleisch hing auf halbem Weg zum Mund in der Luft. Rand war sich der Tatsache nur zu bewusst, dass Jak sie beobachtete, und so rührte er im Essen auf seinem Teller herum. Er hätte jetzt keinen Bissen mehr heruntergebracht, und wenn er am Verhungern gewesen wäre, aber er täuschte großes Interesse an seinen Erbsen vor, während er Mat von den Kutschen berichtete.

Mat zwinkerte überrascht und pfiff durch die Zähne, blickte dann finster das Stück Fleisch an seiner Gabel an und warf es auf den Teller zurück. Rand wünschte, er würde sich wenigstens etwas Mühe geben, sich unverdächtig zu benehmen.

»Er ist hinter uns her«, sagte Mat schließlich. Die Runzeln auf Mats Stirn vertieften sich. »Schattenfreund?«

»Vielleicht. Ich weiß nicht.« Rand sah nach Jak, und der grobschlächtige Mann streckte sich auffällig. Er hatte Schultern wie ein Hufschmied. »Glaubst du, wir kommen an dem vorbei?«

»Nicht, ohne dass er uns Hake und den anderen auf den Hals hetzt. Wir hätten nicht hier bleiben sollen.«

Rand blieb vor Verblüffung der Mund offen, aber bevor er etwas herausbringen konnte, schob sich Hake durch die Tür zum Schankraum. Hinter ihm ragte Stroms große Gestalt auf. Jak stellte sich vor die Hintertür. »Wollt ihr die ganze Nacht lang essen?«, bellte Hake. »Ich hab euch nichts zu essen gegeben, damit ihr euch hier draußen auf die faule Haut legt!«

Rand sah seinen Freund an. Mat formte mit den Lippen das Wort ›später‹, und so packten sie unter den wachsamen Augen von Hake, Strom und Jak ihre Sachen. Sobald Rand und Mat erschienen, wurden durch den Lärm des Schankraums hindurch Rufe nach weiteren Darbietungen laut. Der Mann im Samtumhang schien immer noch alle anderen um sich herum zu ignorieren, aber er saß trotzdem gespannt auf der Stuhlkante. Bei ihrem Anblick lehnte er sich mit einem befriedigten Lächeln auf den Lippen zurück.

Rand war wieder auf dem Podium an der Reihe. Er spielte ›Wasser aus dem Brunnen‹, doch er war nur mit halbem Herzen dabei. Keiner schien die wenigen falschen Töne zu bemerken. Er versuchte zu überlegen, wie sie wohl entkommen könnten, und vermied es, Gode direkt anzusehen. Wenn er wirklich hinter ihnen her war, hatte es keinen Sinn, ihm zu zeigen, dass sie Bescheid wussten. Und was das Entkommen betraf ...

Ihm war früher noch nie so klar geworden, welch gute Falle eine solche Schenke darstellte. Hake, Strom und Jak mussten sie nicht einmal ständig im Auge behalten; die Reaktion der Menge würde ihnen zeigen, wenn er oder Mat das Podium verließen. Solange der Schankraum voll von Gästen war, konnte Hake ihnen Jak und Strom nicht auf den Hals hetzen, aber sie konnten sich auch nicht davonmachen, ohne dass Hake es merkte. Und nun beobachtete auch noch Gode jede ihrer Bewegungen. Es war so komisch, dass er hätte lachen können, wenn ihm nicht so zum Heulen zumute gewesen wäre. Sie mussten höllisch aufpassen und den richtigen Moment abwarten.

Als er den Platz mit Mat tauschte, stöhnte Rand innerlich. Mat funkelte Hake, Strom und Jak böse an und achtete nicht darauf, ob sie es bemerkten oder sich fragten, aus welchem Grund er so dreinblicken mochte. Wenn er gerade keine Bälle jonglierte, hatte er immer die Hand unter seinem Mantel. Rand zischte zu ihm herüber, doch er achtete nicht darauf. Wenn Hake auch noch den Rubin sah, wartete er vielleicht nicht mehr ab, bis sie allein waren. Falls die Gäste im Schankraum ihn sahen, würde sich möglicherweise die Hälfte Hake anschließen.

Was am schlimmsten war: Mat starrte den Kaufmann aus Weißbrücke – den Schattenfreund? – derart an, dass Gode es bemerkte. Er konnte es gar nicht übersehen. Aber er ließ sich davon nicht im Geringsten stören. Wenn überhaupt, dann wurde sein Lächeln noch breiter, und er nickte Mat wie einem alten Bekannten zu, sah dann zu Rand hinüber und hob fragend eine Augenbraue. Rand wollte gar nicht wissen, was er damit fragen wollte. Er bemühte sich, den Mann nicht anzusehen, aber er wusste, es war bereits zu spät.

Nur eine Sache brachte den Mann im Samtumhang aus dem Gleichgewicht: Rands Schwert. Er hatte es nicht abgenommen. Zwei oder drei Männer taumelten zu ihm hoch und fragten, ob er sein Spiel für so schlecht hielt, dass er sich schützen müsse, aber keiner davon hatte den Reiher auf dem Knauf bemerkt. Gode schon. Seine blassen Hände verkrampften sich, und er blickte das Schwert eine ganze Weile finster an, bevor sein Lächeln zurückkehrte. Und dann war es nicht mehr so überlegen wie vorher.

Wenigstens etwas Gutes hat das, dachte Rand. *Wenn er glaubt, dass ich als Kämpfer das Reiherzeichen verdient habe, dann lässt er uns vielleicht in Ruhe. Dann müssen wir uns lediglich über Hake und seine Schläger den Kopf zerbrechen.* Der Gedanke trug auch nicht viel zu seiner Beruhigung bei, und – Schwert oder nicht – Gode beobachtete sie weiterhin und lächelte.

Rand schien dieser Abend eine Ewigkeit zu dauern. All diese Augen, die ihn anstarrten: Hake und Strom und Jak lauerten wie die Geier auf ein Schaf, das in einem Moorloch gefangen war. Gode wartete wie etwas noch Schlimmeres. Er bildete sich inzwischen ein, dass alle Gäste im Raum sie aus irgendeinem verborgenen Grund beobachteten. Saurer Weindunst und der Gestank ungewaschener, schwitzender Körper stachen ihm in die Nase, das Stimmengewirr erschlug ihn, seine Augen schwammen, und selbst der Klang des eigenen Flötenspiels ließ seine Ohren schmerzen. Das Donnergrollen schien aus dem Inneren seines Schädels zu kommen. Die Erschöpfung hing wie ein Bleigewicht an ihm.

Schließlich zog die Notwendigkeit, in der Morgendämmerung wieder aufstehen zu müssen, die Männer zögernd hinaus in die Dunkelheit. Ein Bauer konnte selbst bestimmen, was er wann tun musste, aber die Kaufleute zeigten kein Mitgefühl, wenn ein von ihnen bezahlter Fahrer einen Kater hatte. Nach Mitternacht leerte sich der Schankraum allmählich, als sogar diejenigen, die oben ein Zimmer gemietet hatten, loswankten und nach ihren Betten suchten.

Gode war der letzte Gast. Als Rand gähnend nach dem Lederbe-hälter für die Flöte griff, stand Gode auf und legte sich seinen Um-hang über den Arm. Die Kellnerinnen räumten auf und schimpften über den verschütteten Wein und das zerbrochene Geschirr. Hake schloss die Vordertür mit einem großen Schlüssel ab. Gode stand ei-nen Moment lang mit Hake in einer Ecke und sprach mit ihm. Hake rief eine der Frauen, die ihm ein Zimmer zuweisen sollte. Der Mann mit dem Samtumhang lächelte Rand und Mat verschwörerisch an, bevor er nach oben verschwand.

Hake sah Rand und Mat an. Jak und Strom standen neben ihm.

Rand hängte sich hastig den Rest seiner Sachen über die Schulter und hielt alles ungeschickt mit der Linken zurück, sodass er sein Schwert erreichen konnte. Er griff nicht danach, aber er wollte si-chergehen, dass er kampfbereit war. Er unterdrückte ein weiteres Gähnen; wie müde er wirklich war, brauchten die anderen nicht zu wissen.

Mat schulterte ungeschickt seinen Bogen und die anderen Habse-ligkeiten, aber er steckte die Hand unter seinen Mantel, als er sah, dass Hake und seine Schläger auf sie zukamen.

Hake trug eine Öllampe, und zu Rands Überraschung verbeugte er sich kurz und wies mit der Hand auf eine Tür an der Seite. »Eure Strohsäcke sind dort.« Nur ein leichtes Verziehen der Lippen verdarb seine schauspielerische Leistung.

Mat zeigte mit dem Kinn auf Jak und Strom. »Braucht Ihr die bei-den, um uns unsere Betten zu zeigen?«

»Ich bin ein Mann von Besitz«, sagte Hake und strich sich die verschmutzte Schürze über dem Bauch glatt. »Und Männer von Besitz können nicht vorsichtig genug sein.« Ein lautes Donnerkra-chen ließ die Fenster erzittern. Er sah bedeutsam hinauf zur Decke und grinste sie dann breit an: »Wollt ihr eure Betten sehen oder nicht?«

Rand fragte sich, was geschähe, wenn sie sagten, sie wollten lieber gehen. *Wenn du wirklich mehr vom Gebrauch eines Schwerts ver-stündest als das, was dir Lan an ein paar Abenden gezeigt hat …* »Nach Euch«, sagte er und bemühte sich, die Stimme hart klingen zu lassen. »Ich habe nicht gern jemanden im Rücken.«

Strom schnaubte, aber Hake nickte gelassen und wandte sich der Seitentür zu. Die beiden großen Männer stolzierten hinter ihm her. Rand holte tief Luft und blickte sehnsüchtig zur Küchentür hinüber. Wenn Hake den Hinterausgang bereits verschlossen hatte, würde

Wegrennen sie nur in die Lage bringen, die er zu vermeiden hoffte. Trübselig folgte er dem Wirt.

An der Seitentür zögerte er, und Mat rempelte ihn von hinten an. Der Grund, warum Hake eine Lampe trug, war klar: Die Tür führte in einen unbeleuchteten Flur. Es war pechschwarz dort. Nur die von Hake hochgehaltene Lampe, in deren Schein sich Jak und Strom abzeichneten, gab ihm den Mut weiterzugehen. Wenn sie sich umdrehten, würde er es rechtzeitig sehen. *Und was dann?* Der Fußboden knarrte unter seinen Stiefeln.

Der Flur endete vor einer einfachen Brettertür. Er hatte nicht sehen können, ob sich dazwischen noch andere Türen befanden. Hake und seine Schläger gingen hinein, und er folgte ihnen schnell, bevor sie Gelegenheit hatten, ihnen eine Falle zu stellen. Doch Hake hob lediglich seine Lampe und deutete in den Raum hinein. »Da sind wir.«

Einen alten Lagerraum hatte er ihn genannt, und so, wie er aussah, war er schon eine Weile nicht mehr benützt worden. Verwitterte Fässer und aufgebrochene Kisten bedeckten den halben Fußboden. An mehr als einer Stelle tropfte es von der Decke, und eine zerbrochene Scheibe im schmutzigen Fenster ließ den Regen herein. Auf den Regalen stand Krimskrams herum. Fast alles war von einer dicken Staubschicht bedeckt. Dass tatsächlich die versprochenen Strohsäcke vorhanden waren, überraschte Rand.

Das Schwert macht ihn nervös. Er wird nichts unternehmen, bis wir tief schlafen. Rand hatte nicht die Absicht, unter Hakes Dach einzuschlafen. Sobald der Wirt draußen war, wollte er zum Fenster hinaus. »Es wird schon gehen«, sagte er. Er blickte Hake unverwandt an und wartete auf ein Signal an die beiden grinsenden Männer an der Seite des Wirts. Es kostete Rand Mühe, sich nicht ständig die Lippen zu befeuchten. »Lasst die Lampe hier.«

Hake brummte, schob die Lampe aber doch auf ein Regalbrett. Er zögerte, sah sie an, und Rand war sicher, dass er drauf und dran war, Jak und Strom das Zeichen zum Angriff zu geben. Doch dann blickte er berechnend auf Rands Schwert und wies die beiden großen Männer mit einer schnellen Kopfbewegung zur Tür. Über ihre breiten Gesichter huschte Überraschung, aber sie folgten ihm ohne einen Blick zurück aus dem Raum.

Rand wartete, bis das Knarren ihrer Schritte verklungen war, zählte dann bis fünfzig und streckte den Kopf aus der Tür. Die Dunkelheit im Flur wurde nur von einem rechteckigen Lichtstreifen unterbrochen, der ihm so fern wie der Mond erschien: dem Umriss der Tür zum Schankraum. Als er den Kopf wieder einzog, bewegte sich etwas Großes im Dunkel in der Nähe dieser Tür. Jak oder Strom. Einer stand Wache.

Eine kurze Untersuchung sagte ihm alles über die Tür, was er wissen musste, allerdings nichts Gutes. Die Bretter waren stark und fest, aber es gab kein Schloss und keinen Riegel auf der Innenseite. Wenigstens öffnete sie sich in den Raum hinein.

»Ich dachte, jetzt gehen sie auf uns los«, sagte Mat. »Worauf warten sie noch?« Er hatte den Dolch herausgeholt und hielt ihn in einer Faust. Die Knöchel waren weiß vor Anstrengung. Das Licht der Lampe schimmerte auf der Klinge. Bogen und Köcher lagen vergessen am Boden.

»Dass wir einschlafen.« Rand kramte zwischen den Fässern und Kisten herum. »Hilf mir, etwas zu finden, um die Tür zu verbarrikadieren.«

»Warum? Du willst doch nicht wirklich hier schlafen, oder? Wir klettern aus dem Fenster, und dann nichts wie weg. Ich bin lieber nass als tot.«

»Einer von ihnen ist am Ende des Flurs. Wenn wir irgendein auffälliges Geräusch machen, sind sie innerhalb eines Wimpernschlags hier drinnen. Ich glaube, Hake wird eher riskieren, uns wach gegenüberzustehen, als uns laufen zu lassen.«

Leise fluchend machte sich auch Mat auf die Suche, aber in dem Unrat auf dem Boden war nichts Brauchbares zu finden. Die Fässer waren leer, die Kisten zersplittert, und auch wenn sie einfach alles vor die Tür schichteten, würde das keinen daran hindern, sie zu öffnen. Dann entdeckte Rand etwas Bekanntes auf einem Regal: zwei Eisenkeile, rostig und mit Staub bedeckt. Er nahm sie grinsend herunter.

Eilig schob er sie unter die Tür, und als der nächste Donnerknall die Schenke erzittern ließ, trieb er sie schnell mit kurzen Fersentritten hinein. Der Donner verhallte, und er hielt die Luft an und lauschte. Er hörte nur das Trommeln des Regens auf dem Dach. Keine Bodenbretter, die unter rennenden Füßen quietschten.

»Das Fenster«, sagte er.

Der umgebenden Schmutzkruste nach zu schließen, war es seit Jahren nicht mehr geöffnet worden. Sie stemmten sich gemeinsam dagegen und drückten mit aller Kraft. Rands Knie zitterten, bevor der Rahmen endlich nachgab und bei jeder Handbreit knirschte.

Als die Öffnung groß genug war, um sich hindurchzuzwängen, duckte er sich und hielt dann inne.

»Blut und Asche!«, grollte Mat. »Kein Wunder, dass Hake sich keine Gedanken machen musste, wir könnten hier herausschlüpfen.«

Eisenstäbe in einem eisernen Rahmen glänzten nass im Licht der Lampe. Rand drückte gegen das Gitter. Es war so fest wie ein Felsblock.

»Ich habe etwas gesehen«, sagte Mat. Er kramte hastig in dem Zeug auf den Regalen herum und kam mit einem rostigen Stemmeisen zurück. Er rammte das eine Ende unter den Eisenrahmen, und Rand fuhr zusammen.

»Denk an den Lärm, Mat!«

Mat verzog das Gesicht und fluchte leise, wartete aber ab. Rand legte die Hände um das Stemmeisen und versuchte, mit den Füßen in der sich ständig erweiternden Pfütze auf dem Boden einen sicheren Halt zu finden. Donner grollte, und sie stemmten sich wieder gegen das Eisen. Unter dem gequälten Quietschen von Nägeln, das Rand die Haare zu Berge stehen ließ, bewegte sich der Rahmen ein wenig – einen Fingerbreit vielleicht. Also nützten sie jedes Donnergrollen und stemmten sich ein ums andere Mal gegen das Eisen. Nichts. Ein Fingerbreit. Nichts. Eine Haaresbreite. Nichts.

Plötzlich rutschte Rand in der Nässe aus, und sie fielen zu Boden. Das Stemmeisen klapperte wie ein Gong gegen das Gitter. Er lag in einer Pfütze, hielt den Atem an und lauschte. Stille – bis auf den Regen.

Mat rieb sich die angeschlagenen Knöchel und sah ihn böse an. »Wenn es so weitergeht, kommen wir nie hier raus.« Der Eisenrahmen war kaum so weit herausgedrückt, dass man zwei Finger drunterklemmen konnte. Und selbst diese Öffnung war von Dutzenden starker Nägel versperrt.

»Wir müssen es weiter versuchen«, sagte Rand und stand auf. Doch als er wieder das Stemmeisen unter die Kante des Rahmens schob, quietschte die Tür, als versuche jemand, sie zu öffnen. Die Keile hielten. Er tauschte einen besorgten Blick mit Mat, der wieder den Dolch herauszog. Die Tür knarrte erneut.

Rand atmete tief ein und bemühte sich, seine Stimme fest erscheinen zu lassen. »Geht weg, Hake. Wir versuchen, zu schlafen.«

»Ich fürchte, das ist eine Verwechslung.« Die Stimme klang so aalglatt und von sich eingenommen, dass sie ihren Ursprung verriet:

Howal Gode. »Meister Hake und seine ... Lakaien werden uns nicht stören. Sie schlafen fest und werden am Morgen höchstens in der Lage sein, sich darüber zu wundern, wohin Ihr verschwunden seid. Lasst mich ein, meine jungen Freunde. Wir müssen miteinander sprechen.«

»Wir haben keinen Grund, mit Euch zu sprechen«, sagte Mat. »Geht und lasst uns schlafen.«

Godes Lachen klang bösartig. »Natürlich müssen wir uns unterhalten. Das wisst Ihr so gut wie ich. Ich habe es Euren Augen abgelesen. Ich weiß, was Ihr seid, vielleicht sogar besser als Ihr selbst. Ich kann fühlen, wie es in Wellen vor Euch herfließt. Ihr gehört jetzt schon halb meinem Herrn. Hört auf wegzulaufen, und findet Euch damit ab. Dann wird alles viel leichter für Euch. Wenn Euch die Weiber von Tar Valon finden, dann werdet Ihr Euch noch wünschen, Ihr könntet Euch selbst die Kehle durchschneiden, und das, bevor sie mit Euch fertig sind. Aber Ihr könnt es nicht mehr. Nur mein Herr kann Euch vor ihnen beschützen.«

Rand hatte schwer zu schlucken. »Wir haben keine Ahnung, wovon Ihr sprecht. Lasst uns in Ruhe.« Die Dielen im Flur knarrten. Gode war nicht allein. Wie viele Männer konnte er in zwei Kutschen mitgebracht haben?

»Hört auf, Euch wie Narren zu benehmen, meine jungen Freunde! Ihr wisst es doch. Ihr wisst es ganz genau. Der Große Herr der Dunkelheit hat Euch als sein Eigen gezeichnet. Es steht geschrieben, wenn er erwacht, dann werden ihn die neuen Schattenlords erwarten, um ihm zu huldigen. Ihr müsst zwei davon sein, sonst wäre ich nicht ausgesandt worden, Euch zu finden. Denkt daran: ewiges Leben und mehr Macht, als Ihr Euch erträumen könnt.« Seine Stimme klang gepresst, als hungere er selbst nach ebendieser Macht.

Rand sah zum Fenster hinaus, als gerade ein Blitz den Himmel zerriss, und er hätte beinahe laut gestöhnt. Der kurze Moment Helligkeit zeigte ihm, dass draußen Männer standen, die den Regen, der sie durchnässte, einfach missachteten und das Fenster beobachteten.

»Ich bin dieses Spiels müde«, verkündete Gode. »Ihr werdet Euch meinem Meister unterwerfen – Eurem Meister –, oder Ihr werdet unterworfen. Das wäre nicht angenehm für Euch. Der Große Herr der Dunkelheit herrscht über den Tod, und er kann Leben im Tod oder Tod im Leben gewähren, wie er es wünscht. Öffnet diese Tür.

Auf die eine oder andere Weise ist Eure Flucht beendet! Öffnet sie, sage ich!«

Er musste auch noch etwas anderes gesagt haben, denn plötzlich prallte ein schwerer Körper gegen die Tür. Sie bebte, und die Keile verschoben sich ein ganz klein wenig. Auf dem Holz zeigte sich eine Rostspur. Immer wieder wurde die Tür erschüttert, wenn Körper dagegenprallten. Manchmal hielten die Keile, manchmal gaben sie wieder etwas nach, und so wurde die Tür ganz allmählich, aber unaufhaltsam nach innen gedrückt.

»Ergebt Euch«, verlangte Gode vom Flur aus, »oder verbringt die Ewigkeit damit, Euch zu wünschen, Ihr hättet Euch ergeben!«

»Wenn wir keine andere Wahl haben ...« Rand sah, wie sich Mat die Lippen leckte. Sein eigener Blick huschte umher wie der eines Dachses in der Falle. Sein Gesicht war blass, und er atmete schwer beim Sprechen. »Wir könnten einwilligen und später zu entkommen versuchen. Blut und Asche, Rand, es gibt keinen Weg nach draußen!«

Die Worte schienen Rand wie durch eine Schicht von Watte zu erreichen, die er sich in die Ohren gestopft hatte.

Kein Weg führt nach draußen. Oben donnerte es wieder, und ein weiterer Blitz zuckte über den Himmel. *Ich muss einen Weg finden.* Gode rief nach ihnen, forderte, bat; die Tür rutschte wieder ein Stückchen nach innen auf. *Ein Ausweg!*

Gleißendes Licht erfüllte den Raum. Die Luft schrie auf und brannte. Rand fühlte, wie er hochgehoben und gegen die Wand geschleudert wurde. Er rutschte wie ein Häufchen Elend zu Boden. In seinen Ohren rauschte es, und jedes Haar an seinem Körper stand zu Berge. Betäubt taumelte er hoch. Seine Knie gaben nach, und er stützte sich mit einer Hand an der Wand ab. Er sah sich erstaunt um.

Die Lampe, die umgekippt am Rand eines Regalbrettes lag, brannte noch immer und erhellte spärlich den Raum. All die Fässer und Kisten lagen rußgeschwärzt und qualmend irgendwo herum, wohin sie eben geschleudert worden waren. Das Fenster mit dem Gitter davor und auch der größte Teil der Wand waren verschwunden und hatten lediglich ein ausgefranstes Loch hinterlassen. Das Dach war eingesackt, und an den gesplitterten Kanten der Öffnung kämpften Rauchfäden gegen den Regen an. Die Tür hing schief in den Angeln und hatte sich in ihrem Rahmen verkeilt. Alles erschien ihm verschwommen unwirklich. Er stellte die Lampe wieder auf. Es schien ihm das Wichtigste auf der Welt, sich zu vergewissern, dass sie nicht zerbrechen konnte.

Ein Kistenstapel wölbte sich plötzlich und brach auf. Mitten drin stand Mat auf. Er wankte, blinzelte und betastete seinen Körper, als wolle er nachprüfen, ob noch alles an seinem Platz sei. Er spähte hinüber zu Rand. »Rand? Bist du das? Du lebst. Ich dachte, wir seien beide ...« Er brach ab, biss sich auf die Lippe und zitterte. Rand brauchte einen Augenblick, um zu erkennen, dass er beinahe hysterisch lachte.

»Was ist geschehen, Mat? Mat? Mat! Was ist geschehen?«

Mats Körper wurde von einem letzten Zittern durchgeschüttelt, und dann war er ruhig. »Ein Blitz, Rand. Ich habe gerade aus dem Fenster geschaut, als er in das Gitter einschlug. Ich kann mir nicht denken, was ...« Er brach ab, schielte zu der schief in den Angeln hängenden Tür hinüber, und seine Stimme wurde scharf. »Wo ist Gode?«

Nichts bewegte sich im Korridor vor der Tür. Es war weder von Gode noch seinen Begleitern ein Anzeichen zu entdecken – auch kein Laut –, obwohl sich in dieser Dunkelheit alles verbergen konnte. Rand ertappte sich dabei, dass er hoffte, sie seien tot; er hätte jedoch den Kopf nicht in den Flur hinausgesteckt, um das zu überprüfen, und wenn man ihm dafür eine Krone geboten hätte. Auch draußen in der Nacht jenseits der ehemaligen Wand bewegte sich nichts, doch anderswo waren Menschen auf den Beinen und rannten herum. Verwirrte Schreie kamen aus dem oberen Stockwerk der Schenke, und man hörte das Getrampel rennender Füße.

»Gehen wir, solange wir noch können«, sagte Rand.

Er half schnell, ihre Besitztümer aus dem Schutt herauszusuchen, packte Mat am Arm und zog ihn durch das klaffende Loch in die Nacht hinaus. Mat klammerte sich an seinen Arm und stolperte mit vorgestrecktem Kopf, um etwas sehen zu können, neben ihm her.

Als der erste Regentropfen Rands Gesicht traf, zuckte ein gespaltener Blitz über die Schenke hinweg, und er blieb wie angewurzelt stehen. Godes Männer waren noch da. Sie lagen mit den Füßen zu der Öffnung hin am Boden. Ihre Körper wurden vom Regen überschüttet, und ihre geöffneten Augen starrten in den Himmel.

»Was ist los?«, fragte Mat. »Blut und Asche! Ich kann kaum meine eigene verdammte Hand sehen!«

»Nichts«, sagte Rand. *Glück. Die im Licht wandeln ... Tatsächlich?* Zitternd führte er Mat um die Leichen herum. »Nur der Blitz.«

Es gab keine andere Beleuchtung als die Blitze, und er stolperte in den Furchen der Straße, als sie von der Schenke wegtorkelten. Da Mat fast nur an ihm hing, führte jedes Stolpern beinahe zum Sturz, aber sie rannten eben taumelnd und schwer atmend weiter.

Einmal blickte er zurück, bevor der Regen zu einem dichten Vorhang wurde, der den *Tanzenden Fahrer* vor ihm verbarg. Im Blitzschein erkannte er die Silhouette eines Mannes am Hinterausgang der Schenke, der ihnen oder dem Himmel mit der Faust drohte. Gode oder Hake – er wusste es nicht, aber einer war ihm so lieb wie der andere. Der Regen ergoss sich derart vom Himmel, dass sie wie in einer Wasserwand gefangen waren. Er eilte durch die Nacht und lauschte im Brausen des Sturms nach irgendwelchen Verfolgern.

KAPITEL 33

Die Dunkelheit wartet

Der hochrädrige Karren rumpelte unter einem bleiernen Himmel die Straße nach Caemlyn entlang. Rand erhob sich aus dem Stroh auf der Ladefläche und blickte über die Seitenwand. Die Bewegung fiel ihm leichter als noch eine Stunde zuvor. Seine Arme fühlten sich an, als wollten sie sich strecken, anstatt ihn hochzuziehen, und eine kleine Weile lang wollte sein Kopf die Bewegung fortsetzen und wegfliegen, aber es war trotzdem leichter. Er hängte sich mit den Armen über den niedrigen Seitenbrettern ein und beobachtete das vorbeiziehende Land. Die immer noch hinter bleiernen Wolken verborgene Sonne stand hoch am Himmel, aber der Karren rumpelte bereits in ein weiteres Dorf mit Häusern aus rotem Backstein, deren Wände von Ranken überwuchert wurden. Seit Vier Könige lagen die Ortschaften immer näher beieinander.

Einige der Menschen winkten Hyam Kinch zu oder riefen dem Bauern, auf dessen Karren sie lagen, etwas nach. Meister Kinch, wortkarg und mit ledernem Gesicht, rief jedes Mal ein paar Worte zurück, was er eben mit dem Pfeifenstiel im Mund herausbringen konnte. Der um die Pfeife herum zugeklemmte Mund ließ die Worte fast unverständlich werden, aber sie klangen leutselig, und die Menschen waren es zufrieden. Sie kehrten zu ihrer Tätigkeit zurück, ohne den Karren eines zweiten Blickes zu würdigen. Keiner schien die beiden Passagiere des Bauern zu beachten.

Die Dorfschenke zog an Rands Gesichtsfeld vorüber. Sie war weiß getüncht und hatte ein graues Schieferdach. Leute traten ein oder kamen heraus, nickten sich beiläufig zu oder winkten einander. Einige davon blieben stehen, um sich zu unterhalten. Sie kannten sich eben. Die meisten waren Dorfbewohner, nach ihrer Kleidung zu urteilen. Die Stiefel und Hosen und Mäntel unterschieden sich nicht sehr von dem, was er trug; allerdings liebten die Leute hier bunte Streifen sehr. Die Frauen trugen Hüte mit breiten Rändern, die ihre Gesichter verbargen, und gestreifte Schürzen. Vielleicht waren alle

Ortsansässige und Bauern aus dem Umland. *Spielt das irgendeine Rolle?*

Er ließ sich auf das Stroh zurückfallen und beobachtete, wie das Dorf zwischen seinen Füßen immer kleiner wurde. Eingezäunte Felder und beschnittene Hecken rahmten die Straße ein, und er sah kleine Bauernhäuser, aus deren roten Backsteinkaminen Rauch quoll. Die einzigen Bäume in der Nähe der Straße bildeten eine Art von Niederwald, stark ausgeforstet – man hatte wohl Brennholz geschlagen – und gartenähnlich. Aber die Äste streckten sich kahl dem Himmel entgegen, genauso kahl wie die in den wild wachsenden Wäldern im Westen.

Ein Wagenzug auf der gegenüberliegenden Seite rumpelte die Straße herunter und drängte den Karren zum Straßenrand hinüber. Meister Kinch schob seine Pfeife in den Mundwinkel und spuckte aus. Er behielt das Rad an der Außenseite im Auge, um sicherzugehen, dass es sich nicht in der Hecke verfing, hielt aber nicht an. Sein Mund verzog sich, als er den Wagenzug der Kaufleute betrachtete.

Keiner der Fahrer, die ihre langen Peitschen in der Luft über den jeweils acht Pferden ihrer Gespanne knallen ließen, und keiner der Wachsoldaten mit ihren harten Gesichtern, die neben den Wagen einherritten, sah den Karren an. Rand beobachtete, wie sie weiterfuhren. In seiner Brust hatte sich etwas verkrampft. Seine Hand steckte unter dem Umhang und umklammerte den Griff seines Schwerts, bis der letzte Wagen vorbeigepoltert war.

Als der letzte Wagen in Richtung Dorf ratterte, das sie gerade verlassen hatten, drehte sich Mat auf seinem Sitz neben dem Bauern um und lehnte sich zurück, bis er Rand in die Augen sehen konnte. Der Schal, mit dem er sich gegen den Staub schützte, war tief und mehrmals gefaltet um seine Stirn gebunden. Er rutschte ihm fast in die Augen. Selbst so geschützt blinzelte er noch in das graue Tageslicht hinein. »Hast du irgendwas gesehen?«, fragte er ruhig. »Was war mit dem Wagen?«

Rand schüttelte den Kopf, und Mat nickte. Er hatte ebenfalls nichts gesehen.

Meister Kinch musterte sie aus den Augenwinkeln, verschob dann wieder seine Pfeife im Mund und schüttelte die Zügel. Das war alles, aber es entging den beiden nicht. Das Pferd ging ein wenig schneller.

»Tun deine Augen immer noch weh?«, fragte Rand.

Mat berührte den Schal an seinem Kopf. »Nein. Nicht sehr. Jedenfalls nicht, wenn ich nicht direkt in die Sonne schaue. Wie steht's mit dir? Fühlst du dich etwas besser?«

»Ein bisschen.« Er fühlte sich wirklich besser, merkte er zu seiner Überraschung. Es war ein Wunder, dass er die Folgen so schnell überwunden hatte. Mehr als nur das: Es war ein Geschenk des Lichts. *Es musste das Licht gewesen sein. Ganz bestimmt.*

Plötzlich kam eine Gruppe von Reitern vorbei, die wie die Wagen der Kaufleute nach Westen zogen. Lange weiße Krägen hingen über ihre Kettenpanzer und Schulterplatten herab, und ihre Umhänge und Untermäntel waren rot wie die Uniformen der Torwächter in Weißbrücke, jedoch von feinerem Schnitt, und sie passten auch besser. Der kegelförmige Helm eines jeden Mannes schimmerte wie Silber. Sie saßen hoch aufgerichtet auf ihren Pferden. Schmale rote Bänder flatterten gleich unterhalb ihrer Lanzenspitzen, und sie hielten ihre Lanzen alle im gleichen Winkel.

Einige von ihnen sahen in den Karren hinein, als sie in zwei Reihen vorbeiritten. Jedes Gesicht war in einem Käfig aus Stahlgitter eingesperrt. Rand war froh, dass sein Schwert von dem Umhang bedeckt war. Ein paar nickten Meister Kinch zu. Nicht, dass sie ihn kannten – es war eine Art neutraler Begrüßung. Meister Kinch nickte auf die gleiche Art zurück, aber obwohl sein Gesichtsausdruck sich nicht änderte, lag in seinem Nicken etwas von wohlwollender Zustimmung.

Sie ritten nur im Schritttempo, aber durch die zusätzliche Geschwindigkeit des Karrens waren sie schnell vorbei. Zehn ... zwanzig ... dreißig ... zweiunddreißig. Rand hob den Kopf und beobachtete, wie die beiden Reihen sich die Straße von Caemlyn hinunterbewegten. »Wer war das?«, fragte Mat erstaunt.

»Die Garde der Königin«, sagte Meister Kinch um seinen Pfeifenstiel herum. Er behielt die Straße vor ihnen im Auge. »Kommen nicht mehr viel weiter als bis Breens Quelle, außer, man ruft sie herbei. Nicht so wie in den alten Tagen.« Er zog an seiner Pfeife und fügte dann hinzu: »Ich schätze, heutzutage gibt es Teile des Reiches, in denen man die Garde ein ganzes Jahr oder länger nicht zu sehen bekommt. Nicht wie in den alten Tagen.«

»Was machen sie?«, fragte Rand.

Der Bauer blickte ihn an. »Den Frieden der Königin wahren und die Gesetze der Königin durchsetzen.« Er nickte vor sich hin, als gefalle ihm der Klang dieser Worte, und fügte hinzu: »Sie suchen nach Übeltätern und stellen sie vor Gericht. Mmmmmf!« Er ließ eine lange Rauchfahne aus dem Mund aufsteigen. »Ihr zwei müsst ja ganz schön weit weg von zu Hause sein, wenn ihr nicht einmal die Garde der Königin erkennt. Wo kommt ihr denn her?«

»Von weit her«, sagte Mat im gleichen Augenblick, als Rand herausposaunte: »Von den Zwei Flüssen.« Er hätte es am liebsten zurückgenommen, kaum dass es gesagt war. Er konnte immer noch nicht klar denken, hatte er doch einen Namen preisgegeben, bei dem ein Blasser sofort hellhörig würde.

Meister Kinch sah Mat aus dem Augenwinkel an und paffte eine Weile schweigend seine Pfeife. »Das ist wirklich weit weg«, sagte er schließlich. »Beinahe an der Grenze des Reichs. Aber es muss schlimmer um das Reich stehen, als ich dachte, wenn es Gegenden gibt, deren Einwohner die Garde der Königin noch nicht einmal *erkennen*. Gar nicht wie in den alten Tagen.«

Rand fragte sich, was Meister al'Vere wohl dazu sagen würde, wenn jemand ihm gegenüber behauptete, die Zwei Flüsse gehörten zum Reich irgendeiner Königin. Der Königin von Andor wahrscheinlich. Vielleicht wusste der Bürgermeister Bescheid – er wusste eine Menge Dinge, die Rand überraschten –, und vielleicht auch andere, aber er hatte nie gehört, dass jemand das erwähnte. Die Zwei Flüsse waren die Zwei Flüsse. Jedes Dorf löste seine eigenen Probleme, und wenn etwas auftauchte, das mehr als ein Dorf betraf, dann wurde das von den Bürgermeistern und vielleicht noch den Dorfräten gemeinsam gelöst.

Meister Kinch zog die Zügel an, und der Karren blieb stehen. »Weiter fahre ich nicht.« Ein enger Pfad führte nach Norden. In dieser Richtung waren mehrere Bauernhäuser hinter Feldern sichtbar, die wohl gepflügt worden waren, auf denen sich aber noch keine Saat zeigte. »In zwei Tagen seid ihr in Caemlyn. Zumindest dann, wenn dein Freund wieder richtig laufen kann.«

Mat sprang herunter, hob seinen Bogen und die anderen Habseligkeiten vom Karren und half dann Rand, hinten abzusteigen. Rands Bündel lasteten schwer auf ihm, und seine Beine zitterten noch, aber er wehrte die helfende Hand seines Freundes ab und versuchte, ein paar Schritte allein zu laufen. Er fühlte sich noch unsicher, doch seine Beine trugen ihn. Sie schienen sogar kräftiger zu werden, je mehr er sie benützte.

Der Bauer fuhr nicht gleich weiter. Er betrachtete sie eine Weile und zog an seiner Pfeife. »Ihr könnt euch ein oder zwei Tage bei mir ausruhen, wenn ihr wollt. In der Zeit werdet ihr auch nichts versäumen, schätze ich. Von welcher Krankheit du dich auch erholen musst, junger Bursche ... na ja, die alte Frau und ich, wir hatten schon so ziemlich jede Krankheit, die du dir vorstellen kannst, und wir haben auch unsere Kinder durchgebracht. Ich denke, du bist über die ansteckende Phase hinweg.«

Mats Blick wurde misstrauisch, und Rand ertappte sich dabei, dass er die Stirn runzelte. *Nicht jeder gehört dazu. Es kann ja wohl nicht jeder verwickelt sein.*

»Vielen Dank«, sagte er, »aber es geht mir schon wieder besser. Wirklich. Wie weit ist es zum nächsten Dorf?«

»Carysfurt? Ihr könnt es zu Fuß noch vor Einbruch der Dunkelheit erreichen.« Meister Kinch nahm die Pfeife aus dem Mund und schürzte nachdenklich die Lippen, bevor er fortfuhr: »Zuerst habe ich euch für weggelaufene Lehrburschen gehalten, aber jetzt glaube ich, dass ihr vor etwas Schlimmerem wegrennt. Ich weiß nicht, wovor. Es geht mich nichts an. Ich kann durchaus beurteilen, dass ihr keine Schattenfreunde seid und wohl kaum jemanden ausrauben werdet. Nicht so wie andere, die heutzutage durchs Land ziehen. Als ich noch in eurem Alter war, bin ich auch ein- oder zweimal in Schwierigkeiten gekommen. Wenn ihr einen Fleck sucht, an dem ihr ein paar Tage lang untertauchen könnt ... Mein Hof liegt fünf Meilen entfernt in dieser Richtung« – er nickte zu dem Pfad hinüber – »und da kommt niemals jemand hin. Was euch auch verfolgt, es wird euch dort wohl kaum finden.« Er räusperte sich verlegen, als schäme er sich, so viel auf einmal gesagt zu haben.

»Woher wollt ihr wissen, wie Schattenfreunde aussehen?«, fragte Mat. Er schob sich rückwärts von dem Karren weg, und seine Hand fuhr unter den Mantel. »Was wisst ihr von Schattenfreunden?«

Meister Kinchs Gesicht spannte sich. »Macht, was ihr wollt.« Er schnalzte mit der Zunge. Der Karren rollte den engen Pfad hinunter, und er sah sich nicht mehr um.

Mat sah Rand an, und sein finsteres Gesicht hellte sich auf. »Tut mir Leid, Rand. Du brauchst einen Ort zum Ausruhen. Vielleicht, wenn wir ihm nachlaufen ...« Er zuckte die Achseln. »Ich kann einfach das Gefühl nicht loswerden, dass jeder hinter uns her ist. Licht, ich wollte, ich wüsste, warum. Ich wollte, es wäre alles vorbei. Ich wollte ...« Mit gequältem Gesichtsausdruck brach er ab.

»Es gibt auch noch ein paar gute Menschen«, sagte Rand. Mat ging in Richtung des Pfades los. Er hatte die Zähne zusammengebissen, als sei es das Allerletzte, was er tun wolle, aber Rand hielt ihn auf.

»Wir können es uns nicht leisten, uns einfach auszuruhen, Mat. Außerdem glaube ich nicht, dass es irgendwo ein sicheres Versteck gibt.«

Mat nickte in offensichtlicher Erleichterung. Er versuchte, Rand etwas von seinen Lasten abzunehmen – die Satteltaschen und Thoms Umhang mit der darin eingewickelten Harfe –, aber Rand hielt sie fest. Seine Beine fühlten sich wirklich schon kräftiger an. *Was uns auch verfolgt?*, dachte er, als sie die Straße entlanggingen. *Uns verfolgt nichts. Es wartet auf uns.*

Der Regen hatte in dieser Nacht nicht aufgehört, als sie vom *Tanzenden Fahrer* weggetaumelt waren, er war vielmehr in Strömen auf sie heruntergeprasselt, fast genauso schlimm wie der Donner, der aus dem von Blitzen zerrissenen Himmel auf sie herabdröhnte. Ihre Kleider waren nach wenigen Minuten völlig durchnässt, und nach einer Stunde glaubte Rand, auch seine Haut sei mittlerweile aufgeweicht, doch wenigstens hatten sie Vier Könige inzwischen hinter sich gelassen. Mat war fast blind in dieser Dunkelheit. Er blinzelte unter Schmerzen in das harte Licht der Blitze, in dem sich für Momente die Umrisse der Bäume deutlich abhoben. Rand führte ihn an der Hand, aber Mat tastete sich trotzdem mit jedem Schritt unsicher voran. Rands Stirn war von Sorgenfalten durchfurcht. Wenn Mat nicht bald wieder sehen konnte, würde sie das zum langsamen Vorwärtskriechen verdammen. So könnten sie nie entkommen.

Mat schien seine Gedanken zu erraten. Trotz der Kapuze klebte sein Haar regennass an der Stirn. »Rand«, sagte er, »du verlässt mich doch nicht, oder? Wenn ich nicht mithalten kann?« Seine Stimme bebte.

»Ich werde dich nicht verlassen.« Rand fasste die Hand seines Freundes fester. »Ich verlasse dich nicht, was auch geschieht.« *Licht hilf uns!* Über ihnen krachte der Donner, und Mat stolperte. Beinahe wäre er gestürzt und hätte Rand noch mitgerissen. »Wir müssen hier bleiben, Mat. Wenn wir weitergehen, brichst du dir noch ein Bein.«

»Gode.« Ein Blitz zerriss die Dunkelheit genau über ihnen, als Mat den Namen aussprach, und der Donnerknall übertönte alle anderen Geräusche. Im Licht des Blitzes konnte Rand den Namen von Mats Lippen ablesen.

»Er ist tot.« *Er muss tot sein. Licht, lass ihn tot sein.*

Er führte Mat zu einigen Büschen hinüber, die er im Licht des Blitzes gesehen hatte. Sie hatten genug Blätter, um ihnen ein wenig

Schutz vor dem strömenden Regen zu gewähren. Nicht so viel wie ein guter Baum, aber er wollte nicht riskieren, erneut von einem Blitz getroffen zu werden. Beim nächsten Mal hätten sie vielleicht weniger Glück.

Sie kauerten sich unter dem Busch eng zusammen und versuchten, ihre Umhänge so über die Zweige zu hängen, dass sie ein kleines Zelt bildeten. Es war viel zu spät, um auch nur daran zu denken, einen trockenen Fleck zu finden, aber es wäre schon gut, wenigstens den unaufhörlich strömenden Regen aufzuhalten. Sie drückten sich aneinander, damit sie jedes bisschen Körperwärme, das noch in ihnen war, miteinander teilen konnten. Sie waren klatschnass, und durch die Umhänge hindurch tropfte es weiter. So zitterten sie sich in den Schlaf.

Rand war sofort klar, dass es sich um einen Traum handelte. Er war wieder in Vier Könige, aber die Stadt war verlassen. Die Wagen waren da, aber keine Leute, keine Pferde, keine Hunde. Nichts lebte. Und doch wusste er, dass jemand auf ihn wartete.

Er schritt die zerfurchte Straße hinunter, und die Gebäude glitten verschwommen an ihm vorbei. Wenn er sich umdrehte, waren sie alle da, und zwar ganz erfassbar, aber aus den Augenwinkeln betrachtet wurden sie undeutlich. Es war, als existiere nur das, was er sah, und auch nur, während er es sah. Er war sicher, sollte er sich ganz schnell umdrehen, dann würde er sehen ... Er wusste selbst nicht genau, was, aber schon der Gedanke daran machte ihn nervös.

Vor ihm erschien der *Tanzende Fahrer*. Die grellen Farben wirkten irgendwie grau und leblos. Er ging hinein. Gode saß drinnen an einem Tisch.

Er erkannte den Mann nur an seiner Kleidung, der Seide und dem dunklen Samt. Godes Haut war rot, verbrannt und aufgerissen, und sie nässte. Sein Gesicht war kaum mehr als ein Schädel. Die Lippen waren geschrumpft, sodass der blanke Kiefer mit gebleckten Zähnen sichtbar wurde. Als Gode den Kopf drehte, brach etwas von seinem Haar ab und fiel, zu Ruß zerbröckelt, auf seine Schulter. Die lidlosen Augen blickten Rand an.

»Also seid Ihr doch tot«, sagte Rand. Er war selbst davon überrascht, dass er keine Angst hatte. Vielleicht lag es daran, dass er diesmal wusste, dass es ein Traum war.

»Ja«, sagte Ba'alzamons Stimme, »aber er hat dich für mich aufgespürt. Dafür hat er eine Belohnung verdient, nicht wahr?«

Rand drehte sich um und entdeckte, dass er doch noch Angst

empfinden konnte, obwohl es nur ein Traum war. Ba'alzamons Kleidung hatte die Farbe getrockneten Bluts, und in seinem Gesicht stritten sich Wut und Hass und Triumph um die Vorherrschaft.

»Du siehst, Jüngling, du kannst dich nicht immer vor mir verbergen. Auf die eine oder andere Art finde ich dich. Was dich schützt, macht dich gleichzeitig auch verwundbar. Einmal versteckst du dich, und dann wieder entzündest du ein Signalfeuer. Komm zu mir, Jüngling.« Er hielt Rand die Hand hin. »Falls meine Jagdhunde dich auf die Knie zwingen müssen, gehen sie vielleicht nicht sehr sanft mit dir um. Sie sind eifersüchtig darauf, was du einst sein wirst, wenn du erst zu meinen Füßen gekniet hast. Das ist dein Schicksal. Du gehörst mir.« Godes verbrannte Zunge gab einen bösen, eifrig lallenden Laut von sich.

Rand versuchte, seine Lippen zu befeuchten, doch sein Mund war trocken. »Nein«, brachte er heraus, und dann gingen ihm die Worte leichter von der Zunge. »Ich gehöre mir selbst. Nicht Euch. Niemals. Nur mir selbst. Wenn Eure Schattenfreunde mich töten, bekommt Ihr mich nie.«

Die Feuer in Ba'alzamons Augen erhitzten den Raum, bis die Luft flimmerte. »Tot oder lebendig, Jüngling, gehörst du doch mir. Das Grab ist mein. Leichter tot, aber besser lebendig. Besser für dich, Jüngling. Die Lebenden haben in den meisten Fällen mehr Macht.« Gode gab wieder einen erstickten Laut von sich. »Ja, mein guter Hund. Hier ist deine Belohnung.«

Rand sah gerade noch im rechten Moment zu Gode hinüber, um zu sehen, wie der Körper des Mannes zu Staub zerfiel. Einen Augenblick lang zeigte sich auf dem verbrannten Gesicht ein Ausdruck erhabenen Glücks, der sich im letzten Moment in Entsetzen verwandelte, als habe er etwas völlig Unerwartetes auf sich zukommen gesehen. Godes leere Samtkleider sanken inmitten der Asche auf den Stuhl und zu Boden.

Als er sich wieder umwandte, war Ba'alzamons ausgestreckte Hand zur Faust geballt. »Du bist mein, Jüngling, tot oder lebendig. Das Auge der Welt wird dir niemals dienen. Ich zeichne dich als mein Eigen.« Seine Faust öffnete sich, und ein Feuerball schoss daraus hervor. Er traf Rand ins Gesicht, explodierte, brannte.

Rand fuhr im Dunkel hoch. Wasser tropfte durch die Umhänge auf sein Gesicht. Seine Hand zitterte, als er seine Wangen berührte. Die Haut war überempfindlich wie bei einem Sonnenbrand.

Plötzlich wurde ihm bewusst, dass Mat sich im Schlaf herumwälzte und stöhnte. Er schüttelte ihn, und Mat erwachte wimmernd. »Meine Augen! Oh, Licht, meine Augen! Er hat mir meine Augen genommen!«

Rand drückte ihn an seine Brust, als sei er ein Kind. »Es ist alles gut, Mat. Er kann uns nicht verletzen. Wir lassen das nicht zu.« Er fühlte, wie Mat zitterte und in seinen Mantel hineinschluchzte. »Er kann uns nicht verletzen«, flüsterte er und hätte es selbst gern geglaubt. *Was dich schützt, macht dich verwundbar. Ich werde langsam wirklich verrückt.*

Kurz vor der ersten Dämmerung ließ der Regen nach, und als der Morgen anbrach, verging auch das letzte Nieseln. Die Wolken drohten bis in den Vormittag hinein mit neuem Regen. Dann kam ein Wind auf, der die Wolken nach Süden verjagte, eine Sonne freilegte, die keine Wärme verbreitete, und mit eisigen Fingern durch ihre tropfnasse Kleidung griff. Sie hatten nicht mehr geschlafen, und nun hängten sie sich erschöpft die Umhänge um und brachen Richtung Osten auf. Rand führte Mat an der Hand. Nach einer Weile fühlte sich Mat sogar wieder gut genug, um sich darüber zu beklagen, was der Regen seiner Bogensehne angetan habe. Rand ließ ihn allerdings nicht anhalten und sie gegen eine trockene Sehne aus seiner Tasche austauschen – noch nicht.

Kurz nach Mittag erreichten sie ein Dorf. Rand zitterte noch stärker beim Anblick der gemütlichen Backsteinhäuser und des Rauchs, der aus den Schornsteinen quoll, aber er machte einen Bogen darum und führte Mat durch Wälder und über Felder nach Süden. Ein einsamer Bauer, der in einem matschigen Feld mit einer Gabelhacke arbeitete, war der einzige Mensch, den er sah, und er bemühte sich, nicht von dem Mann gesehen zu werden. Geduckt schlichen sie zwischen den Bäumen hindurch. Der Bauer war in seine Arbeit vertieft, aber Rand behielt ihn im Auge, bis er außer Sicht war. Falls noch welche von Godes Männern am Leben waren, würden sie vielleicht glauben, Rand und Mat hätten die Straße nach Süden von Vier Könige aus gewählt, jedenfalls wenn niemand sie in diesem Dorf gesehen hatte. Sie kehrten außer Sichtweite vom Dorf auf die Straße zurück und wanderten weiter, bis ihre Kleidung nur noch etwas feucht war.

Eine Stunde vor Anbruch der Abenddämmerung ließ ein Bauer sie auf seinem Heuwagen mitfahren. Rand war von dem Gefährt überrascht worden. Er war ganz in seine Sorgen um Mat versunken gewesen. Mat schützte sich mit der Hand vor der Sonne, so schwach sie diesen Nachmittag auch war, und blinzelte mit zusammengekniffenen Augen. Ständig beklagte er sich, wie hell die Sonne schiene. Als Rand das Poltern des Heuwagens hörte, war es zum Verstecken bereits zu spät. Die aufgeweichte Straße dämpfte alle Geräusche, und der Wagen mit seinem Zweiergespann befand sich nur noch etwa fünfzig Schritte hinter ihnen. Der Fahrer blickte sie bereits neugierig an.

Zu Rands Überraschung hielt er neben ihnen und bot ihnen an, sie mitzunehmen. Rand zögerte, aber es war schon zu spät, um noch zu vermeiden, dass man sie sah, und falls sie nicht mitfuhren, würde das dem Mann umso mehr auffallen. Er half Mat auf den Sitz neben dem Bauern und kletterte hinten hinauf.

Alpert Mull war ein stämmiger Mann mit einem breiten Gesicht und schwieligen Händen, beides gealtert und von harter Arbeit zerfurcht. Er brauchte jemanden, mit dem er sich unterhalten konnte. Seine Kühe gaben keine Milch mehr, seine Hühner hatten das Eierlegen eingestellt, und es gab keine Weide mehr, die diesen Namen verdient hätte. Zum ersten Mal seit Menschengedenken hatte er Heu kaufen müssen, und die halbe Wagenladung war alles, was ihm der ›alte Bain‹ zugestanden hatte. Er fragte sich, ob er wohl dieses Jahr überhaupt noch auf seinem eigenen Land Heu oder irgendwelche Feldfrüchte ernten könne.

»Die Königin sollte etwas dagegen tun, das Licht erleuchte sie«, sagte er, wobei er respektvoll, aber abwesend die Stirn mit dem Handgelenk berührte.

Er sah Rand und Mat kaum an, aber als er sie an dem tief durchfurchten Feldweg absetzte, der zu seinem Hof führte, zögerte er und sagte dann beinahe so, als führe er ein Selbstgespräch: »Ich weiß nicht, wovor ihr davonrennt, und ich will es auch nicht wissen. Ich habe Frau und Kinder. Versteht ihr? Meine Familie. Es ist eine schlechte Zeit, Fremden zu helfen.«

Mat versuchte schon wieder, die Hand unter seinen Mantel zu stecken, aber Rand hielt sein Handgelenk fest. Er stand auf der Straße und blickte den Mann schweigend an.

»Wenn ich ein guter Mensch wäre«, sagte Mull, »würde ich zwei Burschen, die bis auf die Haut durchnässt sind, einen Platz zum Aufwärmen vor meinem Kamin anbieten. Aber die Zeiten sind schwer, und Fremde ... Versteht ihr?«

»Ihr seid ein guter Mensch. Der Beste, den wir in den letzten Tagen getroffen haben.«

Der Bauer blickte überrascht und dann dankbar drein. Er nahm seine Zügel auf und lenkte sein Gespann auf den engen Feldweg. Bevor er noch die Kurve genommen hatte, führte Rand Mat bereits wieder die Straße nach Caemlyn hinunter. Der Wind wurde schärfer, als die Dämmerung niedersank. Mat begann zu nörgeln, wann sie endlich anhielten, aber Rand ging weiter und zog Mat hinter sich her. Er suchte einen besseren Unterschlupf als einen Platz unter einem Busch. Ihre Kleidung war immer noch klamm, und der Wind wurde von Minute zu Minute kälter. Er war nicht sicher, ob sie eine weitere Nacht im Freien überstehen könnten. Die Nacht brach herein, ohne dass er etwas Brauchbares entdeckte. Der Wind wurde eisig. Sein Umhang flatterte. Dann erblickte er in der Dunkelheit vor ihnen Lichter. Ein Dorf.

Seine Hand glitt in eine Tasche und fühlte nach den Münzen, die sich drin befanden. Mehr als genug für eine Mahlzeit und ein Zimmer für sie beide. Ein warmes Zimmer statt der kalten Nacht. Wenn sie im Freien blieben und in ihren feuchten Kleidern dem Wind und der Kälte ausgesetzt waren, würde jemand, der sie fand, vermutlich nur auf zwei Leichen stoßen. Sie mussten eben versuchen, keine unnötige Aufmerksamkeit zu erregen. Kein Flötenspiel, und bei seinen Augenschmerzen konnte Mat ganz gewiss nicht jonglieren. Er nahm Mats Hand in seine und ging auf die lockenden Lichter zu.

»Wann werden wir uns endlich zur Nacht niederlassen?«, fragte Mat zum wiederholten Male. So, wie er mit vorgerecktem Kopf voranspähte, war sich Rand nicht sicher, ob Mat ihn überhaupt sehen konnte, geschweige denn die Lichter des Dorfes.

»Wenn wir an einem warmen Ort sind«, antwortete er.

Aus den Häusern fiel heller Lichtschein auf die Dorfstraße, und die Menschen schritten durch den Ort, ohne daran zu denken, was sich draußen im Dunkel befinden mochte. Die einzige Schenke war ein mächtiges einstöckiges Gebäude, das den Eindruck machte, als habe man im Laufe der Jahre planlos ganze Gruppen von Räumen einfach angebaut. Die Vordertür öffnete sich, um jemanden herauszulassen, und eine Welle des Gelächters schwappte ihm nach.

Rand erstarrte draußen auf der Straße. Das betrunkene Gelächter aus dem *Tanzenden Fahrer* klang in seinem Kopf nach. Er beobachtete den Mann, der mit nicht mehr ganz sicheren Schritten die Straße hinunterging, atmete tief ein und stieß die Tür auf. Er achtete darauf, dass der Umhang sein Schwert verbarg. Gelächter und Lärm umgaben ihn.

Der Raum wurde durch Lampen erhellt, die von der Decke herabhingen, und vom ersten Moment an konnte er den Unterschied zu Saml Hakes Schenke fühlen. Zum einen gab es hier keine Betrunkenen. Der Raum war mit Menschen angefüllt, die wie Bauern oder Stadtbewohner aussahen. Sie waren vielleicht nicht ganz nüchtern, aber auch nicht weit davon entfernt. Das Gelächter wirkte echt, wenn auch manchmal etwas gezwungen. Diese Menschen lachten, um ihre Sorgen zu vergessen, aber ein wenig echte Heiterkeit lag auch darin. Der Schankraum selbst sah ordentlich und sauber aus, und er war warm. Am anderen Ende prasselte ein Feuer in einem großen Kamin. Das Lächeln der Kellnerinnen war genauso warm wie das Feuer, und wenn sie lachten, war es ungezwungen und fröhlich.

Der Wirt war so sauber wie seine ganze Schenke. Er hatte eine leuchtend weiße Schürze umgebunden. Rand war froh, als er sah, dass er ein beleibter Mann war; er bezweifelte, jemals wieder einem mageren Wirt trauen zu können. Er hieß Rulan Allwine. Das war ein gutes Omen, dachte Rand, denn der Name klang nach Emondsfelde. Er musterte sie von oben bis unten und machte sie höflich darauf aufmerksam, dass sie im Voraus zu zahlen hätten. »Ich will damit nicht sagen, dass ihr zu der zweifelhaften Sorte gehört, aber heutzutage befinden sich doch einige auf Wanderschaft, die nicht gerade scharf darauf sind, am nächsten Morgen zu bezahlen. Es scheint, dass viele junge Leute auf dem Weg nach Caemlyn sind.«

Rand nahm keinen Anstoß an seinen Worten, so feucht und abgerissen, wie sie aussahen. Als Meister Allwine den Preis nannte, riss er allerdings die Augen auf, und Mat gab einen erstickten Laut von sich. Die fetten Backen des Wirts wackelten, als er bedauernd den Kopf schüttelte, aber er schien daran gewöhnt zu sein. »Die Zeiten sind schwer«, sagte er in bedauerndem Tonfall.

»Es gibt nicht viel, und das Wenige, was man bekommen kann, kostet fünfmal so viel wie früher. Nächsten Monat wird es wieder mehr kosten, darauf könnte ich wetten.«

Rand holte sein Geld heraus und sah Mat an. Mats Mund verzog sich unwillig. »Willst du unter einem Busch schlafen?«, fragte Rand. Mat seufzte und leerte zögernd seine Taschen. Als er bezahlt hatte, schnitt Rand eine Grimasse. Es war so wenig übrig, was er mit Mat teilen konnte. Aber zehn Minuten später aßen sie Eintopf an einem Tisch in einer Ecke in der Nähe des Kamins. Sie schoben das Essen mit Brotstücken auf ihre Löffel. Die Portionen waren nicht so groß, wie Rand es gern gesehen hätte, aber sie waren heiß und nahrhaft.

Langsam durchdrang ihn die Wärme vom Kamin her. Er gab vor, nur Augen für seinen Teller zu haben, aber er behielt die Tür ständig im Auge. Diejenigen, die eintraten oder hinausgingen, sahen ausnahmslos wie Bauern aus, aber das reichte nicht, um ihm alle Angst zu nehmen.

Mat aß langsam und genoss jeden Bissen, obwohl er sich über die hellen Lampen beklagte. Nach einer Weile holte er den Schal heraus, den der Bauer ihm gegeben hatte, und wickelte ihn um die Stirn. Er zog ihn so weit herunter, dass seine Augen fast verborgen waren. Das bescherte ihm einige Blicke, die Rand lieber vermieden hätte. Er leerte seinen Teller hastig, forderte Mat auf, es ihm gleichzutun, und bat dann Meister Allwine, ihnen ihr Zimmer zu zeigen.

Der Wirt schien überrascht, dass sie sich so früh zurückziehen wollten, aber er sagte nichts weiter dazu. Er holte eine Kerze und führte sie durch ein Labyrinth von Korridoren zu einem kleinen Zimmer mit zwei engen Betten, ganz hinten in einer Ecke des Gasthofs. Nachdem der Wirt sich entfernt hatte, ließ Rand sein Bündel neben das Bett fallen, warf seinen Umhang über einen Stuhl und sackte, angezogen, wie er war, auf die Bettdecke. Seine Kleider waren noch feucht, und er fühlte sich nicht wohl darin, aber er wollte vorbereitet sein, falls sie fliehen mussten. Er behielt auch den Schwertgürtel an und schlief mit einer Hand am Knauf.

Am Morgen wurde er von einem krähenden Hahn aus dem Schlaf gerissen. Er lag da, beobachtete, wie die Dämmerung das Fenster erhellte, und überlegte, ob er es wagen sollte, noch ein Weilchen zu schlafen. Am Tag zu schlafen, wenn sie eigentlich unterwegs sein sollten! Er gähnte, dass seine Kiefer knackten.

»He«, rief Mat, »ich kann ja sehen!« Er setzte sich in seinem Bett auf und blickte sich blinzelnd im Zimmer um. »Jedenfalls ein wenig. Dein Gesicht ist immer noch verschwommen, aber ich kann erkennen, wer du bist. Ich wusste, es würde wieder gut werden. Heute Abend sehe ich besser als du, wart's nur ab.«

Rand sprang aus dem Bett und kratzte sich, als er seinen Umhang aufhob. Seine Kleidung war ganz zerknittert, nachdem er sie am Körper hatte trocknen lassen, und alles kratzte. »Wir verschwenden Tageslicht«, sagte er. Mat stand genauso schnell auf wie er, und auch er kratzte sich.

Rand fühlte sich wohl. Sie waren eine Tagesreise weit von Vier Könige entfernt, und es hatte sich noch keiner von Godes Männern blicken lassen. Ein Tag weniger nach Caemlyn, wo Moiraine auf sie warten würde. Bestimmt würde sie warten. Wenn sie nur endlich wieder bei der Aes Sedai und dem Behüter wären, dann brauchten sie sich keine Sorgen wegen der Schattenfreunde mehr zu machen. Es war eigenartig, dass er sich so darauf freute, bei einer Aes Sedai zu sein. *Licht, wenn ich Moiraine wiedersehe, werde ich sie küssen!* Er lachte über diese Vorstellung. Er fühlte sich so gut, dass er ein paar der Münzen aus ihrem schwindenden Vorrat für ein Frühstück springen lassen wollte – einen großen Laib Brot und eine Kanne Milch, direkt aus dem Kühlhaus.

Sie aßen im hinteren Teil des Schankraums, als ein junger Mann eintrat. Von seinem Aussehen her wirkte er wie ein Junge aus dem Dorf. Sein Gang war federnd und ein wenig geckenhaft, und an einem Finger wirbelte er eine Stoffmütze mit einer Feder daran herum. Der einzige Mensch außer ihnen im Raum war ein alter Mann, der den Boden fegte. Er schaute nicht von seinem Besen auf. Der Blick des jungen Mannes wanderte unbekümmert durch den Raum, doch als er Rand und Mat sah, fiel ihm die Mütze vom Finger. Er starrte sie eine volle Minute lang an, bevor er die Mütze vom Boden aufhob. Dann starrte er noch ein bisschen weiter und fuhr sich mit den Fingern durch das dunkle, lockige Haar. Schließlich kam er mit zögerndem Schritt herüber an ihren Tisch.

Er war älter als Rand, stand aber schüchtern da und blickte auf sie herunter. »Habt ihr etwas dagegen, wenn ich mich zu euch setze?«, fragte er und schluckte sofort, als fürchte er, etwas Falsches gesagt zu haben.

Rand dachte, er wolle vielleicht ein Frühstück schnorren, obwohl er so aussah, als könne er sich selbst eines kaufen. Sein blau gestreiftes Hemd hatte einen bestickten Kragen, und auch der Saum seines dunkelblauen Umhangs war rundherum bestickt. Seine Lederstiefel waren nie einer Arbeit zu nahe gekommen, bei der sie hätten abgestoßen werden können, jedenfalls soweit Rand das beurteilen konnte. Er nickte in Richtung eines Stuhls.

Mat starrte den Burschen angestrengt an, als er einen Stuhl zu ihrem Tisch herüberzog. Rand wusste nicht, ob Mat ihn böse ansah oder sich nur bemühte, ihn besser zu sehen. Jedenfalls tat Mats gerunzelte Stirn ihre Wirkung.

Der junge Mann erstarrte in der Bewegung, und er setzte sich erst hin, als Rand ihm noch einmal zugenickt hatte. »Wie heißt du?«, fragte Rand.

»Wie ich heiße? Mein Name? Äh ... nennt mich Paitr.« Sein Blick huschte nervös von einem zum anderen. »Äh ... ich wollte das nicht, versteht ihr? Ich muss es tun. Ich wollte nicht, aber sie haben mich gezwungen. Das müsst ihr verstehen. Ich ...«

Rand wurde allmählich nervös, und Mat zischte: »Schattenfreund!«

Paitr zuckte zusammen und erhob sich beinahe von seinem Stuhl. Er blickte sich verängstigt im Raum um, als wären da fünfzig Leute, die lauschen könnten. Der alte Mann war noch über seinen Besen gebeugt, und seine Aufmerksamkeit galt dem Fußboden. Paitr setzte sich wieder hin und sah erst Rand, dann Mat und dann wieder Rand unsicher an. Auf seiner Oberlippe bildeten sich Schweißperlen. Die Beschuldigung reichte, um jeden zum Schwitzen zu bringen, aber er wehrte sich mit keinem Wort dagegen.

Rand schüttelte bedächtig den Kopf. Nach Gode war ihm klar, dass Schattenfreunde nicht unbedingt den Drachenfang auf der Stirn trugen, aber von seiner Kleidung abgesehen hätte Paitr auch gut nach Emondsfelde gepasst. Nichts an ihm deutete auf Mord oder Schlimmeres hin. Niemand würde ihm gesteigerte Beachtung schenken. Gode war doch immerhin ... anders gewesen.

»Lass uns in Ruhe«, sagte Rand. »Und sag deinen Freunden, sie sollen uns in Ruhe lassen. Wir wollen nichts von ihnen, und sie werden nichts von uns bekommen.«

»Wenn nicht«, fügte Mat leidenschaftlich hinzu, »werde ich dich als das entlarven, was du bist. Pass auf, was deine Freunde aus dem Dorf davon halten!«

Rand hoffte, dass er das nicht ernst gemeint hatte. Das könnte sie genauso in Schwierigkeiten bringen wie Paitr.

Paitr schien die Drohung ernst zu nehmen. Sein Gesicht wurde bleich. »Ich ... ich hörte, was in Vier Könige geschehen ist. Zumindest einiges darüber. Es spricht sich herum. Wir haben unsere eigenen Quellen. Aber hier will euch niemand eine Falle stellen. Ich bin allein und ... ich will nur mit euch reden.«

»Worüber?«, fragte Mat zur gleichen Zeit, als Rand sagte: »Wir interessieren uns nicht dafür.« Sie sahen sich an, und Mat zuckte die Achseln. »Wir sind nicht interessiert«, sagte auch er.

Rand leerte seinen Becher und stopfte sich den Rest seiner Brothälfte in die Manteltasche. Da ihr Geld beinahe verbraucht war, könnte das ihre nächste Mahlzeit werden.

Wie sollten sie die Schenke verlassen? Wenn Paitr bemerkte, dass Mat fast blind war, würde er es den anderen erzählen ... anderen

Schattenfreunden. Einmal hatte Rand mit angesehen, wie ein Wolf ein verkrüppeltes Schaf von der Herde trennte. Es waren noch andere Wölfe da, und er konnte weder die Herde verlassen, noch hatte er freies Schussfeld mit dem Bogen. Sobald das Schaf allein war und angsterfüllt blökte, während es verzweifelt auf drei Beinen einherhumpelte, wurden aus dem einen verfolgenden Wolf wie durch Zauberei zehn. Die Erinnerung daran drehte ihm den Magen um. Sie konnten nicht hier bleiben. Selbst wenn Paitr tatsächlich allein war: Wie lange würde das so bleiben?

»Es ist Zeit zum Aufbruch, Mat«, sagte er und hielt den Atem an. Als Mat aufstand, lenkte er Paitrs Aufmerksamkeit auf sich, beugte sich vor und sagte: »Lass uns in Ruhe, Schattenfreund. Ich sage es dir ein letztes Mal. Lass uns in Ruhe!«

Paitr schluckte und kauerte sich auf seinem Stuhl zusammen. Sein Gesicht war leichenblass. Rand musste an einen Myrddraal denken. Als er sich wieder nach Mat umsah, stand dieser bereits, und seine Hilflosigkeit war nicht zu sehen. Rand hängte sich hastig die eigenen Satteltaschen und anderen Bündel um, wobei er sich bemühte, den Umhang über das Schwert zu ziehen. Vielleicht wusste Paitr bereits davon; vielleicht hatte Gode Ba'alzamon davon erzählt, und Ba'alzamon hatte es Paitr gesagt, aber er glaubte das eigentlich nicht. Er glaubte, Paitr habe nur eine ganz blasse Ahnung davon, was in Vier Könige geschehen war. Deshalb hatte er solche Angst.

Der helle Umriss der Tür half Mat, in einer geraden Linie darauf zuzugehen, wenn auch nicht schnell, so doch auch nicht langsam genug, um unnatürlich zu wirken. Rand folgte dicht hinter ihm und betete, er möge nicht stolpern. Er war dankbar dafür, dass in Mats Weg keine Tische oder Stühle standen.

Hinter ihm sprang Paitr plötzlich auf. »Wartet«, rief er verzweifelt. »Ihr müsst warten.«

»Lass uns in Ruhe«, sagte Rand, ohne sich umzuschauen. Sie waren schon fast an der Tür, und Mat hatte noch keinen falschen Schritt getan.

»Hört doch auf mich«, sagte Paitr und legte eine Hand auf Rands Schulter, um ihn aufzuhalten.

Bilder wirbelten ihm durch den Kopf. Der Trolloc, Narg, der in seinem eigenen Haus auf ihn losging. Der drohende Myrddraal im *Hirsch und Löwen* in Baerlon. Überall Halbmenschen, Blasse, die sie bis Shadar Logoth hetzten und sie in Weißbrücke einfangen wollten. Überall Schattenfreunde. Er fuhr herum und ballte eine Hand zur

Faust. »Ich sagte, du sollst uns in Ruhe lassen!« Seine Faust erwischte Paitr genau auf der Nase. Der Schattenfreund fiel auf den Hosenboden, saß da und blickte zu Rand hoch. Aus seiner Nase rann Blut. »Ihr könnt nicht entkommen«, fuhr er sie wütend an. »Ganz gleich, wie stark ihr seid, der Große Herr der Dunkelheit ist stärker. Der Schatten wird euch verschlingen!«

Aus dem Inneren des Schankraums hörte man ein Keuchen und das Geklapper eines zu Boden fallenden Besenstiels. Der alte Mann mit dem Besen hatte ihre Auseinandersetzung schließlich doch gehört. Er stand da und starrte Paitr mit weit aufgerissenen Augen an. Sein runzliges Gesicht erbleichte, und sein Mund bewegte sich, doch es kam kein Laut heraus. Paitr schaute ihn einen Moment lang ebenfalls an, fluchte dann wild, sprang auf die Füße und hetzte aus der Schenke und die Straße hinunter, als seien ihm hungrige Wölfe auf den Fersen. Der alte Mann wandte seine Aufmerksamkeit Rand und Mat zu, wobei er kein bisschen weniger verängstigt wirkte.

Rand schob Mat aus der Schenke hinaus, und sie verließen das Dorf, so schnell sie nur konnten. Die ganze Zeit über lauschte Mat, ob sich Geschrei erheben werde, doch auch wenn ein Dröhnen in seinen Ohren hallte, es kam nichts.

»Blut und Asche«, grollte Mat, »sie sind immer da, immer dicht auf unseren Fersen. So entkommen wir nie.«

»Nein, sind sie nicht«, sagte Rand. »Wenn Ba'alzamon wüsste, dass wir hier sind, glaubst du, er hätte das diesem Burschen überlassen? Da wäre eher ein anderer Gode gekommen, mit zwanzig oder dreißig Schlägern. Sie jagen uns noch, doch sie werden nichts erfahren, bis Paitr es ihnen erzählt, und vielleicht ist er tatsächlich allein. Er muss möglicherweise den ganzen Weg nach Vier Könige zurücklaufen.«

»Aber er sagte ...«

»Es ist mir gleich.« Er war nicht sicher, wen Mat mit ›er‹ meinte, aber es änderte auch nichts. »Wir werden nicht stillhalten und uns von ihnen fangen lassen.«

Im Laufe des Tages wurden sie sechsmal mitgenommen, wenn auch immer nur für ein kurzes Stück. Ein Bauer erzählte ihnen, dass ein verrückter alter Mann in der Schenke von Markt Scheran erzähle, es gebe Schattenfreunde im Dorf. Der Bauer konnte sich vor Lachen kaum halten. Er wischte sich immer wieder Tränen von den Wangen. Schattenfreunde in Markt Scheran! Das war die beste Geschichte, die er gehört hatte, seit Ackley Farren sich hatte voll laufen lassen und dann die Nacht auf dem Dach der Schenke verbringen musste.

Ein anderer Mann – er war Wagner von Beruf, und an den Seitenwänden seines Karrens hingen Werkzeuge und auf der Ladefläche lagen zwei Wagenräder – erzählte eine ganz andere Geschichte. Zwanzig Schattenfreunde hatten sich in Markt Scheran versammelt. Die Körper der Männer hatten ganz missgestaltet ausgesehen, und die der Frauen noch schlimmer, und sie seien alle schmutzig gewesen und in Lumpen einhergegangen. Wenn sie einen nur anschauten, wurde man schwach in den Knien, und der Magen drehte sich einem um, und wenn sie lachten, hallte einem das dreckige Gegackere noch stundenlang in den Ohren nach, und der Kopf schien einem zu zerspringen. Er hatte sie selbst gesehen, wenn auch nur auf einige Entfernung, weit genug, um außer Gefahr zu sein. Wenn die Königin nicht bald etwas unternehme, sollte man eben die Kinder des Lichts um Hilfe bitten. Irgendjemand müsste unbedingt etwas dagegen tun.

Sie waren erleichtert, als der Wagner sie heruntersteigen ließ.

Mit der tief stehenden Sonne im Rücken gelangten sie in ein kleines Dorf, das Markt Scheran sehr ähnlich sah. Die Straße nach Caemlyn teilte den Ort sauber in zwei Hälften, aber auf beiden Seiten der breiten Straße standen Reihen kleiner Backsteinhäuser mit strohgedeckten Dächern. Die Mauern waren von Ranken überwuchert, doch nur wenige Blätter hingen daran. Das Dorf wies eine Schenke auf, ein kleines Gebäude, nicht größer als die Weinquellen-Schenke, von deren Vorderseite ein Schild herabhing, das im Wind knarrte. *Der Königin Diener.*

Seltsam, auf einmal die Weinquellen-Schenke als klein zu betrachten. Rand konnte sich an Zeiten erinnern, als er geglaubt hatte, sie sei so groß, wie ein Gebäude überhaupt nur sein konnte. Jedes größere müsse bereits ein Palast sein. Aber mittlerweile hatte er ein paar Dinge gesehen, und so wurde ihm plötzlich klar, dass für ihn nichts mehr so sein würde wie früher, wenn er nach Hause käme. *Falls das jemals geschieht.*

Er zögerte, als sie vor der Schenke standen, aber selbst wenn die Preise in *Der Königin Diener* nicht so hoch waren wie in Markt Scheran, konnten sie sich doch weder eine Mahlzeit noch ein Zimmer leisten.

Mat bemerkte seine Blickrichtung und klopfte sich auf die Tasche, in der er Thoms farbige Bälle aufbewahrte. »Ich kann gut genug sehen, solange ich nichts ganz Ausgefallenes versuche.« Seine Augen hatten sich wieder erholt, doch er trug noch den Schal um die Stirn und hatte während des Tages immer blinzeln müssen, wenn er zum Himmel aufsah. Als Rand schwieg, fuhr Mat fort:»Es kann doch nicht in jeder Schenke bis Caemlyn Schattenfreunde geben. Außerdem will ich nicht unter einem Busch schlafen, wenn ich ein Bett haben kann.« Er machte allerdings keine Anstalten, zur Schenke zu gehen, sondern stand nur da und wartete auf Rand.

Nach einem Augenblick nickte Rand. Er war so müde wie nie zuvor, seit er die Heimat verlassen hatte. Wenn er nur an eine Nacht im Freien dachte, schmerzten bereits seine Knochen. *Das wirkt sich alles jetzt erst aus. Die ganze Rennerei, das ständige Ausschauen nach Verfolgern.*»Sie können nicht überall sein«, stimmte er zu.

Beim ersten Schritt in den Schankraum hinein fragte er sich, ob er einen Fehler begangen hatte. Es war sauber hier, aber voll. Jeder Tisch war besetzt, und einige Männer lehnten an der Wand, weil sie keinen Sitzplatz gefunden hatten. An der Art, wie sich die Kellnerinnen und auch der Wirt mit gehetztem Blick zwischen den Tischen durchzwängten, sah man, dass die Menge größer war als gewohnt. Zu viele Leute für dieses kleine Dorf. Es war leicht, die Leute herauszupicken, die nicht von hier waren. Sie waren nicht anders als die anderen gekleidet, aber sie waren mit Essen und Trinken beschäftigt. Die Einheimischen beobachteten dagegen vor allem die Fremden.

Die Luft war erfüllt vom Lärm unzähliger Gespräche, sodass der Wirt sie in die Küche mitnahm, nachdem Rand ihm klar gemacht hatte, dass sie mit ihm sprechen mussten. Der Lärm war dort fast genauso schlimm. Der Koch und seine Helfer hantierten mit klappernden Töpfen, und alle rannten durcheinander.

Der Wirt wischte sich mit einem Taschentuch das Gesicht ab.»Ich schätze, ihr seid auf dem Weg nach Caemlyn, um genau wie jeder andere Narr in der Gegend den falschen Drachen zu sehen. Also, es schlafen immer sechs in einem Zimmer und zwei oder drei in einem Bett, und wenn euch das nicht passt, habe ich nichts für euch.«

Rand zog seine Nummer mit einem unangenehmen Gefühl im Magen ab. Wenn so viele Menschen unterwegs waren, konnte jeder zweite ein Schattenfreund sein, und es gab keine Möglichkeit, sie von den anderen zu unterscheiden. Mat führte seine Jongleurkunststücke vor – er gebrauchte nur drei Bälle und war auch damit besonders vorsichtig –, und Rand holte Thoms Flöte heraus. Nach nur wenigen Takten von ›Der alte Schwarzbär‹ nickte der Wirt ungeduldig.

»Das reicht schon. Ich brauche etwas, um die Idioten von diesem Logain abzulenken. Es hat schon drei Raufereien gegeben, weil sich welche stritten, ob er nun wirklich der Drache ist oder nicht. Stellt eure Sachen in die Ecke, und ich schaffe euch im Gastraum etwas Platz, falls das irgendwo möglich ist. Die Welt ist voll von Narren, die nicht genug Hirn haben, um dort zu bleiben, wo sie sind. Deswegen gibt es einen solchen Wirbel. Leute, die nicht dort bleiben, wo sie hingehören.« Er wischte sich wieder die Stirn ab und eilte, leise vor sich hin brummend, aus der Küche.

Der Koch und seine Helfer beachteten Rand und Mat nicht. Mat rückte immer wieder an dem Schal um seine Stirn, schob ihn hoch, blinzelte ins Licht und zog ihn dann wieder runter. Rand fragte sich, ob er wirklich gut genug sehen konnte, um zu jonglieren als nur drei Bälle. Was ihn selbst betraf ...

Das flaue Gefühl in seinem Magen wurde stärker. Er ließ sich auf einen niedrigen Hocker fallen und hielt den Kopf in beiden Händen. Die Küche erschien ihm kalt. Er zitterte. Dampf erfüllte die Luft; Herde und Öfen strahlten knackend Wärme ab. Sein Zittern wurde stärker; die Zähne klapperten. Er schlang die Arme um seinen Körper, aber es half nichts. Seine Knochen schienen einzufrieren.

Undeutlich bemerkte er, dass Mat ihn etwas fragte, seine Schulter rüttelte und dass jemand fluchte und aus dem Raum rannte. Dann war der Wirt da und an seiner Seite mit düsterer Miene der Koch, und Mat stritt sich lauthals mit beiden. Er konnte nicht verstehen, was sie sagten; die Worte verschwammen in seinen Ohren zu einem Summen, und dann konnte er überhaupt nicht mehr denken.

Plötzlich packte ihn Mat am Arm und zog ihn auf die Beine. Alle ihre Sachen – Satteltaschen, Deckenrollen, Thoms gebündelter Umhang und die Instrumentenkästen – hingen zusammen mit seinem Bogen an Mats Schulter. Der Wirt beobachtete sie und wischte sich ängstlich übers Gesicht. Torkelnd, mehr von Mat gestützt als aus eigener Kraft, ließ sich Rand von seinem Freund zur Hintertür bugsieren.

»T-t-tut m-m-mir L-l-eid, M-m-mat«, brachte er heraus. Er konnte sein Zähneklappern nicht unterdrücken. »M-m-muss der R-r-regen gewe-sen sein. N-n-noch 'ne N-n-nacht draußen werden wir a-a-auch n-n-noch über-stehen, d-d-denke ich.« Der Himmel verdunkelte sich in der Dämmerung. Eine Hand voll Sterne funkelten.

»Keine Rede davon«, sagte Mat. Er bemühte sich, ermutigend zu klingen, aber Rand konnte die Besorgnis durchaus heraushören. »Er hatte Angst, die anderen Leute würden herausfinden, dass ein Kranker sich in seiner Schenke aufhält. Ich sagte ihm, wenn er uns hinauswerfe, würde ich dich in den Schankraum bringen. Dann wäre die Hälfte seiner Zimmer innerhalb von zehn Minuten leer. Auch wenn er immer von Narren spricht, will er das dann doch nicht.«

»W-w-wohin gehen w-w-wir?«

»Hierher«, sagte Mat und zog mit einem lauten Knarren der Scharniere die Stalltür auf.

Innen war es dunkler als draußen, es roch nach Heu und Getreide und Pferden, und durch alles hindurch drang der Gestank von Pferdemist. Als Mat ihn auf den strohbedeckten Boden sinken ließ, kauerte er sich mit angezogenen Beinen zusammen, die Brust an den Knien und die Arme um die Beine geschlungen, und er zitterte von Kopf bis Fuß. Alle Kraft schien in dieses Zittern zu fließen. Er hörte, wie Mat stolperte und fluchte und noch mal stolperte, und dann ein metallisches Klappern. Plötzlich erglühte ein Licht. Mat hielt eine zerbeulte Laterne hoch.

Wenn die Schenke voll gewesen war, dann auch der Stall. In jeder Box stand ein Pferd. Einige davon hoben die Köpfe und blinzelten ins Licht. Mat sah nachdenklich die Leiter zum Heuboden an und dann Rand, der am Boden kauerte, doch dann schüttelte er den Kopf.

»Dich krieg ich da nie hinauf«, murmelte Mat. Er hängte die Laterne an einen Nagel, kletterte die Leiter hinauf und warf einen Arm voll Heu nach dem anderen hinunter. Dann kletterte er eilig wieder runter, bereitete ein Lager am hinteren Ende des Stalls und legte Rand darauf. Mat bedeckte ihn mit beiden Umhängen, aber Rand schob sie sofort wieder von sich.

»Heiß«, stöhnte er. Es war ihm undeutlich bewusst, dass er einen Moment vorher noch gefroren hatte, aber nun fühlte er sich wie in einem Ofen. Er riss an seinem Kragen und warf den Kopf zurück. »Heiß!« Er fühlte Mats Hand auf seiner Stirn.

»Ich bin gleich zurück«, sagte Mat und verschwand.

Er wälzte sich krampfhaft auf dem Heu herum – er wusste nicht, wie lange –, bis Mat mit einem gefüllten Teller in einer Hand und einem Krug in der anderen zurückkehrte. Zwei weiße Tassen hingen an den Griffen von seinen Fingern herunter.

»Hier gibt es keine Seherin«, sagte er, als er neben Rand auf die

Knie fiel. Er füllte eine der Tassen und hielt sie an Rands Mund. Rand stürzte das Wasser hinunter, als habe er tagelang nichts mehr getrunken; jedenfalls fühlte er sich so. »Sie wissen nicht einmal, was eine Seherin ist. Was sie haben, ist jemand namens Mutter Brune, aber sie befördert irgendwo ein Kind auf die Welt, und niemand weiß, wann sie zurück sein wird. Ich habe ein wenig Brot und Käse und Wurst bekommen. Der gute Meister Inlow wird uns alles geben, solange wir seinen Gästen nicht über den Weg laufen. Hier, versuch mal.«

Rand drehte den Kopf von dem Essen weg. Der bloße Anblick, ja schon der Gedanke an Essen brachte ihn zum Würgen. Nach einer Minute seufzte Mat und setzte sich, um selbst zu essen. Rand hielt den Blick abgewandt und bemühte sich, nicht hinzuhören.

Der Schüttelfrost kehrte zurück und dann das Fieber, das wieder durch den Schüttelfrost ersetzt wurde, den das Fieber erneut ablöste. Mat deckte ihn zu, wenn er zitterte, und gab ihm Wasser zu trinken, wenn er über Durst klagte. Die Nacht dehnte sich, und der Stall schien sich im flackernden Laternenschein ständig zu verändern. Schatten nahmen Gestalt an und bewegten sich selbständig. Dann sah er Ba'alzamon durch den Stall schreiten. Seine Augen brannten, und an jeder Seite schritt ein Myrddraal. Ihre Gesichter waren in den Tiefen ihrer schwarzen Kapuzen verborgen.

Seine Finger griffen nach dem Schwertgriff, und er versuchte, auf die Beine zu kommen, wobei er schrie: »Mat! Mat, sie sind hier! Licht, sie sind hier!«

Mat erwachte und fuhr hoch. Er hatte mit übergeschlagenen Beinen an der Wand gelehnt. »Was? Schattenfreunde? Wo?«

Rand schwankte auf den Knien und zeigte verzweifelt auf etwas im Stall ... dann riss er den Mund vor Erstaunen auf. Schatten bewegten sich, und ein Pferd stampfte im Schlaf auf. Sonst nichts. Er sank ins Heu zurück.

»Es ist niemand da außer uns«, sagte Mat. »Hier, lass mich das nehmen.« Er griff nach Rands Schwertgürtel, aber Rand hielt den Griff krampfhaft fest.

»Nein. Nein. Ich muss es behalten. Er ist mein Vater. Verstehst du? Er ist m-mein V-vater!« Der Schüttelfrost überkam ihn wieder, aber er klammerte sich an das Schwert wie an einen Rettungsring. »M-m-mein Vater!« Mat gab den Versuch auf und zog die Umhänge wieder über ihn.

Rand hatte diese Nacht noch weitere Visionen, während Mat döste. Er war nie sicher, ob sie wirklich vorhanden waren oder nicht. Manchmal sah er Mat an, dessen Kopf auf die Brust herabgesunken war, und fragte sich, ob er sie auch sehen würde, falls er erwachte.

Egwene trat aus den Schatten hervor, das Haar zu einem langen, dunklen Zopf gebunden wie zuvor in Emondsfelde, das Gesicht bemalt und voller Trauer. »Warum hast du uns verlassen?«, fragte sie. »Wir sind tot, weil du uns verlassen hast.«

Rand schüttelte schwach den Kopf auf dem Heu. »Nein, Egwene. Ich wollte euch nicht verlassen. Bitte.«

»Wir sind alle tot«, sagte sie traurig, »und der Tod ist das Reich des Dunklen Königs. Der Dunkle König hat uns, weil du uns verlassen hast.«

»Nein. Ich hatte keine andere Wahl, Egwene. Bitte. Egwene, geh nicht! Komm zurück! Egwene!«

Doch sie wandte sich den Schatten zu und verschmolz mit ihnen.

Moiraines Ausdruck war ruhig, doch ihr Gesicht war kreidebleich. Ihr Umhang hätte gut als Leichentuch dienen können, und ihre Stimme klang wie eine Peitsche. »Das stimmt, Rand al'Thor. Du hast keine Wahl. Du musst nach Tar Valon gehen, oder der Dunkle König wird dich sein Eigen nennen. Die Ewigkeit, im Schatten angekettet. Nur die Aes Sedai können dich jetzt noch retten. Nur die Aes Sedai.«

Thom grinste ihn boshaft an. Die Kleidung des Gauklers hing in verkohlten Lumpen herunter, sodass er die Lichtblitze vor Augen sah, als Thom mit dem Blassen gekämpft hatte, um ihnen die Flucht zu ermöglichen. Das Fleisch unter den Lumpen war geschwärzt und verbrannt. »Vertraue den Aes Sedai, Junge, und du wirst dir wünschen, tot zu sein. Denk daran, der Preis für die Hilfe der Aes Sedai ist immer geringer, als du glauben kannst, und immer größer, als du dir vorstellen kannst. Und welche Ajah werden dich zuerst finden, he? Rote? Vielleicht Schwarze. Am besten, du läufst weg, Junge. Renn!«

Lans Blick war hart wie Granit, und sein Gesicht blutverschmiert. »Eigenartig, eine Klinge mit dem Reiherzeichen in den Händen eines Schafhirten zu entdecken. Bist du sie wert? Es wäre besser, du wärst ihrer würdig. Jetzt bist du allein. Nichts ist hinter dir, woran du dich halten kannst, und nichts vor dir. Jeder kann ein Schattenfreund sein.« Er lächelte das Lächeln eines Wolfs, und Blut strömte aus seinem Mund. »Jeder.«

Perrin kam, brachte Anschuldigungen vor, bat um Hilfe. Frau al'Vere weinte um ihre Tochter, und Bayle Domon verfluchte ihn, weil er Blasse zum Angriff auf sein Schiff verleitet hatte. Meister Fitch stand händeringend in der Asche seiner Schenke, und Min schrie in den Klauen eines Trollocs. Menschen, die er kannte, und Menschen, die er nur kurz kennen gelernt hatte. Am schlimmsten war es bei Tam. Er stand über ihm, runzelte die Stirn und schüttelte den Kopf, doch er sagte kein Wort.

»Du musst es mir sagen«, bat Rand ihn. »Wer bin ich? Sag es mir, bitte! Wer bin ich? *Wer bin ich?*«, schrie er.

»Beruhige dich, Rand!«

Einen Augenblick lang glaubte er, Tam habe geantwortet, aber dann sah er, dass Tam fort war. Mat beugte sich über ihn und hielt ihm eine Tasse Wasser an die Lippen. »Ruhe dich aus. Du bist Rand al'Thor, ganz gewiss, und hast das hässlichste Gesicht und den größten Dickschädel in den ganzen Zwei Flüssen. He, du schwitzt ja! Das Fieber ist weg.«

»Rand al'Thor?«, flüsterte Rand. Mat nickte, und darin lag etwas so Beruhigendes, dass Rand einschlief, ohne das Wasser auch nur zu berühren.

Es war ein von Träumen unbelästigter Schlaf – jedenfalls erinnerte er sich später an keine –, aber leicht genug, dass er immer die Augen ein wenig öffnete, wenn Mat nach ihm sah. Einmal fragte er sich, ob Mat überhaupt keinen Schlaf bekäme, aber er schlief wieder ein, bevor der Gedanke ausgesponnen war.

Das Quietschen der Türangeln weckte ihn auf, doch er lag einen Augenblick lang nur still im Heu und wünschte sich, noch schlafen zu können. Im Schlaf könnte er seinen Körper nicht fühlen. Seine Muskeln schmerzten höllisch und verliehen ihm ungefähr die Kraft eines nassen Lumpens. Er unternahm den schwachen Versuch, den Kopf zu heben. Es gelang ihm beim zweiten Mal.

Mat saß an seinem gewohnten Platz an die Wand gelehnt und so nah, dass er Rand mit einem Griff erreichen konnte. Sein Kinn ruhte auf der Brust, die sich im sanften Rhythmus tiefen Schlafes hob und senkte. Der Schal war ihm über die Augen gerutscht.

Rand sah zur Tür hinüber.

Dort stand eine Frau und hielt die Tür mit einer Hand auf. Einen Moment lang erschien sie ihm nur als dunkle Gestalt in einem Kleid, die sich im schwachen Licht des frühen Morgens abhob, dann aber trat sie ein und ließ die Tür hinter sich zufallen. Er konnte sie nun im Laternenschein besser sehen. Er glaubte, sie müsse ungefähr so alt sein wie Nynaeve, aber sie war kein Dorfmädchen.

Die blassgrüne Seide ihres Kleids schimmerte bei jeder Bewegung. Ihr Umhang glänzte sanft grau, und ihr Haar wurde von einem feinen Spitzennetz zusammengehalten. Sie strich mit den Fingern über eine schwere goldene Halskette, während sie Mat und ihn nachdenklich anblickte.

»Mat«, sagte Rand, und dann lauter: »Mat!«

Mat schnaubte und kippte beinahe um, als er erwachte. Er rieb sich den Schlaf aus den Augen und sah die Frau an.

»Ich bin gekommen, um nach meinem Pferd zu sehen«, sagte sie und deutete unbestimmt in Richtung der Boxen. Sie wandte den Blick nicht von den beiden. »Bist du krank?«

»Er ist schon in Ordnung«, sagte Mat steif. »Er hat sich lediglich bei diesem Regen eine Erkältung geholt, das ist alles.«

»Vielleicht sollte ich ihn mir ansehen«, sagte sie. »Ich habe einige Kenntnisse ...«

Rand fragte sich, ob sie eine Aes Sedai sei. Noch mehr als ihre Kleidung zeigte ihm ihr selbstsicheres Auftreten, die Art, wie sie den Kopf hielt, als wolle sie gerade einen Befehl erteilen, dass sie nicht hierher gehörte. *Und falls sie eine Aes Sedai ist, welcher Ajah gehört sie dann an?*

»Ich fühle mich schon wieder besser«, versicherte er ihr. »Es ist wirklich nicht nötig.«

Aber sie kam durch den Stall auf sie zu, hielt den Rock hoch und setzte vorsichtig einen in einen grauen Stoffschuh gehüllten Fuß vor den anderen. Sie verzog das Gesicht, als sie das Heu sah, kniete sich neben ihn und fühlte seine Stirn.

»Kein Fieber«, sagte sie und betrachtete ihn mit gerunzelter Stirn. Sie war hübsch, mit markanten Gesichtszügen, aber in ihrem Gesicht lag keine Wärme. Es wirkte auch nicht direkt kalt; lediglich schien alles Gefühl darin zu fehlen. »Aber du warst *auf jeden Fall krank*. Ja. Und du bist jetzt noch schwach wie ein neugeborenes Kätzchen. Ich glaube ...« Sie griff unter ihren Umhang, und dann geschah alles so schnell, dass Rand nur einen erstickten Schrei von sich geben konnte. Ihre Hand schoss unter dem Umhang hervor. Etwas glitzerte darin, als sie über Rand hinweg auf Mat lossprang.

Mat fiel zur Seite – die Bewegungen erfolgten zu schnell, als dass Rand ihnen hätte folgen können –, und man hörte, wie Metall in Holz getrieben wurde. Alles geschah in einem einzigen Augenblick, und dann war es ruhig.

Mat lag halb auf dem Rücken. Eine Hand hatte ihr Handgelenk gepackt, gleich oberhalb des Dolchs, den sie in die Wand gestoßen hatte, wo seine Brust gewesen war, und die andere Hand hielt die Klinge aus Shadar Logoth an ihre Kehle.

Sie bewegte nur ihre Augen und versuchte, auf den Dolch hinunterzublicken, den Mat hielt. Ihre Augen weiteten sich; sie atmete röchelnd und versuchte, sich zurückzubeugen, weg von der Waffe. Doch er hielt die Schneide weiter an ihre Haut gedrückt. Danach war sie unbeweglich wie ein Stein.

Rand befeuchtete sich die Lippen und starrte die beiden an. Auch wenn er nicht so schwach gewesen wäre, hätte er sich wohl kaum bewegen können. Dann fiel sein Blick auf den Dolch, und sein Mund trocknete aus. Das Holz um die Schneide herum schwärzte sich; dünne Rauchfäden stiegen von den verkohlten Stellen auf.

»Mat! Mat, ihr Dolch!«

Mats Blick zuckte zu dem Dolch hinüber und dann zu der Frau zurück, doch sie hatte sich nicht bewegt. Nun leckte sie sich nervös die Lippen. Grob zerrte Mat ihre Hand vom Dolchgriff und gab ihr einen Stoß. Sie kippte nach hinten, weg von ihnen, und fing sich gerade noch mit den Händen hinter dem Körper ab. Sie fixierte immer noch die Klinge in seiner Hand. »Nicht bewegen«, sagte er. »Ich werde das gebrauchen, wenn Ihr Euch bewegt. Glaubt mir, ich werde nicht zögern.« Sie nickte mit langsamer Bewegung. Ihr Blick blieb an Mats Dolch haften. »Pass auf sie auf, Rand.«

Rand war sich nicht sicher, was Mat von ihm erwartete, wenn sie irgendetwas versuchte – vielleicht sollte er schreien, aber ganz sicher konnte er ihr nicht hinterherlaufen, wenn sie zu fliehen versuchte –, doch sie saß da, ohne auch nur zu zucken, während Mat ihren Dolch aus der Wand zog. Der schwarze Fleck wuchs nicht weiter, aber es stieg immer noch eine dünne Rauchfahne davon auf.

Mat sah sich nach einer Stelle um, wo er den Dolch ablegen konnte. Dann streckte er ihn Rand hin. Er nahm ihn vorsichtig in die Hand, als sei es eine Giftschlange. Er sah ganz gewöhnlich aus, wenn auch verziert, mit einem Griff aus bleichem Elfenbein und einer schmalen, schimmernden Schneide, die nicht länger war als seine Handfläche. Nur ein Dolch. Aber er hatte gesehen, wozu er fähig war. Der Griff war nicht einmal warm, doch in seiner Hand brach Schweiß aus. Er hoffte, er werde ihn nicht ins Heu fallen lassen.

Die Frau rührte sich nicht. Sie lag nur da und beobachtete Mat, der sich ihr langsam zuwandte. Sie betrachtete ihn, als frage sie sich, was er wohl als Nächstes tun werde. Doch Rand sah, wie Mat plötz-

lich die Augen zusammenkniff und sich seine Hand um den Dolchgriff krampfte. »Mat, nein!«

»Sie wollte mich töten, Rand. Sie hätte dich auch getötet. Sie ist
eine Schattenfreundin.« Mat spuckte das Wort richtig aus.

»Aber wir sind keine Schattenfreunde«, sagte Rand. Die Frau
keuchte, als habe sie gerade erst begriffen, was Mat vorgehabt hatte.
»Wir sind keine, Mat.«

Mat stand wie erstarrt da. Der Laternenschein spiegelte sich auf
der Klinge in seiner Hand. Dann nickte er. »Geht dort hinüber«, sagte er zu der Frau und zeigte mit dem Dolch auf die Tür zum Sattelraum.

Sie stand langsam auf und wischte sich das Heu vom Kleid. Selbst
als sie in die Richtung ging, in die Mat gedeutet hatte, bewegte sie
sich, als gebe es keinen Grund zur Eile. Aber Rand bemerkte, dass
sie ganz wachsam den Dolch mit dem Rubingriff in Mats Hand betrachtete. »Ihr solltet wirklich aufhören, dagegen anzukämpfen«,
sagte sie. »Es wäre schließlich das Beste. Ihr werdet ja sehen.«

»Das Beste?«, sagte Mat trocken und rieb sich über die Brust, wo
ihn ihr Dolch getroffen hätte, wenn er nicht ausgewichen wäre.
»Dort hinüber!«

Sie zuckte lässig die Achseln, als sie gehorchte. »Ein Fehler. Es
herrschte eine beachtliche ... Verwirrung, seit das mit diesem eingebildeten Narren Gode passierte. Ganz zu schweigen von dem Idioten, wer es auch immer gewesen sein mag, der die Panik in Markt
Scheran auslöste. Niemand weiß genau, was dort geschah. Das
macht es für euch noch gefährlicher; ist euch das nicht klar? Ihr werdet Ehrenplätze erhalten, wenn ihr aus freien Stücken zum Großen
Herrn kommt, aber solange ihr wegrennt, werdet ihr verfolgt, und
wer weiß, was dann geschehen mag?«

Rand überlief es kalt. *Meine Hunde sind eifersüchtig und werden
mit euch vielleicht nicht sanft umspringen.*

»Also habt Ihr Kummer mit ein paar Bauernjungen.« Mats Lachen
klang grimmig. »Vielleicht seid Ihr Schattenfreunde doch nicht so
gefährlich, wie ich immer gehört habe.« Er riss die Tür zum Sattelraum auf und trat zurück.

Sie blieb kurz stehen, als sie eingetreten war, und blickte ihn über
die Schulter hinweg an. Ihr Blick war eisig und die Stimme noch kälter. »Ihr werdet noch herausfinden, wie gefährlich wir sind. Wenn
der Myrddraal erst hier ist ...«

Was immer sie noch zu sagen hatte, wurde abgeschnitten, als Mat die Tür zuknallte und den Riegel in seine Halterungen senkte. Als er sich umdrehte, war sein Blick besorgt. »Blasser«, sagte er mit angespannter Stimme. Er steckte den Dolch wieder unter seinen Mantel. »Und er kommt her, sagt sie. Wie steht es mit deinen Beinen?«

»Ich kann nicht tanzen«, murmelte Rand, »aber wenn du mir aufhilfst, kann ich gehen.« Er sah die Klinge in seiner Hand an und schauderte. »Blut und Asche, ich werde auch rennen.«

Mat hängte sich eilig all ihre Besitztümer über die Schulter und zog Rand auf die Füße. Rands Beine gaben nach, und er musste sich auf seinen Freund stützen, um nicht wegzusacken, doch er bemühte sich, Mat nicht aufzuhalten. Er hielt den Dolch der Frau ein Stück von sich weg. Vor der Tür draußen stand ein Eimer Wasser. Er warf den Dolch im Vorbeigehen hinein. Die Klinge traf zischend auf das Wasser; Dampf erhob sich von seiner Oberfläche. Er verzog das Gesicht und versuchte, schneller zu gehen.

Mit Anbruch des Tages waren eine Menge Leute auf den Straßen, auch wenn es noch früh war. Aber sie gingen ihren eigenen Tätigkeiten nach und verschwendeten keinen Blick auf die beiden jungen Männer, die aus dem Dorf hinausgingen. Es waren ja so viele Fremde da. Trotzdem spannte Rand jeden Muskel an in dem Versuch, aufrecht zu gehen. Bei jedem Schritt fragte er sich, ob irgendwelche unter den vorbeihastenden Menschen Schattenfreunde waren. *Warten sie auf die Frau mit dem Dolch? Auf den Blassen?*

Eine Meile außerhalb des Dorfes war er mit seiner Kraft am Ende. Im einen Augenblick schleppte er sich noch schnaufend an Mats Arm voran, im nächsten lagen sie beide am Boden. Mat zog ihn hinüber an den Straßenrand.

»Wir müssen weiter«, sagte Mat. Er fuhr sich mit der Hand durchs Haar und zog dann den Schal über die Augen. »Früher oder später wird jemand sie herauslassen, und dann sind sie wieder hinter uns her.«

»Ich weiß«, keuchte Rand. »Ich weiß. Hilf mir bitte hoch.«

Mat zog ihn hoch, doch er schwankte und wusste, dass es nicht ging. Beim ersten Schritt, den er wagte, würde er wieder stürzen.

Mat stützte ihn und wartete ungeduldig darauf, dass ein Pferdekarren aus dem Dorf an ihnen vorbeifuhr. Er brummte überrascht, als der Karren langsamer wurde und vor ihnen anhielt. Ein Mann mit einem Gesicht wie aus Leder blickte vom Bock auf sie herab. »Stimmt etwas nicht mit ihm?«, fragte der Mann, ohne den Pfeifenstiel aus dem Mund zu nehmen.

»Er ist nur müde«, sagte Mat.

Rand sah ein, dass diese Erklärung nicht reichen würde, nicht, wenn er sich so auf Mat stützen musste. Er ließ Mat los und tat einen Schritt von ihm weg. Seine Beine zitterten, doch er hielt sich mit äußerster Willenskraft aufrecht. »Ich habe zwei Tage nicht geschlafen«, sagte er, »und etwas gegessen, von dem mir schlecht wurde. Jetzt fühle ich mich besser, aber ich habe nicht geschlafen.«

Der Mann blies eine Rauchfahne aus dem Mundwinkel. »Ihr geht nach Caemlyn, nicht wahr? In eurem Alter, schätze ich, würde ich mich auch aufmachen, um diesen falschen Drachen zu sehen.«

»Ja.« Mat nickte. »Das stimmt. Wir wollen den falschen Drachen sehen.«

»Also, dann klettert herauf. Dein Freund kommt hinten hinein. Wenn er sich noch mal erbrechen muss, dann besser auf dem Stroh als hier oben. Ich heiße Hyam Kinch.«

KAPITEL 34

Das letzte Dorf

Sie erreichten Carysfurt nach Einbruch der Dunkelheit, später als Rand nach der Schilderung Meister Kinchs geglaubt hatte, als dieser sie absetzte. Er fragte sich, ob sein ganzes Zeitgefühl durcheinander geraten sei. Es war nur drei Nächte her seit ihrer Begegnung mit Howal Gode in Vier Könige, und zwei, seit Paitr sie in Markt Scheran überrascht hatte. Nur ein einziger Tag war vergangen, seit die namenlose Schattenfreundin versucht hatte, sie im Stall von *Der Königin Diener* zu töten, aber selbst das schien nun ein ganzes Jahr oder sogar ein ganzes Leben zurückzuliegen.

Was auch mit der Zeit los sein mochte, Carysford wirkte beschaulich, jedenfalls an der Oberfläche. Saubere, mit Ranken bewachsene Backsteinhäuser und enge Gassen, außer natürlich der Straße nach Caemlyn, ruhig und nach außen hin friedlich. *Aber was verbirgt sich unter der Oberfläche?*, fragte er sich. Auch Markt Scheran hatte einen friedlichen Anblick geboten und genauso das Dorf, wo die Frau ... Er hatte nie ihren Namen erfahren, und er wollte nicht einmal mehr daran denken.

Licht drang aus den Fenstern der Häuser und fiel auf fast menschenleere Straßen. Das war Rand recht. Sie schlichen sich von Ecke zu Ecke und mieden so die wenigen Leute, die unterwegs waren. Mat marschierte Schulter an Schulter mit ihm. Sie erstarrten, wenn das Knirschen von Kieselsteinen ihnen die Annäherung eines Dorfbewohners ankündigte, und duckten sich von einem Schatten in den anderen, wenn die schemenhafte Gestalt an ihnen vorbei war. Der Fluss Cary war hier kaum dreißig Schritte breit, und das schwarze Wasser floss zäh dahin. Anstatt der Furt benützte man schon lange eine Brücke. Jahrhunderte von Regen und Wind hatten die Brückenpfeiler verwittern lassen, bis sie nun beinahe wie natürliche Felsformationen wirkten, und unzählige Karren und Wagenzüge von Händlern hatten die dicken Holzplanken ebenfalls beansprucht. Ihre Stiefelschritte hallten auf losen Brettern so laut wie Trommelschläge wider. Als sie schon lange aus dem Dorf hinaus und in die dahinter liegende Landschaft gewandert waren, wartete Rand immer noch darauf, dass eine Stimme sie auffordere, zu sagen, wer sie waren. Oder, noch schlimmer, dass jemand sie anhielt, der wusste, wer sie waren.

Je weiter sie gingen, desto dichter besiedelt erschien ihnen die sie umgebende Landschaft. Sie konnten zu jeder Zeit die Lichter von Bauernhöfen erkennen. Die angrenzenden Felder wurden von Hecken gesäumt. Es waren immer Felder, aber keine Waldstücke in der Nähe der Straße zu sehen. Es schien ihnen, als befänden sie sich ständig am Rand eines Dorfes, auch wenn sie Wegstunden weit von der nächsten Ansiedlung entfernt waren. Ordentlich und friedlich. Und es gab niemals einen Hinweis darauf, dass irgendwo Schattenfreunde oder noch Schlimmeres lauern könnten.

Plötzlich setzte sich Mat mitten auf die Straße. Er hatte den Schal ganz oben auf seinen Kopf hinaufgeschoben. »Zwei Schritte für jede Spanne«, murmelte er. »Tausend Spannen ergeben eine Meile, vier Meilen eine Wegstunde ... Ich werde keine zehn Schritte mehr laufen, wenn sich am Ende kein Schlafplatz befindet. Etwas zu essen käme auch nicht ungelegen. Du hast nicht zufällig etwas in deinen Taschen versteckt, oder? Vielleicht einen Apfel? Ich nehme es dir nicht übel, wenn du was aufgehoben hast. Du könntest wenigstens mal nachsehen.«

Rand spähte nach beiden Seiten die Straße hinunter. Außer ihnen bewegte sich nichts in der Nacht. Er sah Mat an, der einen Stiefel ausgezogen hatte und sich den Fuß rieb. Seine Füße schmerzten ebenfalls. Ein Beben durchlief seine Beine, als wollten sie ihm mitteilen, dass er noch nicht so viel Kraft zurückgewonnen hatte, wie er glaubte.

Unmittelbar vor ihnen erhoben sich dunkle Hügel in einem Feld. Heumieten, wohl geschrumpft wegen des Bedarfs an Winterfutter, doch immer noch Heumieten.

Er stupste Mat mit dem großen Zeh an. »Dort werden wir schlafen.«

»Wieder im Heu!« Mat seufzte, zog aber seinen Stiefel an und stand auf. Der Wind frischte auf, und die Kälte der Nacht nahm zu. Sie kletterten über die glatten Querbalken des Zauns und gruben sich schnell in das Heu ein. Die Plane, die den Regen vom Heu abhielt, schützte auch gegen den Wind.

Rand drehte sich so lange in der Kuhle, die er gemacht hatte, hin und her, bis er eine bequeme Stellung erreicht hatte. Das Heu piekste ihn immer noch durch die Kleidung hindurch, aber er hatte gelernt, sich damit abzufinden. Er bemühte sich, die Heumieten zu zählen, in denen er seit Weißbrücke geschlafen hatte. Die Helden in den Geschichten mussten nie in Heumieten oder unter Hecken schlafen, aber es fiel ihm nicht gerade leicht, sich auch nur für kurze Zeit selbst für einen solchen Helden zu halten. Seufzend zog er seinen Kragen hoch. Er hoffte, dass so kein Heu an seinem Rücken herunterrutschen werde.

»Rand?«, fragte Mat leise. »Rand, glaubst du, wir schaffen es?«

»Tar Valon? Der Weg ist noch weit, aber ...«

»Caemlyn. Glaubst du, wir schaffen es bis Caemlyn?«

Rand hob den Kopf, doch es war dunkel in ihrem Unterschlupf. Er konnte sich nur nach Mats Stimme richten, wenn er feststellen wollte, wo sich sein Freund befand. »Meister Kinch sagte, in zwei Tagen. Übermorgen oder am Tag danach kommen wir an.«

»Falls nicht hundert Schattenfreunde an der Straße auf uns warten, oder ein Blasser, vielleicht auch zwei.« Einen Moment lang waren sie still, dann sagte Mat: »Ich glaube, wir sind als Letzte übrig geblieben, Rand.« Er klang verängstigt. »Worum es auch immer gehen mag, jetzt sind nur noch wir zwei da. Nur wir.«

Rand schüttelte den Kopf. Er wusste, dass Mat dies im Dunkeln nicht sehen konnte, aber die Geste galt auch mehr ihm selbst als Mat. »Schlafe, Mat«, sagte er müde. Aber er selbst lag noch lange wach, bevor endlich der Schlaf kam. *Nur wir.*

Das Krähen eines Hahnes weckte ihn, und er kroch hinaus in die erste Dämmerung und wischte sich das Heu von den Kleidern. Trotz seiner Vorsicht war etwas seinen Rücken heruntergerieselt. Zwischen seinen Schulterblättern hing Heu, und es juckte gewaltig. Er zog den Mantel aus und das Hemd aus den Kniebundhosen, um heranzukommen. In dem Moment – er hatte eine Hand im Nacken, und mit der anderen kratzte er sich am Rücken – wurde er auf die Menschen aufmerksam.

Die Sonne stand noch nicht einmal richtig am Himmel, und schon wanderte ein stetiger Strom von Menschen in Richtung Caemlyn. Einige trugen Rucksäcke oder Bündel auf dem Rücken, andere hatten nichts als einen Wanderstock oder noch nicht einmal das. Die meisten waren junge Männer, aber hier und dort befand sich auch ein Mädchen oder eine ältere Person darunter. Jeder Einzelne wirkte von der Reise ermüdet und abgerissen, als habe er einen langen Weg hinter sich. Einige blickten immer nur auf ihre Füße hinunter, und ihre Schultern waren unter der Last der Erschöpfung eingesunken, obwohl es noch so früh war; andere schienen nach etwas in weiter Ferne vor ihnen Ausschau zu halten, in Richtung der Dämmerung.

Mat rollte aus der Heumiete heraus und kratzte sich lebhaft. Er unterbrach diese Tätigkeit nur lange genug, um den Schal um den Kopf zu wickeln. Heute Morgen ließ er ihn weiter oben und schützte seine Augen nicht mehr so sehr. »Glaubst du, heute bekommen wir etwas zu essen?«

Rands Magen zeigte seine Zustimmung mit einem deutlichen Knurren. »Darüber machen wir uns Gedanken, wenn wir unterwegs sind.« Hastig brachte er seine Kleidung in Ordnung und grub seinen Teil ihres Gepäcks aus dem Heu.

Als sie den Zaun erreichten, hatte Mat die Menschen ebenfalls bemerkt. Er zog die Stirn kraus und blieb auf dem Acker stehen, während Rand hinüberkletterte. Ein junger Mann, nicht viel älter als sie, sah sie im Vorbeilaufen an. Seine Kleidung war staubig, genau wie die Deckenrolle, die er sich auf den Rücken geschnallt hatte.

»Wohin gehst du?«, rief ihm Mat zu.

»Nach Caemlyn natürlich, den Drachen sehen«, rief der Bursche zurück, ohne stehen zu bleiben. Er zog die Augenbrauen hoch, als er die Decken und Satteltaschen sah, die an ihren Schultern hingen, und fügte hinzu: »Genau wie ihr.« Lachend ging er weiter, und seine Augen blickten bereits wieder eifrig nach vorn.

Mat stellte den Tag über dieselbe Frage einige Male, und die einzigen Leute, die nicht dieselbe Antwort gaben, waren die Bewohner der hiesigen Dörfer. Wenn sie überhaupt antworteten, dann spuckten sie gewöhnlich aus und wandten sich angewidert ab, beobachteten aber doch alles aufmerksam. Sie blickten alle Reisenden auf die gleiche Weise an: aus den Augenwinkeln. In ihren Gesichtern stand geschrieben, dass Fremde wohl alles anstellen könnten, wenn man sie nicht ständig beobachtete.

Die Menschen, die in diesem Gebiet wohnten, verhielten sich nicht nur misstrauisch den Fremden gegenüber, sie schienen sogar in erheblichem Maße verärgert. Es waren gerade genug Menschen auf der Straße unterwegs, um die ohnehin schon mäßige Geschwindigkeit der Bauernkarren und Wagen, die mit Sonnenaufgang erschienen, weiter zu verringern. Keiner der Lenker war in der Stimmung, irgendjemanden mitfahren zu lassen. Wahrscheinlicher waren zornig verzogene Gesichter und dazu ein Fluch, weil man so viel Zeit vertrödeln musste.

Die Wagen der Händler rollten mehr oder weniger unbehelligt vorbei – es wurden nur einige Fäuste geschwungen – gleich, ob sie nach Caemlyn fuhren oder von dort kamen. Als die ersten dieser Wagenzüge früh am Morgen erschienen und sich in schnellem Trab näherten, schritt Rand auf die Straße hinaus. Sie machten keine Anstalten, aus irgendeinem Grund langsamer zu fahren. Er sah, wie andere Leute sich durch einen schnellen Sprung in Sicherheit brachten. Er ging ganz außen am Straßenrand entlang, aber er ging eben weiter.

Nur eine blitzschnelle Bewegung warnte ihn, als der erste Wagen heranrumpelte. Er warf sich flach auf den Boden, und die Peitsche des Wagenlenkers knallte durch die Luft, wo sich eben noch sein Kopf befunden hatte. Von dort unten, wo er lag, konnte er einen Moment lang in die Augen des Fahrers blicken, während der Wagen vorbeirollte. Harte Augen über einer angespannten Mundpartie. Es kümmerte ihn nicht, dass er ihn vielleicht hätte verletzen können.

»Das Licht blende dich!«, schrie Mat dem Wagen nach. »Das kannst ...« Ein berittener Wächter traf ihn mit dem Schaft seines Speers an der Schulter. Der Stoß schleuderte ihn auf Rand. »Aus dem Weg, du schmutziger Schattenfreund!«, brüllte der Wächter, ohne deswegen langsamer zu reiten.

Danach hielten sie Abstand von den Wagen. Es gab auch genug davon. Das Rattern und Klappern von einem war kaum verklungen, da hörte man schon den Nächsten herankommen. Wächter und Lenker gleichermaßen sahen auf die nach Caemlyn marschierenden Wanderer herab, als seien sie der letzte Abschaum.

Einmal verschätzte sich Rand hinsichtlich der Peitsche eines Wagenlenkers. Die äußerste Spitze erwischte ihn. Er legte die Hand auf den oberflächlichen Riss über der Augenbraue und musste ein paarmal schlucken. Beinahe hätte er sich übergeben, als ihm klar wurde, wie nahe das am Auge vorbeigegangen war. Der Fahrer grinste ihn an. Mit seiner anderen Hand hielt er Mat davon ab, einen Pfeil aufzulegen. »Gehen wir«, sagte er und nickte mit dem Kopf in Richtung auf die neben den Wagen herreitenden Wächter. Einige von denen lachten, andere bedachten Mats Bogen mit einem harten Blick. »Wenn wir Glück hätten, würden sie uns nur mit ihren Speeren zusammenschlagen. Mit Glück!«

Mat knurrte mürrisch, aber er ließ es zu, dass Rand ihn die Straße hinunterzog.

Zweimal kamen Schwadronen der Garde der Königin die Straße heruntergetrabt. Die Bänder an ihren Lanzen flatterten im Wind. Einige der Bauern begrüßten sie und wollten, dass sie etwas gegen die Fremden unternähmen, und jedes Mal hielten die Gardesoldaten geduldig an und hörten zu. Es war beinahe Mittag, als Rand stehen blieb, um einer solchen Unterhaltung zu lauschen.

Hinter den Gitterstäben seines Helms war der Mund des Gardehauptmanns eine schmale Linie. »Wenn einer von ihnen etwas stiehlt oder Euer Land unerlaubt betritt«, knurrte er den schlaksigen Bauern an, der mit finsterer Miene neben seinen Steigbügeln stand, »werde ich ihn vor den Magistrat schleppen. Aber sie brechen kein Gesetz der Königin, wenn sie ihre Straße betreten.«

»Aber sie sind einfach überall«, protestierte der Bauer. »Wer weiß denn, wer sie sind oder was sie sind? Dieses ganze Geschwätz von dem Drachen ...«

»Licht, Mann! Ihr habt hier nur eine Hand voll von ihnen. Caemlyn platzt aus allen Nähten, und jeden Tag kommen mehr.« Die Miene des Hauptmanns verfinsterte sich weiter, als er Rand und Mat entdeckte, die in ihrer Nähe auf der Straße standen. Er zeigte mit einem stählernen Handschuh die Straße hinunter. »Geht gefälligst weiter, oder ich nehme euch fest, weil ihr den Verkehr aufhaltet.«

Seine Stimme klang ihnen gegenüber nicht grober als bei dem Bauern, aber sie gingen doch lieber weiter. Eine Weile lang folgte ihnen der Blick des Hauptmanns; Rand fühlte ihn förmlich auf seinem Rücken. Er vermutete, dass die Garde nicht mehr viel Geduld mit den Wanderern haben werde und überhaupt keine Nachsicht für einen hungrigen Dieb. Er beschloss, Mat davon abzuhalten, wenn er wieder Eier stehlen wollte.

Trotzdem hatten all diese Wagen und Menschen auf der Straße auch eine gute Seite – besonders all die jungen Männer, die nach Caemlyn wanderten. Für die Schattenfreunde, die nach ihnen suchten, würden sie bestimmt die Stecknadel im Heuhaufen darstellen. Wenn der Myrddraal in der Winternacht schon nicht genau gewusst hatte, wen er eigentlich suchte, würde sein Kollege hier hoffentlich auch nicht besser abschneiden.

Sein Magen knurrte einige Male vernehmlich und erinnerte ihn daran, dass sie fast kein Geld mehr hatten, jedenfalls nicht genug für eine Mahlzeit zu den Preisen, die hier in der Nähe von Caemlyn verlangt wurden. Einmal kam ihm zu Bewusstsein, dass er eine Hand auf den Flötenbehälter gelegt hatte, aber er schob ihn entschlossen zurück auf seinen Rücken. Gode hatte von ihren Darbietungen gewusst. Man konnte ja nicht wissen, wie viel Ba'alzamon von ihm vor Godes Ende noch erfahren hatte – falls das, was Rand beobachtet hatte, wirklich sein Ende gewesen war – und wie viel davon an die anderen Schattenfreunde weitergegeben worden war. Er sah bedauernd zu einem Bauernhof hinüber, an dem sie gerade vorbeikamen. Ein Mann hielt mit zwei Hunden Wache am Zaun. Die Hunde knurrten und zerrten an ihren Ketten. Der Mann erweckte den Eindruck, als wünsche er nichts sehnlicher herbei, als eine Ausrede dafür, sie loszulassen. Nicht jeder Bauernhof wurde von Hunden bewacht, aber niemand bot den Reisenden irgendwelche Dienste an. Vor Sonnenuntergang durchschritten Mat und er noch zwei weitere Dörfer. Die Dorfbewohner standen in Gruppen herum, unterhielten sich und beobachteten den stetigen Strom von Passanten. Ihre Gesichter waren keine Spur freundlicher als die der Bauern oder der Wagenlenker oder der Gardesoldaten. All diese Fremden, die den falschen Drachen sehen wollten. Narren, die besser dort geblieben wären, wo sie hingehörten. Vielleicht Anhänger des falschen Drachen. Vielleicht sogar Schattenfreunde. Falls es zwischen den beiden überhaupt Unterschiede gab.

Als der Abend hereinbrach, wurde der Strom im zweiten Ort langsam dünner. Die wenigen Reisenden mit Geld verschwanden in der Schenke, obwohl es Streit darum zu geben schien, ob man sie überhaupt einlassen solle, während andere sich daran machten, nach günstigen Hecken oder Feldern zu suchen, die nicht von Hunden bewacht wurden. Als die Sonne verschwand, hatten er und Mat die Straße für sich allein. Mat begann schon davon zu sprechen, dass sie wieder eine Heumiete suchen sollten, aber Rand bestand darauf weiterzuziehen. »Solange wir die Straße sehen können«, sagte er. »Je weiter wir noch kommen, desto größer ist unser Vorsprung.« *Falls sie dich überhaupt noch jagen. Warum sollten sie das tun, wenn sie mittlerweile darauf warteten, dass du zu ihnen kommst?*

Das überzeugte Mat. Er sah sich gelegentlich um und beschleunigte seine Schritte. Rand musste sich beeilen, um mitzuhalten.

Die Nacht wurde immer dunkler, und nur ein wenig Mondlicht hellte sie etwas auf. Mats Tatendrang verging, und seine Klagen begannen von neuem. In Rands Waden verkrampften sich die Muskeln und schmerzten. Er sagte sich, dass er an einem harten Arbeitstag mit Tam auf dem Hof mehr gelaufen sei, aber so oft er sich das auch einzureden versuchte, er konnte es nicht glauben. So knirschte er mit den Zähnen, ignorierte Muskelkater und Schmerzen und ging weiter.

Bei Mats ewigen Klagen und seiner ständigen Konzentration auf den jeweils nächsten Schritt waren sie schon beinahe im Dorf, bevor sie die Lichter bemerkten. Er blieb taumelnd stehen. Plötzlich bemerkte er das Brennen, das sich von einem Fuß das ganze Bein hinaufzog. Er glaubte, er habe am rechten Fuß eine Blase.

Als er die Lichter des Dorfes sah, sank Mat stöhnend auf die Knie. »Können wir jetzt Rast machen?«, schnaufte er. »Oder willst du eine Schenke suchen und für die Schattenfreunde ein Schild hinaushängen? Oder für einen Blassen?«

»Auf der anderen Seite des Orts«, antwortete Rand. Er betrachtete die Lichter. Aus dieser Entfernung in der Dunkelheit hätte es auch Emondsfelde sein können. *Was erwartet uns hier?* »Nur noch eine Meile, das ist alles.«

»Alles? Ich gehe keinen Schritt weiter!«

Rands Beine brannten wie Feuer, doch er quälte sich einen Schritt weiter und dann noch einen. Es wurde nicht leichter, aber er machte weiter, immer einen Schritt nach dem anderen. Bevor er zehn Schritte getan hatte, hörte er, wie Mat ihm leise fluchend hinterherwankte. Er sagte sich, es sei schon gut, dass er nicht verstehen könne, was Mat sagte. Es war spät genug, um leere Dorfstraßen anzutreffen, aber in den meisten Häusern brannte zumindest in einem Fenster ein Licht. Die Schenke in der Dorfmitte war hell beleuchtet und von einem goldenen Lichtsee umgeben, der die Dunkelheit zurückdrängte. Musik und Lachen, von dicken Wänden gedämpft, drangen aus dem Gebäude. Das Schild über der Tür knarrte im Wind. Vor der Schenke standen ein Karren und ein Pferd auf der Straße nach Caemlyn. Ein Mann überprüfte gerade das Geschirr. Zwei Männer standen neben dem Gebäude jenseits der beleuchteten Zone. Rand blieb im Schatten eines unbeleuchteten Hauses stehen. Er war zu müde, um sich durch die umliegenden Gassen hindurchzufinden. Es konnte nicht schaden, sich eine Minute auszuruhen. Nur eine Minute. Nur, bis die Männer weggingen. Mat sackte mit einem dankbaren Seufzer gegen die Wand und lehnte sich daran, als wolle er gleich hier einschlafen.

Etwas an den beiden Männern, die im Schatten standen, erregte Rands Argwohn. Er wusste zunächst selbst nicht, warum, aber er stellte fest, dass es dem Mann am Karren genauso erging. Er überprüfte den Gurt, den er in der Hand hatte, bis zum Ende, rückte ein wenig an der Trense des Pferdes und ging dann ein Stück nach hinten, um wieder von vorne anzufangen. Er hielt die ganze Zeit über den Kopf gesenkt, blickte auf das, was er gerade zu tun hatte, und vermied es, die anderen Männer anzusehen. Es hätte sein können, dass er sich ihrer Gegenwart gar nicht bewusst war, obwohl sie weniger als fünfzehn Schritt von ihm entfernt standen, aber er bewegte sich so steif und drehte sich manchmal so übertrieben bei der Arbeit um, als wolle er nicht in ihre Richtung blicken. Einer der Männer am Schattenrand war nur als schwarze Gestalt sichtbar, aber der andere trat weiter ins Licht und drehte Rand den Rücken zu. Auch dann war allerdings klar, dass die Unterhaltung für ihn nicht gerade einen erfreulichen Verlauf nahm. Er rang die Hände und blickte zu Boden; manchmal nickte er ruckartig bei einer Äußerung seines Gegenübers. Rand konnte nichts verstehen, aber er gewann den Eindruck, dass der Mann im Schatten die Unterhaltung fast allein bestritt. Der andere Mann hörte nur zu und nickte und rang ängstlich die Hände.

Schließlich wandte sich der in Dunkelheit gehüllte Mann ab, und der nervöse Bursche kam weiter ins Licht. Trotz der Kälte wischte er sich mit seiner langen Schürze über das Gesicht, als sei er in Schweiß gebadet.

Rand bekam eine Gänsehaut, als er die Gestalt beobachtete, die in die Nacht hineinging. Er wusste nicht, warum, aber seine eigene Nervosität bezog sich ganz auf diesen Mann. Die Haut im Nacken juckte, und die Haare an den Armen stellten sich auf, als erkenne er plötzlich, dass sich etwas angeschlichen habe. Er schüttelte kurz den Kopf und rieb sich kräftig die Arme. *Jetzt stelle ich mich auch schon so dumm an wie Mat.*

In diesem Augenblick glitt die Gestalt an einem erleuchteten Fenster vorbei, und Rand lief ein kalter Schauder den Rücken hinunter. Das Schild über dem Eingang der Schenke knarrte unaufhörlich im Wind, doch der dunkle Umhang blieb unbeweglich hängen.

»Blasser«, flüsterte er, und das riss Mat hoch, als habe er geschrien.

»Was ...?«

Er legte Mat die Hand auf den Mund. »Leise!« Die dunkle Gestalt verlor sich in der Nacht. *Wohin?* »Ich glaube, er ist jetzt weg. Ich hoffe es.« Er nahm die Hand wieder weg; der einzige Laut, den Mat von sich gab, war ein langes Einatmen.

Der nervöse Bursche befand sich beinahe wieder am Eingang der Schenke. Er blieb stehen und glättete seine Schürze. Offensichtlich bemühte er sich, sich zusammenzureißen, bevor er hineinging.

»Seltsame Freunde habt Ihr, Raimun Holdwin«, sagte der Mann am Karren plötzlich. Es war die Stimme eines alten Mannes, aber sie klang kräftig. Der Sprecher richtete sich auf und schüttelte den Kopf. »Für einen Wirt seltsame Freunde im Dunkeln.«

Der Mann fuhr zusammen, als der andere ihn ansprach. Er blickte sich um, als habe er den Wagen vorher nicht bemerkt. Er atmete tief ein und rappelte sich auf. Dann fragte er scharf: »Und was meint Ihr damit, Almen Bunt?«

»Nur, was ich gesagt habe, Holdwin. Seltsame Freunde. Er kommt nicht aus dieser Gegend. Viele Fremde kommen seit ein paar Wochen hier durch. Eine ganze Menge sogar.«

»Ausgerechnet Ihr müsst so etwas sagen.« Holdwin warf dem Mann am Karren einen kurzen Blick zu. »Ich kenne eine Menge Leute, sogar welche aus Caemlyn. Nicht wie Ihr, der Ihr ganz allein auf Eurem Hof da draußen lebt.« Er schwieg einen Moment und fuhr dann fort, als denke er, weitere Erklärungen seien angebracht. »Er ist aus Vier Könige und sucht nach ein paar Dieben. Junge Männer. Sie haben ihm ein Schwert mit dem Reiherzeichen gestohlen.«

Rand stockte der Atem bei der Erwähnung von Vier Könige, und als das Schwert genannt wurde, blickte er Mat an. Sein Freund hatte sich mit dem Rücken an die Hauswand gedrückt und starrte mit so weit aufgerissenen Augen in die Dunkelheit, dass man fast nur noch das Weiße darin sah. Rand hätte am liebsten auch in die Nacht hineingestarrt – der Halbmensch konnte sich ja überall befinden –, aber sein Blick wanderte zurück zu den beiden Männern vor der Schenke.

»Ein Schwert mit Reiherzeichen!«, rief Bunt. »Kein Wunder, dass er es zurückhaben will.«

Holdwin nickte. »Ja, und die beiden auch. Mein Freund ist ein reicher Mann, ein ... Kaufmann, und sie haben die Männer aufgehetzt, die für ihn arbeiten. Haben wilde Geschichten erzählt und alle Leute beunruhigt. Sie sind Schattenfreunde und Anhänger von Logain.«

»Schattenfreunde *und gleichzeitig* Anhänger des falschen Drachen? Und erzählen auch noch wilde Geschichten? Das ist ja eine ganze Menge für junge Leute. Sie waren doch jung, sagtet Ihr?« In Bunts Stimme klang plötzlich Ironie mit, aber der Wirt schien das nicht zu bemerken.

»Ja. Noch keine zwanzig. Es gibt eine Belohnung – hundert Kronen in Gold – für die beiden.« Holdwin zögerte und fügte dann hinzu: »Die beiden können ganz schön lügen. Das Licht mag wissen, was für Bären sie einem aufbinden werden. Sie versuchen, einen gegen den anderen auszuspielen. Und sie sind auch gefährlich, obwohl sie nicht so aussehen. Am besten haltet Ihr Euch von ihnen fern, falls Ihr sie seht. Zwei junge Männer, einer davon trägt ein Schwert, und beide sehen sie sich ständig um. Wenn es die richtigen sind, wird mein ... Freund sie festnehmen, sobald man weiß, wo sie sich aufhalten.«

»Ihr hört Euch beinahe so an, als würdet Ihr sie an ihrem Aussehen erkennen.«

»Wenn ich sie sehe, erkenne ich sie auch«, prahlte Holdwin. »Versucht nur nicht, sie selbst zu fangen. Es muss ja niemand verletzt werden. Kommt zu mir und sagt es mir, wenn Ihr sie seht. Mein ... Freund wird sich schon mit ihnen auseinander setzen. Hundert Kronen für die beiden, aber er will sie eben beide haben.«

»Hundert Kronen für die zwei«, sagte Bunt nachdenklich. »Und wie viel für dieses Schwert, das er so sehr begehrt?«

Plötzlich schien Holdwin zu bemerken, dass der andere ihn auf den Arm nahm. »Ich weiß nicht, warum ich Euch das alles erzähle«, fuhr er ihn an. »Ihr wollt immer noch Euren törichten Plan durchführen, wie ich sehe.«

»Der Plan ist keineswegs töricht«, erwiderte Bunt ruhig. »Es wird vielleicht keinen weiteren falschen Drachen mehr zu meinen Lebzeiten zu sehen geben – Licht bewahre uns davor! –, und ich bin zu alt, um während der ganzen Strecke nach Caemlyn den Staub vom Wagen irgendeines Kaufmanns zu schlucken. Ich werde die Straße für mich allein haben und morgen früh strahlend in Caemlyn ankommen.«

»Für Euch?« Die Stimme des Wirts hatte einen boshaften Unterton. »Ihr könnt nicht wissen, was sich da draußen in der Nacht alles herumtreibt, Almen Bunt. Ganz allein auf der Straße und das im Dunkeln. Selbst wenn Euch einer schreien hört, wird niemand seine Tür aufschließen, um Euch zu helfen. Heutzutage nicht, Bunt. Nicht einmal Euer nächster Nachbar.«

Nichts davon schien den alten Bauern zu beeindrucken; er antwortete genauso ruhig wie zuvor. »Wenn die Garde der Königin die Straße so nahe bei Caemlyn nicht bewachen kann, dann ist auch niemand von uns im eigenen Bett sicher. Wenn Ihr mich fragt, dann sollte die Garde Euren Freund in Ketten legen. In der Dunkelheit herumschleichen aus Angst, dass ihn irgendjemand sieht! Ihr könnt mir nicht weismachen, dass er nur Gutes im Schilde führt.«

»Angst!«, rief Holdwin. »Ihr alter Narr, wenn Ihr wüsstet ...« Er klappte unvermittelt den Mund zu und schüttelte sich. »Ich weiß nicht, warum ich meine Zeit mit Euch verschwende. Fahrt endlich los! Hört auf, den Eingang meiner Schenke zu versperren.« Er knallte die Tür hinter sich zu.

Bunt fluchte leise, ergriff die Kante seines Sitzes auf dem Karren und stellte einen Fuß auf die überstehende Achse.

Rand zögerte nur einen Augenblick lang. Mat packte ihn am Arm, als er hingehen wollte. »Bist du verrückt, Rand? Er wird uns ganz sicher erkennen!«

»Möchtest du lieber hier bleiben? Wo sich ein Blasser herumtreibt? Wie weit, glaubst du, werden wir zu Fuß kommen, bevor er uns findet?« Er bemühte sich, nicht daran zu denken, wie weit sie kommen würden, wenn sie in einem Karren mitfuhren. Er schüttelte Mats Hand ab und ging die Straße hinauf. Er hielt sorgfältig seinen Umhang mit der Hand geschlossen, damit das Schwert verborgen blieb; der Wind und die Kälte lieferten ihm eine gute Ausrede für diese Geste.

»Ich konnte nicht vermeiden zu hören, dass Ihr nach Caemlyn fahrt«, sagte er. Bunt fuhr zusammen und riss einen Bauernspieß vom Karren. Auf seinem ledrigen Gesicht waren unzählige Runzeln zu sehen, und die Hälfte seiner Zähne fehlte, doch er hielt den Stock fest in den Händen. Nach einer Weile stützte er ein Ende des Stocks auf den Boden und lehnte sich darauf. »Also seid ihr zwei nach Caemlyn unterwegs. Um den Drachen zu sehen, eh?«

Rand hatte nicht gemerkt, dass Mat ihm gefolgt war. Mat hielt sich allerdings außerhalb des Lichtscheins und beobachtete die Schenke und auch den alten Bauern mit demselben Misstrauen wie die Nacht. »Den falschen Drachen«, sagte Rand betont.

Bunt nickte. »Natürlich. Natürlich.« Er warf einen Seitenblick auf die Schenke und schob dann mit einem Mal den Stock wieder zurück unter den Sitz. »Also, wenn ihr mitfahren wollt, dann steigt auf. Ich habe schon zu viel Zeit verschwendet.« Er kletterte bereits auf den Sitz.

Rand zog sich über die Rückwand, als der Bauer auch schon die Zügel schnalzen ließ. Mat rannte hinterher, um den Karren einzuholen. Rand packte ihn bei den Armen und zog ihn hinein.

Das Dorf verschwand schnell in der Nacht hinter ihnen, da Bunt sehr flott fuhr. Rand streckte sich auf den blanken Bodenbrettern rücklings aus und kämpfte gegen das einschläfernde Rattern der Räder. Mat unterdrückte sein Gähnen mit einer Faust vor dem Mund und sah sich vorsichtig um. Die Dunkelheit lastete schwer auf den Feldern und Bauernhöfen, nur von den Lichtern einzelner Häuser unterbrochen. Die Lichter erschienen ihnen fern; sie kämpften vergebens gegen die Nacht an. Eine Eule schrie klagend auf, und der Wind heulte wie eine verlorene Seele im Schatten.

Er könnte irgendwo dort draußen lauern, dachte Rand.

Auch Bunt schien zu spüren, wie bedrückend diese Nacht war, denn plötzlich begann er zu sprechen. »Seid ihr zwei jemals in Caemlyn gewesen?« Er lachte ein wenig. »Ich schätze nicht. Na ja, wartet mal, bis ihr es zu sehen bekommt. Die herrlichste Stadt der Welt. O ja, ich habe von Illian und Ebou Dar und Tear und anderen gehört – es gibt immer Narren, die glauben, etwas sei größer und besser, nur weil es hinter dem Horizont liegt –, aber für mein Geld ist Caemlyn wirklich das Größte. Könnte nicht großartiger sein. Nein, bestimmt nicht. Außer, wenn Königin Morgase, das Licht leuchte ihr, vielleicht diese Hexe aus Tar Valon endlich loswürde.«

Rand lag mit dem Kopf auf der Deckenrolle und die wiederum auf dem Bündel von Thoms Umhang, und er verfolgte, wie die Nacht vorbeidriftete. Er ließ die Worte des Bauern an sich vorüberziehen. Eine menschliche Stimme hielt die Dunkelheit zurück und dämpfte den klagenden Laut des Winds. Er drehte sich um und blickte den dunklen Umriss von Bunts Rücken an. »Ihr meint, es sei eine Aes Sedai dort?«

»Was denn sonst? Sitzt dort im Palast wie eine Spinne. Ich bin ein treuer Anhänger der Königin – keiner wird etwas anderes behaupten –, aber das ist einfach falsch. Ich gehöre nicht zu denjenigen, die sagen, Elaidas Einfluss auf die Königin sei zu stark. Ich nicht. Und was die Narren betrifft, die behaupten, Elaida sei in Wirklichkeit die Königin, nur eben nicht dem Namen nach ...« Er spuckte in die Nacht hinein. »Das halte ich von ihnen. Morgase ist keine Marionette, die am Faden irgendeiner Hexe aus Tar Valon tanzt.«

Noch eine Aes Sedai ... Wenn Moiraine nach Caemlyn kam, würde sie möglicherweise zu ihrer Schwester gehen. Falls es aber zum Schlimmsten käme, könnte ihnen diese Elaida vielleicht helfen, nach Tar Valon zu kommen. Er sah Mat an, und Mat – als habe er den Gedanken laut ausgesprochen – schüttelte den Kopf. Er konnte

Mats Gesicht nicht erkennen, aber er wusste, dass es abweisend aussah.

Bunt redete weiter. Er ließ die Zügel klatschen, wenn sein Pferd langsamer ging, aber ansonsten ruhten seine Hände auf den Knien. »Ich bin ein treuer Anhänger der Königin, wie ich schon sagte, aber manchmal sagen selbst Narren etwas Wahres. Auch ein blindes Huhn findet mal ein Korn. Es muss sich einiges ändern. Dieses Wetter – die Saat geht nicht auf, Kühe geben keine Milch mehr, Lämmer werden tot geboren oder mit zwei Köpfen. Die blutigen Raben warten nicht einmal mehr ab, dass etwas stirbt. Die Menschen haben Angst. Sie suchen nach einem Schuldigen. Der Drachenzahn taucht auf den Türen von einigen Leuten auf. Dinge kriechen durch die Nacht. Scheunen brennen ab. Kerle wie dieser Freund von Holdwin jagen den Leuten Angst ein. Die Königin muss etwas unternehmen, bevor es zu spät ist. Das seht ihr doch auch so, oder?«

Rand gab einen brummenden Laut von sich. Es klang, als hätten sie noch mehr Glück gehabt, als er schon glaubte, nachdem er diesen alten Mann und seinen Karren gefunden hatte. Wenn sie auf das Tageslicht gewartet hätten, wären sie vielleicht nicht weiter als bis zum letzten Dorf gekommen. Dinge, die durch die Nacht kriechen. Er richtete sich auf und blickte über die Seitenwand des Karrens hinweg in die Nacht hinein. In der Schwärze schienen sich Schatten und Umrisse zu winden. Er ließ sich zurückfallen, bevor ihn seine Einbildung davon überzeugen konnte, da draußen sei etwas.

Bunt deutete das als Zustimmung. »Richtig. Ich bin ein treuer Anhänger der Königin, und ich stelle mich gegen jeden, der versucht, ihr Schaden zuzufügen, aber Recht habe ich trotzdem. Nehmt nur zum Beispiel Lady Elayne und Lord Gawyn. Da könnte sich etwas ändern, was niemandem schadet, aber vielleicht etwas Gutes bewirkt. Sicher, ich weiß, dass wir es in Andor immer so gehalten haben. Man schickt die Tochter-Erbin nach Tar Valon, um bei den Aes Sedai zu lernen, und den ältesten Sohn schickt man mit zu den Behütern. Ich glaube auch an Traditionen, ganz bestimmt, aber ihr seht ja, wohin uns das geführt hat. Luc ist in der Fäule gestorben, noch bevor er zum Ersten Prinzen des Schwertes gesalbt werden konnte, und Tigraine verschwand – weggelaufen oder tot –, als es Zeit für sie wurde, den Thron zu übernehmen. Das steckt uns immer noch in den Knochen.

Es gibt welche, die behaupten, sie sei noch am Leben, wisst ihr, und dass Morgase gar nicht die rechtmäßige Königin sei. Verdammte

Narren. Ich denke noch daran, was damals geschah. Ich erinnere mich, als sei es erst gestern gewesen. Keine Tochter-Erbin zur Hand, um den Thron zu besteigen, als die alte Königin starb, und jedes Haus in Andor intrigierte um die Nachfolge. Und dann Taringail Damodred. Man konnte kaum glauben, dass er seine Frau verloren hatte, so erpicht war er darauf herauszufinden, welches Haus gewinnen würde, damit er wieder heiraten und doch noch Prinzgemahl werden konnte. Na ja, er hat es geschafft, aber warum Morgase ausgerechnet ihn ... ach, kein Mann kann eine Frau verstehen, und eine Königin ist gleich in doppelter Hinsicht eine Frau, mit einem Mann und mit dem Land verheiratet. Er hat jedenfalls bekommen, was er wollte, wenn auch nicht so, wie er es wollte. Bezog Cairhien in seine Ränke mit ein, bevor er es geschafft hatte, und ihr wisst, was daraus geworden ist. Der Baum wurde gefällt, und über die Drachenmauer kamen Aiel mit schwarzem Schleier. Na ja, er ließ sich wenigstens auf ehrliche Weise umbringen, nachdem er Elayne und Gawyn zeugte, also hat alles mal ein Ende. Aber warum sollte man sie nach Tar Valon schicken? Es wird Zeit, dass die Menschen nicht mehr den Thron von Andor und die Aes Sedai in einem Atemzug nennen. Wenn sie schon irgendwo anders hin müssen, um zu lernen, was nötig ist, nun, dann hat Illian doch genauso gute Bibliotheken wie Tar Valon, und dort bringen sie Lady Elayne genauso viel über das Regieren und Intrigieren bei, wie es die Hexen könnten. Keiner versteht mehr von Intrigen als die Illianer. Und wenn die Garde Lord Gawyn nicht genug über die Kriegführung beibringen kann, tja, dann gibt es auch in Illian Soldaten. Und, was das betrifft, in Schienar und Tear auch. Ich bin ein treuer Anhänger der Königin, aber ich sage, hört auf, mit Tar Valon zu verkehren. Dreitausend Jahre sind genug. Königin Morgase kann uns ohne Hilfe der Weißen Burg führen. Ich sage euch, das ist eine Frau! Bei ihr ist jeder Mann stolz darauf, vor ihr niederzuknien und ihren Segen zu erhalten. Ha, einmal ...«

Rand kämpfte gegen den Schlaf an, nach dem sein Körper verlangte, aber das rhythmische Knarren und Schwanken des Karrens schläferte ihn ein. So schlummerte er mit dem Klang von Bunts Stimme im Ohr. Er träumte von Tam. Zuerst saßen sie an dem großen Eichentisch im Haus und tranken Tee, während Tam ihm von Prinzgemahlen und Tochter-Erbinnen und der Drachenmauer und Aielmännern mit schwarzem Schleier erzählte. Das Schwert mit dem Reiherzeichen lag zwischen ihnen auf dem Tisch, aber sie blickten es beide nicht an. Plötzlich war er im Westwald und zog die Bahre durch die mondhelle Nacht. Als er sich umblickte, saß Thom mit übergeschlagenen Beinen auf der Bahre und nicht sein Vater, und er jonglierte im Mondschein.

»Die Königin ist mit dem Land verheiratet«, sagte Thom, während Bälle in leuchtenden Farben im Kreis herumtanzten, »aber der Drache ... der Drache ist eins mit dem Land, und das Land ist eins mit dem Drachen.«

Rand sah weiter hinten einen Blassen kommen. Sein schwarzer Umhang hing unbeweglich im Wind herunter, und das Pferd schob sich lautlos wie ein Geist zwischen den Bäumen hindurch. Zwei abgeschlagene Köpfe hingen am Sattelhorn des Myrddraal. Blut rann aus ihnen und lief in dunklen Strömen an der kohlrabenschwarzen Schulter des Reittiers herab. Es waren Lan und Moiraine, die Gesichter zu schmerzverzogenen Grimassen verzerrt. Der Blasse zog beim Reiten eine Hand voll Leinen hinter sich her. Jede Leine war an den gebundenen Händen derer befestigt, die hinter den lautlosen Hufen mit verzweifelten Gesichtern herrannten: Mat und Perrin. Und Egwene.

»Nicht sie!«, schrie Rand. »Das Licht verbrenne Euch, aber ich bin es, nach dem Ihr sucht, und nicht sie!«

Der Halbmensch gestikulierte, und Flammen verschlangen Egwene. Ihr Fleisch verbrannte zu Asche, die Knochen zerbröckelten rußgeschwärzt.

»Der Drache ist eins mit dem Land«, sagte Thom, der immer noch ungerührt jonglierte, »und das Land ist eins mit dem Drachen.«

Rand schrie ... und öffnete die Augen.

Der Karren rumpelte die Straße nach Caemlyn entlang, angefüllt mit der Nacht und der Süße lange verschwundenen Heus und schwachem Pferdegeruch. Auf seiner Brust saß eine Gestalt, die schwärzer als die Nacht war, und Augen, schwärzer als der Tod, blickten in seine.

»Du gehörst mir«, sagte der Rabe, und der scharfe Schnabel hackte in sein Auge. Er schrie, als ihm das Auge aus dem Kopf gerissen wurde.

Mit einem Schrei aus tiefster Kehle fuhr er hoch und schlug beide Hände vors Gesicht. Der Karren wurde vom Licht des frühen Morgens übergossen. Betäubt sah er seine Hände an. Kein Blut. Kein Schmerz. Der Rest des Traums verflog bereits, doch das ... Vorsichtig berührte er sein Gesicht und schauderte.

»Wenigstens ...« Mat gähnte mit knackendem Kiefer. »Wenigstens hast du ein bisschen geschlafen.« In seinen verquollenen Augen konnte Rand wenig Mitgefühl entdecken. Er hatte sich unter seinen Umhang gekuschelt und die Deckenrolle zusammengelegt unter den Kopf geschoben. »Er hat die ganze verdammte Nacht lang geredet.« »Warst du den ganzen Weg lang wach?«, fragte Bunt vom Fahrersitz aus. »Ich bin erschrocken, als du so geschrien hast. Na ja, wir sind da.« Er schwang eine Hand in einer umfassenden Geste. »Caemlyn, die großartigste Stadt der Welt.«

KAPITEL 35

Caemlyn

Rand stemmte sich hoch und kniete hinter dem Fahrersitz. Er konnte sich nicht helfen: Er lachte vor Erleichterung. »Wir haben es geschafft, Mat! Ich habe dir doch gesagt, wir ...«

Die Worte erstarben ihm im Mund, als sein Blick auf Caemlyn fiel. Nach Baerlon und noch mehr nach den Ruinen von Shadar Logoth hatte er zu wissen geglaubt, wie eine große Stadt aussah, aber das ... das war mehr, als er sich je vorgestellt hatte.

Außerhalb der großen Mauer ballten sich die Gebäude, als habe man jede Stadt, durch die sie gekommen waren, aufgesammelt und hier nebeneinander aufgestellt und sie dazu noch eng zusammengedrückt. Die oberen Stockwerke von Gasthöfen ragten über den Ziegeldächern von Wohnhäusern auf, und alle wurden eingezwängt von niedrigen, breiten, fensterlosen Lagerhäusern. Rote Backsteine und grauer Schiefer und weiß getünchte Wände, alles bunt durcheinander, und das zog sich hin, so weit das Auge sehen konnte. Baerlon hätte darin verschwinden können, ohne überhaupt bemerkt zu werden, und es hätte Weißbrücke wohl zwanzigmal schlucken können.

Und dann die Mauer selbst. Blassgrauer Stein, mit Silber und Weiß durchsetzt, fünfzig Fuß hoch und ganz senkrecht, erstreckte sich in einem großen Kreisbogen nach Norden und Süden. Er fragte sich, wie lang diese Mauer wohl sei. In geringen Abständen erhoben sich Türme darüber. Sie waren rund und ragten weit über die Höhe der Mauer selbst hinaus. Auf jedem flatterten rotweiße Banner im Wind. Innerhalb der Mauer konnte man ebenfalls Türme aufragen sehen, schmale Türme, die noch höher waren als die auf der Mauer. Kuppeln schimmerten weiß und golden im Sonnenschein. Tausend Geschichten hatten in seiner Vorstellung Städte entstehen lassen, die großen Städte der Könige und Königinnen, der Throne und Mächte und Legenden, und Caemlyn passte zu diesen tief in seinem Geist verankerten Bildern wie Wasser in einen Krug.

Der Karren rumpelte die breite Straße zur Stadt entlang. Dort erwartete sie ein großes, von Türmen eingerahmtes Tor. Der Wagenzug eines Kaufmanns rollte gerade aus diesem Tor heraus. Er kam aus einem gemauerten Torbogen, der auch einem Riesen oder vielleicht sogar zehn Riesen nebeneinander Platz geboten hätte. Auf beiden Seiten der Straße erstreckten sich offene Märkte. Dachplatten glänzten rot und purpurn, und zwischen den Häusern standen Marktbuden und Gehege für die feilgebotenen Tiere. Kälber muhten schüchtern, Rinder brüllten, Gänse kreischten, Hühner gackerten, Ziegen meckerten, Schafe blökten, und die Menschen feilschten in voller Lautstärke. Von Lärm umfangen, fuhren sie zum Stadttor von Caemlyn. »Was habe ich euch gesagt?« Bunt musste beinahe schreien, damit sie ihn überhaupt verstehen konnten. »Die großartigste Stadt der Welt. Von Ogiern erbaut, wisst ihr? Zumindest die Innenstadt und der Palast. So alt ist Caemlyn schon, jawohl. Caemlyn, wo die gute Königin Morgase, das Licht leuchte ihr, die Gesetze erlässt und den Frieden in Andor erhält. Die prächtigste Stadt der Erde.«

Rand war bereit, ihm zuzustimmen. Sein Mund stand offen, und er wollte die Hände auf die Ohren legen, um den Lärm zu dämpfen. Es liefen so viele Leute auf der Straße herum, wie man in Emondsfelde zur Zeit des Bel Tine auf dem Grün sehen konnte. Er erinnerte sich daran, wie er gedacht hatte, in Baerlon hielten sich unglaublich viele Menschen auf, und bei dem Gedanken musste er beinahe lachen. Er sah Mat an und grinste. Mat hatte die Hände tatsächlich auf den Ohren und die Schultern weit hochgezogen.

»Wie können wir uns dort verstecken?«, wollte er überlaut wissen, als er bemerkte, dass Rand ihn ansah. »Woher wissen wir, wem wir unter so vielen trauen können? So verdammt viele! Licht, was für ein Lärm!«

Rand sah Bunt an, bevor er antwortete. Der Bauer war ganz in den Anblick der Stadt versunken, und bei dem Lärm hatte er Mats Worte vielleicht gar nicht gehört. Trotzdem brachte Rand seinen Mund ganz nah an Mats Ohr. »Wie können sie uns unter so vielen Menschen finden? Merkst du nichts, du wollköpfiger Idiot? Wir sind in Sicherheit, falls du jemals lernst, deinen vorlauten Mund zu halten!« Er wies mit der Hand auf alles – die Märkte, die Stadtmauer vor ihnen. »Sieh dir das an, Mat. Hier kann alles passieren. Alles! Vielleicht warten sogar Moiraine und Egwene und die anderen dort auf uns.«

»Falls sie noch leben. Wenn du mich fragst, dann sind sie genauso tot wie der Gaukler.«

Das Grinsen verschwand von Rands Gesicht, und er wandte sich dem immer näher kommenden Tor zu. Alles konnte in einer Stadt wie Caemlyn geschehen. Er klammerte sich stur an diesen Gedanken.

Das Pferd konnte nicht schneller traben, so sehr auch Bunt die Zügel auf seinen Hals klatschen ließ. Je näher sie dem Tor kamen, desto dichter wurde die Menschenmenge. Schulter an Schulter schoben sie sich dahin, drängten sich an die Karren und Wagen, die hineinfahren wollten. Rand war froh, als er bemerkte, dass recht viele davon staubbedeckte junge Männer zu Fuß waren, die kaum Gepäck dabeihatten. Wie alt sie auch immer sein mochten, so sahen doch viele in der Menge, die sich auf das Tor zuschob, nach einer anstrengenden Reise aus. Die Karren waren klapprig, die Pferde müde, die Kleider zerknittert von vielen Nächten im Freien, die Schritte schleppend und die Augen matt. Doch ob erschöpft oder nicht, aller Blicke waren auf das Tor gerichtet, als könnten sie dahinter alle Erschöpfung abstreifen.

Ein halbes Dutzend Gardesoldaten standen am Tor. Ihre sauberen rot-weißen Waffenröcke und der polierte Glanz ihrer Brustpanzer bildeten einen scharfen Kontrast zur Kleidung der meisten Leute, die unter dem Steinbogen durchströmten. Steif aufgerichtet, die Köpfe stolz erhoben, so betrachteten sie die Ankömmlinge mit verächtlichem Misstrauen. Es war unverkennbar, dass sie am liebsten die meisten dieser Menschen abgewiesen hätten. Aber abgesehen davon, dass sie dem stadtauswärts fließenden Verkehr eine Fahrbahn frei hielten und mit denen schimpften, die zu sehr drängelten, behinderten sie niemanden.

»Haltet eure Plätze ein. Nicht drängen. Nicht drängen, Licht noch mal! Es ist genug Platz da für alle, das Licht helfe uns! Haltet eure Plätze ein.«

Bunts Karren rollte mit der langsamen Flut der Menge nach Caemlyn hinein.

Die Stadt erhob sich auf niedrigen Hügeln und stieg stufenartig zur Mitte hin an. Dieses Stadtzentrum wurde von einer weiteren Mauer umschlossen, die blendend weiß leuchtete und sich über die Hügel zog. Innerhalb dieser Mauer befanden sich sogar noch mehr Türme und Kuppeln; weiß und golden und purpurn. Von ihrer erhöhten Position auf den Hügeln aus blickten sie auf den Rest von

Caemlyn herab. Rand nahm an, das sei die Innenstadt, von der Bunt gesprochen hatte.

Hinter dem Stadttor wurde die Straße zu einer breiten Prachtstraße, die in der Mitte durch einen mit Gras und Bäumen bepflanzten Grünstreifen unterbrochen war. Das Gras war braun und die Bäume kahl, aber die Menschen hasteten vorbei, als sähen sie nichts Ungewöhnliches. Sie lachten, unterhielten sich, stritten sich, verhielten sich gerade so, als hätten sie keine Ahnung, dass es dieses Jahr keinen Frühling gegeben hatte und vielleicht auch keiner mehr käme. Sie erkannten das nicht, das wurde Rand schnell klar. Sie konnten oder wollten es nicht erkennen. Ihre Blicke wandten sich ab von den kahlen Ästen, und sie gingen über das abgestorbene Gras hinweg, ohne auch nur einmal hinabzublicken. Was sie nicht sahen, das konnten sie ignorieren; was sie nicht sahen, gab es eben in Wirklichkeit nicht.

Da er die Stadt und ihre Menschen so bestaunte, wurde Rand völlig davon überrascht, dass der Karren in eine Seitenstraße abbog, die wohl schmaler war als die Prachtstraße dort draußen, aber immer noch doppelt so breit wie jede Straße in Emondsfelde. Bunt ließ das Pferd anhalten und drehte sich um. Er sah die beiden Jungen zögernd an. Der Verkehr war hier weniger dicht, und die Menge teilte sich und umging den Karren, ohne abzureißen.

»Was verbirgst du unter deinem Umhang? Ist es wirklich das, was Holdwin behauptet hat?«

Rand war gerade dabei, sich die Satteltaschen auf die Schulter zu laden. »Was meint Ihr damit?« Auch seine Stimme klang fest. Ihm wurde ganz flau im Magen, und er stieß sauer auf, doch die Stimme klang fest und sicher.

Mat unterdrückte mit einer Hand ein Gähnen, doch die andere schob er unter seinen Mantel – Rand wusste, dass er den Dolch aus Shadar Logoth ergriff –, und in seinen Augen unter dem um den Kopf gebundenen Schal stand ein harter, gehetzter Blick. Bunt vermied es, Mat anzusehen, als wisse er, dass sich in der verborgenen Hand eine Waffe befand. »Ach, nichts, schätze ich. Aber seht mal, wenn ihr gehört habt, dass ich nach Caemlyn fahre, dann wart ihr lang genug da, um auch den Rest zu hören. Wenn ich hinter einer Belohnung hergewesen wäre, hätte ich irgendeine Ausrede gebraucht, um in die *Gans und Krone* zu gehen und mit Holdwin zu sprechen. Aber ich kann eben Holdwin nicht besonders leiden und schon gar nicht seinen Freund. Es scheint, ihr seid ihm wichtiger als ... irgendwas anderes.«

»Ich weiß nicht, was er will«, sagte Rand. »Wir haben ihn noch nie zuvor gesehen.« Das mochte sogar der Wahrheit entsprechen; er konnte einen Blassen nicht vom anderen unterscheiden.

»Na ja, wie ich sagte, ich weiß von nichts, und ich denke, ich will auch gar nichts wissen. Es gibt schon genug Schwierigkeiten für uns alle, ohne dass ich noch nach weiteren suche.«

Mat suchte seine Sachen zusammen, und Rand war schon unten auf der Straße, bevor er herunterkletterte. Rand wartete ungeduldig. Mat wandte sich steif vom Karren ab, presste sich Bogen und Köcher und die Deckenrolle an die Brust und führte leise Selbstgespräche. Unter seinen Augen lagen tiefe Schatten.

Rands Magen knurrte, und er verzog das Gesicht. Hunger und dazu ein saurer Geschmack im Mund ließen ihn fürchten, dass er sich übergeben müsse. Mat sah ihn nun erwartungsvoll an. *Wohin nun? Was tun?*

Bunt beugte sich herunter und winkte ihn näher zu sich. Er ging hin, auf nähere Auskünfte über Caemlyn hoffend.

»Ich würde es verstecken ...« Der alte Bauer unterbrach sich und sah sich verstohlen um. Menschen schoben sich zu beiden Seiten des Karrens vorbei, aber abgesehen von ein paar Flüchen im Vorübergehen, weil sie den Weg versperrten, achtete niemand auf sie. »Trag das nicht mehr«, sagte er, »verstecke es oder verkaufe es. Gib's weg. Das rate ich dir. Solche Sachen ziehen die Aufmerksamkeit auf sich, und ich glaube, gerade das willst du vermeiden.«

Plötzlich richtete er sich auf, schnalzte seinem Pferd mit der Zunge zu und fuhr langsam die belebte Straße hinunter, ohne noch ein Wort zu sagen oder sich umzublicken. Ein mit Fässern beladener Wagen rumpelte auf sie zu. Rand sprang aus dem Weg, kam ins Stolpern, und als er sich wieder umsah, waren Bunt und sein Karren außer Sicht.

»Was machen wir nun?«, wollte Mat wissen. Er leckte sich über die Lippen und betrachtete mit weit aufgerissenen Augen all die Menschen, die sich vorbeidrängten, und die Gebäude, die bis zu sechs Stockwerken hoch über der Straße aufragten. »Wir sind in Caemlyn, aber was machen wir nun?« Er hatte die Hände von den Ohren genommen, aber sie zuckten, als wolle er sie gleich wieder darüberlegen. Ein Summen lag über der Stadt, das tiefe, gleichmäßige Dröhnen von Hunderten von Läden und Werkstätten, in denen Menschen arbeiteten, und von vielen Tausenden von Gesprächen. Für Rands Ohren klang es, als befänden sie sich in einem riesigen Bienenstock, in dem es unentwegt summte. »Selbst wenn sie hier sind, Rand, wie können wir sie dann in diesem Durcheinander finden?«

»Moiraine wird uns finden«, sagte Rand bedächtig. Das Ausmaß der Stadt lastete schwer auf seinen Schultern. Er wollte am liebsten fliehen, sich vor all diesen Menschen und dem Lärm verstecken. Trotz Tams Lehre konnte er das Nichts nicht heraufbeschwören; seine Augen saugten die Stadt immer wieder in die Vorstellung hinein. So konzentrierte er sich stattdessen auf seine nähere Umgebung und ignorierte alles Ferne. Wenn man nur eine einzige Straße betrachtete, schien es ihm beinahe wie Baerlon. Baerlon, der letzte Ort, an dem sie sich noch alle in Sicherheit glaubten. *Niemand ist mehr in Sicherheit. Vielleicht sind sie alle tot. Was dann?*

»Sie sind am Leben! Egwene lebt!«, sagte Rand nachdrücklich. Mehrere Passanten blickten ihn mit gerunzelter Stirn an. »Vielleicht«, sagte Mat. »Was wird, wenn Moiraine uns nicht findet? Wenn uns niemand findet, außer den ... den ...« Er schauderte und war nicht in der Lage, das Wort auszusprechen. »Darüber denken wir nach, wenn es so weit ist«, sagte Mat mit fester Stimme. »Falls es dazu kommt.« Im schlimmsten Fall würden sie Elaida aufsuchen müssen, die Aes Sedai im Palast. Aber eher würde er nach Tar Valon gehen. Er wusste nicht, ob sich Mat noch an das erinnerte, was Thom von den Roten Ajah erzählt hatte – und von den Schwarzen –, aber er erinnerte sich ganz gewiss. Sein Magen hob sich dabei. »Thom sagte, wir sollten eine Schenke aufsuchen, die *Der Königin Segen* heißt. Dahin gehen wir zuerst.«

»Wie denn? Wir können uns mit dem, was wir haben, nicht einmal gemeinsam ein Essen bestellen.«

»Wenigstens können wir dort mit der Suche anfangen. Thom glaubte, wir könnten dort Hilfe finden.«

»Ich kann nicht ... Rand, sie sind überall.« Mat senkte den Blick auf die Pflastersteine und schien zu schrumpfen, als versuche er, sich vor den Leuten zu verbergen, die sie umgaben. »Wo immer wir auch hingehen, sie sind dicht hinter uns oder warten schon auf uns. Sie werden auch in *Der Königin Segen* sein. Ich kann nicht ... Ich ... Nichts kann einen Blassen aufhalten.«

Rand packte Mat mit einer Faust beim Kragen. Er bemühte sich sehr, ihn nicht spüren zu lassen, dass die Faust zitterte. Er brauchte Mat. Vielleicht lebten die anderen noch – *Licht, bitte!* – aber jetzt gerade gab es nur Mat und ihn. Der Gedanke daran, allein weiterzumachen ... Er schluckte schwer, und sein Speichel schmeckte sauer.

Er sah sich hastig um. Niemand schien Mats Bemerkung über den Blassen gehört zu haben. Die Leute drückten sich, in eigene Sorgen versunken, an ihnen vorbei. Er näherte sein Gesicht dem Mats. »Wir haben es so weit geschafft, klar?«, stellte er in heiserem Flüsterton fest. »Sie haben uns noch nicht gefangen. Wir können auch den ganzen Weg schaffen, wenn wir nicht einfach aufgeben. Ich werde jedenfalls nicht wie ein Schaf auf der Schlachtbank warten. Ich nicht! Also? Bleiben wir hier stehen, bis wir verhungert sind? Oder bis sie kommen und deine Reste in einen Sack stecken?«

Er wandte sich von Mat ab. Die Fingernägel hatte er in die Handflächen geschlagen, doch seine Hände zitterten immer noch. Plötzlich war Mat an seiner Seite. Er ging mit gesenktem Blick nebenher, und Rand atmete langsam aus.

»Tut mir Leid, Rand«, murmelte Mat.

»Vergiss es«, sagte Rand.

Mat blickte gerade oft genug auf, um zu vermeiden, Leute anzurempeln. Dabei sprudelte er mit lebloser Stimme heraus: »Ich kann nicht aufhören, mir vorzustellen, dass ich die Heimat niemals wiedersehen werde. Ich will nach Hause. Lach mich aus, wenn du willst; das macht mir nichts. Was würde ich nicht dafür hergeben, wenn mich jetzt meine Mutter wegen irgendeines Streiches ausschimpfen würde. Das lastet die ganze Zeit auf mir – wie ein schweres Gewicht. Von lauter Fremden umgeben, nicht zu wissen, wem man trauen kann, wenn überhaupt jemandem ... Licht, die Zwei Flüsse sind so weit weg, dass sie genauso gut auf der anderen Seite der Welt liegen könnten. Wir sind allein, und wir kommen niemals mehr heim. Wir werden sterben, Rand.«

»Nein, werden wir nicht«, schoss Rand zurück. »Jeder muss einmal sterben. Das Rad dreht sich. Aber ich werde mich nicht hinlegen und darauf warten.«

»Du hörst dich an wie Meister al'Vere«, brummte Mat, doch in seine Stimme kehrte ein klein wenig Kampfgeist zurück. »Gut«, sagte Rand. »Gut.« *Licht, wenn es nur den anderen gut geht. Lass uns nicht ganz allein sein.*

Er fragte mehrere Passanten nach dem Weg zu *Der Königin Segen*. Die Reaktionen waren äußerst unterschiedlich. Am häufigsten fluchte man über Leute, die nicht blieben, wohin sie gehörten, oder man zuckte die Achseln und hatte keine Ahnung. Einige stolzierten auch einfach vorbei, ohne sie eines Blickes zu würdigen. Ein Mann mit breitem Gesicht, beinahe so groß wie Perrin, neigte den Kopf zur

Seite und sagte: »Der Königin Segen, eh? Ihr Bauernburschen seid
also Männer der Königin?« Er trug eine weiße Kokarde am breit-
krempigen Hut und ein weißes Armband um den Ärmel seines langen Mantels. »Also, da kommt ihr zu spät.«

Er ging weiter und lachte schallend dabei. Mat und Rand sahen
sich entgeistert an. Rand zuckte die Achseln. In Caemlyn trieben
sich die seltsamsten Typen herum, Leute, wie er sie nie zuvor erlebt
hatte.

Einige hoben sich von der Menge ab. Ihre Hautfarbe war zu dunkel oder zu blass, die Mäntel auffallend geschnitten oder in leuchtenden Farben gehalten, die Hüte liefen oben spitz zu oder waren
mit langen Federn geschmückt. Es gab Frauen, die einen Schleier
vor dem Gesicht trugen, Frauen in aufgebauscht steifen Kleidern,
die ebenso breit waren, wie die Trägerin groß, und Frauen in Kleidern, die mehr von ihrem Körper enthüllten, als er je zuvor selbst
bei freizügigen Schankmädchen gesehen hatte. Gelegentlich zwängte sich eine in lebhaften Farben lackierte und mit Goldrändern verzierte Kutsche durch die belebten Straßen, gezogen von einem Gespann mit vier oder sechs Pferden, deren Geschirr mit Zierfedern
geschmückt war. Überall waren Sänften zu sehen. Ihre Träger schoben sich einfach durch die Menge, ohne Rücksicht auf jene zu nehmen, die sie beiseite drückten.

Rand beobachtete, wie aus diesem Grund eine Schlägerei begann.
Ein Haufen wüst schreiender Männer schwang die Fäuste, während
ein blasshäutiger Mann im rot gestreiften Mantel aus der Sänfte kletterte, die am Straßenrand umgekippt auf der Seite lag. Zwei Männer
in grober Kleidung, die scheinbar nur zufällig vorbeigekommen waren, stürzten sich auf ihn, bevor er ganz ausgestiegen war. Die Stimmung unter den vielen Zuschauern kippte allmählich. Die Leute
schrien erregt und schwangen drohend die Fäuste. Rand zog Mat am
Ärmel weiter, und sie hasteten davon. Mat benötigte keine zweite
Aufforderung. Der Lärm eines kleineren Aufruhrs folgte ihnen die
Straße hinunter.

Mehrmals wurden die beiden von anderen Männern angesprochen. Ihre verstaubte Kleidung zeigte, dass sie Neuankömmlinge
waren, und sie schienen wie Magnete auf manche Typen zu wirken.
Zwielichtige Kerle boten Andenken an Logain zum Kauf an. Ihre Blicke huschten unruhig hin und her, und ihre Füße schienen allzeit
zum Rennen bereit. Rand schätzte, dass man ihm genug Fetzen vom
Umhang des falschen Drachen und Bruchstücke seines Schwerts an-

bot, um daraus zwei Schwerter und ein halbes Dutzend Umhänge zu machen. Mats Gesicht hellte sich neugierig auf, jedenfalls beim ersten Mal, aber Rand beschied alle nur mit einem kurz angebundenen Nein, und sie nahmen es mit einem Kopfnicken und einem schnellen ›Das Licht leuchte der Königin, guter Herr‹ hin und verschwanden. In den meisten Geschäften lagen Teller und Pokale aus, die mit phantasievollen Bildern geschmückt waren, auf denen man sah, wie der falsche Drache in Ketten der Königin vorgeführt wurde. Und man sah Weißmäntel auf der Straße. Jeder von ihnen schritt innerhalb eines Freiraums einher, wie es schon in Baerlon der Fall gewesen war.

Rand dachte viel darüber nach, wie sie wohl unbemerkt bleiben konnten. Er behielt den Umhang über dem Schwert, aber das würde nicht mehr lange ausreichen. Früher oder später würde sich jemand fragen, was er da verbarg. Er würde aber Bunts Ratschlag nicht befolgen, das Schwert nicht mehr zu tragen. Es war sein Bindeglied zu Tam, seinem Vater.

Viele andere in der Menge trugen Schwerter, aber keines mit einem Aufsehen erregenden Reiherzeichen. Alle Männer aus Caemlyn, aber und auch einige der Fremden hatten ihre Schwerter, Scheide wie Griff, mit Stoffstreifen umwickelt, mit roter und weißer Schnur umwunden oder in Weiß und Rot eingebunden. Unter diesen Umhüllungen konnte man hundert Reiherzeichen verbergen, und niemand würde sie bemerken. Außerdem wäre es günstig, einer solchen örtlichen Sitte zu folgen, um weniger aufzufallen.

Vor einer ganzen Reihe von Läden standen Tische mit solchen Stoffbahnen und Schnüren, und Rand blieb bei einem stehen. Der rote Stoff war billiger als der weiße, obwohl er außer der Farbe keinen Unterschied entdecken konnte, also kaufte er diesen und die dazugehörige weiße Schnur. Mat beklagte sich, wie wenig Geld sie noch übrig hätten. Der Ladeninhaber blickte sie mit zusammengepressten Lippen von oben bis unten an und verzog dann den Mund doch etwas, als er Rands Kupfermünzen annahm. Er fluchte, als ihn Rand auch noch darum bat, sein Schwert im Laden umwickeln zu dürfen. »Wir sind nicht gekommen, um Logain zu sehen«, sagte Rand geduldig. »Wir sind nur gekommen, um uns Caemlyn anzusehen.« Er dachte an Bunt und fügte hinzu: »Die großartigste Stadt der Welt.« Die Grimasse des Ladeninhabers veränderte sich nicht. »Das Licht leuchte der guten Königin Morgase«, sagte Rand hoffnungsvoll.

»Wenn ihr mir irgendwelche Scherereien macht«, sagte der Mann mürrisch,»dann wird meine Stimme hundert Männer herbeirufen, die euch fertigmachen, wenn es die Garde nicht schon tut.« Er unterbrach sich, um auszuspucken, und verfehlte ganz knapp Rands Fuß.»Kümmert euch um eure schmutzigen Geschäfte, und haut ab.«

Rand nickte, als habe der Mann ihnen freundlich Lebewohl gesagt, und zog Mat weg. Mat schaute sich noch weiter zum Laden hin um und grollte in sich hinein, bis ihn Rand in eine leere Einfahrt schleifte. Mit dem Rücken zur Straße, sodass kein Passant sehen konnte, was sie machten, nahm Rand den Schwertgürtel ab und machte sich daran, Scheide und Griff zu umwickeln.

»Ich wette, er hat dir den doppelten Preis für diesen schäbigen Stoff abverlangt«, sagte Mat.»Oder den dreifachen.«

Es war nicht so leicht, wie es ausgesehen hatte, die Stoffstreifen und die Schnur so zu befestigen, dass das Ganze nicht wieder herunterfiel.

»Sie werden alle versuchen, uns übers Ohr zu hauen, Rand. Sie glauben, wir seien wie alle anderen gekommen, um den falschen Drachen zu sehen. Wir haben Glück, wenn uns nicht irgendeiner den Schädel einschlägt, während wir schlafen. Das ist kein Ort für uns. Es sind zu viele Leute hier. Machen wir uns doch gleich jetzt auf den Weg nach Tar Valon. Oder nach Süden, nach Illian. Ich hätte nichts dagegen zuzusehen, wie sie sich versammeln, um auf die Jagd nach dem Horn zu gehen. Wenn wir schon nicht heim können, dann lass uns jetzt gehen.«

»Ich bleibe«, sagte Rand.»Wenn sie nicht schon hier sind, dann kommen sie früher oder später und suchen uns.«

Er war nicht sicher, dass er das Schwert so umwickelt hatte wie die anderen, aber die Reiher auf der Scheide und dem Knauf waren verborgen, und er hielt es so für sicher genug. Als er zur Straße zurückging, hatte er keinen Zweifel daran, dass er eine Sorge weniger hatte. Mat ging an seiner Seite so zögernd einher, als ziehe er ihn an einer Hundeleine voran.

Stück für Stück erlangte Rand die Auskünfte, die er brauchte. Zuerst waren die Angaben nur sehr vage, etwa ›ungefähr in dieser Richtung‹ und ›dort drüben irgendwo‹. Je näher sie jedoch kamen, desto eindeutiger wurden die Richtungsangaben, bis sie schließlich vor einem breiten Steingebäude standen, über dessen Eingang ein Schild im Wind knarrte. Ein Mann war darauf zu sehen, der vor einer Frau mit rotgoldenem Haar und einer Krone kniete. Eine ihrer Hände ruhte auf seinem gebeugten Haupt. *Der Königin Segen.*

»Bist du dir auch sicher?«, fragte Mat.

»Natürlich«, sagte Rand. Er holte tief Luft und stieß die Tür auf. Der Schankraum war groß und mit dunklem Holz getäfelt. Feuer in zwei Kaminen erwärmte ihn. Eine Bedienung fegte den Boden, obwohl er sauber war, und eine andere polierte in der Ecke Kerzenhalter. Beide lächelten die zwei Neuankömmlinge an, bevor sie sich wieder ihrer Arbeit zuwandten.

Nur an wenigen Tischen saßen Gäste, aber so früh am Tag war ein halbes Dutzend Männer schon eine ganze Menge, und wenn auch niemand besonders glücklich über Mats und sein Eintreten zu sein schien, so wirkten sie doch sauber und nüchtern. Der Geruch nach Rinderbraten und frisch gebackenem Brot trieb aus der Küche herein, und Rand lief das Wasser im Mund zusammen.

Der Wirt war fett, wie er mit Freude feststellte; ein Mann mit rosigem Gesicht und einer gestärkten weißen Schürze. Das ergraute Haar war zurückgekämmt, um einen kahlen Fleck zu verbergen, der jedoch nicht ganz bedeckt war. Seine scharfen Augen betrachteten sie von Kopf bis Fuß, die staubigen Kleider und die Bündel und die abgetragenen Stiefel, aber er lächelte sofort und auf sehr nette Art und Weise. Er hieß Basel Gill.

»Meister Gill«, sagte Rand, »ein Freund von uns riet uns, hierher zu kommen. Thom Merrilin ...« Das Lächeln des Wirts verflog. Rand sah Mat an, doch der war zu sehr damit beschäftigt, die Düfte aus der Küche einzuatmen, als dass er etwas anderes bemerkt hätte. »Stimmt etwas nicht? Ihr kennt ihn doch?«

»Ich kenne ihn«, sagte Gill kurz angebunden. Er schien im Moment vor allem an dem Flötenbehälter an Rands Seite interessiert zu sein. »Kommt mit!« Er deutete mit einer Kopfbewegung nach hinten. Rand rüttelte Mat kurz, um ihn aus seinem Schmachten zu reißen, und folgte dem Wirt.

In der Küche blieb Meister Gill stehen und sprach mit der Köchin, einer rundlichen Frau, die das Haar zu einem Knoten am Hinterkopf zusammengebunden hatte und beinahe Pfund für Pfund ein Gegenstück zum Wirt darstellte. Sie rührte weiter in ihren Kochtöpfen herum, während der Wirt redete. Die Düfte waren so köstlich – zwei Tage Hunger lieferten eine gute Grundlage für beinahe alles Essbare, aber hier roch es ebenso gut wie in der Küche von Frau al'Vere –, dass Rands Magen vernehmlich knurrte. Mat beugte sich mit der

Nase voraus über die Töpfe. Rand stieß ihn an; Mat wischte sich schnell über das Kinn. Ihm war wirklich das Wasser aus dem Mund gelaufen.

Dann führte sie der Wirt hastig aus dem Hinterausgang. Im Stallhof blickte er sich um, ob auch wirklich niemand in der Nähe war, und dann wandte er sich Rand zu. »Was ist in dem Behälter, Junge?« »Thoms Flöte«, sagte Rand bedächtig. Er öffnete den Kasten, als werde es helfen, die mit Gold und Silber verzierte Flöte vorzuzeigen. Mats Hand kroch unter seinen Mantel.

Meister Gill sah Rand unverwandt an. »Ja, ich erkenne sie. Ich habe ihn oft genug damit spielen sehen, und es gibt wohl kaum eine Zweite von der Art außerhalb eines Königshofs.« Das freundliche Lächeln war wie weggeblasen, und sein Blick war mit einem Mal messerscharf. »Wie bist du dazu gekommen? Thom würde eher seinen Arm hergeben als diese Flöte.«

»Er hat sie mir gegeben.« Rand nahm Thoms gebündelten Umhang vom Rücken und legte ihn am Boden ab. Er entfaltete das Bündel gerade so weit, um die farbigen Flicken und das Ende des Harfenbehälters zu zeigen. »Thom ist tot, Meister Gill. Wenn er ein Freund von Euch war, dann tut es mir Leid. Er war auch meiner.«

»Tot, sagst du? Wie ist das geschehen?«

»Ein ... Mann versuchte, uns zu töten. Thom gab mir das in die Hand und befahl uns wegzurennen.« Die Flicken flatterten wie Schmetterlinge im Wind. Rands Kehle war wie zugeschnürt. Er faltete sorgfältig den Umhang zusammen. »Wir wären tot, wenn er nicht gewesen wäre. Wir wollten zusammen nach Caemlyn. Er sagte uns, wir sollten zu Eurer Schenke kommen.«

»Ich glaube erst, dass er tot ist«, sagte der Wirt bedächtig, »wenn ich seinen Leichnam sehe.« Er stieß mit dem großen Zeh gegen das Bündel und räusperte sich laut. »Nee, nee, ich glaube schon, dass ihr gesehen habt, was immer es zu sehen gab, aber ich glaube einfach nicht, dass er tot ist. Er ist schwerer zu töten, als ihr glaubt, der alte Thom Merrilin.«

Rand legte eine Hand auf Mats Schulter. »Es ist schon gut, Mat. Er ist ein Freund.«

Meister Gill sah Mat an und seufzte. »Ich denke, das bin ich.«

Mat richtete sich langsam auf und verschränkte die Arme vor der Brust. Er beäugte den Wirt immer noch misstrauisch, und in seiner Wange zuckte ein Muskel.

»Er wollte nach Caemlyn, sagt ihr?« Der Wirt schüttelte den Kopf.

»Das ist der letzte Ort auf der Welt, von dem ich annahm, dass Thom ihn besuchen werde, außer vielleicht noch Tar Valon.« Er wartete, bis ein Stallbursche vorbeigegangen war, und senkte nochmals die Stimme. »Ich nehme an, ihr habt Probleme mit den Aes Sedai.«

»Ja«, antwortete Mat zur gleichen Zeit, als Rand sagte: »Wie kommt Ihr darauf?«

Meister Gill lachte trocken auf. »Ich kenne den Mann doch. Er wird sich in diese Art von Schwierigkeiten geradezu hineinstürzen, besonders um ein paar Jungen in eurem Alter zu helfen ...« Der Glanz der Erinnerung verschwand aus seinen Augen, und sein Blick wurde zurückhaltender. »Nun, äh ... ich will ja keine Anschuldigungen vorbringen, wirklich, aber ... äh ... ich nehme an, keiner von euch kann ... äh ... also, was ich sagen will, ist ... äh ... welche Probleme habt ihr nun eigentlich mit Tar Valon, falls ihr mir die Frage verzeiht?«

Rands Haut prickelte, als ihm klar wurde, was der Mann da annahm. Die Eine Macht. »Nein, nein, nichts dergleichen! Das schwöre ich. Uns hat sogar eine Aes Sedai geholfen. Moiraine war ...« Er biss sich auf die Zunge, aber der Gesichtsausdruck des Wirts änderte sich nicht.

»Ich bin froh, das zu hören. Nicht, dass ich für die Aes Sedai sehr viel übrig hätte, aber lieber sie, als ... die andere Seite.« Er schüttelte bedächtig den Kopf. »Man spricht zu viel von solchen Dingen, seit Logain hierher gebracht wurde. Ich wollte euch nicht kränken, das versteht ihr doch sicher, aber ... na ja, ich musste doch sichergehen, nicht wahr?«

»Wir nehmen Euch das nicht übel«, sagte Rand. Mats Gemurmel konnte alles bedeuten, aber der Wirt nahm es als Zustimmung zu dem, was Rand gesagt hatte.

»Ihr zwei seht so aus, als wärt ihr in Ordnung, und ich glaube, dass ihr Freunde von Thom seid, aber die Zeiten sind schlecht und die Tage mühsam. Ich schätze, ihr könnt nicht zahlen? Nein, ich habe es auch nicht erwartet. Es gibt von nichts genug, und was es gibt, ist unwahrscheinlich teuer. Also gebe ich euch Betten – nicht die besten, doch warm und trocken – und etwas zu essen, aber mehr kann ich nicht versprechen, so Leid mir das tut.«

»Ich danke Euch«, sagte Rand mit einem fragenden Blick zu Mat hinüber. »Das ist mehr, als ich erwartet habe.« Wen betrachtete er als ›in Ordnung‹, und warum *sollte* er eigentlich mehr versprechen?

»Na ja, Thom ist ein alter Freund. Ein Hitzkopf, der manchmal die schlimmsten Sachen ausgerechnet demjenigen an den Kopf wirft, bei der er das nicht tun sollte, aber trotzdem ein guter Freund. Wenn er nicht kommt ... also, dann werden wir uns schon was überlegen. Am besten, ihr erwähnt nichts mehr davon, dass euch eine Aes Sedai hilft. Ich bin ein treuer Anhänger der Königin, aber es gibt gerade jetzt in Caemlyn viele, die so was in die falsche Kehle bekommen könnten, und damit meine ich nicht nur die Weißmäntel.«

Mat schnaubte. »Wenn's nach mir ginge, dann könnten die Raben jede Aes Sedai direkt nach Shayol Ghul befördern!«

»Hüte deine Zunge!«, fauchte Meister Gill. »Ich sagte, ich liebe sie nicht gerade, aber ich habe nicht gesagt, dass ich ein Narr bin und glaube, sie steckten hinter allem Schlechten. Die Königin unterstützt Elaida, und die Garde steht zur Königin. Das Licht helfe uns, damit sich das nicht ändert. Jedenfalls sind in letzter Zeit einige Gardesoldaten so weit gegangen, dass sie Leute, die etwas gegen die Aes Sedai sagten, ziemlich rau behandelt haben. Nicht im Dienst, dem Licht sei Dank, aber es ist trotzdem geschehen. Ich kann keine Gardesoldaten außer Dienst gebrauchen, die meinen Schankraum auseinander nehmen, weil sie euch eine Lektion erteilen wollen, und ich kann keine Weißmäntel gebrauchen, die jemanden dazu anstiften, einen Drachenfang an meine Tür zu malen. Wenn ihr also wollt, dass ich euch helfe, dann behaltet eure Gefühle für die Aes Sedai für euch, ob sie nun gut oder schlecht sind.« Er schwieg nachdenklich und fügte dann hinzu: »Vielleicht ist es am besten, wenn ihr auch Thoms Namen nicht erwähnt, wo ihn irgendjemand anders außer mir hören kann. Einige Gardesoldaten haben ein gutes Gedächtnis, und die Königin ebenfalls. Man muss ja kein Risiko eingehen.«

»Hatte Thom Schwierigkeiten mit der Königin?«, fragte Rand ungläubig, und der Wirt lachte.

»Also hat er euch doch nicht alles erzählt. Warum hätte er das auch tun sollen? Andererseits weiß ich auch nicht, warum ihr das wissen müsst. Es ist nicht gerade ein Geheimnis. Glaubt ihr, jeder Gaukler ist so selbstbewusst wie Thom? Na ja, vielleicht schon, aber ich habe mir immer gedacht, dass Thom noch eine Extraportion Selbstbewusstsein abbekommen hat. Er war nicht immer Gaukler, müsst ihr wissen; es war nicht immer so, dass er von Dorf zu Dorf zog und die Hälfte der Zeit unter Hecken schlief. Es gab eine Zeit, da war Thom Merrilin Hofbarde in Caemlyn und bekannt an jedem Königshof von Tear bis Maradon.«

»Thom?«, fragte Mat erstaunt.

Rand nickte bedächtig. Er konnte sich Thom am Hof der Königin vorstellen – mit seinem höfischen Benehmen und seinen großartigen Gesten.

»Das war er«, sagte Meister Gill. »Es war nicht lange nach dem Tod von Taringail Damodred, da ... tauchten die Sorgen um seinen Neffen auf. Es gab Leute, die behaupteten, Thom stünde der Königin näher, als die guten Sitten gestatteten. Aber Morgase war eine junge Witwe und Thom in seinen besten Jahren, und ich sehe es so, dass die Königin tun kann, was sie will. Aber sie ist ganz schön launisch, unsere gute Morgase, und er ging, ohne ihr etwas zu sagen, als er erfuhr, in welchen Schwierigkeiten sich sein Neffe befand. Das gefiel der Königin überhaupt nicht. Es gefiel ihr auch nicht, dass er sich in Angelegenheiten der Aes Sedai einmischte. Ich kann auch nicht behaupten, dass ich es richtig fand, Neffe hin oder her. Als er jedenfalls zurückkehrte, sagte er ihr einige unfeine Dinge ins Gesicht, die man einer Königin nicht sagt. Sachen, die man keiner Frau mit Morgases Temperament sagt. Elaida hatte etwas gegen ihn, weil er versuchte, sich in die Angelegenheit mit seinem Neffen einzumischen, und in der Klemme zwischen der Laune der Königin und der Feindseligkeit Elaidas verließ Thom Caemlyn einen halben Schritt vor einer Reise ins Gefängnis oder sogar vor dem Beil des Henkers. Soweit ich weiß, besteht das Urteil immer noch.«

»Wenn das vor so langer Zeit war«, sagte Rand, »erinnert sich vielleicht niemand mehr daran.«

Meister Gill schüttelte den Kopf. »Gareth Bryne ist Generalhauptmann der Garde der Königin. Er kommandierte persönlich die Gardesoldaten, die auf Befehl Morgases Thom in Ketten zurückbringen sollten, und ich zweifle daran, dass er jemals vergessen wird, wie er mit leeren Händen zurückkehrte und herausfand, dass Thom bereits im Palast gewesen und schon wieder weg war. Und die Königin vergisst grundsätzlich überhaupt *nichts*. Habt ihr je eine Frau kennen gelernt, die vergisst? Meine Güte, Morgase war vielleicht wütend! Ich schwöre euch, die ganze Stadt ging einen Monat lang auf Zehenspitzen, und alle flüsterten nur. Viele andere Gardesoldaten sind auch alt genug, um sich noch daran zu erinnern. Nein, am besten behandelt ihr Thom genauso als Geheimnis wie eure Aes Sedai. Kommt, ich hole euch etwas zu essen. Ihr seht aus, als könntet ihr eine Stärkung vertragen.«

KAPITEL 36

Das Muster wird gewebt

Meister Gill führte sie an einen Ecktisch im Schankraum und ließ ihnen von einer der Bedienungen Essen bringen. Rand schüttelte den Kopf, als er die Teller sah. Ein paar dünne Scheiben Rindfleisch in Bratensauce, ein Löffel voll Gemüse mit Senfsauce und auf jedem noch zwei Kartoffeln. Sein Kopfschütteln war enttäuscht und schicksalsergeben, aber nicht ärgerlich. Nicht genug von allem, hatte der Wirt gesagt. Er nahm Messer und Gabel zur Hand und fragte sich, was wohl geschähe, wenn nichts mehr übrig wäre. So gesehen wirkte sein halb voller Teller wie ein Festmahl. Der Gedanke ließ ihn schaudern.

Meister Gill hatte einen Tisch gewählt, der sich ein gutes Stück von allen anderen Gästen entfernt befand, und er setzte sich mit dem Rücken zur Ecke, von wo aus er den ganzen Raum übersehen konnte. Niemand konnte ihnen nahe genug kommen, um zu hören, was sie sagten, ohne dass er es gemerkt hätte. Als die Bedienung fortging, sagte er leise: »Also, warum erzählt ihr mir jetzt nicht von euren Schwierigkeiten? Wenn ich helfen soll, dann muss ich auch wissen, was da auf mich zukommt.«

Rand sah Mat an, aber der betrachtete ärgerlich seinen Teller, als sei er wütend auf die Kartoffel, die er gerade schnitt. Rand holte tief Luft. »Ich verstehe es eigentlich selbst nicht«, begann er.

Er hielt die Geschichte bewusst einfach und ließ die Trollocs und die Blassen aus. Wenn ihm jemand Hilfe anbot, konnte er ihm schlecht erzählen, dass es eigentlich um Legenden ging. Aber er hielt es auch nicht für angebracht, die Gefahr zu untertreiben und jemanden hineinzuziehen, wenn sie selbst keine Ahnung hatten, auf was sie sich da einließen. Einige Männer waren hinter ihm und Mat her und auch hinter ihren Freunden. Diese Männer erschienen, wenn man sie am wenigsten erwartete, und sie waren von tödlicher Gefährlichkeit und wollten ihn und seine Freunde töten oder noch Schlimmeres ... Moiraine behauptete, einige von ihnen seien Schattenfreunde. Thom traute Moiraine nicht ganz, blieb aber bei ihnen, wie er sagte, wegen seines Neffen. Sie waren während eines Angriffs getrennt worden, als sie versucht hatten, Weißbrücke zu erreichen, und dann, in Weißbrücke, starb Thom und rettete sie dabei vor einem weiteren Angriff. Und es hatte noch mehr Anschläge gegeben. Er wusste, dass seine Erzählung Lücken hatte, aber er tat sein Bestes, nicht mehr zu sagen, als unter den gegebenen Umständen angebracht war.

»Wir sind einfach weitergegangen, bis wir Caemlyn erreichten«, erklärte er. »Das hatten wir ursprünglich so geplant. Caemlyn und dann Tar Valon.« Er rutschte unruhig auf der Stuhlkante hin und her. Nachdem sie das alles so lange geheim gehalten hatten, war es schon eigenartig, jemandem auch nur so viel zu erzählen. »Wenn wir auf diesem Weg bleiben, werden uns die anderen früher oder später auch finden.«

»Falls sie noch leben«, murmelte Mat in seinen Teller hinein.

Rand sah Mat nicht einmal an. Irgendetwas brachte ihn dazu hinzuzufügen: »Es könnte Euch in Schwierigkeiten bringen, wenn Ihr uns helft.«

Meister Gill winkte mit einer fleischigen Hand ab. »Ich kann nicht behaupten, dass ich mich nach Schwierigkeiten sehne, aber es wären auch nicht gerade die ersten. Kein verdammter Schattenfreund wird es fertig bringen, dass ich Thoms Freunden den Rücken zukehre. Eure Freundin aus dem Norden – nun, wenn sie nach Caemlyn kommt, werde ich das erfahren. Es gibt Leute hier, die genau beobachten, wer kommt oder geht, und das spricht sich dann herum.«

Rand zögerte und fragte dann: »Was ist mit Elaida?«

Auch der Wirt zögerte und schüttelte schließlich den Kopf. »Ich glaube nicht. Vielleicht, wenn es zwischen euch und Thom keinen Zusammenhang gäbe. Sie bekäme es heraus, und was geschähe dann mit euch? Schwer zu sagen. Vielleicht würdet ihr euch in einer Zelle wiederfinden, vielleicht in einer noch schlimmeren Lage. Man sagt, sie könne Dinge fühlen, die geschehen sind und die noch geschehen werden. Man sagt, sie könne erkennen, was ein Mann zu verbergen versucht. Ich weiß es nicht, aber ich würde es nicht riskieren. Wenn Thom nicht wäre, könntet ihr euch an die Garde wenden. Sie würden schnell genug mit Schattenfreunden fertig werden. Aber selbst wenn ihr eure Verbindung zu Thom den Gardesoldaten verschweigen könntet, würde Elaida davon erfahren, sobald ihr nur Schattenfreunde erwähnt, na ja, und dann seid ihr wieder am gleichen Punkt angelangt.«

»Nicht die Garde«, stimmte ihm Rand zu. Mat nickte lebhaft, während er eine volle Gabel in den Mund steckte und ihm die Sauce das Kinn hinunterlief.

»Das Problem ist nun mal, dass ihr euch im Netz der Politik verfangen habt, und Politik ist wie ein Sumpf voller Schlangen.«

»Wie ist es mit ...«, begann Rand, aber der Wirt verzog plötzlich das Gesicht. Sein Stuhl knarrte unter seinem Gewicht, als er sich aufrichtete.

Die Köchin stand in der Küchentür und wischte sich die Hände an der Schürze ab. Als sie sah, dass der Wirt aufmerksam geworden war, winkte sie ihn zu sich und verschwand wieder in der Küche.

»Ich könnte genauso gut mit ihr verheiratet sein«, seufzte Meister Gill. »Sie findet Sachen zum Reparieren, bevor ich überhaupt weiß, dass etwas kaputt ist. Wenn nicht gerade der Abfluss verstopft ist oder der Wasserhahn tropft, dann sind es die Ratten. Ich halte meine Schenke sauber, müsst ihr wissen, aber da sich so viele Leute in der Stadt aufhalten, sind auch die Ratten überall. Bringt viele Menschen auf engem Raum zusammen, und ihr bekommt auch Ratten, und in Caemlyn sind sie unversehens zu einer Landplage geworden. Ihr werdet kaum glauben, wie viel eine gute Katze heutzutage kostet. Euer Zimmer ist oben im Speicher. Ich werde den Mädchen sagen, welches es ist. Jede von ihnen kann es euch zeigen. Und macht euch keine Sorgen wegen der Schattenfreunde. Ich kann nicht viel Gutes über die Weißmäntel sagen, aber sie und die Garde sorgen dafür, dass diese schmutzigen Gestalten sich hier in Caemlyn nicht zeigen werden.« Sein Stuhl knarrte wieder, als er ihn zurückschob und aufstand. »Ich hoffe nur, es ist nicht schon wieder der Abfluss.«

Rand wandte sich wieder seinem Teller zu, aber er sah, dass Mat aufgehört hatte zu essen. »Ich dachte, du hättest Hunger«, sagte er. Mat starrte weiter seinen Teller an und schob ein Stück Kartoffel mit der Gabel im Kreis herum. »Du musst essen, Mat. Wir brauchen unsere Kraft, wenn wir Tar Valon erreichen wollen.«

Mat stieß ein leises, bitteres Lachen aus. »Tar Valon! Die ganze Zeit war es Caemlyn. Moiraine wird in Caemlyn auf uns warten. Wir werden Perrin und Egwene in Caemlyn finden. Alles wird gut, wenn wir nur Caemlyn erreichen. Also, hier wären wir, und nichts ist in Ordnung. Keine Moiraine, kein Perrin, niemand. Jetzt heißt es, alles wird gut, wenn wir nur Tar Valon erreichen.«

»Wir sind am Leben«, sagte Rand in schärferem Ton, als er beabsichtigt hatte. Er atmete tief durch und bemühte sich, seinen Ton zu mäßigen. »Wir sind am Leben. Soweit ist alles in Ordnung. Und ich gedenke, am Leben zu bleiben. Ich will herausfinden, warum wir so wichtig sind. Ich gebe nicht auf.«

»All diese Menschen, und jeder davon könnte ein Schattenfreund sein. Meister Gill versprach, uns rasch zu helfen. Welcher Mann hat für Aes Sedai und Schattenfreunde nur ein Achselzucken übrig? Das ist nicht natürlich. Jeder vernünftige Mensch würde uns sagen, wir sollten abhauen oder ...«

»Iss!«, sagte Rand sanft und beobachtete Mat, bis dieser begann, auf einem Stück Rindfleisch herumzukauen.

Er ließ die Hände neben dem Teller auf dem Tisch ruhen. Er drückte sie auf die Tischplatte, um sie am Zittern zu hindern. Er hatte Angst. Nicht wegen Meister Gill natürlich, aber es gab auch ohne ihn schon genug Gründe. Diese hohe Stadtmauer würde einen Blassen nicht aufhalten. Vielleicht sollte er dem Wirt doch davon berichten. Aber selbst wenn Gill es ihnen glaubte, würde er immer noch bereit sein, ihnen zu helfen, wenn er dachte, ein Blasser könne sich in *Der Königin Segen* zeigen? Und die Ratten. Vielleicht fühlten sich Ratten dort besonders wohl, wo es viele Menschen gab, aber er erinnerte sich an den Traum, der keiner war, damals in Baerlon, und an das Brechen eines kleinen Rückgrats. *Manchmal benützt der Dunkle König Aasfresser als Augen,* hatte Lan gesagt. *Raben, Krähen, Ratten ...*

Er aß, doch als er fertig war, konnte er sich nicht an den Geschmack auch nur eines Bissens erinnern.

Eine Serviererin – es war diejenige, die bei ihrem Eintreten die Leuchter poliert hatte – führte sie zu dem Zimmer im Dachboden hinauf. In der schrägen Außenwand befand sich ein vorgezogenes Mansardenfenster. Auf jeder Seite des Fensters stand ein Bett, und neben der Tür waren Haken zum Aufhängen von Kleidung angebracht. Das Serviermädchen mit den dunklen Augen zupfte ständig an ihrem Rock herum und kicherte jedes Mal, wenn sie Rand ansah. Sie war hübsch, doch wenn er irgendetwas in dieser Richtung zu ihr sagte, würde er sich nur zum Narren machen. Er wünschte, so wie Perrin mit Mädchen umgehen zu können, und er war froh, als sie hinausging.

Er erwartete einen Kommentar von Mat, aber sobald sie draußen war, warf sich Mat auf eines der Betten, immer noch in den Stiefeln und mit Umhang, und wandte sein Gesicht der Wand zu. Rand hängte seine Sachen auf und betrachtete Mats Rücken. Er glaubte zu sehen, dass Mat die Hand unter dem Mantel hatte und wieder den Griff des Dolchs umklammerte.

»Wirst du nur hier herumliegen und dich verstecken?«, fragte er schließlich.

»Ich bin müde«, brummelte Mat.

»Wir müssen Meister Gill noch einiges fragen. Vielleicht kann er uns sogar sagen, wie wir Egwene und Perrin finden. Sie könnten bereits in Caemlyn sein, falls sie ihre Pferde nicht verloren haben.«

»Sie sind tot«, sagte Mat zu der Wand.

Rand zögerte und gab es dann auf. Er schloss leise die Tür hinter sich und hoffte, dass Mat auch wirklich schlafen würde.

Unten konnte er allerdings Meister Gill nirgendwo finden. Der gehetzte Blick der Köchin sagte ihm, dass auch sie nach ihm suchte. Eine Weile lang setzte sich Rand in den Schankraum, aber er ertappte sich dabei, dass er jeden eintretenden Gast, jeden Fremden misstrauisch anstarrte, besonders in dem Moment, da er ihn nur als in einen Umhang gehüllten, schwarzen Umriss in der Tür erkennen konnte. Ein Blasser im Schankraum wäre wie ein Fuchs im Hühnerstall.

Ein Gardesoldat kam von der Straße aus herein. Der Mann in der roten Uniform blieb gleich an der Tür stehen und musterte kühl diejenigen im Raum, die offensichtlich von außerhalb kamen. Rand sah auf den Tisch hinunter, als der Blick des Gardesoldaten auf ihn fiel. Als er wieder aufblickte, war der Mann fort.

Das Stubenmädchen mit den dunklen Augen kam mit einem Arm voll Handtüchern an ihm vorbei. »Das machen sie gelegentlich«, sagte sie mit verschwörerischem Unterton im Vorübergehen. »Nur um aufzupassen, dass es keine Schlägereien gibt. Sie behüten die guten Untertanen der Königin, wirklich. Ihr müsst Euch keinerlei Sorgen machen.« Sie kicherte.

Rand schüttelte den Kopf. Nicht, weswegen er sich hätte Sorgen machen müssen. Nun ja, der Gardesoldat war wenigstens nicht herübergekommen, um ihn zu fragen, ob er Thom Merrilin kenne. Ach, er war schon genauso schlimm wie Mat. Er schob seinen Stuhl zurück.

Ein anderes Stubenmädchen kümmerte sich um die Öllampen an der Wand.

»Gibt es einen anderen Raum, in den ich mich setzen kann?«, fragte er sie. Er wollte nicht wieder hinaufgehen und mit Mat in seiner mürrischen Zurückgezogenheit allein sein. »Vielleicht ein privates Speisezimmer, das nicht benutzt wird?«

»Dort ist die Bibliothek.« Sie deutete auf eine Tür. »Dort hinaus und am Ende des Flurs nach rechts. Um diese Zeit dürfte sie leer sein.«

»Vielen Dank. Wenn Ihr Meister Gill seht, würdet Ihr ihm dann bitte sagen, dass Rand al'Thor mit ihm sprechen muss, wenn er eine Minute Zeit haben sollte?«

»Ich richte es ihm aus«, sagte sie, und dann grinste sie. »Die Köchin will auch mit ihm reden.«

Der Wirt versteckte sich möglicherweise, dachte er, als er sich abwandte.

Als er in den Raum trat, zu dem sie ihn gewiesen hatte, blieb er zunächst stehen und blickte sich stumm um. Auf den Regalen mussten bestimmt drei- oder vierhundert Bücher stehen, mehr, als er je zuvor an einem Ort gesehen hatte. In Leinen oder in Leder gebunden und mit vergoldeten Buchrücken. Nur ein paar waren in Pappe gebunden. Seine Augen verschlangen die Titel. Er suchte nach seinen alten Lieblingsbüchern. *Die Reisen des Jain Fernstreicher. Die Essays von William von Maneche.* Sein Atem stockte, als er eine in Leder gebundene Ausgabe der *Reisen zum Meervolk* erblickte. Tam hatte dieses Buch immer schon lesen wollen.

Er stellte sich Tam vor, wie er lächelnd das Buch in den Händen hielt und es umdrehte. Er wollte es fühlen, bevor er sich mit seiner Pfeife vor dem Kamin niederließ, um zu lesen. Seine Hand verkrampfte sich um den Schwertgriff, als er den Verlust und die innere Leere empfand, die seine Freude an all den Büchern dämpfte.

Hinter ihm räusperte sich jemand, und er bemerkte plötzlich, dass er nicht allein war. Er wollte sich für seine Unhöflichkeit entschuldigen und drehte sich um. Er war daran gewöhnt, größer zu sein als beinahe jeder, den er traf, aber diesmal musste er den Blick heben und heben und heben, und der Mund blieb ihm offen stehen. Dann sah er den Kopf, der beinahe die zehn Fuß hohe Decke erreichte. Die Nase war so breit wie das ganze Gesicht. Bei der Breite konnte man sie schon eher als Rüssel bezeichnen denn als Nase. Die Augenbrauen hingen wie Strähnen herunter und rahmten blasse Augen von Teetassengröße ein. Die Ohren schoben sich mit ihren behaarten Spitzen durch eine zerzauste schwarze Mähne. *Trolloc!* Er stieß einen Schrei aus, versuchte zurückzutreten und gleichzeitig sein Schwert zu ziehen. Doch er blieb mit den Füßen hängen und setzte sich unversehens auf den Hosenboden.

»Ich wünschte, ihr Menschen würdet so was nicht machen«, grollte eine Stimme, so tief wie eine Basstrommel. Die Ohren mit den Haarbüscheln an den Spitzen zuckten heftig, und die Stimme wurde traurig. »So wenige von euch erinnern sich an uns. Ich schätze, es liegt wohl an uns. Nicht viele von uns sind in die Welt der Menschen hinausgegangen, seit der Schatten auf die Wege fiel. Das ist nun ... oh, sechs Generationen her. Gleich nach den Trolloc-Kriegen geschah es.« Der zerzauste Kopf wurde geschüttelt, und dann erklang ein Seufzen, das auch einem ausgewachsenen Bullen Ehre gemacht hätte. »Zu lang her, zu lang, und nur so wenige reisen umher und sehen – es könnten genauso gut gar keine sein.«

Rand saß mit offenem Mund da und starrte hinauf zu der Gestalt in breiten, kniehohen Stiefeln und dunkelblauem Mantel, der vom Hals bis zur Taille zugeknöpft war und sich dann bis zu den Stiefelschäften weit ausbreitete wie ein Kilt über Pluderhosen. In einer Hand hielt sie ein Buch, das im Vergleich winzig wirkte, da schon einer dieser Finger so breit war wie drei normale.

»Ich dachte, du bist ...«, begann er und fing sich dann rechtzeitig. »Wer bist ...?« Das klang auch nicht besser. Er stand auf und bot ihm vorsichtig die Hand. »Ich heiße Rand al'Thor.«

Eine Hand so groß wie ein mächtiger Schinken umschloss die seine, begleitet von einer höflichen Verbeugung. »Loial, Sohn des Arent, Sohn des Halan. Dein Name singt in meinen Ohren, Rand al'Thor.«

Das klang für Rand nach einer rituellen Begrüßungsformel. Er erwiderte die Verbeugung. »Euer Name singt in meinen Ohren, Loial, Sohn des Arent ... äh ... Sohn des Halan.«

Alles klang ein wenig unwirklich. Er wusste immer noch nicht, was Loial eigentlich war. Der Griff der riesigen Hand war überraschend sanft, aber er war trotzdem erleichtert, seine Hand unversehrt zurückzubekommen.

»Ihr Menschen regt euch immer so schnell auf«, sagte Loial in seinem Bassgrollen. »Ich hatte wohl all die Geschichten gehört und natürlich die entsprechenden Bücher gelesen, aber das war mir einfach nicht bewusst. An meinem ersten Tag in Caemlyn konnte ich all den Aufruhr kaum glauben. Kinder weinten, und Frauen kreischten, und ein Mob jagte mich quer durch die ganze Stadt. Die schwenkten doch tatsächlich Knüppel und Messer und Fackeln und schrien: ›Trolloc!‹ Ich fürchte, ich regte mich wirklich ein wenig auf. Ich weiß nicht, was geschehen wäre, wenn nicht eine Einheit der Königlichen Garde mitgekommen wäre.«

»Ein Glücksfall«, sagte Rand mit schwacher Stimme.

»Ja, schon, aber selbst die Gardesoldaten schienen sich vor mir genauso zu fürchten wie die anderen. Vier Tage lang bin ich nun in Caemlyn, und ich habe meine Nase nicht aus dieser Schenke hinausstrecken können. Der gute Meister Gill hat mich sogar gebeten, nicht in den Schankraum zu gehen.« Seine Ohren zuckten. »Nicht, dass er nicht gastfreundlich gewesen sei – versteht mich da nicht falsch. Aber am ersten Abend gab es nun mal ein paar Unannehmlichkeiten. Alle Menschen schienen zur gleichen Zeit die Schenke verlassen zu wollen. Ein solches Gekreische und Schreien, und alle versuchten, sich gleichzeitig durch die Tür zu zwängen. Ein paar hätten sich verletzen können!«

Rand blickte fasziniert diese zuckenden Ohren an.

»Ich kann dir sagen, dass ich mein *Stedding* nicht gerade zu diesem Zweck verlassen habe.«

»Du bist ein Ogier!«, rief Rand. »Warte. Sechs Generationen? Du sprachst von den Trolloc-Kriegen! Wie alt bist du?« Sobald er das ausgesprochen hatte, wusste er, dass es unhöflich war, aber anstatt beleidigt zu sein, zog Loial den Kopf ein.

»Neunzig Jahre«, sagte der Ogier förmlich. »In nur zehn weiteren Jahren werde ich in der Lage sein, den Stumpf direkt anzusprechen. Ich glaube, die Ältesten hätten mich anhören sollen, da sie ja entschieden, ob ich abreisen durfte oder nicht. Aber letzten Endes machen sie sich über jeden Sorgen, der nach draußen geht, gleich, welchen Alters er ist. Ihr Menschen seid so hektisch, so sprunghaft.« Er blinzelte und verbeugte sich dann kurz. »Bitte vergib mir. Ich hätte das nicht sagen sollen. Aber ihr streitet euch eben die ganze Zeit, selbst wenn es keinen Grund dafür gibt.«

»Das ist schon in Ordnung«, sagte Rand. Er bemühte sich immer noch, Loials Alter zu begreifen. Älter als der alte Cenn Buie, und doch nicht alt genug, um ... Er setzte sich auf einen der Stühle mit hoher Lehne. Loial nahm einen weiteren ein – groß genug für zwei, doch er füllte ihn. Im Sitzen war er so groß wie die meisten Männer im Stehen. »Zumindest ließen sie euch gehen.«

Loial blickte zu Boden, rümpfte die Nase und rieb sie mit einem dicken Finger. »Na ja, was das betrifft, also ... Siehst du, der Stumpf hatte sich nicht lange zuvor erst getroffen, es lag nicht einmal ein Jahr zurück, aber ich wusste vom Hörensagen, dass ich alt genug sein würde, um auch ohne ihre Erlaubnis zu gehen, wenn ich auf ihre Entscheidung wartete. Ich fürchte, sie werden sagen, ich steckte meine Axt auf einen langen Schaft, aber ich ... ging einfach. Die Ältesten haben schon immer behauptet, ich sei zu hitzköpfig, und ich fürchte, ich habe bewiesen, dass sie Recht hatten. Ich frage mich nur, ob sie schon begriffen haben, dass ich weg bin? Aber ich musste einfach gehen.«

Rand biss sich auf die Lippe, um nicht loszulachen. Wenn Loial schon ein hitzköpfiger Ogier war, dann konnte er sich vorstellen, wie sich die meisten Ogier verhielten. Sie hatten sich erst vor kurzem getroffen, noch nicht einmal vor einem Jahr? Meister al'Vere hätte wohl staunend den Kopf geschüttelt. Wenn eine Sitzung des Dorfrats einen halben Tag lang dauerte, dann würde jeder schon unruhig hin und her rutschen, selbst Haral Luhhan. Eine Welle von Heimweh überkam ihn. Der Gedanke an Tam, an Egwene und die Weinquellen-Schenke und an Bel Tine in glücklicheren Zeiten raubte ihm den Atem. Er verdrängte die Gedanken aus seinem Kopf.

»Wenn du nichts dagegen hast, dass ich frage«, sagte er und räusperte sich dabei, »warum willst du denn ... äh, so sehr nach draußen gehen? Ich selbst wünschte, ich hätte nie meine Heimat verlassen.«

»Natürlich, um alles zu sehen«, sagte Loial, als sei es das Selbstverständlichste auf der Welt. »Ich las die Bücher, all die Berichte der Reisenden, und in mir begann es zu brennen. Ich musste das alles mit eigenen Augen sehen und nicht nur davon lesen.« Seine blassen Augen leuchteten, und die Ohren stellten sich auf. »Ich habe jeden Fetzen über das Reisen studiert, den ich finden konnte – über die Kurzen Wege und die Gebräuche in den Ländern der Menschen und über die Städte, die wir nach der Zerstörung der Welt für euch Menschen bauten. Und je mehr ich las, desto sicherer wusste ich, dass ich nach draußen musste, an die Orte, wo wir einst gewesen waren, und ich musste die Haine einmal selbst sehen.«

Rand blinzelte. »Die Haine?«

»Ja, die Haine. Die Bäume. Nur einige der Großen Bäume, die in den Himmel ragen, um die Erinnerungen des *Stedding* wach zu halten.« Sein Stuhl ächzte, als er nach vorn rutschte und mit den Händen gestikulierte. In einer hielt er noch immer das Buch. Seine Augen leuchteten noch mehr als zuvor, und die Ohren zitterten beinahe. »Meist benutzten sie die Bäume, die in dem jeweiligen Land und an dem Ort wuchsen. Man kann das Land nicht gegen sich selbst zwingen. Nicht lange jedenfalls, und das Land wird sich dagegen auflehnen. Man muss die Vision dem Land anpassen, nicht das Land der Vision. In jedem Hain wurden alle Arten von Bäumen gepflanzt, die an jenem Ort wuchsen und gediehen, alles sorgfältig abgewogen und jeder von ihnen so gepflanzt, dass er die anderen ergänzte, um auf diese Art das beste Wachstum zu erreichen, aber auch, damit die Ausgewogenheit in Auge und Herz singt. Ah, das Buch erzählte von Hainen, die unsere Ältesten gleichzeitig zum Lachen und Weinen brachten, Haine, die in der Erinnerung auf ewig grünen werden.«

»Was war mit den Städten?«, wollte Rand wissen. Loial warf ihm einen fragenden Blick zu. »Die Städte, die von den Ogiern gebaut wurden. Zum Beispiel Caemlyn. Ogier haben doch Caemlyn erbaut, nicht wahr? Die Geschichten behaupten es.«

»Den Stein bearbeiten ...« Seine Schultern hoben sich in einem massiven Achselzucken. »Das war nur etwas, das wir in den Jahren nach der Zerstörung lernten, im Exil, als wir immer noch versuchten, das *Stedding* wiederzufinden. Es ist eine schöne Sache, glaube ich, aber trotzdem nicht das Wahre. Man kann versuchen, was man will – und ich habe gehört, dass die Ogier, die diese Städte bauten, sich alle erdenkliche Mühe gaben –, aber man kann Stein nicht zum Leben erwecken. Ein paar arbeiten immer noch mit Stein, aber nur, weil ihr Menschen die Gebäude so oft in euren Kriegen beschädigt. Es gab eine Hand voll Ogier in ... äh ... Cairhien wird es jetzt genannt ... als ich durchkam. Glücklicherweise kamen sie von einem anderen *Stedding*, also wussten sie nichts von mir, aber sie misstrauten mir trotzdem, weil ich noch so jung und doch schon allein draußen war. Ich denke, es war gut, dass ich keine Veranlassung hatte, mich dort weiter aufzuhalten. Siehst du: Auf jeden Fall war das Bearbeiten von Stein etwas, das uns vom Gewebe des Großen Musters aufgezwungen wurde, während die Haine uns aus den Herzen erwuchsen.«

Rand schüttelte den Kopf. Die Hälfte der Geschichten, mit denen er aufgewachsen war, waren soeben auf den Kopf gestellt worden. »Ich wusste nicht, Loial, dass Ogier an das Muster glauben.«

»Natürlich glauben wir daran. Das Rad der Zeit webt das Muster der Zeitalter, und Leben sind die Fäden, aus denen es gewoben wird. Niemand kann sagen, wie der Faden des eigenen Lebens ins Muster hineingewoben wird oder wie der Faden eines Volkes verwoben wird. So erlebten wir die Zerstörung der Welt und das Exil und den Stein und die Sehnsucht, und schließlich gab es uns das *Stedding* zurück, bevor wir alle starben. Manchmal glaube ich, ihr Menschen seid so, weil eure Fäden so kurz sind. Sie müssen ja beim Weben richtig herumhüpfen. O nein, jetzt habe ich wieder etwas angerichtet. Die Ältesten sagten, ihr Menschen mögt es nicht, wenn man euch daran erinnert, welch kurze Zeit ihr lebt. Ich hoffe, ich habe deine Gefühle nicht verletzt.«

Rand lachte und schüttelte den Kopf.»Überhaupt nicht. Ich glaube, es würde Spaß machen, so lange wie du zu leben, aber ich habe noch nie darüber nachgedacht. Ich schätze, wenn ich so lange lebe wie der alte Cenn Buie, dann ist das genug für jedermann.«

»Ist er ein sehr alter Mann?«

Rand nickte nur. Er war nicht bereit zu erklären, dass Cenn Buie nicht ganz so alt war wie Loial.

»Also«, sagte Loial, »vielleicht habt ihr Menschen ein so kurzes Leben, aber ihr fangt so viel damit an! Immer hüpft ihr herum und seid so umtriebig. Und ihr habt die ganze Welt zur Verfügung. Wir Ogier sind an unser *Stedding* gebunden.«

»Du bist nun aber draußen.«

»Für eine Weile, Rand. Aber schließlich muss ich zurückkehren. Die Welt gehört euch, euch und eurer Art. Das *Stedding* gehört mir. Draußen geht es zu sehr drunter und drüber. Und vieles ist anders als das, wovon ich gelesen habe.«

»Na ja, die Dinge ändern sich mit den Jahren. Jedenfalls einige.«

»Einige? Die Hälfte der Städte, von denen ich gelesen habe, existiert nicht einmal mehr, und der größte Teil der übrigen trägt einen anderen Namen. Nehmt zum Beispiel Cairhien. Der richtige Name der Stadt lautet Al'cair'rahienallen, Hügel des Goldenen Sonnenaufgangs. Man erinnert sich dort nicht einmal mehr daran, trotz des Sonnenaufgangs auf ihrem Banner. Und der dortige Hain! Ich bezweifle, dass man sich seit den Trolloc-Kriegen überhaupt darum gekümmert hat. Jetzt stellt er nur irgendeinen weiteren Wald dar, in dem man Brennholz hackt. Die Großen Bäume sind alle weg, und niemand erinnert sich an sie. Und hier? Caemlyn ist immer noch Caemlyn, aber sie ließen die Stadt direkt über den Hain hinwegwachsen. Hier, wo wir sitzen, befinden wir uns nicht einmal eine Viertelmeile von seinem Mittelpunkt entfernt, oder von der Stelle, wo sich der Mittelpunkt befinden sollte. Kein einziger Baum ist übrig geblieben. Und ich war weder in Tear noch in Illian. Andere Namen und keine Erinnerungen. In Tear findet man nur eine Weide für die Pferde, wo sich der Hain einst befand, und in Illian ist der Hain nun ein Park des Königs, wo er seine Hirsche jagt, und keiner darf ihn ohne seine Erlaubnis betreten. Es hat sich alles geändert,

Rand. Ich fürchte sehr, dass es überall das Gleiche sein wird, wohin ich auch gehe. Alle Haine sind verschwunden, alle Erinnerungen vergangen, alle Träume gestorben.«

»Du darfst nicht aufgeben, Loial! Ihr könnt niemals aufgeben! Wenn ihr aufgebt, seid ihr schon so gut wie tot.« Rand sank auf seinen Stuhl zurück und schob sich ganz nach hinten, so weit er nur konnte, und sein Gesicht lief rot an. Er erwartete, dass ihn der Ogier auslachen würde, aber stattdessen nickte Loial ernst.

»Ja, so ist eure Rasse eingestellt, nicht wahr?« Die Stimme des Ogiers veränderte sich, als zitiere er etwas. »Bis der Schatten vergangen, bis das Wasser dahin, in den Schatten hinein mit gefletschten Zähnen, mit dem letzten Atemzug noch den Trotz hinausschreiend, am letzten Tag noch dem Sichtblender ins Angesicht spuckend.« Loial neigte erwartungsvoll den zerzausten Kopf, aber Rand hatte keine Ahnung, was er von ihm erwartete.

Eine Minute verging, während Loial wartete, dann eine weitere, und die langen Augenbrauen senkten sich verwundert. Aber er wartete weiter, und die Stille wurde Rand zur Qual.

»Die Großen Bäume«, sagte Rand schließlich, um das Schweigen endlich zu brechen. »Sind sie so wie *Avendesora*?«

Loial richtete sich ruckartig auf. Sein Stuhl quietschte so laut, dass Rand glaubte, er werde auseinander brechen. »Das weißt du doch wohl besser. Ausgerechnet du.«

»Ich? Wieso sollte ich etwas wissen?«

»Scherzt du mit mir? Manchmal haltet ihr Aielmänner die seltsamsten Sachen für lustig.«

»Was? Ich bin kein Aielmann! Ich komme von den Zwei Flüssen. Ich habe noch nie im Leben einen Aielmann gesehen!«

Loial schüttelte den Kopf, und die Haarbüschel an seinen Ohren standen nach außen ab. »Siehst du? Alles ist verändert, und die Hälfte dessen, was ich weiß, ist nutzlos. Ich hoffe, ich habe dich nicht beleidigt. Ich bin sicher, deine Zwei Flüsse sind ein schöner Ort, gleich, wo er liegt.«

»Jemand hat mir gesagt«, antwortete Rand, »dass er einst Manetheren genannt wurde. Ich hatte noch nie davon gehört, aber vielleicht kennst du ...«

Die Ohren des Ogier stellten sich fröhlich auf. »Ach ja, Manetheren.« Die Haarbüschel senkten sich wieder. »Dort gab es einen schönen Hain. Dein Schmerz singt in meinem Herzen, Rand al'Thor. Wir konnten nicht rechtzeitig hingelangen.«

Loial verbeugte sich im Sitzen, und Rand verbeugte sich ebenfalls. Er vermutete, Loial sei beleidigt, wenn er das nicht täte, und würde ihn zumindest für unhöflich halten. Er fragte sich, ob Loial glaube, er erinnere sich an die gleichen Dinge wie der Ogier. Die Mundwinkel Loials zeigten gewiss nach unten, als teile er Rands Kummer über seinen Verlust, als habe die Zerstörung von Manetheren nicht vor zweitausend Jahren stattgefunden. Rand wusste ja auch nur durch Moiraines Erzählung davon.

Nach einer Weile seufzte Loial. »Das Rad dreht sich«, sagte er, »und niemand weiß, wohin. Aber du bist beinahe genauso weit von zu Hause entfernt wie ich. Als die Kurzen Wege noch für alle offen standen – aber das ist lange her. Sag mir, was führt dich von so weit her? Willst auch du etwas Bestimmtes sehen?«

Rand öffnete den Mund, um zu erzählen, dass sie gekommen waren, den falschen Drachen zu sehen – aber er brachte es nicht heraus. Vielleicht lag es daran, dass Loial ihn so behandelte, als sei er überhaupt nicht älter als Rand, neunzig Jahre alt oder nicht. Vielleicht waren neunzig Jahre für einen Ogier wirklich das gleiche Alter wie bei ihm. Es war schon lange her, dass es ihm möglich gewesen war, sich mit jemandem unbefangen darüber zu unterhalten, was geschah. Immer musste er fürchten, sein Gegenüber sei ein Schattenfreund oder dächte dasselbe von ihm. Mat war so in sich selbst zurückgezogen und nährte seine Angst durch die eigenen Befürchtungen, dass man mit ihm kaum noch reden konnte. Rand wurde bewusst, dass er Loial von der Winternacht erzählte. Keine verschwommene Geschichte über Schattenfreunde, nein, die Wahrheit, wie die Trollocs die Tür eingeschlagen hatten und auf der Haldenstraße ein Blasser aufgetaucht war.

Ein Teil seiner selbst war entsetzt über das, was er da tat, aber er fühlte sich wie in zwei Persönlichkeiten gespalten. Die eine versuchte, den Mund zu halten, während die andere erleichtert darüber war, endlich alles erzählen zu können. Das Ergebnis führte dazu, dass er herumstotterte und in der Geschichte von einem Ende zum anderen übersprang. Shadar Logoth und wie sie in der Nacht ihre Freunde verloren hatten und nicht wussten, ob sie am Leben waren oder nicht. Der Blasse in Weißbrücke und Thoms Opfer, damit sie entkommen konnten. Der Blasse in Baerlon. Später die Schattenfreunde und Howal Gode und der Junge, der sich vor ihnen fürchtete, und die Frau, die versucht hatte, Mat zu töten. Der Halbmensch vor der *Gans und Krone.*

Als er begann, über Träume zu reden, fühlte sogar der Teil in seinem Inneren, der sprechen wollte, wie sich ihm die Haare sträubten. Er klappte den Mund zu und biss sich auf die Zunge. Er atmete schwerfällig durch die Nase und beobachtete voller Argwohn den Ogier, wobei er hoffte, dieser werde glauben, er habe Albträume gemeint. Das Licht wusste, dass sich ja alles tatsächlich wie ein Albtraum anhörte oder dass es jedenfalls genügte, um einem Albträume zu verschaffen. Vielleicht dachte Loial auch, er sei einfach dabei überzuschnappen. Vielleicht ...

»Ta'veren«, sagte Loial.

Rand blinzelte. »Was?«

»Ta'veren.« Loial rieb sich mit einem dicken Finger hinter einem spitzen Ohr und zuckte die Achseln. »Der Älteste Haman behauptete immer, ich höre niemals zu, aber manchmal habe ich doch zugehört. Du weißt natürlich, wie das Muster gewoben wird?«

»Ich habe noch nie ernsthaft darüber nachgedacht«, sagte er bedächtig. »Es ist eben so.«

»Ah, ja, na gut. Nicht genau. Siehst du, das Rad der Zeit webt das Muster der Zeitalter und benutzt als Fäden unsere Leben. Das Muster ist nicht festgelegt, jedenfalls nicht immer. Wenn ein Mann versucht, sein Leben zu ändern, und es ist Platz genug im Muster dafür vorhanden, dann webt das Rad einfach weiter und schließt die Veränderung ein. Es gibt immer Raum für kleine Veränderungen, aber manchmal nimmt das Muster eine größere Veränderung einfach nicht an, ganz gleich, wie sehr man sich auch bemüht. Verstehst du?«

Rand nickte. »Ich könnte auf dem Hof oder auch in Emondsfelde wohnen, und das wäre eine kleine Veränderung. Aber falls ich König sein wollte ...« Er lachte, und Loial grinste, dass sein Gesicht ganz breit wurde. Seine Zähne waren weiß und so breit wie Meißel.

»Ja, genau. Aber manchmal ergreift einen die Veränderung oder das Rad wählt sie für einen aus. Und manchmal krümmt das Rad einen Lebensfaden oder mehrere davon so, dass alle umgebenden Fäden sich danach richten müssen, und diese zwingen wieder andere Fäden in das neue Muster, und diese wiederum andere und immer weiter. Diese erste Krümmung, um das Muster zu bestimmen, nennt man ta'veren, und man kann nichts dagegen tun, ohne das gesamte Muster zu verändern. Das Weben – ta'maral'ailen genannt – kann wochenlang dauern oder jahrelang. Es kann eine ganze Stadt mit einschließen oder sogar das gesamte Muster. Artur Falkenflügel war

ta'veren, genauso wie Lews Therin Brudermörder auch, denke ich.«
Er gab ein dröhnendes Lachen von sich. »Der Älteste Haman wäre
stolz auf mich. Er redete immer weiter, und die Bücher über Reisen
waren viel interessanter, aber manchmal habe ich doch zugehört.«

»Das ist alles gut und schön«, sagte Rand, »aber ich weiß nicht,
was das mit mir zu tun hat. Ich bin Schäfer und kein neuer Artur Falkenflügel. Und Mat und Perrin sind das auch nicht. Es ist einfach ...
lächerlich.«

»Das habe ich auch nicht behauptet, aber als ich dir zuhörte,
konnte ich schon beinahe das Muster um dich herumwirbeln fühlen,
und ich habe an sich kein Talent für so etwas. Du bist wirklich *ta've-*
ren. Du ... und deine Freunde vielleicht auch.« Der Ogier unterbrach
sich und rieb sich gedankenverloren über den Nasenrücken.
Schließlich nickte er, als sei er zu einem Entschluss gekommen. »Ich
möchte mit dir kommen, Rand.«

Rand blickte ihn eine Weile entgeistert an und fragte sich, ob er
richtig gehört habe. »Mit mir?«, rief er, als er seiner Stimme wieder
mächtig war. »Hast du nicht gehört, was ich über ...?« Er betrachtete
die Tür. Sie war fest geschlossen und so dick, dass jeder, der dort
draußen das Ohr gegen die Holztäfelung gepresst hatte, nur ein Murmeln gehört hätte. Trotzdem fuhr er mit gesenkter Stimme fort. »Darüber, was mich verfolgt? Außerdem dachte ich, du wolltest deine
Bäume sehen.«

»Es gibt einen sehr schönen Hain in Tar Valon, und ich habe gehört, dass er von den Aes Sedai sorgfältig gepflegt wird. Außerdem
will ich nicht nur die Haine sehen. Vielleicht bist du kein neuer Artur Falkenflügel, aber zumindest eine Zeit lang wird sich ein Teil der
Welt um dich herum formen. Vielleicht tut sie das bereits. Selbst der
Älteste Haman würde das sehen wollen.«

Rand zögerte. Es wäre sicherlich gut, noch jemanden dabeizuha-
ben. So, wie Mat sich verhielt, könnte er genauso gut allein sein. Die
Gegenwart des Ogiers beruhigte ihn. Vielleicht war er nach der Zeitrechnung der Ogier jung, aber er schien so standhaft wie ein Fels zu
sein, genauso wie Tam. Und Loial war bereits an all diesen Orten gewesen und wusste über weitere Bescheid. Er sah den Ogier an, wie
er dasaß mit seinem breiten Gesicht, das beinahe wie ein Sinnbild
der Geduld wirkte. Er saß da und war größer als die meisten Männer
im Stehen. *Wie kann man jemanden verbergen, der fast zehn Fuß*
groß ist? Er seufzte und schüttelte den Kopf.

»Ich halte das für keine gute Idee, Loial. Selbst wenn uns Moiraine hier findet, werden wir uns den ganzen Weg nach Tar Valon über in Gefahr befinden. Wenn sie uns nicht findet ...« *Wenn nicht, dann ist sie tot, und die anderen auch. O Egwene.* Er schüttelte das Gefühl ab. Egwene war nicht tot, und Moiraine würde sie finden.

Loial blickte ihn mitfühlend an und berührte seine Schulter. »Ich bin sicher, deinen Freunden geht es gut, Rand.«

Rand nickte dankbar. Seine Kehle hatte sich zusammengezogen, und er konnte nicht sprechen.

»Wirst du wenigstens manchmal mit mir sprechen?«, seufzte Loial in einem tiefen Basston. »Und vielleicht auch mit mir ein Spielchen wagen? Ich habe seit Tagen niemanden zum Unterhalten gehabt außer dem guten Meister Gill, und er ist die meiste Zeit über beschäftigt. Die Köchin scheint ihn gnadenlos anzutreiben. Vielleicht gehört ihr in Wirklichkeit die Schenke?«

»Natürlich werde ich das.« Seine Stimme klang heiser. Er räusperte sich und versuchte zu grinsen. »Und falls wir uns in Tar Valon treffen, kannst du mir den Hain zeigen.« *Es muss ihnen gut gehen. Das Licht helfe uns, dass es ihnen gut geht.*

KAPITEL 37

Die lange Hatz

Nynaeve packte die Zügel der drei Pferde fester und spähte in die Nacht hinein, als könne sie irgendwie die Dunkelheit durchdringen und die Aes Sedai und den Behüter aufspüren. Skelettartige Bäume umgaben sie, vom trüben Mondlicht klar umrissen und schwarz. Die Bäume und die Nacht bildeten einen wirkungsvollen Schutz für alles, was immer Moiraine und Lan auch vorhatten. Nicht, dass einer von beiden sich die Zeit genommen hätte, sie darüber aufzuklären. Ein leises ›Sorgt dafür, dass sich die Pferde ruhig verhalten‹ von Lan, und sie waren weg und ließen sie wie einen Stallburschen stehen. Sie blickte die Pferde an und seufzte betrübt.

Mandarb verschmolz mit der Nacht beinahe im gleichen Maße wie der Umhang seines Herren. Der einzige Grund, warum der kampferfahrene Hengst sie so nahe herankommen ließ, war, dass Lan selbst ihr die Zügel gereicht hatte. Er schien im Moment ruhig genug, aber sie erinnerte sich nur zu gut daran, wie er ihr lautlos die Zähne gezeigt hatte, als sie, ohne auf Lans Zustimmung zu warten, nach seinen Zügeln gegriffen hatte. Die Lautlosigkeit der Geste ließ die gefletschten Zähne umso bedrohlicher erscheinen. Nach einem letzten prüfenden Blick zu dem Hengst hin wandte sie sich um und spähte in die Richtung, in der sich die beiden entfernt hatten. Dabei streichelte sie gedankenverloren ihr eigenes Pferd. Sie fuhr überrascht zusammen, als ihr Aldieb die blasse Schnauze in die Hand schob, aber nach einer Weile streichelte sie auch die weiße Stute.

»Nicht nötig, es an dir auszulassen, schätze ich«, flüsterte sie, »bloß, weil deine Herrin eine kaltschnäuzige ...« Sie versuchte wieder, die Dunkelheit zu durchdringen. *Was machten sie da eigentlich?* Nachdem sie Weißbrücke verlassen hatten, waren sie durch Dörfer geritten, die in ihrer Normalität schon unwirklich erschienen – ganz gewöhnliche Marktflecken, die nach Nynaeves Ansicht keine Beziehung zu einer Welt aufwiesen, in der es Blasse, Trollocs und

Aes Sedai gab. Sie waren der Straße nach Caemlyn gefolgt, bis sich Moiraine schließlich in Aldiebs Sattel vorgebeugt und nach Osten ausgeschaut hatte, als könne sie die ganze Länge der großen Straße – all die vielen Meilen bis Caemlyn – auf einmal sehen sowie auch das, was dort auf sie wartete.

Schließlich atmete die Aes Sedai lang gezogen aus und richtete sich wieder auf. »Das Rad webt, wie das Rad es will«, murmelte sie, »aber ich kann nicht glauben, dass es ein Ende der Hoffnung webt. Ich muss mich zuerst um das kümmern, dessen ich sicher bin. Es wird geschehen, wie das Rad webt.« Und sie richtete ihre Stute nach Norden, von der Straße weg in den Wald hinein. Einer der Jungen befand sich in jener Richtung, und zwar mit der Münze, die Moiraine ihm gegeben hatte. Lan folgte ihr.

Nynaeve warf einen langen letzten Blick auf die Straße nach Caemlyn. Nur wenige Menschen teilten die Straße mit ihnen – ein paar hochrädrige Karren und in der Entfernung ein leerer Wagen, dazu ein paar Leute zu Fuß, die ihre Besitztümer auf den Rücken geschnallt oder in Handwagen gepackt hatten. Einige davon waren bereit zuzugeben, dass sie sich auf dem Weg nach Caemlyn befanden, um den falschen Drachen zu sehen, aber die meisten stritten das ganz entschieden ab, besonders diejenigen, die von Weißbrücke gekommen waren. In Weißbrücke hatte sie begonnen, Moiraine wirklich Glauben zu schenken, jedenfalls mehr als vorher. Und darin lag gar nichts Beruhigendes.

Der Behüter und die Aes Sedai waren zwischen den Bäumen beinahe schon außer Sicht, als sie ihnen endlich nachritt. Sie beeilte sich aufzuholen. Lan sah sich gelegentlich nach ihr um und winkte ihr zu, aber er hielt sich an Moiraines Seite, und die Aes Sedai hatte den Blick nach vorn gerichtet.

Eines Abends, nachdem sie die Straße verlassen hatten, verschwand die unsichtbare Spur, der sie gefolgt waren. Moiraine, die sonst nichts aus der Fassung bringen konnte, erhob sich plötzlich neben dem kleinen Feuer mit dem kochenden Teewasser, die Augen weit aufgerissen. »Es ist weg«, flüsterte sie in die Nacht hinein.

»Ist er ...?« Nynaeve konnte ihre Frage nicht aussprechen. *Licht, und ich weiß nicht einmal, welcher von ihnen es ist!*

»Er ist nicht gestorben«, sagte die Aes Sedai langsam, »aber er hat die Münze nicht mehr.« Sie setzte sich. Ihre Stimme klang beherrscht, und ihre Hände zitterten nicht, als sie den Kessel von den Flammen hob und einige Teeblätter hineinwarf. »Am Morgen reiten wir in dieselbe Richtung weiter, so wie bisher. Wenn ich nahe genug herankomme, finde ich ihn auch ohne die Münze.« Als das Feuer bis auf verkohlte Reste heruntergebrannt war, rollte sich Lan in seinen Umhang und schlief ein. Nynaeve konnte nicht schlafen. Sie beobachtete die Aes Sedai. Moiraine hatte die Augen geschlossen, saß aber aufgerichtet da, und Nynaeve wusste, dass sie wach war.

Lange nachdem die letzte Glut erloschen war, öffnete Moiraine die Augen und blickte sie an. Sie konnte das Lächeln der Aes Sedai sogar im Dunkeln fühlen. »Er hat die Münze wieder, Seherin. Alles wird gut.« Sie legte sich mit einem Seufzer auf ihre Decken und schlief fast augenblicklich tief atmend ein.

Es fiel Nynaeve schwer, es ihr gleichzutun, obwohl sie so müde war. Ihr Verstand beschwor immer wieder die schlimmsten Visionen herauf, ganz gleich, wie sehr sie sich dagegen sträubte. *Alles wird gut.* Nach dem, was in Weißbrücke geschehen war, konnte sie daran nicht mehr so leicht glauben.

Plötzlich wurde Nynaeve aus ihren Erinnerungen gerissen und in die Nacht zurückgeholt: Auf ihrem Arm lag nun wirklich eine Hand. Sie unterdrückte den Aufschrei, der ihre Kehle weitete, und griff ungeschickt nach dem Messer an ihrem Gürtel. Ihre Hand schloss sich um dessen Griff, bevor sie noch erkannte, dass es Lans Hand war.

Die Kapuze des Behüters hing auf seinem Rücken, aber der Umhang passte sich der Nacht so perfekt an, dass der trübhelle Fleck seines Gesichts in der Dunkelheit zu schweben schien. Die Hand auf ihrem Arm schien direkt aus der Luft zu kommen.

Sie holte bebend Luft. Sie erwartete von ihm einen Kommentar darüber, wie leicht er sie hatte überraschen können, aber stattdessen drehte er sich um und kramte in seiner Satteltasche. »Ihr werdet gebraucht«, sagte er und kniete nieder, um den Pferden Fußfesseln anzulegen.

Sobald die Pferde festgemacht waren, richtete er sich auf, ergriff ihre Hand und zog sie mit sich in die Nacht hinein. Sein dunkles Haar verschwand in der Nacht beinahe genauso wie sein Umhang, und er machte sogar noch weniger Geräusche als sie. Zähneknirschend musste sie sich eingestehen, dass sie ihm ohne seine führende Hand niemals durch die Dunkelheit hätte folgen können. Sie war sich nicht sicher, ob sie sich hätte losreißen können, solange er sie nicht loslassen wollte; seine Hände waren sehr kräftig.

Als sie auf eine kleine Erhebung kamen, kaum hoch genug, um

die Bezeichnung Hügel zu verdienen, sank er auf ein Knie und zog sie mit herunter. Sie brauchte einen Augenblick, bis sie bemerkte, dass auch Moiraine hier war. Sie bewegte sich nicht, und so hätte man die Aes Sedai in ihrem dunklen Umhang auch für einen Schatten halten können. Lan deutete den Abhang hinunter auf eine große Lichtung im Wald.

Nynaeve blickte angestrengt durch den trüben Mondschein und lächelte dann plötzlich, als sie verstand. Jene blassen Flecken waren Zelte in regelmäßigen Reihen: ein verdunkeltes Lager.

»Weißmäntel«, flüsterte Lan, »zweihundert, vielleicht mehr. Es gibt gutes Wasser dort unten. Und den Burschen, den wir suchen.«

»In dem Lager dort?« Sie fühlte Lans Nicken eher, als dass sie es sah.

»Mitten drin. Moiraine kann genau auf ihn zeigen. Ich bin nahe genug herangeschlichen, um zu sehen, dass er bewacht wird.«

»Als Gefangener?«, fragte Nynaeve. »Warum?«

»Ich weiß es nicht. Die Kinder sollten sich eigentlich nicht für einen Dorfjungen interessieren, es sei denn, irgendetwas hat sie misstrauisch gemacht. Das Licht weiß, wie wenig dazu notwendig ist, das Misstrauen der Weißmäntel zu erwecken, aber es macht mir schon Sorgen.«

»Wie werdet Ihr ihn befreien?« Erst als sie seinen Blick bemerkte, wurde ihr klar, wie sicher sie angenommen hatte, dass er mitten unter zweihundert Männer marschieren und mit den Jungen zurückkommen könne. *Na ja, er ist schließlich Behüter. Ein paar der Geschichten müssen ja wohl wahr sein.*

Sie fragte sich, ob er sie nun auslachen werde, aber seine Stimme klang ausdruckslos. »Ich kann sie herausholen, aber sie werden kaum in der Lage sein, dass ich das heimlich bewerkstelligen kann. Wenn wir bemerkt werden, haben wir zweihundert Weißmäntel auf den Fersen, und wir reiten zu zweit auf unseren Pferden. Es sei denn, sie sind zu beschäftigt, um uns zu jagen. Würdet Ihr ein Risiko eingehen?«

»Um jemandem aus Emondsfelde zu helfen? Natürlich! Was für ein Risiko?«

Er deutete wieder in die Dunkelheit hinter den Zelten. Diesmal konnte sie nur Schatten erkennen. »Ihre Pferde. Wenn die Halteseile angeschnitten sind – nicht ganz durch, aber genug, um sie reißen zu lassen, wenn Moiraine etwas zur Ablenkung anstellt –, dann werden die Weißmäntel zu sehr damit beschäftigt sein, ihre Pferde einzufangen, als uns zu verfolgen. Auf dieser Seite ihres Lagers befinden sich zwei Wachtposten jenseits der eigentlichen Postenkette, aber wenn Ihr auch nur halb so gut seid, wie ich glaube, dann werden sie Euch niemals bemerken.«

Sie schluckte schwer daran. Kaninchen auflauern war eine Sache, aber Wachtposten mit Speeren und Schwertern ... *Also hält er mich für gut, ja?* »Ich versuche es.«

Lan nickte wieder, als habe er nichts anderes erwartet. »Noch etwas. Heute Abend sind auch Wölfe in der Gegend gewesen. Ich habe zwei gesehen, und wenn ich so viele bemerkte, sind es wahrscheinlich noch mehr.« Er schwieg einen Moment lang, und obwohl sich der Klang seiner Stimme nicht änderte, hatte sie das Gefühl, er sei verblüfft. »Es sah beinahe so aus, als wollten sie von mir gesehen werden. Jedenfalls sollten sie Euch nicht weiter belästigen. Wölfe meiden normalerweise die Menschen.«

»Das habe ich gar nicht gewusst«, bemerkte sie mit süßlicher Stimme. »Ich bin ja nur bei Schäfern aufgewachsen.« Er knurrte, und sie lächelte in die Dunkelheit hinein.

»Also fangen wir an«, sagte er.

Das Lächeln verging ihr, als sie hinunter in das Lager voller bewaffneter Männer blickte. Zweihundert Männer mit Speeren und Schwertern und ... Bevor sie es sich anders überlegen konnte, lockerte sie ihr Messer in der Scheide und wollte losschleichen. Moiraine packte sie am Arm. Ihr Griff schien fast genauso kräftig wie der Lans.

»Passt gut auf«, sagte die Aes Sedai leise. »Sobald Ihr die Seile durchschnitten habt, kommt so schnell wie möglich zurück. Auch Ihr seid ein Teil des Musters, und ich möchte wie bei den anderen Euer Leben nicht aufs Spiel setzen. Nur, dass heutzutage eben die ganze Welt auf dem Spiel steht.«

Verstohlen rieb sich Nynaeve den Arm, als Moiraine sie losließ. Sie wollte sich vor der Aes Sedai nicht anmerken lassen, dass ihr Griff schmerzte. Aber Moiraine wandte sich wieder der Beobachtung des Lagers zu, sobald sie losgelassen hatte. Zu ihrem Kummer bemerkte Nynaeve, dass der Behüter weg war. Sie hatte nicht gehört, wie er weggeschlichen war. *Licht noch mal – so ein verdammter Kerl!* Schnell band sie sich die Röcke hoch, um die Beine besser bewegen zu können, und hastete in die Nacht hinein.

Nach den ersten Schritten ging sie jedoch langsamer, da unter ihren Füßen ständig abgebrochene Zweige knackten. Sie war froh, dass niemand da war, der ihr Erröten hätte bemerken können. Letzten Endes sollte sie sich leise bewegen, und sie befand sich auch nicht in einem Wettkampf mit dem Behüter. *Tatsächlich?* Sie schüttelte solche Gedanken ab und besann sich darauf, ihren Weg durch den dunklen Wald zu suchen. Es war an sich nicht so schwer; das schwache Licht des abnehmenden Mondes reichte jedem, den ihr Vater unterrichtet hatte, und der Boden hob und senkte sich in sanften Wellen. Aber die sich kahl und scharf umrissen vom Nachthimmel abhebenden Bäume erinnerten sie ständig daran, dass es sich hier nicht um ein kindliches Spiel handelte, und der heulende Wind klang viel zu sehr nach den Hörnern von Trollocs. Jetzt – allein in der Dunkelheit – musste sie auch daran denken, dass sich diesen Winter die Wölfe in den Zwei Flüssen anders verhalten hatten als sonst und nicht mehr vor Menschen davongelaufen waren.

Eine warme Welle der Erleichterung überlief sie, als ihr endlich der Geruch nach Pferden in die Nase stieg. Sie hielt beinahe den Atem an und kroch auf dem Bauch gegen den Wind dem Geruch entgegen.

Sie stolperte beinahe über die Wachen, bevor sie sie bemerkte. Sie marschierten aus der Nacht heraus geradewegs auf sie zu. Die weißen Umhänge flatterten im Wind und leuchteten beinahe im Mondlicht. Sie hätten genauso gut Fackeln tragen können – Fackelschein hätte sie auch nicht sichtbarer werden lassen. Sie erstarrte und bemühte sich, mit dem Boden zu verschmelzen. Fast schon direkt vor ihr, kaum zehn Schritte entfernt, kamen sie mit aufstampfenden Füßen zum Stehen und wandten sich mit geschulterten Speeren einander zu. Gleich hinter ihnen konnte sie Schatten ausmachen. Das mussten die Pferde sein. Der Stallgeruch nach Pferden und Mist war stark.

»Alles ist gut in der Nacht«, verkündete eine weiß umhüllte Gestalt. »Das Licht leuchte uns und behüte uns vor dem Schatten.«

»Alles ist gut in der Nacht«, antwortete der andere. »Das Licht leuchte uns und behüte uns vor dem Schatten.«

Damit drehten sie sich um und marschierten wieder fort in die Dunkelheit.

Nynaeve wartete und zählte mit, während sie zweimal ihre Runde drehten. Jedes Mal dauerte es genau gleich lang, und jedes Mal wiederholten sie steif den gleichen Wortlaut – kein Wort mehr oder weniger. Keiner warf auch nur einen Blick zur Seite; sie starrten nach vorn, während sie heranmarschierten, und dann marschierten sie wieder weg. Sie fragte sich, ob sie überhaupt bemerkt worden wäre, wenn sie gestanden hätte.

Bevor die Nacht das blasse Flattern ihrer Umhänge ein drittes Mal verschluckt hatte, war sie auch schon auf den Beinen und rannte gebückt zu den Pferden hin. Beim Näherkommen verlangsamte sie ihren Schritt, um die Tiere nicht aufzuscheuchen. Die Weißmäntel sahen vielleicht nichts, was sich nicht gerade vor ihrer Nase befand, aber sie würden sicherlich nachsehen, wenn die Pferde plötzlich zu wiehern begannen.

Die Pferde an den Halteseilen – es gab mehr als nur eine Reihe davon – waren kaum erkennbare Umrisse, die mit gesenkten Köpfen in der Dunkelheit standen. Gelegentlich schnaubte eines oder stampfte im Schlaf mit einem Huf auf. Im trüben Mondschein befand sie sich beinahe am Befestigungspfahl des Halteseils, bevor sie ihn sah. Sie fasste nach dem Seil und erstarrte, als das am nächsten stehende Pferd den Kopf hob und sie ansah. Sein Zügel war in einer großen Schlaufe um das daumenstarke Seil gebunden, das am Pfahl endete. *Ein Wiehern nur.* Ihr Herz pochte heftig gegen ihren Brustkorb. Es klang laut genug, um die Wachen zu alarmieren. Sie wandte den Blick nicht von dem Pferd und schnitt unterdessen in das Halteseil. Das Pferd warf den Kopf hoch, und ihr stockte der Atem. *Nur ein Wiehern!*

Nur ein dünner Hanfstrang blieb unzertrennt unter ihren tastenden Fingern. Langsam ging sie zum nächsten Seil hinüber und beobachtete dabei das Pferd, bis sie nicht mehr erkennen konnte, ob es sie immer noch anblickte oder nicht. Dann atmete sie zitternd ein. Wenn sie sich alle so verhielten, würde sie wohl kaum durchhalten.

Am nächsten Halteseil jedoch und dann am übernächsten und am darauf folgenden schliefen die Pferde weiter, selbst als sie sich in den Daumen schnitt und gerade noch einen Aufschrei unterdrücken konnte. Sie saugte an der Wunde und sah vorsichtig zurück, woher sie gekommen war. Da sie sich gegen den Wind bewegt hatte, konnte sie nicht mehr hören, wie die Wachen sich begrüßten, aber am richtigen Fleck konnten diese sehr wohl *sie hören.* Falls sie herkamen und nachschauten, was das für ein Geräusch gewesen war, würde der Wind verhindern, dass sie die beiden bemerkte, bis sie direkt vor ihr standen. *Höchste Zeit zu gehen. Wenn vier von fünf Pferden wegrennen, werden sie niemand anderen verfolgen.*

Aber sie rührte sich nicht. Sie konnte sich Lans Augen vorstellen, wenn sie ihm erzählte, was sie getan hatte. Es läge keine Anschuldigung in diesem Blick, da ihre Gründe ausreichten und er auch nichts anderes von ihr erwartete. Sie war eine Seherin und kein unbesiegbarer Behüter, der sich nahezu unsichtbar machen konnte. Sie reckte das Kinn vor und ging zum letzten Halteseil. Das erste Pferd daran war Bela.

Diese geduckte, zottelige Gestalt konnte man nicht verwechseln, und dass hier und jetzt ein anderes Pferd dieser Rasse stand, das wäre doch ein zu großer Zufall gewesen. Plötzlich war sie so froh, dieses letzte Seil doch nicht ausgelassen zu haben, dass sie zitterte. Ihre Glieder bebten – sie fürchtete sich davor, das Halteseil zu berühren, doch ihr Verstand war so klar wie der Weinquellenbach. Welcher von den Jungen sich auch hier im Lager befinden mochte, Egwene war jedenfalls auch hier. Und wenn sie jeweils zu zweit auf einem Pferd wegritten, würden einige der Kinder sie erreichen und fangen, gleichgültig, wie weit die Pferde verstreut waren, und ein paar von ihnen würden sterben. Sie war so sicher, als lausche sie dem Wind. Das stieß ihr einen Stachel der Angst in den Bauch; Angst deswegen, weil sie sich fragte, *wieso* sie so sicher war. Das hatte nichts mit dem Wetter oder der Ernte zu tun oder mit Krankheiten. *Warum hat mir Moiraine gesagt, dass ich die Macht einsetzen kann? Warum konnte sie mich nicht in Ruhe lassen?*

Seltsamerweise ließ die Angst ihr Zittern verschwinden. Mit Händen, so sicher wie beim Zerstoßen von Kräutern bei sich zu Hause, zerschnitt sie das Halteseil wie die anderen zuvor. Sie steckte den Dolch in die Scheide zurück und band Belas Zügel los. Die zottelige Stute erwachte erschrocken und warf den Kopf hoch, doch Nynaeve streichelte über die Nase und flüsterte ihr beruhigende Worte ins Ohr. Bela schnaubte leise und schien zufrieden.

Andere Pferde am gleichen Seil waren ebenfalls erwacht und sahen sie an. Sie dachte an Mandarb und griff nur zögernd nach dem nächsten Zügel, aber dieses Pferd wehrte sich nicht gegen die fremde Hand. Es schien sogar nach dem gleichen Streicheln zu verlangen, das sie Bela gegönnt hatte. Sie ergriff Belas Zügel ganz fest und wickelte die Zügel des anderen Pferds um ihr Handgelenk, während sie nervös das Lager beobachtete. Die blassen Zelte befanden sich nur dreißig Schritte entfernt, und sie konnte sehen, dass sich zwischen den Zelten Männer bewegten. Falls sie bemerkten, dass die Pferde unruhig wurden, und nachschauten, warum ...

Verzweifelt wünschte sie sich, dass Moiraine nicht auf ihre Rückkehr warten würde. Was auch immer die Aes Sedai vorhatte, sollte sie jetzt tun. *Licht, lass es sie jetzt tun, bevor ...*

Plötzlich zerriss ein Blitz die Nacht über ihr und verdrängte einen Augenblick lang die Dunkelheit. Donner betäubte ihr Gehör so sehr, dass sie glaubte, ihre Knie müssten nachgeben, und ein Stück hinter den Pferden krachte ein zerrissener Dreizack in die Erde. Erdbrocken und Steine flogen herum. Das Bersten der zerfetzten Erde kämpfte gegen den Donnerhall an. Die Pferde drehten durch, wieherten wild und bäumten sich auf. Die Halteseile zerrissen wie dünne Fäden an den Schnittstellen. Ein weiterer Blitz zuckte herunter, bevor noch das Licht des ersten verblasst war.

Nynaeve hatte alle Hände voll zu tun und keine Zeit, sich zu freuen. Beim ersten Donnerschlag zog Bela in die eine Richtung und das andere Pferd in die entgegengesetzte. Sie glaubte, ihre Arme würden aus den Schultergelenken gerissen. Eine endlose Minute lang hing sie zwischen den Pferden, die Füße über dem Boden. Ihr Schrei wurde von dem zweiten Donnerschlag übertönt. Wieder schlug ein Blitz zu und dann wieder und wieder – ein andauernder Aufschrei der Wut aus dem Himmel. Der Weg, den die Pferde nehmen wollten, war blockiert, also gingen sie rückwärts und brachten sie zu Fall. Sie hätte sich gern am Boden zusammengekauert und die schmerzenden Schultern gerieben, aber dazu war keine Zeit. Bela und das andere Pferd kämpften gegen sie an. Die Pferde rollten wild mit den Augen, bis nur noch das Weiße zu sehen war. Beinahe hätten sie sie niedergetrampelt. Irgendwie hob sie die Arme, packte mit den Händen Belas Mähne und zog sich auf den Rücken der sich aufbäumenden Stute. Der andere Zügel war immer noch um ihr Handgelenk gewickelt. Er schnitt ihr tief ins Fleisch.

Ihr Mund klappte auf, als ein grauer Schatten vorbeifauchte, anscheinend sie und ihre beiden Pferde ignorierte, aber nach den durchdrehenden Tieren schnappte, die jetzt in alle Richtungen davongaloppierten. Ein zweiter tödlicher Schatten folgte gleich dahinter. Nynaeve wollte wieder schreien, brachte aber keinen Ton heraus. *Wölfe! Das Licht helfe uns! Was macht Moiraine denn?*

Es wäre gar nicht nötig gewesen, Bela die Fersen zu geben. Die Stute rannte, und das andere Pferd war mehr als froh darüber, folgen zu können. Gleich wohin, Hauptsache, sie konnten dem Feuer aus dem Himmel entkommen, das die Nacht tötete.

KAPITEL 38

Rettung

Perrin wälzte sich herum, so gut es eben mit hinter dem Rücken gefesselten Armen ging, aber schließlich gab er es seufzend auf. Jeder Stein, den er auf diese Art mied, brachte ihm zwei neue ein. Ungeschickt bemühte er sich, seinen Umhang wieder über sich zu ziehen. Die Nacht war kalt, und der Boden schien alle Wärme aus seinem Körper zu saugen, so wie jede Nacht, seit die Weißmäntel sie gefangen hatten. Die Kinder hielten nichts davon, dass Gefangene Decken oder einen warmen Unterschlupf benötigten. Besonders keine gefährlichen Schattenfreunde.

Egwene hatte sich der Wärme wegen an seinen Rücken gekuschelt und schlief den tiefen Schlaf der Erschöpfung. Sie murmelte noch nicht einmal etwas, als er sich umdrehte. Die Sonne war schon vor vielen Stunden untergegangen, und sein ganzer Körper schmerzte, nachdem er den Tag über mit einem Ring um den Hals hinter einem Pferd hermarschiert war. Doch nun konnte er nicht schlafen.

Die Kolonne bewegte sich nicht so schnell. Da sie die meisten Reservepferde an die Wölfe im *Stedding* verloren hatten, konnten die Weißmäntel nicht so schnell nach Süden reiten, wie sie vorgehabt hatten. Auch diese Verzögerung lasteten sie den Emondsfeldern an. Die doppelte Schlangenlinie bewegte sich gleichmäßig vorwärts – Lord Bornhald wollte Caemlyn aus irgendeinem Grund rechtzeitig erreichen –, und Perrin saß immer die Angst im Nacken, dass der Weißmantel, der seine Leine hielt, nicht anhalten werde, falls er stürzte, obwohl Lordhauptmann Bornhalds Befehl gelautet hatte, ihr Leben für die Folterknechte in Amador zu bewahren. Er wusste, dass er sich in diesem Fall nicht selbst retten konnte. Seine Hände wurden nur befreit, wenn man ihm zu essen gab oder wenn er die Latrinengrube aufsuchen durfte. Der Halsring machte ihm jeden Schritt zur Qual. Jeder lose Stein unter seinen Füßen konnte zur Todesfalle werden. Er marschierte mit angespannten Muskeln und beobachtete mit ängstlichen Blicken den Boden. Immer wenn er sich nach Egwene umsah, tat sie dasselbe. Wenn sich ihre Blicke trafen, wirkte ihr Gesicht angespannt und verängstigt. Keiner von ihnen wagte es, mehr als einen kurzen Moment lang den Blick vom Boden zu heben.

Meist fiel er völlig erschöpft in sich zusammen, sobald ihn die Weißmäntel anhalten ließen, aber heute Abend drehte sein Verstand durch. Seine Haut kribbelte vor einer Angst, die sich über Tage hinweg gesteigert hatte. Wenn er die Augen schloss, sah er nur die Dinge vor sich, die Byar ihnen angedroht hatte, sobald sie Amador erreichten.

Er war sicher, dass Egwene immer noch nicht glauben konnte, was ihnen Byar in seiner ausdruckslosen Stimme gesagt hatte. Wenn sie es glauben würde, könnte sie keinen Schlaf mehr finden, wie müde sie auch sein mochte. Anfangs hatte auch er Byar nicht geglaubt. Er wollte eigentlich immer noch nicht daran glauben – Menschen taten so etwas anderen Menschen einfach nicht an! Aber Byar drohte eigentlich gar nicht; er sprach über glühende Brandeisen und Zangen, über Messer, die Haut abschälten, und peinigende Nadeln auf eine Weise, als ob er nur erwähne, er wolle sich ein Glas Wasser holen. Er schien sie nicht erschrecken zu wollen. In seinen Augen lag nie eine Spur von Häme. Es kümmerte ihn nicht, ob sie Angst hatten oder nicht, ob sie gefoltert würden oder nicht, ob sie lebten oder nicht. Das war es, was Perrin den kalten Schweiß auf die Stirn trieb, sobald er es begriffen hatte. Das hatte ihn schließlich davon überzeugt, dass Byar die Wahrheit sagte.

Die Umhänge der beiden Wachsoldaten schimmerten grau im schwachen Mondschein. Er konnte ihre Gesichter nicht erkennen, doch er wusste, dass sie alles beobachteten. Als ob sie irgendetwas anstellen könnten, an Händen und Füßen gefesselt, wie sie waren. Er erinnerte sich an die Verachtung in ihren Augen und ihren verkniffenen Gesichtsausdruck, als das Licht noch hell genug gewesen war, um das zu erkennen. Es war, als habe man sie als Wächter zu schmutzbedeckten, stinkenden und abstoßenden Ungeheuern abkommandiert. Alle Weißmäntel sahen sie so an. Das änderte sich nicht. *Licht, wie kann ich sie davon überzeugen, dass wir keine Schattenfreunde sind, wenn sie sich dessen doch bereits sicher sind?* Sein Magen drehte sich bei dem Gedanken um. Am Ende würde er möglicherweise alles gestehen, damit die Folterknechte von ihrem Tun abließen.

Jemand kam näher – ein Weißmantel, der eine Laterne trug. Der

Mann blieb stehen und sprach mit den Wächtern, die voller Respekt antworteten. Perrin konnte nicht hören, was sie sagten, aber er erkannte die hoch gewachsene, hagere Gestalt.

Er blinzelte, als ihm die Laterne direkt vors Gesicht gehalten wurde. Byar trug Perrins Axt in der freien Hand; er hatte die Waffe für sich selbst beansprucht. Jedenfalls sah ihn Perrin niemals ohne sie. »Wach auf«, sagte Byar kalt, als glaube er, Perrin habe mit erhobenem Kopf geschlafen. Er begleitete die Worte mit einem heftigen Tritt in die Rippen.

Perrin stöhnte durch zusammengebissene Zähne. Sein Oberkörper wies etliche blaue Flecken von Byars Stiefeln auf.

»Ich sagte, wach auf!« Der Fuß hob sich noch einmal, und Perrin sagte schnell:»Ich bin wach.« Man musste Byars Worte bestätigen, oder er fand andere Wege, um die Aufmerksamkeit zu gewinnen.

Byar stellte die Laterne auf den Boden und bückte sich, um die Fesseln zu überprüfen. Der Mann riss grob an seinen Handgelenken und verdrehte ihm die Arme in den Schultern. Nachdem er die Knoten noch genauso fest vorfand, wie er sie zurückgelassen hatte, zog Byar an seinem Halteseil, das an einem Fuß festgemacht war, und zerrte ihn über den steinigen Untergrund. Der Mann sah zu sehr wie ein Skelett aus, um Kraft zu haben, doch Perrin hätte genauso gut ein Kind sein können. Es war jede Nacht das Gleiche.

Als Byar sich aufrichtete sah Perrin, dass Egwene noch schlief. »Wach auf!«, rief er.»Egwene! Wach auf!«

»Wa...? Was?« Egwenes Stimme klang verängstigt und schlaftrunken. Sie hob den Kopf und blinzelte in den Laternenschein. Byar zeigte keine Enttäuschung darüber, dass er sie nicht mit Tritten wecken konnte – das tat er nie. Er riss nur an ihren Fesseln wie vorher bei Perrin und ignorierte ihr Ächzen. Schmerzen zu verursachen war eine weitere Sache, die ihn in keiner Weise zu beeindrucken schien. Nur Perrin quälte er offensichtlich mit Absicht. Obwohl Perrin sich nicht daran erinnern konnte, vergaß Byar nicht, dass er zwei der Kinder getötet hatte.

»Warum sollten Schattenfreunde denn schlafen«, fragte Byar leidenschaftslos, »wenn anständige Männer aufbleiben müssen, um sie zu bewachen?«

»Zum hundertsten Mal«, sagte Egwene müde, »wir sind keine Schattenfreunde.«

Perrin verkrampfte sich. Manchmal brachte eine solche Erwiderung eine beinahe monoton heruntergerasselte Predigt ein – über

Geständnisse und Reue –, die mit einer Beschreibung dessen endete, mit welchen Methoden die Folterknechte dies erreichten. Manchmal wurde die Predigt von einem Tritt unterstützt. Zu seiner Überraschung ging Byar diesmal nicht auf die Bemerkung ein.

Stattdessen kauerte sich der Mann vor sie hin – überall kantig und eingefallen –, und legte die Axt auf seine Knie. Die goldene Sonne auf der linken Brustseite seines Umhangs und die beiden goldenen Sterne darunter glitzerten im Laternenschein. Er nahm den Helm ab und legte ihn neben die Laterne. Zur Abwechslung stand etwas anderes in seinem Gesicht geschrieben außer Verachtung und Hass: etwas Eindringliches und nicht klar Erkennbares. Er stützte die Arme auf den Schaft der Axt und betrachtete Perrin schweigend. Perrin bemühte sich, unter diesem hohläugigen Blick nicht hin und her zu rutschen.

»Ihr haltet uns auf, Schattenfreund, du und deine Wölfe. Der Rat der Gesalbten hat Berichte über solche Dinge vorliegen, und sie wollen mehr darüber wissen, also müsst ihr nach Amador gebracht und den Folterknechten übergeben werden, aber ihr haltet uns auf. Ich hatte gehofft, wir könnten auch ohne die Reservepferde schnell genug vorwärts kommen, aber ich habe mich geirrt.« Er schwieg und blickte sie finster an. Perrin wartete. Byar würde weitersprechen, wenn er so weit war.

»Der Lordhauptmann steckt in einer Zwickmühle«, sagte Byar schließlich. »Der Wölfe wegen müssen wir euch zum Rat bringen, doch er muss auch nach Caemlyn. Wir haben keine Pferde für euch zur Verfügung, aber wenn wir euch weiterhin laufen lassen, werden wir Caemlyn nicht zum vereinbarten Zeitpunkt erreichen. Der Lordhauptmann kennt seine Pflicht, und er beabsichtigt, euch vor den Rat zu bringen.«

Egwene gab einen Laut von sich. Byar sah Perrin unverwandt an, und er erwiderte den Blick. Er wagte dabei kaum zu zwinkern. »Ich verstehe nicht«, sagte er bedächtig.

»Es gibt nichts zu verstehen«, antwortete Byar. »Nichts als Gedankenspiele. Würdet ihr entkommen, dann hätten wir keine Zeit, euch zu suchen. Wir können keine einzige Stunde verschwenden, wenn wir Caemlyn rechtzeitig erreichen wollen. Wenn ihr, sagen wir, eure Fesseln an einem scharfkantigen Stein aufscheuern und in der Nacht verschwinden würdet, wäre der Lordhauptmann seiner Sorgen ledig.« Er wandte den Blick nicht von Perrin, griff unter seinen Umhang und warf etwas auf den Boden.

Automatisch sah Perrin hin. Als er erkannte, was es war, keuchte er. Ein Stein. Ein gespaltener Stein mit einer scharfen Kante. »Einfach nur Gedankenspiele«, sagte Byar. »Eure Wachen heute Nacht spekulieren auch.« Perrins Mund war plötzlich ganz trocken. *Denk darüber nach! Licht, hilf mir, aber denk genau darüber nach, und mache keinen Fehler!* Konnte es wahr sein? Konnte die Notwendigkeit, schnell nach Caemlyn zu kommen, für die Weißmäntel so wichtig sein, dass sie als Schattenfreunde Verdächtigte laufen ließen? Es hatte keinen Zweck, darüber nachzudenken – er wusste zu wenig. Byar war der einzige Weißmantel, der mit ihnen sprach, außer natürlich Lordhauptmann Bornhald, und keiner von beiden war geneigt, ihr Wissen großzügig mit ihnen zu teilen. Also andersherum. Wenn Byar wollte, dass sie entkamen, warum zerschnitt er nicht einfach ihre Fesseln? Falls Byar wirklich wollte, dass sie entkamen. Byar, der bis aufs Mark überzeugt war, sie seien Schattenfreunde? Byar, der Schattenfreunde mehr hasste als den Dunklen König selbst? Byar, der jeden Grund suchte, um ihm Schmerzen zuzufügen, weil er zwei Weißmäntel getötet hatte? *Byar* wollte sie entkommen lassen?

Wenn er vorher geglaubt hatte, sein Verstand arbeite schnell, dann überschlugen sich jetzt seine Gedanken. Trotz der Kälte rann ihm der Schweiß in Rinnsalen übers Gesicht. Er sah zu den Wachen hinüber. Sie waren nur blassgraue Schatten, aber es schien ihm, als warteten sie gespannt. Wenn Egwene und er bei einem Fluchtversuch getötet würden, nachdem sie ihre Fesseln an einem Stein aufgeschnitten hätten, der zufällig dort lag ... Das Problem des Lordhauptmanns wäre dann allerdings gelöst. Und Byar hätte sie getötet, was er ja sowieso wollte.

Der hagere Mann hob seinen Helm vom Boden neben der Laterne auf und war im Begriff, sich zu erheben.

»Wartet«, sagte Perrin heiser. Seine Gedanken überstürzten sich, als er vergeblich nach einem Ausweg suchte. »Wartet, ich will mit Euch sprechen ...«

Es kommt Hilfe!

Der Gedanke blühte in seinem Verstand auf, ein Lichtausbruch mitten im Chaos, so überraschend, dass er einen Augenblick lang alles vergaß, sogar wo er sich befand. *Scheckie lebte! Elyas,* sprach er den Wolf in seinen Gedanken an, und ohne Worte wollte er wissen, ob der Mann ebenfalls noch lebte. Ein Bild formte sich als Antwort.

Elyas, der neben einem kleinen Feuer auf einem Bett aus Tannen-zweigen lag – in einer Höhle – und eine Wunde an seiner Seite ver-band. Es dauerte nur einen Augenblick lang. Er starrte Byar an, und sein Gesicht verzog sich zu einem närrischen Grinsen. Elyas lebte. Scheckie lebte. Hilfe nahte.

Byar unterbrach seine Bewegung halb aufgerichtet und sah ihn an. »Dir ist ein Gedanke gekommen, Perrin von den Zwei Flüssen, und ich möchte wissen, was er bedeutet.«

Einen Moment lang glaubte Perrin, er meine den Gedanken, den ihm Scheckie gesandt hatte. Panik überzog sein Gesicht, von Er-leichterung gefolgt. Byar konnte das auf keinen Fall wissen.

Byar beobachtete die Veränderungen seines Gesichtsausdrucks, und zum ersten Mal wanderte der Blick des Weißmantels zu dem Stein hin, den er auf den Boden geworfen hatte.

Er überlegte es sich doch noch einmal, erkannte Perrin. Wenn er seine Meinung änderte, würde er dann riskieren, sie am Leben zu lassen, da sie ihn ja verraten konnten? Fesseln konnte man auch durchwetzen, wenn die Menschen, die sie trugen, tot waren, selbst wenn man damit die Entdeckung riskierte. Er blickte Byar in die Au-gen – durch die dunklen Ringe und die tief eingefallenen Augenhöh-len des Mannes wirkte es, als starre er ihn aus tiefen Höhlen heraus an –, und er sah, dass sein Tod beschlossen war.

Byar öffnete den Mund, während Perrin darauf wartete, dass er sein Todesurteil aussprach.

Plötzlich verschwand eine der Wachen. Im ersten Moment gab es noch zwei undeutliche Gestalten, im nächsten verschluckte die Nacht eine davon. Der zweite Wachsoldat drehte sich um, seine Lip-pen formten einen Schrei, doch bevor noch die erste Silbe seiner Kehle entwich, fiel er wie ein gefällter Baum. Byar fuhr schnell wie eine Viper herum. Die Axt wirbelte so schnell in seinen Händen, dass sie summte. Perrin machte große Augen, als die Nacht in den Laternenschein hineinzufließen schien. Sein Mund öffnete sich zu einem Schrei, aber seine Kehle war vor Angst zugeschnürt. Einen Moment lang vergaß er sogar, dass Byar sie töten wollte. Der Weiß-mantel war ein menschliches Geschöpf, und die Nacht war zum Le-ben erwacht, um sie alle zu verschlingen.

Dann entstand aus der Dunkelheit, die in das Licht eindrang, Lan, dessen Umhang bei seiner Bewegung verschiedene Grauschattierun-gen annahm. Die Axt in Byars Hand fuhr wie ein Blitz auf ihn zu, doch Lan beugte sich nur ganz locker zur Seite. Die Schneide zischte so knapp an ihm vorbei, dass er den Luftzug gespürt haben musste. Byars Augen weiteten sich, als ihn die Wucht des Schlags aus dem Gleichgewicht brachte. Der Behüter schlug in schneller Folge mit Händen und Füßen zu, so schnell, dass Perrin nicht sicher war, was er eigentlich gerade gesehen hatte. Er war sich allerdings sicher, dass Byar wie ein Mehlsack zusammenbrach. Bevor noch der stürzende Weißmantel am Boden lag, befand sich der Behüter bereits auf den Knien und löschte die Laterne. In der plötzlichen Dunkelheit konnte Perrin nichts erkennen. Lan war wieder unsichtbar.

»Seid Ihr wirklich ...?« Egwene schluchzte unterdrückt. »Wir dachten, Ihr seid tot. Wir glaubten, Ihr seid alle tot.«

»Noch nicht.« Das tiefe Flüstern des Behüters klang amüsiert.

Hände berührten Perrin, fanden seine Fesseln. Ein Messer zerschnitt die Seile; ein leichtes Ziehen, und er war frei. Seine schmerzenden Muskeln protestierten, als er sich aufsetzte. Er rieb sich die Handgelenke und spähte zu dem grauen Bündel hinüber, das Byar war. »Habt Ihr ...? Ist er ...?«

»Nein«, antwortete Lans Stimme ruhig aus der Finsternis. »Ich töte nicht, wenn ich es nicht will. Aber er wird für eine Weile niemanden mehr belästigen. Hört auf, Fragen zu stellen, und besorgt euch Umhänge von denen. Wir haben nicht viel Zeit.«

Perrin kroch hinüber, wo Byar lag. Er hatte Hemmungen, den Mann zu berühren, und als er das Heben und Senken der Brust des Weißmantels spürte, zuckte seine Hand beinahe wieder zurück. Seine Haut prickelte, als er sich zwang, den weißen Umhang zu lösen und wegzuziehen. Trotz Lans Worten stellte er sich vor, der Mann mit dem Totenschädelgesicht werde sich plötzlich aufrichten. Hastig tastete er herum, bis er seine Axt fand, und kroch dann zu einem anderen Wächter. Zuerst kam es ihm seltsam vor, dass er nicht zögerte, den bewusstlosen Mann zu berühren, aber der Grund wurde ihm schnell klar. Alle Weißmäntel hassten ihn, aber das war ein menschliches Gefühl. Byar fühlte nichts, er wollte nur seinen Tod; es lag kein Hass darin – überhaupt kein Gefühl.

Er legte sich die beiden Umhänge über den Arm und drehte sich um. Panik überkam ihn. In der Dunkelheit hatte er die Orientierung verloren und wusste nicht, in welcher Richtung er Lan und Egwene suchen sollte. Seine Füße schienen Wurzeln zu schlagen. Er wagte nicht, sich zu rühren. Sogar Byar war ohne seinen weißen Umhang in der Nacht verborgen. Es gab nichts, woran er sich hätte halten können. Jeder Weg, den er wählte, konnte ihn aus dem Lager führen.

»Hier.«

Er stolperte auf Lans Flüstern zu, bis Hände ihn aufhielten. Egwene war ein undeutlicher Schatten und Lans Gesicht verschwommen – der Rest des Behüters schien überhaupt nicht vorhanden zu sein. Er konnte fühlen, wie ihre Blicke auf ihm ruhten, und er fragte sich, ob er ihnen eine Erklärung schuldig sei.

»Legt die Umhänge über«, sagte Lan leise. »Schnell. Rollt eure eigenen zusammen. Und macht keinen Laut. Ihr seid noch nicht in Sicherheit.«

Hastig reichte Perrin Egwene einen der Umhänge. Er rollte seinen eigenen Umhang zu einem Bündel zusammen, das er leicht tragen konnte, und schwang den weißen Umhang stattdessen um seine Schultern. Seine Haut prickelte, als er sich auf seine Schultern legte. Es gab ihm einen Stich zwischen die Schulterblätter. War es Byars Umhang, den er erwischt hatte? Er bildete sich fast ein, den hageren Mann daran riechen zu können.

Lan bedeutete ihnen, sich an den Händen zu halten, und so packte Perrin seine Axt mit einer Hand und nahm Egwenes in die andere. Er wünschte, der Behüter werde schnell mit ihnen fliehen, damit seine Phantasie nicht mit ihm durchginge. Aber sie standen nur herum, von den Zelten der Kinder umgeben – zwei Gestalten in weißen Umhängen und eine, die man fühlen, aber nicht sehen konnte.

»Bald«, flüsterte Lan. »Sehr bald.«

Ein Blitz zerriss die Nacht über dem Lager, so nah, dass Perrin fühlte, wie sich ihm die Haare sträubten, als der Blitzschlag die Luft auflud. Genau jenseits der Zelte explodierte der Boden unter dem Einschlag. Die Explosion am Boden verschmolz mit jener am Himmel. Bevor das Licht verblasste, zerrte Lan sie auch schon hinter sich her.

Beim ersten Schritt zerschnitt ein weiterer Blitz die Schwärze. Nun hagelte es Blitze, sodass die Nacht flackerte, als käme die Dunkelheit nur in sekundenschnellen Intervallen. Donner rollte wild und ging in ein fortwährendes Grollen über. Das verängstigte Wiehern der Pferde ging im Donner unter, bis auf die Momente, wenn der Donner verhallte. Männer taumelten aus ihren Zelten, einige in weißen Umhängen, andere nur halb bekleidet. Einige rannten in Panik hin und her, andere standen wie betäubt da.

Lan zerrte sie im Laufschritt mitten durch das Durcheinander. Perrin bildete den Abschluss. Weißmäntel sahen sie mit wild aufgerissenen Augen an, als sie vorbeikamen. Ein paar schrien ihnen etwas zu, doch die Schreie verloren sich im Trommelschlag des Himmels. Sie hatten ihre weißen Umhänge eng um sich gewickelt, und so versuchte niemand, sie aufzuhalten. Sie hasteten zwischen den Zelten hindurch, aus dem Lager hinaus und in die Nacht hinein, und keiner erhob seine Hand gegen sie.

Der Boden unter Perrins Füßen wurde uneben, und Unterholz peitschte ihn, als er sich weiterziehen ließ. Der letzte Blitz zuckte krampfhaft und war verblasst. Echos des Donners rollten über den Himmel und verklangen ebenfalls. Perrin sah nach hinten. Zwischen den Zelten brannten mehrere Feuer.

Einige der Blitze mussten dort eingeschlagen haben, oder vielleicht hatten Männer in ihrer Panik Lampen umgestoßen. Immer noch schrien Männer mit dünnen Stimmen durch die Nacht, bemühten sich, die Ordnung wiederherzustellen und herauszufinden, was geschehen war. Der Boden stieg an, und Zelte und Feuer und Schreie lagen bald hinter ihnen.

Plötzlich trat er beinahe Egwene in die Fersen, als Lan stehen blieb. Vor ihnen im Mondschein standen drei Pferde. Ein Schatten bewegte sich, und Moiraines Stimme erklang, angespannt und ärgerlich. »Nynaeve ist nicht zurückgekommen. Ich fürchte, diese junge Frau hat eine Dummheit begangen.« Lan fuhr auf der Stelle herum, als wolle er zurück, woher sie gekommen waren, aber ein Ruf Moiraines, der wie ein Peitschenknall klang, hielt ihn zurück. »Nein!« Er stand da und sah sie von der Seite her an. Nur sein Gesicht und seine Hände waren wirklich sichtbar, doch selbst sie nur als schattenhafte Flecke. Sie fuhr in sanfterem Tonfall fort; sanfter, aber nicht weniger fest. »Manche Dinge sind wichtiger als andere. Das weißt du.« Der Behüter rührte sich nicht, und ihre Stimme wurde wieder härter. »Denk an deine Eide, al'Lan Mandragoran, Herr der Sieben Türme! Wie steht es mit dem Eid eines mit dem Diadem ausgezeichneten Feldherrn der Malkieri?«

Perrin blinzelte. Das alles war Lan? Egwene murmelte etwas, aber er konnte den Blick nicht von der Szene vor ihm wenden. Lan stand da wie ein Wolf aus Scheckies Rudel, der von der kleinen Aes Sedai in die Enge getrieben worden war und der vergeblich versuchte, dem Untergang zu entrinnen.

Die Erstarrung wurde durch das Krachen brechender Äste im Wald unterbrochen. Mit zwei langen Schritten befand sich Lan zwischen Moiraine und dem Geräusch. Der blasse Mondschein spielte über sein Schwert. Unter dem Krachen und Knacken des Unterholzes brachen zwei Pferde aus dem Wald hervor; eines mit einem Reiter darauf.

»Bela!«, rief Egwene zur selben Zeit, als Nynaeve vom Rücken der zotteligen Stute her sagte:»Ich hätte euch beinahe nicht mehr gefunden. Egwene! Dem Licht sei Dank, dass du lebst!«

Sie glitt von Bela herunter, aber als sie auf die Emondsfelder zuging, packte Lan sie am Arm, und sie blieb abrupt stehen und sah zu ihm hoch.

»Wir müssen gehen, Lan«, sagte Moiraine, die nun wieder ruhiger klang, und der Behüter ließ Nynaeves Arm los.

Nynaeve rieb sich den Arm, während sie zu Egwene eilte und sie umarmte, aber Perrin glaubte, ein leises Lachen von ihr gehört zu haben. Das verblüffte ihn, denn er konnte sich nicht denken, dass es etwas mit ihrer Wiedersehensfreude zu tun gehabt hatte.

»Wo sind Rand und Mat?«, fragte er.

»Woanders«, antwortete Moiraine, und Nynaeve äußerte etwas in so scharfem Tonfall, dass Egwene vor Überraschung nach Luft schnappte. Perrin blinzelte. Er hatte einen Teil verstanden – einen Wagenlenkerfluch, und einen deftigen noch dazu.»Das Licht behüte sie«, fuhr die Aes Sedai fort, als habe sie nichts bemerkt.

»Keinem von uns wird es gut gehen«, sagte Lan,»wenn uns die Weißmäntel finden. Wechselt eure Umhänge und steigt auf die Pferde.«

Perrin kletterte auf das Pferd, das Nynaeve hinter Bela hergeführt hatte. Es störte ihn nicht, dass kein Sattel vorhanden war; zu Hause war er nicht oft geritten, aber wenn, dann meistens ohne Sattel. Er trug immer noch den weißen Umhang, jetzt aber zusammengerollt und an seinen Gürtel gehängt. Der Behüter hatte gesagt, sie sollten so wenig Spuren wie möglich hinterlassen. Er glaubte immer noch, Byars Geruch daran zu spüren.

Als sie losritten, Lan auf seinem hohen schwarzen Hengst voraus, fühlte Perrin noch einmal Scheckies gedankliche Berührung. *Noch ein Tag.* Mehr ein Gefühl als Worte, so hauchte es das Versprechen eines vorbestimmten Zusammentreffens, Vorfreude auf das Kommende, Enttäuschung über das, was kommen würde, alles in sich überlagernden Schichten.

Er wollte fragen, wann und warum, und stammelte vor Eile und plötzlich aufkommender Angst. Die Spur der Wölfe wurde schwächer und verflog. Seine angsterfüllten Fragen brachten nur die gleiche schwerfällige Antwort: *Noch ein Tag.* Sie verfolgte ihn noch, lange nachdem das Bewusstsein der Nähe der Wölfe aus seinem Verstand verschwunden war.

Lan führte sie langsam, aber gleichmäßig nach Süden. Die in tiefe Nacht gehüllte Wildnis ließ sowieso keine schnellere Gangart zu. Zweimal verließ der Behüter sie und ritt zurück in Richtung auf die Mondsichel. Er und Mandarb verschmolzen mit der Nacht hinter ihnen. Beide Male kehrte er zurück und hatte nichts von einer Verfolgung bemerkt.

Egwene hielt sich nahe bei Nynaeve. Leise Bruchstücke einer erregten Unterhaltung drangen an Perrins Ohren. Die beiden waren so froh, als hätten sie die Heimat schon wieder erreicht. Er hielt sich am Ende der kleinen Kolonne. Manchmal drehte sich die Seherin im Sattel um und sah ihn an, und jedes Mal winkte er ihr zu, als wolle er sagen, es ginge ihm gut, aber er blieb, wo er war. Er musste über vieles nachdenken, auch wenn in seinem Kopf noch immer ein großes Durcheinander herrschte. *Was würde kommen? Was würde kommen?*

Perrin glaubte, es könne nicht mehr lange bis zur Morgendämmerung sein, als Moiraine sie endlich anhalten ließ. Lan fand ein ausgetrocknetes Bachbett, wo er in einer Aushöhlung in einer Uferböschung ein Feuer entzündete.

Schließlich konnten sie ihre weißen Umhänge loswerden. Sie vergruben sie in einem Loch nahe dem Feuer. Als er gerade dabei war, seinen Umhang hineinzuwerfen, fiel ihm die auf die Brust aufgestickte goldene Sonne auf und die beiden goldenen Sterne darunter. Er ließ den Umhang fallen, als sei er brennend heiß, und ging zur Seite, wobei er sich die Hände an seinem Mantel abwischte. Er setzte sich abseits von den anderen hin.

»Aber jetzt«, sagte Egwene, während Lan Erde in das Loch schaufelte, »könnte mir doch jemand sagen, wo Rand und Mat sind!«

»Ich glaube, sie sind in Caemlyn«, sagte Moiraine vorsichtig, »oder auf dem Weg dorthin.« Nynaeve schnaubte vernehmlich, aber die Aes Sedai fuhr fort, als habe es keine Unterbrechung gegeben: »Wenn nicht, werde ich sie trotzdem finden. Das verspreche ich.«

Sie aßen schweigend Brot und Käse und tranken heißen Tee. Selbst Egwenes Begeisterung wich langsam der Erschöpfung. Die Seherin holte eine Tinktur aus ihrer Tasche, die sie auf die Spuren der Fesseln an Egwenes Handgelenken auftrug, und eine andere für die übrigen Abschürfungen. Als sie dorthin kam, wo Perrin am Rande des Feuerscheins saß, blickte er nicht auf.

Sie stand eine Weile schweigend da und blickte auf ihn hinunter. Dann kauerte sie sich nieder und sagte knapp:»Zieh deinen Mantel und dein Hemd aus, Perrin. Ich habe gehört, dass einer der Weißmäntel dich offensichtlich nicht leiden konnte.«

Er zog sich langsam aus, immer noch in Gedanken an Scheckie und ihre Botschaft versunken, bis Nynaeve erschreckt nach Luft schnappte. Überrascht sah er erst sie an und dann seinen nackten Oberkörper. Er wirkte wie eine verfärbte Masse. Die neueren blauen Flecken überlagerten ältere, die schon zu Braun- und Gelbschattierungen verblasst waren. Nur dicke Muskelpakete, die er sich in den Stunden in Meister Luhhans Schmiede erworben hatte, hatten ihn vor Rippenbrüchen bewahrt. Da er sich innerlich mit den Wölfen beschäftigt hatte, hatte er den Schmerz vergessen können, doch jetzt wurde er daran erinnert, und der Schmerz kehrte unvermindert zurück. Unwillkürlich holte er tief Luft und biss die Zähne zusammen, um nicht zu stöhnen.

»Wieso hasste er dich denn so sehr?«, fragte Nynaeve erstaunt.

Ich habe *zwei Menschen* getötet. Laut sagte er:»Ich weiß nicht.«

Sie kramte in ihrer Tasche herum, und er zuckte zusammen, als sie ihm eine schmierige Paste auf die Schwellungen auftrug.»Jungfernrebe, roter Fingerhut und Rosettenwurzel«, zählte sie auf.

Es war gleichzeitig heiß und kalt und ließ ihn erschauern, während ihm zugleich der Schweiß ausbrach, aber er protestierte nicht. Er hatte mit Nynaeves Tinkturen und Packungen schon früher Erfahrungen gesammelt. Während ihre Finger die Mixtur sanft einmassierten, verschwanden Hitze und Kälte und nahmen den Schmerz mit. Die blauen Flecken verblassten zu braunen, die braunen und gelben verschwanden zum Teil ganz. Zur Probe holte er ganz tief Luft. Er verspürte kaum noch ein Zwicken.

»Du wirst überrascht«, sagte Nynaeve. Auch sie selbst sah ein wenig überrascht drein, und seltsamerweise schien sie sich zu fürchten.»Das nächste Mal gehst du eben zu *ihr*.«

»Nicht überrascht«, sagte er beruhigend.»Nur froh.« Manchmal wirkten Nynaeves Tinkturen schnell und manchmal langsam, aber sie wirkten immer.»Was ... ist mit Rand und Mat passiert?«

Nynaeve räumte ihre Fläschchen und Tiegel zurück in die Tasche. Sie stieß sie regelrecht hinein, als müsse sie damit eine Sperre durchbrechen.»*Sie* sagt, dass es ihnen gut geht. *Sie* sagt, wir würden sie finden. In Caemlyn, sagt *sie*. Es sei wichtig für uns, keine Zeit zu verlieren, was das auch heißen mag. *Sie* sagt viel, wenn der Tag lang ist.«

Perrin musste nun doch grinsen. Was sich auch immer geändert haben mochte, die Seherin war immer noch derselbe Mensch geblieben, und sie und die Aes Sedai waren nach wie vor alles andere als Freundinnen.

Mit einem Mal erstarrte Nynaeve und sah entgeistert sein Gesicht an. Sie ließ ihre Tasche fallen und presste die Handrücken auf seine Wangen und seine Stirn. Er versuchte, zurückzuweichen, doch sie nahm seinen Kopf in beide Hände und zog mit den Daumen seine Augenlider hoch. Sie sah sich seine Augen ganz genau an und murmelte etwas vor sich hin. Trotz ihrer geringen Größe konnte sie sein Gesicht leicht festhalten; es war niemals leicht, Nynaeve zu entkommen, wenn sie einen nicht loslassen wollte.

»Ich verstehe das nicht«, sagte sie schließlich, ließ ihn los und hockte sich zurück auf die Fersen. »Hättest du Gelbaugenfieber, dann wärst du nicht in der Lage, auch nur aufzustehen. Aber du hast überhaupt kein Fieber, und das Weiße in deinen Augen ist auch nicht gelb geworden – nur die Pupillen!«

»Gelb?«, fragte Moiraine, und Perrin wie auch Nynaeve fuhren auf ihren Plätzen zusammen. Die Aes Sedai hatte sich völlig lautlos genähert. Egwene lag schlafend am Feuer, in ihren Umhang gehüllt, wie Perrin sah. Seine eigenen bleischweren Lider wollten sich ebenfalls schließen.

»Es ist nichts«, sagte er, doch Moiraine hielt sein Kinn mit der Hand hoch und drehte sein Gesicht herum, sodass sie wie zuvor Nynaeve in seine Augen blicken konnte. Er zuckte mit prickelnder Haut zurück. Die beiden Frauen behandelten ihn wie ein Kind. »Ich sagte, es ist nichts.«

»Das war nicht vorauszusehen.« Moiraine sprach mehr zu sich selbst. Ihr Blick ging durch ihn hindurch in die Ferne. »Etwas, das im Gewebe vorgesehen war, oder eine Änderung im Muster? Wenn es eine Änderung ist, wer hat sie dann verursacht? Das Rad webt, wie das Rad es will. Das muss es sein.«

»Wisst Ihr, was es bedeutet?«, fragte Nynaeve widerwillig. Sie zögerte. »Könnt Ihr etwas für ihn tun? Eure Heilkunst?« Die Bitte um Hilfe, das Zugeständnis, dass sie nichts tun konnte, kamen nur schwer über ihre Lippen.

Perrin funkelte die beiden Frauen an. »Wenn Ihr über mich sprechen wollt, dann sprecht gefälligst mit mir. Ich sitze hier vor Euch!« Keine sah ihn an.

»Heilkunst?« Moiraine lächelte. »Daran ist nichts, was man heilen könnte. Es ist keine Krankheit, und es wird nicht ...« Sie zögerte kurz. Dann blickte sie zu Perrin hinüber; ein kurzer Blick, der vieles zu bedauern schien. Der Blick schloss ihn aber nicht mit ein, und er knurrte beleidigt vor sich hin, während sie sich wieder Nynaeve zuwandte. »Ich wollte sagen, es wird ihm nicht schaden, aber wer weiß schon, was am Ende dabei herauskommt? Zumindest kann ich behaupten, dass es ihm nicht direkt schaden wird.«

Nynaeve stand auf, klopfte sich den Staub von den Knien, stellte sich vor die Aes Sedai und sah ihr in die Augen. »Das reicht mir nicht. Wenn etwas mit ihm nicht ...«

»Was geschehen ist, ist geschehen. Was bereits gewebt wurde, kann man nicht mehr ändern.« Moiraine wandte sich unvermittelt ab. »Wir müssen schlafen, solange wir können, und beim ersten Tageslicht aufbrechen. Wenn die Hand des Dunklen Königs zu stark wird ... Wir müssen Caemlyn schnell erreichen.«

Ärgerlich schnappte Nynaeve ihre Tasche und stolzierte davon, bevor Perrin den Mund aufbrachte. Er wollte grollend fluchen, doch dann traf ihn ein Gedanke wie ein Blitzschlag, und er saß mit offenem Mund da. Moiraine wusste Bescheid. Die Aes Sedai wusste von den Wölfen. Und sie glaubte, es könne das Werk des Dunklen Königs sein. Ein Schaudern durchlief ihn. Hastig schlüpfte er wieder in sein Hemd, stopfte es ungeschickt in die Hose und zog Mantel und Umhang an. Die Kleidung half nicht viel; er fühlte sich eiskalt bis auf die Knochen. Sein Mark war wie zu Eis erstarrt.

Lan ließ sich mit überkreuzten Beinen am Boden nieder und warf seinen Umhang zurück. Perrin war froh darüber. Es war unangenehm, wenn man den Behüter anschaute und der Blick dabei immer abglitt. Einen Augenblick lang sahen sie sich einfach nur an. Das kantige Gesicht des Behüters ließ keinen Rückschluss auf seine Gedanken zu, aber Perrin glaubte, in seinen Augen etwas zu entdecken ... irgendetwas. Mitgefühl? Neugier? Beides?

»Ihr wisst Bescheid?«, fragte er, und Lan nickte.

»Ich weiß einiges, nicht alles. Kam es einfach über dich, oder hast du einen Mittler getroffen?«

»Da war ein Mann«, sagte Perrin bedächtig. *Er weiß Bescheid, aber glaubt er dasselbe wie Moiraine?* »Er sagte, sein Name sei Elyas. Elyas Machera.« Lan atmete tief durch, und Perrin warf ihm einen scharfen Blick zu. »Ihr kennt ihn?«

»Ich kannte ihn. Er hat mich viel gelehrt, über die Fäule und über all dies.« Lan berührte seinen Schwertknauf. »Er war ein Behüter, bevor ... das geschah. Die Roten Ajah ...« Er blickte hinüber zu Moiraine, die vor dem Feuer lag.

Es war das erste Mal, dass Perrin an dem Behüter eine Unsicherheit entdeckte. In Shadar Logoth war Lan unerschütterlich und stark gewesen und auch dann, als er Blassen und Trollocs gegenüberstand. Er hatte auch jetzt keine Angst – davon war Perrin überzeugt –, aber er war sehr vorsichtig, als könne er zu viel sagen. Als könne das, was er sagte, gefährlich sein.

»Ich hab von den Roten Ajah gehört«, sagte er zu Lan.

»Und zweifellos stimmt das meiste von dem nicht, was du gehört hast. Du musst verstehen, dass es ... in Tar Valon verschiedene Parteien gibt. Einige wollen den Dunklen König auf diese Art bekämpfen, andere wieder auf eine andere Art. Das Ziel ist das gleiche, aber die unterschiedlichen Auffassungen bedeuten, dass Leben sich ändern oder beendet werden können. Die Leben vieler Männer oder Nationen. Geht es Elyas gut?«

»Ich denke schon. Die Weißmäntel behaupteten, sie hätten ihn getötet, aber Scheckie ...« Perrin sah den Behüter unsicher an. »Ich weiß nicht.« Lan schien das zögernd zu akzeptieren, und das wiederum ermutigte ihn fortzufahren. »Diese Verständigung mit den Wölfen ... Moiraine scheint zu glauben, es habe etwas mit dem Dunklen König zu tun. Aber das stimmt doch nicht, oder?« Er wollte nicht glauben, dass Elyas ein Schattenfreund sei.

Doch Lan zögerte, und Schweiß trat Perrin auf die Stirn, kühle Tropfen, die von der Nachtkälte noch kühler wurden. Als der Behüter endlich wieder sprach, rannen sie ihm bereits die Wangen hinunter.

»An sich nicht, nein. Einige glauben das, aber sie irren sich; es war schon uralt, bevor der Dunkle König gefunden wurde. Aber wie steht es mit der Wahrscheinlichkeit, Schmied? Manchmal scheint das Muster auf Zufällen zu beruhen, aber wie hoch ist die Wahrscheinlichkeit, dass man einen Mann trifft, der einen in diese Sache einführen kann, und dass man seiner Führung auch folgt? Das Muster formt sich zu einem Großen Gewebe, das von einigen Zeitgewebe genannt wird, und ihr Burschen spielt dabei eine bedeutende Rolle. Ich glaube nicht, dass in deinem Leben der Zufall noch eine große Rolle spielen wird. Bist du also auserwählt worden? Und wenn, vom Licht oder vom Schatten?«

»Der Dunkle König kann uns nicht berühren, solange wir ihn nicht beim Namen nennen.« Sofort musste Perrin an die Träume von

Ba'alzamon denken, die Träume, die mehr als nur Träume darstellten. Er wischte sich den Schweiß vom Gesicht. »Er kann es nicht.«

»Stur bis zuletzt«, meinte der Behüter. »Vielleicht stur genug, um dich am Ende zu retten. Bedenke die Zeiten, in denen wir leben, Schmied. Denke daran, was Euch Moiraine Sedai gesagt hat. In diesen Zeiten lösen sich viele Dinge auf. Alte Grenzen wanken, alte Mauern zerbröckeln. Die Grenzen zwischen dem, was ist, und dem, was war, zwischen dem, was ist, und dem, was sein wird.« Seine Stimme wurde noch ernster. »Die Mauern um das Gefängnis des Dunklen Königs. Dies könnte sehr wohl das Ende eines Zeitalters sein. Vielleicht erleben wir ein neues Zeitalter, bevor wir sterben. Oder vielleicht ist es auch das Ende aller Zeitalter, das Ende der Zeit selbst. Das Ende der Welt.« Plötzlich grinste er, aber sein Grinsen war düster wie ein grimmiger Blick; seine Augen funkelten fröhlich, lachten den Fuß eines Galgens an. »Aber es sind nicht wir, die sich darüber Gedanken machen müssen, wie, Schmied? Wir werden gegen die Schatten kämpfen, solange wir atmen, und wenn sie uns überrennen, dann gehen wir beißend und kratzend unter. Ihr Leute von den Zwei Flüssen seid zu stur, um euch zu ergeben. Mach dir keine Gedanken darüber, ob sich der Dunkle König in dein Leben eingemischt hat. Du bist jetzt wieder unter Freunden. Denke daran, das Rad webt, wie das Rad will, und das kann nicht einmal der Dunkle König ändern, solange Moiraine dich beschützt. Doch wir sollten eure Freunde möglichst bald finden.«

»Was meint Ihr damit?«

»Sie haben keine Aes Sedai zum Schutz bei sich, die sich der Wahren Quelle bedienen kann. Schmied, vielleicht sind die Mauern nun so schwach, dass der Dunkle König selbst die Dinge beeinflussen kann. Er hat noch keine völlige Freiheit, sonst lebten wir nicht mehr, aber er sorgt vielleicht für viele winzige Veränderungen in den Webfäden. Ein zufälliges Abbiegen an einer Ecke, statt an der anderen, ein zufälliges Zusammentreffen, ein zufälliges Wort oder etwas, das eben wie Zufall wirkt, und sie könnten so weit unter dem Einfluss des Schattens stehen, dass nicht einmal Moiraine sie zurückbringen könnte.«

»Wir müssen sie finden«, sagte Perrin, und der Behüter lachte grimmig dazu.

»Was habe ich denn gesagt? Schlaf ein wenig, Schmied.« Lans Umhang schlang sich wieder um ihn, als er aufstand. Im schwachen Lichtschein des Feuers und des Mondes erschien er fast wie ein Teil der Schatten im Hintergrund. »Wir haben ein paar schwere Tage bis Caemlyn vor uns. Bete nur darum, dass wir sie dort finden.«

»Aber Moiraine ... sie kann sie doch überall aufspüren, nicht wahr? Sie behauptet, dass sie das kann.«

»Aber kann sie sie auch rechtzeitig finden? Falls der Dunkle König stark genug ist, um selbst einzugreifen, wird die Zeit knapp. Bete darum, dass wir sie in Caemlyn finden, Schmied, oder wir sind vielleicht alle verloren.«

KAPITEL 39

Das Gewebe formt sich

Rand blickte vom hochgelegenen Fenster seines Zimmers in *Der Königin Segen* auf die Menschenmenge hinab. Die Leute rannten schreiend die Straße hinunter – alle in der gleichen Richtung –, schwenkten Wimpel und Flaggen, und so stand der weiße Löwe auf tausend roten Feldern gleichzeitig Wache. Einwohner von Caemlyn und Fremde rannten nebeneinander her, und ausnahmsweise schien keiner dem anderen den Schädel einschlagen zu wollen. Heute gab es vielleicht einmal nur eine einzige Partei.

Er wandte sich grinsend vom Fenster ab. Abgesehen von dem Tag, an dem Egwene und Perrin wohlbehalten und lachend ob des Gesehenen hereinspazieren würden, war dies der Tag, auf den er vor allem gewartet hatte. »Kommst du mit?«, fragte er noch einmal.

Mat sah ihn finster an. Er lag zusammengekauert auf seinem Bett. »Nimm doch den Trolloc mit, den du so gut leiden kannst.«

»Blut und Asche, Mat, er ist kein Trolloc! Du stellst dich einfach idiotisch an. Wie oft sollen wir uns noch deswegen streiten? Licht, du hast doch schließlich früher schon von Ogiern gehört!«

»Ich habe nicht gehört, dass sie wie Trollocs aussehen.« Mat steckte das Gesicht ins Kopfkissen und kauerte sich noch enger zusammen.

»Sturer Dummkopf«, murmelte Rand. »Wie lange willst du dich hier noch verstecken? Ich werde dir nicht die ganze Zeit über dein Essen all diese Treppen hochschleppen. Du könntest auch einmal baden.« Mat zappelte auf dem Bett herum, als wolle er sich noch tiefer eingraben. Rand seufzte und ging zur Tür. »Die letzte Chance, gemeinsam zu gehen, Mat. Ich breche jetzt auf.« Er zog die Tür langsam zu und hoffte immer noch, dass Mat seinen Entschluss ändere, doch sein Freund rührte sich nicht. Die Tür fiel ins Schloss.

Im Flur lehnte er sich gegen den Türrahmen. Meister Gill hatte gesagt, zwei Straßen weiter wohne eine alte Frau, Mutter Grubb, die Kräuter und Tinkturen verkaufte, Kinder zur Welt brachte, Kranke pflegte und die Zukunft voraussagte. Das klang ein wenig nach einer Seherin. Mat brauchte Nynaeve oder vielleicht Moiraine, aber er hatte eben nur Mutter Grubb. Wenn er sie in den Gasthof brachte, würde das vielleicht die falsche Art von Aufmerksamkeit erregen, falls sie überhaupt käme. Das könnte für alle Beteiligten unangenehme Folgen haben.

Kräuterweiblein und Quacksalber hielten sich zurzeit in Caemlyn sehr zurück. Jede Art von Heilkunst oder Weissagung war gerade verrufen. Jede Nacht wurde großzügig der Drachenzahn auf Türen gekritzelt, manchmal sogar im hellen Tageslicht, und die Leute vergaßen schnell, wer sie vom Fieber geheilt oder ihre Zahnschmerzen beseitigt hatte, wenn der Ruf ›Schattenfreund‹ ertönte. So war die Stimmung in der Stadt.

Es war ja nicht so, dass Mat wirklich krank war. Er aß alles, was ihm Rand aus der Küche heraufbrachte – allerdings nahm er nichts von anderen an –, und er klagte auch nie über Schmerzen oder Fieber. Er weigerte sich einfach, das Zimmer zu verlassen. Aber Rand war sich so sicher gewesen, dass er an diesem Tag herauskommen würde.

Er legte seinen Umhang über die Schultern und schob den Schwertgürtel so herum, dass sein Schwert mit dem herumgewickelten roten Tuch besser verborgen war.

Am Fuß der Treppe traf er auf Meister Gill, der soeben hinaufgehen wollte. »Jemand hat euch in der Stadt gesucht«, sagte der Wirt. Er behielt dabei den Pfeifenstiel im Mund. Rand fühlte Hoffnung in sich aufkeimen. »Er hat nach euch und euren Freunden gefragt und sogar die Namen genannt. Von euch Jünglingen jedenfalls. Er scheint vor allem euch drei Jungen zu suchen.«

Angst verdrängte die Hoffnung. »Wer?«, fragte Rand. Er konnte nicht umhin, den Flur nach beiden Seiten hin zu beobachten. Außer ihnen beiden befand sich niemand darin. Er war leer – vom Hinterausgang bis zur Tür in den Schankraum.

»Ich kenne seinen Namen nicht. Habe nur von ihm gehört. Er ist ein Bettler.« Der Wirt knurrte. »Halb verrückt, wie man mir gesagt hat. Aber trotzdem könnte er Der Königin Spende im Palast in Empfang nehmen, selbst in so schweren Zeiten. An Feiertagen spendet die Königin mit eigener Hand den Armen, und keiner wird mit leeren Händen weggeschickt. In Caemlyn muss niemand betteln. Selbst ein Mann, der von der Garde gesucht wird, könnte nicht festgenommen werden, während er Der Königin Spende entgegennimmt.«

»Ein Schattenfreund?«, fragte Rand zögernd. *Falls die Schatten-freunde unsere Namen kennen ...*

»Ihr habt Flausen im Hirn mit euren Schattenfreunden, mein Junge. Natürlich sind sie da, aber bloß, weil die Weißmäntel alles aufhetzen, braucht ihr nicht zu glauben, dass die Stadt voll davon ist. Weißt du, welches Gerücht diese Idioten als Neuestes in die Welt gesetzt haben? ›Fremdartige Gestalten.‹ Kannst du so was begreifen? Fremdartige Gestalten, die sich in der Nacht außerhalb der Stadt herumtreiben.« Der Wirt lachte, bis sein Bauch wackelte.

Rand war nicht nach Lachen zumute. Hyam Kinch hatte von solch eigenartigen Gestalten erzählt, und es war ja auch ein Blasser dort gewesen. »Was für Gestalten?«

»Welche Art? Ich weiß es nicht. Fremdartige Figuren. Möglicherweise Trollocs. Der Schattenmann. Lews Therin Brudermörder selbst, aber diesmal fünfzig Fuß groß. Was glaubst du denn, was sich die Leute alles vorstellen, wenn sie solche Flausen im Kopf haben? Das sollte dich nicht kümmern.« Meister Gill musterte ihn einen Moment lang. »Du willst ausgehen, nicht wahr? Na ja, ich kann nicht behaupten, dass ich mich darum reiße – selbst heute nicht –, aber es ist außer mir kaum noch jemand da. Dein Freund kommt nicht mit?«

»Mat fühlt sich nicht wohl. Vielleicht kommt er später nach.«

»Na ja, wie auch immer. Pass gut auf dich auf. Selbst heute werden die guten Anhänger der Königin dort draußen in der Minderheit sein. Das Licht versenge den Tag, an dem dieser Zustand begann. Am besten verlässt du das Haus durch die Gasse. Zwei von diesen verfluchten Verrätern sitzen auf der anderen Straßenseite und beobachten den Vordereingang. Sie wissen genau, wo ich stehe, beim Licht!«

Rand steckte den Kopf hinaus und sah sich nach beiden Seiten um, bevor er in die Gasse hinausschlüpfte. Ein grobschlächtiger Mann, den Meister Gill dafür bezahlte, stand am Ende der Gasse, stützte sich auf einen Speer und musterte gelangweilt die vorbeihastenden Leute. Das war aber nur der Schein, wie Rand wusste. Der Bursche – er hieß Lambgwin – sah alles mit diesen von schweren Lidern halb bedeckten Augen, und trotz seiner unförmigen Gestalt bewegte er sich wie eine Katze. Er glaubte ebenfalls, Königin Morgase sei das Fleisch gewordene Licht, oder jedenfalls so ähnlich. Es gab etwa ein Dutzend solcher Männer, die sich um *Der Königin Segen* herum verteilten.

Lambgwins Ohr zuckte, als Rand den Ausgang der Gasse erreichte, aber er wandte seine Aufmerksamkeit nicht von der Straße ab. Rand wusste, dass ihn der Mann hatte kommen hören. »Haltet Euch heute den Rücken frei, Mann.« Lambgwins Stimme klang wie Kieselsteine in einer Pfanne. »Wenn die Ausschreitungen beginnen, seid Ihr der richtige Mann, um hier zu helfen, aber nicht, wenn Ihr irgendwo ein Messer in den Rücken bekommt.«

Rand sah den bulligen Mann an, doch seine Überraschung war gedämpft. Er bemühte sich immer, das Schwert nicht sichtbar zu tragen, aber dies war nicht das erste Mal, dass einer von Meister Gills Männern angenommen hatte, er könne damit umgehen. Lambgwin sah ihn nicht mehr an. Der Mann sollte die Schenke bewachen, und das tat er auch.

Rand schob sein Schwert noch etwas weiter unter seinen Umhang und schloss sich der strömenden Menge an. Er sah die beiden Männer, die der Wirt erwähnt hatte. Sie standen auf umgedrehten Fässern auf der Straßenseite gegenüber der Schenke, sodass sie über die Köpfe der Menge hinwegsehen konnten. Er glaubte nicht, dass sie ihn bemerkten, als er aus der Gasse heraustrat. Sie machten kein Hehl aus ihrer Gesinnung. Nicht nur, dass ihre Schwerter in Weiß gehüllt und mit roter Kordel gebunden waren, sie trugen auch weiße Armbinden und weiße Abzeichen an den Hüten.

Er hatte sich noch nicht lange in Caemlyn aufgehalten, da wurde ihm klar, dass ein rot umhülltes Schwert, eine rote Armbinde oder ein rotes Abzeichen bedeutete, dass man Königin Morgase unterstützte. Weiß zeigte, dass die Königin und ihre Verbindung mit Tar Valon schuld an allem waren, was unglücklich verlaufen war: am Wetter, an der Missernte ... vielleicht sogar an dem falschen Drachen.

Er wollte sich nicht in die politischen Ränke Caemlyns verwickeln lassen. Aber nun war es zu spät. Nicht nur, dass er bereits die Seite gewählt hatte – wohl mehr durch Zufall, aber immerhin. Die Lage in der Stadt ließ es kaum noch zu, dass man neutral blieb. Selbst Ausländer trugen Abzeichen und Armbinden oder verhüllten ihre Schwerter, und die Mehrheit von ihnen trug Weiß, nicht Rot. Vielleicht glaubten einige davon überhaupt nicht daran, aber sie waren weit von zu Hause entfernt, und so hatte sich eben die politische Stimmung in Caemlyn entwickelt. Männer, die die Königin unterstützten, liefen zum eigenen Schutz in Gruppen umher, wenn sie überhaupt ausgingen.

Heute war es allerdings anders. Zumindest an der Oberfläche. Heute feierte Caemlyn den Sieg des Lichts über den Schatten. Heute brachte man den falschen Drachen in die Stadt, um ihn der Königin vorzuführen, bevor man ihn nach Tar Valon im Norden brachte. Über diesen Teil der Ereignisse sprach niemand. Natürlich konnten nur die Aes Sedai einen Mann beherrschen, der tatsächlich die Eine Macht anwenden konnte, doch darüber wollte niemand sprechen. Das Licht hatte den Schatten besiegt, und Soldaten aus Andor waren in der vordersten Kampflinie dieser Schlacht dabeigewesen. Heute zählte nur das. Heute vergaß man alles andere.

Oder vielleicht doch nicht?, fragte sich Rand. Die Menge rannte singend und lachend und mit geschwenkten Fahnen durch die Straßen, aber Männer, die sich in Rot zeigten, hielten sich in Gruppen von zehn oder zwanzig zusammen, und sie hatten keine Frauen und Kinder dabei. Seiner Schätzung nach kamen auf jeden Anhänger der Königin mindestens zehn Männer, die Weiß trugen. Nicht zum ersten Mal wünschte er sich, dass der weiße Stoff damals der billigere gewesen sei. *Aber hätte Meister Gill geholfen, wenn ich mich in Weiß gezeigt hätte?*

Die Menge war so dicht, dass es unvermeidlich war, sich gegenseitig anzurempeln. Selbst um die Weißmäntel herum gab es diesmal keinen freien Raum inmitten der Menschenansammlung. Als Rand sich von der Menge in die Innenstadt mittreiben ließ, sah er, wie eines der Kinder des Lichts, einer von dreien, so hart angerempelt wurde, dass er beinahe stürzte. Der Weißmantel fing sich gerade noch und wollte soeben den Mann, der ihn angerempelt hatte, wütend anschreien, als ein anderer Mann ihn absichtlich mit einem gezielten Schulterstoß ins Wanken brachte. Bevor die Situation eskalierte, zogen die Gefährten des Weißmantels ihn auf die Seite der Straße hinüber, wo sie sich unter einem Torbogen in Sicherheit brachten. Die drei schienen hin- und hergerissen zwischen ihrem üblichen finsteren Gesichtsausdruck und ungläubigem Staunen. Die Menge strömte vorbei, als habe niemand etwas bemerkt, und vielleicht hatte das ja wirklich niemand.

Keiner hätte noch vor zwei Tagen so etwas gewagt. Nicht genug, so erkannte Rand, denn die Männer, die den Weißmantel angerempelt hatten, trugen weiße Abzeichen an den Hüten. Die Meinung war weit verbreitet, dass die Weißmäntel jene unterstützten, die sich gegen die Königin und ihre Ratgeberin aus Tar Valon stellten, aber das machte wohl keinen Unterschied. Männer stellten Dinge an, die sie zuvor noch nie erwogen hatten. Heute – einen Weißmantel anrempeln. Morgen – vielleicht eine Königin stürzen? Plötzlich wünschte er, es wären noch ein paar andere Männer in Rot in der Nähe. Von weißen Abzeichen und Armbinden gestoßen, fühlte er sich plötzlich sehr einsam.

Die Weißmäntel bemerkten, dass er sie ansah, und sie blickten herausfordernd zurück. Er ließ sich von einer singenden Gruppe in der Menge aus ihrer Sicht treiben und sang bei ihnen mit:

»Vor mit dem Löwen,
vor mit dem Löwen,
der Weiße Löwe zieht in den Kampf.
Fordere den Schatten heraus!
Vor mit dem Löwen,
vorwärts, und Andor siegt.«

Die Strecke, auf der man den falschen Drachen nach Caemlyn hereinbringen würde, war wohl bekannt. Die Straßen selbst hielt man durch dichte Reihen von Gardesoldaten der Königin und in Rot gehüllte Lanzenträger frei, aber hinter ihnen an den Straßenrändern drängten sich die Leute Schulter an Schulter, selbst in den Fenstern und auf den Dächern. Rand arbeitete sich in die Innenstadt vor. Er versuchte, näher an den Palast heranzukommen. Er dachte flüchtig daran, wirklich zuzuschauen, wie Logain der Königin vorgeführt würde. Beide – den falschen Drachen und eine echte Königin – auf einmal zu sehen ... das hätte er sich zu Hause nie erträumt.

Die Innenstadt war auf Hügeln erbaut, und vieles von dem, was die Ogier errichtet hatten, war noch immer erhalten. Wo in der Neustadt die Straßen meistens wirr durcheinander und in alle möglichen Richtungen verliefen, folgten sie hier den Neigungen der Abhänge, als seien sie ein natürlicher Teil der Erde. Man konnte Parks von verschiedenen Blickwinkeln aus sehen, selbst von oben herab, wo ihre Wege und Denkmäler dem Auge wohltuende Muster ergaben. Allerdings war kaum irgendwo Grün zu sehen. Türme kamen in Rands Sichtfeld, deren Kachelwände in zahlreichen sich ständig verändernden Farben im Sonnenschein glitzerten. Unvermittelt stieg die Straße an, und die ganze Stadt bis zu den hügeligen Ebenen und Wäldern dahinter bot sich dem Blick dar. Alles in Allem wäre das schon eine ganz besondere Sache gewesen, hätte ihn nicht die Menschenmenge immer weiter gedrängt, bevor er den Anblick wirklich in sich aufnehmen konnte. Und all jene verschlungenen Straßen machten es schwer, sehr weit vorauszublicken.

Die Menge trug ihn mit sich um eine Straßenbiegung herum, und plötzlich stand er vor dem Palast. Die Straßen waren so angelegt worden, dass sie spiralförmig auf den Palast zuliefen, obwohl sie den natürlichen Formen der Landschaft folgten. Der Palast selbst schien der Erzählung eines Gauklers zu entspringen: blasse Türmchen und goldene Kuppeln und vielfach in sich verschlungener und durchbrochener Steinzierrat, und von jedem Vorsprung flatterte die Flagge von Andor – der Mittelpunkt all jener Schaustücke der Baukunst und ihr Höhepunkt. Er schien eher von einem Künstler als Skulptur entworfen als nur einfach gebaut.

Ein Blick reichte, um ihm zu zeigen, dass er nicht näher herankommen würde. Niemand wurde in die Nähe des Palasts durchgelassen. Gardesoldaten der Königin standen – zehn scharlachrote Reihen stark – zu beiden Seiten der Palasttore. Oben auf den weißen Mauern, auf hohen Balkonen und Türmen, standen weitere Gardesoldaten in Habtachtstellung, die Bogen vor die gepanzerte Brust gehalten. Auch sie sahen aus, als entsprängen sie der Erzählung eines Gauklers; eine Ehrengarde, doch Rand glaubte nicht, dass sie sich aus diesem Grund dort befanden. Die lärmende Menge an den Straßenrändern trug fast nur in Weiß gehüllte Schwerter, weiße Armbinden und weiße Abzeichen. Nur hier und da wurde diese weiße Mauer durch ein Bündel Rot unterbrochen. Die rot uniformierten Wachen schienen all diesem Weiß gegenüber nur wie eine sehr dünne Sperre.

Er gab den Versuch auf, näher an den Palast heranzukommen, und suchte sich einen Platz, an dem er seine Größe besser ausnützen konnte. Er musste nicht in der ersten Reihe stehen, um alles sehen zu können. Die Menschen waren ständig in Bewegung. Die einen schoben sich weiter nach vorn, andere wieder eilten weg zu einem, wie sie glaubten, besseren Standpunkt. Nach einer solchen Unterströmung befand er sich nur drei Reihen von der offenen Straße entfernt, und beinahe alle, die vor ihm standen, waren kleiner als er, sogar die Lanzenträger. Menschen drängten sich, schwitzend vom Druck so vieler Körper, von beiden Seiten her gegen ihn. Die hinter ihm beschwerten sich, weil sie nichts sehen konnten, und versuchten, sich an ihm vorbeizuschieben. Er wich nicht, und zusammen mit denen an seiner Seite stellte er eine undurchdringliche Menschenmauer dar. Er war es zufrieden. Wenn der falsche Drache vorbeikam, würde er sich nahe genug am Geschehen befinden, um das Gesicht des Mannes deutlich sehen zu können.

Auf der anderen Straßenseite und unten beim Tor zur Neustadt schien eine Welle die dichte Menge zu durchlaufen. Vor der Kurve wichen die Leute gruppenweise zurück, um etwas vorbeizulassen. Das war nicht wie der Freiraum, der immer um die Weißmäntel herum verblieb. Diese Leute fuhren mit Überraschung im Blick zurück, und dann verzogen sich ihre Gesichter und zeigten Abscheu. Sie drückten sich nach hinten und wandten die Gesichter ab. Doch aus den Augenwinkeln beobachteten sie weiter, bis es vorbei war.

Auch andere Augen in seiner Nähe bemerkten die Störung. Man war wohl ganz auf das Kommen des Drachen eingestimmt, aber da die Menge nun nichts anderes tun konnte als warten, wurde über jede Kleinigkeit geschwatzt. Er hörte, wie die Vermutungen von einer Aes Sedai bis zu Logain selbst gingen, und außerdem noch ein paar anzügliche Bemerkungen, die bei den Männern rohes Gelächter auslösten, während die Frauen verächtlich schnaubten. Die Welle pflanzte sich in Schlangenlinien durch die Menge fort und kam dabei dem Straßenrand immer näher. Niemand schien zu zögern, sie durchzulassen, wie sie wollte, selbst wenn das bedeutete, dass man einen guten Aussichtspunkt aufgeben musste, wenn die Menge dahinter in sich selbst zurückflutete. Schließlich wölbte sich Rand gegenüber die Menge in die Straße hinein, schob rot gekleidete Lanzenträger zur Seite, die sich bemühten, die Menschen zurückzudrängen, und öffnete sich. Die gebückte Gestalt, die zögernd ins Freie schlurfte, wirkte mehr wie ein Haufen dreckiger Lumpen denn wie ein Mann. Rand hörte unflätige Bemerkungen um sich herum.

Der zerlumpte Mann blieb am entfernten Straßenrand stehen. Seine Kapuze, zerrissen und steif vom Schmutz, schwang hierhin und dorthin, als suche er etwas oder lausche. Plötzlich schrie er wortlos auf, hob die schmutzige Klaue, die eine Hand darstellte, und deutete genau auf Rand. Sofort krabbelte er wie ein Käfer über die Straße.

Der Bettler. Welcher schlimme Zufall den Mann auch dazu gebracht hatte, ihn auf diese Weise zu finden: Rand war sicher, dass er ihm – Schattenfreund oder nicht – keinesfalls von Angesicht zu Angesicht gegenüberstehen wollte. Er konnte den Blick des Bettlers spüren. Er wirkte wie schmutziges Wasser auf seiner Haut. Und vor allem wollte er den Mann nicht gerade hier an sich herankommen lassen, wo sie von Menschen umgeben waren, die sich sowieso am Rand gewalttätiger Ausschreitungen befanden. Dieselben Stimmen, die vorher gelacht hatten, verwünschten ihn nun, als er sich seinen Weg nach hinten bahnte, weg von der Straße.

Er beeilte sich, denn er wusste, dass die dichte Menschenmasse, durch die er sich schieben und winden musste, den schmutzigen Mann durchlassen würde. Er erkämpfte sich seinen Weg durch die Menge und taumelte, als er plötzlich abseits dastand. Er ruderte mit den Armen, um das Gleichgewicht zu halten, und aus dem Taumeln wurde Rennen. Menschen deuteten auf ihn; er war der Einzige, der nicht in die entgegengesetzte Richtung drängte, und dazu rannte er auch noch. Rufe folgten ihm. Sein Umhang flatterte hinter ihm her und gab den Blick auf sein rot umhülltes Schwert frei. Als ihm das klar wurde, rannte er noch schneller. Ein einzelner Anhänger der Königin, der auch noch wegrannte, konnte durchaus eine Menge mit weißen Abzeichen in einen aufgebrachten Mob verwandeln, der ihn verfolgte, und das sogar heute. Er rannte, so schnell ihn seine langen Beine trugen, durch die gepflasterten Straßen. Erst als er die Schreie weit hinter sich gelassen hatte, erlaubte er sich, schwer atmend gegen eine Mauer zu sacken.

Er wusste nicht, wo er sich befand, außer dass er immer noch in der Innenstadt war. Er konnte sich nicht erinnern, wie viele Biegungen und Abzweigungen er in diesen kurvenreichen Straßen genommen hatte. Bevor er weiterrannte, blickte er dorthin zurück, woher er gekommen war. Nur ein Mensch bewegte sich auf der Straße: eine Frau, die gelassen mit einem Einkaufskorb einherschritt. Fast jeder in der Stadt war versammelt, um einen Blick auf den falschen Drachen zu erhaschen. *Er kann mir nicht gefolgt sein. Ich muss ihn abgehängt haben.*

Der Bettler würde nicht aufgeben, dessen war er sich sicher, obwohl er nicht wusste, warum. Die zerlumpte Gestalt schob sich in dieser Minute weiter durch die Menge auf der Suche nach ihm, und falls Rand zurückkehrte, um Logain zu sehen, riskierte er ein Zusammentreffen. Einen Augenblick lang überlegte er sich, ob er zu *Der Königin Segen* zurückgehen sollte, aber er war sicher, nie mehr eine Möglichkeit zu haben, eine Königin aus der Nähe zu sehen, und er hoffte, er werde nie mehr eine haben, einen falschen Drachen zu sehen. Es schien ihm irgendwie feige, sich von einem zerlumpten Bettler, selbst wenn es ein Schattenfreund war, in sein Versteck zurückjagen zu lassen.

Rufe drangen aus der Neustadt empor, das Schmettern von Trompeten und martialischer Trommelwirbel. Logain und seine Eskorte befanden sich bereits in Caemlyn und waren auf dem Weg zum Palast.

Enttäuscht wanderte er durch die beinahe menschenleeren Straßen. Er hoffte immer noch ein wenig darauf, einen Weg zu finden, um Logain zu sehen. Sein Blick fiel auf einen unbebauten Abhang, der sich über der Straße erhob, durch die er gerade schritt. In einem normalen Frühling wäre dieser Abhang ein bunter Teppich von Gras und Blumen gewesen, aber jetzt war er braun bis hinauf zu der hohen Mauer ganz oben, über die Baumwipfel hinwegragten.

Dieser Teil der Straße führte nicht zu irgendwelchen großartigen Aussichtspunkten, aber geradeaus konnte er über den Dächern einige Türmchen des Palasts sehen, auf denen Fahnen mit dem Weißen Löwen im Wind flatterten. Er war nicht sicher, in welche Richtung die Straße nach der nächsten Kurve führen würde, wo sie den Hügel umrundete und aus seiner Sicht verschwand, aber ihm kam plötzlich eine Idee, als er die Mauer oben auf dem Hügel sah.

Die Trommeln und Trompeten näherten sich; die Rufe wurden lauter. Erregt stieg er den Hang hinauf. Er war ziemlich steil, doch er drückte seine Stiefel in die abgestorbene Grasnarbe und zog sich hoch, wobei er kahle Sträucher zum Festhalten benützte. Er schnaufte schwer vor Aufregung und Anstrengung, als er die letzten Schritte zur Mauer zurücklegte. Sie ragte über ihm auf, gut doppelt so hoch wie er groß war, vielleicht auch mehr. Die Luft erzitterte unter dem Trommelschlag und dem Schmettern der Trompeten.

Man hatte die Steine der Mauer nur wenig behauen. Die mächtigen Blöcke passten so gut aufeinander, dass die Fugen fast unsichtbar waren. So rau wie sie waren, schienen sie wie eine natürliche Klippe. Rand grinste. Die Klippen gleich hinter den Sandhügeln waren höher, und trotzdem hatte sogar Perrin sie erklommen. Seine Hände suchten nach Auswüchsen im Gestein, seine Füße fanden Vorsprünge. Die Trommeln spornten ihn beim Klettern an. Er wollte sie nicht gewinnen lassen. Er würde die Mauerkrone erreichen, bevor sie im Palast waren. In seiner Hast riss er sich die Hände am Stein auf und schürfte sich die Knie durch die Hosen hindurch auf, doch dann warf er die Arme über die Mauerkrone und zog sich mit dem Gefühl hoch, gewonnen zu haben.

Schnell wand er sich herum, um sich auf die enge Mauerkrone zu setzen. Die mit unzähligen Blättern geschmückten Äste eines mächtigen Baums ragten über seinen Kopf hinweg, aber er achtete nicht darauf. Er blickte über ziegelgedeckte Dächer hinweg, aber hier von der Mauer aus hatte er freie Sicht. Er beugte sich nur ein klein wenig vor und konnte die Palasttore sehen sowie die Gardesoldaten der Königin, die dort aufgestellt waren, und die erwartungsvolle Menge. Ihre Rufe gingen im Donnergrollen der Trommeln und Trompeten unter, aber sie warteten immer noch. Er grinste. *Ich habe gewonnen.* Im gleichen Moment, als er sich hinsetzte, kam die Prozession auf der letzten Kurve vor dem Palast in Sicht. Zwanzig Reihen von Trompetern kamen zuerst und zerschnitten die Luft mit einem triumphierenden Schmettern, einer Siegesfanfare nach der anderen. Hinter ihnen donnerten genauso viele Trommler. Dann kamen die Banner von Caemlyn, weiße Löwen auf rotem Grund, von Berittenen getragen, gefolgt von den Soldaten Caemlyns, unzähligen Reihen von Reitern in glänzender Rüstung mit stolz erhobenen Lanzen, an denen hellrote Wimpel flatterten. Lanzenträger und Bogenschützen, jeweils drei Reihen tief, flankierten die Reiter, und mehr und mehr von ihnen folgten, nachdem die Reiter bereits zwischen den wartenden Gardesoldaten durch die Palasttore ritten.

Die letzten Fußsoldaten kamen um die Kurve, und hinter ihnen befand sich ein massiver Wagen. Sechzehn Pferde in Viererreihen zogen ihn. In der Mitte der Ladefläche stand ein großer Käfig mit Eisenstangen, und in jeder Ecke der Ladefläche saßen zwei Frauen, die den Käfig so aufmerksam beobachteten, als existiere die Menge gar nicht. Aes Sedai, da war er sicher. Zwischen dem Wagen und den Fußsoldaten ritten auf beiden Seiten jeweils ein Dutzend Behüter. Ihre Umhänge flatterten und verwirrten das Auge. Wenn auch die Aes Sedai die Menge ignorierten, so beobachteten die Behüter das Volk, als gebe es außer ihnen keine Wächter mehr.

Trotz alledem war es der Mann im Käfig, der Rand in seinen Bann zog. Er war nicht nahe genug, um Logains Gesicht sehen zu können, wie er eigentlich beabsichtigt hatte, aber mit einem Mal wusste er, dass er gar nicht näher herankommen wollte. Der falsche Drache war ein hoch gewachsener Mann mit langem, dunklem Haar, das in Locken auf seine breiten Schultern fiel. Er hielt sich trotz des schwankenden Wagens aufrecht, indem er sich mit einer Hand an den Gitterstäben über seinem Kopf festhielt. Seine Kleidung schien ganz gewöhnlich: Umhang und Mantel und Kniebundhosen, die in keinem Bauerndorf Aufsehen erregt hätten. Aber wie er sie trug! Seine ganze Haltung! Logain war jeder Zoll ein König. Der Käfig hätte genauso gut gar nicht vorhanden sein können. Er hielt sich aufrecht, mit hoch erhobenem Kopf, und blickte über die Menge hinweg, als sei sie gekommen, ihm zu huldigen. Und wo auch immer sein Blick hinfiel, schwiegen die Menschen und sahen ihn ehrfurchtsvoll an. Wenn Logains Blick weiterwanderte, schrien sie doppelt so laut, als wollten sie ihr Schweigen vergessen machen, aber für den Mann spielte es keine Rolle, wie er so dastand, im Lärm oder in der ihn begleitenden Stille. Als der Wagen durch die Palasttore rollte, blickte er zurück auf die versammelte Volksmenge. Die Menschen heulten ihm zu, fanden keine Worte mehr, eine Welle tierischen Hasses und Furcht überschlug sich, und Logain warf den Kopf zurück und lachte, während ihn der Palast verschluckte.

Andere Truppenteile folgten hinter dem Wagen und zeigten die Banner all jener, die gegen den falschen Drachen gekämpft und ihn besiegt hatten. Die Goldenen Bienen von Illian, die drei Weißen Mondsicheln von Tear, die Aufgehende Sonne von Cairhien, die Banner vieler anderer Nationen und Städte und die Banner großer Männer mit ihren eigenen Trompetern, ihren eigenen Trommlern, die zu ihrem Ruhm den Takt schlugen. Nach Logain war alles nicht mehr so wichtig.

Rand beugte sich noch ein Stückchen weiter vor, um einen letzten Blick auf den Mann im Käfig erhaschen zu können. *Er wurde besiegt, oder? Licht, er befände sich wohl kaum in so einem blutigen Käfig, wäre er nicht besiegt worden.*

Er rutschte weg, griff nach der Mauerkrone und zog sich wieder hinauf. Nun, da Logain weg war, bemerkte er das Brennen seiner Hände, wo der Stein seine Handflächen und Finger aufgeschürft hatte. Aber er konnte sich noch nicht von dem Anblick befreien. Der Käfig und die Aes Sedai! Logain, unbesiegt! Trotz des Käfigs war das kein geschlagener Mann gewesen. Er schauderte und rieb sich die brennenden Hände an den Hüften.

»Warum haben ihn die Aes Sedai bewacht?«, fragte er sich laut.

»Sie halten ihn davon ab, die Wahre Quelle zu berühren, Dummkopf.«

Er fuhr herum zu der Stelle, von der die Stimme des Mädchens erklungen war, und plötzlich konnte er das Gleichgewicht nicht mehr halten. Er hatte gerade noch Zeit, zu erkennen, dass er nach hinten stürzte; er fiel, und dann traf etwas seinen Kopf, und ein lachender Logain jagte ihn in die sich wild drehende Dunkelheit.

KAPITEL 40

Das Gewebe festigt sich

Es schien Rand, als sitze er an einem Tisch mit Logain und Moiraine. Die Aes Sedai und der falsche Drache saßen schweigend da und fixierten ihn so, als wisse keiner von beiden, dass der andere anwesend war. Plötzlich bemerkte er, dass die Wände des Raums kaum noch erkennbar waren und zu Grau verblassten. Erregung stieg in ihm auf. Alles war am Verschwinden, am Verblassen. Als er zum Tisch zurücksah, waren Moiraine und Logain verschwunden, und stattdessen saß Ba'alzamon dort. Rands gesamter Körper zitterte vor Erregung; sie summte in seinem Kopf, lauter und immer lauter. Das Summen wandelte sich zum Klopfen des Blutes in seinen Ohren.

Mit einem Ruck setzte er sich auf. Er stöhnte sofort und hielt sich schwankend den Kopf. Sein ganzer Schädel schmerzte; seine linke Hand fand klebrige Feuchtigkeit in seinem Haar. Er saß auf dem Boden auf grünem Gras. Das bereitete ihm irgendwie Kopfzerbrechen, aber in seinem Schädel drehte sich noch alles, und alles, was er ansah, schwankte, und alles, woran er denken konnte, war, dass er sich hinlegen musste, bis es aufhörte.

Die Mauer! Die Stimme des Mädchens!

Er stützte sich mit einer Hand auf dem Gras auf und blickte sich vorsichtig um. Es musste langsam geschehen: Als er versuchte, den Kopf schneller zu drehen, verschwamm wieder alles vor seinen Augen. Er befand sich in einem Garten oder Park. Keine sechs Fuß von ihm entfernt zog sich ein geplätteter Weg kreuz und quer zwischen blühenden Büschen hindurch. Daneben stand eine weiße Steinbank mit einer efeuüberwachsenen Laube, die Schatten spendete. Er *war* von der Mauer aus nach innen gefallen. *Und das Mädchen?*

Er fand den Baum gleich hinter seinem Rücken und auch das Mädchen – sie kletterte gerade daraus hervor. Sie erreichte den Boden und drehte sich zu ihm um, und dann blinzelte und stöhnte er erneut. Auf ihren Schultern ruhte ein dunkelblauer Samtumhang, mit blassem Pelz besetzt. Die Kapuze hing ihr bis zur Taille herunter und hatte an der Spitze ein Bündel Silberglöckchen. Sie bimmelten, wenn sie sich bewegte. Ein silberner, durchbrochener Reif hielt ihre rotgoldenen Locken zusammen, und an ihren Ohren hingen feine Silberringe. Um ihren Hals lag eine schwere Silberkette mit eingearbeiteten dunkelgrünen Steinen, die er für Smaragde hielt. Ihr hellblaues Kleid hatte bei ihrer Kletterpartie im Baum Flecken abbekommen, aber es war in jedem Fall aus Seide und mit unendlich fein gearbeiteten Mustern bestickt. In den Rock waren Streifen von der Farbe reinster Sahne eingenäht. Um ihre Taille lag ein breiter Gürtel aus Silberfäden, und unter dem Saum ihres Kleids lugten Samtschuhe hervor.

Er hatte in seinem Leben nur zwei Frauen gesehen, die so angezogen gewesen waren: Moiraine und die Schattenfreundin, die versucht hatte, Mat und ihn zu töten. Er konnte sich beim besten Willen nicht vorstellen, wer in solcher Kleidung auf Bäume klettern würde, aber er war sicher, sie müsse jemand Bedeutendes sein.

Die Art, wie sie ihn ansah, verstärkte diesen Eindruck noch. Sie schien sich nicht das geringste Kopfzerbrechen darüber zu machen, dass ein Fremder in ihren Garten gefallen war. Sie zeigte eine Selbstsicherheit, bei der er unwillkürlich an Nynaeve oder Moiraine denken musste.

Er war so damit beschäftigt, darüber nachzugrübeln, ob er sich nun in Schwierigkeiten gebracht hatte oder nicht, ob sie jemand war, der die Garde der Königin selbst an einem solchen Tag herbeirufen konnte und wollte, obwohl sie ja mit ganz anderen Dingen beschäftigt war, dass er ein paar Augenblicke benötigte, um die kostbare Kleidung und adlige Haltung zu vergessen und das Mädchen selbst anzuschauen. Sie war vielleicht zwei oder drei Jahre jünger als er, groß für ein Mädchen und schön. Ihr Gesicht war ein perfektes Oval, von einer Masse sonnenstrahlenfarbiger Locken umrahmt, die Lippen voll und rot, die Augen blauer, als er glauben konnte.

Sie unterschied sich vollkommen in Gestalt und Aussehen von Egwene, war aber genauso schön. Er hatte ein schlechtes Gewissen dabei, sagte sich dann aber, dass es Egwene auch nicht sicherer oder schneller nach Caemlyn bringen würde, wenn er leugnete, was seine Augen sahen.

Ein schabender Laut erklang aus dem Blätterwerk des Baums heraus, und einige Stückchen Rinde fielen herunter, von einem Jungen gefolgt, der hinter ihr behände am Boden landete. Er war einen Kopf größer als sie und ein bisschen älter, aber an seinem Gesicht und Haar konnte man die nahe Verwandtschaft ablesen. Sein Umhang und Mantel waren rot und weiß und golden bestickt und mit Brokat besetzt und – erstaunlich bei einem jungen Mann – noch mehr verziert als ihre. Das steigerte Rands Unbehagen. Irgendein gewöhnlicher Mann kleidete sich höchstens an einem hohen Festtag auf diese Art, aber doch wohl nicht so prachtvoll. Dies war außerdem kein öffentlicher Park. Vielleicht war die Garde zu sehr beschäftigt, um sich mit Eindringlingen wie ihm zu befassen?

Der Junge betrachtete Rand über die Schulter des Mädchens hinweg und fühlte nach dem Dolch an seiner Hüfte. Es schien allerdings mehr Unsicherheit zu sein, als dass er ihn wirklich gebrauchen wollte. Aber vielleicht doch nicht so ganz. Der Junge wirkte genauso selbstsicher wie das Mädchen, und sie sahen ihn beide an, als sei er ein Rätsel, das gelöst werden müsse.

Er hatte das merkwürdige Gefühl, dass zumindest das Mädchen ihn regelrecht abschätzte – vom Zustand seiner Stiefel bis zur Qualität seines Umhangs.

»Wir werden niemals hören, was aus alledem geworden ist, Elayne, falls Mutter das herausfindet«, sagte der Junge plötzlich. »Sie hat uns befohlen, in unseren Zimmern zu bleiben, aber du musstest ja unbedingt einen Blick auf Logain erhaschen, nicht wahr? Und jetzt schau, in welche Lage uns das gebracht hat.«

»Sei ruhig, Gawyn.« Sie war deutlich die Jüngere der beiden, aber sie benahm sich, als sei es selbstverständlich, dass er gehorchen musste. Im Gesicht des Jungen arbeitete es, als wolle er mehr sagen, aber zu Rands Überraschung hielt er den Mund. »Ist dir nichts passiert?«, fragte sie plötzlich.

Rand brauchte eine Weile, um zu begreifen, dass sie mit ihm sprach. Als es ihm klar war, versuchte er, auf die Beine zu kommen. »Mir geht's gut. Ich werde einfach ...« Er taumelte, und seine Beine gaben nach. Er fiel schwer zum Boden zurück. Sein Kopf schwamm. »Ich werde einfach über die Mauer zurückklettern«, murmelte er. Er versuchte erneut aufzustehen, aber sie legte ihm eine Hand auf die Schulter und drückte ihn zurück. Ihm war so schwindlig, dass der leichte Druck ausreichte, um ihn am Boden festzuhalten.

»Du bist verletzt.« Anmutig kniete sie neben ihm nieder. Ihre Finger strichen sanft das blutverklebte Haar an seiner linken Kopfhälfte zur Seite. »Du musst beim Fallen auf einen Ast aufgeschlagen sein. Du hast Glück, wenn du dir nicht mehr getan hast, als die Kopfhaut aufzureißen. Ich glaube nicht, dass ich jemals jemanden gesehen habe, der so geschickt im Klettern war wie du, aber im Fallen bist du nicht ganz so gut.«

»Du wirst dir die Hände mit Blut beschmutzen«, sagte er und wich mit dem Kopf zurück.

Energisch zog sie seinen Kopf wieder vor. »Halt still!« Sie sprach nicht in scharfem Ton, aber es lag etwas in ihrer Stimme, als sei sie gewohnt, dass man ihr gehorchte. »Es sieht nicht zu schlimm aus, dem Licht sei Dank.« Aus Taschen an der Innenseite ihres Umhangs nahm sie eine Anzahl winziger Fläschchen und zerdrückter Papierbeutel heraus, gefolgt schließlich von einem aufgewickelten Verband.

Er sah die Sammlung erstaunt an. Das waren Sachen, die er bei einer Seherin erwartet hätte und nicht bei einem Mädchen, das so angezogen war wie sie. Sie hatte Blut an die Finger bekommen, wie er bemerkte, aber das schien sie nicht zu stören.

»Gib mir deine Wasserflasche, Gawyn«, sagte sie. »Ich muss das auswaschen.«

Der Junge schnallte eine Lederflasche von seinem Gürtel ab und gab sie ihr. Dann kauerte er sich ganz entspannt zu Rands Füßen nieder und schlang die Arme um die Knie. Elayne tat, was getan werden musste, auf sehr geschickte Art und Weise. Er zuckte nicht zusammen, obwohl das kalte Wasser ein wenig brannte, als sie den Schnitt in seiner Kopfhaut auswusch, aber sie hielt seinen Kopf mit einer Hand fest, als erwarte sie, dass er wieder zurückweichen werde, und das wollte sie verhindern. Die Tinktur, die sie anschließend aus einem der kleinen Fläschchen in die Wunde einmassierte, linderte beinahe genauso gut die Schmerzen, wie es eine von Nynaeves Salben fertig gebracht hätte.

Gawyn lächelte, während sie arbeitete – ein beruhigendes Lächeln, so, als ob auch er erwarte, dass Rand auswich oder gar wegrannte. »Sie findet ständig verlorene Katzen und Vögel mit gebrochenen Flügeln. Du bist der erste Mensch, den sie bearbeiten kann.« Er zögerte und fügte dann hinzu: »Nimm mir das bitte nicht übel. Ich will dich nicht als Streuner bezeichnen.« Es war keine Entschuldigung, sondern einfach eine Feststellung.

»Ist schon in Ordnung«, sagte Rand förmlich. Aber die beiden benahmen sich, als sei er ein scheuendes Rennpferd. »Sie weiß schon, was sie tut«, sagte Gawyn. »Sie hatte die besten Lehrer. Also hab keine Angst, du bist in guten Händen.«

Elayne presste ein Stück Verband an seine Schläfe und zog einen Seidenschal hinter ihrem Gürtel hervor. Er war blau und beige und goldfarben. Für jedes Mädchen in Emondsfelde wäre das ein Teil der schönsten Festtagskleidung gewesen. Elayne wickelte ihn geschickt um seinen Kopf und hielt damit die Bandage fest.

»Das ist doch zu schade dafür«, protestierte er. Sie wickelte weiter.

»Ich habe dir gesagt, du solltest stillhalten«, bemerkte sie gelassen.

Rand sah Gawyn an. »Erwartet sie immer von jedem, dass er tut, was sie will?«

Auf dem Gesicht des jungen Mannes zeigte sich einen Moment lang Überraschung, und sein Mund verzog sich amüsiert. »Die meiste Zeit über schon. Und meistens gehorchen ihr auch alle.«

»Halt das mal«, sagte Elayne. »Drücke mit der Hand hier drauf, während ich es zubinde ...« Sie stockte, als sie seine Hände sah, und rief: »Das ist aber nicht beim Fallen passiert. Eher durchs Klettern, wo du nicht hättest herumklettern dürfen.« Sie verknotete den Schal schnell, drehte seine Hände so, dass die Handflächen nach oben zeigten, und brummte in sich hinein, wie wenig Wasser nur noch da sei. Das Auswaschen bewirkte, dass seine Abschürfungen brannten, aber ihre Berührung war überraschend sanft. »Halt diesmal still.«

Abermals holte sie das Fläschchen mit der Tinktur hervor. Sie verteilte sie dünn über die Schürfwunden und konzentrierte sich dabei ganz darauf, sie eindringen zu lassen, ohne ihm dabei wehzutun. Kühle verbreitete sich in seinen Handflächen, als reibe sie die aufgerissenen Stellen einfach weg.

»Meistens machen alle genau das, was sie will«, fuhr Gawyn mit einem wohlwollenden Grinsen in ihre Richtung fort. »Die meisten Leute jedenfalls. Natürlich Mutter nicht. Oder Elaida. Und auch Lini nicht. Lini war ihr Kindermädchen. Man kann niemandem Befehle geben, der einen als kleines Kind übers Knie gelegt hat, weil man Feigen klaute. Und selbst, als sie nicht mehr so klein war ...« Elayne hob den Kopf lang genug, um ihn böse anzufunkeln. Er räusperte sich und bemühte sich um einen unbefangenen Gesichtsausdruck, während er weitersprach: »Und natürlich Gareth. Niemand kommandiert Gareth herum.«

»Nicht mal Mutter«, sagte Elayne und beugte sich wieder über Rands Hände. »Sie macht Vorschläge, und er macht immer, was sie vorschlägt, aber ich habe noch nie gehört, dass sie ihn herumkommandiert.« Sie schüttelte den Kopf.

»Ich weiß nicht, warum dich das immer noch überrascht«, antwortete Gawyn. »Selbst du versuchst nicht, Gareth zu sagen, was er zu tun hat. Er hat unter drei Königinnen gedient, und bei zweien war er Generalhauptmann und Erster Prinzregent. Ich möchte behaupten, dass einige Leute glauben, er sei eher ein Symbol für den Thron Andors als die Königin selbst.«

»Mutter sollte sich einen Stoß geben und ihn heiraten«, sagte sie abwesend. Ihre Aufmerksamkeit galt Rands Händen. »Sie möchte doch – das kann sie vor mir nicht verbergen. Und es würde so viele Probleme lösen.«

Gawyn schüttelte den Kopf. »Einer von ihnen muss zuerst nachgeben. Mutter kann nicht, und Gareth will nicht.«

»Wenn sie es ihm befähle ...«

»Er würde gehorchen, glaube ich. Aber das macht sie nicht. Du weißt, dass sie das nicht macht.«

Plötzlich wandten sich beide Rand zu und sahen ihn an. Er hatte das Gefühl, sie hätten vergessen, dass er da war. »Wer ...?« Er musste sich unterbrechen und seine Lippen befeuchten. »Wer ist eure Mutter?«

Elayne machte vor Überraschung große Augen, aber Gawyn sprach in ganz selbstverständlichem Ton, was seine Worte für Rand noch aufrüttelnder klingen ließ. »Morgase, durch die Gnade des Lichts Königin von Andor, Beschützerin des Reiches, Verteidiger des Volkes, Hochsitz des Hauses Trakand.«

»Die Königin«, brachte Rand heraus, und der Schreck durchfuhr ihn und betäubte ihn. Beinahe glaubte er, in seinem Kopf werde sich wieder alles drehen. *Errege keine Aufmerksamkeit. Falle nur einfach in den Garten der Königin und lass deine Wunden von der Tochter-Erbin behandeln wie von einem Kräuterweiblein.* Er wollte lachen, wusste aber, dass er einer Panik nahe war.

Er holte tief Luft und rappelte sich hoch. Er beherrschte sich sehr, um nicht einfach fortzurennen, war aber vom Bewusstsein der Notwendigkeit erfüllt, zu entkommen, bevor ihn irgendjemand anders hier entdeckte.

Elayne und Gawyn betrachteten ihn ruhig, und als er aufsprang, erhoben sie sich anmutig und nicht im Geringsten in Eile. Er hob die Hand, um den Schal von seinem Kopf zu nehmen, aber Elayne packte ihn am Ellbogen. »Lass das! Du wirst sonst wieder bluten.« Ihre Stimme klang immer noch ruhig, immer noch überzeugt davon, er werde tun, was sie ihm gesagt hatte.

»Ich muss gehen«, sagte Rand. »Ich klettere einfach über die Mauer zurück und ...«

»Du hast es wirklich nicht gewusst.« Zum ersten Mal schien sie genauso überrascht wie er. »Willst du sagen, du bist auf diese Mauer geklettert, um Logain zu sehen, ohne zu wissen, wo du warst? Du hättest drunten auf der Straße viel besser sehen können.«

»Ich ... ich mag keine Menschenansammlungen«, murmelte er. Er verbeugte sich ein wenig vor beiden. »Wenn Ihr mich entschuldigt, äh ... Lady.« In den Geschichten waren die Königshöfe immer voll von Leuten, die sich gegenseitig mit Lord und Lady und Königliche Hoheit und Majestät anredeten, aber falls er jemals die korrekte Form der Anrede für die Tochter-Erbin gehört hatte, konnte er nicht klar genug denken, um sich daran zu erinnern. Er konnte überhaupt kaum einen klaren Gedanken fassen, ihm ging nur durch den Sinn, dass er ganz weit weg von hier sein sollte. »Wenn Ihr mich entschuldigt, dann werde ich jetzt gehen. Äh ... vielen Dank für die ...« Er berührte den Schal um seinen Kopf. »Danke schön.«

»Ohne uns wenigstens deinen Namen zu nennen?«, sagte Gawyn. »Eine dürftige Bezahlung für Elaynes Pflege. Ich habe mich schon gewundert. Du hörst dich zwar an wie ein Andorianer, aber keiner aus Caemlyn, ganz klar, doch du weichst aus ... Also, du kennst unsere Namen. Die Höflichkeit verlangt, dass du uns deinen nennst.«

Rand schaute sehnsüchtig zu der Mauer hinauf und sagte dann seinen richtigen Namen, bevor ihm klar wurde, was er da tat, und dann fügte er sogar noch hinzu: »Aus Emondsfelde in den Zwei Flüssen.«

»Aus dem Westen«, murmelte Gawyn. »Sehr weit im Westen.«

Rand blickte sich unvermittelt um. Im Tonfall des jungen Mannes hatte Überraschung gelegen, und Rand bemerkte einen Moment lang auch seinen erstaunten Gesichtsausdruck, als er sich zu ihm umdrehte. Allerdings lächelte Gawyn schnell so gewinnend, dass er beinahe an seiner Wahrnehmung zweifelte.

»Tabak und Wolle«, sagte Gawyn. »Ich muss die wichtigsten Erzeugnisse aller Teile des Reiches kennen. Und auch überhaupt aller Länder. Das ist Teil meiner Ausbildung. Feldfrüchte und Handelsgüter sowie die letzten Charaktereigenschaften der Leute. Ihre Sitten, ihre Stärken und Schwächen. Man sagt, die Menschen von den Zwei Flüssen seien stur. Man kann sie führen, wenn sie glauben, dass man das Gehorchen wert ist, aber je härter man sie anpackt, desto widerspenstiger werden sie. Elayne sollte sich einen Mann

676

von dort zum Heiraten aussuchen. Ihr Mann muss schon einen eisernen Willen haben, um bei ihr nicht unter die Räder zu kommen.«

Rand starrte ihn an. Elayne ebenfalls. Gawyn schien kein unvernünftiger Mensch zu sein, doch er plapperte dummes Zeug daher. *Warum?*

»Was ist denn hier los?«

Alle drei fuhren zusammen, als plötzlich diese Stimme erklang, und sie wandten sich ihr schnell zu.

Der junge Mann, der dort stand, war der bestaussehende Mann, den Rand je gesehen hatte, beinahe zu schön, um noch männlich zu wirken. Er war groß und schlank, aber seine Bewegungen verrieten Schnelligkeit, Kraft und Selbstvertrauen. Augen und Haare waren dunkel. Er trug seine Kleidung – rot und weiß und kaum weniger auffällig als die Gawyns –, als sei sie völlig unwichtig. Eine Hand ruhte auf dem Griff seines Schwerts, und er blickte Rand unverwandt an.

»Geh ein Stück von ihm weg, Elayne«, sagte der Mann. »Du auch, Gawyn.«

Elayne stellte sich zwischen Rand und den Neuankömmling, den Kopf hoch erhoben und so selbstbewusst wie zuvor. »Er ist ein treuer Untertan unserer Mutter – ein guter Anhänger der Königin. Und er steht unter meinem Schutz, Galad.«

Rand bemühte sich, sich daran zu erinnern, was er von Meister Kinch gehört hatte und danach noch von Meister Gill. Galadedrid Damodred war Elaynes Halbbruder, das heißt natürlich Elaynes und Gawyns, wenn ihn sein Gedächtnis nicht trog. Die drei hatten den gleichen Vater. Meister Kinch hatte vielleicht Taringail Damodred nicht sehr gut leiden können – genau wie jeder andere, soweit er gehört hatte –, aber der Sohn stand sowohl bei den Roten als auch bei den Weißen in gutem Ruf, falls man nach dem Klatsch in der Stadt gehen konnte.

»Mir ist klar, wie sehr dir Streuner am Herzen liegen, Elayne«, sagte der schlanke Mann in vernünftigem Ton, »aber der Bursche ist bewaffnet und sieht außerdem kaum vertrauenswürdig aus. Heutzutage können wir nicht vorsichtig genug sein. Wenn er ein treuer Anhänger der Königin ist, was tut er dann hier, wo er gewiss nicht hingehört? Es ist leicht genug, ein Schwert mit anderer Farbe einzuhüllen, Elayne.«

»Er befindet sich hier als mein Gast, Galad, und ich bürge für ihn.

Oder hast du dich selbst zu meinem Kindermädchen ernannt, damit du entscheiden kannst, wann und mit wem ich spreche?«

Ihre Stimme klang äußerst erzürnt, doch Galad schien unbewegt. »Du weißt, dass ich dich nicht bevormunden will, Elayne, aber dieser ... dein Gast gehört nicht hierher, und das weißt du so gut wie ich. Gawyn, hilf mir, sie zu überzeugen. Unsere Mutter würde ...«

»Genug!«, fauchte Elayne. »Du hast Recht, wenn du sagst, dass du mich nicht zu bevormunden hast, und es steht dir auch nicht zu, über meine Handlungsweise zu richten. Du darfst gehen. Sofort!«

Galad warf Gawyn einen wehmütigen Blick zu. Er schien gleichzeitig um Hilfe zu bitten und zu sagen, dass Elayne zu starrköpfig sei, als dass man ihr helfen könnte. Elaynes Gesicht lief dunkel an, aber als sie gerade ansetzte, den Mund wieder zu öffnen, verbeugte er sich geschmeidig wie eine Katze, trat einen Schritt zurück, drehte sich um und schritt den gepflasterten Weg hinunter. Schnell war er außer Sicht.

»Ich hasse ihn«, hauchte Elayne. »Er ist bösartig und erfüllt von Neid.«

»Da gehst du zu weit, Elayne«, sagte Gawyn. »Galad weiß überhaupt nicht, was Neid ist. Zweimal hat er mir das Leben gerettet, und niemand hätte etwas davon erfahren, wenn er das nicht getan hätte. Falls nicht, dann wäre er an meiner Stelle dein Erster Prinz des Schwerts.«

»Niemals, Gawyn. Ich würde jeden anderen erwählen, aber nicht Galad. Jeden anderen. Auch den letzten Stallburschen.« Plötzlich lächelte sie und warf ihrem Bruder einen gespielt ernsten Blick zu. »Du behauptest, ich gäbe gern Befehle. Also, dann befehle ich dir, auf dich aufzupassen, damit dir nichts zustößt. Ich befehle dir, mein Erster Prinz des Schwerts zu sein, wenn ich den Thron besteige – dem Licht sei Dank, wenn das noch lange dauert –, und das Heer Andors mit einer Ehrenhaftigkeit zu führen, von der Galad nur träumen kann.«

»Wir Ihr befehlt, Lady.« Gawyn lachte und parodierte Galads Verbeugung.

Elayne runzelte gedankenschwer die Stirn, als sie Rand anblickte. »Jetzt müssen wir dich schnell hier hinausschaffen.«

»Galad tut immer das Richtige«, erklärte Gawyn, »selbst wenn er das gar nicht soll. Da ein Fremder im Garten aufgetaucht ist, wäre es das Richtige, die Palastwache zu informieren. Und ich schätze, er befindet sich in dieser Minute auf dem Weg dorthin.«

»Dann wird es Zeit, dass ich zurück über die Mauer klettere«, sagte Rand. *Ein wundervoller Tag, um unbemerkt zu bleiben. Ich könnte genauso gut ein Schild um den Hals tragen!* Er wandte sich der Mauer zu, aber Elayne ergriff seinen Arm.

»Nicht nach all der Mühe, die ich mir mit deinen Händen gemacht habe. Du wirst sie dir nur wieder aufschürfen und dann irgendeine alte Hinterhofhexe irgendwas draufschmieren lassen. Es gibt eine kleine Tür auf der anderen Seite des Gartens. Sie ist überwachsen, und außer mir erinnert sich niemand daran.«

Plötzlich hörte Rand schnelle Stiefeltritte auf den Pflastersteinen des Gartenwegs, die auf sie zukamen. »Zu spät«, murmelte Gawyn. »Er muss losgerannt sein, kaum dass er außer Sichtweite war.«

Elayne stieß grollend einen Fluch aus, und Rands Augenbrauen hoben sich. Er hatte den gleichen Fluch von dem Stallburschen in *Der Königin Segen* gehört und war da schon entsetzt gewesen. Im nächsten Moment war sie wieder kühl und beherrscht.

Gawyn und Elayne schienen es zufrieden, dort zu bleiben, wo sie waren, aber er konnte nicht einfach mit solcher Gelassenheit auf die Königliche Garde warten. Er ging wieder in Richtung Mauer los, wusste aber, dass er kaum bis zur halben Höhe hinaufkäme, bevor die Soldaten ihn erreichten. Still dastehen konnte er aber auch nicht.

Bevor er drei Schritte getan hatte, kamen die rot uniformierten Männer in Sicht. Auf ihren Brustpanzern glänzte die Sonne, als sie den Gartenweg heraufeilten. Andere fluteten wie sich brechende Wellen von Scharlachrot und glänzendem Stahl heran. Sie kamen offensichtlich aus allen Richtungen. Einige hatten die Schwerter gezogen, andere warteten nur, bis sie einen sicheren Stand hatten, und hoben dann ihre Bögen mit bereits aufgelegten gefiederten Pfeilen. Hinter den heruntergeklappten Visieren blickten grimmige Augen hervor, und jeder Breitkopfpfeil war mit sicherer Hand auf ihn gerichtet.

Elayne und Gawyn sprangen sofort zwischen ihn und die Bogenschützen und breiteten die Arme aus, um ihn zu decken. Er stand ganz still und ließ die Hände weit weg von seinem Schwert.

Während noch das Trommeln der Stiefel und das Quietschen der Bogensehnen in der Luft hing, schrie einer der Soldaten mit dem goldenen Knoten eines Offiziersabzeichens auf der Schulter: »Lady, Lord, herunter, schnell!«

Trotz ihrer ausgestreckten Arme richtete sich Elayne majestätisch auf: »Du wagst es, in meiner Gegenwart blank zu ziehen, Tallanvor?

Gareth Bryne wird dafür sorgen, dass du mit dem niedrigsten Soldaten zusammen die Ställe ausmistest, wenn du Glück hast!«

Die Soldaten sahen sich verblüfft an, und einige der Bogenschützen ließen ihre Bögen halb sinken. Erst dann nahm Elayne die Arme herunter, als habe sie sie nur hochgehalten, weil sie das eben so wünschte. Gawyn zögerte und folgte dann ihrem Beispiel. Rand konnte die Bogen zählen, die nicht gesenkt worden waren. Seine Bauchmuskeln spannten sich, als könnten sie einen Breitkopfpfeil aus zwanzig Schritt Entfernung aufhalten.

Der Mann mit dem Offiziersabzeichen schien am meisten überrascht von allen.»Lady, vergebt mir, aber Lord Galadedrid berichtete, ein schmutziger Bauer treibe sich bewaffnet in den Gärten herum und gefährde Lady Elayne und Lord Gawyn.« Sein Blick ging zu Rand hinüber, und seine Stimme wurde entschlossener.»Wenn die Lady und der Lord bitte zur Seite treten würden, kann ich den Übeltäter in Gewahrsam nehmen. Es treibt sich heutzutage in der Stadt zu viel Pack herum.«

»Ich bezweifle sehr, dass Galad etwas in der Art berichtet hat«, sagte Elayne.»Galad lügt nicht.«

»Manchmal wünsche ich mir, er würde gelegentlich lügen«, sagte Gawyn leise, nur für Rands Ohren bestimmt.»Wenigstens einmal. Das könnte es erleichtern, mit ihm zusammenzuleben.«

»Dieser Mann ist mein Gast«, fuhr Elayne fort,»und steht unter meinem Schutz. Du kannst dich zurückziehen, Tallanvor.«

»Ich bedaure, aber das ist nicht möglich, Lady. Wie die Lady weiß, hat die Königin Anweisungen gegeben in Bezug auf jeden, der sich ohne die Erlaubnis Ihrer Majestät im Gelände des Palasts aufhält, und die Nachricht von diesem Eindringling wurde bereits an Ihre Majestät weitergegeben.« Es lag eine gehörige Portion Befriedigung in Tallanvors Worten. Rand vermutete, dass der Offizier schon andere Befehle von Elayne erhalten hatte, die er für unangebracht hielt. Diesmal würde der Mann nicht gehorchen, wenn er schon eine perfekte Ausrede hatte.

Elayne sah Tallanvor an, und diesmal schien sie ratlos.

Rand sah Gawyn fragend an, und Gawyn verstand, was er wissen wollte.»Gefängnis«, murmelte er. Rands Gesicht wurde blass, und der junge Mann fügte schnell hinzu:»Nur für ein paar Tage, und es wird dir nichts geschehen. Du wirst von Gareth Bryne, dem Generalhauptmann persönlich, vernommen, aber man lässt dich wieder laufen, sobald ihnen klar ist, dass du nichts Böses im Schilde führst.« Er unterbrach sich. In seinen Augen standen verborgene Zweifel. »Ich hoffe, du hast die Wahrheit gesagt, Rand al'Thor von den Zwei Flüssen.«

»Du wirst uns alle drei zu meiner Mutter begleiten«, verkündete Elayne plötzlich. Auf Gawyns Gesicht erblühte ein breites Grinsen. Hinter den Stahlstäben seines Visiers erschien Tallanvors Gesicht verblüfft. »Lady, ich ...«

»Oder bringe uns alle drei in eine Zelle«, sagte Elayne. »Wir bleiben zusammen. Oder wirst du Befehle erteilen, dass man Hand an meine Person legen solle?« Ihr Lächeln war siegesgewiss, und so, wie Tallanvor sich umblickte, als erwarte er Hilfe aus den Bäumen, schien es, als glaube auch er, dass sie gewonnen habe.

Was gewonnen? Wie?

»Mutter ist dabei, Logain unter die Lupe zu nehmen«, sagte Gawyn leise, als habe er Rands Gedanken erraten, »und selbst wenn sie nicht beschäftigt wäre, würde Tallanvor es nicht wagen, Elayne und mich zu ihr zu bringen, als stünden wir unter Bewachung. Mutter kann manchmal ein bisschen zornig werden.«

Rand dachte daran, was Meister Gill über Königin Morgase erzählt hatte. Ein bisschen zornig?

Ein weiterer rot uniformierter Soldat rannte den Weg herunter und kam, mit einem Arm salutierend über die Brust gelegt, zum Stehen. Er sprach leise mit Tallanvor, und seine Worte ließen dessen Gesicht wieder zufrieden dreinblicken.

»Die Königin, Eure Mutter«, verkündete Tallanvor, »befiehlt mir, den Eindringling unverzüglich zu ihr zu bringen. Es ist auch der Befehl der Königin, dass Lady Elayne und Lord Gawyn anwesend sein sollen. Unverzüglich!«

Gawyn verzog das Gesicht, und Elayne schluckte schwer. Ihr Gesicht war beherrscht, aber nun begann sie geschäftig, über die Flecken auf ihrem Kleid zu reiben. Abgesehen davon, dass sie ein paar Brocken Rinde wegwischte, erreichte sie nicht viel damit.

»Wenn die Lady bitte mitkommen würde?«, sagte Tallanvor selbstzufrieden. »Lord?«

Die Soldaten formierten sich schachtelförmig um sie herum und gingen mit Tallanvor an der Spitze den Gartenweg hinunter. Gawyn und Elayne schritten jeder an einer Seite Rands einher. Beide schienen in trübe Gedanken versunken. Die Soldaten hatten ihre Schwerter wieder in die Scheiden gesteckt und die Pfeile in den Köchern verstaut, doch sie waren nicht weniger wachsam als vorher, als sie die

Waffen einsatzbereit in der Hand gehalten hatten. Sie beobachteten Rand, als erwarteten sie jeden Moment, dass er sein Schwert ziehen und versuchen werde, sich den Weg in die Freiheit zu erkämpfen. *Irgendwas versuchen? Ich werde gewiss nicht irgendetwas versuchen! Unbemerkt! Ha!*

Als er so die Soldaten beobachtete, wie sie seinerseits ihn beobachteten, wurde ihm plötzlich der Garten bewusst. Er hatte seit dem Sturz sein Gleichgewichtsgefühl wiedererlangt. Eins nach dem anderen war geschehen, jeder neue Schreck war gekommen, bevor der letzte noch vergangen war, und seine Umgebung hatte er nur verschwommen wahrgenommen – außer natürlich der Mauer und seinem inbrünstigen Wunsch, sich wieder auf deren anderer Seite zu befinden. Jetzt sah er das grüne Gras, das ihm vorher nur ganz vage bewusst geworden war. *Grün!* Hundert verschiedene Grüntöne. Bäume und Büsche waren grün und üppig, trugen Blätter und Früchte. Saftige Ranken deckten die Laubengänge über dem Weg. Überall Blumen. So viele Blumen – der Garten war von Farbtupfern übersät. Einige der Blumen kannte er: hellgoldene Rosettenblüten und winzige rosa Kerzenspitzen, blutrote Sternenscheinchen und purpurne Emondspracht, dazu Rosen in allen Farben, vom reinsten Weiß bis zu dunkelstem Rot – aber andere waren ihm neu, so zauberhaft in Form und Farbe, dass er sich fragte, ob sie wohl echt seien.

»Es ist grün«, flüsterte er. »Grün.« Die Soldaten murmelten leise, bis Tallanvor sie scharf über die Schulter anblickte und sie wieder schwiegen.

»Elaidas Verdienst«, sagte Gawyn abwesend.

»Es ist nicht richtig«, sagte Elayne. »Sie fragte mich, ob *ich* irgendeinen Bauernhof aussuchen wolle, für den sie das Gleiche tun könne, während außen herum die Saat immer noch nicht aufgeht, aber es ist trotzdem immer noch nicht richtig, dass wir Blumen haben, und andere Menschen haben nicht einmal genug zu essen.« Sie holte tief Luft und fand ihre Selbstbeherrschung wieder. »Halte dich aufrecht«, raunte sie Rand zu. »Sprich klar, wenn du angeredet wirst, und ansonsten halte den Mund. Und folge mir. Alles wird gut.«

Rand wünschte, er könne ihre Zuversicht teilen. Es hätte geholfen, wenn Gawyn ebenso zuversichtlich gewirkt hätte.

Als Tallanvor sie in den Palast führte, blickte er zum Garten zurück, zu all den blütenübersäten Beeten, die von der Hand einer Aes Sedai der Königin beschert wurden. Er schwamm in tiefem Wasser, und es war kein Ufer in Sicht.

Palastdiener hasteten in roten Livreen mit weißen Krägen und Manschetten, den Weißen Löwen auf der linken Brust des Wamses, geschäftig durch die Säle und gingen ihren Aufgaben nach. Als die Soldaten mit Elayne, Gawyn und Rand in der Mitte vorbeimarschierten, blieben sie unvermittelt stehen und starrten sie mit offenem Mund an.

Mitten durch all die Verwirrung tapste ein grau gestreifter Kater unbeeindruckt den Flur hinunter und wand sich zwischen den neugierigen Dienern hindurch. Plötzlich kam der Kater Rand komisch vor. Er war lange genug in Baerlon gewesen, um zu wissen, dass selbst im miesesten Laden in jeder Ecke Katzen gewesen waren. Seit sie den Palast betreten hatten, war dieser Kater die einzige Katze, die er erspäht hatte.

»Habt Ihr keine Ratten?«, fragte er ungläubig. An *jedem* Ort gab es Ratten. »Elaida mag keine Ratten«, murmelte Gawyn vor sich hin. Er blickte besorgt den Flur hinunter. Offensichtlich hatte er das bevorstehende Zusammentreffen mit der Königin vor Augen. »Wir haben niemals Ratten.«

»Seid beide ruhig.« Elaynes Stimme klang scharf, aber genauso abwesend wie die ihres Bruders. »Ich versuche nachzudenken.«

Rand beobachtete den Kater noch über seine Schulter hinweg, bis die Soldaten ihn um eine Ecke herumführten, sodass er ihn nicht mehr sehen konnte. Eine Menge Katzen, und er hätte sich besser gefühlt – es wäre nett, wenn an dem Palast irgendetwas normal gewesen wäre. Da hätte er selbst Ratten in Kauf genommen.

Der Weg, den Tallanvor gewählt hatte, machte so viele Kurven, dass Rand jegliche Orientierung verlor. Endlich blieb der junge Offizier vor einer großen Doppeltür aus dunklem, sanft schimmerndem Holz stehen. Sie war nicht so prächtig wie ein paar andere, an denen sie vorbeigekommen waren, aber immer noch auf der ganzen Fläche mit Reihen von detailliert geschnitzten Löwen geschmückt. An jeder Seite stand ein Diener in Livree.

»Wenigstens nicht im großen Saal.« Gawyn lachte unsicher. »Ich habe noch nie gehört, dass Mutter von hier aus befahl, jemandem den Kopf abzuschlagen.« Er klang, als rechne er damit, dass sie das zum ersten Mal tun könne.

Tallanvor griff nach Rands Schwert, aber Elayne trat dazwischen. »Er ist mein Gast, und Sitte und Gesetz erlauben es, dass Gäste der königlichen Familie sogar in Mutters Gegenwart bewaffnet sein dürfen. Oder willst du meinem Wort widersprechen, dass er mein Gast ist?«

Tallanvor zögerte, sah ihr in die Augen und nickte dann. »Sehr wohl, Lady Elayne.« Sie lächelte Rand an, als Tallanvor zurücktrat, aber das dauerte nur einen Moment. »Der erste Zug wird mich begleiten«, befahl Tallanvor. »Meldet Ihrer Majestät Lady Elayne und Lord Gawyn«, sagte er zu den Türstehern. »Dazu Gardeleutnant Tallanvor, unter Befehl Ihrer Majestät, mit dem Eindringling, der unter Bewachung steht.«

Elayne funkelte Tallanvor an, doch die Torflügel schwangen bereits auf. Eine volltönende Stimme erklang und meldete, wer angekommen war. Elayne schritt würdevoll hindurch und verdarb ihr königliches Auftreten nur ein wenig, als sie Rand bedeutete, nah hinter ihr zu bleiben. Gawyn straffte die Schultern und schritt an ihrer Seite hinein, genau um einen Schritt hinter ihr versetzt. Rand folgte auf ihrer anderen Seite und glich seinen Schritt etwas unsicher dem Gawyns an. Tallanvor blieb in Rands Nähe, und zehn Soldaten betraten mit ihm den Saal. Die Torflügel schlossen sich lautlos hinter ihnen.

Plötzlich beugte Elayne die Knie zu einem tiefen Knicks, wobei sie auch den Oberkörper vorbeugte und ihren Rock mit den Händen ausbreitete. So verharrte sie. Rand erschrak und folgte dann schnell dem Beispiel Gawyns und der anderen Männer. Er stellte sich ungeschickt an, brachte es aber dann doch einigermaßen richtig hin. Runter auf das rechte Knie, den Kopf neigen, vorbeugen und die Knöchel der rechten Hand auf die Marmorplatten des Bodens pressen, die linke Hand am Griff des Schwerts. Gawyn, der kein Schwert trug, legte stattdessen die Hand genauso auf den Griff seines Dolches.

Rand gratulierte sich schon selbst, dass ihm alles so gut gelang, da bemerkte er, dass Tallanvor – immer noch mit gesenktem Kopf – ihn unter seinem Visier hindurch von der Seite her wütend anblitzte. *Hätte ich etwas anders machen sollen?* Er ärgerte sich, dass Tallanvor von ihm erwartete, er wisse, wie er sich verhalten solle, obwohl niemand es ihm gesagt hatte. Und er ärgerte sich, dass er Angst vor den Gardesoldaten hatte. Er hatte nichts getan, vor dessen Folgen er sich fürchten musste. Er wusste, dass Tallanvor nicht an seiner Angst schuld war, aber trotzdem war er wütend auf ihn.

Alle blieben wie zu Eisklötzen erstarrt in Position, als warteten sie auf das Tauwetter. Er wusste nicht, worauf sie warteten, aber er benützte die Gelegenheit, den Saal zu betrachten, in den man ihn gebracht hatte. Er behielt den Kopf unten und drehte sich nur genug,

um alles sehen zu können. Tallanvors Gesicht wurde noch wütender, doch das ignorierte er.

Der quadratische Raum war etwa so groß wie der Schankraum in
Der Königin Segen. Die Wände waren mit Reliefs aus reinstem Mar-
mor geschmückt, die Jagdszenen darstellten. Die Wandbehänge dazwischen wirkten mit ihren Bildern leuchtender Blumen und Kolibris mit glänzenden Federn sehr sanft, mit zwei Ausnahmen am
hinteren Ende des Raums, auf denen der Weiße Löwe von Andor einen Mann auf scharlachrotem Feld überragte. Diese beiden rahmten
ein Podest ein, und auf diesem Podest stand ein geschnitzter und
vergoldeter Thron. Darauf saß die Königin. Ein derber, stämmiger
Mann ohne Kopfbedeckung stand zur rechten Seite der Königin. Er
trug das Rot der königlichen Garde und vier goldene Knoten auf der
Schulter seines Umhangs. Das Weiß seiner Manschetten wurde von
breiten Goldstreifen unterbrochen. Seine Schläfen zeigten viel Grau,
doch er wirkte so stark und standhaft wie ein Fels. Das musste Generalhauptmann Gareth Bryne sein. Auf der anderen Seite saß hinter
dem Thron auf einem niedrigen Hocker eine Frau in tiefgrüner Seide
und strickte etwas aus dunkler, fast schwarzer Wolle. Wegen der
Handarbeit dachte Rand zuerst, sie sei alt, aber auf den zweiten
Blick hin konnte er sie überhaupt keiner Altersstufe mehr zuordnen.
Jung, alt, er wusste es nicht. Ihre Aufmerksamkeit schien ausschließlich ihren Stricknadeln und dem Garn zu gelten, gerade so,
als ob sich in Armlänge vor ihr gar keine Königin befände. Sie war
eine gut aussehende Frau, nach außen ruhig, doch in ihrer Konzentration lag etwas Unheimliches. Man hörte keinen Laut im Raum außer dem Klicken ihrer Nadeln.

Er bemühte sich, alles zu sehen, aber sein Blick kehrte immer wieder zu der Frau zurück, die einen schimmernden Kranz fein gewirk-
ter Rosen auf der Stirn trug – die Rosenkrone von Andor. Eine lange
rote Schärpe, über deren ganze Länge der Löwe von Andor marschierte, war um ihr Seidenkleid mit den roten und weißen Falten
geschlungen, und als sie mit der linken Hand den Arm des Generalhauptmanns berührte, glitzerte daran ein Ring in Form der Großen
Schlange, die ihren eigenen Schwanz verschlang. Aber es war nicht
die Pracht ihrer Kleidung, die Rands Blicke wieder und wieder anzog: es war die Frau, die sie trug.

In Morgase zeigte sich die Schönheit ihrer Tochter, nur gereift und
erwachsen. Ihr Gesicht, ihre Figur, ihre Gegenwart beherrschten den
Raum wie ein Licht, das die anderen neben ihr überstrahlte. Wäre

sie eine Witwe in Emondsfelde gewesen, hätten die Freier bei ihr Schlange gestanden, selbst wenn sie die schlechteste Köchin und die schlampigste Hausfrau der ganzen Zwei Flüsse gewesen wäre. Er sah, dass sie ihn betrachtete, und duckte sich. Er fürchtete, sie könne seine Gedanken von seinem Gesicht ablesen. *Licht, ich denke an die Königin, als sei sie eine Frau aus dem Dorf! Narr!*

»Ihr mögt Euch erheben«, sagte Morgase mit voller, warmer Stimme, in der die Sicherheit des Gehorsams noch hundertmal stärker als bei Elayne mitschwang. Rand stand mit den anderen auf.

»Mutter ...«, begann Elayne, doch Morgase unterbrach sie.

»Es scheint, du bist auf Bäume geklettert, Tochter.« Elayne strich ein einzelnes Rindenstückchen von ihrem Kleid, und da sie keinen Platz fand, wo sie es hinstecken konnte, hielt sie es in der geschlossenen Faust. »Es scheint tatsächlich«, fuhr Morgase ruhig fort, »als hättest du es im Widerspruch zu meinem Befehl fertig gebracht, doch einen Blick auf diesen Logain zu werfen. Gawyn, von dir hätte ich Besseres erwartet. Du musst nicht nur lernen, deiner Schwester zu gehorchen, sondern sie auch vor sich selbst zu beschützen.« Der Blick der Königin wanderte kurz zu dem stämmigen Mann neben ihr, aber sie schaute schnell wieder weg. Bryne blieb unberührt, als habe er es nicht bemerkt, doch Rand glaubte, diesen Augen entgehe nichts. »Auch das, Gawyn, ist die Aufgabe des Ersten Prinzen, und nicht nur die Führung des Heers von Andor. Wenn deine Ausbildung vielleicht etwas eifriger betrieben würde, fändest du weniger Zeit dafür, dich von deiner Schwester in Schwierigkeiten bringen zu lassen. Ich werde den Generalhauptmann darum bitten, dass es dir nicht an Dingen ermangele, die du zu tun hast, wenn ihr nach Norden reist.«

Gawyn trat von einem Fuß auf den anderen, als wolle er protestieren, neigte dann aber doch lieber den Kopf. »Wie Ihr befehlt, Mutter.«

Elayne verzog das Gesicht: »Mutter, Gawyn kann mich nicht vor Schwierigkeiten bewahren, wenn er nicht bei mir ist. Nur deshalb hat er seine Gemächer verlassen. Mutter, es kann doch sicher nicht schaden, einen Blick auf Logain zu werfen. Beinahe jeder in der Stadt war ihm näher als wir.«

»Jeder in der Stadt ist nicht dasselbe wie die Tochter-Erbin.« Die Stimme der Königin klang scharf. »Ich habe diesen Burschen aus der Nähe gesehen, und er ist gefährlich, Kind. Im Käfig eingesperrt und jede Minute von Aes Sedai bewacht, ist er immer noch so gefährlich wie ein Wolf. Ich wünschte, er wäre niemals auch nur in die Nähe von Caemlyn gebracht worden.«

»Man wird sich in Tar Valon um ihn kümmern.« Die Frau auf dem Hocker blickte beim Sprechen nicht von ihrem Strickzeug auf. »Wichtig ist nur, dass die Leute sehen: Das Licht hat wieder einmal die Dunkelheit besiegt. Und sie sehen, dass Ihr ein Teil dieses Sieges seid, Morgase.«

Morgase winkte ab. »Trotzdem wäre es mir lieber, er wäre nie in die Nähe Caemlyns gekommen. Elayne, ich weiß, was du im Schilde führst.«

»Mutter«, protestierte Elayne, »ich will dir wirklich gehorchen. Ganz bestimmt!«

»Tatsächlich?«, fragte Morgase in gespielter Überraschung, und dann lachte sie leise. »Ja, du bemühst dich, eine folgsame Tochter zu sein. Aber du probierst ständig, wie weit du gehen kannst. Na ja, ich habe das Gleiche bei meiner Mutter gemacht. Dieser Ehrgeiz wird dir helfen, wenn du den Thron besteigst, aber noch bist du nicht Königin, Kind. Du hast mir nicht gehorcht und stattdessen deinen Blick auf Logain geworfen. Gib dich zufrieden damit. Auf der Reise nach Norden wird man dich nicht einmal auf hundert Schritt Entfernung an ihn heranlassen, weder dich noch Gawyn. Wenn ich nicht wüsste, wie schwer das ist, was an Unterricht in Tar Valon auf dich wartet, dann würde ich Lini mitschicken, damit sie aufpasst, dass du gehorchst. Zumindest sie scheint in der Lage, dich dazu zu bringen, das zu tun, was du tun sollst.«

Elayne neigte schmollend den Kopf. Die Frau hinter dem Thron schien damit beschäftigt, ihre Maschen zu zählen. »Nach einer Woche«, sagte sie plötzlich, »wirst du wieder nach Hause zu deiner Mutter wollen. Nach einem Monat willst du dann mit dem Fahrenden Volk weglaufen. Aber meine Schwestern werden dich von dem Ungläubigen fern halten. So etwas ist nichts für dich, noch nicht.« Plötzlich drehte sie sich auf ihrem Hocker um und sah Elayne eindringlich an. All ihre Gelassenheit war gewichen, als habe es sie nie gegeben. »Du hast die Fähigkeit, die größte Königin zu werden, die Andor je gesehen hat, die es in den letzten mehr als tausend Jahren in irgendeinem Land gegeben hat. Darauf bereiten wir dich vor, falls du stark genug dafür bist.«

Rand starrte sie an. Das musste Elaida sein, die Aes Sedai. Plötzlich war er froh, dass er sich nicht um Hilfe an sie gewandt hatte, ganz gleich, welcher Ajah sie angehörte. Sie strahlte eine Strenge weit jenseits der Morgases aus. Er hatte sich manchmal Moiraine als Stahl vorgestellt, der mit Samt überzogen war; bei Elaida war der Samt nur eine Illusion.

»Genug, Elaida«, sagte Morgase und runzelte zweifelnd die Stirn. »Das hat sie mehr als einmal zu hören bekommen. Das Rad webt, wie das Rad will.« Einen Augenblick lang schwieg sie und sah ihre Tochter an. »Befassen wir uns nun mit diesem jungen Mann« – sie deutete auf Rand, ohne ihren Blick von Elaynes Gesicht zu wenden – »wie und warum er hierher kam und warum du ihm deinem Bruder gegenüber Gastrecht gewährt hast.«

»Darf ich sprechen, Mutter?« Als Morgase zustimmend nickte, erzählte Elayne in einfachen Worten, was vorgefallen war, und zwar von dem Moment an, als sie Rand zuerst dabei beobachtete, wie er den Abhang zur Mauer hinaufgeklettert war. Er erwartete, dass sie damit enden würde, die Unschuld seiner Handlungen zu beteuern, doch stattdessen sagte sie: »Mutter, du sagst mir oft, dass ich unser Volk kennen lernen muss, die einfachen Menschen wie die hochgestellten, aber wann immer ich welche von ihnen treffe, stehen ein Dutzend Bedienstete daneben. Wie kann ich unter solchen Umständen erfahren, was wahr und wirklich ist? Im Gespräch mit diesem jungen Mann habe ich bereits mehr über die Menschen der Zwei Flüsse erfahren, welcher Menschenschlag sie sind, als ich jemals aus Büchern lernen könnte. Es sagt doch einiges aus, dass er von so weit herkommt und Rot trägt, wo doch so viele andere Neuankömmlinge aus Angst Weiß tragen. Mutter, ich bitte dich, einen treuen Untertanen nicht zu bestrafen, der mich viel über die Menschen gelehrt hat, die du regierst.«

»Ein treuer Untertan von den Zwei Flüssen«, seufzte Morgase. »Mein Kind, du solltest mehr auf diese Bücher geben. In den Zwei Flüssen war seit sechs Generationen kein Steuereintreiber mehr, und die königliche Garde hat die Gegend seit sieben Generationen nicht mehr besucht. Ich wage zu behaupten, dass sie sich nicht einmal mehr daran erinnern, ein Teil des Reiches zu sein.« Rand zuckte unangenehm berührt die Achseln, als er sich an seine Überraschung erinnerte, nachdem man ihm erzählt hatte, die Zwei Flüsse seien ein Teil des Reiches von Andor. Die Königin bemerkte seine Geste und lächelte ihre Tochter bedauernd an: »Siehst du, Kind?«

Elaida hatte ihr Strickzeug weggelegt und musterte ihn, wie Rand jetzt bemerkte. Sie erhob sich von ihrem Hocker und trat langsam vom Podest herunter auf ihn zu. »Von den Zwei Flüssen?«, fragte sie.

Sie streckte eine Hand nach seinem Kopf aus. Er zuckte vor ihrer Berührung zurück, und sie ließ die Hand fallen.»Bei dem Rot seiner Haare und den grauen Augen? Die Menschen von den Zwei Flüssen haben dunkle Haare und Augen, und sie werden selten so groß.« Ihre Hand schoss heraus und schob den Ärmel seines Mantels hoch. Seine Haut war hell und zeigte, dass sie nicht oft der Sonne ausgesetzt gewesen war.»Ebenso wenig haben sie eine solche Hautfarbe.« Es kostete ihn Mühe, nicht die Fäuste zu ballen.»Ich bin in Emondsfelde geboren«, sagte er steif.»Meine Mutter war Ausländerin, daher habe ich diese Augen. Mein Vater ist Tam al'Thor, ein Schäfer und Bauer, genau wie ich es bin.«

Elaida nickte bedächtig, sah ihm aber weiterhin ins Gesicht. Er begegnete ihrem Blick mit einer Ruhe, die das saure Gefühl in seinem Magen Lügen strafte. Er sah, dass sie seinen festen Blick wohl bemerkte. Sie sah ihm immer noch in die Augen und streckte langsam wieder die Hand nach ihm aus. Er beschloss, diesmal nicht zurückzuweichen.

Es war sein Schwert, das sie berührte, und nicht er. Ihre Hand umschloss den Knauf ganz oben am Ende. Ihre Finger verkrampften sich, und sie machte vor Überraschung große Augen.»Ein Schäfer von den Zwei Flüssen«, sagte sie leise in einem Flüsterton, den trotzdem alle verstehen sollten,»mit einem Schwert, das ein Reiherzeichen trägt.«

Diese letzten Worte hinterließen im Raum eine Wirkung, als habe sie das Kommen des Dunklen Königs gemeldet. Hinter Rand knarrten Leder und Metall, und Stiefel schoben sich über Marmorplatten. Aus dem Augenwinkel konnte er erkennen, wie sich Tallanvor und ein anderer Gardesoldat ein Stück von ihm entfernten, um Raum zu gewinnen, die Hände an den Schwertern, bereit, zu ziehen und, nach ihren Gesichtern zu schließen, zu sterben. Mit zwei schnellen Schritten stand Gareth Bryne vor dem Podest – zwischen Rand und der Königin. Selbst Gawyn schob sich mit einem besorgten Blick und einer Hand am Dolch vor Elayne. Elayne selbst blickte ihn an, als sehe sie ihn zum ersten Mal. Morgases Gesichtsausdruck änderte sich nicht, aber ihre Hände strafften sich um die vergoldeten Armlehnen ihres Throns.

Nur Elaida tat so, als habe sie nichts Außergewöhnliches gesagt. Sie nahm ihre Hand vom Schwert, was die Soldaten offensichtlich in noch größere Anspannung versetzte. Ihre Augen blickten ihn unverwandt an, unbeeindruckt und berechnend.

»Sicher«, sagte Morgase mit ruhiger Stimme, »ist er zu jung, um sich eine Klinge mit Reiherzeichen verdient zu haben. Er kann nicht älter als Gawyn sein.«

»Es gehört zu ihm«, sagte Gareth Bryne.

Die Königin blickte ihn überrascht an. »Wie kann das sein?«

»Ich weiß nicht, Morgase«, sagte Bryne bedächtig. »Er ist zu jung, aber trotzdem gehört es zu ihm und er zu dem Schwert. Seht seine Augen an. Seht, wie er dasteht, wie das Schwert ihn ergänzt und er das Schwert. Er ist zu jung, aber das Schwert ist sein.«

Als der Generalhauptmann wieder schwieg, fragte Elaida: »Wie bist du an diese Klinge gekommen, Rand al'Thor von den Zwei Flüssen?« Sie brachte es so heraus, als zweifle sie sowohl an seinem Namen als auch an dem Ort seiner Herkunft.

»Mein Vater hat es mir gegeben«, sagte Rand. »Es war seines. Er dachte, draußen in der Welt benötigte ich ein Schwert.«

»Also *noch* ein Schäfer von den Zwei Flüssen mit einem Reiherschwert.« Elaidas Lächeln ließ seinen Mund austrocknen. »Wann bist du in Caemlyn angekommen?«

Er hatte es satt, dieser Frau die Wahrheit zu sagen. Er hatte vor ihr genauso viel Angst wie vor einem Schattenfreund. Es war Zeit, die Wahrheit zu verbergen. »Heute«, sagte er. »Heute Morgen.«

»Gerade rechtzeitig«, murmelte sie. »Wo wohnst du? Behaupte nicht, du hättest nicht irgendwo ein Zimmer gefunden. Du siehst ein wenig angegriffen aus, aber du hattest Gelegenheit, dich zu waschen. Wo?«

»Im Gasthaus *Krone und Löwe*.« Er erinnerte sich daran, an einer Schenke dieses Namens vorbeigekommen zu sein, als er *Der Königin Segen* suchte. Sie lag in der Neustadt auf der entgegengesetzten Seite von Meister Gills Schenke. »Dort habe ich ein Bett unter dem Dach.« Er hatte das Gefühl, sie wisse, dass er log, aber sie nickte nur.

»Ist das nun ein Zufall?«, sagte sie. »Heute bringt man den Ungläubigen nach Caemlyn. In zwei Tagen wird man ihn nach Tar Valon führen, und die Tochter-Erbin reist mit, um dort ausgebildet zu werden. Und gerade an diesem Wendepunkt taucht ein junger Mann im Palastgarten auf und behauptet, ein treuer Untertan von den Zwei Flüssen zu sein ...«

»Ich komme von den Zwei Flüssen!« Sie sahen ihn alle an, und doch beachteten sie ihn nicht. Alle außer Tallanvor und seinen Soldaten; deren Augen waren starr auf ihn gerichtet. »... und erzählt eine Geschichte, um Elayne zu umgarnen. Außerdem trägt er ein Schwert mit dem Reiherzeichen. Er besitzt weder Armbinde noch Abzeichen, um seine Gesinnung zu zeigen, dafür aber wickelt er das Schwert rot ein und verbirgt sorgfältig den Reiher vor neugierigen Blicken. Ist das ein Zufall, Morgase?«

Die Königin bedeutete dem Generalhauptmann, zur Seite zu treten, und dann musterte sie Rand mit besorgtem Blick. Sie sprach dann allerdings Elaida an: »Als was willst du ihn bezeichnen? Schattenfreund? Einer von Logains Anhängern?«

»Der Dunkle König rührt sich in Shayol Ghul«, erwiderte die Aes Sedai. »Der Schatten liegt über dem Muster, und die Zukunft balanciert auf einer Nadelspitze. Dieser Mann ist gefährlich.«

Plötzlich rührte sich Elayne. Sie warf sich vor dem Thron auf die Knie. »Mutter, ich bitte dich, ihm nichts zu tun. Er wäre sofort wieder gegangen, hätte ich ihn nicht aufgehalten. Er wollte gehen. Ich habe ihn zum Bleiben überredet. Ich kann nicht glauben, dass er ein Schattenfreund ist.«

Morgase machte eine beschwichtigende Geste zu ihrer Tochter hin, doch ihr Blick ruhte weiter auf Rand. »Ist das eine Voraussage, Elaida? Hast du das Muster studiert? Du sagst, es käme über dich, wenn du es am wenigsten erwartest, und es vergeht so plötzlich, wie es kommt. Falls das eine Weissagung ist, Elaida, dann befehle ich dir, klar und deutlich die Wahrheit zu sagen, ohne deine sonstige Angewohnheit, es so durch Geheimnistuerei zu verschleiern, dass hinterher niemand mehr weiß, ob du ja oder nein gesagt hast. Sprich! Was siehst du?«

»Dies weissage ich«, antwortete Elaida, »und ich schwöre beim Licht, dass ich nichts Eindeutigeres sagen kann. Vom heutigen Tage an bewegt sich Andor auf eine Zeit des Schmerzes und der Spaltung zu. Der Schatten wird sich erst zu Schwarz vertiefen, doch ich kann nicht sagen, ob ihm dann das Licht nachfolgt. Wo die Welt eine Träne geweint hat, wird sie künftig tausende weinen. Dies weissage ich.«

Eisiges Schweigen hing über dem Raum und wurde erst durch Morgase gebrochen, die so laut ausatmete, als sei es ihr letzter Atemzug gewesen.

Elaida sah weiterhin Rand in die Augen. Sie sprach wieder. Dabei bewegte sie die Lippen kaum und sprach so leise, dass er sie – kaum eine Armlänge von ihr entfernt – fast nicht verstehen konnte. »Auch das weissage ich: Schmerz und Spaltung kommen über die ganze

Welt, und dieser Mann steht dabei im Mittelpunkt. Ich gehorche der Königin«, flüsterte sie, »und spreche es klar und deutlich aus.«

Rand fühlte sich, als habe er im Marmorboden Wurzeln geschlagen. Die Kälte des Bodens kroch ihm in die Beine und ließ ihn schaudern. Niemand sonst konnte das gehört haben. Aber sie sah ihn immer noch an, und er hatte es gehört.

»Ich bin Schäfer«, sagte er zu allen im Raum. »Von den Zwei Flüssen. Nur ein Schäfer.«

»Das Rad webt, wie das Rad es will«, sagte Elaida laut, und er war nicht sicher, ob ein spöttischer Unterton darin lag oder nicht.

»Lord Gareth«, sagte Morgase, »ich brauche den Rat meines Generalhauptmanns.«

Der stämmige Mann schüttelte den Kopf. »Elaida Sedai sagt, der Junge sei gefährlich, meine Königin, und wenn sie mehr dazu sagen könnte, würde ich den Henker bestellen. Aber alles, was sie sagt, ist nur das, was jeder von uns auch mit eigenen Augen sehen kann. Es gibt wohl keinen Bauern im Reich, der nicht vorhersagt, dass alles immer noch schlimmer werden wird, und dazu braucht er keine Weissagung. Ich persönlich glaube, der Junge ist nur durch puren Zufall hierher gekommen, auch wenn es für ihn ein unglücklicher Zufall war. Um sicherzugehen, meine Königin, schlage ich vor: Werft ihn in eine Zelle, bis Lady Elayne und Lord Gawyn eine Weile unterwegs sind, und dann lasst ihn laufen. Oder, Aes Sedai, habt Ihr noch mehr auf Lager, was Ihr über ihn weissagen könntet?«

»Ich habe alles gesagt, was ich im Muster über ihn gelesen habe, Generalhauptmann«, sagte Elaida. Sie lächelte Rand bitter an, ein Lächeln, das kaum ihre Lippen verzog, und spottete seiner Unfähigkeit zu behaupten, sie sage nicht die Wahrheit. »Ein paar Wochen im Gefängnis werden ihm nicht schaden, und sie könnten mir Gelegenheit geben, mehr herauszubekommen.« Gier stand in ihren Augen und ließ ihn noch mehr schaudern. »Vielleicht ergibt sich eine weitere Weissagung.«

Morgase überlegte eine Weile lang, das Kinn auf die Faust gestützt und den Ellbogen auf der Armlehne ihres Thrones. Rand hätte sich unter ihrem Blick am liebsten hin und her bewegt, wenn er sich nur überhaupt hätte rühren können. Doch Elaidas Blick ließ ihn wie erstarrt dastehen. Schließlich sprach die Königin.

»Das Misstrauen erstickt Caemlyn und vielleicht ganz Andor. Angst und blankes Misstrauen. Frauen verunglimpfen ihre Nachbarn als Schattenfreunde. Männer kritzeln den Drachenzahn auf die

Türen von Menschen, die sie schon jahrelang kennen. Ich werde das nicht mitmachen.«

»Morgase ...«, begann Elaida, aber die Königin unterbrach sie.

»Ich werde das nicht dulden. Als ich den Thron bestieg, schwor ich, Gerechtigkeit an hochgestellten wie niedrigen Leuten zu üben, und daran werde ich mich halten, und wenn ich der letzte Mensch in Andor sein sollte, der noch Gerechtigkeit übt. Rand al'Thor, schwörst du beim Licht, dass dein Vater, ein Schäfer im Gebiet der Zwei Flüsse, dir dieses Reiherschwert gegeben hat?«

Rand bewegte die Zunge, um seinen Mund zu befeuchten, damit er sprechen konnte. »Das schwöre ich.« Da er sich plötzlich daran erinnerte, mit wem er da sprach, fügte er hastig: »Meine Königin« hinzu. Lord Gareth hob eine schwere Augenbraue, aber Morgase schien es nicht zu stören.

»Und dass du die Gartenmauer nur deshalb erklommen hast, weil du den falschen Drachen sehen wolltest?«

»Ja, meine Königin.«

»Willst du dem Thron von Andor oder meiner Tochter oder meinem Sohn Schaden zufügen?« Ihr Tonfall sagte ihm, dass im zweiten Fall mit ihm noch kürzerer Prozess gemacht werde als im ersten.

»Ich will überhaupt niemandem schaden, meine Königin. Euch und den Euren noch weniger als allen anderen.«

»Dann will ich dir gerecht werden, Rand al'Thor«, sagte sie. »Zuerst einmal habe ich Elaida und Gareth eines voraus, denn ich habe in meiner Jugend die Mundart der Zwei Flüsse gehört. Du siehst zwar nicht so aus, aber falls mich meine trübe Erinnerung daran nicht täuscht, trägst du die Zwei Flüsse auf der Zunge. Zum zweiten würde niemand mit deinem Haar und deinen Augen behaupten, er sei ein Schäfer von den Zwei Flüssen, wenn es nicht wahr wäre. Und dass dir dein Vater ein Reiherschwert gab, ist zu unwahrscheinlich, um eine Lüge zu sein. Und zum dritten: Die Stimme, die mir zuflüstert, dass die beste Lüge oft gerade das ist, was zu lächerlich erscheint, um erlogen zu sein ... diese Stimme stellt keinen Beweis dar. Ich werde mich an die Gesetze halten, die ich selbst erließ. Ich schenke dir deine Freiheit, Rand al'Thor, aber ich rate dir, gründlich zu überlegen, bevor du in Zukunft fremden Boden betrittst. Wenn man dich noch einmal auf dem Grund und Boden des Palasts erwischt, wirst du nicht so leicht davonkommen.«

»Ich danke Euch, meine Königin«, sagte er heiser. Er konnte Elaidas Unzufriedenheit wie Hitze auf seinem Gesicht spüren. »Tallanvor«, sagte Morgase, »eskortiert diesen ... den Gast meiner Tochter aus dem Palast und erweist ihm jede Höflichkeit. Ihr anderen, geht jetzt auch. Nein, Elaida, du bleibst! Und wenn Ihr bitte auch bleiben würdet, Lord Gareth. Ich muss entscheiden, was mit diesen Weißmänteln in der Stadt zu geschehen hat.«

Tallanvor und die Gardesoldaten steckten ihre Schwerter zögernd zurück in die Scheiden, schienen aber jeden Moment bereit, sie augenblicklich zu ziehen. Trotzdem war Rand froh, als sie sich um ihn herum formierten und Tallanvor folgten. Elaida hörte der Königin nur halb zu; er konnte ihren Blick auf seinem Rücken fühlen. *Was wäre geschehen, wenn Morgase keine Aes Sedai am Hofe gehabt hätte?* Bei dem Gedanken wünschte er, die Soldaten würden schneller marschieren.

Zu seiner Überraschung wechselten Elayne und Gawyn vor der Tür einige Worte und schlossen sich ihm dann an. Auch Tallanvor war überrascht. Der junge Offizier blickte von ihnen zurück zur Tür, doch die schloss sich jetzt.

»Meine Mutter«, sagte Elayne, »befahl, ihn aus dem Palast zu eskortieren, Tallanvor. In aller Höflichkeit. Worauf wartest du?«

Tallanvor blickte finster die Tür an, hinter der die Königin nun mit ihren Ratgebern beriet. »Auf nichts, Lady Elayne«, sagte er säuerlich und befahl unnötigerweise der Eskorte weiterzugehen.

Die Wunder des Palasts schwammen ungesehen an Rand vorbei. Er war wie betäubt. Gedankenfetzen flogen viel zu schnell durch seinen Kopf, um sie zu fassen. *Du siehst nicht so aus. Dieser Mann steht im Mittelpunkt.*

Die Eskorte blieb stehen. Er blinzelte und war überrascht, dass er sich im großen Vorhof des Palasts befand und vor dem hohen, vergoldeten Tor stand, das in der Sonne glänzte. Dieses Tor würde man nicht für einen einzelnen Mann öffnen, ganz bestimmt nicht für einen Eindringling, selbst wenn ihm die Tochter-Erbin Gastrecht gewährte.

Wortlos öffnete Tallanvor den Riegel eines Ausfalltors, einer kleinen Tür, die sich innerhalb eines großen Torflügels befand.

»Es ist Sitte«, sagte Elayne, »einen Gast bis zum Tor zu geleiten, aber ihm nicht nachzublicken. Es ist die Freude an der Gesellschaft eines Gasts, an die man sich erinnern sollte, und nicht der traurige Abschied.«

»Ich danke Euch, Lady Elayne«, sagte Rand. Er berührte den Schal, der immer noch als Verband um seinen Kopf gewickelt war.

»Für alles. Es ist in den Zwei Flüssen Sitte, dass ein Gast ein kleines Geschenk mitbringt. Ich fürchte, ich habe nichts. Obwohl ich«, fügte er trocken hinzu, »Euch offensichtlich etwas über die Menschen der Zwei Flüsse gelehrt habe.«

»Wenn ich Mutter gesagt hätte, dass ich dich für attraktiv halte, dann hätte sie dich ganz sicher in eine Zelle sperren lassen.« Elayne warf ihm ein betörendes Lächeln zu. »Leb wohl, Rand al'Thor.«

Mit offenem Mund sah er ihr nach, einer jüngeren Verkörperung von Morgases Schönheit und Würde.

»Versuche nicht, dich mit Worten an Elayne zu messen.« Gawyn lachte. »Da gewinnt sie immer.«

Rand nickte abwesend. *Attraktiv? Licht, und das von der Tochter-Erbin des Throns von Andor!* Er schüttelte sich, um den Kopf wieder frei zu bekommen.

Gawyn schien auf etwas zu warten. Rand sah ihn einen Augenblick lang an.

»Lord Gawyn, als ich Euch sagte, ich käme von den Zwei Flüssen, da wart Ihr überrascht. Und auch alle anderen – Eure Mutter, Lord Gareth, Elaida Sedai« – ein Schauer rann ihm den Rücken hinunter – »keiner von ihnen ...« Er konnte den Satz nicht beenden; er war sich noch nicht einmal sicher, warum er ihn begonnen hatte. *Ich bin der Sohn Tam al'Thors, auch wenn ich nicht in den Zwei Flüssen geboren wurde.*

Gawyn nickte, als habe er darauf gewartet. Doch er zögerte noch. Rand öffnete den Mund, um die unausgesprochene Frage zurückzunehmen, da sagte Gawyn: »Wickle eine *Schufa* um deinen Kopf, Rand, und du siehst aus wie ein Aielmann. Das ist seltsam, da Mutter zu glauben scheint, dass du zumindest wie ein Mann von den Zwei Flüssen *klingst*. Ich wünschte, wir hätten uns besser kennen lernen können, Rand al'Thor. Leb wohl.«

Ein Aielmann!

Rand stand da und beobachtete, wie Gawyn zurückging, bis ein ungeduldiges Hüsteln Tallanvors ihn daran erinnerte, wo er sich befand. Er duckte sich und durchschritt das Ausfalltor. Tallanvor schlug es ihm beim Schließen beinahe auf die Fersen. Der Riegel wurde drinnen laut und vernehmlich vorgeschoben.

Der ovale Platz vor dem Palast war nun leer. Alle Soldaten waren weg, die ganze Menschenmenge, Trompeten und Trommeln waren lautlos verschwunden. Nichts war übrig, bis auf verstreute Abfälle, die der Wind über das Pflaster fegte, und ein paar Leute, die nun, da die Aufregung vorüber war, wieder ihrem Geschäft nachgingen. Er konnte nicht erkennen, ob sie Rot oder Weiß trugen.

Aielmann.

Erschreckt wurde ihm klar, dass er immer noch vor dem Palasttor stand, wo Elaida ihn am leichtesten finden konnte, wenn sie ihr Gespräch mit der Königin beendet hatte. Er zog seinen Umhang enger um sich herum und trabte los – über den Platz und in die Straßen der Innenstadt hinein. Er sah sich gelegentlich um, weil er sehen wollte, ob ihm jemand folgte, doch durch die Kurven konnte er nicht sehr weit zurückblicken. Aber er erinnerte sich nur zu gut an Elaidas Augen und stellte sich vor, dass sie ihn beobachteten. Als er schließlich die Tore zur Neustadt erreichte, rannte er.

KAPITEL 41

Alte Freunde und neue Bedrohungen

Zu *Der Königin Segen* zurückgekehrt, ließ sich Rand an den Türrahmen fallen und atmete tief durch. Er war den ganzen Weg gerannt, hatte nicht darauf geachtet, ob jemand sah, dass er Rot trug, und nicht einmal geschaut, ob jemand in seinem Rennen einen Grund sah, ihn zu verfolgen. Er glaubte nicht, dass selbst ein Blasser ihn eingeholt hätte.

Lambgwin saß auf einer Bank neben der Tür und hielt eine gestreifte Katze in den Armen, als er herangerannt kam. Der Mann stand auf und schaute in die Richtung, aus der Rand gekommen war, um nachzusehen, ob es Schwierigkeiten geben würde. Dabei kraulte er die Katze ganz gelassen hinter den Ohren. Da er nichts sah, setzte er sich wieder, wobei er sorgfältig darauf achtete, das Tier nicht zu stören. »Idioten versuchten vor einer Weile, einige der Katzen zu stehlen«, sagte er. Er betrachtete seine Handgelenke, bevor er sich wieder dem Kraulen widmete. »Katzen sind heutzutage eine Menge Geld wert.«

Die beiden Weiß tragenden Männer standen immer noch auf der anderen Straßenseite, wie Rand sah, doch einer hatte ein blaues Auge, und sein Unterkiefer war geschwollen. Er trug einen finsteren Gesichtsausdruck zur Schau und strich in mürrischem Eifer über seinen Schwertgriff, wenn er zur Schenke herübersah.

»Wo ist Meister Gill?«, fragte Rand.

»In der Bibliothek«, antwortete Lambgwin. Die Katze begann zu schnurren, und er grinste. »Eine Katze lässt sich von nichts lange beeindrucken, nicht einmal, wenn jemand versucht hat, sie in einen Sack zu stecken.«

Rand eilte hinein und durchquerte den Schankraum, der nun von Männern besetzt war, die Rot trugen und sich über ihren Bierkrügen unterhielten – über den falschen Drachen und ob die Weißmäntel Schwierigkeiten machen würden, wenn man ihn nach Norden brachte. Es interessierte keinen, was mit Logain geschah, aber sie wussten alle, dass die Tochter-Erbin und Lord Gawyn mitreisen würden, und niemand wollte, dass den beiden irgendetwas zustieß. Er fand Meister Gill in der Bibliothek, wo er mit Loial ein Brettspiel spielte. Auf dem Tisch lag eine mollige Katze und beobachtete ihre Hände, wie sie sich über das gemusterte Spielbrett bewegten. Der Ogier rückte wieder einen Stein mit einer Bewegung vor, die eigenartig feinfühlig für seine dicken Finger war. Meister Gill schüttelte den Kopf und benutzte Rands Erscheinen als Ausrede, um sich vom Tisch abzuwenden. Loial gewann fast immer bei diesem Spiel. »Ich habe mir schon Sorgen gemacht, wo du steckst, mein Junge. Ich dachte, du könntest Schwierigkeiten mit einigen von diesen Verrätern in Weiß bekommen haben oder diesem Bettler begegnet sein.«

Rand stand eine Weile mit offenem Mund da. Er hatte dieses Lumpenbündel von einem Mann vollkommen vergessen. »Ich habe ihn gesehen«, sagte er schließlich, »aber das ist noch gar nichts. Ich habe auch die Königin gesehen und Elaida; da lag das Problem.«

Meister Gill lachte schnaubend. »Die Königin, eh? Was du nicht sagst. Bei uns war vor einer Stunde Gareth Bryne im Schankraum und hat mit dem Lord-Hauptmann, der die Kinder befehligt, Armdrücken gespielt. Aber natürlich die Königin ... das ist schon was.«

»Blut und Asche«, grollte Rand, »jeder denkt heute, dass ich lüge.« Er warf seinen Umhang über eine Stuhllehne und ließ sich auf einen anderen Stuhl fallen. Er war zu aufgebracht, um sich zurückzulehnen. Er rutschte auf der Stuhlkante herum und wischte sich das Gesicht mit einem Taschentuch ab. »Ich sah den Bettler, und er sah mich und ich glaubte ... Das ist nicht wichtig. Ich bin auf eine Gartenmauer geklettert, wo ich den Vorplatz des Palasts überblicken konnte, als sie Logain hereinbrachten. Und ich bin runtergefallen, und zwar nach innen.«

»Ich glaube beinahe, du willst dich über uns lustig machen«, sagte der Wirt bedächtig. »*Ta'veren*«, murmelte Loial.

»Oh, es ist so geschehen«, sagte Rand. »Licht, hilf mir, es ist wahr.«

Meister Gills Zweifel schmolzen langsam dahin, als er fortfuhr, und wandelten sich zu leichter Unruhe. Der Wirt beugte sich immer weiter vor, bis er genau wie Rand nur noch auf der Kante seines Stuhls saß. Loial hörte gleichmütig zu, nur manchmal rieb er sich die breite Nase, und die Haarbüschel auf seinen Ohren zuckten ein wenig.

Rand erzählte alles, was geschehen war – alles, außer dem, was Elaida ihm zugeflüstert hatte. Und was Gawyn am Palasttor gesagt hatte. An das eine wollte er selbst nicht erinnert werden, das andere stand in keinem Zusammenhang mit den übrigen Geschehnissen. *Ich bin der Sohn Tam al'Thors, auch wenn ich nicht in den Zwei Flüssen geboren wurde. Ich bin es! In mir ist das Blut der Zwei Flüsse, und Tam ist mein Vater.*

Plötzlich wurde ihm klar, dass er verstummt war – ganz in Gedanken versunken –, und sie blickten ihn beide an. Einen beklemmenden Augenblick lang fragte er sich, ob er *zu viel* gesagt hatte.

»Also«, sagte Meister Gill, »jetzt kannst du nicht mehr auf deine Freunde warten. Du wirst die Stadt verlassen müssen, und zwar schnell. Spätestens in zwei Tagen. Kannst du in dieser Frist Mat wieder auf die Beine bringen, oder sollte ich Mutter Grubb bestellen?«

Rand sah ihn verblüfft an. »In zwei Tagen?«

»Elaida ist Königin Morgases Ratgeberin und kommt gleich nach Generalhauptmann Gareth Bryne selbst. Vielleicht sogar vor ihm. Wenn sie die Garde der Königin aussendet, um nach dir zu suchen, wird Lord Gareth sie nicht aufhalten, solange sie sie nicht in der Ausübung ihrer anderen Pflichten behindert. Die Garde kann alle Schenken in Caemlyn in ungefähr zwei Tagen absuchen, und ich rechne einmal ein, dass kein unglücklicher Zufall sie bereits am ersten Tag oder in der ersten Stunde hierher führt. Vielleicht dauert es ein wenig länger, wenn sie mit dem Gasthaus *Krone und Löwe* beginnen, aber es ist keine Zeit zum Herumtrödeln.«

Rand nickte bedächtig. »Wenn ich Mat nicht aus dem Bett herausbringe, schickt Ihr nach Mutter Grubb. Ich habe noch ein wenig Geld übrig. Vielleicht reicht es.«

»Ich kümmere mich um Mutter Grubb«, sagte der Wirt barsch. »Und ich denke, ich kann euch ein paar Pferde ausleihen. Wenn ihr versucht, nach Tar Valon zu laufen, dann werdet ihr schon nach der Hälfte des Weges das, was von euren Stiefeln noch übrig ist, durchgelaufen haben.«

»Ihr seid ein guter Freund«, sagte Rand. »Es scheint, wir bringen Euch nur in Schwierigkeiten, und trotzdem seid Ihr bereit zu helfen.«

Meister Gill schien verlegen. Er zuckte die Achseln, räusperte sich und blickte zu Boden. Das führte seinen Blick zurück zum Spielbrett, doch er riss sich gleich wieder davon los. Loial war tatsächlich im Begriff zu gewinnen. »Also gut, Thom ist ja auch immer ein guter Freund für mich gewesen. Wenn er gewillt ist, euch zu helfen, dann kann ich auch ein wenig dazu beitragen.«

»Ich würde gern mit dir kommen, wenn du abreist, Rand«, sagte Loial unvermittelt.

»Ich dachte, das sei entschieden, Loial.« Er zögerte – Meister Gill kannte die ganze Gefahr immer noch nicht – und fügte dann hinzu: »Du weißt, was Mat und mich verfolgt.«

»Schattenfreunde«, antwortete der Ogier in seinem gelassenen Grollton, »und Aes Sedai und das Licht weiß was noch. Oder der Dunkle König. Du gehst nach Tar Valon, und dort befindet sich ein sehr schöner Hain. Außerdem gibt es noch mehr in der Welt zu sehen als nur die Haine. Du bist wahrhaftig *ta'veren*, Rand. Das Muster formt sich um dich herum, und du stehst in der Mitte.«

Dieser Mann steht in der Mitte. Rand schauderte. »Ich stehe in überhaupt keiner Mitte«, entgegnete er brüsk.

Meister Gill blinzelte, und sogar Loial schien vor seinem Ärger zu erschrecken. Der Wirt und der Ogier sahen einander an und blickten dann zu Boden. Rand zwang sich, seine Züge zu entspannen, und atmete ein paarmal tief ein. Zu seinem Erstaunen konnte er das Nichts heraufbeschwören, was er zuletzt meist nicht fertig gebracht hatte, und gewann wieder an Ruhe. Sie hatten seinen Ärger nicht verdient.

»Du kannst mitkommen, Loial«, sagte er. »Ich weiß zwar nicht, warum du das willst, aber ich bin dankbar für deine Gesellschaft. Du ... du weißt, in welchem Zustand Mat ist.«

»Ich weiß«, sagte Loial. »Ich kann mich immer noch nicht auf die Straße wagen, ohne dass der Mob mir ›Trolloc‹ nachschreit. Aber Mat gebraucht wenigstens nur Worte. Er hat nicht versucht, mich umzubringen.«

»Natürlich nicht«, sagte Rand. »Doch nicht Mat.« *So weit würde er nicht gehen. Mat nicht.*

Es klopfte an der Tür, und eine der Bedienungen, Gilda, steckte den Kopf ins Zimmer. Ihre Mundpartie war angespannt, und ihre Augen blickten besorgt. »Meister Gill, kommt bitte schnell. Es sind Weißmäntel im Schankraum.«

Meister Gill stand fluchend auf. Die Katze sprang erschrocken vom Tisch und stolzierte mit erhobenem Schwanz beleidigt aus dem Raum. »Ich komme schon. Renn und sag ihnen, dass ich komme, und dann halte dich von ihnen fern. Hörst du, Mädchen? Halt dich von ihnen fern.« Gilda nickte und verschwand. »Ihr solltet am besten hier bleiben«, sagte er zu Loial.

Der Ogier schnaubte, ein Laut, als zerrissen Leintücher. »Ich lege keinen Wert auf weitere Zusammentreffen mit den Kindern des Lichts.«

Meister Gills Blick fiel auf das Spielbrett, und seine Stimmung schien sich zu bessern. »Sieht so aus, als müssten wir später noch einmal zu spielen beginnen.«

»Nicht nötig.« Loial streckte einen Arm nach dem Bücherregal aus und nahm sich ein Buch herunter. Seine Hände waren viel größer als der in Leinen gebundene Band. »Wir können so weitermachen, wie die Steine liegen. Ihr seid dran.«

Meister Gill verzog sein Gesicht. »Wenn nicht das eine schief geht, dann das andere«, schimpfte er leise, als er aus dem Raum eilte.

Rand folgte ihm, jedoch langsam. Er hatte ebenso wenig wie Loial das Bedürfnis, mit den Kindern zusammenzutreffen. *Dieser Mann steht in der Mitte.* Er blieb an der Tür zum Schankraum stehen, wo er sehen konnte, was drinnen vor sich ging, aber weit genug hinten, dass er hoffen konnte, nicht bemerkt zu werden. Totenstille herrschte in dem großen Raum. Fünf Weißmäntel standen mittendrin und wurden von den Leuten an den anderen Tischen auffällig ignoriert. Einer von ihnen trug den silbernen Blitz eines Unteroffiziers unter dem Sonnensymbol an seinem Umhang. Lambgwin lehnte an der Wand neben der Eingangstür und reinigte seine Fingernägel mit einem Holzsplitter. Vier weitere der von Meister Gill angeheuerten Wächter hatten sich mit ihm an der Wand entlang verteilt. Alle gaben sich größte Mühe, den Weißmänteln keinerlei Aufmerksamkeit zu schenken. Falls die Kinder des Lichts etwas bemerkt hatten, ließen sie es sich nicht anmerken. Nur der Unteroffizier zeigte überhaupt eine Regung, denn er klatschte sich seine mit Stahl verstärkten Stulpenhandschuhe ständig ungeduldig in die Handfläche, während er auf den Wirt wartete.

Meister Gill durchquerte schnell den Raum zu ihm herüber. Er blickte unbewegt drein. »Das Licht erleuchte Euch«, sagte er und verbeugte sich höflich, doch nicht zu tief, aber auch nicht zu nachlässig, um bereits als Beleidigung zu wirken, »und unsere gute Königin Morgase. Wie kann ich Euch helfen ...«

»Ich habe keine Zeit für Euer Geschwätz, Wirt«, fauchte der Unteroffizier. »Ich war heute schon in zwanzig Schenken, und eine ist ein größerer Saustall als die letzte. Bevor die Sonne untergeht, werde ich noch zwanzig mehr sehen. Ich suche nach Schattenfreunden – einem Jungen von den Zwei Flüssen ...«

Meister Gills Gesicht färbte sich bei jedem Wort dunkler. Er blies sich auf, als wolle er explodieren, und das tat er schließlich auch, als er den Weißmantel nun seinerseits unterbrach: »In meinem Haus gibt es keine Schattenfreunde! Jeder hier ist ein guter Untertan der Königin!«

»Ja, und wir wissen alle, wo Morgase steht« – die Stimme des Unteroffiziers triefte vor Hohn, als er ihren Namen nannte – »sie und ihre Hexe aus Tar Valon, oder?«

Das Schaben der Stuhlbeine über den Boden war laut. Plötzlich war jeder Mann im Raum auf den Beinen. Sie standen still wie Statuen, aber jeder starrte die Weißmäntel grimmig an. Der Unteroffizier schien es nicht zu bemerken, aber die vier hinter ihm blickten sich unsicher um.

»Es wird Euch vieles erleichtern, Wirt«, sagte der Unteroffizier, »wenn Ihr mithelft. Die Zeit verfährt unbarmherzig mit jenen, die Schattenfreunde beherbergen. Ich glaube kaum, dass eine Schenke mit dem Drachenzahn auf der Tür noch viele Gäste bekäme. Es könnte ein Feuer ausbrechen, wenn Ihr das auf der Tür habt.«

»Ihr verlasst jetzt das Haus«, sagte Meister Gill ruhig, »oder ich lasse die königliche Garde holen, damit sie das, was von Euch noch übrig ist, auf den Abfall karren.«

Lambgwins Schwert wurde mit einem schabenden Geräusch aus der Scheide gezogen, und dieses Schaben von Stahl auf Leder wiederholte sich im ganzen Raum. Alle Hände hielten Schwerter und Dolche. Die Kellnerinnen huschten zu den Türen.

Der Unteroffizier sah sich in verächtlicher Ungläubigkeit um. »Der Drachenzahn ...«

»Hilft Euch fünfen nicht«, beendete Meister Gill seinen angefangenen Satz. Er hielt eine Faust hoch und streckte den Zeigefinger aus. »Eins.«

»Ihr müsst wahnsinnig sein, Wirt, wenn Ihr die Kinder des Lichts bedroht!«

»Weißmäntel haben in Caemlyn nichts zu sagen. Zwei.«

»Glaubt Ihr wirklich, damit wäre alles für Euch ausgestanden?«

»Drei.«

»Wir kommen zurück«, brauste der Unteroffizier nochmals auf, und dann ließ er seine Männer schleunigst kehrtmachen, wobei er sich bemühte, alles nach einem geordneten Rückzug aussehen zu lassen, dessen Tempo er allein bestimmte. Allerdings wurde er durch den Eifer seiner eigenen Leute Lügen gestraft, die wohl nicht gerade rannten, aber kein Hehl daraus machten, dass sie rauswollten.

Lambgwin stand vor der Tür mit seinem Schwert in der Hand und ließ sie erst durch, nachdem Meister Gill ihm erregt zugewunken hatte. Als die Weißmäntel draußen waren, ließ sich der Wirt schwerfällig auf einen Stuhl fallen. Er rieb sich mit einer Hand die Stirn und sah die Hand dann an, als sei er überrascht, dass sie nicht schweißbedeckt war. Im ganzen Raum setzten sich die Männer wieder und lachten darüber, was sie getan hatten. Einige kamen herüber und klopften Meister Gill auf die Schulter.

Als er Rand sah, wankte der Wirt vom Stuhl weg zu ihm hin. »Wer hätte gedacht, dass ich das Zeug zum Helden habe?«, sagte er staunend. »Das Licht erleuchte mich.« Plötzlich schüttelte er sich, und seine Stimme klang beinahe wieder normal. »Ihr werdet euch verbergen müssen, bis ich euch aus der Stadt herausbringen kann.« Nach einem besorgten Blick zurück in den Schankraum schob er Rand weiter in den Flur hinein. »Diese Kerle werden zurückkommen, oder sie schicken ein paar Spione herum, die für einen Tag Rot tragen. Nach dem Schauspiel, das ich ihnen geliefert habe, wird es ihnen vermutlich gleich sein, ob ihr hier seid oder nicht – sie werden sich einfach so verhalten, als wärt ihr hier.«

»Das ist doch verrückt!«, protestierte Rand. Als der Wirt die Hand warnend erhob, senkte er die Stimme. »Die Weißmäntel haben doch gar keinen Grund, hinter mir her zu sein.«

»Ich weiß nichts über ihre Gründe, Junge, aber sie sind ganz sicher hinter dir und Mat her. Was *habt* ihr denn nur angestellt? Elaida *und* die Weißmäntel!«

Rand erhob protestierend die Hände, ließ sie aber wieder fallen. Es ergab keinen Sinn, aber er hatte den Weißmantel ja gehört. »Was wird mit Euch? Die Weißmäntel werden Euch Schwierigkeiten bereiten, auch wenn sie uns nicht finden.«

»Zerbrich dir deshalb nicht den Kopf, Junge! Die königliche Garde sorgt immer noch dafür, dass die Gesetze eingehalten werden, selbst wenn sie Verräter in Weiß herumstolzieren lässt. Und was die Nacht betrifft ... na ja, Lambgwin und seine Freunde bekommen vielleicht nicht viel Schlaf, aber ich habe beinahe Mitleid mit jedem, der versucht, ein Zeichen auf meine Tür zu kritzeln.«

Gilda erschien neben ihnen und knickste vor Meister Gill. »Meister, da ist ... eine Dame. In der Küche!« Sie hörte sich ob dieser Tatsache schockiert an. »Sie fragt nach Meister Rand und Meister Mat – sie hat ihre Namen genannt.«

Rand und der Wirt blickten sich fragend an.

»Junge«, sagte Meister Gill, »wenn du es tatsächlich geschafft hast, Lady Elayne aus dem Palast in meine Schenke zu locken, dann enden wir alle beim Henker.« Gilda quietschte auf, als er die Tochter-Erbin erwähnte, und starrte Rand mit großen Augen an. »Raus mit dir, Mädchen«, sagte der Wirt in scharfem Ton. »Und halt den Mund über das, was du gehört hast. Es geht niemanden was an.« Gilda nickte und huschte durch den Flur, wobei sie sich zu Rand umblickte. »In fünf Minuten« – Meister Gill seufzte – »wird sie den anderen Frauen erzählen, du seist ein verkleideter Prinz. Bei Einbruch der Nacht weiß es die ganze Neustadt.«

»Meister Gill«, sagte Rand, »ich habe Elayne gegenüber Mat nicht erwähnt. Es kann nicht sein ...« Plötzlich wurde sein Gesicht von einem breiten Lächeln erhellt, und er rannte zur Küche.

»Warte!«, rief ihm der Wirt nach. »Warte, bis du Bescheid weißt. Warte doch, du Narr!«

Rand riss die Tür auf, und da waren sie. Moiraine blickte ihn überlegen und ruhig an, ohne Überraschung zu zeigen. Nynaeve und Egwene rannten lachend zu ihm hin und umarmten ihn. Perrin drängte noch hinterher, und alle drei klopften ihm auf die Schultern, als wollten sie sich davon überzeugen, dass er wirklich da war. An der Tür zum Stallhof lehnte Lan, hatte einen Stiefel gegen den Türrahmen gestützt und teilte seine Aufmerksamkeit zwischen der Küche und dem Hof draußen.

Rand versuchte gleichzeitig, die beiden Frauen zu umarmen und Perrin die Hand zu schütteln, und das Ergebnis war ein Durcheinander von Armen und Gelächter, das dadurch noch verwirrender wurde, weil Nynaeve versuchte, seine Stirn zu fühlen, ob er Fieber habe.

Sie sahen alle ein wenig schlechter und mitgenommener aus als üblich – auf Perrins Gesicht waren Schrammen zu sehen, und er schlug die Augen auf eine Art nieder, die er nie zuvor an ihm bemerkt hatte –, aber sie lebten und waren wieder beisammen. Seine Kehle war wie zugeschnürt, und er konnte kaum sprechen. »Ich hatte gefürchtet, ich würde euch niemals wiedersehen«, brachte er schließlich heraus. »Ich hatte Angst, ihr wärt alle ...«

»Ich wusste, du lebst«, sagte Egwene, die den Kopf an seine Brust gelegt hatte.»Ich habe es immer gewusst. Immer.«

»Ich nicht«, sagte Nynaeve. Ihre Stimme klang in diesem Augenblick schneidend, doch im nächsten schon wieder besänftigt, und sie lächelte zu ihm hoch.»Du siehst gut aus, Rand. Nicht gerade gut genährt, aber doch gut, dem Licht sei Dank.«

»Na«, sagte Meister Gill hinter ihm,»es scheint, dass du diese Leute doch kennst. Sind es die Freunde, nach denen du suchtest?«

Rand nickte.»Ja, meine Freunde.« Er stellte alle einander vor. Es war immer noch ein eigenartiges Gefühl, Lan und Moiraine beim richtigen Namen zu nennen. Beide blickten ihn scharf an, als sie es hörten.

Der Wirt begrüßte alle mit einem offenen Lächeln, aber er war auch entsprechend beeindruckt, einen Behüter kennen zu lernen, und dann auch noch Moiraine. Sie starrte er mit offenem Mund an – es war *eine* Sache, zu wissen, dass eine Aes Sedai den Jungen geholfen hatte, aber eine ganz andere, sie plötzlich in der Küche zu haben –, und dann verbeugte er sich tief.»Seid willkommen in *Der Königin Segen*, Aes Sedai. Seid mein Gast. Obwohl, ich glaube, Ihr werdet eher mit Elaida und den anderen Aes Sedai, die den falschen Drachen gebracht haben, im Palast wohnen wollen.« Er verbeugte sich wieder und warf Rand einen besorgten Blick zu. Es war ja schön und gut, zu sagen, dass man nichts gegen die Aes Sedai habe, aber das hieß natürlich nicht, dass man gleich eine unter seinem Dach schlafen lassen wollte.

Rand nickte ihm ermutigend zu. Moiraine war nicht wie Elaida, bei der jeder Blick eine verborgene Drohung enthielt, genau wie jedes Wort. *Bist du sicher? Bist du wirklich sicher?*

»Ich glaube, ich werde hier bleiben«, sagte Moiraine.»Jedenfalls die kurze Zeit über, die ich mich in Caemlyn aufhalte. Und Ihr müsst mir erlauben zu bezahlen.«

Eine gescheckte Katze tapste vom Flur aus herein und rieb sich schnurrend an den Beinen des Wirts. Kaum hatte sie damit begonnen, sprang eine zerzauste graue Katze unter dem Tisch hervor, machte einen Buckel und fauchte. Die gescheckte duckte sich und knurrte drohend, worauf die graue an Lan vorbei auf den Hof flüchtete.

Meister Gill entschuldigte sich wegen der Katzen, und gleichzeitig protestierte er und sagte, dass Moiraine ihn ehren würde, wenn sie sein Gast wäre, und ob sie sicher sei, dass sie nicht doch den

Palast vorziehe, was er durchaus verstünde, aber er hoffe, sie werde sein bestes Zimmer als Geschenk annehmen. Alles geriet derart durcheinander, dass Moiraine gar nicht richtig darauf achtete. Stattdessen bückte sie sich und kraulte die gescheckte Katze. Die verließ prompt Meister Gills Beine und wandte sich ihren zu.

»Ich habe hier schon vier andere Katzen gesehen«, sagte sie. »Habt Ihr eine Mäuseplage? Oder Ratten?«

»Ratten, Moiraine Sedai.« Der Wirt seufzte. »Ein schreckliches Problem. Wisst Ihr, nicht, dass mein Haus nicht sauber wäre. Es sind die vielen Leute. Die ganze Stadt ist voll von Menschen und Ratten. Aber meine Katzen erledigen das. Ihr werdet nicht belästigt, das verspreche ich.«

Rand und Perrin sahen sich kurz an, aber Perrin schlug sofort die Augen nieder. Es war etwas Seltsames an Perrins Augen. Und er war so schweigsam. Perrin brauchte schon immer lange, bis er etwas sagte, aber jetzt sagte er überhaupt nichts mehr. »Es könnte an den vielen Leuten liegen«, sagte Rand.

»Wenn Ihr erlaubt, Meister Gill«, sagte Moiraine ganz selbstverständlich, »es ist eine ganz einfache Sache, die Ratten von dieser Straße fern zu halten. Wenn Ihr Glück habt, werden die Ratten überhaupt nicht bemerken, dass sie fern gehalten werden.«

Meister Gill runzelte die Stirn, als er dies vernahm, doch dann verbeugte er sich und nahm ihr Angebot an. »Wenn Ihr sicher seid, dass Ihr nicht im Palast wohnen wollt, Aes Sedai?«

»Wo ist Mat?«, fragte Nynaeve plötzlich. »*Sie* sagte, er sei auch hier.«

»Oben«, sagte Rand. »Er ... fühlt sich nicht wohl.«

Nynaeve hob den Kopf. »Er ist krank? Ich werde *ihr* die Ratten überlassen und mich um ihn kümmern. Bring mich zu ihm, Rand.«

»Ihr geht alle nach oben«, sagte Moiraine. »Ich komme in ein paar Minuten nach. Wir stehen alle in Meister Gills Küche herum, dabei wäre es das Beste, wir würden uns eine Weile lang an einem ruhigen Ort aufhalten.« Es lag ein Unterton in ihrer Stimme. *Bleibt versteckt. Das Versteckspiel ist noch nicht vorüber.*

»Kommt«, sagte Rand. »Wir gehen die Hintertreppe rauf.«

Die Emondsfelder drängten sich hinter ihm auf die Treppe und ließen die Aes Sedai und den Behüter mit Meister Gill in der Küche zurück. Rand konnte es kaum fassen, dass sie wieder vereint waren. Es war beinahe, als seien sie wieder zu Hause. Er hörte nicht auf zu grinsen.

Die gleiche beinahe freudige Erleichterung schien auch die anderen gepackt zu haben. Sie lachten in sich hinein und ergriffen immer wieder seinen Arm. Perrins Stimme schien gedrückt, und er hielt den Kopf noch immer gesenkt, aber beim Hinaufgehen fing er an zu sprechen. »Moiraine behauptete, sie könne dich und Mat aufspüren, und das gelang ihr auch. Als wir in die Stadt hineinritten, konnten wir anderen uns nicht satt sehen – na ja, außer Lan natürlich – all die vielen Leute, die Häuser und Paläste.« Seine dichten Locken schwangen herum, als er ungläubig den Kopf schüttelte. »Es ist alles so groß. Und so viele Menschen. Einige starrten uns die ganze Zeit an und schrien ›rot oder weiß?‹, als ob das irgendeinen Sinn ergäbe.«

Egwene berührte Rands Schwert und fuhr mit dem Finger über die rote Umhüllung. »Was bedeutet das?«

»Nichts«, sagte er. »Nichts Wichtiges. Wir müssen nach Tar Valon, denk bitte daran.«

Egwene sah ihn an, doch dann nahm sie ihre Hand vom Schwert und fuhr fort, wo Perrin aufgehört hatte: »Moiraine hat sich genauso wenig umgesehen wie Lan. Sie führte uns derart im Zickzack durch diese Straßen – wie ein Hund, der einer Witterung folgt –, dass ich schon dachte, ihr könntet nicht hier sein. Dann, ganz plötzlich, ging es eine Straße geradewegs hinunter, und als Nächstes übergaben wir die Pferde den Stallburschen und marschierten in die Küche. Sie fragte nicht einmal, ob ihr hier seid. Sagte einfach zu einer Frau, die gerade Eierkuchenteig rührte, sie solle Rand al'Thor und Mat Cauthon sagen, dass sie jemand sehen wollte. Und dann warst du da« – sie grinste – »tauchtest auf, wie ein Ball aus dem Nichts in der Hand eines Gauklers auftaucht.«

»Wo ist der Gaukler?«, fragte Perrin. »Ist er bei euch?«

Rand spürte einen Kloß im Magen, und das schöne Gefühl, seine Freunde um sich zu haben, schwächte sich etwas ab. »Thom ist tot. Ich glaube jedenfalls, dass er tot ist. Da war ein Blasser ...« Er konnte nicht weitersprechen. Nynaeve schüttelte den Kopf und murmelte etwas in sich hinein.

Die Stille um sie herum verdichtete sich, unterdrückte das Schmunzeln, minderte die Freude, bis sie den obersten Treppenabsatz erreichten.

»Mat ist an sich nicht krank«, sagte er dann. »Er ist ... ihr werdet ja sehen.« Er schwang die Tür zu dem Raum auf, den er mit Mat teilte. »Schau mal, wer hier ist, Mat!«

Mat lag immer noch zusammengekauert auf dem Bett, wie ihn Rand verlassen hatte. Er hob den Kopf und sah sie an.»Woher weißt du, dass sie wirklich diejenigen sind, nach denen sie aussehen?«, fragte er heiser. Sein Gesicht war gerötet, die Haut spannte sich über die Knochen und war schweißnass.»Woher weißt du, dass du der bist, nach dem du aussiehst?«

»Nicht krank?« Nynaeve warf Rand einen vernichtenden Blick zu, als sie sich an ihm vorbeischob. Sie nahm bereits ihre Tasche von der Schulter.

»Jeder wandelt sich«, schnarrte Mats Stimme.»Wie kann ich sicher sein? Perrin? Bist du das? Du hast dich verändert, nicht wahr?« Sein Lachen klang mehr nach Husten.»O ja, du hast dich verändert.«

Zu Rands Überraschung ließ sich Perrin auf die Kante des anderen Betts fallen, bedeckte das Gesicht mit beiden Händen und blickte zu Boden. Mats beißendes Lachen ging ihm durch und durch.

Nynaeve kniete sich an Mats Bett und legte eine Hand auf sein Gesicht. Sie schob sein Kopftuch hoch. Er zuckte mit einem verächtlichen Blick vor ihr zurück. Seine Augen glänzten glasig.»Du glühst ja«, sagte sie,»aber bei einem solchen Fieber solltest du nicht so schwitzen.« Sie konnte die Sorge in ihrer Stimme nicht verbergen.»Rand und Perrin, besorgt mir schnell ein paar saubere Tücher und so viel kaltes Wasser, wie ihr tragen könnt. Ich werde zuerst deine Temperatur senken, Mat, und ...«

»Hübsche Nynaeve«, fauchte Mat.»Eine Seherin sollte sich doch nicht als Frau betrachten, oder? Nicht als hübsche Frau. Aber das tust du doch, nicht wahr? Du kannst nicht vergessen, dass du eine hübsche Frau bist, gerade jetzt, und das jagt dir Angst ein. Jeder verändert sich.« Nynaeve erblasste, als er sprach – ob aus Zorn oder einem anderen Grund, vermochte Rand nicht zu sagen. Mat stieß ein hinterhältiges Lachen aus, und sein fiebernder Blick wanderte zu Egwene.»Hübsche Egwene«, krächzte er.»So hübsch wie Nynaeve. Und ihr habt noch mehr gemeinsam, ja? Andere Träume. Wovon träumst du jetzt?« Egwene trat einen Schritt vom Bett zurück.

»Wir sind für eine Weile vor den Augen des Dunklen Königs sicher«, verkündete Moiraine, als sie mit Lan auf den Fersen ins Zimmer trat. Ihr Blick fiel auf Mat, gleich als sie durch die Tür kam, und sie zischte, als habe sie einen heißen Ofen berührt.»Weg von ihm!«

Nynaeve rührte sich nicht, drehte sich lediglich um und sah die Aes Sedai überrascht an. Mit zwei schnellen Schritten war Moiraine bei der Seherin, packte sie bei den Schultern und schleifte sie wie einen Sack Getreide über den Fußboden. Nynaeve wehrte sich und protestierte, aber Moiraine ließ sie nicht los, bevor sie nicht ein ganzes Stück vom Bett entfernt war. Die Seherin protestierte immer noch, als sie wieder auf den Beinen stand. Sie brachte verärgert ihre Kleidung wieder in Ordnung, doch Moiraine beachtete sie gar nicht. Die Aes Sedai fixierte ausschließlich Mat, als betrachte sie eine Viper.

»Bleibt alle von ihm weg«, sagte sie. »Und seid ruhig.«

Mat sah sie genauso eindringlich an wie sie ihn. Er bleckte die Zähne in einem lautlosen, starren Grollen, rollte sich womöglich noch enger zusammen, doch er ließ dabei die Augen nicht von ihren. Mit einer langsamen Bewegung legte sie eine Hand ganz leicht auf ein bis zu seiner Brust hochgezogenes Knie. Bei ihrer Berührung wurde er von einem Krampf geschüttelt. Ein Schauder des Ekels erfasste seinen ganzen Körper, und schlagartig zog er eine Hand hervor und hieb mit dem rubinverzierten Dolch nach ihrem Gesicht.

Im ersten Moment befand sich Lan an der Tür, im nächsten stand er schon neben dem Bett, als sei gar kein Abstand dazwischen. Seine Hand fing Mats Arm am Handgelenk ab und hielt den Streich so plötzlich auf, als sei er auf Stein getroffen. Mat war zu einer Kugel zusammengerollt. Nur die Hand mit dem Dolch versuchte er zu bewegen. Er kämpfte gegen den eisernen Griff des Behüters an. Mat blickte unverwandt nur Moiraine an. Sein Blick glühte vor Hass.

Moiraine bewegte sich ebenfalls nicht. Sie zuckte nicht vor der Klinge zurück, die sich nur wenige Handbreit vor ihrem Gesicht befand, genauso wenig, wie sie bei seinem Streich zurückgezuckt war. »Wie ist er daran gekommen?«, fragte sie mit einer Stimme, die nach Stahl klang. »Ich hatte gefragt, ob euch Mordeth irgendetwas gegeben hat. Ich habe euch gewarnt, und du sagtest, er hätte nichts bekommen.«

»Hat er auch nicht«, sagte Rand. »Er ... Mat nahm ihn aus der Schatzkammer mit.« Moiraine blickte ihn an. Ihre Augen schienen genau wie Mats Augen zu glühen. Er wäre beinahe rückwärts gestolpert, doch dann wandte sie sich wieder dem Bett zu. »Ich wusste es nicht, bis wir voneinander getrennt wurden. Ich habe es nicht gewusst.«

»Du wusstest es nicht.« Moiraine betrachtete Mat. Er lag da mit an die Brust angezogenen Knien, knurrte sie immer noch lautlos an, und seine Hand drückte immer noch gegen die Lans, um sie mit dem Dolch zu erreichen. »Es ist ein Wunder, dass ihr so weit gekommen seid, obwohl er dies hier trug. Ich habe das Böse daran sofort gefühlt, als ich ihn sah. Es ist die Berührung Mashadars – ein Blasser könnte sie meilenweit entfernt noch spüren. Auch wenn er nicht genau wüsste, wo es ist, so wüsste er doch, es ist in der Nähe, und Mashadar würde seinen Geist anlocken, während er noch das Gefühl in den Knochen haben müsste, dass dieselbe böse Kraft eine Armee verschluckt hat – Schattenlords, Blasse, Trollocs – alles. Auch einige Schattenfreunde könnten es vermutlich spüren. Diejenigen, die wirklich und endgültig ihre Seele verkauft haben. Ohne es verhindern zu können, würden einige ein Gefühl empfinden, als jucke die sie umgebende Luft. Sie wären gezwungen, es zu suchen. Es sollte sie anziehen wie ein Magnet Eisenspäne.«

»Es kamen auch Schattenfreunde«, sagte Rand, »mehr als einmal, aber wir entkamen ihnen. Und da war ein Blasser, in der Nacht, bevor wir Caemlyn erreichten, aber der sah uns nicht.« Er räusperte sich. »Es gibt Gerüchte über fremdartige ... Dinge ... in der Nacht, außerhalb der Stadt. Es könnten Trollocs sein.«

»O ja, es sind Trollocs, Schafhirte«, sagte Lan trocken, »und wo Trollocs sind, gibt es auch Blasse.« Die Sehnen zeichneten sich deutlich auf seinem Handrücken ab, da er sich anstrengen musste, Mats Handgelenk festzuhalten, aber seine Stimme klang nicht angestrengt. »Sie haben sich bemüht, ihr Kommen und Gehen zu verbergen, aber ich habe schon vor zwei Tagen die Anzeichen bemerkt. Und ich habe gehört, wie die Bauern und Dorfbewohner sich über Dinge in der Nacht geäußert haben. Der Myrddraal hat es irgendwie fertig gebracht, ungesehen in den Zwei Flüssen zuzuschlagen, aber nun nähern sie sich immer mehr denjenigen, die Soldaten aussenden können, um sie zu jagen. Trotzdem lassen sie sich jetzt nicht aufhalten, Schafhirte.«

»Aber wir sind doch in Caemlyn«, sagte Egwene. »Sie können uns nicht erreichen, solange ...«

»Tatsächlich?«, fiel ihr der Behüter ins Wort. »Die Blassen ziehen draußen auf dem Land immer mehr von ihnen nach. Das geht ganz deutlich aus den Anzeichen hervor, falls du weißt, wonach du suchen musst. Es sind bereits mehr Trollocs da, als sie brauchen, um gleichzeitig alle Einfallsstraßen zu beobachten – mindestens ein Dutzend Fäuste. Das kann nur einen Grund haben: Wenn genug Blasse da sind, kommen sie in die Stadt, um euch zu holen. Die Folge könnte wohl sein, dass die Hälfte aller Armeen aus dem Süden in die Grenzlande geschickt wird, aber die Anzeichen sind vorhanden, dass sie bereit sind, das zu riskieren. Ihr drei seid ihnen schon zu lange entwischt. Es sieht so aus, als hättet ihr einen neuen Trolloc-Krieg nach Caemlyn gebracht, Schafhirte.«

Egwene schluchzte und schnappte gleichzeitig nach Luft, und Perrin schüttelte den Kopf, als wolle er es einfach nicht wahrhaben. Rand hatte ein flaues Gefühl im Magen, als er sich Trollocs in den Straßen Caemlyns vorstellte.

Alle diese Menschen, die sich gegenseitig an den Kragen wollten und dabei die wirkliche Bedrohung nicht erkannten, die nur darauf wartete, über die Mauern zu klettern. Was würden sie tun, wenn plötzlich Trollocs und Blasse mitten unter ihnen waren und sie töteten? Er konnte sich die brennenden Türme vorstellen, wie die Flammen durch die Kuppeln schlugen, wie Trollocs in den gewundenen Straßen der Innenstadt wüteten. Selbst der Palast stand in Flammen. Elayne und Gawyn und Morgase ... tot.

»Es ist noch nicht so weit«, sagte Moiraine abwesend. Sie konzentrierte sich immer noch auf Mat. »Wenn wir einen Weg aus Caemlyn hinaus finden, haben die Halbmenschen kein Interesse mehr an der Stadt. Falls. Es gibt so viele Unwägbarkeiten.«

»Es wäre besser, wenn wir alle tot wären«, sagte Perrin plötzlich, und Rand fuhr zusammen, da er seine eigenen Gedanken ausgesprochen hatte. Perrin saß immer noch da und blickte zu Boden – ein böser Blick war es nun –, und seine Stimme klang bitter. »Wo immer wir hinkommen, verbreiten wir Schmerz und Leiden. Es wäre besser für alle, wir wären tot.«

Nynaeve wollte mit einem Gesichtsausdruck, der zu gleichen Teilen Zorn und Besorgnis verriet, auf ihn losgehen, aber Moiraine kam ihr zuvor. »Was glaubst du denn, wäre gewonnen – sowohl für dich als auch für alle anderen – wenn ihr sterbt?«, fragte die Aes Sedai. Ihre Stimme klang ruhig, war aber nicht ohne Schärfe. »Wenn der Herr der Gräber mittlerweile so viel Freiheit erlangt hat, um das Muster zu beeinflussen, wie ich fürchte, dann kann er euch jetzt im Tod noch leichter erreichen als im Leben. Tot könnt ihr niemandem mehr helfen, auch nicht den Menschen, die euch geholfen haben, auch nicht euren Freunden und Familien zu Hause in den Zwei Flüssen. Der Schatten fällt über die Welt, und keiner von euch kann ihn aufhalten, wenn er tot ist.«

Perrin hob den Kopf, um sie anzusehen, und Rand fuhr zusammen. Die Pupillen seines Freundes waren eher gelb als braun. Bei seinem zerzausten Haar und der Eindringlichkeit seines Blicks war etwas an ihm ... Rand war nicht in der Lage, genau festzustellen, was es war.

Perrin sprach in einer sanften Tonlosigkeit, die seinen Worten mehr Gewicht verlieh, als er mit Schreien erreicht hätte. »Lebend können wir es auch nicht mehr aufhalten, oder?«

»Ich werde mir später die Zeit nehmen, mit euch darüber zu sprechen«, sagte Moiraine, »aber jetzt braucht euer Freund mich.« Sie trat zur Seite, sodass sie alle Mat gut sehen konnten. Sein wuterfüllter Blick lastete immer noch auf ihr; er hatte sich nicht gerührt und seine Position auf dem Bett nicht verändert. Schweiß lief ihm übers Gesicht, und die Lippen, immer noch zu einem erstarrten Knurren verzogen, waren blutleer. All seine Kraft schien in dem Versuch aufzugehen, Moiraine mit dem Dolch zu erreichen, den Lan festhielt. »Oder hattet ihr ihn vergessen?«

Perrin zuckte beschämt die Achseln und zeigte wortlos die geöffneten Hände.

»Was stimmt nicht mit ihm?«, fragte Egwene, und Nynaeve fügte hinzu: »Ist es ansteckend? Ich kann ihn immer noch behandeln. Ich stecke mich nie an, gleich, was es ist.«

»O ja, es ist ansteckend«, sagte Moiraine, »und dein ... Schutz würde dich nicht retten.« Sie deutete auf den Dolch mit dem Rubingriff, hütete sich aber, ihn mit dem Finger zu berühren. Die Klinge zitterte, als Mat sie mit aller Kraft zu erreichen versuchte. »Das stammt aus Shadar Logoth. Kein noch so kleines Steinchen in jener Stadt, das nicht verdorben und gefährlich wäre, wenn man es nach draußen bringt, und das hier ist viel mehr als nur ein Steinchen. Das Böse, das Shadar Logoth abtötete, ist darin enthalten und nun auch in Mat. So starkes Misstrauen, so starker Hass, dass selbst die am nächsten Stehenden als Feinde betrachtet werden, und das sitzt ihm so tief in den Knochen, dass am Ende der einzige übrig gebliebene Gedanke sein wird, zu töten. Dadurch, dass er den Dolch aus Shadar Logoth herausbrachte, befreite er diesen Samen des Bösen, und nun ist es nicht mehr an diesen Ort gebunden. Es wird in ihm einmal stärker und einmal schwächer durchgekommen sein. Sein ganzes Wesen, sein Inneres, kämpft gegen das an, was Mashadars Gift aus ihm machen will, aber jetzt ist die Schlacht in seinem Inneren beinahe beendet und seine Niederlage besiegelt. Bald schon, falls es ihn nicht zuvor umbringt, wird er dieses Böse überall um sich verbreiten, wo er nur hingeht. So wie ein Kratzer von dieser Klinge genügt, zu vergiften und zu zerstören, so werden bald ein paar Minuten in Mats Gegenwart tödlich wirken.«

Nynaeves Gesicht war totenblass. »Kannst du etwas dagegen tun?«, flüsterte sie.

»Ich hoffe.« Moiraine seufzte. »Um der ganzen Welt willen hoffe ich, dass es nicht zu spät ist.« Ihre Hand kramte in ihrer Gürteltasche und kam mit dem in Seide gehüllten *Angreal* wieder heraus. »Lasst mich allein. Bleibt zusammen und findet einen Raum, in dem man euch nicht beobachten kann, aber lasst mich allein. Ich werde für ihn tun, was ich kann.«

KAPITEL 42

Erinnerungen an Träume

Es war eine niedergeschlagene Gruppe, die Rand die Treppe hinunterführte. Jetzt wollte keiner mehr mit ihm oder einem der anderen reden. Auch er hatte keine große Lust, sich zu unterhalten. Die Sonne stand nun so tief am Himmel, dass es düster auf der Hintertreppe war, aber man hatte die Lampen noch nicht entzündet. Streifen von Sonnenschein und Schatten lagen über den Stufen. Perrins Gesicht war genauso verschlossen wie die seiner Freunde, aber wo die anderen Sorgenfalten auf der Stirn trugen, war Perrins Stirn glatt. Rand glaubte, Perrins Gesichtsausdruck zeige Resignation. Er fragte sich, warum, und er wollte ihn danach fragen, doch wann immer Perrin durch ein Stück tieferen Schattens kam, schien sich alles Licht in seinen Augen zu sammeln, und sie glühten sanft wie polierter Bernstein. Rand schauderte und versuchte, sich auf seine Umgebung zu konzentrieren, auf die mit Walnussholz getäfelten Wände und das Treppengeländer aus Eichenholz, auf die handfesten Dinge des Alltags. Er wischte sich mehrmals die Hände an seinem Mantel ab, aber jedes Mal schwitzten seine Handflächen gleich wieder. *Jetzt wird alles gut werden. Wir sind wieder beisammen und ... Licht, Mat!*

Er brachte sie an der Küche vorbei zur Bibliothek. Den Schankraum mied er. Nicht viele Reisende benutzten die Bibliothek – die meisten derer, die lesen konnten, wohnten in vornehmeren Schenken in der Innenstadt. Meister Gill behielt sie eher zum eigenen Vergnügen als für die wenigen Gäste, die von Zeit zu Zeit ein Buch wollten. Rand wollte nicht darüber nachdenken, warum Moiraine wünschte, dass sie sich verbargen, aber er musste immer wieder daran denken, dass der Weißmantel-Unteroffizier gesagt hatte, er werde wiederkommen, und er erinnerte sich an Elaidas Blick, als sie fragte, wo er wohne. Das war schon Grund genug, gleich, was Moiraine wollte.

Er machte fünf Schritte in die Bibliothek hinein, bevor ihm auffiel, dass alle anderen stehen geblieben waren, sich in der Tür zusammendrängten, die Münder offen, und mit großen Augen starrten. Im Kamin prasselte ein helles Feuer, und Loial lag lesend auf dem Sofa. Eine kleine schwarze Katze mit weißen Füßen lag zusammengerollt und halb schlafend auf seinem Bauch. Als sie eintraten, schloss er das Buch, wobei er einen riesigen Finger als Buchzeichen drinnenließ, und setzte die Katze sanft am Boden ab. Dann stand er auf und verbeugte sich höflich.

Rand war so an den Ogier gewöhnt, dass er eine Weile brauchte, um zu begreifen, dass die anderen ihn anstarrten. »Das sind die Freunde, auf die ich gewartet habe, Loial«, sagte er. »Das ist Nynaeve, die Seherin meines Dorfes. Und Perrin. Und hier ist Egwene.«

»Ah, ja«, dröhnte Loials Stimme. »Egwene. Rand hat eine Menge von dir erzählt. Ja. Ich bin Loial.«

»Er ist ein Ogier«, erklärte Rand und verfolgte, wie sich der Ausdruck des Erstaunens auf ihren Gesichtern änderte. Auch nachdem sie Trollocs und Blassen begegnet waren, erstaunte es sie immer noch, eine lebende Legende anzutreffen. Er erinnerte sich an seine erste Reaktion auf den Anblick Loials und grinste verlegen. Sie hielten sich besser als er.

Loial ging über ihr neugieriges Starren hinweg. Rand glaubte, dass er es kaum bemerkte, verglichen mit einem Mob, der ›Trolloc‹ schrie. »Und die Aes Sedai, Rand?«, fragte Loial.

»Sie ist oben bei Mat.«

Der Ogier hob gedankenschwer eine buschige Augenbraue. »Dann ist er wirklich krank. Ich würde vorschlagen, dass wir uns alle setzen. Wird sie auch noch herkommen? Ja. Dann bleibt uns nichts anderes übrig, als zu warten.«

Das Hinsetzen schien von den Emondsfeldern eine Last zu nehmen, als fühlten sie sich wie zu Hause, nun, da sie auf gut gepolsterten Stühlen saßen, da im Kamin ein Feuer brannte und eine Katze sich auf dem Sims zusammengerollt hatte. Sobald sie sich niedergelassen hatten, begannen alle, aufgeregt dem Ogier Fragen zu stellen. Zu Rands Überraschung war Perrin der Erste, der sprach.

»Die *Stedding*, Loial. Sind sie wirklich solche Zufluchtsstätten, wie es in den Geschichten heißt?« Seine Stimme klang eindringlich, als habe er einen besonderen Grund zu fragen.

Loial freute sich, dass er von den *Stedding* erzählen konnte und wie er in *Der Königin Segen* aufgetaucht war und was er auf seinen Reisen alles gesehen hatte. Rand lehnte sich bald zurück und hörte nur noch mit halbem Ohr zu. Er hatte das alles bereits ausführlich gehört. Loial erzählte gern und lang, wenn er nur die geringste Möglichkeit dazu sah, und außerdem schien er zu glauben, dass eine Geschichte wenigstens zwei- oder dreihundert Jahre der Vorgeschichte benötigte, damit man sie auch verstand. Sein Zeitverständnis war ganz eigenartig; für ihn waren dreihundert Jahre eine ganz gewöhnliche Zeitspanne für den Verlauf einer Geschichte oder eine Erklärung. Er erzählte immer davon, wie er sein *Stedding* verlassen hatte, als sei das nur ein paar Monate zuvor gewesen, aber es war ihm schließlich entschlüpft, dass er schon mehr als drei Jahre von zu Hause fort war.

Rands Gedanken waren bei Mat. *Ein Dolch. Ein verdammtes Messer, das ihn vielleicht umbringt, nur, wen er es trägt. Licht, ich habe genug von allen Abenteuern. Falls sie ihn heilen kann, sollten wir alle ... nicht heimgehen, aber ... wir können nicht heim ... irgendwohin. Wir gehen alle irgendwohin, wo man niemals etwas von Aes Sedai oder dem Dunklen König gehört hat. Irgendwo.*

Die Tür ging auf, und einen Augenblick lang glaubte Rand, der Anblick sei noch seinen Gedanken entsprungen. Da stand *Mat*, blinzelte unter dem um seine Stirn gewickelten Schal ins Licht und trug seinen Mantel bis oben hin zugeknöpft. Dann bemerkte Rand Moiraine, die ihre Hand auf Mats Schulter gelegt hatte, und Lan kam hinter ihnen her. Die Aes Sedai beobachtete Mat wie jemanden, der sich gerade von seinem Krankenbett erhoben hat. Wie immer hatte Lan alles im Blick, gab sich aber den Anschein, als gehe ihn das alles nichts an.

Mat sah aus, als sei er noch nicht einmal einen Tag lang krank gewesen. Sein erstes zögerndes Lächeln beim Eintreten umfasste alle. Allerdings blieb ihm dann vor Überraschung der Mund beim Anblick Loials offen stehen, als sehe er den Ogier zum ersten Mal. Er schüttelte sich, zuckte die Achseln und wandte seine Aufmerksamkeit wieder seinen Freunden zu. »Ich ... äh ... das heißt ...« Er holte tief Luft. »Es ... äh ... es scheint, als habe ich mich ... äh ... ein bisschen eigenartig benommen. Ich kann mich aber kaum an etwas erinnern.« Er sah Moiraine unsicher an. Sie lächelte ihm Mut zu, und er fuhr fort: »Alles nach Weißbrücke ist verschwommen. Thom und der ...« Er schauderte und sprach hastig weiter: »Je weiter weg von Weißbrücke, desto verschwommener wird es. Ich erinnere mich überhaupt nicht mehr daran, in Caemlyn angekommen zu sein.« Er beäugte Loial unsicher. »Wirklich nicht. Moiraine Sedai sagt, dass ich oben ... dass ich ... äh ...« Er grinste, und plötzlich war er wirklich wieder ganz der alte Mat. »Man kann doch einen Menschen nicht für das verantwortlich machen, was er tut, wenn er verrückt ist, oder?«

»Du warst schon immer verrückt«, sagte Perrin, und in diesem Moment klang auch er wieder ganz wie früher.

»Nein«, sagte Nynaeve. Tränen ließen ihre Augen glänzen, aber sie lächelte. »Keiner von uns macht dir Vorwürfe.«

Rand und Egwene begannen dann gleichzeitig zu sprechen und sagten Mat, wie glücklich sie seien, dass er sich so erholt habe und wie gut er aussehe, und lachend bemerkten sie, sie hofften, dass er jetzt keine Streiche mehr spielen werde, nachdem ihm ein so hässlicher gespielt worden war. Mat blieb ihnen nichts schuldig, nachdem er sich einen Stuhl gesucht und sich mit seiner alten Großspurigkeit draufgesetzt hatte. Doch beim Hinsetzen, wobei er immer noch grinste, berührte er unbewusst seinen Mantel, als wolle er sichergehen, dass etwas immer noch am richtigen Fleck war, wo er es in seinen Gürtel gesteckt hatte. Rand stockte der Atem.

»Ja«, sagte Moiraine leise, »er hat den Dolch immer noch.« Das Gelächter und Geschwätz der anderen Emondsfelder ging weiter, doch sie hatte sein hastiges Einatmen bemerkt und auch den Grund dafür. Sie trat näher an seinen Stuhl heran, damit sie nicht lauter sprechen musste und er sie doch deutlich verstand. »Ich kann ihn ihm nicht wegnehmen, ohne ihn zu töten. Die Verbindung besteht schon zu lange und ist zu stark geworden. Das muss in Tar Valon getrennt werden; ich kann es nicht und auch keine andere einzelne Aes Sedai, selbst mithilfe eines *Angreals*.«

»Aber er sieht gar nicht mehr krank aus.« Er musste an etwas denken und sah zu ihr auf. »Solange er den Dolch hat, wissen die Blassen, wo wir sind. Auch ein paar der Schattenfreunde. Das hast du selbst gesagt.«

»Ich habe das auf gewisse Art abgeblockt. Wenn sie jetzt nahe genug kommen, um ihn zu spüren, dann stehen sie praktisch schon vor uns. Ich habe ihn von der Befleckung gereinigt, Rand, und alles getan, was in meiner Macht steht, dass sie so langsam wie möglich zurückkehrt, aber mit der Zeit wird es wieder so wie zuvor, es sei denn, ihm wird in Tar Valon geholfen.«

»Gut, dass wir gerade dorthin ziehen, nicht wahr?« Er glaubte, es sei vielleicht der resignierende Tonfall seiner Stimme und die Hoffnung auf eine andere Lösung, dass sie ihm einen so scharfen Blick zuwarf, bevor sie sich abwandte.

Loial stand vor ihr und verbeugte sich. »Ich heiße Loial, Sohn des Arent, Sohn des Halan, Aes Sedai. Das *Stedding* bietet den Dienerinnen des Lichts seinen Schutz.«

»Ich danke dir, Loial, Sohn des Arent«, antwortete Moiraine trocken, »doch ich wäre mit diesem Gruß nicht so freigebig, falls ich an deiner Stelle wäre. In diesem Augenblick befinden sich vielleicht zwanzig Aes Sedai in Caemlyn, und jede außer mir gehört zu den Roten Ajah.« Loial nickte weise, als verstehe er. Rand konnte nur verwirrt den Kopf schütteln. Er wäre vom Licht geblendet, wenn *er* verstünde, was sie meinte. »Es ist seltsam, dich hier anzutreffen«, fuhr die Aes Sedai fort. »Nur wenige Ogier haben in den letzten Jahren die *Stedding* verlassen.«

»Die alten Geschichten haben mich gepackt, Aes Sedai. Die alten Bücher füllten meinen unwürdigen Kopf mit Bildern. Ich will die Haine sehen, und auch die Städte, die wir bauten. Es scheinen von beiden nicht mehr viele zu existieren, aber auch wenn Gebäude ein schlechter Ersatz für Bäume sind, so sind sie doch wert, gesehen zu werden. Die Ältesten glauben, ich sei wunderlich, da ich reisen will. Ich wollte das immer schon, und sie glaubten das immer schon. Keiner von ihnen glaubt, dass es außerhalb des *Stedding* etwas Sehenswertes gibt. Vielleicht werden sie ihre Meinung ändern, wenn ich zurückkomme und ihnen erzähle, was ich gesehen habe. Ich hoffe. Mit der Zeit.«

»Vielleicht sehen sie es ein«, sagte Moiraine verbindlich. »Nun, Loial, du musst mir vergeben, dass ich so kurz angebunden bin. Es ist ein typischer Fehler der Menschen, das weiß ich. Meine Begleiter und ich müssen dringend unsere Weiterreise planen. Wenn du uns entschuldigen würdest?«

Nun war es an Loial, verwirrt dreinzublicken. Rand rettete ihn. »Er kommt mit uns. Ich habe es ihm versprochen.«

Moiraine stand da und sah den Ogier an, als habe sie nicht richtig verstanden, doch schließlich nickte sie. »Das Rad webt, wie das Rad will«, murmelte sie. »Lan, pass auf, dass wir nicht überrascht werden.« Der Behüter verschwand lautlos, bis auf das Klicken der sich schließenden Tür, aus dem Raum.

Lans Verschwinden wirkte wie ein Signal: Alle Gespräche erstarben. Moiraine ging zum Kamin, und als sie sich wieder dem Raum zuwandte, ruhten alle Blicke auf ihr. Obwohl sie so zierlich war, beherrschte sie den Raum. »Wir können nicht lange in Caemlyn bleiben und sind selbst hier im Gasthof nicht sicher. Die Augen des

Dunklen Königs sind bereits in der Stadt. Sie haben bisher nicht gefunden, wonach sie suchen, sonst würden sie nicht mehr weitersuchen. Das ist unser Vorteil. Ich habe Amulette ausgelegt, um sie fern zu halten, und wenn der Dunkle König schließlich bemerkt, dass es einen Teil der Stadt gibt, den die Ratten nicht mehr betreten, sind wir schon weg. Stärkere Amulette jedoch, die auch einen Menschen abschrecken könnten, würden sich einem Myrddraal wie ein Leuchtfeuer zeigen, und dann sind ja auch noch Kinder des Lichts in Caemlyn, die nach Perrin und Egwene suchen.« Rand stieß einen Laut aus, und Moiraine hob eine Augenbraue in seiner Richtung.

»Ich glaubte, sie suchen nach Mat und mir«, sagte er.

Diese Erklärung ließ die Aes Sedai nun beide Augenbrauen heben. »Wie kommst du auf die Idee, die Weißmäntel suchten nach euch?«

»Ich hörte, wie einer sagte, sie suchten nach jemandem von den Zwei Flüssen. Schattenfreunde, sagte er. Was konnte ich denn sonst glauben? Bei all dem, was geschehen ist, bin ich froh, überhaupt denken zu können.«

»Es war sehr verwirrend, das weiß ich, Rand«, warf Loial ein, »aber du kannst schon klarer denken, als du jetzt tust. Die Kinder hassen die Aes Sedai. Elaida würde nicht ...«

»Elaida?«, mischte sich Moiraine mit harter Stimme ein. »Was hat Elaida Sedai mit alledem zu tun?«

Sie blickte Rand so scharf an, dass er beinahe zurückgewichen wäre. »Sie wollte mich ins Gefängnis werfen«, sagte er bedächtig. »Ich wollte lediglich einen Blick auf Logain werfen, aber sie wollte nicht glauben, dass ich nur durch einen Zufall in den Palastgarten zu Elayne und Gawyn geraten war.« Alle starrten ihn an, als sei ihm plötzlich ein drittes Auge gewachsen – alle außer Loial. »Königin Morgase hat mich laufen lassen. Sie sagte, es gäbe keinen Beweis dafür, dass ich Böses im Schild führe, und dass sie sich an das Gesetz halten wolle, gleich, was Elaida vermuten mochte.« Er schüttelte den Kopf. Die Erinnerung an Morgase in all ihrer Pracht ließ ihn für kurze Zeit vergessen, dass ihn alle ansahen. »Könnt ihr euch vorstellen, dass ich die Königin kennen gelernt habe? Sie ist so schön wie die Königinnen in Märchen. Und genauso Elayne. Und Gawyn ... dir würde Gawyn gefallen, Perrin. Perrin? Mat?« Sie stierten ihn immer noch an. »Blut und Asche, ich bin doch nur auf die Mauer geklettert, um den falschen Drachen zu sehen. Ich habe nichts Böses getan.«

»Das sage ich auch immer«, meinte Mat nüchtern, obwohl er

plötzlich breit grinste, und Egwene fragte in beiläufigem Tonfall: »Wer ist Elayne?«

Moiraine fluchte leise vor sich hin. »Eine Königin«, sagte Perrin kopfschüttelnd. »Du hast ja wirklich Abenteuer erlebt. Alles, was wir trafen, waren Kesselflicker und ein paar Weißmäntel.« Er vermied es so offensichtlich, Moiraine anzusehen, dass Rand es deutlich bemerkte. Perrin berührte die Blutergüsse auf seinem Gesicht. »Alles in Allem hat es mehr Spaß gemacht, mit den Kesselflickern zu singen als mit den Weißmänteln.«

»Das Fahrende Volk lebt für seine Lieder«, sagte Loial. »Für alle Lieder, muss man sagen. Zumindest für die Suche nach ihnen. Ich traf vor einigen Jahren einige Tuatha'an, und sie wollten die Lieder erlernen, die wir den Bäumen singen. Tatsächlich hören die Bäume nicht mehr auf sehr viele von ihnen, und nicht viele Ogier lernen die Lieder. Ich habe ein wenig Talent, und so bestand der Älteste Arent darauf, dass ich sie lerne. Ich brachte den Tuatha'an bei, was sie erfassen konnten, aber die Bäume hören niemals auf Menschen. Für das Fahrende Volk waren es eben nur Lieder, und sie kamen als solche auch gut bei ihnen an, doch keines war das Lied, nach dem sie suchen. So nennen sie auch den Anführer jedes Stammes: den Sucher. Manchmal besuchen sie das *Stedding* Schangtai. Sehr wenige Menschen kommen dorthin.«

»Darf ich dich unterbrechen, Loial«, sagte Moiraine, aber er räusperte sich und fuhr in einem so schnellen Grollton fort, als fürchte er, sie werde ihn zum Schweigen bringen.

»Mir ist gerade etwas eingefallen, Aes Sedai, das ich immer schon eine Aes Sedai fragen wollte, falls ich eine treffe, da ihr so viele Dinge kennt und in Tar Valon große Bibliotheken habt, und nun habe ich dich getroffen, und ... Darf ich?«

»Wenn du dich kurz fasst«, bemerkte sie knapp.

»Kurz«, sagte er, als frage er sich, was dieses Wort bedeute. »Ja. Nun gut. Vor kurzer Zeit kam ein Mann ins *Stedding* Schangtai. Das war zu der Zeit an sich nichts Außergewöhnliches, da eine große Zahl von Flüchtlingen zum Rückgrat der Welt gekommen war. Sie flohen vor dem, was ihr Menschen den Aiel-Krieg nennt.« Rand grinste. Vor kurzer Zeit – das war etwa zwanzig Jahre her. »Er war dem Tod nah, obwohl keine Wunde, kein äußeres Zeichen an ihm zu entdecken war. Die Ältesten glaubten, es könne von Aes Sedai getan worden sein« – Loial warf Moiraine einen entschuldigenden Blick zu –, »da er sich sofort erholte, nachdem er das *Stedding* betreten hatte. Er blieb nur ein paar Monate. Eines Nachts schlich er sich einfach davon, ohne ein Wort zu sagen, als der Mond gesunken war.« Er sah Moiraine ins Gesicht und räusperte sich wieder.»Bevor er ging, erzählte er eine seltsame Geschichte. Er sagte, diese Nachricht wolle er nach Tar Valon bringen. Er sagte, der Dunkle König habe vor, das Auge der Welt zu blenden und die Große Schlange zu töten, also die Zeit selbst. Die Ältesten meinten, er sei geistig genauso gesund wie körperlich, aber er behauptete solche Dinge. Die Zeit selbst töten? Und das Auge der Welt? Kann er das Auge der Großen Schlange blenden? Was bedeutet das?«

Rand erwartete jede mögliche Reaktion von Moiraine, aber nicht das, was er sah. Anstatt Loial zu antworten oder ihm zu sagen, dass sie im Moment dafür keine Zeit habe, stand sie einfach da, blickte durch den Ogier hindurch und runzelte gedankenverloren die Stirn.

»Das haben uns die Kesselflicker auch erzählt«, sagte Perrin.

»Ja«, pflichtete Egwene bei.»Die Aiel-Geschichte.«

Moiraine drehte langsam den Kopf. Kein anderer Körperteil bewegte sich.»Welche Geschichte?«

Ihr Blick war ausdruckslos, aber er brachte Perrin dazu, tief einzuatmen. Als er dann sprach, klang er so bedächtig wie immer.»Einige Kesselflicker, die die Wüste durchquerten, fanden Aiel, die nach einem Kampf mit Trollocs im Sterben lagen. Bevor die letzte Aiel starb – es waren offensichtlich alles Frauen – erzählte sie den Kesselflickern genau dasselbe wie Loial gerade eben. Der Dunkle König – sie nannten ihn Sichtblender – habe vor, das Auge der Welt zu blenden. Und das war vor nur drei Jahren und nicht vor zwanzig. Bedeutet es etwas?«

»Vielleicht alles«, sagte Moiraine. Ihr Gesicht verriet nichts, doch Rand hatte das Gefühl, dass der Verstand hinter diesen dunklen Augen rasend arbeitete.»Ba'alzamon«, sagte Perrin plötzlich. Der Name brachte jeden Laut im Zimmer zum Ersterben. Keiner schien auch nur zu atmen. Perrin sah Rand an und dann Mat. Seine Augen blickten eigenartig ruhig drein und waren gelber als je zuvor.»Zu der Zeit fragte ich mich, wo ich den Namen schon einmal gehört hatte ... das Auge der Welt. Jetzt erinnere ich mich. Ihr auch?«

»Ich will mich an gar nichts erinnern«, sagte Mat angespannt.

»Wir müssen es ihr erzählen«, fuhr Perrin fort.»Jetzt ist es wichtig. Wir können es nicht länger geheim halten. Das siehst du doch ein, nicht wahr, Rand?«

»Was müsst ihr mir erzählen?« Moiraines Stimme klang rau, und sie schien sich auf einen Schlag gefasst zu machen. Ihr Blick ruhte auf Rand. Er wollte nicht antworten. Genau wie Mat wollte er sich an nichts erinnern, aber er erinnerte sich eben doch – und er wusste, dass Perrin Recht hatte.»Ich habe ...« Er sah seine Freunde an. Mat nickte zögernd, Perrin entschlossen, doch zumindest hatten beide zugestimmt. Er musste ihr nicht allein gegenüberstehen.»Wir haben ... Träume gehabt.« Er rieb sich den Fleck an seinem Finger, wo ihn der Dorn einst gestochen hatte, und dachte an das Blut beim Aufwachen. Mit flauem Gefühl im Magen dachte er an jenes andere Mal und das Gefühl, sein Gesicht sei von der Glut aus Ba'alzamons Augen verbrannt worden.»Allerdings waren es vielleicht doch nicht nur Träume. Ba'alzamon kam darin vor.« Er wusste, warum Perrin diesen Namen benutzt hatte: Es fiel leichter, als zu sagen, der Dunkle König sei in deinen Träumen, in deinem Kopf gewesen.»Er sagte ... eine ganze Menge, aber einmal sagte er eben, das Auge der Welt werde mir nie dienen.« Eine Minute lang war sein Mund staubtrocken.

»Er sagte mir dasselbe«, stellte Perrin fest, und Mat seufzte erst schwer und nickte dann. Rand merkte, dass er wieder Speichel im Mund hatte.»Du bist uns nicht böse?«, fragte Perrin überrascht. Rand sah, dass Moiraine wirklich nicht böse zu sein schien. Sie betrachtete sie, und ihre Augen blickten klar und ruhig, wenn auch eindringlich drein.

»Mehr auf mich selbst als auf euch. Aber ich habe euch doch gefragt, ob ihr eigenartige Träume hattet. Gleich zu Beginn habe ich euch danach gefragt.« Obwohl ihre Stimme gleichmäßig blieb, zeigten ihre Augen einen Moment lang Zorn, der aber gleich wieder verschwand.»Hätte ich es gleich nach dem ersten Traum gewusst, wäre ich vielleicht in der Lage gewesen ... Es hat seit beinahe tausend Jahren in Tar Valon keine Traumwandlerin mehr gegeben, aber ich hätte es wenigstens versuchen können. Jetzt ist es zu spät. Jedes Mal, wenn euch der Dunkle König berührt, macht es ihm die nächste Berührung leichter. Vielleicht kann euch meine Gegenwart immer noch ein wenig schützen, aber selbst dann ... Erinnert ihr euch an die Geschichten über die Verlorenen, die Menschen an sich binden? Auch starke Männer, Männer, die von Beginn an gegen den Dunklen König gekämpft hatten. Diese Geschichten sind wahr, und dabei hatte keiner der Verlorenen die Kraft seines Herrn, weder Aginor noch Lanfear, weder Balthamel noch Demandred und noch nicht einmal Ishamael, der Verräter aller Hoffnung selbst.«

Nynaeve und Egwene sahen ihn an, ihn und Mat und Perrin, wie Rand jetzt bemerkte. Die Gesichter der Frauen waren bleich vor Angst und Entsetzen. *Haben sie Angst um uns oder vor uns?* »Was können wir tun?«, fragte er. »Es muss doch etwas geben.« »Ganz nahe bei mir blieben«, antwortete Moiraine, »das wird helfen. Jedenfalls ein bisschen. Der Schutz durch die Berührung der Wahren Quelle umgibt mich ein Stück weit – denkt daran. Aber ihr könnt nicht immer nah bei mir bleiben. Ihr könnt euch selbst verteidigen, falls ihr stark genug seid, aber diese Kraft und diesen Willen müsst ihr in euch selbst finden. Ich kann sie euch nicht geben.«

»Ich glaube, ich habe meinen eigenen Schutz bereits gefunden«, sagte Perrin, und es klang eher niedergeschlagen.

»Ja«, sagte Moiraine, »das hast du wohl.« Sie sah ihn an, und er senkte den Blick, und selbst dann noch stand sie nachdenklich da. Schließlich wandte sie sich den anderen zu. »Die Macht des Dunklen Königs in euch hat ihre Grenzen. Gebt nur einen Augenblick nach, und er hat schon euer Herz an einem Faden, einem Band, das ihr vielleicht nie wieder zertrennen könnt. Gebt nach, und ihr gehört ihm. Widersteht ihm, und seine Macht versagt. Es ist nicht leicht, wenn er in eure Träume eindringt, aber es ist zu schaffen. Er kann immer noch Halbmenschen gegen euch aussenden und Trollocs und Draghkar und andere, aber ihr gehört ihm nicht, solange ihr nicht nachgebt.«

»Blasse sind schlimm genug«, sagte Perrin.

»Ich will ihn nicht mehr in meinem Kopf spüren«, grollte Mat. »Gibt es keinen Weg, um ihn auszusperren?«

Moiraine schüttelte den Kopf. »Loial hat nichts zu befürchten, und auch Egwene und Nynaeve nicht. In der Masse der Menschheit kann der Dunkle König ein Individuum nur durch Zufall finden, es sei denn, derjenige sucht ihn. Aber zumindest für eine gewisse Zeit seid ihr drei ein Herzstück des Musters. Ein Schicksalsgewebe entsteht, und jeder Faden führt geradewegs zu euch. Was hat der Dunkle König noch zu euch gesagt?«

»Ich kann mich nicht so gut daran erinnern«, sagte Perrin. »Er sprach davon, dass einer von uns auserwählt sei oder so ähnlich. Ich erinnere mich, dass er darüber lachte«, endete er düster, »durch wen wir ausgewählt würden. Er sagte, wir könnten ihm entweder dienen oder sterben. Und dann würden wir ihm immer noch dienen.«

»Er behauptete, der Amyrlin-Sitz werde versuchen, uns zu benützen«, fügte Mat hinzu, und seine Stimme versagte, als ihm klar wur-

de, wem er das sagte. Er schluckte und fuhr fort:»Er sagte, genau wie Tar Valon andere benützte – er nannte ein paar Namen. Davian, glaube ich. Ich kann mich auch daran nicht gut erinnern.«
»Raolin Dunkelbann«, sagte Perrin.
»Ja«, sagte Rand mit gerunzelter Stirn. Er hatte sich bemüht, diese Träume zu vergessen. Es war unangenehm, sie zurückzuholen.»Yurian Steinbogen war ein anderer und ebenso Guaire Amalasan.« Er hielt plötzlich inne, hoffte aber, Moiraine werde es nicht bemerken. »Ich erkenne keinen davon.«

Aber er hatte einen erkannt, jetzt, da er sie aus den Tiefen seiner Erinnerungen hervorzerrte. Er hatte sich gerade noch zurückhalten können, um den Namen nicht auszusprechen: Logain. Der falsche Drache. *Licht! Thom sagte, das seien gefährliche Namen. Ist es das, was Ba'alzamon meinte? Dass Moiraine einen von uns als falschen Drachen benützen will? Aes Sedai jagen falsche Drachen und benützen sie nicht. Oder doch? Licht, hilf mir, benützen sie die falschen Drachen?*

Moiraine sah ihn an, aber aus ihrer Miene konnte er nichts ablesen.»Kennst du sie?«, fragte er.»Bedeuten sie etwas?«

»Vater der Lügen ist ein guter Name für den Dunklen König«, antwortete Moiraine.»Er bemüht sich immer, die Saat des Zweifels zu pflanzen, wo er nur kann. Das nagt am Verstand eines Menschen wie ein Krebsgeschwür. Wenn du dem Vater der Lügen glaubst, ist das der erste Schritt zur Aufgabe. Denkt daran, wenn ihr euch dem Dunklen König ergebt, gehört ihr ihm.«

Eine Aes Sedai lügt nie, aber die Wahrheit, die sie ausspricht, ist vielleicht nicht die Wahrheit, die du zu hören glaubst! Das hatte Tam gesagt, und sie war seiner Frage ausgewichen. Er behielt seine ausdruckslose Miene bei und ließ die Hände ruhig auf den Knien liegen, ohne den Schweiß an seiner Hose abzuwischen.

Egwene weinte leise. Nynaeve hatte die Arme um sie gelegt, aber auch sie sah so aus, als wolle sie weinen. Rand wünschte beinahe, er könne das auch.

»Sie sind alle *ta'veren*«, sagte Loial in das Schweigen. Die Aussicht schien ihn froh zu stimmen. Er freute sich wohl darauf, aus der Nähe zusehen zu können, wie das Muster um sie herum gewebt wurde. Rand sah ihn entgeistert an, und der Ogier zuckte beschämt die Achseln. Es reichte jedenfalls, um seinen Eifer zu dämpfen.

»Das sind sie«, sagte Moiraine.»Gleich *drei*, wo ich einen erwartete. Vieles hat sich ereignet, womit ich nicht rechnete. Diese Nachricht über das Auge der Welt ändert viel.« Sie schwieg einen Moment lang und runzelte die Stirn. »Eine Weile lang scheint sich das Muster um euch drei herum zu formen, so wie Loial sagt, und der Wirbel wird noch stärker werden, bevor er sich beruhigt. Manchmal bedeutet *ta'veren* sein, dass das Muster gezwungen ist, sich euch zu beugen, und manchmal zwingt euch das Muster auf den notwendigen Weg. Das Gewebe kann immer noch auf vielerlei Art gewebt werden, und einige dieser Muster könnten furchtbare Auswirkungen haben – für euch und für die Welt.

Wir können nicht in Caemlyn bleiben, aber welche Straße wir auch benützen: Die Myrddraal und Trollocs werden uns erreichen, bevor wir auch nur zehn Meilen weg sind. Und gerade zu diesem Zeitpunkt erfahren wir von einer Bedrohung des Auges der Welt, und nicht nur aus einer Quelle, sondern aus dreien, und jede anscheinend unabhängig von den anderen. Das Muster zwingt uns auf einen Weg. Das Muster bildet sich immer noch weiter um euch herum, doch welche Hand schert nun die Kettfäden, und welche Hand führt das Schiffchen? Sind die Gefängnismauern um den Dunklen König so brüchig geworden, dass er solchen Einfluss gewinnen kann?«

»Es ist nicht nötig, so etwas auszusprechen!«, sagte Nynaeve in scharfem Ton. »Du jagst ihnen damit nur Angst ein.«

»Dir nicht?«, fragte Moiraine. »Ich habe Angst. Na ja, vielleicht hast du Recht. Wir dürfen unseren Weg nicht durch Angst beeinflussen lassen. Ob dies nun eine Falle ist oder eine rechtzeitige Warnung, wir müssen tun, was notwendig ist, und das bedeutet: Wir müssen das Auge der Welt schnell erreichen. Der Grüne Mann muss von dieser Bedrohung erfahren.«

Rand fuhr hoch. *Der Grüne Mann?* Die anderen sahen sie ebenfalls überrascht an, nur Loial nicht, dessen breites Gesicht sorgenvoll dreinblickte.

»Ich kann noch nicht einmal riskieren, aus Tar Valon Hilfe zu holen«, fuhr Moiraine fort. »Die Zeit ist zu knapp. Selbst wenn wir ungehindert aus der Stadt reiten könnten, würden wir viele Wochen brauchen, um die Fäule zu erreichen, und ich fürchte, wir haben nicht mehr wochenlang Zeit.«

»Die Fäule!« Rand hörte, wie die anderen im Chor zu seinem Echo wurden, aber Moiraine beachtete sie nicht.

»Das Muster wirft uns in eine Krise und zeigt uns gleichzeitig einen Weg, sie zu überwinden. Wenn ich nicht wüsste, dass es unmöglich ist, würde ich beinahe glauben, der Schöpfer selbst habe eingegriffen. Es gibt einen Weg.« Sie lächelte, als habe sie einen ihr ganz eigenen Scherz gemacht, und wandte sich Loial zu. »Es gab einen Ogier-Hain hier in Caemlyn und auch ein Wegetor. Heute breitet sich die Neustadt dort aus, wo einst der Hain wuchs, also muss sich das Wegetor innerhalb der Mauern befinden. Ich weiß, dass heutzutage nicht mehr viele Ogier lernen, wie man die Kurzen Wege benützt, aber einer, der ein Talent besitzt und die alten Wachstumslieder lernt, muss sich doch von solchem Wissen angezogen fühlen, selbst wenn er glaubt, sie würden nie mehr benützt. Kennst du die Kurzen Wege, Loial?«

Der Ogier trat unsicher von einem Fuß auf den anderen. »Ja, ich kenne sie, Aes Sedai, aber ...«

»Kannst du dich mithilfe der Kurzen Wege nach Fal Dara durchfinden?«

»Ich habe noch nie von Fal Dara gehört«, sagte Loial, und es klang erleichtert.

»In den Tagen der Trolloc-Kriege war es auch als Mafal Dadaranell bekannt. Kennst du *diesen* Namen?«

»Den kenne ich«, sagte Loial zögernd. »Aber ...«

»Dann kannst du unseren Weg auch finden«, sagte Moiraine. »Das ist eine seltsame Wendung des Schicksals. Wenn wir weder bleiben noch uns auf irgendeinem normalen Weg fortstehlen können, höre ich von einer Bedrohung des Auges, und es befindet sich auch noch jemand bei uns, der uns in wenigen Tagen dorthin bringen kann. Ob es nun der Schöpfer selbst ist oder nur das Schicksal oder selbst der Dunkle König: Das Muster hat unseren Weg bestimmt.«

»Nein!«, sagte Loial. Es klang wie ein aus dem tiefsten Inneren stammendes Donnergrollen. Jeder wandte sich ihm zu, und er blinzelte unter all der Aufmerksamkeit, doch in seinen Worten lag kein Zögern. »Wenn wir die Kurzen Wege betreten, werden wir alle sterben – oder vom Schatten verschlungen.«

KAPITEL 43

Entscheidungen
und Erscheinungen

Die Aes Sedai schien zu wissen, was Loial meinte, aber sie sagte nichts dazu. Loial sah zu Boden und rieb sich mit einem dicken Finger unter der Nase, als sei er von seinem eigenen Ausbruch peinlich berührt. Niemand wollte etwas sagen.

»Warum?«, fragte Rand schließlich. »Warum würden wir sterben? Was *sind* die Kurzen Wege?«

Loial sah Moiraine an. Sie wandte sich ab und stellte einen Stuhl vor den Kamin. Die kleine Katze streckte sich und tapste gelangweilt herüber, um ihren Kopf an ihren Beinen zu reiben. Moiraine kraulte sie hinter dem Ohr. Das Schnurren der Katze bildete einen seltsamen Gegensatz zu der gleichmäßigen Stimme der Aes Sedai. »Es ist dein Wissen, Loial. Die Kurzen Wege stellen für uns den einzigen Ausweg dar, den einzigen Weg, um dem Dunklen König zuvorzukommen, wenn auch nur für kurze Zeit, doch es ist an dir, dies zu erklären.«

Den Ogier schien das, was sie sagte, nicht gerade zu beruhigen. Er rutschte verlegen auf seinem Stuhl hin und her, bevor er begann. »Während der Zeit des Wahns, als die Welt noch immer zerstört wurde und die Erde sich aufbäumte, wurde die Menschheit wie Staubkörner im Wind verstreut. Auch wir Ogier wurden verstreut, aus den *Stedding* vertrieben, hinein ins Exil und die Lange Wanderung, als das Sehnen sich in unsere Herzen grub.« Er blickte Moiraine von der Seite her an. Seine langen Augenbrauen zogen sich zu zwei Punkten zusammen. »Ich werde versuchen, mich kurz zu fassen, aber das ist keine Sache, die man so kurz erzählen kann. Ich muss nun von den anderen erzählen, den wenigen Ogiern, die in ihren *Stedding* blieben, obwohl um sie herum die Welt zerrissen wurde. Und von den Aes Sedai« – diesmal vermied er es, Moiraine anzusehen – »den männlichen Aes Sedai, die starben, während sie in ihrem Wahn die Welt zerstörten. Diesen Aes Sedai – denen, die bis dahin dem Wahn entgangen waren – boten die *Stedding* an, in ihnen

Zuflucht zu suchen. Viele nahmen dieses Angebot an, denn in den *Stedding* waren sie vor dem Fluch des Dunklen Königs, der ihre Art ausrottete, geschützt. Aber sie waren auch von der Wahren Quelle abgeschnitten. Es war nicht nur, dass sie die Eine Macht nicht mehr benützen oder die Quelle berühren konnten, nein, sie konnten noch nicht einmal mehr fühlen, dass die Quelle überhaupt existierte. Am Ende konnte keiner diese Abschirmung ertragen, und einer nach dem anderen verließen sie die *Stedding*. Sie hofften, dass der Fluch mittlerweile verflogen sei. Das war ein Trugschluss.«

»Einige in Tar Valon«, sagte Moiraine ruhig, »behaupten, dass die Hilfe der Ogier die Zerstörung verlängerte und noch schlimmer machte. Andere sagen, wenn man all diesen Männern gestattet hätte, auf einmal dem Wahn zu verfallen, wäre von der Welt nichts übrig geblieben. Ich gehöre zu den Blauen Ajah, Loial. Im Gegensatz zu den Roten Ajah teilen wir die zweite dieser Anschauungen. Die Zuflucht half, alles zu retten, was gerettet werden konnte.«

Loial nickte dankbar. Er war erleichtert, erkannte Rand.

»Wie ich schon sagte«, fuhr der Ogier fort, »verließen uns die männlichen Sedai – wieder. Aber bevor sie gingen, gaben sie den Ogiern zum Dank für die gebotene Zuflucht ein Geschenk: Die Kurzen Wege. Betrete ein Wegetor, laufe einen Tag lang weiter, und du kannst den Weg wieder durch ein anderes Wegetor verlassen, das hundert Meilen von dem entfernt ist, durch das du kamst. Oder fünfhundert. Zeit und Entfernung verhalten sich bei den Kurzen Wegen anders. Verschiedene Wege, verschiedene Brücken, führen zu unterschiedlichen Orten, und wie lange man braucht, um dorthin zu gelangen, hängt vom gewählten Weg ab. Es war ein wundervolles Geschenk, das mit der Zeit immer wertvoller wurde, denn die Kurzen Wege sind kein Teil der Welt, die wir sehen, und vielleicht auch kein Teil irgendeiner anderen Welt außer der eigenen. Nicht nur, dass die Ogier, die dieses Talent besaßen, künftig nicht mehr durch die Welt draußen reisen mussten – wo die Menschen sogar nach der Zerstörung noch wie die Tiere um ihr Leben kämpften –, um ein anderes *Stedding* zu erreichen, nein, innerhalb der Wege gab es keine Zerstörung. Das Gebiet zwischen zwei *Stedding* konnte sich zu tiefen Schluchten aufspalten oder zu neuen Bergen türmen, aber im Kurzen Weg zwischen ihnen änderte sich nichts.

Als die letzten Aes Sedai ein *Stedding* verließen, gaben sie den Ältesten einen Schlüssel, einen Talisman, der benützt werden konnte, weitere Wege wachsen zu lassen. In gewisser Weise sind die Kurzen

Wege und die Wegetore lebende Geschöpfe. Ich verstehe es nicht, und kein Ogier hat das je verstanden. Man hat mir gesagt, selbst die Aes Sedai hätten es vergessen. Mit den Jahren endete für uns die Zeit des Exils. Wenn die Ogier, die von den Aes Sedai so beschenkt worden waren, ein *Stedding* fanden, zu dem Ogier nach der Langen Wanderung zurückgekehrt waren, dann ließen sie einen Kurzen Weg dorthin wachsen. Mithilfe der Kunst der Steinbearbeitung, die wir im Exil erlernt hatten, bauten wir Städte für die Menschen und pflanzten die Haine an, damit die beim Bau beschäftigten Ogier sich wohl fühlten und die Sehnsucht sie nicht überkam. Zu diesen Hainen ließ man Kurze Wege wachsen. Es gab einen Hain und ein Wegetor in Mafal Dadaranell, aber diese Stadt wurde während der Trolloc-Kriege geschleift. Kein Stein blieb auf dem anderen, und der Hain wurde gefällt und in Trollocfeuern verbrannt.« Er ließ keinen Zweifel daran, welches das größere Verbrechen gewesen war.

»Wegetore sind fast unzerstörbar«, sagte Moiraine, »und die Menschheit nicht viel weniger. Es leben immer noch Menschen in Fal Dara, wenn auch nicht in der großen, von Ogiern erbauten Stadt, und auch das Wegetor steht noch.«

»Wie haben sie die denn gemacht?«, fragte Egwene. Ihr verblüffter Blick erfasste gleichzeitig Moiraine und Loial. »Die Aes Sedai, die Männer. Wenn sie in einem *Stedding* die Eine Macht nicht benützen konnten, wie konnten sie dann die Kurzen Wege machen? Oder haben sie die Macht vielleicht überhaupt nicht benützt? Ihr Teil der Wahren Quelle war befleckt und ist es immer noch. Ich weiß noch nicht so viel darüber, was Aes Sedai leisten können. Vielleicht ist es eine dumme Frage.«

Loial erklärte:»Jedes *Stedding* hat an der Grenze ein Wegetor, aber außerhalb! Deine Frage ist keineswegs dumm. Du hast den wunden Punkt getroffen, warum wir es nicht wagen, die Kurzen Wege zu benützen. Kein Ogier hat während meines Lebens und auch schon vorher die Wege benützt. Es war ein Beschluss der Ältesten, aller Ältesten aller *Stedding*, dass es keinem gestattet wird, weder Ogier noch Mensch.

Die Kurzen Wege wurden von Männern geschaffen, die eine vom Dunklen König befleckte Macht benützten. Vor ungefähr tausend Jahren, während einer Zeit, die ihr Menschen den Hundertjährigen Krieg nennt, begannen sich die Wege zu verändern. Zu Anfang geschah das so langsam, dass es niemand richtig bemerkte. Sie wurden feucht und trüb. Dann kam Dunkelheit über die Brücken. Einige, die hineingingen, wurden nie wieder gesehen. Reisende erzählten davon, dass sie aus dem Dunkel heraus beobachtet wurden. Die Anzahl der Verschwundenen wuchs, und einige, die herauskamen, waren dem Wahnsinn verfallen. Sie phantasierten etwas von *Machin Shin*, dem Schwarzen Wind. Die Heiler der Aes Sedai konnten einigen von ihnen helfen, aber trotz ihrer Hilfe wurden sie nie wieder ganz hergestellt. Und sie erinnerten sich nicht mehr an das, was vorgefallen war. Und doch war es, als sei die Dunkelheit in ihre Knochen eingesickert. Sie lachten nie wieder und fürchteten das Heulen des Windes.«

Einen Augenblick lang herrschte Stille, nur vom Schnurren der Katze neben Moiraines Stuhl unterbrochen und dem Prasseln und Knacken des Feuers, wenn die Funken stoben. Dann brach es zornig aus Nynaeve heraus:»Und du erwartest, dass wir dir dort hinein folgen? Du musst wahnsinnig sein!«

»Was würdest du stattdessen vorschlagen?«, fragte Moiraine ruhig.»Die Weißmäntel in Caemlyn oder die Trollocs draußen? Denke daran, dass allein meine Gegenwart einen gewissen Schutz gegen die Untaten des Dunklen Königs darstellt.«

Nynaeve lehnte sich mit einem ergebenen Seufzer zurück.»Du hast mir immer noch nicht erklärt«, sagte Loial,»warum ich die Regel der Ältesten brechen soll. Und ich verspüre auch keinerlei Wunsch, die Wege zu betreten. Auch wenn sie oft schlammig sind, so haben mir doch die von Menschen gemachten Straßen bisher gut genug gedient, seit ich das *Stedding* Schangtai verließ.«

»Ob Menschheit oder Ogier, alles, was lebt, befindet sich im Krieg mit dem Dunklen König«, sagte Moiraine.»Der größere Teil der Welt weiß das noch nicht einmal, und die meisten jener, die es wissen, kämpfen in bloßen Geplänkeln und glauben, es seien Schlachten. Solange die Welt sich weigert, an diesen Krieg zu glauben, ist der Dunkle König dem Sieg nahe. Das Auge der Welt enthält genug Macht, um sein Gefängnis zu öffnen. Falls der Dunkle König irgendeinen Weg gefunden hat, um das Auge der Welt seinem Willen zu unterwerfen ...«

Rand wünschte, die Lampen im Raum wären entzündet worden. Der Abend kroch über Caemlyn dahin, und das Feuer im Kamin gab nicht genug Licht. Er wollte keine Schatten im Raum.

»Was können wir tun?«, platzte Mat heraus.»Warum sind wir so wichtig? Warum müssen wir in die Fäule gehen? Die Fäule!«

Moiraine erhob die Stimme keineswegs, doch sie füllte den Raum und appellierte an sie. Ihr Stuhl beim Kamin erschien ihnen plötzlich wie ein Thron. In diesem Moment wäre sogar Morgases Pracht in ihrer Gegenwart verblasst. »Eines können wir tun: Wir können es versuchen. Was wie Zufall aussieht, ist oft einfach das Muster. Drei Schicksalsfäden haben sich hier getroffen, und jeder enthielt eine Warnung: das Auge. Das kann kein Zufall sein, das ist ein Muster! Ihr drei habt nicht gewählt; ihr wurdet vom Muster erwählt. Und ihr befindet euch hier, wo die Gefahr bekannt ist. Ihr könnt euch drücken und vielleicht die Welt dem Untergang preisgeben. Wegrennen und Verstecken wird euch nicht vor dem Weben des Musters bewahren. Oder eben, ihr versucht es. Ihr könnt zum Auge der Welt gehen, drei *ta'veren*, drei Herzstücke des Musters, um dort zu sein, wo die Gefahr liegt. Lasst das Muster sich dort um euch herum formen, und ihr könnt möglicherweise die Welt vor dem Schatten bewahren. Es liegt bei euch. Ich kann euch nicht zum Gehen zwingen.«

»Ich gehe«, sagte Rand und bemühte sich dabei, entschlossen zu klingen. So sehr er auch versuchte, das Nichts heraufzubeschwören – immer huschten störende Bilder durch seinen Kopf. Tam und der Hof und die Herde auf der Weide. Es war ein gutes Leben gewesen; er hatte niemals wirklich höher hinausgewollt. Es half ein wenig, dass Perrin und Mat zustimmten. Sie klangen, als seien ihre Münder genauso ausgetrocknet wie seiner.

»Ich schätze, Egwene und ich haben auch keine andere Wahl«, sagte Nynaeve.

Moiraine nickte. »Auch ihr seid ein Teil des Musters, auf gewisse Weise jedenfalls. Vielleicht nicht *ta'veren*, aber auf jeden Fall sehr stark. Das weiß ich seit Baerlon. Und zweifellos wissen das mittlerweile auch die Blassen. Und Ba'alzamon. Und doch steht ihr zumindest vor der gleichen Wahl wie die jungen Männer: Ihr könntet hier bleiben und nach Tar Valon weiterziehen, sobald wir anderen weg sind.«

»Zurückbleiben!«, rief Egwene. »Euch alle in die Gefahr hineinrennen lassen, während wir uns hier unter der Bettdecke verstecken? Nein danke!« Der Blick der Aes Sedai traf sie, und sie schreckte ein wenig zurück, aber ihr Widerstandsgeist verflog nicht. »Das werde ich nicht«, murmelte sie stur.

»Ich schätze, das bedeutet, wir beide werden euch begleiten.« Nynaeves Stimme klang ergeben, aber ihre Augen blitzten, als sie hinzufügte: »Ihr braucht noch immer meine Kräuter, Aes Sedai, außer ihr habt plötzlich noch eine Fertigkeit entwickelt, die ich nicht kenne.«

In ihrer Stimme schwang eine Herausforderung mit, die Rand nicht verstand, aber Moiraine nickte bloß und wandte sich dem Ogier zu. »Also, Loial, Sohn des Arent, Sohn des Halan?« Loial öffnete zweimal den Mund, und seine behaarten Ohren zuckten, bis er endlich antwortete: »Ja, nun gut. Der Grüne Mann. Das Auge der Welt. Sie werden natürlich in den Büchern erwähnt, aber ich glaube nicht, dass irgendein Ogier sie seit sehr langer Zeit gesehen hat. Ich denke ... Aber müssen es wirklich die Kurzen Wege sein?« Moiraine nickte, und seine langen Augenbrauen sackten herunter, bis ihre Enden seine Wangen berührten. »Also gut dann. Ich glaube, dann muss ich euch führen. Der Älteste Haman würde sagen, ich hätte auch nichts anderes verdient, wenn ich schon immer so vorschnell bin.«

»Dann ist es also entschieden«, sagte Moiraine. »Und nun, da das abgeklärt ist, müssen wir uns entscheiden, was zu tun ist und wie wir es anpacken.«

Sie planten bis lange in die Nacht hinein. Moiraine arbeitete am härtesten. Loial beriet sie, was die Wege anbetraf, aber sie hörte auch die Fragen und Vorschläge aller. Sobald die Dunkelheit anbrach, kam auch Lan dazu und fügte seine Kommentare in seinem typischen stahlgefärbten Tonfall hinzu. Nynaeve machte eine Liste, welche Vorräte sie brauchten. Sie stippte mit ruhiger Hand die Feder in das Tintenfass, wobei sie immer wieder vor sich hinmurmelte.

Rand wünschte, er könne alles so selbstverständlich nehmen wie die Seherin. Er konnte nicht aufhören, hin und her zu gehen, als habe er zu viel Energie, die aus ihm herauswollte. Sein Entschluss stand fest und bei seinem Wissensstand blieb ihm auch nichts anderes übrig, aber deshalb gefiel es ihm noch lange nicht. Die Fäule. Shayol Ghul befand sich irgendwo in der Fäule, jenseits der Versengten Länder.

Er konnte die gleichen Sorgen an Mats Augen ablesen, die gleiche Angst, von der er wusste, dass sie sich auch in seinen Augen zeigte. Mat saß mit gefalteten Händen da. Die Knöchel waren weiß vor Anspannung. Wenn er losließe, dachte sich Rand, dann würde er wieder den Dolch aus Shadar Logoth ergreifen.

Auf Perrins Gesicht zeigte sich dagegen überhaupt kein Unbehagen, doch dafür etwas Schlimmeres: Es war eine Maske erschöpfter Resignation. Perrin wirkte, als habe er gegen etwas gekämpft, bis er nicht mehr konnte und nur noch darauf wartete, dass es mit ihm Schluss mache. Und doch, manchmal ...

»Wir tun, was sein muss, Rand«, sagte er. »Die Fäule ...« Einen Moment lang blitzte in diesen gelben Augen Eifer auf. Sie durchbrachen die starre Erschöpfung seines Gesichts, als führten sie ein Eigenleben – getrennt von dem des großen Schmiedlehrlings. »Die Jagd am Rand der Fäule entlang ist gut«, flüsterte er. Dann schauderte er, als habe er gerade erst bemerkt, was er da sagte, und wieder wirkte sein Gesicht resigniert.

Und Egwene. Rand zog sie zur Seite, hinüber zum Kamin, wo die anderen, die am Tisch saßen und planten, sie nicht hören konnten. »Egwene, ich ...« Ihre Augen, die ihn wie zwei große, dunkle Seen in sich aufnahmen, ließen ihn innehalten und schlucken.

»Ich bin es, hinter dem der Dunkle König her ist, Egwene. Mat und Perrin und ich. Es ist mir gleich, was Moiraine Sedai sagt. Morgen früh können Nynaeve und du die Heimreise antreten oder nach Tar Valon ziehen oder wo auch immer ihr hinwollt, und niemand wird versuchen, euch davon abzuhalten. Keine Trollocs, keine Blassen, niemand. Solange ihr nicht bei uns seid. Geh heim, Egwene, oder geh nach Tar Valon. Aber vor allem – geh!«

Er wartete darauf, dass sie ihm entgegenhielt, sie habe das gleiche Recht wie er, hinzugehen, wo sie wolle, und dass er kein Recht habe, ihr zu sagen, was sie zu tun habe. Zu seiner Überraschung lächelte sie und berührte seine Wange.

»Danke, Rand«, sagte sie sanft. Er blinzelte und schloss den Mund, als sie weitersprach: »Aber du weißt, dass ich nicht kann. Moiraine Sedai erzählte uns, was Min damals in Baerlon sah. Du hättest mir sagen sollen, wer Min ist. Ich dachte ... Na ja, Min behauptet, auch ich sei ein Teil dieses Ganzen. Und Nynaeve. Vielleicht bin ich nicht *ta'veren*«, sie stolperte über dieses Wort, »aber das Muster schickt auch mich zum Auge der Welt, wie es scheint. Was immer dich betrifft, es betrifft auch mich.«

»Aber Egwene ...«

»Wer ist Elayne?«

Eine Minute lang blickte er sie einfach nur an, und dann sagte er schlicht die Wahrheit: »Sie ist die Tochter-Erbin des Throns von Andor.«

Ihre Augen schienen Feuer zu fangen. »Wenn du nicht einmal eine Minute lang ernst bleiben kannst, Rand al'Thor, dann will ich nicht mit dir sprechen.«

Ungläubig sah er zu, wie sie mit steifem Kreuz zum Tisch zurückkehrte und sich neben Moiraine auf ihre Ellbogen stützte, um zu hören, was der Behüter sagte. *Ich muss mit Perrin sprechen,* dachte er. *Er weiß, wie man mit Frauen umgeht.*

Meister Gill kam mehrmals herein – zuerst, um die Lampen zu entzünden, dann, um selbst das Essen hereinzutragen, und später, um zu berichten, was draußen vorging. Weißmäntel hielten die Schenke in beiden Richtungen die Straße hinunter unter Beobachtung. Am Tor zur Innenstadt hatte es Ausschreitungen gegeben, und die königliche Garde hatte sowohl weiße als auch rote Abzeichenträger festgenommen. Irgendjemand hatte versucht, den Drachenzahn auf die Eingangstür zu kritzeln, und war dafür von Lambgwins Stiefel wegbefördert worden. Falls der Wirt es eigenartig fand, dass Loial bei ihnen war, dann ließ er sich das nicht anmerken. Er beantwortete die wenigen Fragen, die ihm Moiraine stellte, ohne sich zu erkundigen, was sie planten, und jedes Mal, wenn er kam, klopfte er an die Tür und wartete, bis Lan sie ihm öffnete, gerade so, als seien das nicht seine Schenke und seine Bibliothek. Bei seinem letzten Erscheinen gab ihm Moiraine das Blatt Pergament, das mit Nynaeves sauberer Schrift bedeckt war.

»Das wird zu dieser nächtlichen Stunde nicht leicht werden«, sagte er und schüttelte den Kopf, während er die Liste überflog, »aber ich werde mich um alles kümmern.«

Moiraine fügte einen kleinen Beutel aus Waschleder hinzu, in dem es klimperte, als sie ihn an den Schnüren hielt und ihn ihm reichte. »Gut. Und sorgt bitte dafür, dass wir vor Tagesanbruch geweckt werden. Dann werden die Beobachter am wenigsten wachsam sein.«

»Wir werden sie eine leere Schachtel bewachen lassen, Aes Sedai.« Meister Gill grinste.

Rand gähnte, als er schließlich zusammen mit den anderen aus dem Raum schlurfte und nach Bad und Bett suchte.

Als er sich mit einem rauen Lumpen in der einen und einem großen Brocken gelber Seife in der anderen Hand abschrubbte, wanderte sein Blick hinüber zu dem Hocker neben Mats Badewanne. Das Ende des in eine goldene Scheide gesteckten Dolchs aus Shadar Logoth lugte unter dem Zipfel von Mats sauber zusammengefaltetem Mantel hervor. Auch Lan blickte von Zeit zu Zeit dorthin. Rand fragte sich, ob er wirklich nun so unschädlich sei, wie Moiraine behauptete.

»Denkst du, dass mein Vater mir das jemals glauben wird?« Mat lachte und schrubbte sich den Rücken mit einer langstieligen Bürste.

»Ich und die Welt retten? Meine Schwestern werden sich nicht entscheiden können, ob sie lachen oder weinen sollen.«

Es klang nach dem alten Mat. Rand wünschte, er könne den Dolch vergessen.

Es war pechschwarze Nacht, als er und Mat endlich ihr Zimmer unter den Dachbalken betraten. Die Sterne wurden von Wolken verdeckt. Zum ersten Mal nach langer Zeit zog sich Mat aus, bevor er ins Bett ging. Aber er steckte auch ganz selbstverständlich den Dolch unter sein Kopfkissen. Rand blies die Kerze aus und kroch in sein Bett. Er konnte spüren, dass sich im anderen Bett etwas Böses verbarg – nicht Mat jedoch; es kam durch sein Kopfkissen. Er machte sich immer noch Sorgen deswegen, als ihn der Schlaf übermannte.

Gleich von Beginn an wusste er, dass es ein Traum war, einer von der Sorte, die nicht nur Träume waren. Er stand da und sah die Holztür an, deren Oberfläche dunkel und rissig und von Splittern bedeckt wirkte. Die Luft war kalt und feucht, und der Geruch nach Fäulnis durchzog sie. In einiger Entfernung tropfte Wasser. Das Klatschen der Tropfen warf ein hohles Echo in den Steingängen.

Widerstehe. Widerstehe ihm, und seine Macht versagt.

Er schloss die Augen und konzentrierte sich auf *Der Königin Segen*, auf sein Bett und auf sich selbst, wie er schlafend im Bett lag. Wenn er die Augen öffnete, war die Tür immer noch da. Das hallende Klatschen der Tropfen kam im Rhythmus seines Herzschlags, als ob sein Puls die Sekunden für sie zähle. Er suchte Flamme und Nichts, wie Tam es ihm beigebracht hatte, und fand innere Ruhe, doch außerhalb seines Geistes änderte sich nichts. Langsam öffnete er die Tür und ging hinein.

Alles war gleich geblieben in dem Raum, der aus dem Fels selbst herausgebrannt schien. Hohe Bogenfenster führten auf einen Balkon ohne Geländer, und dahinter strömten die Schichtwolken wie ein Fluss bei Hochwasser. Die Lampen aus schwarzem Metall schimmerten schwarz und doch silbrig hell. Ihre Flammen leuchteten zu hell, als dass er sie direkt hätte anblicken können. Das Feuer in dem monströsen Kamin prasselte, gab aber keine Wärme ab. Jeder Stein des Kamins erinnerte schwach an ein vor Qual verzerrtes Gesicht.

Alles war gleich, bis auf eine Sache. Auf der glänzenden Tischplatte standen drei Statuetten – die rohen, unbehauenen Gestalten menschenähnlich, als sei der Bildhauer zu schnell mit seinem Ton umgegangen. Neben der einen stand ein Wolf. Die gut erkennbaren

Einzelheiten betonten noch die Grobheit der menschlichen Formen. Eine andere hielt einen winzigen Dolch, auf dessen Griff ein roter Punkt leuchtete. Die letzte hielt ein Schwert. Seine Nackenhaare sträubten sich. Er näherte sich der Figur, bis er das in allen Einzelheiten sichtbare Reiherzeichen auf der winzigen Klinge sehen konnte. Sein Kopf fuhr in plötzlicher Panik hoch, und er blickte direkt in den einzigen Spiegel des Raums. Immer noch war sein Spiegelbild verschwommen zu sehen, aber nicht so sehr wie zuvor. Beinahe konnte er seine Gesichtszüge erkennen. Wenn er sich vorstellte, dass er die Augen zusammengekniffen hatte, konnte er fast erkennen, wer es war.

»Du hast dich zu lange vor mir verborgen.«

Er wirbelte vor dem Tisch herum. Der Atem rasselte in seiner Kehle. Einen Moment zuvor war er noch allein im Raum gewesen, aber nun stand Ba'alzamon vor den Fenstern. Wenn er sprach, dann ersetzten Flammenhöhlen seine Augen und seinen Mund.

»Zu lang, aber nicht mehr lange.«

»Ich widerstehe dir«, sagte Rand heiser. »Ich bestreite, dass du Macht über mich besitzt. Ich bestreite, dass du existierst.«

Ba'alzamon lachte. Es war ein volles Lachen, das ihn vom Feuer her überrollte. »Glaubst du, es sei so leicht? Aber das hast du ja immer geglaubt. Jedes Mal, wenn wir uns so gegenüberstanden, hast du geglaubt, du könntest mir widerstehen.«

»Was meinst du damit – jedes Mal? Ich widerstehe dir!«

»Das tust du immer, jedenfalls zu Beginn. Diese Auseinandersetzung zwischen uns hat sich schon unzählige Male abgespielt. Jedes Mal trägst du ein anderes Gesicht und einen anderen Namen, aber du bist doch immer derselbe.«

»Ich verweigere mich dir.« Es war ein verzweifeltes Flüstern.

»Jedes Mal setzt du deine Zwergenkräfte gegen mich ein, und jedes Mal weißt du zum Schluss, wer von uns der Meister ist. Zeitalter auf Zeitalter kniest du schließlich vor mir, oder du stirbst und wünschst dir dabei, du hättest noch die Kraft, niederzuknien. Armer Narr, du kannst mich niemals besiegen.«

»Lügner!«, schrie er. »Vater der Lügen! Vater der Narren, wenn du nichts Besseres vorbringst als das! Die Menschen fanden dich im letzten Zeitalter, im Zeitalter der Legenden, und banden dich dort, wo du hingehörst.«

Ba'alzamon lachte wieder und immer wieder höhnisch, bis Rand sich die Ohren bedecken wollte, um es nicht mehr hören zu müssen.

Er drückte sich gewaltsam die Hände an die Seiten. Ob er das Nichts heraufbeschwor oder nicht: Seine Hände zitterten, als das Gelächter endlich aufhörte.

»Du Wurm, du weißt überhaupt nichts. So unwissend wie ein Käfer unter einem Stein und genauso leicht zu zerdrücken. Dieser Kampf hat seit dem Augenblick der Schöpfung stattgefunden. Immer glauben die Menschen, es sei ein neuer Krieg, aber es ist nur derselbe wie vorher, den sie wiederentdeckt haben. Nur jetzt ergreift eine Veränderung die Winde der Zeit. Diesmal wird es kein Zurück mehr geben. Diese stolzen Aes Sedai glauben, sie könnten dich gegen mich stellen. Ich werde sie in Ketten kleiden und nackt herumrennen lassen, um meine Forderungen zu erfüllen, oder ich werde ihre Seelen in die Hölle schicken, wo sie in Ewigkeit schreien werden. Alle außer denen, die mir bereits dienen. Sie werden nur eine Stufe unter mir stehen. Du kannst dich entscheiden, neben ihnen zu stehen und die Welt zu deinen Füßen kriechen zu sehen. Ich biete es dir noch einmal an, ein letztes Mal. Du kannst über ihnen stehen, über jeder Macht und jeder Herrschaft außer meiner. Es hat Zeiten gegeben, da du dich so entschieden hast und wo du lange genug lebtest, um deine Macht zu erkennen.«

Widerstehe ihm! Rand griff nach allem, dem er widersprechen konnte. »Dir dienen keine Aes Sedai. Wieder eine Lüge!«

»Haben sie dir das erzählt? Vor zweitausend Jahren führte ich meine Trollocs über die Welt, und selbst unter den Aes Sedai fand ich jene, deren Verzweiflung groß genug war, die wussten, dass die Welt Shai'tan nicht widerstehen kann. Zweitausend Jahre lang haben die Mitglieder der Schwarzen Ajah unentdeckt in den Schatten unter den anderen gelebt. Vielleicht sogar diejenigen, die behaupten, dir zu helfen.«

Rand schüttelte den Kopf, um damit auch die in ihm aufsteigenden Zweifel abzuschütteln, all die Zweifel in Bezug auf Moiraine, was die Aes Sedai mit ihm anstellen wollten und was sie für ihn plante. »Was willst du von mir?«, rief er. *Widersteh ihm! Licht, hilf mir, ihm zu widerstehen!*

»Knie nieder!« Ba'alzamon deutete auf den Boden vor seinen Füßen. »Knie nieder, und erkenne mich als deinen Herrn an. Schließlich wirst du es doch tun. Du wirst zu meiner Kreatur oder du stirbst.«

Das letzte Wort hallte durch den Raum, kehrte als Echo zurück, wieder und wieder, bis Rand die Arme hochriss, als wolle er seinen

Kopf gegen einen Schlag schützen. Er taumelte zurück, bis er gegen den Tisch prallte, und schrie, um den Klang in seinen Ohren zu übertönen:»Neeeeeiiiiin!«

Bei diesem Aufschrei fuhr er herum und fegte die Figuren zu Boden. Etwas stach in seine Hand, doch er beachtete es nicht und stampfte den Ton zu formlosen Klumpen zusammen. Aber als sein Schrei verflog, war das Echo immer noch da und wurde stärker:

stirb-stirb-stirb-stirb-stirb-Stirb-Stirb-Stirb-Stirb-Stirb-STIRB-STIRB-STIRB-STIRB-STIRB

Der Klang zog ihn an wie ein Wasserwirbel, zog ihn in sich hinein und zerfetzte das Nichts in seinen Gedanken. Das Licht verdüsterte sich, und er blickte wie in einen dunklen Tunnel, an dessen Ende Ba'alzamon im letzten Lichtschein stand. Der Tunnel schrumpfte zur Größe seiner Hand zusammen, zur Größe eines Fingernagels, verschwand. Das Echo riss ihn in einem Strudel hinunter in Schwärze und Tod.

Sein dumpfer Aufschlag am Boden weckte ihn auf. Er kämpfte immer noch darum, aus dieser Dunkelheit aufzutauchen. Das Zimmer war dunkel, aber nicht so dunkel wie diese andere Dunkelheit in ihm. Verzweifelt bemühte er sich, die Flamme heraufzubeschwören, die Angst hineinzuleeren, doch das Nichts zerrann. Ein Beben durchlief seine Gliedmaßen, aber er konzentrierte sich so lange auf das Bild der einzelnen Flamme, bis das Blut nicht mehr in seinen Ohren pochte.

Mat warf sich auf seinem Bett hin und her und stöhnte im Schlaf. »... widerstehe dir, gib mich nicht hin, widerstehe ...« Es verschwamm zu undeutlichem Stöhnen.

Rand fasste hinüber, um ihn wachzurütteln. Bei der ersten Berührung fuhr Mat mit einem würgenden Röcheln hoch. Eine Minute lang blickte er wild um sich, dann atmete er lang und zittrig ein und senkte den Kopf in seine Hände. Plötzlich drehte er sich um, steckte die Hand unter sein Kopfkissen und sank dann zurück. Er hielt den Dolch mit dem Rubingriff in beiden Händen vor seiner Brust. Er drehte den Kopf, um Rand anzublicken. Sein Gesicht war durch Schatten verborgen. »Er ist wieder da, Rand.«

»Ich weiß.«

Mat nickte. »Da waren diese drei Figuren ...«

»Ich habe sie auch gesehen.«

»Er weiß, wer ich bin, Rand. Ich nahm die eine mit dem Dolch in die Hand, und er sagte: ›Also, das bist du.‹ Und als ich wieder hinschaute, hatte die Figur mein Gesicht. Mein Gesicht, Rand! Es wirkte wie Fleisch und Blut. Es fühlte sich wie Fleisch an. Licht, hilf mir, ich konnte fühlen, wie meine eigene Hand mich ergriff, als sei ich die Statuette.«

Rand schwieg einen Moment lang. »Du musst ihn weiterhin verleugnen, Mat.«

»Das tat ich, und er lachte. Er erzählte ständig von einem ewigen Krieg und behauptete, wir hätten uns so schon tausendmal gegenübergestanden und ... Licht, Rand, der Dunkle König kennt mich.«

»Er hat mir das Gleiche erzählt. Ich glaube nicht, dass er uns kennt«, fügte er bedächtig hinzu. »Ich glaube nicht, dass er weiß, welcher von uns ...« *Welcher von uns was ist?*

Als er sich aufrichtete, stach ein scharfer Schmerz durch seine Hand. Er ging zum Tisch, brachte es beim dritten Versuch fertig, die Kerze zu entzünden, und öffnete seine Hand in ihrem Licht. In seiner Handfläche steckte ein dicker Splitter aus dunklem Holz, auf einer Seite glatt und glänzend. Er starrte ihn an, und der Atem stockte ihm. Dann schnaufte er laut und zupfte ungeschickt an dem Splitter.

»Was ist los?«, fragte Mat.

»Nichts.«

Schließlich bekam er ihn zu fassen und riss ihn mit einem Ruck heraus. Mit einem angewiderten Knurren ließ er ihn fallen, doch das Knurren erstarb ihm in der Kehle. Sobald der Splitter aus seinem Finger heraus war, verschwand er. Allerdings hatte er immer noch die Wunde in seiner Hand, und sie blutete. In einem irdenen Krug befand sich Wasser. Er füllte damit die Waschschüssel. Seine Hände zitterten so stark, dass er Wasser auf dem Tisch verschüttete. Eilig wusch er sich die Hände. Er knetete seine Handfläche durch, bis unter seinem Daumen noch mehr Blut emporquoll, und dann wusch er sie nochmals. Der Gedanke daran, dass auch nur ein kleiner Splitter in seinem Fleisch zurückgeblieben sein könnte, ängstigte ihn.

»Licht«, sagte Mat, »ich fühlte mich auch so schmutzig bei ihm.« Aber er lag noch immer wie vorher dort und umklammerte den Dolch mit beiden Händen.

»Ja«, sagte Rand. »Schmutzig.« Er kramte in dem Stapel neben der Waschschüssel nach einem Handtuch. Es klopfte an die Tür, und er erschrak. Es klopfte nochmals. »Ja?«, sagte er.

Moiraine steckte den Kopf ins Zimmer. »Ihr seid schon wach? Gut. Zieht euch schnell an und kommt runter. Wir müssen vor Anbruch der Morgendämmerung weg sein.«

»Jetzt schon?«, stöhnte Mat. »Wir haben kaum eine Stunde lang geschlafen.«

»Eine Stunde?«, sagte sie. »Es waren vier Stunden. Jetzt beeilt euch; wir haben nicht viel Zeit.«

Rand wechselte einen verwirrten Blick mit Mat. Er konnte sich ganz deutlich an jede Sekunde des Traumes erinnern. Er hatte begonnen, sobald er die Augen geschlossen hatte, und er hatte nur Minuten lang gedauert.

Etwas an ihren Blicken war auch Moiraine nicht entgangen. Sie schaute sie durchdringend an und kam nun ganz herein. »Was ist geschehen? Die Träume?«

»Er weiß, wer ich bin«, sagte Mat. »Der Dunkle König kennt mein Gesicht.«

Rand hob wortlos die Hand, sodass sie die Handfläche sehen konnte. Selbst in dem düsteren Licht der einen Kerze war das Blut klar zu erkennen.

Die Aes Sedai trat vor und ergriff seine hochgehaltene Hand. Ihr Daumen bedeckte die Wunde. Kälte schnitt ihm bis in die Knochen. Es war so kalt, dass sich seine Finger verkrampften und er sich anstrengen musste, um die Hand offen zu lassen. Als sie ihre Finger wegnahm, verschwand auch die Kälte.

Dann drehte er wie betäubt die Hand um und rubbelte das geronnene Blut weg. Die Wunde war verschwunden. Langsam hob er den Blick und sah der Aes Sedai in die Augen. »Beeilt euch«, sagte sie leise. »Es bleibt nicht viel Zeit.«

Er wusste, sie sprach nicht mehr von der Zeit für ihre Abreise.

KAPITEL 44

Dunkelheit über den Kurzen Wegen

In der Dunkelheit kurz vor Beginn der Dämmerung folgte Rand Moiraine hinunter zum rückwärtigen Flur, wo Meister Gill und die anderen bereits warteten. Nynaeve und Egwene wirkten genauso ängstlich wie Loial, während Perrin ebenso ruhig erschien wie der Behüter. Mat blieb Rand auf den Fersen, als habe er Angst davor, auch nur einen Moment allein zu sein. Die Köchin und ihre Helferinnen richteten sich auf und sahen neugierig zu, wie die Gesellschaft leise in die Küche ging, die bereits hell erleuchtet war und wo die Frühstücksvorbereitungen auf vollen Touren liefen. Es war nichts Ungewöhnliches, dass zu dieser Stunde bereits Gäste auf den Beinen waren. Meister Gill sagte etwas Beruhigendes, und die Köchin schniefte vernehmlich und klatschte ihren Teig kraftvoll auf den Tisch. Sie waren alle bereits wieder damit beschäftigt, Backbleche einzufetten und Teig zu kneten, als Rand die Tür zum Stallhof erreichte.

Draußen herrschte immer noch pechschwarze Nacht. Rand nahm die anderen höchstens als noch dunklere Schatten wahr. Er folgte blind dem Wirt und dem Behüter und hoffte, Meister Gills Kenntnis seines eigenen Stallhofs und Lans Instinkt würden sie hinüberbringen, ohne dass sich irgendjemand ein Bein brach. Loial stolperte mehr als einmal.

»Ich sehe nicht ein, warum wir nicht wenigstens ein kleines Licht mitführen sollten«, murrte der Ogier. »Im *Stedding* rennen wir auch nicht in der Dunkelheit herum. Ich bin ein Ogier und keine Katze.« Rand stellte sich vor, wie Loials behaarte Ohren dabei nervös zuckten.

Plötzlich ragte der Stall in der Nacht vor ihnen auf – eine bedrohlich dunkle Masse, bis die Stalltür sich knarrend öffnete und sich ein schmaler Lichtstreifen in den Hof ergoss. Der Wirt öffnete sie nur gerade so weit, dass sie sich einzeln hindurchschieben konnten, und schloss sie hastig wieder hinter Perrin, dem er beinahe noch die Fer-

sen eingequetscht hätte. Rand blinzelte in das unvermittelt helle
Licht im Inneren.

Die Stallburschen waren bei ihrem Erscheinen nicht so überrascht
wie die Köchin. Ihre Pferde waren bereits gesattelt und warteten.
Mandarb stand hochnäsig da und beachtete niemanden außer Lan,
aber Aldieb streckte die Nase in Moiraines Hand. Da standen noch
ein Packpferd, das mit den auf beiden Seiten herunterhängenden
Transportkörben unförmig wirkte, und ein riesiges Tier mit langem,
zotteligem Haar selbst an den Fesseln – größer noch als der Hengst
des Behüters –, das für Loial bestimmt war. Es sah groß genug aus,
um ganz allein einen voll beladenen Heuwagen zu ziehen, doch verglichen mit dem Ogier war es ein Pony.

Loial beäugte das große Pferd und murmelte zweifelnd: »Meine
eigenen Füße waren bisher immer gut genug.«

Meister Gill winkte Rand heran. Der Wirt lieh ihm einen Braunen,
der beinahe dieselbe Haarfarbe aufwies wie Rand selbst, mit großem, kräftigem Körperbau, zu Rands Erleichterung jedoch ohne das
Feuer im Gang wie bei Wolke. Meister Gill sagte, er hieße Roter. Egwene ging geradewegs zu Bela hinüber und Nynaeve zu ihrer hoch-
beinigen Stute. Mat führte seinen Grauen zu Rand herüber. »Perrin
macht mich nervös«, meinte er leise. Rand sah ihn durchdringend
an. »Na ja, er benimmt sich so seltsam. Merkst du das nicht auch?
Ich schwöre dir, dass es keine Einbildung ist oder ... oder ...«

Rand nickte. *Dem Licht sei Dank, dass es nicht schon wieder der
Dolch ist, der von ihm Besitz ergreift.* »Das stimmt, Mat, aber nimm
es nicht so schwer. Moiraine weiß Bescheid über ... was es auch ist.
Perrin geht es gut.« Er wünschte, er könne das glauben, aber Mat
schien sich damit zufrieden zu geben.

»Natürlich«, beteuerte Mat schnell, während er Perrin aus den Augenwinkeln musterte. »Ich habe ja auch nie behauptet, er fühle sich
nicht wohl.«

Meister Gill beriet sich mit dem Stallmeister. Der Mann mit der ge-
gerbten Haut, dessen Gesicht an ein Pferd erinnerte, hob das Handgelenk an die Stirn und eilte zur Rückseite des Stalls. Der Wirt wandte sich mit einem zufriedenen Lächeln auf dem runden Gesicht an
Moiraine. »Ramey sagt, dass der Weg frei ist, Aes Sedai.«

Die Rückwand des Stalls schien solide und stark gebaut. Schwere
Gestelle zum Aufhängen von Geräten standen vor ihr. Ramey und
ein weiterer Stallbursche räumten die Rechen, Harken und Schau-
feln zur Seite und fassten dann hinter die Gestelle, um verborgene

Riegel wegzuschieben. Plötzlich schwang ein ganzer Teil der Wand an so gut verborgenen Angeln nach innen, dass Rand noch nicht einmal sicher war, er könne sie auch jetzt, bei geöffneter Geheimtür, finden. Der Lichtschein aus dem Stall beleuchtete eine Ziegelsteinwand nur ein paar Schritte vor ihnen.

»Es ist nur ein schmaler Durchgang zwischen den Gebäuden«, sagte der Wirt, »aber außerhalb dieses Stalls kann niemand sehen, dass es von hier aus einen Weg da hinein gibt. Weißmäntel oder weiße Abzeichen – es wird keine Beobachter geben, die sehen, wo Ihr herauskommt.«

Die Aes Sedai nickte. »Denkt daran, guter Wirt, falls Ihr befürchtet, deswegen in Schwierigkeiten zu kommen, dann schreibt an Sheriam Sedai von der Blauen Ajah in Tar Valon, und sie wird Euch helfen. Ich fürchte, meine Schwestern und ich haben bereits eine Menge gutzumachen an diejenigen, die mir geholfen haben.«

Meister Gill lachte. Es war nicht das Lachen eines besorgten Mannes. »Aber Aes Sedai, Ihr habt mir doch schon die einzige Schenke in Caemlyn verschafft, in der es keine Ratten gibt. Was kann ich mir sonst noch wünschen? Damit allein kann ich die Zahl meiner Gäste verdoppeln.« Sein Grinsen verflog, und er wurde ernst. »Was immer Ihr auch vorhabt: Die Königin hält zu Tar Valon, und ich halte zur Königin, und so wünsche ich Euch Glück. Das Licht leuchte Euch, Aes Sedai. Das Licht leuchte Euch allen.«

»Das Licht leuchte auch Euch, Meister Gill«, antwortete Moiraine, und sie nickte ihm zu. »Aber wenn das Licht auf uns scheinen soll, dann müssen wir uns nun beeilen.« Sie wandte sich kurz und bündig an Loial. »Bist du bereit?«

Nach einem zweifelnden Blick auf das Gebiss des Pferdes nahm der Ogier die Zügel in die Hand. Er bemühte sich, das Pferdegebiss auf Zügellänge von seiner Hand entfernt zu halten. So führte er das Tier zu der Öffnung in der Stallrückwand. Ramey hüpfte vor Ungeduld von einem Fuß auf den anderen. Er wollte die Tür wieder schließen. Einen Moment lang hielt Loial mit schräg gehaltenem Kopf inne, als spüre er einen Lufthauch auf seiner Wange. »Hier entlang«, sagte er und bog in den schmalen Durchgang ein.

Moiraine folgte gleich hinter Loial. Danach kam Rand, dann Mat. Rand war als Erster dran, das Packpferd zu führen. Nynaeve und Egwene bildeten den Mittelteil der Gruppe, Perrin kam dahinter, und am Ende ritt Lan. Die verborgene Tür wurde hastig geschlossen, sobald Mandarb in den Schmutz der Gasse geschritten war. Das Zufallen der Riegel, das sie von der Schenke abschnitt, klang für Rand unnatürlich laut.

Der Durchgang, wie ihn Meister Gill genannt hatte, war tatsächlich sehr eng und noch dunkler als der Stallhof, falls das überhaupt möglich war. Auf beiden Seiten befanden sich hohe Ziegelsteinmauern oder Holzwände, und über ihnen war nur ein schmaler Streifen Himmel zu erkennen. Die großen, grob geflochtenen Körbe, die man dem Packpferd umgeschnallt hatte, schabten zu beiden Seiten an den Gebäuden entlang. Die Körbe waren voll mit Proviant für ihre Reise. Vor allem Tonkrüge mit Öl befanden sich darin. Ein Bündel Stangen war der Länge nach auf den Rücken des Pferdes geschnallt, und an jedem Ende baumelte eine Laterne. In den Kurzen Wegen, so hatte Loial gesagt, sei es dunkler als in der dunkelsten Nacht.

In den zum Teil gefüllten Laternen schwappte das Öl bei jeder Bewegung des Pferdes, und sie schlugen mit einem blechernen Geräusch gegeneinander. Es war kein sehr lautes Geräusch, doch in der Stunde vor Beginn der Dämmerung herrschte in Caemlyn Stille. Die gedämpften, metallischen Geräusche klangen, als könne man sie eine Meile weit hören.

Als der Durchgang schließlich auf eine Straße einmündete, wählte Loial ohne Zögern eine Richtung. Er schien nun genau zu wissen, wohin er sich wenden musste, als werde ihm die Strecke, der er folgen musste, immer klarer. Rand verstand nicht, wie der Ogier das Wegetor finden konnte, und Loial hatte es auch nicht richtig erklären können. Er wusste es einfach, sagte er; er könne es fühlen. Loial behauptete, es sei genauso schwer wie zu erklären, auf welche Weise er atme.

Als sie die Straße schnell hinaufritten, blickte Rand zurück in die Richtung, wo *Der Königin Segen* lag. Wie Lambgwin behauptet hatte, befanden sich immer noch ein halbes Dutzend Weißmäntel nicht weit von der nächsten Ecke entfernt. Sie beobachteten aufmerksam die Schenke, doch ein lautes Geräusch würde sie schnell aufmerksam machen. Zu dieser Stunde befand sich niemand draußen, jedenfalls nicht aus einem anständigen Anlass. Die Hufeisen klangen wie Glocken auf dem Pflaster. Die Laternen klapperten, als schüttle sie das Packpferd mit Absicht. Er hörte erst auf, sich umzusehen, als sie eine weitere Ecke hinter sich hatten. In dem Moment hörte er auch die erleichterten Seufzer der anderen Emondsfelder.

Loial schien den direktesten Weg zum Wegetor zu wählen, wo auch immer er sie hinführte. Manchmal ritten sie breite Straßen entlang, die bis auf einen gelegentlichen Hund, der sich im Dunklen herumtrieb, verlassen waren. Manchmal trabten sie durch enge Gassen, die genauso schmal waren wie der Durchgang hinter dem Stall, wo Unrat unter den unbedachten Tritten der Pferde zermatscht wurde. Nynaeve beklagte sich leise über die davon herrührenden Gerüche, aber keiner ritt deswegen langsamer.

Die Dunkelheit wich allmählich und wandelte sich zu einem dunklen Grau. Über den Dächern im Osten war der Himmel gesprenkelt vom ersten schwachen Lichtschimmer der Dämmerung. Ein paar Leute erschienen auf den Straßen, der Morgenkälte wegen vermummt, die Köpfe gesenkt und mit den Gedanken noch im Bett. Die meisten achteten nicht auf andere. Nur eine Hand voll warf einen Blick auf die von Loial angeführten Reiter, und nur einer davon nahm sie wirklich wahr.

Dieser eine Mann blickte sie wie die anderen beiläufig an und wollte schon wieder in seine eigenen Gedanken versinken, doch dann stolperte er plötzlich und wäre beinahe gestürzt, als er herumfuhr und sie noch einmal anblickte. Das Licht reichte gerade aus, um die Umrisse zu erkennen, aber selbst das war schon zu viel. Wenn man ihn einzeln auf eine gewisse Entfernung gesehen hätte, hätte man ihn für einen großen Mann mit einem normalen Pferd halten können oder für einen normalgroßen Mann mit einem etwas klein geratenen Pferd. Doch sie alle bewegten sich in einer Linie hintereinander, und aus dieser Perspektive sah Loial so groß aus, wie er tatsächlich war, nämlich um die Hälfte größer, als ein Mann sein durfte. Dieser Mann also sah sie an und rannte mit einem erstickten Schrei und flatterndem Umhang weg.

Bald würden sich mehr Menschen auf den Straßen befinden – zu bald. Rand beobachtete eine Frau, die auf der anderen Straßenseite vorbeihastete und nichts als das Pflaster vor ihren Füßen sah. Bald würden weitere Leute sie bemerken. Der Himmel im Osten wurde heller.

»Dort«, verkündete Loial schließlich. »Es ist da drunter.« Er zeigte auf einen Laden, der noch geschlossen hatte. Die Tische vor der Tür waren leer, die Markise darüber war fest zusammengerollt und die Tür verriegelt. Die Fenster oben, wo der Ladeninhaber wohnte, waren dunkel.

»Drunter?«, fragte Mat ungläubig. »Wie beim Licht können wir ...?«

Moiraine hob eine Hand und schnitt ihm das Wort ab. Dann bedeutete sie ihnen, ihr in die Gasse neben dem Laden zu folgen. Die

Pferde und sie zusammen füllten die Gasse zwischen den beiden Gebäuden. Im Schatten der Hauswände war es dunkler als auf der Straße, beinahe wieder wie in der Nacht.

»Es muss doch eine Kellertür geben«, murmelte Moiraine. »Ah, ja.«

Plötzlich glühte ein Licht auf. Ein kühl glimmender Ball von der Größe einer Männerfaust schwebte über der Handfläche der Aes Sedai und bewegte sich, wenn sich ihre Hand bewegte. Rand dachte bei sich, dass es schon deutlich zeigte, was sie durchgemacht hatten, wenn jeder das als ganz selbstverständlich hinnahm. Sie hielt es nahe an die Tür, die sie entdeckt hatte, eine Falltür beinahe waagrecht im Boden und durch ein Schließband mit dicken Bolzen und einem Eisenschloss gesichert, das größer als Rands Hand war und von altem Rost verkrustet. Loial zog an dem Schloss. »Ich kann es mitsamt dem Verschluss wegreißen, aber das wird so viel Lärm machen, dass die ganze Nachbarschaft aufwacht.«

»Wir sollten das Eigentum dieses Bürgers nicht beschädigen, wenn wir es vermeiden können.« Moiraine betrachtete das Schloss eingehend. Plötzlich berührte sie das rostige Eisen leicht mit ihrem Stab, und das Schloss öffnete sich. Schnell nahm Loial das Schloss ab, schwenkte die Türflügel auf und lehnte sie zur Seite, wo sie von den Scharnieren festgehalten wurden. Moiraine ging die Rampe hinunter und leuchtete mit dem glühenden Ball voraus. Aldieb schritt vorsichtig hinter ihr her. »Zündet die Laternen an, und kommt herunter«, rief sie leise. »Es ist genug Platz. Bald wird es draußen hell.«

Rand band hastig die Laternen an den Stangen vom Packpferd los, aber schon bevor die erste entzündet war, wurde ihm bewusst, dass er Mats Gesichtszüge erkennen konnte. In wenigen Minuten würden die Straßen mit Menschen angefüllt sein, und der Ladeneigentümer würde herunterkommen, um sein Geschäft zu öffnen. Alle würden sich fragen, wieso die Gasse mit Pferden verstopft sei. Mat murmelte nervös irgendetwas darüber, Pferde ins Haus mitzunehmen, aber Rand war froh, als er seines die Rampe hinunterführte. Mat folgte, zwar brummelnd, aber nicht weniger schnell.

Rands Laterne baumelte an der Stange hin und her, und wenn er unvorsichtig war, schlug sie gegen die Decke. Weder Roter noch das Packpferd fanden sich so leicht mit der Rampe ab. Aber dann war er unten und wich Mat aus. Moiraine ließ ihr schwebendes Licht ersterben. Als die anderen sich zu ihnen gesellten, erleuchteten die Laternen den sie umgebenden Raum.

Der Keller war genauso lang und breit wie das Haus darüber. Gemauerte Säulen erweiterten sich von einem schmalen Sockel nach oben hin, bis sie unter der Decke fünfmal so dick waren. Der Raum schien aus einer ganzen Reihe von Gewölbebögen zu bestehen. Es gab eine Menge Platz, und doch fühlte sich Rand eingeengt. Loials Kopf berührte die Decke. Wie sie schon an dem verrosteten Schloss gesehen hatten, war der Keller lange nicht mehr benützt worden. Der Boden war leer, abgesehen von ein paar kaputten Fässern, die mit allem möglichen Kram gefüllt waren, und einer dicken Staubschicht. Staubkörner, von so vielen Füßen aufgewirbelt, tanzten im Laternenschein.

Lan trat zuletzt ein, und sobald er Mandarb die Rampe hinuntergeführt hatte, stieg er zurück und zog die Türflügel zu.

»Blut und Asche«, grollte Mat. »Wieso haben sie eines dieser Wegetore an einem Ort wie diesem erbaut?«

»Er war nicht immer so wie jetzt«, sagte Loial. Seine polternde Stimme hallte in dem höhlenähnlichen Raum wider. »Nicht immer. Nein!« Der Ogier war zornig, erkannte Rand überrascht. »Einst haben hier Bäume gestanden. Alle Arten von Bäumen, die an diesem Ort gedeihen konnten; jede Art von Baum, den die Ogier hier zum Wachsen bringen konnten. Die Großen Bäume, hundert Spannen hoch! Schatten unter den Zweigen und eine kühle Brise, die den Duft von Blatt und Blüte auffing und das Angedenken an den Frieden im *Stedding* bewahrte. All das hat man dafür gemordet!« Seine Faust krachte gegen eine Säule.

Die Säule schien unter dem Schlag zu erzittern. Rand war sicher, dass er das Brechen von Ziegelsteinen gehört hatte. Eine Sturzflut trockenen Zements rieselte die Säule herunter.

»Was bereits gewebt ist, kann nicht mehr ungewebt werden«, sagte Moiraine sanft. »Es wird die Bäume nicht wieder wachsen lassen, wenn du das Gebäude über uns zum Einsturz bringst.« Loials herunterhängende Augenbrauen ließen ihn zerknirschter aussehen, als es ein menschliches Gesicht jemals fertig gebracht hätte. »Mit deiner Hilfe, Loial, können wir vielleicht die Haine, die immer noch stehen, davor bewahren, unter den Schatten zu fallen. Du hast uns dorthin gebracht, wohin wir wollten.«

Als sie sich auf eine der Wände zubewegte, erkannte Rand, dass diese Wand sich von den anderen unterschied. Sie bestanden aus gewöhnlichem Ziegelstein, diese jedoch aus fein behauenem Stein, mit verspielt verschlungenen Reben und Blättern verziert, die selbst unter dieser Staubschicht blass hervorschimmerten. Ziegelstein und Zement waren alt, doch etwas an diesem Stein ließ erahnen, dass er lange dort gestanden hatte, lange, bevor der Ziegelstein gebrannt wurde. Spätere Baumeister, die auch schon vor Jahrhunderten dahingegangen waren, hatten das, was bereits bestand, in etwas Neues eingebaut, und wiederum später hatten Menschen es zum Teil eines Kellers gemacht.

Die Reliefs genau im Zentrum der Wand waren besonders reich verziert. So gut ausgearbeitet der Rest auch war, im Vergleich hierzu erschien er wie eine rohe Kopie. Obwohl sie aus dem harten Gestein herausgearbeitet waren, erschienen diese Blätter weich, in einem Augenblick eingefangen, als sie gerade von einer sanften Sommerbrise bewegt wurden. Trotzdem fühlte man das Alter an ihnen – so viel älter als der Rest des Steins, wie dieser älter als die Ziegelsteine war. So alt und noch älter. Loial sah sie an, als befände er sich lieber irgendwo anders, selbst draußen auf der Straße, wieder mal mit einem Mob auf den Fersen.

»Avendesora«, murmelte Moiraine, und ihre Hand ruhte dabei auf einem in Stein gehauenen dreiteiligen Blatt. Rand suchte die verzierten Teile ab: Es war das einzige Blatt dieser Art, das er finden konnte. »Das Blatt vom Baum des Lebens ist der Schlüssel«, sagte die Aes Sedai, und das Blatt löste sich und fiel in ihre Hand. Rand blinzelte, und von hinten her hörte er, wie seine Gefährten überrascht nach Luft schnappten. Das Blatt schien genauso wie alle anderen ein Teil der Wand gewesen zu sein. Ganz selbstverständlich fügte die Aes Sedai es nun eine Handspanne tiefer in das Muster ein. Das Blatt mit seinen drei Spitzen passte hinein, als sei dieser Platz dafür vorgesehen gewesen, und so war es nun wieder Teil eines Ganzen. Sobald es sich dort befand, änderte sich die gesamte Natur der zentralen Steinplatte.

Er war jetzt sicher, dass die Blätter von einer nicht fühlbaren Brise bewegt wurden. Er bildete sich beinahe ein, sie grünten unter dem Staub – ein Gewebe kräftigen Frühlingsgrüns hier in dem von Laternen erleuchteten Keller. Zuerst fast unmerklich öffnete sich ein Spalt in der Mitte des uralten Frieses. Er weitete sich, als die beiden Hälften langsam herausklappten, bis sie in rechtem Winkel abstanden. Die Rückseiten des Tors waren genauso geschmückt wie die Vorderseiten; das gleiche üppige Gewirr von Ranken und Blättern, die beinahe zu leben schienen. Dahinter, wo sich Erdboden oder der Keller des nächsten Gebäudes befinden sollte, spiegelten sich ihre Gestalten schwach in einem matten, reflektierenden Glimmen. »Ich habe gehört«, sagte Loial halb trauernd und hab ängstlich, »dass die Wegetore einst wie Spiegel glänzten. Einst ging der, der die Wege benützte, durch die Sonne und den Himmel. Einst.«

»Wir müssen uns beeilen«, sagte Moiraine.

Lan ging an ihr vorbei. Er führte Mandarb und hatte die an der Stange befestigte Laterne in der Hand. Sein schattenhaftes Spiegelbild kam auf ihn zu und führte ein Schattenpferd. Mensch und Spiegelbild schienen an der schimmernden Oberfläche ineinander zu fließen, und dann waren beide verschwunden. Einen Augenblick lang scheute der schwarze Hengst, als ihn ein scheinbar ununterbrochener Zügel mit dem trüben Umriss seines eigenen Spiegelbilds verband. Der Zügel straffte sich, und auch das Streitross verschwand.

Eine Weile lang standen alle da und starrten das Wegetor an. »Beeilt Euch«, trieb Moiraine sie an. »Ich gehe als Letzter durch. Wir können das Tor nicht offen stehen lassen und riskieren, dass es jemand findet. Schnell!«

Mit einem schweren Seufzer schritt Loial in das Schimmern hinein. Das große Pferd warf den Kopf auf und versuchte, sich von der Oberfläche fern zu halten, aber es wurde einfach hindurchgezogen. Sie waren genauso vollständig verschwunden wie der Behüter und Mandarb. Zögernd streckte Rand seine Laterne zu dem Tor aus. Die Laterne sank in ihr Spiegelbild ein. Die beiden verschmolzen, bis sie verschwunden waren. Er zwang sich weiterzugehen, beobachtete, wie die Stange Stück um Stück verschwand, und dann schritt er auf sich selbst zu und betrat das Tor. Er öffnete überrascht den Mund. Etwas Eisiges glitt an seiner Haut entlang, als schreite er durch einen Vorhang aus kaltem Wasser. Die Zeit dehnte sich; die Kälte umschloss ein Haar nach dem anderen und zitterte sich Faden um Faden durch seine Kleidung.

Mit einem Schlag zerplatzte die Kälte wie eine Blase, und er blieb stehen, um Luft zu holen. Er befand sich innerhalb der Kurzen Wege. Ein Stück vor ihm warteten Lan und Loial geduldig neben ihren Pferden. Um sie herum war eine Schwärze, die sich in die Unendlichkeit zu erstrecken schien. Ihre Laternen warfen kleine Lichtkreise um sie, zu klein; als verzehre etwas das Licht.

Plötzlich ängstigte er sich und riss an dem Zügel. Roter und das Packpferd sprangen durch und überrannten ihn beinahe. Er stolperte, fing sich und eilte zu dem Behüter und dem Ogier hinüber. Die scheuenden Pferde zog er hinter sich her. Die Tiere wieherten leise. Selbst Mandarb schien die Gegenwart der anderen Pferde zu besänftigen.

»Geh ganz entspannt hinein, wenn du durch ein Wegetor willst, Rand«, ermutigte ihn Loial. »Es ist drinnen in den Wegen ... anders als draußen. Schau!«

Er blickte nach hinten, wohin der Ogier deutete. Er glaubte, er werde von hier aus das gleiche matte Schimmern sehen. Stattdessen jedoch blickte er in den Keller wie durch eine große, geschwärzte Glasscherbe. Es beunruhigte ihn, dass der ebenfalls schwarze Rahmen um dieses Fenster in den Keller hinein einen Eindruck von Tiefe erweckte, als stünde die Öffnung im leeren Raum – nichts daneben oder dahinter als die Dunkelheit. Er sprach das mit unsicherem Lachen aus, doch Loial nahm es durchaus ernst.

»Du könntest ganz außen herumgehen und würdest von der anderen Seite her absolut nichts sehen. Ich würde dir das aber nicht raten. Die Bücher drücken sich nicht gerade klar darüber aus, was sich hinter den Wegetoren befindet. Ich glaube, dort könntest du dich verirren und nie wieder den Weg zurück finden.«

Rand schüttelte den Kopf und bemühte sich, sich auf das Wegetor zu konzentrieren und nicht auf das, was dahinter lag. Aber auf gewisse Weise wirkte auch das ziemlich beunruhigend. Wenn es in der Dunkelheit neben dem Wegetor etwas Sichtbares gegeben hätte, hätte er dorthin geblickt. Der Blick durch die rauchige Düsternis in den Keller hinein zeigte ihm wohl Moiraine und die anderen ganz deutlich, doch sie bewegten sich wie in einem Traum. Jedes Augenzwinkern erschien wie eine übertriebene Geste. Mat ging zum Wegetor, als schreite er durch einen See aus durchsichtiger Gelatine. Seine Beine bewegten sich wie schwimmend vorwärts.

»In den Kurzen Wegen dreht sich das Rad schneller«, erklärte Loial. Er sah in die sie umgebende Dunkelheit hinein, und sein Kopf sank tiefer zwischen seine Schultern. »Kein Lebender kennt mehr als nur Bruchstücke davon. Ich habe Angst vor dem, was ich über die Kurzen Wege nicht weiß, Rand.«

»Man kann den Dunklen König nicht besiegen«, sagte Lan, »wenn man kein Risiko eingeht. Aber jetzt sind wir am Leben, und wir können darauf hoffen, am Leben zu bleiben. Gib nicht auf, bevor du nicht geschlagen bist, Ogier.«

»Du wärst nicht so zuversichtlich, wenn du schon jemals die Kurzen Wege betreten hättest.« Loials normalerweise nach fernem Donner klingende Stimme klang nun gedämpft. Er blickte in die Dunkelheit hinein, als sehe er dort etwas. »Ich bin auch noch nie drinnen gewesen, aber ich habe Ogier gesehen, die durch ein Wegetor gegangen und wieder herausgekommen waren. Du würdest nicht so sprechen, hättest du dasselbe hinter dir.«

Mat schritt durch das Tor und gewann an Geschwindigkeit. Einen Augenblick lang sah er in die scheinbar endlose Dunkelheit hinein, und dann rannte er hinüber zu den anderen. Seine Laterne hüpfte an ihrer Stange, und sein hinter ihm hergaloppierendes Pferd hätte ihn beinahe zu Fall gebracht. Einer nach dem anderen kam nun hindurch: Perrin und Egwene und Nynaeve. Jeder hielt in erschreckter Lautlosigkeit inne und beeilte sich dann, sich zu den anderen zu gesellen. Jede Laterne verstärkte den Lichtschein, doch nicht in dem Maße, wie es hätte sein sollen. Es schien, als verdichte sich die Dunkelheit, je mehr Licht in sie fiel, als kämpfe sie gegen jede Verminderung an.

Diesen Gedankengang wollte Rand nicht weiter verfolgen. Es war schon schlimm genug, überhaupt hier zu sein, da musste man nicht auch noch der Dunkelheit einen eigenen Willen zuschreiben. Alle schienen aber diese erdrückende Stimmung zu fühlen. Hier kamen keine trockenen Kommentare von Mat, und Egwene sah aus, als wünschte sie, sie könne ihre Entscheidung noch einmal überdenken. Sie beobachteten alle schweigend das Wegetor, dieses letzte Fenster in die Welt, die sie kannten.

Schließlich befand sich nur noch Moiraine im Keller, der von ihrer Laterne schwach beleuchtet wurde. Die Bewegungen der Aes Sedai wirkten traumähnlich. Ihre Hand kroch mühsam vorwärts, als sie das *Avendesora*-Blatt gefunden hatte. Auf dieser Seite befand es sich niedriger im Steinfries, bemerkte Rand. Es war genau dort, wo sie es auf der anderen Seite angedrückt hatte. Sie pflückte es und brachte es in die ursprüngliche Position zurück. Er fragte sich, ob sich das Blatt auf der anderen Seite gleich mit zurückbewegt habe.

Die Aes Sedai kam mit Aldieb im Schlepptau hindurch, und dann begannen sich die Torflügel hinter ihr ganz langsam zu schließen. Sie kam zu ihnen herüber. Der Lichtschein ihrer Laterne auf dem Tor verschwand, bevor es sich ganz geschlossen hatte. Der immer kleiner werdende Anblick des Kellers wurde schließlich von der Schwärze verschlungen. Der eingeschränkte Lichtkreis ihrer Laternen war völlig von Schwärze umgeben.

Plötzlich schien es ihnen, als seien die Laternen das einzige Licht, das in der Welt noch vorhanden war. Rand fiel erst jetzt auf, dass er Schulter an Schulter zwischen Perrin und Egwene eingezwängt war. Egwene sah ihn mit weit aufgerissenen Augen an und drückte sich noch mehr an ihn, während Perrin sich nicht bewegte, ihm aber auch nicht Platz machte. Es lag etwas Beruhigendes darin, einen anderen Menschen zu berühren, wenn die ganze Welt gerade von der Dunkelheit verschluckt worden war. Selbst die Pferde schienen zu fühlen, dass sie von den Kurzen Wegen immer enger aneinander gedrängt wurden. Nach außen hin unbeeindruckt, schwangen sich Moiraine und Lan in die Sättel, und die Aes Sedai beugte sich vor, den Arm auf ihren geschnitzten Stab gestützt, der quer über dem hohen Sattelhorn lag. »Wir müssen uns auf den Weg machen, Loial.«

Loial fuhr hoch und nickte lebhaft. »Ja. Ja, Aes Sedai, du hast Recht. Wir sollten keine Minute länger als notwendig verharren.« Er deutete auf einen breiten, weißen Streifen unter ihren Füßen, und Rand trat hastig von ihm herunter. Alle von den Zwei Flüssen taten es ihm gleich. Rand glaubte, der Boden sei einst ganz glatt gewesen, aber die Glätte war jetzt durchbrochen, als habe der Stein die Pocken. Die weiße Linie war an mehreren Punkten unterbrochen. »Dies führt uns vom Wegetor zum ersten Wegweiser. Von hier ...« Loial sah sich ängstlich um, doch dann kletterte er ohne die zuvor an den Tag gelegte Zurückhaltung auf sein Pferd. Es trug den größten Sattel, den der Stallmeister hatte finden können, aber Loial füllte ihn von einem Ende zum anderen aus. Seine Beine hingen auf beiden Seiten beinahe bis zu den Fesseln des Tiers herunter. »Keine Minute länger als notwendig«, murmelte er. Zögernd saßen die anderen auf.

Moiraine und Lan flankierten den Ogier, als dieser der weißen Linie durch die Dunkelheit folgte. Alle anderen folgten so dicht wie möglich. Die Laternen hüpften über ihren Köpfen auf und ab. Die Laternen hätten an sich genug Licht spenden müssen, um ein ganzes Haus zu beleuchten, aber der Lichtschein reichte nur zehn Fuß weit. Die Schwärze hielt ihn so unvermittelt zurück, als sei er auf eine Wand getroffen. Auch das Knarren der Sättel und das Klappern der Hufeisen schien mit dem Ende des Lichtscheins zu enden.

Rands Hand kehrte immer wieder zu seinem Schwert zurück. Es war nicht so, dass er glaubte, hier gebe es irgendetwas, wogegen er sein Schwert hätte gebrauchen können, um sich zu verteidigen. Es schien vielmehr, dass es überhaupt nichts gab, wo dieses Etwas hätte sein können. Die Lichtblase um sie herum hätte auch eine von Stein umhüllte Höhle sein können, aus der kein Weg hinausführte.

Die Pferde hätten sich genauso gut um eine Tretmühle herum bewegen können, so wenig abwechslungsreich war ihre Umgebung. Er umklammerte den Knauf, als könne der Druck seiner Hand den Stein wegdrücken, dessen Last er auf sich ruhen fühlte. Wenn er das Schwert berührte, konnte er sich an die Lehren Tams erinnern. Eine Zeit lang fand er die Ruhe im Nichts. Aber die Last kehrte immer wieder zurück und zerdrückte das Nichts zu einer bloßen Höhle in seinem Geist, und dann musste er wieder von vorn beginnen und Tams Schwert berühren, um sich erneut darauf konzentrieren zu können.

Es war eine echte Erleichterung, als sich schließlich doch etwas änderte, auch wenn es nur eine hohe Felsplatte war, die hochkant vor ihnen aus der Dunkelheit auftauchte. Die breite weiße Linie hörte an ihrem unteren Ende auf. Die breite Oberfläche wurde von eingelegten, elegant gekrümmten Metallfäden durchzogen, die Rand in ihrer Anmut an Ranken und Blätter erinnerten. Verfärbte Pockennarben verunzierten sowohl Stein als auch Metall.

»Der Wegweiser«, sagte Loial, und er beugte sich aus dem Sattel, um finster auf die geschwungene Metalleinlage zu starren.

»Ogierschrift«, sagte Moiraine, »aber so weit zerstört, dass ich kaum lesen kann, was da steht.«

»Mir fällt es auch schwer«, sagte Loial, »aber ich kann genug erkennen, um zu wissen, dass wir dort hinüber müssen.« Er drehte sein Pferd von dem Wegweiser fort.

Am Rand des Lichtscheins waren andere Steingegenstände zu sehen. Es schien sich um Brücken mit Steingeländern zu handeln, die in die Dunkelheit hineinführten, und manchmal auch um sanft geneigte Rampen ohne irgendein Geländer, die hinauf oder hinab führten. Zwischen den Brücken und Rampen zog sich eine brusthohe Balustrade entlang, die aus einfachem weißem Stein bestand, dessen sanfte Kurven und Rundungen zu komplizierten Mustern zusammengefügt waren. Etwas daran kam Rand irgendwie bekannt vor, aber er wusste, dass seine Einbildung nach allem griff, was in dieser fremdartigen Umgebung vertraut aussehen mochte.

Am Fuß einer der Brücken hielt Loial sein Pferd an und las die einzige Zeile auf der engen Steinsäule am Aufgang. Er nickte und ritt auf die Brücke hinaus. »Das ist die erste Brücke auf unserem Weg«, sagte er über die Schulter.

Rand fragte sich, was die Brücke überhaupt vor dem Einsturz bewahrte. Die Pferdehufe knirschten derart, als blätterte bei jedem

Tritt Stein ab. Alles, was er sah, war mit flachen Aushöhlungen bedeckt, manche nur wie winzige Nadelstiche, während andere unregelmäßig geformten, flachen, einen vollen Schritt breiten Kratern glichen. Hatte es hier Säure geregnet, oder verfaulte der Stein? Auch das Geländer wies Risse und Löcher auf. An manchen Stellen war es bis zu einer Spanne weit ganz verschwunden. Die Brücke mochte ja aus festem Stein bestehen, der bis hinunter zum Mittelpunkt der Erde reichte, aber das, was er sah, ließ ihn hoffen, dass sie wenigstens noch lange genug stehen würde, damit sie das andere Ende noch erreichten. *Wo auch immer das sein mag.*

Die Brücke war dann schließlich zu Ende, und es sah dort nicht anders aus als an ihrem Anfang. Alles, was Rand sehen konnte, war das, was von ihrem kleinen Lichtkreis berührt wurde, aber er gewann den Eindruck, dass sie sich auf einer großen Fläche befanden, wie ein abgeflachter Hügel, von dem nach allen Seiten Brücken und Rampen wegführten. Loial nannte das eine Insel. Ein weiterer von Schriftzeichen bedeckter Wegweiser war ebenfalls vorhanden. Rand nahm an, dass er in der Mitte der Insel stand, hatte aber keine Möglichkeit, seine Annahme zu überprüfen. Loial las und führte sie dann eine der Rampen hinauf, die sich immer weiter nach oben wand.

Nach einer endlosen, ständig gewundenen Klettertour führte sie die Rampe auf eine weitere Insel, die genauso aussah wie die am Anfang ihres Weges. Rand versuchte, sich die Lage der Rampe vorzustellen und die Windungen nachzuvollziehen, doch gab er es bald auf. *Diese Insel kann sich doch nicht direkt auf der anderen befinden. Das kann nicht sein.*

Loial studierte eine weitere mit Ogierschrift bedeckte Felsplatte, fand wieder eine Wegweisersäule und führte sie auf die nächste Brücke. Rand hatte keine Ahnung mehr, in welche Richtung sie sich eigentlich bewegten.

In ihrem heimeligen kleinen Lichtkreis inmitten des Dunkels sah eine Brücke genauso aus wie die andere, nur dass bei einigen das Geländer Lücken aufwies und bei anderen nicht. Lediglich der Grad der Beschädigung der Wegweiser ließ die Inseln unterschiedlich aussehen. Rand verlor jegliches Zeitgefühl. Er war sich nicht einmal mehr sicher, wie viele Brücken sie überquert und wie viele Rampen sie erklommen hatten. Doch der Behüter musste wohl eine Uhr im Kopf haben. Gerade als Rand den ersten Hunger verspürte, verkündete Lan ruhig, dass es Mittag sei. Er stieg ab und verteilte Brot und

Käse und Trockenfleisch von den Vorräten auf dem Packpferd. Perrin war gerade mit dem Führen des Tieres an der Reihe. Sie befanden sich auf einer Insel, und Loial war damit beschäftigt, die Inschrift auf dem Wegweiser zu entziffern.

Mat wollte schon aus dem Sattel steigen, doch Moiraine sagte: »Die Zeit in den Kurzen Wegen ist zu kostbar, als dass wir sie verschwenden könnten. Viel zu kostbar für uns. Wir werden anhalten, wenn es an der Zeit ist, zu schlafen.« Lan saß bereits wieder auf Mandarb.

Rand verging der Appetit, als er sich vorstellte, in den Kurzen Wegen zu schlafen. Hier herrschte wohl immer Nacht, aber es war keine Nacht zum Schlafen. Aber er aß, wie auch die anderen, beim Reiten. Es war eine ziemlich schwierige Angelegenheit, das Essen, die Laternenstange und die Zügel gleichzeitig zu halten, aber trotz seiner eingebildeten Appetitlosigkeit leckte er sich die letzten Brot- und Käsekrümel von den Händen, als er fertig war. Er sehnte sich sogar danach, mehr davon zu essen. Er neigte allmählich zu der Ansicht, dass die Kurzen Wege doch nicht so schlimm seien, jedenfalls lange nicht so schlimm, wie Loial behauptete. Sie lösten vielleicht das schwere Gefühl der Stunde vor einem Sturm aus, aber es änderte sich nichts. Nichts geschah. Die Kurzen Wege waren schon beinahe langweilig.

Dann wurde die Stille von einem überraschten Laut Loials gebrochen. Rand stand in seinen Steigbügeln auf, um an dem Ogier vorbeischauen zu können, und er schluckte schwer bei dem Anblick. Sie befanden sich in der Mitte einer Brücke, und ein paar Fuß weit vor Loial brach die Brücke mit einem Mal an einer unregelmäßig gezackten Kante ab.

KAPITEL 45

Was im Schatten folgt

Der Lichtschein ihrer Laternen reichte gerade bis auf die andere Seite der Lücke, wo das gegenüberliegende Ende wie der abgebrochene Zahn eines Riesen aus der Dunkelheit ragte. Loials Pferd stampfte nervös mit einem Huf auf, und ein loser Stein fiel in die bodenlose Schwärze hinunter. Falls es einen Laut gab, als der Stein auf festen Boden krachte, hörte ihn Rand nicht.

Er ließ den Braunen ein wenig näher an die Lücke herantänzeln. So weit er seine Laterne an ihrer Stange hinunterschieben konnte, gab es nichts zu sehen. Schwärze unten und Schwärze oben, die das Licht abschnitt. Falls es einen Grund gab, konnte der tausend Fuß tiefer liegen. Oder auch nirgendwo. Andererseits konnte er wenigstens sehen, was unter der Brücke war und sie stützte: Nichts. Weniger als eine Spanne dick war sie, und es gab absolut nichts darunter.

Plötzlich erschien ihm der Steinbogen unter seinen Füßen dünn wie Papier, und der endlose Fall von der Kante zog ihn an. Laterne und Stange zusammen schienen mit einem Mal schwer genug, um ihn aus dem Sattel zu ziehen. Mit schwindeligem Kopf ließ er den Braunen genauso vorsichtig rückwärts gehen, wie er sich vorher nach vorn geschoben hatte. »Wohin hast du uns geführt, Aes Sedai?«, fragte Nynaeve. »Alles nur, damit wir herausfinden, dass wir schließlich doch nach Caemlyn zurückkehren müssen?«

»Wir müssen nicht zurückkehren«, sagte Moiraine. »Jedenfalls nicht bis Caemlyn. In den Kurzen Wegen gibt es viele Pfade zu allen Zielen hin. Wir müssen lediglich weit genug zurück, dass Loial einen anderen Weg findet, der uns nach Fal Dara führt. Loial? Loial!«

Der Ogier riss sich mit sichtlicher Anstrengung vom Anblick der Tiefe los. »Was? Oh! Ja, Aes Sedai. Ich kann einen anderen Weg finden. Ich hatte ...«

Sein Blick wanderte zurück zu dem Abgrund, und seine Ohren zuckten. »Ich hatte mir nicht träumen lassen, dass der Verfall schon so weit geht. Wenn die Brücken selbst einstürzen, kann ich vielleicht den Weg, den wir suchen, nicht mehr finden. Möglicherweise kann ich dann noch nicht einmal einen Weg zurück finden. Die Brücken könnten in diesem Moment hinter uns einstürzen.«

»Es muss einen Weg geben«, sagte Perrin mit tonloser Stimme. In seinen Augen fing sich das Licht, und sie glühten golden. *Ein in die Enge getriebener Wolf,* dachte Rand überrascht. *Genauso sieht er aus.*

»Es wird, wie das Rad es webt«, sagte Moiraine, »aber ich glaube nicht, dass der Verfall so schnell vonstatten geht, wie du fürchtest. Sieh den Stein doch an, Loial. Selbst ich kann erkennen, dass es sich um einen alten Bruch handelt.«

»Ja«, sagte Loial schwerfällig. »Ja, Aes Sedai. Ich kann es erkennen. Hier gibt es weder Regen noch Wind, aber dieser Stein an der Abbruchkante war zumindest zehn Jahre lang der Luft ausgesetzt.« Er nickte mit erleichtertem Grinsen. Er war so glücklich über diese Erkenntnis, dass er einen Augenblick lang seine Angst zu vergessen schien. Dann sah er sich um und zuckte unsicher die Achseln. »Ich könnte viel leichter andere Wege finden als ausgerechnet den nach Mafal Dadaranell. Nach Tar Valon, zum Beispiel? Oder zum *Stedding* Schangtai? Von der letzten Insel aus sind es nur drei Brücken nach Schangtai. Ich denke, mittlerweile möchten die Ältesten gern mit mir reden.«

»Nach Fal Dara, Loial«, sagte Moiraine bestimmt. »Das Auge der Welt liegt jenseits von Fal Dara, und das Auge ist unser Ziel.«

»Also Fal Dara«, stimmte der Ogier zögernd zu.

Auf die Insel zurückgekehrt, studierte Loial die mit Schriftzeichen bedeckte Platte eingehend. Die Augenbrauen hingen weit herunter, und er murmelte ständig vor sich hin. Bald führte er ausgiebige Selbstgespräche in der Ogier-Sprache. Diese musikalische Sprache klang, als ob Vögel mit tiefer Stimme sängen. Es erschien Rand eigenartig, dass so grobschlächtige Leute eine so musikalische Sprache hatten. Schließlich nickte der Ogier. Als er sie zu der auserwählten Brücke führte, drehte er sich noch einmal um und blickte sehnsüchtig hinüber zu einer anderen Wegweisersäule. »Drei Brücken bis zum *Stedding* Schangtai.« Er seufzte, aber dann führte er sie ohne anzuhalten daran vorbei und bog auf die dritte Brücke ein. Als sie losgingen, warf er einen bedauernden Blick zurück, obwohl die Brücke in seine Heimat im Dunkeln verborgen lag.

Rand ließ den Braunen neben dem Ogier hertraben. »Wenn dies

alles vorbei ist, Loial, dann zeigst du mir dein *Stedding*, und ich zeige dir Emondsfelde. Allerdings werden wir dazu die Kurzen Wege nicht benützen. Wir laufen oder reiten, auch wenn wir den ganzen Sommer dazu brauchen.«

»Glaubst du, dass es jemals vorbei sein wird, Rand?«

Er sah den Ogier mit gerunzelter Stirn an. »Du hast gesagt, wir brauchen zwei Tage nach Fal Dara.«

»Nicht das Reisen mit den Kurzen Wegen, Rand – alles andere, meine ich.« Loial blickte zurück zu der Aes Sedai, die sich leise mit Lan unterhielt, der an ihrer Seite ritt. »Wieso glaubst du, dass es jemals vorbei sein wird?«

Die Brücken und Rampen führten sie hinauf und hinunter und kreuz und quer. Manchmal zog sich von einem Wegweiser eine weiße Linie in die Dunkelheit hinein, so wie jene, der sie vom Wegetor in Caemlyn aus gefolgt waren. Rand bemerkte, dass er nicht der Einzige war, der diese Linien neugierig und auch ein wenig wehmütig betrachtete. Nynaeve, Perrin, Mat und sogar Egwene verließen nur zögernd diese Linien. Am Ende von jeder Linie befand sich ein Wegetor, ein Tor zurück in die Welt, wo es einen Himmel und Sonne und Wind gab. Selbst der Wind wäre ihnen willkommen gewesen. Aber sie ritten unter dem unbarmherzigen Blick der Aes Sedai weiter. Doch Rand war nicht der Einzige, der zurückblickte, sogar dann noch, nachdem die Dunkelheit sowohl Insel als auch Wegweiser und Linie verschluckt hatte.

Als Moiraine schließlich verkündete, dass sie die Nacht auf einer der Inseln verbringen würden, gähnte Rand längst. Mat sah sich in der sie umgebenden Schwärze um, lachte höhnisch und schnaubte laut durch die Nase, doch er stieg genauso schnell wie die anderen vom Pferd. Lan und die Jungen sattelten die Pferde ab und legten ihnen Fußfesseln an, während Nynaeve und Egwene einen kleinen Ölofen aufstellten, um Tee zu bereiten. Der Ofen sah wie das Unterteil einer Laterne aus. Lan sagte, die Behüter benützten so etwas in der Fäule, wo es gefährlich sein konnte, das dort gewachsene Holz zu verbrennen. Der Behüter holte dreibeinige Gestelle aus einem der Körbe, die sie dem Packpferd umgeschnallt hatten, und so konnten sie ihre Laternenstangen im Kreis um ihren Lagerplatz herum aufstellen. Loial betrachtete den Wegweiser, setzte sich dann aber mit übergeschlagenen Beinen hin und strich mit einer Hand über den staubigen, pockennarbigen Stein. »Einst wuchsen auf den Inseln Pflanzen«, sagte er traurig. »All die Bücher erzählen davon. Es gab grünes Gras, um darauf zu schlafen, weich wie ein Federbett. Obstbäume wuchsen hier, die einem das mitgebrachte Essen durch einen Apfel oder eine Birne oder eine Quitte ergänzten – süß und saftig, ganz gleich, welche Jahreszeit draußen herrschte.«

»Nichts, was man jagen könnte«, murrte Perrin, und dann sah er überrascht drein, weil er das ausgesprochen hatte.

Egwene gab Loial eine Tasse Tee. Er hielt sie in der Hand, ohne zu trinken. Er starrte darauf, als könne er in ihren Tiefen die Obstbäume finden. »Wirst du keine Amulette um uns herum aufstellen?«, fragte Nynaeve Moiraine. »Sicher gibt es hier drinnen Schlimmeres als Ratten. Auch wenn ich nichts gesehen habe, kann ich es immer noch fühlen.«

Die Aes Sedai rubbelte angeekelt mit den Fingerspitzen in ihren Handflächen. »Man kann die Verderbnis fühlen, die furchtbare Verwandlung der Macht, welche die Wege geschaffen hat. Ich werde in den Wegen die Eine Macht nicht benützen, wenn ich nicht muss. Das Verderben ergreift alles derart, dass auch alles, was ich versuchen könnte, ganz sicher mit hineingezogen würde.«

Das ließ alle so wie Loial verstummen. Lan machte sich methodisch über sein Mahl her, als lege er die Scheite für ein Feuer nach. Das Essen an sich war weniger wichtig – der Körper brauchte eben Nahrung. Moiraine aß auf so vornehm gesittete Art und Weise, als säßen sie nicht mitten im Nichts auf einer blanken Steinplatte. Rand stocherte nur in seinem Essen herum. Die winzige Flamme des Ölofens gab gerade genug Hitze ab, um Wasser zum Kochen zu bringen, aber er drückte sich ganz nahe heran, als könne er die Wärme in sich aufsaugen. Er saß Schulter an Schulter mit Mat und Perrin. Sie kauerten in einem engen Kreis um den Ofen herum. Mat hielt Brot und Fleisch und Käse gedankenverloren in den Händen, und Perrin stellte seinen Blechnapf nach nur wenigen Bissen weg. Die Stimmung wurde immer gedrückter, und jeder sah zu Boden und mied den Blick in die sie umgebende Dunkelheit.

Moiraine betrachtete sie beim Essen. Schließlich stellte sie ihren Teller weg und tupfte sich mit einer Serviette die Lippen. »Ich kann euch eine erfreuliche Sache mitteilen. Ich glaube gar nicht, dass Thom Merrilin tot ist.«

Rand blickte sie erstaunt an. »Aber ... der Blasse ...«

»Mat erzählte mir, was in Weißbrücke vorgefallen ist«, sagte die Aes Sedai. »Die Leute dort erwähnten einen Gaukler, aber sie sagten nichts davon, dass er gestorben sei. Ich glaube, wenn ein Gaukler getötet worden wäre, dann hätten sie es gesagt. Weißbrücke ist nicht so groß, dass ein Gaukler kein Aufsehen erregen würde. Und Thom ist ein Teil des Musters, das sich um euch drei herum bildet. Ein zu wichtiger Teil, wie ich glaube, um so schnell abgeschnitten zu werden.«

Zu wichtig?, dachte Rand. *Wie kann Moiraine wissen ...?* »Min? Hat sie etwas in Bezug auf Thom gesehen?«

»Sie hat eine Menge gesehen«, sagte Moiraine trocken. »Von euch allen. Ich wünschte, ich verstünde nur die Hälfte von dem, was sie sah, aber selbst sie versteht es nicht. Die alten Beschränkungen sind gefallen. Aber gleich, ob das, was Min macht, alt oder neu ist – sie sieht die Wahrheit. Eure Schicksale sind miteinander verknüpft. Auch Thom Merrilins.«

Nynaeve schniefte unbeeindruckt und goss sich noch eine Tasse Tee ein. »Ich kann nicht verstehen, wieso sie etwas über uns sehen konnte«, sagte Mat grinsend. »Soweit ich mich erinnere, hat sie die meiste Zeit über Rand angehimmelt.«

Egwene zog die Augenbrauen hoch. »Oh? Das hast du mir gar nicht erzählt, Moiraine Sedai.«

Rand blickte sie an. Sie sah ihn wohl nicht an, aber ihr Tonfall hatte etwas übertrieben unbeteiligt geklungen. »Ich habe einmal mit ihr gesprochen«, sagte er. »Sie zieht sich wie ein Junge an, und ihr Haar ist so kurz wie meines.«

»Du hast mit ihr gesprochen. Einmal.« Egwene nickte langsam. Sie sah ihn immer noch nicht an und hob die Tasse an die Lippen.

»Min war eben nur jemand, der in der Schenke in Baerlon arbeitete«, sagte Perrin. »Nicht so wie Aram.«

Egwene verschluckte sich an ihrem Tee. »Zu heiß«, murmelte sie.

»Wer ist Aram?«, fragte Rand. Perrin lächelte. Es sah sehr nach Mats altem Lächeln aus, wenn er früher etwas ausgeheckt hatte. Er verbarg es hinter seiner Tasse.

»Einer vom Fahrenden Volk«, sagte Egwene leichthin, aber auf ihren Wangen waren rote Flecken zu sehen.

»Einer vom Fahrenden Volk«, sagte Perrin verbindlich. »Er tanzt wie ein Vogel. Hast du das nicht gesagt, Egwene? Es war, als ob man mit einem Vogel flöge?«

Egwene stellte ihre Tasse scheppernd hin. »Ich weiß nicht, ob sonst noch jemand müde ist, aber ich gehe jetzt schlafen.«

Als sie sich in ihre Decken rollte, streckte Perrin die Hand aus und stupfte Rand in die Rippen. Dabei blinzelte er ihm zu. Rand stellte fest, dass er zurückgrinste. *Verseng mich, aber diesmal hab ich das bessere Ende für mich gehabt. Ich wünschte, ich verstünde so viel von Frauen wie Perrin.*

»Rand«, sagte Mat trocken, »vielleicht solltest du Egwene von Bauer Grinwells Tochter Else erzählen.« Egwene hob den Kopf und sah erst Mat und dann ihn an.

Er stand schleunigst auf und holte seine Decken. »Ich würde jetzt auch gern schlafen.«

Alle Emondsfelder suchten sich nun ihre Decken zusammen. Loial schloss sich ihnen an. Moiraine blieb sitzen und schlürfte ihren Tee. Lan ebenfalls. Der Behüter sah nicht so aus, als habe er jemals vor schlafen zu gehen oder als brauche er überhaupt Schlaf.

Selbst zum Schlafen zusammengerollt, wollte keiner sich weit von den anderen entfernen. Sie bildeten einen engen Kreis deckenumhüllter Erhebungen um den Ofen herum. Beinahe berührten sie sich gegenseitig.

»Rand«, flüsterte Mat, »*war* irgendetwas zwischen dir und Min? Ich habe sie kaum einmal richtig gesehen. Sie *war* hübsch, aber sie muss fast so alt wie Nynaeve sein.«

»Wie steht es mit dieser Else?«, fügte Perrin von der anderen Seite her hinzu. »'ne Hübsche?«

»Blut und Asche«, nuschelte er. »Kann ich noch nicht einmal mit einem Mädchen sprechen? Ihr zwei seid genauso schlimm wie Egwene.«

»Wie die Seherin bemerken würde«, schimpfte Mat scherzend, »hüte deine Zunge! Also, wenn du nicht erzählen willst, dann schlafe ich jetzt ein wenig.«

»Gut«, brummte Rand. »Das ist das erste vernünftige Wort, das du heute herausgebracht hast.«

Aber das Einschlafen fiel ihm nicht leicht. Der Stein war hart, gleich auf welche Seite sich Rand legte, und er konnte die Löcher durch seine Decke hindurch fühlen. Es gab keine Möglichkeit, sich vorzustellen, dass man sich anderswo als in den Kurzen Wegen befand, die von den Männern gebaut worden waren, die vom Dunklen König gezeichnet waren und die Welt zerstört hatten. Er stellte sich immer wieder die zerstörte Brücke vor und das Nichts darunter.

Wenn er sich nach der einen Seite drehte, dann sah er, wie Mat ihn anblickte, oder besser, wie er durch ihn hindurchblickte. Aller Spott war vergessen, wenn er sich an die Dunkelheit um sie herum erinnerte. Also rollte er sich zur anderen Seite herum, und da hatte

Perrin die Augen ebenfalls offen. Perrin wirkte nicht so ängstlich wie Mat, aber er hatte die Hände vor der Brust und klopfte ständig mit den Daumen gegeneinander.

Moiraine machte eine Runde, kniete sich neben jedem nieder und sprach leise auf den Betreffenden ein. Rand konnte nicht hören, was sie zu Perrin sagte, aber die Bewegung seiner Daumen hörte auf. Als sie sich über Rand beugte und ihr Gesicht seines beinahe berührte, sagte sie mit leiser, beruhigender Stimme: »Selbst hier beschützt dich dein Schicksal. Nicht einmal der Dunkle König kann das Muster völlig verändern. Solange ich dir nahe bin, bist du vor ihm sicher. Deine Träume sind sicher. Eine Weile lang sind sie das noch.«

Als sie zu Mat weiterging, fragte er sich, ob sie sich das wirklich so leicht vorstellte, dass sie ihm sagen konnte, er sei bei ihr sicher, und er würde das glauben. Aber irgendwie fühlte er sich sicher – sicherer zumindest. Bei dem Gedanken schlief er ein, und er träumte nichts.

Lan weckte sie. Rand fragte sich, ob der Behüter geschlafen hatte. Er wirkte nicht müde, nicht einmal so müde wie diejenigen, die ein paar Stunden auf dem harten Stein gelegen hatten. Moiraine gestattete ihnen genug Zeit, um Tee zu bereiten, aber nur eine Tasse für jeden. Sie frühstückten im Sattel. Loial und der Behüter führten sie an. Es war das gleiche Essen wie sonst – Brot und Fleisch und Käse. Rand dachte sich, wie leicht es doch sei, dessen überdrüssig zu werden.

Nicht lange, nachdem der letzte Krümel vom Finger abgeleckt war, sagte Lan ruhig: »Jemand oder etwas folgt uns.« Sie befanden sich in der Mitte einer Brücke. Die beiden Enden waren verborgen.

Mat riss einen Pfeil aus seinem Köcher, und bevor ihn jemand aufhalten konnte, schoss er ihn in die Dunkelheit hinter ihnen.

»Ich wusste, dass ich das nie hätte tun sollen«, murmelte Loial. »Gib dich nie mit einer Aes Sedai ab, außer in einem *Stedding*.«

Lan drückte den Bogen herunter, bevor Mat einen weiteren Pfeil auflegen konnte. »Hör damit auf, du Idiot! Man kann doch nie wissen, wer das ist.«

Der Ogier setzte hinzu: »Das ist der einzige Ort, an dem sie harmlos sind.«

»Was sonst kann es an einem solchen Ort geben als etwas Böses?«, wollte Mat wissen.

»Das behaupten auch die Ältesten, und ich hätte auf sie hören sollen.«

»Zum Beispiel gibt es uns hier«, sagte der Behüter trocken.

»Vielleicht ist es ein anderer Reisender«, sagte Egwene voller Hoffnung. »Vielleicht ein Ogier?«

»Ogier sind zu vernünftig, um die Kurzen Wege zu benützen«, grollte Loial. »Alle außer Loial, der überhaupt nicht vernünftig ist. Das hat der Älteste Haman immer gesagt, und er hatte Recht.«

»Was ist dein Eindruck, Lan?«, fragte Moiraine. »Ist es etwas, das dem Dunklen König dient?«

Der Behüter schüttelte bedächtig den Kopf. »Ich weiß es nicht«, sagte er, als überrasche ihn diese Tatsache. »Ich kann es nicht sagen. Vielleicht liegt es an den Wegen und an dem verderblichen Einfluss. Alles ist irgendwie falsch. Aber wer es auch sein mag oder was – es versucht nicht, uns einzuholen. Beinahe hätte er uns an der letzten Brücke eingeholt, und dann ist er über die Brücke zurückgehetzt, um das zu vermeiden. Allerdings könnte ich ihn vielleicht überraschen, wenn ich zurückbliebe, und sehen, wer oder was er ist.«

»Wenn du zurückbleibst, Behüter«, sagte Loial mit fester Stimme, »dann wirst du den Rest deines Lebens in den Kurzen Wegen verbringen. Selbst wenn du die Ogierschrift lesen kannst, habe ich doch noch nie von einem Menschen gehört, der sich auch nur von der ersten Insel aus ohne einen Ogierführer zurechtgefunden hätte. *Kannst* du die Ogierschrift lesen?«

Lan schüttelte erneut den Kopf, und Moiraine sagte: »Solange er uns nicht belästigt, tun wir ihm auch nichts. Wir haben keine Zeit.«

Als sie von der Brücke auf die nächste Insel ritten, sagte Loial: »Wenn ich mich richtig an den letzten Wegweiser erinnere, gibt es von hier aus einen direkten Weg nach Tar Valon. Höchstens einen Halbtagesritt weit. Nicht so lang, wie wir nach Mafal Dadaranell brauchen werden. Ich bin sicher, dass ...«

Er brach ab, als der Schein ihrer Laternen den Wegweiser erreichte. Nahe der Spitze der Platte schnitten tief eingemeißelte Linien scharfe und eckige Wunden in den Stein. Plötzlich trat Lans Wachsamkeit klar zutage. Er hielt sich entspannt aufgerichtet im Sattel, aber Rand hatte plötzlich den Eindruck, dass der Behüter alles um sie herum fühlen könne, ja, sogar fühlte, wie sie atmeten. Lan lenkte seinen Hengst um den Wegweiser herum und ritt dann in Kreislinien weiter nach draußen. Er ritt, als sei er auf einen Angriff vorbereitet oder darauf, selbst angreifen zu müssen.

»Das erklärt viel«, sagte Moiraine leise, »und es ängstigt mich. So viel! Ich hätte es wissen müssen. Die Verderbnis, der Verfall. Ich hätte es wissen müssen.«

»Was wissen?«, fragte Nynaeve im gleichen Moment, als Loial fragte: »Was denn? Wer hat das gemacht? Ich habe niemals etwas Ähnliches gesehen oder davon gehört.«

Die Aes Sedai blickte sie ruhig an. »Trollocs.« Sie missachtete ihr ängstliches Keuchen. »Oder Blasse. Das hier sind Trolloc-Runen. Die Trollocs haben herausgefunden, wie man die Kurzen Wege betritt. So müssen sie unentdeckt auch die Zwei Flüsse erreicht haben; durch das Wegetor in Manetheren. Es gibt in der Fäule auch zumindest ein Wegetor.« Sie blickte zu Lan hinüber, bevor sie fortfuhr. Der Behüter war weit genug entfernt, dass man nur noch den schwachen Schein seiner Laterne sehen konnte. »Manetheren wurde zerstört, aber es gibt fast nichts, was ein Wegetor zerstören könnte. Auf diese Weise konnten die Blassen eine kleine Armee in die Umgebung von Caemlyn bringen, ohne in jeder Nation zwischen der Fäule und Andor einen Alarm auszulösen.« Sie schwieg und berührte in Gedanken ihre Lippen. »Aber sie kennen bestimmt noch nicht alle Wege, sonst wären sie durch das gleiche Tor nach Caemlyn hineingestürmt, das wir benützten. Ja.«

Rand schauderte. Durch ein Wegetor gehen, und dann warteten Trollocs in der Dunkelheit – Hunderte davon, vielleicht Tausende, missgestaltete Kreaturen mit halb tierischen Fratzen, die sie anfauchten, wenn sie aus der Schwärze sprangen, um zu töten. Oder noch Schlimmeres taten.

»Es fällt ihnen nicht leicht, die Kurzen Wege zu benützen«, rief Lan ihnen zu. Seine Laterne befand sich nicht mehr als zwanzig Spannen weit entfernt, aber ihr Lichtschein war nur wie ein verfilzter, trüber Ball, der jenen am Wegweiser sehr weit entfernt schien. Moiraine führte sie zu ihm hin. Rand wünschte, er hätte nichts gegessen, als er sah, was der Behüter gefunden hatte.

Am Fuß einer der Brücken erhoben sich die erstarrten Körper von Trollocs, die in dem Moment eingefangen waren, als sie mit Hakenäxten und Sichelschwertern um sich schlugen. Grau und rissig wie der Stein selbst, waren die riesigen Körper halb in die geschwollene, blasendurchsetzte Oberfläche eingesunken. Einige der Blasen waren geplatzt, und darin sah man weitere Gesichter mit Tierschnauzen, die in ewiger Furcht fauchten. Rand hörte, wie jemand hinter ihm würgte, und er musste ordentlich schlucken, um es demjenigen nicht gleichzutun. Selbst für Trollocs war das ein fürchterlicher Tod gewesen.

Wenige Fuß hinter den Trollocs war die Brücke zu Ende. Die Wegweisersäule war in tausend Scherben zerschlagen.

Loial stieg vorsichtig vom Pferd und beäugte die Trollocs, als glaube er, dass sie wieder zum Leben erwachen könnten. Er untersuchte eilig die Überreste der Säule, wobei er versuchte, die in den Stein eingelassene Metallschrift zu entziffern. Dann kletterte er in den Sattel zurück. »Das war die erste Brücke des Wegs von hier nach Tar Valon«, sagte er.

Mat rieb sich mit dem Handrücken den Mund, von den Trollocs abgewandt. Egwene verbarg ihr Gesicht in den Händen. Rand ließ sein Pferd näher an Bela herantreten und berührte ihre Schulter. Sie wand sich herum und klammerte sich schaudernd an ihn. Er hätte am liebsten auch gezittert, aber ihre Umarmung bewahrte ihn davor.

»Dann ist es ja gut, dass wir noch nicht nach Tar Valon gehen«, sagte Moiraine.

Nynaeve fuhr die Aes Sedai an: »Wie kannst du das so gelassen hinnehmen? Uns könnte dasselbe passieren!«

»Vielleicht«, sagte Moiraine ernst, und Nynaeve knirschte so laut mit den Zähnen, dass Rand es noch hören konnte. »Es ist allerdings wahrscheinlicher«, fuhr Moiraine unbeeindruckt fort, »dass die Männer, die Aes Sedai, die diese Wege angelegt haben, sie auch schützten und für die Kreaturen des Dunklen Königs Fallen einbauten. Sie müssen das damals schon befürchtet haben, bevor die Halbmenschen und Trollocs in die Fäule getrieben wurden. Auf jeden Fall können wir hier nicht verweilen, und jeder Weg, den wir auch wählen, vorwärts oder rückwärts, könnte uns in eine Falle führen. Loial, weißt du, welche Brücke wir als Nächste nehmen müssen?«

»Ja. Ja, den entsprechenden Teil des Wegweisers haben sie, dem Licht sei Dank, nicht zerstört.« Zum ersten Mal schien Loial genauso darauf bedacht, schnell weiterzureiten, wie Moiraine. Sein großes Pferd war schon in Bewegung, als er noch nicht einmal ausgeredet hatte.

Egwene hing noch eine Weile an Rands Arm. Er fand es schade, als sie ihn schließlich mit einer leisen Entschuldigung und einem verlegenen Lächeln wieder losließ, und das nicht nur, weil es ein schönes Gefühl gewesen war, dass sie sich so an ihm festgehalten hatte. Es war leichter, tapfer zu sein, wenn jemand seinen Schutz benötigte.

Moiraine glaubte vielleicht nicht, dass sie in eine Falle liefen, aber trotz aller Hast ließ sie die Gruppe langsamer vorrücken als bisher und wartete, bevor sie jemand auf eine Brücke oder von einer Brücke auf eine Insel ließ. Sie ließ Aldieb jedes Mal vortreten und prüfte die Luft vor sich mit einer ausgestreckten Hand. Nicht einmal Loial oder Lan erlaubte sie, vorwärts zu reiten, bevor sie den Weg freigegeben hatte.

Was die Fallen betraf, musste sich Rand auf ihr Urteilsvermögen verlassen, doch er spähte angestrengt in die Dunkelheit hinein, als könne er weiter als nur zehn Fuß blicken, und er lauschte genauso angespannt. Wenn die Trollocs die Kurzen Wege benutzen konnten, dann war ihr Verfolger möglicherweise eine weitere Kreatur des Dunklen Königs. Oder mehr als eine. Lan hatte gesagt, in den Wegen könne er das nicht feststellen. Aber als sie eine Brücke nach der anderen überquerten, ihr Mittagessen im Sattel verzehrten und dann weitere Brücken hinter sich ließen, war alles, was er hören konnte, das Knarren ihrer eigenen Sättel, das Klappern der Pferdehufe und manchmal das Husten eines der anderen. Gelegentlich murmelte der eine oder andere auch vor sich hin. Später hörte er auch den fernen Wind irgendwo in der Schwärze draußen. Er wusste nicht, aus welcher Richtung das Geräusch kam. Zuerst dachte er, er bilde sich das nur ein, doch mit der Zeit war er sicher.

Es wäre gut, wieder Wind zu spüren, selbst wenn er kalt ist.

Plötzlich riss er die Augen auf. »Loial, hast du nicht gesagt, in den Wegen gebe es keinen Wind?«

Loial brachte sein Pferd kurz vor der nächsten Insel zum Stehen und neigte den Kopf, um zu lauschen. Langsam wich die Farbe aus seinem Gesicht, und er leckte sich die Lippen. »*Machin Shin*«, flüsterte er heiser. »Der Schwarze Wind. Das Licht leuchte und beschütze uns. Es ist der Schwarze Wind.«

»Wie viele Brücken noch?«, fragte Moiraine schneidend. »Loial, wie viele Brücken sind es noch?«

»Zwei. Ich glaube, zwei.«

»Also, dann beeilt euch«, sagte sie und ließ Aldieb auf die Insel traben. »Findet schnell den Weg!«

Loial führte ein Selbstgespräch, oder er redete mit dem, der eben gerade zuhörte, während er die Schrift auf dem Wegweiser las. »Sie kamen wahnsinnig heraus und schrien etwas von *Machin Shin*. Licht, hilf uns! Selbst die von den Aes Sedai geheilten ...« Hastig überflog er die Schrift im Stein und galoppierte los, auf die erwählte Brücke zu, wobei er rief:

»Hier entlang!«

Diesmal wartete Moiraine nicht, um sich erst zu orientieren. Sie ließ sie hinterhergaloppieren. Die Brücke erzitterte unter den Hufen ihrer Pferde, und die Laternen schwankten wild an ihren Stangen. Loial überflog gehetzt die Schrift an der nächsten Säule und riss sein Pferd herum, bevor es überhaupt richtig zum Stehen gekommen war. Das Geräusch des Windes hinter ihnen wurde lauter. Rand konnte es über den Lärm der Hufschläge auf dem Steinboden hinweg hören. Und die Windstöße kamen näher.

Sie kümmerten sich nicht um den letzten Wegweiser. Sobald im Laternenschein die davon ausgehende weiße Linie sichtbar wurde, bogen sie im Galopp in diese Richtung ein. Die Insel verschwand hinter ihnen, und es gab nur noch den zerklüfteten, grauen Steinboden unter ihren Füßen sowie die weiße Linie. Rand atmete so schwer, dass er sich nicht mehr sicher war, ob er den Wind noch hörte.

In der Dunkelheit vor ihnen tauchte das Tor auf; mit Ranken verziert stand es einsam in der Schwärze wie ein winziges Stück Mauer in der Nacht. Moiraine beugte sich aus dem Sattel und streckte die Hand nach den Verzierungen aus. Plötzlich fuhr sie zurück. »Das *Avendesora*-Blatt ist nicht da!«, sagte sie. »Der Schlüssel ist weg!«

»Licht!«, schrie Mat. »Verdammtes Licht!« Loial warf den Kopf in den Nacken und stieß einen schaurigen Laut aus.

Egwene berührte Rand am Arm. Ihre Lippen zitterten, aber sie sah ihn nur an. Er legte seine Hand auf die ihre und hoffte, dass er nicht noch ängstlicher dreinblickte als sie. Er fühlte es. Hinter dem Wegweiser heulte der Wind. Er bildete sich fast ein, er könne darin Stimmen unterscheiden, Stimmen, die unsagbar Furchtbares riefen, das ihm – wenn er es auch nur halb verstand – Magenkrämpfe bereitete.

Moiraine hob ihren Stab, und von seinem Ende stach eine Flamme hervor. Es war nicht die reine, weiße Flamme, an die sich Rand von Emondsfelde und von dem Kampf vor Shadar Logoth her erinnerte. Das Feuer war von krankhaftem Gelb und langsam hindurchtreibenden schwarzen Flecken durchsetzt, die wie Rußflocken wirkten. Dünner, säuerlich riechender Rauch erhob sich von der Flamme, ließ Loial husten und die Pferde nervös tänzeln, aber Moiraine richtete die Flamme auf das Tor. Der Rauch biss in Rands Kehle und brannte ihm in der Nase.

Stein schmolz wie Butter. Blatt und Ranke verschmorten in der Flamme und verschwanden. Die Aes Sedai führte die Flamme, so schnell sie nur konnte, aber eine Öffnung hineinzuschneiden, die groß genug war, dass alle hindurchkommen konnten, war keine schnell zu lösende Aufgabe. Rand schien es, als kröche die Schnittlinie geschmolzenen Steins im Schneckentempo vorwärts. Sein Umhang flatterte, als sei er von einer leichten Brise erfasst worden, und sein Herz erstarrte.

»Ich kann ihn fühlen«, sagte Mat mit bebender Stimme. »Licht, ich kann ihn verdammt noch mal fühlen!«

Die Flamme erlosch, und Moiraine senkte ihren Stab. »Geschafft«, sagte sie. »Zur Hälfte jedenfalls.«

Eine dünne Schnittlinie zog sich über die verzierte Steinplatte. Rand bildete sich ein, er könne düsteres Licht durch den Spalt sehen, aber trotz des Schnitts standen die beiden großen, geschwungenen Steinbögen immer noch fest da. Die Öffnung würde groß genug sein, dass jeder durchreiten konnte – nur Loial musste sich wohl im Sattel ducken. Wenn die beiden Steinpfeiler weg waren, würde es passen. Er fragte sich, wie viel sie wohl wiegen mochten. Tausend Pfund? *Vielleicht müssen wir uns alle bücken und schieben. Vielleicht können wir einen der beiden wegbekommen, bevor der Wind da ist.* Ein Windstoß zerrte an seinem Umhang. Er bemühte sich, nicht zuzuhören, was die Stimmen schrien.

Als Moiraine zurücktrat, sprang Mandarb nach vorn, geradewegs auf das Tor zu. Lan duckte sich im Sattel. Im letzten Moment drehte sich das Streitross zur Seite und prallte mit der Schulter gegen den Stein, so wie es gelernt hatte, im Kampf andere Pferde zu rammen. Mit einem Krachen kippte der Stein nach außen, und der Behüter und sein Pferd wurden von ihrem Schwung durch das rauchige Schimmern eines Wegetors getragen. Das Licht, das von außen hereinfiel, war der blasse, dünne Lichtschein eines trüben Vormittags, aber Rand schien es, als brenne ihm die Mittagssommersonne ins Gesicht.

Auf der anderen Seite des Tors verlangsamten sich die Bewegungen von Lan und Mandarb. Sie kamen ins Wanken, als der Behüter sein Pferd in Richtung auf das Tor herumriss. Rand wartete nicht. Er schob Belas Kopf in Richtung auf die Öffnung und klatschte der ewig zerzausten Stute auffordernd auf die Kruppe. Egwene hatte gerade noch genug Zeit, um sich überrascht nach ihm umzuschauen, dann trug Bela sie aus den Kurzen Wegen heraus.

»Ihr alle – raus!«, befahl Moiraine. »Schnell! Reitet!«

Die Aes Sedai erhob ihren Stab und hielt ihn mit ausgestrecktem Arm von sich. Sie zeigte damit zurück zu dem Wegweiser. Etwas fuhr aus dem Ende des Stabs – wie flüssiges Licht, zu zähflüssigem

Feuer verwandelt –, ein leuchtender, weißer, roter und gelber Speer, der in die Schwärze hineinzuckte, explodierte, wie zerschmetterte Diamanten in tausend Kristallen funkelte. Der Wind kreischte in Todesangst und schrie vor Wut. Die tausend verschiedenen Stimmen, die sich im Wind verbargen, brüllten donnernd auf. Es war das Brüllen Wahnsinniger. Halb hörbare Stimmen lachten gackernd und heulten Versprechen, bei denen Rand schwindelte, sowohl der Freude wegen, die darin lag, als auch der Dinge wegen, die er beinahe verstand.

Er ließ den Braunen die Stiefel spüren und drängte sich hinter den anderen in die Öffnung. Alle zwängten sich gleichzeitig durch das rauchige Schimmern. Wieder durchlief ihn der eisige Schauer, das eigenartige Gefühl, langsam mit dem Gesicht nach unten in einen winterlich kalten Teich gelegt zu werden. Das kalte Wasser kroch Stückchen für Stückchen an seiner Haut hoch. Wie zuvor schien es ewig so weiterzugehen, während sein Verstand raste. Er fragte sich, ob der Wind sie wohl einholen könne, während sie so festgehalten wurden.

So plötzlich wie eine Blase platzte, verschwand die Kälte, und er war draußen. Sein Pferd bewegte sich einen Moment lang doppelt so schnell wie vorher und stolperte, und er flog beinahe über seinen Kopf nach vorn weg. Er warf dem Braunen beide Arme um den Hals und klammerte sich verzweifelt an ihn. Während er sich wieder richtig in den Sattel zog, schüttelte der Braune sich und trabte so gelassen, als sei gar nichts Besonderes geschehen, zu den anderen hinüber. Es war kalt – nicht die beißende Kälte des Wegetors, sondern eine willkommene, natürliche Winterkälte, die ihnen langsam, aber stetig in die Knochen stieg.

Er zog seinen Umhang enger um sich. Sein Blick ruhte auf dem matten Glänzen des Wegetors. Neben ihm beugte sich Lan im Sattel vor, eine Hand am Schwert. Mann und Pferd waren angespannt, als rechneten sie damit, zurückreiten zu müssen, falls Moiraine nicht auftauchte.

Das Wegetor stand in einer Geröllhalde am Fuß eines Hügels, von Büschen verdeckt, außer an den Stellen, wo die fallenden Steinbrocken die kahlen, braunen Äste abgebrochen hatten. Neben den Verzierungen auf den Überresten des Tors wirkte das Unterholz lebloser als der Stein.

Langsam beulte sich die rauchige Oberfläche aus, als steige eine eigenartige, lange Blase in einem Teich hoch. Moiraines Rücken brach durch die Blase. Unendlich langsam traten die Aes Sedai und ihr Spiegelbild getrennt hervor. Sie hielt immer noch ihren Stab vor sich gestreckt und ließ ihn auch dort, als sie Aldieb hinter sich aus dem Wegetor zog. Die weiße Stute tänzelte mit angstvoll verdrehten Augen. Moiraine zog sich zurück, beobachtete aber unablässig das Tor.

Das Wegetor verdunkelte sich. Das verschwommene Schimmern wurde trüber, wandelte sich von Grau zu Anthrazit und dann zu einem so tiefen Schwarz wie im Herzen der Wege. Wie aus großer Entfernung heulte der Wind zu ihnen herüber, versteckte Stimmen, von einer unstillbaren Gier nach Lebendigem erfüllt, einer Gier nach Schmerz, doch voller Enttäuschung.

Die Stimmen schienen Rand direkt ins Ohr zu flüstern, beinahe jenseits der Verständlichkeit und sogar innerhalb des Verständlichen. *So feines Fleisch, so fein zu zerfetzen, die Haut zu schlitzen; Haut zum Abziehen, zum Flechten, so schön, die Streifen zu flechten, so schön, so rot sind die fallenden Tropfen; so rot das Blut, so rot, so süß; süße Schreie, singende Schreie, schrei dein Lied, sing deine Schreie ...*

Das Flüstern verflog, die Schwärze lichtete sich, verblasste, und das Wegetor war wieder ein verschwommenes Schimmern, das man durch einen verzierten Steinbogen hindurch sah.

Rand atmete lang und bebend aus. Er war nicht der Einzige, der so aufatmete. Egwene hatte Bela neben Nynaeves Pferd treten lassen, und die beiden Frauen hatten sich in die Arme genommen und jeweils den Kopf an die Schulter der anderen gelehnt. Selbst Lan wirkte erleichtert, obwohl sein kantiges Gesicht nichts aussagte. Es lag mehr an der Art, wie er auf Mandarb saß; seine Schulterpartie wirkte entspannter, als er Moiraine ansah, der Kopf war etwas geneigt.

»Er konnte nicht durchkommen«, sagte Moiraine. »Ich dachte es mir und hoffte darauf. Pffffff!« Sie warf ihren Stab zu Boden und wischte sich die Hände an ihrem Umhang ab. Mehr als die Hälfte des Stabes war von dickem, schwarzem Ruß bedeckt. »Das Mal des Dunklen Königs verdirbt alles an jenem Ort.«

»Was war das?«, wollte Nynaeve wissen.

Loial schien verwirrt. »Na, *Machin Shin* natürlich. Der Schwarze Wind, der die Seelen stiehlt.«

»Aber *was* ist das?«, bohrte Nynaeve weiter. »Selbst bei einem Trolloc ist es doch so, dass man ihn anschauen kann und sogar berühren, wenn man keinen schwachen Magen hat. Aber das ...« Sie zitterte krampfartig.

»Vielleicht etwas, das aus der Zeit des Wahns übrig geblieben ist«, antwortete Moiraine. »Oder sogar vom Schattenkrieg her, dem Krieg um die Macht. Etwas, das sich schon so lange in den Kurzen Wegen versteckt gehalten hat, dass es nicht mehr herauskann. Niemand, nicht einmal unter den Ogiern, weiß, wie weit oder wie tief die Wege tatsächlich führen. Es könnte sogar ein Teil der Wege selbst sein. Wie Loial schon sagte, sind die Wege lebendige Wesen, und alles, was lebt, hat auch Parasiten. Vielleicht sogar eine Kreatur der Verderbnis, etwas, das aus dem Verfall geboren wurde. Etwas, das Leben und Licht hasst.«

»Halt!«, rief Egwene. »Ich will nichts mehr hören! Ich konnte hören, wie *es* sagte ...« Sie brach zitternd ab.

»Es gibt noch Schlimmeres, dem wir die Stirn bieten müssen«, sagte Moiraine sanft. Rand glaubte nicht, dass diese Bemerkung für ihre Ohren bestimmt gewesen war.

Die Aes Sedai kletterte erschöpft in ihren Sattel und setzte sich mit einem dankbaren Seufzer zurecht. »Das ist gefährlich«, sagte sie und blickte zu dem zerschmetterten Tor hinüber. Ihrem verkohlten Stab widmete sie nur einen kurzen Blick. »Das Wesen kann nicht hinaus, aber irgendjemand könnte hineingeraten. Agelmar muss Männer ausschicken, die es einmauern, sobald wir Fal Dara erreichen.« Sie deutete nach Norden, wo sich in dunstverhüllter Entfernung über den kahlen Baumwipfeln Türme erhoben.

KAPITEL 46

Fal Dara

Das Wegetor lag inmitten bewaldeter Hügel, aber von dem Tor selbst abgesehen gab es kein Anzeichen für einen Ogier-Hain. Die meisten Bäume erweckten den Eindruck grauer Skelette, die in den Himmel griffen. Es waren weniger Nadelbäume zu sehen, als Rand das gewohnt war, und auch sie wiesen zum Teil nur tote, braune Nadeln auf. Loial sagte nichts dazu. Er schüttelte lediglich traurig den Kopf.

»Ebenso tot wie das Versengte Land«, sagte Nynaeve mit gerunzelter Stirn. Egwene zog den Umhang um sich zusammen und schauderte.

»Zumindest sind wir draußen«, sagte Perrin, und Mat fügte hinzu: »Aber wo draußen?«

»In Schienar«, sagte Lan. »Wir sind in den Grenzlanden.« In seiner harten Stimme schwang etwas mit, das ihnen sagte: beinahe zu Hause.

Rand raffte den Umhang um seine Schultern, weil es so kalt war. Die Grenzlande. Dann war auch die Fäule nah. Die Große Fäule. Das Auge der Welt. Und das, was sie dort tun mussten.

»Wir sind in der Nähe von Fal Dara«, erklärte Moiraine. »Es ist nur ein paar Meilen entfernt.« Über den Baumwipfeln im Norden und im Osten erhoben sich Türme dunkel vom Vormittagshimmel ab. Als sie über die Hügel und durch die Wälder ritten, verschwanden die Türme oftmals aus ihrer Sicht, tauchten aber wieder auf, wenn sie eine besonders hohe Erhebung überschritten.

Rand bemerkte Bäume, die wie vom Blitz gespalten schienen. »Es ist die Kälte«, antwortete Lan, als er ihn danach fragte. »Manchmal ist der Winter hier so kalt, dass der Saft der Bäume gefriert und die Baumstämme bersten. Es gibt Nächte, da kannst du sie wie Feuerwerk krachen hören, und die Luft ist dann so beißend, dass du glaubst, sie könne ebenfalls zerspringen. Im vergangenen Winter war das noch häufiger als sonst der Fall.«

Rand schüttelte den Kopf. *Berstende* Bäume? Und das in einem gewöhnlichen Winter! Wie musste es dann erst in diesem Winter ausgesehen haben? Unvorstellbar.

»Wer behauptet, dass der Winter vorbei sei?«, fragte Mat mit klappernden Zähnen.

»Aber das hier ist doch ein schöner Frühling, Schafhirte«, sagte Lan. »Ein schöner Frühling, in dem man sich so richtig lebendig fühlt. Aber wenn dir Wärme lieber ist, na ja, in der Fäule ist es schon warm.«

Leise murmelte Mat: »Blut und Asche. Blut und blutige Asche!« Rand konnte ihn kaum verstehen, aber es klang, als komme es von Herzen.

Ihr Weg führte sie an Bauernhöfen vorbei, aber obwohl es Mittagessenszeit war, stieg kein Rauch aus den hohen gemauerten Schornsteinen. Auf den Feldern sah man weder Mensch noch Tier – nur manchmal stand ein verlassener Pflug oder Karren da, als könne der Eigentümer jede Minute zurückkommen.

Auf einem nahe gelegenen Hof scharrte eine einsame Henne nach Futter. Ein Türflügel der Scheune wurde vom Wind hin und her gezerrt, der andere war am unteren Scharnier abgebrochen und hing schief. Das hohe Haus, das Rand mit seinem spitzgiebligen, mit großen Holzschindeln gedeckten und beinahe bis zum Boden reichenden Dach eigenartig vorkam, lag still da. Kein Hund kam heraus, um sie anzukläffen. Mitten im Hühnerhof lag eine Sense. Neben dem Brunnen lagen umgeworfene Eimer.

Moiraine blickte im Vorbeireiten das Bauernhaus finster an. Sie hob Aldiebs Zügel, und die weiße Stute beschleunigte ihren Schritt.

Die Emondsfelder und Loial ritten in einer dichten Gruppe gleich hinter der Aes Sedai und dem Behüter.

Rand schüttelte den Kopf. Er konnte sich nicht vorstellen, dass hier überhaupt jemals etwas wuchs. Aber andererseits konnte er sich die Kurzen Wege ja auch nicht vorstellen. Selbst jetzt nicht, da er sie hinter sich hatte.

»Ich glaube nicht, dass sie dies erwartet hat«, sagte Nynaeve ruhig, und ihre Geste umfasste all die verlassenen Bauernhöfe, die sie gesehen hatten. »Wohin sind sie alle gegangen?«, fragte Egwene. »Und warum? Sie können noch nicht lange weg sein.«

»Warum sagst du das?«, fragte Mat. »Nach dem Aussehen dieses Scheunentors zu schließen, könnten sie schon den ganzen Winter weg sein.« Nynaeve und Egwene sahen ihn mitleidig an, als sei er geistig zurückgeblieben.»Die Vorhänge an den Fenstern«, sagte Egwene geduldig.»Sie sehen zu leicht aus für den Winter, selbst hier. So kalt, wie es hier ist, hätte keine Frau sie vor mehr als ein oder zwei Wochen aufgehängt – eher weniger.« Die Seherin nickte.

»Vorhänge.« Perrin lachte leise. Doch das Lächeln verschwand sofort aus seinem Gesicht, als ihn die beiden Frauen stirnrunzelnd anblickten.»Oh, ich bin der gleichen Meinung wie ihr. Auf dieser Sense befand sich nicht genug Rost, als dass sie mehr als eine Woche im Freien gelegen haben kann. Das hättest du bemerken müssen, Mat. Selbst wenn dir die Vorhänge nicht aufgefallen sind.«

Rand sah Perrin von der Seite her an. Er bemühte sich, nicht überrascht dreinzuschauen. Seine Augen waren schärfer als die Perrins – oder waren es gewesen, als sie noch zusammen Kaninchen jagten –, aber er hatte die Schneide der Sense nicht gut genug erkennen können, um Rost zu bemerken.

»Es ist mir wirklich gleich, wohin sie gegangen sind«, beklagte sich Mat.»Ich will nur irgendeinen Ort finden, an dem es ein Feuer gibt.«

»Aber warum sind sie weg?«, fragte Rand mehr sich selbst. Die Große Fäule lag nicht weit weg von hier. Die Fäule, wo sich alle Blassen und Trollocs aufhielten, die nicht in Andor waren, um sie zu jagen. Die Fäule, und dorthin mussten sie.

Er erhob die Stimme, damit ihn seine Gefährten verstehen konnten.»Nynaeve, vielleicht solltest du und auch Egwene nicht unbedingt mit uns zum Auge weiterziehen.« Die beiden Frauen sahen ihn an, als fasele er Unsinn, aber da die Fäule nun schon so nahe war, musste er einen letzten Versuch unternehmen.»Vielleicht reicht es, wenn ihr schon so nahe seid. Moiraine hat nicht gesagt, dass ihr dorthin gehen müsst. Oder auch du, Loial. Du könntest in Fal Dara bleiben, bis wir zurück sind. Oder dich auf den Weg nach Tar Valon machen. Möglicherweise findest du den Wagenzug eines Kaufmanns, oder Moiraine könnte für dich eine Kutsche mieten. Dann treffen wir uns in Tar Valon, wenn alles vorbei ist.«

»Ta'veren.« Loials Seufzer klang nach fernem Donnergrollen.»Du beeinflusst die Menschenleben in deiner Umgebung, Rand al'Thor – du und deine Freunde. Euer Schicksal bestimmt unseres.« Der Ogier zuckte die Achseln, und plötzlich überzog ein breites Grinsen sein Gesicht.»Außerdem ist es schon eine wunderbare Sache, wenn man den Grünen Mann treffen kann. Der Älteste Haman spricht immer davon, wie er den Grünen Mann einst getroffen hat, und mein Vater auch, wie die meisten unserer Ältesten.«

»So viele?«, sagte Perrin. »In den Sagen heißt es, der Grüne Mann sei schwer zu finden, und niemand könne ihn ein zweites Mal aufspüren.«

»Kein zweites Mal, das ist richtig«, stimmte Loial zu. »Aber schließlich habe ich ihn noch nie getroffen und ihr auch nicht. Und er meidet die Ogier auch nicht in dem Maße wie euch Menschen. Er weiß so viel über Bäume. Er kennt sogar die Baumlieder.«

»Was ich eigentlich sagen wollte, ist ...«, setzte Rand an.

Die Seherin unterbrach ihn. »*Sie* behauptet, Egwene und ich seien auch ein Teil des Musters. Alles sei mit euch dreien verwoben. Falls man ihr glauben kann, dann könnte vielleicht etwas dran sein, dass die Webart dieses Stücks den Dunklen König aufhalten kann. Und ich fürchte, ich glaube ihr tatsächlich – zu viel ist schon eingetroffen, um ihr nicht zu glauben. Aber wenn Egwene und ich gehen, was können wir dann im Muster noch bewirken?«

»Ich wollte doch nur ...«

Wieder unterbrach ihn Nynaeve in scharfem Ton: »Ich weiß, was du versuchen wolltest.« Sie sah ihn so lange an, bis er unruhig im Sattel umherzurutschen begann. Dann besänftigten sich ihre Züge. »Ich weiß, was du versuchen wolltest, Rand. Ich habe wenig für die Aes Sedai übrig und für diese hier am wenigsten, denke ich. Noch weniger habe ich dafür übrig, in die Große Fäule zu gehen, aber am wenigsten überhaupt kann ich den Vater der Lügen leiden. Wenn ihr Jungen ... ihr Männer, das vollbringen könnt, was getan werden muss, obwohl euch alles andere lieber wäre, glaubt ihr, dass ich dann weniger tun werde? Oder Egwene?« Sie schien keine Antwort zu erwarten. Sie raffte die Zügel und runzelte die Stirn, als sie nach vorn zu der Aes Sedai blickte. »Ich frage mich, ob wir diesen Ort – Fal Dara – bald erreichen werden. Oder will sie uns die Nacht hier draußen verbringen lassen?«

Als sie zu Moiraine hin trabte, sagte Mat: »Sie hat uns Männer genannt. Es scheint erst gestern gewesen zu sein, dass sie behauptet hat, wir sollten noch an Mamas Schürzenzipfel hängen, und nun nennt sie uns Männer.«

»Du solltest immer noch an Mamas Schürzenzipfel hängen«, sagte Egwene, aber Rand glaubte nicht, dass sie es wirklich so meinte. Sie brachte Bela ganz nahe an seinen Braunen heran und senkte die Stimme, damit sie keiner der anderen verstehen konnte, obwohl sich zumindest Mat bemühte. »Ich habe nur mit Aram getanzt, Rand«, sagte sie leise, wobei sie ihn nicht ansah. »Das nimmst du mir doch nicht übel, wenn ich mit jemandem tanze, den ich nie wiedersehen werde, oder?«

»Nein«, sagte er. *Wie kommt sie jetzt gerade darauf?* »Natürlich nicht.« Doch plötzlich erinnerte er sich an etwas, das Min in Baerlon gesagt hatte. Es schien schon hundert Jahre her zu sein. *Sie ist nicht für dich bestimmt, und du nicht für sie; jedenfalls nicht so, wie ihr es beide wünscht.*

Fal Dara war auf Hügeln erbaut, die sich über das umliegende Land erhoben. Die Stadt war auch nicht annähernd so groß wie Caemlyn, aber die Stadtmauer war genauso hoch. Ringsum vor der Mauer befand sich ein Streifen – eine ganze Meile breit –, auf dem nichts Höheres wuchs als Gras, und selbst das war kurz geschnitten. Nichts konnte sich nähern, ohne von einem der vielen hohen Türme mit ihren hölzernen Wehrbauten an der Spitze gesehen zu werden. Wo die Mauer von Caemlyn eine gewisse Anmut aufgewiesen hatte, da schienen die Erbauer von Fal Dara keinen Wert darauf gelegt zu haben, ob irgendjemand ihre Mauer schön fand. Der graue Naturstein wirkte wuchtig und unverrückbar und sagte durch seinen Anblick allen Betrachtern, dass er nur zu einem Zweck existierte: zu halten, zu widerstehen. Auf den Turmspitzen flatterten Flaggen im Wind, sodass der geduckte Schwarze Falke von Schienar die ganze Mauer entlangzufliegen schien.

Lan streifte die Kapuze an seinem Umhang nach hinten und bedeutete den anderen, es ihm trotz der Kälte gleichzutun. Moiraine hatte ihre bereits entfernt. »Das ist in Schienar Gesetz«, sagte der Behüter. »In allen Grenzlanden. Keiner darf innerhalb der Stadtmauern sein Gesicht verbergen.«

»Sehen sie alle derart gut aus?«, lachte Mat.

»Ein Halbmensch kann sich nicht verbergen, wenn man sein Gesicht sehen kann«, sagte der Behüter mit teilnahmsloser Stimme.

Rand verging das Grinsen. Mat schob hastig seine Kapuze zurück.

Das Tor stand offen. Es war hoch und mit dunklem Eisen beschlagen. Ein Dutzend bewaffneter Männer stand Wache. Sie trugen gelbe Wappenröcke mit dem Schwarzen Falken darauf. Die Griffe von Langschwertern, die sie auf dem Rücken trugen, ragten über ihren Schultern hervor, und an jeder Hüfte hing ein Breitschwert oder ein Streitkolben oder eine Axt. Ihre Pferde hatten sie gleich in der Nähe angebunden. Sie wirkten grotesk mit ihren von Rosspanzern bedeckten Köpfen und Hälsen, den Kampfdecken, Lanzen in Halterungen neben den Steigbügeln ... alles bereit, um sofort loszureiten.

Die Wachen machten keine Anstalten, Lan, Moiraine und die anderen aufzuhalten. Im Gegenteil: Sie winkten und jubelten ihnen zu.

»Dai Shan!«, rief einer und schüttelte seine in stahlbewehrten Handschuhen steckenden Fäuste über seinem Kopf, als sie vorüberritten. »Dai Shan!«

Einige unter den anderen schrien: »Ehre den Erbauern!« und »*Kiserai ti Wansho!*« Loial blickte überrascht drein, und dann grinste er über das ganze Gesicht und winkte den Wächtern zu.

Ein Mann rannte ein kurzes Stück neben Lans Pferd einher, als hindere ihn die Rüstung dabei überhaupt nicht. »Wird der Goldene Kranich wieder fliegen, Dai Shan?«

»Friede, Ragan«, war alles, was der Behüter darauf sagte, und der Mann blieb zurück. Er erwiderte das Winken der Wächter, doch sein Gesicht wirkte noch ernster als zuvor.

Als sie durch gepflasterte Straßen ritten, die mit Menschen und Wagen angefüllt waren, blickte Rand sorgenvoll drein. Fal Dara platzte aus allen Nähten, doch diese Menschen glichen weder den neugierigen Menschenmassen von Caemlyn, die im Gedränge noch die Pracht der Stadt bewundern konnten, noch den wimmelnden Menschenmengen Baerlons. Dicht gedrängt beobachteten diese Leute ihre vorbeireitende Gruppe mit bleischweren Blicken und ausdruckslosen Mienen. Karren und Wagen verstopften jede Gasse und die Hälfte der Straßen. Auf sie hatte man Möbel und Hausrat und beschnitzte Truhen so hoch aufgestapelt, dass die Kleidung herausquoll. Obendrauf saßen die Kinder. Die Erwachsenen sorgten dafür, dass die Kleinen oben blieben, wo man sie sehen konnte, und sie ließen sie nicht einmal zum Spielen runter. Die Kinder waren noch stiller als die Erwachsenen, ihre Augen größer. Der Ausdruck ihrer Augen verfolgte Rand. Die Lücken und Durchgänge zwischen den Wagen waren mit zotteligen Rindern und schwarz gefleckten Schweinen in behelfsmäßigen Gehegen angefüllt. Käfige mit Hühnern und Enten und Gänsen sorgten in unregelmäßigen Abständen dafür, dass trotz des Schweigens der Menschen Lärm herrschte. Jetzt wusste er, wohin all die Bauern gegangen waren.

Lan führte sie zu der Zitadelle in der Mitte der Stadt, einem wuchtigen Steinklotz auf dem höchsten Hügel. Ein trockener, tiefer und breiter Burggraben zog sich um die Festungsmauer mit ihren vielen Türmen. Im Boden des Burggrabens steckte ein mannshoher Wald von scharfen Stahldornen mit Spitzen wie Rasiermesser. Ein letzter Zufluchtsort, wenn der Rest der Stadt gefallen war. Von einem der

Tortürme rief ein Mann in Rüstung herunter: »Willkommen, Dai Shan!« Ein anderer rief ins Innere der Festung hinein: »Der Goldene Kranich! Der Goldene Kranich!«

Die Hufe polterten auf den schweren Holzbohlen der heruntergelassenen Zugbrücke, als sie den Graben überquerten und unter den scharfen Spitzen der mächtigen Fallgitter hindurchritten. Als sie aus dem Torbau herauskamen, schwang sich Lan aus dem Sattel und führte Mandarb weiter. Er gab den anderen ein Zeichen, ebenfalls abzusteigen.

Der erste Innenhof war ein riesiger quadratischer Platz, mit großen Steinplatten gepflastert und von so wehrhaften Türmen und Zinnen umrahmt, dass sie denen draußen in nichts nachstanden. So groß diese Fläche war, so erschien der Innenhof doch genauso überfüllt wie die Straßen der Stadt, und es herrschte die gleiche Betriebsamkeit. Doch hier war eine gewisse Ordnung spürbar. Überall sah man gerüstete Männer und Pferde in Kampfausrüstung. In einem halben Dutzend Schmieden rund um den Innenhof dröhnten die Hämmer, und große, jeweils von zwei Männern in Lederschürzen bediente Blasebälge ließen die Schmiedefeuer auflodern. Ein stetiger Strom von Jungen rannte dazwischen herum und brachte den Schmieden neue Hufeisen. Pfeilmacher waren fleißig am Werk, und jedes Mal, wenn ein Korb voll war, wurde er sofort weggerissen und ein leerer hingestellt.

Uniformierte Lakaien in Schwarz und Gold erschienen, eifrig und lächelnd. Rand band schnell seine Besitztümer hinter dem Sattel los und übergab den Braunen einem der Lakaien. In dem Moment verbeugte sich ein ledergekleideter Mann mit einem Schuppenpanzer höflich vor ihnen. Über seiner Rüstung trug er einen hellgelben Umhang mit rotem Besatz. Auf der Brust prangten der Schwarze Falke und ein abgebildeter gelber Wappenrock mit einer grauen Eule darauf. Er trug keinen Helm, und sein Kopf war wahrhaftig kahl, denn er hatte sich die Haare abgeschoren bis auf einen Knoten obenauf, der mit einer Lederschnur zusammengebunden war. »Es ist lange her, Moiraine Aes Sedai. Es ist gut, Euch zu sehen, Dai Shan. Sehr gut.« Er verbeugte sich erneut, diesmal vor Loial, und murmelte: »Ehre den Erbauern. *Kiserai ti Wansho.*«

»Ich bin unwürdig«, erwiderte Loial dem Protokoll entsprechend, »und die Arbeit gering. *Tsingu ma choba.*«

»Ihr ehrt uns, Erbauer«, sagte der Mann. »*Kiserai ti Wansho.*« Er wandte sich wieder Lan zu. »Lord Agelmar wurde von Eurem Kommen benachrichtigt, Dai Shan, sobald man Euch sah. Er erwartet Euch. Hier entlang, bitte.«

Während sie ihm ins Innere der Festung folgten und durch zugige Korridore mit bunten Wandbehängen und langen Seidenvorhängen gingen, die Jagd- und Schlachtenszenen zeigten, fuhr er fort: »Ich bin froh, dass Euch unsere Botschaft erreichte, Dai Shan. Werdet Ihr das Banner des Goldenen Kranichs noch einmal enthüllen?« Die Säle waren bis auf die Wandbehänge leer, und selbst auf diesen hatte man nur so wenige Figuren und Linien wie möglich verwendet, um die Bedeutung gerade noch klar werden zu lassen – aber alles in bunten Farben.

»Steht es wirklich so schlecht, wie es aussieht, Ingtar?«, fragte Lan ruhig. Rand fragte sich, ob seine Ohren auch so zuckten wie die Loials.

Der Haarknoten des Mannes schwankte, als er den Kopf schüttelte, aber er zögerte, bevor er schließlich doch grinste. »Die Lage ist niemals so schlimm, wie es aussieht, Dai Shan. In diesem Jahr stehen die Dinge ein wenig schlimmer als gewöhnlich, das ist alles. Die Überfälle setzten sich den ganzen Winter hindurch fort, selbst in den kältesten Wochen. Aber sie waren nicht schlimmer als sonst irgendwo an den Grenzen. Sie kommen immer noch in den Nächten, aber was könnte man auch sonst im Frühling erwarten, falls man das Frühling nennen kann? Kundschafter kehren aus der Fäule zurück – diejenigen, die es zurück schaffen – und bringen Berichte über Trolloc-Lager mit. Immer neue Berichte über immer neue Lager. Aber wir werden am Tarwin-Pass auf sie warten, Dai Shan, und sie zurückschlagen, wie wir das immer getan haben.«

»Natürlich«, sagte Lan, aber es klang nicht überzeugend.

Ingtars Grinsen versagte, er riss sich aber gleich wieder zusammen. Schweigend führte er sie in Lord Agelmars Arbeitszimmer, und dann erklärte er, ihn riefen dringende Pflichten, und er entfernte sich.

Der Raum war genauso zweckmäßig angelegt wie die ganze Festung: Schießscharten in der Außenwand und ein schwerer Riegel für die dicke Tür, die ihre eigenen Schießscharten aufwies und mit Eisenbändern verstärkt war. Hier gab es nur einen einzigen Wandbehang. Er bedeckte eine ganze Wand und zeigte Männer, im Zeichenstil gerüstet wie die von Fal Dara, die auf einer Passhöhe gegen Myrddraal und Trollocs kämpften.

Ein Tisch, eine Truhe und ein paar Stühle waren die einzigen Möbelstücke, abgesehen von zwei Halterungen an der Wand, und die zogen Rands Blicke genauso stark an wie der Wandbehang. An der einen hingen ein Zweihandschwert, größer als ein Mann, ein gewöhnliches Breitschwert und darunter ein Morgenstern und ein langer, drachenförmiger Schild, auf dem drei Füchse abgebildet waren. An der anderen hing eine vollständige Rüstung ganz so, wie man sie sonst trug. Ein Helm mit Helmbusch und heruntergeklapptem Visier über einer mit zwei Schichten von Metallschuppen versehenen Halsberge. Ein Kettenhemd mit Schlitzen zum Reiten und ein ledernes Wams, das vom vielen Tragen abgewetzt glänzte. Brustpanzer, Handschuhe mit aufgenähten Stahlstücken, Knie- und Ellbogenkappen und offene Panzerplatten für Schultern, Arme und Beine. Selbst hier im Herzen der Festung schienen Waffen und Rüstungen bereitzustehen, um jeden Moment angelegt werden zu können. Wie die Möbel waren auch sie schlicht und würdig mit Gold verziert.

Agelmar selbst erhob sich bei ihrem Eintreten und kam um den Tisch herum zu ihnen herüber. Auf dem Tisch lagen Landkarten und Papiere und Federn in Tintenfässern durcheinander. Auf den ersten Blick erschien Agelmar für diesen Raum als zu friedlich – in seinem blauen Samtmantel mit dem hohen, weiten Kragen und den weichen Lederstiefeln –, aber ein zweiter Blick überzeugte Rand vom Gegenteil. Wie bei allen Kriegern, die Rand hier gesehen hatte, war auch Agelmars Kopf bis auf den Haarknoten kahl geschoren, und sein Haar war von reinstem Weiß. Sein Gesicht wirkte ebenso hart wie das Lans. Die einzigen Falten befanden sich an den Augenwinkeln, und diese Augen blickten drein, als bestünden sie aus braunem Stein, obwohl jetzt ein Lächeln in ihnen lag.

»Friede! Es ist wirklich gut, Euch zu sehen, Dai Shan«, sagte der Herr von Fal Dara. »Und Euch, Moiraine Aes Sedai, vielleicht noch mehr! Eure Gegenwart erwärmt mich, Aes Sedai.«

»*Ninte calichniye no domashita, Agelmar Dai Shan*«, erwiderte Moiraine förmlich, aber ein Unterton in ihrer Stimme verriet, dass sie alte Freunde waren. »Euer Willkommen erwärmt mich, Lord Agelmar.«

»*Kodome calichniye ga ni Aes Sedai hei*. Eine Aes Sedai ist hier immer willkommen.« Er wandte sich Loial zu. »Ihr seid fern von Eurem *Stedding*, Ogier, aber Ihr ehrt Fal Dara mit Eurer Anwesenheit. Ewige Ehre den Erbauern. *Kiserai ti Wansho hei.*«

»Ich bin unwürdig«, sagte Loial mit einer Verbeugung. »Ihr seid es, der mir Ehre erweist.« Er blickte die kahlen Steinwände an und schien mit sich selbst zu kämpfen. Rand war froh, dass sich der Ogier weitere Kommentare verkniff.

Diener in Schwarz und Gold erschienen auf leisen Sohlen. Einige brachten heiße, feuchte, zusammengefaltete Tücher auf Silbertabletts, mit denen sie sich den Staub von Gesicht und Händen wischen konnten. Andere trugen Glühwein und Silberschalen mit getrockneten Pflaumen und Aprikosen. Lord Agelmar beauftragte sie, Zimmer vorzubereiten und ihnen Bäder zu richten.

»Eine lange Reise von Tar Valon hierher«, sagte er. »Ihr müsst müde sein.«

»Der Weg, den wir nahmen, war nur kurz«, sagte Lan zu ihm, »doch anstrengender als die lange Reise.«

Agelmar blickte überrascht drein, als Lan nichts hinzufügte, sagte aber lediglich: »Ein paar Tage Ruhe werden Euch alle wieder zu Kräften kommen lassen.«

»Ich bitte nur um Unterkunft für eine Nacht, Lord Agelmar«, sagte Moiraine, »für uns und unsere Pferde. Und frische Vorräte am Morgen, wenn Ihr sie entbehren könnt. Ich fürchte, wir müssen Euch frühzeitig verlassen.«

Agelmar runzelte die Stirn. »Aber ich dachte ... Moiraine Sedai, ich habe kein Recht, das von Euch zu verlangen, aber am Tarwin-Pass wärt Ihr so viel wert wie tausend Krieger. Und Ihr, Dai Shan. Und tausend Männer *werden* kommen, wenn sie hören, dass der Goldene Kranich wieder fliegt.«

»Die Sieben Türme sind zerstört«, sagte Lan grob, »und Malkier ist tot. Die wenigen Menschen, die noch am Leben sind, sind über die ganze Erde verstreut. Ich bin Behüter, Agelmar, und habe auf die Flamme von Tar Valon geschworen, und ich bin auf dem Weg in die Fäule.«

»Natürlich, Dai ... Lan. Natürlich. Aber sicher machen doch ein paar Tage oder höchstens ein paar Wochen Verzögerung nicht viel aus. Ihr werdet gebraucht. Ihr und Moiraine Sedai.«

Moiraine nahm von einem der Diener einen silbernen Pokal entgegen. »Ingtar scheint der Meinung zu sein, dass Ihr diese Bedrohung beseitigen werdet, wie Ihr im Laufe der Jahre schon viele beseitigt habt.«

»Aes Sedai«, meinte Agelmar trocken, »wenn Ingtar allein zum Tarwin-Pass reiten müsste, würde er den ganzen Weg über verkünden, dass die Trollocs erneut zurückgeschlagen würden. Er ist beinahe stolz genug, um zu glauben, dass er es allein schaffen *könnte*.«

»Diesmal ist er sich nicht so sicher, wie Ihr glaubt, Agelmar.«
Der Behüter hielt einen Pokal in der Hand, trank aber nicht. »Wie
schlimm sieht es aus?«

Agelmar zögerte und zog eine Landkarte aus dem Durcheinander
auf dem Tisch. Einen Moment lang sah er sie an, ohne wirklich zu
sehen, was da gezeichnet war, und dann warf er sie zurück. »Wenn
wir zum Pass reiten«, sagte er ruhig, »dann werden die Menschen in
den Süden nach Fal Moran geschickt. Vielleicht können wir die
Hauptstadt halten. Friede, sie muss einfach. Etwas muss gehalten
werden.«

»So schlimm?«, fragte Lan, und Agelmar nickte müde.

Rand tauschte besorgte Blicke mit Mat und Perrin. Es war nicht
schwer, sich einzureden, dass die Trollocs in der Fäule hinter ihm
her waren – hinter ihnen. Agelmar fuhr ernst fort: »Kandor, Arafel,
Saldaea – die Trollocs haben sie alle den ganzen Winter hindurch
ständig überfallen. So etwas ist seit den Trolloc-Kriegen nicht mehr
vorgekommen; die Überfälle wurden noch nie so brutal, mit so vielen Kriegern und derart hartnäckig durchgeführt. Jeder König und
jede Ratsversammlung ist überzeugt, dass ein großer Angriff aus der
Fäule bevorsteht, und jedes der Grenzlande glaubt, er werde ihm
gelten. Keiner ihrer Kundschafter und keiner der Behüter berichtet
über solche Massierungen von Trollocs wie hier, aber sie glauben es
eben, und jeder hat zu viel Angst, um Kämpfer irgendwo anders hin
zu entsenden. Die Leute flüstern sich zu, dass das Ende der Welt
nahe und der Dunkle König wieder frei sei. Schienar reitet allein
zum Tarwin-Pass, und sie werden uns zahlenmäßig mindestens
zehn zu eins überlegen sein. Es könnte die letzte Musterung der
Lanzenträger werden.

Lan – nein! – Dai Shan, denn was immer Ihr auch sagt, Ihr seid ein
mit dem Diadem gekrönter Kriegsherr von Malkier. Dai Shan, das
Banner des Goldenen Kranichs in der Vorhut würde die Männer ermutigen, die wissen, dass sie nach Norden reiten, um zu sterben.
Die Nachricht wird sich wie ein Lauffeuer verbreiten, und obwohl
ihre Könige ihnen befohlen haben, zu bleiben, wo sie sind, werden
aus Arafel und Kandor und sogar aus Saldaea Soldaten kommen.
Auch wenn sie zu spät kämen, um uns auf dem Pass zu helfen,
könnten sie doch Schienar retten.«

Lan starrte in seinen Wein. Sein Gesichtsausdruck änderte sich
nicht, aber Wein lief ihm über die Hand; der silberne Pokal wurde
von seinem Griff zerdrückt. Ein Diener nahm ihm das zerstörte Ge-

fäß ab und wischte die Hand des Behüters mit einem Tuch ab; ein Zweiter drückte ihm einen neuen Pokal in die Hand, während der andere weggeschafft wurde. Lan schien es nicht zu bemerken. »Ich kann nicht!«, flüsterte er heiser. Als er den Kopf hob, brannte eine wilde Flamme in seinen blauen Augen, doch seine Stimme klang wieder ruhig und teilnahmslos. »Ich bin Behüter, Agelmar.« Sein scharfer Blick strich über Rand und Mat und Perrin hinüber zu Moiraine. »Beim ersten Tageslicht reite ich zur Großen Fäule.«

Agelmar seufzte tief. »Moiraine Sedai, wollt Ihr nicht wenigstens mitkommen? Eine Aes Sedai könnte den Kampf entscheiden.«

»Ich kann nicht, Lord Agelmar.« Moiraine wirkte verstört. »Es muss tatsächlich eine Schlacht geschlagen werden, und es ist kein Zufall, dass sich die Trollocs in der Nähe von Schienar sammeln, doch unsere Schlacht, die wirkliche Schlacht mit dem Dunklen König, wird in der Fäule stattfinden, am Auge der Welt. Ihr müsst Eure Schlacht bestehen, und wir die unsere.«

»Ihr wollt doch nicht sagen, dass er frei ist!« Der felsengleiche Agelmar schien erschüttert, und Moiraine schüttelte schnell den Kopf.

»Noch nicht. Falls wir am Auge der Welt gewinnen, vielleicht nie mehr.«

»Könnt Ihr denn das Auge überhaupt finden, Aes Sedai? Falls es davon abhängt, ob der Dunkle König aufgehalten werden kann, könnten wir genauso gut tot sein. Viele haben es versucht und sind gescheitert.«

»Ich kann es finden, Lord Agelmar. Noch ist die Hoffnung nicht verloren.«

Agelmar betrachtete erst sie und dann die anderen. Er schien mit der Anwesenheit von Nynaeve und Egwene nichts anfangen zu können; ihre Bauernkleidung bildete einen krassen Gegensatz zu Moiraines Seidenkleid, auch wenn alle von der Reise mitgenommen aussahen. »Sind sie auch Aes Sedai?«, fragte er zweifelnd. Als Moiraine den Kopf schüttelte, schien er noch verwirrter. Sein Blick überflog die jungen Männer aus Emondsfelde und blieb bei Rand hängen, wobei er kurz das in Rot gehüllte Schwert an seiner Hüfte streifte. »Ihr führt eine eigenartige Leibwache mit Euch, Aes Sedai. Nur ein einziger Kämpfer.« Er musterte Perrin und die Axt, die an seinem Gürtel hing. »Vielleicht zwei. Aber beides kaum mehr als junge Burschen. Lasst mich Euch Männer mitgeben. Hundert Lanzen mehr oder weniger werden am Pass keinen Unterschied machen, aber Ihr werdet mehr als einen Behüter und drei Jungen brauchen. Und zwei Frauen werden keine Hilfe darstellen, außer es wären verkleidete Aiel. Die Fäule ist dieses Jahr noch schlimmer als gewöhnlich. Sie ... rührt sich.«

»Hundert Lanzen wären zu viel«, sagte Lan, »und tausend wären nicht genug. Je größer die Gruppe, mit der wir in die Fäule reiten, desto größer wäre die Wahrscheinlichkeit, dass wir Aufmerksamkeit erregen. Wir müssen das Auge möglichst ohne Kampf erreichen. Ihr wisst, dass das Ergebnis schon vorher feststeht, wenn uns Trollocs in der Fäule den Kampf aufzwingen.«

Agelmar nickte grimmig, aber er weigerte sich, so schnell aufzugeben. »Also, dann eben weniger. Selbst zehn gute Männer würden Eure Aussichten verbessern, Moiraine Sedai und die anderen beiden Frauen zum Grünen Mann zu bringen – bessere Aussichten als nur mit diesen jungen Burschen.«

Rand wurde plötzlich klar, dass der Herr von Fal Dara annahm, es seien die beiden Frauen, die mit Moiraine zusammen gegen den Dunklen König kämpfen würden. Das war ein durchaus verständlicher Irrtum. Diese Art von Kampf bedeutete, die Eine Macht einsetzen zu müssen, und das war Frauensache. *Diese Art von Kampf bedeutet, dass man die Macht einsetzen muss.* Er hakte seine Daumen hinter dem Schwertgürtel ein und packte die Schnalle ganz fest, damit seine Hände nicht zitterten.

»Keine Männer«, sagte Moiraine. Agelmar öffnete den Mund wieder, und sie fuhr fort, bevor er etwas sagen konnte. »Es ist die Natur des Auges und die Natur des Grünen Mannes. Wie viele aus Fal Dara haben den Grünen Mann und das Auge jemals gefunden?«

»Jemals?« Agelmar zuckte die Achseln. »Seit dem Hundertjährigen Krieg könntet Ihr sie an den Fingern einer Hand abzählen. Nicht mehr als einer in fünf Jahren, und das aus allen Grenzlanden zusammengenommen.«

»Keiner findet das Auge der Welt«, sagte Moiraine, »wenn nicht der Grüne Mann will, dass er es findet. Not – das ist der Schlüssel, und natürlich die damit verbundene Absicht. Ich weiß, wohin wir gehen müssen – ich war schon einmal dort.« Rands Kopf fuhr überrascht herum, und er war nicht der einzige Emondsfelder, der so reagierte. Doch die Aes Sedai schien es nicht zu bemerken. »Aber wenn nur einer von uns nach Ruhm strebt und seinen Namen diesen vieren hinzufügen will, werden wir es niemals finden, auch wenn ich uns genau zu dem Punkt führe, an den ich mich erinnere.«

»Ihr habt den Grünen Mann gesehen, Moiraine Sedai?« Der Herr von Fal Dara klang beeindruckt, aber im nächsten Augenblick runzelte er die Stirn. »Doch wenn Ihr ihn bereits einmal getroffen habt ...«

»Die Not ist der Schlüssel«, sagte Moiraine leise, »und es kann keine größere Not geben als meine. Als unsere. Und ich habe etwas, das diese anderen Suchenden nicht haben.«

Sie wandte den Blick kaum von Agelmars Gesicht ab, und doch war Rand sicher, dass sie kurz Loial angeblickt hatte – nur einen Wimpernschlag lang. Rand sah dem Ogier in die Augen, und Loial zuckte die Achseln.

»Ta'veren«, sagte der Ogier leise.

Agelmar hob enttäuscht die Hände. »Wie Ihr wollt, Aes Sedai. Friede! Aber wenn die wirkliche Schlacht am Auge der Welt geschlagen wird, bin ich in Versuchung, das Banner des Schwarzen Falken dorthin zu bringen und nicht zum Pass. Ich könnte Euch den Weg freikämpfen ...«

»Das würde zu einer Katastrophe führen, Lord Agelmar. Sowohl am Tarwin-Pass als auch am Auge. Ihr habt Eure Schlacht, und wir haben unsere zu schlagen.«

»Friede! Wie Ihr wollt, Aes Sedai.«

Nachdem er sich zu diesem Entschluss durchgerungen hatte, auch wenn es ihm schwer gefallen war, schien der kahl geschorene Herr von Fal Dara das Ganze zu vergessen. Er lud sie ein, mit ihm zu speisen, und machte die ganze Zeit über höfliche Konversation über Falken und Pferde und Hunde, erwähnte aber keine Trollocs, keinen Tarwin-Pass und kein Auge der Welt.

Das Zimmer, in dem sie aßen, war genauso kahl und einfach eingerichtet wie Lord Agelmars Arbeitszimmer. Es gab kaum mehr Möbel als den Tisch und die Stühle. Auch sie waren in strenger Form gehalten. Schön, aber streng. Ein großer Kamin erwärmte den Raum, aber doch nicht so sehr, dass ein plötzlich nach draußen gerufener Mann von der dortigen Kälte betäubt worden wäre. Diener in Livree brachten Suppe und Brot und Käse, und man sprach über Bücher und Musik, bis es Lord Agelmar auffiel, dass die Emondsfelder so schweigsam waren. Wie ein guter Gastgeber fragte er sie ein wenig aus, um sie aus der Reserve zu locken.

Rand wetteiferte bald mit den anderen, von Emondsfelde und den Zwei Flüssen zu erzählen. Es kostete Mühe, nicht zu viel zu sagen. Er hoffte, die anderen würden ebenfalls ihre Zungen hüten, besonders Mat. Nur Nynaeve blieb zurückhaltend und aß und trank schweigend.

»Es gibt ein Lied in den Zwei Flüssen«, sagte Mat, »das heißt ›Rückkehr vom Tarwin-Pass‹.« Er endete zögernd, als werde ihm plötzlich klar, dass er von dem sprach, was sie alle gemieden hatten, doch Agelmar ging elegant darüber hinweg:»Kein Wunder. Nur wenige Länder haben keine Männer ausgesandt, um in all diesen Jahren die Fäule immer wieder zurückzudrängen.«

Rand sah Mat und Perrin an. Mat formte mit den Lippen lautlos das Wort Manetheren.

Agelmar flüsterte mit einem der Diener, und während andere den Tisch abdeckten, verschwand dieser Mann und tauchte bald darauf mit einem Behälter und Tonpfeifen für Lan, Loial und Lord Agelmar auf.»Tabak von den Zwei Flüssen«, sagte der Herr von Fal Dara, als sie ihre Pfeifen stopften.»Hier ist er schwer zu bekommen, aber er ist den Preis wert.«

Als Loial und die beiden älteren Männer zufrieden pafften, sah Agelmar den Ogier an.»Ihr wirkt besorgt, Erbauer. Doch nicht vom Heimweh gepackt, hoffe ich? Wie lange seid Ihr schon von Eurem *Stedding* weg?«

»Es ist nicht das Heimweh – so lange bin ich noch nicht weg.« Loial zuckte die Achseln, und bei dieser Geste ringelte sich eine blaugraue Rauchwolke aus seiner Pfeife über dem Tisch.»Ich erwartete, der Hain hier würde noch stehen. Wenigstens ein Überbleibsel von Mafal Dadaranell.«

»*Kiserai ti Wansho*«, murmelte Agelmar.»Die Trolloc-Kriege hinterließen nichts als Erinnerungen, Loial, Sohn des Arent, und Menschen, die darauf aufbauten. Sie konnten die Werke der Erbauer nicht nachmachen, genauso wenig, wie ich das könnte. Diese ausgefeilten Krümmungen und Muster, die Euer Volk erschuf, können von menschlichen Augen und Händen nicht nachgeahmt werden. Vielleicht wollten wir es auch vermeiden, dass uns eine schlechte Imitation immer daran erinnern würde, was wir verloren hatten. Es liegt eine andere Art von Schönheit in der Schlichtheit, in einer einzelnen Linie, die gerade so verläuft, in einer einzelnen Blume zwischen den Felsen. Die Härte des Steins lässt die Blume noch wertvoller erscheinen. Wir versuchen, nicht zu sehr dem Vergangenen nachzutrauern. Unter dieser Belastung würde das stärkste Herz brechen.«

»Das Rosenblatt treibt auf dem Wasser«, zitierte Lan leise. »Der

Eisvogel glitzert über dem Teich. Leben und Schönheit bewegen sich inmitten des Todes.«

»Ja«, sagte Agelmar. »Diese Zeilen haben auch für mich immer das Ganze symbolisiert.« Die beiden Männer nickten sich zu.

Poesie, und das von Lan? Der Mann war wie eine Zwiebel: Jedes Mal, wenn Rand glaubte, etwas über den Behüter erfahren zu haben, entdeckte er darunter eine neue Schicht.

Loial nickte bedächtig. »Vielleicht hänge ich auch zu sehr am Vergangenen. Und doch, die Haine waren schön.« Er sah den kahlen Raum an, als sehe er ihn erst jetzt und als finde er ihn sehenswert.

Ingtar erschien und verbeugte sich vor Lord Agelmar. »Entschuldigt, Herr, aber Ihr wolltet benachrichtigt werden, wenn irgendetwas Ungewöhnliches geschieht, so unwichtig es auch sein mag.«

»Ja, was gibt es denn?«

»Eine Kleinigkeit, Herr. Ein Fremder versuchte, in die Stadt zu gelangen. Keiner aus Schienar. Nach seinem Akzent zu schließen, kommt er aus Lugard. Manchmal jedenfalls scheint er so zu sprechen. Als die Wächter am Südtor versuchten, ihn zu befragen, lief er weg. Er wurde gesehen, als er in den Wald lief, doch nur kurze Zeit später fand man ihn an der Mauer, als er gerade hochklettern wollte.«

»Eine Kleinigkeit!« Agelmars Stuhl schabte über den Boden, als er aufstand. »Friede! Die Turmwache vernachlässigt derart ihre Pflichten, dass ein Mann ungesehen die Mauer erreichen kann, und das nennt Ihr eine Kleinigkeit?«

»Es ist ein Verrückter, Herr.« In Ingtars Stimme schwang Unsicherheit. »Das Licht behütet Wahnsinnige. Vielleicht hat das Licht die Augen der Turmwache geblendet und ihm gestattet, die Mauer zu erreichen. Sicherlich kann ein armer Verrückter keinen Schaden anrichten.«

»Ist er schon zur Festung gebracht worden? Gut. Bringt ihn her zu mir. Jetzt gleich.« Ingtar verbeugte sich und ging. Agelmar wandte sich Moiraine zu. »Verzeiht mir, Aes Sedai, aber ich muss mich darum kümmern. Vielleicht ist es nur eine arme Kreatur, deren Verstand vom Licht geblendet wurde, aber ... Vor zwei Tagen erst fand man fünf unserer eigenen Leute, wie sie die Scharniere eines der Reitertore ansägten. Nur ein wenig, aber genug, um Trollocs hereinzulassen.« Er verzog das Gesicht. »Schattenfreunde, denke ich, obwohl ich es hasse, das von Leuten aus Schienar anzunehmen. Sie wurden von der Menge in Stücke gerissen, bevor die Wachen sie gefangen nehmen konnten, deshalb werde ich die Wahrheit nie erfahren. Wenn schon Schienarer Schattenfreunde sein können, muss ich mich gegen Fremde heutzutage besonders vorsehen. Falls Ihr Euch zurückziehen möchtet, werde ich Euch zu Euren Räumen bringen lassen.«

»Schattenfreunde kennen weder Grenzen noch Abstammung«, sagte Moiraine. »Man kann sie in jedem Land finden, und doch gehören sie zu niemandem. Ich bin auch daran interessiert, diesen Mann zu sehen. Das Muster formt sich zu einem Gewebe, Lord Agelmar, doch die endgültige Form des Gewebes ist noch nicht festgelegt. Es könnte vielleicht die ganze Welt umfassen oder sich wieder auflösen und das Rad dazu zwingen, aufs Neue zu weben. An diesem Punkt können selbst Kleinigkeiten die Form des Gewebes verändern. In dieser Zeit bin ich außergewöhnlichen Kleinigkeiten gegenüber sehr misstrauisch.«

Agelmar sah Nynaeve und Egwene an. »Wie Ihr wünscht, Aes Sedai.«

Ingtar kehrte mit zwei Wachen zurück, die lange Hellebarden trugen und einen Mann begleiteten, der aussah wie ein Haufen schmutziger Lumpen. Sein Gesicht war dreckverkrustet, und Schmutz verklebte sein zotteliges Haar und den Bart. Er schlich geduckt in den Raum. Der Blick aus den eingesunkenen Augen huschte hierhin und dorthin. Ein ranziger Geruch wehte ihm voran.

Rand beugte sich aufmerksam vor und versuchte, durch all den Dreck hindurchzublicken. »Ihr habt keinen Grund, mich festzusetzen«, jammerte der schmutzige Mann. »Ich bin nur ein armer Bettler, vom Licht verlassen, der wie jeder andere einen Ort sucht, an dem er vor dem Schatten sicher ist.«

»Die Grenzlande sind ein seltsamer Ort, wenn man Sicherheit ...«, begann Agelmar, als Mat ihn unterbrach.

»Der Händler!«

»Padan Fain«, stimmte Perrin zu und nickte.

»Der Bettler«, sagte Rand mit plötzlich heiserer Stimme. Er fiel unter dem in Fains Augen aufblitzenden Hass auf seinen Stuhl zurück. »Das ist der Mann, der in Caemlyn nach uns gefragt hat. Das muss er sein.«

»Also hat diese Sache doch etwas mit Euch zu tun, Moiraine Sedai«, sagte Agelmar bedächtig.

Moiraine nickte. »Ich fürchte, so ist es.«

»Ich wollte es nicht.« Fain begann zu weinen. Dicke Tränen hinterließen ihre Spuren im Schmutz auf seinen Wangen, aber sie konnten die unterste Dreckschicht nicht erreichen. »Er hat mich dazu gezwungen! Er und seine brennenden Augen!« Rand zuckte zusammen. Mat hatte die Hand unter seinem Mantel, wo er zweifellos den Dolch aus Shadar Logoth hielt. »Er hat mich zu seinem Spürhund gemacht! Sein Spürhund, der jagt und verfolgt, ohne einen Moment Ruhe. Nur sein Spürhund, selbst nachdem er mich weggeworfen hatte.«

»Es betrifft uns alle«, sagte Moiraine ernst. »Gibt es einen Ort, wo ich mit ihm allein sprechen kann, Lord Agelmar?« Ihr Mund verzog sich angewidert. »Und lasst ihn zuerst waschen. Ich muss ihn vielleicht berühren.« Agelmar nickte und sprach leise mit Ingtar, der sich verbeugte und durch die Tür verschwand.

»Ich lasse mich nicht zwingen!« Es war Fains Stimme, aber er weinte nicht mehr, und das Jammern war von einem überheblichen Tonfall abgelöst worden. Er stand aufrecht da und nicht mehr gebückt wie vorher. Er warf den Kopf in den Nacken und schrie die Decke an: »Niemals mehr! Ich – lasse – mich – nicht – zwingen!« Er stand Agelmar gegenüber, als seien die Männer an dessen Seite seine eigenen Leibwächter und der Herr von Fal Dara ihm gleichgestellt und nicht der, der ihn gefangen genommen hatte. Sein Tonfall wurde verbindlich und schleimig. »Hier liegt ein Missverständnis vor, großer Herr. Ich werde manchmal von Anfällen überrascht, doch das vergeht bald. Ja, bald wird es vorüber sein.« Verächtlich schnippte er mit den Fingern nach den Lumpen, die er trug. »Lasst Euch davon nicht täuschen, großer Herr. Ich musste mich verkleiden, weil es die gab, die mich aufhalten wollten, und meine Reise war lang und beschwerlich. Aber endlich habe ich Länder erreicht, wo die Menschen immer noch die von Ba'alzamon ausgehende Gefahr einschätzen können und wo die Menschen immer noch gegen den Dunklen König kämpfen.«

Rand starrte ihn mit offenem Mund an. Es war Fains Stimme, aber seine Worte klangen überhaupt nicht nach dem Händler. »Also seid Ihr hierher gekommen, weil wir gegen Trollocs kämpfen«, sagte Agelmar. »Und Ihr seid so wichtig, dass Euch jemand aufhalten will. Diese Leute hier behaupten, dass Ihr ein Händler namens Padan Fain seid und dass Ihr ihnen folgt.«

Fain zögerte. Er blickte Moiraine an und riss den Blick sofort wieder von der Aes Sedai los. Er sah die Emondsfelder an und dann zurück zu Agelmar. Rand fühlte den Hass in diesem Blick und auch die

Angst. Als Fain weitersprach, klang seine Stimme jedoch unbeeindruckt. »Padan Fain ist lediglich eine der vielen Verkleidungen, die zu tragen ich während der letzten Jahre gezwungen war. Freunde des Schattens verfolgen mich, denn ich habe erfahren, wie man den Schatten besiegt. Ich kann Euch zeigen, wie man ihn besiegt, großer Herr.«

»Wir tun, was wir können«, sagte Agelmar trocken. »Das Rad webt, wie es das Rad wünscht, aber wir haben beinahe seit der Zerstörung der Welt gegen den Dunklen König gekämpft, ohne dass uns Händler zeigen mussten, wie man das macht.«

»Großer Herr, Eure Macht ist unumstritten, doch kann sie auf ewig dem Dunklen König standhalten? Findet Ihr Euch nicht oft mit dem Rücken zur Wand? Vergebt mir meine Kühnheit, großer Herr, doch am Ende wird er Euch zerschmettern, wie Ihr dasteht. Ich weiß es; glaubt mir, ich weiß es. Doch ich kann Euch zeigen, wie Ihr den Schatten aus dem Land treibt, großer Herr.« Sein Tonfall wurde noch öliger, auch wenn die Stimme hochnäsig klang. »Wenn Ihr nur ausprobiert, was ich Euch rate, werdet Ihr es erleben, großer Herr. Ihr werdet das Land säubern. Ihr, großer Herr, könnt es schaffen, wenn Ihr Eure Macht in die richtige Richtung lenkt. Vermeidet es, Euch von Tar Valon einwickeln zu lassen, und Ihr könnt die Welt retten. Großer Herr, Ihr werdet der Mann sein, den die Geschichte feiert, weil er dem Licht den endgültigen Sieg gebracht hat.« Die Wachen standen unbeweglich da, aber ihre Hände glitten an den langen Schäften der Hellebarden entlang, als wollten sie sie gleich benutzen.

»Er hält große Stücke auf sich, jedenfalls für einen Händler«, sagte Agelmar zu Lan gewandt. »Ich glaube, Ingtar hat Recht. Er ist verrückt.«

Fain kniff die Augen zornig zusammen, aber seine Stimme blieb weiterhin ölig. »Großer Herr, ich weiß, dass meine Worte Euch großspurig vorkommen mögen, doch falls Ihr nur ...« Er brach mit einem Mal ab und trat zurück, als Moiraine sich erhob und langsam um den Tisch herumkam. Nur die gesenkten Hellebarden der Wachen hielten Fain davon ab, sich rückwärts aus dem Raum zu schleichen.

Moiraine blieb hinter Mats Stuhl stehen, legte ihm eine Hand auf die Schulter und flüsterte ihm etwas ins Ohr. Was sie auch gesagt haben mochte, jedenfalls wich die Anspannung aus seinem Gesicht, und er nahm die Hand unter seinem Mantel hervor. Die Aes Sedai ging weiter, bis sie neben Agelmar und genau Fain gegenüber stand.

Als sie stehen blieb, sank der Händler wieder zu seiner gebückten Haltung in sich zusammen.

»Ich hasse ihn«, wimmerte er. »Ich will frei von ihm sein. Ich will wieder im Licht wandeln.« Seine Schultern bebten, und Tränen strömten ihm noch stärker als zuvor übers Gesicht. »Er hat mich dazu gebracht.«

»Ich fürchte, er ist mehr als nur ein Händler, Lord Agelmar«, sagte Moiraine. »Weniger als ein Mensch, schlimmer als das Böse, gefährlicher, als Ihr Euch ausmalen könnt. Er kann gebadet werden, nachdem ich mit ihm gesprochen habe. Ich wage es nicht, auch nur eine Minute zu verschwenden. Komm, Lan!«

KAPITEL 47

Noch mehr darüber,
was das Rad schon webte

Die Ruhelosigkeit trieb Rand dazu, neben dem Esstisch auf und ab zu gehen. Zwölf Schritte. Der Tisch war genau zwölf Schritte lang, ganz gleich, wie oft er die Länge abschritt. Gereizt zwang er sich dazu, mit dem Zählen aufzuhören. *Dummes Zeug, so was zu tun. Es ist mir gleich, wie lang der verdammte Tisch sein mag.* Ein paar Minuten später ertappte er sich dabei, wie er die Anzahl seiner Tischrunden zählte. *Was erzählt er denn nun Moiraine und Lan? Weiß er, warum der Dunkle König hinter uns her ist? Weiß er, welchen von uns der Dunkle König haben will?*

Er sah seine Freunde an. Perrin hatte ein Stück Brot zerkrümelt und schob abwesend mit einem Finger die Krümel auf der Tischfläche herum. Seine gelben Augen blickten ohne zu blinzeln auf die Krümel, doch sie schienen etwas Fernes wahrzunehmen. Mat hing mit halb geschlossenen Augen und einem nicht ganz vollendeten Grinsen auf dem Gesicht auf seinem Stuhl. Es war ein nervöses Grinsen, das nicht von Vergnügen zeugte. Nach außen hin wirkte er wie der alte Mat, doch von Zeit zu Zeit berührte er unbewusst durch seinen Mantelstoff hindurch den Dolch aus Shadar Logoth. *Was sagt ihr Fain? Was weiß er?*

Wenigstens wirkte Loial nicht besorgt. Der Ogier betrachtete die Wände. Zuerst hatte er sich in die Mitte des Raums gestellt und sich langsam beim Betrachten im Kreis herumgedreht. Jetzt drückte er beinahe seine breite Nase am Stein platt, und dabei fuhr er sanft mit Fingern, die dicker waren als die Daumen der meisten Menschen, eine bestimmte Linie nach. Manchmal schloss er die Augen, als sei das Gefühl dabei wichtiger als der Anblick. Seine Ohren zuckten gelegentlich, und er führte Selbstgespräche in der Ogiersprache. Er schien vergessen zu haben, dass sich noch andere mit ihm im Raum befanden.

Lord Agelmar stand mit Nynaeve und Egwene vor dem großen Kamin am Ende des Raums und unterhielt sich leise mit ihnen. Er war ein guter Gastgeber, geschult darin, die anderen ihre Sorgen vergessen zu machen. Einige seiner Geschichten brachten Egwene zum Kichern. Einmal lachte sogar Nynaeve schallend los. Rand fuhr bei dem unerwarteten Geräusch hoch und dann noch mal, als Mats Stuhl krachend zu Boden fiel.

»Blut und Asche!«, grollte Mat und ignorierte die Art, wie Nynaeve ob seiner Ausdrucksweise den Mund verzog. »Warum braucht sie so lang?« Er richtete seinen Stuhl wieder auf und setzte sich hin, ohne irgendjemanden anzuschauen. Seine Hand verirrte sich zu seinem Mantel.

Der Herr von Fal Dara blickte Mat missbilligend an – sein Blick schloss auch Rand und Perrin ein, ohne freundlicher zu werden –, und dann wandte er sich wieder den Frauen zu. Rands nervöses Umhergehen hatte ihn in deren Nähe gebracht.

»Lord Agelmar«, sagte Egwene gewandt, als habe sie ihr ganzes Leben lang schon solche Titel benützt, »ich dachte, er sei einfach Behüter, aber Ihr nennt ihn Dai Shan und sprecht vom Banner des Goldenen Kranichs, genau wie die anderen Männer. Manchmal sprecht Ihr von ihm, als sei er ein König. Ich erinnere mich, dass Moiraine ihn einmal den letzten Herrn der Sieben Türme nannte. Wer ist er eigentlich?«

Nynaeve betrachtete plötzlich eingehend ihren Pokal, aber für Rand war es ganz offensichtlich, dass sie noch genauer hinhörte als Egwene. Rand blieb stehen und bemühte sich zuzuhören, ohne den Eindruck zu erwecken, dass er sie belausche.

»Herr der Sieben Türme«, sagte Agelmar mit gerunzelter Stirn. »Ein uralter Titel, Lady Egwene. Nicht einmal die Hochlords von Tear führen einen älteren, obwohl die Königin von Andor dem nahe kommt.« Er seufzte auf und schüttelte den Kopf. »Er spricht nicht darüber, aber man kennt die Geschichte hier an der Grenze recht gut. Er ist König, oder hätte es sein sollen, al'Lan Mandragoran, Herr der Sieben Türme, Herr der Seen, ungekrönter König von Malkier.« Sein geschorener Kopf war hoch erhoben, und in seinen Augen glänzte etwas wie der Stolz eines Vaters. Seine Stimme wurde kräftiger, erfüllt von der Macht seiner Gefühle. Der ganze Raum konnte mithören, ohne dass sich jemand anstrengen musste. »Wir aus Schienar nennen uns Grenzleute, aber vor weniger als fünfzig Jahren gehörte Schienar noch nicht zu den Grenzlanden. Nördlich von uns und Arafel lag Malkier. Die Lanzen von Schienar ritten nordwärts, doch es war Malkier, das die Fäule zurückhielt. Malkier, Friede seinem Angedenken, und das Licht erleuchte seinen Namen!«

»Lan kommt aus Malkier«, sagte die Seherin sanft und blickte auf. Sie schien beunruhigt.

Es war keine Frage gewesen, aber Agelmar nickte. »Ja, Lady Nynaeve, er ist der Sohn von al'Akir Mandragoran, dem letzten gekrönten König von Malkier. Wie das aus ihm wurde, was er jetzt ist? Am Anfang stand wohl Lain. In einem kühnen Angriff führte Lain Mandragoran, der Bruder des Königs, seine Lanzen durch die Fäule in das Versengte Land, vielleicht sogar bis Shayol Ghul selbst. Lains Frau Breyan hatte ihn dazu getrieben, denn in ihrem Herzen brannte der Neid, da al'Akir statt Lain auf den Thron erhoben worden war. Der König und Lain hatten sich so nahe gestanden, wie Brüder nur können, nah wie Zwillinge; sogar noch, nachdem Akirs Name das königliche al' dazuerhalten hatte, aber Breyan wurde von Eifersucht geplagt. Lain war ob seiner kühnen Taten ein gefeierter Held, und das zu Recht, aber selbst er konnte den Ruhm al'Akirs nicht übertreffen. Er war, als Mann wie als König, ein Mensch, wie man ihn, wenn überhaupt, nur alle hundert Jahre einmal antrifft. Friede seinem Namen und dem el'Leannas!

Lain starb im Versengten Land, zusammen mit den meisten jener, die ihm gefolgt waren. Das waren Männer, deren Verlust Malkier kaum verkraften konnte, und Breyan machte den König dafür verantwortlich und behauptete, Shayol Ghul selbst wäre gefallen, wenn al'Akir den Rest der Malkieri zusammen mit ihrem Mann nach Norden geführt hätte. Als Rache verschwor sie sich mit Cowin Gemallan, den man Cowin Edelherz nannte, um den Thron für ihren Sohn Isam zu erringen. Nun war Edelherz ein Held, fast so beliebt wie al'Akir selbst, und einer der Großherren, aber als die Großherren den König erwählten, hatten ihn zwei Stimmen von Akir getrennt, und er vergaß nie, dass es genügt hätte, wenn nur zwei Männer eine andere Farbe auf den Krönungsstein gelegt hätten, damit er stattdessen auf dem Thron gesessen hätte. Miteinander zogen Cowin und Breyan Soldaten aus der Fäule ab, um die Sieben Türme im Handstreich zu nehmen. Dabei aber entblößten sie die Grenzfestungen und machten sie nur zu Garnisonen.

Doch Cowins Eifersucht brannte noch schlimmer.« Verachtung färbte Agelmars Stimme. »Edelherz, der Held, von dessen Vorstößen in die Fäule man in allen Grenzlanden sang, war ein Schattenfreund. Als die Grenzfestungen geschwächt waren, strömten Trollocs wie eine Flut nach Malkier hinein. König al'Akir und Lain zusammen hätten vielleicht das Land zum Widerstand führen können – das hat-

794

ten sie schon zuvor fertig gebracht. Aber Lains Untergang im Versengten Land hatte die Menschen erschüttert, und die Invasion der Trollocs brach ihren Widerstandsgeist. Die überwältigende Anzahl trieb die Malkieri zurück ins Kernland.

Breyan floh mit ihrem kleinen Sohn Isam und wurde auf dem Ritt nach Süden von den Trollocs überrannt. Niemand kennt ihr Schicksal, doch es lässt sich leicht erraten. Ich kann nur für den Jungen Bedauern empfinden. Als der Verrat Cowin Edelherzens aufgedeckt wurde und der junge Jain Charin – den man bereits Jain Fernstreicher nannte – ihn gefangen nahm, brachte man Edelherz in Ketten zu den Sieben Türmen, und die Großherren wollten seinen Kopf auf einer Pike stecken sehen. Da er aber in den Herzen der Menschen gleich nach al'Akir und Lain gekommen war, stellte sich ihm der König zum Zweikampf und tötete ihn. Al'Akir weinte, als er Cowin tötete. Einige meinen, er habe eines Freundes wegen geweint, der sich dem Schatten verschrieb, und andere behaupten, er habe Malkiers wegen geweint.« Der Herr von Fal Dara schüttelte traurig den Kopf.

»Der erste Schlag zum Untergang der Sieben Türme war geführt worden. Es war keine Zeit geblieben, Hilfe aus Schienar oder Arafel herbeizuholen, und es gab keine Hoffnung, dass Malkier allein widerstehen konnte. Fünftausend seiner Lanzenträger lagen tot im Versengten Land, und die Grenzfestungen waren überrannt.

Al'Akir und seine Königin, el'Leanna, ließen Lan in seiner Wiege zu sich bringen. In seine Kinderhände legten sie das Schwert der Könige von Malkier, das Schwert, das er heute trägt. Eine Waffe, die während des Kriegs um die Macht, des Schattenkriegs, der das Zeitalter der Legenden beendete, von Aes Sedai geschmiedet worden war. Sie salbten sein Haupt mit Öl und ernannten ihn zum Dai Shan, einen mit dem Diadem gekrönten Kriegsherrn, sie weihten ihn zum nächsten König von Malkier, und in seinem Namen schworen sie den uralten Eid der Könige und Königinnen von Malkier.« Agelmars Gesichtsausdruck verhärtete sich, und er sprach diese Worte, als habe auch er diesen Eid oder einen sehr ähnlichen geleistet. »So lang gegen den Schatten anzukämpfen, wie Eisen hart bleibt und Stein widersteht. Die Malkieri zu verteidigen, so lange auch nur ein Tropfen Bluts verbleibt. Zu rächen, was nicht gehalten werden kann.« Die Worte hallten im Raum wider.

»El'Leanna hängte ein Medaillon um den Hals ihres Sohnes, um ihn immer daran zu erinnern, und das Kind wurde von der Königin selbst in Windeln gewickelt und zwanzig ausgewählten Männern aus der königlichen Leibgarde übergeben, den besten Schwertkämpfern, den tödlichsten Kriegern. Ihr Befehl: das Kind nach Fal Moran zu bringen.

Dann führten al'Akir und el'Leanna die Malkieri hinaus, um ein letztes Mal dem Schatten entgegenzutreten. Dort starben sie, bei Herots Kreuzweg, die Malkieri starben mit ihnen, und die Sieben Türme wurden geschleift. Schienar und Arafel und Kandor trafen an der Treppe des Jehaan auf die Halbmenschen und Trollocs und warfen sie zurück, doch nicht so weit, wie es vorher der Fall gewesen war. Der größte Teil von Malkier verblieb in den Händen der Trollocs, und Jahr um Jahr, Meile um Meile, wurde es von der Fäule verschlungen.« Agelmar atmete schwer ein. Als er fortfuhr, lag ein trauriger Stolz in seinem Blick.

»Nur fünf der Leibwachen erreichten Fal Moran lebendig, jeder Mann verwundet, aber sie hatten das unbeschadete Kind dabei. Von der Wiege an brachten sie ihm alles bei, was sie wussten. Er lernte, mit Waffen umzugehen, wie andere Kinder mit Spielzeugen, und die Fäule lernte er kennen, wie andere Kinder den Garten ihrer Mutter. Der Eid, der über seiner Wiege geschworen wurde, ist in seinem Verstand eingebrannt. Es gibt nichts mehr zu verteidigen, wohl aber zu rächen. Er führt seine Titel nicht, aber in den Grenzlanden nennt man ihn den Ungekrönten, und falls er je den Goldenen Kranich von Malkier hissen sollte, würde eine Armee ihm folgen. Doch er wird keine Männer in den Tod führen. In der Fäule flirtet er mit dem Tod wie ein Freier mit einem Mädchen, doch andere führt er nicht hinein.

Wenn Ihr die Fäule betreten müsst und das mit nur wenigen Begleitern, dann gibt es keinen besseren Mann, Euch sicher dorthin und wieder zurück zu bringen. Er ist der Beste unter den Behütern, und das bedeutet: der Beste der Besten. Ihr könntet genauso gut diese Jungen hierlassen, um ein wenig Erfahrung zu sammeln, und Euch nur noch auf Lan verlassen. Die Fäule ist kein Ort für unerfahrene Jungen.«

Mat öffnete den Mund und schloss ihn nach einem Blick Rands wieder. *Ich wünschte, er würde lernen, ihn nicht mehr aufzumachen.*

Nynaeve hatte mit genauso großen Augen gelauscht wie Egwene, doch nun starrte sie mit blassem Gesicht in ihren Pokal. Egwene legte ihr eine Hand auf den Arm und sah sie mitfühlend an.

Moiraine erschien in der Tür, gefolgt von Lan. Nynaeve wandte ihnen den Rücken zu. »Was hat er gesagt?«, wollte Rand wissen. Mat und Perrin erhoben sich.

»Dorftrottel«, murmelte Agelmar, und dann hob er die Stimme zu seiner üblichen Lautstärke. »Habt Ihr irgendetwas erfahren, Aes Sedai, oder ist er einfach ein Verrückter?«

»Er ist verrückt«, sagte Moiraine, »oder zumindest beinahe verrückt, aber es ist nichts Einfaches an Padan Fain.« Einer der Diener in schwarz-goldener Livree verbeugte sich vor Agelmar. Er trug eine blaue Waschschüssel und einen Krug, ein Stück gelbe Seife und ein kleines Handtuch auf einem Silbertablett. Er sah Agelmar unsicher an. Moiraine bedeutete ihm, alles auf den Tisch zu stellen. »Verzeiht mir, dass ich Eurem Diener diesen Auftrag erteilte, Lord Agelmar«, sagte sie. »Ich nahm mir die Freiheit, um dies zu bitten.«

Agelmar nickte dem Diener zu, der das Tablett auf den Tisch stellte und schnell wegging. »Meine Diener stehen Euch zur Verfügung, Aes Sedai.«

Das Wasser, das Moiraine in die Schüssel goss, dampfte, als habe es gerade noch gekocht. Sie schob ihre Ärmel hoch und wusch sich energisch die Hände, ohne Rücksicht auf die Wassertemperatur. »Ich sagte, er sei schlimmer als schlimm, doch das kam der Wahrheit nicht nahe genug. Ich glaube nicht, dass ich jemals jemanden getroffen habe, der so jämmerlich und verdorben und gleichzeitig so gemein war. Ich fühle mich beschmutzt, da ich ihn berührt habe, und ich meine damit nicht den Dreck auf seiner Haut. Innerlich beschmutzt.« Sie berührte ihre Brust. »Der Verfall seiner Seele lässt mich beinahe daran zweifeln, dass er jemals eine hatte. An ihm ist etwas Schlimmeres als an jedem Schattenfreund.«

»Er sah so erbarmungswürdig aus«, sagte Egwene leise. »Ich erinnere mich daran, wie er jeden Frühling in Emondsfelde ankam, immer lachte und Neuigkeiten mitbrachte. Es gibt doch sicherlich noch Hoffnung für ihn? ›Kein Mensch kann so lange im Schatten stehen, dass er nicht zum Licht zurückfinden könnte‹«, zitierte sie.

Die Aes Sedai trocknete sich mit schnellen Bewegungen die Hände ab. »Das habe ich auch immer geglaubt«, sagte sie. »Vielleicht ist Padan Fain noch zu retten. Aber er gehört schon mehr als vierzig Jahre zu den Schattenfreunden, und was er in dieser Zeit für sie getan hat, in Blut und Schmerz und Tod gemessen, würde Euch das Herz erfrieren lassen, wenn Ihr es hörtet. Zu seinen unwesentlichsten Taten – wenn auch nicht für Euch, denke ich – gehört, dass er die Trollocs nach Emondsfelde geführt hat.«

»Ja«, sagte Rand leise. Er hörte Egwene nach Luft schnappen.

Ich hätte es wissen müssen. Verseng mich, aber das hätte ich gleich wissen müssen, als ich ihn wiedererkannte.

»Hat er auch hierher welche mitgebracht?«, fragte Mat. Er blickte die Steinmauern um sie herum an und schauderte. Rand glaubte, dass er noch mehr an die Myrddraal als an die Trollocs dachte, denn in Baerlon oder Weißbrücke hatten Mauern die Blassen nicht aufhalten können.

»Falls er das getan hat«, entgegnete Agelmar lachend, »werden sie sich die Zähne an den Mauern von Fal Dara ausbeißen. Das ist auch schon anderen so gegangen.« Er sprach alle an, aber seinen Blicken nach zu schließen, galten seine Worte vor allem Egwene und Nynaeve. »Und macht Euch auch keine Gedanken über die Halbmenschen.« Mat errötete. »Jede Straße und Gasse in Fal Dara wird bei Nacht erleuchtet. Und kein Mensch darf innerhalb der Mauern sein Gesicht verhüllen.«

»Warum sollte Meister Fain das tun?«, fragte Egwene.

»Vor drei Jahren ...« Mit einem tiefen Seufzer setzte sich Moiraine derart erschöpft hin, als habe das, was sie mit Fain getan hatte, ihr alle Energie geraubt. »Diesen Sommer sind es drei Jahre. So lange ist das schon her. Das Licht bevorzugt uns ganz eindeutig, denn sonst hätte der Herr der Lügen schon triumphiert, während ich noch in Tar Valon saß und Pläne schmiedete. Drei Jahre lang hat Fain Euch für den Dunklen König gesucht.«

»Das ist doch verrückt!«, sagte Rand. »Er ist regelmäßig wie ein Uhrwerk jeden Frühling zu den Zwei Flüssen gekommen. Drei Jahre? Wir waren die ganze Zeit direkt vor seiner Nase, und er hat keinen von uns eines zweiten Blickes gewürdigt – bis zum letzten Jahr.« Die Aes Sedai deutete mit einem Finger auf ihn.

»Fain hat mir alles erzählt, Rand. Oder beinahe alles. Ich glaube, er hat es geschafft, trotz all meiner Bemühungen etwas Wichtiges zurückzuhalten, aber er hat genug gesagt. Vor drei Jahren kam ein Halbmensch zu ihm. Das war in einer Stadt in Lugard. Fain hatte natürlich schreckliche Angst, aber unter Schattenfreunden gilt es als sehr große Ehre, wenn man so berufen wird. Fain glaubte, er sei zu großen Taten erwählt worden, und das stimmte auch, wenn auch nicht so, wie er sich das dachte. Man brachte ihn nach Norden in die Fäule und ins Versengte Land. Nach Shayol Ghul. Dort traf er einen Mann mit Augen aus Feuer, der sich Ba'alzamon nannte.«

Mat rutschte nervös auf seinem Stuhl herum, und Rand schluckte schwer. Es musste natürlich so gewesen sein, aber das machte es auch nicht leichter, sich damit abzufinden. Nur Perrin blickte die Aes Sedai an, als könne ihn nichts mehr überraschen.

»Das Licht schütze uns!«, sagte Agelmar inbrünstig.

»Es gefiel Fain nicht, was man in Shayol Ghul mit ihm anstellte«, fuhr Moiraine ruhig fort. »Während wir miteinander sprachen, schrie er oft etwas von Feuer und Brennen. Es hätte ihn fast umgebracht, als ich es aus ihm herausholte, wo er es so lange verborgen hatte. Trotz meiner Heilkunst ist er ein Wrack. Es wird lange dauern, um ihn wiederherzustellen. Ich werde mich aber darum bemühen, und sei es nur, um zu erfahren, was er noch vor mir verbirgt. Er war erwählt worden, weil er gerade dort als Händler tätig war. Nein«, sagte sie schnell, als die Emondsfelder sie entsetzt ansahen. »Nicht nur in den Zwei Flüssen. Damals noch nicht. Der Vater der Lügen wusste ungefähr, wo er das finden konnte, was er suchte, aber nicht viel genauer als wir in Tar Valon.

Fain sagte, er sei zum Spürhund des Dunklen Königs gemacht worden, und auf gewisse Weise stimmt das auch. Der Vater der Lügen sandte Fain aus, um zu jagen, doch zuerst veränderte er ihn, damit er dieser Jagd gewachsen war. Es sind die Dinge, die man mit ihm angestellt hat, um ihn so zu verändern, vor denen sich Fain so fürchtet, dass er sich nicht daran erinnern will. Deshalb hasst er seinen Meister ebenso, wie er ihn fürchtet. Also schickte man Fain los, um in allen Dörfern um Baerlon herumzuschnüffeln und zu jagen, und danach bis zu den Verschleierten Bergen und hinunter zum Taren und über ihn zu den Zwei Flüssen.«

»Vor drei Frühlingen?«, fragte Perrin bedächtig. »Ich erinnere mich an diesen Frühling. Fain kam später als gewöhnlich, aber das Eigenartige war, dass er länger blieb. Er blieb eine ganze Woche, ohne etwas zu tun, außer dass er zähneknirschend ein Zimmer in der Weinquellen-Schenke mietete. Fain hängt an seinem Geld.«

»Ich erinnere mich jetzt auch daran«, sagte Mat. »Jeder fragte sich, ob er krank sei oder sich in eine Frau aus dem Ort verliebt hatte. Nicht dass eine davon jemals einen Händler heiraten würde. Da könnte man ja genauso gut einen aus dem Fahrenden Volk heiraten.« Egwene zog eine Augenbraue hoch, und er verstummte.

»Danach brachte man Fain erneut nach Shayol Ghul, und sein Verstand wurde – destilliert.« Rand drehte sich der Magen um, als er den Tonfall in der Stimme der Aes Sedai hörte; das sagte mehr darüber aus, was sie meinte, als ihr kurz verzogenes Gesicht. »Was er ... wahrgenommen ... hatte, wurde konzentriert und ihm wieder eingegeben. Als er im nächsten Jahr wieder das Gebiet der Zwei Flüsse betrat, war er in der Lage, seine Ziele bewusster zu wählen. Sogar noch eindeutiger, als selbst der Dunkle König erwartet hatte. Fain wusste mit Sicherheit, dass der, den er suchte, einer von dreien in Emondsfelde sein musste.«

Perrin knurrte, und Mat fluchte sanft monoton vor sich hin. Selbst Nynaeves tadelnder Blick hielt ihn nicht davon ab. Agelmar blickte sie neugierig an. Rand fühlte nur ein leichtes Schaudern, und das erstaunte ihn. Drei Jahre lang hatte ihn der Dunkle König gejagt ... hatte sie gejagt. Er war sicher, dass ihm eigentlich die Zähne hätten klappern sollen.

Moiraine ließ sich nicht durch Mat unterbrechen. Sie erhob die Stimme, sodass man sie trotzdem verstehen konnte. »Als Fain nach Lugard zurückkam, erschien ihm Ba'alzamon in einem Traum. Fain erniedrigte sich und vollführte Riten – Ihr würdet taub, hörtet Ihr auch nur die Hälfte davon –, die ihn noch enger an der Dunklen König banden. Was im Traum getan wird, kann noch gefährlicher sein als das, was man im wachen Zustand tut.« Rand wurde es unter ihrem warnenden Blick unbehaglich zumute, aber sie hielt sich nicht damit auf. »Ihm wurden reiche Belohnungen versprochen. Königreiche sollte er nach Ba'alzamons Sieg beherrschen. Wenn er nach Emondsfelde zurückkehrte, sollte er die drei bezeichnen, die er aufgespürt hatte. Ein Halbmensch würde dort mit Trollocs auf ihn warten. Jetzt wissen wir, wie die Trollocs zu den Zwei Flüssen kamen. Es muss in Manetheren einen Ogierhain und ein Wegetor gegeben haben.«

»Den schönsten von allen«, sagte Loial, »außer dem in Tar Valon.« Er hatte genauso aufmerksam wie die anderen gelauscht. »Die Ogier erinnern sich gern an Manetheren.« Agelmar formte den Namen schweigend mit den Lippen, und seine Augenbrauen hoben sich staunend. Manetheren.

»Lord Agelmar«, sagte Moiraine. »Ich werde Euch sagen, wie Ihr das Wegetor von Mafal Dadaranell findet. Es muss zugemauert und eine Wache davorgestellt werden, und niemand darf sich ihm nähern. Die Halbmenschen kennen noch nicht alle Kurzen Wege, aber dieses Wegetor befindet sich südlich von Fal Dara, nur wenige Stunden davon entfernt.«

Der Herr von Fal Dara schüttelte sich, als erwache er aus einer Trance. »Südlich? Friede! Wir brauchen so was nicht, das Licht leuchte uns. Es wird getan werden.«

»Ist Fain uns durch die Kurzen Wege gefolgt?«, fragte Perrin. »Es kann nicht anders sein.«

Moiraine nickte. »Fain würde Euch dreien ins Grab folgen, weil er es tun muss. Als der Myrddraal in Emondsfelde versagte, brachte er Fain mit den Trollocs auf unsere Fährte. Der Blasse ließ Fain nicht mitreiten. Obwohl er der Meinung war, er sollte das beste Pferd der Zwei Flüsse haben und an der Spitze der Horde reiten, zwang ihn der Myrddraal, mit den Trollocs zu rennen, und die Trollocs mussten ihn tragen, wenn ihm die Beine versagten. Sie sprachen so, dass er es verstehen konnte, und stritten sich darüber, wie man ihn am besten kochen sollte, wenn er seine Schuldigkeit getan hatte. Fain behauptet, er habe sich noch vor dem Erreichen des Taren gegen den Dunklen König entschieden. Doch manchmal trieft er förmlich vor Gier nach den versprochenen Belohnungen.

Als wir über den Taren entkommen waren, brachte der Myrddraal die Trollocs zurück zum nächsten Wegetor in den Verschleierten Bergen und schickte Fain allein hinüber. Da glaubte er, er sei frei, doch bevor er Baerlon erreichte, fand ihn ein anderer Blasser, und der war nicht so freundlich. Er ließ ihn zusammengerollt in einem Trolloc-Kessel schlafen, um ihn daran zu erinnern, was ihn erwartete, wenn er versagen sollte. Dieser Blasse benützte ihn bis Shadar Logoth. Zu der Zeit hätte Fain dem Myrddraal auch seine eigene Mutter preisgegeben, wenn er dafür freigekommen wäre, aber der Dunkle König lässt niemals freiwillig jemanden laufen, der ihm bereits gehört.

Was ich dort tat, nämlich ein Trugbild unserer Spuren und unseres Geruchs in Richtung Berge zu senden, täuschte den Myrddraal, aber nicht Fain. Die Halbmenschen glaubten ihm nicht und schleiften ihn schließlich an einer Leine hinter sich her. Erst als wir ihnen immer ein Stück voraus zu sein schienen, wie schnell sie auch marschierten, begannen einige, ihm Glauben zu schenken. Das waren die vier, die nach Shadar Logoth zurückkehrten. Fain behauptet, es sei Ba'alzamon selbst gewesen, der die Myrddraal dorthin trieb.«

Agelmar schüttelte verächtlich den Kopf. »Der Dunkle König? Pah! Der Mann lügt oder spinnt. Wenn Herzensbann frei wäre, dann wären wir alle mittlerweile tot oder noch schlimmer dran.«

»Fain sagte die Wahrheit, wie er sie sah«, erklärte Moiraine. »Er konnte mich nicht anlügen, auch wenn er viel verbarg. Er sagte wörtlich: ›Ba'alzamon erschien wie die flackernde Flamme einer Kerze, verschwand und erschien wieder und befand sich niemals wieder am selben Platz. Seine Augen versengten die Myrddraal, und die Feuer seines Mundes peinigten uns.«

»*Etwas*«, sagte Lan,»trieb vier Blasse an einen Ort, den sie fürchteten – einen Ort, den sie beinahe genauso fürchten wie den Zorn des Dunklen Königs.«

Agelmar stöhnte auf, als habe man ihm einen Tritt versetzt, und er erbleichte, als sei ihm schlecht.

»Es hieß Böses gegen Böses in den Ruinen von Shadar Logoth«, fuhr Moiraine fort,»Verderbtheit kämpfte gegen Gemeinheit. Als Fain davon erzählte, klapperten seine Zähne, und er winselte regelrecht. Viele Trollocs wurden getötet und von Mashadar und anderen ›Dingen‹ verschlungen, darunter auch der Trolloc, der Fains Leine gehalten hatte. Er floh aus der Stadt, als sei sie der Abgrund des Verderbens in der Nähe von Shayol Ghul.

Fain glaubte, er sei endlich frei. Er hatte vor wegzurennen, bis Ba'alzamon ihn nicht mehr finden konnte, wenn nötig, bis zum Ende der Welt. Stellt Euch seinen Schreck vor, als ihm klar wurde, dass der Zwang zum Jagen nicht geringer wurde. Stattdessen wurde er mit jedem Tag, der verging, stärker. Er hatte nichts zu essen – nur das, was er aufsammeln konnte, während er Euch verfolgte: Käfer und Eidechsen, die er beim Laufen aufschnappte, und halb verfaulten Abfall, den er bei Nacht aus den Müllhaufen zog – aber er konnte auch nicht aufhören, bis er vor Erschöpfung wie ein leerer Sack in sich zusammenfiel. Und sobald er wieder genug zu Kräften gekommen war, um aufzustehen, trieb es ihn weiter. Als er schließlich Caemlyn erreichte, konnte er seine Beute selbst dann noch *fühlen*, wenn sie eine Meile entfernt war. Hier, dort drunten in der Zelle, blickte er manchmal nach oben, ohne es selbst zu bemerken. Er blickte in Richtung dieses Raums.«

Rand juckte es plötzlich zwischen den Schulterblättern. Ihm war, als könne er Fains Blick auf sich ruhen fühlen, und das durch die Steinmauern hindurch. Die Aes Sedai bemerkte sein Unbehagen, aber sie fuhr unbeirrt fort:

»Wenn Fain schon halb verrückt war, als er Caemlyn erreichte, so sank er noch tiefer, denn er erkannte, dass sich nur zwei der Gesuchten dort befanden. Er war gezwungen, Euch *alle* zu finden, aber andererseits konnte er auch nichts anderes tun, als den beiden zu folgen, die da waren. Er erzählte davon, geschrien zu haben, als sich das Wegetor in Caemlyn öffnete. Doch die Kenntnis, wie man es öffnet, war in seinem Verstand, auch wenn er nicht weiß, woher sie kam. Seine Hände bewegten sich selbständig, und wenn er versuchte, sie still zu halten, brannten sie unter dem Feuer Ba'alzamons. Fain ermordete den Eigentümer des Ladens, als der herunterkam, um zu sehen, was diesen Lärm verursachte. Nicht weil er unbedingt musste, nein, er war neidisch auf einen Mann, der frei und ungebunden aus dem Keller steigen konnte, während ihn seine Beine unweigerlich in die Kurzen Wege hineintrugen.«

»Dann war Fain derjenige, den du wahrgenommen hast, als er uns folgte«, sagte Egwene. Lan nickte. »Wie entkam er ... dem Schwarzen Wind?« Ihre Stimme zitterte, und sie unterbrach sich, um zu schlucken. »Er war doch am Wegetor ganz nah hinter uns.«

»Er entkam – und auch wieder nicht«, sagte Moiraine. »Der Schwarze Wind fing ihn – und er behauptet, die Stimmen verstanden zu haben. Einige begrüßten ihn, da er ihnen ähnlich war, andere fürchteten sich vor ihm. Der Wind hatte Fain kaum umhüllt, da floh er schon.«

»Das Licht behüte uns!« Loials Flüstern klang, als brumme eine riesige Hummel. »Betet darum, dass es uns beschützt«, sagte Moiraine. »Es ist noch viel an Padan Fain verborgen geblieben, vieles, das ich herausfinden muss. In ihm reicht das Böse tiefer und ist stärker als in jedem Menschen, den ich bisher kennen gelernt habe. Es kann sein, dass der Dunkle König bei dem, was er Fain angetan hat, etwas von sich selbst dem Mann aufgeprägt hat – vielleicht sogar ohne es zu wollen –, einen Teil seiner Absichten. Als ich das Auge der Welt erwähnte, schloss Fain den Mund ganz fest, doch hinter seinem Schweigen fühlte ich ein Wissen. Wenn ich jetzt nur genug Zeit hätte ... Aber wir können nicht warten.«

»Wenn dieser Mann etwas weiß«, sagte Agelmar, »dann kann ich es aus ihm herausbekommen.« In seinem Gesicht stand kein Mitleid für Schattenfreunde geschrieben, und seine Stimme versprach auch kein Mitleid für Fain. »Wenn Ihr nur einen Teil dessen herausbekommen könnt, was in der Fäule auf Euch wartet, dann ist das einen weiteren Tag wert. Schlachten sind schon verloren gegangen, weil man nicht wusste, was der Feind vorhatte.«

Moiraine seufzte und schüttelte bedauernd den Kopf. »Lord Agelmar, wenn wir nicht eine Nacht Schlaf bräuchten, bevor wir uns in die Fäule hineinwagen, würde ich noch in dieser Stunde losreiten, obwohl das bedeuten würde, dass wir einen Trollocüberfall in der Nacht riskierten. Überdenkt einmal, was ich von Fain erfahren habe. Vor drei Jahren musste der Dunkle König Fain nach Shayol Ghul bringen lassen, um ihn direkt zu berühren, obwohl Fain bis aufs Mark ein Schattenfreund war. Vor einem Jahr konnte der Dunkle König dem Schattenfreund Fain in seinen Träumen Befehle erteilen. Dieses Jahr geht Ba'alzamon durch die Träume von Menschen, die im Licht wandeln, und erscheint persönlich, wenn auch unter Schwierigkeiten, in Shadar Logoth. Natürlich nicht in seinem eigenen Körper, aber selbst ein Trugbild aus dem Geist des Dunklen Königs, sogar eines, das flackert und sich nicht hält, ist von tödlicherer Gefahr für die Welt als alle Trolloc-Horden zusammen. Die Siegel von Shayol Ghul werden immer schwächer, Lord Agelmar. Es ist keine Zeit mehr zu verlieren.«

Agelmar nickte zustimmend, aber als er den Kopf wieder hob, lag immer noch ein widerspenstiger Zug um seinen Mund. »Aes Sedai, ich kann es hinnehmen, dass es – wenn ich die Lanzen zum Tarwin-Pass führe – nicht mehr als ein Ablenkungsmanöver sein wird oder ein Scharmützel im Randbereich der wirklichen Schlacht. Genauso wie das Muster führt auch die Pflicht Männer, und in keinem von beiden Fällen ist gewährleistet, dass unsere Taten von historischer Größe sein werden. Doch unser Scharmützel ist nutzlos, selbst wenn wir gewinnen, falls Ihr die Schlacht verliert. Wenn Ihr sagt, Eure Gruppe muss klein sein, dann sage ich: Gut und schön, doch ich bitte Euch, alles zu tun, um sicherzugehen, dass Ihr gewinnen *könnt*. Lasst diese jungen Männer hier, Aes Sedai. Ich schwöre Euch, ich kann drei erfahrene Männer finden, die keinen Gedanken an Ruhm und Ehre verschwenden, um sie zu ersetzen – gute Schwertkämpfer, die sich in der Fäule fast genauso gut zurechtfinden wie Lan. Lasst mich in dem Bewusstsein zum Pass reiten, dass ich alles getan habe, was in meiner Macht steht, um Euch zum Sieg zu verhelfen.«

»Ich muss sie und keine anderen mitnehmen, Lord Agelmar«, sagte Moiraine mit sanfter Stimme. »Sie sind es, welche die Schlacht am Auge der Welt schlagen werden.«

Agelmars Kinnlade klappte herunter, und er starrte Rand und Mat und Perrin an. Plötzlich trat der Herr von Fal Dara einen Schritt zurück, und seine Hand griff mechanisch nach dem Schwert, das er innerhalb der Festung niemals trug. »Sie sind doch nicht ... Ihr seid keine Rote Ajah, Moiraine Sedai, aber sicher würdet nicht einmal Ihr ...« Schweiß glitzerte auf seinem kahlen Kopf.

»Sie sind *ta'veren*«, sagte Moiraine beruhigend. »Das Muster webt sich um sie herum. Der Dunkle König hat bereits mehr als einmal versucht, jeden der drei zu töten. Drei *ta'veren* am gleichen Ort reichen aus, um das Leben um sie herum so zu verändern, wie ein Wasserstrudel den Kurs eines Strohhalms ändert. Wenn der Ort das Auge der Welt ist, könnte das Muster vielleicht sogar den Vater der Lügen in sich einweben und ihn damit wieder zur Harmlosigkeit verdammen.«

Agelmar hörte auf, nach seinem Schwert zu tasten, sah aber immer noch Rand und die anderen zweifelnd an. »Moiraine Sedai, wenn Ihr sagt, dass nur sie die Richtigen sind, dann mag das stimmen, aber ich kann nichts davon erkennen. Bauernjungen. Seid Ihr sicher, Aes Sedai?«

»Das alte Blut«, sagte Moiraine, »hat sich geteilt wie ein Fluss, der in tausendmal tausend Bäche ausläuft, doch manchmal fließen die Bäche wieder ineinander und bilden wieder einen Fluss. Das alte Blut von Manetheren fließt stark und rein in fast allen diesen jungen Männern. Zweifelt Ihr an der Kraft des Bluts von Manetheren, Lord Agelmar?«

Rand sah die Aes Sedai von der Seite her an. *Fast alle.* Er riskierte einen Blick zu Nynaeve hinüber. Sie hatte sich Moiraine zugewandt, um ihr zu lauschen, vermied es aber immer noch, Lan anzublicken. Er erhaschte den Blick der Seherin. Sie schüttelte den Kopf; sie hatte der Aes Sedai nicht erzählt, dass er nicht im Gebiet der Zwei Flüsse geboren war. *Was weiß Moiraine?*

»Manetheren«, sagte Agelmar bedächtig und nickte. »Dieses Blut stelle ich nicht in Zweifel.« Dann, etwas hastiger: »Das Rad bringt uns seltsame Zeiten. Bauernjungen tragen die Ehre von Manetheren in die Fäule, und doch, wenn irgendein Blut dem Dunklen König einen schweren Schlag versetzen kann, dann ist es das Blut von Manetheren. Es wird getan, wie Ihr es wünscht, Aes Sedai.«

»Dann lasst uns jetzt in unsere Zimmer gehen«, sagte Moiraine. »Wir müssen bei Sonnenaufgang aufbrechen, denn die Zeit läuft uns davon. Die jungen Männer müssen in meiner Nähe schlafen. Die Zeit vor der Schlacht ist zu knapp, um dem Dunklen König zu gestatten, nochmals einen Schlag gegen sie zu führen. Zu knapp.«

Rand fühlte ihren Blick auf sich ruhen, wie sie ihn und seine Freunde betrachtete und ihre Stärke abschätzte, und er schauderte. Zu knapp.

KAPITEL 48

Die große Fäule

Der Wind peitschte Lans Umhang, sodass er manchmal sogar im Sonnenschein kaum zu erkennen war. Ingtar und die hundert Lanzen, die Lord Agelmar mitgeschickt hatte, um sie für den Fall eines Trolloc-Überfalls bis an die Grenze zu begleiten, sahen prachtvoll aus, wie sie in einer Doppelreihe in glänzenden Rüstungen mit roten Wimpeln und ihren stahlbewehrten Pferden einherritten, angeführt von Ingtars Banner mit der Grauen Eule. Sie sahen genauso eindrucksvoll aus wie hundert Reiter aus der königlichen Garde, doch Rand sah nicht sie an, sondern die Türme, die vor ihnen in Sicht kamen. Er hatte schon den ganzen Vormittag Zeit gehabt, die Lanzenträger aus Schienar zu betrachten.

Jeder Turm stand hoch aufragend und massiv auf einer Hügelspitze, eine halbe Meile vom nächsten entfernt. Im Osten und im Westen erhoben sich weitere, und dahinter noch mehr. Um jeden Steinzylinder herum zog sich spiralförmig eine breite Rampe mit einer Außenmauer. Sie wand sich einmal ganz herum, bevor sie das schwere Tor auf halber Höhe unter der zinnenbewehrten Turmspitze erreichte. Ein Ausfall aus der Garnison würde durch die Mauer bis unten hin zum Boden geschützt, doch die Feinde, die versuchten, das Tor zu erreichen, müssten unter einem Hagel von Pfeilen und Steinen und heißem Öl aus den großen Kesseln, die über ihnen auf nach außen gerichteten Plattformen standen, emporklimmen. Ein großer Stahlspiegel, im Moment vorsichtigerweise von der Sonne weggerichtet, schimmerte auf jeder Turmspitze unter der auf einem Sockel angebrachten Eisenschüssel, in der man Signalfeuer entzünden konnte, wenn die Sonne nicht schien. Das Signal würde von Turm zu Turm weitergespiegelt, weg von der Grenze und immer weiter zu den Festungen im Herzland, von wo aus die Lanzen losreiten würden, um den Überfall abzuwehren. Jedenfalls würden sie das in normalen Zeiten schaffen.

Männer beobachteten ihren Anmarsch von den beiden nächsten Turmspitzen aus. Nur ein paar Posten standen auf jeder und spähten neugierig über die Zinnen. In den besten Zeiten waren die Türme nur wenig bemannt, eben genug zur Selbstverteidigung, da man sich mehr auf die starken Mauern verließ als auf die starken Arme, doch jetzt ritt jeder Mann, den man entbehren konnte, zum Tarwin-Pass. Der Fall der Türme würde keine Rolle mehr spielen, falls die Lanzen den Pass nicht halten konnten.

Rand schauderte, als sie zwischen den Türmen hindurchritten. Es war beinahe, als sei er durch eine Wand aus kühler Luft geritten. Das hier war die Grenze. Das Land jenseits sah nicht anders aus als in Schienar, doch dort draußen, irgendwo jenseits der kahlen Bäume, lag die Fäule.

Ingtar hob eine stählerne Faust, um die Lanzen kurz vor einem einfachen Steinpfosten in Sichtweite der Türme anhalten zu lassen. Es war ein Grenzpfosten, der die Grenze zwischen Schienar und dem, was einst Malkier gewesen war, markierte. »Verzeiht, Moiraine Aes Sedai. Verzeiht, Dai Shan. Verzeiht, Erbauer. Lord Agelmar befahl mir, nicht weiter zu reiten.« Er klang, als sei er unglücklich und überhaupt vom Leben angewidert.

»Das hatten Lord Agelmar und ich so vereinbart«, sagte Moiraine.

Ingtar brummte verdrießlich. »Verzeiht, Aes Sedai«, entschuldigte er sich, auch wenn es nicht ernsthaft klang. »Euch hierher zu begleiten bedeutet, dass wir möglicherweise den Pass nicht erreichen werden, bevor der Kampf vorüber ist. Ich habe keine Gelegenheit, mit den anderen zu kämpfen, und andererseits habe ich den Befehl, keinen Schritt weiter als bis zum Grenzpfosten zu reiten, als ob ich noch nie in der Fäule gewesen sei. Und Lord Agelmar verschweigt mir den Grund.« Hinter den Gitterstäben seines Visiers blickten seine Augen bei den letzten Worten die Aes Sedai fragend an. Er weigerte sich, Rand und die anderen anzublicken, da er erfahren hatte, dass sie Lan in die Fäule begleiten würden.

»Er kann an meiner statt gehen«, murmelte Mat Rand zu. Lan sah sie beide scharf an. Mat schlug die Augen nieder und wurde dunkelrot.

»Jeder von uns hat seinen Anteil am Muster, Ingtar«, sagte Moiraine mit fester Stimme. »Von hier aus müssen wir unseren Faden allein weben.«

Ingtars Verbeugung fiel steifer aus, als es selbst die Rüstung zuließ. »Wie Ihr wünscht, Aes Sedai. Ich muss Euch nun verlassen und scharf reiten, um den Tarwin-Pass zu erreichen. Zumindest dort ist es mir ... *gestattet* ... gegen Trollocs zu kämpfen.«

»Seid Ihr wirklich so kampfbegierig?«, fragte Nynaeve. »Um gegen Trollocs zu kämpfen?«

Ingtar sah sie verblüfft an und blickte dann zu Lan hinüber, als solle der Behüter die Erklärung abgeben. »Das ist meine Aufgabe, Lady«, sagte er dann bedächtig. »Das ist Sinn und Zweck meines Daseins.« Er erhob eine Hand in ihrem schweren Kampfhandschuh grüßend in Richtung Lan. Die offene Handfläche war dem Behüter zugewandt. »*Suravye ninto manshima taishite, Dai Shan.* Der Friede begleite Euer Schwert.« Dann riss er sein Pferd herum und ritt mit seinem Bannerträger und seinen hundert Lanzen nach Osten. Sie ritten in ruhigem, gleichmäßigem Tempo, so schnell die gepanzerten Pferde konnten, wenn man die große Entfernung berücksichtigte, die sie noch zurückzulegen hatten.

»Welch eigenartiger Gruß«, meinte Egwene. »Warum sagen sie so etwas? Friede!«

»Wenn man etwas bisher nur im Traum erlebt hat«, sagte Lan und trieb Mandarb an, »dann bedeutet es schon etwas mehr als nur ein gutes Omen.«

Als Rand dem Behüter vorbei an dem steinernen Grenzpfosten folgte, drehte er sich im Sattel um und blickte zurück. Ingtar und seine Lanzen verschwanden hinter kahlen Bäumen, dann verschwanden der Grenzpfosten und zuletzt die Türme auf ihren Hügelspitzen, die noch über den Baumwipfeln sichtbar gewesen waren. Nur zu bald waren sie ganz allein und ritten unter den entlaubten Kronen des Waldes einher. Rand gab sich einem wachsamen Schweigen hin, und endlich einmal wusste auch Mat nichts zu sagen.

An diesem Morgen hatten sich die Tore von Fal Dara mit der Morgendämmerung geöffnet. Lord Agelmar, nun wie seine Soldaten gerüstet, ritt vor den Bannern mit dem Schwarzen Falken und den Drei Füchsen aus dem Osttor auf die Sonne zu, die nur als roter Schein über den Bäumen sichtbar war. Wie eine stählerne Schlange, die sich zu den Wirbeln der an Pferde gehängten Kesselpauken wand, schob sich die vier Glieder tiefe Reihe der Soldaten aus der Stadt heraus. Agelmar, der an der Spitze ritt, war bereits im Wald verborgen, bevor noch der Schwanz der Schlange die Festung von Fal Dara verlassen hatte. Es gab keine Hurrarufe auf den Straßen, um sie zu verabschieden. Nur ihre eigenen Pauken und das Knattern der Wimpel im Wind begleiteten sie, und ihre Augen blickten ganz bewusst hin zur aufgehenden Sonne. Im Osten würden sie sich anderen stählernen Schlangen anschließen, die aus Fal Moran kamen, geführt von König Easar selbst mit seinen Söhnen an der Seite, und aus Ankor Dail, das die Östlichen Moore und das Rückgrat der Welt bewachte; aus Mos Shirare und Fal Sion und Camron Caan und all den anderen Festungen von Schienar, groß oder klein. Zu einer noch größeren Schlange vereint würden sie sich nach Norden wenden, auf den Tarwin-Pass zu.

Zur gleichen Zeit hatte ein anderer Auszug begonnen, und zwar vom Königstor aus, das auf die Straße nach Fal Moran führte. Karren und Wagen, Berittene und Fußgänger, sie trieben ihr Vieh, trugen die Kinder auf dem Rücken, und ihre Gesichter waren so lang wie die Morgenschatten. Das Zögern, ihre Heimat vielleicht für immer zu verlassen, verlangsamte ihre Schritte, doch die Angst vor dem, was kommen mochte, trieb sie an, sodass sie stoßweise vorwärts marschierten, einmal mit schleppenden Schritten, dann rannten sie ein Dutzend Schritte weit, nur um gleich wieder langsam durch den Staub zu schlurfen. Ein paar von ihnen blieben außerhalb der Stadt stehen und beobachteten, wie sich die gepanzerte Schlange von Soldaten in den Wald hineinwand. In einigen Augen glomm Hoffnung auf, und es wurden Gebete gemurmelt, Gebete für die Soldaten, Gebete für das eigene Leben. Dann wandten sie sich wieder mühselig stapfend nach Süden.

Der kleinste Zug kam aus dem Malkier-Tor. Zurückgelassen wurden nur wenige, die bleiben wollten, Soldaten und vereinzelte ältere Männer, deren Frauen gestorben waren und deren erwachsene Kinder sich auf dem langsamen Weg nach Süden befanden. Eine letzte Hand voll, damit unabhängig von dem, was am Tarwin-Pass geschah, Fal Dara nicht ungeschützt in die Hände des Gegners fallen würde. Ingtars Graue Eule führte sie an, doch es war Moiraine, die sie nach Norden brachte. Der wichtigste von all diesen Zügen und zugleich der verzweifeltste.

Mindestens eine Stunde lang, nachdem sie den Grenzpfosten hinter sich gelassen hatten, blieben Landschaft und Wald unverändert. Der Behüter schlug ein scharfes Tempo an, so schnell es die Pferde eben vermochten, aber Rand fragte sich die ganze Zeit, wann sie wohl die Fäule erreichten. Die Hügel wurden ein wenig höher, doch die Bäume und die Ranken und das Unterholz unterschieden sich in nichts von denen, die sie in Schienar gesehen hatten. Alles war grau und fast völlig kahl. Allmählich fühlte er sich warm genug, um seinen Umhang über das Sattelhorn zu legen.

»Das ist das beste Wetter, das wir dieses Jahr erlebt haben«, sagte Egwene und wand sich aus ihrem eigenen Umhang.

Nynaeve schüttelte den Kopf und runzelte die Stirn, als lausche sie dem Wind. »Ich fühle, dass es irgendwie schlecht ist.«

Rand nickte. Auch er konnte es fühlen, auch wenn er nicht hätte sagen können, was er eigentlich genau fühlte. Das Gefühl der Verderbtheit, das er empfand, bezog sich nicht nur auf die erste Wärme im Freien, an die er sich dieses Jahr erinnern konnte – es war auch mehr als die einfache Tatsache, dass es so weit im Norden nicht so warm sein dürfte. Es musste die Fäule sein, aber die Landschaft war unverändert.

Die Sonne stieg höher, ein roter Ball, der trotz des wolkenlosen Himmels kaum Wärme abgab. Eine kleine Weile später knöpfte er seinen Mantel auf. Schweiß lief ihm über das Gesicht.

Er war nicht der Einzige. Mat zog den Mantel aus und stellte offen den juwelengeschmückten Dolch zur Schau. Er wischte sich mit dem Ende seines Schals über das Gesicht. Zwinkernd wickelte er sich den Schal als schmales Band um die Stirn. Nynaeve und Egwene fächerten sich Luft zu; sie ritten zusammengesunken, als verwelkten sie. Loial knöpfte seine Jacke mit dem hohen Stehkragen von oben bis unten auf und auch noch sein Hemd. Der Ogier hatte mitten auf der Brust einen schmalen Haarstreifen, so dicht wie Fell. Er murmelte nach allen Seiten hin Entschuldigungen.

»Ihr müsst mir vergeben. *Stedding* Schangtai liegt in den Bergen, und es ist dort kühl.« Seine breiten Nasenflügel bebten und sogen Luft ein, die ständig wärmer wurde. »Ich mag diese feuchte Hitze nicht.«

Es *war* feucht, das bemerkte auch Rand jetzt. Er hatte ein Gefühl wie im Sumpf mitten im Sommer, daheim in den Zwei Flüssen. In diesem mit großen Lachen durchsetzten Sumpf atmete man wie durch eine mit heißem Wasser durchtränkte Wolldecke. Hier gab es keinen schlammigen Boden – nur ein paar Teiche und Bäche, Rinnsale für jemanden, der an den Wasserwald gewöhnt war –, aber die Luft war genauso wie in jenem Sumpf. Nur Perrin, der seinen Mantel noch anhatte, atmete frei. Perrin und der Behüter.

Man sah nun auch einige Blätter, selbst an Bäumen, die nicht das ganze Jahr über Laub trugen. Rand streckte die Hand aus, um einen Ast anzufassen, und hielt inne, kurz bevor er die Blätter berührte. Das Rot des neuen Wuchses war von krankhaftem Gelb und schwarzen Flecken durchsetzt. »Ich sagte doch, dass du nichts anfassen sollst.« Die Stimme des Behüters klang ausdruckslos. Er trug immer noch seinen farbverändernden Umhang, als könne ihn die Hitze genauso wenig beeindrucken wie die Kälte. Sein kantiges Gesicht schien beinahe frei über Mandarbs Rücken zu schweben. »In der Fäule können Blumen töten und Blätter Wunden schlagen. Es gibt da ein kleines Ding, das man Stock nennt. Das verbirgt sich gern dort, wo die Blätter am dichtesten stehen, und sieht so aus, wie es heißt. Es wartet darauf, dass jemand es anfasst. Wenn das geschieht, beißt es zu. Kein Gift. Der Saft beginnt, das Opfer des Stocks zu verdauen. Das Einzige, was dich dann retten kann, ist, den Arm oder abzuschneiden. Aber ein Stock beißt nicht, wenn er nicht berührt wird. Andere Dinge in der Fäule dagegen tun es.«

Rand riss seine Hand zurück, bevor er ein Blatt berührt hatte, und dann wischte er sie an einem Hosenbein ab.

»Dann sind wir jetzt in der Fäule?«, fragte Perrin. Seltsamerweise hörte er sich nicht ängstlich an.

»Nur im äußeren Bereich«, sagte Lan ernst. Sein Hengst bewegte sich weiter, und er sprach nach hinten gewandt: »Die wirkliche Fäule liegt noch vor uns. Es gibt Dinge in der Fäule, die nach dem Gehör jagen, und einige davon könnten auch so weit nach Süden gewandert sein. Manchmal überqueren sie die Berge des Verderbens. Viel schlimmer als die Stöcke. Verhaltet euch leise und bleibt auf den Pferden, wenn Ihr am Leben hängt.« Er wartete nicht auf eine Antwort, sondern ritt stramm weiter.

Mit jeder zurückgelegten Meile wurde der Verfall des Landes deutlicher. Die Bäume wiesen einen immer üppigeren Blattwuchs auf, doch sie waren fleckig, gelb und schwarz verunziert, und Streifen lebhaften Rots zogen sich wie die Streifen bei einer Blutvergiftung über sie hinweg. Jedes Blatt und jede Ranke schien aufgeschwemmt, als könnten sie bei einer leichten Berührung bereits platzen. Blüten hingen in einer Parodie von Frühling von den Bäumen und Unkräutern, kränklich, blass und fleischig, Wachsblumen, die unter Rands Augen zu verfaulen schienen. Wenn er durch die Nase einatmete, dann machte ihn der süßlich schwere Verwesungsgeruch krank; wenn er durch den Mund atmete, würgte er beinahe. Die Luft schmeckte wie ein Mund voll verdorbenen Fleischs. Unter den Hufen der Pferde platschte es leise, wenn überreife Früchte bei jedem Schritt zerplatzten.

Mat beugte sich aus dem Sattel und übergab sich, bis sein Magen leer war. Rand beschwor das Nichts herauf, doch Ruhe half wenig gegen die ätzende Säure, die ihm ständig die Kehle hochkam. Leer oder nicht – Mat würgte eine Meile weiter schon wieder, doch es kam nichts mehr. Trotzdem wiederholte sich das später. Egwene machte ebenfalls den Eindruck, als wolle sie sich übergeben, so wie sie ständig schluckte, und Nynaeves Gesicht war eine bleiche Maske, doch voller Entschlossenheit. Ihr Kinn war vorgeschoben, und sie sah unverwandt Moiraines Rücken an. Die Seherin würde nie zugeben, dass ihr schlecht war, wenn die Aes Sedai es nicht auch zugab, aber Rand glaubte nicht, dass sie darauf lange warten müsse. Moiraines Augen waren zusammengekniffen und ihre Lippen blass. Trotz der feuchten Hitze wickelte Loial sich einen Schal um Nase und Mund. Als er Rands Blick bemerkte, standen Zorn und Ekel in den Augen des Ogiers. »Ich hatte gehört ...«, begann er, die Stimme durch die Wolle gedämpft, und dann hielt er inne, um das Gesicht zu verziehen und sich dabei zu räuspern. »Pfui! Es schmeckt wie ... Pfui! Ich hatte von der Fäule gelesen, aber nichts entsprach ...« Seine Geste umfasste irgendwie sowohl den Gestank als auch den krankhaften Pflanzenwuchs. »Dass selbst der Dunkle König Bäumen so etwas antun kann! Pfui!«

Der Behüter war von alledem nicht betroffen, jedenfalls nicht für Rand sichtbar, aber zu seiner Überraschung zeigte sich auch Perrin unbeeindruckt. Oder jedenfalls nicht so wie die anderen. Der groß gewachsene Jüngling blickte den Wald der Verderbnis, durch den sie ritten, so böse wie einen Feind an oder das Banner eines Feindes. Er strich über die Axt an seinem Gürtel, als sei ihm nicht bewusst, was er da tat, und führte Selbstgespräche. Dabei knurrte er ein wenig, und zwar auf eine Art, die Rand die Nackenhaare zu Berge stehen ließ. Selbst im prallen Sonnenschein glühten seine Augen golden und wild.

Die Hitze legte sich nicht, als die blutige Sonne dem Horizont entgegenfiel. In einiger Entfernung erhoben sich im Norden Berge, höher als die Verschleierten Berge. Sie hoben sich schwarz vom Himmel ab. Manchmal fuhr eine eisige Böe von den scharf umrissenen Gipfeln bis herunter zu ihnen. Die stickige Feuchtigkeit schluckte fast alle Gebirgsfrische, doch was an Kühle spürbar war, war winterkalt, verglichen mit der Schwüle, die sie nur einen Moment lang verdrängte. Der Schweiß auf Rands Stirn fror geschwind zu Eiskörnern, und wenn der Wind erstarb, schmolz das Eis wieder und rann ihm in gezackten Linien die Wangen hinunter. Die drückende Hitze kehrte noch stärker zurück, als er sie vorher empfunden hatte. Wenn der Wind auffrischte, vertrieb er den Gestank, doch er hätte auf den Wind gern verzichtet. Seine Kälte war die Kühle des Grabes, und er wehte ihm den dumpfen Modergeruch einer soeben geöffneten Gruft in die Nase.

»Wir können die Berge nicht vor Einbruch der Dunkelheit erreichen«, sagte Lan, »und es ist gefährlich, bei Nacht weiterzureiten, selbst für einen Behüter allein.«

»Es gibt einen Platz, der nicht sehr weit weg ist«, sagte Moiraine. »Es wird ein gutes Omen für unsere Aufgabe, wenn wir dort unser Lager aufschlagen.«

Der Behüter warf ihr einen ausdruckslosen Blick zu und nickte zögernd. »Ja. Irgendwo müssen wir schließlich lagern. Es kann genauso gut dort sein.«

»Das Auge der Welt lag jenseits der Passhöhe, als ich es fand«, sagte Moiraine. »Es ist besser, die Berge des Verderbens bei hellem Tageslicht zu überqueren, am Mittag, wenn die Macht des Dunklen Königs auf dieser Welt am schwächsten ist.«

»Ihr sprecht, als sei das Auge nicht immer am selben Fleck.« Egwene hatte die Aes Sedai angesprochen, doch es war Loial, der antwortete: »Keine zwei Ogier haben es jemals am gleichen Fleck gefunden. Man kann offensichtlich den Grünen Mann dort finden, wo man ihn braucht. Aber es war immer jenseits der Passhöhe. Die Pässe dort oben sind trügerisch und werden von Kreaturen des Dunklen Königs bevorzugt.«

»Wir müssen die Pässe erst einmal erreichen, bevor wir uns darüber Gedanken machen«, sagte Lan. »Morgen kommen wir endgültig in die Fäule hinein.«

Rand sah sich in dem sie umgebenden Wald um, wo jedes Blatt und jede Blüte krank war, wo jede Ranke verfaulte, während sie noch wuchs, und er konnte ein Schaudern nicht unterdrücken. *Wenn das noch nicht die echte Fäule ist, was dann?*

Lan ließ sie nach Westen reiten, in einem Winkel zur sinkenden Sonne. Der Behüter behielt das zuvor eingeschlagene Tempo bei, aber in der Haltung seiner Schultern lag ein Zögern.

Die Sonne war nur noch ein düster roter Ball, der gerade die Baumwipfel berührte, als sie den Kamm eines Hügels erreichten und Lan sein Pferd anhielt. Im Westen unter ihnen lag ein Labyrinth von Seen. Das Wasser glitzerte dunkel im Schein der tief stehenden Sonne. Es wirkte wie Perlen unterschiedlicher Größe an einer mehrfach um den Hals geschlungenen Kette. In der Entfernung lagen, von den Seen eingerahmt, Hügel mit gezackten Spitzen, die sich in den kriechenden Abendschatten zusammendrängten. Einen kurzen Moment lang erfassten die Sonnenstrahlen die zerrissenen Spitzen, und Rand stockte der Atem. Keine Hügel. Die zerfetzten Überreste von sieben Türmen. Er war sich nicht sicher, ob einer der anderen das auch bemerkt hatte; der Anblick war so schnell vorüber, wie er gekommen war. Der Behüter stieg vom Pferd. Sein Gesicht zeigte so wenig Gefühlsregung wie ein Stein.

»Könnten wir unser Lager nicht unten bei den Seen aufschlagen?«, fragte Nynaeve, die ihr Gesicht mit einem Taschentuch abtupfte. »Drunten am Wasser muss es doch kühler sein.«

»Licht«, sagte Mat, »ich würde so gern meinen Kopf in einen Teich stecken. Vielleicht würde ich ihn nie wieder herausnehmen.«

In diesem Moment bewegte etwas das Wasser im nächstgelegenen See. Das dunkle Wasser phosphoreszierte, als sich ein riesiger Körper unter der Oberfläche herumwälzte. Länger und immer länger zeigte sich der Koloss. Wellenringe breiteten sich aus. Immer noch wälzte er sich herum, und schließlich erhob sich ein Schwanz, der in einem Stachel wie dem einer Wespe auslief, einen Moment lang in die Dämmerung hinein. Er war mindestens fünf Spannen lang. An der ganzen Länge des Schwanzes zeigten sich dicke Tentakel, die sich wie monströse Würmer wanden – so viele, wie ein Tausendfüßler Beine hat. Dann glitt er langsam unter die Oberfläche zurück und war verschwunden. Nur die ausrollenden Wellen zeugten davon, dass er jemals da gewesen war.

Rand klappte den Mund zu und wechselte einen Blick mit Perrin. Dessen gelbe Augen blickten genauso ungläubig drein, wie seine eigenen wirken mussten. Nichts derart Großes konnte in einem See dieser Größe leben. *Das können doch keine* Hände *gewesen sein, am Ende dieser Tentakel! Das kann nicht sein.*

»Auf den zweiten Blick«, sagte Mat schwach, »gefällt es mir hier oben doch recht gut.«

»Ich werde rund um diesen Hügel Amulette als Wächter aufstellen«, sagte Moiraine. Sie war bereits von Aldieb abgestiegen. »Eine stärkere Abwehr würde unerwünschte Aufmerksamkeit auf sich ziehen, so wie Fliegen vom Honig angezogen werden, aber auf diese Weise werde ich es wissen, falls irgendeine Schöpfung des Dunklen Königs oder etwas, das dem Schatten dient, auf eine Meile an uns herankommt.«

»Ich wäre über eine magische Sperre froh«, sagte Mat, als seine Stiefel den Boden berührten, »wenn sie nur dieses ... Ding abhalten könnte.«

»Ach, sei endlich ruhig, Mat«, sagte Egwene kurz angebunden, und Nynaeve bemerkte: »Und dann warten sie auf uns, wenn wir am Morgen aufbrechen? Du *bist* ein Narr, Matrim Cauthon.« Mat funkelte die beiden Frauen an, während sie abstiegen, aber er hielt den Mund.

Als er Belas Zügel ergriff, grinsten sich Rand und Perrin an. Einen Augenblick lang war es fast wie zu Hause, wenn Mat zum unmöglichsten Zeitpunkt etwas sagte, das er besser nicht gesagt hätte. Dann verflog das Lächeln auf Perrins Gesicht. In der Dämmerung glühten seine Augen *wirklich*, als schiene ein gelbes Licht hinter ihnen. Auch Rands Grinsen verschwand. *Es ist doch nicht wie zu Hause.*

Rand und Mat und Perrin halfen Lan beim Absatteln und legten den Pferden Fußfesseln an, während die anderen sich daranmachten, das Lager herzurichten. Loial führte schon wieder Selbstgespräche, als er den winzigen Herd des Behüters aufstellte, aber seine dicken Hände langten kräftig zu. Egwene summte vor sich hin, während sie den Teekessel aus einem bauchigen Wasserschlauch füllte. Rand wunderte sich nicht mehr, warum der Behüter so viele Wasserschläuche mitgenommen hatte.

Er legte den Sattel des Braunen neben die anderen, schnallte seine Satteltaschen und die Deckenrolle von der Hinterpausche ab und hielt, von plötzlicher Angst gepackt, inne. Der Ogier und die Frauen waren verschwunden, genauso wie der Herd und all die Körbe, die das Packpferd getragen hatte. Die Hügelspitze war bis auf die abendlichen Schatten leer.

Mit einer tauben Hand griff er nach seinem Schwert. Er hörte undeutlich, wie Mat fluchte. Perrin hatte die Axt gezückt, und sein zerzauster Kopf drehte sich, um die Gefahr auszumachen.

»Schafhirten«, knurrte Lan. Unbeirrt schlenderte der Behüter über den Kamm des Hügels, und beim dritten Schritt verschwand er.

Rand wechselte Blicke aus weit aufgerissenen Augen mit Mat und Perrin, und dann rannten sie alle auf den Fleck zu, an dem der Behüter verschwunden war. Rand kam schlitternd zum Stehen, machte noch mal einen Schritt, und dann prallte Mat auf seinen Rücken. Egwene blickte auf. Sie stellte gerade den Kessel auf den winzigen Herd. Nynaeve schloss den Zylinder einer zweiten entzündeten Laterne. Sie waren allesamt anwesend. Moiraine saß mit übergeschlagenen Beinen da, Lan stützte sich auf einen Ellenbogen, und Loial nahm gerade ein Buch aus seiner Tasche.

Vorsichtig blickte sich Rand um. Der Abhang des Hügels lag so da wie vorher, genau wie die im Schatten liegenden Bäume und die Seen, die in der Dunkelheit versanken. Er fürchtete sich davor zurückzutreten, fürchtete, alle würden dann wieder verschwinden, und diesmal wäre er vielleicht nicht mehr in der Lage, sie wiederzufinden. Perrin atmete erleichtert auf und schob sich vorsichtig um Rand herum.

Moiraine bemerkte, dass sie alle drei mit offenem Mund dastanden. Perrin blickte reumütig drein und steckte die Axt zurück in die schwere Gürtelschlaufe, als glaube er, dass sie dort von niemandem bemerkt würde. Ihre Lippen verzogen sich zu einem Lächeln.»Es ist eine ganz einfache Sache«, sagte sie.»Das Licht wird gebeugt, sodass jedes Auge, das uns anschaut, stattdessen um uns herum blickt. Wir können es nicht zulassen, dass die Augen, die sich dort draußen befinden werden, heute Abend unsere Lichter sehen. Die Fäule ist kein Ort, an dem man sich im Dunkeln aufhalten kann.«

»Moiraine Sedai meint, ich könne es schaffen.« Egwenes Augen strahlten.»Sie sagt, ich beherrsche jetzt schon genug von der Einen Macht.«

»Nicht ohne gezielte Übung, Kind«, warnte Moiraine.»Auch die einfachste Sache kann für Ungeübte gefährlich werden, wenn es um die Eine Macht geht – und auch für Menschen aus ihrer Umgebung.« Perrin schnaubte, und Egwene blickte so betrübt drein, dass Rand sich fragte, ob sie ihre Fähigkeiten bereits ausprobiert hatte.

Nynaeve stellte die Laterne zu Boden. Die winzigen Flammen des Herds und dazu die beiden Laternen ergaben doch einen relativ großen Lichtkreis.»Wenn du nach Tar Valon gehst, Egwene«, sagte sie bedächtig,»gehe ich vielleicht auch mit.« Sie warf Moiraine einen seltsam trotzigen Blick zu.»Es wird gut für sie sein, zwischen all den Fremden ein bekanntes Gesicht zu sehen. Sie wird jemanden brauchen, der ihr gelegentlich einen Rat gibt und keine Aes Sedai ist.«

»Vielleicht ist es das Beste, Seherin«, sagte Moiraine schlicht.

Egwene lachte und klatschte in die Hände.»Oh, das wäre wirklich wundervoll. Und du, Rand. Du kommst doch auch mit, oder?« Er wollte sich gerade auf der anderen Seite des Herds ihr gegenüber niederlassen, hielt bei ihrer Frage kurz inne und setzte sich dann langsam. Er hatte ihre Augen noch nie als größer oder strahlender empfunden als jetzt. Sie waren wie Seen, in denen er sich verlieren konnte. Rote Flecken erschienen auf ihren Wangen, und sie lachte ein wenig zurückhaltender.»Perrin, Mat, ihr beide kommt auch mit, ja? Wir werden alle vereint sein.« Mat knurrte undeutlich etwas, das alles bedeuten konnte, und Perrin zuckte nur die Achseln. Sie nahm es als Zustimmung. »Siehst du, Rand? Wir werden alle zusammen sein.« *Licht, ein Mann könnte in diesen Augen mit Wonne ertrinken.* Verlegen räusperte er sich. »Gibt es in Tar Valon Schafe? Ich kann doch sonst nichts und verstehe nur etwas von Schafzucht und Tabakanbau.«

»Ich denke«, sagte Moiraine, »man wird in Tar Valon etwas für dich zu tun finden. Für euch alle. Nicht gerade Schafehüten, aber doch etwas Interessantes.«

»Seht ihr?«, sagte Egwene, als alle saßen. »Ich weiß schon. Wenn ich eine Aes Sedai bin, mache ich dich zu meinem Behüter. Du wärst doch gern ein Behüter, nicht wahr? Mein Behüter?« Sie klang selbstbewusst, doch er sah die Frage, die in ihren Augen stand. Sie wollte eine Antwort haben, brauchte eine Antwort.

»Ich wäre gern dein Behüter«, sagte er. *Sie ist nicht für dich bestimmt und du nicht für sie. Warum musste Min mir das sagen?*

Die Dunkelheit senkte sich schwer über sie, und alle waren müde. Loial war der Erste, der sich zur Seite rollte und einschlief, doch die anderen folgten bald seinem Beispiel. Keiner benützte die Decken, außer als Kopfkissen. Moiraine hatte etwas in das Öl der Lampen getan, das den Gestank der Fäule auf der Spitze des Hügels zerstreute, aber nichts konnte die Hitze vertreiben. Der Mond verbreitete ein ungleichmäßiges, wässriges Licht, aber was die Kühle einer Nacht betraf, so hätte genauso gut die Sonne im Zenit stehen können.

Rand fand keinen Schlaf, obwohl die Aes Sedai sich keine Spanne weit entfernt ausgestreckt hatte, um seine Träume zu beschützen. Die erdrückend schwüle Luft hielt ihn wach. Loials leichtes Schnarchen wurde zum Donnern, das Perrins Schnarchen übertönte, aber die anderen wurden trotzdem von der Erschöpfung übermannt. Der Behüter war noch wach und hatte sich unweit von ihm hingesetzt, das Schwert auf den Knien. Er blickte in die Nacht hinein. Zu Rands Überraschung hatte sich Nynaeve ihm angeschlossen.

Die Seherin betrachtete Lan schweigend eine Weile lang, dann goss sie ihm eine Tasse Tee ein und brachte sie ihm hinüber. Als er sie ihr mit einem gemurmelten Danke aus der Hand nahm, wandte sie sich nicht gleich wieder ab. »Ich hätte wissen müssen, dass Ihr ein König seid«, sagte sie leise. Ihre Augen blickten dem Behüter ruhig ins Gesicht, doch ihre Stimme zitterte ein wenig.

Lan blickte sie genauso eingehend an. Es erschien Rand, als wiese sein Gesicht jetzt sanftere Züge auf. »Ich bin kein König, Nynaeve. Nur ein Mann, der weniger sein Eigen nennen kann als selbst der erbärmlichste kleine Bauer, der wenigstens einen Hof besitzt.«

Nynaeves Stimme klang nun fester. »Manche Frauen fragen nicht nach Land oder Gold. Nur nach dem Mann.«

»Und der Mann, der von ihr verlangt, dass sie sich mit so wenig bescheidet, wäre ihrer nicht würdig. Ihr seid eine bemerkenswerte Frau, so schön wie der Sonnenaufgang, so wild wie ein Krieger. Ihr seid eine Löwin, Seherin.«

»Eine Seherin ist nur in seltenen Fällen verheiratet.« Sie schwieg einen Moment und holte tief Luft, als bereite sie sich innerlich auf etwas vor. »Doch wenn ich nach Tar Valon gehe, werde ich etwas anderes sein als eine Seherin.«

»Aes Sedai heiraten genauso selten wie Seherinnen. Kaum ein Mann kann mit einer so mächtigen Frau leben, die ihn mit ihrer Ausstrahlung derartig in den Schatten stellt, ob sie nun will oder nicht.«

»Einige Männer sind stark genug. Ich kenne einen solchen.« Falls noch irgendein Zweifel blieb, so wurde er durch ihren Blick ausgeräumt, der bewies, wen sie meinte.

»Alles, was ich habe, ist ein Schwert und ein Krieg, den ich nicht gewinnen kann, aber ich kann doch nicht aufhören zu kämpfen.«

»Ich habe Euch gesagt, dass das für mich keine Rolle spielt. Licht, Ihr habt mich bereits mehr sagen lassen, als schicklich ist. Werdet Ihr mich so weit beschämen, dass *ich* Euch fragen muss?«

»Ich werde Euch niemals beschämen.« Der sanfte Tonfall, wie eine Liebkosung, klang für Rands Ohren ganz eigenartig, brachte aber Nynaeves Augen zum Strahlen. »Ich werde den Mann hassen, den Ihr erwählt, weil er es ist und nicht ich, und ich werde ihn lieben, wenn er Euch zum Lächeln bringt. Keine Frau verdient die Gewissheit, dass sie statt des Brautschleiers einen Witwenschleier tragen wird – Ihr am wenigsten von allen.« Er stellte den unberührten Tee zu Boden und erhob sich. »Ich muss nach den Pferden sehen.«

Nynaeve kniete noch immer am gleichen Fleck, nachdem er längst weg war.

Schlaf oder nicht, jedenfalls schloss Rand die Augen. Er glaubte, die Seherin werde nicht wünschen, dass sie jemand beim Weinen beobachtete.

KAPITEL 49

Der Dunkle König rührt sich

Rand erwachte in der Morgendämmerung. Trüber Sonnenschein hatte seine Augenlider zum Flackern gebracht, als die Sonne zögernd über die Baumwipfel der Fäule hinwegspähte. Selbst zu dieser frühen Stunde lastete die Hitze wie eine schwere Decke auf dem gepeinigten Land. Er lag auf dem Rücken, den Kopf auf der Deckenrolle, und blickte zum Himmel hinauf. Der Himmel war immer noch blau. Selbst hier schien er unberührt geblieben zu sein. Überrascht stellte er fest, dass er tatsächlich geschlafen hatte. Eine Minute lang erschien ihm die verschwommene Erinnerung an ein belauschtes Gespräch wie der Teil eines Traums. Dann sah er Nynaeves rotgeränderte Augen. Offensichtlich hatte sie nicht geschlafen. Lans Gesicht wirkte härter als je zuvor, als habe er sich wieder eine Maske aufgesetzt und denke nicht daran, sie je wieder abzunehmen.

Egwene ging hinüber und kauerte sich mit besorgtem Gesicht neben der Seherin nieder. Er konnte nicht verstehen, was sie sagten. Egwene sprach, und Nynaeve schüttelte den Kopf. Egwene sagte noch etwas, und Nynaeve bedeutete ihr mit einer Handbewegung, sie solle gehen. Stattdessen beugte sich Egwene noch weiter zu Nynaeve hinunter, und ein paar Minuten lang unterhielten sich die beiden Frauen ein wenig leiser als vorher. Nynaeve schüttelte wieder den Kopf. Die Seherin beendete die Unterhaltung mit einem kurzen Auflachen, umarmte Egwene und – nach ihrem Gesichtsausdruck zu schließen – beruhigte sie. Als Egwene sich dann erhob, sah sie den Behüter böse an. Lan schien es nicht zu bemerken; er blickte überhaupt nicht in Nynaeves Richtung.

Rand schüttelte den Kopf und las seine Siebensachen zusammen. Er wusch Gesicht und Hände hastig und putzte sich die Zähne mit dem wenigen Wasser, das ihnen Lan zugestanden hatte. Er fragte sich, ob Frauen wohl die Gedanken der Männer erraten könnten. Der Gedanke war beunruhigend. *Alle Frauen sind Aes Sedai.* Dann sagte er sich, dass er wohl schon zu sehr unter dem Eindruck der Fäule stehe, spülte seinen Mund aus und beeilte sich, den Braunen zu satteln.

Es konnte einen erheblich durcheinander bringen, wenn man bemerkte, dass ihr Lager verschwand, bevor er auch nur die Pferde erreicht hatte, aber als sein Sattelgurt festgezurrt war, erschien mit einem Schlag alles wieder, was sich auf der Hügelspitze befand. Jeder beeilte sich.

Die sieben Türme waren im Licht des Morgens klar zu erkennen, ferne, abgebrochene Stümpfe wie riesige, unregelmäßig geformte Hügel, die nur einen Schatten ihrer einstigen Größe darstellten. Die hundert Seen leuchteten in klarem, durch keine Welle gekräuseltem Blau. An diesem Morgen durchbrach nichts ihre Oberfläche. Wenn er die Seen und die Ruinen der Türme so betrachtete, war er fast in der Lage, die kränklichen Dinge zu ignorieren, die um den Hügel herum wuchsen. Lan schien den Anblick der Türme nicht zu meiden, genauso wenig, wie er den Anblick Nynaeves mied, aber irgendwie schaute er doch nie richtig hin und konzentrierte sich ganz darauf, ihren Aufbruch vorzubereiten.

Nachdem die Tragekörbe am Packpferd festgemacht waren, nachdem jeder Krümel und jeder Fleck und jede Spur beseitigt war und alle anderen auf ihren Pferden saßen, stellte sich die Aes Sedai mitten auf die Hügelspitze, schloss die Augen und schien nicht einmal mehr zu atmen. Es geschah nichts, das Rand hätte sehen können – nur Nynaeve und Egwene zitterten trotz der Hitze und rieben sich heftig die Arme, als wollten sie sich aufwärmen. Egwenes Hände erstarrten plötzlich auf ihren Unterarmen, und sie öffnete den Mund und sah die Seherin an. Bevor sie etwas sagen konnte, hielt Nynaeve ebenfalls inne und blickte sie scharf an. Die beiden Frauen sahen sich an, und dann nickte Egwene und grinste, und einen Moment später tat Nynaeve es ihr gleich, auch wenn ihr Lächeln eher halbherzig wirkte.

Rand fuhr sich mit den Fingern durchs Haar, das bereits mehr vom Schweiß durchnässt war als von dem Wasser, das er draufgespritzt hatte. Er war sicher, an diesem lautlosen Gedankenaustausch war etwas, das er verstehen sollte, aber die federleichte Berührung in seinem Geist verging, bevor er weiter darauf eingehen konnte.

»Worauf warten wir noch?«, wollte Mat wissen. Er hatte sich den Schal wieder um die Stirn gewickelt. Sein Bogen war über das Sattelhorn gelegt, und ein Pfeil lag schussbereit auf der Sehne. Den Köcher hatte er an seinem Gürtel nach vorn gezogen, damit er ihn leichter erreichen konnte.

Moiraine öffnete die Augen und blickte den Hügel hinunter. »Ich habe die letzten Überreste dessen beseitigt, was ich gestern Abend hier tat. Sie wären wohl auch im Verlauf eines Tages von allein verflogen, aber ich werde jetzt kein Risiko mehr eingehen, das ich vermeiden kann. Wir sind zu nahe, und der Schatten ist hier zu stark. Lan?«

Der Behüter wartete nur lange genug, damit sie sich in Aldiebs Sattel zurechtsetzen konnte, und führte sie dann nach Norden auf die Berge des Verderbens zu, die unweit von ihnen aufragten. Selbst im Sonnenaufgang wirkten die Gipfel schwarz und leblos wie Zahnstümpfe. Sie erstreckten sich wie eine riesige Wand nach Osten und nach Westen – so weit sie sehen konnten.

»Werden wir heute noch das Auge erreichen, Moiraine Sedai?«, fragte Egwene.

Die Aes Sedai sah Loial von der Seite her an. »Ich hoffe schon. Als ich es damals entdeckte, befand es sich gleich auf der anderen Seite der Berge, am Fuß der hohen Pässe.«

»Er sagt, es bewegt sich«, bemerkte Mat und nickte in Loials Richtung. »Was ist, wenn es sich gar nicht dort befindet, wo du glaubst?«

»Dann werden wir weitersuchen, bis wir es finden. Der Grüne Mann fühlt die Not, und es kann wohl keine größere Not geben als die unsere. Unsere Not ist die Hoffnung der Welt.«

Als die Berge näher rückten, kamen sie auch der eigentlichen Großen Fäule näher. Wo vorher die Blätter schwarz und gelb gefleckt ausgesehen hatten, da fielen sie jetzt schwer und feucht unter ihrem eigenen Gewicht faulend zu Boden. Die Bäume selbst waren gequälte, verkrüppelte Gebilde mit verdrehten Ästen, die sich dem Himmel entgegenstreckten, als bäten sie eine Macht um Gnade, die sich weigerte, ihre Bitte zu erhören. Schleim rann wie Eiter aus aufgesprungener Rinde. Die Bäume zitterten von der Erschütterung durch die vorbeitrabenden Pferde, als sei an ihnen nichts wirklich Festes mehr.

»Sieht so aus, als wollten sie nach uns greifen«, sagte Mat nervös. Nynaeve sah ihn zornig an, worauf er heftig hinzufügte: »Na ja, sie sehen eben so aus!«

»Und einige davon wollen das tatsächlich«, sagte die Aes Sedai. Einen Augenblick lang wirkten ihre nach hinten gerichteten Augen härter als die Lans. »Aber sie wollen absolut nichts von mir, und meine Gegenwart schützt euch.«

Mat lachte unsicher, als glaube er, sie habe gescherzt. Rand war sich da nicht so sicher. Dies *war* schließlich die Fäule. *Aber Bäume bewegen sich nicht. Warum sollte ein Baum einen Menschen ergreifen, selbst wenn er es könnte? Wir bilden uns doch so was nur ein, und sie will uns lediglich wachsam halten.*

Blitzschnell blickte er nach links hinüber, in den Wald hinein. Dieser Baum, kaum zwanzig Schritt entfernt, *hatte* gezittert, und das entsprang nicht seiner Einbildung. Er wusste nicht, welche Art von Baum das war oder gewesen war, so verdreht und gequält war seine Gestalt. Noch während er ihn betrachtete, ruckte der Baum wieder vor und zurück und neigte sich dann. Die Äste peitschten den Boden. Etwas schrie schrill und durchdringend. Der Baum richtete sich mit einem Ruck wieder auf. Seine Äste hatten sich um eine dunkle Masse geschlossen, die sich wand und fauchte und schrie.

Er schluckte heftig und bemühte sich, den Braunen wegzulenken, aber auf jeder Seite standen Bäume, und alle bebten nun. Der Braune rollte die Augen, bis man nur noch das Weiße darin sah. Rand befand sich inmitten eines wirren Knäuels von Pferden, da alle anderen dasselbe versuchten wie er. »Bewegt Euch!«, befahl Lan und zog sein Schwert. Der Behüter trug nun seine stahlverstärkten Handschuhe und sein graugrünes Schuppenhemd. »Bleibt bei Moiraine Sedai!« Er riss Mandarb herum, fort von dem Baume und seiner Beute. Mit seinem farbverändernden Umhang wurde sein Anblick bereits von der Fäule verschlungen, bevor der schwarze Hengst außer Sicht war.

»Näher«, forderte Moiraine die anderen auf. Sie ließ ihre weiße Stute den Schritt nicht verlangsamen, bedeutete aber den anderen, sich dicht bei ihr zu halten. »Haltet euch so nahe wie möglich bei mir.«

Ein Brüllen erhob sich aus der Richtung, in die der Behüter geritten war. Es ließ Luft und Bäume erzittern, und als es verflog, hallte ein Echo nach. Dann erklang das Brüllen wieder, erfüllt von Wut und Tod.

»Lan«, sagte Nynaeve. »Er ...«

Der schreckliche Laut schnitt ihr das Wort ab, doch es lag ein neuer Klang darin: Angst. Mit einem Schlag verstummte er.

»Lan kann auf sich selbst aufpassen«, sagte Moiraine. »Reitet, Seherin!«

Zwischen den Bäumen tauchte der Behüter wieder auf. Er hielt das Schwert am ausgestreckten Arm – weg von sich und seinem Ross. Schwarzes Blut klebte an der Klinge, und Dampf stieg davon auf. Sorgfältig wischte Lan die Klinge mit einem Tuch ab, das er einer Satteltasche entnahm. Er betrachtete den Stahl eingehend, um sich zu vergewissern, dass er jeden Fleck erreicht hatte. Als er das Tuch fallen ließ, zerfiel es, bevor es den Boden berührte, und selbst die einzelnen Fetzen lösten sich noch auf. Lautlos sprang ein massiger Körper zwischen den Bäumen hindurch auf sie zu. Der Behüter riss Mandarb herum, doch in dem Moment, als sich das Streitross aufbäumte, bereit, mit stahlbewehrten Hufen loszuschlagen, zischte Mats Pfeil an ihnen vorbei und durchbohrte das einzige Auge in einem Kopf, der im wesentlichen aus Rachen und Zähnen bestand. Das Ding fiel zuckend und schreiend einen Sprung weit von ihnen entfernt zu Boden. Rand betrachtete das Ding, als sie vorbeihasteten. Es war bedeckt von einem borstig steifen Pelz, und es besaß entschieden zu viele Beine, die in eigenartigen Winkeln aus einem Körper hervorwuchsen, der so groß war wie der eines Bären. Einige dieser Gliedmaßen, die aus seinem Rücken herausragten, waren zum Laufen nicht zu gebrauchen, aber die fingerlangen Klauen an ihren Enden wühlten die Erde im Todeskampf auf.

»Guter Schuss, Schafhirte.« Lans Augen hatten bereits vergessen, was hinter ihnen lag, und suchten den Wald ab. Moiraine schüttelte den Kopf. »Es hätte eigentlich nicht freiwillig jemandem so nahe kommen sollen, der Kraft aus der Wahren Quelle schöpft.«

»Agelmar sagte, dass sich in der Fäule einiges rührt«, meinte Lan dazu. »Vielleicht spürt auch die Fäule, dass sich im Großen Muster ein neues Gewebe formt.«

»Beeilt euch!« Moiraine grub die Fersen in Aldiebs Flanken. »Wir müssen die oberen Pässe schnell überqueren.«

Doch noch während sie sprach, erhob sich die Fäule gegen sie. Bäume peitschten mit ihren Ästen, versuchten, sie zu erreichen, und sie kümmerten sich nicht darum, ob Moiraine die Wahre Quelle berührte oder nicht. Rand hielt sein Schwert in der Hand. Er erinnerte sich nicht daran, es gezogen zu haben. Er schlug immer wieder zu. Die Klinge mit dem Reiherzeichen durchschnitt faulende Zweige. Hungrige Äste zuckten als abgehackte, sich windende Stümpfe zurück – er glaubte beinahe, sie schreien zu hören –, aber immer neue kamen, wanden sich wie Schlangen, versuchten, sich um seine Arme, seine Taille, seine Kehle zu wickeln. Die Zähne in starrem

Knurren gefletscht, suchte er das Nichts und fand es in dem steinigen, zähen Erdboden der Zwei Flüsse.»Manetheren!« Er schrie es den Bäumen zu, bis sein Hals schmerzte. Die Klinge mit dem Reiherzeichen blitzte im kraftlosen Sonnenschein.»Manetheren! Manetheren!«

Mat stand in den Steigbügeln und sandte einen Pfeil nach dem anderen in den Wald, zielte auf verformte Gestalten, die knurrten und unzählige Zähne auf den Pfeilen zerbissen, die sie töteten, schoss auf die klauenbewehrten Umrisse, die sich über die Gestürzten hinwegquälten, um die Reiter zu erreichen. Auch Mat nahm die Welt um sich herum nicht mehr richtig wahr.»*Carai an Caldazar!*«, schrie er, während er die Sehne an die Wange zog und losließ. »*Carai an Ellisande! An Ellisande! Mordero daghain pas duente cuebiyar! An Ellisande!*«

Auch Perrin stand in den Steigbügeln, schweigend und ernst. Er hatte die Führung übernommen, und seine Axt hieb ihnen einen Pfad durch Holz und faulendes Fleisch, was auch immer sich vor ihnen befand. Um sich schlagende Bäume und jaulende Wesen scheuten vor dem stämmigen Axtträger zurück, sowohl vor den wilden goldenen Augen als auch vor der durch die Luft sausenden Axt. Er zwang sein Pferd entschlossen vorwärts, Schritt für Schritt.

Feuerbälle schossen aus Moiraines Händen hervor, und wo sie auftrafen, da wurde ein sich windender Baum zur Fackel, da schrie eine zahnbewehrte Gestalt auf und schlug mit menschlichen Händen auf sich ein, zerkratzte das eigene brennende Fleisch mit grimmen Klauen, bis es verendete.

Wieder und wieder lenkte der Behüter Mandarb zwischen die Bäume. Seine Klinge und Handschuhe trieften von blasenschlagendem, dampfendem Blut. Wenn er nun zurückkehrte, sah man häufiger Risse in seinem Schuppenpanzer und blutende Kratzer in seiner Haut, und auch sein Streitross stolperte und blutete. Jedes Mal hielt die Aes Sedai inne und legte ihre Hände auf seine Wunden, und wenn sie sie wieder wegnahm, war nur das Blut auf heiler Haut zurückgeblieben.»Ich entzünde Signalfeuer für die Halbmenschen«, sagte sie in bitterem Tonfall.»Weiter voran! Weiter voran!« Langsam, Schritt für Schritt, kamen sie vorwärts.

Wenn die Bäume nicht so blindwütig auf die gesamte Masse angreifenden Fleisches und nicht nur auf die Menschen eingeschlagen hätten, wenn die Kreaturen, von denen keine der anderen glich, nicht auch gegen die Bäume und die anderen ihrer Art gekämpft hätten, sondern ausschließlich gegen die Menschen, dann – da war Rand sicher – wären sie überwältigt worden. Er war aber keineswegs sicher, ob das nicht doch noch geschehen würde. Dann erhob sich hinter ihnen ein flötenartiger Schrei. Fern und dünn drang er durch das Fauchen der Bewohner der Fäule um sie herum. Das Fauchen und Knurren war mit einem Schlag beendet – wie mit einem Messer abgeschnitten. Die angreifenden Gestalten erstarrten; die Bäume verharrten bewegungslos. So plötzlich, wie die Dinge mit den vielen Beinen aufgetaucht waren, verschwanden sie auch wieder in den verkrüppelten Wald hinein.

Der schrille Ton erklang erneut, wie eine gesprungene Hirtenflöte, und wurde von einem ganzen Chor der gleichen Art begrüßt. Ein halbes Dutzend, die vor sich hin sangen – weit hinter dem Ersten.

»Würmer«, sagte Lan grimmig, was Loial zum Aufstöhnen brachte. »Sie haben uns eine Atempause verschafft, falls wir Zeit genug haben, sie zu nutzen.« Seine Augen maßen die Entfernung zu den Bergen. »Wenige Dinge in der Fäule werden sich einem Wurm entgegenstellen, wenn es vermieden werden kann.« Er grub die Fersen in Mandarbs Flanken. »Reitet!« Die ganze Gesellschaft galoppierte hinter ihm her durch eine Fäule, die ihnen plötzlich tot erschien, außer natürlich, was das Flöten hinter ihnen betraf.

»Sie wurden von den Würmern verscheucht?«, fragte Mat ungläubig. Er hüpfte im Sattel auf und ab und versuchte, sich den Bogen über den Oberkörper zu hängen.

»Ein Wurm« – die Art, wie der Behüter das aussprach, klang ganz anders als bei Mat – »kann einen Blassen töten, falls der Blasse nicht alles Glück des Dunklen Königs auf seiner Seite hat. Wir haben ein ganzes Rudel auf den Fersen. Reitet! Reitet!« Die dunklen Gipfel waren nun näher. Eine Stunde, schätzte Rand, bei dem Tempo, das der Behüter anschlug.

»Werden uns die Würmer nicht in die Berge folgen?«, fragte Egwene atemlos, und Lan lachte bitter.

»Das werden sie nicht. Die Würmer haben Angst vor dem, was auf den oberen Pässen lauert.« Loial stöhnte erneut.

Rand wünschte, der Ogier würde damit aufhören. Es war ihm durchaus klar, dass der Ogier mehr über die Fäule wusste als alle außer Lan, selbst wenn sein Wissen nur aus Büchern stammte, die er in der Sicherheit des *Stedding* gelesen hatte. *Aber warum muss er mich immer daran erinnern, dass noch Schlimmeres auf uns wartet als das, was wir bereits gesehen haben?*

Die Fäule flog an ihnen vorbei. Unkraut und Gras klatschte faulig zäh unter den galoppierenden Hufen. Bäume von der Art, die sie zuvor angegriffen hatten, zuckten noch nicht einmal, selbst wenn sie direkt unter ihren verdrehten Zweigen einherritten. Die Berge des Verderbens füllten den Himmel vor ihnen, schwarz und kahl und fast schon nahe genug, um sie zu berühren, wie es schien. Das Flöten klang scharf und klar, und hinter ihnen erklangen matschige Geräusche, lauter als von den Dingen, die unter den Pferdehufen zerquetscht wurden. Zu laut; als würden die halb verfaulten Bäume von riesigen Körpern zerdrückt, die über sie hinwegglitten. Zu nahe. Rand blickte sich um. Dort hinten bäumten sich die Baumwipfel auf und wurden wie Gras niedergedrückt. Es ging langsam aufwärts, auf die Berge zu, in einem Winkel, der ihm sagte, dass ihr Aufstieg begann.

»Wir schaffen es nicht«, verkündete Lan. Er hielt Mandarbs Galopp nicht zurück, hatte aber plötzlich wieder sein Schwert in der Hand. »Sei auf den Passhöhen besonders vorsichtig, Moiraine, dann kommst du durch.«

»Nein, Lan!«, rief Nynaeve.

»Schweig, Mädchen! Lan, selbst du kannst kein Wurmrudel aufhalten. Ich lasse das nicht zu. Ich brauche dich am Auge.«

»Pfeile«, rief Mat atemlos.

»Die Würmer würden sie nicht einmal fühlen«, schrie der Behüter. »Man muss sie in Stücke hacken. Sie fühlen nicht viel – nur Hunger. Manchmal Angst.«

Rand klammerte sich furchtsam an seinen Sattel. Er zuckte die Achseln in dem Versuch, die Verspannung seiner Schultern zu lösen. Sein ganzer Brustkorb war im Griff einer eisernen Klammer, sodass er kaum atmen konnte, und seine Haut schmerzte unter heißen Nadelstichen. Die Fäule hatte sich zu einem niedrigen Vorgebirge gewandelt. Er konnte den Weg sehen, den sie erklimmen mussten, sobald sie die Berge erreicht hatten; einen sich windenden Pfad und die Passhöhe an seinem Ende. Der Pass sah aus, als habe eine Axt den schwarzen Felsen gespalten. Licht, was ist dort droben, das sogar die hinter uns das Fürchten lehren kann? *Licht, hilf mir, ich habe noch nie solche Angst gehabt! Ich will nicht weiter dort hinauf. Nicht weiter!* Er suchte die Flamme und das Nichts und schimpfte dabei auf sich selbst. *Narr! Angsthase! Feiger Narr! Du kannst nicht hier bleiben, und du kannst nicht zurück. Willst du Egwene im Stich lassen, damit sie alledem allein gegenübersteht?* Das Nichts entwich ihm, formte sich, zerplatzte in tausend Lichtpunkte, formte sich erneut und zerbrach wieder. Jeder Lichtpunkt brannte sich in seine Knochen ein, bis er vor Schmerz zitterte und glaubte, er müsse zerbersten. *Licht, hilf mir, ich kann nicht weiter! Licht, hilf mir!*

Er straffte schon die Zügel des Braunen, um ihn wenden zu lassen und sich den Würmern und allem zu stellen, nur nicht dem, was vor ihm lag, als sich die Landschaft veränderte. Zwischen einem Hügelabhang und dem nächsten, zwischen Kamm und Gipfel, war die Fäule verschwunden.

Grüne Blätter verdeckten friedlich sich ausbreitende Äste. Wildblumen bildeten einen bunten Fleckenteppich im Gras, das von einer süß duftenden Frühlingsbrise bewegt wurde. Schmetterlinge flatterten von Blüte zu Blüte, zusammen mit summenden Bienen, und Vögel zwitscherten ihre Lieder.

Mit offenem Mund galoppierte er weiter, bis ihm plötzlich zu Bewusstsein kam, dass Moiraine und Lan und Loial und die anderen angehalten hatten. Langsam brachte er den Braunen zum Stehen, das Gesicht in Erstaunen erstarrt. Egwene fielen beinahe die Augen aus dem Kopf, und Nynaeves Kinnlade hing herunter. »Wir sind in Sicherheit«, sagte Moiraine. »Das ist der Wohnort des Grünen Mannes, und das Auge der Welt befindet sich ebenfalls hier. Nichts aus der Fäule kann hier eindringen.«

»Ich dachte, es sei auf der anderen Seite der Berge«, nuschelte Rand. Er konnte die Gipfel noch sehen, die den Horizont im Norden füllten, und die Pässe dazu. »Ihr sagtet, es sei immer jenseits der Pässe.«

»Dieser Ort«, sagte eine tiefe Stimme von den Bäumen her, »ist immer, wo er ist. Alles, was sich ändert, ist der Ort, an dem sich die befinden, die ihn in Not suchen.«

Eine Gestalt trat aus dem Laub hervor, menschlich geformt, doch um so vieles größer als Loial, wie dieser Rand überragte. Eine menschliche Gestalt aus verwobenen Ranken und Blättern, grün und wachsend. Sein Haar war Gras, das bis auf die Schultern herabfiel; seine Augen waren riesige Haselnüsse; seine Fingernägel Eicheln. Sein Hemd und seine Hose bestanden aus grünen Blättern, seine Stiefel aus glatter Rinde. Schmetterlinge umflatterten ihn, setzten sich auf seine Finger, seine Schultern, sein Gesicht. Nur eine Sache verhinderte die blumige Vollkommenheit: Ein tiefer Riss zog sich über seine Wange, durch die Schläfe und über den Kopf, und dort waren die Ranken braun und verwelkt.

»Der Grüne Mann«, flüsterte Egwene, und das zernarbte Gesicht lächelte. Einen Moment lang schien es, als sängen die Vögel lauter. »Natürlich bin ich das. Wer sonst würde sich wohl hier befinden?« Die Haselnussaugen betrachteten Loial. »Es ist gut, dich zu sehen, kleiner Bruder. In der Vergangenheit kamen viele von euch, mich zu besuchen, doch in jüngster Zeit nur noch wenige.« Loial kletterte von seinem großen Pferd und verbeugte sich höflich. »Du ehrst mich, Baumbruder. *Tsingu ma choshih, T'ingshen.*« Lächelnd legte der Grüne Mann einen Arm um die Schultern des Ogiers. Neben Loial wirkte er wie ein Mann neben einem Jungen. »Es sind keine Ehrenbezeugungen nötig, kleiner Bruder. Wir werden zusammen Baumlieder singen und uns an die Großen Bäume und die *Stedding* erinnern, und wir werden uns der Sehnsucht verweigern.« Er betrachtete die anderen, die soeben von den Pferden stiegen, und sein Blick ruhte auf Perrin. »Ein Wolfsbruder! Werden die alten Zeiten wirklich wieder wahr?«

Rand starrte Perrin an. Perrin wandte sein Pferd um, sodass es sich zwischen ihm und dem Grünen Mann befand, und beugte sich nieder, um den Gurt zu überprüfen. Rand war sicher, dass er lediglich den forschenden Blick des Grünen Mannes meiden wollte. Plötzlich sprach der Grüne Mann Rand an: »Seltsame Kleider trägst du, Kind des Drachen. Hat sich das Rad schon so weit gedreht? Kehrt das Drachenvolk wieder zum Ersten Pakt zurück? Aber du trägst ein Schwert. Das gehört weder der Gegenwart noch der Vergangenheit an.«

Rand musste erst wieder Speichel im Mund sammeln, bevor er zu sprechen in der Lage war. »Ich weiß nicht, wovon Ihr sprecht. Was meint Ihr damit?«

Der Grüne Mann berührte die braune Narbe an seinem Kopf. Einen Augenblick lang schien er verwirrt. »Ich ... kann es nicht sagen. Meine Erinnerungen sind zerrissen und oft nur flüchtig, und vieles von dem, was noch übrig ist, ist wie ein Blatt, das von Raupen besucht wurde. Und doch bin ich sicher ... Nein, es ist wieder weg. Aber du bist hier willkommen. Du, Moiraine Sedai, bist mehr als eine Überraschung für mich. Dieser Ort wurde so geschaffen, dass niemand ihn zweimal finden konnte. Wie bist du hierher gekommen?«

»Not«, antwortete Moiraine. »Meine Not, die Not der Welt. Vor allem ist es die Welt, die in Not ist. Wir sind gekommen, um das Auge der Welt zu sehen.«

Der Grüne Mann seufzte. Der Wind seufzte durch dicht belaubte Zweige. »Dann ist es wieder geschehen. Diese Erinnerung ist vollständig. Der Dunkle König rührt sich. Ich habe das befürchtet. Mit jedem Jahreswechsel versucht die Fäule unerbittlicher, hier einzudringen, und dieses Mal war der Kampf, sie fern zu halten, härter als je zuvor seit Anbeginn. Kommt, ich werde euch hinbringen.«

KAPITEL 50

Zusammentreffen am Auge

R and führte den Braunen am Zügel und folgte zusammen mit den anderen Emondsfeldern dem Grünen Mann. Alle blickten drein, als könnten sie sich nicht entscheiden, wen sie zuerst betrachten wollten: den Grünen Mann oder den Wald. Der Grüne Mann war natürlich eine legendäre Gestalt, über die man sich Geschichten erzählte – über ihn und den Baum des Lebens. Man erzählte sich vor jedem Kamin in den Zwei Flüssen davon, und die Geschichten waren nicht nur für Kinder bestimmt. Doch nach dem Anblick der Fäule hätten auch die Bäume und Blumen ein Wunder an Normalität dargestellt, auch wenn der Rest der Welt noch im Winter gefangen war.

Perrin hielt sich ein wenig zurück. Als Rand sich nach ihm umsah, sah der große, wollköpfige Jüngling aus, als wolle er nichts mehr von dem hören, was der Grüne Mann zu sagen hatte. Er konnte ihn verstehen. *Kind des Drachen.* Misstrauisch betrachtete er den Grünen Mann, der mit Moiraine und Lan voranschritt. Schmetterlinge umflatterten ihn in einer Wolke aus Gelb und Rot. *Was meinte er damit? Nein. Ich will es nicht wissen.*

Trotzdem war sein Schritt beschwingter, und die Beine federten elastischer. Das Unbehagen rührte sich noch in seinen Eingeweiden und ließ seinen Magen flattern, doch die Angst hatte sich so weit aufgelöst, dass sie fast nicht mehr zu bemerken war. Er glaubte nicht, dass es noch besser werden könne – wenn die Fäule nur eine halbe Meile entfernt war –, obwohl Moiraine natürlich Recht damit hatte, dass nichts aus der Fäule hier eindringen könne. Die tausend brennenden Lichtpunkte, die sich in seine Knochen gebohrt hatten, waren erloschen, und zwar in dem Moment, als sie das Reich des Grünen Mannes betreten hatten, da war er ganz sicher. *Er hat sie ausgeblasen,* dachte er – *der Grüne Mann und dieser Ort hier.*

Egwene fühlte es und Nynaeve auch, diesen beruhigenden Frieden, die Ruhe, die in der Schönheit lag. Er sah es ihnen an. Ihre Gesichter zeigten ein heiteres Lächeln, und ihre Finger streichelten über Blumen. Sie blieben stehen, um den Duft tief einzuatmen. Als der Grüne Mann das bemerkte, sagte er:»Blüten sind zur Zierde da. Pflanzen oder Menschen, das ist beinahe dasselbe. Keiner hat etwas dagegen, solange man nicht zu viele nimmt.« Und er begann, von dieser oder jener Pflanze Blüten abzupflücken, aber niemals mehr als zwei von einer Pflanze. Bald trugen Nynaeve und Egwene Blütenkränze im Haar, rosa Heckenrosen und gelbe Glockenblumen und weiße Morgensternchen. Der Zopf der Seherin, der ihr bis zur Hüfte reichte, schien wie ein weiß- und rosafarbener Garten. Selbst Moiraine nahm für ihre Stirn einen Kranz von Morgensternchenblüten entgegen, der so stark in sich verwoben war, dass die Blüten immer noch zu wachsen schienen. Rand war sich nicht sicher, ob sie nicht vielleicht wirklich wuchsen. Der Grüne Mann kümmerte sich im Vorbeigehen um seinen Waldgarten und unterhielt sich dabei leise mit Moiraine. Er tat, was eben gerade getan werden musste, ohne sich dessen wirklich bewusst zu sein. Seine Haselnussaugen erspähten an einer rankenden Heckenrose einen krummen Trieb, der von dem blütenübersäten Ast eines Apfelbaums in eine Ecke gedrückt wurde, und er blieb beim Sprechen stehen und fuhr mit der Hand den Trieb entlang. Rand war sich nicht ganz klar darüber, ob ihm seine Augen einen Streich spielten oder ob sich die Dornen tatsächlich wegdrehten, damit sie diese grünen Finger nicht verletzten. Als die hoch aufragende Gestalt des Grünen Mannes weiterging, war der Trieb kerzengerade und steckte seine roten Knospen zwischen die weißen Apfelblüten. Er beugte sich hinunter und umschloss mit seiner riesigen Hand ein winziges Samenkorn, das auf einem Häufchen Kieselsteine lag. Als er sich wieder aufrichtete, war daraus ein kleiner Trieb geworden, der eine Wurzel zwischen den Kieseln hindurch in guten Boden steckte.

»Alle Dinge müssen wachsen, wo sie hinfallen, so will es das Muster«, erklärte er über die Schulter, als entschuldige er sich. »Und dort müssen sie die Drehung des Rads erwarten, doch der Schöpfer wird nichts dagegen haben, wenn ich ein klein wenig nachhelfe.«

Rand führte den Braunen um den Trieb herum und achtete darauf, dass er nicht von den Pferdehufen zertrampelt wurde. Es schien ihm nicht richtig, zu zerstören, was der Grüne Mann geschaffen hatte, nur um einen Schritt mehr zu vermeiden. Egwene lächelte ihn an – ein so vertrautes kleines Lächeln – und berührte seinen Arm.

Sie sah so hübsch aus mit ihrem offenen, blumengeschmückten

Haar, dass er zurücklächelte, bis sie errötete und die Augen nieder-schlug. *Ich werde dich beschützen*, dachte er. *Was auch geschieht, ich werde dich in Sicherheit bringen. Das schwöre ich.* Der Grüne Mann führte sie ins Herz des Frühlingswaldes zu einem Torbogen am Hang eines Hügels. Es war ein einfacher Steinbogen, hoch und weiß, und auf dem Schlussstein sah man einen Kreis, der von einer Schlangenlinie halbiert wurde. Die eine Hälfte war glatt, die andere rau. Das uralte Symbol der Aes Sedai. Die Öffnung selbst lag im Schatten.

Einen Augenblick betrachteten alle schweigend den Torbogen. Dann entfernte Moiraine den Blütenkranz aus ihrem Haar und häng-te ihn an einen Zweig eines Süßholzbuschs neben dem Bogen. Es war, als löse diese Bewegung ihre Zungen.

»Ist es da drinnen?«, fragte Nynaeve. »Weswegen wir gekommen sind?«

»Ich würde wirklich gern den Baum des Lebens sehen«, sagte Mat, der seinen Blick nicht von dem halbierten Kreis über ihnen wandte. »Solange können wir doch warten, oder?«

Der Grüne Mann sah Rand eigenartig an und schüttelte dann den Kopf. »*Avendesora* ist nicht hier. Ich habe seit zweitausend Jahren nicht mehr unter seinen rauen Ästen geruht.«

»Der Baum des Lebens ist auch nicht der Grund unseres Kom-mens«, sagte Moiraine bestimmt. Sie deutete auf den Bogen. »Dort drinnen ist er.«

»Ich werde nicht mit euch hineingehen«, sagte der Grüne Mann. Die Schmetterlinge wirbelten um ihn herum, als teilten sie seine Er-regung. »Es wurde mir vor langer, langer Zeit aufgetragen, es zu be-hüten, doch ich fühle mich nicht so wohl, wenn ich ihm zu nahe komme. Ich fühle, wie ich mich auflöse. Irgendwie hängt mein Ende damit zusammen. Ich kann mich noch daran erinnern, wie es ge-schaffen wurde. Ein wenig jedenfalls. Ein bisschen.« Seine Hasel-nussaugen blickten gedankenverloren ins Leere, und er fühlte nach seiner Narbe. »Es war in den ersten Tagen der Zerstörung der Welt. Die Freude ob des Sieges über den Dunklen König erhielt als bitteren Beigeschmack das Bewusstsein, dass immer noch alles durch die Last des Schattens zerstört werden konnte. Hundert von ihnen schu-fen es – Männer und Frauen gemeinsam. So wurden die größten Werke der Aes Sedai immer geschaffen, indem sie *Saidin* und *Saidar* zusammenfügten, so wie in der Wahren Quelle. Sie alle starben, da-mit es rein blieb, während die Welt um sie herum zerrissen wurde.

Sie wussten, dass sie sterben würden, und so trugen sie mir auf, es für den Fall zu beschützen, dass es gebraucht wurde. Das war nicht das, wofür ich geschaffen worden war, aber alles zerbrach, und sie waren allein und ich war alles, was sie hatten. Es war nicht das, wofür ich geschaffen worden war, aber ich habe ihm die Treue gehalten.« Er sah Moiraine an und nickte in sich hinein. »Ich habe die Treue gehalten, bis es gebraucht wurde. Und jetzt geht diese Zeit zu Ende.«

»Ihr seid treuer gewesen als viele von uns, die Euch diese Aufgabe anvertrauten«, sagte die Aes Sedai. »Vielleicht wird alles nicht so schlimm, wie Ihr befürchtet.«

Der blattbehangene Kopf schüttelte sich langsam. »Ich erkenne ein Ende, wenn es kommt, Aes Sedai. Ich werde einen anderen Ort finden, an dem ich Pflanzen züchten kann.« Nussbraune Augen blickten traurig in den grünen Wald hinein. »Vielleicht einen anderen Ort. Wenn ihr herauskommt, werde ich euch noch einmal begrüßen, falls noch Zeit ist.« Damit schritt er fort, Schmetterlinge im Schwarm hinter sich herziehend, und wurde in einem Maße eins mit dem Wald, wie es selbst Lans Umhang nicht vermochte.

»Was hat er gemeint?«, wollte Mat wissen. »Falls noch Zeit ist?«

»Kommt«, sagte Moiraine, und sie durchschritt den Torbogen. Lan folgte ihr auf dem Fuß.

Rand war sich nicht sicher, was er eigentlich erwartete, als er ihnen folgte. Die Haare an seinen Armen zuckten unruhig und die in seinem Nacken sträubten sich. Aber es war nur ein Korridor, dessen matt glänzende Wände oben im gleichen Bogen wie das Tor zusammentrafen und sich in sanfter Neigung nach unten zogen. Selbst Loial hatte mehr als genug Platz; sogar der Grüne Mann hätte hineingepasst. Der ebene Fußboden sah glatt aus wie geölte Platten, aber irgendwie bot er den Füßen genug Halt. Auf fugenlosen weißen Wänden glitzerten unzählige Lichtpunkte in ebenso vielen Farben und gaben ein mattes, sanftes Licht ab, obwohl der sonnenbeschienene Torbogen um eine Biegung hinter ihnen herum verschwunden war. Er war sicher, dass dieses Licht nichts Natürliches war, aber er fühlte auch, dass es gutartig war. *Warum hast du dann dieses Kribbeln auf der Haut?* Weiter und weiter hinunter ging es.

»Dort«, sagte Moiraine schließlich und zeigte nach vorn. »Vor uns.«

Der Korridor weitete sich zu einer riesigen Kuppelhalle. Der raue, lebende Fels ihrer Decke war mit Gruppen von glimmenden Kristallen übersät. Darunter nahm ein See fast die ganze Höhlenfläche ein.

Am Rand entlang war lediglich ein Rundweg von vielleicht fünf Schritten Breite übrig geblieben. Der See wies den ovalen Umriss eines Auges auf, und am Rand entlang zog sich ein niedriger, flacher Saum von Kristallen, die wohl in einem matteren, aber gleichzeitig drohenderen Licht leuchteten als jene an der Decke. Die Oberfläche des Sees war so glatt wie Glas und so klar wie der Weinquellenbach. Rand hatte das Gefühl, sein Blick könne ihn bis in die Unendlichkeit durchdringen, und er konnte auch keinen Grund entdecken.

»Das Auge der Welt«, flüsterte Moiraine neben ihm.

Als er sich voller Staunen umblickte, bemerkte er, dass die dreitausend Jahre, seit es erschaffen wurde, nicht spurlos an ihm vorübergegangen waren, und niemand war gekommen. Nicht alle Kristalle in der Kuppel glühten mit der gleichen Intensität. Einige glühten stärker, andere schwächer; einige flackerten, und andere waren nur noch kantige Brocken, die lediglich im Lichtschein schimmerten. Wären alle gleich hell gewesen, die Kuppel hätte so hell gestrahlt wie die Mittagssonne. Jetzt schien es nur wie das Licht am späten Nachmittag. Der Rundweg war von Staub überkrustet, auf dem kleine Steinchen und sogar einzelne Kristallsplitter lagen. Lange Jahre des Wartens, während sich das Rad drehte und mahlte.

»Aber *was* ist das eigentlich?«, fragte Mat unsicher. »Das sieht nicht aus wie Wasser, jedenfalls, wie ich es kenne.« Er gab einem faustgroßen, dunklen Steinbrocken einen Tritt, dass er über den Rand rutschte. »Es ...«

Der Stein durchschlug die glasige Oberfläche und glitt in den See, ohne zu klatschen, ohne auch nur die kleinste Welle hervorzurufen. Beim Sinken schwoll der Stein an, wurde größer und größer und zeichnete sich deutlich ab. Schnell war er kopfgroß. Rand konnte beinahe hindurchsehen. Dann sah er nur noch einen armlangen, verschwommenen Fleck, und auch der verschwand. Er hatte noch nie eine solche Gänsehaut gehabt.

»Was ist das?«, wollte er wissen. Er war überrascht von der rauen Härte seiner eigenen Stimme.

»Man könnte es das Wesen des *Saidin* nennen.« Die Worte der Aes Sedai wurden als Echo in der Kuppel zurückgeworfen. »Die Essenz der männlichen Hälfte der Wahren Quelle, die pure Essenz der Macht, die von den Männern vor der Zeit des Wahns beherrscht worden war. Die Macht, das Siegel am Gefängnis des Dunklen Königs zu erneuern oder es vollständig zu brechen.«

»Das Licht leuchte und beschütze uns«, flüsterte Nynaeve. Egwene klammerte sich an sie, als wolle sie sich hinter der Seherin verstecken. Selbst Lan bewegte sich unruhig, obwohl in seinen Augen keine Überraschung stand.

Rands Schultern prallten gegen Stein, und ihm wurde bewusst, dass er bis zur Rückwand zurückgetreten war, so weit vom Auge der Welt entfernt wie möglich. Wenn er gekonnt hätte, wäre er durch die Wand hindurch geflohen. Mat ging es genauso. Er drückte sich so platt gegen die Felswand, wie es nur ging. Perrin starrte mit halb gezogener Axt in den See. Seine Augen leuchteten gelb und wild.

»Als ich darüber las«, sagte Loial unsicher, »da habe ich mich immer gefragt, was es eigentlich sei. Warum? Warum haben sie das geschaffen? Und wie?«

»Niemand unter den Lebenden weiß das.« Moiraine blickte nicht mehr in den See. Sie beobachtete Rand und seine beiden Freunde mit abschätzendem Blick. »Weder weiß man, wie es geschaffen wurde, noch warum, außer dass es eines Tages benötigt werden würde und dass diese Not die größte und verzweifeltste sein würde, der sich die Menschheit bis zu dieser Zeit je gegenübergesehen hatte. Vielleicht die größte Not, die es jemals geben würde.

Viele in Tar Valon haben sich bemüht, einen Weg zu finden, diese Macht zu verwenden, aber sie ist so unerreichbar für eine Frau wie der Mond für eine Katze. Nur ein Mann könnte sie beherrschen, aber der letzte männliche Aes Sedai ist seit fast dreitausend Jahren tot. Und doch war es eine verzweifelte Notwendigkeit, die sie dazu trieb. Sie arbeiteten sich durch das Gift des Dunklen Königs hindurch, das *Saidin* verdorben hatte, um es wieder zu heilen, obwohl sie wussten, dass ein Erfolg sie alle getötet hätte. Männliche und weibliche Aes Sedai gemeinsam. Der Grüne Mann hat die Wahrheit gesagt. Die größten Wunder des Zeitalters der Legenden wurden auf diese Art geschaffen, *Saidin* und *Saidar* zusammen. Alle Frauen in Tar Valon, alle Aes Sedai an all den Königshöfen und in allen Städten, selbst jene eingerechnet, die jenseits der Wüste leben, selbst die eingerechnet, die vielleicht noch jenseits des Aryth-Meers leben, konnten nicht einen Löffel mit der Macht anfüllen, wenn sie keine Männer zur Zusammenarbeit hatten.«

Rands Kehle brannte, als habe er geschrien. »Warum hast du uns hierher gebracht?«

»Weil Ihr *ta'veren* seid.« Aus dem Gesichtsausdruck der Aes Sedai ließ sich nichts ablesen. Ihre Augen glänzten und schienen ihn zu ihr hinzuziehen. »Weil die Macht des Dunklen Königs hier zuschlagen wird und weil wir ihr gegenübertreten und sie aufhalten müssen, sonst wird der Schatten die Welt bedecken. Es gibt keine zwingendere Notwendigkeit als das. Gehen wir wieder hinaus ins Sonnenlicht, solange wir noch Zeit haben.« Sie wartete nicht, um zu sehen, ob sie ihr folgten, und ging mit Lan den Korridor hinauf. Lans Schritt war vielleicht ein wenig schneller als sonst üblich. Egwene und Nynaeve eilten ihr hinterher.

Rand schob sich an der Wand entlang – er konnte sich nicht dazu zwingen, auch nur einen Schritt näher an das heranzutreten, was der See sein mochte – und stolperte zusammen mit Mat und Perrin auf den Korridor hinaus. Er wäre sogar gerannt, doch dann hätte er Egwene und Nynaeve, Moiraine und Lan überrannt. Sein Zittern hörte aber auch nicht auf, als er wieder draußen war.

»Mir gefällt das nicht, Moiraine«, sagte Nynaeve ärgerlich, als die Sonne wieder auf sie herunterschien. »Ich glaube durchaus, dass die Gefahr so groß ist, wie du behauptest, sonst wäre ich nicht hier, aber das ist ...«

»Endlich habe ich euch gefunden.«

Rand zuckte, als hätte sich ein Seil um seinen Hals zusammengezogen. Die Worte, die Stimme ... einen Augenblick lang glaubte er, es sei Ba'alzamon. Aber die beiden Männer, die zwischen den Bäumen hervortraten, die Gesichter unter Kapuzen verborgen, trugen keine Umhänge von der Farbe getrockneten Bluts. Der eine Umhang war dunkelgrau, der andere von einem beinahe genauso dunklen Grün, und sogar an der frischen Luft wirkten sie muffig. Und die Männer waren keine Blassen; die Brise bewegte ihre Umhänge.

»Wer seid Ihr?« Lans Haltung kündete von Vorsicht. Seine Hand lag auf dem Griff seines Schwertes. »Wie seid Ihr hierher gekommen? Falls Ihr den Grünen Mann sucht ...«

»Er führte uns.« Die Hand, die auf Mat deutete, war alt und verschrumpelt und fast nicht mehr menschlich zu nennen. Ein Fingernagel fehlte, und die Knöchel standen heraus wie Knoten in einem Stück Tau. Mat trat mit weit aufgerissenen Augen einen Schritt zurück. »Ein altes Ding, ein alter Freund, ein alter Feind. Aber er ist nicht derjenige, den wir suchen«, erklärte der Mann mit dem grünen Umhang. Der andere Mann stand da, als würde er niemals sprechen.

Moiraine richtete sich zu voller Größe auf. So reichte sie wohl immer noch den Männern nur bis zu den Schultern, aber sie erschien ihnen mit einem Mal so groß wie die Hügel. Ihre Stimme klang wie eine Glocke. Sie verlangte zu wissen: »Wer seid Ihr?«

Hände schoben Kapuzen zurück, und Rand fielen fast die Augen aus dem Kopf. Der alte Mann war älter als alt; neben ihm hätte Cenn Buie wie ein vor Gesundheit strotzendes Kind gewirkt. Seine Gesichtshaut sah aus wie dünnes Pergament, das man fest über den Schädel gezurrt hatte und dann noch einmal etwas fester. Vereinzelte Büschel brüchigen Haars waren über seine vernarbte Kopfhaut verteilt. Seine Ohren waren verwitterte Bruchstücke wie Fetzen uralten Leders, die Augen eingesunken. Sie spähten aus seinem Kopf hervor wie vom Ende eines Tunnels her. Und doch sah der andere noch schlimmer aus. Ein enger schwarzer Lederüberzug bedeckte Kopf und Gesicht des Mannes vollständig, aber dessen Vorderseite war in Form eines Gesichts gearbeitet. Es war das Gesicht eines jungen Mannes, das wild, ja wahnsinnig lachte – ein für immer erstarrtes Lachen. *Was verbirgt der, wenn der andere schon zeigt, was er da eben vorführt?* Dann erstarrten sogar seine Gedanken, wurden zu Staub zermalmt und weggeblasen.

»Man nennt mich Aginor«, sagte der Alte. »Und er ist Balthamel. Er spricht nicht mehr mit seiner Zunge. Das Rad mahlt extrem fein, wenn man dreitausend Jahre lang im Gefängnis steckt.« Der Blick aus seinen eingesunkenen Augen glitt zum Torbogen hinüber. Balthamel beugte sich vor, die Augen unter seiner Maske auf die weiße Steinöffnung gerichtet, als wolle er geradewegs hineingehen. »So lange unfrei«, sagte Aginor leise. »So lange.«

»Das Licht schütze ...«, begann Loial mit zitternder Stimme und brach dann schnell ab, als Aginor ihn anblickte.

»Die Verlorenen«, sagte Mat heiser, »sind in Shayol Ghul gefangen ...«

»Waren gefangen.« Aginor lächelte; seine vergilbten Zähne wirkten wie Raubtierfänge. »Einige von uns sind nicht mehr gefangen. Die Siegel werden brüchig, Aes Sedai. Wie Ishamael wandeln wir wieder unter den Lebenden, und bald kommt der Rest von uns nach. Ich war dieser Welt in meiner Gefangenschaft zu nahe, ich und Balthamel, zu nahe dem Mahlen des Rads, aber bald wird der Große Herr der Dunkelheit frei sein und uns neues Fleisch verleihen, und die Welt wird wieder unser sein. Diesmal werdet ihr keinen Lews Therin Brudermörder mehr haben. Kein Herr des Morgens wird euch retten. Wir wissen nun, wen wir suchen, und den Rest von euch brauchen wir nicht mehr.«

Lans Schwert fuhr zu schnell aus der Scheide, als dass Rand die Bewegung hätte verfolgen können. Doch noch zögerte der Behüter, und sein Blick wanderte von Moiraine zu Nynaeve. Die beiden Frauen standen ein ganzes Stück voneinander entfernt. Hätte er sich zwischen eine von ihnen und die Verlorenen gestellt, hätte er sich damit weiter von der anderen entfernt. Das Zögern dauerte nur einen Herzschlag lang, doch als sich der Behüter bewegte, hob Aginor die Hand. Die Geste wirkte verächtlich – nur ein Schnippen seiner schwieligen Finger, wie um eine Fliege zu verscheuchen. Der Behüter flog rückwärts durch die Luft, als habe ihn eine riesige Hand geschleudert. Mit einem dumpfen Aufschlag prallte Lan gegen den steinernen Torbogen und hing einen Augenblick lang dort, bevor er zu einem schlappen Häufchen zusammensackte. Sein Schwert lag neben seiner ausgestreckten Hand.

»NEIN!«, schrie Nynaeve.

»Sei ruhig!«, befahl ihr Moiraine, aber bevor sich irgendjemand bewegen konnte, hatte die Seherin das Messer aus ihrem Gürtel gezogen, und sie rannte auf die Verlorenen zu, die kleine Klinge hoch erhoben.

»Das Licht blende Euch«, schrie sie und hieb nach Aginors Brust. Der andere der Verlorenen bewegte sich wie eine Viper. Noch während sie zuzuschlagen versuchte, schoss Balthamels in Leder gehüllte Hand heraus und ergriff ihr Kinn. Die Finger gruben sich in ihre eine Wange, während sich der Daumen in die andere bohrte. Durch den Druck pressten sie das Blut aus den Wangen und hinterließen blasse Schwielen. Ein Krampf schüttelte Nynaeve von Kopf bis Fuß, als habe man sie wie einen Kreisel gepeitscht. Ihr Messer fiel nutzlos aus kraftlosen Fingern, als Balthamel sie mit diesem Griff vom Boden hochhob, bis die Ledermaske in ihr immer noch zitterndes Gesicht starrte. Ihre Zehen zuckten einen Fuß hoch über dem Boden. Es regnete Blumen aus ihrem Haar.

»Ich hatte die fleischlichen Lüste schon beinahe vergessen.« Aginors Zunge fuhr über die geschrumpften Lippen. Es klang, als schleife Stein über raues Leder. »Aber Balthamel erinnert sich noch an vieles.« Das Lachen der Maske schien noch wilder zu werden, und Nynaeves klagender Aufschrei brannte in Rands Ohren wie Verzweiflung, die direkt aus ihrem lebendigen Herzen gerissen wurde.

Plötzlich rührte sich auch Egwene, und Rand sah, dass sie Nynaeve zur Hilfe eilen wollte. »Egwene, nein!«, schrie er, doch sie blieb nicht stehen. Seine Hand hatte sich bei Nynaeves Aufschrei zu seinem Schwert hin bewegt, aber nun gab er das auf und warf sich auf Egwene. Er prallte auf sie, bevor sie noch den dritten Schritt gemacht hatte, und beide fielen zu Boden. Egwene landete mit einem Japsen unter ihm und schlug sofort um sich.

Auch andere waren in Bewegung, wie er jetzt erkannte. Perrins Axt wirbelte in seinen Händen, und seine Augen glühten golden und wild. »Seherin!«, heulte Mat, und er hielt den Dolch aus Shadar Logoth in der Faust.

»Nein!«, rief Rand. »Ihr könnt nicht gegen die Verlorenen kämpfen!« Aber sie rannten an ihm vorbei, als hätten sie ihn nicht gehört. Sie hatten nur Augen für Nynaeve und die beiden Verlorenen. Aginor sah sie unberührt an ... und lächelte.

Rand fühlte, wie sich die Luft über ihm auflud und wie die Peitsche eines Riesen knallte. Mat und Perrin, die noch nicht einmal den halben Weg zu den Verlorenen zurückgelegt hatten, blieben so unvermittelt stehen, als seien sie gegen eine Wand gerannt. Dann prallten sie zurück und fielen zu Boden.

»Gut«, sagte Aginor. »Der passende Ort für euch. Wenn ihr lernt, euch niederzuwerfen und uns anzubeten, wie es sich gehört, dann lasse ich euch vielleicht am Leben.«

Hastig rappelte Rand sich hoch. Vielleicht konnte er die Verlorenen nicht bekämpfen – das konnte kein gewöhnlicher Mensch –, aber er würde sie nicht eine Minute lang in dem Glauben lassen, er krieche vor ihnen. Er versuchte, Egwene beim Aufstehen zu helfen, doch sie schlug seine Hände zur Seite und stand allein auf. Zornig strich sie sich das Kleid glatt. Auch Mat und Perrin hatten sich trotzig, wenn auch unsicher, aufgerichtet.

»Ihr werdet es lernen«, sagte Aginor, »wenn ihr überleben wollt. Nun, da ich gefunden habe, was ich brauche« – sein Blick wandte sich dem Torbogen zu – »nehme ich mir vielleicht die Zeit, es euch beizubringen.«

»Das wird nicht geschehen!« Der Grüne Mann schritt aus dem Wald hervor. Seine Stimme klang, als schlage der Blitz in eine alte Eiche ein. »Ihr gehört nicht hierher!«

Aginor warf ihm einen verächtlichen Blick zu. »Geht! Eure Zeit ist beendet. Alle von Eurer Rasse außer Euch sind längst Staub. Lebt, was Euch an Leben noch bleibt, und seid froh, dass es unter unserer Würde ist, Notiz von Euch zu nehmen.«

»Dies ist meine Heimstatt«, sagte der Grüne Mann, »und Ihr werdet hier nichts Lebendiges verletzen.«

Balthamel schleuderte Nynaeve weg wie einen alten Lumpen, und so fiel sie auch, mit leeren, offenen Augen, schlaff, als seien all ihre

Knochen geschmolzen. Eine lederumhüllte Hand hob sich, und der grüne Mann brüllte auf, als sich aus den Ranken, aus denen er gewebt war, Rauch erhob. Der Wind in den Bäumen warf ein Echo seiner Schmerzen zurück.

Aginor wandte sich wieder Rand und den anderen zu, als sei er mit dem Grünen Mann fertig, doch ein langer Schritt, und kräftige, blättrige Arme schlangen sich um Balthamel, hoben ihn hoch, drückten ihn gegen eine Brust aus dicken Ranken. Die schwarze Ledermaske lachte in Haselnussaugen, die vor Zorn dunkel waren. Wie Schlangen entwanden sich Balthamels Arme dieser Umklammerung. Seine behandschuhten Hände ergriffen den Kopf des Grünen Mannes, als wollten sie ihn ausreißen. Flammen schlugen hoch, wo diese Hände den Grünen Mann berührten. Ranken verwelkten, Blätter fielen. Der Grüne Mann brüllte laut, als dichter, dunkler Rauch zwischen den Ranken seines Körpers herausquoll. Weiter und weiter brüllte er, als brülle er sich selbst aus sich heraus, zusammen mit dem Rauch, der zwischen seinen Lippen hervorquoll.

Plötzlich zuckte Balthamel im Griff des Grünen Mannes. Die Hände des Verlorenen versuchten, ihn wegzuschieben, statt ihn festzuhalten. Eine Hand flog zur Seite ... und ein winziger, grüner Trieb brach durch das schwarze Leder. Ein Pilz, so wie er im tiefen Schatten des Waldes ringförmig um die Bäume wächst, umklammerte seinen Arm, wuchs aus dem Nichts zu voller Größe heran, schwoll an und bedeckte die ganze Länge des Arms. Balthamel schlug um sich, und ein Stinkkraut-Trieb riss seine Lederhülle auf. Flechten schoben ihre Wurzeln hinein und sprengten winzige Risse in das Ledergesicht. Nesseln durchbrachen die Augen der Maske; Totenkopfpilze rissen den Mund auf.

Der grüne Mann schleuderte den Verlorenen zu Boden. Balthamel wand sich und zuckte, als all diese Dinge, die an düsteren Orten wuchsen, all die Sporen, die Feuchtigkeit liebten, anschwollen und wuchsen, Stoff und Leder und Fleisch aufrissen – war es Fleisch, was man in diesem kurzen Augenblick pflanzlichen Zorns sehen konnte? –, bis nur noch zerlumpte Fetzen übrig waren; die ihn überwucherten, bis nur noch eine Erhebung übrig blieb, die man kaum von anderen in den schattigen Tiefen des Waldes unterscheiden konnte, und diese Erhebung bewegte sich genauso wenig wie die anderen. Mit einem Aufstöhnen wie dem eines Asts, der unter seinem zu hohen Gewicht abbricht, krachte der Grüne Mann zu Boden. Die Hälfte seines Kopfs war schwarz verkohlt. Rauchfinger erhoben sich noch von ihm wie graue Fühler. Verbrannte Blätter fielen von seinem Arm herunter, als er schmerzerfüllt seine geschwärzte Hand ausstreckte, um sanft eine Eichel zu umschließen.

Die Erde grollte, als zwischen seinen Fingern ein Eichenschössling emporwuchs. Der Kopf des Grünen Mannes sackte herunter, doch der Schössling streckte sich der Sonne entgegen. Wurzeln schossen heraus und festigten sich, gruben sich in den Boden, schoben sich wieder heraus und wurden immer dicker, während sie wieder einsanken. Der Stamm verbreiterte sich und streckte sich nach oben. Die Rinde wurde grau und rissig und alt. Äste breiteten sich aus und wurden schwer, armdick, mannsgroß, erhoben sich, den Himmel zu liebkosen, dicht mit grünem Laub bewachsen, voll von Eicheln. Das massive Netzwerk von Wurzeln warf die Erde auf wie ein Pflug, während es sich vergrößerte; der ohnehin schon riesige Stamm zitterte, verbreiterte sich erneut zum Durchmesser eines Hauses. Stille verbreitete sich. Und eine Eiche, die auch fünfhundert Jahre alt sein konnte, bedeckte den Fleck, an dem der Grüne Mann gelegen hatte. Sie war das Zeichen für das Grab einer Legende. Nynaeve lag auf den knorrigen Wurzeln, die krumm gewachsen waren, um ihre Gestalt zu umfassen, um ein Bett für sie zu bilden, auf dem sie ruhen konnte. Der Wind seufzte durch die Zweige der Eiche; er schien ein Lebewohl zu murmeln.

Selbst Aginor schien wie betäubt. Dann hob er den Kopf, und die Höhlenaugen glühten vor Hass. »Genug! Es ist höchste Zeit, dies zu beenden!«

»Ja, Verlorener«, sagte Moiraine mit einer Stimme, die so kalt klang wie das Eis im tiefsten Winter. »Höchste Zeit!«

Die Hand der Aes Sedai hob sich, und der Boden brach unter Aginors Füßen ein. Flammen erhoben sich prasselnd aus der Kluft, wurden von dem aus allen Richtungen heranheulenden Wind aufgepeitscht, saugten einen Strudel von Blättern in sich hinein, der sich zu einem rotgeäderten, flüssigen gelben Strahl purer Hitze verfestigte. In der Mitte stand Aginor, die Füße nur von Luft gehalten. Der Verlorene sah überrascht aus, doch dann lächelte er und trat einen Schritt vor. Es war ein langsamer Schritt, als versuche das Feuer, ihn am gleichen Fleck festzuhalten, aber er tat ihn, und dann noch einen.

»Rennt!«, befahl Moiraine. Ihr Gesicht war vor Anstrengung weiß. »Rennt alle weg!« Aginor schritt durch die Luft auf die Kante der Flammen zu.

Rand konnte aus dem Augenwinkel erkennen, wie andere sich bewegten, wie Mat und Perrin weghetzten, wie Loials lange Beine ihn in den Wald hineintrugen, doch alles, was er wirklich sah, war Egwene. Sie stand starr da mit bleichem Gesicht und geschlossenen Augen. Es war nicht die Angst, die sie dort festhielt, erkannte er. Sie versuchte, ihre winzige, ungeübte Kraft in der Anwendung der Macht gegen den Verlorenen einzusetzen.

Grob packte er sie am Arm und zog sie herum, bis ihr Gesicht ihm zugewandt war. »Lauf weg!«, schrie er sie an. Ihre Augen öffneten sich und blickten ihn an. Zorn war darin zu sehen, weil er sich eingemischt hatte, und blinder Hass auf Aginor, aber auch Furcht vor dem Verlorenen. »Renn!«, sagte er und schob sie in Richtung der Bäume. Er tat es so kräftig, dass sie losstolperte. Kaum dass sie sich in Bewegung gesetzt hatte, rannte sie auch schon.

Aber Aginors verwittertes Gesicht wandte sich ihm zu und auch der davonrennenden Egwene hinter ihm, während der Verlorene durch die Flammen wandelte, als ginge ihn das, was die Aes Sedai tat, überhaupt nichts an. Er blickte hinter Egwene her.

»Nicht sie!«, schrie Rand. »Das Licht verbrenne Euch, aber sie bekommt Ihr nicht!« Er schnappte sich einen Felsbrocken und warf ihn. Er hoffte, damit Aginors Aufmerksamkeit zu erregen. Auf halbem Weg zum Gesicht des Verlorenen verwandelte sich der Stein in eine Hand voll Staub.

Er zögerte nur einen Augenblick lang, lang genug, um nach hinten zu blicken und zu sehen, dass Egwene zwischen den Bäumen verborgen war. Die Flammen umgaben Aginor immer noch, Fetzen seines Umhangs glimmten, aber er schlenderte einher, als habe er alle Zeit der Welt, und das Feuer war nah. Rand drehte sich um und rannte los. Hinter sich hörte er, wie Moiraine laut aufschrie.

KAPITEL 51

Gegen den Schatten

Der Weg, den Rand gewählt hatte, führte stetig aufwärts, aber die Angst verlieh seinen Beinen Kraft, und er kam mit langen Schritten schnell voran. Er bahnte sich seinen Weg durch blühende Büsche und Gestrüpp von Heckenrosen, ließ abgefallene Blütenblätter hinter sich zurück und achtete nicht darauf, ob die Dornen seine Kleider zerrissen und vielleicht sogar seine Haut ritzten. Moiraine hatte aufgehört zu schreien. Es schien, als hätten die Schreie eine Ewigkeit angedauert, jeder durchdringender als der letzte, aber er wusste, dass sie nur wenige Augenblicke gedauert hatten. Augenblicke, bevor Aginor sich an seine Fersen heftete. Er wusste, dass Aginor ihm folgen würde. Er hatte die Gewissheit in den hohlen Augen des Verlorenen erblickt, in dieser letzten Sekunde, bevor die Angst seine Füße zum Rennen zwang.

Der Abhang wurde noch steiler, aber er kletterte weiter, zog sich an Kräuterbüscheln hoch; Steine und Erdboden und Blätter wurden von seinen Füßen losgetreten und rollten den Hang hinunter. Schließlich kroch er auf Händen und Knien weiter, als es zu steil wurde. Vor ihm – über ihm – wurde das Land etwas ebener. Schnaufend krabbelte er die letzten paar Spannen hoch, stand auf und blieb stehen. Er hätte am liebsten ein lautes Heulen von sich gegeben.

Zehn Schritte vor ihm brach der Hügel an einer scharfen Kante abrupt ab. Er wusste, was er sehen würde, noch bevor er die Kante erreichte, aber er machte trotzdem die notwendigen Schritte, einen schwerfälliger als den anderen, in der Hoffnung, es gebe vielleicht einen Weg, einen Ziegenpfad oder was auch immer. Oben angekommen, blickte er einen dreißig Schritte tiefen Steilhang hinab, eine Steinmauer, so glatt wie abgeschliffenes Holz.

Es muss einen Weg geben. Ich gehe zurück und suche mir einen Weg außen herum. Gehe zurück und …

Als er sich umdrehte, war Aginor da. Er hatte soeben den Kamm des Hügels erreicht. Der Verlorene erklomm den Hügel ohne jede

Schwierigkeit. Er schritt den steilen Abhang hinauf, als sei es ebener Boden. Tief eingesunkene Augen in diesem Pergamentgesicht glühten ihn an. Irgendwie schien es jetzt nicht mehr so verwittert wie vorher, ein wenig voller, als habe Aginor gut gegessen. Diese Augen waren auf ihn gerichtet, aber als Aginor sprach, war es mehr zu sich selbst.

»Ba'alzamon versprach eine Belohnung jenseits aller Träume sterblicher Menschen für den, der euch nach Shayol Ghul bringt. Aber meine Träume schweiften immer schon jenseits derer anderer Menschen, und die Sterblichkeit habe ich vor Jahrtausenden hinter mir zurückgelassen. Welchen Unterschied macht es schon, ob ihr dem Großen Herrn der Dunkelheit lebendig oder tot dient? Für die Ausbreitung des Schattens spielt das keine Rolle. Warum sollte ich meine Macht mit euch teilen? Warum sollte ich das Knie vor euch beugen? Ich, der in der Halle der Diener selbst Lews Therin Telamon gegenüberstand? Ich, der meine Macht gegen den Herrn des Morgens einsetzte und ihm Schlag für Schlag Pari bot? Ich denke, ich habe das nicht nötig.«

Rands Mund war staubtrocken. Seine Zunge fühlte sich so verschrumpelt an, wie Aginor aussah. Die Kante des Abgrunds knirschte unter seinen Absätzen. Steine fielen hinunter. Er wagte es nicht, zurückzublicken, doch er hörte, wie die Steinbrocken ein ums andere Mal von der Steilwand zurückprallten, genau wie es mit seinem Körper geschehen würde, wenn er sich auch nur ein paar Handbreit vorwärts bewegte. Er war sich vorher überhaupt nicht bewusst gewesen, dass er sich vor dem Verlorenen zurückgezogen hatte. Seine Haut prickelte, sodass er meinte, er könne sie Blasen schlagen sehen, wenn er nur hinsah, wenn er den Blick nur von dem Verlorenen wenden könnte. *Es muss doch einen Weg geben, ihm zu entkommen. Irgendeinen Fluchtweg! Es muss einen geben! Irgendeinen Weg!*

Plötzlich fühlte er etwas, sah es auch, obwohl er wusste, dass es gar nicht sichtbar vorhanden war. Ein glühendes Seil ging von Aginor aus, hinter ihm, weiß wie Sonnenschein, der durch eine Wolke strahlt, schwerer als der Arm eines Schmieds, leichter als Luft, und verband den Verlorenen mit etwas unsagbar Fernem, etwas in Reichweite von Rands Händen. Das Seil pulsierte, und mit jedem Pulsschlag wurde Aginor stärker, sein Gesicht voller, wurde er zu einem Mann, der genauso groß und stark war wie er selbst, härter als ein Behüter, tödlicher als die Fäule. Doch neben dieser leuchtenden Nabelschnur schien der Verlorene kaum bestehen zu können. Die

Schnur war alles. Sie summte. Sie sang. Sie lockte Rands Seele. Ein heller Fingerstrang trieb von ihr weg durch die Luft, berührte ihn, und er keuchte auf. Licht erfüllte ihn, und Hitze, die eigentlich hätte brennen sollen, wärmte ihn lediglich, als wolle sie die Grabeskühle aus seinen Knochen vertreiben. Der Strang verdickte sich. *Ich muss entkommen!*

»Nein!«, schrie Aginor. »Ihr sollt das nicht haben! Es gehört mir!« Rand bewegte sich nicht, genau wie der Verlorene, aber sie kämpften miteinander, als hätten sie sich im Staub gewälzt. Schweißtropfen rannen von Aginors Stirn, die nicht mehr verschrumpelt wirkte, sondern die eines starken Mannes in seinen besten Jahren war. Rand war vom Pulsschlag der Schnur erfüllt, als sei das der Herzschlag der Welt. Er erfüllte sein ganzes Wesen. Licht durchflutete seinen Geist, bis nur noch eine Ecke für seine wahre Persönlichkeit übrig blieb. Er wickelte das Nichts um diesen Haltepunkt, barg ihn in der Leere. *Nur weg!*

»Meins!«, schrie Aginor. »Es gehört mir!«

Wärme stieg in Rand auf, die Wärme der Sonne, das Strahlen der Sonne, brach auf in einer wahnsinnigen Lichtexplosion: das Licht. *Weg!*

»Meins!« Flammen schossen aus Aginors Mund, brachen wie Feuerspeere aus seinen Augen, und er schrie. *Weg!*

Und Rand befand sich nicht mehr auf der Spitze des Hügels. Er bebte mit dem Licht, das ihn durchdrang. Sein Verstand arbeitete nicht richtig; Licht und Hitze blendeten ihn. Das Licht. Mitten im Nichts blendete das Licht seinen Verstand, betäubte ihn mit Ehrfurcht. Er stand auf einem breiten Bergpass, der von zerrissenen schwarzen Gipfeln, die wie die Zähne des Dunklen Königs waren, umgeben war. Es war echt; er befand sich wirklich dort. Er fühlte die Felsen unter seinen Stiefeln und den eisigen Wind in seinem Gesicht.

Eine Schlacht umtobte ihn, oder zumindest die Nachhut einer Schlacht. Gerüstete Männer auf gepanzerten Pferden – glänzender Stahl, mittlerweile von Staub verkrustet – schlugen und stachen auf fauchende Trollocs ein, die Dornenäxte und sichelgleiche Schwerter schwangen. Einige Männer kämpften zu Fuß, da ihre Pferde umgekommen waren, aber es rannten auch reiterlose, gepanzerte Pferde zwischen den Kämpfenden hindurch. Inmitten der Schlacht ritten Blasse umher. Ihre nachtschwarzen Umhänge hingen unbeweglich herunter, so schnell auch ihre Reittiere galoppierten, und wo immer auch ihre Licht fressenden Schwerter auftrafen, da starben Männer. Lärm drang auf Rand ein, schlug auf ihn ein und prallte zurück von der Fremdartigkeit, die ihn gepackt hatte. Das Aufklingen von Stahl auf Stahl, das schwere Atmen und Grunzen von kämpfenden Männern und Trollocs, die Schreie der sterbenden Menschen und Trollocs. Über dem Lärm flatterten Banner in der stauberfüllten Luft. Der Schwarze Falke von Fal Dara, der Weiße Hirsch von Schienar, andere. Und Trolloc-Flaggen. Im engsten Umkreis konnte er den gehörnten Schädel der Dha'vol erkennen, den blutroten Dreizack der Ko'bal, die eiserne Faust der Dhai'mon.

Und doch war es die Nachhut der Schlacht, ein Atemholen, als sich Menschen und Trollocs zurückzogen, um sich neu zu formieren. Keiner schien Rand zu bemerken. Sie wechselten ein paar letzte Schläge und lösten sich vom Gegner, galoppierten oder rannten oder taumelten fort zu den Enden des Passes.

Rand blickte direkt auf die Seite des Passes, wo sich die Menschen sammelten. Wimpel flatterten unter glitzernden Lanzenspitzen. Verwundete wankten in ihren Sätteln. Reiterlose Pferde bäumten sich auf und galoppierten umher. Offensichtlich waren sie einem erneuten Zusammentreffen nicht gewachsen, und genauso klar war es, dass sie sich auf einen letzten Angriff vorbereiteten. Einige von ihnen sahen ihn nun. Männer standen in den Steigbügeln und deuteten auf ihn. Ihre Rufe drangen wie leises Piepsen zu ihm herauf.

Leicht taumelnd drehte er sich um. Die Truppen des Dunklen Königs füllten das andere Ende des Passes. Wie Igel bedeckten schwarze Piken und Speerspitzen die Berghänge, die durch die große Anzahl von Trollocs schwarz überzogen schienen. Ihre Armee übertraf die Streitkräfte von Schienar bei weitem. Hunderte von Blassen ritten vor der Horde einher. Die wilden Schnauzengesichter der Trollocs wandten sich furchtsam ab, während sie vorbeiritten. Riesige Körper schoben sich nach hinten und machten ihnen Platz. Darüber kreisten Draghkar mit ledrigen Schwingen. Ihre Schreie forderten den Wind heraus. Jetzt sahen ihn auch einige der Halbmenschen, deuteten auf ihn, und Draghkar kippten ab und stürzten auf ihn herunter. Zwei. Drei. Sechs davon stießen mit schrillen Schreien im Sturzflug zu ihm herunter.

Er blickte sie an. Hitze erfüllte ihn, die brennende Hitze der Sonne, die er berührt hatte. Er konnte die Draghkar deutlich erkennen: seelenlose Augen in blassen Menschengesichtern an geflügelten Körpern, die nichts Menschliches an sich hatten. Schreckliche Hitze. Funken sprühende Hitze.

Aus heiterem Himmel kamen Blitze, jeder Einzelne kurz und scharf umrissen, fuhren ihm sengend in die Augen. Jeder Blitz traf eine geflügelte schwarze Gestalt. Aus Jagdrufen wurden Todesschreie, und verkohlte Gestalten fielen herab und ließen den Himmel wieder sauber hinter sich zurück.

Die Hitze. Die schreckliche Hitze des Lichts.

Er fiel auf die Knie nieder. Er glaubte, seine Tränen auf den Wangen zischen zu hören. »Nein!« Er klammerte sich an Büschel zähen Grases, um nicht den Kontakt mit der Wirklichkeit zu verlieren, doch das Gras ging in Flammen auf. »Bitte, neeeeeeiin!«

Der Wind erhob sich mit seiner Stimme, heulte mit seiner Stimme, brüllte mit seiner Stimme den Pass hinunter, peitschte die Flammen zu einer Feuerwand hoch, die sich von ihm weg bewegte und auf die Trollocs zu. Sie war schneller, als ein Pferd galoppieren konnte. Das Feuer brannte sich in die Trollocs hinein, und die Berge erzitterten vor ihren Schreien, Schreie, die fast so laut waren wie der Wind und seine Stimme.

»Das muss aufhören!«

Er schlug mit der Faust auf den Boden, und die Erde klang auf wie ein Gong. Er schürfte sich die Hände auf steiniger Erde auf, und die Erde bebte. Wellen rollten durch die Erde vor ihm, stiegen immer höher, Wellen von Schmutz und Felsbrocken, die über den Trollocs und Blassen aufragten und über sie hereinbrachen und die Berge unter ihren Hufen und Füßen zerschmetterten. Eine kochende Masse von Fleisch und Schutt ergoss sich über die Trolloc-Armee. Was schließlich stehen blieb, war immer noch ein mächtiges Heer, aber nicht mehr als doppelt so groß wie das Heer der Menschen, und alle liefen in Angst und Verwirrung durcheinander.

Der Wind legte sich. Die Schreie erstarben. Die Erde bewegte sich nicht mehr. Staub und Rauch zogen sich zu einer Wolke zusammen, die den Pass hinaufwirbelte und ihn umgab.

»Das Licht blende dich, Ba'alzamon! Das muss ein Ende finden!«

DAS ENDE IST NICHT HIER.

Es war nicht Rands Gedanke, der seinen Schädel vibrieren ließ.

ICH WERDE NICHT EINGREIFEN. NUR DER AUSERWÄHLTE KANN TUN, WAS GETAN WERDEN MUSS, WENN ER WILL.

»Wo?« Er wollte es nicht aussprechen, aber er konnte sich nicht davon abhalten. »Wo?«

Der ihn umgebende Dunst lichtete sich. Eine Kuppel klarer, reiner Luft formte sich, zehn Spannen hoch, von wogendem Rauch und Staub umrahmt. Stufen erhoben sich vor ihm – jede davon stand frei und ohne irgendeinen Halt – und erstreckten sich nach oben in den Dunst hinein, der die Sonne verbarg.

NICHT HIER.

Durch den Dunst kam ein Schrei wie vom fernen Ende der Erde her:»Das Licht wünscht es!« Der Boden grollte unter dem Donner von Hufen, als das Herr der Menschen zum letzten Angriff ritt.

Inmitten des Nichts verfiel sein Verstand einen Moment lang in Panik. Die angreifenden Reiter konnten ihn im Staub nicht erkennen; sie würden vielleicht über ihn hinwegtrampeln. Der größere Teil seines Ichs ignorierte den bebenden Boden als eine nichtige Sache unter seiner Würde. Stumpfer Zorn trieb seine Füße die ersten Stufen hoch. *Es muss damit Schluss gemacht werden!*

Dunkelheit umgab ihn – die absolute Dunkelheit im totalen Nichts. Die Stufen waren immer noch da, hingen in der Schwärze unter seinen Füßen und vor ihm. Als er zurückblickte, waren die Stufen hinter ihm weg, hatten sich im Nichts seiner Umgebung aufgelöst. Doch die Schnur war noch da, erstreckte sich hinter ihm. Das glühende Seil wurde in der Ferne immer dünner und verschwand schließlich. Es war nicht so dick wie zuvor, pulsierte aber immer noch, pumpte Kraft in ihn hinein, pumpte Leben, füllte ihn mit dem Licht. Er schritt weiter hinauf.

Er schien ewig weiterzuklimmen. Ewig, minutenlang. Die Zeit stand im Nichts still. Die Zeit lief schneller ab. Er kletterte weiter, und plötzlich stand ein Tor vor ihm, ein Tor mit rauer, gesplitterter und alter Oberfläche, ein Tor, an das er sich nur zu gut erinnerte. Er berührte es, und es zerbarst zu Splittern. Noch während die Teile herabfielen, schritt er hindurch. Splitter zerschmetterten Holzes fielen von seinen Schultern.

Auch der Raum entsprach seinen Erinnerungen: der wahnsinnige, streifige Himmel jenseits des Balkons, die geschmolzenen Wände, der glänzende Tisch, der furchtbare Kamin mit seinen tosenden, kalten Flammen. Einige der Gesichter, aus denen der Kamin bestand, die sich in Folter verzerrten und lautlos schrien, zupften an seinem Gedächtnis. Ihm war, als kenne er sie. Doch er hielt das Nichts um sich herum fest und trieb in sich selbst zurückgezogen in der Leere. Er war allein. Als er in den Spiegel an der Wand blickte, konnte er dort sein Gesicht so klar erkennen, als sei er es wirklich. *Es ist Ruhe im Nichts.*

»Ja«, sagte Ba'alzamon von einem Platz vor dem Kamin her, »ich dachte mir schon, dass Aginor seiner eigenen Gier zum Opfer fallen würde. Aber letztendlich spielt das gar keine Rolle mehr. Eine lange Suche, doch jetzt ist sie zu Ende. Du bist hier, und ich kenne dich nun.«

Mitten im Licht schwebte das Nichts, und in der Mitte des Nichts schwebte Rand. Er fühlte nach der Erde seiner Heimat und erfasste harten Fels, unnachgiebig und trocken, Stein ohne Mitleid, wo nur der Starke überleben konnte, nur derjenige, der ebenso hart war wie der Fels. »Ich bin des Rennens müde.« Er konnte selbst nicht glauben, dass seine Stimme so ruhig klang. »Ich habe es satt, dass meine Freunde bedroht werden. Ich werde nicht mehr weglaufen.« Auch Ba'alzamon hatte eine Schnur, wie er jetzt bemerkte. Eine schwarze Nabelschnur, weitaus dicker als seine, so dick, dass sie einen menschlichen Körper überragt hätte, doch stattdessen wurde sie von Ba'alzamon überragt. Jeder Pulsschlag dieser schwarzen Vene fraß Licht.

»Glaubst du, es macht einen Unterschied, ob du wegläufst oder bleibst?« Die Flammen aus Ba'alzamons Mund lachten. Die Gesichter des Kamins weinten über die Freude ihres Herrn. »Du bist schon oft vor mir geflohen, und jedes Mal habe ich dich eingeholt und dich deinen eigenen Stolz fressen lassen – mit erbärmlichen Tränen als Gewürz. Viele Male hast du dich gestellt und mit mir gekämpft und bist dann besiegt vor mir gekrochen und hast um Gnade gebettelt. Du hast die Wahl, Wurm, und nur diese eine Wahl überhaupt: Knie vor mir nieder und diene mir gut, dann werde ich dir Macht verleihen, oder bleibe die närrische Marionette Tar Valons und schreie, während du zum Staub der Zeit zermalmt wirst.«

Rand trieb ein Stückchen weiter und blickte durch die Tür zurück, als suche er nach einem Fluchtweg. Sollte das doch der Dunkle König glauben! Jenseits der Tür befand sich immer noch die Schwärze des Nichts, nur von dem leuchtenden Faden aus seinem Körper unterbrochen. Und dort draußen war auch Ba'alzamons schwerere Schnur, so schwarz, dass sie sich vom Dunkel wie von Schnee abhob. Die beiden Schnüre pulsierten abwechselnd wie Adern voll Herzblut, gegeneinander gerichtet, und das Licht widerstand nur mit Mühe den Wellen von Dunkelheit.

»Es gibt noch andere Möglichkeiten«, sagte Rand. »Das Rad webt das Muster, nicht du. Ich bin aus jeder Falle entkommen, die du für mich gelegt hast. Ich bin deinen Blassen und Trollocs entkommen und deinen Schattenfreunden. Ich habe dich hierher verfolgt und auf dem Weg dein Heer zerstört. Du webst das Muster nicht.« Ba'alzamons Augen loderten wie zwei Brennöfen. Seine Lippen bewegten sich nicht, aber Rand glaubte, einen Fluch an die Adresse Aginors zu hören. Dann erstarben die Feuer, und dieses gewöhnliche menschliche Gesicht lächelte ihn auf eine Art an, die ihn selbst durch die Wärme des Lichts hindurch erschauern ließ. »Neue Heere können zusammengezogen werden, du Narr. Heere, die du dir nicht erträumt hast, werden noch folgen. Und du hättest mich verfolgt? Du Larve unter einem Felsen – mich verfolgen? Ich fing an dem Tag an, deinen Weg zu bestimmen, als du geboren wurdest, einen Weg, der dich in dein Grab führen würde oder hierher. Aiel, denen die Flucht gestattet wurde, und einer sollte überleben, um die Worte auszusprechen, die ihr Echo durch die Jahre werfen sollten. Jain Fernstreicher, ein Held« – er zerrte den Namen höhnisch in die Länge – »den ich zum Narren machte und zu den Ogiern schickte, als er glaubte, er sei mich los. Die Schwarzen Ajah, die wie Würmer auf den Bäuchen um die Welt krochen, um dich zu finden. Ich ziehe an den Fäden, und der Amyrlin-Sitz tanzt und glaubt, dass er die Ereignisse im Griff hat.«

Das Nichts erzitterte. Hastig festigte Rand es wieder. *Er weiß alles. Er könnte das getan haben. Es könnte so gewesen sein, wie er behauptet.* Das Licht erwärmte das Nichts. Zweifel erhob sich und wurde gestillt, bis nur noch ein Körnchen davon übrig war. Er kämpfte mit sich, wusste nicht, ob er das Körnchen begraben oder zum Wachsen bringen sollte. Das Nichts stand wieder fest und sicher, wenn auch kleiner als zuvor, und er trieb in einem Meer der Ruhe.

Ba'alzamon schien nichts davon zu bemerken. »Es spielt kaum eine Rolle, ob ich dich lebendig oder tot bekomme – außer natürlich für dich – und welche Macht du besitzen magst. Du wirst mir dienen, oder zumindest deine Seele wird mir dienen. Aber mir wäre es lieber, du würdest lebendig vor mir knien. Eine einzige Faust Trollocs, die ich zu deinem Dorf entsandte, obwohl ich tausend hätte schicken können. Ein Schattenfreund, der dir gegenüberstand, obwohl hundert dich im Schlaf überraschen könnten. Und du Narr erkennst sie nicht einmal alle, weder die vor dir noch die hinter dir, noch diejenigen an deiner Seite. Du gehörst mir, hast mir schon immer gehört, ein Hund an der Kette, und ich brachte dich hierher, um vor deinem Herrn niederzuknien oder zu sterben und deine Seele niederknien zu lassen.«

»Ich widerstehe dir. Du hast keine Macht über mich, und ich werde weder lebendig noch tot vor dir knien.«

»Schau«, sagte Ba'alzamon. »Schau!« Unwillig drehte Rand den Kopf.

Da standen Egwene und Nynaeve, blass und verängstigt, mit Blumen im Haar. Und eine andere Frau, wenig älter als die Seherin, dunkeläugig und schön, in einem typischen Kleid von den Zwei Flüssen, um dessen Kragen leuchtende Blüten gestickt waren. »Mutter?«, hauchte er, und sie lächelte – ein Lächeln ohne Hoffnung. Das Lächeln seiner Mutter. »Nein! Meine Mutter ist tot, und die anderen beiden sind in Sicherheit, fern von hier. Ich glaube dir nicht!« Egwene und Nynaeve verschwammen, wurden zu verwehendem Dunst, lösten sich auf. Kari al'Thor stand immer noch mit ängstlich geweiteten Augen da.

»Zumindest sie«, sagte Ba'alzamon, »gehört mir, und ich kann mit ihr machen, was ich will.«

Rand schüttelte den Kopf. »Ich glaube dir nicht.« Er musste die Worte aus sich herauspressen. »Sie ist tot und ruht, für dich unerreichbar, im Licht.«

Die Lippen seiner Mutter bebten. Tränen rannen ihr über die Wangen; jede davon brannte in ihm wie Säure. »Der Herr des Grabes ist stärker als früher, mein Sohn«, sagte sie. »Seine Reichweite ist größer. Der Vater der Lügen spricht mit einer Stimme wie Honig zu den nichtsahnenden Seelen. Mein Sohn! Mein einziger Lieblingssohn! Ich würde es dir gern ersparen, wenn ich nur könnte, doch jetzt ist er mein Herr, und sein Wunsch ist das Gesetz meines Daseins. Ich kann nicht anders – ich muss ihm gehorchen und um seine Gnade winseln. Nur du kannst mich befreien. Bitte, mein Sohn! Bitte hilf mir! Hilf mir! Hilf mir! BITTE!«

Der Schrei entrang sich ihr, während sie von Blassen mit bleichen, augenlosen, enthüllten Gesichtern flankiert wurde. Ihre Kleidung wurde von deren blutlosen Händen zerfetzt, Händen, in denen Zangen und Klammern und andere Dinge ruhten, die stachen und brannten und gegen ihre nackte Haut klatschten. Ihr Schrei wollte nicht enden.

Rands Aufschrei war ein Echo des ihrigen. Das Nichts kochte in seinem Geist. Sein Schwert war in seiner Hand. Nicht die Klinge mit dem Reiherzeichen, sondern eine aus Licht bestehende Klinge, eine Klinge des Lichts. Schon als er sie erhob, schoss ein feuriger, weißer Strahl aus ihrer Spitze, als habe die Klinge sich von selbst gestreckt.

Er berührte den am nächsten stehenden Blassen, und eine blendende Lichtexplosion füllte den Raum, schien durch die Halbmenschen hindurch wie eine Kerze durch Papier, brannte durch sie hindurch und machte seine Augen blind für das, was sich abspielte.

Aus der Mitte des Leuchtens heraus hörte er ein Flüstern: »Danke, mein Sohn. Das Licht. Das gesegnete Licht.«

Der Blitz verblasste, und er war allein mit Ba'alzamon in dem Raum. Ba'alzamons Augen brannten wie der Abgrund des Verderbens, aber er scheute vor dem Schwert zurück, als sei es wirklich das Licht selbst. »Narr! Du wirst dich selbst zerstören! Du kannst es nicht führen, noch nicht! Nicht, bis ich es dir beigebracht habe!«

»Es ist vorbei«, sagte Rand, und er hieb mit dem Schwert nach Ba'alzamons schwarzer Schnur.

Ba'alzamon schrie, als das Schwert herunterfuhr, schrie, bis die Steinwände zitterten, und das endlose Heulen verstärkte sich noch, als die Lichtklinge seine Schnur durchschnitt. Die abgeschnittenen Enden zuckten auseinander, als hätten sie unter Spannung gestanden. Das Ende, das sich nach draußen ins Nichts erstreckte, schrumpfte im Zurückschnellen, während das andere in Ba'alzamon hineinpeitschte und ihn gegen den Kamin schleuderte. In den lautlosen Schreien der gequälten Gesichter lag stilles Lachen. Die Wände bebten und rissen auf; der Fußboden wölbte sich auf, und aus der Decke krachten Steinbrocken zu Boden.

Als alles sich um ihn herum aufzulösen begann, zeigte Rand mit seinem Schwert auf Ba'alzamons Herz: »Es ist vollbracht.«

Licht tanzte von der Klinge weg und ergoss sich als Schauer feuriger Funken wie Tropfen geschmolzenen, weißen Metalls. Heulend warf Ba'alzamon die Arme hoch in dem vergeblichen Versuch, sich zu schützen. Flammen loderten in seinen Augen, vereinten sich mit anderen Flammen, als sich der Stein entzündete, der Stein der berstenden Wände, der Stein des sich aufbäumenden Fußbodens, der von der Decke herabstürzende Stein. Rand fühlte, wie der hell strahlende Strang, der an ihm hing, dünner wurde, bis nur noch das Glühen selbst verblieb, aber er bemühte sich noch mehr, obwohl er nicht wusste, was er tat oder wie er es fertig brachte, nur, dass er endlich Schluss machen wollte. *Es muss einmal ein Ende sein!*

Feuer erfüllte den Raum, eine einzige kräftige Flamme. Er konnte sehen, wie Ba'alzamon wie ein Blatt welkte, hörte ihn heulen, fühlte, wie die Schreie von seinen Knochen widerhallten. Die Flamme wurde zu reinem weißem Licht, heller als die Sonne. Dann war das letzte Aufflackern des Strangs vergangen, und er fiel durch endlose Schwärze und Ba'alzamons verfliegendes Heulen.

Etwas traf ihn mit enormer Gewalt, verwandelte ihn zu Gelatine, und der Gelatinehaufen zitterte und schrie, weil in seinem Inneren ein Feuer tobte, ein endloses hungriges, kaltes Brennen.

KAPITEL 52

Es gibt weder Anfang
noch Ende

Er wurde als Erstes auf die Sonne aufmerksam, die über einen wolkenlosen Himmel zog und seine aufgerissenen Augen füllte. Sie schien sich ruckartig vorwärts zu bewegen, tagelang stillzustehen, dann in einem Lichtstreifen vorzuschießen, auf den fernen Horizont zu, und den Tag mit sich zu reißen. Licht. *Das hat etwas zu bedeuten.* Der Gedanke stellte wieder etwas Neues dar. *Ich kann denken. Das Ich bezieht sich auf mich.* Als Nächstes kam der Schmerz, die Erinnerung an wütendes Fieber, die Abschürfungen, wo ihn Schüttelfrost wie eine Stoffpuppe herumgerissen hatte. Und ein Gestank. Ein schmieriger Brandgeruch, der seine Nase und seinen Kopf füllte.

Mit schmerzenden Muskeln wälzte er sich herum und stützte sich auf Hände und Knie. Verständnislos starrte er die ölige Asche an, in der er gelegen hatte. Über den Fels auf der Hügelspitze war diese Asche verteilt und geschmiert. Fetzen dunkelgrünen Stoffs waren unter den Ruß gemischt, an den Kanten angesengte Fetzen, die den Flammen entgangen waren.

Aginor.

Ihm drehte es den Magen um. Er bemühte sich, schwarze Asche von seiner Kleidung zu wischen, und er schleppte sich von den Überresten des Verlorenen weg. Seine Hände flatterten schwächlich, und er kam nicht recht voran. Er versuchte, beide Hände gleichzeitig einzusetzen, und fiel prompt vornüber. Unter seinem Gesicht brach der Hügel zu einem Abgrund ab. Die glatte Felswand drehte sich vor seinen Augen, und die Tiefe zog ihn an. Sein Kopf schwamm, und er übergab sich über die Kante der Klippe hinweg.

Zitternd kroch er bäuchlings nach hinten, bis sich wieder festes Gestein unter seinen Augen befand, und dann warf er sich auf den Rücken herum und atmete tief durch. Mit einiger Mühe zog er schließlich sein Schwert aus der Scheide. Von dem roten Stoff war nur etwas Asche übrig. Seine Hände zitterten, als er es sich vor die

Augen hob. Er musste beide Hände dazu benützen. Es war eine Klinge mit dem Reiherzeichen – *Reiherzeichen? Ja. Tam. Mein Vater* – aber wenigstens war sie nur aus Stahl. Er musste dreimal zitternd ansetzen, bis er sie in die Scheide zurückschieben konnte. *Es musste etwas anderes gewesen sein. Oder es gab noch ein anderes Schwert.* »Ich heiße«, sagte er nach einer Weile, »Rand al'Thor.« Weitere Erinnerungen krachten in seinen Kopf zurück wie eine Bleikugel, und er stöhnte auf. »Der Dunkle König«, flüsterte er in sich hinein. »Der Dunkle König ist tot.« Es gab keinen Grund zur Vorsicht mehr. »Shai'tan ist tot.« Die Welt schien zu rucken. Er schüttelte sich in lautloser Freude, bis ihm Tränen aus den Augen quollen. »Shai'tan ist tot!« Er lachte in den Himmel hinein. Andere Erinnerungen. »Egwene!« Der Name bedeutete etwas Wichtiges.

Mit schmerzenden Muskeln stand er auf, schwankte wie eine Weide im Wind und taumelte an Aginors Asche vorbei, ohne sie anzublicken. *Nicht mehr wichtig.* Den ersten, steilen Teil des Abhangs fiel er mehr hinunter, als dass er kletterte. Er strauchelte und schlitterte von Busch zu Busch. Als er schließlich einen ebeneren Teil erreichte, schmerzten seine Abschürfungen doppelt so sehr wie vorher, aber er fand genügend Kraft, um gerade eben stehen zu können. *Egwene.* Er rannte schwerfällig los. Es regnete Blätter und Blütenteile, als er durch das Unterholz brach. *Ich muss sie finden. Wer ist sie?*

Seine Arme und Beine schwangen eher wie Grashalme umher, als dass sie sich dorthin bewegten, wohin er wollte. Taumelnd fiel er gegen einen Baum und prallte so hart auf den Stamm, dass er ächzte. Laub regnete auf seinen Kopf herab, als er das Gesicht an die raue Rinde presste und sich festklammerte, um nicht zu fallen. *Egwene.* Er schob sich vom Baumstamm weg und eilte weiter. Beinahe im gleichen Moment kippte er schon wieder, doch er zwang seine Beine, sich schneller zu bewegen, sodass er vorwärts taumelte, wenn auch immer nur einen Schritt weit davon entfernt, aufs Gesicht zu stürzen. Die Bewegung brachte seine Beine dazu, ihm wieder besser zu gehorchen. Mit der Zeit stellte er fest, dass er wieder aufrecht und mit schwingenden Armen rannte. Seine langen Beine führten ihn in großen Sätzen den Hang hinunter. Er brach auf die Lichtung hinaus, die nun zur Hälfte von der großen Eiche eingenommen wurde, die das Grab des Grünen Mannes zierte. Da war der weiße Steinbogen mit dem eingemeißelten uralten Symbol der Aes Sedai und die rußgeschwärzte, offene Grube, wo Feuer und Wind versucht hatten, Aginor zu besiegen, und wo dieser Versuch fehlschlug.

»Egwene! Egwene, wo bist du?« Ein hübsches Mädchen blickte mit großen Augen auf. Sie kniete unter den weit ausgebreiteten Ästen und hatte Blumen und Eichenlaub im Haar. Sie war schlank und jung und verängstigt. *Ja, das muss sie sein. Natürlich.* »Egwene, dem Licht sei Dank, dass es dir gut geht!«

Zwei andere Frauen waren noch bei ihr; eine mit verschleierten Augen und einem langen Zopf, der immer noch mit ein paar weißen Morgensternchen geschmückt war. Die andere lag ausgestreckt am Boden, den Kopf auf zusammengefaltete Umhänge gelegt. Ihr himmelblauer Umhang konnte das zerrissene Kleid nicht ganz verbergen. In dem schweren Stoff zeigten sich Risse und angesengte Flecke, und ihr Gesicht war blass, doch die Augen waren geöffnet. *Moiraine. Ja, die Aes Sedai. Und die Seherin, Nynaeve.* Alle drei Frauen sahen ihn unverwandt an.

»Du bist doch in Ordnung, Egwene, oder? Er hat dir doch nichts getan?« Er konnte jetzt laufen, ohne zu stolpern – bei ihrem Anblick hätte er trotz aller Verletzungen tanzen können –, aber es tat trotzdem gut, sich neben ihr in den Schneidersitz fallen zu lassen.

»Ich habe ihn nicht einmal mehr gesehen, nachdem du ihn ...« Ihr Blick ruhte unsicher auf seinem Gesicht. »Wie steht es mit dir, Rand?«

»Mir geht's gut.« Er lachte. Er berührte ihre Wange und fragte sich, ob er sich das leichte Zurückzucken eingebildet hatte. »Ein wenig Ruhe, und ich bin wie neu geboren. Nynaeve? Moiraine Sedai?« Die Namen füllten seinen Mund mit einem neuen Geschmack.

Die Augen der Seherin waren alt, uralt, in einem jungen Gesicht, aber sie schüttelte lediglich den Kopf. »Ein bisschen durchgeschüttelt«, sagte sie, wobei sie ihn weiterhin beobachtete. »Moiraine ist die Einzige ... von uns, die wirklich verletzt wurde.«

»Mein Stolz ist mehr verletzt als der Rest von mir«, sagte die Aes Sedai gereizt und zupfte an ihrer Decke aus Umhängen. Sie sah aus, als sei sie lange Zeit krank gewesen oder habe sich überanstrengt, doch trotz der dunklen Ringe blickten ihre Augen scharf und kraftvoll. »Aginor war überrascht und zornig, weil ich ihn so lange festhalten konnte, aber glücklicherweise hatte er keine Zeit, sich um mich zu kümmern. Ich bin selbst überrascht, dass ich ihn so lange binden konnte. Im Zeitalter der Legenden kam Aginor gleich nach dem Brudermörder und Ishamael, was Macht betraf.«

»Der Dunkle König und all die Verlorenen«, zitierte Egwene mit schwacher, zittriger Stimme, »sind in Shayol Ghul gebunden, vom Schöpfer gebunden ...« Sie atmete nervös ein.

»Aginor und Balthamel müssen nah an der Oberfläche gefangen gewesen sein.« Moiraine klang, als habe sie das bereits erklärt und sei ungeduldig, weil sie es noch mal erklären musste. »Die Decke auf dem Gefängnis des Dunklen Königs wurde so schwach und durchlässig, dass sie entkamen. Lasst uns dankbar dafür sein, dass nicht noch mehr der Verlorenen befreit wurden. Wäre das der Fall gewesen, dann hätten wir sie kennen gelernt.«

»Es spielt keine Rolle«, sagte Rand. »Aginor und Balthamel sind tot, genauso wie Shai...«

»Der Dunkle König«, unterbrach ihn die Aes Sedai. Krank oder nicht, ihre Stimme war fest, und ihre dunklen Augen blickten herrisch drein. »Am besten nennen wir ihn auch weiterhin den Dunklen König. Oder höchstens Ba'alzamon.«

Er zuckte die Achseln. »Wie du wünschst. Aber er ist tot. Der Dunkle König ist tot. Ich habe ihn getötet. Ich verbrannte ihn mit ...« Die restlichen Erinnerungen überkamen ihn jetzt, und sein Mund blieb offen stehen. *Die Eine Macht. Ich habe die Eine Macht benützt. Kein Mann kann ...* Er leckte über seine plötzlich trockenen Lippen. Ein Windstoß wirbelte totes Laub um sie herum, aber der Wind war auch nicht kälter als sein Herz. Sie blickten ihn an, alle drei. Beobachteten ihn. Sie zuckten nicht einmal mit den Lidern. Er streckte die Hand nach Egwene aus, und diesmal war es gewiss keine Einbildung, dass sie sich vor ihm zurückzog. »Egwene?« Sie wandte das Gesicht ab, und er ließ die Hand fallen.

Doch plötzlich warf sie die Arme um ihn und vergrub ihr Gesicht an seiner Brust. »Es tut mir Leid, Rand. Es tut mir so Leid. Es ist mir gleichgültig. Es ist mir wirklich egal.« Ihre Schultern zuckten. Er fühlte, wie sie weinte. Ungeschickt tätschelte er ihr Haar und sah über ihren Kopf hinweg die beiden anderen Frauen an.

»Das Rad webt, wie das Rad es will«, sagte Nynaeve bedächtig, »aber du bist immer noch Rand al'Thor aus Emondsfelde. Aber – Licht, hilf, Licht, hilf uns allen – du bist zu gefährlich, Rand.« Er zuckte unter dem traurigen, bedauernden und den Verlust beklagenden Blick der Seherin zusammen.

»Was ist geschehen?«, fragte Moiraine. »Erzähl mir *alles*!«

Und unter ihrem auffordernden Blick erzählte er alles. Er hätte sich gern abgewandt und vieles ausgelassen, aber die Augen der Aes Sedai sogen alles aus ihm heraus. Tränen rannen ihm übers Gesicht, als zu Kari al'Thor kam. Seiner Mutter. Das betonte er. »Er hatte meine Mutter. Meine Mutter!« Auf Nynaeves Gesicht zeigten sich Mitgefühl und Schmerz, aber die Augen der Aes Sedai trieben ihn weiter, zu dem Lichtschwert, zum Durchschlagen der schwarzen Schnur und den Flammen, die Ba'alzamon verzehrten. Egwenes Arme schlossen sich noch fester um ihn, als wolle sie ihn von dem, was geschehen war, fortziehen. »Aber ich war es eigentlich nicht«, beendete er seinen Bericht. »Das Licht ... zog mich einfach weiter. Ich war es wirklich nicht selbst. Macht das einen Unterschied?«

»Ich hatte von Anfang an einen Verdacht«, sagte Moiraine. »Aber ein Verdacht ist noch kein Beweis. Nachdem ich dir das Abzeichen, die Münze, gegeben hatte und zwischen uns ein Band knüpfte, hättest du eigentlich alles freiwillig mitmachen müssen, was ich wollte, aber du hast dich widersetzt, Dinge infrage gestellt. Das hat mir einiges verraten, aber nicht genug. Das Blut von Manetheren war immer schon halsstarrig und noch mehr, seit Aemon starb und Eldrenes Herz gebrochen wurde. Und dann war da noch Bela.«

»Bela?«, fragte er. *Nichts spielt wirklich eine Rolle.*

Die Aes Sedai nickte. »In Wachhügel hatte es Bela überhaupt nicht nötig, durch mich von ihrer Erschöpfung befreit zu werden. Jemand anders hatte das bereits besorgt. In jener Nacht hätte sie selbst Mandarb hinter sich lassen können. Ich hätte daran denken sollen, wer auf Bela ritt. Trollocs auf unseren Fersen, ein Draghkar über uns und ein Halbmensch das Licht weiß wo in der Gegend, da musstest du doch fürchten, dass Egwene zurückbleiben könne. Du brauchtest etwas nötiger als je im Leben. Also hast du dich an das eine gewandt, das es dir geben konnte: *Saidin.*«

Er schauderte. Er fühlte sich so kalt, dass seine Finger schmerzten. »Wenn ich das nie mehr mache, wenn ich es nie wieder berühre, dann werde ich nicht ...« Er konnte es nicht aussprechen. Verrückt. Das Land und die Menschen um sich herum in den Wahn stürzen. Sterben und verfaulen, während er noch am Leben war.

»Vielleicht«, sagte Moiraine. »Es wäre viel leichter, wenn dich jemand lehren würde, es zu beherrschen, aber es kann auch so gehen, wenn auch nur mit einer übermenschlichen Willenskraft.«

»Du kannst mich lehren. Sicherlich kannst du ...« Er brach ab, als die Aes Sedai den Kopf schüttelte.

»Kann eine Katze einem Hund beibringen, wie man auf einen Baum klettert, Rand? Kann ein Fisch einem Vogel das Schwimmen beibringen? Ich kenne *Saidar,* doch ich kann dich nichts in Bezug auf *Saidin* lehren. Diejenigen, die das könnten, sind seit dreitausend

Jahren tot. Aber vielleicht bist du widerstandsfähig genug. Vielleicht ist dein Wille stark genug.«

Egwene richtete sich auf und wischte sich mit dem Handrücken über die geröteten Augen. Sie sah aus, als wolle sie etwas sagen, aber als sie den Mund öffnete, kam kein Laut heraus. *Wenigstens zieht sie sich nicht zurück. Wenigstens kann sie mich ansehen, ohne zu schreien.*

»Die anderen?«, fragte er.

»Lan hat sie mit in die Höhle genommen«, sagte Nynaeve. »Das Auge ist verschwunden, aber es ist irgendetwas in der Mitte des Sees, eine Kristallsäule und Stufen, um zu ihr zu gelangen. Mat und Perrin wollten zuerst nach dir suchen – Loial hat das auch getan –, aber Moiraine sagte ...« Sie sah die Aes Sedai besorgt an. Moiraine erwiderte ihren Blick ruhig. »Sie sagte, wir dürften dich nicht stören, während du ...«

Seine Kehle zog sich zusammen, bis er kaum noch Luft bekam. *Werden sie auch wie Egwene ihre Gesichter abwenden? Werden sie schreien und weglaufen, als sei ich ein Blasser?* Moiraine sprach weiter, als bemerke sie gar nicht, wie sein Gesicht erblasste.

»Es war eine ungeheure Menge der Einen Macht im Auge gespeichert. Selbst im Zeitalter der Legenden hätten nur wenige eine solche Menge ohne Hilfe beherrschen können. Sehr wenige. Die meisten hätten sich selbst zerstört.«

»Hast du es ihnen gesagt?«, fragte er heiser. »Wenn es alle wissen ...«

»Nur Lan«, sagte Moiraine sanft. »Er muss es wissen. Und Nynaeve und Egwene, um dessentwillen, was sie sind und was sie werden. Bei den anderen bestand noch keine Notwendigkeit.«

»Warum nicht?« Sein Hals war so rau, dass seine Stimme ganz hart klang. »Ihr werdet doch wohl wollen, dass man mir Beschränkungen auferlegt, oder? Das machen doch die Aes Sedai mit Männern, die die Eine Macht lenken können. Sie so verändern, dass sie das nicht mehr können? Sie ›sicher‹ machen? Thom sagte, Männer, denen Beschränkungen auferlegt wurden, sterben, weil sie nicht mehr weiterleben wollen. Warum erzählst du nichts davon, da man mich nach Tar Valon bringen und mir Einhalt gebieten wird?«

»Du bist *ta'veren*«, antwortete Moiraine. »Vielleicht ist das Muster noch nicht mit dir fertig.«

Rand setzte sich aufrecht hin. »In den Träumen sagte Ba'alzamon, Tar Valon und der Amyrlin-Sitz würden versuchen, mich zu benützen. Er hat Namen genannt, und an einige davon erinnere ich mich jetzt. Raolin Dunkelbann und Guaire Amalasan. Yurian Steinbogen. Davian. Logain.« Den letzten Namen auszusprechen fiel ihm am schwersten von allen. Nynaeve wurde bleich, und Egwene schnappte nach Luft, doch er fuhr zornig fort:»Jeder von ihnen ist ein falscher Drache. Versuche nicht, das abzustreiten. Also, ich werde mich nicht benützen lassen. Ich bin kein Werkzeug, das ihr auf den Müllhaufen werfen könnt, wenn es abgewetzt ist.«

»Ein Werkzeug, das zu einem bestimmten Zweck angefertigt wurde, wird nicht herabgesetzt, wenn man es zu eben diesem Zweck benützt.« Moiraines Stimme klang genauso hart wie die seine.»Aber ein Mann, der dem Vater der Lügen Glauben schenkt, setzt sich selbst herab. Du sagst, du wirst dich nicht benützen lassen, und dann lässt du deinen Weg vom Dunklen König vorbestimmen, wie ein Hund, den sein Herr ein Kaninchen jagen lässt.«

Er ballte die Fäuste und drehte den Kopf weg. Das klang zu sehr nach den Dingen, die Ba'alzamon gesagt hatte.»Ich werde für niemanden den Jagdhund spielen. Verstehst du mich? Für niemanden!«

Loial und die anderen erschienen im Torbogen, und Rand stand mühsam auf, den Blick auf Moiraine gerichtet.

»Sie werden es nicht erfahren«, sagte die Aes Sedai,»bis das Muster es anders will.«

Dann waren seine Freunde nah. Lan führte sie an. Er sah so hart aus wie immer, aber etwas mitgenommener als sonst. Er trug eine von Nynaeves Bandagen um die Schläfen gewickelt und lief ziemlich steif einher. Hinter ihm trug Loial eine große, goldene Truhe, die mit Silber verziert war. Keiner außer einem Ogier hätte sie ohne Hilfe aufheben können. Perrin trug ein großes Bündel zusammengefalteten weißen Stoffes in den Armen, und Mat hielt vorsichtig etwas in beiden Händen, das wie Tonscherben aussah.

»Also lebst du doch noch.« Mat lachte. Sein Gesichtsausdruck wurde finsterer, und er nickte in Richtung Moiraine.»Sie hat uns nicht nach dir suchen lassen, wir sollten stattdessen herausfinden, was das Auge verbarg. Ich wäre trotzdem losgegangen, aber Nynaeve und Egwene schlossen sich ihr an und warfen mich beinahe durch den Bogen.«

»Aber jetzt bist du hier«, sagte Perrin,»und so, wie du aussiehst, bist du nicht zu schlecht davongekommen.« Seine Augen glühten wohl nicht, aber die Pupillen waren jetzt ganz gelb.»Das ist das Wichtigste. Du bist hier, und wir sind mit dem fertig, was wir hier zu erledigen hatten, was das auch gewesen sein mag. Moiraine Sedai sagt, wir seien fertig und wir könnten gehen. Heim, Rand. Licht, verseng mich, aber ich will nach Hause.«

»Gut, dich lebendig vorzufinden, Schafhirte«, sagte Lan mürrisch. »Wie ich sehe, hast du dein Schwert nicht verloren. Vielleicht wirst du jetzt lernen, es richtig zu benützen.« Rand fühlte sich auf einmal zu dem Behüter hingezogen; Lan wusste Bescheid, aber an der Oberfläche wenigstens hatte sich nichts geändert. Er dachte, vielleicht habe sich für Lan auch inwendig nichts geändert.

»Ich muss schon sagen«, begann Loial und stellte die Truhe auf den Boden, »mit *ta'veren* zu reisen hat sich als noch interessanter erwiesen, als ich erwartete.« Seine Ohren zuckten lebhaft. »Falls es noch ein wenig interessanter werden sollte, gehe ich schnurstracks zurück zum *Stedding* Schangtai, gestehe dem Ältesten Haman alles und verlasse meine Bücher nie mehr.« Plötzlich grinste der Ogier. Sein breiter Mund spaltete sein Gesicht in zwei Hälften. »Es ist so gut, dich wiederzusehen, Rand al'Thor. Der Behüter ist der Einzige von diesen dreien hier, der überhaupt etwas von Büchern hält, doch er spricht nicht darüber. Was ist mit dir geschehen? Wir rannten alle weg und versteckten uns im Wald, bis Moiraine Sedai Lan ausschickte, um uns aufzuspüren, aber sie hat uns nicht nach dir suchen lassen. Warum warst du so lange weg, Rand?«

»Ich bin gerannt und gerannt«, sagte er bedächtig, »bis ich einen Hügel runterfiel und mit dem Kopf gegen einen Stein prallte. Ich glaube, ich bin bei dem Sturz so ziemlich gegen jeden Stein gestoßen, der hügelabwärts lag.« Das sollte seine Abschürfungen erklären. Er versuchte, die Aes Sedai und Nynaeve und Egwene im Auge zu behalten, aber ihr Gesichtsausdruck änderte sich nicht. »Als ich wieder zu mir kam, wusste ich nicht mehr, wo ich war. Schließlich bin ich dann doch hierher zurückgestolpert. Ich glaube, Aginor ist tot, verbrannt. Ich habe Asche gefunden und Fetzen von seinem Umhang.«

Die Lügen klangen für ihn so leicht durchschaubar. Er konnte nicht verstehen, warum sie nicht verächtlich lachten und verlangten, dass er die Wahrheit sage, aber seine Freunde nickten nur und gaben ein paar mitfühlende Worte von sich, während sie zu der Aes Sedai gingen, um ihr zu zeigen, was sie gefunden hatten.

»Helft mir auf«, sagte Moiraine. Nynaeve und Egwene hoben sie in eine sitzende Stellung, mussten sie aber auch dann noch stützen.

»Wie konnten diese Sachen im Inneren des Auges sein«, fragte Mat, »ohne wie dieser Stein zerstört zu werden?«

»Sie waren nicht dorthin gelegt worden, um zerstört zu werden«, sagte die Aes Sedai kurz angebunden und blockte mit ihrem Stirnrunzeln weitere Fragen ab. Sie nahm Mat die schimmernden schwarzen und weißen Scherben ab.

Für Rand sahen sie einfach wie Schutt aus, aber sie setzte sie entschlossen am Boden neben sich zusammen. Sie ergaben einen perfekten Kreis von der Größe einer Männerhand. Das uralte Symbol der Aes Sedai, die Flamme von Tar Valon, zusammengefügt mit dem Drachenzahn. Einen Augenblick lang sah Moiraine es sich nur mit ausdruckslosem Gesicht an, dann nahm sie das Messer aus ihrem Gürtel und gab es Lan, wobei sie in Richtung des Kreises nickte.

Der Behüter klaubte das größte Stück heraus, und dann hob er das Messer und stieß es mit aller Kraft darauf herunter. Ein Funken stob auf, die Scherbe hüpfte unter der Gewalt des Hiebs, und die Klinge zerbrach mit einem scharfen Knall. Er betrachtete den Stumpf, der noch am Griff festsaß. Dann warf er ihn beiseite. »Der beste Stahl aus Tear«, sagte er trocken.

Mat hob die Scherbe auf und brummte. Dann zeigte er sie herum. Es war kein Kratzer darauf zu sehen.

»Cuendillar«, sagte Moiraine. »Herzstein. Seit dem Zeitalter der Legenden ist es niemandem mehr gelungen, ihn herzustellen, und selbst zu der Zeit wurde er nur für die wichtigsten Zwecke angefertigt. Wenn er einmal fertig ist, kann ihn nichts mehr zerstören. Nicht einmal die Eine Macht selbst, auch wenn sie von der größten Aes Sedai gelenkt würde, die es jemals gab, unterstützt vom stärksten sa'angreal, der je gemacht wurde. Jede Kraft, die man gegen Herzstein einsetzt, macht ihn nur noch stärker.«

»Wie ist es dann ...?« Mats Geste mit der Scherbe in der Hand umfasste die anderen Bruchstücke am Boden.

»Das war eines der sieben Siegel am Gefängnis des Dunklen Königs«, sagte Moiraine. Mat ließ die Scherbe fallen, als glühe sie. Einen Augenblick lang schienen dafür Perrins Augen wieder zu glühen. Die Aes Sedai sammelte gelassen die Scherben auf.

»Es spielt keine Rolle mehr«, sagte Rand. Seine Freunde blickten ihn fragend an, und er wünschte, er hätte den Mund gehalten.

»Selbstverständlich«, antwortete Moiraine. Aber sie legte sorgfältig alle Bruchstücke in ihre Tasche. »Bringt mir die Truhe.« Loial hob sie näher zu ihr.

Der Quader aus Gold und Silber schien keine Öffnung zu haben, aber die Finger der Aes Sedai glitten über die feinen Verzierungen, drückten, und mit einem plötzlichen Klicken sprang der Deckel wie von einer Feder gehoben auf. Innen lag ein gekrümmtes goldenes Horn. Trotz seines Schimmers erschien es neben der Truhe, in der es sich befand, ganz unauffällig. Das einzige Ornament war eine Zeile eingelegter silberner Schrift um das Mundstück herum. Moiraine nahm das Horn so vorsichtig heraus, als trage sie ein Baby. »Das muss nach Illian gebracht werden«, sagte sie leise.

»Illian!«, murrte Perrin. »Das ist schon beinahe am Meer der Stürme, fast genauso weit südlich von zu Hause, wie wir jetzt im Norden sind.«

»Ist es ...?« Loial hielt inne, um Luft zu holen. »Kann es sein ...?«

»Ihr könnt die Alte Sprache lesen?«, fragte Moiraine, und als er nickte, gab sie ihm das Horn.

Der Ogier nahm es ebenso sanft in die Hand wie sie und fuhr mit einem breiten Finger vorsichtig die Schrift entlang. Seine Augen wurden immer größer, und seine Ohren stellten sich senkrecht auf. »*Tia mi aven Moridin isainde vadin*«, flüsterte er. »Das Grab ist keine Grenze für meinen Ruf.«

»Das Horn von Valere.« Diesmal schien der Behüter wirklich erschüttert. In seiner Stimme schwang Ehrfurcht mit.

Gleichzeitig sagte Nynaeve mit zittriger Stimme: »Um die Helden aller Zeitalter von den Toten zurückzurufen, gegen den Dunklen König zu kämpfen.«

»Seng mich!«, hauchte Mat.

Loial legte ehrfürchtig das Horn in die goldene Truhe zurück. »Ich frage mich langsam«, sagte Moiraine, »ob das Auge der Welt, das ja für den äußersten Notfall gemacht wurde, den die Welt je erleben würde, wirklich für den Zweck da war, zu dem wir es ... verwendeten, oder um diese Sachen zu bewahren? Schnell, zeigt mir den letzten Gegenstand.«

Nach den ersten beiden Überraschungen konnte Rand Perrins Zögern verstehen. Lan und der Ogier nahmen ihm das weiße Stoffbündel ab und entfalteten es miteinander. Ein langes und breites Banner wurde entfaltet und bauschte sich im Wind auf. Rand konnte es nur mit großen Augen anstarren. Das Ganze schien aus einem Stück zu bestehen, weder gewebt noch eingefärbt noch bemalt. Eine Gestalt in der Form einer Schlange, mit roten und goldenen Schuppen, erstreckte sich über die ganze Länge, aber sie hatte dazu noch schuppenbesetzte Beine und Füße mit jeweils fünf langen, goldenen Klauen, und einen mächtigen Kopf mit goldener Mähne und Augen wie die Sonne. Das Aufbauschen der Flagge bewegte die Gestalt. Mit Schuppen, die wie Edelsteine und Metall glitzerten, wirkte sie wie lebendig. Er bildete sich fast ein, er könne sie voller Stolz brüllen hören.

»Was ist das?«, fragte er.

Moiraine ließ sich mit ihrer Antwort Zeit. »Die Flagge des Herrn des Morgens, unter der er die Streitkräfte des Lichts gegen den Schatten führte. Das Banner von Lews Therin Telamon. Das Banner des Drachen.« Loial ließ beinahe sein Ende fallen.

»Verseng mich!«, entfuhr es Mat kleinlaut.

»Wir werden diese Dinge mitnehmen, wenn wir aufbrechen«, sagte Moiraine. »Sie liegen hier nicht aus Zufall herum, und ich muss mehr darüber in Erfahrung bringen.« Ihre Finger strichen über die Tasche, in der sich die Bruchstücke des zersprungenen Siegels befanden. »Es ist schon zu spät, um heute noch aufzubrechen. Wir werden uns ausruhen und essen, morgen aber dann früh losreiten. Um uns herum befindet sich immer noch nur die Fäule, und hier ist sie stärker als an der Grenze. Ohne den Grünen Mann wird dieser Ort nicht mehr lange Bestand haben. Legt mich wieder hin«, sagte sie zu Nynaeve und Egwene. »Ich muss ruhen.«

Rand wurde auf etwas aufmerksam, das er schon die ganze Zeit gesehen, aber nicht bemerkt hatte: Abgestorbene braune Blätter fielen von der großen Eiche. Eine dicke Schicht welker Blätter am Boden raschelte im Wind – braun, vermischt mit den Blütenblättern Tausender Blumen. Der Grüne Mann hatte die Fäule zurückgehalten, aber nun tötete sie bereits das, was er geschaffen hatte.

»Es ist vollbracht, nicht wahr?«, fragte er Moiraine. »Es ist beendet.«

Die Aes Sedai drehte den Kopf auf dem Polster aus Umhängen. Ihre Augen schienen so tief wie das Auge der Welt. »Wir haben getan, weswegen wir hier waren. Von hier an kannst du dein Leben leben, wie das Muster es bestimmt. Also iss und schlafe, Rand al'Thor. Schlafe und träume von zu Hause.«

KAPITEL 53

Das Rad dreht sich

In der Morgendämmerung zeigte sich das Ausmaß der Zerstörung im Garten des Grünen Mannes. Eine dichte, an einzelnen Stellen kniehohe Schicht abgefallener Blätter bedeckte den Boden. Alle Blumen waren verschwunden, abgesehen von einigen wenigen, die sich verzweifelt am äußersten Rand der Lichtung hielten. In der Erde unter einer Eiche konnte wohl nicht viel wachsen, aber um den dicken Stamm über dem Grab des Grünen Mannes herum wuchs ein dünner Ring von Blumen und Gras. Die Eiche selbst besaß vielleicht noch die Hälfte ihrer Blätter, und das war weit mehr als jeder andere Baum in der Umgebung. Es war, als kämpfe an diesem Fleck immer noch ein Überrest des Grünen Mannes um das Überleben. Die kühle Brise hatte sich gelegt und wurde von immer stärker werdender stickiger Hitze abgelöst. Die Schmetterlinge waren weg, die Vögel verstummt. Es war eine stille Gruppe, die sich da auf den Aufbruch vorbereitete.

Rand kletterte bedrückt in den Sattel des Braunen. *Es sollte nicht so sein. Blut und Asche, wir haben doch gewonnen!*

»Ich wünschte, er hätte seinen neuen Ort gefunden«, sagte Egwene, als sie sich auf Belas Rücken setzte. Lan hatte eine Bahre für Moiraine gebaut, die zwischen der zerzausten Stute und Aldieb befestigt war. Nynaeve würde nebenher reiten und die Zügel der weißen Stute halten. Die Seherin schlug jedes Mal die Augen nieder, wenn sie bemerkte, dass Lan sie ansah. Sie mied seinen Blick. Der Behüter seinerseits blickte sie immer dann an, wenn ihr Blick abgewandt war, aber er sprach sie nicht an. Niemand musste erst fragen, auf wen sich Egwenes Aufmerksamkeit konzentrierte.

»Es ist nicht richtig«, sagte Loial und betrachtete die Eiche. Der Ogier war der Einzige, der noch nicht aufgestiegen war. »Es ist einfach nicht richtig, dass der Baumbruder der Fäule zum Opfer fallen soll.« Er gab Rand die Zügel seines großen Pferdes in die Hand. »Nicht richtig.«

Lan öffnete den Mund, als der Ogier zu der mächtigen Eiche hinüberging. Moiraine auf ihrer Bahre hob schwach die Hand, und der Behüter sagte nichts.

Loial kniete vor der Eiche nieder, schloss die Augen und streckte die Arme aus. Die Haarbüschel an seinen Ohren sträubten sich, als er das Gesicht zum Himmel erhob. Und er sang.

Rand war nicht in der Lage festzustellen, ob es Worte waren, die Loial sang, oder einfach eine wortlose Melodie. Bei dieser tiefen, grollenden Stimme klang es, als singe die Erde unter ihnen, und dann war er sicher, die Vögel wieder zwitschern und die Frühlingsbrise seufzen und die Schmetterlinge flattern zu hören. Er verlor sich in diesem Lied und glaubte, es habe nur Minuten lang gedauert, doch als Loial die Arme senkte und die Augen öffnete, war er überrascht, dass die Sonne bereits ein gutes Stück über dem Horizont stand. Als der Ogier begann, hatte sie gerade die Bäume geküsst. Die an der Eiche verbliebenen Blätter schienen nun grüner und fester mit ihren Zweigen verbunden als vorher. Die Blumen, die den Baum umringten, standen straffer aufrecht, die Morgensternchen leuchteten weiß und frisch, die Liebesknoten in kräftigem Scharlachrot.

Loial erhob sich, wischte sich den Schweiß von seinem breiten Gesicht und nahm Rand die Zügel wieder ab. Seine langen Augenbrauen hingen zerknirscht herunter, als könnten sie glauben, dass er hätte angeben wollen. »Ich habe niemals zuvor so stark gesungen. Das hätte ich auch nicht geschafft, wenn nicht ein Rest des Baumbruders noch hier zurückgeblieben wäre. Meine Baumlieder haben nicht seine Urgewalt.« Als er sich in den Sattel schwang, lag Befriedigung in dem Blick, mit dem er die Eiche und die Blumen musterte. »Wenigstens dieser kleine Fleck wird der Fäule nicht zum Opfer fallen. Die Fäule bekommt den Baumbruder nicht.«

»Ihr seid ein guter Mann, Ogier«, sagte Lan.

Loial grinste. »Ich nehme das als Kompliment, aber ich weiß nicht, was der Älteste Haman dazu sagen würde.«

Sie ritten in einer Linie los, Mat hinter dem Behüter, wo er gegebenenfalls seinen Bogen wirksam einsetzen konnte, und Perrin ganz hinten mit seiner Axt, die er quer über den Sattel gelegt hatte. Sie ritten über einen Hügel, und kaum waren sie über den Kamm, da befanden sie sich wieder mitten in der Fäule mit ihren gequälten, faulenden Pflanzen in giftigen Regenbogenfarben. Rand sah nach hinten, doch man konnte den Garten des Grünen Mannes nirgends mehr erkennen. Nur die Fäule, die sich hinter ihnen genau wie vor ihnen erstreckte. Und doch glaubte er, einen kurzen Moment lang den mächtigen Wipfel der Eiche – grün und üppig – aufragen zu sehen, bevor er verschwamm und endgültig weg war. Dann gab es nur noch die Fäule.

Er erwartete halb, dass sie sich ihren Weg hinaus genauso erkämpfen müssten wie den hinein, aber die Fäule lag ruhig und totenstill da. Nicht ein einziger Ast zitterte, als wolle er nach ihnen schlagen, nichts schrie oder heulte, weder in ihrer Nähe noch in der Ferne. Die Fäule schien sich zu ducken, nicht über sie herzufallen, als sei sie von einem schweren Schlag getroffen worden und erwarte den nächsten. Sogar die Sonne schien weniger rot.

Als sie an der Kette von Seen vorbeikamen, stand die Sonne nicht weit hinter dem Zenit. Lan ließ sie in einer guten Entfernung an den Seen vorbeireiten und blickte nicht einmal hin, aber Rand schien es, als seien die sieben Türme höher als beim ersten Mal, wo sie sie erblickt hatten. Er war sicher, dass sich die zerklüfteten Turmspitzen höher über dem Boden befanden, und über ihnen konnte man fast die fugenlosen Türme in der Sonne schimmern sehen, wie sie einst gewesen waren, und Flaggen mit dem Goldenen Kranich wehten darüber im Wind. Er blinzelte und sah noch einmal hin, aber die Türme verschwanden nicht ganz. Sie befanden sich dort an der Sichtbarkeitsgrenze und verblieben auch dort, bis die Fäule das Seengebiet wieder verbarg.

Vor dem Sonnenuntergang suchte der Behüter einen Lagerplatz aus, und Moiraine ließ sich von Nynaeve und Egwene dabei helfen, Amulette als Wächter rundherum aufzustellen. Die Aes Sedai flüsterte den anderen Frauen etwas ins Ohr, bevor sie damit anfing. Nynaeve zögerte, aber als Moiraine dann die Augen schloss, taten sie es ihr gleich.

Rand bemerkte, wie Mat und Perrin gafften, und fragte sich, wieso sie eigentlich so überrascht waren. *Jede Frau ist eine Aes Sedai,* dachte er ohne einen Anflug von Heiterkeit. *Licht, hilf mir, ich bin es ja auch.* Der trübe Gedanke ließ ihn den Mund halten.

»Warum ist jetzt alles anders?«, fragte Perrin, während Egwene und die Seherin Moiraine auf ihr Bett halfen. »Es ist ein Gefühl ...« Er zuckte seine mächtigen Schultern, als fehlten ihm die richtigen Worte.

»Wir haben dem Dunklen König einen gewaltigen Schlag versetzt«, antwortete Moiraine und ließ sich mit einem Seufzer nieder. »Der Schatten wird lange brauchen, um sich zu erholen.«

»Wie?«, wollte Mat wissen. »Was haben wir denn getan?«

»Schlaft«, sagte Moiraine. »Wir sind noch nicht aus der Fäule heraus.«

Aber am nächsten Vormittag änderte sich auch nichts, soweit Rand erkennen konnte. Natürlich war die Fäule auf dem Weg nach Süden langsam schwächer ausgeprägt. Verkrüppelte Bäume wurden durch gerade gewachsene abgelöst. Die erdrückende Hitze ließ nach. Fauliges Laub machte anderem – lediglich kränklichem – Platz; und schließlich gesundem, wie ihm bald klar wurde. Der sie umgebende Wald färbte sich rot mit neuen Trieben. Die Äste waren dicht belaubt. Am Unterholz waren Knospen zu sehen, grüne Ranken bedeckten die Steine, und frische Blumen bildeten kräftige, leuchtende Farbflecken im dichten Gras, ebenso schön wie dort, wo der Grüne Mann gewandelt war. Es schien, als wolle der bisher vom Winter abgehaltene Frühling nun alles auf einmal aufholen.

Er war nicht der Einzige, der das verwundert feststellte. »Ein harter Schlag«, murmelte Moiraine. Mehr wollte sie nicht sagen.

Kletterrosen umrankten die Steinsäule an der Grenze. Männer traten aus den Wachtürmen und begrüßten sie. Ihr Lachen klang irgendwie überwältigt, und ihre Augen leuchteten überrascht, als könnten sie nicht glauben, dass unter ihren stahlgeschützten Füßen neues Gras wuchs.

»Das Licht hat den Schatten besiegt!«

»Ein großer Sieg am Tarwin-Pass! Wir haben die Botschaft erhalten! Sieg!«

»Das Licht ist uns wieder gnädig!«

»König Easar steht voll im Licht«, antwortete Lan auf alle ihre Rufe.

Die Wächter wollten sich um Moiraine kümmern oder ihnen wenigstens eine Eskorte mitschicken, aber das lehnte sie alles ab. Selbst im Liegen auf der Bahre war die Persönlichkeit der Aes Sedai so stark, dass die bewaffneten Männer einen Schritt zurücktraten, sich verbeugten und ihrem Wunsch Folge leisteten. Ihr Lachen folgte ihnen, als Rand und die anderen weiterritten.

Am Spätnachmittag erreichten sie Fal Dara und fanden die von trutzigen Mauern geschützte Stadt im Taumel einer Siegesfeier vor. Es läutete überall. Rand bezweifelte, dass irgendeine Glocke in der Stadt stillstand. Sie erklangen alle – vom kleinsten Silberglöckchen am Pferdegeschirr bis zu dem großen Bronzegong auf der Spitze jedes Turms. Die Stadttore standen weit offen, und Menschen rannten lachend und singend durch die Straßen. Die Männer hatten sich Blumen in die Haarknoten und die Scharniere ihrer Rüstungen gesteckt. Die übrigen Bewohner der Stadt waren noch nicht aus Fal Moran zurückgekehrt, aber die Soldaten waren gerade vom Tarwin-Pass her angekommen, und ihr Jubel reichte aus, um die Straßen zu füllen.

»Sieg am Pass! Wir haben gewonnen!«

»Ein Wunder am Pass! Das Zeitalter der Legenden ist zurückgekehrt!«

»Frühling«, lachte ein ergrauter alter Soldat, als er eine Girlande aus Morgensternchen um Rands Hals hängte. Sein Haarknoten war ein einziges Bündel der kleinen Blümchen. »Das Licht segnet uns wieder mit einem Frühling!«

Als sie hörten, dass sie zur Zitadelle unterwegs waren, umringte sie eine Gruppe von Männern, die in Stahl und Blumen gekleidet waren, und bahnte ihnen einen Weg durch die Feiernden.

Rand erblickte zum ersten Mal ein Gesicht, das nicht lachte, als er Ingtar erspähte. »Ich kam zu spät«, sagte Ingtar enttäuscht zu Lan. »Eine lumpige Stunde zu spät, um alles mit anzusehen. Friede!« Seine Zähne knirschten hörbar, doch dann entspannte sich sein Gesichtsausdruck. »Vergebt mir. Der Schmerz lässt mich meine Pflichten vergessen. Willkommen, Erbauer. Ein Willkommen Euch allen. Es ist gut zu sehen, dass Ihr der Fäule heil entkommen seid. Ich werde die Heilerin zu Moiraine Sedai in ihre Räume schicken und Lord Agelmar benachrichtigen ...«

»Bringt mich zu Lord Agelmar«, befahl Moiraine. »Uns alle.« Ingtar öffnete den Mund, um zu protestieren, aber dann verbeugte er sich unter ihrem herrischen Blick.

Agelmar war in seinem Arbeitszimmer. Schwert und Rüstung standen wieder in ihrem Gestell, und sein Gesicht war das zweite, das nicht lächelte. Er trug eine besorgte Miene zur Schau, und das verstärkte sich noch, als er sah, dass Moiraine von livrierten Dienern auf einer Bahre hereingetragen wurde. Frauen in Schwarz und Gold regten sich darüber auf, dass die Aes Sedai zu ihm gebracht wurde, ohne Gelegenheit gehabt zu haben, sich vorher zu erfrischen und von der Heilerin behandeln zu lassen. Loial trug die goldene Truhe herein. Die Stücke des Siegels befanden sich noch in Moiraines Tasche. Lews Therin Telamons Flagge war in ihre Decken eingerollt und noch hinter Aldiebs Sattel geschnallt. Der Stallbursche, der die weiße Stute wegführte, hatte den strikten Befehl erhalten, dafür zu sorgen, dass die Deckenrolle unversehrt in die der Aes Sedai zugewiesenen Gemächer gebracht wurde.

»Friede!«, knurrte der Herr von Fal Dara. »Seid Ihr verwundet, Moiraine Sedai? Ingtar, warum hast du nicht dafür gesorgt, dass die Aes Sedai in ihr Bett kommt und die Heilerin zu ihr gebracht wird?« »Haltet ein, Lord Agelmar«, sagte Moiraine. »Ingtar hat mir lediglich gehorcht. Ich bin nicht so krank, wie jeder hier zu glauben scheint.« Sie bedeutete zweien der Frauen, ihr auf einen Stuhl zu helfen. Einen Augenblick lang rangen sie die Hände und riefen, sie sei zu schwach dafür, sie solle in einem warmen Bett liegen und ein heißes Bad nehmen und die Heilerin solle kommen. Dann hoben sich Moiraines Augenbrauen, und die Frauen hielten den Mund und beeilten sich, ihr in einen Stuhl zu helfen. Sobald sie bequem saß, gab sie einen Wink, dass die Frauen verschwinden sollten. »Ich muss mit Euch sprechen, Lord Agelmar.«

Agelmar nickte, und Ingtar schickte die Diener aus dem Raum. Der Herr von Fal Dara musterte die Verbliebenen erwartungsvoll, besonders, wie Rand zu bemerken glaubte, Loial und die goldene Truhe.

»Wir haben gehört«, begann Moiraine, sobald sich die Tür hinter Ingtar geschlossen hatte, »dass Ihr am Tarwin-Pass einen großen Sieg errungen habt.«

»Ja«, sagte Agelmar bedächtig, und seine besorgte Miene kehrte zurück. »Ja, Aes Sedai, und nein. Die Halbmenschen und ihre Trollocs wurden bis zum letzten vernichtet, aber wir haben kaum gekämpft. Meine Männer nennen es ein Wunder. Die Erde verschlang sie: die Berge begruben sie. Nur ein paar Draghkar blieben übrig, und sie waren zu verängstigt, um irgendetwas anderes zu versuchen, als so schnell wie möglich nach Norden zu fliehen.«

»Also wirklich ein Wunder«, sagte Moiraine. »Und der Frühling ist auch eingekehrt.«

»Ein Wunder«, sagte Agelmar kopfschüttelnd, »aber ... Moiraine Sedai, die Männer erzählen sich vielerlei darüber, was am Pass geschah. Das Licht habe menschliche Gestalt angenommen und für uns gekämpft. Der Schöpfer sei zum Pass gekommen, um den Schatten zu schlagen. Aber ich habe einen Mann gesehen, Moiraine Sedai. Ich habe einen Mann gesehen, und was er tat, das kann nicht sein, das darf nicht sein.«

»Das Rad webt, wie es das Rad will, Herr von Fal Dara.«

»Wie Ihr meint, Moiraine Sedai.«

»Und Padan Fain? Ist er sicher verwahrt? Ich muss mit ihm sprechen, wenn ich ausgeruht bin.«

»Er wird verwahrt, wie Ihr es befahlt, Aes Sedai. Die Hälfte der Zeit jammert er seinen Wächtern etwas vor, und die andere Hälfte über versucht er, sie herumzukommandieren, aber ... Friede, Moiraine Sedai, wie erging es Euch in der Fäule? Habt Ihr den Grünen Mann gefunden? Ich sehe sein Werk in den neuen Dingen, die jetzt wachsen.«

»Wir fanden ihn«, sagte sie tonlos. »Der Grüne Mann ist tot, Lord Agelmar, und das Auge der Welt ist weg. Es wird keine jungen Männer mehr geben, die es aus Ehrgeiz suchen können.«

Der Herr von Fal Dara runzelte die Stirn und schüttelte verwirrt den Kopf. »Tot? Der Grüne Mann? Er kann doch nicht ... Dann wurdet Ihr besiegt? Aber was ist mit den Blumen und den anderen Dingen, die jetzt wachsen?«

»Wir haben gesiegt, Lord Agelmar. Wir haben gesiegt, und der Beweis ist ein Land, das vom Winter befreit ist, doch ich fürchte, die letzte Schlacht ist noch lange nicht geschlagen.« Rand rührte sich, und die Aes Sedai blickte ihn scharf an, sodass er sich ruhig verhielt. »Die Fäule existiert immer noch, und die Schmieden von Thakan'dar rauchen immer noch, unter Shayol Ghul. Es gibt noch viele Halbmenschen und unzählige Trollocs. Glaubt niemals, dass es in den Grenzlanden nicht mehr notwendig sei, Wachsamkeit zu üben.«

»Das habe ich auch nicht geglaubt, Aes Sedai«, sagte er verletzt.

Moiraine bedeutete Loial, die goldene Truhe zu ihren Füßen abzustellen, und als er das getan hatte, öffnete sie den Behälter und enthüllte das Horn. »Das Horn von Valere«, sagte sie, und Agelmar schnappte nach Luft. Rand glaubte beinahe, der Mann wolle auf die Knie niederfallen.

»Damit, Moiraine Sedai, spielt es keine Rolle mehr, wie viele Halbmenschen und Trollocs übrig sind. Wenn die Helden der alten Zeit aus ihren Gräbern steigen, um uns zu helfen, marschieren wir in das Versengte Land und walzen Shayol Ghul nieder.«

»NEIN!« Agelmar öffnete überrascht den Mund, aber Moiraine fuhr ruhiger fort: »Ich habe Euch das nicht gezeigt, um Euch in Versuchung zu bringen, sondern um Euch wissen zu lassen, dass unsere Macht genauso groß sein wird wie die des Schattens, wenn wir vor neuen Schlachten stehen. Sein Platz ist jedoch nicht hier. Das Horn muss nach Illian gebracht werden. Dort muss es für neue Schlachten die Kräfte des Lichts zusammenrufen. Ich werde Euch um eine Eskorte Eurer besten Männer bitten, um dafür zu sorgen, dass es sicher nach Illian kommt. Es gibt immer noch Schattenfreunde und

Halbmenschen und Trollocs, und diejenigen, die dem Ruf des Horns folgen, werden demjenigen gehorchen, der es bläst. Es muss nach Illian gebracht werden.«

»Es wird geschehen, wie Ihr sagt, Aes Sedai.« Aber als sich der Deckel der Truhe schloss, sah der Herr von Fal Dara aus wie ein Mann, dem man einen letzten Blick auf das Licht verweigert.

Sieben Tage später läuteten immer noch die Glocken in Fal Dara. Die Bewohner waren aus Fal Moran zurückgekehrt und feierten mit den Soldaten. Von dem langen Balkon aus, auf dem Rand stand, vermischte sich das Läuten der Glocken mit den Rufen und dem Singen der Menschen. Der Balkon befand sich über dem privaten Garten Agelmars, der kräftig grünte und blühte, aber Rand schenkte dem Garten keine Aufmerksamkeit. Obwohl die Sonne hoch am Himmel stand, war der Frühling in Schienar kühler, als er es gewohnt war, und doch glänzten seine nackte Brust und Schultern vor Schweiß, als er die Klinge mit dem Reiherzeichen schwang. Jede Bewegung war ganz präzise, doch er betrachtete sie aus einiger Entfernung, wo er im Nichts schwebte. Selbst hier aber fragte er sich, ob in der Stadt wohl genauso viel Jubel herrschen würde, wenn die Menschen die Flagge zu sehen bekämen, die Moiraine immer noch versteckte.

»Gut, Schafhirte.« Der Behüter lehnte mit vor der Brust verschränkten Armen am Geländer und musterte ihn kritisch. »Du machst es gut, aber treibe dich selbst nicht so! Man kann nicht in ein paar Wochen zum Schwertmeister heranreifen.«

Das Nichts zerplatzte wie eine angestochene Blase. »Ich will doch gar kein Schwertmeister werden.«

»Es ist das Schwert eines Meisters, Schafhirte.«

»Ich will nur, dass mein Vater stolz auf mich ist.« Seine Hand verkrampfte sich um das raue Leder des Schwertgriffs. *Ich will doch nur, dass Tam mein Vater ist.* Er schob das Schwert klatschend in die Scheide. »Und außerdem habe ich nicht einmal ein paar Wochen Zeit.«

»Dann bist du nicht von deinem Entschluss abgewichen?«

»Würdet Ihr das?« Lans Gesichtsausdruck hatte sich nicht verändert – sein Gesicht wirkte, als könne sich da gar nichts verändern. »Ihr werdet nicht versuchen, mich aufzuhalten? Oder wird Moiraine Sedai es versuchen?«

»Du kannst machen, was du willst, Schafhirte, oder was das Muster für dich webt.« Der Behüter richtete sich auf. »Ich werde dich jetzt verlassen.«

Rand drehte sich um, damit er Lan beim Weggehen beobachten konnte, und sah, dass Egwene dort stand.

»Von deinem Entschluss abgewichen – worum geht es denn, Rand?«

Er schnappte sich sein Hemd und den Mantel, da er mit einem Mal die Kälte spürte. »Ich gehe fort, Egwene.«

»Wohin?«

»Irgendwohin. Ich weiß nicht.« Er mied ihren Blick, konnte aber auch nicht aufhören, sie anzusehen. Sie hatte sich rote Heckenrosen ins Haar gebunden, das ihre Schultern umschmeichelte. Sie hielt ihren Umhang mit der Hand zu. Er war dunkelblau und am Saum mit einer feinen Linie weißer Blumen umhäkelt, wie es in Schienar Mode war. Die Blumen zeigten in einer geraden Linie auf ihr Gesicht. Sie waren auch nicht blasser als ihre Wangen. Ihre Augen waren groß und dunkel. »Fort.«

»Ich bin sicher, dass Moiraine Sedai etwas dagegen haben wird, wenn du so einfach weggehst. Nach dem ... was du getan hast, hast du eine Belohnung verdient.«

»Moiraine weiß nicht einmal, dass ich überhaupt ein lebendiger Mensch bin. Ich habe getan, was sie wollte, und damit Schluss. Sie spricht nicht einmal mit mir, wenn ich zu ihr gehe. Nicht, dass ich versucht hätte, in ihrer Nähe zu bleiben, aber sie hat mich gemieden. Es wird ihr gleich sein, wenn ich gehe, und es interessiert mich nicht, was sie davon hält.«

»Moiraine ist immer noch nicht ganz gesund, Rand.« Sie zögerte. »Ich muss nach Tar Valon gehen, meiner Ausbildung wegen. Nynaeve kommt auch mit. Und Mat muss immer noch von dem geheilt werden, was ihn an diesen Dolch fesselt, und Perrin möchte Tar Valon sehen, bevor er ... irgendwo hingeht. Du könntest mit uns kommen.«

»Und darauf warten, dass eine andere Aes Sedai herausfindet, was ich bin, und mir Beschränkungen auferlegt?« Seine Stimme klang rau und beinahe höhnisch; er konnte es nicht ändern. »Willst du das?«

»Nein.«

Er wusste, er würde nie in der Lage sein, ihr zu sagen, wie dankbar er dafür war, dass sie ohne zu zögern geantwortet hatte.

»Rand, hast du keine Angst ...« Sie waren allein, aber sie blickte sich trotzdem um und senkte die Stimme. »Moiraine Sedai sagt, du musst die Wahre Quelle nicht unbedingt berühren. Wenn du *Saidin* nicht berührst, wenn du nicht versuchst, die Macht anzuwenden, dann bist du sicher.«

»Oh, ich werde sie ganz gewiss nie mehr berühren. Und wenn ich mir zuerst die Hand abhacken muss.« *Und was ist, wenn ich nicht damit aufhören kann? Ich habe mich niemals bemüht, sie zu lenken, nicht mal am Auge. Was ist, wenn ich nicht aufhören kann?*

»Wirst du heimgehen, Rand? Dein Vater wartet bestimmt sehnsüchtig darauf, dich wiederzusehen. Selbst Mats Vater dürfte allmählich Sehnsucht nach seinem Sohn haben. Ich werde nächstes Jahr nach Emondsfelde zurückkommen. Jedenfalls für kurze Zeit.«

Er rieb mit der Handfläche über den Griff seines Schwerts und fühlte deutlich den Bronzereiher. *Mein Vater. Heimat. Licht, wie gern würde ich …* »Nicht nach Hause.« *Irgendwohin, wo es keine Menschen gibt, denen ich wehtun kann, falls ich mich nicht beherrsche. Ich muss allein sein.* Plötzlich war es eisig kalt auf dem Balkon. »Ich gehe fort, aber nicht nach Hause.« *Egwene, Egwene, warum musstest du zu denen gehören, die …?* Er legte die Arme um sie und flüsterte in ihr Haar: »Niemals mehr nach Hause.«

In Agelmars privatem Garten unter einer Laube, die von weißen Blüten übersät war, drehte sich Moiraine auf ihrer Liege herum. Die Bruchstücke des Siegels lagen auf ihrem Schoß, und der kleine Edelstein, den sie manchmal im Haar trug, funkelte und drehte sich an seiner Goldkette, die sie mit den Fingerspitzen hielt. Das schwache blaue Glühen verging in dem Stein, und ein Lächeln berührte ihre Lippen. Der Stein hatte an sich keine besonderen Kräfte, aber das Erste, was sie hinsichtlich der Anwendung der Einen Macht als Mädchen im Königspalast von Cairhien gelernt hatte, war, den Stein dazu zu benützen, Leute zu belauschen, die glaubten, zu weit entfernt zu sein, als dass man sie noch hören könne. »Die Prophezeiungen werden eintreffen«, flüsterte die Aes Sedai. »Der Drache ist wiedergeboren worden.«

GLOSSAR

Der *Tomanische Kalender* (von Toma dur Ahmid entworfen) wurde ungefähr zwei Jahrhunderte nach dem Tod des letzten männlichen Aes Sedai eingeführt. Er zählte die Jahre *Nach der Zerstörung der Welt* (NZ). Während der Trolloc-Kriege wurden viele Aufzeichnungen zerstört, sodass man sich nach dem Ende dieser Kriege nicht mehr sicher war, in welchem Jahr der alten Zeitrechnung der neue Kalender einsetzte. Tiam von Gazar schlug die Einführung eines neuen Kalenders vor, der die damals angenommene Befreiung von der Bedrohung durch die Trollocs feierte und jedes Jahr als ein *Freies Jahr* (FJ) zählte. Innerhalb der zwanzig auf das Kriegsende folgenden Jahre fand der *Gazarenische Kalender* weitgehende Anerkennung. Artur Falkenflügel bemühte sich, einen neuen Kalender durchzusetzen, der auf seiner Reichsgründung basierte (VG, *Von der Gründung an*), aber dieser Versuch ist heute nur noch den Historikern bekannt. Nach weitreichender Zerstörung, Tod und Aufruhr während des Hundertjährigen Kriegs wurde ein vierter Kalender von Uren din Jubai Fliegende Möwe entworfen, einem Gelehrten der Meerleute, und von dem Panarch Farede von Tarabon weiterverbreitet. Der *Farede-Kalender*, der von dem willkürlich angenommenen Ende des Hundertjährigen Kriegs an rechnet und die Jahre seither als *Neue Ära* (NÄ) führt, ist momentan in Gebrauch.

Adan, Heran (Ei-dan): Gouverneur von Baerlon.

Aera-Gewebe: siehe Muster eines Zeitalters.

Aes Sedai (Aies Sehdai): Träger der Einen Macht. Seit der Zeit des Wahnsinns sind alle Überlebenden Aes Sedai Frauen. Man misstraut ihnen und fürchtet sie, ja, hasst sie. Viele geben ihnen die Schuld an der Zerstörung der Welt, und allgemein glaubt man, sie würden sich in die Angelegenheiten ganzer Staaten einmischen. Gleichzeitig aber findet man nur wenige Herrscher ohne Aes Sedai-Berater, selbst in Ländern, wo schon die Existenz einer solchen Verbindung geheim gehalten werden muss. Als Anrede wird benützt: Sheriam Sedai; als Ehrentitel: Sheriam Aes Sedai (siehe auch: Ajah; Amyrlin).

Agelmar; Lord Agelmar (Eigelmar) aus dem Hause Jagad: Herr von Fal Dara. Im Wappen führt er drei rennende Rotfüchse.

Aiel (Aiiehl): die Bewohner der Aiel-Wüste; gelten als wild und zäh. Man nennt sie auch Aielmänner. Vor dem Töten verschleiern sie die Gesichter. Das führte zu der Redensart: ›Er benimmt sich wie ein Aiel mit schwarzem Schleier‹, um einen gewalttätigen Menschen zu beschreiben. Sie nehmen kein Schwert in die Hand, sind aber tödliche Krieger, ob mit Waffen oder mit bloßen Händen. Während sie in die Schlacht ziehen, spielen ihre Spielleute Tanzmelodien auf. Die Aielmänner benützen für die Schlacht das Wort ›der Tanz‹.

Aiel-Wüste: das raue, zerrissene und fast wasserlose Gebiet östlich des Rückgrats der Welt. Nur wenige Außenseiter wagen sich dorthin, weil es für jemanden, der nicht dort geboren wurde, fast unmöglich ist, Wasser zu finden, und weil die Aiel sich im ständigen Kriegszustand mit allen anderen Völkern befinden und Fremde ablehnen.

Ajah: Gemeinschaften unter den Aes Sedai. Jede Aes Sedai gehört einer solchen Gemeinschaft an. Sie unterscheiden sich durch ihre Farben: Blaue Ajah, Rote Ajah, Weiße Ajah, Grüne Ajah, Braune Ajah, Gelbe Ajah und Graue Ajah. Jede Gemeinschaft folgt ihrer eigenen Auslegung in Bezug auf die Anwendung der Einen Macht und die Existenz der Aes Sedai. Zum Beispiel setzen die Roten Ajah ihre ganze Kraft dazu ein, Männer zu finden und zu beeinflussen, die versuchen, die Macht auszuüben. Eine Braune Ajah andererseits leugnet alle Verbindung zur Außenwelt und verschreibt sich ganz der Suche nach Wissen. Es gibt Gerüchte (vehement verneint und um keinen Preis vor einer Aes Sedai zu erwähnen) über eine Schwarze Ajah, die dem Dunklen König dient.

Aldieb: in der Alten Sprache ›Westwind‹, der Wind, der den Frühlingsregen bringt.

Al Ellisande!: in der Alten Sprache ›Für die Rose der Sonne!‹

al'Meara, Nynaeve (Almehra, Nainiev): die Seherin von Emondsfelde.

al'Thor, Rand: ein junger Bauer und Schäfer aus dem Gebiet der Zwei Flüsse.

al'Vere, Egwene (Alwier, Egwain): jüngste Tochter des Wirts von Emondsfelde.

Amyrlin, die: (1.) Titel der Anführerin der Aes Sedai. Auf Lebenszeit vom Burgrat gewählt, dem höchsten Gremium des Aes Sedai; dieser besteht aus je drei Abgeordneten der sieben Ajahs. Die Amyrlin hat, jedenfalls theoretisch, unter den Aes Sedai beinahe uneingeschränkte Macht; in etwa vom Rang einer Königin. (2.) Thron der Anführerin der Aes Sedai.

Andor: das Reich, innerhalb dessen das Gebiet der Zwei Flüsse liegt. Im Wappen führt Andor einen sprungbereiten weißen Löwen auf rotem Feld.

Angreal: ein sehr seltenes Objekt. Es erlaubt einer Person, die die Eine Macht lenken kann, einen stärkeren Energiefluss zu meistern, als das sonst ohne Hilfe und ohne Lebensgefahr möglich ist. Relikte des Zeitalters der Legenden. Es ist heute nicht mehr bekannt, wie sie angefertigt wurden (siehe auch: Sa'angreal).

Arafel: eines der Grenzlande. Im Wappen führt Arafel drei weiße Rosen auf rotem Feld und diagonal gegenüber drei rote Rosen auf weißem Feld.

Aram (Eiram): ein junger Mann der Tuatha'an.

Augenlosen, die: siehe Myrddraal.

Avendesora: in der Alten Sprache der Baum des Lebens; wird in vielen Geschichten und Legenden erwähnt.

Aybara, Perrin: ein junger Schmiedlehrling aus Emondsfelde.

Ba'alzamon: in der Trolloc-Sprache ›Herz der Dunkelheit‹. Es wird angenommen, dies sei der Trolloc-Name für den Dunklen König.

Baerlon: eine Stadt in Andor an der Straße von Caemlyn zu den Minen in den Nebelbergen.

Barran, Doral: die Seherin von Emondsfelde vor Nynaeve al'Meara.

Behüter: ein Krieger, der einer Aes Sedai zugeschworen ist. Das geschieht mithilfe der Einen Macht, und er gewinnt dadurch Fähigkeiten wie schnelles Heilen von Wunden, er kann lange Zeiträume ohne Wasser, Nahrung und Schlaf auskommen und den Einfluss des Dunklen Königs auf größere Entfernung spüren. So lange er am Leben ist, weiß die mit ihm verbundene Aes Sedai, dass er lebt, auch wenn er noch so weit entfernt ist, und sollte er sterben, dann weiß sie den genauen Zeitpunkt und auch den Grund seines Todes. Allerdings weiß sie nicht, wie weit von ihr entfernt er sich befindet oder in welcher Richtung. Die meisten Ajahs gestatten einer Aes Sedai den Bund mit nur einem Behüter. Die Roten Ajah allerdings lehnen die Behüter für sich selbst ganz ab, während die Grünen Ajah eine Verbindung mit so vielen Behütern gestatten, wie die Aes Sedai es wünscht. An sich muss der Behüter der Verbindung freiwillig zur Verfügung stehen, es gab jedoch auch Fälle, in denen der Krieger dazu gezwungen wurde. Welche Vorteile die Aes Sedai aus der Verbindung ziehen, wird von ihnen als streng gehütetes Geheimnis behandelt. (siehe auch Aes Sedai).

Bel Tine (Behltein): Frühlingsfest im Gebiet der Zwei Flüsse.

Biteme: ein winzig kleines, stechendes, sehr lästiges Insekt.

Blassen, die: siehe Myrddraal.

Blattverderber: siehe Dunkler König.

Blaue Ajah: siehe Ajah.

Bornhald, Dain: ein Offizier der Kinder des Lichts, Sohn von Geofram Bornhald.

Bornhald, Geofram: ein Oberkommandierender Hauptmann der Kinder des Lichts.

Bryne, Gareth: General und Hauptmann der königlichen Garde von Andor. Dient Morgase auch als der Erste Prinz des Schwertes. Im Wappen führt er drei goldene Sterne mit jeweils fünf Strahlen.

Byar, Jaret: ein Offizier der Kinder des Lichts.

Caemlyn: die Hauptstadt von Andor.

Cairhien: sowohl eine Nation am Rückgrat der Welt wie auch die Hauptstadt dieser Nation. Die Stadt wurde im Aielkrieg (976–978 NÄ) niedergebrannt und geplündert. Im Wappen führt Cairhien eine goldene Sonne mit vielen Strahlen, die sich vom unteren Rand eines himmelblauen Feldes erhebt.

Carai an Caldazar!: In der Alten Sprache ›Zur Ehre des Roten Adlers!‹ Der uralte Schlachtruf von Manetheren.

Carai an Ellisande!: In der Alten Sprache ›Zur Ehre der Rose der Sonne!‹ Der Schlachtruf des letzten Königs von Manetheren.

Cauthon, Matrim (Mat): ein junger Bauer von den Zwei Flüssen.

Charin, Jain (Dschain): siehe Fernstreicher, Jain.

Cuendillar: siehe Herzstein.

Dämpfung: Wenn ein Mann die Anlage zeigt, die Eine Macht zu beherrschen, müssen die Aes Sedai seine Kräfte ›dämpfen‹, also vollständig unterdrücken, da er sonst wahnsinnig wird, vom Verderben der *Saidin* getroffen, und möglicherweise schreckliches Unheil mit seinen Kräften anrichten wird. Ein Mann, der der Dämpfung unterzogen wurde, kann die Eine Macht noch spüren, sie aber nicht mehr benutzen. Wenn vor der Dämpfung der beginnende Wahnsinn eingesetzt hat, kann er durch den Akt der Dämpfung aufgehalten, jedoch nicht geheilt werden. Hat die Dämpfung früh genug stattgefunden, kann das Leben des Mannes gerettet werden.

Damodred, Lord Galadedrid: der einzige Sohn von Taringail Damodred und Tigraine; Halbbruder von Elayne und Gawyn. Im Wappen führt er ein geflügeltes silbernes Schwert, das nach unten zeigt.

Damodred, Prinz Taringail: ein königlicher Prinz von Cairhien; er heiratete Tigraine und zeugte Galadedrid. Als Tigraine verschwand und für tot erklärt wurde, heiratete er Morgase und zeugte Elayne und Gawyn. Er verschwand unter mysteriösen Umständen und wird seit vielen Jahren für tot gehalten. Sein Wappen war eine doppelschneidige goldene Streitaxt.

Dha-vol, Dhai-mon: siehe Trollocs.

Djevik K'Shar: in der Trolloc-Sprache ›Der Sterbende Boden‹; Trolloc-Name für die Aielwüste.

Domon, Bayle (Beil): Kapitän der *Gischt*.

Dorfrat: In den meisten Dörfern wird eine Gruppe von Männern in den Dorfrat gewählt, der für alle Entscheidungen zuständig ist, die das gesamte Dorf oder Verhandlungen mit anderen Dörfern betreffen. Vorsitzender ist der Bürgermeister oder Dorfälteste. Der Dorfrat streitet häufig mit dem Frauenkreis des Dorfes. Diese Auseinandersetzungen haben schon fast Tradition (siehe auch Frauenkreis).

Drache, der: Ehrenbezeichnung für Lews Therin Telamon während des Schattenkriegs. Als der Wahnsinn alle männlichen Aes Sedai befiel, tötete Lews Therin alle Personen, die etwas von seinem Blut in sich trugen, und jede Person, die er liebte. So bezeichnete man ihn anschließend als Brudermörder. Heute wird die Redensart ›vom Drachen besessen‹ benutzt, wenn man sagen will, dass jemand seine Mitmenschen grundlos gefährdet oder bedroht (siehe auch Wiedergeborener Drache).

Drache, falscher: Manchmal behaupten Männer, der Wiedergeborene Drache zu sein, und manch einer gewinnt so viele Anhänger, dass ihn nur eine Armee besiegen kann. Einige haben schon Kriege begonnen, in die viele Nationen verwickelt wurden. In den letzten Jahrhunderten waren die meisten falschen Drachen nicht in der Lage, die Eine Macht richtig anzuwenden, aber es gab doch ein paar, die es konnten. Alle jedoch verschwanden oder wurden gefangen oder getötet, ohne eine der Prophezeiungen erfüllen zu können, die sich um die Wiedergeburt des Drachen ranken. Diese Männer nennt man falsche Drachen (siehe auch Wiedergeborener Drache).

Drachenzahn: ein stilisiertes Zeichen, meist schwarz, in Form einer auf der Spitze stehenden Träne. Wenn es auf eine Tür oder ein Haus gezeichnet wird, gilt das als Anschuldigung, dass die Bewohner dem Bösen dienen.

Dunkler König: gebräuchlichste Bezeichnung, in allen Ländern verwendet, für Shai'tan, die Quelle des Bösen, Antithese des Schöpfers. Im Augenblick der Schöpfung wurde er vom Schöpfer in ein Verlies am Shayol Ghul gesperrt. Ein Versuch, ihn aus diesem Kerker zu befreien, führte zum Schattenkrieg, dem Verderben der *Saidin*, der Zerstörung der Welt und dem Ende des Zeitalters der Legenden.

Dunklen König nennen, den: Wenn man den wirklichen Namen des Dunklen Königs erwähnt (Shai'tan), zieht man seine Aufmerksamkeit auf sich, was unweigerlich dazu führt, dass man Pech hat oder schlimmstenfalls eine Katastrophe erlebt. Aus diesem Grund werden viele Euphemismen verwendet, wie z. B. der Dunkle König, der Vater der Lügen, der Sichtblender, der Herr der Gräber, der Schäfer der Nacht, Herzensbann, Herzfang, Grasbrenner und Blattverderber. Jemand, der das Pech anzuziehen scheint, ›nennt den Dunklen König‹.

Easar, König Easar aus dem Hause Togita: König von Schienar. In seinem Wappen führt er den weißen Hirschen, der nach einer schienarischen Sitte auch – zusammen mit dem schwarzen Falken – das gesamte Land repräsentiert.

Eine Macht, die: die Kraft aus der Wahren Quelle. Die große Mehrheit der Menschen ist absolut unfähig, zu lernen, wie man die Eine Macht anwendet. Eine sehr geringe Anzahl von Menschen kann die Anwendung erlernen, und noch weniger besitzen diese Fähigkeit von Geburt an. Diese wenigen müssen ihren Gebrauch nicht lernen, denn sie werden die Wahre Quelle berühren und die Eine Macht benutzen, ob sie wollen oder nicht, vielleicht sogar ohne zu bemerken, was sie da tun. Diese angeborene Fähigkeit taucht meist zuerst während der Pubertät auf. Wenn man dann nicht die Kontrolle darüber erlernt – durch Lehrer oder auch ganz allein (extrem schwierig, die Erfolgsquote liegt bei eins zu vier) –, ist die Folge der sichere Tod. Seit der Zeit des Wahns hat kein Mann es gelernt, die Eine Macht kontrolliert anzuwenden, ohne dabei auf die Dauer auf schreckliche Art dem Wahnsinn zu verfallen. Selbst wenn er in gewissem Maß die Kontrolle erlangt hat, stirbt er an einer Verfallskrankheit, bei der er bei lebendigem Leib verfault. Auch diese Krankheit wird, genau wie der Wahnsinn, von dem Verderben hervorgerufen, das der Dunkle König über die *Saidin* brachte. Bei Frauen ist der Tod mangels Kontrolle der Einen Macht etwas erträglicher, aber sterben müssen auch sie. Die Aes Sedai suchen nach Mädchen mit diesen angeborenen Fähigkeiten, zum einen, um ihre Leben zu retten, und zum anderen, um die Anzahl der Aes Sedai zu vergrößern. Sie suchen nach Männern mit dieser Fähigkeit, um zu verhindern, dass sie Schreckliches damit anrichten, wenn sie dem Wahn verfallen (siehe auch Zeit des Wahns, Wahre Quelle).

Elaida: eine Aes Sedai-Ratgeberin der Königin Morgase von Andor.

Elayne: Königin Morgases Tochter, die Tochter-Erbin des Throns von Andor. Sie führt im Wappen eine goldene Lilie.

Else, Else Grinwell: eine Bauerntochter, die in der Nähe der Straße nach Caemlyn wohnt.

Erster Prinz des Schwertes: Titel des ältesten Bruders der Königin von Andor, der seit seiner Kindheit darauf vorbereitet wurde, im Krieg die Armee der Königin zu kommandieren und im Frieden als ihr Ratgeber zu fungieren. Falls die Königin keinen überlebenden Bruder hat, bestimmt sie jemanden für diese Position.

Fäule: siehe Große Fäule.

Fain, Padan: ein Hausierer, der gerade rechtzeitig zur Winternacht in Emondsfelde ankommt.

Falkenflügel, Artur: ein legendärer König, der alle Länder westlich des Rückgrats der Welt und einige von jenseits der Aiel-Wüste einte. Er sandte sogar eine Armee über das Aryth-Meer, doch verlor man bei seinem Tod, der den Hundertjährigen Krieg auslöste, jeden Kontakt mit diesen Soldaten. Er führte einen fliegenden goldenen Falken im Wappen (siehe auch: Hundertjähriger Krieg).

Far Dareis Mai: wörtlich ›Töchter des Speers‹, eine von mehreren Kriegergemeinschaften der Aiel. Anders als bei den übrigen werden ausschließlich Frauen aufgenommen. Sollte sie heiraten, darf eine Frau nicht mehr Mitglied bleiben. Während einer Schwangerschaft darf ein Mitglied nicht kämpfen. Jedes Kind eines Mitglieds wird von einer anderen Frau aufgezogen, sodass niemand mehr weiß, wer die wirkliche Mutter war. (›Du darfst keinem Manne angehören, und kein Mann oder Kind darf dir angehören. Der Speer ist dein Liebhaber, dein Kind und dein Leben.‹) Diese Kinder sind hoch angesehen, denn es wurde prophezeit, dass ein Kind einer Tochter des Speers die Clans vereinen und zu der

Bedeutung zurückführen wird, die sie im Zeitalter der Legenden besaßen.

Faust: grundlegende militärische Einheit der Trollocs. Die Anzahl der Krieger ist unterschiedlich: Es sind immer mehr als 100, aber nie mehr als 200. Eine Faust wird gewöhnlich, wenn auch nicht immer, von einem Myrddraal befehligt.

Fernstreicher, Jain: ein Held aus dem hohen Norden, der viele Länder bereiste und viele Abenteuer erlebte; Autor mehrerer Bücher und selbst Hauptperson in Büchern und Geschichten. Er verschwand 994 NÄ, nachdem er von einer Reise in die Große Fäule zurückgekehrt war, von der behauptet wird, sie habe ihn bis zum Shayol Ghul geführt.

Flamme von Tar Valon: das Symbol für Tar Valon und die Aes Sedai. Die stilisierte Darstellung einer Flamme; eine weiße, nach oben gerichtete Träne.

Frauenkreis: eine Gruppe von Frauen, die von den Frauen des Dorfs gewählt werden und die für Frauenangelegenheiten im Dorf verantwortlich sind (z. B. wann Aussaat und Ernte durchgeführt werden). Der Frauenkreis ist dem Dorfrat gleichgestellt, hat aber ganz klar vorgeschriebene Sachgebiete und Verantwortlichkeiten. Steht oft im Gegensatz zum Dorfrat (siehe auch Dorfrat).

Fünf Mächte: die Stränge der Einen Macht. Jeder, der die Eine Macht anwenden kann, wird einige dieser Stränge besser als die anderen handhaben können. Diese Stränge nennt man nach den Dingen, die man durch ihre Anwendung beeinflussen kann: Erde, Luft, Feuer, Wasser, Geist – die Fünf Mächte. Wer die Eine Macht anwenden kann, beherrscht gewöhnlich einen oder zwei dieser Stränge besonders gut und hat Schwächen in der Anwendung der übrigen. Einige wenige beherrschen auch drei davon, aber seit dem Zeitalter der Legenden gab es niemanden mehr, der alle fünf in gleichem Maße beherrschte. Und auch dann war das eine große Seltenheit. Das Maß, in dem diese Stränge beherrscht werden und Anwendung finden, ist individuell ganz verschieden; einzelne dieser Personen sind sehr viel stärker als die anderen. Wenn man bestimmte Handlungen mithilfe der Einen Macht vollbringen will, muss man einen oder mehrere bestimmte Stränge beherrschen. Wenn man beispielsweise ein Feuer entzünden oder beeinflussen will, braucht man den Feuer-Strang; will man das Wetter ändern, muss man die Bereiche Luft und Wasser beherrschen, während man für Heilungen Wasser und Geist benutzen muss. Während

Männer und Frauen in gleichem Maße den Geist beherrschten, war das Talent in Bezug auf Erde und/oder Feuer besonders oft bei Männern ausgeprägt und das für Wasser und/oder Luft bei Frauen. Es gab Ausnahmen, aber trotzdem betrachtete man Erde und Feuer als die männlichen Mächte, Luft und Wasser als die weiblichen. Im Allgemeinen werden die Fähigkeiten als gleichwertig betrachtet, doch unter den Aes Sedai gibt es ein Sprichwort: ›Es gibt keinen Felsen, der so fest ist, dass Wind und Wasser ihn nicht abtragen könnten, und kein Feuer, das nicht von Wasser oder Wind gelöscht werden kann.‹ Es soll nicht unerwähnt bleiben, dass dieses Sprichwort erst lange nach dem Tod des letzten männlichen Aes Sedai aufkam. Irgendein mögliches Äquivalent bei den männlichen Aes Sedai ist nicht mehr bekannt.

Galad: siehe Damodred, Lord Galadedrid.

Gaukler: fahrende Märchenerzähler, Musikanten, Jongleure, Akrobaten und Alleinunterhalter. Ihr Abzeichen ist die aus bunten Flicken zusammengesetzte Kleidung. Sie besuchen vor allem Dörfer und Kleinstädte, da in den größeren Städten schon zu viel andere Unterhaltung geboten wird.

Gawyn: Sohn der Königin Morgase, Bruder von Elayne, der bei Elaynes Thronbesteigung Erster Prinz des Schwertes wird. Er führt einen weißen Keiler im Wappen.

Gewebe der Zeiten: auch Zeitgewebe genannt (siehe Großes Muster).

Grenzlande: die an die Große Fäule angrenzenden Nationen: Saldaea, Arafel, Kandor und Schienar.

Große Fäule: eine Region im hohen Norden, die durch den Dunklen König vollständig verdorben wurde. Sie stellt eine Zuflucht für Trollocs, Myrddraal und andere Kreaturen des Dunklen Königs dar.

Großer Herr der Dunkelheit: Diese Bezeichnung verwenden die Schattenfreunde für den Dunklen König. Sie behaupten, es sei Blasphemie, seinen wirklichen Namen zu benützen.

Großes Muster: Das Rad der Zeit verwebt die Muster der einzelnen Zeitalter zum Großen Muster, in dem die gesamte Existenz und Realität, Vergangenheit, Gegenwart und Zukunft festgelegt sind. Auch als Gewebe der Zeiten oder Zeitengewebe bekannt (siehe auch Muster eines Zeitalters, Rad der Zeit).

Große Schlange: ein Symbol für die Zeit und die Ewigkeit, das schon uralt war, bevor das Zeitalter der Legenden begann. Es zeigt eine Schlange, die den eigenen Schwanz verschlingt.

Halbmensch: siehe Myrddraal.

Herzensbann, Herzfang: siehe Dunkler König.

Herzstein: eine unzerstörbare Substanz, die während des Zeitalters der Legenden erschaffen wurde. Jede bekannte Kraft, die dazu benutzt wird, den Herzstein zu zerstören, wird von ihm absorbiert und stärkt die Kraft des Herzsteins.

Horn von Valere: das legendäre Ziel der Wilden Jagd nach dem Horn. Man nimmt an, das Horn könne tote Helden zum Leben erwecken, damit sie gegen den Schatten kämpfen.

Hundert Gefährten: hundert männliche Aes Sedai, ausgewählt aus den Mächtigsten des Zeitalters der Legenden, die – von Lews Therin Telamon geführt – den letzten Angriff durchführten und den Schattenkrieg beendeten, indem sie den Dunklen König erneut in seinen Kerker sperrten und diesen versiegelten. Der Gegenangriff verdarb die *Saidin*; die Hundert Gefährten verfielen dem Wahnsinn und begannen mit der Zerstörung der Welt.

Hundertjähriger Krieg: eine Reihe sich überschneidender Kriege, geprägt von sich ständig verändernden Bündnissen, ausgelöst durch den Tod von Artur Falkenflügel und die darauf folgenden Auseinandersetzungen um seine Nachfolge. Er dauerte von 994 FJ bis 1117 FJ. Der Krieg entvölkerte weite Landstriche zwischen dem Aryth-Meer und der Aiel-Wüste, zwischen dem Meer der Stürme und der Großen Fäule. Die Zerstörungen waren so schwerwiegend, dass über diese Zeit nur noch fragmentarische Berichte vorliegen. Das Reich Artur Falkenflügels zerfiel, und die heutigen Staaten bildeten sich heraus.

Illian: ein großer Hafen am Meer der Stürme, Hauptstadt der gleichnamigen Nation. Im Wappen von Illian findet man neun goldene Bienen auf dunkelgrünem Feld.

Ingtar, Lord Ingtar aus dem Hause Schinowa: ein Krieger aus Schienar, der in Fal Dara auftaucht.

Kandor: eines der Grenzlande. Im Wappen führt Kandor ein sich aufbäumendes rotes Pferd auf blassgrünem Feld.

Kesselflicker: siehe Tuatha'an.

Kinch, Hyam (Kinsch, Haiam): ein Bauer, der nahe der Straße nach Caemlyn wohnt.

Kinder des Lichts: eine Gemeinschaft von Asketen, die sich den Sieg über den Dunklen König und die Vernichtung aller Schattenfreunde zum Ziel gesetzt hat. Die Gemeinschaft wurde während des Hundertjährigen Kriegs von Lothair Mantelar gegründet, der gegen die ansteigende Zahl der Schattenfreunde als Prediger anging. Während des Kriegs entwickelte sich daraus eine vollständige militärische Organisation, extrem streng ideologisch ausgerichtet und fest in dem Glauben, nur sie dienten der absoluten Wahrheit und dem Recht. Sie hassen die Aes Sedai und halten sie sowie alle, die sie unterstützen oder sich mit ihnen befreunden, für Schattenfreunde. Sie werden geringschätzig Weißmäntel genannt. Im Wappen führen sie eine goldene Sonne mit Strahlen auf weißem Feld.

Ko'bal: siehe Trollocs.

Lan, al'Lan Mandragoran: ein Krieger aus dem Norden, Behüter von Moiraine.

Luc, Lord Luc aus dem Hause Mantear: Tigraines Bruder, der ihr Erster Prinz des Schwertes geworden wäre, hätte sie den Thron bestiegen. Man glaubt allgemein an eine Verbindung zwischen seinem Verschwinden in der Großen Fäule und Tigraines späterem Verschwinden. Er führte eine Eichel im Wappen.

Lurk: siehe Myrddraal.

Macherax Elyas: ein Mann, den Perrin und Egwene im Wald treffen.

Mahdi: in der Alten Sprache ›Sucher‹; Titel eines Karawanenführers bei den Tuatha'an.

Malkier: eine Nation, einst eins der Grenzlande, mittlerweile Teil der Großen Fäule. Im Wappen führte Malkier einen fliegenden goldenen Kranich.

Mandarb: in der Alten Sprache ›Klinge‹.

Manetheren: eine der Zehn Nationen, die den Zweiten Pakt schlossen; Hauptstadt des gleichnamigen Staates. Sowohl die Stadt als auch die Nation wurden in den Trolloc-Kriegen vollständig zerstört.

Maradon: Hauptstadt von Saldaea.

Meerleute, Meervolk: Bewohner der Inseln im Aryth-Meer und im Meer der Stürme. Sie verbringen wenig Zeit auf diesen Inseln und leben stattdessen meist auf ihren Schiffen. Sie beherrschen den Seehandel fast vollständig.

Meile: Längenmaß, gleich eintausend Spannen (siehe auch Spanne).

Merrilin, Thom: ein Gaukler, der nach Emondsfelde kommt, um dort seine Kunst beim Bel Tine zu zeigen.

Min: eine junge Frau im *Hirsch und Löwen* in Baerlon.

Moiraine (Moarän): eine Aes Sedai, die vor Winternacht nach Emondsfelde kommt.

Morgase (Morgeis): von der Gnade des Lichts, Königin von Andor, Hochsitz des Hauses Trakand. Sie führt drei goldene Schlüssel im Wappen. Das Wappen des Hauses Trakand zeigt einen silbernen Grundpfeiler.

Muster eines Zeitalters: Das Rad der Zeit verwebt die Stränge menschlichen Lebens zum Muster eines Zeitalters, das die Substanz der Realität dieser Zeit bildet; auch als Zeitengewebe bekannt (siehe auch Ta'veren).

Myrddraal: Kreaturen des Dunklen Königs, Kommandanten der Trolloc-Heere. Nachkommen von Trollocs, bei denen das Erbe der menschlichen Vorfahren wieder stärker hervortritt, die man benutzt hat, um die Trollocs zu erschaffen. Trotzdem deutlich vom Bösen dieser Rasse gezeichnet. Sie sehen äußerlich wie Menschen aus, haben aber keine Augen. Sie können jedoch im Hellen wie im Dunklen wie Adler sehen. Sie haben gewisse, vom Dunklen König stammende Kräfte, darunter die Fähigkeit, mit einem Blick ihr Opfer vor Angst zu lähmen. Wo Schatten sind, können sie hineinschlüpfen und sind nahezu unsichtbar. Eine ihrer wenigen bekannten Schwächen besteht darin, dass sie Schwierigkeiten haben, fließendes Wasser zu überqueren. Man kennt sie unter vielen Namen in den verschiedenen Ländern, z. B. als Halbmenschen, als die Augenlosen, Schattenmänner, Lurk und die Blassen.

Pakt der Zehn Nationen: eine Liga, die in den Jahrhunderten nach der Zerstörung der Welt entstand (ca. 200 NZ); dem Sieg über den Dunklen König verschrieben; zerbrach während der Trolloc-Kriege.

Rad der Zeit: Die Zeit stellt man sich als ein Rad mit sieben Speichen vor – jede Speiche steht für ein Zeitalter. Wie sich das Rad dreht, so folgt Zeitalter auf Zeitalter. Jedes hinterlässt Erinnerungen, die zu Legenden verblassen, zu bloßen Mythen werden und schließlich vergessen sind, wenn dieses Zeitalter wiederkehrt. Das Muster eines Zeitalters wird bei jeder Wiederkehr leicht verändert, doch auch wenn die Änderungen einschneidender Natur sein sollten, bleibt es doch das gleiche Zeitalter.

Rote Ajah: siehe Ajah.

Rückgrat der Welt: eine hohe Bergkette, über die nur wenige Pässe führen. Sie trennt die Aiel-Wüste von den westlichen Ländern.

Sa'angreal: ein extrem seltenes Objekt, das es einem Menschen erlaubt, die Eine Macht in viel stärkerem Maße als sonst möglich zu benutzen. Ein Sa'angreal ist ähnlich, doch ungleich stärker als ein Angreal. Relikt des Zeitalters der Legenden. Es ist nicht mehr bekannt, wie es angefertigt wurde.

Saidar, Saidin: siehe Wahre Quelle.

Saldaea: eines der Grenzlande. Im Wappen führt Saldaea drei silberne Fische auf dunkelblauem Feld.

Schäfer der Nacht: siehe Dunkler König.

Schattenfreunde: die Anhänger des Dunklen Königs. Sie glauben, große Macht und andere Belohnungen zu empfangen, wenn er aus seinem Kerker befreit wird.

Schattenkrieg: auch als der Krieg um die Macht bekannt; mit ihm endet das Zeitalter der Legenden. Er begann kurz nach dem Versuch, den Dunklen König zu befreien, und erfasste bald die ganze Welt. In einer Welt, die selbst die Erinnerung an den Krieg vergessen hatte, wurde nun der Krieg in allen seinen Formen wiederentdeckt. Er war besonders schrecklich, wo die Macht des Dunklen Königs die Welt berührte, und auch die Eine Macht wurde als Waffe verwendet. Der Krieg wurde beendet, als der Dunkle König wieder in seinen Kerker verbannt werden konnte.

Schattenlords: diejenigen Männer und Frauen, die der Einen Macht dienten und sie anwenden konnten, aber während der Trolloc-Kriege zum Schatten überliefen und die Trolloc-Streitkräfte kommandierten.

Schattenmänner: siehe Myrddraal.

Schicksalsgewebe: eine große Änderung im Muster eines Zeitalters, von einem oder mehreren Menschen ausgehend, die Ta'veren sind.

Schienar: eines der Grenzlande. Im Wappen von Schienar sieht man einen sich herabstürzenden schwarzen Falken.

Schufa: ein Kleidungsstück der Aiel, ein Tuch, gewöhnlich sand- oder felsfarben, das man um Kopf und Hals wickelt. Nur das Gesicht bleibt frei.

Schwarze Ajah: siehe Ajah.

Seherin: eine Frau, die in den Frauenkreis ihres Dorfs berufen wird, weil sie die Fähigkeit des Heilens besitzt, das Wetter vorhersagen kann und auch sonst als kluge Frau anerkannt ist. Ihre Stellung fordert großes Verantwortungsbewusstsein und verleiht ihr viel Autorität. Allgemein wird sie dem Bürgermeister gleichgestellt, in manchen Dörfern steht sie sogar über ihm. Im Gegensatz zum Bürgermeister wird sie auf Lebenszeit gewählt. Es ist äußerst selten, dass eine Seherin vor ihrem Tod aus ihrem Amt entfernt wird. Ihre Auseinandersetzungen mit dem Bürgermeister sind auch zur Tradition geworden (siehe auch Frauenkreis).

Shadar Logoth: in der Alten Sprache ›der Ort, an dem der Schatten wartet‹. Eine seit den Trolloc-Kriegen verlassene und gemiedene Stadt. Wird auch ›Wartende Schatten‹ genannt.

Shai'tan: siehe Dunkler König.

Shayol Ghul: ein Berg im Versengten Land; dort befindet sich der Kerker, in dem der Dunkle König gefangen gehalten wird.

Sheriam: eine Aes Sedai von den Blauen Ajah.

Sichtblender: siehe Dunkler König.

Spanne: Längenmaß; entspricht ungefähr zwei Schritten. Tausend Spannen ergeben eine Meile.

Sonnentag: ein weithin verbreitetes Mittsommerfest.

Stedding: eine Ogier-Enklave. Viele *Stedding* sind seit der Zerstörung der Welt verlassen worden. In Erzählungen und Legenden werden sie als Zufluchtsstätte bezeichnet, und das aus gutem Grund. Auf eine heute nicht mehr bekannte Weise wurden sie abgeschirmt, sodass in ihrem Bereich kein Aes Sedai die Eine Macht anwenden kann und nicht einmal eine Spur der Wahren Quelle wahrnimmt. Versuche, von außerhalb eines *Stedding* mithilfe der Einen Macht im Inneren einzugreifen, bleiben erfolglos. Kein Trolloc wird ohne Not ein *Stedding* betreten, und selbst ein Myrddraal betritt es nur, wenn er dazu gezwungen ist, und auch dann nur zögernd und mit größtem Abscheu. Sogar echte Schattenfreunde fühlen sich in einem *Stedding* nicht wohl.

Stein von Tear: die Festung über der Stadt Tear. Man sagt, sie sei die erste Festung gewesen, die nach der Zeit des Wahns gebaut wurde. Manche behaupten sogar, sie sei *während* der Zeit des Wahns erbaut worden (siehe auch Tear).

Tallanvor, Martyn: Gardeleutnant aus der Leibgarde der Königin von Andor; wir treffen ihn in Caemlyn.

Ta'maral'ailen: in der Alten Sprache ›Schicksalsgewebe‹.

Tanreall, Artur Paendrag: siehe Falkenflügel, Artur.

Tar Valon: eine Stadt auf einer Insel im Fluss Erinin. Mittelpunkt der Macht der Aes Sedai. Von hier aus regiert die Amyrlin.

Ta'veren: eine Person im Zentrum des Gewebes von Lebenssträngen aus ihrer Umgebung, möglicherweise sogar *aller* Lebensstränge, die vom Rad der Zeit zu einem Schicksalsgewebe zusammengefügt wurden (siehe auch Muster eines Zeitalters).

Tear: ein großer Hafen am Meer der Stürme. Das Wappen von Tear zeigt drei weiße Halbmonde auf rot- und goldgemustertem Feld.

Telamon, Lews Therin: siehe auch Drache.

Thakan'dar: ein ewig von Nebel verhülltes Tal unterhalb des Shayol Ghul.

Tigraine (Tigrän): Als Tochter-Erbin von Andor heiratete sie Taringail Damodred und gebar seinen Sohn Galadedrid. Ihr Verschwinden im Jahr 972 NÄ, kurz nachdem ihr Bruder Luc in der Fäule verschwand, löste einen Kampf um ihre Nachfolge in Andor aus und verursachte die Geschehnisse in Cairhien, die schließlich zum Aiel-Krieg führten. Sie zeigte im Wappen eine Frauenhand, die den Stiel einer Rose mit weißer Blüte umfasst.

Tochter-Erbin: Titel der Erbin des Throns von Andor. Die älteste Tochter der Königin folgt ihrer Mutter auf den Thron. Sollte keine Tochter geboren werden oder am Leben sein, geht der Thron an die nächste Blutsverwandte der Königin über.

Trolloc-Kriege: eine Reihe von Kriegen, die etwa gegen 1000 NZ begannen und sich über mehr als 300 Jahre hinzogen. Trolloc-Heere verwüsteten die Welt. Schließlich aber wurden die Trollocs entweder getötet oder in die Große Fäule zurückgetrieben. Mehrere Staaten wurden im Rahmen dieser Kriege ausgelöscht oder entvölkert. Alle Aufzeichnungen aus dieser Zeit sind fragmentarisch (siehe auch Pakt der Zehn Nationen).

Trollocs: Kreaturen des Dunklen Königs, die er während des Schattenkriegs erschuf. Sie sind körperlich sehr groß und außerordentlich bösartig. Sie stellen eine hybride Kreuzung zwischen Tier und Mensch dar und töten aus purer Mordlust. Nur diejenigen, die selbst von den Trollocs gefürchtet werden, können diesen trauen. Trollocs sind schlau, hinterhältig und verräterisch. Sie essen alles, auch jede Art von Fleisch, das von Menschen und anderen Trollocs eingeschlossen. Da sie zum Teil von Menschen abstammen, sind sie zum Geschlechtsverkehr mit Menschen imstande, doch die meisten einer solchen Verbindung entspringenden Kinder werden entweder tot geboren oder sind kaum lebensfähig. Die Trollocs leben in stammesähnlichen Horden. Die wichtigsten davon heißen: Ahf'frait, Al'ghol, Bhan'sheen, Dha'vol, Dhai'mon, Dhjin'nen, Ghar'ghael, Ghob'hlin, Gho'hlem, Ghraem'lan, Ko'bal und Kno'mon.

Tuatha'an: ein Nomadenvolk, auch als die Kesselflicker oder das Fahrende Volk bekannt. Sie wohnen in bunt bemalten Wagen und folgen einer pazifistischen Weltanschauung, die sie den Weg des Blattes nennen. Die von den Kesselflickern reparierten Gegenstände sind häufig besser als vorher, aber viele Dörfer bleiben ihnen verschlossen, da Geschichten im Umlauf sind, sie stählen Kinder und verführten junge Leute, ihnen zu folgen.

Vater der Lügen: siehe Dunkler König.

Verlorenen, die: Name für die dreizehn der mächtigsten Aes Sedai, die es jemals gab, die während des Schattenkriegs zum Dunklen König überliefen, weil er ihnen dafür die Unsterblichkeit versprach. Sowohl Legenden wie auch fragmentarische Berichte stimmen darin überein, dass sie zusammen mit dem Dunklen König eingekerkert wurden, als dessen Gefängnis erneut versiegelt wurde. Ihre Namen werden heute noch gebraucht, um Kinder zu erschrecken.

Versengtes Land: verwüsteter Landstrich in der Umgebung des Shayol Ghul, jenseits der Großen Fäule.

Wahre Quelle: die treibende Kraft des Universums, die das Rad der Zeit antreibt. Sie teilt sich in eine männliche *(Saidin)* und eine weibliche Hälfte *(Saidar)*, die gleichzeitig miteinander und gegeneinander arbeiten. Nur ein Mann kann von *Saidin* Energie beziehen und nur eine Frau von *Saidar*. Seit dem Beginn der Zeit des Wahns ist *Saidin* von der Hand des Dunklen Königs gezeichnet (siehe auch Eine Macht).

Weiße Ajah: siehe Ajah.

Weiße Burg: der Palast der Amyrlin in Tar Valon.

Weißmäntel: siehe Kinder des Lichts.

Wiedergeborener Drache: Nach der Prophezeiung und der Legende wird der Drache dann wiedergeboren werden, wenn die Menschheit in größter Not ist und er die Welt retten muss. Das ist nichts, worauf sich die Menschen freuen, denn die Prophezeiung sagt, dass die Wiedergeburt des Drachen zu einer neuen Zerstörung der Welt führen wird, und außerdem erschrecken die Menschen beim Gedanken an Lews Therin Brudermörder, den Drachen, auch wenn er schon mehr als dreitausend Jahre tot ist (siehe auch Drache).

Wilde Jagd nach dem Horn: ein Zyklus von Erzählungen über die legendäre Suche nach dem Horn von Valere in den Jahren zwischen dem Ende der Trolloc-Kriege und dem Beginn des Hundertjährigen Kriegs. Um sie vollständig zu erzählen, benötigt man viele Tage.

Zeit des Wahns: siehe Zerstörung der Welt.

Zeitalter der Legenden: das Zeitalter, welches von dem Krieg des Schattens und der Zerstörung der Welt beendet wurde. Eine Zeit, in der die Aes Sedai Wunder vollbringen konnten, von denen man heute nur träumen kann (siehe auch: Rad der Zeit).

Zerstörung der Welt: Als Lews Therin Telamon und die Hundert Gefährten das Gefängnis des Dunklen Königs wieder versiegelten, fiel durch den Gegenangriff ein Schatten auf *Saidin*. Schließlich verfiel jeder männliche Aes Sedai auf schreckliche Art dem Wahnsinn. In ihrem Wahn veränderten diese Männer, die die Eine Macht in einem heute unvorstellbaren Maße beherrschten, die Oberfläche der Erde. Sie riefen furchtbare Erdbeben hervor, Gebirgszüge wurden eingeebnet, neue Berge erhoben sich, wo sich Meere befunden hatten, entstand Festland, und an anderen Stellen drang der Ozean in bewohnte Länder ein. Viele Teile der Welt wurden vollständig entvölkert und die Überlebenden wie Staub vom Wind zerstreut. Diese Zerstörung wird in Geschichten, Legenden und Geschichtsbüchern als die Zerstörung der Welt bezeichnet (siehe auch Hundert Gefährten).

Zweifler: ein Orden innerhalb der Gemeinschaft der Kinder des Lichts. Sie sehen ihre Aufgabe darin, die Wahrheit im Wortstreit zu erkennen und Schattenfreunde zu entdecken. Ihre Suche nach der Wahrheit und dem Licht, so wie sie die Dinge sehen, wird noch eifriger betrieben, als das bei den Kindern des Lichts allgemein üblich ist. Ihre normale Befragungsmethode ist die Folter, wobei sie der Auffassung sind, dass sie selbst die Wahrheit bereits kennen und ihre Opfer nur dazu bringen müssen, sie zu gestehen. Die Zweifler bezeichnen sich als die Hand des Lichts und verhalten sich gelegentlich so, als seien sie völlig unabhängig von den Kindern und dem Rat der Gesalbten, der die Gemeinschaft leitet. Das Oberhaupt der Zweifler ist der Hochinquisitor, der einen Sitz im Rat der Gesalbten hat.

Zweiter Pakt: siehe Pakt der Zehn Nationen.

HEYNE ‹

Von **ROBERT JORDAN** erschienen in der Reihe
HEYNE SCIENCE FICTION & FANTASY:

DAS RAD DER ZEIT:

1. Roman: Drohende Schatten · 06/5026
2. Roman: Das Auge der Welt · 06/5027
3. Roman: Die große Jagd · 06/5028
4. Roman: Das Horn von Valere · 06/5029
5. Roman: Der Wiedergeborene Drache · 06/5030
6. Roman: Die Straße der Speere · 06/5031
7. Roman: Schattensaat · 06/5032
8. Roman: Heimkehr · 06/5033
9. Roman: Der Sturm bricht los · 06/5034
10. Roman: Zwielicht · 06/5035
11. Roman: Scheinangriff · 06/5036
12. Roman: Der Drache schlägt zurück · 06/5037
13. Roman: Die Fühler des Chaos · 06/5521
14. Roman: Stadt des Verderbens · 06/5522
15. Roman: Die Amyrlin · 06/5523
16. Roman: Die Hexenschlacht · 06/5524
17. Roman: Die zerbrochene Krone · 06/5525
18. Roman: Wolken über Ebou Dar · 06/5526
19. Roman: Der Dolchstoß · 06/5527
20. Roman: Die Schale der Winde · 06/5528
21. Roman: Der Pfad der Dolche · 06/5529
22. Roman: Neue Bündnisse · 06/5530
23. Roman: Kriegswirren · 06/5531
24. Roman: Das Herz des Winters · 06/9201
25. Roman: Die Herrschaft der Seanchaner · 06/9202
26. Roman: Flucht der Sklaven · 06/9203
27. Roman: Pfade ins Zwielicht · 06/9204 (in Vorb.)
28. Roman: Der weiße Turm · 06/9205 (in Vorb.)

HEYNE ‹

DAS RAD DER ZEIT - DAS ORIGINAL (wie in der Originalausgabe komplett in einem Band):
Das Rad der Zeit 1: Die Suche nach dem Auge der Welt · 06/9350
Das Rad der Zeit 2: Die Jagd beginnt · 06/9351 (in Vorb.)

Das Buch zum Zyklus DAS RAD DER ZEIT:
Robert Jordan & Teresa Patterson:
Die Welt von Robert Jordans ›Das Rad der Zeit‹ · 06/9170

CONAN-Zyklus:

Conan der Verteidiger · 06/4163
Conan der Unbesiegbare · 06/4172
Conan der Unüberwindliche · 06/4203
Conan der Siegreiche · 06/4232
Conan der Prächtige · 06/4344
Conan der Glorreiche · 06/4345

Sonderausgabe: 06/4163, 4172, 4203
zusammen in einem Band unter dem Titel
›Conan der Große‹ · 06/5460

Die schönsten
Romane der
High Fantasy

Magie,
Abenteuer,
verzauberte Welten

06/9088

06/9130

HEYNE-TASCHENBÜCHER

HEYNE BÜCHER

Anne McCaffrey

Der Drachenreiter von
Pern-Zyklus

06/6372

HEYNE-TASCHENBÜCHER